（中篇卷）

绽放
——当代中短篇小说精品选

郭 艳 主编

时代出版传媒股份有限公司
安徽文艺出版社

图书在版编目（CIP）数据

绽放：当代中短篇小说精品选：全二卷/郭艳主编. --合肥：安徽文艺出版社,2021.7
ISBN 978-7-5396-7145-1

Ⅰ．①绽… Ⅱ．①郭… Ⅲ．①中篇小说－小说集－中国－当代②短篇小说－小说集－中国－当代 Ⅳ．①I247.7

中国版本图书馆 CIP 数据核字(2021)第 007087 号

出 版 人：段晓静　　　　　　　　策　　划：姚 巍
责任编辑：张妍妍　姚爱云　　　　装帧设计：张诚鑫

出版发行：时代出版传媒股份有限公司　www.press-mart.com
　　　　　安徽文艺出版社　www.awpub.com
地　　址：合肥市翡翠路 1118 号　邮政编码：230071
营 销 部：(0551)63533889
印　　制：安徽联众印刷有限公司　(0551)65661327

开本：710×1010　1/16　印张：54.75　字数：900 千字
版次：2021 年 7 月第 1 版
印次：2021 年 7 月第 1 次印刷
定价：198.00 元(全二卷)

(如发现印装质量问题，影响阅读，请与出版社联系调换)
版权所有，侵权必究

序

机械复制时代中的日常与传奇

郭艳

庄子言小说家者流,盖出于稗官。孔子称小说虽小道,必有可观者焉。唐变文的佛经故事、唐宋传奇、明清话本一直以"日常与传奇"的互文方式在古典时代的文章诗词之外流传。近现代以来,作为最为繁盛的文体,现代小说开始承担史诗的功能,从大小传统两个维度开始了新的叙事功能。当下中国汉语白话小说创作虽然深受西方叙事文学的浸润和影响,但依然是从中国叙事传统中脱胎而来,带着中国叙事固有的对日常和传奇并行不悖的恒久兴趣。当下小说叙事内容从帝王将相的权谋厚黑转至官场博弈的欲望叙事,从绿林好汉的侠义英雄流转到现代庸人在钢铁森林的游荡挣扎,从街谈巷议的市井烟火转向现代个体的浅斟低吟,从才子佳人香闺春梦到寻常小民生计的艰难和一地鸡毛……在流变的当代文学叙事中,小说依然承担着古老的叙事功能,在每一个机械复制的日常创造着属于个人、他者和世界的传奇。

这套《绽放——当代中短篇小说时代精品选》分为中篇卷和短篇卷,分别由六位资深编辑精心挑选,呈现出了主流文学期刊近年的文本创作成果,同时也极具编辑家的独特眼光。

中篇卷包括11部中篇小说。中篇小说是一种最能容纳中国式叙事的文体,在不长不短的篇幅中,讲述人生某个阶段的经历,在事件流和现象流的叙述中,表现中国人在当下或历史中的喜乐悲苦。在汉语所构成的故事世界中,记忆的生活或者说生活的记忆有时被铺陈,有时被矫饰,有时被遮蔽,有时又会被照亮。

中国当代小说的成长叙事经历了《青春万岁》式的理想主义,《人生》《平凡的世界》城乡差异中艰难的现实和伦理价值选择,到了当下,成长叙事更加具备成长个体自身对社会生活情境和文化语境的体悟与内审。在急遽变化的生活方式和价值观念嬗变中,这类叙事更加凸显出对现代人个体身份的自觉和对城市乡土的现代性反思。《我们的师傅》以反教育体制的方式叙述了身为小偷的师傅对"我们"成长的深刻影响,在盗亦有道的江湖逻辑中,师傅以民间社会特有的方式让"我们"融入生活,看清世情,保留内心的一丝道义和真情。小说从社会生活的幽暗区域反观当下世道人心,在人性人情日渐式微的城市文化中遥想曾经的成长记忆。《阿尔巴尼亚罐头》重新叙述了公有制企业兴盛时期的中国往事,在草蛇灰线的回溯中,政治化年代的青春经验和人性之善在重重雾霾中若隐若现,时代巨变中的人和事显示出某种轮回的因果与释然。这个文本以平静淡然的腔调叙述曾经发生巨变的时代,进而摹写属于民间和个人的传奇。

中国社会自古以来重视孝道,也在这种伦理价值体系中拥有强大的家族宗法制社会结构,传统中国人多是生活在家族"群"体之中,所谓父慈子孝是传统意义上最好的伦理阐释。然而随着现代原生家庭替代传统家族,中国人的家庭观念发生了很大变化,也带来了父母和子女之间亲子关系的很多矛盾和问题。《人人都爱尹雪梅》《弯道超车》摹写了当下中国式父母对子女的宽容、忍耐和近于自虐的牺牲。在高节奏、高压力的现代生存逼压下,子女们疲于应付一地鸡毛的琐屑日常,身心两方面仅仅剩下对于"自我"的"自恋"和"自哀",在一定程度上,"啃老"或者压榨老人剩余的劳动力来支撑子女日常的高压力生活,这些反而成为某种惯常的亲子关系模式。这种"为人子尽孝"的父母为数不少,这也算是时代畸形亲子关系的一大景观。这类题材的小说呈现出作家对这一普遍社会现象的内省和反思。

城市记录着现代人精神情感的困惑与挣扎,现代个体在机械复制的日常中艰难生存,他们游走在城市的各个阶层,袒露着面对权势、物欲与资本的惶然与不安。《长夜行》通过对坚持医德的监护室主任和大夫遭遇到的事业困局和人生困境的摹写,揭示金钱、权势和贪欲对医生行业的侵蚀,这种自内而外的侵蚀产生劣币驱逐良币的社会效应,从而使得一个行业面临深深的职业道德危机。《斗地主》叙述了在所谓的现代教育和城市生活情境中,时代庸人们左突右冲,生存之义的寻求、获得和失落都在一地鸡毛的庸常中被降维和消解。《参与商》《十光城》叙述了普通人身陷当下生存境地无法自拔的状况,人物的行为带着这个时代特有的琐屑庸常与随波逐流,个体的人消泯在时代生活的潜流之中,甚至连一丝涟漪都不会激起。《鸭镇疑云》《鲛在水中央》叙述社会边缘人的罪孽与救赎,文本处理罪与罚的界限较为模糊,体现了这个时代对道德伦理价值底线的迷惘与混乱。

中篇卷中《吉祥戏院》上演着民国时代的家国情仇,无疑是传统的民间叙事。在乱世的背景中,中国式的家国与道义、侠义与伦理、爱恨与情仇都令人唏嘘不已。

目　录

序　机械复制时代中的日常与传奇／郭艳〔1〕

我们的师傅／凡一平〔2〕

斗地主／孙　睿〔35〕

人人都爱尹雪梅／刘　汀〔73〕

弯道超车／张春莹〔104〕

参与商／赵志明〔137〕

十光城／旧海棠〔175〕

长夜行／常小琥〔220〕

阿尔巴尼亚罐头／张　毅〔268〕

鲛在水中央／孙　频〔301〕

鸭镇疑云／曹　寇〔365〕

吉祥戏院／王燕琦〔399〕

凡一平／本名樊一平，壮族。1964年生，广西都安人。先后毕业和就读于河池师专、复旦大学中文系。现任广西民族大学硕士研究生导师，八桂学者文学创作岗成员，第十二、十三届全国人大代表，广西作家协会副主席，广西影视艺术家协会副主席。

20世纪90年代中以来，出版了长篇小说《跪下》《顺口溜》《上岭村的谋杀》《天等山》等九部，小说集《撒谎的村庄》等十部。获过的文学奖有铜鼓奖、独秀奖、百花文学奖、小说选刊双年奖等。长篇小说《上岭村的谋杀》《天等山》等被翻译成瑞典文、俄文、越南文等在瑞典、俄罗斯、越南出版。

根据其小说改编的影视作品有《寻枪》《理发师》《跪下》《最后的子弹》《宝贵的秘密》《姐姐快跑》等等。

我们的师傅

我

我的师傅死了。

他死去的消息是大哥告诉我的。大哥来南宁看望住院的大嫂,只待了半天就要回去。他说:"韦建邦死了,明天出殡。韦建邦虽然不是我们的什么亲戚,虽然他很坏,但总归是本村人,如今他走了,送一送是应该的。"

大哥的话是在为他的匆忙返回说明理由,但在我听来是一种提醒,或一种规劝。韦建邦曾经是我师傅,教我偷窃,大哥是知道的。为此大哥恨死了他,也恨死了我。直到后来我洗心革面并成为一名作家光宗耀祖,大哥才原谅了我,也似乎原谅了韦建邦。

我该不该回去为我的师傅送葬?

大哥没有明示,就走了。他去汽车站乘车。我呆呆地在医院里坐了好长一会儿,又在我的奔驰车里冥思苦想了许久。

然后,我给大哥打电话:"等等我。"

我开车回上岭。大哥坐在车上,喜滋滋的,像是捞虾的时候捕得一条大鱼回家,眉飞色舞地跷着腿坐在太师椅上,像个功臣。他现在就跷着腿,朝着车窗外扬眉吐气,不时看我两眼,像是满意我回去奔丧、送韦建邦上路的行为。大哥是个要面子的人,有我这么一个有头有脸的弟弟,去为村里一个被诟病一生的逝者送别,这是慈悲为怀并且家教极好的表现。我也看了看极有成就感的大哥,说:"你可以在车里抽烟。"大哥的一只手本来在兜里,这会儿直接抽出来,连带着一盒烟,是我抽不惯送给他的硬中华。他把一支烟叼到了嘴上,正要点燃,却放弃了。他说:"算了,还是不抽了。"

车子到了乡里,正要经过圩场,我停了下来。大哥和我都下了车,一同抽烟。

我边抽烟边向圩场走去。圩场人流稀疏,或许是天色已晚的缘故,也或许是不逢圩日。我站在空旷的圩场中央,像站在一个恐怖的山谷。关于我童年在圩场所做或发生的一切,像溶洞中受惊吓的蝙蝠,呼啦啦地飞出,向我扑来。

我的第一次行窃,便是在这个圩场。

那年是1972年,我八岁。

在实地行窃之前,师傅韦建邦对我的教导和训练已经有一段时间了。我们从来不在师傅的家里受训,而是在山上的岩洞、悬崖,以及河边的乱石滩、沙滩,还有河中等地。这些艰险的地方是我们的训练场,我们在这里那里摸爬滚打、攀登和奔跑,令行禁止,像一群特种兵。事实上,师傅韦建邦就是把我们当作特殊的战士来培养和训练的。为此,他专门带我们去公社看过三部电影,一部是《奇袭》,一部是《铁道卫士》,还有一部是《渡江侦察记》。这三部反美、反特和反蒋的电影里的英雄人物或正面形象,是我们学习的榜样。师傅要我们学习他们的机智和勇敢,如何达到目的或完成任务,又保全自己、再接再厉。同时,师傅强调了解反面人物的重要性,他先搬出一句"知己知彼,百战不殆"。那时我们还听不懂古文,然后他解释这句话的意思,说是如果对敌我双方的情况或底牌摸得一清二楚,打起仗来一百战都不会有危险。师傅的学问和教学方法让我们佩服。后来我们知道,师傅是在宜山上的高中上学,那是一所著名的中学。若干年后我考取的河池师专,学校所在地便是宜山,与师傅的母校一河之隔。

我说的我们,指的是与我同一批受训的学徒,或者同学。他们是蓝上杰、韦燎、覃红色和韦卫鸾。但是我们在一起的时候,是不允许互相称名道姓的,只叫外号。师傅给我们起的外号分别是,我——老鼠,蓝上杰——黄狗,韦燎——野兔,覃红色——老猫,韦卫鸾——花卷。

在这些外号里面,花卷算是比较好听的,可能是韦卫鸾长得好看的原因吧,她也是我们这批学徒中唯一的女性。

经过一段时间的刻苦训练,并且通过了严格的考核,我们终于要实战了。师傅给我们的任务是:偷收购站韦有权的钱。

那天是圩日。那时的市场是七天一圩,也就是逢星期天便是圩日。星期天圩日,对还在念书的我们来说,是行窃的好日子。

那天的圩场像往常的圩日一样热闹、有序。如果说有什么特别或不一样的,就是圩场上出现了五个八到十岁的身怀绝技的儿童,这是一个训练有素的偷窃团伙,今天是他们第一次出任务,也是一次大考。而且他们是独立独行,师傅没有出马。师傅为什么没有出马?我后来想,不是因为师傅信任我们,而是为了保护我们,也为了保护他自己。师傅是个贼,他的声名十里八乡都知道的。他如果出现在圩场上,就会引起人们的惶恐,就像黄鼠狼出现在鸡群里鸡一定会紧张和警惕一样。

我们在圩场的出现,果然没有引起人们的注意,像几只小黄鳝钻进了鱼塘一样。

收购站在街的西侧,在邮电所和食品站的中间。那是人流密集的区域,也是现金收支最多的地方,我如今用"金融中心"来形容它。我们到达收购站的时间是上午九时许,韦有权柜台上的座钟有指示。我们选择在这个时间到达,是因为这个时段人开始多起来,而韦有权掌握的钱还有大部分没有支付出去。这是我们的可乘之机。

在这之前一个小时,我跟踪韦有权去信用社取款。他住在公社的宿舍,这是师傅告诉我的。公社就是后来的乡政府。我认得韦有权,我卖过松鼠皮给他。一张松鼠皮收购标价是一角钱,但他通常给我五分,最多八分。他克扣的原因是品相不好,就是看不顺眼,总之是他说了算。我听很多人说他们卖给收购站的货物,都被韦有权克扣,没有得过全价。收购站就是韦有权一个人的,他大权独揽,为所欲为,被人们背地里称为南霸天。

更早的时候,我就在公社宿舍守候了。而我出门的时间还要早,鸡叫就出门了。我悄悄离开家,来到河边。师傅已经在竹排上等我们。我、黄狗、野兔、老猫和花卷都到齐了,他便把我们渡过河去。我们六个人站在四根竹子连接成的排筏上,光着脚。因为超重,竹排没在了水里,河水也漫过我们的脚踝。我感觉到刺骨的冷,因为这是岁末冬天。我相信其他人的感觉也和我一样,但我们都站得很稳,像已经抽穗的水稻一样。竹排渡达河对岸,师傅先上岸,然后一个一个地接我们上岸。他一句话都不说,似乎嘱咐都含在牵着我们的手里了。然后我们穿鞋。等我们穿好鞋,发现师傅已经不见了。他和竹排消失在清晨的河雾中。

岸边是公路,沿着公路往西走五公里,便是菁盛乡的圩场。我、黄狗、野兔、老猫和花卷在离圩场还有一公里的时候,便分开了,各行其是。

盯梢是我的工作。

公社宿舍有两排平房,韦有权住在后面一排右数过来第二间。这也是师傅事先告诉我的。他虽然没来,却什么情况都知道。我爬到两排房子靠右侧的一棵树上,开始俯瞰。

韦有权的房门开了。他先出来刷牙,披着一件棉衣。然后他再进去,过了一会儿出来,还穿着那件棉衣,却比先前光鲜齐整多了。他的头发油亮亮的,全往后翻,像一边倒的草丛。他关门而不锁门,说明屋里还有人。一个带绳的包拎在他手上,随意地晃荡,说明包里现在没钱。他一边走一边吹着口哨,说明他昨晚睡得或过得很舒服。过后我知道他有一个比他年轻二十岁的妻子。

等他走远,我从树上下来,尾随在他身后,保持不被他发现的距离。

他走到位于街中心的信用社,进去,一定是取钱。出来的时候,他原来拎着的包变成挂着了,而且还搭上了一只手,像加了一把锁。

他往收购站去。收购站已经有卖货的人在那里排队了。其中就有我们的人,他是老猫。老猫的手里拎着一个麻袋。我知道麻袋里是一条蛇。黄狗、花卷和野兔我虽然没有看见,但我知道他们就在附近,在相应的时机才会出现。

韦有权一到收购站,所有人整排地让开,给他通过。他拔出别在裤腰带上的钥匙开门。开门后他一点也不着急收购,而是先检查收购站里尚未运走的动物,看看有没有死的。果然有一只死的,那是一只果子狸。他不慌不忙地把果子狸从笼里拿出来,放进一个桶里。然后他给活着的动物食物和水。罢了,他搓搓手,像是把气味搓掉一样。他终于坐到了柜台边,打开抽屉,把算盘拿出来摆上,把笔和笔记本摆上,还给钟上劲。做完这些事情,他才把挂包从身上拿下来,放进抽屉里,目光也跟随进了抽屉,手在抽屉里还有动作,像是拉开拉链和区分大钱、零钱。

第一个收购的是蛇。是一条眼镜蛇,是一个五十岁左右的男人拿来的。排队的时候他就一直拿着,双手拿捏得十分老到,像是个专业捕蛇者。韦有权也像跟他很熟,看了蛇一眼,就示意他自己将蛇拿到一边的蛇笼去放。等他回来,韦有权给了他四元钱。他满意地走了。我看了看墙上眼镜蛇的收购价格,是一斤一元。那条蛇目测也是四足斤,说明韦有权也不是每个人都克扣的。

第二个收购的是金银花。是个老婆婆卖的。老婆婆的金银花装在一个背篓里,满满当当的,已经晒干,我估摸有五斤。韦有权将金银花过秤,扣除背篓的重量,果然是五斤。但是韦有权以金银花未干为由,扣掉了一斤的水分,只付了四斤的钱。老婆婆不服,央求韦有权再给三毛钱。她举着手里的一只空瓶子,说:"再给我三毛钱买煤油吧。"但韦有权就是不给,老婆婆只能走了。

接着轮到老猫了。老猫摸索麻袋将蛇头摁住,然后一只手伸进袋子里,捏住蛇头,将蛇拖出来。这也是一条眼镜蛇,有两斤重,半米长。老猫一手抓蛇头,一手握蛇的尾部,像捧着一把剑,战战兢兢地正要交给韦有权的时候,蛇忽然滑出老猫的手,掉落在地。

一声尖利的喊叫,在这个时候及时发出:"毒蛇咬人了!"

喊叫者是花卷,我知道是她。制造混乱策应老猫是她的任务。

收购站果然乱作一团,顿时像炸开的锅。人们四散躲逃,我推你,你推他,像电影里遇到轰炸的平民。

地上的蛇爬到墙根,走投无路。它昂起头,面向人,吐着蛇芯子,威吓着观望它的人。

韦有权坐不住了。他站起来,离开柜台。他操起一把摄叉子,独自并且从容不迫地向蛇走去,像个孤胆英雄。他手里的摄叉子一下夹住了蛇的七寸,将蛇控制住。他回身看见了当事人老猫,看着足有两斤的蛇,恶狠狠地说:"一斤半。"老猫没有异议。韦有权将蛇直接拿到蛇笼去放,然后返回柜台。

他拉开抽屉,准备掏钱付给老猫,发现包不在了。

但我在,花卷在,加上老猫,我们都还留在现场,像三个诚实、勇敢的孩子。

公社公安很快就来了,就一个。我们认得他,叫谭公安。谭公安原本不认得我们,但现在认得了。他问了我们的姓名,还问了我们之间是什么关系。老猫说我们是同一个村的人,那条蛇是我们三人共同捕获的,一起拿来卖,然后一起分钱。谭公安让我们把身上的东西都掏出来。我们掏出身上所有的东西,就是没有钱。韦有权又一一搜我们的身,见不到一分钱。谭公安相信我们,把我们放了。我们开始还不走,因为韦有权还没有把钱给我们。韦有权骂骂咧咧,说:"没看见我的钱都被偷光了吗?要钱没有,要不你们把蛇拿回去!"

我们选择了把蛇拿回去。在回去的半路上,老猫把蛇放生了。这条蛇没有牙齿,是师傅事先亲自拔掉的,他不想因为谋财而闹出人命。而我们选择把蛇拿回,是不想让韦有权和公安过后发现蛇的秘密或真相。

我、老猫和花卷见到师傅时,黄狗和野兔已经在师傅身边了。看到黄狗和野兔,我知道韦有权的钱,已经变成了我们的钱。按照计划,我负责侦察,老猫负责演戏,花卷负责助演,黄狗负责技术,野兔负责接应。所谓的技术和接应,就是黄狗趁乱偷走了钱,再交给在外面的野兔转移。

师傅当场给我们五个人每人一元钱。

那趟偷的钱我至今不清楚具体的数额,但有上百元。我问黄狗和野兔,黄狗说:"我看都不看就交给了野兔。"野兔说:"师傅教育我们不该问的不要问,你问了不该问的问题。"

有一段时间我对师傅耿耿于怀,觉得他是在剥削我们、压榨我们,像资本家和地主老财。我甚至还诅咒过他。直到若干年后我考上大学,从第一学期第一个月起,我每个月都收到十元的汇款,汇款人没有留名,但我知道是师傅寄的。在大学时期,他没有中断过汇款。我相信他给我寄,同样也会给老猫寄,给黄狗寄,给野兔寄。花卷虽然没读大学,但师傅肯定没少资助她。她是女孩,师傅最疼她。

"小弟,我们走吧。"大哥说道。

大哥看见我在圩场上站得太久,又什么东西都没买,知道我只是在回忆。

我第一次行窃那天,回到家,大哥问我一天都去了哪里。我说我去赶街了。大哥从我身上搜出了一元钱,问:"钱是从哪来的?是不是偷的?"我当然说不是。我说我和蓝上杰、韦燎他们抓得一条蛇,拿到收购站去卖,分得的。大哥当时信了。但是很快,收购站的钱被偷的事情传到大哥那里,我被大哥狠狠揍了一顿,要我承认钱是我偷的,是韦建邦教唆的。我当时想打死都不能说。大哥见我被痛打都不认,才觉得冤枉了我。他大概也认为,假如收购站的钱是我偷的,我的身上不可能只有一元钱。在这一点上,师傅的确是保护了我,也保护了他自己。因为那天,师傅一天都在村里晃悠,他有足够多的收购站失窃事件不在场的人证。

陈年往事,大哥是不可能追究了,甚至都不记得了。此刻站在他身边的弟弟,已然是人五人六、社会名流,纵使有可耻的过去,那都是可以忽略和谅解的。就像韦建邦,他如今人已死,一生和一身的罪孽都可以宽恕,并将归于尘土。

我继续开车,去送别我师傅。

师傅的家在上岭村的东头,我家在西头。也就是说,红水河从上岭村流过,师傅家在下游,我家在上游。在通桥梁之前,行人要从码头过,进出村庄,是从上游过。如今有了桥梁,建在东边,车辆进出村庄,则变成从下游走了。

临近村庄,大哥说:"我们坐船过去吧,把车留在河这边。"

我说:"为什么?"

大哥说:"避讳。你的车是新车、好车,不宜经停丧家。另外,你现在的身份,也不便过于张扬。"

我接受了大哥的建议。

我们坐船渡河。天色已黑,所有的景物都只是一种颜色,家乡的山峦和河流两岸的竹林,像是一幅涂上焦墨的图画。河面上有一些波光,但不足于映照那庞大的山水。

摆渡的艄公是我小学同学,叫潘得康。他的家离我家也就是十米远。小时他去学校上学,要路过我家,而我从码头外出和回家,则必须经过他家门前。他在我们班上是最守规矩的老实人,却只读到小学毕业就辍学了。他要接他爸爸的班。他家祖孙三代都是艄公,摆渡是他们家的专属,甚至码头也是。码头现在叫得康码头,但原先不是,先是以得康的爷爷的名字命名的,得康的爷爷死后,就以得康的父亲的名字命名,现在以得康的名字命名码头,意味着得康的父亲也死了。他的父亲在他十二岁的时候就死了。他十二岁开始接班,意味着他已经当了四十三年的艄公,因为他与我同龄。得康码头原来陡峭和窄小,有一百年以上的历史了,它是由先人踏出来的,而非开凿而成。它在十年前得到修建,我是做了贡献的,或者说跟我师傅有关。

十几年前,师傅与得康忽然到南宁找到我。他们的到访就是与码头有关,具体地说就是来找钱修建码头的。得康开宗明义,说:"码头虽然是以我家的人的名字命名的,但所有权属于集体,属于上岭村,也就是说属于国家。"他言外之意是,国家能给钱修建码头就好了。而我是领国家工资的人,帮助找到国家的钱来修建上岭村的码头是我的责任。

关于码头的事,师傅一言不发,但他的到来和在得康、我身边的存在,已胜过千言万语。我从前的教我偷窃的师傅,已经断了联系二十年,回村也不再见面的师傅,突然出现在我的眼前,让我十分激动和害怕。他或许是自愿来的,或许是被得康"绑架"来的。得康为码头的事,为什么要带上韦建邦?说明他知道我和韦建邦曾经的师徒关系,不可能不知道。他要挟韦建邦,再用韦建邦来要挟我?

师傅已经是老人了,他那年应该已近七十岁。头发已经基本掉光,剩下没几十根,发白和细软,像荒漠中残存的草,也维持不了多久。我招待他们吃饭的时候,发现他的牙倒是结实和齐整,咬得动我夹给他的鸡胸脯,应该是装了假牙。

我满口答应:"你们放心,修建码头的钱,包在我的身上。"

我找到修建码头的二十万元钱,已经是两年后。两年来,码头成为我的一块心病,为了找钱治病,我不遗余力,多方求告。终于,自治区财政厅专项拨款二十万,层层下发到市里、县里、乡里,由乡里实施修建。码头修建好了,我药到病除。

船只向对岸的码头驶去,我的同学潘得康驾轻就熟。因为我的归来,他兴奋得说个不停。他肯定知道我这次为什么回来,为谁而来。他说:"你坐船过河是对的。我早已经在这里等你了,我晓得你一定回来。"我说:"现在有桥了,还有人坐船渡河吗?"这个我以为老实的同学幽默地说:"你就是。"

船只靠上码头,我和大哥上岸。大哥问我要不要先回家,休息到天亮再去。

我说:"我自己去就好,你休息。"

师傅的家灯火通明,人声鼎沸。周边的人家也被灯火照亮,被不眠的人激活,仿佛一个夜市。

我像一名不速之客,进入灯火和人群中。我本想在房屋外边先找个角落,默默观望和缅怀我的师傅,但我肥胖的身躯和独有的光头特征,很快引起了人们的注意。一个司仪过来,引领我去上香。

我走进师傅的家。在灵堂前,我首先看见师傅的遗像,像一个粗藤盘结的树根,在等候我。我瞻仰师傅,他沧桑、黑黄、浮肿,脸上满是皱褶和斑点。这应该是他晚年的照片。师傅年轻的时候可不是这样,他英俊潇洒、红光满面,像电影里的好人。从某种意义上说,我拜他为师,是被他的相貌所吸引。他的长相和气质的确和村里人不同,他一点都不猥琐,也不粗鄙,尽管他是个贼。他为什么是个贼?或者说他为什么成为贼?他的经历让我好奇,为此我接近他。我走近他之后,发现他有满肚子的故事和满身的本事。他字写得好,画画更好。总之,他令我着迷,也令蓝上杰、韦燎、覃红色和韦卫鸾着迷。严格来说,我们拜他为师,是为了成为有本领的人,而不是为了做贼。后来我们果然都不再做贼,或者说我们除了贼的本领不再使用,师傅教给我们的其他本领,我们各有专长,都用到了极致。

我接过司仪递来的香,跪拜我曾经敬爱也曾经怨恨和疏离的师傅。我一边跪拜一边默念:"师傅,请走好。谢谢您,师傅。师傅,对不起。"

师傅的众亲属在给我鞠躬回礼。他们守在棺材的两旁,披麻戴孝。我知道师傅没有子女,所谓的亲属,应该只是叔侄、堂、表、外甥的关系。师傅的房子,在几年前进行了重建,十八米宽三十米深、四层的楼房,在村里算是上好的。师傅在人生接近终点的时候,为什么还要起新房?我想无非是为了给他埋怨一生的亲属们有个交代或回报吧。毫无疑问,师傅如今死了,他的丧事无比隆重,因为天明出殡之后,这幢房子就不再是师傅的了。他的亲属将继承或分掉他的房子。

法事已经在进行。在屋外新搭起的帐篷,菁盛乡最著名的道公和风水师樊光良正率领他的团队,敲锣打鼓,念唱经文。

发现我来了,樊光良离开他的团队,走过来和我打招呼。招呼过后,他仍没有归队,继续和我说话,则变成聊天了。樊光良是我高中同学,他的学历也止于高中,但他的道行神通,非我作家兼大学教授所能比。

"老同学,你来了,就是对师傅最好的超度。"樊光良说。

"你凭什么认为他是我的师傅?"我说。我对樊光良的指认感到吃惊,因为我上高中时已经不做贼了。

"我晓得,他是你师傅。我也有师傅,这没什么。"樊光良说。他摸着他的胡须,像抓着什么把柄一样。

"人非圣贤,孰能无过?逝者为大,这你应该懂吧?"我说。我的意思是让樊光良不要纠缠我和韦建邦的师徒关系。

"对,我对你讲的就是这个意思呀。"

"我说,你是大师。"

樊光良说:"可是你比我有出息。"

"那可能是因为我们的师傅不一样。"

"你凭什么认为我们不是同一个师傅呢?"樊光良说。

我吃惊:"是吗?"

"我比你晚些年拜他为师,只是你不晓得而已。"樊光良说。他点烟抽,也递给我一支,"我不是你那批学徒和那个团队的。"

"那为什么我不知道你,你却知道我?"我问。

"所以我成了道公,你成了作家和教授呀。"樊光良回道。

我心里骂了句狗×的,嘴上却说:"你才是人类灵魂的工程师,因为你天天和灵魂打交道。"

"没错。"他边说边笑,"我们的师傅,该为我们骄傲。"

"就像你那帮正在唱念做打的徒弟们一样,他们也应该为你这个师傅感到骄傲。"

我和樊光良表面轻松和谐其实针锋相对地聊着,反正我打算在这里一直待着,直到出殡。有樊光良在,正好可以解闷和解乏。他陪我聊个把小时,再过去念一会儿经,又过来和我聊,像是两边开会或应酬的领导。我说:"你这么不用心,不专心,不怕师傅收拾你吗?"樊光良说:"我与师傅通灵了,照顾好你,正是他的意思呀。"

我竟然莫名地感动。

半夜三更,吊唁的人大多已经散去,或已经睡着,忽然来了一个人。

她穿着黑色皮衣,挂白围巾,沉重而急速地向房屋走来,径直朝灵堂进去。我在屋外看见她朝逝者跪拜、上香、斟酒。虽然她背对我,身影也不熟悉,但我心里仍跳出一个永不能忘的名字:花卷。

等她出来,我迎上前去。她也看见了我,认出了我。

她叫我的学名:"樊一平!"

我说:"你怎么知道是我?"

她说:"你太好认了,电视上也见过你。"

"我这个样子的确是不能犯罪了,因为不好逃。"

"那我是谁?认出来了吗?"

我说:"花卷。"

她不生气,说:"真名呢?"

"韦卫鸾。"

韦卫鸾

韦卫鸾是村里韦庆雷和农妹花的大女儿。她八岁的时候，下面就有四个妹妹和一个弟弟。可想而知，她家的境况会有多惨，她的日子会有多难。

我和她是小学到初中的同学。

拜韦建邦为师傅，是我拉她加入的，或者说是我引见她接触了韦建邦，拜师是她自愿的。

小学一年级暑假放假那天，我追上赶着回家的韦卫鸾，说："我带你去见一个人。"韦卫鸾说："不去，我要回家干活。"我说："那个人很好玩的，他可以教我们玩。"韦卫鸾说："是谁呀？"我说："韦建邦。"她一听，吓了一跳，说："不不，韦建邦是坏人，我爸晓得我跟他玩，会打死我。"我说："我跟他玩都有半个学期了，我大哥到现在都不晓得。"她不答应，继续走。她垂在背后的辫子一甩一甩的，像抽人的鞭子。我以为愿望落空了，没想到她在离我十五步的地方停下，忽然回头，说："你讲的都是真的？"

我领衣不蔽体的韦卫鸾去见韦建邦。我们在韦建邦家门外的时候，听见他在拉二胡。那旋律相当特别，和我们平时听到和唱的歌曲不一样。后来我知道他那天拉的是《二泉映月》。

我和韦卫鸾顿时被音乐吸引，但为了不打扰他，我们就在门外站着听，直到音乐停止，我们才进去。

韦燎、覃红色和蓝上杰已经在房屋里了。原来刚才的曲子，是韦建邦拉给他们听的。

韦卫鸾的到来，让韦燎、覃红色和蓝上杰很惊讶，也很兴奋。他们围着韦卫鸾团团转，像是一群黑猫围着一只白猫。我很得意，因为他们想做而做不到的事情，我做到了。

韦建邦却不高兴，他训斥我："你带她来干什么？"

我脑子飞转，找到一个理由，说："她会唱歌。"

韦建邦看着瘦不拉几的韦卫鸾，说："唱一个我听听。"

韦卫鸾也不怯场，唱了起来。她唱的是《红灯记》里的选段《我家的表叔数不清》:"我家的表叔数不清,没有大事不登门,虽说是、虽说是亲眷又不相认,但他比亲眷还要亲。爹爹和奶奶齐声唤亲人,这里的奥妙我也能猜出几分,他们和爹爹都一样,都有一颗红亮的心。"

韦卫鸾的嗓子把我们镇住了,我们目瞪口呆,像一群面对鲜草嘴巴却套上了笼子的羊。

韦建邦微微点了点头,说:"但是需要调教。"

这句话一下子把韦卫鸾控制住了,她像迷途中遇到了一个领路的人,决心跟这个人走。她眼巴巴地看着韦建邦,生怕他不教她。

一个星期后,我们正式拜韦建邦为师傅。我们的初衷,是要学他身上所有的本事。

师傅说:"首先,我要教会你们活下去的本领和方法。"

这个本领就是偷窃。

我们起初都很惶恐,是不愿意的。韦卫鸾最不愿意,她央求师傅:"我可以不学这个吗?"

师傅说:"我不养不能自食其力的人,你走吧。"

韦卫鸾没有走,那时师傅刚教她学会了简谱,五线谱正在学。她舍不得孜孜以求的音乐本领,最终留了下来。

在师傅的教导下,经过一段时间刻苦的体能和技能训练,我们学会了偷窃的本领。在实际行窃的前一天,师傅制定一条行窃的准则。

师傅说:"你们要牢记一条,穷人和亲戚的东西不能偷。"

师傅没有解释为什么穷人和亲戚的东西不能偷,但我们大致能懂。穷人本来就穷,东西再被偷走的话,就更难活了。亲戚的东西为什么不能偷?因为那是亲戚。

所以第一次行窃的对象,我们选择了既不是穷人也不是我们大家的亲戚的收购站的韦有权。

行窃之前,一对一的时候,我问韦卫鸾:"你害怕吗?"

韦卫鸾上下牙齿打架,哆嗦得说不出话来。

我说:"到时你要喊的,你现在就开始喊,喊出来就不害怕了。"

她说:"朝什么地方喊? 朝谁喊?"

我说:"朝着高山喊,朝着河喊,朝着我喊。"

"喊什么?"

"就按师傅吩咐的。"

于是,韦卫鸾朝着高山,朝着河,朝着我,连喊了三句:"毒蛇咬人了——毒蛇咬人了——毒、蛇、咬、人、了!"

喊完她就哭了。

等她哭完,我说:"还害怕吗?"

她说:"万一我被抓了,你会不会救我?"

我说:"我拼了小命都会救你。"

她笑了。

首次行窃成功之后,韦卫鸾换上了一套新衣裳。我知道一定是师傅给她买的,至少是悄悄多给了她做一套衣服的钱。那时候买布还需要布票,她家有的是剩余的布票。穿上新衣裳的韦卫鸾越发好看,真正地像一朵花。她那套印花的衣裳,随着身体发育和岁数的增长,像击鼓传花一样。我后来看见她二妹穿,她三妹穿,她四妹穿。她们四姐妹,像山岗上的四棵树,所有的风只向她们吹,"所有的日子都为她们破碎"。后面四句,是我多年后读到的海子的诗,用来形容多年前的韦卫鸾四姐妹正好。我觉得海子的这几句诗,就是为她们写的。

师傅认真地教韦卫鸾音乐。到小学五年级的时候,他忽然说:"我教不了你了。"

韦卫鸾以为师傅不喜欢她了,伤心难过地说:"师傅,我什么地方做错了?我一定改。"

师傅说:"你想继续进步,就需要更好的老师。"

韦卫鸾说:"谁呀?"

师傅写出来:"克里斯蒂娜·迪乌特科姆、维多利亚·德·洛斯·安赫莱斯、安娜·莫芙、泽弗里德、琼·萨瑟兰。"

看着一串长条的名字,我们都蒙了。

师傅说:"这是全世界五位最著名的女高音歌唱家,她们可以做卫鸾的老师。"

师傅不叫韦卫鸾花卷,改口叫真名。

韦卫鸾说:"我上哪里找她们呀?就算找到,她们也不肯教我呀。"

师傅说:"我知道在哪里能找到她们。只要找到她们,她们肯定教你。"

我们用怀疑的眼光看着师傅。

师傅说:"她们在菁盛中学黄盖云老师的房间里。他藏有这几位歌唱家的唱片,你们去把唱片偷来。唱机就不用偷了,我有。"

我们兴高采烈自告奋勇地进行分工。花卷韦卫鸾唱主角,老猫覃红色演配角,黄狗蓝上杰负责技术开锁,野兔韦燎负责接应,我老鼠还是负责侦察。

但是花卷说:"我要老鼠配合我,有他在身边,我不害怕。"

于是我和老猫换了工作。

那天是星期三,老猫侦察到黄盖云老师一天都有课。我们决定那天行动,但是那天我们也有课呀,怎么办?头一天晚上,野兔给第二天的科任老师韦先老师下了泻药,第二天一早我们便得到了放假的通知。韦先老师是野兔的叔叔,是我们上岭小学两个教师之一。另一位老师是苏满洲老师,他上个月腿断了在家休养,所有的课都由韦先老师来上。

我们潜入菁盛中学。这也将是我们下学期即将就读的学校,我们等于先来看看,熟悉环境。假如遇到有人发问,我们计划就这么搪塞。还是师傅明示,又经过老猫事先踩过点,黄盖云老师的房间很快就找到了。黄狗不到十秒钟就把门锁打开,我和花卷溜进去。

房间很小,一张床,一张桌子,一箩筐书,房间基本上就满了。桌子上有一台唱机,唱机上和唱机边有唱片,唱片都是当时的革命样板戏。我们也知道我们想要的唱片不可能在这里摆放着。那么在哪里呢?

床底,只能在床底。

我钻进床底。在床底最里边,我搜出一只箱子,并把它拖出来,像老鼠拖出油瓶一样。

这是只皮箱。皮箱灰尘不是很多,说明上次打开的时间不是很长。皮箱的按锁已经坏了,一摁就开。

箱子里果然有唱片,还有书。花卷按师傅提供的名单,迫不及待找她想要的唱片,找着四张,维多利亚·德·洛斯·安赫莱斯的没有。花卷说可以了,示意我把箱子合上并放回去。我没动。我被箱子里的书吸引着,《安娜·卡列尼娜》

《复活》《巴黎圣母院》《包法利夫人》等等,它们像花生吸引老鼠一样,让我不舍。我看了看花卷,花卷说:"你想看就拿呗。"我就拿了那四本书。

我们回到村里,进师傅家。师傅的唱机已经搬出来擦拭干净和弄好了。师傅放上唱片。歌声响起。我们听完克里斯蒂娜·迪乌特科姆唱,听安娜·莫芙唱,然后听泽弗里德唱,听琼·萨瑟兰唱。她们唱的歌词我们听不懂,但她们的唱腔圆润、高亢,好听。花卷自然是听得比我们投入和着迷,过后她肯定还要反复地听。

师傅发现了我偷来的书,他没有责怪我。他看了看封面,说:"托尔斯泰、雨果、福楼拜,以后就是你老师,如果你想将来当一名作家的话。"然后他还点了书里好多人物的名字和细节。说明这些书,师傅都看过。

就在那年,1975年,我们小学读完后升初中。在菁盛中学,我和韦卫鸾分在同一个班,初19班。班主任兼语文老师、音乐老师都是黄盖云。当他自我介绍报出自己大名和任课任职情况的时候,我和邻桌的韦卫鸾面面相觑,只见她目瞪口呆,我则是暗自庆幸。我觉得能做黄盖云老师的学生,真是缘分呀。韦卫鸾可能跟我想的不一样,她可能想的是做黄盖云老师的学生,却偷了他的东西,心里有愧。黄盖云老师那年三十出头,不是本地人,却来菁盛中学七年了。未婚。他的普通话字正腔圆,真是好呀,让我们这些讲普通话夹壮语的壮族孩子听了,如果他不是老师,我们会以为是他讲得不标准。后来韦卫鸾说得一口流利的普通话,跟北京人似的。我也马马虎虎,让别人猜不出我是壮族人。这都是黄盖云老师的功劳。

当然他的功劳不止这些。语文期末考试的时候,作文题是《我的家》。交完卷的当天晚上,黄盖云老师突然通知我去他的房间。我去到他房间里的时候,发现韦卫鸾已经在那里了。她畏畏缩缩站在墙边,黄盖云也指示我站墙边,与韦卫鸾一起并列。他表情严肃,我觉得大事不妙。

他先拿出我的试卷,问我:"你的作文《我的家》,第一句话,幸福的家庭都是相似的,不幸的家庭各有各的不幸。我问你,这句话是怎么得到的?怎么来的?"

我一愕,知道坏了。写作的时候光顾显摆,却忘了保护自己。这句话就来自《安娜·卡列尼娜》。这本书是我从黄盖云老师这里偷来的。我当时还下意识地看了看床底,而且黄盖云老师也注意到我看床底了,这简直是不打自招。

我说:"不记得了,但肯定不是我的话,是引用的。"

"引用谁的?"

"托尔斯泰《安娜·卡列尼娜》里面的。"

"好了。"他说,转而拿出另一份试卷,看着韦卫鸾。

"韦卫鸾,你在《我的家》作文里,写到你的母亲。你这样写:我的母亲喜欢唱山歌,她的歌声虽然没有克里斯蒂娜·迪乌特科姆嘹亮,也没有琼·萨瑟兰多情,她不懂舒伯特,也不懂施特劳斯,但是她的歌声纯朴、清甜,像我家后面的山泉。好啦,我的问题是,你是怎么知道克里斯蒂娜·迪乌特科姆,还有舒伯特、施特劳斯的?"

韦卫鸾已经慌乱得不行,几乎要瘫下了。她模仿我,也看了看床底。我想这下彻底完了。

没想到黄盖云老师说:"好啦,我知道了。你们回去吧。"

那天晚上,我辗转反侧,彻夜难眠。我想到了被示众和开除的结局。

黄盖云老师评卷和宣布分数。

我和韦卫鸾的作文是满分,并被当作范文由各自来宣读。

我念我的作文《我的家》。当我一念"幸福的家庭都是相似的,不幸的家庭各有各的不幸"这句剽窃而来的话时,情不自禁地看着黄盖云老师,他像一座沉默、挺拔的青山,让我仰止。

轮到韦卫鸾念时,韦卫鸾看着黄盖云老师,说:"我不念,我想唱作文里写到的琼·萨瑟兰唱的歌,行吗?"

黄盖云老师说:"行。"

韦卫鸾说:"琼·萨瑟兰是澳大利亚女歌唱家,我唱的是她唱的歌剧《拉美莫尔的露契亚》选段。"

然后她开始唱。她的唱词同学们全听不懂,但是她唱得好不好,我们还是听得出来的。她很出色。那是她第一次在四十人以上的观众面前演唱。她的歌声征服了全班,并不胫而走,传遍全校。整个菁盛中学很快知道,初19班有一位了不起的歌唱达人,她叫韦卫鸾,上岭村人。

过后,我们把事情告诉了师傅韦建邦。师傅缄默了半天,然后说:"我不做你们师傅了。从今往后,我们断绝一切来往。"

我们如晴天霹雳,问:"为什么?"

师傅说:"为了你们的将来。本来,我就有这个打算,等你们初中毕业,我们就脱离师徒关系。现在,黄盖云的行为,把我的计划提前了。"

我们又问:"为什么?"

师傅说:"你们以后会懂的。我能告诉你们的是,好日子就快来了。只要和我这个师傅断绝关系,你们的好日子就来了。"

好日子最先降落在韦卫鸾的生命中。

1977年,十三岁的韦卫鸾初中毕业,被县文工团特招,成为演员。这是黄盖云老师推荐的结果。

也在那一年,黄盖云老师调去县中学。他的才华和韦卫鸾的天赋一样,最终没有被埋没在寂静寥落的乡村。

临别的时候,黄盖云老师把我单独叫到房间。他打开那只皮箱,说:"这里面剩下的书,都送给你。好好读吧。"

"老师,我错了。"我说。

他摇摇头说:"你师傅是不是韦建邦?"

"他已经不是我师傅了。"我赶紧说。

"但是将来,你们有成就的时候,希望不要忘记他。"他说。

"我会永远记得你,老师。"我回道。

与黄盖云老师一别,我再也没有见过他。我在菁盛乡中学念高中,并在那儿考上大学。大学毕业,我被分回菁盛乡中学当教师。一年后我调到县文化馆,当创作员。

黄盖云老师在县中学,照理我们是可以见面或来往的。但是,我们就是没有。

这和韦卫鸾有关。

我考上大学以后,第一封信是写给韦卫鸾的。我在信里向她示爱。

但是,韦卫鸾没有回信。

一封不回,再写一封。在大学头两年里,我坚持写了十八封信。

韦卫鸾一封也没有回。

我听老猫覃红色说,她爱上了老师黄盖云。

这便是原因。

我调到县文化馆以后,与还在县文工团的韦卫鸳也只见过一面。那次见面我只说了一句话:"你是不是爱上了黄盖云老师?"她的回答也是一句:"是的。"

然后我们就再也不见面了。

我和韦卫鸳的再次见面,居然是三十多年后了,在师傅韦建邦葬礼的前夕。

此时此刻,这个雍容华贵的半老徐娘,正落落大方地和我这名光头老汉闲聊,在我们相继为师傅寄托哀思之后,同坐在一条长条椅上,靠得很近,让村里人以为我们是天生一对,或曾经的鸳鸯。

在醒着的村人的目光中,我问韦卫鸳:"你最后为什么没有嫁给黄盖云老师?"

韦卫鸳说:"他不要我。"

"为什么?"

"不该问的不要问,"她搬出师傅曾对我们的告诫对我说,"更何况现在才问这个问题,有意义吗?有意思吗?"

我说:"有意义,但没意思。"

"我后来嫁到了柳州,"她说,"嫁给一个当官的。他的官越当越大,后来就不要我了,离了。但给了我一大笔钱,现在都还给,因为我们有一个女儿。女儿在意大利,也是学声乐的,美声。"

"这就有意思了。"我说,"你未竟的事业,后继有人了。"

"黄老师结婚了吗?后来。"

我说:"这个问题怎么是你问我?应该是我问你。"

韦卫鸳说:"黄老师不要我,不娶我,他说那不是爱,是感恩。"

"我认为也是。"

"好吧,你说是就是。无所谓了。"她仰脸看着有星星的苍穹,"给我一支烟。"

我给她一支烟,并为她点燃。

"你怎么样?老婆退休没有?女儿像她妈漂亮,还是像你?"她边吞云吐雾边对我说。

"我生男生女你也清楚?"

"都一个村里的人嘛!"她说,"我回家的时候,村里人没少说你,自然知道一些啦。"

"我困了。"我说,还打着哈欠。

我真困了。

我靠在椅子上睡着了,樊光良他们在对面的铜锣声也阻挡不了我进入梦乡。在梦乡里,年轻貌美的韦卫鸾,站在一朵云上,向我飘来,并为我歌唱。

我忽然醒了,睁眼一看,一拨人呼啦啦地向马路那边拥去,像是来了什么大人物。天已经放亮,马路上停着一辆加长版的劳斯莱斯幻影。从车上下来四个男人。四个男人都派头十足,尤其走在前面的两个。这走在前面的两个,烧成灰我也能记得,他们是黄狗蓝上杰和野兔韦燎。

蓝上杰　韦燎

蓝上杰和韦燎,曾是我的生死兄弟,这毫无疑问、不可否认。加上老猫覃红色,我们四兄弟,智勇果敢、配合默契,像《加里森敢死队》里那伙恶贯满盈、身怀绝技、上阵杀敌以功抵罪的囚徒。

在我们这个团伙里,黄狗蓝上杰最专业,他干的都是技术活。从别人的口袋里掏钱包、开门锁,那都不在话下,轻而易举。他的绝活是开保险柜。

我们小学四年级寒假的时候,去了一趟县城。那是我们第一次出远门,也是第一次做大生意。菁盛乡太小了,有钱人不多。隔壁金钗乡稍大一点,但一来二去,已满足不了我们的胃口。县城必然成为我们的目标,像经常考九十分的人一百分必然是他的目标一样。

都安县城无疑是我们见过的第一个城市。有好多条街,不像菁盛和金钗,只有一条街。每条街上,人头攒动、熙熙攘攘,像蜂窝一样密集和喧闹。我们像几只小蜜蜂钻进蜂窝里,却要干惊天动地的事情。

我们先在县城考察、侦察、踩点,并因地制宜地计划了两天,决定对食品公司屏北店下手。

临近春节,买肉的人自然多了起来。那天我们盯上的店面卖了足有四头猪的肉,并且卖到很晚。店面工作人员有两个人,一人割肉称肉,另一人收钱。到下午五点钟的时候,收钱的说不卖了,割肉的也说不卖了。收钱的要赶在银行停止营业之前存钱,割肉的确确实实太累了。老猫和花卷这时出现了,他们手里都有肉票和钱。肉票当然是偷来的,好多。两人一前一后,磨磨蹭蹭、啰里啰唆,开口说要五花肉,完了又改口说不要了,要拿包粽子的猪颈肉,总之磨蹭到银行停止营业的时间为止。收钱的看时间过了,只好把钱放在了店铺的保险柜里。

店铺锁上了。两把巨大的锁,像两个老虎头挂在绷紧的锁链上,收钱的和割肉的各拿一把锁的钥匙。这都没问题。问题是进去后保险柜能开吗?黄狗是询问过师傅保险柜的知识和开保险柜的诀窍,师傅也辅导过他,但都是在口头上,或纸上。真正的保险柜,黄狗没见过呀,今天第一次见。他能行吗?当然我们也做好了撬保险柜的准备,甚至是端走整个保险柜的准备,但这都是迫不得已的事情,是下策。

夜深人静,黄狗和我进入店铺。花卷、野兔和老猫在外面放哨,分一哨、二哨和三哨,像电影里重要战事的警备一样。面对像水缸一样大、花岗岩一样坚硬沉重的保险柜,我是头皮发麻,束手无策,只能袖手旁观。黄狗也琢磨或盯了半天不动。他像在努力地回忆和遵循师傅的教导,也像是在思考如何灵活运用科学技术破解锁码。就在我觉得黄狗不行的时候,只见他触碰了保险柜。他屏息静气,左耳朵贴在柜面,像医生听孕妇的胎音。右手拇指和食指捏着柜面的旋钮,轻轻地来回扭动。只听一小声嗒响,他一扯柜门,开了。

剩下的事,就我来做了。我把柜里的钱都拿出来,装进口袋里。然后关上柜门,用布擦掉指纹和脚印。

然后,我们溜之大吉,逃之夭夭。

这趟行动收获不小,有四百六十元之多。

黄狗在这次行动中居功至伟,也令师傅刮目相看。他摸了摸黄狗的脑袋,又抚摸他的手,说:"你这家伙,脑瓜子活泛,耳聪目明,心灵手巧,了不得。"

师傅难得表扬人,我们对黄狗羡慕得不得了。

但是师傅又说:"将来,你的智慧如果用在正道上,一定非富即贵,并且福运长久。你将来赚了钱,一定要多做善事,积累功德,抵消现在的罪孽。"

师傅看着我们其他人,接着说:"包括你们,将来都要走正道。跟着我走不远也走不久的,因为你们现在跟我走的是歪门邪道。你们是不会饿死了,但是完全有可能被打死呀。所以读书才是根本,是正道和王道。"

黄狗蓝上杰领会师傅的教导最积极,也最到位。他读书用功,成绩优异。高中毕业成为菁盛中学的高考状元,被上海财经学院录取,学的是金融专业。大学毕业他先留在上海一家大型国企,当会计师。然后,他辞职南下,去深圳创业。但发达是近几年的事情。如今的身家已过百亿。他发达后果然不忘初心和师傅教诲,行善积德。光上岭村这座桥,耗资八千万,他捐了五千万。师傅家翻建的这幢楼,想必也是蓝上杰捐助的,他有这个心,也有这个能力。他和野兔韦燎本来就臭味相投,现在又走到了一起。

野兔韦燎是我们这个团伙里反应最快的人,什么都快:学得快,跑得快,想得更快,还远。总之什么事情或任务到他那里,不可能完成的都能完成。他是我们团伙的智多星或参谋长。

去县城干大生意便是他的主意,或者说他是策划或导演。

开始我、老猫和花卷都以为不可能,简直是异想天开。黄狗不置可否,他保持中立,像是野兔与他商量过了。

我、老猫和花卷认为,一帮连县城都没去过的人,竟要到县城去大显身手,就像小学没毕业的人要跳级升高中一样,成功的把握或概率微乎其微。

况且师傅并不知道这件事情。

野兔说:"第一,成功之前,绝对不能让师傅晓得我们的行动和计划,否则失败无疑。因为师傅历来把安全和保险放在第一位,他绝不会允许和同意这么危险的行动计划。第二,万一行动失败,所有的罪过,我一个人扛。"

有了野兔的分析和保证,我们的态度松和些了。其实,我们都很想去县城,见大世面。黄狗的中立态度有了倾向,鲜明地站在了野兔一边。

野兔又说:"一定要一切行动听指挥,严格按照计划的步骤走,做好每个人该做的事情,这样就能成功。"

野兔的意思,按现在影视行业的说法,就是听导演的,按剧本演,演好自己扮演的角色,影片就能大卖。

在那次行动中,我们都听野兔的指挥和按他的计划行事,果然成功了。

那次先斩后奏的行动,师傅表面上是对野兔进行了严厉惩罚,罚他在一里长的河滩来回跑半天。这对长跑健将野兔来说算得了什么呢?不过像是给一个敏捷好学的学生加几道练习题罢了。

现如今的野兔韦燎,是一名电影导演。这我肯定知道。多年前他看上我的一部小说,想拍成电影,但没钱买版权。他在北京,是通过电话跟我联络的。我说:"电影是你导的话,版权我送给你。"然后我们还签了版权赠送的合同,是通过邮寄签的文件。后来电影拍成上映了,导演却不是他,编剧是他。我打电话给他,说:"你是不是把我的小说版权转卖了?"他说:"没有,哪有?"我说:"韦燎,别骗我,影视这行业,我虽然涉得不深,但也是略懂的。"于是他在电话里跟我诉苦,说:"兄弟,我在北京混得不好,我想当导演,但影视界的水太深了,我没资历,更没资本,只能通过编好本子,先赚点钱,换取人气、人脉。导演我是肯定要当的,请相信我,看在之前我们是同门同学和同行的分上,这件事情,请不要声张。"

我没有声张,因为我不敢。韦燎一句"同门同学和同行",像紧箍咒震慑了我。同门是什么?是名贼韦建邦的门徒,同学也是,是他的学生。同行是什么?就是我们都是贼,或曾经是贼。我们这几个贼,为什么那么多年没有来往,没有见面?不就是为了回避和隐瞒"同门同学和同行"这一可耻和可怕的事实吗?

况且我们还有约定。

大学录取通知书下来了。黄狗蓝上杰考上上海财经学院,老猫覃红色考上广西民族学院,野兔韦燎考上广西艺术学院(他一毕业便北漂),我考上河池师专。我们这个团伙中的四名男生,全部金榜题名,成为天之骄子。

只剩下我们五个人(没有考大学的花卷也特地来了)的庆贺聚会上,野兔说:"我有个建议,或者说我们来个约定吧。第一,从今往后,我们互相之间不能叫外号了。因为我们都不再是贼,师傅也早已和我们断绝关系,我们不再有师傅了。第二,从今往后,我们不要有过多的来往,最好是不再有来往。因为,我们都已是天之骄子,前途光明,但我们有不光彩的过去,并且我们都清楚你、我、他过去是什么货色。我们自己清楚就罢了,但如果我们经常聚首的话,别人就会晓得我们是一个团伙,我们的过去,就会像埋在地下的尸骨被翻出来,臭不可闻,遗臭万年。"

韦燎的建议得到我们其他人的认同,成为约定。花卷后来不理会我的示爱,我认为除了她爱上黄盖云老师这个原因,另一个原因,便是与约定有关。

将近四十年,我们大多能遵守约定,没有来往,没有见面。

但如今我们破坏了约定,因为师傅韦建邦的死,我们不约而同地来到师傅身边,祭祀逝去的师傅,像一坛尘封几十年的酒,被我们故意或不顾一切地端出来,昭告世人和天下。曾经叱咤十里八乡的盗窃团伙,只剩下老猫覃红色暂时没来。

蓝上杰和韦燎看见我和韦卫鸾了,但是他俩顾不上与我和韦卫鸾打招呼,而是径直去拜祭师傅。他们捧着香,朝着师傅的遗像和棺材,跪下去,一叩首、二叩首、三叩首。然后他们起立,把香插在香炉里,再半跪着,分别在师傅前方的三个酒杯,斟了三道酒。这一切他们都做得中规中矩、不减不增,像是十分守道和守德的人。那两个跟随来的人,也和他俩一起、一样,看上去一个是蓝上杰的保镖,另一个是韦燎的助理。

蓝上杰和韦燎终于来到我和韦卫鸾跟前,大家互相招呼和寒暄。我原以为大家会叙旧,但是没有。谁万一或不经意提到小时候的事情,就会有另一个人打断或岔开,提及的是近来并且是光彩的事。

比如蓝上杰近些年风生水起的事业——金融投资。深圳赫赫有名的上杰金融投资集团,便是蓝上杰的王国。他当董事长就是当王。房地产、人工智能、物流、影视业等等,什么都干。他003**3的股票,在2008年我就买了,后来越跌越买,越买越跌。2015年,在股价从96元跌到7元的时候,被我斩仓。我写作挣来的血汗钱,几乎喂了股海里不知哪条鳄鱼。但这个剧痛和巨痛,我没有跟蓝上杰说,此刻我也不打算说。此刻蓝上杰就在炫耀他的股票,已经飙升到110元了,昨天还拉了个涨停,而且封板了,今天应该还要板一个。他的目光朝师傅的灵堂那边转移,补充说:"这是师傅在保佑我,善有善报。"

看着蓝上杰眉飞色舞、志得意满的样子,我把已涌到嘴边的咒骂和血水又咽了回去,像把打落的牙齿吞进肚子里。

韦燎的事业也是水涨船高。他终于当上了电影导演,刚拍完一部暂定名为《幸运的酒徒》的电影,投资全部来自蓝上杰的集团,两个亿,请的全是明星。这也就解释了韦燎为什么跟蓝上杰一道来为师傅送别。因为如今他俩是同盟,又成为一条战壕里的战友,或一根绳子上的两只蚂蚱。

这两只自以为是英雄豪杰的蚂蚱,此刻不忘调侃我和奚落我——

蓝上杰说:"老鼠,你现在混得还不错嘛!虽然是大学专科文凭,但当作家,又当教授了。"

我说："约好不叫外号了的。你叫我老鼠,那我是不是叫你黄狗呢?"

蓝上杰马上说："不叫,不叫了。樊作家樊教授,您现在写一千字多少稿费呀?上一节课领多少钱?"

我说："在你眼里肯定是不多,但已足够让我过上有尊严的生活。"

蓝上杰说："你还有几年退休?应该快了吧?"

我说："你是组织部的人,我就告诉你!"

蓝上杰说："我的意思是,等你退休了,可以聘请你到我集团公司去干,专门负责集团公司的文化建设。年薪三十万,或者你大胆和有眼光的话,我送你百分之零点零一的股份,年薪三十万应该不止。"

我说："谢谢,就怕到时候你又改主意或变卦。所有的预定都是捉摸不定的,尤其是提前好几年预定,就像预定的婚姻或接班人,越提前越不牢靠。现在的私营企业,要么越发达,要么越没落。还是等我退休后视你集团公司的具体情况再定吧。"

蓝上杰说："我的企业只会越来越好。我预定的接班人是我大儿子,是我和前妻生的,他是留美的金融管理学博士,比我强。"

"言外之意,你还有二儿子,甚至三儿子?"

"没错,和现在的妻子生的。一个五岁,一个三岁,都比较小,因为妻子年纪小嘛。"

韦燎一旁补充："蓝总夫人比蓝总小二十八岁。"

我说："这我就放心了。"

蓝上杰把手搭在我肩上,像拿一根戒尺或一颗试金石衡量我的品德一样,他语重心长地说："一平,我家族的事情,让你操心了。"

韦燎接续蓝上杰的火力,接着调侃和奚落我："大作家一平,你现在的小说版权,如果我还看上的话,是不会再亏待你了。有钱!"

我说："我的小说,你肯定是不会再看上了。"

"为什么?"

我看着早晨戴着墨镜的韦燎,说："因为你看不见,发现不了呀。"

他把墨镜摘下来,我看见他两眼通红,是连续通宵达旦的结果,但此时此刻,却像悲伤所致。"我还是火眼金睛的,"他说,"小说的优劣,就像人的好坏,我仍然是看得出来的。"

我说:"这样就对了。你不把眼镜摘下来,我还以为你瞎了。"

韦燎和蓝上杰见从我这里,得不到太多奚落和调侃人的快感,于是把目标转向了韦卫鸾。

"卫鸾,亲爱的韦卫鸾同学,"韦燎张开双臂,继续说,"我多想拥抱你呀,你曾经那么美,从你现在依然保持的肤色和气质,还可以想象你当年有多美!"他突然把双臂收回来,让打算投怀送抱的韦卫鸾扑了个空,"可惜现在不是拥抱的时候,也不是拥抱的地方。"

韦卫鸾似乎感觉到了被耍弄,但是她不生气,依然笑眯眯,低三下四地说:"韦燎,你当电影导演了,可惜我老了,主角我是不敢想了,你让我演个三号、四号,我就心满意足了。"

韦燎摆手,说:"不,哪能委屈你呢?你要演我就给你演主角。"

"真的?"

"当然是真的。"韦燎说,"你演一个老女人,坐在轮椅上,在回忆她年轻时苦难而甜蜜的生活和爱情。"

"可是我回不去年轻时了呀!我这么老了,怎么化妆也像不了年轻时的样子。"韦卫鸾信以为真,忧伤地说,"年轻的我怎么演?"

"用替身呀。"韦燎说。

"那……我老年的戏多,还是替身的戏多?"

"替身的戏多。"韦燎说。

"多多少?"

"很多。老年的你只有两场戏,开头和结尾,占时一分钟。"

"有台词没?"

"没有。"

"那还是主角呀?"

"这个问题要辩证地看,替身戏再多,演的还是你呀,对不对?我也想让你演年轻时的自己呀!可是你演得了吗?演不了了吧?谁让你老了呢?"

谁让你老了呢?这句话才是韦燎最终要表达的意图。他在嘲弄、蔑视韦卫

26

鸾年轻时对爱情和生活的好高骛远,以及对身边伙伴们爱意的忽视。年轻貌美,心高气傲,把潜力股当垃圾,这是短视和势利。人老珠黄,无爱寡欢,悔不当初,这是因果和报应。韦燎的这句话虽言简意赅,却像一颗凶恶的子弹,射向可怜的韦卫鸾。

但韦卫鸾居然承受得了,她像沙丘或一块海绵,把冲击力吸收了。"那替身能不能让我女儿来演呀?她跟我年轻的时候一模一样。"她说。

"这个可以有!"蓝上杰抢着表态说,"母亲做不到的事情,可以让女儿来弥补。"

我看不下去也忍不下去了,说:"蓝上杰、韦燎,你们是回来吊唁师傅的,不是回来摆阔和挑选演员的。良善之心,天地可鉴,何况师傅在听着,也在看着呢。"

这句话把蓝上杰和韦燎慑住了,像笼子罩住了两条轻佻的蛇。我了解蓝上杰和韦燎的性情,他们信天地,更信师傅。

他们忙不迭地给韦卫鸾赔不是,也给我赔不是,然后面朝师傅灵寝的方向,抱拳说:"师傅,对不起。"

太阳东升,初冬的上岭村变得明亮和暖和。留在村庄家里的村民,打算送韦建邦出殡的,正陆续过来。睡了一个晚上的我大哥,也来了。他换上了一件灰色的羽绒服,这是他衣服中最素的。他先把礼金交给司仪,再过去给韦建邦上香,才过来见我。

大哥见到了我身边的蓝上杰、韦燎和韦卫鸾,这些他弟弟小时候的伙伴或团伙成员,衣着光鲜、道貌岸然地站在他跟前,像是披了人皮的畜生。他曾经认为是这些畜生把他弟弟带坏或拖上贼船,也变成了畜生的。如今他应该不是这么看待了,因为在村庄的人们眼里和议论中,他们都比他弟弟强。稍差一点的韦卫鸾,虽然当大官的丈夫变成了前夫,但是有花不完的钱呀。最坏的人如今变成了最强最好的人,看见了吧?

大哥显然发现少了一个人,他东张西望,然后问道:"覃红色呢?怎么没看见?"

我们中有人回答说:"他还没有到。"

大哥通过手机看时间,说:"还有十分钟就要出殡了。"

我们四人神情乱了起来,像是一个实体发生了动摇。

韦卫鸾说:"他可能是不知道师傅去世的消息,没人通知他。"

韦燎说:"不会,我刚才还看见他弟弟了。"

蓝上杰说:"他明显比我还忙。"

我说:"看来,覃红色是我们这五个人里唯一遵守约定的人。"

韦卫鸾、韦燎和蓝上杰愣怔,然后释然,像恍然觉悟或明白什么事理的样子。

我们清楚地明白,官至副厅级领导的覃红色,这个时候不来,是不会来了。

这个时候,择定的吉时已近。樊光良和他团队的法事已达到了高潮。他们移师到了灵柩边,指挥和引导亲属们向即将出殡的亲人告别。

我、蓝上杰、韦燎、韦卫鸾,主动加入了亲属行列里,没人拦得了我们,也没人拦我们。我们绕着灵柩走,一圈一圈又一圈。在樊光良团队凄楚吟唱的煽动下,有的人抽泣了,有的人哭出了声。所有的人根据与韦建邦的关系来称呼他并祝他走好。"叔叔,走好。""伯父,走好。""舅舅,走好。""韦建邦,走好。"

而我的称呼是:"师傅。"

师傅

师傅韦建邦从一个名校高才生变成贼的过程,对于很多人是个谜。在我作为他徒弟期间,我其实很想了解,但始终无从了解或没有真实地了解,尽管他沦为贼的原因众说纷纭。有的人说韦建邦在校的时候赌博输了一屁股债,因此走上了偷窃的道路。有的人说韦建邦的学业成绩都是靠偷题取得的,继而扩大到偷钱财。

还有的人说韦建邦的祖上就是贼,做贼是隔代传。这几种说法或版本,我知道只是猜测或传说,是不真实的。师傅一开始就教育我们不要相信运气,说如果有运气的话,那也是建立在扎实的技术和能力的基础上。师傅博古通今,他的才学方圆几十里无人能及,偷题或作弊成就不了他浑身的本领。他常挂在嘴边的一句话是:"王侯将相宁有种乎?"意思是说没有人天生的就是帝王、元帅、丞相。他用这句话来激励我们,并延伸到省长县长也是没有种的,同样,科学家、文学家、艺术家、金融家也是没有种的。人不要在乎自己的出身和环境,只要付出努力,并善于把握时机,一定能在自己志向的行业或事业有大作为。根据师傅的这些言论,那几种说法或版本,肯定不是他做贼的原因或理由。

那是因为什么呢?

师傅不主动说,我们当然也是不敢问的。

我去宜山读大学,是了解师傅的机会。因为我就读的河池师专,与师傅的母校宜山高中是同城,且一河之隔。

那条河对岸的中学,却直到二十年后,我才走进去。

我去宜山高中讲课并参加宜山高中八十年校庆。这所古老的中学在我一踏入时便震撼了我。它古木参天,湖光山色,小桥流水,曲径通幽,更像是一个公园。这么优雅的环境怎么居然把韦建邦变成贼呢?而我为什么居然用了二十年的时间才进入这个学校?

究其原因,是我对师傅不感兴趣,或者说我正试图忘了他。

我已经以师傅韦建邦为耻。

就这么简单。

多少次,我在我的学校这边散步,望着河那边岸上的学校,我的目光的确是软弱和羞耻的,因为那所学校出了个韦建邦。他是个贼,是我的贼师傅。我虽然不是贼了,但是贼的历史难以磨灭,就像人身上深刻的伤疤。那个从那所学校出来的人,伤害或带坏了我。我之所以没有被毁掉,我的命运之所以逆转,是因为那个人良知未泯,也是我努力抗争的结果。我一定要忘掉过去,忘掉韦建邦,必须忘掉。两所学校之间的这条河,就像两个国家的界河,这边的国民和那边的国民曾经相濡以沫、情深意长,但如今已断绝往来、势不两立。因此,没有必要再过界,除非我疯了。

我之所以接受宜山高中的邀请,是因为校长廖梦宜是我大学同班同宿舍的同学,他报出的讲课费是我在别的学校讲课费的三倍。况且过了二十年,我功成名就,身上有了很多的光环,我不担心也不再惧怕可耻的伤疤被揭露,就像一辆博物馆里战果辉煌的老坦克,我不担心和害怕它漏油。

我跟校长同学说:"我跟你打听一个人,是20世纪50年代末或60年代初你校的学生。你帮我查一查他在学校的经历和表现。他叫韦建邦。"

校长同学问我:"韦建邦是你什么人?"

我说:"他是我师傅。"

"什么师傅？"

"偷窃的师傅。"

校长同学一愣，然后笑笑，像一棵铁树开花，开心地说："我一定帮你查个水落石出。"

三个月后，校长同学来南宁开会。吃喝之前，他给我一份用信封装的材料，说："你师傅韦建邦的奇闻逸事，或者说兴衰荣辱史，都在里面。"我取出材料看起来，发现既模糊又凌乱，是一些旧档案的复印件和知情人的回忆片段。校长同学就说："还是我来概括和讲述吧，都在我脑子里。"

于是，校长同学讲述我师傅——

韦建邦是国立宜山高中41班的学生。这个班级序号是从1950年重新排序的。如果从新中国成立前的建校之初算起，肯定不止这个序数。他是1957年9月至1958年12月，在宜山高中就读。1939年生人，被学校开除时十九岁。

韦建邦是怎样被学校开除的？的确是因为偷窃。

但他偷的不是钱财，偷的是人心。

具体地说他偷了一个女人的心。

这个女人叫覃天玉，是宜山高中的老师，大韦建邦六岁。

覃天玉教韦建邦这个班的语文。她上课的时候，全部的男生和部分女生几乎无法专心听课，因为她太漂亮了。光漂亮也就算了，她还有一种特别的气质，优雅、温柔和高贵，像一朵开在高山顶上的花，让人感觉遥不可及。

总之，欣赏她的美貌和气质，以及聆听她温润、纯正的声音，是最高级的享受。至于她讲课的内容，那就无所谓了。

反正，韦建邦是彻底地迷上了她。这个来自都安县上岭村的十八岁的壮族小伙子，是对她一见钟情、不能自拔。他全然不顾自己浑身土里土气，普通话还说不好，老夹带壮语，但是他有勇气呀，还有智慧。他一开始在课堂上画她，后来背地里也能把她画出来，而且越画越好。他还给她写信，先是把信夹在作业里，后来也通过邮局寄。他的字迹隽永飘逸，文笔优美洗练，散发着王羲之、黄庭坚的韵味，弥漫着托尔斯泰、普希金的气息。

覃天玉对韦建邦接近疯狂的爱慕和表白,一开始是置之不理的。这位绝代佳人、名门闺秀,见过和接触的爱慕者实在是太多了,而且不乏佼佼者。韦建邦算什么呢?一个土包子,而且年纪比她小,还是她的学生。为这样的人冲动、心动,这怎么可能?一万个不可能。

但是后来,渐渐地,她发现或感觉到了他的可爱和优秀。他的画其实很不一般,他画她不仅仅是相貌逼真,而且通过神态画出了她的内心:孤独和忧郁。他的书信其实也不是模仿名家,他有自己独特的表达和思想。他的语文成绩进步迅猛,上了第一后再没有落后。他的普通话也不夹壮语了。

她回信了。有了第一封,便有第二封。

然后她和他有了约会。在龙江边和北山,夜深人静和假日。

自然而然,他们的非常关系或不正常的关系,被发现了。不可能不被发现。

于是学校找他们谈话,他们认了。学校接着搜出了他们往来的信件。

严重的问题出现在信件上。

在韦建邦写给覃天玉的信中,存在着"右倾"思想。那是1958年,"反右"斗争如火如荼的时候。

韦建邦理所当然被开除,遣送回乡。

覃天玉被剥夺教师资格,到图书馆当管理员。

韦建邦在宜山高中的经历和表现,大致就是这样。
我听了校长同学的讲述,难过了半天。"覃天玉后来呢?"我说。
"四十岁的时候嫁给了一个丧偶的军人。"
"现在还在吗?"
"在。退休了。"
"意思是她在韦建邦被开除十五年后才出嫁。"我推断说。
"这十五年里,他们肯定是有联系。有人曾见到过他们在一起。"
"我明白了。"
"明白什么?"
"韦建邦为什么会做贼。"我说。他被遣送回了上岭,心还在覃天玉身上。

他不停地给她写信,一封信是八分钱,超重的话再加八分,挂号的话还要更多。如果跑去宜山和覃天玉相会,负担更重。这都需要钱。可是后来他连买一张邮票都困难,甚至一分钱都没有了。那年月的上岭村,劳动是工分制,缺地短粮,又没有集体经济,是不可能有现金分配的。怎么办?只好偷。韦建邦是什么时候开始做贼的?不知道。但他因为做贼被抓,村里人说,是1966年,是在宜山被抓的,然后被公安遣送回来。以后他再也没有被抓过,或许他金盆洗手了,也或许他成贼精或贼王了。

上述的后面一段,是我的推测和判断。我没有对校长同学说。

校长同学看着肥头大耳、红光满面的我,说:"你居然也做过贼?而且贼师傅是我校培养的高才生。"

"都说名师出高徒,"我说,"但是论及智商和情商,我远远不及我师傅。"

如今师傅死了,眼看就要出殡。黄土一埋,我从此便看不见师傅了。

我要求抬师傅的棺材,得到师傅亲属的同意。蓝上杰、韦燎也参与进来,站在了棺材的一头。韦卫鸾说:"那我为师傅打伞吧。"我们上岭的殡葬风俗,是女儿为父亲的遗像打伞。师傅没有女儿,韦卫鸾在最后一刻做了他的女儿。

随着一声起柩的号令,棺材被抬了起来,架在了抬棺人的肩上。我在棺材中间的一边,人也不够高,其实不怎么被棺材压着,但我感觉到师傅和我贴得最近。他无声无息地与我亲近,像阳光温暖土地、肥料营养禾苗。我睿智、痴情、淡泊和苦难的师傅,在他走完八十岁人生的时候,此时此刻,我才感觉感深至骨、恩重如山。

我们将师傅抬到大路。我们走在大路上。然后我们上山,把师傅埋在山上。

我们回到已经没有师傅的师傅的家。一个师傅的亲属把一幅画交给我们。画面上是我、蓝上杰、韦燎、覃红色和韦卫鸾的群像。肯定不新,但也不是太旧,是三十来年的画作。画面上是师傅强烈地与我们断绝关系后分别时的情景——

我们都回头望。

那个脸圆圆、红扑扑的矮个子少年,是我;

挥手的少年是韦燎;

戴帽的少年是覃红色;

最高个的少年是蓝上杰；

唯一的、哭鼻子的少女,是韦卫鸾。

画面上没有师傅。他隐身,在相当长的岁月里,天天看我们,想念我们。

(原载于《十月》2019年4期,宗永平选编)

孙睿 / 1980年生,祖籍北京,北京电影学院导演系研究生毕业。自由写作,小说为主,也写剧本。文学作品见于《当代》《人民文学》《收获》《青年文学》《北京文学》《天涯》《作家》等杂志;参与编剧作品电影《一步之遥》、电视剧《我是你儿子》,导演作品电影《草样年华》。

斗地主

老孙的老婆对他买的那件黑色衬衣很不满,觉得太丧。老孙说:"对,我就是准备参加葬礼穿的。"老婆问:"谁死了?"老孙说:"现在谁也没死,但身边的人早晚得死,总有能穿的那一天。"老婆说:"当你身边的人怎么这么倒霉?活得好好的,你就开始准备参加葬礼了。你身边的人具体指谁?是我,还是你那些朋友?说不清楚,别睡觉。"老孙说:"都不是,也都是,重点不在于是谁,而是要看清一个事实,是人就得死,包括我自己。"老婆说:"你才四十出头,身边的人也这岁数,真是未雨绸缪,但要是没人死,衣服就那么一直挂着,不觉得浪费吗?"老孙说:"我相信不会浪费的,但我仍希望大家都好好活着。"老婆只好送他俩字:有病。

没多久,黑色衬衣派上用场了,老李死了。参加葬礼的,除了老孙,还有老赵和老钱。葬礼太突然,老赵、老钱来不及准备黑色的衣服,一个穿着棕色西装,一个穿着白衬衫,也算得体,在告别室里向躺着的老李三鞠躬。

悼词是老孙写的,也是他念的,其中一句是:老李是我们的好同学、好朋友、好牌友……

老赵、老钱、老孙、老李,大学时同一宿舍,来自不同系,打牌让友谊比同系同学还牢固。那时候,"斗地主"这项棋牌活动刚刚传到北京,尚未普及,之前大家玩的都是"升级""拱猪""捉黑A"。大学校园作为一切新生事物的沃土,当仁不让地承担起让这项活动生根发芽茁壮成长的工作。他们四个还创办了学校历史上第一个和扑克牌有关的社团——斗地主协会。

老孙的这句悼词,勾起往事,老赵和老钱扑哧一声,憋住笑,眼泪却没管住,眼眶里打了半天转儿,还是流了下来。

牌打得最好的是老赵,他是数学系的,专业对口。老赵小时候,华罗庚、陈景润、哥德巴赫猜想这些名词天天在耳边飞。他爸说,社会稳定了,知识被尊重,你就好好学数学吧,学出来,就是赵罗庚和赵景润;学不出来,至少也能找个单位当会计,算不错账。老赵的父母都是普通城镇职工,工资够吃饭,再想干别的,就得靠挤。老赵的爸为了每月给老赵订阅《数学画报》,戒了烟,还向老赵妈申请一笔巨款,给老赵报了奥林匹克数学班。老赵深知为了让自己在数学上有所斩获,家里每月少炖好几次肉,他是精神上的受益者,也是物质上的受害者,便故意把数学考得很差,试图让他爸断了把他培养成数学家的念想,以此恢复家里的伙食标准。看到老赵拿回来的数学成绩,老赵的爸很绝望,从抽屉里翻出半条过期烟,点上一根,双眼通红,望着窗外。老赵看出父亲的难过,跟他商量,炖点儿肉吧,吃肉补脑,没准就能考好。老赵的爸看着瘦小的老赵,觉得他哪怕考零蛋回来,也是自己的儿子,掐了烟,站在凳子上,从顶棚里摸出一张存折,是背着他妈攒的数额有限的私房钱,让他妈明天取出来,给儿子买肉。有了肉吃的老赵,在下一届华罗庚杯初中数学联赛中闯入决赛,拿回一张二等奖奖状,被他爸贴在墙上。他爸认为,人活着的价值就是推动人类进步,数学是一条行之有效的道路,如果老赵能在这条路上走出一片天地,而老赵又是他生的,这样在推动人类进步上,自己也算做出过贡献。

老赵是在故意把题做错的那次,意识到自己的数学天赋的,因为他更知道什么是对的。他很珍惜自己的才华,也珍惜吃肉的机会,直至高三,从未停止在数学领域前进的步伐,年年是课代表。本来能考上一类本科的数学系,可是高考那天车坏了,老赵迟到了二十分钟,匆匆忙忙坐进考场,心里一着急,解题思路全无。高考数学分比模拟考试低了四十分,从一本掉到二本。老赵觉得无所谓,四年后考研能考回一类学校。他有这个自信。

牌局刚组建的时候,老赵并没有积极响应,觉得玩物丧志,不愿把宝贵的时间放在与数学无关的事情上。童年的数学训练,让他体会到人类利用智力攻克难关超越自我的魅力,他觉得人之为人,就是要不断发现未知的东西,摆脱愚昧。但一次"斗地主"的偶然旁观,让他发现其本质不是打牌,而是做数学题,于是成为牌局常客,以数学家身份参与了这项活动。当手里有四个7时,他就尝试叫地主,因为别人手里的3、4、5、6没有7的话,凑不成五张的顺儿,这些小牌没办法一起出,只能一张张出,牌势一下弱了。对于总玩的人来说,这已算常识,但对于刚接触斗地主的新手来说,听老赵这么一分析,茅塞顿开,觉得老赵不愧是数学系出身,竟能悟出这个道理。老赵脑子好使,牌运却一般,人算抵不过天算,能算出别人手里的牌型,却没牌能管住,眼睁睁看着人家把牌打光。老赵不服,觉得有技术优势的人,不该总输。每当数学系没课的时候,他就张罗牌局,渐渐有了瘾,自己不承认,还说,我是在熟悉专业。

老钱是体育系的,家境不太好。童年恰逢奥运热,李宁为中国体育代表团夺得三枚奥运会金牌,回国后,家里的经济问题得到解决。老钱他爸从那时起就开始培养老钱,让他练短跑,说百米跑进 11 秒,就能代表中国队出征世界大赛,吃皇粮。老钱在他还是小小钱的时候,懂得的第一个道理就是:跑得快,就能有饭吃;跑得越快,吃得越好。

小小钱是在偷瓜的时候展露出短跑的天赋。每当被人发现,他总是第一个蹿出瓜地,像一支点燃的"蹿天猴"。当爹的及时发现了儿子这一特点,仿佛看到了饭票,把小小钱送去体校。小小钱百米成绩十一秒多,这个成绩偷瓜够用了,替国争光还差得远,光北京,能跑出这个成绩的就有上千人。照这水平,别说吃好点儿,就是糊口,都费劲。好在体校的老师说小小钱还小,尚有发展空间,而他自己也坚信,这一点几秒的差距不是多大障碍,无非就是头转过去再转回来的工夫,刻苦训练,必能达到,国家田径队的大门会为他敞开的。

上了大学,小小钱变成青年钱某,有了观察和总结生活的能力,将自己儿童时期懂得的道理进行了升级:动物只有跑得快才能获得食物,同时避免成为食物,人处于动物中的较高级别,更是如此。如果没有体育加分,以他的学习成绩,进不了这所师范院校,将来没有当体育老师的可能,吃不上老师这碗饭。恰恰因为自己比一般人跑得快,有了国家一级运动员这个身份,特招入校,没有成为高考的牺牲品。另一方面,就是因为有些人比自己跑得更快,致使自己成为体育道路上的牺牲者,没能进入国家队,吃不上皇粮了。国家队之梦,在钱某骨骼停止生长之后,自然醒了。

"斗地主"的出现,让钱某青年时期的生活费多了一个来源。一直以来,都是家里给他钱。他家在北京南边一个村里,户口算北京的,生活跟北京人完全两样,过的是北方所有农村的那种日子。他爸是村主任,要强,发现儿子能跑后,让儿子练体育。最初的想法是,儿子拿了金牌回来,接替他当村主任也就是顺水推舟的事儿了。村主任的待遇比普通村民好一些,当上村主任,是每个村民最好的归宿,无异于现在每个创业者的梦想是纳斯达克敲钟。

村主任虽说也是干部,收入却赶不上一名城镇普通职工。因此青年钱某的生活费紧张,勉强能吃饱。每当想改善伙食的时候,他就开始张罗牌局,或积极响应别人组织的牌局。他的"斗地主"宗旨和他的人生哲学如出一辙——必须跑得快。无论你是地主还是农民,只要手里的牌先出完,总能有进账。

当然也有输钱的时候,伙食不但没改善成,弄得更拮据。这时候忍饥挨饿的青年钱某,除了会总结哪把牌出错了,还巩固了对自己吃不饱的认知:刚才跑得不够快。

老孙考进化学系,源于小时候对放炮的喜爱。炸裂的声响和五彩的烟花,能让北京冬天灰色的天空绚丽多彩,生活多了乐趣。上了初中,化学课上看到镁条燃烧,老孙知道了原来焰火中那个五光十色的世界,是各种化学元素创造的。1993年春节,北京市区禁放花炮,老孙的爱好得不到满足,便立下志愿,此生投入化学工作,无异于能一直放炮,无论过不过春节,无论禁放到什么时候。高考报志愿,他毫不犹豫地将化学系填在第一专业。

入学后,接触到"斗地主",老孙心里的焰火被点燃了。每张牌就是一种元素,十七张牌抓到手,相当于十七种元素组合成一种特殊的物质,别人手里的十七张牌组成另一种特殊的物质,不同的出牌方式,让物质和物质产生不同的化学反应。出对牌,赢了,就是礼花绽放,一片欢乐,身心愉悦;如果出错了,输了,无异于放炮把手崩了。对礼花炸裂那一瞬间的渴望,会让老孙无论是领略了烟花之美,还是崩手之后,都迫不及待地开始下一把。他企盼下一把抓来的十七种元素,能产生更大的威力,将他和这个世界点燃。

老李是个诗人。他不愿意说自己是中文系的,因为中文系不仅有诗人,还制造官宦,和后者同系,他觉得不自在。老李是复读了两年才从四川考到这所学校,他对上个什么样的大学是有要求的:必须是北京的。在中国当诗人,就得来北京。

富于激情的人,生活在一群追求现世安稳的人中间,会很抢眼。老李的浪漫主义,不仅体现在写作上,还渗透到生活中。1998年世界杯决赛,图个乐,大家猜球。别人就赌五块十块,老李赌五百,一个多月的生活费,押的法国赢,别人都押巴西。之前巴西拿了三次冠军,法国多年没进过世界杯了,两队实力悬殊。结果法国三比零爆冷赢了巴西,老李收获了半年的生活费。有人问老李:"怎么就押中了法国呢?"老李说:"你们押了巴西,自然押不中法国,南辕北辙。"有人问:"巴西那么热门,押法国万一输了呢?"老李一口四川话:"瓜娃子,脑袋掉了碗大个疤!"有人又问:"赢的钱怎么花?"老李说:"得意之时须尽欢,门口饭馆,都去耍!"

"斗地主"于诗人老李,就像为他铺好稿纸,摆好笔,等着他激情四射来创作。别人牌不好,不会叫地主,他不然,但凡有俩2,就敢叫地主。老李的路子是:三张底牌里,万一还有俩猫儿呢——人有多大胆,地才有多高产!

往往还被老李猜中,每当翻开底牌,真有俩猫儿的时候,别人悔恨拍大腿的同时,送给老李一个称号:底牌王子。

但老李也不是每次都赢。富于激情的人能为自己冲撞出新世界,也容易疏忽他人,老李往往没算清对方手里的牌,出牌任性,结果挨炸。老李意识到这是自己的软肋,却改不了。他觉得"斗地主"就是为了宣泄激情,如果算来算去,跟那些毕业了去当官的中文系学生没什么区别。牌友们也支持老李的任性,你抄底牌那么牛×,再能躲开炸,谁还跟你玩呀!

就是这么四个人,分在同一宿舍。他们是各系分宿舍后多出来的那个,被本系甩在外面,落了单儿,却为牌局稳定开了个好头,不同的背景铸造了他们为"斗地主"而生的精神。他们比别的学生更钟情于自己的宿舍,下了课哪儿都不去,跑回宿舍,拉出椅子,围桌而坐。

如此迷恋,因为"斗地主"玩起来契合了年轻人迎难而上的精神,正如它的名字,是弱者(牌弱的人,被叫作农民)联合起来,对抗强者(牌强的人,被叫作地主)。每次一拿出牌,他们耳边就仿佛奏响《国际歌》:起来,饥寒交迫的人们……

"斗地主"只能三个人玩,四个人便有五种成局的方式。老赵老钱老孙老李,其中一个人不在,就有四种成局的方式。第五种是四个人都在,三个人斗,另一个人伺候局。所谓伺候局,端茶倒水还在其次,年轻人没那么爱喝水,主要是记账。楼长会经常来检查宿舍,如果桌边放着钱,容易被逮现行。他们采取记账方式,当日牌局结束,门一关,按所记胜负,用饭票结算。即便没参与战斗,记账的人看到牌弱的人斗赢了地主,农奴翻身把歌唱的喜悦也会油然而生,兴高采烈地记下农民的进账。

20世纪末互联网尚未普及,智能手机距离诞生还有十余年,那个年代的大学生活很质朴,有副扑克牌就能将平静的生活掀起波澜。

让人记忆犹新的是大二即将结束那年的七月,酷暑,北京像个桑拿房,让人全身黏糊糊的。正值考试周,热得难受,男生会拿着脸盆去水房,脱光了,接一盆凉水,举过头顶,倾倒而下,驱热去暑。可回到宿舍拿起书,用不了半个小时,全身又被汗浸透。那时候宿舍连电扇都没有,天太热了,热得想让人变成一条鱼,永远活在水中。他们四个都还没有女朋友,也可以说,因为没有女朋友,他们四个更热了,只好选择"斗地主"消暑。除了老赵,其他三人傍晚前刚刚结束了考试,老赵还有最后一门《计算机编程》没考。他们三个光着膀子甩着扑克,老赵光着膀子翻着课本,一只眼睛在书上,一只眼睛关注着牌局的进展。四个男青年在宿舍的灯下其乐融融。突然,一片漆黑,到了熄灯时间,而三人不约而同都抓了一把好牌,手里都有炸,都准备叫地主,也都准备着万一别人抢先叫了地主,就"踢"他一下——"踢"会让赌资翻倍。这将是惊心动魄的一局,为了让本学期最后一战载入史册,他们决定去校外街边的路灯下继续战斗,老赵也拿着编程书跟去了。路灯下还能多看会儿书。老赵说。同时,他的书里夹着那三张底牌,谁都不知道这三张牌是什么,悬念过一会儿才能解开。

校内夜晚有保安巡逻,四人翻墙跳到校外,不远处是一个幼儿园,门口摆放着为接孩子的家长提供的石桌石凳,他们占据了这片区域,按之前在宿舍的风向坐好。老赵呈上编程书,路灯下翻开,郑重地把三张底牌放在石桌上,铜版纸的亮面反着头顶路灯的光芒。三个人重新审视自己的牌,准备做出选择。

老孙先叫,他叫了地主,但没叫满,轮到老李,叫满了,底牌归他。翻底牌前,老李问老钱踢不踢,老钱犹豫了一下,说不踢了,老孙也就没跟。老李翻开了底牌,有一个小猫儿。老李一句"牛逼"的反应,让老孙和老钱都猜到老李手里凑成了俩猫儿,又是一炸,而且是最大的炸。这让三人紧张又兴奋,也让看热闹的老赵忘记天亮后还要走进考场,不由自主地合上了书。

三人凝视着手里的牌,思考着不同出牌方式遇到的种种可能,老赵也跟着陷入沉思,提前开始自己的编程考试。四人过于肃穆凝重,以至于一个下班喝完酒骑车路过的城管看到他们的第一眼,还以为戳着四尊雕像,视而不见地骑了过去。后来觉得不对劲,这条路天天走,不记得有雕像,便掉转车头,走了过去。

城管走到跟前,看清是四个活人,例行公事一问:"干吗呢?"

"打牌呢。"四个低头看牌的脑袋里传出一个声音。

"玩钱的吗?"城管又问。

"不玩钱的谁玩呀!"又一个声音不耐烦地回答,问话者影响了他们的思考。他们以为是某个睡不着觉的居民,说完才抬起头,看见问话人胳膊上的红袖箍。那时候北京正在开会,严查可疑人员,传言抓到了就送去清河筛沙子,也包括涉嫌黄赌毒的。

四个人眼神一对,扔掉手里的牌就跑。老赵当然没有扔下手里的书,书上写着他的名字和学号。

城管本是随口一问,想看两把就走,看他们如此慌张,觉得他们不只是打打牌,背后一定还有别的事儿,说不定破获了一个犯罪团伙,能立个市二等功什么的,骑上车就追。不知道是喝了酒,还是车圈龙,城管骑车的身影在路灯下左摇右摆。路灯将身影越拉越长,一点点盖住打牌的四个人,吓得他们更玩命地跑。

四人还算聪明,没往学校的方向跑,而是跑向闹市。老钱专业出身,跑得最快,在前面带路,招呼大家:"往菜市场跑!"

前面有个蔬菜水产批发市场,以脏、乱、差闻名于京,一直要治理,也不见行动,现在是绝佳的避难所,四人跑了进去。城管也追了进去。

跑得太久,老李展现出作为诗人的特性,心肺功能不好,落在后面。其他三人也累,没比老李快多少。好在城管也不是铁打的,蹬车速率下降,依然没有追上。到了一个十字巷口,老钱只管往前跑,率先跑过路口,老赵觉得两旁的岔路更黑,喊了一句"这边黑"!往右拐了过去,示意别人跟过来。老孙觉得不能扎堆儿,分散更不容易被抓,就喊了一句"这边也黑"!然后跑进左边的黑暗。跑在最后的老李,不知道该跟着谁,跑到路口一慌,没看清脚下,踩到一个虚掩的井盖上,井盖一翻,他掉了下去,同时发出一声喊叫:"我掉井里了……"

三人同时停下,回头看,没看见老李,只有路面上敞着一个井盖,从那下面又传出老李的声音:"我操,太臭了!"

三人从不同方向跑向井盖处,漆黑的洞口里,隐约看到老李举起来的白手,拼命向上挠持着。三人抓住老李的手,连拉带拽,把臭烘烘的老李捞了上来。老李穿着短裤,下半身沾满黑色泥汤儿,腿毛里还夹着各种腥臭的杂质,这是水产市场的下水井。

城管还没追上来,老李脱掉外衣,准备扔了,老钱猴精,让老李扔向另一个方向,然后他们朝着相反的方向跑走。

在老李踩到井盖的时候,城管的自行车在后面轧到一片湿漉漉的海带,车轮一滑,连人带车都横着飞了出去。他爬起来,一瘸一拐地来到井盖处,已不见四人踪影,只剩空气中飘荡着水产品的腥臭,以及一件扔在一旁的衣服。城管捡起衣服看了看,是一件普通的男士圆领T恤,上面除了粘了一截鱼肠,没有任何线索。

四人回到学校,拿着脸盆去水房洗凉水澡。三人盆里接满水,一盆盆泼向老李,帮他冲掉身上的秽气,拿老李各种打镲。月光下,水花四溅,在嬉闹声中翻滚落地,为水房铺了一层银光。

躺回床上,老李闻闻自己已经不臭了,向大家发出邀请,明天校外饭馆撮饭,对三人冒着被抓的风险把他拉了上来,而不是留在井下弃之不管表示感谢。老钱说自己其实也没那么高尚,只是觉得四个人是一根绳上的蚂蚱,即便他们三个跑走,老李被抓,他们也难逃干系。老李说:"你们要相信我,即便被抓,我也不会供出你们的。"这句话,像"斗地主"时手里拿了炸,让人激动,也让牌局和友谊更加牢固。

大三开学,老赵带着一套自己编纂的"斗地主宝典"出现在宿舍。这是他从数学角度,分析各种牌型的出牌可能后做出的总结,拿出来无私地和大家分享。有了这本宝典,"斗地主"可以上升为一项事业了,四人联名向校团委申请,打算创办一个"斗地主社团",为所有对数学、计算机编程以及富于冒险精神的同学,开展一项可落地的课外活动。申请书写得诚恳而专业,并为"斗地主"赋予了一个文艺的名字"欢乐二打一"。学校以为跟桥牌差不多,不知道还可以过钱,批准了。

老孙的表妹也考到了这所学校,和老李一个系。中文系的迎新晚会上,老李朗诵了一首名为《更上一层楼》的诗,为中文系新生打气:昨晚我在一层的宿舍睡觉/梦见写了一首诗/早上一睁眼,发现睡在了二楼/梦里的诗让我更上一层楼/所以,我要真的写一首/而且不止一首/这样才能为宿舍楼装上电梯。

台下片刻沉寂,随后爆发出掌声。老李被过耳的长发遮住脸,舞台追光灯打在身上,四周一片黑暗,他鞠了一个躬,走进黑暗消失了。老孙表妹在台下看着神秘的老李,有些着迷。那是幻想可以当饭吃的年纪和年代。

老孙过生日,召集大家吃饭,老李和表妹都在。表妹请教老李:"怎么能写好东西?"老李从火柴盒里抽出一根,问表妹这是什么。表妹说火柴呀。老李说:"答对一半,现在它只是一根木棍,得遇到火柴皮,才能叫火柴。"老李把这根"木棍"送给表妹,让她去寻找火柴皮。"找到的那一瞬间,世界会被点亮,自然就知道怎么写了。"老李说。

大家喝得开心,闹得挺晚,早过了餐馆打烊时间,还要上啤酒。服务员熬不住了,说加不了,冰箱锁了。他们说那就给茶壶里加点水儿。服务员说也加不了,水龙头也锁了。老李端起杯子说:"那咱们就干一杯空气吧,空气是免费的,也是自由的,可以喝到天亮。"

天亮了,别人该上课上课,该交作业交作业,老李则坚守着自由的阵地,作业不交,课也不怎么上,之前大一大二考试没过的课,也不准备补考,成了全系学分通过率最低的。

没过多久,老李被系里叫去,原因是缺课太多。老李说:"上课没用,诗不是上个课就能写出来的。"老师说:"那你说是怎么写出来的。"老李说:"是活着写出来的。"老师说:"倒也没错,死了就没法拿笔了,肯定写不出来。"老师觉得有必要在这时候奚落一下这位自恃清高总不来上课却在宿舍打牌的诗人,就说:"来上课的都不一定会写诗,何况不上课的,你以为会分行就算会写诗了吗?"老李向老师借纸笔,说:"再写一首,让老师看看算不算诗。"老师把笔和纸扔给老李,不相信他能写出什么像样的东西。老李写完,交给老师,转身走了。老师看到纸上写了两行字:

傻

✕

老李被开除了。从哪儿来,回哪儿去,离开了北京。

老李走得很突然,大家说好要送送他,结果下课回来一看,床铺空了,就剩一个光床板,木板上刻着:坠落海底/无论多深/我呼出的气泡/总有一天会/冒出海面。

老孙表妹特意来瞻仰这块木板。看到上面的字,哭了。

宿舍少了一个人,世界继续,牌局继续,却不一样了。

毕业两年后,没被开除的三个人聚了一次。起因是老赵买了房,把老钱和老孙叫到新房,组个牌局暖暖房。房子是七十平米的一居室,四千多一平,在东四环。现在看是白给的价,当时对于毕业不久的学生来说,靠自己买挺费劲的,但老赵做到了。他编了个"斗地主"的游戏,是国内第一款斗地主游戏,卖给游戏公司,拿到八万块钱,交了首付。他还有稳定的月收入,负责一家国际汽车奢侈品牌公司的网站维护,月薪三千五,够还房贷。老赵打算明年结婚,女朋友是公司的销售,细腰长腿,书柜上就摆着她的照片。老赵还筹划着再编个游戏,卖了弄辆车,拉媳妇儿一起上下班。老赵上学的时候就被老钱认为是精英,此刻老赵的生活,被老钱总结为:精英人生的下一程,就这么开始了。

老孙的校园生活相对简单。本科毕业前半年,做好简历,找了一个月工作,未果,突然天降喜讯,能保研。一个班三个名额,直升本系研究生,老孙排名第四,前三里有一人放弃,就把老孙补上了。本科生毕业已经变得不好找工作,老孙想,与其凑合找个班上,不如在学校养尊处优再混三年,有了硕士学位,找个像样的工作,于是留校读研。

就在一年前,老孙恋爱了。那天他从图书馆出来,本想毕业前研究个课题,写篇燃放烟花爆竹和环境污染指数分析的文章,同时研发一种将污染降到最低的烟花产品,让导师下次开人大会的时候提个案,恢复北京市民过年燃放烟花爆竹的传统,他的研究生导师是市人大代表。结果抱着借来的厚厚一摞书,走在台阶上,突然从下方飞来一个网球拍,击中眉骨,当场破裂。一个女生慌慌张张跑上来,看到老孙流了血,吓哭了。老孙捂住眉骨,一个劲儿安慰女生。血已经流下来,眼看滴到书上。老孙让女生帮他拿着书,别弄上血,自己捂着伤口,去了校医院。挂了号,大夫要给老孙处理伤口,需要交钱取药,老孙的眼皮已经肿起来了,成了独眼龙,还要自己取。大夫说:"你就别动弹了,让你女朋友跑腿吧。"现在也不是解释关系的时候,女生就承担起女朋友的职责,楼上楼下帮着划单取药。还好伤口不太大,但是深,要刮掉眉毛缝针。老孙问:"不刮眉毛行吗?刮了没法出门了。"大夫说:"不刮没办法操作,缝完给你包上,别人不知道你眉毛没了,过两个月眉毛还能长出来。"缝的时候女生不敢看,在门外问大夫:"会留下疤吗?"大夫说:"会,但是等眉毛长出来,能把疤盖住,看不出来,放心吧。"女生说:"谢谢您。"

从医院出来,女生看到老孙的衣服上沾了血,要把衣服拿回去洗,老孙说自己洗就行了,洗不掉也没关系。女生说,太不好意思了,手心出汗了,没攥住网球拍,能帮老孙洗掉血渍,也算一种补偿,自己也能心安点。老孙就把衣服给了女生。

不知道女生用了什么方法,还真给洗掉了,同时留下一种耐人寻味的香气。老孙问女生用什么洗的。女生尴尬地笑了笑说,用了挺多东西,拆线的时候,女生陪着老孙去的,纱布从眉骨摘掉后,女生如释重负,老孙的眉毛长出来了,疤也不大,顺利地被眉毛盖住,不把脸贴上去看,根本看不出来。她的如释重负还有一层意思:自己可别找了个破了相的男朋友。这时候,她已经是老孙的女朋友了。之前一个人打网球,面前放个沉的东西,系一根拴着网球的松紧带,把球打出去,松紧带又把球拉回来,如此反复。现在能隔着网和老孙对打了。

老孙闻到衣服的香味,继"斗地主"后,内心的礼花再次绽放,利用受伤的机会,将两人身体空间已经靠近的关系,升级为心灵空间也靠近了。研究生师哥此时还是颇有手段的,比如女生发短信问他恢复得如何时,老孙会说,挺好,就是有点儿头疼。女生慌了,以为脑震荡症状,过一会儿就拎着水果来看望老孙,研究生宿舍女生登记后可以进。老孙已经把宿舍收拾得干干净净,故意往电脑旁放了几张正流行的电影 VCD。女生敲门,老孙开门后见到女生站在门外,显出很意外,却迅速闪身,让女生进来坐。女生坐下后,问老孙要不要去校外的医院拍个脑部片子。老孙说:"先不用,怪贵的,再观察观察,如果只是物理疼痛那就没事儿。"女生打量着房间,看到那些 VCD,惊喜,说:"哇,这些电影你这么快就有了!"老孙则说:"刚买的,还没来得及看,要不一起看看?"女生说:"不了,你好好躺着吧,头疼别厉害了。"老孙说:"买这些 VCD 就是为了转移注意力,忘了疼。"于是两人看起来,为了营造出影院效果,老孙拉上窗帘,但是门虚掩着,也不撞上,给女生一种安全感,也是对随时会回来的室友发出声明——我俩只是看看片儿。一部电影看完,打开灯,拉开帘,女生这才发现,天都黑了。老孙说:"吃饭去吧。"老孙买了女生爱吃的,快吃完的时候,女生问老孙:"头还疼吗?"老孙说:"刚才好多了,现在又疼起来了,回去还得看电影。"女生问:"你们宿舍不熄灯断电吗?"老孙说:"研究生宿舍的电不断,以后晚上想看书,可以来我们宿舍。"没过几天,女生赶一篇论文,真给老孙发短信,问能不能借光一用。研究生是三个人一宿舍,老孙掏出两百块钱,让那俩哥们儿去校外宾馆开个房睡,帮他一忙。女生来了,心急火燎地赶论文,顾不上问老孙宿舍另两个人去哪儿了,铺开摊子就写。老孙在一旁陪着。写到凌晨两点,女生撑不住了,说睡一会儿,让老孙四点叫她,她必须在八点前弄完论文。老孙就让她在自己的床铺上睡了。第二天一睁眼,女生蒙了,不知道自己在哪儿,坐起来缓了缓,回过神,想起是在老孙宿舍,看表,八点都过了。女生摸摸自己身上,睡的时候什么样,现在还什么样。再找老孙,正躺在身后的床上睡着。女生叫醒老孙,问老孙怎么没叫她。老孙说,四点的时候叫了,她当时也醒了,说再睡半个小时。老孙想再坚持半小时,却没盯住,在旁边的床上倒下,两人头顶头睡到天亮。

  这个清晨,按时交论文泡汤了,女生却做出一个重大决定,让老孙做她的男朋友。女生是学生物的,进入大学的这两年,在课堂上被告知:生命的本质是细菌。所谓的人体,不过是由菌群组成的,光肚子里就有七八斤细菌。一个人健康喜悦,是因为菌群得到满足,它们正常工作;一个人沮丧郁闷,是因为菌群得不到满足,罢工闹情绪。南方人和北方人性格差异大,互相看不上,也是因为菌群太不一致。刚刚醒来时,自己有些失忆,说明睡了一个满足而沉稳的觉,而老孙就在旁边,第一次和一个异性如此近距离睡觉,没有异样,证明了两人的菌群相安无事,无疑为日后能愉快地生活在一起奠定了基础。不久后,老孙便拉起女生的手,抱着那摞借来后一页没翻的书,送回图书馆,然后去了电影院。本打算在降低花炮污染领域做一番研究的老孙,从此研究起男女情感。

  一边打着牌,老孙一边回复着女友的短信。女友要睡了,让老孙别熬夜太晚,要不然菌群的作息被打乱,第二天该难受了。老钱不无羡慕,说,考研和找对象,两件人生中所谓的大事儿,老孙都没怎么费劲,只需要出现在那儿等结果就行,不像自己,在错误的时间出现在错误的地点。

老钱毕业后毫无悬念地当了中学体育老师,因为又瘦又高,眼窝凹陷,有点罗伯特·巴乔的影子,被一个高二女生喜欢上。女生请他去家里做客,说家里没人,老钱真就去了。没想到女生挺热情,聊着聊着天,突然被女生索去初吻。老钱想反正我是男的,不吃亏,就拥抱着和女生倒在沙发里。当然他是有分寸的,坚决不把手伸进衣服里,只是隔着摸摸。

突然锁芯转动,外面有人用钥匙开门,老钱想肯定是女孩父母回来了,他以体育老师的身份来家访也说不过去,而此时女生绯红的脸颊和蓬乱的头发,又足以说明俩人在房间里的行为。为避免麻烦,老钱窜到窗口,从三楼跳了下去。

女生父亲推开门的一瞬间,看见窗台上蹲着一个人,竟然跳了下去。女生父亲觉得蹊跷,跑到窗口,看到一男性身影一瘸一拐地跑走,再看女儿紧张而羞愧的神情,一切都明白了。父亲问那人是谁,女生坚决不说。父亲第二天就去了学校,让老师帮着找一个走路瘸腿的男生。

课间操时间,老师和父亲躲在主席台的广播间,拿着望远镜逐一巡视,为此还让学生做了两遍课间操,也没有看到这么一个男生。老师问父亲还有什么要求,父亲说算了,看来那男生是外校的。

但是,老师们都注意到,老钱也是从那天开始跛着脚来上课的,并且带那个女生班的体育课。老钱在学校待不下去了,以准备考北体大研究生为由辞职了。

之前老钱住在中学提供的教师宿舍,宿舍没了,只能回家住,同时找着工作。事发于一个多月前,现在脚还没完全好,说起那次窗口逃亡,老钱还心有余悸,同时也庆幸自己跑得快。更坚定了他对生活的认知:跑得快,是生存的基本要求。

鉴于老钱目前的生活状态,老赵和老孙在出牌上有些手软,让老钱牌势上占了上风。得了势的人不想走,老赵和老孙就陪他玩到挺晚。自然是赢了点钱,老钱挺高兴,一扫之前的萎靡不振。

当晚,三人睡在老赵的新房,打了地铺,同处一室,宛如当年在宿舍,自然聊起老李。老李还在成都。听老孙的表妹说,老李退学后回到成都,没再上学,打打零工,凑合活着,但坚持写诗。老孙表妹今年也毕业了,情窦初开的年纪过去了,对理想和现实有了认识,交了新男朋友,和老李也没断了联系,还是笔友。半年前,老李给表妹寄来一首诗,包在塑料膜里。表妹拆开塑料膜,看到纸上写着:潮湿的稿纸上/已无刀刃的锋利/也甩不出清亮的声音/一座破败的寺庙/一个晒不干的世界……表妹手里拿的正是这样一张潮湿、软塌塌的稿纸,成都湿润的空气把老李和稿纸都变成这样。表妹给老李回信:木棍才会湿,火柴不会。还在信上留下自己的手机号,过了三个月,收到一条短信:我也配了手机,老李。便再无音信。

老钱和老孙,一个无业一个上学,有睡懒觉的资本,第二天挺晚才起。醒来时老赵已经去上班了,留下纸条——可以等我下班,回来继续斗;走的话,撞上门就行。以后常来,牌局不要散。

可一别又是三年。这回攒局的是老李,他来北京出席自己诗集的发布会,给昔日"斗地主"的牌友们发了邀请。老赵、老钱、老孙接到通知,都来了,看到发布会门口摆放着印有老李头像的易拉宝,三人站在两边,跟"老李"拍了一张照片,用的是老赵120万像素的新款手机。老钱对这款手机充满渴望,问得多少钱。老赵说不要钱,是他做的,正在试机,没毛病才上市,会是市场上最贵的一款手机。老赵的婚没结成,女朋友跟人跑了,她从汽车销售公司去了房地产公司,遇到个唐山开矿的,一口气买了十套房,签完合同,女朋友也不卖房了,跟老赵分了手,成为那十套房的女主人。落单的老赵说:"丫跑了也好,经不住金钱考验的人,没资格站在我身边。"又会游戏编程,又会技术研发,加上渴望推动人类进步的梦想始终不灭,老赵很快当上手机公司的技术主管,成为同学中第一个年薪过六位数的,已向中产阶级迈进。

老赵问老钱去哪儿上班了,老钱说自己干。老赵说现在自己干的都是牛人,问老钱做的什么项目。老钱不好意思地说开黑车,往返于他们村和北京城区之间。老赵鼓励老钱,说:"只要自己喜欢,能给自己和家人带来幸福,干什么都一样。"老钱说:"也不是喜欢,自己的情况只能干这个,不像孙博士。"老孙赶紧接话,说:"别拿我打镲,我不过就是偶然为之。"老赵说:"我气就气在这个偶然上,你的偶然是女朋友和博士,我的偶然是跳窗户和开黑车。妈的,我算看透了,人这一生,奋斗什么的都白扯,每个人的剧本老天爷早就写好了,咱们不过是按着剧本活一遍。给你的剧本,比给我的好太多,妈的!"老孙知道自己赶上的事儿让老赵眼红,甬说老赵,都出乎老孙自己的意料。硕士毕业的时候,赶上第一批扩招的本科生毕业,本科生物美价廉产量高,硕士的优势没那么大了,三年前他应聘过的一家公司,现在给研究生开出的薪水标准和三年前招聘本科生一样,老孙想,真这样的话,研究生不是白读了吗?正在这个时候,系里来了一个通知,学校第一年和德国某大学合作,互换交流生,其中打算送两个人去读博,应届的研究生都可以报名。有六个人报名,对方经过学习成绩考察和面试,录取了两个,其中就有老孙。另外落选的四人成绩都比老孙好,就因为是从北京以外的城市考来的,英语口语太奇怪,老外听不懂,大大降低了印象分。老孙收拾了行李,暂别女友,远渡重洋。两年后学有所成,世界五百强排名前五十的在华企业向他抛出橄榄枝,女朋友拦着没让去,因为她给老孙安排了更好的归宿——一所在京大学招聘讲师,博士学历会有一笔安家费。学校看完老孙的简历,同意接纳。就这样,老孙出口转内销,以海归博士的身份,供职于北京某高校,前途无限光明。办得如此顺利,还一个原因,老孙女朋友的舅舅,就负责这所学校的招聘。对此,老钱给老孙的评价是:命真好,每次都是你只需要出现在那儿就行!而老钱对自己的评价是:依然要靠跑得快为生——车开得快一点,同样价钱,人家就会挑我的车坐。

　　正说着,主角出场。老李走上台,走到一半,有些陌生地站住,不知道接下来怎么办。主持人指着桌前摆有老李名字的座位,指引老李坐那儿。老李坐下,座椅宽大,显得他很瘦小。主持人经常能在电视台读书节目里看到,相比之下,老李看上去倒显得有些陌生。主持人拿起话筒,介绍了今天发布会的主题,随后介绍了身边坐着的这位就是今天的主角,老李。老李欠起身,半哈腰,冲大家摆摆手。主持人介绍着老李,没有脱稿,老李被介绍的时候,跟主持人也没眼神交流,像在听她说一个和自己不相关的人。介绍完,老赵、老钱、老孙在底下带头鼓起掌,老李看见他们仨,红着脸冲他们笑了笑。

　　发布会的背景布上喷着老李这本书的大照片,旁边写着广告语:新世纪中的挽歌,旧时光里的新声。老李无辜地坐在这句话前面,低头看着自己蠕动着的双脚,像在安抚着它:麻烦坚持到发布会结束,别着急走开。

　　互联网的盛行,为文学青年打开一扇门,也为寻找文学青年的出版社打开一扇窗。老李把自己写的东西发到诗歌论坛上,新人新作,引起关注,被一家出版社看中。这家出版社隶属一家报社,每周末报纸的副刊上都有诗歌版块,想招聘诗歌编辑,如果老李以一个诗人的身份来当编辑,有助于报纸诗歌版块的活跃,就问老李,愿不愿出本诗集,同时来当编辑。老李在成都干过各种零工,找不到出路,有这么一机会,自然愿意,便背包北上。出版社帮老李找了房子,工资够交房租的。到了北京,老李没着急联络大学的同学,等诗集印出来,发布会日子确定了,才发短信告诉了老孙表妹。表妹又告诉了老孙,老孙转告了老赵和老钱,三人意外地出现在老李的发布会上。

老孙表妹刚刚也赶来了,拿着一捧花,还在门口买了十本老李的诗集,坐到老孙他们旁边,送给他们每人一本。书的前勒口印着老李的简介,只写了他是成都人,多大年纪开始写诗,文字忧伤,写出一代青年人的迷茫,这是他的第一本诗集。没写他上过中文系被退学的事儿,后来老李自己说,本来编辑想写上这事儿,但他对学校没有恨,不需要泄愤,觉得没必要拿个退学说事儿,就让编辑删了。

主持人在台上咄咄逼人,老李在台上用更浓郁了的四川口音答非所问,终于挨到发布会结束的时间。老李下了台,向老孙四人走来。老孙等人伸出胳膊,做出握手勾肩搭背的准备,老李走近,伸出手,摊开掌心,露出一副扑克牌,笑呵呵地说:"今天继续。"仿佛昨天的牌局刚刚结束。另三人配合道:"继续!"这时候表妹把鲜花递到老李面前,老李迟疑,老钱说:"接着吧,给你的。"老李接过,有些束手无措。表妹大大方方地祝贺了老李,又递上诗集和笔,让老李签个名,将来送朋友。老李签完,邀请表妹晚上一起吃饭,表妹笑着说不了,今天是他男朋友妈妈的生日,叫她过去吃饭。她第一次见家长,不能迟到,现在就得走了。说完表妹抱着老李的书走了,老李看着表妹走远,更束手无措。这时候出版社的工作人员过来,说那边有一百本书是给网站的签名版,需要老李去签一下。老赵让老李先去忙,他们仨去旁边的咖啡馆找个包间等他,还替他把手里的花拿了过来。

三人刚坐下,老钱的手机响了,有个老顾客要用车,正在国贸等着,希望老钱赶紧过来。老钱问清楚要去哪儿后,撂下电话,很无奈地说:"是趟长途的活儿,老顾客,得罪不起,现在就得走。"让老赵、老孙二人转告老李,回头有时间,一定给他几炸,说完急急忙忙地走了。

剩下老赵和老孙,看着表妹送来的那捧花,老赵闻了闻,说还挺香。老孙也凑上鼻子闻了闻,是挺香。老赵问老孙:"老李不知道你表妹有男朋友的事儿吗?"老孙说:"她的事儿,我从不介入。"老赵感叹:"物是人非啦。"

老李终于来了,桌上的花挡在面前,老赵赶紧挪开,打哈哈说:"我俩这半个小时光洗牌了,赶紧开始吧。"三人抓牌,老李突然问老孙:"你妹要结婚了吗?"老孙说:"没听说,就是见眼家长。"老李说:"那不就是准备结婚了吗?你妹才二十七不到,早点了吧?"老孙说:"女生,二十七不小了吧。"老赵插了一句话:"咱们玩多大的?"老李说:"随你们。"老赵管服务员要来笔和纸,记账用。第一把老李叫了地主,输了。第二把又是老李叫地主,也输了。第三把还是老李叫了地主,继续输。这三局从牌面看,老李并不够叫地主的,却叫了,架势似乎不是在打牌,更像是赌气。第四把老赵先说话,索性叫满地主,省得老李再抄牌,结果老赵打赢了。第五把老赵没叫满,轮到老孙,叫满了,也是不想给老李再输的机会,结果也赢了。打了十把,账单上老李的负数绝对值越来越大,不宜再打下去。老赵提议,饿了,去吃饭吧。老李不去,说接着玩。一副跟世界死磕状。老孙说差不多了,他晚上还得给学生上选修课,改天再打。老赵也配合着说:"对,反正老李现在也来北京了,什么时候想斗了,打个电话,随时。"老李坐在椅子里没动,说:"走吧,你俩这牌技回去得好好练练。"

四个人都在北京了,牌局却一直没约成,没人张罗,都忙。直到老孙当了爹,招呼另外三人过来吃饭,才在老孙儿子的满月酒席上聚齐。这年龄当爸,并不是老孙本意。

回国当了两年讲师后,老孙参加了系里的一个烟花爆竹环保燃放的项目,挺大的一个计划,由一个基础教学实验中心和六个科研组构成。北京的空气质量一直是个问题,如何将燃放和环保统一起来是个难事儿,本来打算学校评估的时候申报北京市重点实验室。结果项目带头人的老婆在评估前来学校闹事儿,坐在校门口,冲着空气大骂该老师,说他在外面找小三儿,吃着碗里的还看着锅里的。不少学生用手机给拍了照,发到论坛上,展开了"为人师表"大讨论,还被门户网站做了专题。学校一生气,撤了带头人,评估的时候也没报这个项目。这就意味着未来不会有什么科研经费,又没有带头人,项目基本黄了。

老孙的计划是利用激光,将燃放后的污染物击穿,相当于加速污染物的分解,分解后的成分更容易扩散,不致聚集浓度过高。这需要物理部门配合,看哪些元素更容易被激光穿透,从而让这些成分取代传统火药,将燃放污染降至最低。原本想三十岁后开始一番事业的老孙,铩羽而归。一气之下,借酒消愁。每天下课回到家,不等老婆回来炒菜,自己先喝上了。家里备了花生米、辣鸡爪、薯片等各种即食下酒菜。一定量的酒精进肚后,忘了自己的那些抱负,心情会好些。那些困扰他多年的不如意,也没那么坚固了。它们只是梦想和现实的落差,所谓的梦想,不过是意识到产物,头脑里为自己制定了一个方向,描绘出一幅景象,可现实和梦想毕竟是两个世界的东西,强求只会自讨苦吃。而喝美了,脑子里什么都不想了,当下便是快乐、是解脱,抱着老婆就上了床,孩子就是这一时期的产物。

老孙的老婆还是那个学生物的女生,她的生育观是,要么丁克,要么早点儿生。丁克是因为在她看来,所谓生下一个孩子,不过是生出一大团菌群,养育孩子长大,就是养育菌群更庞大。如此一来,既然是养细菌,不如在自己的细菌状态最好的时候受孕,所以也没特意和老孙避孕。人类得以在地球延续的繁衍工作,在她看来就是培植细菌的科研工作。当初两人结婚的时候,就领了个证儿,也没摆喜酒,现在有了孩子,摆几桌,热闹热闹,也算给一蹶不振的老孙来针兴奋剂,中场休息得差不多了,该开始下一环节比赛了。当了爹,事业上对老孙有多大促进看不出来,但至少日常行动上,老孙看不出那种经历挫折后便死猪不怕开水烫的样子,孩子的喜怒哀乐都牵动着他,他跑来跑去,穿梭在人群间,奉上笑脸的同时,不忘孩子那边还等着用尿不湿呢。

相比老孙的萎靡,老钱则迎来人生的转机。北京的六环路作为国庆六十周年的献礼,开通了。老钱户口所在的村子就在六环外,这样一来,显得离北京更近了一些。这还不是主要的,让老钱觉得可以改变命运的是,听说他们村子两年内要拆,盖商品房,建城市公园。村民们已经盘算过自己的结局,像老钱家这样的,搬迁时能置换三套两居室,同时现金补偿三百万。这个消息让老钱红光满面,双眼发亮,也让老钱将婚姻之事一拖再拖,他想的是,万一成真了,就不用凑合找一个了。他为自己构想的,是找个许晴那样的,甜美端庄,一笑俩酒窝。但老钱也有苦恼,拆迁毕竟是传言,镜花水月,空头支票。为此老钱失眠了,但这种失眠,会让第二天更加精力充沛,愿意迎接未来。

老赵这四年里,又换了工作,先是从手机研发部门调到市场部,由面对研发数据变成面对各种市场大数据。这依然是老赵的强项,他能从纷乱的数字中看到办法和希望之所在,为服务的企业建功立业。过了三年,他又到了一家本土奶制品上市公司当市场部副总,本土公司需要外企公司的市场经验,所谓外来的和尚会念经。老赵成为职业经理人,年薪丰厚,但他跳槽并不是为了多挣钱,而是为了帮一个民族品牌创造奇迹。用心做奶粉和用心做教育,都是利国利民的事儿,功德无量。虽然没成为陈景润,做经理人,也要做个有使命感的经理人,老赵照着镜子对自己说过这样的话。但奶制品行业的一家公司被查出来,往儿童奶粉里添加了三聚氰胺,随后整个行业开始普查,老赵所在的公司也中了标,被揪出添加了三聚氰胺,用以提高蛋白质的含量。这是一个重大的公关危机,每天媒体调查和消费者骂街的电话络绎不绝,老赵带领市场部忙着应对。折腾了半年,危机过去后,老赵辞职了。他可以专业地去做事情,但不想服务于一家黑了心的企业。辞职后,老赵也没着急找下家,他说渗渗,毕竟三十多了,也不缺钱,时间不像二十出头时那么多了,精力也有限,得干点有价值的事儿。

老李的第二本诗集迟迟没出版。不是因为没写完,而是因为第一本诗集还在库房里堆着。市场不认,没人愿意再给出了。现在出版人聊天,聊的都是网络写手,谁谁谁每天一万字,坚持更新两年,粉丝无数,成了网络大神。谁谁谁的穿越小说被湖南卫视一百万买走了。大众的阅读口味也转移到这些动辄上百万字一部的小说上,而且不是拿着书看,是在电脑上,或者用智能手机看,里面的人物飞檐走壁,上天入地,无所不能。鼠标一转,手指一划,就翻了页,也穿越了。老李还用着一个小屏幕的传统手机,不相信智能手机和电子阅读能成为主流,觉得就是热闹热闹,热闹完了,还得回归本质。

老李刚到北京的时候,也参与文人的聚会,发现在北京混有一个特点,就是得抱团,互相捧臭脚。谁有个什么事儿,都得说好,这样才有朋友,下回自己遇到事儿,别人才能帮你,这就是所谓的圈子。但大部分东西写得并不好,说好老李觉得亏心,不想骗人,因此一直徘徊在圈子外。而在编辑上,老李也没什么起色,来稿质量有限,没什么惊艳之作,名家的作品又约不到,因为跟圈子不熟。老李半死不活地混着这份工作,混在北京,混掉自己的青春期。

老李没离开北京,因为老孙的表妹。表妹三年前和见过家长的男朋友结婚了,婚后的情况比她想象的复杂。刚结完婚,婆婆就催她生个孩子,趁胳膊腿还能动,帮他们小两口带带孩子。但表妹不想这么早就当妈,迟迟没生,于是婆媳关系恶化,矛盾与日俱增,她干点儿什么,婆婆都挑眼,一百个不对。表妹希望老公给个客观公平的评价,老公却说他妈毕竟是老人,能让着点儿就让着点儿。表妹说她处处忍让,是婆婆得寸进尺,而且根据婆婆以前的表现,现在嘴上说能帮着看孩子,也是叶公好龙,到时候找个理由就会不管了,看孩子的活儿还得表妹自己干。老公说,你说我妈叶公好龙,那你妈还好高骛远呢!话题又转变成彼此抱怨对方家长,俩人说起对方父母来,情绪高涨,素材取之不尽。要不是这次捅破了这层纸,他俩都不知道对方对自己父母的态度,还以为比亲生子女都孝顺。吵了一晚上,两人最终达成一致:相互间已经这么多抱怨,干脆分开一段,冷静冷静,看看两人到底适不适合吧!

表妹和老公分居了,回到娘家住,把婚后的种种问题写成文章,用了笔名,投稿给老李的报纸。老李不仅是诗歌编辑,还看副刊来稿,发现这篇文章,觉得挺生动,就给发了。这时候老李还不知道作者就是表妹。表妹毕业后在一家行业刊物当编辑,远离了文学写作,现在文学处女作被发表,激发了写作热情,又写了第二篇,老李也给发了。此后表妹每周写一篇,老李每周发一篇,当发到第五篇的时候,老李发现文章出现的细节和人物,似曾相识。又连着发了几篇,老李用报社的座机打了表妹的电话,上来就问她是不是谁谁谁(那个笔名),表妹没过脑子,说是。老李说,我是老李。就这样,编辑和作者见了面。编辑问作者,真的分居了吗?作者说,对。编辑问接下来什么打算,作者说不知道,现在就想写点儿东西。编辑说也挺好,欢迎赐稿。作者说,请多指教。

已经对编辑工作丧失兴趣的老李又对看稿有了巨大热情,把副刊办得越来越好看。原本打算房子到期后就离开北京,现在又有了留下的理由。老李像老赵关心拆迁是否可靠一样,关注着表妹和老公分居两年后的结果——按《婚姻法》,如双方感情破裂,就可以离婚了。

老孙知道后说表妹:"你这样对你老公,是你自己的事儿;这样对老李,会让他误会。"表妹说:"我只是和老公分居,不代表什么。"老孙说:"这样最好,但还是要跟老李讲清楚。"表妹说:"没必要,一讲,反而代表了什么。"这次侄子的满月酒表妹没来,她已经是小有名气的专栏写手,辞了行业杂志的工作,时不时去外地某处住上一段时间,写点风土人情的随笔给杂志,收入稳定且比以前丰厚。

现在她正在贵州,刚吃完酸汤鱼发了微博。

此时孩子在休息间哭了,声儿挺大,都传出来了。老孙刚坐下要和宿舍的仨兄弟喝杯酒,又得过去看看怎么回事儿。看着老孙忙前忙后,三人对当爹什么样儿有了心理准备,趁还没孩子牵扯,老赵约起牌局,问老钱和老李:"咱仨下午战斗会儿?"老钱说:"可以,我没事儿。"老李说斗不了,表妹吃完酸汤鱼会写稿子,他得回去收邮件看稿,晚上定版,明天见报。老赵说:"行吧,就这几天,我做东,随时再约,让牌局恢复往日的热闹。"

可直到老李离开北京,也没约成。表妹和老公分居两年后,找到自我,和老公协议离婚,摆脱了家庭羁绊,一心写作。表妹恢复单身不久,接到老李的约请,就他俩,从吃饭餐厅的选择,到饭后酒吧的小酌,能看出,老李用了心。

在一处胡同深处的庭院酒吧的大槐树下,老李喝着啤酒,貌似不经意地问表妹后面有什么写作计划。表妹说想去国外待待,感受下外面。老李问是写作的需要,还是生活所需,表妹说都有。老李沉默了片刻,问:"就打算一直一个人了吗?"表妹说:"对,没必要重蹈覆辙。"她现在觉得自由比什么都可贵,说得很是坚定。

果然,没过多久,表妹真的出国了,参加一个英国大学的写作计划,用异乡人视点写英国。一共十几个非英语国家的作者受邀,为期两年,完成的作品够优秀,还给学位证。表妹走之前送给老李一个智能手机,还给他注册了微信,让老李多上上网,世界很大。

老李很听话,确实多上网了,每天躺在床上、坐在马桶上、站在地铁里,都拿着手机在看。以前他说眼前的热闹是临时的,不是本质,现在他认识到,热闹已成为本质,他曾经认为有价值的那些东西已一去不返。老李心里空落落的。和老李一样受到冲击的还有他所在的报纸,智能手机改变了阅读的习惯,各种微信公号文章取代了报纸,报纸停刊了。在此之前,报社里头脑灵活的记者和编辑已纷纷转投其他媒体,主编都走了,老李还坚守阵地,认为这只是大浪淘沙的过程,没想到浪太大,来不及淘,冲毁一切再重造。

老李有种坍塌感,此地不宜久留,用智能手机给自己订了一张离开北京的票。离京很久后,表妹在英国问老孙:"老李回家养猪去了,怎么回事儿?"问得老孙一愣,老孙说:"啊?——不知道呀!"然后联系老李,联系了两次,都没联系上,也就没再联系。

当老孙问起老赵和老钱的时候,他俩也都不知道老李的情况,甚至没有老李的微信。此时他们三人正在"斗地主",继上回在老赵的那套一居室的家斗完,已经十四年过去了。

这次攒局的是老钱,把老赵和老孙叫到一处会馆,说喝个下午茶。会馆一进门几根大罗马柱,把房顶支得挺高,一水儿光亮的大理石地面,迎宾姑娘走上前,问有没有预订。老赵和老孙报上老钱的名字,姑娘说:"钱总的朋友啊,这边请!"

老钱已今非昔比,村子真拆了,补偿比预期的还高,让他成功跨过中产的行列,向资产阶级进军了。见到老赵和老孙,老钱提议说:"要不然咱们玩大点儿吧?"这是认识老钱二十年来,他说过的最让人刮目相看的话。

老钱世代住的那个村子所在地,现在根本看不出来以前曾是农村了。尘土路变成了宽敞的柏油路,公路上方横立着一块块光亮的路牌,把路指向四面八方。除了小区高楼林立,还出现了汽车城,全世界所有品牌的汽车都在这儿开了店。还有大型综合商场,集购物、餐饮、娱乐、休闲、儿童乐园于一身,里面有全世界各个品牌的服装、电器、快餐店。以前只有一所乡办小学,现在国际学校也有了,各大医院也在这儿设立了分部,旁边还有给动物看病的宠物医院。一句话,这里比二十年前的北京城区还像北京。

对于现状,老钱的总结是:"当年我觉得出生在这个村,跟你们比,输在起跑线上。四十年过去了,现在看,这个事实被重新定义,虽然起跑落后,但跑道的方向变了,我一下成领先的了,弄得我都有点晕了。"老钱给老赵和老孙泡着茶,银壶煮水,柴窑烧的茶具,投茶、洗茶、观茶汤,头头是道,瞬间包间里茶香四溢。老钱介绍说:"这是马头岩肉桂,三万一斤,简称马肉。"老赵和老孙刚把茶喝进嘴,正咂摸着三万一斤的味道,老钱又说:"先拿这个漱漱嘴,一会儿再尝尝牛肉——牛栏坑肉桂,八万一斤,年产量就三十斤,有钱都不一定能喝到。"

实现了财务自由的老钱闲不住,喝茶之余,每天还出去拉会儿滴滴。他说:"辛苦惯了,真什么也不干,不踏实。再说了,也挣点儿是点儿,还能多认识俩人,说不定就碰上什么好项目了。"老钱的困惑是如何处理手中的现金,他觉得北京房价够高了,卖掉一套回迁房,加上拆迁补偿费,手里有将近一千万的现金。存银行吧,利息赶不上通货膨胀的速度;买股票,等于把钱往坑里扔;捐了做公益,老钱觉得自己还没疯;投资干点什么,又怕赔了:很是苦恼。

老赵正准备创业,说老钱要是真想用这钱做点有意义的事儿,可以给他投个种子轮。共享单车越来越火,方便了近距离出行,老赵想做共享床位的项目。他发现太多北漂,刚到北京没找到工作,交不起房租,群租房又被取消,睡觉的成本太高。还有很多送餐员,在非饭点时间,只能坐在摩托车上,风吹日晒,一脸疲惫地玩着手机,无处可去。同样还有快递员,累得他们只能钻进自己那辆电动三轮车的货厢里蜷缩着睡一会儿。另外不少年轻人来北京就是为了玩两天,老人来北京就是为了看病,兜里的钱都有限,犯不上为睡个觉花太多钱。所以,老赵想做把价廉的床铺提供给这些人,按时收费,为所有在路上的人提供能躺会儿的服务。北京如此,南京如此,东京亦如此,世界各个城市都有刚刚漂泊至那的人。老赵想从北京试运营,星星之火可以燎原,八年内成为全球连锁共享床位企业。具体实施就是,在人口密集地段,租下价格合适的商用楼宇,每个房间内摆放若干的床铺大小的太空舱,每个床铺都有舱门,关上即可保证私密性,舱内有阅读灯和充电装置。和群租房不同的是,有人打扫卫生、更换床单和二十四小时安全巡查,杜绝了群租房的各种隐患。微信或支付宝扫二维码即可使用,可根据APP查询周边还有多少个空床位,随时休息。

老钱问老赵为什么选这项目。老赵说:"就是想做点儿对社会有意义的事情,这个时代的人,都缺觉。"老钱说:"你要说为了上市,为了被大集团收购,我都能理解;你说为社会服务,我一下蒙了,觉得你忽悠我。"老赵说:"我就是觉得一件事儿能让更多人受益,才有动力去做。都这岁数了,纯挣钱的事儿也没什么劲了,至于上不上市,还是被收购,那是这件事做好后的附加价值。"老钱撇撇嘴,觉得老赵现在越来越不接地气了。

这时候手机响了,老钱拿起来接,电话里的声音很大,是个推销贷款的女声,问老钱需不需要,一周内放款,全北京利息最低。老钱说有兴趣,让对方加自己的微信,就是这个手机号,视频聊,看看对方是否可靠。电话里的女声愉悦地说:"现在就加,麻烦您通过一下。"挂了电话,老赵问老钱:"你手里的现金不是淤了吗?怎么还贷款?"老钱说:"贷款是假,加微信是真,如果长得还行,就以咨询为由约出来聊,吃顿饭看场电影,没准就能开房了。这些小姑娘都是刚来北京不久,也需要生活,事后送她们点化妆品,贷不贷款就不重要了。"老赵已经得手了好几次。老孙说:"怪不得你现在长得有点儿四不像了。"说完老钱和老赵都笑了。这个梗出自老孙媳妇,他媳妇的那套细菌理论,作用于两口子,就是会有夫妻相,因为长期生活在一起,吃饭、接吻、同一房间呼吸,菌群趋于一致了。老赵和那些女孩开了房,双方的菌群也进行了融合,一会儿像这个,一会儿像那个,自然就谁也不像了。一想到那些推销贷款的女孩会变得跟老钱有点像,老赵和老孙笑得更欢了,老钱自己也笑得很开心。老钱一笑,老赵和老孙都觉得老钱越来越不像以前的老钱了,以前的老钱没笑得这么灿烂过。女孩加微信的邀请过来了,老钱先看了女孩的相册,太丑,没通过,放下手机继续打牌。

  老钱让老赵继续说说,怎么就觉得有必要做对社会有意义的事情了呢？老赵知道老钱也不会投这事儿,就说:"咱们没必要往有障碍里聊,还是用'斗地主'这种简单明了的语言交流吧,开开心心打会儿牌,一会儿该散了。"坐下之前,老孙定好了时间,就打到四点半,他还要去接孩子。

  老孙这几年一直在家带孩子。媳妇生完孩子,奶不好,孩子吃到半岁,奶就没了,不得不断。一不喂奶,立马有了人身自由,媳妇出去工作了,继续投入菌群的研究。老孙不仅没从实验室项目被取消的郁闷中缓过来,还雪上加霜,在评选副教授的时候,被别人利用非法手段捷足先登。年近四十,依然是个讲师,老孙对校园里的一切失去兴趣,每天疲疲沓沓,凑合着给本科生上完课,就回家跟孩子玩了。小孙的出生,给老孙的生活带来一阵清风,让他再次感受到生活的趣味,回到了童年。一岁前孩子还站不起来,被老孙抱在怀里,老孙想怎么悠他就怎么悠,把他举到空中,以各种姿势飞翔,这时候的老孙像得到一件心爱的玩具。孩子刚会跑的时候,扭着小屁股,颤颤悠悠地跟在老孙后面,老孙教他小区里那些五颜六色的花都叫什么名字。孩子能半句半句表达自己意思的时候,说起话来结结巴巴,总是"我……我……我……",脸憋得通红,还是不知道"我"要干吗,老孙觉得这是世界上最好看的动画片。儿子成长的每个阶段,都给他带来无穷乐趣。这几年他把注意力都放在儿子身上,和老婆谈恋爱时也没这么投入过,觉得这事儿不仅有意义,更有意思,帮他度过中年危机。所以当老婆告知因工作需要,要出国一段时间,带孩子的重任彻底转移到老孙身上的时候,老孙不仅没有怨言,还暗自喜悦,之前他俩在如何教育孩子的问题上总有分歧,老孙带孩子干什么,老婆都拦着,说危险,这回老孙终于可以由着性子了。孩子有一天路过球场,看见别的小朋友在训练足球,也想踢,老孙就给孩子报了名。他觉得坐在阳光下,看孩子在草地上踢球,是一件惬意的事儿。

只到四点半,所以老钱得抓紧时间嘚瑟。嘚瑟他的茶,嘚瑟他手里的核桃,腕子上的珠子,胸前的羊脂玉,嘚瑟着出牌。不按牌理,自然是输,然后若无其事地一笑,说:"你俩打牌进步了。"输得也很嘚瑟。老孙看老钱这么嘚瑟,就说这回儿子学踢球的钱出来了,替儿子谢谢钱叔叔。老钱更加嘚瑟,说下回需要报别的学习班了,再来,还这儿,他是这儿的白金会员,充了十万,天天想着怎么消费完,仨人儿要多聚。

还是一直没聚上,直到老李离世。三人是通过短信得知消息的。老李的手机发来短信,以家人的口吻,告知各位生前好友,老李的遗体告别仪式将于两日后在老家的火葬场举办。死因不详,短信里没说。

不知道是不是恶作剧。老钱把电话打过去,接通了,老钱试探着喂了一声,对方也喂了一声,老钱有点瘆得慌。对方主动问:"您姓钱吧,我是老李的姐夫,老李手机里存着您的联系方式,我们发短信的目的,就是告诉大家一声,有愿意来跟老李见最后一面的就过来。"

老钱把情况告诉了老赵和老孙,三人决议即刻启程,去见老李。机票已经没了,老钱替大家买了高铁商务座,八个小时就能到成都。老赵和老孙上了火车一看,老钱还带了个女的,浓妆艳抹,有一种人为干预过的美,看不出具体年纪,但还是能一眼看出比老钱小不少。车厢内十几排座椅,没几个乘客,可以把前排座椅转过来,四个人对着坐,空间宽敞,仿佛置身于一个包厢。

老钱也有两年没见老赵和老孙了。这期间老钱斗地主约过老赵几次,老赵忙创业,没时间打牌。这回见到老赵,老钱问他:"听说创业的人都没有性生活,你是这样的吗?"老钱带的女人一听老钱聊这个,起身离开,说自己去后面睡觉了。老钱笑眯眯地看着女人走开,得意地告诉老赵和老孙,昨晚折腾了她一宿,现在靠吃药,把年轻时错失的舒坦都找补回来。老孙说老钱和这女的完全没有夫妻相,按菌群理论,应该是在一起的时间不长。老钱自曝内幕,说,也不短了,拉滴滴认识的,坐过老钱一次车,两人就约上了,现在同居了一年多。不像是因为这女的整过容,原来长什么样儿也不知道,如果菌群理论成立,倒是可以从老钱的面貌上揣摩出她原来的样子——从目前两人毫无相似之处看,应该是改造幅度不小。老钱还说,自己每次吃药的时候也挺担心的,怕身下的这张脸,说不定哪天从哪儿就裂开了。老赵问:"那你怎么不换一个?坚贞不渝也不是你的作风。"老钱说:"还不是因为她活儿好,我现在跟西门庆一样,衣食不愁后,就惦记床上这点事儿了。"老钱边说边洗着牌,胖得五根手指都变粗了,因为粗,显得短了,手背的指根处出现四个窝儿,这副小胖手已经和当年那个尖嘴猴腮、只有靠跑得快才能过日子的老钱联系不到一起了。老钱现在不但有钱了,还往外借钱,有利息,而且很高,说白了就是高利贷。他和同村几个人合伙开了高利贷公司,当然公司名字叫得不这么直白,而是叫"财富管理有限公司"。他们几个人手上都有些现金,都觉得放银行不划算,就雇了几名"员工",开始放贷。好像一夜之间,全民都觉得如果只挣死工资是没出路的,不借钱干点儿什么就跟不上GDP的增长速度,大家纷纷开展副业,或置地买房,明知房地产泡沫多,也怕万一日后更多更买不起,又往房地产里注入更多泡沫。老钱满足了一些在银行贷款难、着急用钱人的需求,同时也在这些人身上获取高额利息,刨除"财富管理有限公司"借贷金额百分之十的运营成本后,仍收益颇高。如果借款人还不上钱,公司雇用的那几名"员工"就要出面了,其实就是打手,借款金额百分之十的运营成本就是他们的工资,不是白支付的,他们会运用各种厚黑学手段,总能让你把钱还上,或为还不上钱付出更大代价——当然是经济代价,他们只追求经济目的,毕竟是在法制社会,做事儿还是有分寸的,而且在一定时候,他们还会使用法律手段捍卫自己的权利。对老钱而言,每天的生活就是在一定的舒适度下延续生命,享受生活,已无须为其他事情操心。

　　老赵确实像老钱说的那样,基本没什么性生活了。但老赵无性生活的生活,不是因为忙,是因为他发现了比性生活更快乐的事情。两年多的创业,让老赵看清一个事实,无论是平台运营,还是企业管理,出现的问题五花八门,但总结起来,不外乎两件事儿——如何快捷收款和如何让客户顺畅付款。老赵意识到,人类生活的本质不是数学问题,而是买和卖的问题,数学只是实现这两件事儿的手段。这一发现,让老赵陷入虚无。小时候他通过数学挑战自己的智力,觉得这是条人向神一点点靠近的道路,现在终于明白,多么伟大的数学,最终也被低俗的人类当成实现买和卖的工具——越是高级的数学和计算机语言做出的软件,越让买和卖变得便捷。横向看,那些珍贵的艺术品和古董,背后都有一个价格支撑,才让它们显得如此珍贵。音乐、美术、电影,各行各业莫不如此,人类太庸俗了。一个人的事业越大,越需要操劳买和卖,越是一个俗人。老赵也不可免俗地成了一个为共享床铺操劳的俗人,他很烦自己这样,即便共享床铺做得风生水起,终于有了一个让他喘息的机会,一家电商巨头想收购他做的共享床铺。老赵当初没把它当生意做,做起来发现,在商言商,就得按商业规矩办事,而这又不是他喜欢的,所以当有人想买的时候,他巴不得赶紧卖了。还有一个现实是,老赵的共享床铺运营不久,市场便出现其他几家共享床铺,竞争惨烈,谁的床位多,客户就选择谁,电商有巨额资金建立更多床铺,抢占市场,为了这个项目活下来,哪怕老赵不想卖,也得卖。对方给了报价,老赵也没还价,钱已足够他退休用的了,准备签合同。

老赵憋太久了,合同还在走流程,没等签下来,就跑出去散心了。到了云南,蓝天白云也没让他的心情变好。他有种不安,觉得自己的生活来得太容易,一定有问题。倒不是说钱多了有问题,是觉得人生如果就这么下去,哪怕躲开了雾霾,躲开了买卖,躲开了人群,并没有因此而更有价值。精英思维,又让老赵开始寻找人类财务自由后的出路。西双版纳的一所贫困小学给了老赵灵感,看到那些上不起学的孩子,一个个瞪着清澈的眼睛,却没有未来,老赵萌生一念:谁说人与人是买和卖的关系? 我这回不卖了,也不让别人买,我送。老赵当即送给全校一百多名小学生每人一个书包。这只是开始,老赵想等把共享床铺卖了,再做个公益众筹的项目,为那些需要帮助的人找钱。别人做买卖,老赵做只送不卖,归根结底,老赵不想做一个俗人。

收购共享床铺是份大合同,需要各种清算,细节都要写进合同,耗时。老赵等不及了,先去各贫困村镇考察情况,罗列一些需要捐助的名单。考察中他更觉得这件事情必须做下去,此前自己四十年人生积累的知识和经验终于能用对地方了。这次和老钱老孙碰头,就是老赵刚从贵州回来,都没出站,直接上了去成都的火车。

前两年重返童年的老孙,随着儿子的长大,又一次告别了童年。当儿子身高超过一米二,去哪儿玩都开始买票的时候,老孙意识到自己企图和儿子在童年生活里躲开生活烦恼的想法是幼稚的。尤其儿子学上足球后,每个月都要出去踢一次比赛,每次都要比出个输赢,为了赢球,场上教练以大充小,为了让孩子上场,家长给教练送礼,成人世界的游戏规则,让踢球这么一件简单的事情变得不纯粹了。儿子已经能看懂这些,哪怕赢了球,也觉得踢球不再是踢球,输了球则更郁闷。踢球两年多,越踢越没劲了。看着儿子的模样越来越不像小孩了,老孙知道对儿子来说,长大成人是不可避免的,最好的时光即将一去不返,终将被人世的种种淹没。

儿子的变化,也让老孙不得不正视现实。自己已经四十出头,六十岁退休的话,和社会发生关系的人生过去了三分之二多,他有种强烈的感受,人的出生不是为了别的,就是为了死掉。在这种感受下,有一天他带孩子去商场的美食汇吃饭,路过一家服装店,看见挂着一件黑衬衫,就买了,觉得身边死个人,是一定要发生的事儿。买这件衣服,就像打疫苗,得提前。老婆回国探亲,看见衣橱里多了这么一件黑衬衫,问老孙哪儿来的,老孙把想法一说,老婆不理解,说他有病。事实证明,老孙的未雨绸缪是对的,现在他能穿着一件符合情境的衣服,去见一见老朋友了。

当晚到了成都,就近找了住的地方,放下行李,按老李姐夫给的地址,三人去了老李家,老李姐夫接待了他们。老李家地处成都市郊,一座二层小楼,有院子,自己盖的,父母和姐姐一家都在这里生活,灵棚就支在院子里。院子后面是一片黝黑的山,老李以前就在山上养猪。灵棚里的灯亮着,正前方摆放着老李的照片,照片上的老李神情寡淡,既不像曾经出过诗集的,也不像一个养猪的。姐夫说这是老李今年办护照时拍的照片,他打算去欧洲看看,尤其是英国,后来猪生病了,就没走成。三人给老李上了香,然后在姐夫的带领下,参观了老李的那间屋子,位于二楼的尽头。姐夫说老李养猪后,就住山上,很少回来睡觉,这间屋子是二楼最宽敞的一间,建造的时候就打算给老李结婚用,可是这间屋子从来没进来过女人。

姐夫泡上茶,四人在老李的房间聊起来。姐夫说,老李从北京回来后,厌倦了舞文弄墨,以前没事儿的时候还捧本书看,这次书也不看了,成天躺着,躺累了就去房后的山上。一天从山上下来,突然说想养猪。姐夫就给老李投了十万块钱,养了二十头猪。老李在山坡建了养猪场,搭起看护棚,为了不让猪感染到外界病菌,老李很少下山,这是养猪的基本要求,饭也在山上做。起得比猪早,睡得比猪晚,还领着猪玩,无异于在带着它们运动减肥,所以猪长肉很慢,迟迟不能出栏上市。猪们健康成长,老李也很开心,又开始写诗,以猪的口吻,还配上一张小猪崽儿的照片,发到网上,结果小猪崽儿成了网红。三人这才知道,老李为了养猪,开了微博,叫"猪"光宝气。老孙当场翻看了微博,每篇都和猪有关,其中一篇的小猪崽儿配图上写着几行字:我和小伙伴们/健康与不健康成长/影响着物价指数/责任重大/不辜负祖国和人民的期望……后来知道"猪光宝气"的人越来越多,有投资基金找过来,想扩大老李的养猪场规模,并结合旅游业,把老李的养猪场做成"山家乐",来爬山踏青呼吸新鲜空气,最后吃一顿绿色饲养的猪全席,从肉到皮,从猪头到猪尾巴,从猪脑到猪下水,一应俱全。当然,不能吃那只网红猪,它是明星招牌,只供参观,等它长大了,不可爱了,还是得吃,再用别的小猪顶替上,老李当然是没同意。老孙养过孩子,微博上看得出老李是把小猪当孩子在养。可养猪的本质就是要卖掉,家人说:"你要是喜欢养,当初就应该养个宠物猪,别养肉猪,现在它们一天好几餐,比养孩子还费钱,本来应该是它们养你。"老李说:"没什么应该不应该的,那我就把它们当孩子养吧,从今天起,它们都姓李。"说起老李,姐夫一个劲儿叹气,说:"我现在明白为什么你们仨都毕业了,就他退学了。"后来又有人带着钱找上山,想打造老李的猪,都被他拒绝了。因为上来的人多了,一折腾,猪感染了山下的病毒。看着猪一头头病倒、死掉,老李发微博感慨道:猪比山下的人干净。老李与病猪厮守在一起,给它们打针吃药,猪没好,老李也被传染上。皮肤外伤和猪接触后,出现紫红色环状斑块,发烧、拉稀、浑身没劲,实在撑不住了,老李才下山去了医院。大夫说来晚了,这是感染了猪丹毒。没两天,李老的呼吸就停止了。姐夫说:"既然你们三人来了,是老李的大学同学,明天追悼会,悼词就由你们来写、你们来念吧。老李死的时候是个养猪的,但我们想让人知道,他也上过大学。"

老赵和老钱把悼词的事儿交给老孙,按老李姐夫的意思,这事儿适合学历最高的人主持,老李家要个面子,况且老孙还穿着一套那么专业的衣服。老孙一晚上没睡着,琢磨悼词。2000年大学毕业,到今天十八年,似乎不是度过了六千多天,这六千多天更真实的感受是一眨眼就过去了。距离六十岁退休,也剩十八年了,想想很长,再想想,不过也是一眨眼的工夫儿。今天死的是老李,明天指不定又是谁,死亡是每个人的底牌,在对中年无言以对的时候,老李先拿到了这副底牌。总有一天,这副底牌也会到自己手里,已经拿到底牌的人,想听什么样的悼词呢?还是悼词更是写给那些暂时没拿到底牌的人听的?老孙越想越乱,脑子累了,天快亮的时候睡着了。梦见又和老李斗起地主,老李再次抄起底牌,翻开一看,竟然是三张大猫儿,老李大笑,老孙跟着高兴醒了。天已大亮,没时间写一篇条理清晰的悼词了,老孙爬起来,把昨晚胡乱想到的内容誊到一张纸上,出了门。

告别室不大,不像电视上看到的仪式那般隆重,灯光也不亮,像有意为之,此等相状不宜看太真着。老李躺在床上,盖着白布,因为容貌并不苍老,所以看上去不像死了,更像睡着了。当年在宿舍,经常能看到这样睡觉的老李,他们三人会犯坏,把老李的被子突然掀去,露出老李正裸睡的身体。但是这次,谁也没有动手。大家绕着老李走了一圈,该哭的哭,该伸手的伸手,表达了惋惜之情,随后正面站成几排,开始火化前的最后一项事宜,念诵悼词。

老孙从兜里掏出早上写好的那张纸,展开,背过身,清了清嗓子,念起来。悼词追忆了老李灿烂的青春时代,其中一句是:老李是我们的好同学、好朋友、好牌友……听到这,老赵和老钱扑哧一声,憋住笑,眼泪却没管住,眼眶里打了半天转儿,还是流了下来。有了这点儿眼泪,那个青年时代的老李,在老赵和老钱的眼里重新立体起来:世界杯赌球、爱抄底牌、不×学校、写在床板上的诗、喜欢过的姑娘……

此刻,老孙表妹委托老孙送来的花圈就伫立在角落,挽联上引用着老李的诗,右边一条写着:气泡浮出海面,老李走好;左边一条写着:生前笔友敬上,表妹顶你。因用词过于晦涩文艺,被老李家人挪到最边上了。表妹人在英国,已有身孕,无法赶来,收到老李姐夫的短信后,让老孙先送个花圈,生完孩子她会再来。

在众人的追思中,老孙的声音飘荡在告别室的上空:"那年夏天,我们把老李从井底下拉了上来,而这次,我们没能像当年一样,在他落井后把他拉出来,因为二十年过去了,我们每个人也都在井下了。生活是名副其实的地主,我们一生都要斗它,愿彼此保重,愿老李安息。"然后,老李被送进火化间。就像当年老李退学,世界仍在继续,牌局也可以继续,而有些东西则让人感觉继续不下去了。

从殡仪馆出来,老李家安排了午饭,都是成都的亲戚朋友,老孙三人没去,就此跟老李家人告别。老赵还有别的事儿,想下午就回北京,问他俩什么时候回去。老钱说,这回来成都正好办点公事儿,让老赵和老孙跟他跑一趟,撑撑台面,明天一起回京,他负责订票,就当老赵和老孙跟他出了趟差,俩人的吃住行他包了。老李的早逝,让老赵和老孙更珍惜大学时代的情感了,答应了老钱。

老钱先在手机上租了一辆川A牌照的奔驰S600,说只有开这种车办事儿,门卫才不会阻拦。老赵和老孙问老钱要办什么事儿?老钱拿出两副墨镜,让老赵和老孙戴上,让他俩到时候不用说话,只管绷着脸,站在自己身后就可以。老赵说:"那不就相当于保镖吗?真出事儿了,我俩可不一定能保护你。"老钱说:"不会出事儿的,我是去要账,不是去抢钱。别人欠我钱,我还得武装起来去要,越让那帮孙子害怕,他们才越能快点还钱。"

老钱把车开到一处厂房门口,保安问找谁,老钱说:"找你们刘总打牌。"保安没再问第二句,立即打开电控门。老钱点了一根烟,不慌不忙把车开进去。

车停在一栋三层小楼前,老钱让他带的女人先上去看看,女人下车进了楼,过了一会儿又出来,说人在呢。老钱带着老赵和老孙下了车,让他俩戴好墨镜,走在前面,跟着女人,老钱自己走在最后。女人上了二楼,走到一个房间前,说在里面。老钱让老赵和老孙推门进去,老赵和老孙说:"别价,我俩进去说什么呀?"老钱说:"你俩进去就站定,我再进去,老板一般都这样出场,不用你们说话,别笑就行。"

老赵和老孙推门进去了,屋里坐着一个男人,旁边站着一个男人。站着的人个儿不高,一看就是南方人,在汇报工作。坐着的人问:"你俩找谁?"话音未落,老钱闪现出来,从老赵和老孙中间走上前,说:"找你。"坐着的人认出老钱,赶紧起身迎接,说:"钱总大驾光临怎么也不提前打声招呼。"老钱跟他也不客气,说:"我要是提前打招呼,你就提前躲起来了。咱俩都干脆点儿,我这次来就是要把钱带走。"汇报工作的人,问刚才坐着现在站着,也就是老钱刚才在门口提到的刘总,说:"刘总要不我先走,您先忙?"刘总说:"也行,你去吧,把咱们公司的人都叫来,正好一起和钱总开个会。"老钱按住汇报工作的人,说:"我们是来找刘总要钱的,不用麻烦大家,成本太高。"汇报工作的人只好老实坐下,看着刘总。刘总依然和颜悦色,说:"取钱还用你钱总亲自来吗?我叫人转到账上就行了。"

老钱说："转个屁,一年前就说转,现在也没见转来,钱要是长了腿,走也从成都走到北京了。这次我就是来拿现金的,必须带走。"刘总呵呵地笑笑,看了看老钱身后的老赵和老孙,尤其老孙,一身黑衣服,不苟言笑,墨镜让他显得很神秘,神秘的背后透露着残暴。刘总说："要不这样,你们车马劳顿,咱们边吃边聊,现在就出发。"老钱说："别扯没用的,今天在这儿,除了拿到钱,别的事儿都不干。"然后指了指刘总身后的保险箱说,"别说没有,就那里,有多少给我多少,刨去利息,多出来的我也不要。"刘总说："两道密码,我得打电话叫财务过来。"说着掏出手机。老钱夺过手机,拿出自己的,说："号是多少?我给他打。"老钱的女人在身后推了老赵和老孙一把,两人不得不往前上了一步,吓得刘总往后退。老钱说："咱们抓紧时间,我这俩兄弟脾气不好,天黑了再一饿,就爱打人。现在天亮还不饿,能控制,太阳落山,做出什么事儿就不堪设想了。"刘总说："这是何必呢?能不能让你这俩兄弟先出去?开保险柜,太多人在现场不方便。"老钱说没问题,然后冲老赵和老孙说："你俩带着刘总的这位员工,去车里等我,低调点儿。"老钱的女人捅了捅老赵和老孙,两人照做,挟押着刚才汇报工作的小个子男人,准备往外走。老钱对身旁的女人说："你也先去车里等我,东西给我。"女人从香奈儿包里掏出一个东西,放在桌上,咣当一声,是把手枪。在场的人都看到了。老钱随手拿过来,别在腰里,说："这种东西别乱露。"

老赵和老孙坐进奔驰车后排,中间夹着小个子男人,三人都没说话。倒是副驾驶坐的女人,问晚上想吃什么。后排没反应。女人透过后视镜,看见老赵和老孙还戴着墨镜,都不说话,女人笑了。老赵和老孙并不是还沉浸在角色扮演中,而是没想到会卷入老钱有枪这件事情中。女人打开音响,里面一对男女主持人用川普主持着节目,激昂热烈,仿佛演绎着老钱在楼上房间里正发生的事情。

过了一会儿,老钱一个人从楼上下来,手里多了一个包。老钱坐进车里,发动了车,往厂外开。女人问后排的人怎么处理。老钱说到了门口,让他出去。老钱一踩油门,车飞了出去,三下两下就到了门口,门卫认识这车,没等车开到,电动门已经打开。老钱把车开出门口,停住,掏出枪,放进那个人兜里,那个人吓傻了,不要。老钱不由分说,塞进枪,把他推了出去。车门一关,扬长而去。

老赵和老孙问老钱："这么做合适吗?"老钱说："没什么不合适,钱本来就是我的,他们不还钱耍起流氓来,比这不要脸多了。"然后又拿出一把同样的手枪,冲着自己一扣扳机,火苗蹿出,点了一根烟。女人哈哈大笑。

老钱找了个银行,把钱存上,说:"这趟成都没白来,找个地方庆祝一下去吧。"老赵和老孙心有余悸,不想再待,要晚上就回北京。一查,还有票,四人赶紧回房间收拾东西,退房去机场。

退房的时候,老钱在前台排队,察觉到身后大门进来两个警察,迅速悄声离开前台,往安全通道走。老赵问老钱怎么了,老钱顾不上回答,加快脚步,余光看到警察也加快了脚步向这边走来。老钱小跑起来,消失在拐弯处。老赵一扭头,这才看见走过来的警察。

老钱进了安全通道门后,撒腿就蹿,跑上二楼,出了安全通道,往餐厅旁边的卫生间跑。进去一看,窗户打不开,又往三楼跑。三楼以上就是客房区,一间客房正在打扫,窗户被服务员用钥匙打开换气,老钱二话不说,跳上窗台,往下看了看,毫不犹豫跳了下去。继十多年前从女生家楼上跳下来后,老钱又一次从窗口跳了出来,这次下面是花坛,有缓冲,没受伤。

老钱以为刘总报了警,其实警察不是来找他的,是来找老赵的。老钱在一楼溜掉的时候,警察并没有关注他,而是站到老赵面前,问他是老赵吗?老赵说是,怎么了?警察亮出证件,说他们是成都市公安局经侦处的,想找老赵了解一下老郑的情况。老郑是想收购共享床铺的电商平台老板,警察说老郑涉嫌巨大经济行贿,正在候审中。老赵说:"我怎么不知道。"警察说:"今天上午刚带走,还没对外公布。老郑的电商注册地在成都,所以由我们负责。"老赵问:"你们怎么知道我在这儿?"警察说:"我们需要知道,就能知道。"老赵说:"我跟他连一顿饭都没吃过,只是见面、开会,没有其他往来。"警察说:"这些不重要,我们知道他想收购你的平台,了解下你们怎么合作的。"老赵说:"合同里都写了,需要的话可以给你们看合同。"警察说:"合同已经在我们手上了,还想问你点儿问题,上车聊吧,配合调查也是公民的义务,不耽误你一会儿的飞机,我们的车送你去机场。"老赵说:"那我的朋友怎么办?坐得下吗?"警察说:"他们和这事儿无关,该怎么去机场还怎么去。"

老赵坐上警车,先走一步。老钱的女人给老钱打电话,让他回来,安全。过一会儿老钱在酒店正门外探头探脑,女人冲他招手,他狼狈地进来,已经知道老赵上了警车,惊魂未定,说:"操他妈的,我边跑还边想,难不成人这一辈子的剧本真是已经写好了？我的主题就是使劲跑——有钱没钱都得豁出命去跑,我怎么就不能心安理得地坐会儿呢?!"

三人打车到了机场,看到老赵一个人正在门口打电话。打完电话,老赵说:"警察走了,只是问了点跟郑总合作的细节以及缘由,郑总因为涉嫌巨额经济行贿,旗下企业的一切经济行为都暂停了,刚才打电话已经证实了。"所以老赵共享床铺的项目,成了一个嗷嗷待哺的孩子,生存危机被提上议程。同样嗷嗷待哺的还有贫困学校的那些孩子,老赵这次走访的时候,已经承诺不久后改善他们的学习条件,还给他们开设奥数兴趣班。老赵倒不太为自身难保担忧,而是觉得愧对那些孩子。同时,他又觉得用数学从根本上帮不了任何孩子,人类需要解决的不是数学问题。在自己还是个孩子的时候,父亲一心发展他的数学能力,以为数学是人类文明的标志,活了三十年了,发现数学不过是买和卖的衍生品。人类更在意的是买和卖的问题,结果问题也就出在了买和卖这里,而这一问题的根源,是一种叫作人心的东西。一想到人心,老赵就觉得很累,这是一个仿佛黑洞般的难题,非数学所能及,更非他所能及。看着候机大厅窗外一架架驶出视野的飞机,老赵说看来是时候考虑退休了。

老钱安慰老赵,说:"你命比我好多了,至少没成天从窗台上往下跳,本想好好活着,却不得不屡次做出那种近乎自杀般的行为,仿佛一个长了腿的鸡蛋,为了不被煮了,只能自己往下摔。"老赵总结了自己的人生大事,女朋友被挖墙脚,服务的企业卖毒牛奶,合作的伙伴商业贿赂,人生剧本的主题就是釜底抽薪。老孙摸摸脑袋,想说什么。老钱抢先说:"你的人生主题我已经给你想好了,就是守株待兔,等到兔子了,算捞着了,让人羡慕;等不到,也就等不到了,接着往下等吧。"老孙说:"我不是想说这个。"老赵问:"那你想说什么?"老孙又重新想了想说:"其实我什么也不想说。"老钱说:"说不说都不重要了,现在老李已经没了,没办法改变自己的命运了,也可以说命运已经被改变了,咱仨还活着,你们害怕以后吗?"

三人沉默了。夕阳从接近地平线的角度照进来,把三个人照成古铜色,像三尊在这里已经坐了数百年的塑像。

"可惜。"其中一尊突然说话了,是老孙。

另两尊一愣,动了动,看向老孙。

"谁可惜？老李？老赵？还是说我呢？"老钱问。

"都可惜。"老孙说。

"怎么就可惜了？"老钱又问。

"可惜就是可惜。"老孙说完，站起身，向前走去。

"哎，哪儿去？"老钱问。

"登机。"老孙说。

"没到点呢，那么着急干吗？"

"着急回去改剧本！"老孙已经走到登机口，排在第一个。

老钱说："都这岁数了，还怎么改？过来斗会儿地主吧，人生苦短，及时行乐。"

老孙说："别光斗这种地主，也得斗斗真的地主。"

"什么是真的地主？"

深夜到了家，老孙打开门，进屋换鞋，孩子奶奶和孩子的鞋就在门口，这会儿想必已经睡了。这次去成都，老孙叫了他妈过来帮着带孩子。

老孙放下钥匙，看到桌上放着自己的快递，是出版社寄来的。为了评上副教授，去年他联系了一家能自费出书的出版社，科研项目开展夭折，只好靠出版著作，达到评选副教授的最低标准。

老孙撕开信封，里面露出两份白纸黑字的合同，末页盖了鲜红的印章，闪着油光，仿佛一个光鲜亮丽的未来。

现在，他双手一扯，撕了合同，不想再凑合活着了。没错，已经中年，没时间可浪费了，明年混个副教授，十年后混个教授，然后退休，有什么意思？去他妈的"人都是按着剧本在活"，我要自己写剧本，老孙把撕碎的合同扔进垃圾筐里。他向自己储物柜走去，他记得里面有一个硬盘，拷了过去电脑里的文件，其中有数百张烟花绽放的图片，此刻，他很想重温这些照片。

找出硬盘的同时，也找出一个日记本，扉页上写着：

$$S + 2KNO_3 + 3C \rightarrow K_2S + N_2\uparrow + 3CO_2\uparrow$$

这是火药爆炸的化学方程式。老孙清晰地记得,二十多年前,高考前夕,自己如何将它写在日记本上。那时候考前先报志愿,老孙报了化学系,筹划着未来每天都和烟花打交道,这个方程式,就是誓言。可是二十多年过去,当年期盼的日子,一天也没有过,谁知道剧本怎么就写成这样了,现在老孙要改改这剧本。

老孙把硬盘接上电视,屏幕亮起。这是一台六十五英寸的4K电视,老孙两年前搬进这套三居室,孩子大了,需要自己的房间,卖掉两居室,添了钱,换了这套三居,客厅大,置办了大电视。现在每月还有房贷,主意是老婆拿的,钱也就老婆拿得多,她挣得多。老孙以前认为,这也是剧本安排好的,现在明白了,剧本写成这样,就是因为自己放弃了,老婆不得不站在前沿。

老孙第一次在这么大的屏幕上看这些照片,色彩艳丽,画质清晰,一朵朵礼花绽放,身临其境,心中的烟火又被点燃了,看得老孙眼圈湿润。他关上客厅的灯,想让自己在黑暗中和那些烟花融为一体。客厅黑下来,老孙盘腿坐在电视前,翻阅着一幅幅照片,看着那些烟花,浑身炙热,不由自主地伸出手,想摸一摸那些焰火,突然感觉余光中也有一道焰火闪过,扭头一看,走廊尽头儿子房间的门缝底下渗出光,还亮着灯。

老孙推开儿子房间的门,儿子在房间的地上坐着,和老孙刚才盘腿的姿势一样。老孙出现得太突然,给儿子一措手不及,儿子目光从墙上收回,转向老孙:"爸?"

"怎么还不睡?"说完,老孙顺着儿子刚才的视线看去,看到墙上挂着一双球鞋。"怎么把鞋挂墙上了?"老孙问。儿子说:"不想再踢球,挂靴了。"他从电视上知道足球运动员退役叫挂靴,会把球鞋挂起来,寓意从此不再踢了,现在他的那双小球鞋正挂在墙上。老孙问:"怎么就不踢了?"儿子说:"没意思,总输,队友之间还闹别扭。"

以往孩子每天哪怕是洗了澡,睡前也都是小花脸,能看出孩子爱跑爱跳的痕迹。现在看着儿子那张白净的脸,老孙有点难过。他摘下球鞋,看到鞋面上有处污迹,用手一蹭,掉了。然后把鞋挂在儿子脖子上,坐在他面前说:"不要怕输,继续踢,把他们赢了。没有人规定你永远会输,使劲跑,射门!被挡出来就再射,别怕射不进,射不进抢下来再射,抢!不要怕摔跟头,不要怕受伤,流点儿血不是什么大不了的事儿,你可能会疼,但要咬牙坚持,那是你的荣耀,为了荣耀进攻,全力以赴,直到球进!"

说着,老孙脱下自己的黑衬衣,从开襟处用力一扯,扯成一条一条,其中一条交给儿子:"拿去当手绢,带到球场擦汗。"

"爸爸你怎么了?"儿子看着光着膀子的老孙有点儿害怕。

"我没事儿,我就是希望你明天一早就出门,站在球场上,赢了他们!"

这时候儿子看到门外客厅的电视上有光影变化,问老孙在干什么。老孙说:"我在放礼花。"然后拉着儿子的手,一起出来看。

五彩缤纷的焰火,像一朵朵盛开的花朵。"好看吗?"老孙问。儿子说:"好看。"老孙说:"如果你赢了球,爸爸给你特制一个礼花,升到天上后,爆炸成一个足球。""真的吗?"儿子问。老孙说:"当然,以后这就是我要做的事情。"

老孙又在硬盘里找了一个原子弹爆炸的视频给儿子看——一团云雾突然炸开,腾空而起,拖着一条细长的尾巴,越升越高,细长的云雾到了高空,逐渐往四周扩散,同时又有源源不断的云雾被拔起,形成一朵越来越大的蘑菇。

儿子第一次看到这样的画面,问:"爆炸完了地上长出大蘑菇了吗?"老孙说:"不是蘑菇。"儿子问:"那是云?"老孙说也不是。儿子问:"那是什么?"老孙说:"这叫蘑菇云。"儿子又问:"怎么变出来的?"老孙指着儿子的胸口说:"从这儿。"

儿子低头看了一眼自己的胸口,除了衣服,什么也没有。

老孙的手重重地拍在儿子肩膀上,说:"只要你还想踢球,就去踢,输赢不重要,重要的是你出现在球场上。你是一个人,不是一团细菌。人生是一条很长的路,走到哪儿,无论多少年后,都要记住你现在想去踢球的冲动!"

这时,儿子瞳孔扩大,真的看见一小朵蘑菇云,从身上冒了出来。感觉自己不是个小孩了,而是一片山河大地,蘑菇云在这片土地上,越长越大,越升越高。

老孙说:"记住它,它能让你在任何时候,永远前行,永远敢斗地主!"

"什么是斗地主?"儿子问。

"是一种扑克游戏,也是你的生活。"老孙说。

(原载于《北京文学》2019年第11期,马小淘选编)

刘汀 /1981生,青年作家、诗人,出版有长篇小说《布克村信札》,散文集《浮生》《老家》《暖暖》,小说集《中国奇谭》《人生最焦虑的就是吃些什么》,诗集《我为这人间操碎了心》等。

人人都爱尹雪梅

一

人人都爱尹雪梅。

谁能不爱她呢？那么热情、活泼、善良，对所有事物都充满照顾的欲望；又那么勤快、能干、心灵手巧，随便做个菜和小吃，都能让人把舌头吞掉。不爱她的人，也只能说根本就不爱生活了。

尹雪梅是东北人，老家在辽宁省的葫芦岛，十岁时母亲改嫁，一起迁到吉林长春郊区的一个小镇。说是镇子，其实也还是农村，只因毗邻城郊的几家工厂，比一般的村子繁华些，多了几条街、几家商店。她就在那儿长大，再后来就在附近嫁了人。尹雪梅生了两个儿子一个女儿，当年算超生，为这个没少受折腾。大儿子是长春铁路局的司机，现在大部分列车都改动车、高铁了，他这种过时的内燃机司机摆弄不了新玩意，内部调整了工作，整天站在检票口负责检票，说："旅客朋友们好，开往北京的D26次车可以检票了……"二儿子也在长春，东北师范大学研究生毕业，现在是长春师范学院的老师，教马克思主义邓小平理论一类公共课。大儿子生了女儿，还想再生，可不管怎么努力就是怀不上；二儿子也生了女儿，有条件生，但坚决不生二胎。两个孙女，尹雪梅都帮忙带到了上小学的年纪，有那么几年，她觉得自己比吉林省长还忙。一大早，在大儿子家把大孙女喊起来，吃口东西送到幼儿园，就赶紧骑电动车到二儿子家，让二儿媳妇上班，她看二孙女。晚上二儿子回来替她，她又赶紧去接大孙女放学。

尹雪梅的头发就是这几年白的，先是一两根，后来不知不觉也就满脑袋了；先是白发根薄薄的一层，后来不知不觉也就整根白了。头发白了的时候，尹雪梅想起几十年前，父亲临死前说的话："雪梅雪梅，踏雪寻梅。"这是她父亲会的唯一一句成语，是跟村里的老中医学的。老中医和父亲是酒友，尹雪梅八岁时，发过一次癫痫，是老中医把她救下来的，她把老中医的手腕子咬了上下两条印痕。

老中医不光会看病,还会算命,跟她父亲说:"雪梅这孩子吧……一辈子操心的命,好在她心大,啥事最后都能想开。"想起这些话,她开始觉得满头白发就是满头的雪,可好看的梅花在哪儿呢?她稀罕花,但从来没见过梅花,对她来说,那就是一个摸不着的念想。

二孙女在堆她的乐高城堡,尹雪梅得空把屋子乱七八糟的衣服归拢归拢,坐在沙发上,想把满头的白雪扎成辫子。她梳得仔细,心里头想,白归白,好在没掉,染一下就成黑的了。头发才梳到一半,北京的小女儿晶晶的电话就打过来了。

"妈,我怀孕了。"晶晶在电话里兴奋地尖叫。

这会儿得知小女儿怀孕,尹雪梅刚刚放松点的身体,一下子又绷紧。郝晶晶说:"妈,你帮我哥带孩子,可不能不帮我呀,我工作可比他们忙多了,北京的生活节奏,比长春快好几倍。小孙更是,他爸妈都有病,自己照顾自己都难。小孙一年有半年都在外面,这个家对他来说跟旅馆一样。"

"哦。"尹雪梅说。手一松,没扎紧的头发立刻散下来,像瀑布,遮住了大半张脸。

小孙是女婿,在一家银行上班。这家银行在非洲有项目,员工都要轮流到非洲去出长差,工资比国内高三倍。女儿去年买了个小房子,一大半首付是借的,还欠了两百万银行贷款,为了多赚点补贴,女婿恨不得留在非洲不回来。

尹雪梅算了算日子,小孙就春节时回来一趟,郝晶晶就怀上了,心里喊一声,咋就那么准呢?再一算,二孙女上小学还不到十天,就是晶晶的预产期,俩孩子商量好了一样,无缝对接,一点休息时间也没给她留。带吧带吧,自己生的儿女自己造的业,一碗水得端平,三碗水就更得端平了。她活动活动胳膊腿,觉得身子骨还成,把头发染一下,换一身新衣裳,看起来也没那么老。她心里也不想老,总觉得自己还没年轻过呢。

站好最后一班岗,她还是有信心的,最不放心的就是老伴儿郝胜利。郝胜利比她小两岁,前年退休后,二儿子把他接到了市里,找关系在一家厂子里看大门。老头有高血压,犯过一次脑溢血,幸好抢救及时,但留下了点腿脚不利索的后遗症。犯病后,人家厂子怕担责任,不敢再用。他又不愿意住在城里,拧着劲跑回郊区的老家去了。眼下自己还能做口热的吃,可再过一两年呢?再犯病呢?老头见天跟邻居念叨:"养了三个儿女,活得像孤寡老人一样。"

去北京前,尹雪梅回了一趟家,看着屋里屋外那个脏、那个乱,心里真不是滋味。她尹雪梅当年是多干净的一个人呀,甭管屋子院子,她都收拾得比楼房还干净,苍蝇站在桌上都能摔一跤。这会儿呢,锅里是几天没洗的碗,冰箱里各种咸菜馒头,还有几头蒜,已经长出了一指头长的蒜苗。老郝整日拖着一条没知觉的腿进进出出,院子中间已经犁出了一条沟,磨坏的破鞋就扔在边上,都是右脚的。幸好老郝的血压维持得还算平稳,也可能是一个人过了一年多,什么都得自己操持,活动得多了,人反而有精神了。

尹雪梅想在家多待几天,帮老郝收拾收拾,刷刷洗洗,给他包点饺子冻上,但郝晶晶肚子里的孩子可不管这些。这小家伙就跟故意的一样,提前把他妈催到了医院里,说是随时可能生。尹雪梅只在家住了一个晚上,第二天一大早就急忙赶去了火车站。真是无缝对接,这边还没检票呢,那边已经传来了消息,生了。让尹雪梅重新打起精神来的是,郝晶晶生了个男孩,小名嘟嘟。她虽然没什么重男轻女的观念,但老大生女儿,老二生女儿,如果郝晶晶还是女儿,总觉得美中不足。这回好了,终于来了一个带把儿的,外孙子也是孙子嘛。

二

尹雪梅成了成千上万在北京带娃的外地人中的一员。刚来的时候,女儿的新房子还没装修完,他们租住在西五环外的一个小区,环境挺好,宽敞,门前就是一大片空地,能抱着孩子溜达、晒太阳。不远处还有一个小花园,各类花花草草不少。尹雪梅喜欢花,在乡下时就摆弄,没好的花种,她就把山上的野花挖回来栽上。干一天农活回到家里,她不喂猪不喂鸡,先看看自己的花渴不渴、开没开。租住的小区花园里有一大片红红粉粉的,看着就让人高兴,她得空就跑到小花园里去松松土、浇浇水,惹得好些人以为她是物业雇来的花匠呢。尹雪梅找嘟嘟用过的奶粉罐,移了五六棵花苗,摆在家里养,没多久,一棵棵都开花了,屋子里四季都有花香。嘟嘟睡午觉,她难得休息一会儿,就看着这些花,心里头想,踏雪寻梅,梅花寻不着,别的花也成。

嘟嘟一岁生日那天,也是他们搬进新房子的日子,双喜临门。尹雪梅千叮咛万嘱咐,搬家公司的小伙子还是摔了她两盆花,一盆是月季,一盆是牡丹。尹雪梅心里头难受坏了,可看着他们背着冰箱、柜子、床板楼上楼下地跑,一脸汗,眼睛憋得跟嘟嘟小拳头似的,也不忍心叫他们赔。等东西全搬上楼,她还把嘟嘟的生日蛋糕拿出来几块给他们吃。她想着,到这边找地方再移几棵,几个月又能开起来。

新房子其实是老房子,还是 20 世纪 80 年代建的,属于国家某部委的自建房。之前不允许上市销售,这两年才放开。老归老,位置好,就在三环边上,离地铁很近。只是这种自建房小区没什么规划,正式的大门都没有,地上到处是车,路边的板房开满各类理发店、小菜摊、小商店,还有卖猪头肉的,卖豆腐丝的,卖爆米花的,修裤脚的,像一个混杂的大市场。尹雪梅转了一圈,整个小区里别说花园,连树都没几棵。她攒下来的奶粉罐,就一直空在杂物间。

嘟嘟开始学走路,走得歪歪扭扭,可老想自己走。这时候的孩子最难看,不能背不能抱,像老母鸡一样参着手在后紧跟,一不留神孩子就摔个跟头。很快,尹雪梅才染了一个月的头发,又落了一层雪,洗头的时候,洗脸池里还漂着一大把头发。她心里一咯噔。不过让她高兴的是,新小区虽然闹腾、挤,也没有赏心悦目的花花草草,却比原来的小区热闹。她很快找到了一群朋友。说是朋友,其实就是另一些看孩子的老太太,有七八个。

一开始,尹雪梅带着嘟嘟下楼,到小广场上玩,发现有几个老太太总在一块儿,她上去搭话,她们嗯嗯呀呀地回答,眯眉耷眼的,不怎么热情。尹雪梅也不在意,碰见了还是热情地打招呼。有一天,她们商量着带孩子去附近的公园玩,尹雪梅就说:"我能跟你们一起去吗?这儿我还不太熟,也不敢一个人带孩子出去。"人家也不好拒绝,就随口说:"去就去呗,公园谁都能去,也没人拦着你。"尹雪梅就乐呵呵地推着婴儿车跟着,一队老老小小,走出了浩浩荡荡的气势。玩了一会儿,孩子们有点儿饿,要吃零食,各家分别把自己带的吃食拿出来。尹雪梅从包里掏出一个乐扣饭盒,里面是她做的小面龙,小巧可爱,栩栩如生,连龙的眼睛都不含糊,是两颗亮晶晶的红小豆。小面龙一亮相,一群孩子眼睛都放光,自家的面包水果鱼肉肠都不吃了,张着小手,嘴里不清不楚地嚷:"要,要。"尹雪梅笑眯眯地给每个孩子发一个,孩子们捧在小手里,一开始舍不得吃,左看右看,过了一会儿又比着赛吃,各位姥姥奶奶赶紧把水壶递过去,怕噎着了。

吃完了,这群里领头的多多姥姥,在自己孙子嘴边捻了一点渣渣放嘴里尝了一下,问:"你这哪儿买的呀?真好看,味也挺好。""我自己做的。"尹雪梅说。一群人一惊:"自己做的?"尹雪梅拢拢头发,轻描淡写地说:"是呀,这不算啥,我能用面捏十二生肖,哪天我给孩子们做。你属啥,我就给你捏个啥。"老太太们都围过来,说:"哎哟,你以前不会是饭店的白案厨子吧?"尹雪梅说:"啥饭店?我一辈子就是个家庭妇女,伺候老头儿女,伺候孙子孙女。"

尹雪梅很快就融入了这个小团伙,在她的建议下,这个宝宝团还接受了两个新的成员,人数达到十家。尹雪梅说:"咱们都是抛家舍业来看孩子的,都是一样的人,得互相帮助不是?再说咱们一群人互相照应着,有个大事小情也方便,又热闹又安全。"大家都说,雪梅说得是。这个小团伙以前不这样,虽然松散,但是保守封闭,除了一起带孩子,其他方面几乎没交流。但尹雪梅一来,就不一样了,她有这个能耐,几句话就把气氛带得活泼热闹。尹雪梅做这些的时候,能让人感觉到她的真诚和热情,她说话是笑,不说话也是笑,而且提任何想法你听着都觉得她是真心的,都觉得要不这么办简直是罪过。尹雪梅也不是光有一腔热情,分寸掌握得也恰到好处,跟谁说什么样的话,她清楚得很。她早就看出来了,这一群里领头的是多多姥姥,老太太退休前是街道的干部,喜欢冒充个领导,其实没什么主见。尹雪梅不管说什么,最后都跟着一句:"你说是吧,多多姥姥?"多多姥姥就点点头,说:"可不是,我就这么想的。"

时间再长一点,老太太们发现自己离不开尹雪梅了,一旦哪天尹雪梅不参与集体活动,她们就有点魂不守舍,互相问,雪梅呢?

"雪梅她们带孩子打预防针去了。"

"哎呀,我还想问问她上次那个面皮咋做的呢,我做了半袋子面,都成糨糊了。"

"是呢,我蒸的面龙,放锅里时还像模像样的,可一出锅就成面疙瘩了。"

孩子们更是离不开嘟嘟姥姥的各种小吃,就算是一样的东西,尹雪梅做的就是比别人的精致,哪怕是切苹果,她也能多切出一个花来。尹雪梅还会唱二人转,调起得高,边唱边跳,如果刚好手头有块手绢,她一抖就转起来了,像模像样。"大年初一头一天呀,家家团圆会呀,少的给老的拜年呀……"孩子们玩得安静的时候,她经常来上一段,听着让人心里透亮、舒服。很快,老太太们的接触就从白天往黄昏延伸,看了一天孩子,儿子女儿回来,终于交班,她们就凑到小广场去跳广场舞。尹雪梅跳舞有天赋,不管什么动作,不管是上海传过来的广场舞还是西安传过来的广场舞,四五遍准学会了,她也就顺理成章地成了领舞者。"预备,开始,走,对,摆臂,然后转个弯,对对,你是我的小呀小苹果,怎么爱你都不嫌多……"

尹雪梅又那么热心肠,那么敞亮,有时候,哪个老太太抱怨超市卖的馒头太难吃了,尹雪梅就说:"别买呀,我给你蒸一锅。"蒸起来就不是一锅,而是两锅三锅,大伙一人一塑料袋拎着回去当晚饭了。谁弄的十字绣出了点问题,尹雪梅说:"拿来我看看。"用不了多久,十字绣就挂在墙上了。时间一久,大家对尹雪梅的一切都已习以为常。不管尹雪梅做什么,也不会引来更多的惊叹和赞扬了,应该的嘛,反正尹雪梅什么都会做,什么都能做好。人人都离不开尹雪梅,人人都爱尹雪梅。

坏了,尹雪梅要回趟老家,老太太们听了这个消息后,简直有点手足无措。前一段,郝胜利打电话来,说让尹雪梅回去一趟。尹雪梅问啥事,郝胜利说回来就知道了。尹雪梅跟女儿说得回趟家,晶晶很不乐意,小孙在非洲回不来,尹雪梅一走,她就得请假看孩子。尹雪梅说:"你爸肯定有事,要不然不会让我回去的,他半个废人了,你得体谅。"郝晶晶只好给她买票,说:"家里没啥事就赶紧回来,我把你返程票也买了吧。"尹雪梅张了张嘴,又把一句话咽到了肚子里。

尹雪梅一回家,宝宝团都快散了。大伙下楼,推着娃娃们去公园,路上就说:"雪梅呢,咋还不回来?"一个说,昨天才走的。又一个说,不会不回来了吧?大伙都沉默着,然后互相宽慰说:"不能吧,嘟嘟还那么小。她要真不回来,怎么也得跟咱们正式告个别呀。"

三天后,尹雪梅回来了,她带着一大堆东北特产,每个老太太都有份。老郝叫她回去,是他们家那一片要拆迁,让尹雪梅回来签一个意向书。老郝暂时不想让儿女知道这事,否则哥几个可能就有想法,弄得鸡犬不宁。尹雪梅一边给他测血压,一边埋怨他:"这事打个电话不就行了?"老郝说:"你个老娘儿们,真是在外面跑野了,让你回趟家咋这么磨叽?"老郝的血压高压一百三,低压九十,还成。收血压计的时候,尹雪梅把自己胳膊也伸进去测了一下,高压一百四十五,低压一百。她吓了一跳,赶紧关上,没敢让老郝瞧见。她转头,发现老郝正盯着自己看,尹雪梅转念一想,非让自己回来,是老郝想自己了,又不好意思说。她心里一暖,说:"回去咋跟晶晶说?""咋说?"老郝喊了一嗓子,"就说她爹又犯病了,你卖给她了是咋的?"尹雪梅说:"行行行,你有理,我给你包饺子去。"尹雪梅出了里屋,听见老郝在身后喊:"我要酸菜馅的,你给我多包点冻冰箱里。"

不一会儿,尹雪梅当当当地剁开了酸菜馅。

尹雪梅回到北京,就跟女儿说,自己手机摔坏了,想换一个。郝晶晶说:"妈,你想换啥样的?"尹雪梅说:"我就要那个智能手机,就是能用微信、能上网啥的那个。"尹雪梅原来用的是二儿子多年前退休的诺基亚,只能打电话发短信,还经常信号不好。女儿说:"妈,你行呀,回去几天,都知道智能手机了。"尹雪梅坐火车的时候,看见邻座一个老太太用的智能手机,小团伙里也有几个人用,简直是个百宝箱啊,能上网,能听歌,还能视频,她早就心痒痒了。

网上购买,手机第二天就送到了,女儿给她连上家里的无线网,尹雪梅抱着手机一晚上没出卧室门。第二天吃早饭的时候,女儿看见她眼睛红红的,问是不是没睡好。尹雪梅兴奋地说:"我就没睡,我研究了这个手机一宿,发现这东西太厉害了,啥都有。"女儿说:"你疯了啊妈?你还得跟嘟嘟折腾一白天呢,可不敢不睡觉。"尹雪梅说:"没事,我们有组织呢。"

这天组织开小会的时候,尹雪梅跟大伙提议,说:"咱们建一个微信群吧。"多多姥姥一听,惊讶地说:"嘟嘟姥姥,你够潮的呀。"尹雪梅说:"啥?你咋骂人呢?"多多姥姥说:"我这是夸你。"尹雪梅笑了:"在我们东北,潮是骂人的。我琢磨了,建一个群,咱们能随时打招呼,分享点啥好玩的东西,再约着出来也方便,是不是?"然后就建了群,群的名字叫宝宝天团。有几个没开上网功能和没用智能手机的,都说回去就让儿子女儿弄,绝不能拖组织的后腿。尹雪梅说了句昨天晚上从手机上看到的话:咱们人老了,可是得使出最后一点劲儿,抓住这个时代的尾巴。"尾巴"这俩字,尹雪梅老是念成"已巴",老太太们听了都笑。

三

自从用上了智能手机,尹雪梅的睡眠时间严重缩减了。她第一次发现,这个世界有那么多她不知道的事儿,朝鲜在鼓捣核武器,离东北老近了;有幼儿园老师竟然拿针扎孩子,这得多缺德;原来韭菜也算是荤腥,跟吃肉一样;晚上是身体排毒的时间……尹雪梅从微信上读到了各种各样的东西,看到了稀奇古怪的视频,她转发也评论,对那些看不惯的破口大骂,为那些感人的泪流满面,给那些讲人生道理的"鸡汤"点赞。尹雪梅像是刚刚发现新大陆的拿破仑,一个全新的世界敞开在她面前,她一寸一寸地往前摸索着。

还有就是,她这次回老家,收拾东西翻箱倒柜时,把自己年轻时不多的十几张照片都找出来了。看着那时候的自己,有些旧事像田里的土一样,又被犁杖给翻到了阳光下。她把照片带到北京,用新手机翻拍,又用软件弄了一下,把自己的照片和两个孙女一个外孙子的照片拼到一张图上,做成了手机屏保。每次摁亮手机,看着三个小宝贝,她都会告诉自己,这一辈子受的累,也值。

尹雪梅最喜欢自己三十岁那年照的一张相:她蹲在秋天一望无际金色的稻田里,戴着草帽,手里拿着一把稻穗,笑着。她觉得自己真好看呀,那是她最饱满最成熟的时候。好看是次要的,她喜欢这张照片,主要是就在那一年,因为生活的压力,她曾经有过一个不大不小的梦想——这个词也是从微信上学来的,她不喜欢,她更愿意说自己当年一心要"干点啥"。她想开一家小吃店,几乎一切都准备好的时候,却发现意外怀上了晶晶。本来是超生,老郝要把孩子打掉,尹雪梅哭着喊着没让,交了罚款才保住。晶晶很不省心,三天两头把她折腾到医院去,小吃店还没开张就关了门。后来的几十年岁月里,这个念头不时从心底浮上来,但杂七杂八的事很快把它又压了下去。

到现在,尹雪梅还能想起自己每天张罗着开店时的情形。那时候她真有心气儿,觉得只要自己干,就一定能干成。老郝其实不支持她,家里的其他人也不支持,但尹雪梅就是想干,她喜欢小饭馆里那种热闹,那种热气腾腾人来人往。她觉得那些叫嚷喧闹是水,而自己是一条鱼,鱼在水里的时候才是最自在的。可惜,最后功亏一篑了。那一年,她请小镇上的照相师傅给自己照相,照了十几张,后来洗照片的时候底片出了问题,只有这一张洗出来了。如果能重新回到三十岁的话,尹雪梅一定会把小店开起来的,哪怕挺着大肚子切菜做饭,她也得把火点着了。

周末的时候,宝宝天团的团员们,约着一起去附近的大集买东西,据说那儿老年人的衣服特别多,还便宜。尹雪梅去了,挑了半天什么也没买,倒不是觉得贵,是觉得贵得不合算。小区附近也有高档商场,尹雪梅偶尔路过,看着橱窗里的衣服想,那件大衣如果我穿上,是不是能年轻十来岁？还有那件裙子,裙子上的白花据说就是梅花,挺像老家的杏花的……她只能想想,应该永远都不会走进去,就算她有这笔钱了,大半辈子养成的勤俭的生活习惯,还是不允许她对自己这么奢侈。

尹雪梅的想法是怎么一点点变的,她自己也没注意到。如果非要找一个起点的话,可能就是那次所谓的同学聚会。中秋节之后,天一天比一天冷了,尹雪梅突然被人拉进了高中同学群,那些快四十年没有任何音信和联系的人,重新聚在了一起,每天怀念当年的青春岁月。尹雪梅被谈论得最多,好几个已经过了六十的老头说:"尹雪梅呀,你是班花校花,当年我们都暗恋你。"尹雪梅发了一连串惊讶的表情,说:"你们别瞎说,老不正经。"接着就有人说:"是真的,我能证明。"虽然关着灯,尹雪梅感到自己的脸竟然红了,原来当年那么多人喜欢我呀,她想。班长在群里说:"今年过年都回当年读书的中学,咱们搞一个毕业四十周年大聚会,谁也不能请假。"同意,同意,几乎所有人都举手同意,说:"人生能有几个四十年？"

班长说:"尹雪梅你一定要来。"

尹雪梅说:"我一定来。"

这成了尹雪梅心里最大的一件事。

尹雪梅跟女儿说:"丫头,过年小孙会回国吧？"郝晶晶说:"应该回的,他去了四个月,回来能休一个月呢,带薪的。"尹雪梅说:"好,那我就回老家过年了。"郝晶晶说:"行,你先回去,等我放假,我们带孩子一起回去陪你和爸。"尹雪梅想跟女儿说一下同学聚会的事,但想了半天没张嘴。

等到腊月,小孙突然在视频连线中说自己过年回不去了,得年后。年后回去的话,不但可以多休息十天,还能多拿三万块钱。郝晶晶说:"那也行,年在哪儿都能过,钱可不是哪儿都能多拿的。"但尹雪梅心里不痛快,小孙不回来,她就回不去老家。回不去老家,她就参加不了同学聚会。她可是答应了同学们,一定回去的,怎么跟女儿女婿说呢？她找不到合适的理由。

尹雪梅在同学群里说,她可能回不去了,群里立刻就炸了。班长说:"尹雪梅我知道你现在首都北京呢,北京人了,瞧不起我们。"那几个号称暗恋过她的老头说:"尹雪梅你是故意的吧? 你伤害了四十年的同学感情你知道不? 这次你不回来,咱们就只能下辈子见了。"尹雪梅说:"我真没办法,我在北京给女儿带孩子,走不开。"班长说:"我号召大家每人一个大红包,捐钱找一个保姆替你,实在不行就让我老伴儿去北京帮你带孩子。没有尹雪梅,我们还聚个什么劲呢? 我们还等着看你跳舞,听你给我们唱二人转呢。"

尹雪梅心里十分难过,她甚至悄悄退了一次群,但又被班长拉了回去,同学们对这种行为一通批斗,直到她道歉,说自己一定想办法再争取争取,他们才饶了她。

宝宝天团这几天发现尹雪梅眼窝深陷,情绪低落,都关心地问是不是生病了。尹雪梅摇摇头,说:"我没事,就是有点累,有点烦。""哎呀,你尹雪梅还有烦的时候? 不能够。""是人都有,我又不是神仙。""烦什么? 说说呗,看大伙能不能帮你。"尹雪梅摇头,不说话,可又想跟谁聊聊,终于忍不住了,扯开了话头。同学聚会的事第一次让宝宝天团分裂了,一派以多多姥姥为首,说这种同学聚会最没意思,就是一群退休的老头老太,闲着没事,聚到一起,看似是交流多年的同学感情,其实是在交流多年的同学病情。"你血压多少?""一百八,我最高的时候都两百。""啥,你心脏都支了两个架了?""那算什么呀! 我这起搏器都装上了,别惹我啊,惹我心脏骤停。"四十几个病秧子,饭还没吃呢,先得让服务员倒白开水。干吗不喝茶? 吃药啊,得白开水。

另一派是果果奶奶,说:"去,干吗不去? 你不是为别人去的,你这是为自己去的。我告诉你嘟嘟姥姥,我们这一辈子人啊,最亏了,小时候穷,吃上顿没下顿,长大了呢都是为老公孩子活着,老了刚要清闲几天,又得看孩子,等孩子大一点,咱们一辈子也就交代了。啥时候为自己活过? 没有,一天都没有,一个小时都没有。去见见老同学,不能整天都是家里孩子家里孩子,然后两眼一闭就完了。你能甘心?"说着说着,果果奶奶眼圈都红了。

尹雪梅觉得脑仁疼,这两派似乎把她脑袋给切开了,听着都那么有道理,谁也说服不了谁。尹雪梅的头疼在这天晚上严重了,她拿脑袋直撞墙,结果把嘟嘟惊醒了,嘟嘟的哭声又吵醒了郝晶晶。女儿发现尹雪梅情况不太对劲,赶紧给她测血压,上两百了,直接打电话叫救护车。嘟嘟没人看,只能用被子裹了抱着一起去。

躺在救护车的小床上,尹雪梅想,我不会要死了吧?可千万别瘫了,死就死,瘫了怎么办呀?嘟嘟还那么小,老郝也照顾不了自己。救护车的笛声刺耳,但并不能缓解去医院路上的焦虑,郝晶晶在旁边啜泣着,紧紧抱着孩子。郝晶晶说:"妈,你没事吧?血压啥时候这么高的啊?我就知道我爸高血压,你咋也高血压呢?妈你别吓唬我,你从来不生病的,这回是咋了?"不一会儿,汽笛声和车的摇晃把嘟嘟也吵醒了,他开始大哭起来。尹雪梅心里充满了悲伤,这似乎是她从未有过的一种情绪,她想她绝对不能死,更不能成了一个半身不遂的人,她还有事要做呢。挺住,尹雪梅,你还得带孩子、照顾老郝,你还得去参加同学聚会呢,你还得……

救护车终于到了医院,几个穿白大褂的年轻人,帮着把尹雪梅用小床拉到急救室,各种仪器上来一通检测,还好就是血压高,没有脑溢血或脑梗,不至于太危险。打上了点滴,或许是药里掺了点麻药,或许是累了,尹雪梅竟然沉沉地睡着了。她做了一个梦。在梦里,她回到了三十一岁。村子里刚刚单干没几年,二儿子已经会跑了,闺女郝晶晶在肚子里九个多月,她仍然扛着锄头去锄地。那时候的人们都这样,只要人能下地,就都得干活。她锄了一下午,太阳快落山了,只剩下半条垄,她想着一口气锄完,明天就不用再来。却突然感到肚子下坠,心想坏了,小三可能着急出来,就往回走。等她翻上一个小土坡的时候,已经来不及了,只能躺在草坡上。她把自己的褂子铺在身下,毕竟是第三个,经验已经很足,一个人花了二十几分钟就把孩子生下来了。这时候,夕阳刚好在西山顶上往下落,田野一片辉煌、静谧。小三哇的一声哭出来,尹雪梅长长地呼出一口气,掰开孩子两条腿一看,是个女儿,笑了。村里有人从山里回来,赶着一辆马车,看见了尹雪梅,帮着把她和孩子抱上车,直接拉到了村西头的老中医那里。

就算在梦里,尹雪梅也觉得这段不像梦,像回忆。接下来,她想起有一年,她跟几个相好的姐妹坐着大卡车,去附近的矿山上打零工,半个月赚了五百多块钱。她们到集市上,每个人买了一件新衣服,欢天喜地地回去。她穿了衣服给老郝看,却被喝醉酒的老郝骂了一顿,说她抛家舍业不顾男人孩子,说她乱花钱,仨孩子的学费还没有落,她竟然给自己买了八十块钱的衣服。说前天老二从墙头上掉下来,眼角给划了一条手指长的疤瘌,差点瞎了一只眼。尹雪梅哭着把那件衣服压在了箱子的最底层,再也没穿过。

这梦怎么没完没了呢？尹雪梅想醒过来，可就是睁不开眼睛。她又梦见第一次到长春的时候，是去给老大看孩子的。从火车站出来，她有点吃惊。在尹雪梅的印象里，长春好歹也是吉林省会，是个大城市，街道怎么那么破旧啊？那儿的人说话，跟自己也差不多。她不是瞧不起长春，只是有些吃惊，吃惊的背后是自己有点不甘心：既然这样，我为啥就在村里过一辈子呢？我也可以到城市过日子。到了大城市，并没有过上城市的日子，她的日子只有孩子的尿布衣服奶粉，只有一日三餐洗洗刷刷，只有跟儿媳妇不撕破脸皮的互相争斗。然后是二儿子家，又是四五年。近十年下来，尹雪梅的头发白了，皱纹多了，背也驼了，整个人的精气神都泄掉了一半。在老二家时，她偶尔也跑到小区的广场跳跳广场舞，可不久她们被警察驱散了，说有人报警投诉，扰民。再后来呢，尹雪梅就偷偷在家里跳，孩子睡的时候，她就到客厅，也没有音乐，她就自己哼唱自己跳，也挺开心。

这个梦可真长啊，好像把尹雪梅的大半生都打乱了，又重新拼凑了一遍。一些事接着另一些事，一些人覆盖了另一些人，一种情绪抵消了另一种情绪。

四

尹雪梅终于醒了过来，也许她根本不是睡着了，只是陷入了杂乱的回忆中。

醒过来后，她觉得头脑清爽很多，一转头，看见嘟嘟睡在旁边，小手还紧紧地抓着自己的衣角。尹雪梅心头一酸，又一暖，轻轻摸了摸嘟嘟的脑袋。门开了，郝晶晶手里攥着一堆单子进来，看见她醒了，高兴地说："妈，头还疼吗？"尹雪梅摇摇头，轻轻坐起来，说："三儿，妈没事了，咱们回去吧。"

郝晶晶说："我刚去问大夫了，可能得拍个片子。"尹雪梅说："不用，我现在头不疼也不晕，眼睛也不花，我刚动了动手脚都没问题。妈的脑袋没事，没有脑溢血。""真的？"郝晶晶说。"真的，妈还能糊弄你。"郝晶晶还是有点疑惑，说："那你下来动动我看看。"尹雪梅从病床上下来，活动着胳膊和腿，确实没事。郝晶晶说："行，那咱们回去吧，天都快亮了。"尹雪梅要去抱嘟嘟，郝晶晶抢在前面说："还是我来吧，出门能打车。"

这次生病之后，尹雪梅并未留下任何后遗症，但她的心思开始慢慢变了。第二天，宝宝天团再开会的时候，尹雪梅说："姐妹们，我决定了，回去参加同学会。"大家伙说:"想通了?"尹雪梅点点头,说:"我那天差点一觉睡过去,想明白了,人这一辈子总得随自己的心意做两件事,总得干点啥。"尹雪梅的话,不小心把每个人的心事给勾了出来,一个个开始诉说自己年轻时的梦想,她们找不准怎么说,只能借用网上、电视上听来的这个词。多多姥姥说,她当年想当模特的,众人都说她就是个模特。老太太六十多岁了,还有近一米七的个头呢,而且据说在家天天练瑜伽,身材保持得很好。瓜瓜奶奶说,她倒没什么大梦想,就是想坐飞机,到现在也没坐过飞机,看看云彩。小雨姥姥说,她就想回到二十岁,然后谈一场轰轰烈烈的恋爱。如果那时候有《非诚勿扰》节目就好了,她肯定报名参加。大伙都笑,说:"你这不还是相亲嘛。"小雨姥姥说:"那不一样,在《非诚勿扰》上咱有选择权啊,亮灯、灭灯。你呢尹雪梅?"多多姥姥问。"我?"尹雪梅引起的话题,到她这却有点心虚了,这么多年她从未认真想过这个问题。"好像隐隐约约有过,我年轻时想过开个饭馆,这个算吗?""我们说的是梦想,"多多姥姥说,"开饭馆不还是为了赚钱吗?不能算。""那我没啥具体的想法,只是这些天我多少明白了,谁都不是生孩子做饭看孩子的机器人,除了这个,谁都能追求点别的东西。"

"问题是你到底想干啥事嘛!"小雨姥姥说。

对呀,干啥?一时半会儿还想不出来。想不出来就不想,尹雪梅毕竟不是一个叽叽歪歪的人,她干脆利落,跟她干活一样。"哎呀,该给孩子们吃水果了。"尹雪梅的话音还没落在地上,手里就已经打开了一盒火龙果。老太太们纷纷把自家准备的水果拿出来,瓜瓜的不用看就知道,肯定是苹果,他们家的水果永远是苹果。七八个孩子们坐在婴儿车里,红红绿绿的一排,一个个小脸红扑扑的,好看极了。老太太们一人端着一盒水果,手里拿着一个牙签,排着队从第一个孩子那儿喂过去,一人一块。每天每个孩子至少能吃到五种水果,营养丰富,富含维生素A、B、C、D、E。孩子们吃得一嘴果汁,这个张着手要猕猴桃,哪个叫嚷着要吃哈密瓜,老太太们比最繁忙的饭店的服务员还忙,刚才那些所谓的梦想,早就不知道哪里去了。水果吃完,各自掏出湿纸巾来擦手擦脸,临了忍不住在小脸蛋上亲了一口,有的劲使大了,小家伙不乐意,含混不清地说:"奶奶你咬我。"一阵嘻嘻哈哈后,有人说:"咱们再转转吧,溜达一圈,就该回去做午饭了。"

别人不知道,尹雪梅心里留了一件事:如果让我随便选,我到底该干点啥呢?

尹雪梅跟女儿吵了一架,准确地说是尹雪梅跟自己吵了一架。等嘟嘟睡了,尹雪梅说:"晶晶,我跟你说点事。"晶晶说:"妈我开了一天会累得不行了,明天还要早起。"尹雪梅说就几分钟。两人到了客厅,尹雪梅说:"晶晶,你让小孙过年回来吧,我……想回去参加同学聚会。"郝晶晶愣了一下,说:"妈……这一下损失多少钱呀。你想想,就算这一个月咱们全家出去打工也赚不了这些钱。"尹雪梅突然火了,说:"郝晶晶,合着你们眼里就是钱是吧?算账是吧?那我跟你算一算,你别以为我不知道,现在北京随便找一个保姆就得七八千,好的一万多呢。我在这给你看孩子做饭洗衣服,你给我一分钱了吗?"郝晶晶没想到母亲突然生气,更没想到她心里还有这么一笔账。话说回来,尹雪梅算得没错,就算花一万块钱请保姆,哪个保姆能比孩子的姥姥更放心呢?但也没听说谁家给孩子姥姥或奶奶看孩子钱呀。

郝晶晶想起前几天母亲生病的事,不敢气着老太太,说:"妈你别生气,我明天就和小孙视频,让他过年回来。你放心,一定让你参加上同学会,你告诉我日期,我给你买回去的火车票。"女儿同意了,可尹雪梅心里并没有十分痛快,她有点后悔说保姆和钱的事了,那不是她本意。她就是想说,你们考虑事情的时候不能光考虑自己,能不能想想我?我不是一个木头人,我也有自己的想法呀。

尹雪梅的想法越来越多了。既然要参加同学会,总得有件像样的衣服吧,就算不给那几个当年暗恋自己的人看,也不能在女同学那里丢面子,她可是从北京回去的。她的衣服都是小摊上淘来的,郝晶晶带她去过几次商场,她都嫌贵,没买。其实她自己手里有一千多块钱,是大儿子、二儿子、女婿小孙过年过节发的红包,她都攒着,一分没花。现在,是这点钱派上用场的时候了。

周六,郝晶晶带嘟嘟去参加早教机构的亲子班,尹雪梅拒绝了宝宝天团老太太们逛大集的邀请,独自一人去附近的商场。在三楼女装区转了一个多小时,相中了一件大衣,好家伙,一千二,还不打折。但是吧,她穿在身上往镜子前一站,就有点想哭。原来我尹雪梅没那么老,原来我尹雪梅还有点姿色呢,原来我缺的不是别的就是一件像样的衣服呀。左看右看,怎么看都好看,舍不得脱下来。卖衣服的说:"阿姨您穿这件年轻二十岁。"尹雪梅点点头,说:"能不能便宜点?"卖衣服的摇头说:"真不行,这是新款,而且我们店里L号的就这一件了。"

尹雪梅始终下不了决心,一千二啊,大衣好是好,可平常根本没机会穿,就穿一天,怎么想都有点不合算。她恋恋不舍地脱了下来。

又去别的地方转,又试了几件,都不满意,心里还是惦记着那件大衣,只好回去那家店,又试了一遍,仍然下不了决心。尹雪梅心里老想着,有一年仨孩子一起开学,家里没学费了,就差两百块,交了这个就交不了那个,跑到一个有钱的亲戚家去借,人家给了她五十块钱打发了。她路上哭了一鼻子,刚好碰见一个收头发的,一狠心把自己养了几十年的大辫子剪了,卖了两百块钱。一米多长,油黑发亮的辫子。从此之后,她的头发就再也没留起来,后来就开始白,开始掉。她舍得一头秀发,可舍不得一千二。

尹雪梅夜不成寐,买还是不买,这个问题纠缠着她。早晨起来,脑袋有点疼,她心里一跳,想血压可别再上来。想起那次犯病,就觉得自己有点磨叽了,买,一辈子总得放纵一回。她又去那家店,尽管试过好几回了,还是忍不住又穿上试。这时候,商场人多,这家店还有三个人在试衣服。卖衣服的说:"阿姨你帮我瞅一眼,我去库房拿件衣服。"尹雪梅说:"去吧去吧,我肯定帮你看好了。"等店员回来,其他三个人都走了,就剩尹雪梅了。尹雪梅说:"姑娘我买了。"店员却脸色大变,说:"阿姨我真没想到啊,我那么信任你,你竟然坑我。"

"咋了?"尹雪梅不明白。

店员说:"原来你跟他们是一伙的,骗子小偷。"

尹雪梅说:"姑娘你可别瞎说,这话可是要负责的。"

店员说:"刚才那仨人呢?"

尹雪梅说:"他们说衣服不合适,走了。"

店员说:"那他们试的衣服呢?"

尹雪梅脑袋嗡一下,说:"衣服……衣服……"

店员说:"我看明白了,你就是他们的托儿。昨天你在这试衣服,我们就丢了一件。今天好家伙,丢了两件。我说呢,你老在这试就是不买,敢情是为了打掩护。"

尹雪梅说:"姑娘你冤枉我了,真的,我跟他们不是一伙。"

店员说:"你甭狡辩了,走,咱们去找保安,看监控。"

监控室的录像显示,确实是在尹雪梅试衣服的时候,几个人拿着衣服跑了,走之前,那个女的还和尹雪梅打了个手势。尹雪梅以为就是打招呼呢,跟她笑了一下。尹雪梅一屁股坐在地上,她想自己真说不清了。

店员说:"我也不为难你,赔我钱,要不然咱们就去派出所。"

尹雪梅说:"姑娘,我真不跟他们一伙,我怎么说你也不信,我想赔你,可我就一千多块钱。"

后来监控室的人说,这事要说是一伙也行,要说不是也行,很难判断。店员说:"行,一千二,就你试的衣服的价儿,我就当这两天白干了。"

尹雪梅身无分文了,她最喜欢的那件大衣却没穿回去,她觉得自己这辈子也不会再买新衣服了。

五

小孙气冲冲地回到北京,他搞不明白,为什么放着好几万块钱不要,非得把他叫回来。后来,他弄明白是岳母尹雪梅想回去参加高中毕业四十周年聚会,心里更是不满,但已经回来了,也不好再说什么。他从非洲给所有人都带了礼物,是一个少数族群的树根,被雕刻成非常厚重的工艺品。郝晶晶对此已经没什么感觉,每年回来都是这些东西,看着好,不堪用更不值钱。尹雪梅收到一个动物雕塑,是角马,她看《动物世界》的时候看到过,她非常喜欢这种动物,老觉得自己跟角马有点像。

小孙既然回来了,尹雪梅也没必要在北京待太久,很快就买票回家。回家前需要到长春大儿子和二儿子那里一趟,主要是看看两个孙女,半年没见了还挺想她们。

老二去长春站接她,两个人在车站外绕了一个小时,愣是没找见彼此。后来终于发现,他们一个在北广场,一个在南广场,而尹雪梅把南北搞混了。二儿子说:"妈,你在晶晶那儿是不是太辛苦了?都把你累傻了。""哪个孩子也不好看,都一样,"尹雪梅说,"你们家莉莉更闹人。"在老二家住了一晚上,尹雪梅本想跟莉莉睡一个屋,亲热一会儿,可莉莉说她现在想自己睡。尹雪梅没办法,只能在沙发上将就了一宿。第二天一大早给他们烙了饼,做了羊肉汤,自己也没吃,就用保温饭盒装了一份坐公交去老大家。

没想到老大一家三口人早就出门了,今天大孙女要去上美术课,上课的地方远,走得早。尹雪梅记得门前的垫子下有一把备用钥匙,可找来找去也没找到,也不知道是丢了,还是她走之后他们就换了地方。

尹雪梅只能拎着烙饼、羊肉汤在小区里溜达。她在这个小区住过好几年,挺熟悉的,但现在看起来,又很陌生。她知道怎么回事,因为这里不是她的家。如果是自己家,就算过了十年回去,也一样不会感到陌生。她发现小区旁边有好几个早餐摊,卖什么的都有,就找了个看起来还干净的小摊坐下,要了一个馅饼,一碗鸡蛋汤。馅饼刚一下嘴她就后悔了,东西做得实在难吃,旁边的人吃得还挺来劲。鸡蛋汤更是清汤寡水,只能吃出味精味。这么难吃都有人吃,尹雪梅想,嘴上的钱可真好赚。等一结账,要七块钱,她吓一跳,啥时候早餐都这么贵了。要是我自己开个早餐店,就卖发面饼、羊肉汤,肯定比这好吃,比这赚钱。这个念头一闪而过。

快中午了,老大一家才回来。这时候尹雪梅手里拎着一兜菜和保温饭盒,在门口睡着了。大孙女跑上来把她摇醒:"奶奶,我想你了。"尹雪梅差点掉下眼泪,还是有人惦记自己的。一通忙活,快吃午饭的时候,老二一家也来了。一大家子人坐在屋子里吃饭,俩孩子闹腾,被赶到了里屋。饭吃到快结束的时候,尹雪梅咳嗽一声,没人注意,她又咳嗽了两声。大儿媳说:"妈你是不是感冒了?""没有,"尹雪梅说,"是有个事,想跟你们商量一下。"

尹雪梅说:"高中同学毕业四十周末聚会,我想参加一下。"

"好事。"老大说。

"好事。"老二也说。

"可……我就怕你爸不同意。"尹雪梅说出了自己的担心。

二儿媳扑哧笑了,说:"我爸这么大岁数还爱吃醋啊?"

"不是不是。"尹雪梅脸红了,她没想到自己竟然会脸红。那几个号称追过自己的男同学,她都记不清他们长什么样了,而且自己要参加同学会,其实跟他们没多少关系。她就是想去,让老同学们帮她回忆回忆,当年都发生过什么事。高中的事情,她现在还能清清楚楚记得的已经不多了。她害怕忘掉,一旦忘掉,就好像自己没有年轻过一样。

"你爸那人你们还不知道?他才不会吃醋,他就是会觉得我这是瞎折腾。让他说啊,什么同学,什么聚会,什么年轻,都既没用也没意思。这么多年,凡是我特别想做的事,他都不支持,都觉得那是我在胡闹呢。"

"没事,妈,我们支持你!"儿子媳妇们说,"你为了这个家忙了大半辈子,去参加个聚会有什么呀,是不是需要凑份子钱,我们给你出。"

听儿子这么说,尹雪梅心情好起来,说:"你们啥时候跟你们爸爸也说说,也不用他支持我,就让他别因为这个跟我板着脸生气就行了。"

第二天下午,老大开车送尹雪梅去的车站,她还得坐一个小时汽车才到家。

到车站附近,老大说:"妈我不下车了,你东西也不多,这儿不好停车。"尹雪梅说:"你把我放下就行。"老大掏出五百块钱给尹雪梅,说:"妈你拿着。""我有钱。"尹雪梅说。"你拿着,不是要同学聚会吗?到时候得交点份子钱吧,不够再跟我说。"尹雪梅笑了一下,说:"那不用现金,你要给我就发红包吧。我们班长说了,收现金太麻烦了,都微信收钱了。"老大有些吃惊,说:"你还会用微信?!"尹雪梅说:"别瞧不起你妈,你妈就是生错了时代,我要赶上好时候,我比你们强。"

"就是就是,"老大敷衍着,"条件允许,我妈能去联合国。"

但最后,尹雪梅心心念念的同学聚会没去成,不是老伴儿不让她去,是她自己决定不去的。他们的聚会日期定在腊月二十三小年那天,之前好几天,她就心绪不宁。大儿子、二儿子都给老郝打了电话,说了她要去参加聚会的事。老郝没说同意也没说不同意,就说知道了。后来尹雪梅又问他到底啥意见,他说:"你想去就去呗。"尹雪梅说:"谢谢你老郝。"老郝不说话,拖着一条腿走了出去,当啷一声,不知道碰掉了个啥东西。

到了腊月二十二晚上,尹雪梅失眠了,一晚上都在炕头上烙饼,翻过来翻过去。她犹豫了,不怕见了面所有人都物是人非,也不怕没什么聊的,她主要是预感到了聚会之后,自己可能会陷入一种困境。她很担心这么个聚会,把自己年轻时有过的那点心气儿再给点着了。几十年的生儿育女,几十年伺候老郝,再加上这几年看孩子,尹雪梅当年的那点劲儿早就被消耗光了。不管干什么,她都风风火火,是一把好手,可只有她自己知道,这背后都是累,都是疲惫,全靠一股劲撑着呢。她已经认了。这辈子其实挺好的,老郝本本分分,没闹出什么出格的事,对她虽然冷眉冷眼,但真有事的时候也知道心疼人。儿子女儿也算有出息,外孙子孙女都有了,自己的身体呢,也就是血压突然高起来,别的都还成。再说了,这年头没点病还叫人吗?她没啥不满意的,她已经是镇子里最让人羡慕的老太太了。

现在让她把顶了几十年的一口气撤了,换上年轻时那口气,她还能喘匀吗?她,怕辛苦了这么多年建立起来的生活和心理上的平衡被打破,怕年轻时那个自己又借着这口气活过来。再有就是老郝的那句话。老郝也不是第一次说这句话了,可在这个节骨眼上,这句话就不一样。班长在微信群里"艾特"所有人,说马上交份子钱,每人六百,包吃包住包唱歌。尹雪梅的手机零钱里,只有五百八,还差二十块钱。她就跟老郝说:"我得让晶晶给我微信里转二十块钱。"老郝弄明白了她要干吗,说了句:"真行,一辈子不挣工资,花钱可挺大方。"尹雪梅听了一愣,心里头特别不是滋味。除了在粮油公司那几年和跑出去打过两次短工,尹雪梅确实一辈子没拿过一分钱工资。她整天都是围着家里转,下地种田,回家做饭,伺候完公婆伺候老郝,顺带还得养大三个孩子,然后是孩子的孩子。这么多年,谁给她算过工作量、开过工钱呢?

尹雪梅就觉得这聚会挺没意思的,算了,不去了。

"真不去了?"老郝说,"我就那么随口一说。"

"就因为是随口一说,才是你的真实想法。老郝,你是不是特瞧不起我?是,你一辈子有工资,你退休了还有退休金,你们都有,全家就我一个吃白饭的。"尹雪梅差点哭出来,可随即想到不能哭,一旦哭了,可能就收不住,老郝一准得笑话她。这人永远这样,永远体会不到女人的心思。

老了,尹雪梅想,容易多愁善感了。

尹雪梅年轻时,可不一样呢。

六

尹雪梅三十五岁的时候,老大郝春阳十岁,老二郝春辉七岁,老三郝晶晶五岁。那年夏天,尹雪梅失踪了。老郝找遍了镇子,问遍了亲朋好友,没人知道她去哪儿了。找了三天,老郝觉得她肯定被人贩子拐跑了,正要去派出所报案的时候,镇子中心台球厅老板胡二让他去接电话。那是镇子上唯一一部电话。

老郝到台球厅时,尹雪梅已经是第三遍打来了。电话通了,尹雪梅说:"老郝,孩子咋样?"老郝已经快疯了,说:"尹雪梅你是不是被拐卖了?"尹雪梅说:"老郝,我没被拐卖,我出来打工了。"老郝对着电话咆哮:"你有病吧?你是不是脑子有病啊,一声不吭就跑了,扔下仨孩子。"尹雪梅说:"我给你留了个纸条,你没看见啊?坏了,可能被老三吃了,我放在老三衣服兜里,想着你晚上给孩子脱衣服就能看见的。"

"尹雪梅,你看你回来我不打断你的腿!"老郝一激动,猛地扯电话线,把电话线扯断了。胡二的台球杆子甩了过来,就在快抽到老郝脑袋的瞬间停住了。"×,看你是个被老婆甩了的人,这账不跟你算了。"

尹雪梅是跟同村一个妇女跑出来的,她在沈阳。家里的日子不好过,仨孩子要吃要穿,公公婆婆那时都活着,每个月要吃药。大冬天的,婆婆还说:"我口淡呀,我想吃黄桃罐头。"老郝是个孝子,听妈这么说,就骑摩托车跑七八十里地去买,回来的时候刮大风,把腿给吹坏了,一变天就疼。"我这腿里好像有一根大冰溜子,冻得我脊髓都疼。"老郝哀号。尹雪梅来例假,连贵点的卫生巾都不舍得买,只能用一大摞厚厚的卫生纸垫着。她早就想出去了,也知道自己跟老郝说,老郝肯定不同意,还得发脾气。出去打工的事,尹雪梅不止一次提过,每一次老郝都气急败坏,说:"尹雪梅你就是说我没能耐是吧?"尹雪梅说:"我不是这个意思,我就是想……""你啥也别想,我不会让你出去的!"老郝喊。

其实老郝冻坏的不只是腿,还有他作为男人的根本,从那次以后,他跟尹雪梅再也没有过亲热。孩子都好几个了,还亲热个什么劲?外头人不知道,尹雪梅从三十五岁就守活寡了。她那么年轻,也有自己的欲望,但尹雪梅不会离婚,更不会做出什么伤风败俗的事。她想的是,改变点什么,哪怕只是改变点家里的状况也好。

尹雪梅的打工生涯只进行了半个月,就带着一身伤回来了。村里的那个人搞的其实是传销,到那儿第二天,尹雪梅就觉出不对劲了,她热情,好说话,就跟组织上的人聊。话一多,人家就不对她设防,很快就搞明白怎么回事了。

尹雪梅很机灵,半夜瞅着一个机会跑了出来,磕磕绊绊地摔了好多跤。

回到家的尹雪梅,抱着三个孩子哭了一通,老郝竟没为难她。那年冬天,领她去打工的那个同村妇女也回来了,不过回来的是尸体。同村妇女出殡那天,尹雪梅也去送行,葬礼现场被一群亲戚闹翻了天,骨灰盒都碎了,骨灰让风吹得到处都是。这个女人骗了几十个人,好多人把一辈子的辛苦钱都搭了进去,还有一个精神出了问题,成了疯子。

打那以后,尹雪梅再也没出去过。

可是再往回倒退十年的话,尹雪梅二十五岁,刚跟老郝结婚。两个人是自由恋爱,二十五岁的年纪结婚刚刚好,再过一年,就成老姑娘了,再年轻一点呢,又显得不成熟不稳重。尹雪梅十八岁高中毕业之后,就在镇上的粮油加工厂上班,工资不高,但还能过日子。五年后,粮油加工场倒闭,尹雪梅失业在家。那时候,小镇根本没有发廊,只有一个很小的剃头铺。尹雪梅想开一个小发廊,她说干就干,到市里学了三个月,就回来开了一家发廊。发廊的地址,就是之前粮油加工厂的靠街的一间厂房。镇上开小发廊很简单,刷一下门脸,贴上"剪发""烫发"几个美术字,门口再支一个架子,架子上随时搭着湿毛巾。有钱的,再放两只红红绿绿的灯箱。尹雪梅的发廊开业后,生意很一般,前一段是因为大家还不习惯花十五块钱去那儿剃个头,在剃头铺五块钱就解决了。等大家慢慢习惯起来的时候,发廊一下子冒出四五家来,还一家比一家装修豪华,不光能剪发,还能染发烫发,甚至有的都开始做 SPA 了。尹雪梅这个一个人的小作坊就不行了,只能关门大吉,彻底地成了农民。

在发廊刚开那年,老郝还是小郝,在汽配厂修车,是尹雪梅最稳定的顾客,每两个月肯定来一次,理发的要求也一直没变过:寸头,短点。小郝一直坚持到尹雪梅的发廊倒闭,他又去找她,说:"你不开了,我以后想剃头怎么办?""那么多理发店呢,"尹雪梅说,"哪儿不能剃啊。""不行,我就找你剃,要不,你跟我结婚吧。"尹雪梅一愣,说:"开玩笑。""不开玩笑。"小郝说,"我喜欢你,要不我干吗老到你这里来剃头啊?"他俩谈起了恋爱,一年左右就结婚了。然后就怀孕生孩子,再怀孕再生孩子,成了三十五岁的尹雪梅,成了现在的尹雪梅。

再往回倒,十五岁尹雪梅刚上高中,学习成绩一般,可她活泼,会唱歌,也会跳舞,尽管唱得不一定在调上,跳得不一定在点儿上,可在那个普普通通的北方小镇中学,谁在乎这个呢?特别是每年的元旦晚会,是尹雪梅最风光的时刻。她是文艺委员,要组织大家排练节目,要准备自己的歌舞,还要当主持人,那几乎是尹雪梅一个人的元旦晚会。她并不是多么享受被人鼓掌的虚荣感,她就是喜欢那种忙碌的热闹,要是按她的想法,就应该整天都办晚会。高中的时候,她在图书馆的角落里发现了一本外国书,封皮都没了,那里面写的俄国人,每天除了舞会还是舞会。过了几十年,她才从老二那里知道,那是本俄国人写的书,叫《安娜·卡列尼娜》。

好几个男生对尹雪梅有好感,还有的跟她表白过。尹雪梅心里头暗自高兴,但她不想谈恋爱,老师家长不允许不说,她主要是瞧不上那些男生一个个窝窝囊囊,没志向。如果说十五六岁的尹雪梅对谁都没动过心也不对,有一个,是插班生张灏。张灏是从另一个镇上转学来的,成绩中等,开班会第一天,他就说:"我的梦想就是考清华,而且我一定能考上清华。"满堂哄笑,他们学校还没有考到清华的。可是随着一次又一次的考试,人们渐渐发现这个张灏还真不是说说的,每次考试他的排名都往前走,不知不觉就成了班级第一、年级第一了。

尹雪梅觉得这样的人才是牛人,才是值得喜欢的人。当然,她更清楚这样的人不会喜欢自己,他为了考清华,绝不可能谈恋爱的。尹雪梅也不想去跟他表白,她只是觉得,自己的学校里能有这样一个男生,本身就是很幸运的事儿。她以为自己跟他其实挺像的,都是有想法的人,只不过张灏的想法很明确,而尹雪梅的想法虽不是很模糊,就是隔一段时间就变。

高中毕业,张灏真考上清华了,尹雪梅连地区的专科也没考上。看到学校张贴大红榜上打头的张灏,心里特别高兴,就跟自己考上了一样。对她来说,张灏是一个有力的证明,证明什么呢?证明就算是在这样一个小镇里,也有人能做出惊天动地的大事。这种可能性对尹雪梅来说多么重要,只要还存在,她就还有希望。

所以呢,二十三岁的那个小发廊,可能是她想干的事儿。三十五岁出去打工赚钱,也可能是她想干的事儿。结婚后,特别是生孩子之后,就忙了,只能勤勤恳恳地干必须干的事儿,一干就到了现在。

七

春天来了,护城河岸边的草一点一点地从泥土下往上绿,树叶一片一片地从芽苞里往外抽。尹雪梅扎了条花围巾,带着嘟嘟去和宝宝天团会合。过完年之后,好几个宝宝接连感冒,她们已经挺长时间没集体行动了。天气转暖,尹雪梅熬不住在群里吆喝,今天公园见,她用电饼铛烤了很多动物小饼干给孩子们。

宝宝天团人员没法聚齐了,有两个满三岁的,上了幼儿园,还有两个租的房子到期,搬到了其他小区,剩下的就五六个人。五六个也是一个组织,尹雪梅很珍惜这个组织。后来,有一个新成员加入进来,但相处得不太好。大家都觉得新来的那个好像挺能事儿,整天显摆自己的儿子媳妇在大公司工作,一个月挣四五万;要么就说,自家孩子的鞋几千块、衣服几千块,让别人很不舒服。她们就商量好,把她踢出群去,不带她玩。

五一放假的时候,几个搬走的老太太约好了,回来要聚一聚。而且都各自安排好,一整天不需要带孩子,就她们一群老太太,先去逛逛街,然后去聚餐,再然后去看个电影,彻底放松地享受一天。

她们逛街的时候,又路过尹雪梅试衣服的那家店了,她借故上厕所,没进去。尹雪梅有点难受,比那天买衣服还难受,那天主要是气愤。吃饭本来要AA制的,后来多多姥姥出的钱,说:"咱们不学外国人,A什么A,又没多少钱。"看电影的时候,是尹雪梅买的票:"我会团购,电影票团购很便宜,还送爆米花。"尹雪梅觉得自己挺厉害,用一百多块的电影票钱,起到了跟多多姥姥五百块钱的饭钱一样的效果。

吃饭的时候,小雨奶奶说:"尹雪梅,我要是像你做饭那么好吃,我就开个小饭馆。"尹雪梅说:"在北京开饭馆,办手续老麻烦了。"小雨奶奶说:"麻烦啥?我儿子就在工商局呢,办执照找他。"多多姥姥说:"开饭店事儿还是挺多的,你就跟人家卖鸡蛋饼的一样,开一个小摊就行。"尹雪梅说:"都是空想,我女儿女婿能让我干?""那倒是。"几个人又都点头。

晚上,嘟嘟在看动画片,尹雪梅在厨房里做晚饭。当那条鲤鱼刺啦一声滑进油锅时,小雨奶奶的话顺着油烟钻进了她脑袋里。开个饭馆?再不济支一个小摊?忘了是哪天了,尹雪梅在微信上看到过一条消息,说一个卖早餐的大妈,月入三万。三万是啥概念?比女儿女婿的工资还高呢。论手艺,尹雪梅自信比大街上的早餐摊好太多了。鱼在锅里颤抖着叫,渐渐变得金黄,尹雪梅暗笑自己可笑,多大岁数了,还想着下海创业?

马上要六一了,尹雪梅想给远在长春的两个孙女买点礼物寄过去。商场里的东西太贵了,她学着在网上购物,淘宝有很多便宜货。尹雪梅挑了两套裙子,就把微信里的钱花光了。她还想给她们每人再买一双小皮鞋,可没钱了。这天她去买菜,从餐厅的抽屉里拿零用钱。零用钱是郝晶晶或小孙放的,每次三百五百不等,没了就再放。小孙昨天结了一个项目,拿到了分成,多放了一些,差不多有一千块。尹雪梅也没数,拿着信封,挎着小包出门。

到了平常去的小菜摊,却发现关门了,不但关了,连门也没有了。墙上贴着一纸通告,说这种扒墙凿洞弄出来的小门脸,都是不合法的,近期都将整顿。尹雪梅茫然了半天,心里想,卖个菜都不行?来到这儿这一年多,几乎每天都在这里买菜,买水果,还有馒头、豆沙包等。全没了,买根香菜都只能去商场的超市。

超市里人山人海。超市的菜价本来就贵,又趁机涨了一些,一把小白菜都得五块钱。但你也得吃呀,方圆几里地就这一个卖菜的地方。尹雪梅看排队的人实在太多,做饭也不着急,就忍不住又往服装部转过去了。商场里的裙子就是不一样,比淘宝上的好看,就是贵,贵好几倍。尹雪梅一边感叹一边走,不远处摆着甩卖的牌子,全是儿童鞋。尹雪梅大喜,赶紧冲过去。

尹雪梅花了四百块钱,买了两双小皮鞋。再回到超市,发现人少了一些,她挑了几样菜,一结账竟然要七八十。到家的时候,郝晶晶和嘟嘟回来了,嘟嘟正在吃火龙果,吃得满嘴粉嘟嘟的。尹雪梅刚把菜洗好,小孙就回来了,直接奔到厨房翻抽屉。

"找啥?"尹雪梅说。

"零花钱呢?我刚打车回来的,身上没带钱,那个师傅也刷不了微信。"

尹雪梅犹豫了一下,把信封从身上掏出来,递给小孙:"我买菜拿走了。"

小孙接过去,就下楼送车钱了。

这天晚上,尹雪梅就快睡着时,郝晶晶进她这屋里来。

"咋了?"她问。

"没事,"郝晶晶说,"嘟嘟睡了,陪你待一会儿。"

她们母女俩已经很久没有这样独处过了,最后一次两个人躺在一张床上,漫无目地闲聊,还是郝晶晶怀孕不久,尹雪梅来看她的时候。那时候,她们说得最多的是孩子。现在呢,说得最多的还是孩子,只是感觉完全不一样。郝晶晶问尹雪梅:"你们那个宝宝天团,最近好像活动少了呀。""人不齐了。"尹雪梅说。然后又说买菜不方便,得跑到超市去排队。不但是买菜,干洗个衣服,修个鞋,洗个照片,似乎干什么都不方便了。那些小门脸已经被统统堵死,刷了一层水泥,很难看。尹雪梅有点犯困了,但郝晶晶似乎有说不完的话。

"晶晶,你是不是有啥事?"尹雪梅心里头一凛,问。

郝晶晶沉默了一下,说:"妈,你今天去超市,除了买菜,还买别的没?"

"别的?"尹雪梅明白了,是零花钱的事,"买了,我给嘟嘟的姐姐买了两双鞋,商场里在甩卖,打折的。"

"您回来咋不跟我说一声?"郝晶晶有点埋怨道。

"晶晶,我是正巧碰见,就用买菜的钱买了。钱赶明儿我还给你,是不是小孙说什么了?"

"没有没有,"郝晶晶连忙否认,说,"哪儿是钱的事?我就是说,您跟我说一声,小孙问起来,我就能说明白,要不然稀里糊涂的,怕误会。"

"行了,我困了。"尹雪梅明白过来,心里头一阵泛酸。

"那我回去睡了,妈,你别多想哈,真没事。"

尹雪梅躺在床上翻来覆去,脑子里纠纠缠缠,既埋怨自己不该拿买菜的钱去买鞋,又觉得他们小题大做。讲真的,小孙不是小气的人,经常跟郝晶晶说:"晶晶,你带着妈去买件毛衣去,天冷了。"但他喜欢一切都在自己的掌握之中,丁是丁,卯是卯,他可以给你钱花,但你不能背着他拿钱花。

我就应该有自己的钱,尹雪梅最后得出这样一个结论,那样我想怎么花就怎么花。就是在这一会儿,尹雪梅突然又想干点什么了。心底那口气,终于缓缓地喘了上来。

再有半年,嘟嘟上幼儿园小班,她就能彻底脱身了。

八

尹雪梅失踪了。

尹雪梅回家一个多月后,郝晶晶和老郝及全家人才发现这件事。

九月的时候,嘟嘟上幼儿园小班,他适应得很快,一周左右就解决了分离焦虑问题。尹雪梅跟郝晶晶说:"丫头,嘟嘟上幼儿园了,今年你和小孙工作也没那么忙,我想回去。"

郝晶晶说:"妈,你再待一段时间吧。嘟嘟上学,白天没什么事,你也好歇歇。"

"妈是累了,妈想回家歇着。"尹雪梅态度很坚决,郝晶晶只好同意。她能感觉出,自从那天她跟母亲夜谈了一次之后,尹雪梅开始跟她和小孙有所疏远。倒不是闹矛盾,而是尹雪梅变得客客气气,不像是孩子姥姥,倒像是请来的一个保姆。郝晶晶想可能是那次谈话伤到母亲的自尊了,但又不敢再提这事,怕越说越起反作用。她想尽办法对母亲好,给她零花钱,给她买吃的穿的,但尹雪梅什么都不需要。

她给母亲买了火车票,让小孙送她去火车站,尹雪梅死活不同意,说自己能去。他俩没办法,就给她打了一辆车。四十分钟后,尹雪梅打来电话,说到车站了。又过了半个小时,说上车了,十分钟后发车。

母亲一走,郝晶晶才知道自己有多忙。早晨得准点起床,洗脸刷牙,然后叫嘟嘟起床,这个过程得半个多小时。给嘟嘟穿好衣服,送到幼儿园去,就得赶紧坐地铁往单位去。下午呢,四点钟她必须下班,才能赶上接嘟嘟。过了半个月,郝晶晶眼睛就黑了一圈,她忍不住跟小孙念叨:"妈这些年真是太辛苦了。"

十一后,二哥来北京出差,跟郝晶晶见面。小孙请他吃饭。

到了饭店包间,菜快上齐了,老二问:"妈呢?"

"妈?"郝晶晶疑惑着,"妈在家呢。"

"咋不叫妈过来一起吃饭?"

小孙也愣了,说:"二哥,妈在老家呢,回去一个月了。"

老二大惊道:"啥?不可能,我前天还给爸打电话,爸还问妈啥时候回去,要不要跟我一起呢。"

郝晶晶和小孙面面相觑,赶紧掏出电话来打给尹雪梅,可始终无人接听。三个人也顾不上吃饭了,开始四处联络亲戚们,问最近有没有尹雪梅的消息。答案全是没有。

郝晶晶哇的一声哭出来,说:"我把妈给弄丢了。"

小孙说:"不对啊,那天妈明明坐上了回家的火车啊,她发的消息还在呢。"

他们想过了各种可能性,被绑架了,走丢了,甚至……出了大事。五点钟接了孩子,郝晶晶抱着嘟嘟,又忍不住哭出来:"宝宝,姥姥找不见了。"嘟嘟还不明白这句话的意思,说:"妈妈你是不是想姥姥了呀?"郝晶晶使劲抱嘟嘟,突然想起了什么,急匆匆冲出幼儿园,去找多多姥姥。她想,也许她们这个宝宝天团的人会知道点消息。

多多姥姥说,她们最近也没尹雪梅消息,还以为她回老家了呢。郝晶晶准备离开的时候,多多姥姥突然说:"我想起个事情来,两个多月前,嘟嘟姥姥在群里问,哪儿能买小板车。"

"她买小板车干吗?"郝晶晶不解。

多多姥姥说:"我也不清楚,她就问了一句,大伙都不知道,也就没信儿了。我帮你在群里问问,看她还联系过谁。"

郝晶晶点点头,说:"谢谢!"

老二把回去的车票退了,老大也连夜坐车赶来,第二天一大早到北京。

兄妹三个人坐在麦当劳商量来商量去,最后决定,报警吧。郝晶晶已经拿出了手机,按完了11,就差0了。突然有一个电话打了进来,是多多姥姥。

多多姥姥说:"晶晶,你看你妈的朋友圈了没?"

"朋友圈?我妈有朋友圈?"

"你看看能不能看,我刚在群里说了你妈的事,后来已经搬走的瓜瓜奶奶说,她前几天还看尹雪梅发朋友圈了。我手机里看不到,其他人也看不到,我估计是尹雪梅屏蔽人的时候,忘了瓜瓜奶奶了。"

"我妈发的啥,您能发给我吗?"

"你加我微信,"多多姥姥说,"微信号就是宝贝多多的拼音。"

郝晶晶放下电话,老大老二都问说了什么。"妈可能有消息了。"郝晶晶说,然后赶紧加多多姥姥的微信。多多姥姥传过来一张截屏图,上面是一个早餐摊,写着几个字:只要手艺好,赚钱跑不了。多多姥姥说,瓜瓜奶奶之前看到,也没当回事,就以为是尹雪梅出去吃早餐,随便拍的呢。后来又一翻之前的朋友圈,好像没那么简单。接着,多多姥姥又发来几张截屏图。一张是看起来半新的平板车,一张是地下室阴暗的室内,还有一张是条大街。老大眼尖,在第三张图上看到了一个垃圾桶,垃圾桶上写着朝阳门外大街环卫。

"在朝阳,妈在朝阳区。"老大看了看表,说,"咱们马上赶过去。"

"妈会不会是……"老二不太确定地说,"摆了个早餐摊?可她为什么呀?"

三个人打了一辆车,在朝阳门外大街四处转,寻找着尹雪梅。

尹雪梅并不难找,他们没用半个小时就找到了,因为在朝外大街的一个十字路口,排着长长的一队人。兄妹三个,远远地就看见了尹雪梅,天气还没那么冷,她穿着一件紫色的罩衣,正在给买早餐的人盛东西。尹雪梅满脸都是笑,眼睛里像夏天的泉水一样,叮叮咚咚地流淌着。"今天羊汤免费,其他的全部半价。"她高声喊着,"最后一天了,明天你们可就吃不到这么好吃的早餐了。"

三个人互相看了看,默默排在了队伍里,跟着往前挪。他们看见那些买了早餐的人,拿着油饼、包子和羊汤从身边走过,一边感慨着:"太可惜了,这么好吃的早餐。"另一个说:"就是啊,这是我在北京路边吃过的最好吃的早餐,又干净又便宜。"

一个穿着西装的人排到尹雪梅前面。尹雪梅说:"还是老三样?"西装男说:"是,大妈,你是不是遇到什么困难了?咋不干了呢?"

尹雪梅说:"也不算啥困难,我租的那个地下室,不让住了。我也犯不着去租个楼房住,一个月得多少钱。"西装男说:"阿姨,你要想做大,我给你投资,咱们合伙开一家店,咋样?"尹雪梅笑了:"别瞎说,开店得多少钱呀?"

西装男说:"不开玩笑,我出钱,您出力,赚了钱对半分。"

尹雪梅愣一下,说:"谢谢你,不过不用了。"

西装男拿了自己的食物,放下一张名片,说:"您要改主意了给我打电话。"

尹雪梅点点头。

尹雪梅看见老大、老二和老三,没怎么吃惊,说:"你们才来呀,还没吃早饭吧?先吃点东西。"她给三个孩子各盛了一碗羊肉汤,三张发面饼,还有一碟自己腌的小咸菜,他们就坐在马路牙子上吃起来。一边吃,一边掉眼泪。

最后一点汤和最后一张饼都卖出去了,七八个没买到的年轻人依依不舍地离开。尹雪梅收拾东西。三个人上去帮助尹雪梅,他们心照不宣,谁也不问尹雪梅为什么在这卖早餐。然后推着平板车,进了附近的一个小区,找到地下室。尹雪梅已经把东西收拾好了,就一些做饭的家伙什,一床很简单的被褥。

尹雪梅说:"都放这儿吧,收废品的老冯下午自己过来拿,我都给他了。"

尹雪梅只拎了一个蓝色的塑料袋,说:"走,回去。"

四个人打车回到郝晶晶家里。尹雪梅把塑料袋打开,稀里哗啦倒了一通,全是钱。最后数完了,竟然将近两万块。

几个人都吃惊:"妈,你卖早餐就赚这么多?"

尹雪梅说:"得刨出去两千的本钱。"

"那也够多了。"

尹雪梅掏出两片药,就着水吃下去,说:"老大、老二、老三,不好意思,妈让你们担心了。"

郝晶晶的眼圈又红了,说:"妈,是我对不起你。"

老大、老二接着说:"是我们不孝。"

尹雪梅说:"啥不孝?你们都挺好的,是妈自己有点不甘心,想试试。我就怕我这一辈,啥也没干成,就是个废人。试这一个月,妈满足了,妈也心安了。我尹雪梅不是个废人,要是给我机会,我能干成不小的事儿。只可惜,我年轻时没条件,现在想干,也没那么多力气了。"

尹雪梅指着桌子上的钱,说:"这点钱,我自己做主,行不?"

三人连忙点头。

尹雪梅分成了四份,一份给老大,一份给老二,还有一份给老三,说这是给仨孩子的。尹雪梅还剩下一份,大概有四千块钱。她说:"晶晶,你跟妈出去一趟。"

郝晶晶和尹雪梅到了商场,尹雪梅到那家服装店,看见那件衣服还在,这会儿已经半价了,六百。她让买衣服的开票,还想解释一下自己当初真不是托,可卖衣服的换了人,她的冤情无处诉说了。又给老郝买了一块一千多的手表,剩下的钱,她要请宝宝天团的姐妹们去吃饭、K歌。

饭吃得很热闹,歌也唱得很热闹。尹雪梅是焦点,老太太们都说:"尹雪梅你太厉害了,你要是年轻五十岁,能当明星。"尹雪梅说:"那是。"她们唱《二十年后再相会》,约好了只要还没死,每年都找机会聚一下。

  来不及等待来不及沉醉

  噢来不及沉醉

  年轻的心向着太阳

一同把那希望去追……

九

尹雪梅跟老大、老二一起坐火车离开的北京。这次是真离开。虽然跟姐妹们有约定，但她已经想好，自己可能不会再来。也不一定，如果嘟嘟想她，她还会来的。

尹雪梅在火车上睡着了。

老大、老二给她买了商务座票，可以躺着的那种。尹雪梅看着车票上的八百多块钱，心疼地想，这得卖多少碗汤、多少张饼啊。在高铁的轻微晃动中，尹雪梅睡着了，这一回，什么梦都没做。

（原载于《十月》2019 年第 3 期，陈集益选编）

张春莹 / 1994年生于湖北荆州,2016年开始发表小说,中短篇小说发表于《青年文学》《长江丛刊》《滇池》《湖南文学》等刊,长篇小说发表于《江南》,曾获第七届湖北文学奖,长江丛刊2019年度文学奖。

弯道超车

一

冬季一来，惯常的阴天景象笼罩着城市的上空。晚上，老杨倚着床头看报纸。晚上睡前，他习惯翻翻从保安室拿来的报纸。他翻了几下，没心思看了，放回床头。他独住着这间平房，电视机坏了，白天忘了喊人来修。他抽起烟来。不一会儿，屋里聚了烟雾，老杨愈觉嘴里苦寡味淡，一团烟雾笼罩着他，他心里也罩了一团事。

今天上午小兵来了，来告诉他一件事，只说了几句话，就那一会儿工夫，让他当时沾着水的手感到了彻骨的冰冷。他腾出手在衣服上擦擦，拎回水管，手已红了。每天浇花洒树，水浸上手，温度从舒适到冰冷，其过程仿佛是从夏到冬一点点变化的，其实前两年的四季更替也是这么过来的。可今年，今年怎么是这样的呢？这双手比去年受不得冷了。小兵走后，他浇完花坛，洗干净手，手干净了，老杨的心却仍然乱糟糟的。他感到心灰意冷，再去浇树，就不那么用心了。

桌头上的闹钟是小区垃圾桶里捡的，换上新电池，照样走得分秒不差。现在走到十一点半了。烟盒里还剩一根烟，拿出来点上，衔在嘴里，两手继续握到一起，握得温温热，摊开来，在黄色的灯光下看，两个手背上是一模一样的褶皱，翻过来，手心干枯。这双手，劳累了这么些年。他用点力，握鸡蛋一样两手握拢手心，手和腕子还有力气，那就还干得了活。先前说，起码还干得动五年，现在，五年哪够呢，不知要干多少年才行。白天的茫然卷土重来。他熄了烟头丢进垃圾篓，走到门旁按了墙上的开关，屋子黑了，他摸回床上，脱鞋躺下。白天的事索性不去想它了，天大的事等天亮再说吧。

人上年纪了，做了一天的事，身芯子空了，睡一夜的觉力气才会补回来。老杨把沉沉的身体交给了床，被褥裹着他颀长干瘦的躯干，他强迫自己闭上眼，什么也不想，不去想。但是，怎么也睡不着。

他和杨嫂是三年前被女儿女婿接进省城的。原先两人在老家县城的农贸市场卖菜,卖了十几年,直到前几年县里开始大兴建设,各处拆迁,农贸市场被划进了拆迁范围。两人预备再去哪个地方谋个摊位,还没打听妥当,逢过年女儿女婿回县里来,见他们要重新找摊位,女儿小青就说:"反正你们也老了,不要卖菜了,跟我们去带诗诗,也过一过城市生活。"那时,老杨两口子为儿子小兵伤透了脑筋,女儿女婿这么一说,就有意去大城市待一阵子,过不惯再回来就是。于是一出年,就带了简单行李来了省城投奔女儿,留下小兵一人在县里,他要怎样就怎样好了,离了他眼不见为净。

二

小兵是夏天出生的,正是最热的八月,也许是出生时的气候给了他不安分的性子。小时候在父母眼皮底下,再怎么顽皮好闹,总是小男孩的本性,闹不到哪里去。上了初中,再长大些,有了自己的想法,就开始不听话了,又结识了一帮合得来的所谓朋友,从此就没让老杨两口子舒心过。

先是初中毕业没考上高中,他也不愿再读了,想去追随在外面打工的朋友。老杨不在乎他读不读书,这孩子压根不是读书的料,是杨嫂心疼他,说年龄太小了,去了外面要受苦,便花钱给他"买"进了某中学继续读书。

进了高中,不管学不学得进,有学校圈束着他,大人就可放心卖他们的菜。可是小兵不安分,高二那年,他主动帮一个朋友解决事情,合着义气跟人去打群架。那是他头一回跟人打架,像等了好多年才等来的,新鲜、刺激得很。混乱的场面中,看不见落下去的砖头拍在自己人身上还是对方人身上。脑子辨不清了,只知道打、打、打,看见有人近自己身,使蛮力抱上去不撒手。他打了别人,也被别人打,身上疼,但疼得痛快,那是他一直想使而无处使的力气,终于得到了发泄。

正是晚上八点的安宁时光,两帮打架的人有十几个,在废弃的溜冰场院子里算总账。有人下晚班回家路过,听到院墙里面传来厮打声,走到大门口推开生了锈的铁门,看见院子里一伙人互相扭抱在一起,推来搡去,昏暗中,有的人手里拿着闪光的砍刀。于是那目击者赶紧跑开,打了报警电话。

派出所出了警,打伤的送去医院,其余人带到派出所。小兵没流血,只身上被人打得青肿,被警察扭住了,给他戴手铐时,他心里竟是骄傲的志气。因为他想起香港电影里的匪头子被捕,就有这种不服输的傲气。他学电影里的人物骂了句铐他的民警,民警哼笑一声,把他推进车,叫他们老实坐好。那一夜小兵和几个同伴被关在派出所的一间屋里,挨墙坐着,互相靠着睡到天亮。次日早上民警来上班,才开始询问。弄清楚两方恩怨的来龙去脉,再是问讯对证,谁是谁伤的,末了放了一半人,没放的一半人里就有小兵。被他打伤的人住了院,虽说伤得不是很严重,但那人是家里娇惯大的独生儿子,那方家长就不肯放过小兵,要告他故意伤害罪,说请律师打官司也要让他坐牢。

老杨两口子给他送衣服去,隔着窗口看他,一张依然有神采的脸,嘴唇上薄薄一层胡须,微咧的嘴,轻轻地对他们笑了笑,毫不在意自己的处境。秋天了,他身上只一件薄单衣,像不怕冷的样子。他们心疼不已,感到未管教好儿子的自责。小兵听说对方家长要告他,让他坐牢,眼里才露出恐慌,脸上的轻扬神气不见了,这时他才肯喊他们爸爸妈妈,说:"爸爸妈妈,你们要把我弄出去。"这透着恐惧和无助的少年声气,当时就叫得杨嫂落了泪。走时他们叮嘱他,在里面千万要听话,他们会想办法的。

小兵暂时关在拘留所,两口子歇了几天菜市上的摊位,买了烟酒去对方家赔罪,谦卑地道歉,再是求。说儿子还这么小,真坐了牢,出来了哪里都不会要他了,名声也不好听了,将来媳妇也难娶到。又送礼给派出所的所长,请他帮忙调和。几番哀求,对方的父母念着小兵跟自家孩子一样大,未来还要做人,同意私下调解。这样,老杨夫妇交了一万块钱保释金把小兵从拘留所保了出来。再算上给那户人家送的烟酒营养品加医药费,这次损失算起来总共一万七。前后弄妥了,小兵这才被放出来。

出来后,小兵再也不愿回学校了。不用想,学校里的老师同学肯定都知道他在拘留所关了十来天,这对一个十八岁的人来说是很伤面子的事。再说,就他的成绩也考不上大学,读书没什么必要了。最主要的,是班主任平时就不喜欢他,这关口都没过问他,也没来劝他回学校,小兵越发心灰意冷,从此没再去学校,辍了学。

先是在家歇了一阵,天天在家闲玩。无聊至极,便由朋友介绍去网吧当了网管。这合了小兵心意,以前他是逃课去上网,现在工作就在网吧,乐得其所。只是这个班没上多久,他就出来了。终究是年轻人,身心活泛,受不住天天一样的生活,总想到处看、到处跑。

那时候的小兵做过好多工作。辞了网吧的工作后,想跑出去看看,寻求人生的机会,便问老杨要了钱去了广州。做过几份工作,都做不长,在外面待了一年多,认为还是在父母身边好,于是回到县里,在一间奶茶店卖奶茶,后又到朋友家开的服装店学卖服装。前前后后折腾了几年,什么手艺也没学到手,钱也没挣到,年龄二十三了。

小兵跟姐姐小青很不同,小青从小肯读书,学习好,一路读书读到省城,大学毕业参加工作,接着结了婚,生活平顺无波澜,还生了诗诗。

小兵去服装店上班时就觉得自己做不长,他做什么都难有兴趣,也不知道自己到底喜欢什么,但是他和很多人一样,想挣钱。当卖服装的新鲜劲过去后,他厌倦了这份工作,不想去上班了,可是再辞职,父母又会每天一张嘴就说他,他讨厌父母的责备。再说辞了职下一份工作做什么呢?他不想又费周折,便懒散地一日日往服装店去。正是这时候,以前的一个铁哥儿们胡勇找到了他。胡勇早就想自己开网吧,只是一直没有机会,恰逢现在有家网吧要转让,他便有意接过来,父母也同意他有个正经事做,只是缺合伙人,网吧盘过来需要十几万。

小兵听了很愿意,他一直想有个正经事上手,也是没逢到好机会。老杨听了半喜半忧,喜的是他愿意学好,忧的是怕网吧能不能开得长。老杨跟杨嫂商量了,去那家网吧查看过,又跟胡勇父亲和网吧老板谈过几回,考虑良久,觉得要为小兵的未来长远想,认为可行,最终就去银行取了七万块钱存款出来,同着小兵和胡勇父子一起去签了转让合同。

网吧盘过来后,室内收拾装饰一番,墙面粉刷一新,就有了一副欣欣向荣的做生意的气象。小兵和胡勇都有奋发的干劲,只是设备陈旧了,于是共同出钱换了一批新电脑、新椅子,光纤和电路升级安装,前后又用去些钱。

网吧不在闹市区,也不偏僻,有稳定的客源,只是生意一直不是很好,逢放寒暑假,来上网的学生多,那几个月生意才很好,因此到这一年年末盘账,是赚了点。其实不能叫赚,仅是回本。除去水电费、房租等开支,回了几万块钱的本,两人对半分了,各自拿回家给父母。老杨算了笔账,按照这样的进钱速度,满三年,投出去的本就可全回来了,再往后赚头就稳定了。

但是,开网吧虽是自己做老板,有了自由,却是累人的事,一年三百六十五天,没有关门的时候,二十四小时都得有人守着。终是年轻人,最初那番士气在一年后因为没见到多大收益,便都有些懈怠。像是默契一样,两人都生出了懒劲,又不善于管理,松懈的状况让店里的收银员看在眼里。到收银员忽然辞职走了,胡勇才觉得有点不对劲,跟小兵一说,两人专门把从她来上班后的账总起来仔细查对了两遍,才发现有几千块钱从她手里流掉了,是隔几天就一百两百地抽走累积出来的。再去找她,有认识的人说她已去了外地,接着想办法联系,哪里还联系得到?他们都有些怨彼此,然而责任双方都有,这事便都不再说,怕被责备,都没跟各自家里说。

胡勇的女朋友读高中,是县实验中学的学生,经常来网吧玩。女朋友每回放假,胡勇就带她到处去玩,最忙的双休两天,单留小兵一人看店,胡勇不见踪影。网吧尚在回本期,处处省钱,没有雇网管,他一走,店里就小兵和新雇的收银员两个人。有了上一个收银员偷钱那一出,网吧日夜要有自己人守着,小兵守了白天,晚上要睡觉,便叫老杨去店里守。老杨愿意守店,只是不懂网吧的一应事务,就坐在那里,按小兵说的,看着店里,注意着收银员。

有天晚上,老杨守着店,有个顾客电脑出了问题,说有重要的东西在电脑上没有弄出来,不愿换机子,要当时就修好,很着急。老杨只好打电话叫小兵马上过来,小兵半夜被吵醒,满心烦躁,也只得从床上爬起来,顶着寒冷的夜风骑了电动车赶过来。

跟胡勇说过好几回,胡勇不以为意,认为谁多守几天又不是什么要紧的事,何必斤斤计较呢?他嘴里答应小兵以后轮流着守店,等女朋友找来,仍然把店甩给小兵一个人。再往后胡勇不来的日子,小兵晚上就睡在网吧。老杨有时来有时不来,来了就换小兵回家,老杨帮他守店。老杨就在柜台后放平的一张藤椅上,撑一夜,待天麻麻亮,下晚班似的,打着呵欠往菜场赶去。这样的日子一久,父子俩都很累。

除此之外,小兵和胡勇之间,也积累出其他一些小矛盾。有一回两人几句话没说对路,就触发了火气,大吵了一架。气平后,都有些悔意,平心静气地和好后,都决定今后同心协力好好做事,谁有不对谁改正。话是这么说,其实这时两人心里对彼此已有了看法,都觉得学生时代的兄弟感情淡了很多。

胡勇的女朋友叫倩倩,每回来网吧玩,小兵都给她开一台电脑,随她玩多久,两人渐渐熟起来。后来小兵想不清自己跟倩倩是出于对胡勇的隐隐报复,还是真的很喜欢,反正倩倩这种女生,他觉得谁都可以当她男朋友,谁给她买衣服请她吃饭,她就跟谁玩。他就是这么和倩倩开始来往的。

倩倩过十八岁生日时,小兵像要跟胡勇攀比似的,提前为她订了一个十八层的生日蛋糕,买了一双价钱不低的红色高跟鞋。生日那天,倩倩就抛下胡勇,请了校里校外十几个朋友,在小兵为她订的歌厅包房里一起过生日。十八层的蛋糕和让她惊喜的珍贵礼物,让倩倩在朋友们面前很有面子。作为男一号,小兵那天也赚足了派头,为倩倩生日花去的钱,让他在日后想起也并不心疼。

胡勇刚开始不知道,第二天在网吧,听到小兵跟人打电话,说了句"蛋糕很好吃",他想到倩倩无缘由不跟他一起过生日,就有点明白了,倒回些日子想一想小兵和倩倩这阵子以来的接触,心里明白了八九分。他觉得这合伙生意做不下去了,丧气地坐在收银台后的椅子里,想了很久,想清楚了应该怎么办。

到摊牌的时候,两人都纳闷,他们的友情是怎么走到尽头的,读书时那么要好,那时凭着少年意气甚至可以为彼此挡刀。他们又觉得,这真像香港电影里的两个黑社会老大,为了一个女人毁了兄弟情谊,却又明白,这份曾经很铁的兄弟感情其实早就摇摇欲坠了。为什么呢?他们想不通,只是在将网吧转出去后,都得出一个结论,越是感情好的朋友,越不能在一起做生意。

网吧转出去后,两人的友谊就此到头了,因亏了钱,又多了对彼此的恨意,胡勇怪小兵挖他墙脚,小兵怪胡勇忽悠他开网吧亏了钱。因此散伙后,小兵觉得亏了钱不能亏人,更要把倩倩拽在手里,对她更好了,想要什么就给她买,倩倩便选择了跟小兵,这让小兵挽回了面子。

网吧亏本转让,气和急的是两边的父母。老杨两口子心疼不已,不到两年,亏去了六万块钱,这钱小兵不当回事败得容易,却是他们从菜市场一天天抠攒出来的。

在家歇了一阵,倩倩建议小兵去开出租车。她现在还不愿嫁给他,但要他负责她部分的生活开销。她已不耐烦坐在教室里上课,瞒着父母退了学,在县里一家服装店上班。小兵经不起倩倩的劝说,便开起了出租车。县城范围只有这么大,开出租跑一天,也挣不了多少钱。两人都大手大脚,经常手里不剩。倩倩家在下边乡镇里,倩倩现在在县里上班,和几个同事住在宿舍。她和其中一个同事合不来,想搬出来住,小兵有意让她住进家里。老杨两口子在钱上已不再支援他,知道给了他钱,就要用在他那女朋友身上。他们反对他和这个叫倩倩的女孩来往,就是她,弄得他和胡勇反目,还亏去那么多钱。可是小兵像是被她迷住了。为倩倩,小兵一次次跟家里要钱,他跟父亲吵过一架,闹得老杨要不认他这个儿子,赶他出门。

小兵心里也是烦躁的,却无办法,他像被生活的笼子套住了,想出出不来,人被两边牵制着,左右为难。最终,为了倩倩,他在外租了间房子,两人一起住,除出去跑车,吃喝睡觉都在那里,很久不回一次家。老杨也不管他,他爱回不回。

三

父子闹僵,也都不肯缓和,这年年末,政府圈地拆迁,农贸市场被圈进去,老杨两口子也失业了。小青回来过年,看到家里的情况,便叫父母去省城带诗诗。女儿的公公婆婆身体不大好,都在老家,因此老两口来省城带诗诗正合适。诗诗刚上幼儿园,有他们帮着带,女儿女婿轻松些。住进女儿家后,两人生活习惯倒合年轻人的节拍,只是住了不到一个月,就闲得发慌。带诗诗于他们是很轻松的事,只需接送诗诗上下幼儿园,诗诗又听话,用不着刻意去管去教,闲暇时间他们就在家看电视。他们在老家勤快惯了,忽然闲下来,到底过不惯。他们都还有力气,还做得动事。真正来讲,两人来城里就没打算一直只带外孙女的,来这里还是为了小兵。小兵再怎么不听话,也是自己的儿子,他们要趁现在还有气力,为小兵的将来攒点底子。这个原因他们跟女儿女婿都没说。

小青听他们说要出去找工作,不同意,说:"卖菜苦是苦,是听自己的,在外面上班要听别人的。没准领导比我还小,到时批评你们这里那里没做好,你们脸上受得住?再说都这个年纪了,哪里好找工作?"

老杨说:"先去找找看嘛,找不到我们就安心带诗诗。"

没承想只两天工夫,老杨就找到了工作。老杨是自己去问了附近几个小区,有个小区在招男保洁员,对年龄没什么要求,正好就应聘上了。工作任务简单,白天修理花坛树木,除草洒水,保持垃圾桶的替换,定时巡逻,再就是替保安看看门。物业把楼后一排平房的一间给了他,叫住过来,方便晚上有事叫唤,老杨就从女儿家搬出来住了进去。工作不繁重，却总是占着手，琐事多，每天总要弄到晚九点过头，才得回平房休息。

  杨嫂也是自己到处看到处问，被聘到了一家餐厅做清洁工。她年龄没超过招聘限制，人家要，就上起了班，拖地抹桌子洗碗，尽管都是粗累活，却做得顺手。她跟小青说："这有什么难的？在家不也是做这些，不过是餐厅里一天的工作量是家里做家务一个月的量，但是人家给钱，为什么不去呢？"

  杨嫂上班，开始是在小青家附近，后来餐厅分店缺人，就被派到城市另一头的分店，便也搬出女儿家，住进了员工宿舍，和一群服务员，还有几个同她年龄差不多的清洁工，七八个人住着三室一厅。逢休息日，就坐车到老杨这里。老杨的平房渐渐添置了简单的厨具碗筷，杨嫂来了，两人买上好菜做顿饭吃。再有时间，就一起去女儿家，给他们一家三口做一桌好菜。

  这样的生活，老杨和杨嫂都满意。现在跟儿子合不来，就来女儿身边，在陌生的城市也没白吃女儿女婿的饭，各自找到了活路。他们觉得在大城市里找到了自己的位置，不算是个无用人，上着班，挣点钱攒着，心里是安逸的。

四

  父母去省城后，小兵退了房子，和倩倩搬回了家，离倩倩上班的地方就远了，他便每天开车接送倩倩上下班。倩倩却认识了一个来店里买衣服的男顾客，他家里是开酒楼的。也许倩倩心里一直有当酒楼老板娘的梦想，于是她轻易地跟那个男青年好了，而且速度很快。小兵失落了一阵子，决定来省城投奔姐姐的时候，倩倩和那男青年准备结婚了。他宽慰自己，莫说倩倩不想嫁给他，就是嫁，他兴许也没那么想娶，倩倩这种女人，从骨子里讲，他看不上的。那么他问自己，既然看不上，为什么跟她好了几年？想来想去，他得出答案，只不过是他也看不上自己。

  分手后，倩倩把她的东西搬走了，房间顿时很空，他没心思开车，把车子借给了别人开，横竖在家休息起来，反正家里只有他自己，白天黑天颠倒着过，在家里看电视睡懒觉，出门就上网吧会朋友。他常把朋友叫来家里打牌喝酒看电影，日子逍遥自在。直到手里的钱花得差不多了。跟父母要，他们肯定不会给的，便要回了车开出租。这时人已懒惯了，开了几天，觉得很厌倦，就决定不开车了，干脆把车子转给了别人。

他跟姐姐打电话说,不知以后怎么办好。小青安慰他说:"你在县里混不好,就来我这里吧,爸妈也在,你来了跟他们好好处,以前的事他们还会真计较?我们也帮你看看,看有没有工作适合你。"挂完电话,小兵觉得最亲的还是家人,心里生出悔意,以前不该跟父亲闹成那样子,决定去省城看看。

入秋,小兵来了省城,住在小青家,找了一阵子工作,适合他的行当不多,有的他根本也不愿做。姐姐姐夫介绍的,稍微好点的工作,他又做不来。选来选去,还是只有开出租。他已好几年没在别人手下做事,的确只有做出租车司机比较符合他不愿受约束的性子,相对自由。姐夫帮他到出租车公司去问,托熟人帮他进了出租车公司。于是小兵又跑起了出租,分白夜班穿梭在省城的条条大道上。

城市的初雪降下来是在乌云笼罩的傍晚,十字路口的红绿灯在纷纷落下的雪绒儿后面闪烁、变换着颜色,小兵的车被红灯阻住了,他坐在暖和的车里,封闭的空间暖得有点燥。后面坐了对年轻男女,细细密密说着属于他们的笑话,他忍着烟瘾,无聊地数着红灯倒计时的秒数,往后视镜看去,是一对大学生。小兵算一算来省城的日子,有三个月了。

倩倩那么轻易地就跟了别人,和她没有感情也有亲情,几年的情分说断就断,这多少刺激到他。来了省城,每天跑车,接触各种人各种事,不需了解底细,也看到听到些城市生活面子上的东西了,现在他最想的是,有钱。生活在哪里没关系,有了钱,在哪里都能过上好生活。省城于他,跟县里没什么区别,无非人多车多,只是于谋生发展来说,生意好做些,只要肯跑,一个班次下来比在县里跑车强几倍,只是很累。很多司机不愿跨区,只愿在小范围打打转,小兵肯跑,偶尔有人要搭他车往下面县市跑,他也愿跑一趟长途。

闲了,他就往父亲平房去,他跟父亲的关系已缓和了。有时去小青家吃饭。小青听说先前他谈的女朋友已跟别人订婚,便有意给他介绍对象。

小青在市电视台工作,认识各行业的人,凭着小兵的条件,想到了一个合适的女孩,是在幼儿园当老师的,老家跟他们还是一个县的,所以很合适。小兵的态度无可无不可。于是小青联系了那个女孩,女孩愿意见面看看,小青就安排了时间地点,叫他们去约会。

这场约会让小兵很受挫,回来跟小青讲,人家嫌他没文化。如果在县里,有人介绍相亲,对方嫌他没文化,他不会感到这么大的被侮辱般的心理落差。县城是他从出生到长大的地方,哪儿都熟,有人骂有人说坏话,他丝毫不在乎。来了省城跑出租,城市的各条主道已很熟悉了,可省城不是他的地盘,他觉得姐姐姐夫才像是这座城市的人,自己不像。这种想法,藏在心底就好,从不暴露。这次相亲,别人把他心里这点自卑的东西提出来了,他就不能忍受。她不过是个幼师,老家不也是县里的嘛,凭什么就能被她嫌?她有什么了不起的?

为排遣郁气,小兵跟车队经理请了一个星期的假,往广州会老同学去了。初中时的一帮铁哥儿们不少在广州深圳,都是早早就离开学校去南方打工的。到了广州,平时分散的人因此会聚了起来,接连几天,轮流有人请他吃饭,宴席不断。就有人请他来广州发展,说有的是路子,只要想干,就能赚钱。早些年小兵在广州待过,那时不到二十岁,频繁换工作、住地,有段日子过得朝不保夕,还受过骗,因此不大喜欢广州,说好马不吃回头草,父母姐姐也都在省城,自己的年龄也一点点大了,不愿往远处跑。宴席上,大家推杯换盏,兴起还唱起歌来。小兵很积极,很久没跟朋友们这么热闹了,他心里欢畅。在广州的一个星期,去吃饭去唱歌去各处逛,都没让他花一分钱,他过得非常逍遥,要是每天都这样多好。

回了省城,照常白班夜班地上着,心里就有点不甘这样过下去了。他算了一下每天能跑到的钱,除去租车费、油费、维修费、违章罚款等支出,乘以一个月,乘以一年,算一算,再除去自己的日常花销,等到过上想要的日子,太漫长了。

他有点动摇,想再往广州去看看。在电话里跟广州的几个同学说了想法,他们都要他去,欢迎他加盟他们的队伍。休班的日子,小兵到父亲的平房去,说了想去广州的想法。老杨没听他说完就不同意,说:"你妈妈也不会同意的,你就安安心心开车,攒点钱下来,这一两年把婚结了,以后的事,以后再说。"小兵觉得父亲不懂他,又到姐姐家去听他们的意见。他说:"我想去广州跟朋友做布匹批发生意,有同学在广州开档口,一年能赚十几万,我去了总比跑车强。"小青跟父亲一样,不同意,小兵是她从小看到大的,按她的话说,人有多大能力就做多大事,开出租又不差。他没承想姐夫的意见也跟姐姐一样。小兵没像驳父亲那样驳他们,只心里丧气,没作声,喝了杯水就出了姐姐家。他自己想了几天,想清楚了些,决定还是听他们的,不往外跑了,安心开车。

五

过了年,气候进入阳春三月,正是极好的春天。清早小兵出车,车贴着路牙子在安静的大道上直驶,旁边一溜望不到尽头的行道树绿得格外新致,太阳升起来,车外的空气流进车窗,吸进鼻子里,有股子花叶经太阳晒过的淡香味。

一个初中同学从老家去广州,中途要在省城转车,小兵闻得,开车去接他。同学叫李严,初中没读完就去了广州,十几年了,现在是一群老同学中混得不错的一个。去年小兵去广州,李严说好请他吃饭,却实在忙,没能吃成,小兵回省城时也没腾出空来送。这回李严改签了车票,要在省城停留一天,两人要补去年未见的遗憾。

到了汽车站,小兵在候车大厅的玻璃门旁一眼看到了李严,以前看的是照片,现在见到老同学,不由得有点吃惊。李严脸还是读书时那张脸,只是变化很大,梳着老板头,一手拖着小行李箱,一手拿只皮包,穿着光鲜,脸上那副气度,也是老板式的气度。老同学相见,分外亲热,几句话就勾回了当年的感情。

到饭馆,酒菜上来,两人感慨良多,只有旧相识见了才什么都能放心说。于是做学生时的事,两人回忆了一通,许多年前未说的话都倾吐了出来。小兵讲了这些年自己的情况,说现在最想的是挣钱,只有钱才是真的。李严同意这话,说自己最初到广州,因无一技之长,在工厂跟着伯伯打工,后来想挣大钱,出来自己摸索,做过好多行业,前几年跟着同事投了点闲钱买股,赚了几倍,发现这行当里的奥妙。经一个懂股票的朋友介绍,去了股票交易所上班,从头干起,待看准了这行,干脆辞职,跟几个朋友合开了一个小金融公司,做股票债券方面的生意;公司虽不大,门路多,自己一直跟有固定的股,也专门帮人分析股市行情。

小兵说:"难怪你一副老板样子,我们这帮没继续读书的同学里现在就你混得最好了。"李严摇摇头,喝口啤酒,咽下,苦笑一下,说:"看上去像老板是吧,那是面子上。做生意也难,公司去年才开起来,各方面才上路。好在我们几个股东都有操盘手的经验,客户来源有保证,但我们不满足这点小钱,既走到一起合伙,肯定想赚大的,现在我们最想的是把公司业务扩大,等手里有了钱,我就可单独买大股,到那时就不一样了。"

讲到眼下,都言到社会上做事,事事不易。李严嘴里的股票知识,小兵一窍不通,但是很愿意听,两人边吃边谈。吃完饭小兵开车带李严往最繁华的市中心逛一逛,看着沿路的大厦商场和人流车流,李严很感慨,说:"每次来去广州都只在省城中转,很少待个一天两天,今天难得好好地看到了省城,这些年发展得蛮好啊,真的蛮好,过几年怕要赶上广州了。"小兵哈哈笑了,笑完却说:"赶上北京又怎样,又不是我们的。"李严拍拍小兵的手臂,说:"你这样说不对,现在不是我们的,以后不见得不是我们的。"小兵有点丧气,说:"你是可以,我怕不行,开这个车,难看得到头。"小兵略沮丧的口气,李严听了并不以为意,摇下车窗点了根烟,说:"事情都是一步步做出来的,关键看你肯不肯做,事在人为,人定胜天。"这话说得很坚定,然而小兵没接话,是觉得接不上,多年不见,李严说话也像个有学问的人了,跟其他同学不一样了。

　　送走李严后,小兵跟李严续回了初中时的哥们关系,联系多起来。小兵不懂股票,却喜欢问,李严都耐心回答。问起他的公司,也坦白相告,良好的前景与目前的困境,什么都不保留。小兵从了解到熟悉,渐渐地在有的事情上也能给李严出点小主意了。李严请小兵来趟广州,来他们公司看看,并正式邀请他入股,算是考察,不行也成,当来玩玩。小兵说:"我哪里有钱入你们的股,找人你就找错了。"李严在电话里呵呵笑了:"你没钱入股我知道,哥儿们一场,请你来广州玩玩还不行?去年来要请你吃饭,我那时忙得恨不得长四只脚,我是想,现在公司差人,你来看看,看了行,就来我这里干,不开车了,怎么样?请别人不如请你,别人我不知道底细,你是自己人。"

　　调了三天连休,小兵去了趟广州,李严接到他,然后参观了公司。是个小公司,倒很整洁,很有办公氛围,十几个格子间里各坐一人,每个格子间一台电脑,人人对着电脑工作。李严的办公室是墙角开辟出的一个正方形玻璃间,他每天的工作就是坐在老板桌后面联系客户,或做归纳总结,或者开会,经常加班到半夜。李严不在公司就是在外忙,或者请与被请地吃饭应酬。

　　李严在酒楼订了一桌有规格的宴席,除抽出时间以补去年未见小兵的遗憾,也是犒劳公司大伙儿。那顿晚宴,除李严和他几个朋友,加上公司里的人,共有十几个人。席上,李严站起来,举着酒杯对围着圆桌坐的各位晃一圈,敬了酒,把公司的方方面面讲了个大概,说:"今天来这里吃饭主要是为老同学小兵接风洗尘,再是大家伙吃吃聚聚,培养感情。"说完愉快地笑了起来,接着又说,"实话说吧,现在公司里三分之二的人都入了我们股,小兵,你可以跟朋友啊以前的同学啊说说,大家只要手里有点钱,都可入股,等公司度过最初的原始创业期,年底回利的时候,分红按规矩发,利率起码在回本的基础上拿一倍。有钱大家一起赚,有朋友想入伙的,直接来找我,找别人我也信不过的。"席间众人三三两两讨论开来,小兵也加入讨论,问一问,说一说,了解到更多股票的门道。

回省城后,小兵在网上找了些股票债券方面的知识看,想了一阵子,告诉李严,他有意转行跟他做股票生意。李严很高兴,说没问题,我们现在就是需要有兴趣的人过来,我先教你,你自己也多学多看,入了门跟我做几回盘,等赚到了就入我们股,我们现在需要股东,你考虑好自己怎样的情况,想好了来就行了。

此后,小兵开始为了前途奔走繁忙,车子经常甩给他的对班司机,或叫其他人来开,他已懒得规规矩矩倒班次了。小兵去广州,车费与接待,都是李严个人或他公司报销,未来要是入股,抵销就是。除了吃饭唱歌,李严抓住他,教他股票方面的知识,讲给他听身边的人大亏大赚的例子,如最惨的,亏得成了"负翁"跳楼了;赚的,见好就收,全家移民去了美国。李严打开电脑,手把手教他看盘,分析一只股的跌落涨停,末了叫他分析一只说说看。小兵虽不自信,但照着李严教的讲一讲,竟有点头尾。

回来后,小兵闲时在网上学着看盘,发现自己对股票是有点天分的。

隔了半个月,李严又请他去广州,车票已帮他订好了。到了广州,李严也不隐瞒,说现下他们准备搞个大的,买只大股,如果赚了,钱就几百万地流进,虽然有点像赌博,但凭积累出来的经验,那只股他们哪种情况都预料到了。李严的神情变得有点狠,说:"以十分赌,八分能赢,我打包票,现在这笔资金就差那么一截,所以这次叫你来是想请你加盟,我们哪儿哪儿都借遍了,再没人可借了,别人又不如你懂,也不如你了解我们公司,想让你跟我们合作,你不同意我不勉强。"小兵心里有点动意,只是最大的问题是没钱,因此没表态。见他犹豫,李严倒很干脆,说:"没什么,我们看能不能再找别人,总之这个事是要做成的,这么好的机会不能放跑,等于看着钱白白让别人赚去了。"

李严公司有个前台叫于曼,做文秘工作,也做些杂事,小兵去了公司几回,跟她熟起来。他这次在广州多待了几天,每天去公司看他们办公,等下班走时,就跟于曼一路。于曼老家在四川,大学学的是电子商务,出来不好找工作,现在便先做前台攒点职业经验。她带着小兵下了楼,先弯去地下美食城,两人吃了饭,再去逛街。几次相谈之下,小兵跟于曼互生好感,两人很谈得来,只是隔得远,便都没什么表示。

小兵一心扎在股票的事情里,开车都想着这个事,母亲打来电话,问这阵子怎么没去他们那里了,她明天休息,叫他也去父亲的平房吃饭。他无心思跟他们讲话,说这阵子跑活多,有时间了再去。他不想多说,挂了电话。

自上次从广州回来,于曼跟他走得有点近了,两人有了联系,小兵是很想再谈恋爱的,于是车也开不安了。国庆前夕,于曼在网上跟他说,她准备趁着国庆假期去海南玩几天,要是他有空可以一起去。小兵想都没想,一口答应了。他报了双人旅游团,国庆的前一天,于曼如约坐火车来了省城,两人碰了面,往旅行社去报到,然后一起随旅游团去了海南。

在海南的五天,他们玩得很开心,经过几天的试探与观察,于曼答应了小兵,两人发展成了恋人。在炒股方面,小兵征求于曼意见,她读的书比他多,看问题应会比自己周全。于曼不懂股票,只说起对与他未来的担忧,她家里几个姐妹,父母只供了她读大学,就是希望她嫁个条件好的。小兵便有些泄气。于曼说,她不在乎他有没有读过大学,看他人好正派,才跟他试着相处,两人现在好是好,可是以后要是结婚,是不能像现在这样一无所有的,不然父母不会同意。

李严得知小兵在海南,于曼也在那里,先是嚯了一声,然后祝福他们,说:"于曼在公司做事很勤快,人也聪明,你能追到她,蛮好蛮好。"说完哈哈哈地笑,然后说,"这是拐着弯叫你甩开车来广州跟我一起干啊,你到底来不来?"李严干脆带劲的口气,让小兵在电话这边也笑了,他自觉有些日子没听到别人这么欢快地笑了,自己很受感染。李严让他们玩完了干脆就近回广州来,再好好聊一聊。小兵一口答应了。挂了电话,他拨了车队经理的电话。经理听他又请假,不免很有情绪,问他这阵子到底怎么回事,还想不想干这份工作。小兵想回不想干了,但还是忍住了,没待那边讲完,就烦躁地挂了电话关了机。

海南的假期结束,小兵和于曼直接从海南飞到广州,住进李严为他订好的酒店。李严说,为了说服他入股,什么都会招待他最好的。小兵也没推辞。那一个星期,小兵切实过上了有钱人有尊严的生活,高级桑拿,高级包房,会所消费。李严放了于曼的假,让她陪着小兵,李严安排什么玩处,他们就去。小兵很享受这种自己什么心都不操有人为他安排好的生活,纸醉金迷一般的生活。当飞机飞到高空中看到窗外朦胧的云雾时,他确实觉得自己稳操胜券地改头换面了,过上了梦想中有钱人的生活。

从广州回省城依然坐的是飞机,机票从李严公司账上走。半个月后,李严来了省城,说好一起来的于曼没有跟来,李严说公司里事多,她脱不开身,小兵有点失落。他把李严载到一家咖啡厅,李严谈事只去咖啡厅。李严给了他一沓资料,是几个信贷公司的资质证明、借贷条件、一次最高可贷额度与还款期限,先叫他看看。然后从皮包拿出电脑打开,叫小兵坐到他这边来,指给他看他们准备买的这只股,这是一只有信誉的大股,李严仔细讲了股线最近的跌涨情况。安静的咖啡厅里音乐很轻缓,李严讲了好一会儿,小兵有点闷,没太听进去,室内昏暗的灯光与暧昧的气氛让他想起和于曼在海南游玩的情景了。李严看出来,问是不是小于没来不高兴,小兵忙说没有。李严说:"担什么心?我们把钱投进去,不出一个月,钱就回来了,至少翻两倍。投进的钱多,回的就多,佣金我私下又只要你五万,你再拿三分之一入我们的股。到时你光入股可以,不入股也可以,来我公司上班也行,还剩余那么多,到时你做什么不可以?把小于甩了再找个,又怎么不可以呢?"李严眉毛皱了皱,露出男人间才懂的笑。小兵诚实地说:"小于家里困难,人也不错,我没想甩她。"李严拍拍他肩膀:"好男人啊,其实去年她来我们公司,我就想追她,请她吃饭都不答应,人家要求高,说我初中都没读完,没文化,看不上我。"李严摇摇头笑了,愉快中带着几分无奈。小兵想起于曼,她在广州读的正规大学,并没有因为他读书少而看不起他,只常常催他发奋上进,想到这里,小兵心里有点温暖,觉到自己身上的责任。

至于借钱,李严是经过认真筛选的,资料上写的是几家可靠的信贷公司。借多少,也是李严出的主意,根据现下要买的这只股与预估的投资回报率,只允许小兵借五十万,不能再多了。担保人是李严的公司。小兵签了字,李严从包里拿出印泥,小兵伸出拇指,摁了手印。等钱从信贷公司汇出,这五十万将汇入李严和大家凑起来的总账里,一起买那只股,说是一损俱损一荣俱荣。"但赢是肯定的,"李严说,"我们这些年操盘的经验不是白攒的。"

李严把协议拿去打印店扫描出来,用电子邮件传给公司,并安排人去办这事。李严一直忙于工作,很久没好好放松了,小兵便叫他多待几天,带他玩玩,李严说钱到了你指定的账户就走。李严说,他跟信贷公司老总很熟。他给信贷公司老总打过几次电话,第二天,贷款就汇到了小兵的账上。李严催着小兵把款汇到了公司的账上。下午,李严打开电脑,指给小兵看,那笔钱已进入股线了,准能一路飘红。小兵看着延绵起伏的股线,也预感到这只股会给他们带来好运。

同时,李严不停地接到电话,广州那边事情很多。小兵原本想带他去父亲的平房,一起跟父亲吃个饭。然而李严再耽误不得了,一堆事等着,必须要早赶回广州去。他还叫小兵跟他一起去广州,说这么大一笔钱投进去,小兵得亲自盯着,确保万无一失。李严的坦诚倒叫小兵不好意思了,说:"我放心你。我怎么会不放心你?只是我再请假就真要被开除了,这个事没稳之前我还是先开着车,过一个星期调休我就去广州,要是真稳了,我立马炒经理的鱿鱼。"最后一句话说出来,小兵心里非常愉快,仿佛他真的炒了出租车公司经理的鱿鱼。

走前,李严依然如在广州尽东道主那样,给小兵订了间星级酒店房间,意思是补回于曼这次没来的遗憾,要他好好休息一晚。小兵把他送到机场,李严说:"等赚到钱了,就要你给我当冤大头了。"说着拍拍他腋下的皮包,"这一阵子我们供你,公司都供穷了,到时候你要请我天天住酒店吃海鲜,跑不掉的。"说完两人愉快地笑了。小兵说:"肯定的,到时要好好感谢你们。"两人握手告别,李严提着皮包往安检口走去。

半小时后,李严上了飞机,抱着皮包,皮包里是小兵签了字的协议,那不是几张纸,是五十万块钱;协议原件等他回广州后就要立刻交给信贷公司。这几个月,为了这笔钱精心计算布置的劳累,使他的神经常常处于紧张担心中,常常晚上吃了安眠药才睡得着,现在好了,钱到手了,而且整个流程"合乎情理",他感到无比疲惫,不愿再想那摊麻烦事,闭上眼就睡了过去。

六

暗夜中,小兵看着李严消失在机场安检的精瘦的背影,忽然觉得他不像曾经的同学,初中时的李严傻愣愣的,一点不出挑,那时成绩还没他好,现在除了没变的五官,其他都变了。看着李严走路的样子,言谈举止间那副自信而有风度的派头,让他签字时细心郑重的严肃劲,让一直羡慕李严这副老板派头的小兵,略浮着的心踏实了下去。等钱回过来了,入不入他公司的股再说,也许不去广州了,让于曼过来,两人在省城寻个不错的生意路子,反正不开出租了。

十点钟的夜风吹得人醺醺然,像喝了酒似的,风让小兵的脑子有点飘,走回车里,不紧不慢地把车开上了城市外环线,沿着高架桥绕回灯火明亮的市区。回到城内,到订的酒店附近,他把车停到离酒店两百米远的一条巷子里。这是老城区的一条旧巷子,顶上牵满了各种线路。走出巷子时,小兵回头看了眼停好的车,电线杆上的路灯照着车顶,这座城市的出租车,大部分皮漆着浅浅的亚绿色,现在隔着十几米看去,仍看得清后盖上被光照亮的一层灰,更看出车的旧,这阵子自己不上心,对班司机看来也和他一样,都很懒,不爱洗车。他想起对班司机一脸老相的样子,不由得脸上浮出轻微嘲讽的笑,抬脚向酒店方向走去。对班司机是个快五十岁的人,身材干瘦,老烟枪,一口黄牙,小兵经常在接车时,一坐进车里,满是他留下的难闻的烟味。那中年男人沉默寡言,小兵没跟他说过什么话,只知道他有两个女儿一个儿子,儿子是超生的,还罚了款,很当宝贝,才刚上高中。他开出租,他老婆每天推车去夜市卖烤鱿鱼。这阵子小兵去广州,把车甩给他,他都很愿意,加班加点地满城跑。然而现在小兵看不起他,快五十的人了,还跑出租,穿得跟退休大爷似的,像20世纪80年代电视剧里的人。他站在酒店入口台阶上,回身看停在门口空地上的一溜好车,点过数量,再依着夜色和酒店玻璃墙上的壁灯光,辨认着车前的标志都有哪些。走进大堂里,好闻的香气轻柔地拂上脸,灌进鼻子里,他觉得男人就该开门口那样的车,老开个破出租算什么本事。

进入房间,将咖啡色的纱幔窗帘拉到最边上,小兵住的是十九层,城市的夜景铺在下面,他站在窗前,俯瞰着被灯火覆盖的辽阔城市,远处有条漆黑的宽带,那是贯穿城市中心的江。在广州享受尊贵待遇时的感觉又回来了,他心里亢奋,泡了杯茶,端着茶杯在窗边边喝边看,脑子里飘飘然。小兵站了很久,想了很多,现在的,以后的。看时间,快到十二点了,他才去洗澡,慢悠悠地洗完,出来打开电视,调到歌曲频道,躺在床上听了几首歌,倦意来了,才关电视睡觉。

小兵一觉睡到第二天近中午才醒,不慌不忙洗了澡,收拾好,从房间下来,到前台退房。前台小姐不是昨天那个,更漂亮些,给人的印象得体而舒适,脸上化了恰到好处的淡妆,竟有点像于曼。小姐抬起笑脸对着他:"先生您退房?"不等他回答,已看回电脑操作了。这阵子,"先生"这个称谓是小兵有生以来听到最多的时期,每听有人这么称呼他,和上对方脸上那尊敬的态度,悦耳感和悦目感让他每一次都很受用,心里那种舒服的感觉无法形容。他拿了退房单转身,小姐又喊一声"先生",他转回身,大理石台面上伸过来五张一百的纸币,一张张挨着隔一厘米的距离摊开,像银行柜员的巧手排出的。"这是您的押金。"小姐柔声说,还是那样贴心地笑。他克制住心底涌出的兴奋,实在是意外之财的意思,把钱抓过来,当着小姐的面看也不看,随便一折,极有派头的姿势很像李严,手臂在空中高高划了一圈,把钱塞进夹克衬里的暗袋,抽回手,把拉链往上拉了拉,像常出入高级酒店的人那样,不急不缓地走出了酒店的旋转门。

走到马路上,混杂着尾气人气的浑浊空气让他鼻子发痒,他揉揉鼻子,闻到食指上人民币的味道,那是几张崭新的钞票,新钞票的颜色和味道能随时叫人兴奋。开出租车这么久,不常收到崭新的百元钞票,每次手往后座伸去,拿回来的,多是十块二十块五十块的纸币,面值越低币面越脏。谁耐烦这么几十块几十块地挣,要挣到什么时候?他不耐烦地朝地上吐了口唾沫。

喧闹的人流车流把小兵从酒店的高级氛围拉回了现实,为寻求点找补似的,他下意识去摸胸口,钱在。走到巷子口,用其中的一张在便利店买了包三十块的烟,他平时抽十八块一包的,反正这钱是意外之财。接过烟和找回的钱,像要炫耀似的,他又递给老板六十,再拿两包。买了烟也不急着走,站在巷子口看来来往往的人,悠然抽了两根,没头没脑的,自己也不知想了什么。当他走进头顶遍布线路的巷子,炒菜的油烟味冲进鼻子,是中午了。他脑子停一停顿,想起好久没去父亲的平房了,也好久没吃母亲烧的菜了。

七

明白过来的开端,是跟于曼联系不上了,这时李严回广州才三天,小兵就意识到了不对劲,此前他跟于曼每天都联系的。

之前的联系方式全都无效,李严的朋友们也都无法联系上了。

小兵先还不全信自己料想到的,可是不是这么回事,还能是怎么回事呢?从在汽车站见到阔别十多年的李严起,想起他的一些话,一些举止,自始至终,中间都有漏洞;这是一条线,只不过他自愿顺着这条线爬了。在协议上签字前,他起过犹疑,然而只是一瞬,那时他想到了于曼,想到了有钱后的事,当时李严是那么郑重其事地鼓励他签下字,说钱是打进你的账号,而不是打进我的账号。当时的气氛下,他没法推走那几张纸,说我不签。那份协议和李严即将加倍变现的承诺,吸上了他,他就中蛊了。他又想到了,那几张崭新的散发着新鲜油墨气味的红色钞票,退房时服务员给他的五百块钱,是李严给他的最后一点可怜甜头。小兵感到比山还重的羞辱压过头顶,他握拳狠捶左膝盖,膝盖一点也不痛。

不知道是怎么睡着的,也不知是怎么醒的,小兵坐起来,靠在床头,又想起来这回事。越想,头就越疼想要爆炸。他们好狠,一句解释都不给他,消失得无影无踪。他把手机拿起来,反复拨李严的电话,公司的座机也打,不知打了多少遍,手指摁在屏幕上都摁疼了,一个都打不通。他知道自己此刻像是得了病,打不通也要打,停不下来。一阵猛劲过去,身子和脑子都累了,他泄气地把手机往脚头狠砸过去,手机弹了一下,依然落回砸出的窝里。

丁零零的一阵闹钟响了,他拿过来掰了按钮,把闹钟面往桌上一拍,听声音,塑料壳裂了口,他没心思再拿起来看,要去接班了。掀开被子下床穿鞋,被子里散发出一股闷久了的味道,床单被套几个月没换了,每回是睡脏了拿到父亲的平房,母亲来了给他洗。他不耐烦地刷牙洗脸,直接出了宿舍,到公司大门口,对班司机的车刚开过来停下。他招呼也没打,拉开驾驶室的门,却不进去,站在旁边,意思是等车里换够了新鲜空气再进去。也许对班司机知道他是嫌车里味道重,然而没有意,朝他笑了笑,问他:"睡到现在才起来?"这突然而来的亲近让小兵纳闷,他无心思理会,抚了抚头发,坐进车里,拉上门要关车窗。忽然对班司机伸进窗一根烟,他愣愣地接过来,朝他看去。对班司机展开了难得一见的笑容,他的头俯在窗上方,脸上的笑占满了窗口,说:"我儿子参加全市会考,全市第一名,对升学有好处。"小兵不由得身子往后退了退,把烟夹到耳朵上,局促地跟他笑了笑。"好事,好事。"他说,真心祝福他的儿子。

开着车,小兵把耳朵上的烟拿下来,看烟标,是六块钱一包的烟。他忽然就有了悔意,他凭什么看不起他,愧意袭上心头,便感到满心的惭愧,一时心里很难受。路上接连有人招手拦车,他理都不理,把"空车"牌按下来,只顺着路开,开了很久,傍晚的暮色渐渐深了,不知开到哪里来了。路是没有尽头的,此时此刻,他很想有个目的地。

把车开到临江大道,在僻静的路口靠边停下,下车穿过森林一般的树丛,站在江边,寒冷的江风吹得他立时打了个哆嗦。回望身后的树林,他想,他还不如一棵树自在,有雨有太阳就能活,他呢,他想要的太多了,看得见的,看不见的。他在江边走来走去,江边散步的人都朝他看来几眼,大概嗅出了从他这副单薄身子里透出的失魂落魄的气息。已是晚上八点,江上空的夜清清朗朗的,上面贴着几颗星子,隐约地发着针眼般的亮。他坐在堤坝上,凝望着夜空,痴痴地看了很久,此刻他无比羡慕这夜空,多么干净,多么明朗。夜空是不会有烦恼的,上面只有神仙居住。

他到底是没有勇气投江的。江风把他吹得实在受不了了,脸冻得发硬,他机械地站起来,回身穿过树丛,拉开车门,坐进灰扑扑的驾驶座里,身体窝在里面,车里的暖和让他镇定下来。他点燃对班司机给的烟,眼前浮现的是他难得一见露出黄牙的笑容,人和人哪里有区别呢?

小兵丧气地拍了拍方向盘,发动车子,转个弯驶入了城市夜晚聒噪的车流。"好死不如赖活着",脑子里忽然冒出这句话。谁发明的这话?真是救人的话,仿佛让他找回点希望。什么希望?他不知道。反正,好死不如赖活着吧。

勉强提起心力载了几个乘客。等最后一个乘客下车,开到离父亲工作的小区不远的地方来了,他感到好累,不想跑活了,想去父亲的平房睡一觉。可是他们什么都不知道,他还没想好怎么跟他们说。此时去找父亲,还在他那里睡,必招来一番啰唆的盘问。跟父亲挤一张床的代价是受他半天唠叨,他不愿每回都听父亲那一肚子的陈词滥调,想了想,找了个小巷子,开进去,停在路边上,钻进后座,蜷起身子,睡过了后半夜。等到清早,喧闹的市声飘进巷子,透过车窗缝把他叫醒,车外的天光大亮让他有路边上露宿了一夜的错觉,爬起来坐回前面驾驶座,迷迷糊糊地躺着,等清醒了些,揉干净眼睛,开车到附近加油站加了油。肚子很饿,找个路边摊吃早点。

坐在露天的桌上喝豆浆,小兵看着远处他的车,他觉得自己没有家,只有一辆车,车就是他的家。好歹还有一辆车。然而这念头只是几秒钟,他马上想到,车也是别人的,他什么都没有。他确实什么都没有,还欠了一屁股债,只有此刻桌上的豆浆和茶叶蛋属于他。他烦躁地抽出吸管,揭开盖子,仰头往嘴里灌豆浆,呛着了喉咙,甜得发齁,他猛烈咳嗽几声,低吼出一句:"滚你妈的!"

八

  小兵悄悄去了趟广州。李严的公司已搬空,租给了新租户做设计工作室,刚把东西搬进去。他找到房东,房东说李严是短租,还没到期,自己搬走的,都没见到他的人。接着小兵找了所有在广州的同学、朋友,又叫他们问各自的朋友,都联系不上李严。他这么急着找李严,他们问:"怎么回事?"小兵说:"没什么,借了我一点钱,找他还。"他们问:"借了多少?"小兵说:"就五万块钱,说好现在还的。"他们笑了:"五万块钱你这么急做什么?还专门跑来广州要。"小兵忍下心头要喷出的火,没理他们。

  小兵一无所获,灰头土脸地回了省城,挨了几日,还是要把这个事跟家里说。就是那个上午,老杨浇着花,小兵突然来了,他好久没往这里来了。小兵双手揣在上衣兜里,走到跟前来,也不作声,是老杨见他这个样子,问来做什么事,小兵才开口。说出口,老杨立时站不稳,低头看浸了水的手背,感到一阵刺骨的冰凉。余下的一天,老杨的心都在怦怦地跳,活到这个岁数,小兵就没让他和妻子安心过一天,可是,自己养的儿子,能怎么办呢?

  是小青拉着小兵去报的案。在公安局说清了情况,详详细细,从头到尾,警察耐心地听着,做记录。完毕,警察说:"这是很常见的诈骗,并不复杂,怎么就没有警醒呢?那伙人,尤其那个李严,热情过度了,广州到省城来来回回跑了几个月,时间线又这么长,你就没怀疑过?"

  "怀疑过。"小兵嗫嚅一句,接着说不出话了,避开警察的眼睛。

  "他们可真是有耐心。"年轻警察说,说完扭动嘴角,微微笑了。

  "怕我不上当吧。"小兵说。

  "那你就甘愿给他们骗?"警察在本子上接着写起来,毫不在意他回不回答。

  "以后再谈女朋友,眼睛放亮点。"警察又说。警察以男人间默契而正直的目光看着他,给他这句忠告。小兵满脸通红,现在最不愿提的就是于曼,除开钱,他也受到了感情欺骗,方才做笔录提起她,他是满腹的羞耻,恨不得扎进地缝去。

  具体到五十万元贷款的事,警察说:"社会上的信贷公司能提供正规资质证明,就是合法的公司,五十万如是个人按正常程序向信贷公司借了,肯定要还,没抓到李严前,你自己想办法看怎么解决。我们备了案,只管案子本身的追查工作。"

很快,广州那边的信贷公司派人来了,他们很神通,直接找到了小兵,在他当班时拦住了他的车。小兵以为是客人,开了一段,他们叫他往路边停,他停了车,手往后伸去,接过来的是几张纸,拿近看,是签着自己名字的借款协议,他窝在座椅里的身体就发软了,一时头脑都蒙了。稳了稳神,往后看去,才看到两人的相貌和身量,看得出都是身材魁梧的人。

他战战兢兢地说:"五十万我一分都没拿到,是被李严骗走了。"

他们根本不听他的话,这样的话,这样的事,听得太多了,他们只负责收债,钱到手就两清。其中一个说:"钱是按正常程序汇到你账号上的,马上就到还款期限,合同上写得明明白白,你签字前怎么不说这个话?过一天不还,利息就高一天,我们提前来催是为你好。"不待小兵开口,那人又说,"我们跑遍了全国各地,来你们省城起码有十几回了,看你不像拖债的人,小花招你想都不要想,还款期内还清楚就行,我们一根毛都不伤你。"说完两人推开车门,一前一后下去了。

小兵把车甩给对班司机,不敢回父母那里,跑到朋友家躲起来,吃饭也是晚上出去,他不知道那两人到底有多神通,会不会连这朋友家也能找到。

轻而易举地,那两人找到了车队,叫经理找到小兵。看两人面相不善,经理没敢多问,只预料到小兵得罪了外面的人,他拨了小兵手机,关机了。然而经理配合地拿来人事登记簿,小兵入职时亲属一栏里填有父亲的手机号。那两人打通了老杨电话,说明原委,问到了老杨住址。他们没有多停留,经理送瘟神一样送走了他们。

两人进到小平房里时,两具魁梧的身体感觉占满了整间屋子,老杨感到喘不过气。是小青在QQ上找到小兵几个朋友,才问到他人在哪里。事情至此,小兵不得不露面。那两人再次详详细细地说明他们是来替公司收债的,他们把能证明身份与此次来收债的正当性的材料,全拿出来给老杨一家人看。老杨和小青不得不相信小兵是真闯了祸。然而,没有钱还,老杨和杨嫂一口咬定:"他借的钱,你们找他要去。"他们也许见多了这种情况,说:"好,我们当然也只找杨小兵。"

第二天,杨嫂接到电话,是小兵打来的,说他在医院住院,其余的不愿多说。赶到医院,小兵的左臂骨折了,右腿被水果刀划了几道,口子已包扎好了。杨嫂很心疼，老杨气得在病房嚷起来，说要去报警。小兵阻止了他们，因为失血，他脸色青白，说："他们下手很有分寸。"他指指自己，"他们说这是轻的，到期不还，我怕真的要死在他们手上。"杨嫂出了病房，蹒跚到楼梯间，终于忍不住蹲下哭起来，边哭边号："我怎么养了这么个不争气的儿子?!"

几天后，小青和老杨跟着小兵回了县里，小兵记得李严的家在县下面一个村里，不清楚具体位置，找到了跟李严熟悉的同学问，问到了。三人循着地址找去，从县级公路边岔开下去的一条路，是条村级公路，往下走几里，到了李严出生的村里。李严的家是一间上了年头的红砖平房，看样式是20世纪90年代初造的，门上的春联破旧得淡了颜色，一条铁链锁挂在两扇木门上，看得出很久没人住了。村里有人见三个陌生人站在这座房子门口，站了一会儿也没走，上来问情况。听说找李严的父母，村人说，李严前几年就把他们接到广州去了，今年过年都没回来。小青问："他们在广州做什么?"村人说："老是老了，还做得动事，说在广州的回收站收废品，帮儿子挣点钱。"他们再问："李家还有哪些亲戚?"村人说："李严十几岁就去外面了，有时过年也不回来，他们本来亲戚就少，两个老的平时跟人不大走动，去广州后，更没什么亲戚往来了。"

就是找到了李严的亲戚又怎样呢？也许亲戚对李严的情况比他们知道得还少，他骗了这么多钱，又怎么会让人找得到他？回到县里，小青和小兵先回了省城，老杨在老家住了几天，几天里他走遍了各家亲戚，说起儿子的蠢事，心里的火烧得脑子发昏，好在挨得近的亲戚都帮了忙，老杨感激不尽。老杨拿着借到的钱款回到省城，杨嫂拿出他们从县里带出来的存折，一起给了小青。小青和丈夫拿出他们的存款，丈夫又找他父母开口，借了他们的养老积蓄，拢共凑齐了五十万。

那两人住在宾馆里，小兵按对方给的地址找到宾馆房间，见了面，一起去银行，因为钱数大，凑齐的五十万并没有全部到账，所以需分几天汇清，汇到协议上的还款账号。汇完最后一笔款，小兵跟他们回宾馆，双方当面撕了合同。债务解除后，那两人的脸上轻松起来，小兵看着他们变得和善的脸，觉得他们其实是好人，就想把委屈告诉他们。他们完全不在意他的故事，却也没叫他闭口。于是小兵就坐在单人床的床尾，讲了事情的来龙去脉，甚至重头戏地讲了于曼。其中一个一直在笑，笑着笑着拍起了椅子的扶手。讲完后，他们表示了对他的同情，那个没笑的，敬了他一根烟，却不叫他在房里抽，很有力地一把拉他从床上起来，说：

"你该走了,走吧,花钱买个经验对以后有好处,以后学聪明点。走吧,我们下午就回广州交差去了。"小兵被他们推出门,房门砰一声关上了。

小兵犯下这桩事,受打击最重的是杨嫂,上班时心神不稳,提桶去后厨,没注意踩在水摊里滑了一跤,人歪在地上,高血压就发了。餐厅的人立马把她送到医院,住了院。小青和小兵轮着空去医院守着,老杨在平房做了饭,送到医院去,一家四人就在病房里吃饭。杨嫂住了一个星期,到出院,费用都是小青出的,眼下只有她还拿得出钱来。

杨嫂没等在平房休息一天,就坐车回餐厅继续上班,谁知店长委婉地说,为了她的健康,以后还是在家休息的好,店里已把她的工资算出来了。然后引她到柜台上,收银员又把工资结算一遍,两方结算清楚了,共两千零三十六块钱,给的现钱。杨嫂接来钱,心里像被刀剜了一下。环顾餐厅,刚来这里上班时,她喜欢这里优雅的环境,是家有档次的餐厅,来吃饭的多是时髦漂亮的年轻人。那时她想,小兵从小到大都不听话,至今不成器,平时是不会来这里吃饭的,可是女儿小青是能来的,小青从小到大都在补小兵给她的心理亏空,抵消平衡小兵给她带来的烦恼,这么想着,她觉得自己生了这双儿女,活到现在,要说亏,也不亏,人和人不一样,人和人又一样。

杨嫂被小青接到家里住了,除接送诗诗上下幼儿园,给家里买菜做饭,其余时间就看电视,又过起刚来省城时的生活了。然而只住了半个月就熬不住这清闲了,刚来省城时的熬不住和现在的熬不住不一样,那时他们要为小兵的未来攒点底子,有自主奋发的奔头,现在是堆得像山高的债顶在头上,没有奔头了,没有办法,她要出去继续找工作上班,替小兵还债。

又是瞒着小青,自己在附近找餐厅问的。杨嫂现在比那时有经验了,她会根据餐厅的招牌名字与门面情况判断这家店的大概情形。若别人引她到后厨去看,她能根据后厨的面貌进一步估出店子的情况。餐饮行业员工流动性大,多数餐厅一年四季都缺人,杨嫂就有挑选的可能。所以她不慌不忙,连问了七八家,最终选了一家工资相对高一点的餐厅,每月工资比其他店平均高二百块,但每天要比别的店多上一小时班,杨嫂不在意多上一小时班,拿到手里的钱才是真的,多二百就多出二百的用处。

工作找定后,杨嫂才跟小青讲,小青叹口气,不想让母亲出去劳累,却知道拦不住的,只好叫母亲在店里做事不要太勤快,省点力气。小兵这个事,小青没说他什么,责备的话父母已说尽了,她如一味地让母亲清闲在家倒是不应该了,他欠下了这么多债,父母不帮他还,他怎么还得了?

女儿女婿一早出门上班去了,杨嫂每天早上起来后,洗漱完,吃几颗降压药,叫起诗诗,给她穿衣服洗脸刷牙,然后送到幼儿园。回来路上拐去菜市场买菜,到家下碗面条吃,吃完就去上白班。若是晚班,中午要是做了饭菜,就打电话给小青,叫他们下班后回家吃饭。

杨嫂踏踏实实上着班,心里还是愁得很,那么多钱,她跟老杨几时才还得清?指望小兵是难指望上的,小兵自知理亏,空余时也不往他们这边来了。她和老杨气难消,也没给他打电话。小兵这孩子,细究他从小到大,哪里让他们省过一天心呢?不知他现在每天跑车怎么样,吃饭哪里吃,随他吧。白天上着班,手里做着事,心里就还好,晚上每想起来,杨嫂的心里熬急,就难睡着。听着隔壁房里女婿的鼾声,她伸手去摸桌上的闹钟,那钟是诗诗的,有发夜光功能,听说外婆每天要按时上班,她把闹钟拿给了外婆。杨嫂摸到闹钟,拿下来按了按钮,亮起的绿色夜光线条显示时间是深夜一点了。

这几天去上班的路上,路过人多的路口,有人往杨嫂怀里塞房地产广告,她对传单上的内容没兴趣,看几眼就丢进了垃圾桶。接着几天,路过路口,依然有传单向她塞来,她没接,注意起了发传单的人。发传单的人每天都不同,有时是中年人,有时是老些的,虽老,但看上去年龄跟她差不多,她就想,那我也可以去发传单。第二天去上班,杨嫂便早些时间出门,路过路口时,发传单的男人向她塞来一张,她接在手里,问他:"发传单这工作是怎么样的?怎么算工钱?"男人就告诉她,发传单时间很灵活,可发半天可发一天,随自己,一般发一天是八小时,一百块钱,当天结账,给现钱。"我可以发一天。"杨嫂说。

发传单比做清洁嫂还简单,只需站着就行,一点难度都没有。男人报给她一个电话号码,她保存在小青给她的手机上。

杨嫂觉得在城市还是比老家好,做什么都方便,挣钱方式多,只要人不傻不笨,身体健康,肯做事,就找得到工作,就能挣到钱。在老家她和老杨只能卖菜,一年年的,是能存些钱,可是苦,一年三百六十五天,除过年歇息几天,其余日子天天凌晨三四点爬起来,骑着三轮车去大市场进菜,春夏秋冬都是如此。每年冬天她和老杨的手都要长冻疮,可是也苦惯了,便不觉得苦,直到来省城做事后,跟餐厅其他清洁嫂讲起各自的以前,一比,自己是比她们苦的。这苦,不只是操劳的苦,还有心里的。每回听到谁的儿子有出息,听话发愤,她心里难免发酸,想详细问问别人儿子是怎么个有出息,又不忍问,问了知道了,只落得自己更生气。以前在县里卖菜,一个月挣的钱,跟她和老杨两人在省城上班合起来的工资差不多。他们原本准备在省城待五年,五年想是可以为小兵攒出点数目了,到时候做不动事了就回去。现在不行,五年是少的,他们要在省城就这么上班上下去,什么时候是头,要看债几时还清。欠女儿女婿的,女婿父母的,各家亲戚的,想起来杨嫂就感到一座山压在胸口,除这,还有自己跟老杨以后怎么办?就算还清了债,两人更老了,那时他们谁来养呢?小兵能养他们吗?……不想了,到时再说吧。

餐厅每月放四天假,那四天杨嫂就跟人去发传单,她穿着在餐厅上班穿的软底鞋,在人多的路边发单子。雇主是个二十来岁的青年,有时会来盯一会儿,她见人走过就发,不管别人接不接,对她露出什么表情。她想,别人轻视她,她不轻视自己,她为的是钱。雇主不耐烦盯活,盯一会儿就走了,她就懈怠些,到旁边的书报亭跟老板聊天,借老板的凳子坐一会儿,也跟开着垃圾小车过来的清洁工聊聊天。管这一片的清洁工跟她同岁,老家没田种了,儿女都在省城打工,就跟来省城找份活干。杨嫂跟旁人聊天,也会说说自己儿女的情况,但小兵的事跟外人一个字都不说,家丑不能外扬。

去年冬天老杨浇花浇树,水浸得手冷也不戴手套,今年冬天他格外怕冷了,初雪降下来后,他戴上了胶手套干活。要到年底了,小区在检查修理各处设施,他巡逻到一栋楼门口,看到一楼楼梯下几个工人在修水管,几个人忙活着,看是忙不赢,便过去帮他们递老虎钳子。看着他们拿榔头捶水管的接口,老杨觉得这不是多费力的活,比工地上轻松多了,便问他们,出来做趟事能挣多少钱。一个人说,这要看是什么事,修水管一个价,换水管一个价,上门牵线路、通马桶、安栅栏、装窗帘架子,什么事都有,各是不同的价。老杨想这些都不是难事,他年轻时自学成才在路边摆摊修过自行车的。他说:"这些我也做得来,我留个电话给你们,要是有了多余的活,或者你们忙,介绍给我,可不可以?"他们一齐朝他看来,这是个瓦刀脸的老头,脸上一点肉都没有,似乎还带着愁色,人也很瘦,看上去身体就不大好,哪会有力气?那人说:"你年纪看上去比我们都大,怎么,儿子女儿不养你了?"听到儿子,老杨胸口的火蹿上来,脑子又烧起来了,人就有点站不稳,回了他们句不相干的,趔趄地出了门洞。

小兵照样开着出租车,一个多月没往父亲平房去了,他受不了他们无穷无尽的数落和唠叨。姐姐小青倒没像父母那样把他贬得一钱不值,可他觉得她往后会越来越瞧不起自己,姐夫也是。这一个多月,他们一个电话也没打过来,想是恨透了他。情绪很差的时候,他恨恨地想,谁愿意做他们儿子?他们只会卖一辈子菜,挣那么点死钱,他要是生在一个有钱的家庭该多好。情绪回转来,又很感激他们,有父母还是好,为他还了高利贷,世界上只有父母才会对自己这么无私。

他不请假也不旷班了,规矩替换着班次,因为不跑车闲下来更无聊。休息的时候,他跟新认识的朋友去打桌球,去酒吧喝点酒,或者做点别的,生活实在太没意思了,总要找点乐子才好过些。现在他不想也不敢谈女朋友了,再说谁会跟他呢?一分钱没有。他早就觉得自己一无是处了,还在读书的时候,那短暂灿烂过的青春期里,他就感到了世界的无聊和自己的无聊。他说不清喜不喜欢自己,这个世界上,多他一个人少他一个人都可以,只有每天洗澡的时候,喷淋头洒出的水淋在身上,冲走白天的疲劳与烦恼,热水流过身体舒适的感觉让他觉得自己是活着的,是一个真实存在的人。他现在越来越信奉那句话,好死不如赖活着。

天气进入隆冬,一天比一天冷起来,小兵床上的床单被套已快半年没换了,被子的两头被他轮着换了几遍盖,四面都脏了,睡觉蒙着头,自己都有些受不了被窝里的味道。他懒得洗这么大件的东西,想了好几天,决定还是拿到父母那里,叫母亲去洗,换套新的拿回来。犹豫了很久,他没敢打给父亲,拨了母亲的电话,接通后就说:"星期六我去你们那里。"怕听唠叨,没等母亲应答,他赶紧挂了电话。

星期六一早,小兵就醒了,磨叽了一会儿,才拉起床单,把被套卸下来,裹在一起,胡乱地揉成一团,寻了只袋子装上,出门打车了。到了父亲所在的小区,他有点战战兢兢,不知今天要接受怎样劈头盖脸的骂,他们那么久没拿嘴压他了,今天自己送上门,还不好好说一顿吗?可是来都来了,他微微抬起头,往平房走去。

走近平房,看到姐姐一家三口也来了,站在门口晒太阳,母亲在水龙头下洗早上煮过方便面的锅。他谁也没喊,兀自进平房去,把袋子倚着桌腿放在地上,一屁股坐在父亲的床沿上,用脚钩来床头的垃圾篓,摸出烟点了一根。姐夫进来了,他敬根烟给姐夫,姐夫自己点燃了烟,问他:"这阵子生意怎么样?"话出口是轻松的语气,小兵这才心里放轻松些,说:"还不就那样。"他也换成跟姐夫一样的语气。接着姐夫说起了天气,说:"越来越冷了,不知什么时候下第二场雪,诗诗就盼着下雪呢。"他接着姐夫的话,说着,一边注意着外面的母亲和姐姐,她们边说边笑。姐夫出去后,他感到完全放松了,往床上一躺,两只脚蹬掉鞋,脱了外面的衣服随便往床头一扔,钻进被窝睡起了回笼觉,今天起早了。

醒来正是饭点,他感到睡够了,坐起来,看到外面支起了一张折叠桌,桌上有几个盘、碗,看不到里面的菜。锅里的香味溜进刚睡醒的小兵的鼻子里,他忽然感到分外饿,早上什么也没吃。穿好衣服鞋子出来,小青在给他们盛饭,母亲在锅前炒菜,他万事不管地往桌前坐了,只等饭端上来。等都坐拢来,一桌人开始热热闹闹地吃饭,席上谁也没多说他一句,甚至都没多看他一眼。

饭后无事可做,怕被他们喊住又受一通教训,他只好拉住诗诗,把她当救命稻草一样跟她玩。诗诗虽不常见他,却很喜欢他,每跟他说话前都叫声"舅舅"。清脆的童音叫着"舅舅",分外悦耳,他心里感激诗诗,又羞愧得很,他不配做舅舅,不是个好舅舅。他一把抱起诗诗,连跑带走,跟她唱着《同一首歌》出了小区,到路边超市给她买了一堆零食。提回来,小青接过袋子翻了翻,说:"全是垃圾食品,不能吃。"他就说:"就今天吃一回能怎么样?"小青没跟他纠结这个,只说:"过了年你就二十八了,能懂点事吗?"话这么说,脸上却是笑。

诗诗吃方便面时,他也想吃,拿开诗诗的小手,把自己的大手伸进袋子里,抓了一把,拿出来拳头把袋子撑破了,面末撒了一地,诗诗大叫起来。父亲闻声,拿扫帚来扫,朝他说:"你哪像个做舅舅的。"今天他来,父亲一眼都没朝他看过,这是跟他说的第一句话。他看着扫帚在地上划动,心里屈辱地沉下去,抿了抿嘴,没作声。小青看见他闷红的脸,解围地说:"买了这么多零食,偏吃方便面,你喜欢吃明天买一箱来给你。"他猛沉下去的心才松开一丝缝,喉咙软了软,却说:"我不要你的,就要诗诗的。"

被单褥子扔进洗衣机洗出来了,母亲和小青把床单抖开来,晾在院子牵的铁丝线上。太阳照在床单上,阵阵微风吹动床单底部,床单轻轻地摇来摇去,他闻到了洗衣粉清新的味道,心里格外留恋这味道,希望多闻一会儿。

九

路人嘴里哈出的白气显示这座城市实实在在被包裹在了冷冬的罩子里,又下雪了,雪粒不大,连着下了两天。至雪停,整座城市被几厘米厚的白雪覆盖,道路结冰打滑,大车小车都开得小心翼翼。小兵载着客在路上慢慢开着,早上他又去了趟公安局,警察告诉他,他们没有像他担心的那样不管了,一直在查,叫他不要老来,有了进展会通知他。对于到底几时把李严抓住的问题,警察没法给他准确答案。警察说:"这样的诈骗案我们手里太多,管都管不过来,立了案他就有了案底,已在网上通缉他,迟早会抓到归案。只是他现在藏得很好,我们摸不到任何线索,但只要他稍一松懈露出尾巴,离被逮到就不远了。"

中午小兵在快餐店吃了饭,回到路边车上,闭着眼准备睡一会儿,手机响了,拿起来看,是个陌生座机号,地址显示是北京打来的。他接起来喂了声,那边问是不是杨小兵。这个声音他一听就听出来了,是李严公司的小王。小兵的手握紧手机,说:"王磊。"

王磊答应了一声,说:"小兵,你不要先说话,听我先说。"

小兵说:"你说。"

"是李严叫我给你打的,"王磊顿了顿,"你没见李严多久,我就没见他多久了。他从你那里回来后,叫于曼给我们发了钱,我们就散伙了,我也不知道他现在的情况。"

"那他怎么叫你给我打电话?"小兵说。

"前几天他突然给我打了电话,叫我告诉你,他说他对不起你。"

"对不起他妈!骗老子钱!"小兵怒火喷出口。

"你安静点,听我好好讲。我跟李严认识三年了,是炒股认识的,他是个好人,本来蛮好的。要从前年说起,前年股市行情好,全国炒股的人多,不少人赚了,他没什么钱,只挣了点小钱,看别人发财了心里不服,去年就开始大炒,自己的钱,借的钱,都投进去,输得一干二净,有大几十万,手里一分都没有了,还欠了外面的。听人说有熟人去澳门一趟,十几万的本去,赢了两百多万带回来,他更不服气,不听人劝,去了澳门,借了钱去的,在澳门又借了些,还是输了,炒股加赌博,欠了一百多万。今年开春他见了你,一起吃饭,听说你姐姐在电视台,姐夫做建筑工程,住着那么大的房子,你姐夫还有股入在别人项目里,他就——本来他没想骗你的,看你一直蛮热心股票,他就——就想对你试一试。李哥也是走投无路了,一百多万的债,躲了一年多,借东家补西家,孩子又刚出生,什么都要用钱,一家人泡在苦水里,日子过得很难。"

见小兵没作声,王磊说:"你不要恨他,五十万他没买股,拿去还债了,等他把钱上的事弄清楚了,或许会还给你的。"

"或许"两个字让小兵身上的血往头顶冲,他冲着手机说:"老子不要钱,老子要他坐牢!"

王磊没说话,忽然低声笑了笑,说:"你不要这么狠,你知不知道,于曼是李哥老婆。"

小兵呆住了,脑子停止跑动,说不出话来。

"他为了你,为了你的钱,连自己老婆都赔上了,你说,小兵,"王磊像喘不过气来似的,"你们就扯平了吧。"

王磊的口气让小兵怀疑,他不相信,关于李严的信息他现在都不信。

"我说的是真的,于曼真的是他老婆,他们前年结的婚,去年生的女儿。于曼跟了他是没过一天好日子,结婚前好好的,结婚后就开始跟他背债,哪个女人像她这么可怜?"

"那……"小兵口吃起来。"于曼读过大学没有?"他急迫地问。

电话那头哈哈大笑,一扫刚才严肃紧张的通话气氛:"读个屁,初中都没读完,跟李严一样,就算初中文化吧。"王磊说完又大笑起来。

小兵再次浑身的血往头顶冲,眼睛都要花了,等他镇定点,摇下车窗透气,扭扭身子,觉到背后已经汗湿了:"你告诉我,李严在哪里?"他目光鹰一样盯着方向盘的中心。

"我是真的不知道。"王磊口气忽然轻松下来,"他只是叫我帮一下忙,你骂他也好抓他也好,是你们俩的恩怨,与我无关。最后,我帮他把原话带到。"他又说,"希望你看在同学情分上,原谅他,去公安局销案。如果不看在同学情分上,就看在于曼的情分上,毕竟你们好过,你付出了钱,他付出了老婆,他求求你,都有家庭,都有难处,未来还有日子要过。"

133

"滚他妈的蛋。"小兵吼起来,"想都别想,老子就要他坐牢!"说着脚重重地踢了方向盘柱子一脚。

"那好。"王磊倒是很平静,"我就是给你带个话,现在说完了,你也不要找我,我是用小卖部公用电话打的,你找也找不到。就是找到了也没用,我没参与任何过程,也没分你的任何钱,我只拿了他的工钱,这也是他找我打电话给你的原因。小兵,我最后说一句我的想法,以我外人的态度看你和李严,你们都是走火入魔了,你们都想弯道超车是不是?我问你,他为什么要骗你?是他想钱想疯了。你为什么受了骗?是你想钱想疯了。就这样吧,你好好开车,找个老婆好好过日子吧,别再想着发财了,好自为之。"

说完,那边干脆地挂了电话。小兵拿下手机,手机紧贴着耳朵,耳朵都疼了。他感觉身心都很累,开不了车了,把手机往旁边一扔,仰躺着闭上眼,很快就睡了过去。醒来时雪又在下了,细小的雪粒子斜飘下来,挡风玻璃上已落了一些。他发动车,启动雨刷,车窗上有两道雨刷扫出的旧痕迹,磨蚀了玻璃,像两道伤痕。雨刷扫去了窗上的雪粒,继续扫着,空洞地扫到这边,扫到那边,不知停歇。空无一物的车窗每天都要忍受雨刷的折磨,他看着这枯燥的景象,感到人生无聊极了。

路过大雪覆盖的广场,小兵被广场上一片白吸引得挪过眼去,皑皑的一片,白得净心,有几座堆起的雪人,竟有模有样,他咧嘴一笑,感到有点意思,想那是诗诗喜欢玩的。这场雪,诗诗肯定也堆了雪人。然而他的快乐心情没有保持多久,车过了广场,驶入聒噪的车队长流中,混杂的鸣笛声传来,他想到,诗诗会长大的,等她长大了,会像他一样感到人生的烦恼和空虚,还有怎么填也填不满的欲望以及无聊。如果他有能力,他想让诗诗永远保持现在的样子,不要长大,不要变。他就是糊里糊涂长成现在这个样子的,变得自己都无法说清自己。

快驶到小青家附近时,他想着要不要顺路去她家里吃饭,看看诗诗。想了又想,还是不去了,诗诗这么喜欢他,是因为她还是孩子,他觉得起码今天他不配见到诗诗,不配听到那声"舅舅"。父亲那里他也不想去,今天他哪个人都不想看见。他把车停在路边上,要寻个地方吃饭,走过一间包子铺,蒸笼冒出的热气散到路上,冲进他鼻子,他停住往铺子看了看,决定买包子吃,好久没吃包子了。买了四个肉包子一杯豆浆,往车这边走,走到街边上,从树荫下看到宽阔街对面的路上，母亲站在路边，他站住看了看，是母亲。母亲戴着有护耳的毛线帽，双臂箍着袖套，人穿得臃肿，见人走过就伸手递去一张单子。小兵坐进车里，吃着包子，看着街对面的母亲。他面无表情的脸上流下泪来，滴进了包子馅里。他抬手抹了抹脸，听到自己在小声地哭。他好久没哭了，都忘了哭起来是什么感觉，只记得读初中时，看到喜欢的女生跟别人谈恋爱了，哭过一回。

  他没再往那边看，发动车子驶上了车道。无数辆车拥挤在城市大道上，亚绿色车皮的出租车是极多的类型之一，每辆方壳子的车里都坐着一个司机，每个司机都很像，又不像。暮色深降，依次亮起的城市霓虹覆盖了小兵的视野，他和每辆出租车里的司机一样，望着前方被霓虹映出色彩的夜空，也许在想什么，也许什么也没想。他和他们，无论二十岁还是五十岁，都要每天来来回回在这城市的大街小巷穿梭兜转，为自己谋生活，为家人谋生活。在延伸得没有尽头的道路上，车流中，按着红绿灯的秩序，按着时间的秩序，前进，驶远，反复来回。在腾出的一点点缝隙里，想一想别的，乐事，苦事，来回交替，直到腾出片刻安静的时候，往前看一看，看能不能找到一个可能的目的地。

（原载于《青年文学》2019年第5期，陈集益选编）

赵志明 / 江苏常州人，2020年6月毕业于中国人民大学创造性写作班。1998年开始诗歌、小说创作，诗歌作品主要发表于"他们文学论坛"，小说作品散见于《人民文学》《小说界》《青春》等刊物。迄今出版《我亲爱的精神病患者》《青蛙满足灵魂的想象》《万物停止生长时》《无影人》《中国怪谈》《帝运匠心》《黄帝》等多部作品。有作品被翻译成西班牙语、瑞典语、韩语、日语、俄语等。现居北京，从事文学期刊编辑工作。

参与商

人生不相见,动如参与商。

——杜甫:《赠卫八处士》

一

七月入大伏,天地似火炉。有个叫阿灿的人,本是水云镇中心小学的语文教师,正行走在午后的大街上,心中居然想起辞汉而去不知所终的捧露盘仙人。由于心念故人旧交,临别之际金铜仙人眼里涌出两行清泪,那确实是熔化的铅水。如此瑰奇的想象,人间能得几回闻!晒软的柏油路面和鞋底粘连,阿灿每次抬脚时都发出刺啦刺啦挣脱的声响,似乎能在地面留下或从地上拔出一个完整的鞋底印。

此时接近一天中气温的最高点,地面不断蒸腾起一股股热浪,在空气中幻化出无数个大小不一的光斑,像美杜莎的镜子,依稀能映照出行者阿灿当下的情状:脸红着,如同饮酒之后薄醺上色,额头和脖子处有几道青筋微微杠起,仿佛蚯蚓留在地表的排泄物那隆起的痕迹。

他原本脚程就健,向来喜欢步行,此刻更是走得匆忙急促。开弓没有回头箭,其迫不及待的心情就像蓄足了两膀子力气猛然飙射出去的箭。在高速破空飞行中,箭身温度会不断提高,使得箭杆受热产生弯曲变形,恰好抵消尾羽的剧烈颤动,以此确保箭镞能够不偏不倚正中目标。不像陨石,很多造访地球的陨石都在停泊的过程中燃烧殆尽。它们曾在星际孤独地漫游,谁会想到坠毁忽然而至,甚至来不及喊出一声"那就这样吧",既无法直面生前的终点,也不能与身后作别。沿途不时有重型卡车呼啸来去,巨轮和地面摩擦带出火星,几乎就要把热空气点燃。其一端是车站码头,另一端是镇子周围鳞次栉比的各类工厂。人类的加工厂,加工了全人类。但愿人还是西风中那棵思辨自由的纤柔芦苇。

一刹那的恍惚中,阿灿不独身心一分为二,躯体急急往前冲,灵魂好似被细线拴在脖子上的气球,在两人高的位置徐徐缀尾随行;他那有限的日常生活也豁然开裂,先一分为二,再二分为四,如同生物教材中标有详细图解的单细胞分裂。作为一名教师,阿灿曾经是学生——小学生、中学生、师范生,现在一部分时间在学校上班,另外的时间则耗散于学校的围墙之外。在学校的具体工作又一分为二,不是站在三尺讲台上认真给学生讲课,就是坐在办公桌前精心备课或者批改作业,偶尔抬起头来,总会惊讶于窗外一片云正被看不见的风追着跑。作为一个儿子,他本来早就应该升级成一名父亲,麻布袋草布袋,一代管一代,将家庭的接力棒和姓氏的火炬传下去,而不是像现在这样,一直形单影只地生活在母亲的眼皮子底下。老母亲希望他能尽早成家生子,组成二人世界、三人世界,多少也算了却她的一桩心愿。可怜这做母亲的心!她望眼欲穿,简直快成了睁眼瞎,因为唯独在这件事上她什么希望也看不到。难道这就是她的命吗?为了不让可怜巴巴的母亲眼见心烦,阿灿在家里的活动又一分为二,有时长久"躲进小楼成一统",读经阅典,或者暂避于住宅后面的池塘边,做孤独漫步者的遐思,一个人潜心幽闭,闲云野鹤般独来独往。

父母亲并不清楚阿灿成天看什么天书、想什么大事,也许他们曾经想问来着,但总是话到嘴边欲言又止,体现出微妙而复杂的心思。儿子大了,很多事情不好过问。儿子更大了,很多事情想管也管不上,正所谓"皇帝不急,急死太监"。类似的矛盾心理阿灿也深有体会,既无法借一步靠近,又不能抽身而退,只得沿着圆周做无用的外切逡巡,进退都不啻冒险,构成冒犯。他只是寄居在父母家里的时间过久而已,像拖欠房租且不断死乞白赖延长租期的房客,每次进门出门都必然会扬起一阵透心凉的穿堂风,又像父母每日三餐前一定要在一楼提高嗓门唤他下来吃饭时的空洞回声。

"阿灿,阿灿,下楼来吃饭。菜和汤都快凉了。"

十年时间倏忽而过,阿灿在水云镇中心小学所教的第一批学生也已经蹿为成人。做学生的于街头路上偶然撞到曾经的老师,他们惊诧于他一如既往的年轻,同时又在心里感叹他的十年如一日,这是怎样毫无变化、没有波澜的人生!甚至连阿灿的家人也觉得此情此景难以理解,并为之痛心不已。曾经不需要父母操半点儿心的儿子,现在却反过头来让他们操碎了心,这中间还有什么道理能向外人言说呢?

水云镇上的阿灿就是这般生活着,竟然因为表面上过于被他人所熟悉,而越发难以得到实质上的理解,并最终招致某种接近嫌弃的非议。他终于在自己的家乡把自己活成了异乡人,这是怎么回事?他又在自己的家里把自己活成了寄居者,这又是讲的哪里话?总之,在所有人习以为常的日常生活中,他是特别惹人关注的反常现象,像地震前胆子突然变大不再藏形匿迹的蛇鼠,像变天前急剧膨胀隐藏着电闪雷鸣的乌云,不经意间总会吓人一大跳,看清之后更是避之唯恐不及。

即使身处一个再普通不过的南方小镇,这里的发展也是日新月异的,唯独他毫无变化。两相对照,一年半载不明显,五年十年便化身异类,醒目又刺眼,容易招致揣测:这个阿灿怎么了?不会是身体上有什么暗毛病或者心理上不健康吧?揣测初始还本着十足的善意,渐而带有一半的调侃,最后恶意就不可抑制地冒出尖来。

为什么阿灿既不谈恋爱也不想结婚?为什么阿灿既不谋求升职也无意调迁?为什么阿灿既不抽烟也不喝酒?为什么阿灿既不玩牌也不打麻将?阿灿的那颗脑袋瓜里,究竟装着什么瓢?很多事情不是所有人都无师自通的吗?生来自有,像从胎盘里带出来的,他阿灿凭什么就绝缘,还显得不屑一顾、高人一等?其中缘由让人难以捉摸,索性就任由他继续格格不入,成为刺棵一般的存在。阿灿自己呢,也乐得暂偷浮闲,以空中阁楼为结庐,以半亩方塘为心野,自在遨游。

然而,搅扰无时无处不在,凡心思律动,便生成帆影。渐渐有流言传出,愈传愈真,讲得有鼻子有眼的,因而愈厉。认为他不像个男人,那也罢了,却又说他的一些女学生——她们中间年纪最大的也不过才十二三岁——崇拜他,萌生了奇怪的想法,长大要找像阿灿老师这样的丈夫。像他而已,并不是他,也成了他的罪证。他何尝动过任何坏心思,比如说要在自己的童稚学生中寻找另外一个洛丽塔?但也由此发现并惊诧于现而今孩子们的早熟,要知道他在读师专时还懵懵懂懂,并没有迎来情窦初开。奈何此种谣言一出,便难免甚嚣尘上,即使还没有学生家长因此大闹到学校和家里,阿灿也打定主意要辞职了。这是他第一次爱上一个集体,然而与孩子们的合唱结束了。

风波不存在于外界,阿灿心中自有风暴,过去的风暴,现在的风暴。他的不变,只是一种身处风暴眼中心的平静,出于假想和伪装,以示于人而已。也因此,当他的父母亲在他出门之际堵住他,终于忍不住向他摊牌,质问他何时结婚时——因为结婚是对所有荒诞不经的流言最有力的反驳——他平静地告诉他们,眼前这种困局还有一个办法可以解决,那就是只要他不继续在学校当老师,风平自然会浪静。对此他们难以理解和接受,因为几年前他们就曾希望他主动做出积极的改变,升迁或者换工作,毕竟讲起来做一个乡下的小学老师能有什么出息!当时他未置可否的态度带来的伤害,他们花了很长时间才将之消化。现在儿子又自作主张,脑子一发热竟然要辞职,好比大伏天里穿棉袄,不独颠三还倒四,且亲手揭开了旧时里那道伤疤,好似在宣布,他确实将这个家当成了倒头就睡的小旅馆和解决一日三餐的便民饭店。阿灿的言行委实太过不合时宜,是不孝子,让娘老子伤透了心。他的母亲眼泪最不值钱,扑簌而落。他的父亲则在连天的唉声叹气中垂下花白头颅。

阿灿便在父母的目送中走向学校,他深知这次离职决定造成的母子、父子之间的隔阂势必将花费更长的时间才有可能化开。他像被父母含着无比失望愤然射出去的箭,飞行中感受到无所不在的压力和越来越强的阻力。不再继续把老师当下去,难道真的不是一时心血来潮吗?难道真的只是一时心血来潮吗?他的母亲说,以后有阿灿懊悔的时候。是提醒,也是告诫,更像是断命。谁家的儿子会让母亲说出这样的心酸之语?有一种箭,箭尾上拴有长线,连着弓胎或挽弓的手,便于把射出去的箭和射中的猎物一起回收,由此衍生发明出一种射团鱼的枪,阿灿曾眼睁睁地看着有人用这种工具,当着他的面把池塘里的老团鱼抓走。那只团鱼和他互相陪伴了好几年,以至于它趴在塘中烂木桩上晒太阳时,一点儿都不回避他。确实是他闯入了它的生活,造成了它对人的警惕不断下降,以致被轻易发现、捕获,可恨的是悔之晚矣。谁会在活着中一直瞻前顾后呢?谁又会过分依赖并始终摆脱不掉这种前瞻之喜与后顾之忧呢?也许他应该把捂在口袋里的那张纸片掏出来撕碎,转身回家,继续通宵达旦地枯坐在阁楼里的书桌前,或者沿着池塘绕行很多圈,直到把自己走成乌有、化为无物。

然而内心的念头盛开如星、吹落如雨,很快便汇聚成汹涌奔腾的大河。沿途有多少个阿灿啊,站成密集的人墙,头碰着头,身子挤着身子,摩肩接踵,脸如湿漉漉的花瓣,绽放出丰盛各异的表情,掩映的却是一成不变的心境。阿灿们就这般排成密不透风的行道绿化树,又像一眼便能望到尽头的蜡烛行列。原来十年光阴,拢聚起来的竟然是这么短的一段历程,那么又是什么力量驱使他在其上来来回回不知疲惫、不觉厌烦地移动?阿灿的母亲曾不止一次向娘家人诉苦,说自己的这个儿子看来是读书读痴了,不通人情世故,太过目中无人,眼睛长到了额头上。她担心他的路都要走得竖起来,像是要上天。大道如青天,我独不得出?如果把这条路竖起来,阿灿就化身为西西弗斯,除了没有在实际推动具体而微的巨石,他同样在爬上走下,既平步云端,又跌落尘埃。要么泯然如众人,要么成为自我标榜同时被他人含讥带谤的异类。

心中的理想和眼前的现实,好似一根链条上拴着的两颗链球,在虚空中蹁跹绕圈,看不出哪一端更为沉重,只是在旋转中默默地积蓄力量,以便能够远远地投掷出去。但理想和现实到底谁会率先击中目标、击中什么,碰撞之下是粉身碎骨还是安然无恙,阿灿心头也茫然。好似花了十年时间孕育一场梦幻泡影,最后证明的不过是实验失败,遭到排挤,被从蚌壳里吐了出来,仍然是一粒沙子,连费尽心机嫁接的一点薄膜般的亮色也荡然无存。如果他丝毫没有幻想成为珍珠,那倒好了!这就是他目前最为真实的处境和不容置疑的下场。是时候做出改变了。

作为一个即将卸任的老师,阿灿第一次无事一身轻地闯入孩子们的喧闹中。他们即将迎来期末考试,之后便是暑假。暑假拥有神奇的伪装,等待到来时总会让人觉得它非常漫长,结束之后回望时却尤显短暂,好像时间被经过之后也会缩水、脱水一般,好像时间一直在四散逃逸。每个孩子都会被这假象困惑住。当老师这些年,阿灿也像自己的学生一样渴望暑假的到来。他通过在暑假远游的方式来舒缓自己疲惫的身心,以期重新精神饱满地投入生活与工作。他去哪里?兴之所至地兴冲冲前往,兴尽而归,好像成为天地逆旅中唯一的行人,才是他真正的独处方式。他渴望独处,身边既没有家人、邻居、亲友、同事和学生的面孔,也没有荷马、弥尔顿、博尔赫斯们的目光,更没有维纳斯的那条断臂以及折磨拉奥孔的可怕预言。

唉,他学会了一种语言,却很难找到可以与之对话的人。他发现了美,然而这种美让他自惭形秽,经常羞愧到无以复加。

二

　　半个小时后,阿灿走出教导主任办公室,既感轻松,又觉虚弱,整个人像蜕完了皮的新蛇。飞箭射帛,他已经完成任务,把辞职信按规定流程交到了教导主任的手中。此时他脑子里盘旋的是同一个句式繁衍的语言矩阵,如同被诗人远观详察的谜之乌鸦群——离开,就是死去一点点;毕业,就是死去一点点;辞职,就是死去一点点;退休,就是死去一点点;遗忘,就是死去一点点;告别,就是死去一点点——他绞尽脑汁地苦思默索:写出这样奇怪诗句的诗人究竟是谁?他竟然遗忘了名字!当诗人作为籍籍无名者却能借助诗句闪耀在人生至为黯淡的角落,并通过他人之口邂逅自己早年带给世界的那抹诗意时,阿灿在心底发出由衷的赞叹,似乎聊作隔阂的那面尘世之镜被哐当打破,或者经反复擦拭而焕然一新。哦,这才是诗人,这才是头戴桂冠、身披香草、手持竖琴的诗人。这也正是他在阁楼中有时自比为居住在市场街的斯宾诺莎,以及流连于池塘边便习惯默诵湖畔派诗歌的原因:解忧岂止杜康,日常生活中随处迸溅的一点儿诗意足以弥补整个囹圄的日常生活;更何况在诗人被流放、堕入尘世之前便有可能先一步倒悬的灿烂星空,也一直真切地安慰着诗人的整个人生。

　　当阿灿以这种方式在心底与工作了十年、变得异常具体可感的校园默默告别时,王彩霞看到并喊住了他。对于他突然辞职的事,她似乎很生气。比阿灿晚几年毕业、同在水云镇中心小学当老师的王彩霞,一度是最有可能走进他的生活并重新发现他或被他照亮的人。有一次,阿灿的母亲邀请王彩霞——那时王彩霞刚分配到学校不久,还是一个让大家眼前一亮又觉陌生的英语老师,说着ABC,穿着时髦,像一枚挂在枝头上的美国蛇果——到家中吃晚饭,其用意不言自明。饭后她在徐母的与其说是建议不如说是怂恿下,好奇地推开了阿灿空中阁楼的房门。哪里想得到,芳心好不容易鼓足的勇气,在走完曲折的三段楼梯后即已燃烧殆尽。王彩霞就像误飞入房间而不是自行投林的飞鸟,其心慌意乱亦如是。女孩的局促让阿灿尤其感到窘迫。他没有想到饭桌上的八目相顾,还要在餐后继续演变成面面相觑,更不知道该如何招待这位闯入者,对此他可以说毫无经验。

　　位于三楼的阁楼一直是阿灿的卧室,兼用作书房和画室,更像他的私人领地。平素他的父亲不知为何从不涉足,好像这是需要避嫌的婚房,母亲偶尔会进来打扫一下卫生,但在有一次不小心打碎了一尊维纳斯雕像之后,便再也没有进来过。可能是因为阿灿执意要保留那堆石膏碎片,以为消失的维纳斯能够在他流连不去的目光培育中婀娜重生。这让母亲心里一直犯嘀咕,不亚于儿子真的把一个断臂的外国姑娘娶进家门,处理跨国婆媳关系的隐忧一度让她信心全失。房间里最招眼的是两排很高的书架,此外便是一张简陋寒酸的单人床,一条长度略显夸张的桌子好像一支羽箭,要穿透墙壁和阳台,一直延伸到无边的夜空中。桌子的四个角依次摆放着荷马、孔子、但丁、伏尔泰的半身像,他们像是在开一场特别严肃的无声会议。沉默如积水空明,在房间里漫涨。拉奥孔和维纳斯本来也应该在列。墙上贴着他临摹的好几张维纳斯画像,静默的石膏雕像好像因为摔碎这个意外在空中成了飞天。墙角还立着几尊人体石膏像,其中有一具是被缚在十字架上的耶稣。这使得房间里目光交错,如布满舞厅的镭射灯光柱一般。

  王彩霞手足无措、坐立不安,她借故走到书架前,假装查看那些浓墨重彩的书名。国外诗人的诗集汉译本,阿灿恨不能收全了,此刻少不得站在王彩霞身旁殷勤介绍。真正的如数家珍,口中吐出的诗人之名像滚动在高处暗黑天幕中的沉雷,企图唤醒大地上的栖居者生活中和心灵里的诗意。书架最上面那层摆放的是商务印书馆的汉译世界学术名著,亚里士多德、柏拉图、斯宾诺莎、黑格尔、休谟、帕斯卡尔等也收了不少。那些在人类历史中大名鼎鼎的人物,竟然没有在女孩的耳朵深处激起任何反响。阿灿最为遗憾的是现在没有那么多时间,只能等着以后慢慢看。"慢慢看"居然含有慢慢变老的意思,带着几分意想不到的甜蜜。他的语气真诚热情,丝毫没有炫耀的成分,不愧是学校里那个众人交口称赞的谦谦君子。只不过王彩霞被房间里的目光还有书籍弄得心慌意乱,胡乱想到一个话题,犹如溺水的人抓到了一根救命稻草。她现在几乎可以肯定阿灿是一个诗人,私下里背着人悄悄写下很多华丽的诗篇。多么遗憾,对于当代的诗人,她说得上名字的只有席慕蓉和汪国真。这也替阿灿解了围,他不知道从什么地方变戏法一样掏出一沓 A4 纸,上面缀满了盛开的诗行,开始高声朗诵自己手书的诗稿。宛如破晓前的露水悄悄濡湿了地面,旋即被初升的朝阳晞干。他的声音渐趋平静,甚至因诗节的跳跃激荡而越来越抑扬顿挫,像在给孩子们上课一样恢复了自如和神采。他眸子发亮,脸上升腾着奇异的红晕,喉结上下蹿动,如同岗哨在忙不迭地给鱼贯而出的句子放行。

可怜的王彩霞一心只想赶紧结束这贸然的约会——如果这算得上约会的话,她凭直觉差不多可以笃定:诗人阿灿在内心深处肯定深爱着一个人。那是怎样的爱情啊!惊讶多于紧张,她什么都听不见了,只感到自己的手脚越来越冰凉,整个人都快要昏厥过去。那样的话,会有一只巨大的甲虫在天花板上掉头俯瞰她吗?要知道,她最害怕的就是甲虫了。天花板上游来游去的是蝌蚪吗?是褐色鸟群吗?蝌蚪阵或飞鸟群在高处倏忽来去,像受到朗读者的神秘驱使,压迫着她,又引导着她。王彩霞猛然觉察出自己的轻率,她这是在干吗?阿灿则致力于将凝固在方块汉字中的诗意解冻融化,并沉醉在诗意的汩汩流动中,全然忘记究竟朗诵了多少首诗,也忽视了现场唯一的听众。

等到王彩霞离开后,激情退却,房间重新退回秩序的安宁中,他才意识到自己一不小心犯了和麦田里那个采穗人相同的错误,他还没有献上那些他自认为最好的诗歌。王彩霞显然不是那个指定者。不过,他并不感到后悔。下次吧。如果还有下次的话。他只是这样自我安慰,然后倒头便睡,酣然高卧,梦也不曾做一个。

做了一夜美梦的是诗人的母亲,她以为好事将近,双喜临门,不仅儿子会娶到体面的媳妇,自己还能抱上大胖孙子。只有王彩霞做的是噩梦。那些卷发、深目、白皮肤的外国人,一直围观她,用她倍觉陌生的南腔北调对她品头论足,无论她避到哪里,他们的目光都像探照灯一样直射过来,似乎要将她钉在原地。她感到慌乱,甚至是羞耻,他们是想从她青春的肉体和可怜的脑袋里压榨出诗意来吗?这让她在醒来时发现自己出了一床汗,好像整夜都睡在旷野里,身体如同一棵桑树般承接了过多的露水。毫无疑问,同事阿灿是一个文化人,甚至比师范院校里教她文学鉴赏课的那些教授还要博览群书,这让王彩霞一度不可抑制地产生了仰慕之情。阿灿固然优秀,还很绅士,但不一定是合适的人生伴侣,瞧他房间里的那些摆设,简直就像一个道场,还有他写的那些诗,一会儿致敬西方的维纳斯,一会儿歌颂东方的洛神,这让王彩霞心里很没底。她觉得还是应该看看风向才好。

世上没有不透风的墙,王彩霞去阿灿家做客并逗留良久的消息不胫而走,好事者拐弯抹角地打听其间具体发生了什么,以及将要发生什么。羞怯的王彩霞情急之下找到现成的托词,她向众人宣告作为一名仅有的现场观众,她聆听了大文人阿灿一场精彩绝伦的诗歌朗诵会。这种急智成功地转移了众人的注意力。阿灿原来还是一个诗人,学校和镇上竟然出了一名伟大的诗人！大家都被蒙在鼓里毫不知情,啧啧称奇之余,很快便觉得索然无味,就像夏天的酒菜放不长,除非有冰箱。相对于阿灿的诗人身份,他们其实更好奇阿灿对王彩霞做了什么以及想做什么。大家都是成年人了,什么想法都可以放到明处说,什么事都可以放到明里做,有什么好遮遮掩掩的呢？难道诗人不吃饭、不放屁吗？如果什么也没有说、没有做,只是读了几首诗,那这个夜晚也就彻底归于平淡无奇了。良夜的光环消失,所谓的诗意也没有构成他们急于掀开的那块遮羞布。渐渐地,"诗人"成了学校同事对阿灿的戏称,再然后,"诗人阿灿"被遗忘到脑后,让位给了"怪人阿灿"。

要说这件事对阿灿的影响,不过是涨红着脸劝阻母亲不要再动贸然请客——尤其是名花无主初来乍到的女老师——的念头,以及把带到办公室的诗集无一例外都谨慎地包上一层书衣,像小学生爱护新领到的课本一样。《湖畔派诗集》套上了尼斯湖水怪的新闻插图,《萨福诗集》被覆上靓丽女明星的海报,其他更多被迫改头换面的诗集只是用泛黄的旧报纸加以粉饰,上面用毛笔字恭敬地写上诗人的名字,如同朴素的墓碑和简洁的碑文。直到此时,同事们才突然发觉阿灿老师原来不仅是一位诗人,还那么精通书法,工整而潇洒的板书——每次阿灿上公开课时,教育局领导和外校老师都对此交口称赞——只是小菜一碟。当然,所有这一切都会照例被忘川淹没,除非他的字突然变得值钱,可以按个卖而不是论斤卖。只有王彩霞,依旧偶尔不失调皮地称呼他"大诗人",有时是"书呆子",似乎通过延续这样的称呼以保有一种恰当的亲近感和分寸感:他们的关系和感情显然不同于一般的同事,但也仅此而已,她毕竟没有成为被他翻阅的名著,也没有索取和拜读过他的哪怕一首诗。

此时此刻,面对似乎在怪罪他为什么辞职而不是辞职这么大的事竟然没有事先和同事打一声招呼的王彩霞,阿灿突然起了捉弄她一番的心思。那晚之后,他在她面前时常还会感到局促,这种反应直到她嫁人生子后才逐渐消失。当然,他再也没有在她面前高谈阔论过,似乎彼时突然高涨并很快退却的潮水已经把他这艘醉舟远远地带回了大海的深处。

"为什么要辞职？因为我想做一名诗人。"

这便是阿灿对王彩霞所做的解释和交代。他并没有像悲伤的逃兵一样悄悄溜走,尽管他心里的退堂鼓已经敲了数年,声闻数里,只是听者——包括他自己——都假装听不见而已。他听到的只是身后的王彩霞忍不住发急跺脚骂他是疯子的声音。

就这样,属蛇的阿灿循着十年来自己蜿蜒而行的唯一蛇道返归家中。每天从家到学校、从学校到家,他走的都是同一条道,不止七步,不会拐弯,更不用说曲径分岔,硬是将一条道走到黑。沿途的一切,雨丝风片也好,朝云暮霞也好,他已经熟悉到不能再熟悉,快要熟视无睹了。也许问题正出在这里。他想改变一下自己的生活,他想看到另一个不同的自己,更为真实的自己,仅此而已。

他的父母倚门而待,几次欲言又止,好像他们的喉咙已经是一口深且窄的枯井,十五只井桶也打不出一滴水。他们依然不清楚自己的儿子为什么要辞职,又怕贸然发问触了他的霉头。虽然阿灿一直都是好讲话的人,好讲话而已,但也可能是闷声怪,像严严实实的没嘴的葫芦。直到吃晚饭时家里的沉默才被打破,这次他们破例没有在饭点前高声唤他,好像要存心多饿他几分钟。阿灿告诉他们,教导主任已经当着他的面,在电话中先后向校长和教育局领导汇报了这次人事变动。事情已经板上钉钉,再无转圜的余地,开弓没有回头箭。这句话像一束光投进夜晚幽暗的水面,他们发出叹息,事到如今,只能如此,唯有期待船到桥头自然直。可以后该怎么办,依然是撑在上眼皮和下眼皮之间的尖锐问题,让他们愁眉不展、束手无策。夜深了,他们的上下眼皮直打架,如果阿灿再不交底讲出点儿心里话,他们就要上床睡觉了。阿灿不忍心再隐瞒他们,他早已打算报名考研,虽然可能会花更多的冤枉钱——这是他母亲平日里经常埋怨他读了大专却还要回来做小学老师的话——搭进去两三年光阴,但也不失为一条不错的出路。他有一个关系最是要好的老同学,硕士毕业后留在了南京工作,他可以住在同学那里准备考研的事。这不是临时拍脑门的决定,阿灿是真这样想的。

三

每年的暑假正是古城南京最热的时候。老朋友阿灿的突然登门来访,让光辉很是吃惊。他不觉得阿灿想考研是一时心血来潮,可是联想到阿灿这个历年暑假闲云野鹤惯了的人此前却从来没有踏足过南京半步,最多也就是在开学后通过信件跟他大谈特谈在某个地方的旅途见闻。他这时突然看到阿灿,自然满心狐疑。

周公还有恐惧流言日呢,阿灿辞呈上的理由对教导主任自然说得通;跟王彩霞说想要做回诗人,多少也算坦露了一点儿心声,不能全当笑话听;至于考研,不过是能够一时安慰和稳住父母的权宜之计;因此,光辉认为阿灿之所以辞职,肯定另有原因。

对此,阿灿只是笑笑。他想要考研并不只是说说而已,第二天便拿出行动,果真去书店买回了一堆考研复习资料。英语和政治是必须要考过最低分数线的,专业课知识也要尽快熟悉掌握。光辉一一看在眼里,觉得有趣,这个暑假之后,不知道阿灿能不能顺利重新变成一个学生,但不管如何,他都不可能回去继续当老师了。问题是这么多年下来,阿灿对外面的世界到底有多少了解,光辉少不得要拿自己当活生生的例子举。比如说考研的难度。他们当年上中学时老师喜欢用千军万马过独木桥来形容高考,可是千军万马挤过独木桥后出路何在?一旦国家不包分配,大学生毕业找工作就成了新难题,为了解决就业压力只能让应届毕业生继续读书考研深造,现在阿灿考研面临的竞争者数以千计,而不复是光辉当年的几十上百之数。再说研究生就业的压力。以前硕士生导师每届只带三五个弟子,现在一个硕士班有八九十个学生,等到毕业时找工作依然很棘手,看起来不过是把历届本科生的就业问题都顺延三年变成研究生的就业问题罢了。阿灿已是而立之年,比应届毕业生年长七八岁,除了跟他们一样是未婚人士,可以说毫无优势可言。

认完门放下行李后,光辉带着阿灿去楼下吃饭。出小区左拐西行五十米,有条不起眼的小巷子,名字有意思,叫大方巷,是一条单行道,进去走不多远便有一家夫妻店。确实是夫妻店,丈夫掌勺,妻子打杂,一眼灶具就支在路边,构成极其简易的半个灶台,进门处是一口大肚电饭煲。丈夫的左脸颊下方有一颗痣,很是醒目,穿着白色工作服,整个人看上去清瘦干净。相比而言,素颜的妻子更为出众些。两个人落座后,光辉点了两菜一汤——一条糖醋鳊鱼、一份青椒土豆丝、一碗菊花蛋汤,又加了两碗米饭、三瓶冰镇大富豪啤酒。菊花蛋汤是南京人夏天最爱喝的汤,清热消暑去乏解毒。水云镇离南京并不远,很多人家也在院子角落里种上两三丛菊花,却从来不知道菊叶能入菜做汤,颇觉诧异。味道确实不错,阿灿一口气喝了大半碗,酒却只勉强入肚两杯,已然脸红脖子涨,便不再喝。剩下的酒自然都归光辉。

因为来这里吃饭的时间点不对,午餐早就过了,距离晚餐还要很久,人家夫妻俩本来趁此空当,一个在默默择菜,一个在偷闲午休,见有客到便忙开了,以致没有在他们进来后及时打开空调,为此疏忽,不停道歉。其实,光辉的住处位于小区顶楼,正当西晒,闷热无比,房间里也没有安装空调,早就热习惯了。老板又赠送了一瓶冰啤酒。光辉大口喝酒,源源不断地出汗,自觉很舒爽。

他们边吃边聊,彼此的生活都是外甥打灯笼——照旧。要说大的变化,七年前光辉辞职是一件,十年后的现在阿灿辞职是一件;辞职之后两人还都动了考研的心思,也算是英雄所见略同。想当年,光辉辞职的时候,阿灿去信问过具体原因,现在光辉也当面锣对面鼓地过问一下,不算唐突,还显得礼尚往来,虽然都心知肚明对方不可能将真相和盘托出。再有一件,两人还都是单身汉,此前却都一味回避着这一现实,讳莫如深。不见面还好假装"视而不见",面对面就无法继续在各自面前伪造出一面空心墙来。为了转移话题,阿灿为光辉再点一瓶酒,光辉自己又多要一瓶酒。至此,两个人的四只耳朵里不知不觉响起"酒干倘卖无"的歌声,那是电影《搭错车》的主题曲。

六瓶啤酒喝完之后,光辉已有醉意,在回去的路上,不停地暗示阿灿,刚才夫妻店的老板娘有没有让他想起谁。"西施吗?"阿灿顺口接话,狠狠心把历史上的这个著名美人抛到南京漫无止境的暑热中。光辉非常失望,大声喊出了"朱丽娟"的名字。正值夕阳西下,热风徐来,他不相信阿灿竟然会忘了朱丽娟。阿灿怎么会忘了朱丽娟?要不然阿灿为什么还一直没有结婚呢?阿灿把这个问题同样不动声色地踢还给光辉,光辉自己不也是没有结婚吗?他们两个人,互相知根知底,两省两便,大哥哥就不用说二哥哥了。

朱丽娟是他们在师专的女同学,同窗共读期间,"三"小无猜,最是合得来。班级出黑板报,光辉和朱丽娟给阿灿打下手,因为阿灿是才子,能写擅画。组织文艺会演,朱丽娟善舞,光辉能歌,阿灿酷爱诗歌朗诵,三个人往那儿随便一站就是一台戏。朱丽娟酒量深不可测,性格豪爽,如果不是长发及腰、容貌秀丽,完全就是个男孩。三个人走在一起,朱丽娟反倒像他们的长姐,是凡事出头拿主意的那个人。这真是奇怪的感觉。

阿灿想,是不是因为这样,他才一直不愿意来南京见光辉呢?毕业之后,他们先后有了 BP 机和手机,但还是习惯托信鸿雁往来,很多事甚至是所有事都交付给笔谈。似乎手中的笔更可靠,不会像嘴巴那般不牢靠。比如这会儿,光辉喝多了之后,他的嘴里就会跑出一个朱丽娟来。紧随在朱丽娟之后,所有往事全都奔涌而出,拦都拦不住,洪水决堤一般。像星空倒悬,让人徜徉在梦里不知身是客;又如无底深渊,逼得人在噩梦中醒来独自面对路一条。为了留住美梦、赶走噩梦,阿灿读诗,阿灿写诗,因为诗里有一个美好的朱丽娟,一个当年的朱丽娟,一个完好无损的朱丽娟。

如同有魔力一般,"朱丽娟"三个字仿佛提供了无穷动力,光辉拉着阿灿几乎是跑起来。夕照把他们的影子在身前投得很长,影子像是另外两个面沉似水的年轻人,引领着步入中年的光辉和阿灿大步向前。在巷子尽头有一间花店,花店里有一个女孩,背影正忙着给花花草草修枝剪叶补水,一条大辫子十分醒目。他们没有走进花店,在门外徘徊了许久,女孩还是没有回转过身来。因此除了那条长辫子,阿灿并不确定女孩长得像不像朱丽娟。并不是每个长辫子姑娘都会长得像朱丽娟,可话说回来,有一条长长的大辫子确实已经足够让人觉得亲切,甚至感动。现而今留长辫子的姑娘越来越少了。麻花辫子的诱惑,正是青春的诱惑。

阿灿恍惚了,他不知道醉酒的光辉在南京城里究竟发现或者隐藏了多少个像朱丽娟的姑娘,这是光辉滞留在南京不走的原因吗?住在那样一个狭小的空间里,光辉自我解嘲地称之为"鸽子笼"的地方,从来没有想过更换或改善自己的处境,习以为常,安之若素,这不是很奇怪吗?从眼前醉态可掬、释放出部分真实自我的光辉反观诸己,自己不也是因为某种原因恪守不变的吗?此时相望不相闻,愿逐月华流照君。既是自我惩罚,也像同盟铁誓。

他们默默地往回走。光辉现在租住的房子,原来是他的同门师兄携其女友住着,因为单位分到房后计划搬走。正巧光辉和他的研究生室友临近毕业也要找房子过渡,便接手了。和往届的师兄们相比,光辉这一届已经失去了分房的福利。但同以后的师弟们相比,光辉又是幸运的,毕竟还能顺利解决户口和工作。年轻人的命运真是每况愈下,但站在风口浪尖上,谁敢得了便宜还卖乖呢?只能自求多福。

当年光辉与室友打电话给那位师兄,在约定好的时间去看房子。房子位于七楼——因为七层以上必须要配电梯,所以整个南京城无一例外,所有非高层小区都通了气似的最多只盖到七层高,显得世故而小气——在六层到七层楼梯转角处的墙壁上,有人用炭笔写下四个大字"享受寂寞",竖版如切,一气呵成,犹如飞流直下三千尺。这让光辉一见如故,即使室友一度产生了犹豫动摇,他一个人也决定把七楼的房间租下来,只是为了每天上下楼梯时能够看到它们。和孤独比起来,寂寞似乎多了一点儿人间烟火气。孤独的是猎人,寂寞的是恋人。尤其是暗恋者更能体会寂寞的况味,不会为了排遣那种好的孤独,便像猎人一般伺机而动。室友可能觉得面积太小了,住三个人会显得拥挤,他和光辉说好是要带着女朋友一起住进来的。原来只是个一居室,前后有两个阳台,精明的房东便把朝北的阳台加工成一个小房间,不过是竖起两面纤维板,安上一扇大窗户,再覆盖一个顶棚而已。一居因此摇身一变为二居,北小间凑合着也能住人,但难免会冬冷夏热。师兄住的时候,原也只是用作书房和储物间。搬进来后,小房间自然归单身一人的光辉,室友及其女友这对鸳鸯便把大房间铺作爱巢。光辉倒也很快住习惯了,无外乎夏天热的时候晚点儿睡,冬天冷的时候多盖一床被子。原本相熟的三个人住在一起,有时候光辉不得不扮演老父亲的角色,当邻室这对年轻恋人产生他觉得很没有必要的矛盾和争吵时,予以劝和;有时候又觉得自己颇受照顾,像是他们未来的孩子。转眼间,室友买房结婚,也像师兄一样搬走了。光辉觉得自己一个人住在小房间里挺好,住两个房间太过浪费,便在互联网上把大房间转租出去。现在那边住着几个人,彼此是什么关系,各自做什么营生,光辉也不是很清楚。要说和陌生人同住一个屋檐下有什么不便,就是不得不共用厨房和卫生间。平时光辉想要出去煮方便面或上厕所,碰到厨房或卫生间被占用着,便只能迅速转身返回自己的房间。"转身"是光辉在七楼使用频率最高的动词。

刚开始和研究生同学一起住的时候,常有一些同学结伴来玩,便是一场小聚会,每个人都争着贡献一道拿手菜。虽然厨房里连站的空间都没有,光辉的单人床上甚至也要安排坐三五个人。做饭时,别人成双成对,光辉在旁边插不上手、帮不上忙,反而觉得自己成了局外人和多余人,经常找借口出门透气。七楼之上没有八楼,但有半截楼梯通向天台。天台被一道铁门隔开,上着锁,铁门前倒是空出了两米见方的地方。不知谁家将几件破旧的家具堆放于此,时间一长积满了灰,但也没有挤满空间,还留有一个人的容身之地。光辉便多次潜身其中,有时听到屋内喊自己的名字也不出声,像小时候百玩不厌的捉迷藏游戏。有一次,时间久了,又憋着一泡尿,实在不想回去,没有办法,便半蹲着就地解决。谁知道那泡尿尤其长,尿液甚至沿着楼梯一路向下,几乎要流淌到七楼的门前。光辉躲在高处看着那摊尿迹,很是紧张,又觉得刺激。

这让阿灿想起多年前的一个冬天傍晚,他看到光辉穿着皮裤在抽干了水的鱼塘里捉鱼。一道残阳铺在光辉的肩上,真像居住在奥林匹斯山上的古希腊神灵一样,一连串的意象堪比诗人谢默斯·希尼聆听到的父辈弯腰在地里挖掘土豆的声响。那个神奇的傍晚并没有被阿灿写成诗,尽管他经常回想起这个细节。阿灿从来没有为自己的朋友光辉写过哪怕一首诗。他把自己的诗都献给了朱丽娟,尽管朱丽娟对此一无所知,甚至没有读过其中的一节诗行。阿灿只是向光辉读了其中的一部分,犹如借用了一双聆听的耳朵。也许正是由于这个原因,他才始终无法把光辉写到自己的诗里。

到了十一二点钟光景,房间里果然凉爽了很多。从纱窗里吹进来的不再是热风,透过窗户看到远近各处的霓虹灯,也不再觉得那是一个个让人难以忍受的热源。光辉在地上铺了一张凉席。阿灿远来是客,单人床便让给他睡。临睡前,两个人又聊起夫妻店的那位"西施"。光辉身体里的酒早就变成汗淌光了,言谈恢复了冷静与克制。自从同学搬出去,换成陌生的室友后,他很少在宿舍做饭,最多在饥肠辘辘时煮碗方便面,平时吃饭都在那家夫妻店解决,简直把那里当成了小食堂。不仅仅是因为老板娘长得像朱丽娟,还因为看到他们守着这样一个苍蝇店团团忙碌,配合默契,毫无怨言,觉得非常美好,由衷地替他们感到幸福。有时又忍不住担心,他们辛辛苦苦好不容易换来的一点儿成就,只怕抵不过生活的一口恶气。

低处的光辉很快传出了鼾声。这里毕竟是他的房间,哪怕是躺在地板上,他也熟悉这里,能够很快入睡。不像阿灿,在陌生的环境里,睡眠迟迟没来给他开门,好像在赶过来的途中迷路了。像伟大的但丁正在和可怕的三种动物周旋,难以入眠的阿灿,只是换了个地方继续想着朱丽娟。那位"西施"的眉眼确实和朱丽娟有几分相似,如果再配上花店女孩垂到腰际的大辫子,那就更像读书时的朱丽娟了。至于光辉,他是不是经常重复今天的路径,在夫妻店吃饭,然后散步到花店,根据沿途所见最后拼贴出一个朱丽娟来?可惜万变不离其宗,当年的朱丽娟依然和现在的朱丽娟隔着千山万水。现在的朱丽娟长什么样,是不是还留着大辫子,有两个深酒窝,并因此酒量惊人,这些都难以想象,倒是记忆中那个天真烂漫不知忧愁为何物的朱丽娟更容易跳出来。谁会愿意对如斯美好吹出一口恶气呢?他会吗?光辉会吗?或者说,当那口致命的恶气袭来时,他会冲过去挡在前面吗?他能做到吗?不仅以身翼蔽,还能善加保全?

　　第二天一大早,阿灿被一阵迅疾的豆大雨声惊醒,睁开眼却看到窗外透出的是明媚无比的清晨。原来是一群鸽子在头顶上散步,并非梦里的凄风苦雨突然之间变大变猛。如果鸽子们互相追逐,便引发一阵快速的步点,恰如大珠小珠落在顶棚上,发出嗒嗒爆裂的声响。"醉弹琴,如击鼓,直到手指流血。"光辉也醒了,笑着说第一次听见时,他还以为是一群老鼠在屋顶坚持晨跑锻炼身体。这么一说,鸽子和老鼠的脚爪竟然有了奇怪的相似之处,比如都像雨声。虽然晨梦难免会被破坏无遗,不过好处是光辉再也不需要闹钟叫醒了。又过了一会儿,地面又蒸腾起孩子们的声音。楼下是一家托儿所,有的孩子很早就被父母送过来了。这让阿灿倍感熟悉,他第一次在七楼这么高的位置俯视一所学校,哪怕只是很小的一家托儿所,充塞其间的依旧是学生和老师。到点了,光辉自去上班,要到下班后才能回来。他给阿灿留了屋门和房门的备用钥匙。接下来的白天,阿灿可以在南京四处游走。

四

　　南京的夏天除了酷热难当,其他还是很不错的,比如说不会像刚刚过去的梅雨季节那般潮湿,能够接触最好的阳光,还有紫霞湖和紫金山的璀璨夜景可以欣赏。为此,国家还专门建有一座天文台,天文台附近还有一座露天音乐台,是恋爱中的男女流连忘返之处。但是阿灿这次不为游山玩水,他带着明确的目的而来,考研需要复习的空间,很显然光辉的空中楼阁并不合适。在这里住了三个晚上之后,阿灿很快找到了新的下榻之处。他在南京城外租到一个便宜而安静的房间,紧挨长江,毗邻燕子矶,便带着考研资料住了过去。

在这个可能会住上几个月甚至半年以上的新住处,阿灿列了一份详细到不能再详细的计划表贴在墙上,具体到早上几点起床,夜里几点入睡,清晨几点到几点背英语单词,上午几点到几点熟悉专业课,下午几点到几点做历届考研真题,晚上几点到几点看政治常识。计划表像严谨而不能随意更改的学校课时表,做这个这对阿灿来说是熟门熟路。一个老师若因为老人孩子生病或家里有事不能到校上课,需要和其他老师提前协商调课,往往牵扯到一个教研组或整个年级组,鸡飞狗跳不说,尤其消耗人的精力。好像每个人在适应了自己的惯常周期之后,一旦链条打破便无所适从,容易引发细密的恐慌。所有人因此都给自己的身体和精神拧紧了发条,最好一点儿意外都不要出,最好就这样一路安守本分,到一堂课结束,到一天入夜,到一个学期告终,到一年进入岁末,到退休,到辞世。世俗人生就像这份计划表,内外都罕见地独独少了诗歌的一席之地。对于阿灿来说,在计划表充塞的房间里读诗是不可能了,家中书架上拆除书皮重见天日的诗集他一本也没有带来,在南京大学旁的先锋书店他倒是看到几本很想入手的诗集,但最终克制住了购买的强烈冲动。好像只要不旁骛于诗歌,便能增加考研的胜算。事实上,这不过是阿灿求诸心安而已。

从早到晚闭门不出,与复习资料连续痛打了几天交道之后,阿灿顿觉疲惫烦躁,以为考研之事不可求快,决定给自己放半天假,前往附近的一座公园游目散心。这座燕子矶公园并不免费对外开放,游客需要购买门票,三十元一张,并不便宜。售票窗口的那位老人一脸丘壑,显示着"风景有价",说一口城北老南京话,阿灿觉得他总是把"你"说成"泥"。想来老人心中的南京和光辉心中的南京大有不同。光辉总是强调"我的南京",是因为对这座历史名城所知有限,而且无一例外都打上了个人的烙印。老人口中的"难进",前面不加"我的""我们的",好像南京之于他也和敬亭山一般。不知道是因为祖辈皆生活在南京城一隅,还是因为遭逢时事裹挟被迫于此落地生根,老人看起来就是一个南京人,不独在精神上和南京相对相望,身心也已与古城融为一体。其超然而不像是看不起外乡人的态度中自有一股虚无和任性在,似乎终日耳濡目染于槛外空自流的长江,也有了"如斯夫"的困惑与豁达。公园的至高处便是燕子矶,号称扬子江第一矶,人若登临其上便可以俯瞰滚滚东流水,远眺八卦洲。人的出生有八字一说,江心中一座小岛为什么也会取名叫八卦洲?带着这样的疑问,阿灿漫游燕子矶,或站或坐或卧,但见上行下行的船舶如织,间有汽笛声声,短短长长,缭绕于江上。江风习习,江水平缓流淌,没有卷起千堆雪,但看起来依旧深不可测,不容有失。时近傍晚,彩霞漫天,半江瑟瑟半江红。阿灿站在高处,俯仰之间,归鸟帆影皆入眼帘,心中大快,既欲长啸,又想吟诗。只是眼前有景写不得,考研复习不可弃。正百爪挠心苦受熬煎,售票的老人突然冒出颗头来。原来公园闭门在即,他上山督促阿灿抓紧时间离开,不可在此逗留。老人近乎粗鲁的驱赶并没有影响阿灿的心情。既已领略了暮晚江色,他还想见识清晨江景,于是在第二天早早起身,将晨读早课皆抛到脑后,在公园开门前便已等候多时。还是那位老人在售票,他看到阿灿,皱纹中间毫不掩饰"你怎么又来了"的表情。阿灿买了票,便直奔矶头,没想到老人竟然一路尾随身后,好像打定主意要与阿灿一起做第一拨登高健身的人,而忘了自己的职责是卖门票。阿灿走快,他便也一路小跑;阿灿走慢,他便也一步三挨;阿灿站住,他便也停下:像乡下夜间荒郊中突然拱出的一团磷火,与人气若即若离。阿灿觉得奇怪,主动迎过去和老人说话。老人支支吾吾,但阿灿多少还是明白了他的意思。这个公园平素少有新鲜面孔出现,都是附近居民办张年卡,来此活动健身。一旦有生人冒出来,很有可能是想要魂托长江的轻生者。此处环境幽邃,适合抒发"前不见古人,后不见来者"的怆然胸臆,谁能想到竟然是失意者割念永诀之地(还有一处据说是南京长江大桥)。阿灿孤家寡人一个,先于前一日傍晚徘徊于江畔不去,又于当天一早无人时攀爬山顶,形迹大为可疑,老人于是把他当成了生活中走投无路欲寻短见的人。阿灿不禁苦笑,难道他额头上刻着"生也何欢,死亦何惧"的大字吗?虽然是一场误会,阿灿还是对老人心存感激,告诉他自己是准备考研的学生——而不是辞了职的老师——让他放一百二十个心。待阿灿中午果真守约安然离开公园时,热心肠的老人再次指点迷津:不买门票也可以进公园,有一处围墙已然破损,可以自由逾越,并没有人管。很多当地人都是通过那里进出公园,畅通无阻。阿灿特地绕道过去查看,果然一堵围墙上开了个形似月牙的门洞。第三天,阿灿便带上一条红南京香烟送给老人,而他自此以后便与当地人一样享受起这一"特权",不再另行购买门票了。

　　一开始,阿灿还只是打算带着参考书去公园换个地方苦读,当书的天头地脚落下第一首诗后,参考书便毫无阻力地让位给了空白的纸张,白纸诗笺很快积累成厚厚的一沓。诗意简直像江上清风与山间明月,随意奔泻倾注,俯拾皆是,目不暇接,忙个不停。第三个周末,阿灿按捺不住激动的心情,带着诗稿,换乘了好几路公交车,容光焕发地再次出现在光辉面前。相比考研,显然还是写诗更让人心情愉悦。这天底下哪里有比写诗更美的差事?一连好几天,他诗兴勃发,随便挠挠头发,都能揪出一首诗来。曹子建那句"仰手接飞猱,俯身散马蹄",阿灿以为说的正是自己现在这样的状态。阿灿面带潮红,掏出诗稿,对着光辉一气读完,也不管光辉有没有做好洗耳恭听状。至此,考研一事可以休矣,他此番前来南京,不过是为了换个地方写出和在老家一样或不一样的诗歌。这才是唯一有意义的正经事。当然,朱丽娟仍旧是诗歌的享有者,是那个与天使为伴的永恒少女贝阿特丽采。她的目光从记忆深处浮现,引领着诗人阿灿在大地上漫游。甚至可以说,朱丽娟的形象在江畔被强化了。

五

光辉告诉好不容易冷静下来的阿灿,当晚位于半坡村的金虎酒吧正好举行一场"最燃青春"诗歌朗诵会,一些年轻的诗人,主要是在校大学生,还有刚毕业参加工作不久的年轻人,都会从南京的各个角落冒出来,齐聚一堂。更加难得的是,久负盛名的南京诗人飞骏、蕲艾、回迪等也会前来参加,并作主题演讲。最吸引光辉的是,金虎酒吧的老板,作为南京最著名的前诗人和成功了一小半的商人,会款待所有诗人畅饮一番。想想吧,南京的仲夏之夜,酷热难当,而酒吧里开着冷气,各款啤酒、葡萄酒和洋酒,应有尽有。也许,阿灿会愿意亲身感受一下古城南京的诗意,并负责把肯定要烂醉一场的光辉安全地带回住处。既然阿灿把考研复习资料落在了出租房里,却揣着一沓诗稿出现在光辉眼前,简直就是踏破铁鞋无觅处,得来全不费工夫。

光辉和蕲艾的友谊源于光辉有幸担任了蕲艾新诗集《生活如长眠,爱是梦境》的责任编辑,这本诗集让 20 世纪 80 年代即已成名的诗人蕲艾在 21 世纪又火了一把,甚至有评论家将诗人蕲艾与小说家苏童比作南京双璧:苏童的很多小说被搬上了大银幕,蕲艾的很多诗歌被谱成歌曲广为传唱,两个人都是南京的骄傲。蕲艾特意打电话邀请光辉,叮嘱他多带一个人来,最好是年轻的姑娘。蕲艾的意思是,他们这一桌应该有一两个姑娘相陪,不然就全是一帮老男人,无趣得很。蘍艾显然心系80年代,彼时诗人是不折不扣的明星,即使天上掉下一块砖,砸中一位诗人也是大概率事件,而那个诗人即使被砸得头破血流,嘴里依然不忘念念有"诗"。几乎群体走火入魔,但哪一个时代会缺少这种魔怔呢?可惜阿灿在20世纪80年代还是一个小学生,就像他曾经教过的那些孩子一样,尽管会无一例外地被裹挟在时代的洪流中不由自主地勇往直前,但毕竟还处于懵懂的年纪。十一二岁的阿灿,怎么可能知道自己日后会与诗歌结缘呢?光辉放眼望去,自己的同龄朋友中,估计也只有阿灿能和蘍艾们坐在一起畅聊诗歌。光辉本人虽编辑过诗集,但毕竟没有写过诗歌,这是本质上的不同,除了和诗人们把酒言欢,他唯一能贡献出去的只有自己的那双耳朵,虽然很多时候也只是摆设。但什么不是摆设呢?誓言之于关系,鲜花之于爱情,美酒之于宿醉。说实话,光辉宁愿带上阿灿与会,也不想费心寻找一个姑娘,他山之石可以攻玉,说不定阿灿以后就用不着一个人闭门造"诗"了。姑娘们多半会假话连篇,对外宣称是诗歌的信徒,不过是想乔装打扮围观一下这些所谓诗人的怪徒。时代不一样了,能够安静地坐在角落里,不仅理解诗歌还欣赏诗人,脸红的同时不忘多愁善感的姑娘,已经越来越少。但这是好事情。姑娘们有选择权,一个风度翩翩的电台主持人,一个优雅冷漠的萨克斯演奏者,一个热情好客的打口碟店主,甚至是一个在小区门口卖西瓜的强壮小贩,或一个风趣体贴的出租车司机,都应该有同等机会博得年轻女孩的青睐,在她们还没有被这世界的金子完全吸引住眼球之前。

  年轻的诗人们鱼贯上台,朗读自己的诗。他们精神潦草、举止随便、形容糟糕,似乎从来没有经历过那种不幸——竟然在溪水中照见过自己的倒影。这是怎么回事?阿灿有些恍惚,这些年轻人要是放入校园中,肯定会受到老师的训斥,因为他们的状态让人担忧,简直是不想学好、自暴自弃。如果他们是诗人,那么自己是诗人吗?如果自己是确凿无疑的诗人,那他们呢?阿灿曾被同事们戏称为水云镇第一诗人,第一是他,第末也是他,因为放眼水云镇只有他一个写诗佬,以和周边人有所区别。现在阿灿自忖与这些正年轻着或不再年轻的诗人迥异,自己显然也不会被得意扬扬者和陶醉于自我表演者视为同类。现在重要的问题出现了,自己还是诗人吗?或者说,诗人的定义会因人而异吗?

  光辉带着阿灿,与飞骏、蘍艾、回迪等诗人坐在同一桌。直觉主义大师蘍艾指出阿灿不太像一个诗人,更像一个老师。不过阿灿是一个前小学教员,这让蘍艾稍感意外,他建议阿灿不妨考研,或者做驻校诗人。接着,在座的诗人们开始谈论爱情。不是喝酒抽烟就是读诗写诗,不是忙于陷入恋爱就是为了分手之事焦头烂额。似乎这就是诗人日常的真实写照,诗意栖居,人间游戏。阿灿感到困惑,好像他们都是中国的唐璜,热衷于在两性世界中冒险,虽然他们在受到情感灼伤的同时,也会假装看透地说出"勿以爱情为戏"之类的话语。这时候,有一个人,阿灿忘了是飞骏还是回迪,只能肯定不是蕲艾,因为只有蕲艾和他说过几句话,给他留下了足够鲜明的印象——那个人说,是他们教会了现在的中国人说话、抒情和表达。没有诗人们,很多人估计连话都说不周全。阿灿吓了一跳。一直以来,他以为诗歌只是诗人秘密的苗圃、心灵献祭的祭台,除了流水、微风、星空偶然得以窥见之外——那也是因为诗歌世界向它们全然敞开,不会被外人所知。拿阿灿自己来说,他作为诗人,是不自信的、敏感的、羞怯的,最不愿意向外界公开自己的诗人身份,好像他的封闭,只是为了有效避免他人对自己的影响。作为一个诗人,要么爱一人,要么爱天下万物。这或许是狭隘的、矛盾的、绝无可能的。蕲艾开始聊起另外一个不在场诗人的情感经历,据说严格奉行"不主动、不拒绝、不负责"的三不原则,既狡猾又诚实,既功利又虚无。蕲艾总结说,由此可见这个鸟人是自卑的,同时又是狂妄的,不自卑者不会自甘卑劣,不狂妄者不会自觉践险。阿灿觉得蕲艾说的可能包括了在场的每一个人,是蕲艾自己,也是光辉和阿灿。爱一个人,不管说没说、做没做,可不就是既自卑到尘埃里又狂妄到云端上吗?爱一个人,不就是人生旅途中最伟大也最难以预料吉凶的冒险吗?除此之外,阿灿尤其不喜欢几个诗人的致辞,他没能看清楚他们在灯光暗处的长相,总觉得像致幻的菌类,在表达自己和诗歌的关系时也依然像是在提供蕲艾所说"自卑和狂妄"的佐证。这种证词既不新鲜,又毫无意义。

  诗歌的夜晚突然毫无征兆地结束了,酒精和体内的荷尔蒙加速融合,很快叫嚣着占领了整座酒吧。有人主动上台呐喊,即使无人倾听,号叫者也全不在意。有人跳到了桌上,开始一件件脱衣服。诗意如茧,写诗就是剥茧抽丝的过程,最后裸露出僵死的身体,而灵魂正在奋力长出翅膀。几乎是一瞬间,酒吧陷入瘫痪般的混乱不堪中,被醉意和情欲点燃,很快沸腾起来。谁说话都不管用了,因为每个人都在同时对几副耳朵喊话,好像那是扩音喇叭,一边又听着另外几张鱼唇的喋语,像吐出的彩色肥皂泡。时间变慢了,被抽掉了秒针,再抽掉了分针,又抽掉了时针,最后整个钟表被反扣在桌上,只露出后脑勺,如同眼前的夜晚一样混沌,因为置身其中而难识其真面目。光辉喝醉了。很多人都喝醉了。喝醉的人彻底忘掉了诗歌、爱情,因为他们不知道自己身在何处、今夕何夕,甚至连自己是谁都模糊了。他们就像陌生人,打了鸡血一般到处寻找自己,以便进行被突然中断的交流,包括但不限于讨论、争吵、拥抱、接吻和斗殴。就像光辉一样,他以为自己是被带回了阿灿的住处。

既然如此,阿灿就让光辉睡在了床上,自己打了个地铺。光辉很快鼾声大起,阿灿却迟迟不能入睡,一半原因是诗歌,一半原因是朱丽娟。他写了无数诗篇,但听起来或看起来更像是自封的诗人。他不会因为这场莫名其妙的疯狂诗会而否定自己,但确实开始感到不安,就好像十年来从不怀疑自己的写作是因为狂妄,而不敢正视自己的感情则源于自卑。十年来,阿灿无时无刻不想去看看朱丽娟,但找不出能够说服自己的理由。十年间,阿灿便是沿着以朱丽娟为圆心的圆周做着无用的外切逡巡,无法进一步接近,又不能抽身而退,进退都不啻冒险,构成冒犯。想见,又怕见;怕见,更想见。心里于是再也放不下。周而复始,层层堆积,形成长江三叠浪,心潮更是逐浪高涨。

阿灿突然意识到,自己这么多年来之所以不来南京见光辉,正是害怕光辉再次提出建议,就像十年前两个人结伴同去看望朱丽娟那样。阿灿自己在心中早已反复想象并拒绝了多次。想象和拒绝难道不应该被置疑吗?想象和拒绝的组合就像是一副手铐,戴着无数副手铐的阿灿几乎一夜未曾合眼。从光辉体内溢出的酒气在狭小的房间弥漫,呼吸着含有酒精的空气,阿灿觉着自己快要醉了,但是偏偏一点儿睡意也没有。朱丽娟异常清晰地从脑海中跳出来,一笑一颦,一言一动,都逼真又生动。朱丽娟说:"你们两个人不能总是像小孩子,能不能都快点儿长大!"朱丽娟这么说的时候,顺手理了一下自己背后的大辫子。那条大辫子,又黑又粗又亮,走到哪里都能被视线聚焦。看到大辫子的人,无不想加快脚步赶超到前面,回头再看大辫子长了一张什么脸庞。因为朱丽娟是一个美人坯子,这种美又由于她本人的不自知和不以为然而被无限放大,容易烧灼无意撞见者和存心觊觎者的灵魂,让他们魂牵梦萦,或者缄默于心,或者冒犯于行。阿灿和光辉两个人,既被视为美的同行人和守护者,更让人妒火中烧,以为是障碍。还好他们焦不离孟,才能相视一笑,与身边层出不穷的饱含敌意的言行相抗衡。

即使被嘲弄为两只癞蛤蟆,他们也忠于职守;即使在运动场上被特意针对,遭受黑手黑脚无数次,他们也迎难而上。此情此景,历历在目。

  鸿雁长飞光不度,鱼龙潜跃水成文。尽管外面还是黑蒙蒙的,第一只鸽子已经悄然落在了屋顶上。阿灿仔细聆听,很快捕捉和辨别出第二只鸽子的脚步。两只鸽子一前一后飞抵这里,像站岗的哨兵,精神昂扬地迎接旭日东升。随后越来越多的鸽子加入进来,屋顶上很快达到可想而见的拥挤。鸽子们开始在上面散步,有时像一条蜿蜒的湍急河流,有时像分岔的汩汩溪流。光辉也醒了。他梦到自己和阿灿一起去看朱丽娟,阿灿和朱丽娟走在前,他尾随在后。那是村头的一条小路,不够三人并排走,也不允许后面的人超到前面去。光辉自觉自愿压阵,想让阿灿和朱丽娟多说说话。走着走着,三人突然停下了脚步,朱丽娟惊觉离村子已经很远,建议往回走。于是变成光辉走在前面,阿灿和朱丽娟跟在后面。这是最美的一段旅程,让光辉永生难忘,尽在不言中。光辉醒来后的第一个念头是,阿灿既然打破十年的习惯,来南京见了自己,那么他对于去深圳见一下朱丽娟还有什么好犹豫的呢?早晨的第一缕阳光被远处的高楼玻璃反射,像剑一般刺入房间。屋顶上的鸽子似乎也受到惊吓,同时展翅飞走,留下的寂静像鼓面。还是阿灿提出建议,希望像十年前那样,两个人结伴同去看望朱丽娟。但是光辉一口拒绝了,他觉得阿灿应该独自前往。十年时间,毕竟流逝了很多东西,又似乎什么也没有改变。

  "既然爱恋还燃烧着你,谁又能使相思停止?"

六

  阿灿终于一个人坐上了驶向深圳的火车。他本以为,也希望身旁的座位上会坐着光辉,一如十年前,他们一起去探视朱丽娟。

  他怎么会忘了那一天!光辉打来电话,问他知不知道朱丽娟出事了。朱丽娟出什么事了?朱丽娟能出什么事?他们刚刚毕业,手里捏着盖着钢印的派遣证,前往各自的学校报到。朱丽娟去了市区一所小学,光辉远一点儿,被派遣到紧邻县的实验小学,阿灿分得最远,回到家乡水云镇中心小学,也是他的母校。阿灿本来可以争取和朱丽娟做同事,或者去光辉的学校,再不济也能够在县里的小学谋一个教职,可惜他母亲当年与镇政府签了一纸定向委培的合同,从哪里来必须回哪里去。这束缚像镣铐,这原则像禁锢。三个人便如同三颗行星,进入各自的轨道,准备就绪,待命起航,迎接新生一样踌躇满志。朱丽娟送给阿灿的临别赠言是:希望踏上工作岗位的阿灿,能够好好把酒量练一练,下一次聚会能不醉无归。光辉写的则是:诗人在诗行里栽种的玫瑰和红豆,是时候赠予到爱人的手中了。在返乡的途中,阿灿托运的行李中的拉奥孔石膏像因为一路颠簸而断成了几截。

"为什么拉奥孔在雕刻里不哀号,而在诗里却哀号?"

阿灿于是火急火燎地坐车赶到光辉的学校,两个人会合之后便由光辉骑着摩托车再马不停蹄地直奔朱丽娟家。朱丽娟现在在家中闭门不出,电话也关了机,情况让光辉非常担忧。在路上,光辉把自己所能知道的情况大致说给阿灿听。车速很快,呼啸的风把光辉的话扯成了碎片:有一个学生家长喜欢朱丽娟……那个男人是社会上的所谓成功人士……一个银行分行的行长……有家庭,妻子是公务员,女儿上小学……女儿正好在朱丽娟的班上……痴家伙对朱丽娟展开疯狂的追求……弄得学校老师尽人皆知……朱丽娟一直拒绝……同床异梦的丈夫想要先和妻子离婚,妻子不同意……他铤而走险雇凶制造了一起交通事故……妻子死了……犯罪分子被判了无期徒刑……电视和报纸都有报道……社会舆论很不好,说什么的都有……学校让朱丽娟休了长假……朱丽娟现在情绪很坏,什么人也不见,什么话也不说……为了听清每一个字,阿灿取下了头盔,长风迎面痛击他的脸,如同掌掴,他觉得自己脸上的肉在打哆嗦。他平素不看电视、不听新闻、不翻报纸,因为初来乍到,在办公室里和其他老师也很少交流。他们似乎聊起过这件事,只确定是市里的一个小学女老师,但具体学校和老师姓名一无所知。他怎么会把这样的事和朱丽娟联系到一起呢?朱丽娟和自己一样是新老师,工作才几个月,连学校里的老师和班级里的学生也未必能认清认全,怎么会招惹上学生家长,引发这样大的悲剧和惨案呢?

在村人别样的目光中,他们一路打听找到朱丽娟的家。朱丽娟和她的奶奶生活在一起,她的父亲在外地工作,只有逢年过节才回家,平时定期汇来生活费。对于阿灿和光辉的到来,朱丽娟并不觉得意外,他们一路上的担心在她的脸上一丝一毫也没有看到。朱丽娟的奶奶神色平静,好像经历了人生太多的风雨,一切都看开了。老人话不多,一直在厨房忙碌着,只当是招待两个来家里的小亲戚。

菜肴很丰盛,还特地准备了酒。朱丽娟的奶奶也能喝酒,平时每天晚饭都会雷打不动地喝两小盅,益气活血。朱丽娟、光辉和阿灿都没有喝酒,毕竟这不是一次期待中的理想聚会。吃饭的时候,有一个女人来了,没有进门,奶奶出去和她站在大门外说了一会儿话。朱丽娟趁机说,她能喝酒有一半是遗传自奶奶,别看奶奶现在一次只喝两盅酒,真的喝起来半斤八两不在话下。那个女人来了又走了。

晚餐用毕,奶奶开始收拾灶头。朱丽娟带着他们两个出去散步。一开始谁也没说话,一轮月亮很早就挂在了东方,天已经很凉了。阿灿看着月亮,他不知道今天竟然接近农历月半,月亮真是又大又圆。朱丽娟走在前面,阿灿和光辉跟在后面,慢慢地光辉便拖在了最后。只能听到三个人的脚步声,唰唰地响,像风声有序地掠过不近人情的旷野。回头再看身后的村庄,已经矮了几分、小了几寸,差不多能够看到整个轮廓,漫长的时间被压缩其中。朱丽娟就生活在这里。她的酒量在这里变大,头发在这里变长。走在夜风中,月亮一直飘在前面,像白色的灯笼一样为他们照路。

那个刚才来的女人,竟然是朱丽娟的母亲,她和朱丽娟的父亲离婚后,嫁给了村里的另外一个男人。当时朱丽娟才六岁,自此之后,她的头发似乎就一直没有剪过,越长越长,几乎拖到了脚后跟。很多年之后,她没有让自己的头发长过腰,也没有短过腰,一直那么长,新长出来的就用剪刀咔嚓铰掉。长长的头发一直被编成粗黑油亮的麻花辫子,拖在身后。她的母亲后来又生了一个儿子,还有一个女儿。同住一村的两家毫无往来。朱丽娟的父亲没有再婚,事实上和妻子离婚后,他便远遁他乡,留下老母和幼女祖孙俩相依为命。朱丽娟并不知道父亲在外面从事什么工作,也不知道他有没有起过重组家庭的念头。她知道那个女人是她的妈妈,记忆里也曾经喊过那个女人妈妈,但现在那个女人不再是她的妈妈了。有时候在路上撞见,她格外躲闪那个女人的眼神,认为自己若是被那张开的双手圈住便等于是奇耻大辱。童年时的朱丽娟,阴郁冷漠,从来不会笑。等到初中,才突然变得开朗起来,好像禁锢住心灵的冰层终于融化了。朱丽娟珍惜自己的这番改变,在心底发誓再也不愿回到从前。从前对她而言是一个不堪回首的噩梦。

很奇怪,一路上朱丽娟对眼前发生的变故只字不提,却抓住过去的经历不放。似乎在对他们坦承:瞧,在你们面前的就是这样一个女孩,她有着什么样的过去,她的心路历程如何,她将选择怎样的生活。以此来铺垫,似乎只是为了方便说出更为惊骇的不幸。

所有这一切,都不是她的错。他们只能这样安慰朱丽娟。然而又能怎么样?错不在她,她却要承担一切。母亲的另嫁他人是这样,那个男人的错爱也是如此。朱丽娟能原谅母亲抛家弃女,却不能忍受她作为其他孩子的母亲依旧和自己朝夕生活在同一个村子里,这实在太残忍了。朱丽娟无法阻止一个年长男性对自己萌生熊熊爱意,就好像她不愿意鼓励一个同龄男孩大胆追求自己一样,虽然她可以明言拒绝或暗自期待,但她惧怕那种不管不顾的疯狂,反感那种瞻前顾后的懦弱。她的母亲便很疯狂,而她的父亲又太过懦弱,其核心都是自私。她何其不幸,人生之初便摊到了这样一对父母。她又何其无辜,正当青春的大好年华却遇到了大言不惭又敢轻易冒险的男人。那个母亲和她有什么关系?虽然她生出了她,但旋即又抛弃了她。那个男人和她又有什么关系?虽然他爱她,但得到她的首肯了吗?他爱她,是他的自由。可她拒绝这份唐突而疯狂的爱,不也是她的自由吗?如果他因为这种荒唐的爱而不是她的不予理睬做出了毁灭家庭、残害妻子的行为,这也是她的错吗?他的无情和自大,难道不是源于他的成功,而这种成功不正是社会慷慨地给予他的吗?当他堕落,成为凶汉恶徒,她怎么就成了他的犯罪同伙,甚至更加十恶不赦?在不健全的舆论场中他仍能收获一些同情,所有的脏水便全泼向了她。对此朱丽娟无话可说,唯有牙关紧咬,保持沉默。

往事多么沉重,哪怕回忆的是他人的遭际。阿灿此刻睡意全无,看着窗外。这是一辆驶向深圳的慢车。这也是一辆驶向黑夜的慢车。起初窗外还有两三点微光,那是城市边缘的霓虹或者村庄的孤灯,慢慢地就什么光明也没有了。在长夜的漫漫黑暗中,阿灿能感觉到的只有火车本身。

"旷地里的那列火车,不断向前,它走着,像一列火车那样。"

火车如此,人也是如此。世上的每一个人,也在不断向前,像一个人那样走着。所不同的是,火车有固定的轨道,而人的轨道即使存在却看不见。人生也是有轨道的吧?朱丽娟的父母、那个男人还有光辉以及阿灿,不管是盲目或固执,自以为在坚守还是求变,不过是殊途同归而已。那个男人心甘情愿为朱丽娟犯罪坐牢,甚至借采访的记者之口不断向朱丽娟捎话。他让朱丽娟等着他。他会争取减刑。他要活着出狱。他要和她在一起。他要证明所有一切都是值得的。他毫无悔过之心,既不向冤死的妻子祈求宽恕,也不对年幼的女儿感到歉疚。他擅自在替朱丽娟向其他人宣战。他把人们所有的愤怒和矛头都引向了朱丽娟。怎么,这个世界上还有这样的女人!好像所有悲剧都是她一手造成的,既源于她,也归于她。直到有一天,一个女童被一个白发老妇人用手牵着,出现在朱丽娟面前,那是她的学生和学生的外婆。学生已经不再尊她为老师,用"坏女人"和"恶魔"来称呼她。正是这个坏女人,害死了她的妈妈,让她的爸爸坐了牢。朱丽娟看着自己的学生,从孩子嘴里抛出来的话像砖头和剪刀,让她遍体鳞伤。朱丽娟就是在这时崩溃的。此前她即使心情糟糕,无法工作,必须躲起来生活,但依然坚信自己是清白无辜的。但现在她愿意相信自己有罪。怀璧其罪,她的容貌是罪,由此激发的诱惑是罪。面对孩子,就像面对曾经的自己,她投降了。她愿意向孩子说一声对不起。她真的觉得自己伤害了孩子,还有那位横遭不测的母亲,以及眼前这位母亲的母亲。朱丽娟再难看清自己的人生轨迹,她本以为会一直生活在此处,长伴着奶奶,离自己的几个好友很近,随时都可以聚上一聚,现在她就像这列火车一样在漫无边际的黑暗中开往深圳。深夜的火车把朱丽娟带往珠江边上曾经的小渔村,阿灿和光辉甚至没有赶得及前去送行。

想到时隔十年即将再见到朱丽娟,盘旋在阿灿心头的依然还是当年那句未曾说出口的话。考虑到朱丽娟当时的处境,阿灿一心想要劝说她调到自己所在的小学教书,为此还专门找校长和教导主任探听过口风,得知此事并不难。难的是如何向朱丽娟启齿,毕竟这相当于一次情感告白。更难的是朱丽娟知道后会怎么想、怎么做。果然不出阿灿所料,朱丽娟选择彻底放逐自己,只身闯荡深圳。也许只有在深圳,可怕的流言才不会如影随形地继续搅扰她,让她无法得到安宁和新生。只有离开得足够远,流言才不会波及和伤害她的亲人。然而,第二年可怜的奶奶便去世了,也许是死于心碎。之后,朱丽娟便把深圳当作了她的家乡,再也没有回来过。他们三个人的最后一次相见,便长久地停留在那次晚饭后的散步途中。

"离远了看,这个村庄真的好小,就像一个空火柴盒,里面一根火柴也没有。"

如果是从深圳远远看过来,那个村庄或许更小,齑粉一般,但即使化为齑粉,也是一种存在。

七

意外总是不期而至。朱丽娟并没有出现在阿灿面前,来接站的是陶子姐。尽管第一次见面,陶子姐和阿灿倒是一点儿都不生分,一路上讲个不停,也许她是怕阿灿感到拘束,或者担心阿灿会多想。就这样,差不多是一站到深圳的土地上,阿灿就完全沉浸她们姊妹情中。陶子姐是朱丽娟在深圳认识的第一个朋友,她比朱丽娟早一年到深圳,当时找了一份家政服务的活计。第二年,她成为朱丽娟所在酒业公司的保洁员,那时候朱丽娟刚签了试用期合同。也许是同病相怜,在慢慢接近和互相照顾中她们成了好朋友。五年后,朱丽娟帮助陶子姐成立了自己的家政公司。那时候来深圳的人,不管是年轻人还是中年人,每一个都很拼。朱丽娟是陶子姐见过的最拼的人。因为在酒业公司做销售,朱丽娟经历的最多的就是被客户劝酒,她喝酒几乎是完全不顾身体和不要命的架势。即使她是陶子姐见过的酒量最大的女孩,但还是难免要经常喝醉。每次喝醉之后,陶子姐都会赶过来照料朱丽娟,为她在深夜熬一碗粥,甚至好几次在接到朱丽娟的电话后,于凌晨时分赶到餐厅把朱丽娟从那些不怀好意的男人中间接走。照此看来,陶子姐确实是朱丽娟对他人所言如假包换的老家表姐。

而陶子姐口中的朱莉不免让阿灿感到陌生和惊讶。他不知道朱丽娟在深圳期间,是为了工作便利使用了与她本名接近的英文名朱莉,还是直接在身份证上改掉了名字。朱丽娟和朱莉,虽然发音只有一字之差,但含在阿灿的口中,却咂出百般滋味。还是在初中的时候,阿灿的同班同学花木忠因为擅自去派出所将名字改成花小忠,被他的父母痛打了一顿。花木忠改名字的原因很简单,他下边有一个妹妹,叫花木兰。兄妹俩感情一直很好,本来相安无事,无奈在初中语文课本中有一篇《木兰辞》,妹妹还好,不过是与古代女英雄同名同姓,哥哥花木忠却觉得羞辱,他以为父母是先想好了妹妹的名字,才为他起名叫花木忠。一前一后的误解,差点让父子俩断绝关系,让花木忠成为羁留看守所的不良少年。

因为临时接到重要差使,朱莉只能委托陶子姐代为接待表哥阿灿。这么些年,朱莉和陶子姐交心交肺,唯独对前尘往事闭口不谈。陶子姐当然知道,南下深圳的人无外乎三种:淘金者、寻梦者、逃婚者。三者眼睛里的光是不一样的。

淘金者眼里闪烁的是绿光,像深夜潜行捕猎的腹中饥饿的猛兽,深圳号称不夜城,黎明前还拖着疲惫的身躯在大排档消夜的大都是淘金者;寻梦者眼里是淡淡的蓝光,但对梦想的无尽向往很容易变成对名与利的贪婪,蓝光里掩映不住的荧光闪烁,最终可能彻底覆盖住蓝光;只有逃婚者,她们大都是女性,目光澄澈但眼神坚定,具有打死不往后看的决绝。陶子姐就是一个逃婚者。家在湖北荆门市,和丈夫结婚后育有一儿一女。可惜丈夫酗酒,酒后行为无端,在外寻衅生事惹麻烦,在家更是动辄詈骂殴打自己的女人。陶子姐不堪虐待,于是只身跑到了深圳,一方面是躲避酒鬼丈夫,另一方面是未雨绸缪给未及成年的儿女积攒些钱财,现在的上学、日后的成家都能用得着,而孩子们的父亲是根本指望不上的。在最初的几年,陶子姐还是会受到丈夫的骚扰,他通常是打着也来深圳打工挣钱的幌子,不停地向陶子姐伸手要钱,其间旧习难改依然会酗酒和家暴。朱莉说服陶子姐鼓足勇气辞职单干,并给予资金支持。在朱莉看来,男人是自卑和狂妄的结合体,有了钱会肆意妄为,没有钱只会胡搅蛮缠。想要摆脱那个浑蛋老公,陶子姐只有变得更强和更有钱。终于,酒鬼兼胆小鬼灰溜溜地回了荆门。他并不适合深圳,深圳也不欢迎他这样的游手好闲者。陶子姐在深圳什么苦都肯吃,人踏实又善良,她的家政公司聘用的职员也都一律具有这些美德,深受业主信赖和好评,生意也蒸蒸日上。陶子姐在深圳成了一个创业者,虽然挣的是小钱,但已经让丈夫及其势利的家人望尘莫及。想到妻子毕竟是为了一双儿女,丈夫最后勉强同意了离婚,陶子姐终得自由。这便是陶子姐来深圳的最初原因、经历的漫长过程和取得的阶段性结果。作为过来人,陶子姐心里猜测朱莉很有可能也是一个逃婚者,但朱莉不说她也就不问,只是奇怪,为什么除了两个表哥,朱莉从来不谈家人,她的家人包括她偶尔提及的两个表哥也从未来深圳看过她。

听到这里,阿灿唯有默然,朱莉口中的表哥肯定是他和光辉了,心中又是痛又是苦、又是悲又是怜,一时黯然神伤。从陶子姐所说看来,朱莉现在生活得很好,但早年在深圳的经历不可能一帆风顺,必然遭受了很多苦难。想到朱莉在深圳的风雨中奋力拼搏时,他所做的不过是读书写诗、备课上课,把自己的生活在形式上强行分成明暗两个部分,明里众人可见,暗中只有他一个人在收获持续的自我感动。此刻置身深圳回望过去,竟然都有了拙劣表演的成分与痕迹,真是可鄙之至。他在表演给谁看,他又在欺骗谁?他以为时间在拘禁、地点在淹留,却没有想到生活一直在向前奔涌。只有生活在不舍昼夜不停地奔涌,"尔曹身与名俱灭,不废江河万古流"。可笑他还在池塘边沉吟,在长江边赋诗,在南京的酒吧里对究竟谁是诗人产生恍惚的思辨。

在深圳确实只有三种人,有的人迷恋于淘金,有的人寄心于寻梦,有的人只是一个劲地逃。阿灿在深圳什么也不是,他无意于淘金,他的梦想也已接近枯萎,逃跑他倒是在行,不过他既没有逃到南京,也没有逃到深圳,他只是在原地逃遁,画地为牢。如果每次只是寄望于暑假的千里路之行,他又能逃到哪里去呢?当年朱丽娟只身闯深圳,他紧张不安过,以为朱丽娟是再向虎山行。他所关注的新闻中的深圳,不断创造奇迹,积累大量财富,也创造了很多有钱人。这些坐拥股票、证券、公司和地产的人,谁都比那个入狱者的能量更大也更可怕。他不知道朱丽娟心里怎么想的,但是身畔同伴的离奇遭遇,让他在一定程度上也成了惊弓之鸟。他厌恶金钱、财富,以及与之相关的贪婪欲望和功成名就,他对身边的这个世界深感失望,并轻易产生了举世皆浊我独醒的感觉。他要走在自己的林中路上,绝对不被周遭的图像和沸腾声响所扰。他愿沉浸在过于喧嚣的孤独中,哪怕被人看成怪胎和异类。

现在,置身朱丽娟位于深圳罗湖区的家中,阿灿终于得以长出一口气。朱丽娟在深圳的生活真实可感、触手可及,但也遥不可攀。作为一个大部分时间和酒打交道的人,家中最醒目的就是整面墙的大酒柜。就好像他一样,他整天看书,因此卧室里便竖着两排书架。然而让他吃惊的是,他历年来花在买书上的钱,竟然有可能抵不过其中的一瓶酒。朱莉临行前特意交代过,只要阿灿想喝,可以打开任意一瓶。陶子姐这么一说,那些价格不菲的名酒便像是在集体嘲笑他的酒量多年没有长进,依旧肤浅。如果不是陶子姐,而是朱丽娟在,他会不会拼却醉颜红呢?这么一想,阿灿顿时泄气。深圳之行不再如预想中那么复杂,只是来一趟深圳而已。十年前,朱丽娟也来了深圳,想必也没附加更多无谓的意义。朱丽娟到底算不得是一个逃婚者,也未曾自视为一个寻梦者,更称不上是淘金者,她来到深圳,只是像一个快要窒息的人渴求大口呼吸,像逆旅之人蓬飘万里,终于系舟登岸。经过不懈努力,她打下了一片天地,得以倾心投入生活,好比孤鸟筑巢,小心翼翼只求固若金汤。墙上挂着朱莉的照片,折翼的天使依然是飞天,不过少了那条大辫子而已。短发的朱莉飒爽明靓,眼光朝前射出去,坚定而充满希望。陶子姐说,她成功说服朱莉做出的唯一改变,就是剪掉大辫子。来到深圳的人应该轻装上阵,再也不要往回看。短发的朱莉,瞬间像换了一个人。阿灿抬头仰望墙上的朱莉。毫无疑问,这依然是朱丽娟,但也是朱莉。朱丽娟也好朱莉也罢,是同一个人在不同时间段的真实呈现,一个在青春期,一个在成熟期。谁在逃避生活可怕的追击,谁又在拥抱不完美但值得正面和珍惜的生活,不是一目了然吗?

深圳确实是一座包容的城市,来到深圳的第一夜阿灿便睡得如此沉静、踏实。晚上起夜,他仿佛看见朱莉不开灯坐在客厅沙发上,面前的圆肚玻璃酒樽里盛放着幽暗而珍贵的液体。窗帘未拉上,传说中不夜城很碎的天光细碎地落到屋内。他渐渐适应了室内的光线,看到相框里朱莉雪白的颈子、柔和的双肩,仿佛春天树枝吐出的一枚新绿,生机悄然,殊为可爱。朱丽娟肯定也会经常看一看墙上的朱莉吧?"一样的东西愈加完美,愈加感觉着愉快和痛苦。"这么想时,墙上瞬间便挂满了从朱丽娟到朱莉的各个时期的照片,他为之尴尬、恍惚、忐忑,一张张看过去。朱丽娟就是朱莉,朱莉就是朱丽娟,能有什么不同呢?所谓的不幸不过是生活中的一段插曲。而幸福呢?幸福也许是生活的起点,或者是生活的终点,更有可能贯穿于生命的始终。

这座南方城市真是个好地方,难怪陶子姐一直炫耀地说,随便在坡上插根竹筷子,也会长出一棵竹子来。她和朱莉真的这么做过,在某处小坡上,她们每周都带一把竹筷子过去,深深浅浅地植入地中,宛似一炷炷高香。她们称之为"筷活林"。他信然,但拒绝了陶子姐满怀期待的邀请。他没有资格去那里,哪怕不种筷子,只是远远地观摩。就让那片成长起来的茂林修竹在想象中摇曳生姿吧。即使不能和朱丽娟重逢,但是他遇见了照片中的朱莉,已经不虚此行。

"我从远方赶来,恰巧你们也在。"

虽然朱丽娟一再叮嘱他务必等她回到深圳,她不愿意两个人不见一面他就在她回来之前离开,那真是太遗憾了,但他还是决定离开。两天之后,依旧是陶子姐送阿灿去车站。陶子姐早就猜到阿灿并非朱莉的表哥,更像是老同学。阿灿心下已经释然。在南京他以为自己是诗人却开始自我怀疑,在深圳他做回久别未见的老同学而不是扮演一位不称职的表哥,这样都挺好。他坐着火车来深圳,又坐着火车离开。除了车次不一样,在铁轨上奔跑的火车并没有什么区别,而他不再是原来的他了,就好像朱莉和朱丽娟一样。

坐在火车上,阿灿心绪已平,他打开陶子姐交给他的包裹,里面竟然是深圳十年来的十版地图。十年真是一个奇妙的时间段。十年过去,发生了太多事情,可以说物是人非,可似乎又什么也没有改变,依然是昔我往矣和今我来思。算来他去了南京又到过深圳,这个暑假也只过去了一半,还有足够的时间让他在大地上做一次随性的漫游,就像以前每一个暑假一样。假期虽然临近尾声,但还没有结束,他依然可以不必停下匆匆的脚步,急于做回他自己。

番外

亲爱的老同学:

见字如面。

一连数日,我在神农架浓密的山林里穿行,双脚不时陷入绿色的污泥中,树枝重重地抽打着我的躯体,花粉和鸟粪扑簌簌掉在我的头发里。光斑有时伴着巨大的水滴从树杈间跌落。我觉得自己形同山魈,完全看不出人样,如果迎面过来一只熊或者老虎,也许都会被我的气势吓到,退避三舍,屏气凝神地等我过去。诗人拥有王者不及的荣耀。在我的想象中,肯定有过不止一次这样的相遇,猛兽躲在林间小心翼翼地观察我的举动。这让我异常兴奋,甚至幻想,如果我能就此一路走回自己生活与工作的水云小镇,那真是妙不可言。

后来,在一座因山体滑坡形成的堰塞湖边,我终于看到了自己水中的倒影。天空的神曾用庄严之声说:"不可使那纳喀索斯认识自己。"连续几天,我沉浸于孤身漫游,慌不择路,像一朵云,直到在这被人工用石头堆砌加固的湖畔,蓦然遇到成千上万朵摇曳的黄水仙,心也忍不住随之翩翩起舞。这不正是我一直所渴慕的吗?在人生的穷途末路,看到了久慕的天堂景象。瑰丽的诗篇一旦打开,美妙的诗句就会像一串诱人的葡萄,夜晚助我安睡,清晨伴我醒来。

请想象一下这幅画面,我像狗一样趴在水边,将整颗头颅插入水中,感受到在水的微漾下,板结的头发正慢慢散开,在水中如簇拥的蛇群一样摆动。泥垢在我的脸上消融剥落。如同闭目沉思的美杜莎,心里装有闪电的折尺。我体味着水的清凉与干净,甚至领略到温柔的善意,慢慢睁开眼睛。也许水库里会有一群香蕉鱼正巧经过,在我的目光中瞬间石化,沉落水底。然而,令我万分诧异的是,我在水中竟然看到了一副面具。一副人类使用的面具。面具从十几米深的水底冉冉上升。面具后面，还隐藏着一个阴影般的躯体，好似鲛人或夜叉，但更像海神波塞冬，踏着翻涌的浪升上水面。我太吃惊了，翻滚的水泡差点呛入我的肺中。我赶忙从水中抬起头，随即精疲力竭地瘫坐在岸边。

我没有想到，自己并不是此间唯一的访客。或许我是误打误撞来到此处的客人不假，但上得岸来的波塞冬先生，那个潜水员，却不折不扣是位主人。曾经的主人。为了防止堰塞湖有可能溃堤带来次生灾害，当地政府便在堰塞湖的基础上修建了大型人工水库，为此必须淹没附近的几个村庄，把成百上千的村民都迁移出去。潜水员对我这位远方来客，也是不速之客，充满了好奇。在他眼里，我显然不是神农架的野人，也不像探索野人之谜的考古学家。我告诉他我是一位刚离职的小学语文教师，同时还是默默无闻的诗人。至于为什么只身出现在这里，不过是为了和行将沉入水底的白帝城和诗仙李白告别。随后我诵读了李白的那首诗："朝辞白帝彩云间，千里江陵一日还。两岸猿声啼不住，轻舟已过万重山。"因为教了十年书，我已经熟悉小学教材上的每一篇课文。

潜水员以一个当地的传说款待我。我觉得很有意思，特别想复述给你听。

古时，村子里住着一位独居老人。老人夜里梦见一条龙，龙对她说："某年某月某日，村子会被大水淹没。"老人急忙遍告村人，但没一个人信她，还哄骗她说："既然龙在梦中提醒你，你不妨再去梦中向它求救，看看如何才能避免这场滔天大祸。"这是因为老人没有自己的孩子，像一截枯萎的老树，再也抽不出嫩绿的枝条。老人再次梦到龙，龙被她的诚心感动，说："解救的法子确实有，只是担心横生枝节，到时不仅不能免灾，倒会速祸。"老人再三哀求，龙不得已才泄露天机："明天午时三刻，村头的桑梓之荫下，有肉色白虫困于蚁群。如你能解去白虫的劫难，带回家中，仔细照顾，或许可以弭灾。"次日，老人发现龙在梦中的点化都一一应验。老人从蚁口救出的白虫，和二眠之后的桑蚕一般大小，村人因此绝不相信它能纾灾解祸，还嘲笑老人肯定被梦中的龙给骗了。只有老人坚信不疑，虔诚地供养它。白虫以水为食，食量很大，身体迅速变长变粗，像一条白蟒，额头有两处凸起。老人心里明白，自己供奉的其实是龙。白龙白天盘在老人的床下睡觉，晚上出去到处找水喝，一口气能喝掉半塘水，即使大河，也会顿时浅上两指。村人多次撞见白龙饮水，以为是妖孽，对白龙的害怕，甚于灭顶的大水，于是带着棍棒刀叉，一起拥到老人家中。白龙早有察觉，已经先行离开了。村人只在床下发现一个洞，又深又长，不知通向哪里。大家大着胆子下到洞里，走了很久都没有走到尽头，心里越发害怕，不敢继续往前，赶紧顺着原路返回。等出了洞口，才发现彼此都变成了鱼，鱼头鱼身鱼尾，鱼须鱼鳍鱼鳞，想要说话，张嘴冒出的却是一串水泡。不知不觉间，村子已经被大水淹没，水位高出最高的屋顶都有几十米。

谁能想到，传说突然就变成了现实吗？村人不得已作别故土，进入陌生的城市谋生，其中一个成了在长江里作业的潜水员。他时刻不忘沦陷在水底的故乡，一有休假的机会，便带着潜水装备回来，一个人下潜到十几米的深处，与淹没在水底的村落静静相望。有多少回忆在深处涌起啊！我不独理解了他，还起了同病相怜之感。同是天涯沦落人，相逢何必曾相识？一瞬间，我们便如同交往了十多年的老朋友。

"既然你有缘出现在这里，你想看看这座被大水封存完好的村庄吗？"面对这样的邀请，我简直受宠若惊，但又很羞愧，因为我甚至不会游泳，虽然我生长在长江下游，身边是星罗棋布的河流湖泊。"其实，潜水并不需要先学会游泳。"潜水员笑了，安慰我说，"世界上很多优秀的潜水员，说出来估计你都不会相信，居然都是旱鸭子。"

就这样，我变身潜水员，走进荡漾着黄金和玛瑙的水中，下沉到水底去体验，满心以为事实和真相就在眼前。你肯定要好奇，在水底我究竟看到了什么？湖底世界和迪士尼的海底乐园难道不是很接近吗？完全不是。朱莉，我告诉你，我在湖底看到一个很小的村子，就像一个空火柴盒，里面一根火柴也没有，鱼类和螃蟹、贝壳和水藻，好像都抛弃了这里。但更为神奇的是，这不仅是新朋友的村庄，还是我本人长期以来生活的地方。十年前我曾想邀请你来这里生活和工作，但因为太过冒昧未敢启齿。现在想来我的审慎还是对的，毕竟它对我来说也不是一块乐土。

肯定是长途跋涉带来的身体疲劳，还有深处水压对大脑的影响，以及层层柔波晃动形成的效果,让我在恍惚中看到了自己的故乡。除了在外读书的五年时间,我在水云镇生活了二十五年,这个我刚刚下定决心告别离开的地方,却在我完全没有预料到的情况下,赫然出现在我的眼前。我清晰地看到了自己的日常生活。从星期一到星期五,还有周六和周日,那些日复一日重复发生的事情,仿佛转移到了镜子里,仿佛从未发生。我的母亲在时代大潮里变得精明而坚强,适时做起了饭店和旅馆生意,因为镇子上的外来人口越来越多,傻瓜都能看到这是挣钱的大好机会。把家变成饭店,把家变成旅馆,对我来说也是好事情,因为这样一来我就不再是家里唯一的房客和食客。而我的母亲,那位被房客和食客交口称赞的老板娘,手里攥着钞票,眼睛却悲哀地盯着儿子的背影,像鱼吐泡泡一样喃喃自语:"儿子啊,这一天到晚,你心里到底在想什么呢?"什么都不想,那是不可能的。镇上几乎所有人都知道,我耽于幻想和沉思,除了做老师上课教书,几乎是一个没有长大的孩子。这是对我不思进取且没有健全心智的含蓄表达。如果在我的内心世界里住着一个野心家,哪怕是像极度渴望成功的于连一样,时刻都掀起一场暴风雨,也就好了。我的母亲就不用再时时刻刻担心我不适应时代,其他人也不至于大胆无礼地嘲笑我,编排我的流言蜚语。只有这一点,才是让我彻底心烦的,但竟然束手无策。

  在深水湖底,我再一次对望自己颇为可笑的形象。多少年了,我还是一喝酒就醉,酒量相比读书时更差劲了,简直羞于提及;一害羞就脸红,一感到拘束就习惯性地用右手摸自己的后脑勺。对于很多人对我发出的疑问,我一概无言以对。从一开始,我在师专毕业后为什么选择回镇上工作——那是因为我母亲和镇政府签了委培合同,想来正是这笔钱开启了她生意上的迷你王国;以及后来,我为什么不谈恋爱不结婚——这和局外人似乎没有任何关系;还有关于工作的,我为什么不考虑升迁,无意调到市里去——这让我和他们看起来大为不同。"不想当将军的士兵不是好士兵。"在这件事上,他们竟然用拿破仑的名言来审视我,真是好笑。

  唯一觉得遗憾的是,在水云镇新旧两条街中间穿过的柏油马路,还有青石板铺就的老街,辞职后我大概不会再有机会每天徜徉其上。我家后面的那眼小水塘,估计很快就会被平掉,连同我上千次的流连忘返,还有兰波想象的水面醉舟、劳伦斯讴歌的草丛中的长蛇、胡适眼里蹁跹的黄蝴蝶,都会消失不见。多年来诗歌营造的幻境破灭了。提前面对所有这些可能的变化,我难免怅然若失。为了这一刻,我准备了差不多十年。自己想离开的总有可能离开,而那些渴望靠近和抵达的呢？就好比水底污泥里产生的一个气泡,升上水面后迅即破裂,它离开了吗？它抵达了吗？

在繁密升腾的水泡中,我还看到自己站在讲台上、坐在办公桌前。在我的办公桌上,是打开的包有书衣的诗集,里面藏着二十首情诗和一首绝望的歌。在我的面前是孩子们一张张红扑扑的小面孔和一双双乌溜溜的大眼睛。亲爱的老同学,这是属于我的真实生活。这是我第一次爱上一个集体——想来你也一样,曾经的你也是这么说的——爱他们的朴实无瑕,爱他们的天真烂漫,爱他们的求知若渴。每周一次,我组织班上的男生打扫男厕所,调皮的孩子们即使在厕所里仍然会冲着彼此挥舞扫帚,浑然不惧沾上的零星黄白之物。爱有污秽。道在屎溺。请原谅我说起打扫厕所这样的小事。彼时彼刻,他们更像是我的老师。遇到镇上赶集,我带着几个作文写得好的学生在人群里挤得满头大汗,教他们如何观察生活。看着他们的好奇被一一满足,我重温了热爱。春节前,我协助学生在街上张罗免费赠送春联的摊位,我负责书写,学生们负责发放。在这样的社会实践中,孩子们学会了很多对联常识,排队领取到对联的人都感到庆幸,只有我的老板娘母亲气煞,埋怨我有生意不会做,还要倒贴买红纸的钱,比三呆子都不如。三呆子是我们镇上的憨伢,四十岁光景,无父无母,无儿无女。钱真的有那么重要吗？我有时难免要任性负气地想。很少有人会在摊位旁驻足欣赏,觉得那真是一幅幅好字。我又开始自恋了。虽然我更喜欢写诗,但自信以后在书法上的造诣将会更高,如果不嫌弃的话,我倒愿意为你写一幅字,可以挂在你的客厅里。在深圳的时候,我就想好了要写的内容。可是,在水云镇谁会在意这些呢？毕竟应景的春联贴在大门上的时间只需熬过正月半即可。似乎只有在春节前后的大半个月时间里,"从前慢"的生活才借助春联象征性地走进千家万户。现而今,每一个人都是忙碌不堪地生活的。从地升天,从天落地,从东到西,从南往北,再无鱼戏莲叶间的从容不迫。没有谁被生活落下,都在不知不觉中被裹挟着往前跑,想停都停不下来。只等着回忆迅速倒灌封存,回顾时便好像穿着潜水服下沉到堰塞湖的底部,做近在咫尺隔了一层的观望,但进入不到内部。曾经的生活真的这么容易摆脱,且永远无法再进入吗？在水底,我就是这般浮想联翩。

凝视着水底的村庄原型和生活实景,虽然它们都是空的,我的耳畔似乎又响起父母高声唤我吃饭的回音:"阿灿,阿灿,下楼来吃饭。菜和汤都凉了快。"在那一刻,我似乎并未完成远游,没有在古城南京(光辉的住所)和新城深圳(你的家)做短暂逗留,也错过了与白帝城的最后话别,我的人生中最后一个暑假就此戛然而止——我依旧坐在自己的空中阁楼里,那是我的卧室、书房和画室,面对着我当作宝贝收藏的书籍和雕像。桌子上的荷马、孔子、但丁、伏尔泰们,像是已经结束了一场亘古及今的会议,无不显得庄严肃穆,沉浸在让人不安的默思中。

(原载于《人民文学》2019年第9期,马小淘选编)

旧海棠 / 本名韦灵，1979年生，安徽临泉县人。作品见《收获》《人民文学》《十月》等刊。有作品入选收获文学排行榜中篇小说榜，获广东省青年文学奖、广东省有为文学奖短篇小说奖、第六届西湖·中国新锐文学奖等。出版小说集《遇见穆先生》《返回至相寺》。最新作品长篇小说《你的姓名》发表于2020年《收获》长篇小说夏卷。

十光城

一

是称心如意的地方。

我的房间向西,窗正对着山,窗帘没拉,一进门就看见窗外的景致了。岭南的三月,所有的绿都发着光。这天晴朗,树冠尖上的新叶被阳光照得透亮,遇一阵微风,轻轻摆动几下,好像一座山都活了。

山不算高,离楼很近,之间是一个很小的临时停车场,只够竖着停两排车。这个距离让站在楼上的人觉得那些树离窗很近,好像手伸出去就能够着树叶。

看了十来套,最终在紧邻的两套房中做选择,这扇窗让我怦然心动,眼前一下子浮现将来坐在这里写作的情景。我跟小文说,就租这个吧。我很清楚我的选择往往不是由理性决定的,但有什么关系呢?理性做的决定有一天也会错。相对那个错的结果,也许现在不理性是对的。

跟小文回管理处拿行李,把大小两个行李箱打开,把衣物放置停当,把厨房和卫生间都检查了一遍。真如小文说的,提着行李就能入住。洗浴室、床铺跟酒店比不了,好在一应俱全,应有尽有。这是一套二居室,房东自住一个房间,出租一个房间。但是小文也说了,其实平时就我一个人住,房东平时不住在这里,等于我出一个单间的租金住了一套二居室,有厅,有厨房,赚大了。

二

房东方语周六上午回,周日下午走,一周只在家住一天。

她周六上午十一点左右到,带着菜回来。自己炒俩菜,泡壶茶,吃饱喝好,收拾好厨房进到自己的房间,直到傍晚才会再出来。出来,冲洗一番,又去屋里了。

我知道方语回来了。租完她的房子,从管理处拿钥匙的时候小文给了我方语的电话。出于礼貌,我给方语发了信息,说我住进来了。方语没有发来表示欢迎的话,只告诉我她回来的时间及回来后的作息安排,又特别说了她喜静,回来也不太会走动。我听着方语的动静没出来,想她是房东,又声明了喜静,人家不先找来结识还是不要太主动了。

周日方语起床很早,五六点,天刚亮,后山的鸟才刚刚欢腾,就能听到她那边有轻微的动静。两个卧室挨着,一墙之隔,那边去露台的开门声和拖鞋的踢踏声都能听见。

方语用洗手间没什么动静,要不是马桶的冲水声,我很难知道她用过洗手间。她用过的洗面盆都是毛巾抹过的,没有水迹。

我没起床,醒一个多小时又接着睡了一觉。待我洗漱后拐去厨房热牛奶,厨房也很整洁,难知方语有没有用过。

如方语说的,她九点左右出门,在周边活动,然后去吃个午餐,再上来拿个东西就进城了。方语说的进城就是要回去上班了,先乘小区大巴去坐两站高铁,然后转地铁到达公司附近。

我之前有两个月没着落,从一个客栈到另一个客栈,总不能安稳下来,跑这么远来租房子是着急了。我看到网上挂的信息,说有近三十余套长期出租,打了电话确认,没犹豫就直接来了。我想,三十余套,再挑三拣四也能看中一套吧。来到这里之后,才知道跟在城里选房子不一样,不怎么需要花心思选房间,主要是你对这里的大环境满意就行,不能怕远。房子都是五年的房龄,装修都是新的,房子空着是因为主人嫌太远,一腔热血买完房装修好才觉出实在是离城太远了,远到都需要坐两站高铁才到地铁口。每天坐高铁上下班是人们预测的智能时代的生活,因为各方面硬件还跟不上,眼下还不现实。最后能在这里住下来的业主大多是老人和极少数的自由职业者,或半自由职业者——一周上一两天班的,不打卡,不掐时,开车也好,坐高铁也好,晃晃悠悠上午能到就好。房子不住人很容易坏掉,开发商早就为不住人的房子想好了出路,买完装完不住的可以委托给他们的物业统一酒店式管理,租出去。

讲好的,我的床上用品不用房东的,由物业提供。除了方语的房间,卫生都是物业每周派人来做,以次计费,按月结算。

从周二住下来之后,我很快投入工作当中,写最后一批专栏,写文案。我在写的一个专栏一个半月后要停掉,再写几篇,就可以把这个事放下了。

其实周日我算与方语打过照面了,她上来拿包回城,我刚好从卫生间出来,我听见刷卡声还没反应过来方语就已经进屋了。我当时还穿着睡觉时穿的宽大的麻料裙,浑身上下肯定是皱成一块抹布的样子。我还没梳头,也没穿胸衣,就赶快回到了自己的房间。后来我想,要是我那会把头发绾起来了,哪怕就是个乱糟糟的丸子头,我也会跟方语打个招呼的。我昨天刚给脚上涂了红色的指甲油,鲜亮明艳,即使没穿胸衣,样子也不会糟到哪里去,但是披着头发会让人觉得像疯子,我觉得。

方语的形象太好了,那一刻我看见的她白净净的,披着过肩的头发,美发店处理过的松软和丝滑,身上穿着一件墨绿色的过膝连衣裙,外面搭着一件米白色圆领外套。连衣裙比外套的领稍低一寸,刚好能见锁骨,非常得体,很职业女性的一种打扮。

刚关上门我就后悔了,这么急匆匆的好像在提防她。为了消除这个心理,我简易梳妆后,披上一件外套特意出来走了一趟。我故意把门半开着,方语要是经过能看见我的半个床和整个的写字台,应该也能看见我开着的电脑。我没在写东西,习惯性地开着电脑。

三

下一个周末方语没回来。我要为一个文案随广告公司到大山里采风,需两周时间,中间两个周末不回来。在我换上鞋要出去的时候,看到客厅榻榻米上被我弄乱的坐垫和茶几上的茶具,又换下鞋去整理了一下。然后我又去拉开客厅里的半边窗帘,让光透进来,像我来看房时看到的那样。

坐小区的巴士去高铁站的路上,我又想起应该给方语发个信息,告诉她我有两个周末不回来。短信怎么编让我纠结了一会儿,怎么称呼?方语您好,方语你好,房东您好,还是房东你好?一时想不好。

待坐上高铁转到市区,又坐上去往广西的高铁,才决定这么写:您好,我出差两周,两个周末后回来。万勤。其实我叫万勤勤,写专栏和文案时乱起笔名,万勤是其中一个。

在广西接近云南的地方,我们住在一家民宿里。分配给我的房间临溪,挨着于总。摄影师的房间临山,在另一头。我放下行李去看摄影师的房间,窗子外面满眼都是绿,我眼前一晃,看到了方语和她的家。我跟摄影师说,我跟你换房间吧,我怕吵。摄影师是个壮汉,打呼噜可能比溪水声还响,不在乎睡觉的环境,很爽快地跟我换了。

放下行李我们急忙去吃晚餐,跟甲方吃饭,聊明天拍片的事。我们要去的是一个竹编工艺村,家家户户做竹器,很多年前被一个老板买断产品,直销国外。老板是个有远见的人,要求他们闷头做产品,不让村里开发旅游。我们从住的地方到村里走路要二十分钟。沙土路,天气好可以开车。这半个月内,我们要拍到竹器生产的每一个环节,从竹子生长环境,到选材、劈丝,再到制作。一个环节的材料做好并不能马上进入下一个环节的制作,要放放,或日晒,或定型。但即使不能马上用,一些环节还是要拍出来。好在他们有大量的储材,每个环节的都有,所以所拍摄的环节用材并不需要是同一批的。半个月拍摄时间还是很紧张,每天都安排了不同的制作环节以供拍摄。

在这里,每天清晨的鸟叫都相似。第二周我才听出规律来,什么声音的先叫,什么声音的后叫。我的工作是根据他们的拍摄进程配文,于总要求不能太抒情,更不能是诗歌式的,要陈述,冷静而不失温度地陈述。我们合作几次了,他知道我写诗,生怕我不小心把文案写成诗歌,其他的他都还满意。我们的合作接近默契。他第二天开工前会看一看我前一天的文字,大多时候只是递还给我时冲我笑一下。等他转过头,我听他朝大家喊开工的声音,便能判断他那一笑是满意还是鼓励,抑或是觉得我没用心。负责摄像的还有两位是从本地请的,一个叫小旺还是小王也分不清,主要协助我们摄影师的工作。另一位叫阿水,协助于总。于总有时不放心他设定的机位,总要在他摆好机位后又过去叫他调整。

于总有时也叫我,明僖,你过去看看他的机位。我不反驳,过去看看,知道他是瞎操心。明僖是我给他们公司写文案专用的一个笔名,因为他们公司所在的大厦叫明洋大厦。

到来的第二天,于总截了一个机会问我干吗跟摄影师换房间。我说怕吵,他瞪我一眼,不似公开场合那种总是冲我笑一下的态度。我也借机反击他一下,你知道我怕吵还把我安排在溪边!他见我有火气,变了态度,温柔地说是小秦安排的。知道事实并不是这样,也知道他为了和解给自己找台阶,我便不作声了。

好天气时,我们要放下工艺部分的摄影去到野外拍竹子的生长环境,早上要天不亮到,晚上日落后回。后来于总还提出要拍一次夜景,月亮好的时候。拍完一次月圆的夜景回来看录像和照片觉得很俗气,嫌光太满,就又计划拍一次新月。等到拍新月这天,所有人扛帐篷上去,这样连清晨到日落都能再过一遍。等日落的时候于总让我跟他下山,我问他下山做什么,要走差不多一个小时呢。他不吭声,快到民宿的时候突然拽了我手臂一把,我回头看他的眼睛才知道他要做什么。我们俩提前一天从深圳到达南宁,直到第二天中午才去百色跟其他人会合,第三天一早我们才一起赶往二道村。

我不是他们公司的正式员工,我是独立写作者,我接项目,但是这两年,基本都在跟他们公司合作。

我看着他的眼睛,心里一下子明白了。

四

工作结束,到了深圳,于总让我去公司坐坐,再聊聊后续。我说有什么好聊的,我明白于总的要求。于总右边的嘴往后扯了一下,说:"随你吧,我是真诚邀请你到公司坐坐喝口茶。"男女不敞亮的关系就是这样,正儿八经的事正儿八经的话也怕遭到误会。我也不想装,冲他说:"我有茶。"于总说:"好吧,下周一来开会。"我说:"周二吧,周一往城里来的人多,挤不上车。"于总说:"也行。"

昨天到南宁我已经微信约好管理处安排人来做清洁,我想象家里一定是干干净净的。

从高铁转小区大巴,看到开发商做的广告架,很大,很高,有一架飞机那么大的面积。广告架前面是一个很大的白帐篷做的站厅,上书:十光城大巴站。看到这几个字心里竟有一种莫名的感动。一种归来的感觉。

房间果然做过清洁,我像第一次那样放下行李到处看了一遍,除了方语的门是锁着的,不知道她屋里的情况,其他地方都很整洁,好像方语不曾回来过一样。

我推了推方语卧室的门,是锁着的。我又去看冰箱,也和我走前一样,不增不减,看来方语也没有使用过冰箱。

进入四月,回南天来了。因为在山脚下,又靠海边,楼里、室外,到处散发着一股潮腥味。楼里的瓷砖墙面用手一搭就是一把水。我的房间和客厅总是开着空调,不用来制冷,用来抽湿。

这个周末方语回来,见我的房间门开着,特意过来敲门跟我说:"你回来啦!你上次走时门没关,我怕潮气大给你关了。我想可能是你走得急,随手带门的时候没带紧。山里风大,房间也不是全封闭的,可能把门吹开了。"我不慌不忙地站起来,听着她把话说完,望着她的脸回了一个笑容。我说:"谢谢你啊,可能是走得太急了。"方语说:"不客气,看得出你也是细致的人,可能真是走得太急了。"我诚恳地说:"是,是,走急了。"

方语不知道,我是故意开着门的。这天我也是算着她要回了故意没有写作,在桌前坐着闲翻书。这样,她回来才有可能走过来跟我说话。她肯定是一个自律的人,若是我在写作,即使开着门她也不会来打扰。为了给她留下一个好印象,我走前特意把房间和床铺收拾好。虽然我知道我回来前一定会约管理处来做清洁时换上干净的被套和床单。

以前我以为这些是跟人相处的小心计,现在我不这么看了,我把这种行为叫作方法,与人相处总要有合适的方法的,不然很容易两败俱伤。

我想是我一直保持着她房子的原样使方语对我起了好感,至于好感到什么程度我不确定。但这种好感一定是她的归属感,觉得我没有对她造成侵犯。知道这一点,我遵守着上次周六日相处的时间规律,她忙什么,我先错开,一直到晚上都没有跟她打照面。她做饭吃饭时我把门关上,是希望她能自在一些。第二天她下楼,见我在房间里冲茶,便说我可以使用客厅。我倒也不客气,告诉她我平时是用的,只是周六日希望把客厅还给她。她也会意我这么说,嘴里却说:"没关系的,我回来你也可以用的。"她虽这么说,看到我在房间里待着,脸上还是很满意。

回南天天气里,我虽不用洗被单这种大件的东西,衣服洗了挂洗衣房还是难干。拿到客厅让空调吹干,麻料的又会硬邦邦。我想过向方语要她房间的钥匙,好趁哪天有太阳拿到她卧室外的大露台上去晒,终归还是没说,只希望她能发现我挂在洗衣房的衣服,主动让我用她的露台。她明显是个心高气傲的人,对于这样的人,她不主动,你越求她事情越糟糕。

五

　　于总是宣传片的导演也是项目经理,我们之前采风的这个项目是他主抓的。周二去广告公司开会前,我已经把文案的电子版给了他。这天会上他打印出来,配合粗剪的录像和照片一起过了一遍。他是给我面子的,有几处小错误并没有在会上纠正我,只是按精剪的要求让我把文字再做调整。

　　中午他请我吃饭,这是可以光明正大的,也不用叫上原团队的其他人。我是外请的嘛。

　　我们选了一家中餐厅,吃完去了楼上的客房。小憩后醒来,他才穿好衣服去马路斜对过的明洋大厦上班。他说了,四点半就能过来,六点半再下楼请我喝酒,吃烤鱼。

　　我们第一次见面就喝啤酒吃烤鱼,然后每次见面我都要求吃这个。他问我烦不烦,我说不烦,每一次见都是第一次见,多好。

　　他总想打听我以前的事情,我告诉他没必要,反正我是不会跟他走得更近的。我强调说:"就这样的距离,见着了就见着了,见不着不刻意见。"他说:"我想你的呀。"我说:"那就想呗。"他说:"想了就想了吗?"我说:"想了嘛就想了嘛。"他说:"你不是这么冷漠的人。"我说:"我肯定不是。"我又补充说:"你知道我不是。"他笑了,笑一会儿又板着脸问我:"再进一步吧? 我去找你,或者你来找我。""不可能。"我说。我把抽着的烟掐灭了。这动作是自然的,火到烟嘴了,不是针对他的。他便想法让我喝醉,这也没用,我再也不会喝到不省人事。我在身体里用疼痛标下了刻度,到哪该停我知道。再怎么喝,也得留着找到自己的床了才能倒下的量。

　　喝不醉我,有次他把自己喝醉,借醉问我,他是谁? 到底是什么样的一个人让我这么防备男人。我跟他说,跟你一样,是个导演也是项目经理,我是他一手带出来的,他教了我很多东西。后来也跟你一样,有妻有女,有车有房,家庭美满幸福。他便不作声了,上来抱着我说"对不起对不起"。我不喜欢听到"对不起"三个字,认识于总之前我就听够了。事实也是,没什么对不起的,爱过了就是爱过了,只是那么不顾一切地爱一个人不可能再有了。"我们谁也不欠谁。"我对于总说。跟他分手后,我就知道我的心了,以后绝不会让"对不起"三个字割开我一毫米皮肉,再让血流出来。我早把这三个字装裱了一道框,镶着两层玻璃,能挡风尘,不进冷热,以保证我再遇到这三个字时肉身不败,心灵不屈。

我以前想要得到的,在于总这里一点也不期望,但我也不想他完全不理我。他除了较年长些,身材走了形,职业身份和思维模式跟他还是很像的,我拥有这些就够了,足以满足我心底的某种情感,或说支撑。我拥有这些可以身无定所,把流浪当作浪漫,身在一间小小的旅馆里也能觉得可以看见全世界。这当然是自欺欺人,哄着自个儿玩的心态,但有什么办法呢?我不是还要生活下去吗?一个人也要生活下去。我并不让于总知道这些心思,事实上他也很没必要知道,他不过也是个客体。说到底我们都是自己的客体,像我是我自己的客体,他是他的客体。

吃完烤鱼我劝于总回家,我说:"你女儿要等你的。"他坚持送我回酒店。他说:"你不要这么体谅人,这是不好的关系。"我笑他:"你这是矫情,得了便宜还卖乖,多少男人巴不得遇见我这样'豁达'的女人,随时可以拍屁股走人,没有负担。"事实上,在遇见于总前我还短暂地交往过两个人,我用跟他的模式相处,撒娇,依赖,想完成他们自己心中的大男人形象,掏心掏肺地依附他们。但不想,这个方法并不全对,也有人很怕这个,总想甩掉我。所以到了于总这,我吸取了教训,我找到了在他面前可以自己做主的方法。也是因为这个,我总故意把话聊死,让于总沉默,让于总适可而止。这次他照例不吭声,默默地起身准备回去。这个情境再躺在一起不是滋味,只能一个人离开。于总恨恨的,那样子让我觉得他从此一走了之,不会再联络我了。每次都是这样,这天也是一样。

于总走了,可能还在路上等车时给我电话:"真的不能说吗?我认识吗?真的,明僖,你说我们是同行,就是我的哥儿们也没有关系。"我知道这个时候不能心软,说话也不能磨叨,我回他说:"不能说,不是跟你有什么关系,是我不想说出来。"我想过这个问题,是不能说出来的,他是我的痛也好,是支撑着我的一口气也好,一旦开口说出,我怕我的身体会像漏了气的气球,迅速干瘪下去,再也提不上来一点生活下去的力气。我接着告诉他,"但可以肯定地告诉你,他不是你的哥儿们,你们不是一个年代的人。"他说:"总不会比你还小吧?"我说:"那怎么可能?肯定得比我大,要不然怎么做我的头儿,一手把我培养起来呢?"他说:

"那我也不老啊,还不一个年代,你八五,还得比你大,八〇前后?能带你做事怎么也得大一届吧?"我说:"你猜这个有什么用呢?我不会说的。"他说:"×,明僖,你是故意的。"

世上有不是故意的事吗?故意的事其实算好的,这个世上,人的一生,无意的才是要命的。

于总走后的酒店房间安静得很,很合适一个无聊的女人沉睡不醒。

然而我不想沉睡不醒。我愿意打开遮光布,裸着白纱帘,把房间的灯全都关上,让窗外城市的灯光照进来。这时我就会很清楚我是谁,不要有虚妄之想。这样的夜晚不管睡不睡得着,不管会不会感到孤单,保持一夜的清醒总是对的,第二天才能知道自己应该去哪里。于总比他对我大方,总想给我好的。他不是,他总要在我身上省下点什么。开始我只是他的助手,刚出校门不舍得花钱,于公于私总是省着花。后来我想订好的酒店好的饭馆,他又说我变了,学会了虚荣。商量好分手了,我希望他能送我一样东西让我以后好有个念想。他问我想要什么?我说要个粉色的机械表吧,又好看,又能海枯石烂,地老天荒。他说什么品牌的,我说劳力士吧。又说,浪琴的也行,香奈儿也行!他说你不是一直想要古奇的黄色包吗?我心中一悚,那款包跟机械表的价值可是差太远了,嘴里说对呀对呀,忘了包的事。我还装出娇嗔的样子说他,你总也不买给我,都要忘了。他说,你为什么一定要我亲自买来送你呢?你买了我可以把钱给你。我说,那怎么一样?你亲自买的有你手上的余温。他不理会我的矫情,说,你还是不够喜欢,女人要是喜欢上一个包,什么也挡不住她要去买。我心想,那是你老婆吧!但我没说,知道这样不但伤人,而且可能会伤到无可挽回的地步。我还不想失去他,我还总想让他明白,我最想要的东西是他买给我的才有意义。但我的话都说到那份上了,不能再赤裸了,再赤裸我会崩溃掉转身就走。我不知道他是不是真不明白女人的心。后来我才想到,他可能是故意的,不逼急了,他不舍得在我身上花一分钱。他要把他所有的钱拿回家里供房养车,让儿子上最好的国际学校。想明白这个,我选择二十九岁生日时在他赖不掉去陪我买包的时候离开了他。我想他明白,我并非一定要花他什么钱,要买什么包。我叫他等我一下,我去洗手间。我在蹲厕的时候换下早已准备好的电话卡,把旧卡丢进了便池。我是看着芯片被水花冲得翻滚时离开的。我等不到便池的水平静下来。那一刻我想到他的妻子,他认识她比我更早,在我以为他会娶我的时候他娶了她。而直到他们有了孩子,我看着他牵着她的手陪她去采买生产的用品,直到他们的孩子上了幼儿园,我们依然没有分手。所以我要趁便池的水还没有平静下来赶快离开,我知道我冷静下来了又会想起他一次次的道歉,抱着我说"对不起对不起"。我不想想起这些,想起这些我怕我又会留下来。

六

方语回来,照例煮饭,她洗完菜敲我的门,说:"你中午别煮了吧,我今天多带了一个菜回来,等会儿一起吃。"她没有称呼我,好像我们成了关系融洽的室友,那种各不相干又朝夕相处的关系。

我稍作停顿过来开门,对她说:"好呀,那我就不客气了。"这个时候再客气就是拒绝了,我懂。

水瓜炒鱿鱼,蛋煎凉瓜,凉拌五香牛肉,另配主食杂粮馒头。

"你北方的?"我问。

"我爸湖北的,我妈是山西的。南北菜都吃。听说你河北的,想着你应该也吃面食。"

"吃的吃的,来很多年了还是以面食为主。来点啤酒吧?"我问她。

"啤酒我不喝,我有红酒,要不来点?"她又问我。

"我也有红酒,我去拿。"我还没有在榻榻米坐垫上盘腿坐下来,说话间起了身。方语也没有拦我。

吃饭时,方语说:"我叫方语,比你大,但你叫我方语就行,千万别叫我方姐什么的。我最怕别人叫我姐了,我有两个妹妹,被叫了几十年,听怕了。管理处的小文总叫我方姐,让他不要叫,总叫,我说你不如叫我方小姐,他挺逗的,宁愿叫我方小姐。"

"他们做服务的,直呼顾客的名字会觉得礼貌上不到位吧?"

"哎呀,看你年龄不大,但很懂人的嘛。"

"大呢大呢,三十多了。"

"我有你的身份证复印件,知道你多大,我大你整整十岁。"

"真看不出来!我是觉得你身上有一种静谧的气质,才觉得你可能大我一

184

点,光看外貌真看不出来。"

"你会夸人。"

方语这么说,我有点虚,怕她以为我奉承她,忙解释说:"真的,我很希望能有您这样的状态,很安稳,一点也不浮躁。我不行,我浮躁得不行。"

"你,不,您。"

"喔,好,好。"我跟她碰杯。

仿佛回到大学时代跟女同学之间的交往,一个眼神,一个微笑就熟了。这一顿饭下来我跟方语也差不多熟了。我要洗碗,方语说她洗,叫我忙自己的事去,像一个姐姐待妹妹。她果然说起她两个妹妹都结婚了,一个在湖北跟爸爸妈妈一起生活,一个嫁到西安了,老公是开出租车的,自己带着两个孩子。她强调说:"都是男孩,都还小,特皮,够她受的。"把碗往厨房收的时候,她还不经意地问我:"你有男朋友吗?""哦,有。"我说。她说:"你会把男朋友带过来住吗?"我说:"不会。"她说那就好,她没有男朋友,不习惯有男的住进来,房子交给管理处招租时强调了一定不能是男的。我说:"放心,他有妻女,家庭幸福美满,不会往我这里来。"方语低眉,下巴微微内收时轻轻地嘘了一声。我正在冲手,水流哗哗地响,她的"嘘"声漂浮在水流声之上。但我当没听见,冲她一笑说:"那这次麻烦你了,下次我洗。"

回到房间,我顺手把门关上了,意识到这个我又把门开了一条缝。觉得怀疑方语请我吃饭就是为了试探我,可能是我太小心眼了,人家是房东,了解一下房客的生活习惯又怎么了,说不定了解是为了更好地相处呢,说不定这是人家看得起你呢!

已经是正午,晴天,山上的树木随着四月的风一阵一阵地摇。有两只白腹长尾的鸟叫着跳着,挺欢快的,也不像觅食,像两个孩子玩把戏,一个逗一个乐,一个跑一个笑。

方语洗好碗去了她的房间,傍晚时,她发信息问我要不要下楼走走。我想了想回复:好啊。

"十光城这名字听着好听,细琢磨又琢磨不出什么意思。开发商为什么取这名字?"我问方语。

"十光是个村子的名字,分十光上村和十光下村,没人知道最开始是怎么来的。开发商收购了这里,要建成一座城,名字大概就这么叫了。十光城这个名字听起来是有点特别的,都以为会有什么意义,其实没什么特别的意义。咱们住的是一期,坐大巴进来看到的几片高楼,建好的是二期和三期,四期在建。五期和六期靠海边,要建成别墅和一家六星级酒店。看规划图那边还在建学校,从幼儿园、小学一直建到高中,据说是国际双语教学标准,到时这里可能真就像一座城了。三期进去的山里,还会建一个养老院和公墓园,开发商连一个人最终去哪里都帮忙想好了。"方语说到这,突然转话题说,"你去过会所吗?有游泳池和健身房。"

"我没去过呢,只去过咱们楼下管理处旁边的健身房。听说可以坐车去海边,我也没去过。"

"你想去哪里看看?"

"去沙滩吧。"

这是晴天的傍晚,四月的傍晚,岭南气温最好的时候。坐在电车上视线快速地移动,能恍惚看见一座城的雏形,像放大版的童话城。想到这,觉得自己成了童话城的一员,除了我之外,这里还住着狐狸、兔子、山羊、大象、小猪和泰迪犬家族。它们有的住在山脚下,有的住在海边,有的住在公路旁,有的住在城郊的农场里。我们的这个城里还有医院、学校、游乐场、酒店和商场,有卡通巴士和免费电车可坐,想去哪儿一会儿就到了……想到这我醒过来了,想到我正在跟方语去沙滩。

十光城的电车是有轨电车,三节火车车厢那么长。这里为什么会装电车是我想不明白的,只有一条环城线,或许是为了旅游宣传造的景吧。不知道是不是依然坐在电车上的原因,视线上的快速移动又让我衔接上刚才关于童话城的幻想。我跟那些小动物打成一片,我们的生活也好像童话故事讲的那样,经常有亲戚来看望我们,来了住在酒店或我们的家里,在这里度过一个美妙的假期才回到另外一个世界里去。可是我没有亲戚,妈妈在我很小的时候走掉了,脾气暴躁的爸爸又娶了一个女人,她给我生了个妹妹,一个同父异母的妹妹。我们小时候还好,一起吃饭、一起睡觉、一起跟大人出去玩。长大后我们在家里的角色就变了,妹妹总偷偷地跟她的妈妈外出,将我一个人留在家里。

因为是周六,来度假的游客挺多,虽还不能下海,很多的家庭带着孩子玩沙、垒城堡、捉螃蟹,等海潮退了之后捡珊瑚和贝壳。方语说,有的是业主,有的是单纯的游客。这里被称为深圳的后花园,除了一部分在深圳买房有压力的人选择来这里居住,还将是城市人周末度假的地方。开车一个多小时,高铁两个站。听说还将有一条高铁线经过这里,就在十光城的城门口,以后这里进出就更方便了。

"像个童话城。"我说。

"什么?"方语说。

"这里蛮好的。"我说。

"嗯。"方语说。

看得出方语把握着分寸的,她告诉我周日上午去三期那边爬山,但并没有邀请我同行。她应该是很会享受独身生活的一个人。

这两年我也开始试着接受一个人生活下去的可能,就一个人,没有爱情,没有情人,没有家庭,没有儿女。老了一个人过不动了住到养老院去,在长期静谧的下午时光里等待死亡的降临。我身上长期放着一个小小的玻璃瓶,里面装着粉色的药丸,每每放到阳光下看都闪闪发光。我哪一天觉得累了,不想等待了,就拧开瓶子服上一粒。想象中,我觉得那粒药应该是像小时候奶奶给我吃过的宝塔糖,甜甜的又有一种奇怪的味道。

七

方语终于把她房间的钥匙给了我一把,还说以后不锁门了,我可以去露台上晒衣服;说天气不好放洗衣房晾很容易出味道;说那个房间风大,旋风容易把门关上,我备一把钥匙方便些。我没客气,留下了钥匙。

到了五月,回南天走一半了,天气更暖,回潮也会越来越小,但雨天楼道里还会有那股海腥的味道。

方语走的当天,我就去了露台,因为天晴,星星非常亮,不知道农历是几号,没有看见月亮,或者还没出来,或者被楼身挡着了。夜晚的山里有一些昆虫的鸣叫,不确定是什么,有的凄婉,有的欢乐,还有一种长期不断的咝咝咝的声音,听不出情感来。听方语说,山的那边有个寺院,是十光村的村寺。以前只有一个老和尚,后来因为开发,寺院也随着重建,年轻和尚多了起来,那里也成了旅游景点。

方语的房间除了有一个大露台,一面墙上还有一个很大的窗子,四扇玻璃窗,配了两层窗帘,一层遮光布,一层纱幔。纱幔米白色,又轻又薄。露台上的门若开着,里外两个对门就形成了穿堂风,或轻或重地吹着纱幔。

窗子对面是另一户人家的露台,两户之间有一个"匸"形的空间,只是两条平行线的长度不一样,那边伸出来的只是一个露台的长度。未住进来前,我一并看了那一家,露台那边的视线是一个小型的游乐场,有滑滑梯、沙坑和秋千架。我觉得有人玩时应该挺吵闹。小文说这套房住着一个独居的老人,回广州去了,整套委托给管理处出租。我当时想过要不要租下整套一个人住,但房子装修太过简陋就有些犹豫。看了方语的房间,被书桌前的景致打动,果断选择了这边。这间窗外的景象只是绿色的树木,像面对一堵绿色的墙,形成的视觉空间是封闭的。这样的空间使人心中不起波澜。独居老人那一家的另一个房间窗户看出去是楼,很要不得,会不自觉看到别人的生活。

不记得上次写诗是什么时候了,这一天我写了一首,就坐在露台上写的,写完并不知道是写给谁的。于总?不像。要不然是他吗?第一段像是指他,第二段又不像了。

我进到这山中
每一天看着黄昏落下,
看鸟归巢,
看星辰在晴朗的夜晚种植在天上。
在有风吹动的时候,
我还看着你进到我的房间。

我们放弃那些年唇齿执拗的经验,
放弃那些熟知的词句,

默默地并肩坐着。
与虫鸣,与微风,
与山那一边僧人的念诵
共度良宵。
一时间我们都忘记身世,
忘记曾在不远的城市街角
凝望过同一枚天边的落日。

我突然发现自己在虚构一个人,心里一时又喜又惊,喜的是我要真正地忘却他了,惊的是我心里还有期盼,期盼一个更心仪的人出现。这个人不一定在我身处的这个世间,甚至不一定具有姓名。他是我理想中的一个人,为我能更好地独立,必须而不一定实际存在并出现。

然后是雨天,江南梅雨季那样的雨天,雨水并不大,淅淅沥沥,下一会儿,想一想又下。有时也会下一个上午,好像下累了,下午就停了。但夜里又会下,我若睡得迟,就能赶上这一阵雨。我喜欢听下雨的声音,却不能细听每一滴雨水落下来时的轻重缓急,不能细听打在高山榕宽厚的树叶上与垂丝榕薄小的叶片上不同的声音。我不愿意知道它们会有这样的不同,因为"知道"是孤独对心灵残酷的告知,那样这一夜肯定要失眠了。有时下半夜也不下,而是到了黎明时下了,一直下到七八点,那些平时早起的鸟不知道去了哪里。

一周后,我又写了一首诗。写完后,已经明确我心里的人还是他,不是于总,不是新的期盼。这种认知经常反复,我很怕这种反复,很折磨人。想到这我一下子不能控制自己,哽咽颤抖起来。

已经下了七日的雨,
即便再下两日
也没什么。日常的生活中
我们何尝不是早已习惯悄然叠加。

一只春蛾冒雨脱茧而出，
然后把白蜡似的卵一粒一粒藏在树叶底下。

我在屋里忽然起意，
想要见一见你的容颜，
想要把群山揽入怀中。

方语下午已经走了，我把诗发给她后，才觉得自己做了一件奇怪的事，担忧她以后如何看我。但想念的情绪一旦起来，也像草木会生长，抑制不住，需要向人诉说。我随后把这两首诗都删除了，我讨厌这种反复的情感，讨厌想见到他的这种情感。我不想再有这种反复的情感出现，于是给于总打了电话，问他在做什么。于总刚好无紧要的事，很高兴地陪我聊天，东拉西扯。他说："你是不是想我了？我去看你吧？"我忙说："不是，你不要来，我就是写作累了找个人说说话。"于总听我这么说，一下子没了兴趣，在电话那一头沉默着。我意识到在利用他抵消对另一个人的想念也心虚了，忙找借口挂了电话。

八

专栏停了以后，一时没找到写作的方向，文案也不是天天有，那种主动的写作我还没有经验。这样，周一我也不想开电脑，翻出还在箱子里的一些书，看到日本作家林芙美子的《晚菊》，就地坐下翻看起来。很早以前看的一本书了，隐约记得写一个艺妓的晚年，她的一个小情人来看她。这已经是一年后的相见了，各自的境遇发生了较大的变化，两个人相见后种种的揣测和企图曾让我好长一段时间恶心。情人之间，如何能发生这样恶劣的猜疑！但现在不这么想了，曾无数次地想象我与他可能的再次相见，有时也想，再怎么忍着，情感也是好不了了，难说不会因为一个眼神不对突然地想到分手，想到分手后一个人煎熬的时刻。坏的不是感情，是这种煎熬对人心的摧毁。

当看到田部提到钱时，我再一次厌恶到看不下去，然后把后面的几页给撕掉了。

周二一早，穿着睡衣去露台上抽烟，抽完烟又回到房间躺下，想着冰箱里吃的没了,要下楼去买菜。想不好要买什么东西,我在屋里踱着步犹豫着。门铃响了一下,我不认为会有人找我,紧接着又响了一下,仍是不想去接。待我想到会不会是快递时,门铃不再响了。

懒散地收拾好自己出门,见门把上挂着一袋东西。好奇怪的,竟是一袋散装的桂圆干。肯定不是给我的,我取下放在旁边的消防箱上去坐电梯。

平时买菜就在一期的超市,超市东西不多,以油盐酱醋米面粉为主,要想再买点零食闲嘴就要到会所那边的大超市去。超市在酒店大堂的一侧,门口常有坐在行李箱上的孩子啃食冰淇淋。周末、节假日人很多,平日里要赶巧了才能看见成堆的孩子。

这天想多走走路,先拐到十光城大门外有一片高大树木的地方,那里有当地人用摩托驮着竹篮卖时令菜和水果。他们不管是妇女还是男人,都是头戴斗笠,相貌黑壮。他们大多能讲些基本的普通话,但除了回答菜和水果多少钱一斤,问他们住在哪里,附近还有什么村子,从来都是闭口不答。他们转身前看我的那一眼,好像在看一个入侵者。也是这一眼,让我对他们居住的地方有了大概的轮廓。那是一个掩藏在半山的原始村落,几户和十几户抱团住在一起,他们的房子是石头的,又或是夯土的、木质的,被祖祖辈辈种植的大树守卫着,从任何一个角度都不能发现它们。但当你到了他们的村里,又能看到那里是一个通透宽阔的空间,因为一棵一棵百年的大树很高,直上蓝天。那种通透是被一根一根树干撑起来的。

提着时令菜走回会所,又买了些零食出来,发现一条街上正在装修店铺。走过去看,见有面包店和小食店,想以后下楼的机会会多起来,不煮饭了吃碗小食总归是下楼很好的借口。

待再回到楼上开门的时候,见隔壁门开着,不知道是业主回来了,还是房子有客人住了。有这想法,便朝里看了看,觉得里面有动静,但见客厅地面上并不是刚拖过地的那种光洁,想不会是客人住了,不然管理处会找人打扫干净的。

已经六月,山里比市区清凉一些,可对于岭南来说天气已经开始炎热了。方语的房间和我的房间的门窗都开着,晌午的热浪到了客厅,我赶快去关上,把两个房间和客厅的空调都打开,让温度降下来。当我去拉方语房间的窗帘时,见对面露台上站着一个男人,赤着上身,正朝这边看。我拉上又打开,他转身进屋了。

我换了长裙学习方语的样子在客厅榻榻米上盘腿坐下来冲茶,体验她长期独自一人生活的感觉。这偶尔的想法让我一时着迷,连续几天里把看书都搁下了。我不但揣想她喝茶,还揣想她洗衣做饭,在每个地方的走动。一天一天地过去,除了后山的虫鸣,什么动静也没有,一时间觉得整座十光城只剩下我一人,在一个悬空的楼阁里过着时间静止的生活。说时间静止又好像不对,日出天明,日落天黑,光还在发生变化的。这时的光就成了时间。

周五晚上,我在露台上抽烟,因为月明,能清楚地看到对面的露台上站着一个人。他转身走进屋里,我才发现他那边并没有开灯。我这边露台上也没有开灯。方语房间的灯是打开的,光照到露台上,能想象的,我在明处,我的行为他能看得更清楚。

周六方语回来,我们一起吃晚饭。如常,我们聊一些与自己并不相干的事情,明星八卦、社会新闻、十光城的将来,借着这些事物有意无意地发表一下对这个世界的看法。同为单身女性吧,一些话题我们总能达成一致,我们都认为这个时代女人不再需要依附男人而活,这说的是经济方面的。在情感方面,女人是否可以独立,方语看我一眼说:"一些情感依赖是生理带来的。"我说:"我不是这个意思,我指的男女之间的情感需求或者指爱情,又或者不是爱情,是一种孤立情况下,不易和解的供需关系。这种关系在同性关系下没有退与让的可能时,而在异性那里可能被包容,甚至不值一提,对,就是借用异性之间的爱情或生理关系,使那种小小的僵局显得微弱,从此使两个人类之间可能走向更深层次的精神探索或生命共存。"

"你把人性想伟大了。"方语听完我说,微微笑了一下。

"我说这个其实也想说同性之间有没有这种关系,可以忽略与包容……当然,我不是说同性爱情,我就是指普通的同性……"

"你说的其实就是人太孤独了怎么办。没怎么办,对付孤独的方法就是承受,或者——"方语把杯子轻轻地放到杯垫上说,"或者就是妄想,就是你刚才想的那些。"

"妄想?"我好奇地看着她。

"嗯。"她说。

我等着她的解释,她嗯了一声后,似乎没有往下说的意思了。

我有些尴尬,只好端起杯子喝酒,因为拘谨,只小小地啜了一口。之后一时无趣,我又端起杯子啜了一口。喝了两次,杯子里的酒也没下去多少,但是当我第二次放下杯子的时候,方语却及时给我添了酒。我摸了一下杯子表示礼貌,这缓解了我们的尴尬——也许只是我一个人尴尬。

"妄想虽然不好,但是如果明白那是妄想再去妄想,也是可以打发孤独的。"方语又说。

我琢磨了一下她这句绕口令,说:"我好像有点明白。"

她把脸转向窗外,我看到她的嘴角有微微的扯动,像讥讽,但也可能是一丝自嘲。我不敢确定,就像我不敢说真的明白她的话的意思,我觉得更多的可能是她的那种气质让我若有所悟。

我突然想起门上挂着一袋桂圆干的事情,就给她说了。方语说:"哦?有这事?"我说:"是呀,哪个邻居给你的吧?我一时不确定就没拿进来,放在了消防箱上。"方语问:"还在那里吗?"我说:"没了,第二天等我想起来去看就没了。"我看了方语一眼,还是因为想揣测这件事跟她的关系,就装着若无其事地问:"邻居都知道你周日要进城的吧?怎么会在周二挂在门上?""有时我出差也会先回这里,可能以为我刚好在家吧。喔,不管了,要是给我的还会再联系我。"方语说。我没在方语这样的回答里捕捉到什么,就把这事给过了,想,真是我多心了。

这里生活方便,有菜买,有健身房,快递送到家,若仅是为了生活,无他求,真的是一个理想城了。我有点动心。

我打电话问小文二期的房子售价。

"均价一万三。"

"啊,这地方还要一万三?"

"要啊,深圳里面都八万了,这都便宜到哪了,东莞都两万了。你要觉得贵,一期还有少量房在一万以内的,可以带你看看。但一期的配套肯定不如二期。"他停了一下,不知是要更正前面的话还是补充,又说,"不过,一期有一期的好,小高层,你出门也能看到。二期后全是高层,三四十层,除六期别墅外,整个小区都不会再有一期这样的房源了。"

"那是不是很差的户型?"我问。

"那是肯定的。想要好户型可以看看二手房,但二手房也是一万二三,就看你个人的需求了。"他说。"让我想想。"我说。

"靓姐,光想没用,真想买,还得看。"

不烂的嘴,铁打的腿,指的就是售楼员吧。他们说话句句精准,根本不给你留任何喘气的机会,这感觉不太好。

我叫他把房源整理出来,我抽个空下楼看一期的尾房和二手房,或者到时一并把二期的房看了。小文很爽快地说:"房源都在我手上的,只要你有空就行。"

看了一期几套二层的房子很不满意,相同的问题,朝向差,阴湿。小文说:"二手的呢?"我说:"那看看二手的吧。"小文说:"二手的好房子你当时租房时看得差不多了。"他话一转说,"你住的那套房怎么样?""我住的?我住的不是方语的吗?她要卖吗?"我知道方语是真把这里当成家的,不然她在公司住着宿舍,没必要每周跑到这里待上一天。很明显的,像一个新媳妇嫁过来了,她眼睛看到的地方都默默地刻上了她的名字。你从她的眼神落下的时候不难看到一种气韵的传达,这是她的家,她托付了终身的。小文一米七五的个,拧眉咬嘴看我一眼后才说:"先不管谁的,你要很满意这一套,咱们可以试试看。"我对小文不满意地笑了一下,说:"方语不会卖的,她也喜欢这套房,都想着在这安度晚年了。"

"这可不好说,有这想法当然好,但还要看房子属于谁。"

"什么意思?"

"你确实想买房吗?"

"当然。"

"要不要去看看二期?"

"不是跟你说嫌高吗?"

"这你就嫌高了呀,这才哪到哪呀。你没看香港的房,都高到哪里去了。跟你说,六期七期开工之后,旁边的那片地,有可能还是建住房,到时少说建八十层都有可能。所以你先别嫌高,去看看样板房再说。"

"有这必要?"

"免得你要这套房了,咱们也忙活了,你又后悔了。"

我有抽小文一耳光的冲动,要不是他那么高的话。但我嘴上说:"好吧,去看看。"

太阳已经落去三期了,在起重机的手臂上候着,好像等候谁的一声令下像跳水运动员那样准备跳下去。我一边跟着小文往三期方向走,一边回头看太阳。它掉下去,天就黑了,即使路灯、建筑工地上的灯全都亮起,十光城也是黑暗的,它被群山包裹着,目前这点灯光还是太微弱了。

我们像赶场一样,很快看了五个户型,都挺不错,户型方正,布局合理。往回走时天完全黑了,路灯很远才有一个,样子孤独无力。小文让我考虑一下买二期的还是一期的。相对来讲,我对方语的房子满意,是对这种小高层的住宅楼满意,十二层,一层八户,一栋楼住满了不到一百户。据小文说,因为一期以投资的为主,其中有三分之一是北方人买来度假的,不常住人,有三分之一是买来养老的,将来才有人住,现在常住的不到三分之一。一期清静是因为房子少人少。二期不一样,据开盘以来的统计,来买房的都是青壮年,是买来结婚生子、安顿家属的,当然都是在深圳买不起房退到这里来的。小文说得激动,说以他十几年的售楼经验推测,入住两年就会有一批孩子出生,然后这些孩子由老人陪伴着在这里从幼儿园一直读到高中。这一人群都是要在这里过稳定生活的,想要一期这样的清静肯定不会再有。以后三期四期也是这样,都是要先解决这一类需求的人。五期是别墅,建给有钱人度假的。六期是各种档次的主题酒店,为将来大面积开发生态旅游项目做准备,除了几家大型酒店,还会有酒店式管理的综合型的单身公寓。单身公寓格局很小,想要一期这样性价比高的房子肯定是没有了。

九

这两年我没有在公司早九晚五上班,主要的收入来源是给于总他们写文案。

很意外的,跟于总发生关系的那次,是到他办公室谈过一个项目之后。他说:"一起吃个晚饭吧。"我没回复他,这时手机响了,可能是熟悉的工作氛围突然很期盼是他,但我知道这是不可能的,之前的电话卡被我冲进了便池,他不可能找到我。因为想起了他,想按下去这个念头,我抬头对于总说:"好呀!"因为第一次我们吃的烤鱼,吃烤鱼就成了暗号,后来他总说,去吃烤鱼,我心里就明白了。越跟于总相处,越是甩脱不掉脑子里他的样子,有时我也会主动跟于总说:"我们去吃烤鱼吧。"于总也是明白的。虽然于总并不知道我因为什么约他。这使于总误以为我对他是满意的,是喜欢他的,而我不想见于总的时候又反复地拒绝他。我的这种无常,不知道于总是怎么看的,但他总是一再地原谅我。我有时会突然地想,于总可能就是他后来的样子吧,懂得了珍惜,懂得了如何使一个女人心花怒放,享受对他深深的依恋。这种依恋不一定是爱情的,不会燃烧,但是生活的,平静如水,能让两个人安安稳稳地过完一生。

于总问我什么时候进城,我说难啊,写东西,赚点钱吃饭。他没理解我的意思,反问赚那么多钱做什么。我笑了,嘲笑地说:"靠写字的人能赚多少钱。"他是知道我的,吃饭钱我还是有的,何况我现在住在山沟里,又不像在深圳城里租公寓,一个月要三四千的房租。所以他说:"你上次不是说你住的地方房价很便宜嘛,你买一套吧,总不能连个固定的住所都没有。"我心一热,感叹于总是真关心我的,知道我的需求。

"我是想过买一套,但我哪有这个钱啊!你借我首付吧?"我试探着说。

于总说:"好啊,你算一下首付要多少。"我随口说:"两成,十八万。"不想于总说,你五万总有吧,剩下的我借你。我一下子蒙了,怕他当真,忙找借口说,我连五万也没有,打工的钱大多寄给奶奶了,奶奶死后没有顾虑了,都花了。可能我说得太真诚,让于总相信了我,也可能于总知道我在撒谎并不想揭穿我。他说:"这样啊,那我再想想办法吧。"他这么说我也听不出他有怀疑,或者他是真相信我了吧。我回忆他刚才说话的语气和状态,也觉得像真的一样。反正,如果有真诚,我不知道那真诚是哪里来的,但我那样说时真想到了死去的奶奶,我的真诚或许是对奶奶的。我最近接了一个公众号写手的活,稿费分两部分,基本稿费加点击量,最终拿到手的钱还不少,比以前写专栏还要高。本来这之前还想,这一周不写东西,清一清脑子,下周写个系列,若于总想起我,便见一见。但他这样说话又让我不敢见了。我以前希望一个男人为我做的所有事情全随着手机芯片冲进便池里了。

于总问:"你这周进城来吗?"我说:"我现在除了给公众号写东西还多接了一个选编的活,这周要赶完,不进城了。"于总说:"我查了下你住的地方有酒店,我去酒店住两天吧?"我说:"别别,我真要交稿,下周人家要印小样呢。"我当然是瞎说。

"感觉你总躲着我。"于总发微信说。

我想想回他说:"是的。"

"What?"

"我不想太亲近你,也不想你太亲近我。"

"我觉得你不是这样的。那个时候你往我的怀里钻,你想我抱着你。"

"某一个时刻吧。我不是也说了吗？别对我太好,我不希望我们有很深的感情,那样到后来更伤人。"我当然相信他能明白我指的是我们的这种关系。

"我是不能对你许诺什么,但我希望能给你一分是一分,这是尽力而为。"

"没必要,情满就会外溢,外溢就是多,一方多另一方就会亏。有亏就扯不清。"然后我又开玩笑说我不是一个长情的人,想两袖清风,来无影去无踪。

于总没回应我这个,发来一个文件,说:"你研究一下这个文案吧,我们准备接一个项目,大概是这个路子,这个案子能给你不少钱。"

我想买房,蛮心动的,但我还是没有立刻打开看。

周六小文一早发微信问:"靓姐考虑得怎么样了啊?"

我随即打去一个电话问小文:"这套不是方语的是谁的？怎么卖？"

"方小姐这周回来吗？你可以探探她的口风,看她怎么说。"

"你卖什么关子？直接说谁的不结了,怎么卖？"

"你别说你买这套房,你就跟她聊聊这套房,看她怎么说。"

方语上午回来,带了熟食,冲茶喝好吃好,如常进了自己的房间休息。用她的话说,先把一周的觉一身的累补回来。我跟她打过招呼,说晚上我煮饭。

方语去睡,我把老火汤煲上,等方语四点出来。汤好了,菜肉也切好了,就差下油,锅热,菜起。方语进来看了看,很赞赏地说:"很不错嘛!"

"酒拿出来了,你打开醒着吧。"

我说着话,方语就出去了。她不用应我,我也知道她会做好。

她这次带回一对坐垫套,把旧的换掉了,新的已经套好。很精心选的花色,她自己用的粉红和灰的细格子,给我的是粉红底色的刺绣。刺绣虽是机绣的,但也很精致,有花草,有吉祥云和双双对对抽象的鸟。看情景她是把我当成还在心生憧憬的小女生了,不过也可能是她心底还残留着粉红少女心。

我摆着菜,每一趟都看一眼坐垫套子,很喜欢。等我脱鞋上榻榻米坐下,一时决定不问她房子的事了,倒想跟她聊聊其他的。但其他的又是什么,她愿不愿意聊,我也拿不准。于是我们吃着喝着,我在加汤时又拿出一瓶红酒开好放在桌子旁边的榻榻米上。方语说:"又开一瓶。"我听着不像拒绝,回她说:"醒着,能喝多少是多少。"

我们干了一杯酒,趁着这口酒的酒劲,我说:"谢谢你。"

"客气?"她说。

"不是。我想说,认识你以后我觉得自己将来可以一个人过活了。"

"怎么说?"

我看方语愣一下,脸上好像掠过一丝不屑,但迅即消失了,表现出一副好奇的样子。

"你不会嫌我烦吧?"我说。

她笑了,于是我就说起了我的故事:"我大学毕业去了一家广告公司实习,喜欢上一个人,这个人呢,先是有女朋友的,高中同学,大学校友,青梅竹马。先是在内地一家事业单位做会计,后来为了他来到深圳,还是做会计,在一家房地产公司上班,算是甲方单位,同事都认识,经常跟我们一起聚餐。但是呢,这个人又招惹了我。这时我们已经认识两年多了,我也能独当一面了。我以为他跟青梅竹马的会计师走不下去了,喜欢上我这样从大学就偷偷写诗的文艺青年。但不承想,相处了三年多,他突然就跟青梅竹马拍婚纱照了。去三亚拍的,电子照片传遍整个办公室,工作群里都有。我用一个星期的时间正常工作,不迟到,不早退,等他的话。他当没事一样,周六加班,照样跟我一起回我的宿舍。我说:'你不解释一下吗?'他说:'没事的,不影响我们。'我说:'怎么能不影响呢?我也是女人,我也想结婚的。'他说:'你添什么乱啊!她跟我十几年,再不结婚就成高龄产妇,那很危险,我说:'你就是这样来看待女人对待婚姻问题的,结婚就为了跟你要个精子生孩子?'他说:'那你想怎样?你现在到了非结婚不可的程度了吗?'我说:'是,我也快三十岁了,我也是女人。'他说:'她大我两岁,三十八了.'我们没有争出结果,继续相处着。他们生孩子时我辞了职,到了另一家单位上班,偶尔有来往。你看,我的纠结就是这个,不想来往了,也不想找其他人,觉得男女太没意思了。"

我没告诉方语我上次跟她说的有"男朋友"跟我现在讲的是两个人,对方语,我是把两个人合成一个人讲的。在我这里,他们两个又何尝不是同一个人呢!

我说"你看"的时候,方语碰倒了她的红酒杯,绛红色的酒水流到桌面上,缓缓地向她流去。我抽纸巾盖着红酒,这时白纸巾一下子红了,过程像一种色彩的升华,颜色由绛红色变得明亮,到了白纸巾的边缘成了粉红。方语也奋力抽纸巾来盖红酒,不想红酒还是流到了桌沿滴到了她的衣服上。方语一下子站起身来,她的衣服是宽松的绵绸套装,粉绿色,上衣摆和裤子上都有几滴。红遇上绿,颜色像淤结不畅的月经。方语有些恼怒,弯腰抽纸巾擦衣服,但绵绸上滴上液体怎么能擦拭掉呢?绵绸中那种又细又柔的纤维不正是吸纳水分的上好材料吗?方语见擦了无用,把纸巾握成一团砸在了桌子上。

我的思维还停滞在刚才的叙述中,以为我们收拾下桌面还可以继续谈论下去,不想方语这么反感。我一时尴尬得很,不知道如何收场。碟子里剩了菜,砂锅里剩了汤,不知道是留着还是全部倒掉。我也没洗碗,回了自己的房间。后来我听到方语从卧室出来去厨房洗碗,我才出来。我说:"不知道你还吃不吃就没洗,还是我来洗吧。"她说她洗,并未对之前起身离开解释什么。水龙头开着,她有条不紊地洗着碗,擦着灶台,慢慢地,她身上的静谧气质又出现了。她看到我还站在旁边,自然地笑了一下,但那一笑跟刚才的话题一点关系也没有,我们仿佛回到了初见,是陌生的。

+

我发信息给于总说:"你借我十三万吧。"于总很快回我说没问题。于总要送钱来,我给他订了会所那边的酒店。有什么好送的呢?手机转账就好了。但我想我应该做到心领神会,默许他"送钱"过来。计算着他到的时间,我穿着低胸的连衣裙和恨天高的细跟鞋去酒店。我穿了恨天高一米七,我是故意的,这样我就跟于总差不多的个子,他要上来吻我,总是需要踮一下脚的。两天的时间里,我没有提过一次钱的事,他也没提。这样的关系,或许都有这样的默契。

于总走后,我约小文谈买房的事。下面的故事是小文讲的。

独居的男人姓孙,快七十岁了,两个女儿都在法国,老伴十五年前提前退休就跟大女儿移民了,他们虽然一直没有离婚,实质上已经是各自单过的状态。刚刚退休的孙先生生活无趣,随看房团来到十光城。那时十光城才建好一期,周边还都是大山,房价很便宜,均价四千多点,孙先生把留给两个女儿的钱拿了出来,一下子买了两套房。这让他自己都感动了,觉得自己很豪气,也很解气,反正两个女儿是不可能给他养老了。房子开发商统一刷了墙,装了大门和窗户,真要住人还得自己买马桶、电器、橱柜、灶台和桌椅,装上房间的门和窗帘。孙先生很快后悔了,想中途卖掉,当时只装了一套,另一套一直空着。方语当时来租房,跟我一样是看上这套房安静,想长租,自己给装修了。方小姐先是在这里住了一年多,后来去了深圳市区工作。去了市区工作这里的房子也不退,还是一直租着,周六、周日回来住两天。据说她是受不了深圳的宿舍十个人住一套三居室,用木板隔着,说是每个人的房间是独立的,但空间很狭小,只能放一张单人床,住着憋屈。

小文说,现在的矛盾在于,孙先生想卖房,方语要装修费。孙先生觉得不划算,两人争执不下。

第二天下楼,见孙先生门开着,坐在客厅里吹风扇,我走过去跟他打了招呼。孙先生赶快站起来迎我,说:"小万,你坐你坐。"然后要给我倒水喝。我说不用,刚喝了水。他便抽起烟来。我说:"我也抽一根吧。"孙先生很意外,忙不迭地分给我烟,又要给我点上。他说:"你真想买我的房?"我说:"是啊!"他说他多少钱卖都无所谓,他就是心里不痛快小方那么对他。他说:"最近是不是都是你在住?"我说:"是,方语每周回来一次,有时出差不回来。"

"她出什么差?她的工作根本不需要出差,她骗你的。她一个月五百块钱租我的,租出去一半还收你一千块,她这个人太看重钱。"孙先生像个孩子喷着口水气愤地说。他左边脸生动,右边脸木然,原来孙先生半边脸面瘫了。

孙先生眼睁睁地看着我。那样眼睁睁的,右半边脸上还是没有表情。然后他说他有好烟,起身拿了万宝路出来。我说我抽中南海就行。他说万宝路过滤嘴好。说着胡乱地往我嘴上硬塞一根,还要给我点烟。我看着他一脸老年斑点的脸,又定住视线看着他右边面瘫的脸,想不好眼前的这个老人为什么会有这个举动。因为拿不准孙先生的举动,便接受了他点烟。他点完看着我的烟,又伸手摸了一下我的脸,动作好像一个老人见了胖嘟嘟的小孩子忍不住要捏一下。我盯着他的右边脸看,低下头忍住了。孙先生有隆起的肚腩,腿长,粗壮,坐在沙发上,三人沙发整整陷下去一个位子。

我低头忍下后,仍拿不准孙先生的状态,只看面瘫的一边表情他好似陷在一种半痴呆状态中并不自知。我想到这些,稍稍平抚了一下情绪,继续抽着烟。孙先生也没再说话。过一会儿,他又问我喝不喝饮料,还像问一个小孩子那样。我说不喝。他突然说:"你跟小方很像。"我还没接他的话,他又说:"跟几年前我刚认识的小方很像。"

听他在说方语,我倒来了兴致,也一时明白了他的举动。于是我也不怀好意地问:"你总在阳台看我,是把我当方语了?"

孙先生说:"你不了解她,她的心可大了,想过富太太的生活。"他说着好像很委屈,我的注意力也一下子从他左边脸转向右边。

明白了他的话,我惊了一下,想到第一眼看到的方语,脖子、脸上白净,身穿墨绿色的过膝连衣裙,白色的圆领外套,很职业女性的打扮。但我还是纠正了孙先生说的小方的形象,尽量公正些说话。我也像哄小孩子一样,我说女人在外做事不容易,如果可能,都想过富太太的生活的。

"你比小方高一点,你喜欢穿长裙,小方喜欢穿短裙,露着大腿。"

我心里一阵翻滚,想眼前的孙先生到底是怎样的一个人呢?是右边脸呈现的不灵便的老人状态了,还是左边脸那样的精明?想到这我抬眼看他,他也正看着我,表情奇怪,精神抖擞,好像右边脸也活了。我心里咯噔一下,但又想知道他是怎么对方语的,便提了一口气冲他一笑,轻佻地吐出一口烟。这可能给他壮了胆,他意识到什么起身给我拿了一个听装饮料叫我喝,然后去关门。在他关上门的那一刻我也到了门口,从他手上夺过门把,侧着身子溜了出去。这是一种本能的逃脱,肢体反应与意识到的危险信号几乎同步。逃脱后我能感受到他扶着门愣在那里的样子,可能他见我到门口就愣了,以致我从他手下溜走没有任何反应。

方语没给我信息,我以为她这周会照常回来,直到周日也没见到她的人。

周一,下午出门见孙先生的门还是开着,他还是坐在会客厅里吹风扇,我像没发生什么事一样过去跟他打招呼。他也像没发生什么一样让座。我拉了一个矮凳坐下,我们自然地抽着烟,聊他的房子多少钱能卖。

气氛是怪异的,猜疑、防备、进攻这样的气息在烟雾里四处流窜。孙先生身上有一股老年人惯有的酸腐气,也在烟雾中流窜,但我们都还是沉住气聊着。

聊着聊着,他突然动了一下身子,坐过来摸我的手,我抽开了。他一会又来摸我的胳膊,我正想着他若抓紧了我的胳膊我是否能够逃脱时,他突然深深地叹了一口气说:"这个小方啊。"然后好像被小方两个字击中了似的,颓然地坐回了沙发,整张脸都瘫了似的,一副像要睡着了的样子。我想着就此离开,他突然睁开了眼睛,好像突然想起来屋里还有一个人,半边脸又活泛起来。他说"我知道你们这些外来妹打工不容易,买不起深圳的房子,所以我也不收你很贵。这套房风水很好的,是这里最好的一个户型,你要是很想买这套房,我就按答应小方的价格给你,就当赠送女朋友的。"

"赠送女朋友——那是多少?"

"一万。"

"一万?哪一年的价格?"

他不回我明确的时间,又重复说一万。

"这边的房价我打听过了,2013年底应该是四千多,2014年应该是五千。小方要是2014年前租你的房子应该在五千以下。"我说。

"那就五千好不好?"他换了语气,像是哀求我。

"好,五千可以。你写字据吗?"

"写,我写,但是这个价格是你做我女朋友的价格。"

"你先写。"我心里恐慌着冲他说,不知道他什么意思。

"好,我先写,我先写。"孙先生重复着话,果真去找纸和笔去了。

我看着他写好。我说:"你身份证呢,你得签身份证上的名字。"

"我签,我签身份证上的名字。"

"你有章吗?"

"有章,有章,我有章。"

阳光照进客厅,孙先生抖动着身体在阳光里出出进进。等签完和身份证上一模一样的名字,他笑着说:"章现在不能盖。"那笑在半边正常的脸上有些阴险,在半边面瘫的脸上有些天真。他嘴上没说出来又想说的话也在脸上若隐若现,到最后又都掩盖在舌头底下,好像紧张卡着了说不出来。

"我说,你有什么好酒,拿出来尝尝嘛!"我抽出一根烟含在嘴里冲他说。

孙先生终于放下了那种紧张,哈哈大笑,起身去房间。我拿着他签过名的字据很快地出门下楼。

待我再上来,孙先生把我堵在门口,不让我开门,问我要字据。我还给了他。他又来拉我,我说:"你不松手我喊人啦。"孙先生还是不放手,我说:"我约了小文马上上来,你不想让小文知道你也是这样对小方的吧?"孙先生好像在揣测我的意思,将信将疑地看着我,但那看着我的样子又像走神的。只是突然的,他一手还在狠狠地拽着我的手,一手狠狠地抓了一下我的胸部。那速度与他脸上的表情完全不相称。

晚上,于总问我什么时候用钱,说一声他就打过来。我对着手机冷笑,想告诉他,若他随时能给,又何必问我什么时候用呢?想想还是没说,难说不是我小心眼把对孙先生的厌恶投射在于总那里了。想到孙先生的举止,我走到方语的房间看她床头柜上的照片。那时的方语二十出头的样子,笑得很灿烂。我突然掉下了眼泪,方语也是年轻过的!我回到自己的房间给于总发信息,告诉他我要的时候会告诉他的。

这个周六方语回来了,我们还像往常一样吃饭聊天。方语可能看到孙先生回来了,着意把她房间的双层窗帘都拉上了。吃完饭,我说去露台看月亮,她说:"蚊子多,你去看看就回来吧,别被蚊子咬了。"听她的意思是没有要去的意思,我既然提议了,少不了去一趟。我端了一杯红酒去露台,也带了烟,在抽两支烟的时间里,并没有见孙先生那边的露台有任何动静。

即使不计前嫌,我跟方语终是没有再亲密起来。我们就是合租的关系,共在一个屋檐下和睦相处、礼尚往来。她请我吃个水果,我请她喝一杯酒,中间聊一聊明星八卦。我偶尔会插上几句关于房子的事,也是一语带过。我说:"厨房的灯开时总响,告诉小文,小文还没有叫人来换。"我又说:"之前几件事找他,反应挺快的,这次不知道怎么回事,两天了也没回复。"方语当时戴着耳机在看手机,也没见抬头,手机的光照在脸上让她的脸色一会儿红一会儿蓝一会儿白,我想她可能在看视频。她说:"你再催催他,小文办事还是靠得住的,你跟他说了,早晚会办好。"然后她又补充说,"这是他的工作。"

我试探着透露给方语点事情,她应该也揣测过我知道了什么,不想她完全不予理会。我觉得无趣,很快转移了话题,不打算把小文对她的评价明确说给她听了。

很意外的,她问我跟男朋友怎样了,还在不在相处。

我说:"是呢,他还叫我住回城里去,说这里太远了。"

方语不说话,轻咳一声。

十一

我跟于总说:"下周有空来帮我看看房吧,十光城的二期要售罄了,三期在做预约登记,可以先看房。"于总只回了一个字:"好。"

周二下午五点左右,于总来了。我还是给他预订了上次住的酒店房间,由他自己办入住。他开车来,轻车熟路,很快到了地方。事后,我们去会所的展厅,又跟售楼员约了第二天一早看二期和三期的样板间。

第二天决定要哪里的房子时,于总说:"二期吧,三期太高太密集。"

我也相对更喜欢二期,我说:"还有一期的二手房,建好有六七年了,就是没有好户型了。"于总说:"那肯定选二期,至少有两套视野还是好的。"然后我们又回到二期的一套毛坯房里再确定一下。

于总这次说他首付可以全出,条件是我们私下得有个约定,万一将来我要卖这套房,除了他出的首付是他的,增长部分要平分,算他做的投资。我说:"我不会卖,深圳地界内这里最便宜了,卖了我哪还买得起。"于总抽着烟挠着头说:"明僖,你没懂我的意思,我的意思是,万一我们分手了,这套房要按当时的市价平分。"我心里一咯噔,是没注意到他说"算他做的投资"这话。于是故作轻松爽快地答应他说:"好的,没问题,回去酒店我就给你写个契约。"我冲他笑,吐他一脸烟,又挑逗他说:"我把自己也卖给你吧。"于总脸抽一下,像是拿不准我的意思,尴尬地笑,然后过来拉我的手说:"你别介意哈,先小人后君子,就是你真写了,到时也可能送给你的。如果你要结婚的话,就是贺礼。"我听了他这么说越发地儿戏起来,凑近他的脸说:"结婚,当然结婚,不然一辈子给你当小老婆啊?"

"你怎么这么说话?明僖,这可不是你哈!"

"那我是什么样的?"我踮起脚凑到他脸上说,然后慢慢地把胸脯贴近他的上身摩擦。

"明僖,明僖,这不像你,你是一个多好的姑娘,别这样!"

"好姑娘不能这样啊?床上时你还叫我浪一点呢。"说着,又去摸他的下身。

于总的脸红起来,说:"这不是地方。"

"怎么不是地方?好山好风景的,还是在自己的房子里。"我说着更用力了。

于总突然恼了,厉声说:"不要这样!"

不是怕他,是我不想闹下去了。我收敛起来,离开了他的身子。我们一时谁也不再说话,只是各自看着窗外。这是二十七层,视线在一座小山的山顶上了,更远的地方是更高的山,上面罩着一层青色的烟云。

"你今天这是怎么啦?"许久于总过来拉我,小声地说。

"没什么。"我说,"你看三期那边的那座山,最矮的那座,前面有一片平地的,那里将建养老院,山后面将建公墓园。我买了房后,也准备在那里买一小块福地,这样,连死都不用愁了。"

"你想得太远了。你才多大?人生的路才走三分之一就想到死了。你们写诗的人真是想得太多了。你不喜欢这里,可以再到其他周边城市看看房子。"

"我喜欢这里,喜欢这里呢!"

"我们下去吧。"

我们叫了电动观光车,迟迟不来,然后我们往巴士的站台走。我们一会儿并排走着,一会儿一前一后。一前一后的时候于总会停下来等我一会儿,叫我以后不要穿太高的高跟鞋,说他看着都累。

我在他身后盯着他的背走的时候,其实在猜测他老婆是什么样的女人。很难猜,要是比我更漂亮他为什么找我呢?要是不如我,他为什么不离呢?还是,男人找老婆有找老婆的标准,找情人有找情人的标准,不一样?这一想,我有史以来第一次明确了自己的身份,又惊讶怎么才明白,现在跟于总这样也不过是在重复跟他的关系,怎么这一刻才明白呢?我恨着自己。

于总路上接了个电话,好像约他晚上吃饭。他说:"行,你把地点房号发给我。"看来他是打算今天就走了,可他知道的,我订了两天的房。

到酒店房间后,他才说得回去。

我说:"我听到了你讲电话,有事先回去吧。"他收拾了挎包和皮夹抱了我一下,说:"你在这里再休息一下吧。"把押金条给了我,叫我去退房。

我说:"好,退了房把钱转给你。"

他说:"转什么?当请你吃饭了。"他又说,"对,你休息好后,用这个钱去酒店吃个晚饭再回去。"

我们说的都是家常话,知根知底的两个人对话那样。他走后我才想到我们还没有谈新工作,就是上次他让我看的那个文案。

我果真要在酒店里休息一下,脚磨出了水泡,还计划今晚不回去了,反正于总交了两天的房钱,不享受白不享受。

刚躺到酒店的大床上,方语发信息来,说:"你听说了吗?一期七栋,也就是跟我们五栋对角的那一栋,一家装外挂空调的两个员工都掉下去了。业主群里刚看到的,没说人运走了没有,你晚上没事不要下楼。"

我看了看时间,正好三点,忙问几点的事。方语说是中午一点的事。我算下时间,正是我跟于总返回二期看一套毛坯房的时间。七栋是哪一栋?几楼几户的装修工人?为什么两个都掉下去了,都死了吗?这一户人家还会住在这里吗?我一时了无睡意。

我想方语并不知道,我在中午一点的时候已决定离开十光城,既不想在这买房子也不想租下去了。

方语这周回来,小文来敲门,叫她签住户登记表。方语让小文进来,小文不进,说还有很多户没签字。方语接过一张纸和笔,签字时孙先生走过来。他站在门口一副准备撕破脸的样子说:"小方,你太过分了,约了你多少次都不见,怎么说我还是你的房东,我有权不租给你。"方语耐着性子签完字,填了身份证号码,把纸和笔交给小文后才说:"你可以不租,但我也是有字据的,我没什么好再跟你谈的。"说完,方语稳当地关上了门。我们在喝茶,方语关上门后站了一下,又稳当地坐下来继续喝茶。我看了看方语,觉得她没有要跟我说点什么的意思,也装作什么都不知道。

方语进城后,孙先生在一个傍晚敲我的门,问我是不是真要买方语的这套房子。我说是,真想过买,但现在知道这里面蛮复杂的,暂时不考虑了。孙先生说:"你来,你来,她不让我进她的屋里,你来我屋说。"我说:"算了吧。"孙先生说:"小万,你懂什么?这里面的事太多,你不买你亏,二期三期多贵呀!""我真不买了。"我说。孙先生不甘心,有些急躁了,阳光从窗户照进我的屋里穿过整个客厅又照到门口的孙先生,只见他右边脸和两只手一起颤抖着。说实话,我蛮怕他那种状态的,不知道他接下来会怎样,只好强硬地关了门。孙先生还是敲门,我把锁又拧了一圈反锁上,心里对之前跟他接触过有些后悔。

等手上的工作做完,我找小文退了房,决定搬回深圳市区找个稳定的工作,让一切从头开始,过一种全新的生活,买房的事暂时也就不去想了。市区租房便宜又实惠的首数城中村,但现在的城中村都拆得差不多了,房源稀缺。我最终在沙岗村找到一个临时的租房,说是临时,是因为这里一年前就让搬迁,一直不彻底,总有房东侥幸在没拆到自己的房子之前租一天是一天。城中村的楼都不是很高,七八层的样子,没有电梯。我住五楼,对面住着一户三口之家,女主人大着肚子,也不知道几个月了,每天爬上爬下地买菜。小孩子是个男孩,三四岁,可能房间里待不下他,常常到楼道里来玩,见谁家开了门,忙站在人家门口朝里望。

一次我等快递开着门,他问我:"阿姨你是谁呀?"

我不答他。他又问:"你是姐姐还是阿姨?"

我听到这话,来了兴致,反问他:"你说我是姐姐还是阿姨?"

"妈妈说,有宝宝的叫阿姨,没宝宝的叫姐姐。"

我说:"那我是姐姐,你叫我姐姐吧。"

小男孩又问:"姐姐你没有宝宝为什么不去上班呢?我妈妈说没有宝宝的女人都要去上班。"

我回小男孩:"我在家里上班。"

"你撒谎,你没有工作,像我妈妈一样。"

"我有工作的,只是我不用出门,在家里就可以上班。"

"不对,不出门上班就会迟到,迟到了要扣工资。"

小男孩留着阿福头,打着赤脚,穿的短裤太大了,盖到了膝盖。我不答他他也不敢再问我了,直直地看着我。我过去把门关上了。

后来,小男孩又问我相同的问题:"姐姐你怎么一直在家里不上班呀?"

我递给他一根火腿肠,又把门关上了。

小男孩守在我的门口,一会儿问一句,一会儿问一句:"姐姐,你还在里面吗?"

我想,我不理他就好了。我在屋里看了一部电影,看完再听听门口,的确没有声音了。我从猫眼里看了看楼道,果然没人。但我不放心,又轻轻地开了门看,原来小男孩坐在楼梯上。小男孩手里拼一个很小的东西,见我开门,突然惊慌地站起来跟我说:"姐姐,这栋楼要拆了,我们要搬家了,搬到我上学的地方。"

我不知道这么大的孩子是不是都有跟陌生人说话的欲望,见他一脸认真的样子,不忍心了,问他:"你上学的地方在哪里?"他说:"huai 阳旁边。"我听不清,问他是怀阳还是衡阳。他也说不清。我说:"你住的地方叫什么你知道吗?"

"叫十光城。我妈妈说叫十光城,有大海,有很多的沙子,还有学校。那个学校就是我上学的地方。以后我妹妹也能在那里上学。"

"你知道你妈妈怀的是妹妹吗?"

小男孩低下了头,说:"我想要个妹妹。"

"那是你们一家人都要搬过去了对不对?"

"不对,我跟妈妈还有妈妈肚子里的宝宝搬过去。我爸爸还要在这里上班。"

我不想问下去了,问他要不要到我的屋里玩。小男孩说不要,低着头组装着手里的东西。几个乐高拼块在他手里装成一撮又拆,拆了又装。

看着小男孩一直低着头,我心一悸。我走过去问他:"你不想去十光城上学吗?"

"我想。爸爸妈妈说那里有个很漂亮的学校,他们会教人说英语,连爸爸不会的他们也会教。但是我的幼儿园也教英语啊,是因为这里要拆了,我们不搬过去就没有地方住了。"我妈妈说的。

"是啊,你妈妈说得对。这里要拆了,不搬走就没地方住了。阿姨也是,阿姨也要搬走。"

"你是姐姐。"

"对,我是姐姐。姐姐也要搬走。"

"姐姐也搬到十光城吗?"

"姐姐还没有想好。"

"我同学都会搬到十光城吗?米米同学、贝贝同学,还有路路通。"

"你可以问问他们。"

第二天小男孩来敲门,告诉我路路通家有三层楼,还有电梯,路路通家不搬去十光城。路路通叫他去他们家住,叫他们一家人都去他们家住。我见男孩说得高兴,不知道怎么答他,叫他去看看妈妈有没有在煮饭,他就回去了。

大约一个月后,他们搬走了,小男孩在我的门口放了一个乐高组装的黄黑色相间的卡车。

十二

秋天,方语突然发信息给我,问我是不是还想买她的那套房。我揣摸着是不是孙先生跟她说什么了。我在想要不要回她,她又发来一条信息,说孙先生病了,要回广州休养。后面的话让我很惊讶,她说:"我选择陪他回广州长住。"

我想了十几分钟,也没想到怎么回她,只好如实说:"我想想再回复你。"

方语又回短信说他们很快会搬走,若我不确定要买,也可以先住进去。

这段时间,我找了一份帮企业做公众号的工作,但给的待遇并不理想,而我要的工资老板说太高了,说要是那样,不如把公众号包给文化公司去做。我见多了这样的老板,宁愿把钱给外面的人给外面的公司也不愿意开给自己的员工。试用快两个月了,要决定签劳务合同的时候老板仍不愿给我要求的待遇。上周沙岗村东七坊至十一坊在拆了,我住的五坊开始清户,周边已经没有了城中村。接下来我只能租公寓,即使换个工作,待遇比现在好些,交完租金也难富余。我心中毫无理想,对生活无期盼,对这个城市亦无留恋,想一想,还不如搬回十光城去看看能不能接一些网上的工作做。现在很多工作都可以通过网络完成,地域对这部分人没有什么限制。想明白这些,我问方语:"我明天就搬过去行吗?"如果她包水电我可以按以前的价格直接先跟她租,若是我住的期间有人要买,我可以给他们看房,若是我能筹到钱就考虑买下来。

"可以月供。"方语说。

"我没有稳定的工作,不想月供。"我如实地回。

方语说:"如果我允许你一年内付清,你能先付多少?"

"以现在的市价,我最多能付三分之一。我还要留点钱生活。"我说。

方语回说:"好,你可以先搬过来住着。"

方语把孙先生的房间收拾干净了,还添了一张简易折叠床,但她的洗漱用品还在这边。

我以为我跟方语会很尴尬地触及她跟孙先生的话题,不承想,等我把行李收拾妥当到客厅冲茶,她刚好在给孙先生温咸米粥。

"那边厨房太脏了,墙上一层油腻子,我在这边煮饭。这煤气是我新换的,够用半个月。孙先生下周拆石膏,能下地了我们就回广州去。这罐气不要你分摊,你用就好,以后水电包在房租里,气钱你自己出。但年底小区开通煤气了,就不用罐装气了,能省下一大半煤气费。"我看着方语利落地做着事,利落地说着话,对我的态度像对待另外一个人。

我问:"孙先生那边我能帮上忙吗?"

"不用,小文一直在帮忙,需要你帮助我会说。"方语从我进门看我一眼后,这才正式看我第二眼。她笑了笑,不需要向我解释什么的态度。

我想,我要不要去看看孙先生呢?这感觉特别怪,好像这想法很不光明似的。

第二天下午,方语要去修车店取孙先生的车。方语说小文在上班,叫我帮助看一会儿孙先生,等小文换班就过来接手。要是孙先生醒了就打电话给小文。

我拿了本书去孙先生家。孙先生家如我第一次来看房时看到的一样,三房两卫,但只有孙先生的房间和卫生间是干净整洁的,其他的房间敞着,地上、柜子上还蒙着一层灰。另一个卫生间和厨房大概是几个月前的样子,没有被人动过。孙先生睡着,昏昏沉沉地睡,不时嘴里向外扑着气。方语走前有交代,说孙先生刚睡着,这一觉要睡上两三个小时,说那时小文就下班了。中途只要没有醒来要下地,他什么状态都不用管。

四点半,小文穿着制服来了。他也知道我回来住了,汕汕地跟我打了招呼,叫我回去休息了。

孙先生的房间连着他的阳台,从方语的阳台上只能看见房间的一个角落,但是那边的阳台是能看得一清二楚的。方语把孙先生的衣服晒在那边的阳台上,自己的衣服是在这边洗这边晾。天黑前,我在这边阳台上抽烟,方语来收衣服,我主动回避了。

孙先生去十光城的医院拆了左腿上的石膏,然后从广州来了一位孙先生的亲戚帮助方语一起开车回广州。方语自己这边收拾了两个箱子一个行李箱,孙先生的东西倒没怎么带走,只见一个印着"旅行社"字样的红色手提袋。孙先生这天醒着,坐在电动轮椅上,他没有操控,是推着他的人在后面推手上控制着。我送他们坐电梯去楼下,方语去取车,我跟小文还有孙先生的亲戚在车库出口等着。孙先生很天真地冲我笑着,我不确定他是否认得我。

车上来,孙先生的亲戚和小文一起把孙先生扶上车,把轮椅和行李塞到后备厢。我跟小文看着他们离开,小文并没有马上走,我也站着。小文说:"他们的事啊,真让人想不到。"

我说:"我听孙先生的亲戚说了遗嘱的事。他好像对方语有些意见,律师来电话时,他也不避讳人。"

小文说:"我也是才听说。"

小文跟我一起又回到楼上清理孙先生留下来的东西。他问我可需要什么,我说不需要。他说不需要他就把东西清出去了。我说好,看房的第一印象很重要。小文说不是的,他准备买这套房。

我煮了晚饭,叫小文过来吃。小文倒不客气,洗了手过来。我坐在原来的位置上,小文坐在方语的位置上。我像以前一样拿了两瓶酒来,叫小文开酒,我配碗碟过来。

我跟小文是怎么熟悉成这样的不太好说,可能因为都是旁观者,看到明白处会意一笑就成自己人了。饭菜摆上,一切都自然而然地把话题打开了。他先说了他自己,他有两个孩子,由老婆带着在内地,眼看着女儿要读小学了,儿子也要四岁了,搁城市里四岁都要读幼儿园中班了,但他的儿子还没有上学,是因为他们村里没有幼儿园。二期开盘他想过买一套,三期开盘他也想过买一套,可是算算账还是不够首付。现在是孙先生回广州做康复治疗需要钱,方小姐说可以把这套三居室便宜些卖给他。小文说:"万小姐,你要买方小姐的这套房咱们就是邻居了。"

我一时也觉得跟小文要成邻居了,很畅快地跟他喝起酒来。

小文说:"真是让人猜不透……跟你说,这事我后来还真知道点。孙先生先看上方小姐的,要方小姐做他的女朋友,条件是赠送她这套房。后来孙先生离婚了,方小姐这边又不想结了。你知道什么原因吗?就是因为孙先生想把广州的一套房留给两个女儿,方小姐不愿意,就一直不理孙先生。你知道孙先生是怎么跟我说的?说方小姐不让他到她的屋里。方小姐不理他,他就回到了广州。他是在广州中风的,你猜怎么着,乱找女朋友。当然哈,我也是听说的,他之前在这边也乱找女朋友,至于是什么样的女朋友咱们就不管了。"我搛菜停下来,看着小文。"你别不信啊!"小文喝了一口酒,"你是不知道,一个六十多岁的老人,没一个亲人,心里多孤独啊!后来他以为方小姐永远不会理他了,很苦闷。""然后呢?"我问。"然后,然后孙先生从广州回来了,你也知道了。"

"我走了啊,不知道后面的事啊!"我说。

"后面?后面孙先生摔了一跤,跟你说,这次是真摔了一跤。"小文说着笑着,又摇摇头。

接下来的月余,有几个人来看房,但并没有人决定要买,大家更愿意买三期的房子,说是那边公共设施和配套更好。四期即将开盘,一时半会儿,大家的焦点都会在四期上,这边怕是难有人问津。

自从上次跟于总断了联系后,再没有接到他给的工作。山里夜晚寂寥,风吹起来显得屋里越发安静。我有点害怕起这种安静,半夜起来打开空调,让机器运转的噪音响起来。我开始意识到人生的艰难不只是爱情与理想,它可能直接关系到生活中的一些微小的事物。而一旦陷入这种艰难之中,任何一种选择都可能流血刮肉,五脏不宁。我一时看不清我人生的前方,也一时看不清曾经理想生活的模样,我想歇下来面对这场艰难,看一看它的面目,看一看它能对我怎样。我想起隔壁的方语彻底搬走了,那个房间此时也是真的空了,连她的气息也没有了,不似以前,她会定期回来,房间里她的气息会定期续上,给我一个念头。

秋天干燥,房子几处出了问题。厨房的下水管漏水,卫生间地漏也渗水到楼下,被楼下投诉后,管理处安排工人上来查看,要求维修。厨房的下水管很快弄好了,卫生间则有些麻烦,要敲掉几片瓷砖重做防水。这问题看来不是一时半会儿的了,或者方语在时就开始渗水了,只是水渗透水泥需要时间,等水再滴到楼下的天花板上,有了一定的量,天花板承受不住,水才会从天花板上往下滴,也才被楼下发现。水泥工是怀阳人,因为这个地方是深圳、怀阳两市的交界,他也算是本地人了。之前在深圳市区打工,十光城开发后他就在十光城打工,因为离家近,可以常回家看看老母亲。他的一个弟弟,十几年前在深圳做建筑摔下来了,大脑受损了,在家由老母亲和一个未成过家的堂兄照看。弟妹拿了赔偿款在深圳买了房子,带孩子在城里上学。弟妹给人家做保姆,供一儿一女基本生活。他说:"现在政策好啊,孩子可以免费上完高中,上完高中就可以出来工作了。那个大侄子明年就高中毕业了,侄女也读高中了,等侄女也毕业弟妹就熬到头了。"又说,"弟妹人真不错,供两个孩子上学,没有过怨言。"我说:"怎么把你弟留在这里呢?城市医疗条件好些。"他说:"唉,都不容易,弟妹房款都没付完,还给我们六万,我们就同意他们离婚了,两个孩子所有的费用也都不用我们出。""你弟同意吗?"我问。"同意什么?他什么都不知道。"他说。"植物人?"我小心地问。"差不多,什么都不知道,不过他自己能动。"他说。

岭南的深秋,晌午还是很热,我把客厅里的空调打开了,卫生间也很凉快。他做好防水,叫我不要用卫生间,说明天还得再做一层,然后才能铺新的地砖。他说地砖要配成同一个颜色的话要赶快去买,不要求配色,他可以从三期那边带几块过来。我说:"那不配色了,你明天帮我带来吧。"我问他新瓷砖多少钱一块,他一笑,说要什么钱,给工头一包烟要几块就好了。我说:"那你帮我带来吧,我给你买烟钱。"我说着给他五十块钱。他说一包烟用不了这么多。我说:"用不了你给自己买一包,算我谢你的。"他叫我不用谢他,给工钱就好了。我说:"那哪行,工钱照给,谢也要谢。"他说:"那你不能告诉管理处。"我说:"当然。"他说:"我也不收你的瓷砖钱,我从那边要背过来,工钱给我两百吧,这个也不能给你开收据的。"我心一笑,原来是想要两百啊!我装着没发现他的小伎俩,告诉他说:"好好好,我懂我懂。"

第二天,我除了支付给管理处的收费,又如数给了他烟钱和两百块钱。他接钱的时候有点感动,可能没想到我真会给两百。给完钱,我还给他拿了一听进口黑啤,他坐在客厅里喝完才用白石灰去填瓷砖的缝隙。这是最后一道工序了,等做完活,我又给他开了一听,他收拾完工具包要拿着走,我让他坐在客厅里喝完再走。他喝一口,说真香,又喝一口,又说真香。他问我是什么酒,是不是在会所那边买的,又说喝第一罐时他没好意思说香,怕我瞧不起他,觉得他没有见识过好东西。我说不是,网上买的,原装进口的,当时贪便宜买了两大箱,喝够了还没喝完。说着我又从冰箱拿两听用袋子装了给他。他推托不要,说上班不能喝那么多。我说:"没关系,你下班再喝。"他接了。我看他接了问他:"我能跟你聊聊天吗?"他说:"你想聊什么?"我说:"你熟悉这边的老村庄吗?"他说:"你要去那里玩呀?"我说:"是,我以前看业主论坛上有人说附近有一些老村庄,也看了拍的照片,那种老房子很好看,我想去看看。"他说:"你们真奇怪,都喜欢去那些地方。"我问他知不知道上岭村,他说他就是上岭村的。我说:"那你休息了带我去看看好吗?"他说:"那可以,我们村是一个数得着的大村,经常有搞摄影的人去拍照。"

他姓闻,我叫他闻先生。他说,你真是有眼光,我真是做过先生的,我教过我们村里的小学。但是出来打工后,年轻的时候工友都叫我阿水,现在的工友都叫我水叔。

"你有六十吗?"

"六十二了。"

"你们做工可以做到多大年纪?我知道有些地方过了六十不要。"

"现在明着也是过了六十不要。"

"那你怎么还能在这里做?"

"所以我就是临时工了,不签合同。"

"工资会少给你吗?"

"少很多呢,少一千多呢。他们五千多,我三千多。"

"现在人都长寿,应该允许多干几年。"

"唉,工头说当官的都六十退休,老百姓也得六十退休,工头说他也没办法。干技术活的工人都是越老活越好,工资却越来越少。"

我们互留了手机号码,我让他休息了带我去上岭村看看。他出门还叮嘱地板上暂时不能沾水。

十三

出了十光城,水叔带着我下了水泥路,从我买时令菜的地方下到一条红沙土路上,沿着山路走了一段又转到水泥路上,然后又下到红沙土路上,一直往山里走。

可能是第一次走这条路,觉得挺远的。一路上山也陡峭,几次惊险处我都紧紧地抓着水叔的衣服。他今天特意穿了新的T恤衫、新的鞋子,习惯性地把手机装在手机套里别在皮带上。我有点后悔没让他给我准备一个头盔,一路上担心掉下去。上岭村在半山腰上,差不多四十分钟才到村口。房子有些散,最集中的地方是老村,散落的是新建的。老村口有十几棵老樟树,我不懂,怎么看树的年龄,两三百年总是有的。老村残破不堪,也没有人住了。他把我带到老村转了一圈,途中一直在给我讲他们村的历史,告诉我哪一家是最老的房子,哪一家的老石板都给卖掉了。最后我们去了一处散落在老村外围的房子,是他们四兄弟和两个堂兄弟的房子。我们最后到了他们家。他是老大,受伤的弟弟是老三,除他们兄弟排行之外,他和三弟中间还有两个妹妹。他们家只有老母亲和大他五岁的堂哥服侍三弟。堂哥没有成过家,不管是走路还是站着总是一只手在身体前放着,看着身体上也有毛病,但行动还自如。老母亲七十七了,体力也不错。原来他母亲十五岁就生下了他。

他三弟和四弟的房子连着,共六大间,另外各带两小间柴房和厨房。后排是他和二弟的。堂兄弟两个也是连排。但三排房子并不整齐,而是借着山体形势有些错落。我过去把三排房子都看了,里面的结构跟老大家一样。我很喜欢这种夯土结构房子,外墙特别厚,里面的木质内饰看着也很厚实,客厅的六根顶梁有半人抱那么粗。三弟和四弟的房子最新,底座用了石头,门框用了青砖,其他的地方都是夯土。

他母亲对我很热情,忙着去菜园里摘菜。我要帮忙,水叔不让,说老母亲能行,再说还有堂哥帮手呢。我没事做又出门转悠。

我转到他三弟和四弟的房子那边,两家房子中间隔着夯土墙。四弟的房子有院子,三弟的没有,我便又走进三弟家的房子近看。新房子不及老村里的房子精致,像简化后的手笔,但夯土墙依然很厚实。他们说木头三百年不腐,夯土一千年不倒,建的时候还是希望这些房子能天荒地老的,但谁也没想到社会发展得这么快,只一二十年新老村子都空了,大山也空了。他们这个村子,最繁荣时有二百多户人家,而现在,散落在山顶或半山腰的房子加在一起不到十个人住了。我坐在水叔三弟家旁边的半截石头墙上往远处看,时间接近正午,天上有些阴云,隐隐能看到层层叠叠的山体。最远的山顶上罩着一层青灰色的云层,静止不动。也有的山体之间升着白色的云,有的往天上去,有的往我这边来,但没有一片云能够来到我的身边,它们一出来就散了。水叔他们家有一片竹林,入口的地方,竹子上挂了一排喝空了的易拉罐,有红牛,有可乐,还有大的可乐和雪碧的塑料瓶。易拉罐和塑料瓶里又装了小石头,风一吹,丁零零地响。照说村里没有人养家畜了,应该不是用来驱赶家畜的,那么这些瓶罐是用来做什么的呢?正想着这些,方语发来信息问我:"小万,你想好了吗?决定买我的房子了吗?我现在要用钱,所以问一问你。要是没想好,我就再想其他办法。"

我愣住了,纠结着怎么回方语,到底买不买呢?不买方语会继续租给我吗?她若是需要钱会不会急着卖掉呢?她为什么要卖掉这里的房子,而不是孙先生在广州的房子?如果急需钱,卖广州的房子不是更快,钱也更多?难不成方语不想再回到这里住了,要跟孙先生在广州过大城市的生活了?

可能饭做好了,水叔远远地朝我招手,我起身往回走。

都是山里的蔬菜,有浓郁的菜香。豆皮是水叔从山下带上来的,也炒了一盘。另外还有鸡蛋和腊肉,很丰盛的一桌菜。

饭后,我跟水叔聊天。"弟妹跟你们联系得多吗?"我问。"不多,但过年大都送两个孩子回来。"他回。关于他三弟妹家更多的话题我还想问问,又觉得不合适。但是我没料到我之前只是在脑海里偶尔的闪念此时却开口说了出来。我说:"你三弟或四弟的房子租吗?如果我想租多少钱一年?"

水叔很意外,说:"你租这里的房子干什么?"

"我是写作的,对工作地点没有要求,住在这里对我来说也是一样。我觉得你们这里挺好的啊,你看空气多好。"说着我还吸了一下鼻子。我接着又说:"你看这里手机也有信号,也有电,有电有信号就能上网,有这些对我来说就行了。"

"那花不了多少钱,四弟我做不了主,三弟我能做主,以后肯定是没有人住的,空着也是空着,你看着给点就行。"

"我租十年行吗？"

"二十年也行，多长都行。"水叔哈哈地笑，很豪爽地答我。看得出来，他还是开玩笑的心态。

对啊，租二十年也行。我想想也是，这里不是深圳地界，怀阳的城市开发也不会到这里来的，二十年内都不可能。只会有更多的人往山下去，集居在城市或像十光城一样类城市的地方。因为山里太远，年轻人要发展，孩子要上学，为了后代教育肯定不会再回到这些大山里来了。因为有了这样的念头，我心里一阵躁动不安，然后我更进一步追问："你们卖吗？一次性卖给我，我想住多长时间就住多长时间。"

水叔诧异地笑了，说："我们这里从来没有人卖过房子，这大山里的，没人要，都想到城市里买房子。你这么说还是头一回。"水叔边说边笑，好像到后面笑得更厉害了。他说："我两个儿子，大儿子在龙岗买房了，小儿子小，工作晚，买不起了。我让他在十光城买，他也准备买。但是十光城这两年也贵起来了，二期还一万三，三期都一万六了，更买不起了。我跟我老伴还打工就是为了能给小儿子也买一套房。我们给老大买了，不能不给这个小儿子买。"

我问水叔他们要筹多少钱。他说："付三成得五十多万，付两成也得三十几万吧。"我说："你们筹多少了？"他说："快二十万了，要是老大能借点就好了，就是小孙子在上一个很贵的幼儿园，儿媳妇说家里花钱多不让借。"水叔可能对这事有点失望，说起来目光缥缈。

"水叔，我是认真的，如果我想买你三弟的房子，你想多少钱卖？"

"万小姐呀，不是多少钱能卖的事啊，是不能卖呀，农村宅基地属于集体，农民只能用不能买卖的，你真喜欢你就租嘛，租多少年都行！"说着他又哈哈笑了，好像我还是在跟他开玩笑。

我是在小城长大的，不知道土地的事，开发商能买土地建厂建楼或者转手出去，农民为什么不能买卖土地呢？水叔说租多少年都行，说是这样说，租终归不是自己的房子。像城市里，租房随时可能被房东收回去的，大不了少几天房租不要了。我喜欢上这里了，喜欢绵延不绝的山脉，喜欢云朵飘浮其间，喜欢风吹来凉爽的空气。我想告诉水叔，我有在这里住到天荒地老的心，生时在这里，死时也能死在自己的屋子里，那样心里才安稳。但我不能这样跟他说，难说他不会以为我有精神病。

我说："水叔,你说租多长时间都行,我也是信的,但我就是想这房子能是我的,这样我住着心里才安稳啊!"

水叔刚才好像也在思索什么,听我这么说,他慢悠悠地开口了,说道:"是有一个办法,只是看你愿不愿意。"

"你说。"

"我们这里,女人嫁到这里就属于这里,属于这里嘛,就可以拥有宅基地。我小儿子比你小很多,你们不合适,不然,你这么有文化可以跟我的小儿子结婚。你真是个好人,不嫌弃我们这里……"水叔有些激动,好像知道自己把话说乱了,停顿了一下又说,"我是说假的哈,你跟我三弟去办个结婚证,那这房子肯定就是你的,没有人能找你要回去,永远地属于你。"水叔又激动又不好意思,看着我又像没看我。

我听着心里也是激动着,为了掩饰这情感眼神不停地往远处的山顶上看,那里笼罩着的一层青云一动不动。

水叔说:"这样的话,这房子就永远地属于你了,你看着给我们点钱就行。我们再凑凑就能给小儿子在十光城买套房,买套房他就能结婚,将来有孩子也能在那里读书。那些学校都是我参与建的呢,国际双语幼儿园、国际双语小学、国际双语高中,在那读书,英语好,考大学一点也不愁。万小姐,万小姐,你说呢?"

我听得走了神,看远处的山也看得走了神,但水叔的话我都听耳朵里了,我在迫使自己平静下来,没有回答他。不知道水叔能不能看穿我的心,我觉得我们可以这么交换!我名义上嫁给他成植物人的三弟,内里出钱买他三弟的房子,买,房子就会永远地属于我。当然,我去跟他三弟办结婚证前我们之间还应该有一个私下协议,他三弟我不抚养,我们只是结婚证上的夫妻。想着这些,我眼前浮现出他三弟白白胖胖的样子,不会说话也不认人,一天到晚地躺在床上,连翻身都要靠别人帮忙,说不定哪一天就无声无息地死了。

(原载于《收获》2019年第3期,马小淘选编)

常小琥／北京作家，出版小说《收山》《琴腔》，作品发表于《上海文学》《收获》《小说月报》《北京文学》《山花》《长江文艺》《天津文学》等杂志，曾获台湾第四届"华文世界电影小说"首奖、"紫金·人民文学之星"小说奖以及第五届华语青年作家奖等奖项。

长夜行

一

裴晓培不知道,在安平医院监护室主任管志军三十多年的从医生涯里,她是他所遇见最适合干监护的年轻人。他总讲:"从医的人,特别是干监护这一块,家境一定要好,要眼里没有钱,不会恶意用药。你让一个苦出身在这行里熬,吃相难看不说,还很容易突破底线。"管志军每年都要劝走几位朋友和同学的孩子,在他意识到对方把监护室当成一条出路或者是跳板的时候。另外,如果能被他劝走,说明本身你也干不久的。

可是裴晓培不吃这套。管志军总能记起,她穿一件黑色针织外套,立领和袖口绣有金线,灰色束脚长裤,白鞋。轻浅笑窝上,双眼伶俐俊俏,留有整齐短发,青春飘逸。她手提礼盒,在办公室站得笔直,恭顺地低头。管志军安坐掠视瞬间,暗暗欢悦。他说:"既然你父亲托我,我不能害你。你公公是国有银行行长,加上你这个成绩,最好的出路是去美国念书。如果执意要念医科,我建议学内科、外科,学牙科也好,别碰监护。"裴晓培不语,笑容落下。那一刻管志军也有些紧张。不想裴晓培一屁股坐他身旁,用半埋怨的口气说:"主任你就把我留下吧!"

其实真正令管志军忧心的,反倒是裴晓培对这份职业的看法过于理想化,以及在医患关系上的幼稚。每次交班,监护室主任都要反复强调:"病人就是病人,病人不是亲人。""交病情给我往死了交。""用手机叫外科大夫,保留证据。"他觉得这些小崽子没一个是真正听进去的,因为他们还没吃过这方面的亏。

于是管志军带着裴晓培,去了一次本院的纠纷讨论会,长长见识。那天他们是最后走进专家办公室的,管志军在一排末尾处坐下,裴晓培在后排旁听。管志军张眼在各科主任脸上来回扫视,没有一位向自己点头,哪怕是瞧上一瞧。

会议室的窗子宽大且多,艳阳高照时,溜进白光,如射灯齐飞,打在身着白衣的专家教授头上,众人或捂脸,或皱眉。他们洁白的衣服点连成线,串成珠子,更加刺眼、闹心。有人拉上窗帘,屋子里变得晦暗又明亮。

死亡病例递到管志军手里,看到半截,却听见脚步声。他眼皮一抬,见心外科中心主任龙教授已站在队首,灰眉翘立,面如坚冰。从前开纠纷会,老人很少出席,多是医务处简单介绍后,主刀或者主管大夫阐述治疗过程,再由监护室大夫、体外循环和麻醉师补充说明。或云无麻醉意外,或云体外循环脱机,说白了,各自推掉责任,讲明死者的死亡与我无关。如果病人死在监护室,那就是他管志军的事了。摊在他的身上后,讨论下一个纠纷。

如今赶上院长换届,加上事态失控,需要尽快拍板,所以得由心外科中心主任亲自定调。开的还是专题会议,不谈别人。龙教授处理纠纷,一向当机立断,他一贯主张能抹平的全部抹平,牵涉下级大夫的,公立医院必须替个人扛起责任。所以众人只等老人一句话,只要说这是正常并发症,谁还会说手术有问题?此刻老人的眼皮微微搐动,瞪起一双牛眼,开口却说:"这个纠纷的严重性和恶劣影响,必须充分评估,严肃处理。"

那段时间,全院上下都在谈论,病人家属找到钱院长家,在那里拉横幅、喊喇叭,称死者是被害死的。还不可思议地公布各病房主任被任命时,交给钱院长的钱数,具体到个人。就连本院财务科的事情、回扣系数和涉及的厂商,也都被编成故事,循环播放。据说院长当晚没住在那个家里,他们就播了整整一晚上。

既然中心主任如此定性,各科主任只好百官行述,质询适应症范围、术前讨论、术式选择以及术后处理。通常主刀大夫要对质询做出解释,解释得通,大家看你人缘儿还行,便会帮你出主意。人缘差的,便是一顿乱捶。管志军看出,主刀大夫这次很难过关,因为质询细致到了病人回病房后如何处理,为何会胸骨感染,引流管是怎么放的。鉴于病人死在监护室,管志军为求自保,最后他也跟着对刀口的处理方法提出疑问。

在哗动中,主刀大夫一一听完,低头浅笑,没有急于解释。

龙教授面向所有人:"死者家属扬言,不赔五十万,'十一'大阅兵前,要抬尸体去天安门。这个字我现在就能签,让她拿走支票了事。但是你的科室,总要给出一个交代吧。"

白色光柱下,众多剪影,又是一阵重组、融合,且窸窸窣窣。主刀大夫不经意间和管志军对视,又低下眼皮。管志军知道,真正的主刀大夫不是他,他只是替人收拾烂摊子,没收拾好而已。往日习惯被围攻的管志军,今天却成了局外人,这个场面令他记起以前有个老板,请他去郊区看斗狗,当时狗笼内外的气氛,和现在很像。

记名投票,每人面前的表格中写有十几个分项和流程,包括术前准备不足或者术中操作问题,术后处理是否不当,麻醉和体外的问题,家属期望值是否过高、无理取闹等。各科主任要在上面打钩,写处理意见,签下名字,互不能看,再把纸扣起来,等医务处收走,呈递院长。

老人几乎是拖着步子离开这里的。此刻管志军仍然认为,他们把话讲得那么绝,是给上面看的。是人都有私心,往常纠纷会讨论时说得清楚,是术者桥搭得不通、瓣膜换得不合适,上次一科主任更是会上直言,管志军这次太冤了,他们哄得他如释重负。可一到画钩,结果出来再看,又他妈定的监护室全责,甚至会写,监护室对于并发症处理不力。真到节骨眼上,谁都会想到自己早晚也有这天,即便是你再反感的同行,该抬手时也要抬手。再说,谁会相信这种投票呢?

相比之下,那位主刀大夫没有为自己辩解一句,他可能早已料到,这一关不是停手术,不是降职调岗,等待他的是来自院委会的最终裁定:解聘。

会议结束,裴晓培跟着管志军走回监护室。

"何必让我参与进来?我只是个主治大夫。"她问主任。

"我第一次参加事故鉴定时,也只是个主治大夫,也不具备参会资格。可是我对当时的老主任说,我去了解决不了,您再出面,一来有个缓冲,二来显出咱们不好商量。"管志军说。

"挺恶心的。"裴晓培低头瞧着眼前的地,不以为然。

"哪里恶心?"管志军停下脚步,打量她的肚子,以为监护室又多了个要休产假的大夫。

"会上的主任,很多是给我们编教材的导师,是我们的偶像啊。亲眼看到他们不仅没有起码的信任和立场,而且用心如此险恶,我觉得恶心。"

管志军转身,继续前行,裴晓培很快追上。

"外科大夫,说到底还是手艺人,尤其干到科室主任这一级,别说你是博导硕导,别说你在美国执医多少年,别说你拿着多少国家级科研基金,那全没用。你手下大夫下不了台,你能替他们做下来,人家才会服你。"

"主任,你每天用多少时间开这种会?有这工夫,我不如多管几个病人。"裴晓培笑着把头探向管志军,瞄着他看。

"我还指望以后你能替我开这种会,就像当年我去替老主任。"主任眯眼苦笑。

"监护室老主任是谁?"

"很多人都兼任过,但那个老主任,是龙教授。"

二

连值两周大夜外加三十二小时长白班的裴晓培,没有接触到阳光,没有回过家,没有基本的睡眠。在监护室,她脑子里装的全是病人输进多少液、出多少尿、有没有排过便,或者肠内营养走了多少。她根据体重算出他们的能量摄入够不够,观察体温变化,却忘记了自己吃过什么,忘记了把腰直起来,忘记了她可是科里年纪最小的大夫。冬春交际,连日夜班更令她免疫力降低,生起皮疹,只能吃激素控制,生理期紊乱。当初管主任不表态时,是她哭着喊着要干监护的,她说这是念医学院时的理想,她说每当在监护室照看那些病人,或者是参与抢救时,感觉就像是在燃烧自己。她为此而活。

在周围护士、护工的冷淡和静默中,她像一盏夜行中的马灯,或者像织布机那样,穿梭折返于责任病区,守时且机械地去开医嘱、查体、看心肌酶和肝肾功能,以及每四小时抽一次血气。这么说吧,最有良心的大夫,每个病人顶多看够二十分钟,除非你把他给逼死。可是一个躺在监护室的危重病人,一天看二十分钟,你能把他看得多明白呢?

管主任会说,哪几个是重病人,你要心里有数。可当她真去关注某个危重症病人,却不止一次地遇到,快要拔管撤机的轻病人猝死或者室颤,这就属于踩到雷了。很多猝死病人除非事后尸检,否则连她都不知道是什么原因。可是外科大夫们才不管这些,他们只会问你:"我这么轻的病人怎么就突然死了?"

偏偏有那种大夫,一天能干十八小时,他也不累。手术室规矩,八点后不准接新手术,他为了赶这一台,总掐着七点四十五接进去,只要接进去,手术就必须得做。甚至过了八点,他都能把不是急诊的手术拉上急诊。真不知道他是怎么做到的。

凌晨两点,已近极限的裴晓培,重新束起头发,完整地露出那张长圆脸,一双高挑的细眉下,是尾部漂亮上翘的丹凤眼,鼻梁笔挺。她想起还没有取餐,走向大门的通道,众人已吃得杯盘狼藉,只有她的餐盒单放一处,饭也冷了。这时一个小脑袋大夫刚下手术台,来看病人。在大门口,他没穿鞋套,铺着的消毒棉垫,也只是大步踏过。他看着众人酒足饭饱的样子,说管总真体贴下属。

外科大夫来监护室,如果不见有人在床旁照看,会觉得你不负责。一次两次能忍,三次五次后,便会到处找你。于是裴晓培搁下餐盒,跟回病区,看到那人在为她的病人换引流管,还抱着个纸巾盒,一边让病人咳嗽,一边动手擦净。

她半弓着腰,站在另一张病床旁,周围空无一人。护士们吃过消夜、打完游戏后,去找地方睡觉,二线大夫更不知躲到哪里。她从会议室找到配药间,均不见人影。后来终于在最里面的休息室,看到乌烟瘴气的景象,二线老雷,和另外科室的一线,混同几个外科大夫,正在闲聊、打盹、玩手机。她还没来得及张口,老雷在管主任常用来补觉的橘色长沙发上,招手叫她同坐。由于还没吃饭,加上腰痛,她确实需要歇上一会儿,于是坐到边上,拳头别在后背垫着,缓一缓劲。

老雷擦好眼镜,扭头对她说:"没事别总摆弄病人,有劲儿也要省着用。夜班重要的是平稳过渡,你这样紧张兮兮,令大家别扭。"裴晓培不语。老雷盯住了她又说,"我的话你听懂了吗?"她把头转向屋门口,那里正站着刚下台的小脑袋大夫。

"26床,不是太好。"他直视她,语气不轻不重,含有警告,"已经术后第四天了,感觉肺部这里有点压缩,氧分子蛋白不够。"

他把病人胸片举到裴晓培面前,晃了一下。她赶紧站起身,由于屋内挤满大夫,俩人站得很近。

"请你格外关注一下这个病人。我请你,格外关注一下他。"他并没有看片子,而是依旧盯着她,还有她的胸牌,然后迅疾扫了一眼屋内的人,"夜班不是这么上的,一点岗位职责都不讲。"

裴晓培把这理解为一种施压，或者挑衅，甚至令她受到屈辱。

"林大夫？"她也看他的胸牌，"你是要我把对重病人的注意力，分配给他吗？如果你说我忽视轻病人，你要我做到一视同仁，那在重病人身上投入的精力就要减少，你能接受重病人和轻病人是一个看护程度吗？"

林冰猝不及防，完全愣住。烟雾像水蒸气一样蒙住众人的脸，杂声刻意浮起。

"谁都想让自己的病人活，一个不死，但是，不可能。"她望着他那个中药丸似的小脑袋，连喘粗气。如果不是在监护室，如果身上没有披着这身白大衣，她想挠死他，"你顶多有四五个病人在监护室，而我负责看管的病人有多少？不止你一个人。"

科里的大夫都不说话，见林冰转身出去，老雷带头，众人纷纷向她竖大拇指。

裴晓培感觉无趣，也走出了休息室，她觉得那张橘色沙发，只有累成管主任那样的大夫，才有资格躺。她重新处理一遍病人之后，去洗手池旁，挤出消毒液，想安静地站一会儿。精力刚有松懈，她便察觉到背后有人，转身一看，那个林冰居然还在身后看着自己。

"什么意思？你要给那病人停叶克膜？"林冰嘴里硬声硬气，绷着脸走到裴晓培面前，"他心脏逐渐变大，心功能一直不好，心率还在加快，你他妈的居然要给我停叶克膜。我刚才掰到三升，这刚多久我下来看，你又给我掰到两升不到。你是想把我的病人搞死才行吗？"

"我想试试。"

他还要再吼，却看出裴晓培表情不对。

"你你你看，这两天的心影，你看昨天、前天、大前天的，又有心包积液了。这种情况你觉得能撤机吗？"林冰声音减弱，且磕磕绊绊。

"我觉得心影大主要是因为膈肌上抬。"

"我干了这么多年，心影大小我还看不出来？我觉得你撤机以后，这人挺不过半天就死掉了，要不你跟你们主任商量一下……"

林冰无法再讲下去，他看到一张僵硬且含有敌意的脸庞，仿佛还在轻微颤抖。两股泪珠，正从那双细长眼下坠落。

"我去找管主任，我去和他商量。你别这样……"林冰举起双手，慢慢退步，

"我换大夫,我亲自管,以后我不麻烦你了。"

三

夜里,心外科主任贾义在家接到管志军电话,一孩子骑摩托被车撞了,救护车拉走做剖腹探查,关上后拔不了管子,超声测出心脏问题,就把人拉到安平急诊科。管志军叫贾义尽快回到院里。当他赶到心外大楼的专家办公室时,看到全院一半的心外科专家正在会诊,于是他在靠门位置找了把椅子坐下。

管志军萎黄的头发,像被火燎一般倒在头顶,空出整个脑门,锃光瓦亮。长圆脸上,粗眉肿眼,大鼻子头,看上去很像老外。他双眼怒睁,用那副公鸡嗓和门神似的神情,介绍病情,寻求主任们的态度,上蹿下跳,仿佛要抓壮丁。"因为他循环维持不住,需要我拉到监护室去上叶克膜。去年我们收过类似的民工,从八楼坠下,脖子摔断的同时,心脏也摔坏了。急诊问过全院各科,没人肯收这孩子,都说这是外科的事。所以他们说,先收到管主任那里吧,因为上次就是这么办的。"

他不断干咳,尽最大力气压制着情绪,留给众人转变想法的时间。

"当务之急是解决心脏腱索断裂的问题,要尽早做换瓣手术。"

"管主任,外科做也可以,但是得收到你们监护室……"

几个返聘回来的老专家打断了他,又没有更多要说的。

"把病人收到监护室没有问题,他现在已经打了镇定、插管,正在呼吸机辅助,就是我那一套。可他肯定会心衰,随时可能挂掉,谁去和家属谈?"

会议室静寂加剧,众人像置身于一艘太空船里,保持高度关注和缄默。

"这孩子才十五岁,他自己不知道是在地上躺了多久才有人管。可如果他躺在监护室里也没有人管,那和躺大街上有什么分别?"管志军那股豪迈劲头已近冷却,眼睛开始扫向后排椅子。贾义感觉到,不论是他的声音、表情,还是肢体语言的幅度,都越收越小,或者说,越来越准确。他在找贾义。两人相视时,贾义撑了一下眉毛。随后管志军走到离贾义一步之遥的地方,也就是会议室门口。

监护室主任站在他的身边,显得身形高大、岿然不动。

"龙教授现在在外地,我收到短信,他说这个病人必须手术,如果发生纠纷,他兜着。"

管志军掰开会议室的门把手,即便到了这一步,他也没把握能为这孩子带来一个负责到底的手术大夫。

散会后,贾义跟在管志军身后,一起上电梯,一起下到三层。

"他妈的!"电梯门还没完全闭上,管志军就把话甩出来,"所有人脸上都写着,没我的事!最后病人还不是要砸在我手里。当年老院长怎么告诉我们的,身为外科大夫,首先你要有所担当!"

"管总别怨大家,这么重的病人,谁知道开胸后,心脏是不是早被撞烂,那时只能撂在台上,死亡率还算你的。"

贾义站在电梯角落,轻言细语。走出来时,他没回自己那一边的病房,而是安静地转向监护室,换上鞋套,一起进入管志军的办公室。

在那个狭窄得更像是开水间的地方,管志军一边咳嗽,一边给他冲速溶咖啡。

贾义盯住管志军眼睛:"他父母在哪儿?押金交了吗?"

"爸妈是郊区的。"管志军停顿下来,继续咳嗽,"夫妻俩带来五万押金,是哭着放进我手里的。"

"五万?"贾义用手捋顺卷发,脸上似笑似哭。他退步到办公室门口,开始为自己的表现懊悔,"管总,你会上怎么不讲?这种危重病人,押金至少要三十万才能收住院。"

管志军不语。一开始他就把贾义当作兜底的最佳人选,如果这时连他也说做不了,那病人就真的没救了。

二人互不相看时,门被人推开,险些把贾义撞倒。

"对不起贾主任。"裴晓培使劲鞠躬,随后她站到管志军面前,双手乱拽,"主任!这孩子循环越来越维持不住,血压都快没了,再不手术就要死了,到底哪个大夫做啊?"

管志军忽然想起什么,皱眉打量起她:"我不是给你调休了吗,怎么还在这里?"

"主任,我给这家人弄了个网上筹资,你猜现在凑到多少钱了?"

她伸出手掌,在两人面前连续晃动。

"五万?"管志军冷眉冷眼,很不耐烦。

227

"五十万！"

她看看管志军，又看看贾义，像是喝醉一样，又像是要起舞。两个男人，一个嘴咧得如同塞了个球，一个仿佛听到完全不懂的外语，面面相觑。

贾义答应和管志军去看病人，他提出两个请求，或者说是条件。

"您知道这孩子有脑外伤，我担心术中会引发其他并发症，比如出现颅内出血，这种责任总不好找到龙教授身上吧。"

管志军边听边点头，此刻他都不知道这些到底关自己什么事。

"这病人潜在纠纷风险太大，所以其他科主任都躲了。我可以手术，但您要帮忙讲话，救过来了，那些主任肯定要排挤我，我们都不做，偏偏你一个杂牌军做好了，这不是打人脸吗？显你能耐是吧？如果病人撂在台上，他们会说，你看！早说不该手术吧，贾义非要逞能。"

贾义哭丧着脸，好像一个受气的小媳妇，好像手术已经做砸，在找说辞。

"对对，这个病人不是你想做，是我和龙教授逼着你做的。"按照规矩，谈病人是心外科大夫的事，监护室没有责任。然而管志军不再废话，他几乎是拽着贾义往病房外面走，"家属那边，我现在和你过去谈。这时候不要说是你帮我，还是我帮你，你不手术，孩子肯定是死在我监护室里。"

孩子爹妈正坐在一楼走廊，抱在一起，或许是哭泣，或许是哭过后的萎靡。他们见那女人已经神志不清，甚至无法站立，于是只把男人叫到拐角处。

"你儿子不做手术就是死路一条，做了还有一线生机，我们要冒最大风险。做好了大家高兴，做不好不许给我闹，听明白了吗？"管志军用近乎恫吓的口气警告男人，对方头都不敢抬起来看他，却用不知从哪儿来的力气，连说几个"听明白了"，还说刚和老婆讲的也是这番道理。管志军说："行了，你赶紧签字去吧。"

管志军拉着贾义，在心外大楼的楼梯间抽烟。他长吁一口气后，双手插兜，问贾义手术谁来主刀，贾义不语。他接着又问："其实你心底里，是很想做吧？"贾义使劲吸一口烟，眼睛一眯，下巴上翘，露出坏笑的表情。他说："我和林冰一起做，这个手术不做，他会吃了我的。"管志军眼睛一转，想过之后，轻轻地说："我×。"

四

每当有朋友在管志军面前抱怨生活,他总要回一句:"有空去我监护室看看,保证你什么事情都想通了。"但是如果整日都生活在这里,整日和危重病人以及他们的家属一起度过,天知道要怎样才能扛下来。在监护室,有女婿做主让老人放弃治疗的(所以他总说一定要生儿子);有哥哥来看妹妹,术后第三天露面,看到账单后,对他说"弄死她"的。管志军还会接到住院处的催钱电话,他们说有个心肌炎病人欠费太多,实在找不到负责人,只能先把他逮着。

最早碰上这种事,是1993年他初到安平,在烧伤科轮转的时候。有个二十岁出头的锅炉工,和他当时岁数差不多大。因为一氧化碳中毒,小伙子晕眩中摔到炉壁上,下半身被烧了个遍,惨不忍睹。当时的安平还很全面,植皮、外科手术、抗感染,翻来覆去地硬是把人给救过来了。术后病人欠下一万块钱治疗费,1993年的一万块钱,在当时是不小的一笔钱。

小伙子的父亲,同为四川民工的六旬老人,连夜赶到北京。老头长有尖顶脑壳,全身像被真空包装裹住一样,形容枯槁,皮肤黝赤。见到管志军,老头目光闪避,他说:"大夫我找你就为讲讲钱上的事,家里真是分文没有,否则我们父子也不会分开打工。"好一阵不见回应,老头又说,"可我能给医院打工,不吃不喝,用工钱还你。"管志军问:"您当这是在饭馆赊账呢,就算您不吃不喝,打工还钱,要到猴年马月才能还清?"老人一怔,笋尖般的脑袋更是低下。管志军说:"你们跑吧。"老头硬起那张沟壑纵横的脸,一双钢珠般的厉眼,越是紧绷绷望着管志军,双唇越是蜷缩。他说:"我们跑了,你怎么办?"管志军说:"大不了扣我钱呗。"老头两行老泪钻出眼窝,说:"这种事情,我们干不出来。"

那小伙子能下床走路后,父子俩常会穿着自己的衣服,互相搀拽着,在院子里溜达,他们没有跑。后来管志军第一次给病人跑下减免,他让他们去外面挣钱,慢慢还给院里。

干重症后,类似的事情在所难免。监护室是辅助科室,不单独核算,账由院里统计。因为要控制医药占比,每月院里会固定发给管志军一个通知,告诉你这月药占比是多少。心外科病人归外科主管大夫去报,跟监护室没有关系。只有从急诊抢救回来的,或者经人从外院转来的病人,管志军才会关心花费问题。这几年欠费的,除去心肌炎这种下不了地的,其余全跑掉了,有的欠着医院七十万,一分不交,跑了还跟他打两年官司。

这次被催钱的女孩,来自河北衡水,刚满十八岁,去大学报到当月,就染上风湿性心肌炎。急诊主任问管志军能不能收,他说能收。女孩父母都是县城农民,白天像钉子一样坐在监护室门口,夜里倒头就睡。女孩后期的心肺功能越来越差,管志军问夫妇俩:"眼下还有百分之一的希望,要不要上叶克膜,上的话转一次五万就出去了,你们有钱吗?"夫妇俩的原话是:"不要说百分之一,就是千分之一,我们也要凑钱救闺女。"

这等于是病人给大夫吃了一颗定心丸。

可是坚持到第三天,他们坚决要把孩子拉回老家。

"你们闺女,身体还有转机,咬牙坚持一下,或许能带活人回去。"管志军瞪着肿眼,下颌发力。他自己没意识到,或者是不愿意识,他的话已经犯了大忌,"如果现在拉走,那可真是人财两空。"

从头到尾,他没有提一句欠费之类的话。

这时女孩妈妈变得犹豫,在呆怔中噙泪,明显在想女儿。管志军心想还好先把女人稳住,多年经验,只要女人一哭一闹,什么事情都没法谈。"再坚持坚持,大不了欠钱嘛,你们可就她一个女儿。"他对男人说。不想男人变脸,面目近似愤恨,且拿出一家之主的威严,要拉女儿回家。

回到休息室,管志军坐在一张陈旧的橘色长沙发上,腮颊鼓起,猛眨两眼。贾义穿着手术衣,光脚卧在他对面的下铺上玩着手机。

"一个孩子,刚他妈有点盼头,就这样被拉走了。"管志军双手放在腹部,攥成拳头,反复颤抖,"不甘心。"

裴晓培刚好从里面的更衣室换上便装走出来,见主任脸色不对,不由得站定。

"安平是个公立医院,说什么也要体现公益性。病人欠钱又怎么样?减免。医院的盘子多大,一年光是流水就五十多亿,减免个几十万不是问题。按国家政策报亏损就行了啊。可即便这样,女孩还是被她父母拉走了。"

"管总,想没想过,她家里没有钱了,你非要给人家治好,但是人家没有这个诉求了。人是活了,拉回去她父母怎么收拾烂摊子?"贾义坐直,面露轻笑,用手

230

指向旁边的裴晓培,"再治下去,不论死活,你监护室怎么收场?你给手下大夫训话时,不是很明白吗?"

管志军勉强地抬起眼皮,斜着望向裴晓培,两人对视良久。

五

刚上夜班,裴晓培就能听见此起彼伏的落泵声,啪啪啪地响起。裴晓培戴好无菌手套,走到治疗台。贾义病房有六张床归她负责,配三个护士,可两个是进修的,只能取血、跑腿,治疗的事她都要亲力亲为。有时候感觉,一天中最幸福的时刻,就是蹲下身看一会儿病人的尿袋,能歇会腰。

在一个"室上速"卧床病人身边,裴晓培伸出胳膊,让对方握一握自己的手,她需要感受到他的力量有多大。因为术后心功能不好,他上了IABP(球囊反搏),会影响动脉的供血。如果手心暖、手有劲,说明灌注很好,心肺功能在恢复。"这病人不错。"再去摸病人足端,神情微变,她发觉两边温度不同,有动脉穿刺这边发凉,没动脉穿刺的那边暖和,证明末梢的供血差,已经反映出来。

裴晓培找来责任护士,给病人开肌红蛋白检查和扩血管药物,同时让进修护士准备抗血栓仪。她又打电话给放射科,做下肢超声。护士们放下手机,说知道了。

忙到半夜,众人订外卖、聊天、打游戏,病房里呈现出热烈的宁静氛围。裴晓培照旧没领她那份餐,有人看她还站在病区,守着一个搭桥手术后昏迷中的女人。因为肾衰,她面部暗沉发亮,皮肤却渗出一层尿碱似的白霜,因为体温过高,氧耗太大,她拼命在喘。裴晓培双手插兜,缓步地走向监护室大门过道。

二线们常说,夜班重在平稳度过,别让病情恶化,平平安安交给白班操作,就算万事大吉。除非遇到非上透析不可的情况,否则作为一线也可以上,也可以耗,看到但不处理,写继续观察、药物治疗,谁也不能说继续观察后出了事,是你导致的。你也可以自信地认为,病房里我能掌控住,不会有突发情况,或者我一人操作,不要助手。怎么做,全看良心。

"那个肾衰病人,我想给她上透析。"裴晓培淡定地走到众人面前,看准责任护士,用大拇指朝身后指。

"外科大夫说调整一段时间,再看用不用上。"护士嘴里露出半截鸡骨头,手机横在面前,在玩战略游戏,热火朝天。

出于病情变化和医疗职责上的顾忌,护士不敢违背医嘱,可是不愿意干的话,她们会说没机器;机器来的话,她们会慢悠悠地安装,反复监测设置;如果你年轻、你不懂,她们会一直磨洋工,说另一个病人有问题要处理。这次她们说,还要等某个疯子大夫推病人回来,凌晨她们有六七台"接三"手术,光是接新病人还顾不上,别说躺在那儿的老病人了。

果然,林冰又在把病人往监护室推,她们要提前铺上新床单,把呼吸机调到预备状态,病人一到,合力给悠上病床,这可是个体力活。给病人翻身,检查压疮后,便是接尿袋、接呼吸机,连血压和心率监护,再把手术室带回的药全配上。

医院永远是给你最少的人,只要把这摊事运转起来,不出大乱子,就不会多加一个人。同样一个病房,不同大夫上夜班,每人忙的程度不同。干活的人永远是少数,总有一部分人出工不出力,而你是没有资格要求别人的。因为人家熬到了二线,态度明确,我就是等着退休,我不求名利。

裴晓培只能够等,然而刚想吃饭,那个昏迷中的女病人,血气分析仪的黄色报警灯又闪起来,还发出了声响。她转头望向对面的医生办公室。屋顶的照明灯,令她的双眼和大脑处在疲惫的亢奋中。这种时间,这种情形,是否叫醒二线,她有些迟疑。

这时裴晓培发现隔在两张病床之外,是跟她吵过架的林冰,在喂病人牛奶。不知哪里来了勇气,她大步迈向办公室,敲门。

当天值班的二线是老雷,正用三把椅子拼出巧妙的形状,既能承接住身体关键部位,又能适应局促空间,还睡得面露陶醉。裴晓培皱眉苦笑着,歪头看了片刻,轻唤三声后,对方眼皮松动,睁开细缝,不悦。

两人互相看着对方反过来的脸。

老雷跟着她,找到那个病人,左看右看后,回头问她:"哪里不对?"她解释说:"病人现在血氧太低,我觉得必须处理,才请您过来看看。"

老雷一言不发,走到呼吸机前,调试模式。屏上的指标没有升高迹象。随后她看到他动手调通气量的报警设限。

"她会慢慢好起来。"老雷转身离开,不再看她。

"您等等。"对方走回一半时,裴晓培轻轻地喊住他,并且赶上去挡住了路,

"这种重要器官缺氧,拖久了我担心病人会犯癫痫,甚至醒不过来。"

"这个范围属于允许性低氧吧。"

刚才接到电话的超声科大夫吴瑶,推着机器,往这边看。裴晓培感到嗓子在颤。

"我知道您在教我东西,可我无法接受。这么低的血氧在我的认知里,是不可以被接受的,因为她是术后病人,我不知道这只是脑低氧,还是因为里面脑出血,或者脑梗死了,很多人没来得及做CT(计算机层析成像)就已经挂掉了。"

吴瑶走到裴晓培身边,用手挽住她的胳膊。科里一线和夜班护士也凑过来。被这么多人围观,裴晓培难以抑制地流泪,她低下头,却发起抖来。

老雷表情木然,睡意全无。

"我判断她最严重的问题在于术中的肺部损伤,不是出在脑袋上。这需要病人的身体自己去清除炎症,需要一些时间去重新修复。"老雷以二线大夫特有的淡然口气对待她,"人体有时候很强大,很多东西都是可以自我检查、自我修复的。"

"你给她时间自我修复,问题是她给不给你时间。"裴晓培一股来路不明的恨意喷薄而出,把老雷吓一跳,"没等修复病人先死了怎么办?说来说去,你是不想管吧?万一将来她醒不来,你在护理记录单上怎么写?"

始终站在远处的林冰,侧头看向这边,像受到打扰。

"我去叫管主任。"她已然两眼发愣。

一个老护士按住了她的肩:"你让老管踏实睡一宿吧。"

凌晨,裴晓培躲在楼道,平复自己。恍然之间,她想到林冰,觉得这人仿佛始终都在关注着今晚发生的一切,哪怕他不在监护室里。

楼梯口的门被推开了,裴晓培扭头看到由里面走出一个大夫。

他看着她的样子,好像知道她在这里,好像她就是在等他一样。

"我替那个病人的家属和手术大夫,跟你道一声感谢。"他那双几乎可以变色的眼睛,像冷血动物一般的眼睛,居然闪现出热诚的笑意,"抛开对错不说,至少你的坚持是好的。如果可以,希望以后我的病人由你来管理。"

六

自从上次冲着二线大夫哭闹,裴晓培仿佛站到了所有人的对立面。她也问过自己,是否可以和大伙一样。如果良心放低一点,是不用那么累的,你不问,我不说,彼此压力都要小很多。可是如果想要良心上过得去,工作就会越干越多。

此刻,管志军和林冰正在观察一个新疆小孩。随后主任看向旁边——裴晓培的一个肺静脉异位引流病人。她迎上去说,这病人肺部饱和度挺好。林冰则斜着眼看,管志军亲自给病人拔管、戴面罩,叫护士给一个低浓度的氧维持。因为怕有心肌缺氧的危险,又换了呼吸机。他还劝病人,千万别嫌麻烦拿开。主任和林冰转身离开,裴晓培追上去说:"想请您给他调一下呼吸机参数和模式。"主任一愣:"你的二线不是在值班吗?找他。"

"我不信任他。"裴晓培直绷绷地望着管志军。林冰借故走开。

两人去门口的过道,取夜班饭,又一起回到主任办公室。许多双比手机屏幕更亮的眼睛,在背后看。

"我知道大家对你印象不错。"支气管炎的缘故,管志军讲话多用鼻音,语气中透出女人般的柔慈。

"可我不是来这里休婚假的,不是来混产假的。"裴晓培还没坐稳,话便如熟铁淬火一样打出来,"我也不是来养家糊口,拿死工资耗到退休的。"

管志军低下头,闷声乐了。

"在你看来,什么才叫好的交接班记录?"主任起劲儿地拆开盒饭包装,也不看清里面有什么,就大口吃起来。

"您教过我,交班时要看他的字条,从心功能、肾功能、肝功能到营养状况和出入量以及一般的感染情况,一条条要捋得思路清晰。包括处理情况,有些病人的问题可能不致命,可是我要看处理上积极不积极。我最讨厌的,"裴晓培顿了一下,像要努劲,"就是'继续观察'四个字。"

管志军像咬到沙子,把槽牙硌住一样,脸僵着不动。

"继续。"

"可现在监护室总是在玩击鼓传花的游戏。病人被从手术室推过来,就开始不停地被倒手、推卸,越到后边情况越重,接手的大夫越倒霉。这个花不是一个循环,这个花只能往下传,不会再回来,直到传无可传。交班反而成了掩藏错误。"

管志军快速地用纸擦嘴,攒成团,捏在手里。

"裴晓培,你告诉我。"

她有些意外,直起腰背,脸却还在发紧。

"你那个肺静脉异位引流病人,术前诊断是什么?"

"我,不知道。"裴晓培眨动着褐色眼睛,边想边说。

"那么引流到哪儿了?我要知道先天性心脏病畸形到底在哪儿。"

"不知道。"语气变弱。

"那他有没有'房缺'呢?"

"不知道。"只有嘴动,几乎无声。

"左室大小呢?"

裴晓培索性不答,屋里安静得出奇。

"你什么都不知道,谈什么交班标准?"

她看着地面,嘴紧紧闭起。

"你想说,这些是外科大夫的事儿吧?之前你和林冰有过分歧,为什么你插不上嘴?你没做过手术,你们俩起点不同,所以才会胆怯。给我记住,监护室大夫是不拿手术刀的外科大夫。你一定要了解血流动力学,根据变化监护病人。"

裴晓培点头,憋屈中发怔。

"你当初为什么要来监护室?"

"这是我的理想。"她脱口而出。

主任轻轻闭眼,摇头摆手:"咱今儿不提理想。我最怕看几集美剧的孩子,哭天抹泪要把一生献给医疗事业。讲良心可以,可是在医疗口,老好人是没有用的,病人照样死在你手里,外科大夫照样觉得你没用。你眼里那些混日子的二线,老雷,在治疗上当年比你还要激进。可他们为什么变了,想过吗?同样到了那一天,你怎么办?"

管志军让她吃饭,她摇头不吃,他鼻音又起:"你端着饭进我办公室,再端着饭走出去?"裴晓培并着腿,餐盒放在上面,吃一小口后,主任从兜里掏出手机,点开手机里的视频,让裴晓培拿过去看:"你也不是初来乍到了,我在科里讲呼吸机,有好几次,你们这帮年轻大夫,从来不听。呼吸机以后会越来越智能,但是我们的脑子能否跟得上呢?你明白我的意思吗?"

裴晓培捧着手机,全神贯注,却也懵懂不知。

"调对模式和参数后,你要给病人恢复时间,让他和机器保持最好的同步性。他喘得厉害,你看着烦,管理也累,就给他完全镇静,可你总不能长期给病人镇静吧。最终目的是让他拔管,这就要病人反过来触发呼吸机。再灵敏的呼吸机都要有这个时间差,为什么我要用两个小时去调好一个病人?"

"功夫在这儿。"裴晓培舒出一口气,像在平衡自己。

"对了。上机器,不是你让病人越来越依赖机器,而是用机器换时间,是你根据病情去调整,反而让呼吸机做功最轻。否则辅助六天,再不脱机就要气管切开。在监护室,没人去想这些问题,真与伪,本与源,我也不会问他们。但是你应该走到那一步。病人躺在那里没有办法,如果大夫也躲着问题走,那叫他妈什么玩意儿?那天你哭,其实不单是冲着老雷,也是气自己无能吧?空有一腔热情,所以才会流泪。"

裴晓培低下头,紧攥勺子,吃下一大口饭。

"没有方向地消耗自己,也是一种懒惰。你应该比我们走得更远。"

"主任,太难了。"

"我们才是病人的最后一条线,如果你慌了,那他可就真的死了。有机会也得死。即便你身边能指望的人全跑了,你也得像个傻×一样去对抗。所以你说你,非要到监护室来干吗?"

七

管志军和很多大夫一样,住在医院家属楼里,不过科室主任也住在里面的,他可算是绝无仅有。近有近的方便,比如节省路途上的时间,比如在紧急情况下能随叫随到。当然近也有近的烦恼,那就是他在市场买菜的时候,在吃路边摊的时候,在家里洗澡的时候,在和老婆睡觉的时候,都会接到来自监护室或者外科大夫的电话,喊他立即回去。不是病人情况不好,就是两边大夫治疗方案有分歧,或者是有危重病人需要会诊,以至于哪天科里突然没了动静,他在家反而有点别扭,怎么没人找我呢?然后检查家里网络是否正常,手机有没有欠费。仍不踏实,上床前索性又回监护室溜达一圈,才好回家睡觉。久而久之,他发觉自己事越揽越多,手下大夫和护士反而越干越油。

这天夜里,管志军正在家中洗澡,刚打上肥皂,就接到急诊主任打来电话,说120急救车拉来一心梗病人,继发急性心衰,心肺复苏中。管志军草草地擦干身体,把脏衣服重新穿上。还没来得及换鞋,电话又打过来,说病人室颤发作,他在手机里听到胸外按压器咣当咣当的声响。昏昏夜色中,管志军一路小跑赶往外科大楼,并且成功地在路上崴脚一次(拖鞋不跟脚)。

赶到急诊,他说:"停一下让我看看。"众人见管主任来了,闪到一边。他让大夫继续胸外按压,自己用手电筒照向病人眼睛,做压眶检查,发现这人还有对光反射,说明按压有效。可是只要一停,心率和呼吸立即没有,也不再有任何生命体征。直到这时,他才注意到,贾义和急诊科主任都站在自己身后。原来二人是叫他过来拍板,如果他说没戏,大家就会收拾东西,打道回府。

病人是一名军官,打篮球时忽然胸痛,扛不住了才被战友叫急救车送来。他老婆和战友正在门外,对病情还一无所知。管志军说他的瞳孔有对光反射,说明这个病人不想死,也不会因为脑损变成植物人,有抢救意义。贾义把他拉到一边,想了想,悄声说:"病人是我的关系,家里不缺钱,你说你监护室管不管吧?"管志军头一次见到,如此情急,还能保有风度和笑意的大夫。如果换作林冰,早把病人拽上台了,那家伙甚至顾不上给他打电话。管志军说:"您得给他做造影、放支架,否则扔在监护室耗着,也是白让家属承担费用。"贾义又问:"你管不管吧?你管我就做。"管志军说:"您做我就管。"贾义说:"我可以做,但是你去和家属谈。"

病人老婆哭得已无对话力气,她把自己丈夫的军装都带来了,想让他穿着军装走。管志军只能和病人那个战友交代病情。他告诉他,病人现在循环维持不住,要靠推药了。那战友是个田字脸,宽下巴,粗眉豹眼,皮肤棕黑。听出重点后,语气坚决地抢先表态:"您只管救人,钱不是问题。"

趁着预充机器,管志军让护士穿好一条管路,他拿起备皮刀,亲自给略发福的军官备皮。贾义站一旁说,管主任亲自动手消毒,少见。他懒得理会,只说这样节省时间。叶克膜被手下大夫一安上去,转起机器后,管志军感觉病人有了心跳。他和贾义几乎同时说:"快转手术间做造影。"

贾义放了临时起搏器后,又连续放进两个支架,可是病人心脏还犯室颤。管志军有些看不下去,他说:"你除颤吧。""要除吗?"贾义一边嘀咕,一边照做,做惯房颤消融的他,对其他心脏病不免有些生疏,有些倦怠。咣当过电之后,起搏器变绿,病人心脏像重启后的发动机,瞬间被带起来。可是贾义感觉心脏跳得还是不好,又问:"下面怎么办?"管志军知道,他是不会把病人收到自己病房的。管志军说:"您放心,我拉走,所有责任我担。"贾义点头说好。

凌晨,管志军把病人推出来,看到心内科和急诊科的人,早已散掉,台子被收拾得一干二净。行至半道,贾义打声招呼后,也转身离开,管志军明白,他们觉得这个病人是救不过来了。类似情况监护室主任经历过太多,他几乎也是靠着某种本能还在坚持。回监护室的路上,走廊幽深冷清,回声尖脆。孤光中,管志军好像是在押运货物一样,步入雾霭沉沉的荒野末路,寸步不离地跟在病人身边。他对仍无起色的病人说:"你的家人和战友还在等你,你可别死。"

凌晨两点,管志军不敢回家,只能卧在休息室里的橘色沙发上打盹,脚上还挂着拖鞋,直到天亮。

次日,管志军被裴晓培叫醒,他随即赶到病床旁执行叫醒工作。淡黄色的晨光轻洒下来,病人的呼吸非常平静,处在婴儿般的熟睡之中。他一面观察对方,一面连续叫出名字,让他"醒醒"。这时病人居然像早做好准备,睁开眼睛。他克制住心情,如同呼唤一个麻醉术后正常恢复的病人那样,要求对方跟着口令,依次摇头、应答。病人一一照做,仿佛早已认识管志军,仿佛完全知道昨天发生过什么。回到办公室,管志军发短信给贾义,回复就两个字:奇迹!

事后,贾义把这次抢救当作经典病例,做成教案,四处讲课,在日本还得了个病例抢救的演讲比赛大奖。起死回生的军官摆了几桌答谢宴,席间对每位参与抢救的医护人员,逐个敬酒(茶水)。他特意在最后才走向管志军,恭恭敬敬地倒满一盅白酒,并且努力回忆着什么,看起来有种见过生死后的复杂神情:"您是我的救命恩人,这杯酒我得喝了。"在回忆失败后,他歉意地微笑。

管志军没有举杯,而是伸手指向站在军官身后的战友:"我不是你的救命恩人,你这位战友才是。没有他坚持治疗,你真的死定了。"军官以为主任在讲场面话,仍然盯着彼此的酒杯。管志军说:"兄弟,我还挺羡慕你的,在那么凶险的紧要关头,身边有这样一个战友支持你。我真的很羡慕你。"

八

每当病人在裴晓培面前一天天好转，或者因为她的工作而继续活下去时，她会将此视为干监护的最大回报。不过多数时间里，等着她的也不是什么好事，比如她正考虑给病人用药，嘱咐护士观察哪里，或者用电脑开医嘱时，病人会觉得她没有关注自己。按照病人的逻辑，大夫应该多在床旁看一看，听一听，或者跟自己聊上两句，这才叫关心病人。可实际上，裴晓培觉得除非病情变化，以及要做床旁操作，否则她没有必要频繁和一个病人见面。那会占据她本就不够用的时间，有太多看不见的工作等着她去干。

然而当她真的来床旁准备操作，要切开气管、置入注射针，或者打镇静药时，病人又会面露反感甚至恐惧。他们问她："你为什么要让我睡觉？你想对我做什么？"病人嘴里的气管插管被拔掉后，呼吸依然不行，需要二插，他们又在抗拒中质问："为什么又要给我插这个？"病人用最后的力气，令眼中迸出灼光，就像是她想弄死自己一样。裴晓培的体力和意志，就这样不断地被透支着。

监护室是开放式病区，医生护士之间讲话，病人很容易听见。高年资的都懂，不要当着病人的面评价你的同事，不要在他们面前谈论家属，要聊出去聊。裴晓培也清楚，只是有时注意力照顾不到，以为病人处于镇静，便一面用手揉腰，一面随口嘱咐护士两句，这人家属已经把他放弃，老雷和他们谈治疗方案时，一听话头就是奔着要钱来的，不想他活。偏不巧，被病人听到了。病人先是拒绝服药，随后神情颓萎，众人心悬半空时，又见其眼睛如回光返照般，挣出生机，撒下气管插管，口口声声说要自己回家。被护士劝阻后，改以自杀式的不配合治疗，翻天作地。裴晓培看到，病人在她面前薅输液器、扯导尿管，平时应该气囊瘪了才能慢慢抽出的管子，硬是把卡在膀胱里的球囊生拔出来。床褥上面血流成河。裴晓培定在一边，感觉疼的不再是腰，而是从后脑勺起，整条脊椎骨都要裂开。她呆愣着走上前去，伸手去按，想安慰病人。病人拼力躲她，刀切斧砍一样地用喉部嘶吼："我恨你，别再救我了。"每一个字都如同巴掌一样，响亮地扇着她的脸。

护士扶裴晓培到病区另一面，让她缓一缓神，并且告诉她："你千万别过去了。"她像是被罚出场外一样，远远注视同事们应付着比抢救还要激烈的治疗。

"老李,你感觉怎么样?还憋气吗?这两天护士给你降温了吗?"她听到一股稳固且极暗的声音,像是某种讽刺,在自行流动,"帮我准备一套换药的。"

他对身边护士说完,又用手轻拍病人。裴晓培走过去看,认出那是林冰。

"老李,一会儿我要给你调引流管,动的过程中可能会疼,因为我要调个方向。可能会碰到胸腔里面,你不要紧张,不要害怕,把身子稍微转过来就行。"

林冰转到病床另一侧,裴晓培脚向后退,留出空间。他的语气和动作幅度极小,尤其是把管子轻轻置好的那一刻,眼睛还盯着病人的脸看:"放松放松,这条腿不能动啊。有点难受是吧?稍微坚持一下……"

她按住后腰,探头,紧紧盯着林冰的脸,怕认错人一样。

中午,裴晓培像僵尸一样挺直身子,蹭到休息室,往黄沙发上一靠,疼得噘嘴:"林大夫,我的腿也不能动了。"

林冰在身边坐得笔直,更像是他的腰有问题。

"你有个先心病人,房缺合并二尖瓣关闭不全,已经转回病房了。"

"我知道。"林冰转头瞄了她一眼,从上到下打量着脸、腰、腿。

"那病人刚下台时,我一测,血管阻力太高,心脏容量又不够,血压还低,左室心功能EF(射血分数)值只有20。"

"这就是麻醉师不负责,不把容量优化,拼命给我的病人用缩血管药,把血管收得太紧。"

林冰笑笑,脸上像死水有异物划过。两人如同被绑架了一样,同样的坐姿。

裴晓培眨了眨眼睛,点头,手指伸向脸前瞄准。

"病人血压低,不是外周血管阻力问题,就是容量严重不够。我把缩血管药减下来,同时适当补容量,第二天EF值就回到36,心脏前负荷恢复很多。"

"我回去后会和病房护士交代,一律按你在监护室的医嘱用药。"林冰说,"你进步这么明显,我有点不敢认了。"

"我也不敢认你了。"裴晓培放下胳膊,嘴角上翘,两眼一弯,"他们说你对病人可狠了,简直就是人格扭曲。"

"你们监护室大夫不使力,我想不狠也不行。"林冰摇头,苦笑,露出少见的疲态,"我喜欢那种信心坚定、求生欲强的病人。比如有的人会说,我就治好了给你们看看,我喜欢他们这样。我说只要你想活下去,你就能活下去。"

裴晓培用拳头垫在后腰,边蹙眉边笑,气岔到下面,会跳着疼。

"可是在监护室,病人很害怕的,亲人不在身边,只有一堆大夫和机器围着自己,躺在那里什么也不知道。你应该听说过白大衣综合征吧,病人什么问题都没有,只是看见这身衣服,血压能上200。所以心理辅导很重要,你必须要安慰他,既要讲明实情,还要让他做好思想准备,有困难,咱们一关一关地闯,后面有事后面再说。把他心态稳住,很多生命指标也好了。"裴晓培窝在沙发背上,一边听着,一边看着林冰。"如果病人产生 ICU(重症监护室)综合征,由此心情抑郁,那可不是一天两天能恢复的。"

"如果病人承你这份情,也可以啊,就怕你累死累活的,还没人知道。"

"为什么要让人家承你的情?你越是投入过多感情,越容易被情绪消耗。长此以往,先崩掉的是你那根绳子。别想和救人不相关的事情,专注在治疗这件事上,谁评价你,谁承你情,和你干的事情无关。"

"林大夫,你这句话我记住了。"裴晓培换个姿势,她忽然扭头,仔细看他,"我怎么忽然觉得,我在想什么你好像都知道似的。"

九

为了达到管主任"每年必须发两篇科研文章"的要求,即便值完夜班,裴晓培也不能回家。课题内容看重时效性,她要抓紧利用本院内网搜集数据,白天要么上白班,要么躲在办公室苦写。她再次过上黑白颠倒的生活。半夜,在察觉到无论是腰椎还是脑袋,都如被锯开一般时,痛出眼泪,裴晓培吞下一片氨酚待因。随后,像个刻毒的妇人一样,给自己定好凌晨三点闹铃。她挪蹭回手术间休息室,打算在那里眯上一会儿,不想推开屋门时,见屋内尚有灯亮,空调大开。

放射科的吴瑶,正抱腿愣在床上,见她进来,绷着嘴笑。吴瑶用木簪将长发盘成道姑头,一绺黑发松落下来。为方便夜里出急诊,她的白大褂还穿在身上。裴晓培爬上吴瑶那张床,双手托住腰,直挺挺躺下。吴瑶挪到另一头,靠墙而坐。

"你这腰还不去看?我给你拍个片子吧,怪吓人的。"

"不用你拍,不用你拍。"裴晓培的脸上绽露笑意,仿佛屋顶有画,"又被组长骂了?"

"他妈的。"吴瑶低头,落下眼皮,像诅咒自己。

"管主任如果学一学你们组长,那次我上夜班,也不会叫你看到笑话。把我都急成什么样儿了,主任后来还说是我不对。如果再来一次,我还要闹他。"

"这次确实赖我。"吴瑶也往上看,微微肿起来的丹凤眼,透出水淋淋的光。

两人都不作声。吴瑶怕静,碰了碰裴晓培肩膀,她嗯了一下,示意没睡。

"之前中日友好医院的朋友,组织过一次相亲大会,在世贸天阶,号称资源全是高级白领。也不知哪来的勇气,我不仅去了,还走上台对话筒说出名字,把手机号也一起讲了。后来知道,妈的那是一健身器材城开业典礼,让我们凑人数造势。"

因为不敢发力,裴晓培只能从喉咙里咳出笑声。屋顶白炽灯,照得人极不舒服,她用力托起后腰,把身子扭向里侧,看着吴瑶:"你活该。"

吴瑶像是没听见一样,把身体弓下来,头垫在膝盖上,手里捻着长发。

"我喜欢上一个外科大夫。"裴晓培说。

"什么时候?"吴瑶抬眼瞧她,嘴被膝盖堵着讲话。

"现在。"裴晓培双手插进怀里,咧嘴笑,眼皮合上,"只要是他术后推回来的病人,特让人踏实。久而久之,那种感觉就留下来,直至我好像也变成他的病人。看到他,就被一股力量给托住了。那种决不妥协的意志力,仿佛是另一个我。"

"叫什么名字?"

"林冰。"

"你老公知道吗?"慌错之中,吴瑶再问。

"这和他没有关系。我们已经半个月没见面了,上次谈话,还是为了劝我尽快去英国生孩子。他好像忘了我们两家的结合是为了什么。"裴晓培皱眉打了哈欠,睡意渐起,"还说公司为我在投资部门留好了位置,他居然暗示我辞职。"

"英国籍,银行行长的独子。"裴晓培听见吴瑶又在老调重弹,她们像一对双胞胎姐妹,总要装作互相了解,"真正好的资源,全跑你那去了。"

"有什么好?他们那种人,每天想的就是用最少的时间赚更多的钱。我们是因为父辈的生意往来才结合的,根本就是两条路上的人。"裴晓培嘴唇嘟囔着,话音轻软模糊,并不指望对方听见。

话音未落,手机闹铃嗡嗡嗡地振个没完,她在半睡半醒间,重新托起腰部,逼自己起来。

十

　　监护室是辅助科室,家属要给红包,通常是经外科大夫,或者主任的关系,转到管志军手里。可他一次也没有收过。管志军常说,这红包你塞进去多少钱合适呢？一两千吧,我救你一条命就值这点钱？一两万吧,你家也不开银行,拿这钱买点吃的,早点恢复就算帮我了。拒收也好,退回也好,他每年要解决掉十几万的红包。所以有人把信封递给他时,他会捏一下说:"太少了。"又推回去。推不掉的,收下后会存到病人在住院处的账户上。他不喜欢这份工作里,有交易的味道,有被谁控制的味道。

　　贾义在院里成立了叶克膜小组,他告诉管志军,全国二十多个常委里,有你的位置。这是管志军从事临床工作三十多年里,仅有的头衔。很快,贾义一年的叶克膜安装量,院内加上外院转来的,超过百例,全国最高。他希望管志军替自己盯住叶克膜病人的监护,从治疗、用药,到安装效果,两人可以随时对接。管志军说:"这是我的本职工作,你给不给常委,我都要去做。"

　　管志军换了新车,黑色沃尔沃,他觉得自己应该有这样一辆新车。他小心翼翼地把刚提的新车开进院里,停在裴晓培那辆白色凯迪拉克旁边。车刚熄火,叶克膜小组的人打来电话:"有个病人急性心衰,家属积极要上叶克膜。可是急诊科总值班说,您得给他们主任打电话。"管志军答应后,发微信过去,手机捂在肚子上,又觉不妥,本该公对公的事,怎么倒成了他动用私人关系了？果然,急诊护士长的微信拍马杀到:"兄弟,护士们中午订的烤鱼,你埋单吧？"管志军瞪大眼睛,回复没问题。刚按灭手机,屏幕又倔强地亮起,许多信息眼花缭乱地从天而降:"我把你拉到护士群了,过年给大伙儿发红包吧。""管总大气,体贴下属。""管主任新车很漂亮,适合你。"管志军在车里仰起脖子,头向前探,不知道谁在暗处偷看自己。他又低头,对着手机,自说自话:"这红包到底发多少合适？这个群一百多人,发少了显得小气。发多了吧,凭他妈什么啊！治病救人怎么变成我发红包了？我跟厂家又不认识,人家一分钱也不给我啊。"

　　可是院里所有人,都认定监护室主任在这方面有利益,不然干这么起劲图什么。同时,人们也更愿意相信他拿钱了,而且还是天文数字。

天刚擦黑,暴雨如注,一声闷雷后,管志军把雨刷器调快一档,打出双闪。新车发动机极静,显出雨声脆响,裴晓培和老雷坐在后面,主任像是带着两个孩子出行一样,兴致盎然地开在路上。老雷夸这车稳当、舒适,夸主任技术好。管志军说:"你国产抗生素开得太多了。"老雷笑脸凝结。主任又说:"协和监护室主任来院里会诊,不会明说,只问能不能换一种药。那是在打我脸。"老雷不语,低头握手。他们堵在儿童医院门口的机动车道上,雨水横着在车窗上流动,外面的样子,已经完全花了。"我车开得再稳有什么用?你们也不往前走。"侧前方一辆切诺基横在中间,鬼知道是想往哪里开。

裴晓培在想主任和谁讲话,身子却斜向老雷。管志军猛地打轮,开到公交车道上去。

"警察都他妈去哪儿了?"管志军一边嘟囔,一边扭头看侧后方,"不等了。"

"主任。"裴晓培努力看清黄色标线,"现在还是禁行时段。"

"禁行?等公交车时间到了,病人的时间就没了。"管志军说。

又是贾义介绍的病人,本院感染办主任的亲戚,十二岁女孩,心肌炎,三度房室传导阻滞,心率极慢,供血不足。三人赶到儿童医院时,女孩血压低到61,升压药物维持不住,同时阿斯综合征发作,在昏迷中抽搐。院方已经无计可施,请管志军先来评估病情,老规矩,有的治,把人拉走,没的治,就地放弃。在同行的眼里,管志军才是和死神掰手腕的人。这一点让他心里特别带劲。

女孩命悬一线,老雷立刻和裴晓培安装机器。管志军盯着安装,避免血管和容量上可能会有的并发症或者是不可逆创伤。他扫了一眼女孩父母的衣着和神态,便说:"你们闺女心脏已无有效的排出物,这种重症表现最好马上转院。叶克膜的后续处理,还是安平最好。"家属本就是院内关系,又不怕花费,加上有主任亲自压阵,坚决转院。

回安平路上,管志军电话打给贾义,女孩心衰到躺不平了,不像只有心肌炎,肯定还有问题,要辅助去做造影。贾义不在院里,他说:"我去联系。"叶克膜小组,一是年轻,二是不敢担事,主任不在,大家都先耗着。没有造影检查,心外科更是不接。管志军回来后,气得拿出手机,咬牙切齿地在群里发语音:"弟兄们,想成为全国领先的监护室和叶克膜小组,记住你们不是装机器的技工。别总把自己摆在小大夫位置上。不去承担责任,你们永远成长不了。"

那条语音,没有人回复。

晚上两人回家,走到医院花园,老院长铜像显得黯然无光,和夜幕融为一体。

"我们现在主要是吃心外科,想扩大例数,还要这样从外院转病人过来。但是你看到了吗?没有好处,谁愿意白帮你这个忙。"贾义把胳膊搭在铜像耳朵边上,松一松衣领,抬头看向天空,"管总,这种钱你可以拿。"

管志军停步转身,继续咳嗽。

"别人我不管,我监护室大夫,不会拿叶克膜一分钱回扣。"他把脸转向头上外科大楼,全院唯一亮着的监护室窗户。

"院里不给我一块地,拉到别的科人家又不配合。将来还有急诊科,或者流感季节,那些肺炎的病人治疗。你不拿钱,别人怎么拿?"贾义用力给了铜像一下,露出手腕上的表,同样很亮。

"叶克膜这种东西,用好了可以救命,用不好,死人,花费又大。我要是拿了钱,量上就不好把握,不仅失去判断,还容易被各方控制。"管志军下意识地后退两步,脚蹭着地上的沙土,发出难听的声音。

"你刚才说,你监护室的人也不拿钱?"贾义手伸进裤兜掏车钥匙,身上的雪白衬衫塞在皮带里,"那个女孩的父母,没给出诊费吗?"

"没有。"

"还他妈医属呢,这种规矩都不懂,我亲自和他们讲明。"

"每次闹纠纷,医务处的病人账上就会多出几千块钱,就会有大夫偷偷把红包退回来。看来这钱,还是烫手。"管志军要往回走,他决定晚上住在监护室。

次日,女孩父母如梦方醒,两万块钱托感染办主任,交到管志军手里。管志军皱眉,感觉此数不太好分,他索性把钱都给裴晓培和老雷,一人一万。裴晓培不接,说不合适。按规矩,主任一万,底下人各五千。管志军说:"我挣钱比你们容易,约出去两场课就回来了。为几千块钱救病人,有意思吗?你们能踏踏实实干就好。"老雷接到手里,一张一张点了起来。裴晓培扭脸不看。后来,老雷悄悄和管志军说:"裴晓培看不上这点钱的。"管志军问:"要不这两万块,全都给你?"老雷不语。

周末,管志军赶到交警队,对着窗口里的警察说,要调监控录像,然后拿出工作证,解释自己是一名医生,那次在儿童医院违停,纯属是去参加抢救造成的。他希望把这两百块钱的处罚给销了。警察说:"你拿什么证明你是去抢救了?"管志军说:"我是一名医生,我去医院里不是抢救,还能干什么?"警察摇头说:"不行,那也证明不了你自己。"管志军全身松劲,看着警察,心里骂了一句:妈了巴子,白忙一通,还倒贴两百。

十一

裴晓培终于支撑不住了。因为她个头偏高,为病人做心电图时,遇到低矮的病床,背得弯下去,此外还要帮护士给病人翻身、听诊,特别是听心脏的位置,一听就是半天。有时腰椎疼得厉害,两腿会突然间发麻,甚至影响到排便。起初她并没在意,觉得只是腰肌劳损,吃止疼药睡一觉,第二天便能减轻。可是上班一两年后,病痛加重,如今只听两个病人就吃不消了,回到家疼得想哭。

有天下午,她给病人做"气切",发觉自己弯不下腰了,就这么个简单动作,做不出来。趁着本院还没下班,没顾上跟主任说一声,她就跑到门诊,想找骨科同事开单子、约检查。吴瑶告诉她:"直接来核磁室找我。"吴瑶为裴晓培扫描腰椎,裴晓培在腹部压上弹力绷带,看着核磁机器里发出的橙黄色的光环,她深吸一口气,听吴瑶的口令,又逐步憋气、呼吸。拍完片子,吴瑶对着控制台上的话筒,叫裴晓培起来,单子填好后,又叫两声,仍不见反应,于是索性从操作间出来,走过去看,她居然躺在机器里面睡着了。吴瑶伸手,拉她起来。裴晓培问:"我怎么会睡着呢?"吴瑶说:"你又不是第一个睡着的,在这上面拉屎撒尿的人都有,你不算什么。"裴晓培说:"你可真够恶心的。"

后来裴晓培又躺到骨科门诊的诊疗床上,骨科主任摸了摸她的腰椎,看过片子后告诉她,你感觉到麻木,是由于腰椎间盘突出,引起神经压迫导致的。裴晓培整理好衣服,满眼疑虑,瞥着对方。

"看压迫程度,再结合你目前的功能减退病症,应该是属于亚急性,如果不尽快手术,身体自己会慢慢适应。"骨科主任把片子放下。

"手术？"她下意识地摸了摸自己的腰，"这病不是我爸那种岁数才得的吗？"

"亏你还是搞医的，怎么问这种病人才会问的问题。这种病只跟劳累程度有关，是个临床大夫大都会有。"骨科主任摇摇头，口气略有揶揄，"等到你一条腿的肌力越来越低、退化，然后变成长期的不可逆的，那时候你想再做手术，也没意义了。"

裴晓培回去后，把情况告诉主任。管志军当即批了病假，并且亲自帮她联系外院专家，他说："咱们医院我太了解，心脏以外你就别惦记了。"他什么也没有提，比如这么多重病人怎么交接，比如科研文章写到哪里了，比如将来会不会二次手术。可是他越是不提，她就越发难受。

裴晓培独自办理的住院手续和术前谈话，她没有按照丈夫侯坤说的，花额外的钱去住单间。她被安排到一个三人间里，住进去时上一个病人还没收拾好，等待过程中，她感觉几个病友之间，宛如姐妹。其中一位留着中分短发，眼睛黑亮的长脸女人，适时提醒她东西放在哪儿，饭卡怎么用，还和她分享水果，如同是这里短暂的主人。大夫说这个病会影响到生育，至少术后三年时间里，不建议怀孕。侯坤没有重提离职或者移民的事，但是他和双方老人来看她的眼神，令人无法忍受。她成日躺在病床上，用被单蒙头，什么也不看，什么也不听。

侯坤给裴晓培雇了个护工大姐，负责打饭、晾洗衣服。更多时候，她都是听身边那个姐姐聊天。姐姐有个儿子，她老公当初跪着求她不要流掉，后来两人离婚，他却不给抚养费。这次来做手术，是因为她在路边被前夫推倒在地，磕坏了坐骨神经。她当时手里正抱着小儿子。病发作时，尾骨会肿成桃子那么大，无法直立，随后反复化脓、愈合。大夫说，不取出尾骨根治，有得败血症的危险。裴晓培不语。姐姐说，将来她想去很多地方旅行，哪怕是坐在轮椅上。她笑着从脑门朝后捋了一下头发，头发帅气地层层落下。她说："我盼着那小子赶紧长大，有一次他独自去上学，我躲得远远地跟在后面观察，忽然一辆汽车擦着他屁股开过去，当时如果撞到，也就撞到了。现在想想，真是又恨又怕。"她低着头，把病号服的裤腿折来折去。

裴晓培的手术很顺利，没有植入钢板，大夫用一根类似针的东西深入她的椎间隙，吸取出一部分髓核，目的是给她减压。不过还好术后当天就能下地，能正常排便。只是因为担心出血，大夫没有准许她走路。侯坤还是给她换成了 VIP

病房,还会穿着比她还显干净的白色机车皮衣,每天探视。她一个人躺在那儿等待出院的日子时,会不由自主地去想自己一直以来坚持的事情。她第一次开始用"值不值得"来衡量这一切。第一次去想,如果身体垮了,她还剩下什么？她希望林冰可以出现在身边,他可以来看看她,说些什么话给她听,或者是一个坚定的目光。也许因为这只是个局麻手术,也许他会觉得尴尬,也许,他自己也是麻烦缠身,总之他并没有任何表示。

裴晓培试着以一个病人的状态去消耗每一天。她努力地去刷手机,去无所事事,开始关心头上又生出几根白发,脸上是不是又长了沉淀色素。隔壁的姐姐常跑来陪她。侯坤不语。裴晓培说:"恐怕有段时间我们不能做那件事了,如果你忍不住,我不介意你去找。"侯坤说:"如果你不做准备,那些事情就永远遥遥无期。"她说:"侯坤,我不是个无情的人,所以你别害我。"她提出让他搀扶自己,去外面找大夫换药,或者下地走走。侯坤照办,但是回来后他指着病房的门说:"裴晓培,你听清楚了,下回这种事情去叫护工来做,叫护工来做,我是付了钱的!"他瞪大眼睛的样子,令旁边的姐姐尴尬不已。裴晓培从床头柜里把自己的钱包砸到侯坤头上,让他快滚出去。姐姐先把侯坤劝走,又回来让她不要生气。裴晓培浑身发抖地说:"我没有生气。"

住院一周,不长不短,从吴瑶、管主任再到老雷,都来过了。她对自己讲,林冰一定会来,而且会最后一个来看她。所以每次独处时,她都会陷入漫长的等待和想象中,其实是跟自己过不去。直到贾义这个主任来看她,她才清醒,林冰是不会来的。这也是再正常不过的结果。

林冰比所有人都更没理由来看她,却也比任何人都更应该来看她。她甚至把自己一切的选择,都在无意中其实是极端故意地与他相连。如果两人能这样相处下去,每天在监护室里,比什么都幸福。

住院楼后面有一处风景,假山假水,微缩亭阁。裴晓培把侯坤请到这里,聊聊打算。侯坤无话找话,谈及等她出院,回英国或者澳洲休养。裴晓培问他:"你是把做投资的心得用在我身上了吧?"侯坤低头不语。

裴晓培指指脑袋,然后架起胳膊,遮挡阳光。"这段时间,不仅治腰,这里的问题,也一起解决掉了。我不能骗你,我这次手术可不是为了备孕,而是不想影响工作。"和煦的阳光照在身上,反而令她连打冷战。她紧束双臂。

侯坤一双大眼偶尔露出凶相,他被晃得眯上眼睛,转头看她老态龙钟却又倔强的坐姿,随意扎在脑后的辫子,洋气却又脆弱的脸,随后皱着眉头取出一支烟,叼在嘴上,却没点着。

"你用不着戒烟了。这段日子我躺在床上,动也不能动的时候,我想过很多遍,如果不干这行,我去做什么,我能做什么。也许开个店,也许去绘画、旅行,也许安心去生孩子,或者干脆躺在床上数钱。可惜不行,那些都不是我该做的事情。我忽然意识到,我之所以是我,之所以是裴晓培,就是因为我的监护工作。我有我的专业,我要在我的专业里成为最牛的人,像管主任那样。我满脑子想的都是回到我的病区里走来走去,看护病人,那才是真正的我。"

"我其实不太在乎你是否能生孩子。"侯坤把烟从嘴里拿下来,"我知道你看不上我们的婚姻。不过你做任何决定,我都会支持。还有,如果把你看作投资,那才真是自寻死路。"

裴晓培把脸扭向另一边,过去好一会儿,才重新看他:"侯坤,如果你说,想找别的女人给你生孩子,或许我能欣慰一点。"

十二

早交班上,管志军拎着他爱吃的豆腐脑和糖油饼,直奔医生办公室。他坐到电脑椅上,仍在为交警队的事生气。不过老雷和大夫们,很快把他围了个密密实实,而且越凑越近。他们像考砸后交成绩单的孩子,捧着一堆病人的诊断、术式和心肺肝肾功能情况,等他拍板。其中一个病例,老太太拔掉气管插管,心功 EF 值却只有 31。管志军在桌上打开观片灯,看超声结果。

"病人放平后还是憋气。"老雷说。

"说明左房压还是高,得利尿。至少要负出三千的尿。"

"上周我给正出一千二。"老雷支吾。

管志军抬头看老雷,气得不再讲话。

主任把椅子转过来,不看片子,看人。老雷脸上,欲言又止状,管志军叫大家先去看病人,独留下他。

"一线犯这种错我不说什么,你又怎么回事?"

"以我的年资和岁数,不该值夜班了。"老雷摘下眼镜,疲倦地缩紧眼睛,用手掌胡噜一把脸,像猫洗脸。他的个头很矮,比坐着的管志军刚刚高出一点,脸上的肉向下坠,眼睛鼻子和嘴,也向下坠,甚至连油乎乎的头发,同样紧紧趴在头皮上。

"兄弟,你比我大两届,现在还是主治医生。你不值夜班,谁去值?连我还时不时地要替夜班。"

出院后的裴晓培,换上衣服后,站到办公室门口,见俩人谈话,赶紧走开。

"他们说我这是全中国最舒服的监护室,你听了什么感觉?老雷,如果安平是部队医院,四十五岁的主治,你早被干掉了,只能转业。"

老雷重新戴上眼镜。他的眼睛本来很亮很大,却被厚实的眼皮遮去一半,看什么都半信半疑的样子。

"我希望你能晋升,不要让我一个人撑在一线。我希望你也能被外院请出去会诊。"管志军把目光投向玻璃窗外,护士长已经等了好久,"早年我进监护室,你还带过我一阵子。咱俩共事几十年,你想法上有什么变化,不要以为我不知道。"

"你一个科室主任,不搞课题,不当博导,不收红包,压得我们手下人怎么干活?难道要和你一起,管一辈子病人,值一辈子夜班?"老雷叹气,转身便走,出门时,险些和护士长撞到一起。

管志军开始吃豆腐脑,嚼糖油饼,发出清脆的破碎声。

"我给你拿微波炉转一下。"护士长进来整理桌子,站身后说。

"我喜欢吃凉的。"

护士长并不走开:"跑他妈这儿闹来了。"

管志军鼓起眼睛,扭头看她:"你说谁呢?"

护士长坐到老雷那张椅子上,也不说话,只掏出手机,放到主任餐盒旁。管志军盯着屏幕看,自己监护室病区里,那放肆的吵闹和混乱场面,嘴里越嚼越慢。

"这人是谁?哪个科的?"

"麻醉科。"护士长说,"病人术后推回来一测,两小时前的末次血钾3.2,我半小时查一次房,结果低到1.7。因为之后就没正常,我把结果发到群里,跟他们主任说了。主任怎么也得做点什么吧,就点了这人,他这不发疯一样跑过来闹。"

"都不要脸了,我就他妈骂着说,怎么啦?"一个戴黑眼镜的年纪不大的小胖子,穿着白大褂,在视频里,在病区中间,一边转圈一边嚷,"这事儿就把我给告了,血钾1.7?不是还没死人吗!让我没饭吃,谁他妈也别想消停!"

这段视频是从远处的病床旁,用放大效果拍的,声音刺耳,画面模糊且颤动。像是透过病人的眼睛,看到一个令人感到费解和恐惧的画面。因为那个麻醉师开始越走越近,伸着胳膊骂。

晚交班前,管志军让下白班的人先别走,所有大夫、护士站到办公室。有些人只能侧身站着。

"昨天夜里的事,在场的有谁,举手让我看一下。"众人左顾右盼,交错举手,最后还有老雷,管志军瞪他,嘴唇抽搐一下,"以后再遇到类似的情况,在保证大家不吃亏的情况下,抽丫!"

主任见到在场的队伍里,老的老,小的小,除老雷、裴晓培零星几人,其他手下都低下了头,好像在承认错误。

"你们几个老护士不应该啊,十几个女的打不过他一个?打完了出来一人,直接躺到地上,就说被他打了。"管志军嗓音嘶哑,打晃,眼睛通红,"病人低钾,一个没死,十个你敢有不死的吗?太他妈欺负人了。我不在,就让人在自己家里为所欲为?"

后来,管志军告诉贾义,他要去找麻醉科主任,或者去敲钱院长的门,这口气他咽不下去。贾义说:"这口气当然不能咽,不过我劝你,找清楚问题的根源。如果监护室的人当时打回去,也就打了。事情已然过去,身为科室主任,不好理论的。另外,你的护士长本该私下和麻醉师沟通,在群里把人家晒出来,等于升级矛盾,对方主任也不好做。最后,为这种事找院长,老管你脑袋不转了吧?再说你知道麻醉科主任和院长的关系吗?你知道整个安平的关系网吗?如果你不知道,那么我送你一句简单的话:永远不要为了下面的人,去让上面的人为难。"

十三

院务会上,贾义和管志军并排而坐,众主任围着院长,走完过场。钱院长的脸皱得像是降下来的风帆，挂满心事，连带着眼皮厚、鼻子厚、嘴唇之类的都厚。

他吐出一口白色烟圈后，抬起胳膊，一张纸递到贾义面前，抖了两下，让他宣读。心外科主任在不解中接到手里，生硬地念。纸上通篇在讲，管志军、贾义，整个季度的叶克膜收治量是多少，病源来自哪里，最后根据规章制度，处罚管志军五千，处罚贾义三千。

"应该是奖励吧？"贾义的脸贴着纸，以为字写错了。

"我们的ICU，叫心脏外科重症监护室，功能很明确吧？外院的心肌炎你们都敢收，不怕病毒感染给其他病人？"钱院长伸手把纸夺回来，攒成一团，扔向管、齐二人。两个主任，一个眼睛发直，一个低头苦想，都没有躲。"我不是不让你们收，院里还有其他监护室，EICU（急诊重症监护室）、SICU（外科重症加护病房）和CCU（冠心病重症监护室），叶克膜病人也可以收到别的地方，这个技术要应用到全院。管志军的科室就是干心脏外科的，你们难道不懂交叉感染的风险？"

"院长，扣我一人吧。"贾义也笑，尴尬且恭顺，"叶克膜小组是我负责的。"

"我让你们当一天主任，别他妈真以为自己是什么专家，没有院里的支持，屁都不是。"院长掸了掸白大衣上的烟灰，痰在嘴里转了一圈，"管志军，不说话？调科后安平各科室主任，凡是'三无人员'的一律抹掉。你明不明白？"

管志军脑袋像霜打一样，委在肩上。贾义碰了碰他，才听到那声公鸡嗓子，打鸣似的嗯了一下。

散会后，贾义听说院长在耳鼻喉科出门诊，于是赶去敲门。

进到里面，贾义心头一震，这哪里像个门诊，不仅有真皮沙发、液晶电视、空气净化器，墙上还挂有大幅山水字画、风水转运球，还有嵌在墙壁里的鱼缸。唯独没有病人。

纱帘拉下，屋内灰淡。在院长面前，贾义退到沙发前，弯腰坐下。

"近期几家医院相继爆发院内感染，从院长到中层，一律撤掉，你们这是给我找麻烦呢！"院长提着茶缸，坐到沙发另一侧，看着贾义，"我不是不想支持你们，明白吧？"

"明白，明白。错误我们已经在会上认识到了。"

贾义后悔,这块蛋糕,没有先分给院长一块。

"管志军的监护室,有什么问题没有?"院长拿下杯盖,热气一熏,张大下巴,嘴和脖子变成管道状,咕咚咚饮茶。

中间,一位身姿婀娜的两道杠护士长走了过来,蹲下身给院长续水。

"每个科室都有问题。"门关上后,贾义把话挤出嘴边。

"问你什么就答什么。"

"有有有。监护室的大夫缺乏责任心。"贾义身子笔直,话像竹筒倒豆子一样,从嘴里蹦出来,"管志军养着一帮懒人,他的位置才坐得稳。"

"我也听说了。老管临床经验和工作态度无可指摘,但是监护室到底存不存在管理问题?"

"绝对存在,科室主任首先就不够有思想,缺乏科室建设,科室看不到任何朝气,下面的人懒得一塌糊涂。"贾义眼睛始终看着院长的厚嘴唇,话刚停下,便已浑身是汗,白大衣比做下来一台手术还要湿。

十四

院里规定,任何一名提副高的大夫,或者住院医提主治,必须去监护室转科。然而所有转科回来的大夫,都会问贾义一件事,为什么监护室对我们如此仇视和敏感,眼睛和肢体语言上,无不透着"凭什么你们外科大夫挣那么多钱"。

林冰的病人在监护室压床,贾义过去看他开医嘱,换掉一种无伤大雅的药。管志军远远地站在身后瞄着,突然间像擒贼一样,抬手指向两人。

"以后不能改我们监护室的医嘱。"

"什么意思?"林冰还没明白,贾义转身,看管志军走近。

"我们大夫开完医嘱不能随便改。"管志军说。

"你们这个地方开错了我给他改一下……"

"那也不能改。"监护室主任把话截断,冷着脸说,"你得通过我们大夫。"

这时候老雷像瘸着腿一样,晃过来,问怎么了。

"关于治疗方案,监护室以后要重新接管,病人在谁的病区,就听谁的。"

贾义笑笑,站到林冰身前,拿出那个不以为然的潇洒劲儿,看看老雷。

"我听你的,管主任。多问一句,一旦病人死在监护室,没我外科大夫的事,是我的人去找家属,还是你的人去和家属谈?你看这病人远端有问题,难免要出血栓,查 ACD 才 160。今天没负出来,反而正出来,如果心脏太涨死了,"贾义的手搭在老雷肩上,轻轻晃动两下,"老雷,是不是监护问题?"

管志军一愣。

"监护室大夫也能谈。"

"你早说嘛。"贾义笑笑,把手收回,"如果你们替我的大夫担风险,如果监护室大夫也可以去法庭站被告席,我现在就带林冰走,从此不进监护室。"

后来贾义有一六十来岁男病人,家属经过复杂的思想准备,同意手术。左主干病变,搭四支桥,顺利下台。次日周六,一早贾义去监护室看他,见病人术后状态不错,便出去告诉家属。两小时后他再回来,看病人是否拔管,却见对方喘气变得浅且急,心率监测快,还换成身体侧卧。贾义立即握病人手,感觉到很虚弱,他赶紧为病人翻身,叫护士和值班大夫,说这病人缺氧,快接呼吸机,重新抢救。可是刚翻过身,病人就死了。

正常程序,值班大夫看完片子,要过去看病人,是否醒好,再决定试停、拔管、脱离呼吸机。病人自主吸氧器是否维持得住,这个观察阶段,护士要紧紧盯住。可当时老雷没看病人,直接让护士试停,因为周末护士少,都忙着转完病人好下班,更没人观察他试停。

那个护士年纪很轻,瘦,愣,眼中满是呆滞的凌厉。贾义强压住火,他说:"病人家属来了,你们把记录抹掉,我去解释成别的原因。"小护士在他眼皮底下,迅速将所有记录和时间,病人如何缺氧、心率何时不好、翻身后情况,全部改成正常。结果那处,拿一刀片,将原有的字刮掉,重新填写成"突然心律失常致死"。

这时家属想进监护室看病人,贾义挡住他们说:"病人突发心律失常,没抢救过来。"家属老婆说:"主任,你一小时前还说他恢复挺好,今天就能出来,我们全家人欢天喜地等着,这么快我男人死了?"贾义不语。

当天过去,监护室的人不认账了,都在说,怎么别人监测没事,贾主任的病人就不行。护士开始往外择,以后他的病人咱别给监测了。贾义直接去找管志军,后者又在替手下大夫值夜班。

"不对啊,你说的经过和记录上的不一样。"管志军立刻掏出手机,照着小护士写的特护记录,一页一页地对照。

"你不用看了,那都是我让她们改的。家属在外面闹着封存病例,我告诉她们,怎么写自己想清楚了,别给自己惹事。"

管志军抬头看着站在面前的贾义,把记录放下。

"作为科室主任,护犊子到这种地步?"贾义向后,把门掩上,质问,"你还要找她出来跟我对质吗?老雷不会告诉你,病人没醒明白,他连看都没看就试停脱机吧?这还没打官司,真打官司,你的护士是不是要拿着那份改过的病例来找我算账?我保护你的人保护错了?新来的小护士,都是孩子,你得开一个吧。"

管志军站起身,开门,走向休息室,坐在橘色沙发上。贾义在他身边坐下,其他大夫拔下手机充电线,纷纷出去。

"你看看你的监护室,都快成游戏机房了。"贾义笑,管志军也笑,"你这主任当的,自己给病人拔管,春节长假、父母病重替个夜班,手下会记你好。他们旅行也让你替班,那你什么时候休息?既然你的大夫只管开药,病人就只有我们去看,没有手术情况,也要笑容满面地来这里盯着,因为你监护室掐着我的脖子。你以为我们来抢开医嘱?是你手下的人,把主导权送到我手里。因为他们不作为,不想担责任。"

"我没有办法。手术是你们做,回扣和红包也是你们拿。院里不给我配足人力,这年头谁愿意干护士?而且还是在重症监护室里,待遇给人家那么低,连本院的都不愿转到我这里。这月已经有三个辞职,社会问题,你能推给一个小孩子吗?"

"领导多往上交钱,才能得到重视和提拔。不服气你也辞职呗,你去私立医院,年薪至少是百万起步。别拿人少当借口。监护室每个病人起码要两个小时看一遍吧?老雷夜班整晚不出办公室的门,只留装晓培盯在那儿。钱院长会上点名叫你'三无人员',无学位、无科研、无SCI(核心期刊)文章,他都把话挑明了,你还不争取主动,等着中层改选时被干掉?迟早被你的兵害死。"

"什么改选不改选,要杀要剐还不是院长一句话的事。干监护,没人看得起你,撤就撤了,我还能怎么争取?学你?未来的副院长,明星专家,什么时候上春晚啊?你以后不用死乞白赖地找我盯叶克膜了,省得我不给你上,还要得罪那么多吃这碗饭的人。"管志军怔神儿,苦笑着,片刻失落,"为什么罚咱俩钱?爆发院内感染倒是其次,他是觉得我们用院里资源自己挣钱,没给他好处。摸良心讲,我从设备上真的是一分钱也没拿过。"

贾义脑袋看向另一边,摆手,做出懒得理会的样子:"说点儿有用的,以后不用开腔止血的,你们别再叫我的外科大夫,他白天做那么多手术,晚上还给你看监护,你说他手术能做好吗?"

"你是替林冰找借口吧?他的病人术后出血,叫回去开胸,一礼拜三次了。"管志军眼睛横过来,"他好像随时要崩溃。我们两个,先各自保护好手下吧。"

"那我们就各自管好下面的人。"贾义附和。

十五

为了保住主任的帽子,贾义交了五十万出去,且保证自己的叶克膜病人全送到别的监护室,收益也分给院里。至于院长不愿去卫生局开的会、不愿见的厂商和不对路的专家,一概由贾义出面。有段时间他整天泡在外面开会、应酬,无法回科看病人。相应地,院长承诺他在采购中心、外科管委会上有投票权,此外还会为他扩建病房、优先给他院里课题资源,并且推荐他接受电视台采访。贾义终有体会,这行政职务果然比管临床更有实权。

管志军被迫退出叶克膜小组,把这项业务和危重病人分摊给 CCU、SICU 和 EICU 等其他监护室。

平时只收轻病人的几个监护室,不得不硬着头皮接手叶克膜病人,压床不说,还影响治疗。很多时候,都是些乳臭未干的住院医生,在给气息奄奄的老人安装叶克膜。在孩子气的嬉笑中,他们一边操作,一边拍照留念,场面悲悚。

钱院长的老岳父被诊断出了肺癌,老人住进安平,做左肺叶切除手术。术后老人血压维持不住,住进 CCU 病房,贾义战战兢兢,亲自做造影检查,结果是肠系膜微小动脉硬化,致使自发出血,堵住主干。院长没有多言,倒是家中妻子,要求全力抢救。贾义在院长面前云山雾绕半天,院长踢踢桌子腿,叫他直接拿治疗方案。贾义说:"请管主任过来会诊吧。"院长指着贾义和 CCU 女主任的脸,"你们就是一帮婊子养的垃圾。"

全院所有相关科室主任和外院专家悉数到场。钱院长坐会议室正中央,看谁拿出办法。众人不语。管志军不想耗在这里,直言现行的治疗方案,是猴吃麻花——蛮拧。

"病人水肿厉害,缩血管药不宜过量,维持住血压是关键,否则会令全身缺血。"管志军略有冲动地看着院长,"一定要脱水利尿!我去看过病人,白天灌得太多,晚上应该全力脱水,减轻心脏负担和全身水肿。这么一味地扩容、输液,反而会令水肿加重、血压变低。"

CCU主任始终不看他,院长岳父住在她的地盘,管志军这么发言和打她耳光没有区别。她等于先后被两个男人骂过,可是只有后面的话,令她感到受辱。贾义说不出原因,就是凭感觉支持管志军。外院的专家们,自然也同意管志军的意见。最后院长拍板,老岳父在CCU里治,但是由管志军和贾义来管。

每天早晨,本院胸外科、普外科、心内科、肾内科、超声科、血液科、消化科、营养科、透析科和神经科等各科主任,像上早朝一样,都停下本科的病人,先来办公室交班。因为谁都不想院长岳父死在自己班儿上,一堆专家团团围站,互相交换意见,一旦有个风吹草动,随时倾全院之力,调动一切资源治疗到底。

白天,贾义替院长在局里开大会,晚上和管志军被拴在CCU病房,给院长老岳父陪床。夜里老人平稳时,两人便倚在休息室床上,吃裴晓培买来的夜宵。科里的治疗,只能撒手。

"我亲爹在肿瘤医院手术前的晚上,我在办公室里哭着吃饭。然后洗洗脸,继续看病人。他走的时候我都没这么伺候过。"管志军说,"这老头肯定救不过来了,就看能拖多久了。"

"管总,你如果干心外科,不比任何一个主任差。"贾义背靠秃墙,笑笑。

"那咱俩就更成仇人了。上次纠纷会,你连个屁都不放。"管志军倒在床板上,伸起懒腰,"我不在监护室,也不知道那几个孩子行不行。"

"你才离开几天?我的病房,我的叶克膜小组,早成一盘散沙了。你说咱们是专家吗?是的话,怎么随便谁打个招呼,就得屁颠屁颠地被叫过来?"

"像勇于献身的青楼名妓,我觉得。"管志军说。

"老头能活多久我不关心。"贾义忽然叹气,"我算是看出来了,就算你把院长的岳父救活,也改变不了任何东西。好事都是CCU那位的,人家才是真正勇于献身。"

那一阵子,在两位主任昼夜看护下,老人风平浪静,一度拔掉气管插管。后来早交班时,竟还苏醒过来,窦性心律、血压正常,循环特别稳定。中午管志军回监护室看了几眼病人,顺便想吃顿午饭,可他刚领盒饭,就接到 CCU 女主任电话,她问他跑哪儿去了,院长岳父正抢救呢。管志军说这他妈变化太快了,不会是回光返照吧?又折回去看,老人血压一路下跌,之后病情再也没有恢复回来。

老人从头到尾维持四十多天,直至全身感染导致循环衰竭,贾义给老人同时用了五种顶级抗生素,都不管用,再无挽回余地。后来抢救时,管志军和贾义一起在老人身上按压,等家属来看。钱院长的岳母哭着推门进来,扑向老伴。她一边推贾义和管志军,一边喊:"别按啦!让他踏踏实实地走吧!"老太太捶打着两位主任的白大褂,他们在晃动中,互相看着彼此。

十六

钱院长决定在管志军的监护室楼上,建一个床位更多、设备更新、人员学历更高的监护室。贾义科里的病人,术后将被送到那里。同时,管志军手下的骨干力量,也要抽调一半上去。管志军听到后,喝了一口裴晓培刚给他沏的水,水是开的,可他硬是咽下去了。

心外科和监护室的两拨大夫,彼此指责、猜忌已是家常便饭。病人恶化,外科大夫说是监护室把病人害死的,监护室会说心外科有一半大夫该进监狱。

新监护室启用之前,贾义的病人依然要回管志军这里。用监护室主任的话说,推进来的全是"糖醋排骨",不是血糖高到机器测不出来的,就是体内严重代谢性酸中毒,要不然就是术中用了大量缩血管药物,同时还有低氧血症、躁动等各种并发症,令整个监护室的人员疲于奔命。护士长起初还要算算,看究竟有多少个血气不好的病人,结果三十个病人,只有三个正常。护士们夜班前来病区一看,说:"让我看这么重的病人。"一个假条递过去,回家。

裴晓培在新监护室的名单里,管志军说:"以后我再也管不了你们了,时刻谨记,保护自己,需要和病人谈问题,要先找贾义跟家属沟通,你得让外科大夫在场,否则没法处理。你一旦插手,他们就会推到你头上。"裴晓培说:"主任,我跟您也不短了。再说您看到了吗?病人不稳定,贾主任一人在那里团团转,挺可怜的。"管志军说:"等到判你一年白干的时候,几十万上百万的赔偿,那时候谁可怜你?"裴晓培不解地嘟囔:"至于吗?"

对于林冰的病人,CCU实在是不敢接,他只能推给管志军。管志军一听是林冰的病人,也会给个面子让他回来,别撂在台上。眼下这是一搭桥男病人,一线大夫刚给推回来就突发室颤。赶上裴晓培夜班,她让护士快给升压药,同时冲过来做胸外按压。一小时过去后,当她觉得腰部像被钩子扎穿一样疼,手臂酸胀无力,快要虚脱时,林冰和贾义才来到监护室。林冰看到心电图是前壁心梗,复苏不了,决定在床旁开胸,裴晓培赶紧让开地方,看着他打开病人的右心室。贾义伸头扫了一眼,便知已无抢救意义。"别弄了,死了吧。"他站在下级大夫身后说。话没落地,病人便心脏停搏。贾义如保护现场般观察伤口,他说病人胸部下面破了,有挤压的痕迹。裴晓培也凑过去看。她听到心外主任又说,右室表面有个按压后的针眼,是胸外按压的痕迹,你们监护室不该按压。裴晓培还愣在那里,仍没明白,这是什么意思。

纠纷讨论,到了裴晓培这件事,医务处主任说:"监护室责任,下一个。"管志军立即站起来,对方眨眨眼睛,乖乖又把病例打开。这次裴晓培也一起跟来,她想亲眼看看自己会得到怎样的评判。

"老管你别激动,因为她双手按下去时,病人胸骨是呈劈开状的。"贾义这回和管志军隔着一张桌子,相对而坐,他在监护室主任面前,慢慢地双手交叠,做按压的手势,"就是这个动作,令病人胸骨骨刺把心脏右室扎破,漏了个针眼,病人死于心室破裂。"

"是啊,推进监护室两个小时后病人死了,监护室里没有什么事吗?"医务处主任适时插话。

裴晓培坐在角落处,一双丹凤眼瞪大,边听边摇头。管志军伸手指向贾义,让他打电话把林冰叫进来,当面对峙。

"林主任、齐主任,我干监护这么多年,胸外按压,不说上千例,几百例总有吧,我他妈就没听说过。"这时林冰进来,罚站一样站在贾义身边。管志军还干站着,等着和谁辩一辩理,"你们手术时要是把骨刺清理干净、弄平整,把胸骨的钢丝闭合好,断然不会扎出针眼。怎么能怪我的大夫,那她以后还抢不抢救了?看着病人死也不管是吧?"

医务处主任提醒管志军克制情绪,别带脏字。

"什么针眼?"贾义笑笑,回头看看林冰,"我没说过针眼,只有抢救问题。"

"怕扯出手术问题了吧,贾主任?"管志军又指向头顶,"上面就有摄像头,咱们说的话,在场的都听见了,还有录音录像,随时调出来看。"

管志军从未想过,自己在纠纷会议上遇到最耍无赖的主任,居然是贾义。裴晓培想发言,却发现嘴唇在抖,根本讲不出话。她只能紧紧盯着贾义的脸,明显感觉到自己心率和血压在急剧上升。那个曾经在她住院时去探视她,那个曾在摩托男孩生命垂危时挺身而出,那个曾让她送饭吃的贾主任,居然冷酷到把这么不堪的责任推到她身上。

"贾义,你他妈踩到我红线了。"管志军绕过桌子,直奔对方,"本来这话我不想会上说,你问林冰,一个换瓣手术,早晨八点进手术室,下午五点才出来,术中到底有什么问题?还他妈心室破裂,明明是他搭桥把病人血管堵了,导致急性心梗诱发室颤致死。什么按压问题,你就是拉我的人替你背锅。"

林冰不语。

"管总,就算是术中的问题,本来没你们的事,你说监护室动他干吗?你要是能忍,就让病人死了呗。我知道给你挖了一个大坑,但是谁让你们往里跳的?"贾义仍然嘴硬。

"管总,听我一句。"医务处主任起身拦住,"管总,走个过场。总要有人把责任分下来,不让你们真赔,我交差用。"

管志军抬手,按下医务处主任脑门,众专家笑着围过来,劝酒一样,缠裹着往后拉他。贾义始终坐在椅子上。裴晓培慢慢走近,她想让他们放开主任,这个场面令她伤心。她很想过去让林冰开口,是他告诉自己"专注在治疗上,别想和救人不相关的事,谁评价你谁承你情,无关紧要"。如今这句话比腰疼更折磨她。

"如果定监护室责任,我绝不签字。要么咱们就上法庭。"众人都知道的,就算不签字,院里也可以定他监护室责任。

"哪有一家医院内部上法庭的。"医务处主任笑笑,"医生保护医生嘛。"

"我只保护我的大夫。"管志军把鉴定意见书摔向对方,手又指向裴晓培,"这个定下来会带到晋升档案,不出事情,我监护室的人还轮不到晋升,出事就更没戏了。我不想再往上爬了,可是年轻大夫还要成长。你才在医务处干多久,就要让我签单,院长来了我也不给面子!"

这话讲出,众人无趣,干站着不动。裴晓培看那张写有自己责任的意见书,在医务处主任身上滑落,然后被放在桌上,褶皱得像一颗坏死的心脏。她打个愣怔,慢了半拍后,随管志军离开。经过林冰身边时,稍有停顿,又走下去。

裴晓培去了一切可以碰到林冰的地方,可就是找不到他。后来她听说他下台了,索性堵到手术室的洗浴间。她站在门外,其他男大夫拿着衣服,夺路而逃。里面只听得见哗哗水声。她说:"我知道你在,纠纷会上什么意思?我都到场了,你都不看我一眼。我敢面对你,你不敢面对我吗?"水声停了。"有贾义在,没我发言的份儿,纠纷会本来就是主任们扯皮的地方,没人会相信那个结果。"林冰显出心虚。"好,"裴晓培大声说,声音在洗浴间里阵阵回荡,"手术可以是假的,抢救可以是假的,连他妈责任都可以是假的!这个医院上上下下,到底还有什么是真的?你给我出来,有什么好洗的?你洗得干净吗?"她用力给了门板一拳,"你想要干净,就别干这行了。"林冰再次开口,伴着粗气,"只要机器一转起来,这里没有谁是干净的。哪个大夫身上没有几个冤死鬼?那种刻骨铭心的悔恨,是每个大夫心口的一道疤,是要你血淋淋地记在心里。他们在会上把这道疤撕来撕去,回去一样是要被噩梦惊醒。"裴晓培站开了一些,"哪个大夫身上没有几个冤死鬼?"她重复着,带着哭腔,"这都是他妈的借口,屁话。我走了,你可以继续洗你的了。"

十七

在监护室的医生办公室里,管志军和裴晓培,一坐一立,相对而视。

"我喜欢这个题目,《风暴之后有彩虹》。"管志军用手掌捂住半张脸,把咳嗽声音强按下去,却被迫憋出泪水,"只是你应该再自信一些。你怎么回事?"

裴晓培把讲稿撂到桌上,眼皮低垂,微微鼓颊,并不去看主任。

讲实在话,除了"心脏手术后电风暴患者的镇痛镇静治疗"这个主题是管志军帮忙定的,整个内容从病史介绍、诊疗经过、药物选择到思考总结,全是裴晓培一手完成,并且全英文演讲,深入和细致程度,令管志军除了在备战状态上提个醒,也确实没有什么能教给她的。还有那句"前有洪水猛兽,下有万丈深渊"的副标题,他建议改改。

"主任,我不想去比这个,没意思。"裴晓培嘟囔着。

"不去不行。"管志军话音不大,却不容商量,"全国的监护室专家来做评委,你是获奖热门,这么好的站到台前的机会,你说不去就不去?"

裴晓培梗起脖子,嘴绷得更紧。

"我指望你能为我们监护室,拿回第一项可能也是最后一项荣誉嘉奖。我指望你拿回来。"管志军弯下腰背,低头撑腿,"再往后,你就要去楼上的新监护室了,这也是我最后几天当你的主任。"

讲到这里,裴晓培的眼睛才敢慢慢看他。

"不知因为什么,感觉总是有点奇怪。"管志军用手指碰了碰鼻子,忽然还是笑了,"像嫁闺女。"

裴晓培这才敢乐。

"不过你这场演讲,我不去看了。"管志军按住双膝,吃力般地站起来,"因为我得去全院中层的述职大会。"

"主任,实话实说吧,这次演讲我会努力。可是过完年,我就辞职。"

管志军不语。

"我想好了,去英国把孩子生了。"

"好了,先出去吧。"监护室主任疲倦地闭上眼睛,继续咳嗽,"我也要准备我的述职演讲了。"

"主任您要讲什么? 我也给您听听吧。那么大的场面,您可要好好发挥一下。"

"你最好还是别听。"主任背对着裴晓培,公鸡嗓中透出悲鸣,"既然决定离开,就走个干干净净,去生孩子。不过希望你别忘了,当初面试时自己讲过的话,你说自己要在监护领域里做最牛的大夫,我希望你是觉得这里平台不高,而不是因为其他原因。"

报告大厅,座无虚席,放眼望去,如白墙绽裂,经聚光灯一照,不晕也晕。

各科主任,泛泛而谈,逐个报流水账,唯一保留节目,就是夹枪带棒地骂骂监护室。比如管理不善,比如擅自减床。有主任更说,病人放叶克膜、二次开胸、肾衰做血滤和感染用抗生素,欠下的账,该由监护室承担。轮到贾义上台,在院长和各位领导面前,用数据说话,手术例数、平均住院日、科室盈利,均是心外科最高。"零点五的死亡率,也是冠绝全院,这还是连自动出院都算在内的。"述职尾声,屏幕上打出"感恩"两字,贾义春风拂面。钱院长笑着带头鼓掌,两眼放光。

之后是重症监护室主任管志军,直腰低头,步伐又沉又慢,站上台后,右手握拳,使劲咳嗽。他盯着讲稿,低头不语。

此刻身后电子屏,跳出几张照片,裴晓培的抢救画面、十几个监护大夫带病人去做检查以及夜里整栋外科楼一片漆黑,只有监护病房仍灯火通明。

钱院长面无表情。

"《牺牲隐忍担当——为了危重症病人和死神较量》。"管志军平静地念起报告题目。

"诸位同行议论我擅自减床,我请大家想想,国家要求监护室护理床位比是多少?三比一。目前我们科室严重达不到配比,加之我院外科各级医师基本功不过硬、麻醉科肆意胡为,导致滞留监护室的危重患者增加。而监护室医护工作重、收入低、纠纷多,多重负面影响下,辞职者众多。实非我不愿再开床位。"

大厅内登时呜地一下,响起层层嗡鸣。

各科主任中,只有贾义镇定地仰头看向台上。

"就在刚刚,我最看重的一位年轻医师,向我提出辞职。"管志军停顿良久后,用力咳嗽,"我应该对她说些什么?在座很多主任,你们也认识她,甚至平日里开开玩笑,走动得比我还要近些,你们能不能帮我,和她说点什么?"

管志军鼻音念稿,发声呆板,一字一顿起来,效果和念检查近似。他小心按下键盘,屏幕上又蹦出一组数字。

"刚才诸位述职,全院运转形势大好,各科心脏手术,死亡率全在一以下。巧了,我也有各病房在监护室的死亡率,全部超过一。请问诸位,回到你们病房的死亡人数,怎么可能比我的还低?"管志军自始至终,无视台下,也就看不见有多少人咬牙切齿地盯着他,多少人欲言又止地想让他下来。"我这里还有主诊组的数据,要不要公布?贾义,你们科每年做多少例,活多少,死多少,细到每一组,想不想看?"

钱院长已经不再去看台上,他像睡着了,或者做了噩梦一样,面目漠然。

"都说我监护室减床,如果你们每个病房都是一千台手术,哪怕能减少0.1天平均住院日,就意味着你一年能多做一百台手术。你抓好质量,哪怕降到1.4天,相当于一年多做三百台手术,这比你总盯着我的床位强吧?我给你开一百张,你做那么烂有用吗?早上我问值班大夫,科里还剩几个病人?八个,其中一个病人躺三周了。快过年了,这么多病人死于感染,压在我那里八个病人没人管。我都想干律师了。"

管志军被自己这个玩笑逗笑了,他终于抬起头,却见满场领导,鸦默雀静。钱院长坐第一排,招手,把纪委书记兼院副书记叫到身边,指着管志军说话。

"刚才已经听出,各位对我监护室诸多不满,如果这样,所有重病人我可以不接收吧?或者你在我这里待一天,第二天走人,回病房你自己看着。有本事你别让病人肾衰,别让我抢救。"

散会,大家向门外鱼贯而出,一位黑衣女士走到台前,递给管志军一张纸条。管志军打开看的工夫,对方消失一般离开。那张纸条上面,用很大的字体,写了两行字:"管志军你还有脸开口讲话,老天会收拾你这个十恶不赦的杀人犯!"

刚下班,贾义打来电话:"管总,你这是死谏啊。"管志军不语。

"喂,别人都在走过场,揶揄你监护室几句,不是每年都这样吗?你这次是怎么回事?明摆着逼院长干掉你?他说你的述职不合格。"

"哪个地方不合格?"

"你跟我就不要明知故问了吧?他说了,你要么在下次全科的述职里,重新报告一次,要么,最后的打钩投票,看你还是不是监护室主任。"见管志军仍不作声,贾义换了个口气,"你吐那么多苦水给谁听?他不管质量。院里要求,人有多大胆地有多大产。他给你这块地,这些人,你得给他开多少张床,别老让人找他,说你那里床位不够……管……"

贾义看看手机,原来管志军早就把电话挂了。

十八

被院长降到一线的管志军,等于是被晾了起来,可谁也不可能让他去上白班管病人。更多时间里,前重症监护室主任是用手机微信,给全国医院会诊。或者是吃饭时,或者是在家里闲坐时,或者是在开车时,手机里随时传来各种病人的视频或者监测指标的照片。他得到最多的回复,是"管主任威武"、大拇指表情或者从上而降的"么么哒"。管志军经常抱怨,网络会诊真够讨厌的,他不仅收不到钱,还得搭进去许多流量费。可是看病人早已成为他生活中的重要支撑,没有病人看,他不知道该怎么活着。

管志军妻子的同学,有位九十岁老父亲,反复发作肺炎,住进一家部队医院。同学雇了两个护工,白天黑夜轮流伺候,还去请康复博爱的人,专门做康复治疗,一周五次。老头在家里躺了半年时间,住院当天,呼吸科主任就放弃了。管志军被妻子叫去,看过后说,不至于,我调一下抗生素。结果老人很快体温下去。

部队医院的大夫,偏向保守,不让老头下床,管志军却说:"今天我在,老爷子您得下床,以后您要走着回家,要咬牙坚持。"老人做过膝关节置换,腿不利索,但是听了管志军的话,让挺腰就挺腰,让抬腿就抬腿。有一次下膝关节没摆正,疼得老头大汗淋漓,想回床上,管志军笑笑,帮老人挪身子。

呼吸科主任拍好片子后,想给老人做气管切开,于是请耳鼻喉的主任,要等。管志军手痒,和老婆说:"在我们科,裴晓培就能切,我都不去看,做不下来才会叫我,哪还用耳鼻喉主任。怎么到这里是这个规矩啊?"他老婆说:"管志军你把嘴闭上吧。"气切做完后,管志军陪着过去,看到切口长如一把短剑,他说这要是我的大夫我得骂死他。

老头终于还是感染了,腹胀得厉害,家属听对方主任交代病情时,管志军坐在旁边。对方说这种情况,要注意心功能。他实在听不下去,插嘴说老人现在这种情况是感染性中毒性休克,应该把液体适当放宽一些。

"你谁啊!"对方主任其实知道,但只是嘴硬,"我们只和家属谈,你出去。"

"我也是为患者好,咱们都是从医的。"管志军笑笑,"按照您这个治疗,不太合适。"

"老人的液体入量要在两千以下。"主任打量他后,没有理会,继续开医嘱。

"那不行,你怎么着也得入两千五到三千,不然的话他失水太多。就该肾衰了!"管志军实在憋不住话了,他老婆和同学都低下头,不知该说什么。

"记上!"主任冲自己的管床大夫喊,"他说要超过两千,出问题他兜着!"

管志军老婆说:"你在人家医院,没有执医资格,你不知道吗?"管志军不语。他老婆说:"你把这家医院的大夫给闹僵了,老爷子人家不管了怎么办?"

管志军又被赶到了路上,老雷发来短信,说夜班里,科里的男护士们,把一个外科大夫给打了。打了以后才认出来是贾主任。老雷说,那几个小年轻下手可真狠啊,而且专往脸上打。管志军知道,安平已是一地鸡毛。他看向前面的路,这时候他才发现,并非病人有多需要他这个前监护室主任,而是没有病人看的话,他不知该怎么活着。他也不知道自己应该回到哪里。

(原载于《上海文学》2019 年第 3 期,张颐雯选编)

张毅／祖籍山东高密,现居青岛。在《当代》《青年文学》《红岩》《诗刊》《诗探索》《新华文摘》《小说选刊》《小说月报》《散文·海外版》《散文》《山东文学》《时代文学》《青岛文学》《散文百家》等刊物发表小说、诗歌、散文多篇。著有诗歌、散文集三部。诗歌、散文入选多种选本。

祖籍山东高密,现居青岛。

阿尔巴尼亚罐头

一

我和马红梅是在东风食品厂认识的。当年,我是加工车间分解工序的分解工,她是食品厂的播音员。那几年,我们工厂接受了一项任务:为阿尔巴尼亚生产一种铁皮罐头。

东风食品厂在胶州湾东岸,原由一个许姓资本家创建,二战时,专为太平洋战区盟军生产军需用品。中华人民共和国成立前夕,这位许姓资本家随国民党军队去了台湾,工厂被解放军接管。六十年代初,山上挖了很多防空洞。父亲当年常在这里挖防空洞,每次回家都是满身泥土,一脸忧虑。那时,这里是北海舰队一个师级编制的机构,名字叫"海军386厂",主要为舰队和守岛部队生产各种食品。食品有各式各样的肉罐头、鱼罐头、压缩饼干等等。后来随着政治形势的变化,这个机构被解散了,一些老兵被遣散回家,只剩少量军人留守。一年后,这家带神秘色彩的"海军386厂"被交由地方政府管理。

从那时起,这里改叫"东风食品厂"。

我们宿舍在一个码头附近,是一排砖砌的平房,简易、老旧。马路边上有一溜放自行车的铁皮棚子,棚子左侧是一排茅厕,茅厕里是背对背的坑位。里面气味恶劣,常传出有人大便不畅的声音,隐隐的,却很用力。阵风吹过,满天臭气就会传到宿舍里。

宿舍房间很小,十几平方米,四个铁管床。门上有个口子,风不吹就响,风吹时就更响了。呜呜的声音彻夜不停,像个小孩在吹夜壶。食品厂离市区40多公里,平时我们住宿舍。

我们宿舍里四个人:王海生、侯增平、李志义和我。

我和侯增平是小时候的邻居,我们住在一个叫"水手巷"的大杂院。水手巷是一条小街,靠近码头,街面很窄,路面是石条铺的。几排六十年代的二层楼,灰砖红瓦。雨天时,雨水沿着瓦缝往下淌。晴天时,家家户户在窗口横根竹竿,人们把衣服从箱子里搬出来,在太阳下晒。路过时,会闻到一股陈旧的气味,那是衣服和樟脑的混合气味。墙上爬满了英姿勃发的爬山虎。窗外的码头上,常泊着装满各种货物的货轮,货轮巨大的钢柱上挂着五颜六色的旗帜。来自各国的船员常从高高的舷梯上走下,沿海边的水泥路走出水手巷。水手巷到处是被海浪冲到岸边的海藻和臭鱼烂虾发出的气味,还有那种房间角落里的潮湿霉味。这些复杂的味道只有风暴来临才会被吹走,换上一些新鲜的空气。

我家和侯增平家中间隔了一户,几家邻居共用一个厕所和水池。方便时,要穿过堆满杂物的走廊去上厕所。凌晨,我常被侯增平家房门的声音惊醒,然后听见从楼道传来下楼的声音。外面黑乎乎的,睁开眼看看闹钟,差十分五点,那一定是侯增平父亲去赶电车了。侯增平父亲是火车司机,总是赶2路电车去火车站。侯增平一家五口住在两间小房子里,空间逼仄。外屋簇拥着几件粗糙的旧家具,里屋搭了上下铺,侯增平和他姐姐分别睡在上下铺上。每天一早,水池子周围挤满刷牙洗脸的人,脸盆和牙缸互相碰撞着。侯增平常偷我家的猪胰子洗脸。那时,我们把肥皂叫胰子。猪胰子就是猪胰脏做的肥皂,平时用黄酒泡着,用时从碗里捞出来,抹在手上、脸上。因为油性大,常洗不干净。每次看到侯增平的脸油光光的,我就知道他偷我家的猪胰子用了。一次我洗完脸,把猪胰子忘在水池子上,回去找时,猪胰子没了。我拽过在厕所小便的侯增平就喊:"把我的猪胰子拿出来。"侯增平一脸无辜的样子,他说他没拿我的猪胰子。我说他骗人。他说:"谁拿了是小狗,我向毛主席宣誓。"我看着他的样子挺可怜的。他刚说完,一只大黄猫从我俩身后跑过,嘴里叼着一块黑乎乎的东西。我一看,那不就是我家的猪胰子?那时每到冬天,几乎家家都用猪胰子。我父亲常从食品厂带回几块猪胰脏,母亲把它们泡在黄酒里,十几天后就可以用了。

我上学时,常看见侯增平母亲骂街。侯增平母亲常年穿着那件对襟衣裳,闲时就倚在一楼的梧桐树上,一声声地骂侯增平父亲没出息。侯增平父亲那年调车作业时,火车突然启动了,他慌忙从火车上跳下来,没轧死,但瘸了一条腿。组织上给了几个钱,让他去看大门,算照顾残疾人。从那以后,侯增平母亲吃完饭就站在梧桐树下,倚着树骂街,一边骂,一边数落侯增平父亲:"你个死瘸腿,怎么不去找啊？去找站长，站长不行找段长，段长不行找处长，处长不行找局长。"数落完了，回屋里喝口水，继续倚着梧桐树数落。

从那年夏天开始，我烟抽得厉害。一天差不多两包，是最便宜的葵花牌烟，这个牌子后来没了。那时有一种阿尔巴尼亚烟，红色宽盒的，外面卖一毛二一盒。点上一抽，一股臭鞋烂袜子味道。那年月工厂没什么娱乐，我们下班后没事做，就在宿舍里抽烟聊天。工友之间你让我，我让你，一包烟半天就没了。做工友要会抽烟、让烟。关系好的，见面不用说话，一支烟飞过来，对方接了，火柴刺啦一响，两人点上烟，深深吸一口，半天才说话，这是哥们儿。要是两人见面不说话，各自抽烟，一定是话不投机，或者心里有疙瘩。一段时间，侯增平和李志义就是见面不说话，各自抽烟。这种状况大概有二十多天，不知为什么。问他们，谁也不说，后来又好了。有的见人就递烟，哈着腰给人点烟，那一定是有求于人家。

侯增平是食品厂的电工，他一直想巴结我们厂的书记。他每次见了我们书记就一脸堆笑、递烟，然后哈着腰给书记点烟。书记有一个铝制的烟盒，上面刻着天安门前的华表，看上去有年头了。他收了别人递来的烟，就放进铝制烟盒里。侯增平口袋里有两种烟，一包大前门，一包葵花牌。大前门是给厂长、书记和车间主任这种人抽的，他自己和我一样，抽葵花牌的。大前门香烟当时是内供的，两块五一包，市面上数量稀少，普通烟民买不到。想当年，抽大前门那可是身份的象征。

我们书记姓郭，瘦高个，两只小眼睛一眨一眨的，有些让人捉摸不透。他在部队时当过侦察排长。那年月，排长这个角色可是了不得，在我们脑海里占据着重要位置。《奇袭白虎团》里的严伟才是排长，《智取威虎山》里的杨子荣也是排长，他们都背着驳壳枪，一副正义凛然的样子。那个时期，书记的地位和作用超过厂长。我们厂长是个退伍军人，不太识字，讲一口胶东方言。他一年三季（除去夏天）戴着一顶灰色鸭舌帽，帽顶上有两个窟窿。这副打扮一看就像电影上的苏维埃工人。开会时，厂长总是让书记先讲话，郭书记这时就先咳嗽两声，清清嗓子，向四周望望，然后说："啊，这个，既然老厂长让我先讲，那我就不客气了……"他每次讲话的内容基本大同小异，无非先是讲国内的政治形势，再到本厂的政治形势和任务。郭书记常在各个车间里耀武扬威地走来走去，看见漂亮女工后,眼睛一眯一眯的,在人家身上左右打量。他常没来由地指手画脚,吆五喝六。我们都像躲瘟神一样地躲着他。

晚饭后,侯增平和李志义常坐在板凳上,边抽烟边聊天。他俩谈的多半是女人。比如食堂的小刘姑娘穿了件的确良衣服,风一吹就露出肚皮;屠宰车间刚结婚的小媳妇屁股又胖了,在车间过道里呕吐;车间主任和一个女工在更衣室里亲嘴;等等。他们谈女人时有个规律,就是最后都要扯到马红梅身上。无非是这些女人怎么打扮,都不如马红梅洋气。至于马红梅哪里洋气,俩人谁也说不清。李志义说,马红梅的眼睛长得好,双眼皮不说,她的眼睛看起来像个外国人。侯增平说,不对,马红梅不只是眼睛长得好,鼻子也长得高。还有,她,她的脸不像咱中国人,有点像外国电影里的女人……那时候我还不认识马红梅,所以他俩关于女人的评论,我没有任何感觉。有的晚上,他俩抻长脖子听收音机里的《新闻联播》,然后开始探讨国内局势,说着说着就吵起来了,俩人谁也不让谁,经常争得面红耳赤。为了这事,侯增平和李志义两人就不说话,各自抽烟。

王海生不抽烟,他一个人吹口琴。他常坐在床边,表情肃穆,口琴就飞出好听的声音。有一次,他吹了一首好听的曲子,曲调悠扬而深情,简直好听极了。后来我才知道,那是《莫斯科郊外的晚上》。

二

一个上午,喇叭里传出工厂要为阿尔巴尼亚生产罐头的消息。

那个上午,侯增平踏着脚镫,一步步攀上那根挂着喇叭的电线杆。电线杆是黑色的木头杆子,天气晴朗时,白色瓷葫芦发出耀眼的反光,四条银色电线在天空下更显深邃。风吹过时,会发出呼呼的哨响。电线杆上喇叭的中间位置,喜鹊搭建了一个巢穴。侯增平个子瘦小,身体灵巧,那根电线杆他三下两下就爬上去了。侯增平小心翼翼地拆除那些树枝,边拆边骂。清理完喜鹊巢后,他又一步步从电线杆上爬下来。这时,喇叭里传来女播音员好听的声音:"全厂职工同志们,下面将由我们厂长给大家宣布一个激动人心的消息。"接下来,厂长操着胶东方言,声音激越而清澈,他在广播里说:"……今天告诉大家一个好消息,我们厂将为阿尔巴尼亚生产一批罐头……"中午,食堂里挤满了吃饭的工人。几百个工人站成几排,一边用筷子敲着饭盒,一边叽叽喳喳地谈论给阿尔巴尼亚生产罐头的事情。这个消息唤醒了我懵懂的少年情怀。少年时,我看过许多阿尔巴尼亚故事片,电影里的风景和人物已成为我不可磨灭的记忆。

  我就是那天中午见到马红梅的。那天我刚吃了不到十分钟,侯增平用筷子捅了一下我,小声说:"快看快看,马红梅来了。"我问:"谁来了?"他低声说马红梅。我抬头时,见几个工友也都抬起头,朝食堂门口看去。阳光里走来个短发姑娘,笔直的身材,提着一个铝制饭盒,穿一件褪色的海军蓝上衣,背了一个黄书包,脚穿一双回力球鞋。她二十一二岁,跟我大哥年纪相仿。必须承认,那一刻我的心脏剧烈地跳了几下,我觉得阳光突然亮了几分。其实马红梅不是多漂亮,她只是格外沉静,鼻梁很高,微黑的脸庞上有一对深陷的眼窝,脸上有一股神秘的气质。你看过电影《宁死不屈》吗?里面有个女主角叫米拉,这姑娘就是米拉那种类型的,她只是比米拉还美。米拉是我少年时暗恋的对象。那时,我一次又一次去看这部电影。对女主角米拉的每个镜头、每句台词我都铭记于心。那年我上初一,为了能看上这部电影,我用一个最喜欢的铅笔盒换了一张电影票,走了十里路去看这部电影。我喜欢米拉,喜欢她头上的蝴蝶结、她的布拉吉,也喜欢她忧郁的微笑。我有一张《宁死不屈》胶木唱片,黑色胶面有着密密的螺纹,是手风琴演奏的,后来不知道弄哪里去了。

  "卖糖!卖糖!卖巧克力糖!"这个中午,我脑子里又一次响起《宁死不屈》里米拉在街头的声音。

  侯增平告诉我,马红梅出身于部队高干家庭,是厂里的播音员。接下来的几天,我每次吃午饭都要向四处张望,希望能看到那个长得像米拉的姑娘。我努力使自己静下来,但她的影子总是在眼前晃动。

  那年夏天,东风食品厂像一个边缘模糊的巨大容器,贮满了过去乃至未来时光的水分、空气和尘埃。每天,我和工友们穿过叮当作响的工具碰撞声,走过冒着水蒸气的锅炉房,径直来到加工车间高大的厂房前。几缕阳光从车间高大的窗玻璃透进来,凌乱地照射在车间里面的工具箱、铁管座椅上,几台高大笨拙的排风扇在隆隆运转着。王海生告诉我,工厂使用的是一台苏联退役设备,也是工厂的核心设备,以前一直为苏联生产军需用品。我想,狗✕的老毛子真他妈的损,用一台旧机器就换走我们那么多小麦大豆。王海生是经过严格培训的操作工。他的操作台布满各式开关、指示灯和按钮,下面的文字是清一色俄文。我们厂许多设备具有七十年代国内先进水平,常有一些同行业的人来参观学习。

　　傍晚下班了。路边的自来水槽附近传来说笑声。几个大龄女工边清理黑色雨靴,边小声说笑着。一个脸上长满雀斑的女工在梳头发。这是一个三十多岁的女人,长了一头好看的长发。她把头歪向一侧,褐色木梳缓缓向下滑动着,黑色长发溪流一样从梳齿间流过。一会儿,她又把头歪向另一侧,木梳再次缓缓滑动着。梳完后,她伸手把木梳送出去,恰好递到旁边一位短发女人手中。长发女人用手把头发一缕缕拢起来,然后,左手攥着头发,右手手指将一根皮筋撑开,用皮筋把头发箍好。一头好看的头发衬着一张白胖的脸,显得那么踏实。这时候,短发女人撮起嘴,对着梳齿噗噗几下,几根细长的发丝从密密的梳齿间滑落。她把木梳蘸了一下水,顺手在头上梳起来。梳完后,两人放松一下身子,把目光投向对面水槽边的小李子。小李子正在洗脸。长发女人开始"砸牙":"哎,小李子,洗那么干净,晚上回家和小妍是不是有好事?"她说的小妍是我们车间开电瓶车的姑娘。那时,小李子和小妍刚结婚不久。长发女人说完,向短发女人使个眼色。短发女人会意地笑笑,说:"是啊,说说看,晚上和小妍有好事吧? 要不可没见过你这么讲究。"小李子只顾微笑着洗脸,就像没听见一样。长发女人又说:"哎,晚上小妍给你弄什么好饭吃?"短发女人接着说:"还不是老一套。"长发女人说:"那怎么能行? 那样身体怎么能扛得住?"短发女人接着说:"扛得住要扛,扛不住也得扛。不过我听说男人吃猪腰子管用,明天姐给你弄几个猪腰子。"小李子还是像没听见一样,只顾微笑。他已经洗完脸。长发女人又说:"听说小妍那事挺厉害,给俺们说说怎么个厉害法。"短发女人接着说:"是啊,给俺们说说怎么个厉害法。她把你伺候得一定很恣儿吧? 哈哈,哈哈哈哈……"粗俗的脏话伴着水花和肥皂泡沫,在傍晚的空中飞舞。"砸牙"结束了。人们开始收拾东西,很快潜入下班的队伍。随着人群的流动和自行车的铃声,人们的嬉笑声离厂区渐渐远了。

　　黄昏时分,工厂周围升起幽蓝色的薄雾。这样的黄昏,我总是坐在宿舍窗口,等待夜色沿工厂的烟囱慢慢落下来。晚上,宿舍周围混杂着许多声音。有工厂里机器的转动声、汽车轮胎碾过沙土路的声音、夜航船只靠港时汽笛的鸣响、工人见面打招呼的声音、宿舍变压器电流的声音……我们宿舍前面是女工宿舍。男女宿舍之间隔了一道墙。墙上不知道被谁扒了一个豁口,人可以爬过去。夜晚,我会一个人走出宿舍,走过一段沙土路,悄悄翻过那道墙,往女工宿舍方向走去。傍晚,灯光从女工宿舍窗口亮起。虽然灯光暗淡,但是透过窗口可以看到女工嬉笑打闹的样子。她们在灯光下追逐着,一个推着另一个,另一个抱着肚子弯下腰,姿势美妙地捂住心口儿,另一只手掩了口,显然在笑。有时灯光突然晃动起来,人影也随着晃动。我能猜出哪个身影是她的。

晚上除了宿舍的灯光外,周围一片漆黑。那个身影会在这样的夜里洗澡。她洗澡很有规律:每个礼拜六晚上八点左右。只是她的身体总是背对着我,就是说,我只能看到她的背影。这样的情况持续了很长时间,只有一次,在她回头拿毛巾时,我从窗缝隙里看到过她的裸体。晚上,每次看见她宿舍朦胧的灯光,我体内的欲望便急速膨胀,感觉就像液体一样从毛孔中渗出。那时我喜欢夜晚,窥视成为我生活的一部分,虽然只是一个影子,但对于我就已经足够了。第二天早晨,床上有个地图一样的污渍,我悄悄用被子盖上,免得被别人发现。

有个晚上我去偷看她时,听见附近有个声音,我立刻躲到一棵树后藏起来。在暗淡光线下,我发现了一个熟悉的影子,正偷偷摸摸地朝马红梅窗口走去。你猜我看见谁了?是侯增平。狗✕的,原来侯增平也喜欢马红梅。但是这个秘密一直藏在我心里,我一直没有揭穿他偷窥的事。晚上,我经常听到侯增平在床上翻来覆去的。第二天,侯增平在宿舍前的尼龙绳上晒被子。他的被子是军绿色的,但靠近一看,被子上有一块块地图一样的斑块。我这时就打趣地问:"侯哥,怎么这些天老是晒被子?是不是晚上尿床了?"他头也不抬地回道:"我晚上出汗多,被子潮了,得拿出来晒晒。"以后每次看见他晒被子,我就嘲笑他:"侯哥,昨晚上又出汗了?以后少盖被子。""哦哦。"侯增平有一搭没一搭地应付我。

有一回,侯增平晒被子时问我:"小平,你谈过恋爱吗?"一听他问这个,我心里就来劲。我说:"也算有过吧。有个小学的女同学,中学时又在一个班。毕业前我们开始约会。"

"约会?你们是怎么约会的呢?"

"我们就约了几次,最后一次夜里出来时,被老师发现了,我们的关系也结束了。"

"怎么会这样?那你们约会时都做些什么呢?"

"也没做什么,就是在一起说说话。"我不想再说这件事了。

"那你有没有摸过她?有没有解开她衣服?有没有搞她?"他连续问着。

"没有没有,我那时才十六岁,我不敢。"我觉得侯增平问的内容太过分了,竟然浑身不自在起来。

"哦,原来约会是这样的。"侯增平一副若有所思的样子。

一天下班,我刚进宿舍,侯增平就把一支大前门扔过来。他说:"小平,抽根烟歇歇。"侯增平平常不和我套近乎,因为他比我大一岁,他总是在我面前摆出一副大哥的姿态。但是那天不一样。我以为他知道我发现他偷看马红梅的事了。

侯增平抽了一口烟后,在屋里转了一圈后说:"小平,哥求你办件事吧?"

我一愣,就问:"增平大哥有什么事情尽管吩咐,不用这么客气。"

侯增平说:"我看好马红梅了。"他说,"我已经喜欢她很长时间了,你说我怎么办啊!这事你得帮帮我。"我当时心里骂了几句:狗×的侯增平,你也不尿泡尿自己照照,就你那个熊样的,也有资格喜欢人家马红梅?

侯增平说:"你要是联系成了,到时候我给你两个猪头。"那时,我们这里凡是帮人介绍成对象,都要给媒人送一个猪头。

我想了想说:"猪头我不要。这件事成不成我不敢保证,要看你们的缘分。但是我可以给你联系。"

"好,好。那你有什么条件?"侯增平高兴得差点跳起来。

我说:"我帮你一次,你给我一包大前门,怎么样?"

因为我从来没抽过大前门。侯增平想了想说:"好,就依你说的。"

他让我去给马红梅送一封信。信是早就写好的,用一个很漂亮的信封装着。我偷偷把信打开看了,信上全是很肉麻的话。我看完就把信扔了。第二天,我刚一开门,侯增平一脸汗水地闯了进来。他刚下夜班,脸上的疲惫还没消退,上身的背心被汗水浸透了,紧贴在身上。他站在自己床边,一边放下工具包,一边擦去满脸汗水,问:"信送给马红梅了吗?"我说当然送到了。我把手伸出来,他摸着头,半信半疑地把一包大前门烟递给我。侯增平问:"她怎么说?"我说:"人家一个姑娘,不能马上说喜欢你吧?总得有个时间让人家想想吧。"他点点头说:"是,是的,你说得对。"过后,我把那包大前门分给大家抽,剩下的自己留着。

第二次我如法炮制,侯增平又给我一包大前门。

三

按照上级交给我们的任务时间,这批罐头要在春节前完成,离现在只有三个多月时间。这么大的工作量,正常工期要五个月才能完成,这样,我们必须白天晚上连轴转。

加工车间巨大的操作台上,两排黢黑乌亮的铁链子上悬挂着刚被电死的猪,污水顺着猪身不断滴落在操作台上,又顺着操作台流在地上。车间噪音很大,哐当,哐当。我仿佛被一双大手拎了起来,又陡然撒手,将攥紧的一把松开。破损的水泥地面到处是一摊摊污水,人们穿着黑色雨靴在污水中纷乱地走动。这是加工车间的分解工序,一种简单重复的难以测量强度的劳动。流水线上分布着几十个正在作业的工人,我们穿着黑色雨靴,面无表情地跟随流动的传送带,用手里的刀子一刀刀刺向猪的颈部。刀子还没拔出,一汪鲜血已顺着刀柄流下来。鲜血流在操作台上,又从操作台的缝隙流下去。猪血和污水顿时混合在一起,形成一股污浊的溪流,进入车间的地下道。

这个时候厂里发生了两件事。

第一件事是茅厕墙上出现了一幅漫画,漫画上一个人在打自己耳光,两个腮肿得像馒头,旁边歪歪扭扭地写着一行字:"打肿了脸充胖子。"这个意思是很明确的:有人对经济援助阿尔巴尼亚不理解。事情出现后,郭书记在全厂职工大会上要求,一定要把这个画漫画的人揪出来。但是工厂查来查去,也没查出那幅漫画是谁画的。

第二件事是工厂少了罐头。确切地说,仓库的罐头被人偷走了。工厂少了为阿尔巴尼亚生产的罐头,这可是一个重大的政治事件。很快,厂里成立了由郭书记为组长的专案组,专门负责调查此事。事情出了以后,郭书记要求每天下班工人都要搜身。工厂门口,保卫科的人站在前面,郭书记站在后面。不管是背包还是职工的口袋,都要打开查看,弄得我们心里非常紧张,大家都担心这件事一不小心会落到自己头上。一个上午,郭书记带人来到我们车间周围,对车间现场进行了反复勘察和询问。经过对现场蛛丝马迹的分析,郭书记得出一个判断:偷窃者可能是一个年轻人。随后他要求保卫科加强蹲守。几天后,保卫科果然抓住了那个小偷。小偷是个十四五岁的少年,郭书记让保卫科的人拿来一根绳索,把他捆在一棵老槐树上。少年瘦削的脸颊泛着铁青色,目光里有一丝惊慌。他上身穿一件旧绿军衣,下身穿一条脏兮兮的短裤。衣服显然很久没洗了,发出一股酸臭的气味。郭书记问他为什么偷罐头,少年说饿了。郭书记说:"你瞎说,你这是在搞破坏。"少年说:"我不是搞破坏,我只是饿了。"郭书记拿来一个罐头摆在小偷面前,用阴冷的眼睛看着他,冷笑几声,说:"你不是想吃罐头吗?今天老子让你吃个够。"他把一个罐头放在小偷嘴边,说:"吃下去。"小偷不解地看他一眼,就开始吃罐头。罐头快吃完时,郭书记说:"你他妈吃得挺香的。你怎么吃的就怎么给老子吐出来。"小偷又把吃进的罐头用指头一点点抠出来。小偷抠完后,郭书记站起来,猛地朝他的腰踢了一脚,小偷哎呀一声躺在地上。郭书记命令保卫科的人说:"在这里看着他,一定让他把这些罐头都吃了,再全部吐出来。"事后我们知道,原来这个小偷是工厂的搬运工,白天,他在搬运罐头时,悄悄把几个罐头放在仓库外面的草丛里。晚上,他通过下水道进入工厂,再通过下水道把罐头偷出去。很快,保卫科派人把工厂下水道加了一个铁箅子。铁箅子是用钢筋焊接起来的,异常坚固,上面还有一把钢丝锁。

那天晚上,仓库方向不断传来砰砰的打击声,夹杂着那个小偷的告饶声。我知道那个少年一天没吃东西了。晚上十点多,我带上两个地瓜往仓库走去。在那棵树下,我看到黑夜中他饥饿的眼神。我把绳子松开,将两个地瓜放在他面前。很快,他狼吞虎咽地吃完地瓜,一对眼睛紧巴巴地盯着我,我知道他没吃饱。我一直记得那双眼神。我本想值夜班时悄悄把他放走,却发现他已经不在了。只有那根绳子被扔在地上,那个少年逃跑了。

我们厂的大夜班,是深夜零点到次日早晨八点,小夜班是下午四点到深夜零点。那段时间,我们小夜班连着大夜班,白天还要政治学习。我们每天开完班会,从学习室出来,就迅速来到自己的工作台前,开始做班前检查。那些螺丝、电线、抱闸、电机,都得一一看一遍。夜里,疲惫的面孔在黯淡的灯光下晃动。我每次下班刚躺在床上,就传出如雷的鼾声。整天总是觉得睡不醒。困,很困,非常困,身体几乎要散架了。

因为连续加班,有人患了梦游症。侯增平就是这种症状。一天夜里,他突然从床上翻身起来,一双眼睛睁得大大的,一副忧郁的神情。随后,他裸着身子在宿舍里走来走去。我知道他在梦游。我母亲说过,看见有人梦游时,一定不要叫醒他。

几天后,许多职工也开始梦游。他们光着身子,在马路上走来走去。有的骑着自行车,毫无顾忌地往墙上撞,跌倒后爬起来,再次往墙上撞。有人从宿舍里往外搬东西,桌子、椅子、床,宿舍里有什么就往外搬什么,搬了一趟又一趟。常常一折腾就是半晚上,直到天快亮了,重又躺到床上,一切都像没发生过一样,再次安静地睡去。时间不久,我们车间的小妍姑娘就发生了"裸体"事件。那天快下班时,我在收拾工具。门口光线有些暗。侯增平说:"小平,快看快看,那是谁?"我说:"什么谁谁的?!快收拾工具。"我们车间只有两扇高大的窗户,下午四点以后,车间就必须开灯。车间里的光线混杂着日光和灯光,有时明亮,有时昏暗。侯增平说:"小妍怎么光着身子来了?"我抬起头,有点不敢相信自己的眼睛,但我确实看清了,那是小妍,她正光着身子往车间走来。在太阳即将落下的时候,小妍姑娘光着身子,一步步往车间走来了。她的身体在日光和灯光的共同作用下,显得有些不太真实。我们的眼睛一下聚集到这个23岁的姑娘身上。那一刻,车间的一切似乎都静止了。后来回想起那个瞬间,我心里有种难以描述的感觉,说不上是冲动、怜悯还是什么。因为我知道小妍姑娘是在梦游。

小妍走到车间主任面前说:"我要上班。"

主任说:"你今天不上班,你是明天的班。"

小妍说:"我今天上班。"

主任说:"你回去穿衣服。"

小妍说:"我现在不是穿着衣服吗?"

小妍就这样,又迷迷糊糊地光着身体走出了车间。

小妍的"裸体"事件没过几天,侯增平就在爬电线杆时被电死了。

那天我回到宿舍已是夜半时分。侯增平正从床上爬起来,他摸黑穿好衣服,嘴里发出一声叹息。宿舍里烟雾缭绕,桌子上摆了两只酒瓶,一只酒瓶倒了,碎成两半。那台旧收音机开着,在午夜里发出嗡嗡的电流声。我以为侯增平上夜班。他出门后对着夜空望了两眼,随后朝电线杆方向走去。那天他没穿脚镫,他爬电线杆的动作十分熟练。他三下两下就爬到电线杆的横梁上,然后稳稳地坐在那里,还点了一支烟。我以为他要处理电力故障,因为白天他还在上面换过瓷葫芦。电线杆上一个瓷葫芦破了,他把腿别在横梁上,用螺丝刀把破瓷葫芦卸下来,再换上新的"瓷葫芦"……一道蓝色闪电突然在夜空中亮起,我听见侯增平啊地叫了一声。我没来得及反应,又一道闪电亮起,这时我明白他触电了。我有过一次触电的经历,就是浑身抽搐,手脚麻木。我脑子里突然闪过一个常识:木头和橡胶都是绝缘体。我立马急中生智,在地上摸到一块木板。我战战兢兢地把木板伸向夜空,大口喘着粗气,使出浑身力气,想把触电的侯增平从电线杆上拖下来。但是木板实在太短了,连侯增平的脚都够不到。我又在地上摸到两块砖,颤抖着把砖摞起来,使劲踮起脚尖,可还是连侯增平的脚都够不到。很快,他的身体变成一个燃体,响起了刺啦刺啦的声音,一会儿,轰的一声,火光在夜空中升起。火光在我眼前越来越大,逐渐变成一个大火球。大火球把四周映红了,空气里传来肌肉燃烧的味道。这时,我的脑子出现了幻觉,听见车间的机器突然轰鸣起来,工厂的道路和车间的传送带都跟着战栗起来,面条一样抖动着,土、石子、树木都跟着抖动起来。所有的路灯同时亮了,把厂房照得清清楚楚,沉重的铁门、高高的烟囱都清楚地裸露出来。我大声喊着:"救人啊!快来救人啊!有人触电了!侯增平触电了……"人们听到呼唤声,纷纷从睡梦中惊醒,吵吵嚷嚷地朝出事地点跑来……我周身无力地瘫坐在了地上。我大概在地上坐了有十几分钟,突然觉得裤子里热乎乎的,伸手一摸,下身一片潮湿,有股腥臊的味道。等我清醒过来,天已亮了。侯增平被烧焦的尸体像一堆黑色焦炭,在电线杆上面倒挂着。

  侯增平死那天,天很干净,连一朵云的影子都没有。那是秋分后的第三天,一场秋雨落下,天空蓝得十分空洞。

  侯增平的死让我大病一场。我在宿舍里昏睡了三天三夜。醒来以后,脑子昏昏沉沉的,眼前的一切仿佛是一场梦。那道蓝色闪电让我脑子一片空白。现在,我还会在梦里看见那道闪电。每次半夜醒来,我会盯着屋顶想好久,感到空气中存在着某种东西。我不知道那是什么,它从空气中转移到我的内心,并不以我的意志为转移。应该说,我和侯增平之间毫无生死之谊。我只是惊讶于一个人的死会在这种程度上波及我的情绪。

  我逢人便说,侯增平死了。侯增平被电死了。侯增平变成一个大火球,轰的一声就没了。

四

　　工厂要扩大为阿尔巴尼亚生产罐头的影响，郭书记让我和马红梅把一份宣传稿送到广播电台去。我心里暗暗高兴，我终于有机会和马红梅单独在一起了。

　　我们是骑自行车去的广播电台。那天马红梅穿了一件白的确良上衣、蓝的确良裤子，脚穿一双黑色塑料凉鞋，配上她的齐耳短发，人显得特别精神。那辆金鹿牌自行车漆色斑驳，座位下有一层结实的弹簧，我骑上去立刻比旁人高了一截。马红梅从后面跑两步，跳上来，自行车晃悠两下，立马就稳住了。马红梅坐在车后架上，因为路上颠簸，她伸手拽着我衣服的后襟。我们虽然没说什么话，但路上清风吹拂，令人感到无比惬意。从工厂到广播电台40多公里路程，我们一个多小时就到了。因为马红梅和广播电台的人熟，那篇文章很顺利地就交给专题部主任了。主任边看稿边微笑着说："你们厂的事迹我们已经知道了。请放心，这么好的典型，我们会尽快安排播出。"

　　从广播电台出门时已经快中午了，我们在附近小饭馆吃了一碗面条。吃完后，马红梅说："咱们反正出来就是一天，不如我们去街上逛逛？"我说："不怕回去晚了挨批评？"我嘴里虽然这样说，其实心里高兴得要命，因为这样我就可以和马红梅多待些时间。

　　马红梅说："不要紧。要是书记批评的话，我就说是我的主意。"

　　"哦，那好吧，这事我听你的。"我说。

　　就这样，她在前面走着，我推着自行车跟在后面，我们一前一后，在中山路上边走边看。这是我第一次和一个姑娘逛街，心里既兴奋又有些忐忑。中山路上人流如织。我和马红梅怕被熟人撞见，一直保持着一米左右的距离。走了一会儿，马红梅突然在一家商店门口停下来，对着橱窗一看就是半天。我也不好问她看什么，因为我不懂得女孩的心思。看了一会儿，马红梅回头说："你在这里等我，我进去买个东西。"说完她扭头走进商店，我就在外面等她。

　　太阳白晃晃的。一朵白云在天空中变幻着，空气中有股潮湿的气息。过了一会儿，马红梅拿着一卷东西走出来，见了我羞涩地一笑，脸上泛起一片绯红，急忙把东西塞进书包。我知道那是女人用的东西。这时，白云已变成一块乌云，在地上投下一片巨大的阴影。乌云的重量在迅速增加，如同浸满水的棉絮，似乎马上要掉下来。

"看来要下雨了。"我无意中说了一句。

马红梅抬起头看着天空,自言自语道:"刚才还好好的,看来真要下雨了。"

眼见天要下雨,我骑上自行车,马红梅坐在后座上。我们离开中山路时,天空的乌云迅速变幻着。那是一场罕见的风暴,闪电向四处放射出蓝色的光焰。我们的自行车也像一道闪电,在大雨中飞速穿行。出了城区以后,雨停了。我们准备回厂时,发现自行车坏了。那辆自行车轮胎老旧,不知什么时候,轮胎被铁钉扎破了,我只好推着车走。

我们的衣服被打湿了,完全成了两个雨人,只是我们形体有别。她的衣服紧贴到身体上,胸前微微凸起,的确良上衣在她胸前变出立体的花色。她的两个胳膊交叉在一起,有意识地护着自己的胸部。我禁不住扫了她一眼,心里咚咚地跳着,马上低头去推车,不敢直视她凹凸有致的形体,就急急地把目光投向别处。

我依稀听她说:"小平,我衣服全湿了,咱们找地方晾一下吧。"

"好,好。"我慌忙答应着。

我们慢慢收住脚步,在一棵法国梧桐树下停了下来。

站住后,马红梅两只圆润的手臂搭在车把上,一只脚搭到脚踏上。因为雨的原因,她的的确良裤子紧贴在富有弹性的腿上。她的齐耳短发被雨淋透了,紧贴在宽阔的脑门上,鼻子笔直,深凹的眼睛里发出海一样幽深而神秘的光芒。

米拉。我再次想起电影《宁死不屈》中的女主角米拉。

卖糖!卖糖!卖巧克力糖!……我久久地望着马红梅,仿佛觉得米拉从电影画面中走了出来,此刻就站在我面前。我从没有这样近距离看女孩子的肌体,那种奇异的感觉又回到身上。

空气里荡漾着雨后的气息,云朵在远处山峦上空飘浮。站了一会儿,感觉自己的情绪稳定一些了。我听到马红梅在后面说:"你帮我找些木柴来,我把衣服烤一下吧。"

我说:"好的,我去给你找些木柴。"

我在附近一间旧房子里找来一些木柴,然后把木柴堆在一起,用火点上,回头对站在一旁的马红梅说:"好了,你可以烤衣服了。"

她羞答答地对我说:"你出去等着我吧,可是不准在外面看啊,谁要是看了就是小狗。"

我说:"当然不能看了,我向伟大领袖毛主席保证。"

说完我在心里嘀咕,我已经不知偷看你多少次了。

我在外面站了一会儿,还是忍不住眼前的诱惑,从窗口往里看去。这时,马红梅已经脱下衣服,身上只穿一条内裤。她把衣服挂在自行车的横梁上,弯腰站在火苗前,开始用火烤衣服。房子里不时发出她轻微的走动声。火忽明忽暗,火光把她的身子映在墙壁上面。墙壁上的身影随着她的移动不断变化着,既真实,又虚幻。

太阳落下去了,雾气笼罩了大地。大概过了半个小时,她穿好衣服从房子里走出来,对着我淡淡一笑,说:"咱们走吧。"

我和马红梅一前一后,默默地走在暮色里。我们彼此沉默着。在微弱的光亮里,我隐约看见她的脸。

马红梅的父亲原来是东海舰队某部的师政委,母亲是部队某医院的院长。一年夏天,她父母双双接到北京来电,被要求去海军总部秘密培训了三个月。那段时间,她被警卫员接来,在大院深处的小砖楼住下。警卫员按她的要求,将她领到图书室看书。因父亲的交代,她被特许进入不对外开放的内部图书室,她在那里看到了《青春之歌》《苦菜花》这些当时的"禁书",还有《钢铁是怎样炼成的》和马雅可夫斯基的诗。她生命中的文学萌芽就是那段时间埋下的。她经常将那些书悄悄带回家,深夜里拉上窗帘,在台灯下一读就是几个小时。为防被哥哥姐姐们看见,她常偷着在被窝里读。有时没有时间去借书,她让那个警卫员替自己借,看完后再让警卫员带回图书室。后来,由于受一个军事事件的牵连,她父亲被下放到这座北方城市郊外的农场锻炼,马红梅也随父母一起来到这个陌生的城市。她父亲凭在部队多年的关系,把马红梅安排到东风食品厂广播室。

就是那个夏天,马红梅喜欢上了那个为她借书的警卫员,他的名字叫刘丹。刘丹蓝色的海军无檐帽下,一双眼睛炯炯有神,见到马红梅父亲时双腿一并,啪一个敬礼,然后用标准的普通话说"老首长您好,老首长您有什么指示?老首长您要保重身体,身体是我们革命的本钱"等等,走时又是啪一个敬礼,看得马红梅心里溅起一片水花。马红梅那年刚好 16 岁。刘丹复员后成为一名远洋公司的海员,他们开始了书信来往。马红梅常接到刘丹在世界许多港口城市的来信,这些信穿过波涛汹涌的海洋,往往需要一两个月时间。因为刘丹经常出海,他们很少有见面的机会,她就是那段时间学会抽烟的。她常在深夜里起来,在没人的地方抽烟。马红梅说,自己是个感情专一的人,许多人给她介绍对象,有部队高干的孩子,还有市领导的公子,都被她一一拒绝了。她一直在等自己的男朋友。但是有一年,刘丹所在的船遇到风暴,在海上沉没了。虽然刘丹不在了,但她一直觉得刘丹还在,在海上的某条船上。她的心被刘丹占得满满的,谁也占领不了他的位置。说到这里,马红梅陷入久久的沉默。

夜色渐深。天空扩展成一个无边的穹隆,穹隆下隐约地出现奇形怪状的陆地和墨色海洋,那片海洋是夜色中的胶州湾。海洋深处有星星点点的渔火,与天空的星星连成一片,在深蓝色天幕上显得虚幻而缥缈。一群大雁排成浩大的阵势,在夜空留下嘎嘎的叫声。

大概晚上十点多的时候,我们终于回到了工厂。

第二天一早,我和马红梅就被叫到工厂办公室。我进门的时候,郭书记已经等在那里了。看我们来了,郭书记半天才开口。

他用阴沉的口气问道:"你们昨天晚上几点回来的?"

我说:"快十点回来的。"

郭书记继续问:"为什么那么晚?明明应该早回工厂,却磨磨蹭蹭的半夜才回来。"

我说:"因为路上遇到下雨,自行车也坏了,所以我们才回来晚了。"

郭书记说:"自行车早不坏晚不坏,为什么偏就这个时候坏了?"他一边说着,一边回头看着马红梅。

这时我才知道,自己和马红梅被别人揭发了。我抬头看看马红梅,她一脸淡定,好像什么也没发生似的。

郭书记阴着脸在办公室里边走边说:"让你们一起去送宣传稿,这是组织在考验你们。你们却在外面谈情说爱,这是非常严重的政治问题。"

郭书记说完这些后,转身对马红梅说:"尤其是你,马红梅,不要忘了,你现在可是党员培养对象。你的内查外调由我负责,我说你是好人你就是好人,说你有问题也绝没冤枉你。"

我说:"郭书记,我们什么都没有。"

郭书记听了后,怒不可遏地吼道:"真是笑话!明明趁工作之际在外面谈情说爱,还说你们什么也没有。笑话,天大的笑话!"

这时,马红梅什么也不说,她扭过身子站在一边,表情异常镇静。郭书记狠狠地盯着她问:"马红梅,你有什么话要说吗?"

马红梅回过头来反问他:"你想让我说什么?"

郭书记说:"我想知道你们到底有没有发生什么,要对组织老实交代。"

马红梅说:"要是我们发生了什么,你能怎么着?"

这时,郭书记惊讶地看着马红梅,一时哑口无言。

我怎么也不敢相信,马红梅竟然对郭书记说出这句话:我们就是发生关系了。你能怎么着?说完,马红梅摔门走了。

那些天,她的这句话一直在我耳边反复响着。

五

春节到来之前,我们提前完成了生产罐头的任务。

几万箱罐头被大卡车运到附近的码头上,等待阿尔巴尼亚货轮的到来。这里是胶州湾最大的货物码头。早年的时候这里还有小火轮,船顶竖着烟囱,烟囱冒着青烟,在海面上穿来穿去的。当年清朝官府建造这座码头时,海岸线还十分荒芜。后来码头不断扩建,货船越来越大,小火轮就不见了。码头青石垒砌的台阶能同时走几千人,大宗货物都是在这里装卸。天气好的时候,码头上到处是奔走的行人和车辆,运鱼的、运盐的、做生意的,喊叫声和吆喝声连绵不绝。

那一年天气奇寒,大雪一场接着一场,风像刀子割得皮肤生疼。很多老狗因为天气寒冷,夜里被冻死在路上,一些夜行的鸟在空中哀鸣几声,突然从瓦蓝的夜空坠落。整个胶州湾几乎全部被海冰覆盖,码头被海冰封住了,来自阿尔巴尼亚的货轮开不进来,一直停在很远的海上。这是胶州湾有文字记载以来最大的海冰。往日波涛汹涌的海水不见了,取而代之的是大片冰面。巨大的冰块因海水的作用,形成奇奇怪怪的形状,层层叠叠地堆积在一起,堆成一座座冰的小山。碧蓝的天空下,这些蓝幽幽的巨大冰块,在太阳底下发出了坚硬、刺目的光芒,海面上一片死亡气息。沿岸麦岛村、晓望村、王哥庄、张家庄、柳家庄、徐家庄、刘家庄的老乡会集在码头四周,很多老人领着孩子,手搭凉棚,眯着眼睛来码头上看海冰。

老人们在岸边望着海面,边看边念叨:"五十多年没出过海冰了,今年老天可能要出点事了。"老人脸上的表情异常恐慌。白天,海面亮晃晃的一片,一直绵延到大海深处。晚上,不断从冻面传来咯吱咯吱的声响,像地震一样的响声传遍了胶州湾沿岸,弄得许多人晚上不敢睡觉。近海捕捞船已经停航,夜里,附近海岛的灯塔不断闪烁着,向船只传递海冰的信息,远处数百条渔船被牢牢地冰封在海里。海军的破冰船出了故障,已在军港维修一段时间了,不知什么时候能修好。

破冰和装船本来是港务局的事情,但当时因为临近年关,而且这批罐头数量特别大,港口装卸工人手明显不足。为了让货轮能够进入码头,港务局联系我们工厂帮助他们破冰,并且帮助装船。

我们厂立马答应了这个请求。厂里成立了一个破冰指挥部,临时在码头上搭了一个帐篷。帐篷被风吹得哗哗作响。破冰之前,郭书记在海边做了一个简短而有激情的讲话。郭书记讲话结束后,锣鼓就响起来了。锣鼓一响,我们的精神头就足了,仿佛被点燃的火苗。宣传小分队在冰面上开始载歌载舞,男女生小合唱之后是快板书。一个说快板书的年轻女孩,开始竹板打得行云流水,打着打着,因为穿得实在太少,手渐渐僵了,竹板打不出声音,后来在台上冻哭了。女孩开始小声地哭,接下来干脆哭出了声音。我们都认为节目本来有哭的内容,但后来觉得不对。那个女孩突然倒在地上,竹板被摔出好远,半天没站起来,几个人上来迅速把她抬下场去。场面出现短暂的混乱后又很快平静了。

破冰是件苦差事,海冰坚硬的反光让人心生恐惧。由于没有机械作业,全凭我们用铁锹等简单的农用工具。我们的衣服在寒风中啪啪地响。铁锹一铲下去,冰面只泛起一点冰碴儿。我的脚已经冻僵了,浑身一点力气也没有了,骨头也像散了架一般。关键时刻,农机厂的拖拉机敢死队来了。农机厂派来支援的十台拖拉机组成了一个编队,在岸边展开了"一"字队形,时刻等待指挥者的一声令下。十个拖拉机驾驶员都喝了酒,立了遗嘱,表情严肃得让人想哭。大家知道,拖拉机一旦掉进海里,那可是八头大牛都拖不回来的。冰面上,指挥员手里的红旗一挥,拖拉机发出轰隆轰隆的声音。十台拖拉机排着整齐的队形,像电影中冲向敌人阵地的坦克,一齐向冰面冲去。这个场面太让人感动了,岸边有人在偷偷抹眼泪,我也流下了激动的泪水。我转脸偷看了一眼马红梅,她始终没有任何表情,这个时候,她真像《宁死不屈》中的米拉,或更像一尊海边的雕像。

我们整整折腾了一天多时间,冰面还是像大理石一样纹丝不动。人们的表情既沮丧又绝望。郭书记一脸愁容地望着亮晃晃的冰面,在风里摊着双手,声音哭淋淋地叫道:"你看看怎么办?这可咋办啊?这可咋办啊?"

他无奈地叹气说:"这个鬼天气不是和我们作对吗?老天爷难道不知道我们要装船吗?大家都想个办法啊。"

大家你看我,我看你,始终没有人有主意。

这时不知是谁喊了一声:"破冰船来了!"

海军的破冰船终于来了。多年后,我依然记得破冰船在海上破冰的场景。

那天是除夕。海军的破冰船是下午一点十分赶到的。

破冰船如同一头巨大的蓝鲸,在蓝晃晃的冰面上喷云吐雾。海冰被巨大的船体粉碎着,破碎的冰块被迸射到空中,又一块块落进海里,形成一道道蓝色波浪。波浪哗哗响动,有节奏地拍打着码头的礁石。破冰船在咔嚓咔嚓的响声中迅速向码头靠近,下午三点左右,冰封的海面被辟出一条宽宽的航道。

破冰船退去不久,在海上停泊了半个月的货船鸣着汽笛,渐渐靠近码头。这艘来自阿尔巴尼亚的红色货轮,从地中海港口出发,途经希腊海和印巴海上路线,最终来到遥远的东方青岛。码头上举行了简单的欢迎仪式。许多孩子在敲锣打鼓,工人们挥舞纸旗,踏着节拍高呼"欢迎欢迎,热烈欢迎"。伴随着"欢迎欢迎,热烈欢迎"的声音,等待的人群再次发出阵阵欢呼声。这艘名为"恩维尔·霍查"号的货轮,是用阿尔巴尼亚劳动党领袖恩维尔·霍查的名字命名的,货轮看起来已经很旧了,像一个历经沧桑的老人。货轮桅杆上挂着绘有黑色双头雄鹰的旗帜,两个高大的烟囱咕嘟咕嘟直冒黑烟。靠着船长室的栏杆旁站着几个船员,他们的脸呈酱紫色,那是地中海阳光照射的缘故。货轮从码头经过时,汽笛一响,喷出一股带柴油味的水蒸气,再一响,又喷出一股带柴油味的水蒸气。水蒸气把岸边人的衣服喷湿了,人们嘟嘟囔囔地往后退去。几个船员在船舱附近叽里呱啦地说着什么,只是我一句也听不懂。

六

那年春节,我们是和阿尔巴尼亚船员一起过的。

除夕下午,天空开始飘起雪花。后来越下越大,棉絮样的雪花大朵大朵从高空落下。下午五点,会议室的门开了。一个工友将炉火点燃。开始炉火不旺,工友不断往火炉里添木块,浓烟从炉口冒出。工友们陆续从外面走进来。他们拍去身上的雪花,从口袋里摸出烟,互相递烟、点燃,大口吸着,然后说着过年的客气话。炉火慢慢升腾,黑烟夹着火星直往上冲,下面几节烟筒已经烧红了。工友的脸笼罩在炉火中,人们大声咳嗽着,四周烟雾弥漫。

很快,各工班的人就围成一圈,会议室里黑压压坐满了人。十几个阿尔巴尼亚船员聚在一起,叽里呱啦地说着阿尔巴尼亚语。

前面桌子上摆着一组播音设备,电流的嗡嗡声时断时续。墙上挂着一个扩音器。过了一会儿,广播里开始播放《白毛女》插曲:"北风那个吹,雪花那个飘……"放过爆竹后,郭书记站在一张破桌子前,用手指敲着麦克风,咳嗽两声说:"过年了,过年了。过年之前我先说几句话……现在,咱们东风食品厂的形势一片大好,而且是越来越好……在今天这个特别的日子里,我们迎来了盼望已久的阿尔巴尼亚朋友。他们是经过千山万水才来到我们这里的……"郭书记在总结了我们的工作后说,"下面,请我们的阿尔巴尼亚朋友说几句话。"

这时,一个满头鬈发的老船员站起来,用不太熟练的普通话介绍自己:"我叫法特斯·阿拉皮,是这条船的船长。我们来自很远的欧洲。我们这条船在海上行驶了两个多月时间,今天才来到美丽的青岛。"

船长法特斯布满刀刻般皱纹的脸上,有一对深凹的眼睛,鹰眼一样锐利。介绍完自己后,他从上衣口袋里掏出一盒香烟。这是一种名叫"钻石"牌的阿尔巴尼亚香烟,红色的宽盒。他用中指熟练地弹了几下,香烟从烟盒探出来,他把烟一支支分给我们,然后自己用嘴叼了一支。我接过他的烟,随手递给他一支大前门,他放在鼻子上嗅了两下,对我伸出大拇指,说:"好,好烟。"他的手指长满厚厚的黑毛,身上发出体液和香水的混合味道。我们点了烟。我抽了一口阿尔巴尼亚烟,一股奇怪的味道。我连续咳嗽两声。但在外国友人面前,我还是很有礼貌的。我学着他的样子,竖起大拇指说:"好,你们的烟真好。"

郭书记和船长法特斯互相夸了几句,最后郭书记说:"好了。下面我们一边吃水饺,一边看节目。"我们每人分了一大碗水饺。水饺是粗面的,但里面有肉。船长法特斯等阿尔巴尼亚朋友边吃水饺,边伸出大拇指,说:

"好吃,中国的水饺世界第一。"

郭书记说:"好吃就多吃点,这些水饺都是我们职工自己包的。"

我们开始边吃水饺,边看节目。节目都是工友们自编自演的。

郭书记说完不久,马红梅上台报幕。那天她穿着桃红的灯芯绒棉袄,上面圈着浅黄的花边,有一点短小,半旧的草绿色裤子,脚上是一双黑色的灯芯绒布鞋。罩子灯的光线直射下来,她不断在台上搓着手。她的皮肤带一种浅淡的棕色,在灯下泛出淡淡的光亮。我从人缝里看了她一眼,正碰到她迎面扫来的目光。我赶紧把目光移开。麦克风里传出她的声音:"在今天这个春节开始的时候,我们要先表演几个节目。"她说完后,大家一阵鼓掌。随后,马红梅接着说:"首先,请二班的工人李志义唱京剧样板戏《沙家浜》选段。"马红梅报完节目后,后台的锣鼓咚咚当当地敲起来了。

李志义上来后先咳嗽两声,然后亮开嗓子,唱起了郭建光在芦苇荡里那段《十八棵青松》:

要学那泰山顶上一青松,挺然屹立傲苍穹。
八千里风暴吹不倒,九千个雷霆也难轰。
烈日喷炎晒不死,严寒冰雪郁郁葱葱……

李志义唱完《十八棵青松》后,小妍唱了一段豫剧《花木兰从军》,常香玉唱的那段。那时,小妍已经怀孕五个多月了,她挺着肚子,在台上长长地吁了口气,嘴张到一半又合上了,接着她咽了两三口唾沫,好像是嗓子发干似的。她两只胖嘟嘟的手不断揉搓着自己的衣襟,看起来有些紧张。有人小声鼓励她:"小妍,莫要紧张,平时咋练的就咋唱,这又不是让你生娃。"下面出现一阵笑声。小妍又吁了口气,胸部起伏着,大嘴突然一张,使劲唱道:

刘大哥讲话理太偏,谁说女子不如男,

男子打仗到边关,女子纺织在家园……

小妍的唱腔明显跑调了,至少从河南跑到山东半岛。

最后一个节目是阿尔巴尼亚歌曲。这个歌曲是我们平时就练习过的。马红梅把一张黑胶唱片搁在唱机里,指针缓缓划动,不一会儿,喇叭里传来电影《宁死不屈》歌曲的旋律。听到歌曲旋律后,船长法特斯和十几个阿尔巴尼亚船员突然站起来了。他们手拉着手,肩靠着肩,随着歌曲旋律一句句唱着:

赶快上山吧勇士们。
我们在春天里参加游击队。
敌人的末日就要来临。
我们的祖国将要赢得自由解放……

船长法特斯眼含热泪。他一边唱歌,一边拉着郭书记的手,用不熟练的中国话说:"你们中国人好,你们中国人真够朋友,够哥们,每年送给我们这么多罐头。"郭书记说:"我们是朋友加兄弟嘛。"船长法特斯又竖起长满黑毛的拇指说:"我们是你们真正的朋友。你们也是我们真正的朋友。"郭书记说:"中阿两国虽然远隔千山万水,我们的心是连在一起的。"船长法特斯断断续续地说:"海……内……存……知……己。"郭书记接着说:"对,海内存知己,天涯若比邻。"虽然船长法特斯的中国话说得不好,但从他的语气和表情上,我能感受到他的真诚。这是一个遥远国度对另一个国度的情感,船长法特斯的真诚让我们感动。

节目结束后,工人们陆续回去了。船长法特斯和两个年轻的水手迟迟不愿离开。我们大家一点睡意也没有,我们一直哼着《赶快上山吧勇士们》里的几句唱词。十一点多了,李志义提议说:"咱们喝酒吧。"大家说:"好,咱们一起喝酒。"船长法特斯听到我们要喝酒,就让一个水手去他们住的地方拿酒。很快,那个年轻水手提着几瓶酒进来,我们开始和阿尔巴尼亚船员围着火炉喝酒。旁边的火炉里,炭火在燃烧。火光映红人们的脸。船长法特斯为我们的杯子里斟满一种叫"拉凯"的阿尔巴尼亚白酒,他说:"我们阿尔巴尼亚有句谚语,叫作'山与山不能相遇,人与人终能相逢'。我们今天在这里喝酒,以后还会再见面的。"

李志义取出一瓶高粱老烧,倒进船长法特斯的杯里。船长法特斯喝酒往下咽的时候,喉结一下一上,发出咕噜咕噜的声音。我喝了半口,觉得酒劲很大,嘴里火烧火燎的。喝酒的工夫,我细细地看了每个人一眼。我们都有几分醉意了。很快,我觉得自己喝多了,眼前恍恍惚惚的。

　　这时,门突然开了。随着一阵风,马红梅推门进来。人们的目光一下投向她。她围着红方巾,脸冻得通红,嘴里呼着热气。她用一双棉手套拍拍自己肩上的雪花,对我们招呼道:"我们可以进来吗?"她脸颊粉红,看上去很精神。原来,这个晚上姑娘们也睡不着,她们被我们说话的声音吸引,已经在外面站了一段时间了。

　　"外面下雪了!"马红梅说。雪下得很大。

　　"北风把雪吹得到处都是。"她身边的小妍说。

　　她俩靠在门边上。门外面还有几个姑娘,她们在后面推推揉揉的,既想进来,又装作不好意思。但她们还是都进来了,一时间,空间突然显得小了,但灯光更亮了。我发现一个阿尔巴尼亚水手一直盯着马红梅,看得马红梅表情都不自然了。过了一会儿,那个阿尔巴尼亚水手嘴里说着:"米——拉——米——拉。"我们都不明白他在说什么。船长法特斯告诉我说,这个水手名叫阿曼多·萨迪库。他说马红梅像电影《宁死不屈》中的米拉。这个水手和我是同龄人,是米拉的崇拜者。

　　王海生一直没喝酒,他坐在一把木椅子上吹口琴。他的样子像我见到的口琴师一样,右脚打着拍子,肩膀微微弓着,背也弓着,双手反握着口琴,眼睛时而闭着,时而微微睁开。看见姑娘来了,大家情绪突然高涨起来,阿尔巴尼亚船员也激动地站起来。

　　王海生说:"刚才咱们唱了一大堆革命歌曲,现在我们唱一支优美一些的吧。"我说:"好啊,我们是该唱一支优美的歌曲。"马红梅说:"今天过年,咱们今天晚上使劲唱吧。大家说好不好?"大家齐声说:"好。"马红梅又说:"好吧,那我们一起唱吧。"

　　听到这里,我们一阵欢呼。

　　接下来,王海生吹了一段苏联歌曲《莫斯科郊外的晚上》。听到这个曲子,屋里立刻安静了。我听到马红梅在嗓子里哼了一声,然后,她突然唱了一句:

深夜花园里四处静悄悄，
树叶也不再沙沙响。

她的声音特别清脆。大家的目光一齐投向站在灯影下的马红梅，空气似乎凝滞了一会儿。因为这首苏联歌曲平时没有人唱过，我只是听王海生用口琴吹过。我知道大家都喜欢这首歌，偶尔在嗓子里哼过。接着马红梅又唱道：

夜色多么好，
令人心神往，
多么幽静的晚上。

随后，一个工友跟着哼了一句。他的嗓音有些伤感，但很有磁性，我抬头看了一眼，知道他是锻工班的。他的手上有块疤，有鸡蛋那么大，是被铁水烫的。一次我从锻工班路过，看见他正在打铁板。他吹着口哨，技术十分熟练，锤子在铁板上有节奏地起落着。船长法特斯和两个阿尔巴尼亚船员跟着旋律哼了起来，他们的声音带着地中海的咸味。马灯被风吹得忽明忽暗。有人起身把窗关紧，随后调亮了马灯。躲在后面的几个姑娘虽然没唱出声，但我听到她们心里的歌唱。她们的头轻轻摇摆着，身影在墙上晃动。这时，工友们全站起来了。他们虽然不会唱，但内心充满了旋律，从他们的表情可以看出来。工友们有人打着拍子，有人吹着口哨。我的脚踩在一块木板上，也伴着旋律打着拍子。

王海生一直在专注地吹口琴。锃亮的口琴在他嘴边缓缓滑动着。灯光下，《莫斯科郊外的晚上》的声音越来越大，慢慢盖过了外面的风声。王海生的眼角有一道泪痕，在灯光下闪亮。那一刻，我们每个人脸上都有一道泪痕。大家正唱的时候，两个阿尔巴尼亚水手发生了争吵。

事情是这样的：就在马红梅专心唱歌的时候，一个水手起身走到她跟前，张开胳膊抱了马红梅，并在她脸上吻了一下。站在一旁的阿曼多·萨迪库把那个水手拽到一边，接着两个人撕扯起来。我看到阿曼多·萨迪库比另一个水手高出很多，他穿着一件水手服，戴着一只大银表。

那个水手说:"阿曼多,你干吗呀?你又吃醋了?"阿曼多·萨迪库说:"你这个情种,看来今天我得教训你一下了,省得你整天惹事。"那个水手说:"好呀,我现在站起来了。你想怎么着?"

就在这时,阿曼多·萨迪库给了那个水手一拳,是隔着桌子打过去的。我注意到他用的是右手,不是那种挥拳,而是非常狠的直拳,这一拳让那个水手失去了平衡,他嘴里发出了噗的一声,立刻摔倒在地上。那是一个男人身体撞击地面的声音,非常特别。房间里的灯光暗淡,人们的眼睛睁得大大的,不知道怎么处理眼前的事情。船长法特斯走过去,把阿曼多·萨迪库教训了一顿,又对那个水手说了些什么,气氛很快缓和了。然后,船长法特斯回过头对着我们笑笑说,没什么事情,他俩经常为了姑娘吃醋。现在没什么事情了,大家继续唱歌吧。

我的心上人坐在我身旁,
默默看着我不作声。

黑黢黢的会议室里站满了几十个加工车间的男人、五个姑娘,还有三个阿尔巴尼亚船员。我们张开平时不善于表达的嘴,手和手默默地牵在一起,喉结上下移动着。我们的声音有大有小,七高八低的,有的像狼嗥,有的像猫叫。在这个黑夜,我们在歌声中体会到温暖。尽管外面风很大,夜晚十分寒冷。时断时续的歌声,像冬夜的雪花在天空飘荡。

大概次日凌晨两点了。虽然大家恋恋不舍,最后,阿尔巴尼亚船员还是离去了。外面簌簌的声音绵密而悠长,雪下得很大。我转身找来手电筒,一束光在黑暗里晃动。我们一直把阿尔巴尼亚船员送到船员公寓。阿曼多·萨迪库和那个水手说笑着,好像刚才的事情根本没有发生。船长法特斯对我们说着过年的祝福。两个年轻水手朝我们摆手致意。我们互相用自己的母语向对方说着:

"再见。再见。朋友,明天再见。"

七

次日,天空依然飘起大雪。吃过早饭后,我们开始装船。

装船那天来了很多人,有我的邻居、同学和白发苍苍的老工人。装卸队伍在码头上排成长长的两排,像一群在海滩游动的海象。那天,我们用自己的行动演出了一场"排山倒海"的活剧。我们把码头堆成山的罐头一箱箱搬运到停在海边的货轮上。不知哪个工友的手勒出了血,血水滴在蓝色的海水里,像一条红色蚯蚓在水里蔓延着。我踩着被打碎的冰碴儿,渐渐感觉汗水在肩头和后背上冷却,挂满汗水的脸在风中发出微弱的闪光。马红梅在我身后,她的嘴唇咬出了血,牙齿咯咯作响,我的牙齿也在咯咯作响。风吹来,海滩的冰碴儿错落流动,发出唰唰的奇特声音。大约黄昏时,两座小山一样的罐头被装卸队伍的流水线,一点点转移到阿尔巴尼亚货轮上。风越来越大,吹得人们左右摇摆,一旦不小心就有被吹进海里的危险。货轮高高的船体在海里激烈摇晃起来。一群灰色的海鸥从船后飞来,它们在防波堤前面慢慢越过左舷,在空中慢慢滑翔着,飞行高度和船桥一样高。此时,电铃发出一阵金属的震动声,机器迅速开动起来,货轮在海上转了一个弧形的弯。

关于货轮即将离开码头的情景,船长法特斯在自己的《航海日记》里是这样记录的:

  这是我第一次来到遥远的东方中国。在船即将离开青岛这座美丽的城市时,我迎着寒风站在船舷上,看见一排排表情激动的人群在向我们告别,这些人是东风食品厂的工人,我们船上的罐头就是他们生产的。他们穿着宽大的工作服,站在风里向我们摆手,每个人眼里都含着泪花。他们是些脸廓扁平的蒙古人种,没有我们欧罗巴人种挺括的鼻梁。他们的样子长得不太好看,许多人脸色灰暗,但是他们都很质朴真诚,他们是我见过最善良的人……我们的船在离开码头,岸上的景物迅速移动:首先是背后黑白横条的灯塔,然后是蓄水船坞的水闸,最后是堤岸上一排排灰色的房屋。人群的影子越来越小,我的眼前一片模糊,我流眼泪了……

船长法特斯·阿拉皮在驾驶舱里向我们摆摆手,汽笛又响了一次,声音尖锐而悠长,接着又迅速地响了三次,猛烈得要震破耳膜。开往阿尔巴尼亚的红色货轮,在黄昏中一点点离开码头。

事后我知道,船长法特斯·阿拉皮就是电影《第八个是铜像》队长易卜拉辛的原型,那个电影故事就是按他当年的经历编写的。阿尔巴尼亚人名主要来自性格外貌、动物植物、工具器物等,"法特斯"在他们语意中为"勇敢的人"。原来,在电影中,易卜拉辛是一位勇敢而成熟的游击队队长,他在一次战斗中负伤,在疗伤期间还在村落里向农民广为传播革命真理,教育他们为了自由翻身而与法西斯战斗,帮助不少村民走上革命之道。我小时候长得矮,常受大孩子欺负,所以从小崇拜英雄。

那一年,我们为阿尔巴尼亚生产了三批罐头,足足有二十万吨。

后来,我和船长法特斯成为朋友,我们有过很长一段时间的友谊,直到他三年前出海钓鱼时,不小心掉进海里淹死。我知道他那天不是去找女人了,就是喝多了酒。每次他们的货轮来青岛,我都会请他到海边钓鱼。他的家在都拉斯,那个城市我知道,是阿尔巴尼亚最大的港口,在亚得里亚海南侧,与意大利隔海相望,离首都地拉那很近。法特斯钓鱼技术特棒,他后半辈子都在和海打交道。他熟悉海流、水温和鱼的习性,他下钩时间不长,必定有鱼上钩。他说自己最大的本事是钓女人。每次钓鱼回来,我都请他去老街酒馆喝老白干酒。法特斯性情豪爽,喜欢漂亮女人,喝完酒后总是嚷着叫我去找女人。那时我胆量小,又想在工作上进步,不敢给他找。关键是,我不想让外国人在眼皮底下,欺辱自己的女同胞,尽管法特斯是我的朋友。这是我做人的底线。他总是笑话我说,胆小鬼不能航海,更上不了战场,哈哈哈哈。他酒量奇大,能喝一斤半老白干。

马红梅被下放到我们车间了。

郭书记的说法是:春节的晚上,因为马红梅在阿尔巴尼亚朋友面前卖弄风情,才导致两个水手之间发生打架事件。但马红梅后来告诉我,郭书记一直对她心怀不轨。就这样,马红梅和我一样,成为加工车间分解工序的分解工。

马红梅调到我们车间后,和车间的人际关系不太好。她不参加打扑克,也不会织毛衣。中午休息的时候,她总是悄悄地站在休息室角落里看书。这个时候,车间休息室形成了两种截然不同的情境:一边是工友们打牌的吆喝声,偶尔有人赖牌的争吵声;一边是在窗口阳光下安静看书的马红梅。时间久了,我就觉得工友们打牌的声音越来越小,越来越淡,淡到几乎不存在了。这样的情境渐渐让我变得安静起来,我开始喜欢起这段短暂的午休时刻。我经常会点一支烟。透过缭绕的烟雾,可以看见马红梅一只手托着书,另一只手不断翻动书页。她把身体斜依在工具箱上,两条腿不断交换着位置,这样可以缓解双腿长时间站立带来的麻木感。有时候她拿着书,眼睛看着远处发呆,不知道在想什么。这样,她和工友生了隔阂是很正常的事情。对于她,大家都敬而远之。马红梅喜欢苏联文学。她的工具箱里常有几本文学书,有高尔基的《童年》《我的大学》,托尔斯泰的《安娜·卡列尼娜》《战争与和平》等等。马红梅对文学很有见解。她认为文学要比艺术丰富,文学是所有艺术的源头;先有文学,后有艺术。当时我对她这样的见解感到惊讶。有时我会用余光打量马红梅。她脸上透出一股让人心生怜悯的神秘气质,是憔悴?颓废?我不好定义,反正那种神秘之美是我喜欢的。只是这样的美好时刻没有多久,像是一缕阳光倏然划过。

分解工要精力集中地站在机器轰隆的传送带边,不能有半点分神。一天工作时,马红梅的左手突然被夹在传送带两个滚筒中间,我一时吓得说不出话。这个情景被王海生发现了,他大喊一声跑了过来,熟练地将传送带停下。还好,马红梅的骨头没事,只是皮肤受了擦伤。我们立刻把她送到工厂医务科。马红梅受伤后就在家养病了。后来我只在车间看见她几次,其中两次是来送病假条。从那以后我再没见过她,直到她从工厂调走。

有段时间我喜欢雨天。我坐在空荡荡的房间里,听雨滴打在玻璃上的声音,仿佛这些雨落到自己身体里,这时,自己会莫名颤抖一下。雨在窗外变得急促起来,嘈嘈杂杂的。雨水不断沿着玻璃向下流去。这时,我眼前出现了马红梅的身影……很快,路旁的梧桐树长出宽大的叶子。鸟声变作一道道黑色剪影,那是几只燕子,在雨里上下翻飞着。那一年,马红梅父亲恢复了待遇,成为市北区委副书记。夏天的时候,马红梅父亲托了老关系,把她的人事关系从食品厂调到市图书馆,马红梅成了市图书馆的管理员。离开工厂以后,她把自己的名字改为马佳。

我生性胆怯,直到她离开工厂,也没对马红梅表达过自己喜欢她。

八十年代中期,我有了自己的家庭和儿子,我们住在工厂一所旧房子里。那所房子是原来仓库改造的。我小时候第一次跟着父亲来工厂时,在这里看见堆成小山的罐头瓶子。现在,那块堆罐头瓶子的场地被改成一个篮球场。每次从那里走过,我都会想起秋天的情景:一排排罐头瓶子闪着耀眼的光斑;仓库旧房子上蹲着一只猫,它长了一双绿幽幽的眼睛。那只猫像一个幽灵,不断在墙头、路边以及灯光暗淡的角落里跳跃着。这时,恍然觉得时间又回到了从前。

八

三年后,东风食品厂被一个香港商人收购了。

区领导在会上宣布完这个消息后,几百名老工人把区领导围了个水泄不通。有人撕扯着区领导的衣服,还有人往他脸上吐痰。很多职工得知自己将被转岗或辞退回家之后,站在厂门口长时间抱头痛哭。一个老工人在人堆里晕倒了,场面出现短暂的混乱。我理解这些老工人,他们把自己的一切都贡献给这个工厂了。

我在一旁点了一支烟,静静观察形势的变化。暗红色烟头在风中急速吞噬着剩余的部分。我知道无论遇到什么事情,生活也还要继续。面包会有的,一切都会有的。苏联电影那句著名的台词在耳边回响着。我在工厂门前连续抽了半包烟。这时,一辆汽车在附近划出一条弧线。这辆崭新的凯迪拉克在这个下午特别耀眼,我知道,这是收购我们工厂那位老板的私车。它从我左侧开过去之后,在前面急速打了一个弯,又慢慢绕了回来。车上下来一个中年人,他穿着挺括的西装,微笑着向我走来。因为阳光耀眼,我一时辨不清他的相貌,但能感觉到他的友善。他走过来,从口袋里掏出一包"三五"牌香烟。他左手无名指上的金戒指闪着光亮。他把一支烟友好地递过来,我接过烟,他用一款浪声打火机啪嗒为我点上。

抽了几口以后,他开始说话了:"先生好面熟啊。"我吐一口烟,客气地回他:"我们以前认识吗?"他哈哈笑了两声,说:"我们不仅认识,而且应该很有缘的啦。"他说:"先生,如果我没说错的话,你叫张小平是吧?"我问他:"你怎么知道我的名字?"他说:"我当然认识你啦,吃水不忘挖井人嘛。我二十几年前就记得你啦,因为我吃过你两个地瓜。"二十年前?他说到二十年前时,我觉得时光像电影放映机一样迅速倒转。那时我年轻啊,正是生命力最旺盛的年龄。他的话在继续:"先生你好记性啊。你还记得二十年前你们工厂少了罐头的事情吧?"

我说:"对啊……"话没有说完,一个少年的影子突然跳了出来。

哦。终于想起来了——这个多年前被保卫科捆在树上,连续折磨了两天两夜的"小偷"。

那天晚上,他以老朋友的身份请我在岛城最高档的东方饭店吃饭。他现在的名字叫王晓华。我在客房的灯光下仔细打量这个二十几年前的"小偷"。应该说,眼前的王晓华身上已经完全没有那个少年的影子了,他给我的感觉完全是另外一个人。如果不是自报家门,我不可能把他和那个"小偷"联系起来。

王晓华说,自己从食品厂跑了之后,在外地流浪了两年。之后,他开始收废品。那是他人生中的第一桶金。改革开放之初,收废品是最不起眼的生意,但是那些年收废品很赚钱。几年后,他带着收废品赚的钱偷渡去了香港,在那里做起了电子生意。当年,内地很多电子产品都来自香港。香港成为王晓华生意的"福地",他凭着自己的聪明和对生意的天生敏感,很快成为一个很有实力的电子制造商。他说自己这次回来收购食品厂除去生意的考虑,还要完成两个多年的意愿,一个是报仇,另一个是报恩。

王晓华告诉我,他逃跑的那天就发过誓,一定要回来报仇。

他说,男人报仇,十年不晚。他问我:"你们那个长得很瘦,眼睛很小的书记现在在哪里?"我告诉他,郭书记去年得了重病,已经离开人世。他听说后,脸上出现了复杂的表情,先是惊讶,后是无奈。"死了?他死了吗?他真的死了吗?"他将信将疑地反复问我。我说:"是的,他真的死了。""好。"他说,"他死了我就不追究了。他应该有恶报,这是天意。我们的恩怨就两清了。"

他抽了几口烟,回过头来盯了我一眼,说道:"另一个人你也肯定认识。"我问是谁。他说是个女的,人长得挺漂亮。是我小时候的偶像。我问他:"你的偶像?她是谁?你知道她的名字吗?"他说:"是马红梅。"他说出这句话时声音顿了一下,然后说,"当然了,那时候我只是在远处偷偷看过她。"

我没有想到,这个二十几年前的"小偷"当年也喜欢过马红梅。看来我们还真是有些缘分了。说起马红梅,我的情绪立刻高涨起来,我说马红梅当然熟悉了,她是我们厂年轻人的偶像,我和她……我没说完的时候,他举起手打断了我。然后他说出了一个我们多年不知道的秘密。

他说:"那天晚上是马红梅偷偷放了我。"

"她是我的恩人哪。"说到这里,他长长叹了一口气,他把脸抬起来。那一刻,他的眼睛湿润了。他背对着我,声音有些颤抖地说:"要不是那天晚上她放了我,我说不定就要死在你们的手里。也就没有我王晓华的今天。"

王晓华让我帮他联系一下马红梅,他要当面重谢她。

我告诉他,马红梅多年前就已经离开工厂了。她去了图书馆后,我一直没见过她。关于她的一些消息,我也只是听工友们说的。

和王晓华分手后,我在街上走了很久。那晚寒意袭人,清冷的月色更加重了夜的寒意。我听到远处好像有个东西在地上滚动。一只猫被声音惊吓,嗖的一声跑远。我朝那个声音的方向走去。大概已经后半夜了。我在有限的光照中搜寻着。那个声音应该是从厕所附近发出的,但是怎么找也没找不到。我只好转身往回走。刚走到楼梯拐角处,身后嘭的一声。

我再次回过头来,朝那个方向走去。

在一块碎石后面,我终于看清楚了,那是一只空罐头盒。

九

工厂被收购以后,我拒绝了王晓华让我留下的请求。我买断工龄离开了那里。在和法特斯取得联系后,我去阿尔巴尼亚待了几年,成为东风食品厂最早的"二道贩子"。我和法特斯在阿尔巴尼亚合作了一个矿山项目,我们定期把矿石拉到都拉斯港装船。货轮从都拉斯港出发,途经希腊海和印巴海上路线,最终来到遥远的东方青岛。

临走前,我悄悄去马红梅的住处看过,希望能够和她告别。我知道她一直都没有结婚。夜静极了,只能听到一两艘船经过时在海面荡起的水声。慢悠悠的一声之后,半天才是另一声,像是从极远处传来的做梦的声音。远处传来货轮的声音,还有夜里的风声,时断时续的。灯光在远处海里明灭着,我感到一股彻底的孤独。

我在她家门前转了很长时间,最后悄悄离开了。

去阿尔巴尼亚那天,我选择了一班夜航飞机。飞机在跑道上起飞的声音,像一个巨大的怪物。当飞机掠过食品厂上空时,我看见自己工作了二十多年的工厂,在夜空里越来越小,很快就消失在茫茫星空。

飞机到阿尔巴尼亚是个傍晚,法特斯开着老式卡车来接我。卡车离开都拉斯港口后,沿着海岸行驶了一段时间,转过几个弯后进入市区。法特斯的公寓在城市的工厂区,是一间大而旧的房子,前后都有高窗,屋里没有电灯。透过公寓后墙的窗口,能看见和公寓平行的建筑,那是一幢二战后的建筑,平行与垂直的线条结构。不远处是都拉斯的一条老街。傍晚,附近亮起灯火,街上尽是闲逛的人,大部分是穿着时尚的青年,有很多漂亮姑娘,她们脸上满是幸福而神秘的笑容。夕阳下,能望见蓝得刺眼的亚得里亚海。当看到港口高高的吊塔,听见船上温暖的汽笛时,我竟产生了身在青岛的幻觉。

法特斯有许多女友。他常为了女人和男人打架。一年夏天,法特斯在海里淹死了。他的照片从电脑屏幕中闪出的瞬间,我立刻就明白了法特斯的归宿。次日,我买来一张《都拉斯晨报》,打开报纸,一个标题赫然入目:电影《第八个是铜像》队长易卜拉辛的原型出海身亡。旁边的照片中,法特斯着深黑紧身运动衫,笔直地站在一艘帆船前端,正抬手摘取架在头顶上的太阳镜,一脸开心的笑容。文章末尾写道:据目击者透露,法特斯当日从港口出发时,船上有一位亚裔女子。

前几年,我在阿尔巴尼亚赚了些钱,后来生意砸得厉害,我老婆也跟着一个香港人跑了。真是赔了夫人又折兵。

法特斯去世后,我只好撤回中国。

(原载于《当代》2019年第4期,石一枫选编)

孙频 / 江苏作协专业作家，出版有小说集《松林夜宴图》《鲛在水中央》及《疼》《盐》《裂》三部曲等。

鲛在水中央

一

　　昨夜山间淅淅沥沥一场微雨,我在半睡半醒之间听到雨滴正拍打着这漫山遍野的落叶松、栎树和云杉。

　　树下开着野玫瑰、老虎花、荚蒿。层层叠叠时远时近的雨声在无边的森林里游荡,雨滴从树叶间滑落的回声又冷又远,流年在梦中暗换。

　　大概昨晚喝得又多了些,蜡烛都没吹灭就睡着了。醒来才发现那支蜡烛在半夜已经自行燃尽,只在桌子上结下一堆皱巴巴的蜡泪,里面还裹着一只小飞蛾的尸体,琥珀一般。

　　我朝地上一看,那只肥大的塑料酒壶静静卧在我的鞋边,里边还有半壶酒。我每晚都要从这酒壶里倒出一碗酒来,点着蜡烛一边喝酒一边看书,跳动的烛光把我的影子扣在了墙上,比我自己大出好几倍来,像座狰狞的建筑耸立在那堵墙上。

　　大多数的夜晚,我都是这样打发过去的,点支蜡烛看本书,看上几页了抿上一口酒,再看几页再抿一口。下酒的多是些山里的花鸟鱼虫,或是把山里采来的木耳用开水焯一下,用蒜泥和野葱拌了;或是把土豆埋进炉灰里埋一个下午,到了晚上把烧焦的土豆壳敲开,再往冒热气的沙瓤里撒点盐。

　　柳木桌上胡乱堆着一摞书和杂志,有《老残游记》《红楼梦》《唐诗百话》《三言二拍》《诗经译注》,杂志多是些《读者》和《书屋》,还有几本破破烂烂的《今古传奇》。除了这张柳木桌,屋子里还有橡木柜、核桃木椅子,都是在我小的时候,我父亲用这山里的木材亲手做的。

　　当年铅矿倒闭后这些家具都留在了职工宿舍里,多年以后我回来打开这间宿舍一看,那些家具居然还是我当初离开时的样子。如同寒潮一夜忽至,不及躲避,冰雪下到处锁着栩栩如生的鱼虾尸体。因为地处深山,铅矿倒闭之后连电也被停掉了,现在这整座废弃的铅矿里就住着我一个人。

我朝挂在墙上的那本巨大的日历看了一眼,2008年4月17日,这是我住进这废弃铅矿里的第四年了。每年过年买年货的时候我都要下山买这样一本巨大的日历回来挂在墙上,上面庞大鲜红的数字隔着老远就能跳到人的眼睛里。因为一个人在深山里待久了,会感觉像掉进了时间的黑洞,无论宇宙间又孵出多少个新鲜的日日夜夜,都会立刻被这无底的黑洞吸收进去,被消化殆尽。

人被裹挟在这黑洞当中时会有一种类似要永生下去的恐惧感,无边无涯,有时候过着过着居然连自己的年龄都会突然忘记,一时疑心自己是不是已经活了几百岁。想想一个失去年龄的人就这么无限地奔走在时间里,没有个歇脚处,甚至不知道自己什么时候才能死去,便觉得又是可怜,又是好笑。

我穿好衣裤出门打水。铅矿大门外的树丛里藏着条清澈见底的小溪,山里的溪流都这样,只能满山听见环珮叮咚,似在脚边又似在身后,却终是无迹可寻,在这山中久居才能掌握其秉性。我提了一桶水回屋洗脸刷牙,又在门口的泥炉上熬了点小米粥做早饭。

吃过早饭之后我对着墙上残留下来的半面镜子细细把下巴刮干净,把头发三七分梳整齐,再喷了点摩丝定型。然后穿上一件卡其色衬衣,打好那条蓝底白点的领带,外面再穿上一件深蓝色西服。我一共有三件衬衣三套西服两条领带,三套西服的颜色款式都一模一样,是多年前请同一个裁缝做出来的。所以以前老有人以为我一年到头就一身衣服,从来不换,其实是我来来回回已经换了多少次了别人并不知道。

把自己穿戴整齐是我每天早晨起床之后的一个重要仪式。就是这一整天都不过对着山林和鸽子,我也不敢在仪表上有丝毫懈怠。真的是不敢。这是一种站在断崖边上的感觉,稍不留神就会掉下去。一个人住在深山里,整天除了植物和动物,没有任何观众,自然是身上随便披挂个麻袋都能出入,可是我不允许自己这样随心所欲地塌下去,或者,掉下去。

穿戴整齐后,我照例在荒凉的铅矿院子里巡视一圈。铅矿四面环山,如在井底,破败的采矿车间门窗洞开,里面住着年深日久的黑暗。当年卖剩下的几台锈迹斑斑的破碎机和球磨机,如年老的象群挤在黑暗里等待死亡。干涸的浮选槽里长满荒草,槽边是当年开采的矿石,有铁矿石、金矿石、铅矿石。我太熟悉这些矿石了,铅矿石里有紫色的晶体,黄铁矿石里有一种金黄色的光泽,金矿石看起来反倒没有黄铁矿石那么耀眼。废弃的高炉默立着,水塔顶上住着一大群野鸽子,只要往水塔上随便扔块石头,那群鸽子就会呼啦啦地从水塔顶上炸起来,仓皇地四散而去,到黄昏时分,又会在一轮血红的残阳里飞回来栖于塔顶。

我站在水塔下仰着头看了会鸽子,继续往前。山里的寂静所产生的压强挤压着我,有时候竟会把我一路挤压向童年,我养了一黑一灰两只兔子做伴。我记得我小时候就养过这么两只兔子,每天放学后头一件事就是兴冲冲地跑过去喂它们。这中间的四十多年忽然被挤成了薄薄的一扇门,我推开一看,那一黑一灰两只兔子居然还在门后,好像从来没有长大过,也从未离开过。

我独自走过矿区的幼儿园、医疗室、图书馆,这些阒寂无人的废墟散发着类似坟墓的气息。但我走在这废墟里还是不由得觉得亲切,像走在曾经的自己里面,从前的那个少年包裹着如今已到中年的我,像小时候玩过的俄罗斯套娃。

我八岁那年随着父母从山东的一个海岛来到这深山里的铅矿,父亲从海岛上的一名军人转业成铅矿上的小干部,母亲则在矿上的图书馆做了管理员。我二十九岁那年离开了倒闭的铅矿,四十岁那年又一个人回来了,回来时铅矿已经是一座无人的废墟。

我重返铅矿的那个晚上,整个矿区没有电,我也没有准备蜡烛,到处是最原始的黑暗。荒草早已过人头,矿区的骨骼和周围毛茸茸的密林如血肉长在了一起。荒山密林之上是一轮巨大的明月,我感觉自己像忽然退回到了最远古的洪荒时代,满目只剩下山林和月光。月光像大雪一样隆重地覆盖着这片废墟,我乘着月光重新游荡在阔别已久的故地。

我记得我推开少年时代最熟悉的图书馆的门进去,所谓图书馆其实就是两间简陋的平房,门口那把管理员的椅子是空的,布满灰尘和蛛网,母亲曾经就坐在那里。几排书架空旷荒芜,我曾借过的那些书都已经不见了,只地上还零散地扔着一些书,月光从门里涌进来,那些书被淹没了,闪着银色的磷光。

被月光淹没的一瞬间,我又有了那种置身于水底的感觉,好像是在童年那个海岛的海水里,我一直向海底游去,直到水压即将把我挤爆。周围海水的颜色在慢慢变深,有大鱼和灯笼般的彩色水母从我身边游过,那时,我看到那些大鱼时往往会觉得敬畏和尊重,我会给它们让路,因为它们看上去古老而庄严,像人类的祖先。

我又好像正潜在那个藏在这深山里的无名湖底,那个湖的周围全是密不透风的参天古木,树林阴森森的看不到头,林间飘荡着鸟儿们各种古怪的叫声。有风吹过时,成片的树林在嘶吼,而湖面静极了,像面大镜子,在阳光下有一种璀璨的感觉。而那湖底是幽深恐怖的,水极清澈,能看到大片大片墨绿色的水草,像女人的长发一样在水中鬼魅地招摇着。鱼儿们在其中嬉戏,柔软的蛇鱼和水草交缠在一起,湖底到处是长满水藻的毛茸茸的石头、贝壳。

在这湖底还有一具人的尸体。那具尸体这么多年里一直就沉在这水底,却是因为,它身上压着一块巨大的石头,是石头把它锁在了这湖底。

我第一次见到它的时候,它还是完整的、新鲜的,还是一个人的形状,呈现出石灰一样僵硬的滞白。等我第二次再潜入湖底找到它的时候,它已经开始变得残缺不全,那只露出白骨的手就在水中安静地张开着,还有几只一寸长的小鱼正叮在那手骨的缝隙里觅食。

我仔细辨认,不是水,只有满地的月光。我从地上捡起一本满是灰尘的书,就着月光看到是一本破旧的《矿产资源勘查学》。我又捡起几本书走出了图书馆,我像小时候来借书一样抱紧它们,仿佛它们可以给我御寒。那个夜晚,我坐在外面的石阶上一根接一根地抽烟,我的背后是黑暗如古堡的图书馆。

半夜了,我听到周围丛林里有沙沙的声音,那可能是一只野兽。巨大的月亮就悬在我的头顶,在这无人的深山里,月亮看上去极大极亮,如同上帝坐在那里。因为有月亮在,我心里静了些,到了后半夜,居然就靠在墙上睡着了。

第二天我把我少年时代和父母一起住过的那间宿舍收拾了一下住了进去,屋里的家具都还是我当年离开时的样子,只是落满了厚厚的灰尘。

安顿下来之后,又经过一番踌躇,我决定去看看它。

于是我朝着那片藏在这深山里的无名湖走去。我一直相信除了我,世上没有谁还会知晓这个湖的存在。我还是个少年时就找到了这个秘密存在的湖,那时候因为刚从海岛迁徙到这山林里,我浑身干燥难忍,于是漫山遍野地找水想游泳。山里只有腿肚那么深的小河流,没法游泳。铅矿的工人们告诉我,这山上是不可能有湖水的。但我相信我在山间已经嗅到了湖的气息。

就这样,我跟着弯曲的山间河流一路寻找,河流忽隐忽现,多数时候河流都是藏在柳树林里的,因为柳树逐水而生,有水的地方就有柳树。遇到石头多的地方,河流就会变急促变大声,喧哗着从柳树林里钻出来。在阳光下明亮地流一会,忽然又不见了,再见到它时,却是清泉石上,有一尾野生的金鳟鱼在水中倏忽掠过。

我就这样跟着河流走进了一片阴森的原始密林,在那不见阳光的密林里穿行了很久。周围的树木越来越高大古老,越来越茂密蓊郁,但那条河流从不曾断开,一直向前流动着、行走着。我相信,只要河流没有断开,我就不会迷路,所以,我一边恐惧着,一边却还是紧紧跟着这河流前行。忽然,树木一下消失了,前方静静地、耀眼地跳出了一片湖。

湖就在这密林的中央。

后来的很多年里我都不舍得告诉任何人关于这个湖的存在,仿佛这是一个只属于我和这个湖之间的秘密。我一直记得我第一次跳进那湖水里游来游去的感觉,像从干燥陌生的生活里挤进了一道潮湿的裂缝。

后来我一直相信这面湖就是世间留给我的一道缝隙。

我走出铅矿的大门,再次跟着河流往深山里走去,走进那片阴森的密林,走着走着,忽然有一片湖水像梦幻一般出现在了我眼前。无名湖看起来和五年前一模一样,碧绿的湖面静得可怕,一丝皱纹都没有,似乎在这几年时间里它不曾被任何东西打扰过。我先是在湖边静坐了一会儿,然后站起身来佯装着散步,仔细观察了一番周围,不见人影,只有无边的密林和倏忽掠过的鸟影。我脱了衣服慢慢潜入水中,以免惊起太大的波纹。

平静的湖面下存在着另外一个丛林,有植物,有动物,也许在这样的湖底还有一位维护秩序的统治者,类似龙王或者水妖。我在鬼魅般的水草间游来游去,寻找着记忆中的那块大石头。终于,我在幽暗的湖底看到了那块大石头,它依然在那里,轮廓没变,只是身上已长满青苔,这使它看起来变臃肿变柔软了。

然后,我看到了压在石头下面的那具尸体,墨绿色的湖底上一点刺目的白。它还在原地,只是已经变成了一副干净的白骨,上面居然连一点皮肉都没有了,那白骨像瓷器一样洁净,安宁肃穆,竟让人不再觉得恐惧。有一条小蛇鱼从它头骨的左眼眶钻进去,又从右眼眶里钻了出来,摆摆尾巴游走了,看上去在这湖底玩耍得天真无邪。

在我身边游来游去的鱼儿们看起来似乎都格外肥大,这使得它们身上有一种妖气。我开始使劲划动双手双脚,向泛着微光的湖面升去。

转眼间我已经独自在这深山里住了四年了。四年里我开垦了十几亩山地,种上土豆和莜麦,因为这山上早晚温差很大,特别适合土豆和莜麦的生长。秋天收成了以后拿到山下去卖,平时在山上采的木耳蘑菇晒干了也拿到山下去卖。我太了解这片山林了,每个季节有每个季节的蘑菇,我还知道在这山林里只有橡树可以长出木耳,而且只有冬天砍倒的橡树长出的木耳最多,有时候一棵倒在地上的橡树密密麻麻地长满了木耳,像长出了无数只耳朵。所以在每年冬天的时候我会砍倒十来棵橡树,好等到来年采木耳。

我还在下面半山腰的三条路岔口处开了个小饭店,挂了个木牌,白底上四个红字"岔口饭店"。那是公路还能通到的地方,路边有间废弃的护林人住过的小屋子,灶台是现成的,还有炕,屋里只够摆一张饭桌。

我的饭店里平时只做四个菜,过油肉、酱梅肉、野鸡炖山蘑、烩土豆。只在春天和夏天的时候偶尔用香椿、苜蓿和蒲公英拌点凉菜。我从不用鸟铳打野鸡,响声太大,我的办法是把粮食拌上酒,撒在山林的空地上,野鸡吃了粮食之后就会醉倒,躺在那里就睡着了,如果是冬天,睡着之后就被冻死了。第二天捡到的野鸡已经硬邦邦的,一碰还叮当作响,像用玻璃做的。而且醉倒的野鸡都是一对一对的,因为它们喜欢夫妻结伴而来。偶尔,如果捉到一条蛇,我也会把蛇炖了吃。当我一剪刀下去把还在扭动的蛇剪成两截时,我心里还是会暗暗一惊,为自己身上那些已经暗中发生的变化而吃惊。我曾经可是连只虫子都不忍心踩的人。

去我饭店吃饭的人不算多,多是些进山拉木料的大车司机和进山采木耳的人,偶尔还有些专门赶过来找我的故人。因为我没有电话,这里便成了我和昔日故人们唯一一个隐秘的联络处。

在矿区里巡视完一圈之后,我从大门出去,沿着山路往林子里走了几步路,准备给兔子割些苜蓿。进铅矿的这条僻静的山路没有通公路,早已被世人遗忘在深山里,又经过山洪的冲刷和野草的侵略,已变得越来越窄,有些地方几近于要消失了。在这条山路上我从来没有碰到过任何人,如果真的碰到一个人,他看到一个穿着西装打着领带戴着眼镜的男人正在那里割兔草,估计也会吓一跳。

我回去把兔子喂了,又在水塔的周围撒了些玉米粒喂鸽子,然后便准备下山一趟。我大概半个月会下一次山,所谓下山就是到山下附近一些村庄的小卖部里买些日用品,那些村庄,即使最近的也要三十里路。我有时候用钱买,没钱时就用我在山上采的木耳来换。木耳的价格很高,山下的村民都认木耳,所以木耳在这一带就像货币一样好使。

我背上包,骑着一辆旧摩托车往山下驶去。刚开始的时候我下山都是靠走路,一走就是半天时间,往回赶的时候还得走夜路。据说在山上走夜路的时候,会碰到有人在背后拍肩膀,这时候千万不要回头,因为那多半是狼在用它的爪子敲你的肩膀。狼在当地被叫作麻虎。我倒不怕遇到狼,因为我知道所有的动物其实都是怕人的,它们不会主动攻击人。而且动物能看出人身上的火焰,遇到火焰高的人,它们就会远远避开。所以我走夜路的时候从没碰到过任何野兽。

走完那段崎岖的山路就上公路了,在这山路与公路连接的地方,常年有一处浅浅的水洼,这水洼附近便成了蝴蝶的家园。夏天每次走到这里都有成千上万只蝴蝶在我身边飞来飞去,有的还会落在我头上、身上。回来的时候又是一身蝴蝶。

这次下山我要去的村庄离铅矿有三十多里路。这个村庄有一个雅致到奇怪的名字,落雪堂。不知道是不是和村口的那棵大杏树有关。这村口有一棵巨大的千年杏树,因为年老,树根盘结突出,竟可以供十几个人同时坐在树根上乘凉。树冠则庞大得有些遮天蔽日,好像整个村庄都不过是这老树孕育出来的子嗣。每年到了清明前后,一树杏花如雪,有风吹过的时候,落花几乎要把整个村庄都埋起来了,一直要到五月,这个村庄才能渐渐从花醉中苏醒过来。

我先是骑着摩托车去了一趟村里的小卖部,买了一支牙膏、一块肥皂、两包蜡烛,然后再骑到村西的范听寒家门口。

二

村西有处十间瓦房的大院子就是范听寒家的。这座院子在整个村子里都显得鹤立鸡群。范听寒在院子的周围种了很多垂柳。

正是四月,门口的一排垂柳绿得如烟似雾,在层层鹅黄烟障的最后面,是一扇带着小飞檐的街门,门口左右各一个鼓形石墩,门的后面是一个几米深的狭长门洞,一个瘦小的老人正独自坐在门洞里饮酒。这个老人就是范听寒。我放下摩托车,站在门口恭敬地打了个招呼:"范老师,这是已经吃午饭呢?"

范听寒闻声连忙站了起来,走到门口迎接我。他有七十五六岁,但看起来比实际年龄更老些,奇瘦,而且在我看来他似乎一年比一年更瘦,好像正试图慢慢地从这个世界上隐遁而去。驼背,背上扣着一只巨大的驼峰,走路的时候整个人简直就是一把折尺,从腰那里向前弯成了九十度,所以总是身体还没走过来的时候,头已经自己先到了。

又因为驼背,他走路的时候总是把两只手高高搭在背后,不然一垂下来,两只手都快碰到地面了,估计他是怕给人一种感觉好像他是在用四肢走路。他背着双手,驮着一座大驼峰,像只年迈的骆驼一般慢慢踱到我跟前,努力朝上翻起两只眼睛看着我,用大同口音说:"你过来啦?来,进来喝两杯吧。"

我也不推辞,跟着他走进门洞,在小木桌旁的竹椅上坐下。木桌上有一碗手擀面,有半玻璃杯白酒。认识也有四年了,我大概知道他的一些生活习惯。他一日三餐只吃手擀面,绝不吃一口稀的,一大把年纪了还是顿顿自己擀面。

他每天早晨天不亮就早早起来,光是穿衣服对他来说就是一项难度不小的工程,得穿很久。因为驼背,他穿上衣的时候必须拼命把衣服向空中甩起来,就像中世纪的骑士甩斗篷一样,甩得越高越好,这样衣服才能比较准确地降落在驼背上。他穿好衣服后背着手出门散步,趁着天还没亮,在田间地头溜达一圈,采两把野菜或几朵蘑菇。走出汗了就回家开始洗漱,他很爱干净,每日洗漱的程序非常隆重,要把好不容易才穿上的衣服全部都脱掉,脱光之后把自己浑身上下擦洗一遍,然后再把衣服甩一次,披挂上去。每天如此。

洗漱完之后他开始动手给自己做早饭,他孙女范云冈在镇上的小学教书,周末才回来一次。五年前他的老伴去世了,据他说,他老伴活着的时候,两个人经常吵架,但从不会因为吃饭吵架,因为他们吃饭的口味出奇地一致,那就是,手擀面。他说他儿子和孙女也是只认得手擀面,好像在他们一家人眼里,世上只有手擀面才能算得上是饭,别的都是假的,都是吓唬人的。

早饭就是一碗手擀面,一定要和那种硬得像铁一样的面团,然后用九牛二虎之力把面团擀开。因为面团实在太硬了,擀的时候一定要整个人不时跳起来,把全身的重量都压到擀面杖上才能擀得动。擀好后再切成钢丝一样硬的面条,下锅煮熟,拌点茄子、白菜、豆腐之类。然后就着一二两酒把面条吃下去。他是一日三顿都要喝点酒的,顿顿不落。且每天都要准时到村里的豆腐摊上割一块豆腐吃,风雨无阻。每天上午割了豆腐往回走的时候,村里人照例要问一句:"范老师又出来割豆腐?"他一边点头一边微笑:"豆腐好,既能当粮也能当菜。"

他和我说过,他那老伴去世前终日病病歪歪却酒瘾极大,烟瘾也不小。她每天早晨起来的第一件事就是,二话不说先抱住酒瓶灌自己两大口,再歪到炕上抽根烟,一根烟抽完才算正式起床了。一天当中只要趁老头不注意就抱起酒瓶子咕咚咕咚偷喝两口,而且不管把酒瓶藏到哪里,她都能闻着酒味找出来。吃饭的时候还要和老头对饮几杯,两个人有时候就着面条下酒,有时候就着一根黄瓜、一根葱、一只梨、一把花生,统统可以下酒。

有时候她呻吟自己腰疼、腿疼、肚子疼,老头把酒瓶递过去,她只要喝上两口就停止呻吟了,老头得到了暂时的安宁,却又得防备她一会儿重新开始呻吟:"哎哟,哎哟,就不如早点死了好。"

有时候喝多了,她会哭着上街,见个人就拽住问:"你看见我家范柳亭去哪里了?他怎么走了就不回来了?"有时候喝得更多,她干脆就歪在自家门口的石墩上睡着了,夕阳打在她脸上,透亮的涎水从她的嘴角流下去,一直挂到胸脯上,蛛丝一般。

后来她重病,临死之前已经昏迷了好几天,昏迷中她一直在说胡话,一会儿说:"我在几千人的大会上都讲过话,我不怕你们斗我。"一会儿又说,"同学们,马上就是期末考试了,要抓紧时间学习,把时间都用在刀刃上。"一会儿又说,"范秋纹,范柳亭,站住,你们要往哪里去?"

昏迷了几天,忽然醒过来了,眼睛一睁开倒像是开过刃的钢刀,亮得吓人。她向唯一守在她身边的老头招招手:"老头子你过来。"范听寒便驼着背,两只手背在身后,赶紧走到床前。老伴说:"给我口酒喝。"老头犹豫了一下,把酒瓶子抱过来递给她,她两手一抓过酒瓶子咕咚一声就咽下去两大口,这才说:"老头子,我要先走了,以后就不能陪你喝酒了,你自己喝吧。老头子,我年轻时能和父母绝交都要嫁给你,又跟着你发配到这穷乡僻壤,多少年里连碗小米稀饭都喝不上,儿女都没了,你说我恨不恨你……我又丢东西了,肯定是来串门的老太太们偷走的,农村老太太都不识字,人没文化就是不行哪……你这么多年都哪儿去了?你怎么瘦成这样?快坐下,我给你擀面去。擀完面我还要去开会,又快期末考试了……要恢复高考了。"说完抱着酒瓶子又闭上眼睛睡了过去,此后再没有醒来。

范听寒不是本地人,是大同人,那是晋蒙交界之处,北魏遗留下来的痕迹浓重,他孙女的名字大约就是出自大同的云冈石窟。

大约是第三次来他家借书的时候,我就问过他:"范老师你是怎么来的这落雪堂?"他说,他祖上世代都是读书人,他原来是大同师专中文系的老师。1958年的时候学校也在轰轰烈烈地打"右"派抓典型,有一个做临时工的老师向教育局检举揭发范听寒用的是一支进口的派克水笔,还成天向别人夸赞外国造的水笔就是好用。那临时工看来也不是观察他一天两天了,筹备已久的样子,把他说过的话都记在笔记本上,还注明年月日。大约是想顶替了他的工作岗位。教育局很重视,专门成立了调查小组去学校查这件事情,结果一调查证实不少老师们确实都听到他说过这样的话。

于是,他的"右"派身份很快就被确定了,站在全校师生面前被批斗了几次,之后又被发配到地处晋西的偏远的落雪堂进行改造。他老伴当时是个中学的校长,辞职跟着他一起流落到落雪堂。后来虽然平反了,但年龄已经大了,城里的房子早被没收充公了,除了落雪堂竟也没有别的地方可去,便留下来在此终老。

我又问他:"范老师,你这么大年龄了,怎么顿顿都吃手擀面,还擀这么硬,不怕消化不了?"他不好意思地说:"早些年饿着了,几年吃不上一口干的,顿顿喝汤。后来我们全家都是一看见稀饭就害怕,每顿饭都要看见面心里才觉得这是吃过饭,如果是吃了菜啊、粥啊之类的,总疑心自己刚才其实并没有吃过饭。"末了他又补充道,"我儿子范柳亭小时候老是吃不饱,只能喝米汤,所以个头才长了这么点。"

他用手比画到我胸前:"范柳亭才长这么高。"手比画完放下去了,脸上却抱歉地笑着。

这是第一次听他说起他的儿子,我脑子里轰隆一声巨响,久久没有说出话来。呆了片刻,我又有些疑心自己是不是听错了,便用一种惊讶的有些过头的语气说:"你还有个儿子?怎么从来没有见过他?他叫范什么?"

他又说了一遍:"范柳亭。"

我的心脏几乎要蹦出胸腔了,我怀疑我此刻看起来脸色煞白,因为他忽然就问了一句:"你怎么了?"

我勉强按捺住自己擂鼓般的心跳声,想抽支烟,摸了半天却连烟盒都没有摸到。我一只手揣在口袋里,虚弱地笑着说:"哪两个字?是柳树的柳,亭子的亭?"

"是的。"

"哦,柳树的柳,亭子的亭,范柳亭,好听,读书人家起的名字就是好听。"

"也是因为我一向喜欢柳树。"

"好听,这名字真是好听。范老师,你儿子他……是做什么的?能盖起这么大的院子。"

"他呀,成天就折腾着办厂子了,什么铁厂、油厂、铸造厂都办过,就是瞎折腾。"

我终于费力地把烟盒掏出来了,准备点烟的时候看到自己的那只手正在发抖,便又把烟放下了,只是在嘴里很惊讶地反复说:"是吗?你儿子原来还是企业家啊?还办过厂子哪?"

我忽然发现他好像正看着我那只拿烟的手,那只手还在轻微地发抖,我一紧张就这样。我把那只手重新塞进口袋里,一边假装掏东西,一边找话说:"那范老师你就这么一个儿子吗?怎么不见他在家里啊?"

说到这里,他说话的语气反而平静下去,像在说别人家的事情,他说他本来还有一个女儿的,叫范秋纹,比儿子大好几岁,当初因为要求进步,没跟着他们来落雪堂,后来才二十多岁就自杀了。范柳亭是他唯一的儿子,几年前外出做生意就再没回来。又过了几年,他母亲都去世了,他还是没有回来,至今生死不明。

我听了又做出非常惊讶和惋惜的表情,嘴里连连说:"啧啧,这样啊,唉,真是的。"

后来我断定范听寒顿顿都要吃手擀面的另外一个原因就是,吃得下手擀面证明他身体还硬朗,还可以坚持到他儿子范柳亭回来的那天。

那天我敬了他好几杯酒,自己也喝了一杯又一杯,他说:"你这么远跑过来借书,不赖,爱看书,真不赖。"我说不出别的话来,只是一遍一遍地重复道:"有缘分,范老师,我和你有缘分,这就是缘分。"

喝完酒之后,他背着驼峰走到院子里一辆改装过的三轮小推车旁边,推车里是一只垃圾桶。他抱歉地对我说:"你先坐着,等我先把垃圾倒出去,放久了招苍蝇。"说着便弓着腰低着头使劲推那辆三轮,我先是呆呆地看着他,然后像忽然清醒过来一样,猛地起身,几步走到三轮前,拎起那只垃圾桶就往外走。

我把垃圾倒到垃圾池里,又在垃圾池旁边蹲下来,抖着手抽了一支烟才走回去。他弓腰站在门口,像是一直在等我,见了我却只说了一句:"谢谢你了。"我拎着空桶茫然地立在院子里,不知道接下来该做什么,手里明明还拎着那只空垃圾桶,却忽然扭头对他说:"范老师,我这就帮你把垃圾桶倒掉。"

他没有接话,只是驼着背站在门洞的阴影里静静地看着我。

此刻,又是在他家的院子里,我坐在小木桌的一旁,看着驼背的老人又拿出一只杯子,杯子里有半杯白酒。他把酒递给我,说:"锅里还有擀面,你自己吃多少就盛多少吧。"我说:"我是吃过饭才来的。"他说:"你老是这样。"

然后他坐下来继续喝酒吃面,背着大驼峰,上身折叠在膝盖上,下巴几乎就要搁在桌子上了,从某一个角度看过去,我忽然惊悚地发现,他已经老得不大像人类了。尽管没有下酒的东西,我还是默默陪着他喝完半杯酒,是当地打的五十三度的散酒,叫梨花春。这酒入口烈,但余味爽净,喉间有清香。

杯里的酒都喝完了,他才问我:"书又看完了?"我恭敬地说:"都看完了。"说完就从身上背的包里取出几本书和杂志双手还给他。他接过书,连连摇头:"像你这么爱书的人却开个小饭店也真是可惜了,你就没想过再做些别的?"我忙说:"人各有命,看书也不能当饭吃。"他又摇头:"可惜,真是可惜了。"

他背着手踱回屋又取出两本书和杂志给我,他有每年订阅新杂志的习惯。两本书是《古诗十九首集释》和《雪堂集》。我每次来他家的时候都要先把上次借的书还掉,然后再借几本新的带回铅矿去看。我把新借到的书装进包里,顺便掏出一包晒干的木耳放在桌上说:"范老师,你要多吃点木耳,对身体好,吃完了我再给你带过来。"

他点头,又递给我一张叠好的冷金宣纸,说:"我又给你抄了首诗,读唐诗就是要多体会那种水中之月的意境。唐诗看起来写的都是些山水,其实那是自然之道,就是天地间本来的样子,所以唐诗里写的其实是一些最恒久最牢固的东西。相比之下,你看我们人的一生反而短暂多变,倒是最不牢靠的。所以读诗能让人心安。"

我打开那张纸,是一首用毛笔小楷抄写的《春江花月夜》。我重新叠好,很小心地装进包里。然后开始满院子地找活干。这几年里我已经习惯了,每次来了都要帮他把院子收拾一遍,把垃圾桶倒掉,把厨房的水瓮蓄满水,把菜园子里的杂草除净,给蔬菜和花卉浇浇水。干完活我又低头巡视一遍院子,发现甬道上的一块红砖翘起来了,容易绊倒人,便把这块砖挖出来又仔细铺平了。

好像已经差不多该走了,但我还是想和他多待一会儿,见桌子有点不稳,我就地做了个楔子插进了榫卯里就稳当了。有穿堂风从门洞里经过,风里带着杏花的香味。我看到他在院子里种的两棵海棠树也开花了,海棠花香很淡,不到跟前是闻不到的,走近了却能感觉到一缕阴柔的冷香。

树下有一口大水缸,缸里养着两条鲤鱼。我朝那水缸里微微瞟了一眼,两条鲤鱼正在缸里游来游去。我只看了一眼便像是感到很嫌恶一样,目光飞快地移向别处。窗台上卧着几个去年收的大南瓜,还有一只洁白如玉的西葫芦。估计都是村民们送给他的,村民们都恭敬地叫他范老师。

这时候我像想起了什么,猛一回头,发现他还坐在门洞里,似在静静地观察我,他脸上半明半暗,看不出是什么表情。我不由得愣了一下,暗暗悔恨自己在这里又待久了。

每次都这样,总是怕自己在这里待得太久。

三

我记得四年前我第一次出现在他的院门口也是在这样一个春天的午后。

柳枝新染,杏花满天,我也是穿着这身西装,打着领带,他当时也是这样坐在门洞里驼着背正喝着小酒。恍惚间我真的有了一种错觉,觉得中间这厚厚的几年时间原来不过只是薄薄几页,风一吹就轻轻翻过去了。

当时我站在门口,有些紧张。为了能在与世隔绝的铅矿里待下去,我能想出的最好的办法就是看书。我想问他借书,又怕被拒绝。在门口踌躇半天,终于还是主动上前对他招呼道:"你就是范老师吧?我听说你家的书特别多,就找了过来,不知道我能不能借几本看看,我保证一看完就给你还回来。"

他用略有些浑浊的眼睛打量了我一会儿,慢慢说:"以前从没有见过你,听你的口音不是这村里人吧。"

我避开他的眼睛说:"我小时候是在山东长大的,后来父母调动工作我跟着来到这里,我就是在这附近长大的,也算当地人,只不过不会说当地话。"

我说的是实话,这些经历没必要说假话,况且,我确实是异乡口音。

他一直没有放下手里的空酒杯,把目光从我身上移开,似在对着酒杯说话:"你父母是从外地调过来的?那是不是县里的晋华纺织厂?那里的外地人多。"

我第一次听说县城里还有个晋华纺织厂,我甚至不知道这个厂是不是真实存在的,但我还是回答了一句:"是"。我不想让人打听关于我太多的事情。

这时又听他说:"你是山东长大的,山东什么地方?"

我稍微犹豫了一下,说:"日照。"

他说:"哦,海边长大的。"

我心里乱跳,不知道他为什么要强调海边。我只好不语,表示默认。

他又问:"那你现在做什么工作?我记得晋华厂在1998年就倒闭了吧。"

我说:"没工作了,我就自己开了个小饭店。"

他问:"在哪?"

我又犹豫了一下,说:"在凤城镇。"

他说:"镇上啊,我孙女就在镇上的小学教书。那学校你知道吧?离你的饭店远吗?"

我有些口干舌燥,但还是听见自己尽量平静地说:"不算远,不过我没进去过那学校。"

他又说:"在镇上开饭店,那你也住在镇上吧,十几里地,你怎么会找到我这里?"

我说:"听有个去我饭店里吃饭的人说起过,说你书特别多,大概是你们村的人去镇上赶集吧。"

我确实是在镇上听别人说起范听寒家里有很多书的,但不是在我的饭店里,是在我摆摊卖木耳的时候。

他还是没有放下那只杯子:"哦,这么说,你喜欢看书?"

我忙说:"从小就喜欢,我十几岁的时候只要能逮住一本书连夜就看完了。"

他说:"你上过几年级?"

我说:"我当年高考落榜了,没上过大学。"

他说:"你来我这里专门就是为了借书?"

我说:"是的。"

他翻起眼睛看了我一眼,我忍不住又一阵紧张,只听他说:"你今天是为了借书专门打的领带吗?"

我忙说:"不是,我平时就这样,习惯了。"

他说:"讲究点是好习惯。你想看什么书?"

我说:"什么书都可以。"

他说:"什么书都可以?喜欢看书的人可不是这样的。"

我说:"我是来借书的,哪还能挑三拣四?"

他说:"诗词能看懂吗?"

我说:"懂得不多,但心里喜欢。"

他说:"那你等一下,我进屋给你找几本。"

他终于放下那只杯子,起身回屋。我坐在那里悄悄看着他那只杯子,却仍然发现它真的只是一只再普通不过的杯子。他拿着几本书出来,驼着背慢慢走到我面前,又把我上下打量一番,这才把书递给我,说:"你看看能不能看进去。"我连忙把书接住,有些惶恐地说:"范老师,我保证一看完就还回来。"他缓缓掉转了伸在最前面的脑袋,跟在后面的是大驼背,只给我留下了半截背影。他边往里走边说:"你这么喜欢看书,要是不想还回来就当送给你了。"

我出了门,走过那排柳树,向自己的摩托车走去。他的最后一句话让我眼睛一阵湿润。

四

这时候又是一阵微风吹过,海棠花如胭脂粉团一般簌簌落了一地,有几片花瓣飘进水缸里,那两尾鲤鱼便游上来争相啜食花瓣。

我曾在他借给我的一本书的扉页上看到他用钢笔写下的几行字,"遵四时以叹逝,瞻万物而思纷,悲落叶于劲秋,喜柔条于芳春。心懔懔以怀霜,志眇眇而临云"。

那一刻,我忽然有些明白我为什么在后来还要一次次地去找范听寒了。这几年里,其实我已经不止一次地下过决心不再去那院子里了,可事实上,只要过一段时间,我还是会再一次出现在他家门口。

告别范听寒之后,我骑着摩托车出了村,一直向西一路爬山路来到那个三条路的岔口,这个地方在半山腰,经常有一些拉木料的运输车会经过这里,我的小饭店就开在这岔口处。因为顾客来得不固定,我开张的时间便也不固定,另外就是,这样别人也不容易找到我。

停好摩托车开饭店门锁的时候,我一低头忽然发现一只西服袖口已经磨破了。这才想起这件西服已经穿了好多年了,我已经有多年没有为自己添置过一件新衣了,这让我有一种突如其来的悲凉和恐慌,但我还是脱下西服小心翼翼地挂在门后,正了正领带,挽起袖子开始准备做晚饭的材料。

两天前我在饭店的门缝里收到杨晓武塞进来的一封短信,说他来过一次我不在,两天后的晚上他还会来岔口饭店找我。我一边做饭一边等着他来。

我把昨天捉到的一只野鸡砍掉头,无头鸡又蹒跚着走了几步才倒下,没有了头的脖子像龙头一样喷着血。我等着它彻底不动了才开始拔毛,收拾干净,剁成块,和发好的山蘑一起炖在锅里,放的野茴香和月桂叶都是我在山里采的,快熟的时候再撒上一种叫栀莫花的香草,香味奇异,虽然它容易招徕回头客,但我又暗自担心这奇异的香味会吸引来更多人。炖上鸡肉之后我在灶洞的炉灰里埋了几个土豆。土豆是去年秋天收成的,我专门挖了个土豆窖存放土豆,这样就可以一直吃到来年秋收。

暮色在一层层加重,渐渐地,外面的山林又一次坠入了巨大的黑暗之中,从这小屋的窗户望出去,幽暗的山林正张着血盆大口欲吞噬一切。远处的山路上亮起两束灯光,灯光蹒跚着渐渐逼近,是进山拉木料的大卡车。大卡车没停,从饭店门口呼啸着过去了,刚才从窗户里打进来的灯光支离破碎地涂在墙上,飞快地繁殖出各种形状,在一个瞬间里长满了这间小屋,又转瞬之间凋落下去。

野鸡的香味近于蛮横,溢满整个房间,我没有点蜡烛,只身坐在黑暗中抽烟。

杨晓武是我当年在监狱里认识的。那是1983年,那年我十九岁。前一年刚刚高考落榜,又没有合适的单位可去,便整天窝在家里写小说,为了熬夜写小说,还学会了抽烟,烟瘾竟越来越大。写好的小说再工整地抄一遍,然后去邮局投给杂志社,那时候我成天梦想着能成为一个作家。

我记得那是一个黄昏,矿上已经下班了,人声寂静,我写了一天小说也累了,便走到矿区的院子里散步。这时候迎面走来一个姑娘,我不认识,估计是矿上的新职工。那姑娘可能刚去澡堂洗完澡,头发湿漉漉的,穿着一条碎花长裙,抱着脸盆正往过走。平时在矿上看到的基本都是清一色的工作服,在那个黄昏忽然看到一条这样的碎花裙,我忍不住盯着那裙子多看了几眼,等姑娘走过去了,我又回过头看着她穿长裙的背影。第二天我正趴在窗前写小说的时候,矿上保卫科的人忽然来我家找我。原来是昨天穿碎花裙子的姑娘告到保卫科了,说我耍流氓。

我并不知道当时正在"严打",矿上的保卫科正愁名额不满的问题,就这样我被关进了监狱。鉴于我确实没有具体的肢体触摸,但毕竟已经用目光对女性进行了一番猥亵,流氓罪已经坐实,只是刑期不算太长,判了我三年有期徒刑。能和杨晓武在狱中成为朋友,是因为他和我一样,也是高考落榜生,比我还早了一年。1983年那年他正在第二年复读,准备再考一年。那天他正在家里复习功课,他表哥忽然在窗外大声喊他出来帮忙,表哥在和人打架又打不过,叫他出来帮忙,他拎着擀面杖出来打算帮表哥,结果只是站在边上观望了一会儿,还没来得及上手就被赶来的公安逮捕了。

我坐在黑暗中又点上一支烟,炉灰里的土豆已经烤熟了,散发出一种植物肉身的芳香。我想起那几年狱中的生活,干活、打架、刷尿桶都不算什么,我最怕的就是看不到字。监狱里只允许看《人民日报》和《山西日报》,就这两份报纸,被我反反复复看了一遍又一遍,我看的时候不是一句一句地看,是一个字一个字地看,很小心地把每一个字含在嘴里,不舍得咽下去,生怕看完就没有了。像在冰天雪地里赶路,必须储备好足够的粮食。

几支烟抽完,估计时间差不多了,我点上一支蜡烛,把炖好的野鸡扣在一只粗瓷大碗里,把烤熟的土豆从灶洞里掏出来,拍了拍上面的灰,堆在盘子里。它们看上去像一堆丑陋的卵石,但是恬静简朴,让人觉得心安。这种心安我在问范听寒借的一本书中也曾读到过,"村舍外,古城旁,杖藜徐步转斜阳。殷勤昨夜三更雨,又得浮生一日凉"。

我拿出一壶散装高粱白倒进一把白瓷酒壶里,摆在桌上,又洗了两只酒盅。这套酒具是我父亲当年在矿上评上先进工作者时发的奖品,他到死都没舍得用过一次。多年以后被我从床底下翻了出来,居然还完好无损。

就在这时,门外传来了一阵很轻的敲门声,敲得小心翼翼的,不仔细听还以为是风声吹过。我问:"谁?"门外的声音说:"海涛,是我。"他不知道我现在的名字已经改成了郭世杰。

我拉开门,裹着一团黑暗钻进来的果然是杨晓武。他来回搓着手,埋怨自己道:"都怪我,其实我已经到了好一会儿了,远远看着你这饭店里一直黑着灯,以为你不在,就在附近的林子里等着你来。这林子在晚上还真是瘆人,看到屋里忽然有亮光了这才敢过来敲门。"我有些不客气地说:"你一个大活人长着两只囫囵手就不知道先过来敲敲门? 你说好要来我能不等你吗?"

我们在桌子两边坐下,我给他倒了一盅酒,又扔给他一个烤土豆,说:"饿了吧,先垫垫。"他把土豆掰成两半,轻轻吹着热气,也不蘸盐,很小心很斯文地咬了一小口,慢慢咽了,然后才说,还行。我不想再多看他,我看着他他就不敢放开吃。我说:"来,先喝上一盅,又有一年没见了吧?"他连忙举起酒盅,我们连着干了三盅酒,他还是不敢放开吃,一个土豆吃了有一个世纪那么长。他开始是慢慢把土豆瓤掏出来吃,吃到最后就剩下了两只薄薄的土豆壳,贝壳似的。他犹豫了一下,把土豆壳也撕开放进了嘴里。大碗里的菜他只敢挑着吃蘑菇,鸡肉却半天没动一筷子。我说:"吃肉啊,别光吃蘑菇。"他嘴里嗯嗯着,筷子还是绕过鸡肉挑着蘑菇。

一支蜡烛快要燃尽的时候,他才勉强说了一句:"海涛,你这饭店现在生意怎么样?"我使劲抽了一口烟,就着猛然跳动起来的烛光打量着他,他穿着一件灰扑扑的旧夹克,里面是一件看不出颜色的圆领秋衣,眼睛下面挂着两个大黑眼圈,嘴角上还沾着些土豆泥。

在跳动的烛光里,他看上去浑身好像只剩下这一张脸,这张巨大的脸发着光,而其他部位都已经被黑暗消化掉了。我不忍心告诉他去擦一下嘴角,只说:"吃饱了吗? 土豆还有。"他低着声音,不太确定地说:"饱了。"我说:"再吃一个。"他犹豫了一下才说:"算了,饱了。"我又抽了口烟,说:"这么小的饭店你说能怎么样? 有口饭吃就算不错了,我们这样的人还想怎么样。"

他坐在那里半天没言语,我也不说话,等着他开口。其实我知道他此行来的目的,无非就是借钱。他比我在监狱里多待了一年,自打出来之后,每次找我基本上就一件事,借钱。说是借钱,其实根本也不会有还的那天,所以和乞讨也没多少区别。正是因为和乞讨差不多，我才没法拒绝他。出狱之后不知道他靠什么为生，他也不说，多半是些非法的事情，却又常常连饭都吃不起，四处借钱，然后被要债的人追得东躲西藏。但我知道，他变成如今这个样子并不是什么奇怪的事情，因为，从监狱里出来的人绝大部分都会变坏而不是变好，或者只会变得比从前更坏。我当年在监狱里的时候，正是已经嗅到了这样的危险，才拼命想找到一切有文字的东西来保护自己，拼命写稿子给狱里办的报纸投稿。

猛烈的跳动之后蜡烛彻底燃尽了，蜡尸里冒出的呛人青烟弥漫在重新黑暗下来的屋子里。我没有再起身点蜡，还坐在原处不动，桌子另一边的人也坐着没动。突然而至的黑暗紧紧包裹着我们，让我们都感到了某种奇妙的轻松和熟悉，好像我们就昨天还一起在狱中的大通铺上挨着睡过。

那时他一次次对着我的耳朵讲，他第一次高考就差了1.5分，后来又变成了只差了1分，就1分啊，他反复说，就1分啊。似乎只要说得足够多，那1分就会像壁虎的断尾一样自行再长出来，长成一件完整的肢体。现在，他和我之间就隔着一张木桌，隔着这木桌，我都能感觉到他紧张的心跳声，好像他的神经已经像榕树的气根一样长满了这张桌子。

外面又过去一辆大卡车，车灯的余光扫进屋子里，飞快地掠过他的脸，他的那张脸便在黑暗中短暂地浮现了一下，很快又沉下去了。紧接着照到了我的脸上，我被晃得闭上了眼睛。就在这时候他忽然开口了，他语速很快地说："海涛，有点急用，能不能再借给我一千块钱？"

我终于还是等到了他这句话，果然没有任何意外。我反倒放心了些，明明已经放心了却扭过脸，对着他那团黑乎乎的影子说："你不能一直就靠着借钱活吧，你也得自个儿想办法挣钱啊。"

他坐在黑暗中忽然低低地短暂地笑了一声，这笑声让我打了个寒战，只听见他说："说是容易说，你说像我这样的人去哪里挣钱呢？"

我的声音忽然高了几度："那你也得自己想办法啊。"

说完这句话之后，两个人都咔嚓静了下去，半天没一点声音。我有些后悔刚才自己虚张声势的高嗓门，其实，在他来之前我已经把要借给他的钱准备好了。我曾听说当年我们的另一个狱友在出狱后四处流浪，不知怎么跟着人吸上了毒，后来为了问人讨要五十块钱，便随时可以跪下来喊人家一声爸爸。

杨晓武坐在桌子那头像块生铁似的,冰凉,一动不动,我忽然很害怕他会跪在我面前,我连忙从口袋里取出准备好的一千块钱递给他。我说:"这是一千块,拿去用吧。"他不作声,默默地把钱接住,装进了自己的口袋里。然后我又说:"你赶紧下山吧,你看我这里根本住不下两个人,我就不留你住了。哪天再来提前告诉我。"

我不想让任何人知道我住在哪里。

他仍是沉默着,站了起来。我不打算再点蜡,免得看到彼此的表情。他在黑暗中朝我坐着的方向看了几秒钟,又对着窗外黢黑的山林愣怔了几秒钟,却没有再说话,然后嘎吱一声打开屋门,很快便消失在了阴森森的山路上。

我独自骑着摩托车回到深山里的铅矿,整个铅矿没有一点亮光,万顷碧空中斜挂着半轮焦黄的月亮。我回到宿舍点起一截蜡烛,倒了一碗酒喝了两口,身上有了暖意,才慢慢在桌子前坐下,抖着手打开今天白天范听寒送我的那首诗,"春江潮水连海平,海上明月共潮生。滟滟随波千万里,何处春江无月明"。

那一晚,我一直不敢脱掉身上的西服和领带,就这身衣服似乎还能给我一点点做人的体面。我就那么穿得端端正正地坐在烛光里,高声把这首诗读了一遍又一遍。"不知江月待何人,但见长江送流水。白云一片去悠悠,青枫浦上不胜愁。"我不敢停下,似乎只要一停下,就会发生化学变化,我就会在瞬间变成杨晓武,或者变成那个给人跪下四处讨钱的狱友。一直读到半夜,终是累了,夜空澄澈,烛光阑珊,最后竟趴在桌子上睡着了。

五

几年前,那是我第四次出现在范听寒家门口。

我停好摩托车,从那排柳树下走过。微风过处,无骨的柳梢从我脸上拂过,柔软得不像是这人世间的东西。我闭上眼睛仰着脸任由它抚摸。从我上次知道他是范柳亭的父亲之后,我就知道我不该再来这里。可是,一个月后,我还是又一次来到了他的家门口。

他正戴着一副老花镜坐在门洞里看书,看书的时候,他的上半身往前趴着,整张脸几乎都要埋进书里去了。我站在门口无声地看着他,我想,就这么站一会儿也是好的。可他像是已经嗅到了我的到来,把脸抬起来向门口看过来。

我走进来把上次借的书还给他,又给他带了一包干木耳和一包羊肚菌。我说:"范老师,看书呢?我还书来了。"

他摘下老花镜,说:"是你啊,可有段时间没来了。"

我忙说:"最近事情多,老抽不开身,这是上次问你借的书都看完了,还想问你再借几本不知道行不行。"

他说:"你都什么时间看书呢?"

我说:"晚上。"

他说:"晚上就不看电视?"

我说:"我不爱看电视。"

他说:"也不用给孩子做饭什么的?"

我略略迟疑了一下,说:"有我父母和老婆给孩子做,用不上我。"

他说:"怪不得有时间看书,家里都不用你管。这些天你也读了一些诗了,和我说说有什么感受。"

我听到自己的声音里忽然跳动着一种喜悦,我知道这样也许并不好,却也不想太掩饰,我说:"在晚上读诗,读完后心里觉得既安静又亮堂,连心里的害怕都少了。"

对面的老人手里拿着老花镜,忽然抬起头盯着我又仔细端详了几分钟。我背上一下绷了起来,意识到刚才还是有些忘形了,我一阵后悔,不知道该坐该站。这时只听他慢慢说:"也不知怎么,我总觉得你不大像是开饭店的,但我也说不好你到底像干什么的。"

我好像被什么笨重而巨大的东西狠狠地往前推了一把,我猛地站了起来,像是急于要离开,却终究没有迈出步子,只是口干舌燥地辩解道:"我真是开饭店的,别的我都干不了,又没文凭,正经单位进不去,我也想去坐办公室,人家哪会要我。我就做饭还可以,所以只能干这个。我看书真的是为了打发时间,真的,没事干的时候看看书就是个消遣,和别人打牌看电视是一样的,就是个消遣。"

他盯着我看了半天,忽然就笑了那么一下,只是极短促,他说:"看来你那饭店也忙不到哪里去啊。"

我有些疲惫地坐下说:"小饭店。"

他扛着自己的大驼背慢慢站起来,顺势把两只手背在身后,说:"你倒真是个喜欢看书的人，不少喜欢看书的人都想过自己也要写出一本书出来，你想过没？"

我飞快地摇摇头："没，我不是那块料。"

我感觉他的眼睛还一直盯在我身上，只听他说："确实，大部分人都写不好的，我那儿子年轻时候也想过写书当作家呢，后来也发现自己不是那块料。其实看书不光是为打发时间，养心最重要。你等一下，我进屋给你找书去。"

听到他再次提起他儿子，我打了个激灵，像是忽然感到了一股寒意，整个人却又变得异常兴奋，没话找话道："那他后来怎么就不写了呢？要是一直写着说不定也成作家了。"

他没搭话，慢慢走过去掀开竹帘进了屋。我独自站在寂寂的阳光里，阳光煦暖，我却感觉自己仿佛又沉入一片湖水中，而范柳亭坐在一只小船上正漂过湖面，他恰好就位于我的头顶，我能窥视到他的身影，他却看不到湖中的我。我没想到，他年轻时居然也想过写书当作家。我独自冷笑了一声，抬起脸来看太阳，阳光蠕动在我脸上，我忽然就一阵难以抑制的心酸，不知究竟是为他还是为我，又差点掉下泪来。

这时范听寒抱着两本书出来了，把书递给我，书里夹了一张冷金宣纸，他说："看你还挺喜欢诗词，读多了你就知道了，好诗都是有蕴光的，有一种山水之外东西，读完以后会觉得心性宁静疏朗。"

两本书是《纳兰全词》和《二十四诗品》。我放好，道谢。他忽然指着放在桌上的木耳和蘑菇说："每次都带木耳来，你都哪里来的？"

我镇静地说："山上采的。"

他费力地抬起头看了我一眼，说："这么说，你经常上西山？"

我没有看他，其实我很讨厌自己不看着对方的眼睛说话，但我更讨厌自己盯着对方。我听见自己说："只是偶尔去一趟，采点木耳、蘑菇什么的回来，我饭店里做菜也要用嘛。"

他的声音忽然之间有些异样，或者我怀疑只是我听错了，只听他紧接着问道："那山上都有什么？"

我感觉自己插在口袋里的手又在发抖，我悄悄吞吐了一口气才故作轻松地说："山上嘛都一样，到处都是树，有的树下有蘑菇，有的树上长着木耳，对了，山上还有野鸡。"

他说:"到处是树,那你进山里采木耳不会迷路吗?"

我说:"我会看树叶,树叶长得稠的是东面,稀的是西面。这也是我听别人说的。"

他说:"听人说那山上还有狼,你也不怕?"

他说的是狼,不是麻虎,这让我再次感觉到我们两个其实都不过是异乡人,是某种同类,这让我感到一种虚弱的安全。我攥紧的拳头在口袋里略略放松了些,说:"好像确实有吧,不过我没见到过,狼也得晚上才出来吧。"

我没有说野兽,其实都是怕人的。在他面前,我生怕哪一句话就忽然说错了。

他说:"唉,这么多年里我一直想着要上那山上看看究竟有什么,因为腰不好,一直没去成,现在老了,就更去不了了。"

我从自己的声音里听出一种虚假的客套,我说:"不怕,哪天你想上去了我带你去。"

他笑笑,只说:"这两本书你先拿去看吧,看完再来。"

我装好书并不急着走,先帮他把垃圾倒掉,又在院子里转了一圈。我发现菜园子里的两架豆角已经枯死了,便和他商量,拔掉豆角种些别的菜吧。他拿出一把芹菜籽。我拔掉豆角,在菜园子里种了两排芹菜,又进厨房把水瓮接满水。这时看见他驼着背要往外走,说要出去打点散酒回来。我忙说我帮你去买,我去小卖部买了一桶五斤装的梨花春,买了一斤五香豆腐皮和一包卤花生米拎了回来。我说:"范老师,你晚上自己慢慢喝点,这些是下酒的,今晚就不要擀面了,省点事。要不要我留下来陪你喝点?"

嘴里这么说着,我却不肯再坐下。他转身去看海棠树,驼背上落了两片叶子,因为驼背几乎是水平的,如果不帮他摘掉,估计这叶子他会就这么驮一整天。再加上他走路的姿势,倒像是刚刚加入人类的一只天真的老龟。

他没有回头看我,只说:"天黑了路上就不好走了,你先回吧。"

我对着他的背影说:"范老师,那我走了。"

他像是没有听见,还是不回头,只是翘首默默看着海棠树。

他的背影看起来分外瘦小,驼峰却奇大。

我注意到他坐的那把椅子已经很老了,一坐上去就嘎吱作响。

六

晚上我给自己倒了碗酒,先喝了一口,然后在烛光里展开范听寒夹在书里的那首词,"十年生死两茫茫,不思量,自难忘。"一句读罢,脑子里轰的一声,他难道是故意让我读这首词?难道他已经觉察到了什么?我没有心思再读下去了,披上衣服,走到外面去抽烟。

山里的温度要比山下低出好几度,入夜之后凉意更重,我一边抽烟一边在草丛里徘徊,荒草上的露珠打湿了我的鞋袜也不觉得。大约已到半夜,山中虫鸣愈发幽咽,风入废墟,草木萧瑟,我甚至能在夜风中闻到藏在深山里的无名湖上传来的潮湿气息,这缕潮湿的气息像只从黑暗中伸出来的柔软的手,只把细细的指尖从我脸上轻轻划过。我出了一身冷汗。抬头一看,一轮金色的大月亮正压在头顶,月光澄净,好像要逼着这山间所有的鬼魅都现出原形。

我回到宿舍,又喝了两大口酒,然后就着烛光,壮着胆子把那首《江城子》读了一遍,"十年生死两茫茫,不思量,自难忘。千里孤坟,无处话凄凉。纵使相逢应不识,尘满面,鬓如霜。夜来幽梦忽还乡,小轩窗,正梳妆。相顾无言,唯有泪千行。料得年年肠断处,明月夜,短松冈"。

一遍读罢,算是读懂了,我的眼泪忽地就下来了。少年时代母亲总对我说,一个男孩子家不能老是爱哭,没出息。没想到二十多年过去了依旧秉性难改。我披衣出门,在青铜器一般古老的月光下又高声吟诵了一遍,这次仿佛是专门为了那早已葬身湖底的人读的。如果可能,我倒真的希望他能听到这首词。

在这个深夜里我觉得自己像个神秘的信使,正往返于明冥两界传递着什么。

七

又到了凤城镇赶集的日子,我一大早起来把兔子喂了,把鸽子也喂了,自己吃了一口昨晚的剩饭,然后把这几个月攒下的干山蘑干木耳装了半口袋,准备拿到集上去卖。

临出门的时候我站在半面镜子前犹豫了一下,我知道这样穿着西装打着领带蹲在集市上卖木耳会让我显得过于扎眼,而且看起来多少会有些怪异。但也就犹豫了那么一下,我终究还是不能允许自己脱下这身西服。我打了那条暗红碎格的领带,头发上喷上摩丝,梳成一丝不乱的三七分,戴上眼镜,这样的装束虽散发着危险的气息,却也给了我某种与世绝缘的安全感,好像在这样的外表下我就可以自行繁殖,在最里处生生不息下去。穿戴好之后我把蘑菇、木耳和折叠马扎绑在摩托车上便出发了。

凤城镇离铅矿大概要四十里路,逢每月的农历十五都是赶集日。我赶到集市上的时候,大大小小的摊位都已经摆出来了,把街道的两边塞得密不透风。摊主大多是附近的村民,也有远道而来的游贩,他们以赶场子为生,像猎狗一样只要嗅到哪个村子里正赶集就会赶过来,他们开着改装过的三轮车或四不像(一种又像摩托又像拖拉机又像汽车的乡间交通工具),晚上就猫在车厢里睡觉。

集市上有卖袜子、内裤、秋衣秋裤、纱巾、小孩的衣服的,还有老人们死前要穿戴的装裹。这些衣物都用竹竿子高高挑起来好引人注意,因为要竞争,竟是一家挑得比一家高,使整个集市看起来像座摇摇欲坠的巴别塔。一有风吹过的时候,挂着的衣物们便你追我赶,迎风招展成一大片,有种富丽堂皇的感觉,硬是把下面赶集的人都淹没了。

也有卖蔬菜的卖水果的卖干货卖零食的,就不像卖衣服的那么招摇凶悍,很自觉地聚集在另一片,画地为牢一般在各自面前摆块小摊,人就在后面招揽生意。我放好摩托车便也问人们挤了一小块地盘加入进去。

果然,我在一群小贩中间很是扎眼,来来往往赶集的女人都会朝我多看两眼。有的走过去了还要回头看一眼,有的边看我边窃窃私语,有的在捂嘴偷笑。还有的本来正聚精会神地挑干货,一不小心眼睛在我身上瞟了一下,就像看见空气一样,继续低头挑木耳,低下头去却像忽然感觉到了哪里不对,连忙又抬起头补看了我一眼。这一眼,才真正看到了我,对方直直地盯住我看了有一分钟,然后先感到不好意思了,又慌忙低下头去。买了木耳后匆匆离去,又忙把走在前面一个女人叫住,回头把我指给她看。

我一点都不觉得奇怪。前些年里,我即使在公园里看湖水的时候,也会有年轻的女孩子故意把我拍进照片里做背景的。早年在广州还遇到过两个有钱的中年女人提出要包养我。因为我不仅对着装有要求,对自己的体重和身材也一直控制得比较严格。我知道这么多年里我一直保持这个样子其实对我并不利,最好的办法是我能让自己在十年八年之内变得面目全非,完全变成另外一副模样,直到没有人能认出我。可是我终究不忍心那样去放逐自己,那是一种被赶入时间黑洞的感觉,我将彻底失去最后一点尊严。

我一低头又瞥见了那已经磨破的西装袖口,它像一道盔甲上的破绽,又像一种从我身体内部蔓延出的疾病。我居然迟迟不肯再为自己添置一件新西服。这不是什么好兆头。我心里一颤。

正午时分,赶集的人们纷纷回家做饭,集市上冷清了不少。小贩们也开始吃午饭,大都是随身带的干粮,馒头、火烧之类,就着凉水吞咽下去。我也不例外,随身带了两个馒头、一瓶蘑菇酱。只是,蒸馒头的时候我在面里掺了些山上摘来的槐花,所以馒头里有一种槐花的清香。蘑菇酱也是我用山上采来的蘑菇自己做的。

在山上隐居的几年时光里,我悟到一点,人只要随四季而动,便能获得一点心安。我会在春天的时候去采摘那些山中的榆钱、槐花、野韭。夏天的时候采摘山蘑、木耳、各种野菜。秋天的时候漫山遍野的野果,我会把沙棘熬成果汁,把山桃做成罐头,把松子剥下来在炉子上炒熟了。冬天的时候我会在雪地里捉野鸡,捕獾炼油,会把藏了一年的好酒拿出来在冬夜围着炉子喝掉。

在我慢慢嚼馒头的时候,周围的几个小贩都好奇地瞅着我。可能一个穿西装打领带戴眼镜的人蹲在这里嚼着凉馒头确实滑稽了点。这时我旁边一个摆摊卖粉条的老头凑过来搭讪:"伙计,你不是这里人吧? 看着你是个高级人,怎么也来赶集挣这两个小钱?"

我眯起眼睛看了看正午的阳光,金色的会繁衍和滋生一切的阳光,和二十二年前的阳光并没有任何不同。

1986 年,我从狱中被无罪释放,陆陆续续还有些当初被错抓进去的人也被放了出来。出狱后的第一件事自然是找工作,没有工作就意味着没有收入,但工作还是很难找,又是从监狱里出来的,虽说是无罪释放,但各种单位还是避之不及。当时社会上正流行下海从商,很多有公职的人都辞职下海做生意。经过再三考虑,我决定也下海经商,便和一个也是刚刚放出来的狱友赵胜利结伴南下广州贩卖小商品。

第一次去广州的时候,我俩坐了三十二个小时的绿皮火车一路蜿蜒到岭南,下了火车,手脚都是肿的。广州的植物叶子阔大,藤萝交缠,看起来都杀气腾腾,到处是榕树、木棉、棕榈这些宽嘴大眼、长相奇怪的植物。我们靠路边小摊上的肠粉和鱼蛋充饥,用麻袋把当时北方还没有的那些小商品贩回去。两块钱一个的电子表,回去后卖四十块,零售则八十块;十五块钱一副的麻将回去后卖一百五,零售价三百;《金瓶梅》一套三十块,回去后卖一百五,零售价三百;一块五一身的童装,回去后卖十五;三十块钱一盘的录像带回去后可以卖到一百五。回去之后,一下火车就已经有小贩们在车站秘密等着接货,我们偷偷把带回来的货物批发给他们,他们贩到手后再到解放大楼前、五一大楼前、海子边这几个据点高价零售掉。

此后一年多的时间里,我和赵胜利就这样,坐着水泄不通的绿皮火车一趟一趟地往返于山西和广州之间做着二道贩子,在当时也被称为倒爷。

有一次,我和赵胜利正走在广州的街头,有一个乞丐过来向我们讨钱,让我们吃惊的是,他讨钱时说的竟是山西方言。一问才知道,他也是早几年南下广州做生意,结果钱被骗光,自己身无分文,又没有亲戚朋友在广州,无处投靠,想回家连张车票都买不起,最后只好流落街头靠乞讨为生。乞丐在听到赵胜利说出乡音的那一瞬间,泪哗哗地流了一脸,把一张脏脸冲得沟壑纵横。

那次我们回山西的时候就把那乞丐也一起带了回去。后来偶尔也会联系一下,前几年他告诉我他当上会里乡的乡长了,让我尽管过去玩,他包吃包住包玩,还说要让我甩开腮帮子好好吃几顿会里乡的柏籽羊肉。

这样来回跑了一年多之后,我们手里渐渐有了些钱。那次在广州过夜的时候,赵胜利说要带我去找小姐。那时正赶上岭南的回南天,广州的雨下得无日无夜,到处都是雨滴的滴答声,滴答滴答,滴答滴答,水珠像泪痕一样顺着潮湿的墙壁缓缓往下爬。

那是一栋破败的广式小楼,小姐住在楼上,斑驳的墙壁长出了滑腻的青苔,腐朽的木楼梯上生出了蕈子,阳台上养的一棵三角梅像蛇一样爬满了整个阳台,有一枝水红色的花枝还爬进了房间,像蛇芯子一样。窗外是一株巨大的木瓜树,挂满了大大小小乳房一般的木瓜,熟透的木瓜在雨中跌落到红土里,发出沉闷笨拙的回响。

那个小姐是个广东土著,矮个子,高颧骨,大嘴巴,褐色皮肤,假睫毛,血红嘴唇。我敢不问她的年龄,因为她不会说自己的真实年龄。也许在半夜,我会看到她忽然现出原形,银灰的头发,嘴角的皱纹,竟然像我慈祥的母亲盘腿坐在这雨中的阁楼里。

我说:"就和我聊聊天吧,这样下雨的夜晚最适合聊天。"她说:"大佬,倾计都要畀钱嘅。"我说:"我会付你钱的,你要多少?"她说:"二百蚊(粤语,二百元)。"我说:"我给你,你陪我聊天就行,你要不愿说话就听我说。"她说:"好嘅,多谢喇。"

窗外的雨一晚上都在滴答、滴答,滴在塑料棚盖上,滴在木瓜上,滴在三角梅上,榕树的气根在雨中吐出舌头,欲缠住一切。我整个晚上都坐在那阁楼的木床上不停地说话,我的声音像雨滴一样滴在腐朽的木地板上。

"我讨厌这样的雨,都快发霉了。"

"哦。"

"我喜欢小时候待过的海岛,不过后来我更喜欢大山里,你不知道,在山林里有多好,就是挣不到钱也不会饿死。我可以一个人在山林里一躺一天,什么都不想。"

"哦。"

"我讨厌广州,讨厌粤语。"

"哦。"

"我要说我坐过监狱,你会不会怕我?"

"系咩(是的)。"

"干这个真的不适合我。"

"哦。"

"我觉得世上最好的工作是当个图书管理员,像我妈那样,清静自在,还有书看,你觉得做什么最好?"

"哦。"

"我也讨厌我自己。"

她忽然就说了一句:"边个唔憎自己(哪个不讨厌自己)?"

"……"

这是我最后一次跟着赵胜利到广州,此后就再没去过。在家赋闲半年之后,我顶替父亲成了铅矿上的一名正式工。2004年我独自隐居到废墟般的铅矿上时,赵胜利已经摇身变成了资产数亿的开发商。

二十二年后的阳光不多不少地落在这个小镇的这条街道上,落在我和一群小贩的身上、脸上。身边卖粉条的老头见我不想说话,便转头与别人聊去,一边聊一边喝着装在大罐头瓶里的凉开水。

我挺直腰板坐在一堆蘑菇和木耳的后面,努力遮掩着那只磨破了的西装袖口,怕被人看到。

我忽然想起很久以前在哪本书上看到的一句话:"一旦我想要向另一个人诉说它,它就立刻变成乌有。"

八

我再次来到范听寒家门口。那晚读完那首《江城子》的时候,我又一次以为我再不会来了。

天气已经热起来了,我还是穿着那件卡其色的衬衣,打了那条蓝底白点的领带。我把前几天刚做好的一张核桃木椅子从摩托上卸下来,走过柳树下,柳叶已经长如小鱼。我正了正领带,门大开着,门洞里没有人,我提着椅子穿过阴凉的门洞走进了院子里。

菜园子里,黄瓜已经蹿了很高,其中一棵已经挂了一根顶着黄花的小黄瓜。他穿着一件改制过的斗篷一样的白汗衫罩住驼背,一条铁灰色大短裤,露着两条爬满青筋的秸秆腿,脚上却规规矩矩地穿着袜子和皮凉鞋,正站在院子里的水缸边低头看鱼。

我恭敬地立在那里,说:"范老师,我来还书了。"

他艰难地把白花花的头颅连带着整个上身都向我转了过来,像在掉转一辆重型卡车的车头。他说:"过来啦?又有阵子没来啦,快坐。"

我把新做的椅子摆在地上,说:"我看你的椅子太老了,就抽空给你做了一把新椅子,核桃木的,能用得住。"

他弯腰盯着新椅子看了好几分钟,说:"原来你还会木工。手真是巧。这木料是从哪来的?"

我被夸了一句,略有些忘形,张口说:"木头是从山里找的。"说完这句话我一阵后悔,慌忙打岔,"范老师你坐下试试,本来早该过来还书了,就是最近又比较忙,老是抽不出空来。"

他摘下那根顶花的小黄瓜递给我,说:"忙着打理你的饭店?说明生意还不赖。"

我惶恐地连连摆手道:"黄瓜还这么小,你留着下酒吧。生意就那样,我也就是混口饭吃,现在干什么都不好干了,不比八十年代,钱越来越难挣了。"

他那只干枯的手还在空中伸着,我只得把那黄瓜接住了,咬了一小口,忽然感觉到他坐在对面的椅子上正看着我的一举一动,我额头上出了一层细细的汗珠,便索性几口下去把那黄瓜吃掉了。只听他坐在椅子上说:"八十年代你也就二十多岁吧,那时候你在做什么呢?"

我把那根黄瓜嚼完,缓了口气才说:"当年我不是没考上大学嘛,就在家里闲了两年,每天在家里跟着我妈学做饭,后来就顶替了我父亲的班去厂里当工人了。1998年的时候工厂不是都倒闭了嘛,我下岗之后就出来自谋职业开了个小饭店。"

他点点头:"那时候能顶班算是好出路了。"

额头上的汗珠悄悄凉了下去,我唯恐他话里再有埋伏,便主动问道:"范老师你最近身体还好吧?"

他的目光不再看我,只看着院子的某个角落说:"身体还行,就是怕躺着,晚上睡下之后要想翻个身,那实在太困难了。这驼背太大,像个龟壳一样都翻不过去,必须得坐起来,再换个方向躺下去。我看见你们这些能躺着翻来翻去的人就羡慕。现在年纪越来越大,腰越来越弯,连坐起来都开始费事了,得用两只手慢慢挂着自己,半天才能起来。"

我说:"范老师你这背怎么驼成这样?"

他说:"当右派被批斗的时候脊梁骨被打伤了,后来又得了骨质增生,也没治,脊柱都变形了,就彻底直不起来了。"

我说:"可不是,那时候还有人差点被打死了。"

他说:"其实我也差点要被打死了,不过当时我钻了个空子。我刚被下放到落雪堂的时候,村里人知道我原来是个读书人,到了晚上没事做就凑过来让我给他们讲《红楼梦》,讲《三国演义》。那时候又没电视,村里人识字的也少,晚上没什么娱乐，我就讲书给他们听，从《红楼梦》讲到《水浒传》，他们把我当成了说书人，把我家原来住的那间破房子围了一圈又一圈。后来我挨的批斗越来越厉害，晚上关在牛棚，每天挨打呀，就快要撑不住了。一天晚上，忽然有个村民进来悄悄地把我带了出去，但他不让我回家，而是把我带到他家藏了起来。他家是老房子，有个以前挖的地道，他就把我藏在里面。每天白天的时候给我送两顿饭，到了晚上他就去地道里找我。你猜他要干什么，他让我讲书给他听，他不识字。我就凭着记忆，把看过的书一本一本地讲给他听。在他家地道里藏了几个月出来后才知道，当时和我一起挨批斗的那几个右派，已经有好几个都死了。我能活到今天，你说这不是钻了个空子是什么？"

我手指间已经只剩下一个烟屁股了，就快烧到指头了，我还是就着烟屁股狠狠又抽了两口才踩灭。然后我说："真不容易啊。"

他忽然紧盯着我那两根被熏黄的手指说："你抽烟一直这么省？"

我略微点了一下头，淡淡地说："就是个习惯，要不一年下来烟钱也要花不少。"

这个习惯是我在监狱里养成的，在监狱里没有烟抽，等母亲从外面送进烟来又迟迟等不到，烟瘾犯了就在地上捡别人扔掉的烟头抽，有的烟头已经小得可怜，可我还是有办法让自己从最小的烟屁股上再抽上一口。

他还是盯着我的指头说："我以前也抽烟，后来我老伴抽得比我还厉害，我就戒了，省下给她抽。她抽烟喝酒都比我厉害，我都由着她，人家年轻时跟着我私奔出来，没享过什么福，还落下一身病，成天七病八痛的，要是不抽点烟喝点酒，活着还有什么乐趣？"

我说："你们老两口每天在一起抽烟喝酒，也挺有意思的，像哥们儿一样。"

这时候毫无预兆地忽然就听见他问了我一句："你觉得我儿子还会不会回来了？"

我并没有看他，只是很专心地又点上了一支烟，想了想才说出一句："这个不好说吧，主要是谁都不知道他到底去哪了。"

他好像正盯着我的脸说话："有时候我觉得他肯定还会回来的。你看我不就活下来了吗？你知道为什么我能活下来？有时候，只要能找到一道缝隙，人就活下来了。"

我只是专心抽烟,并不言语。

他又说:"可有时候我又觉得他可能再也回不来了,他再也回不来也有他的道理。其实他并不是块做生意的料,却总以为自己什么都比别人强。大概是活在一个小村庄里,没见过世面却偏偏比别人多看了几本书,也是被我害的,还不如踏实地做个农民。"

我抬起头眯着眼睛装作在看天上的云。我漫不经心地说:"都是为挣钱养家嘛,做生意也没有错的,只要不坑蒙拐骗就好。"

他一动不动地看着我:"你说谁?"

我从天空里收回目光,笑着说:"这年头骗子还少吗?有些人为了赚钱什么事都能做出来。我看现在有些骗子还专门跑到村里来骗老人,范老师你可要当心啊。"

他还是坐着一动不动,嘴里说:"我都这把年纪了,没钱没家产,还怕被骗?倒是我那儿子,我就怕他是在外面被人骗了。"

我忽然就无法克制地冷笑了一声,说:"怎么会呢?他那么聪明的人怎么会被人骗,估计只有他骗别人的份。"

他的头猛地从驼背上昂了起来,他急切地问了一句:"怎么,你认识我儿子?"

我意识到自己刚才太愚蠢了,便抽了两大口烟来平复表情,我听见自己终于平静地说:"不认识。但像你读过这么多书的人,以前又是大学老师,你的儿子怎么能不聪明?"

他又叹气道:"他呀,初中上完就没再上过学,成分不好,老被人欺负。闲在家里倒是看了不少的书,后来我平反后托关系给他安排了个中学英语老师的工作,可他根本教不了。在学校混了两年,实在混不下去了,后来就辞掉工作跟着别人下海去了。"

我嘴角还挂着一丝冷冷的笑容,我说:"还有人离家十几年了又回来的,说不来哪天他忽然就站在家门口了。"

想到范柳亭可能已经在我之前把范听寒的这些书都看过了,不禁生出了几分奇怪的恍惚和悲伤,还有一种愤怒,好像我身上的某些部分和他已经交缠到了一起,我连甩都甩不掉。正胡乱想着,忽见正屋的竹帘一挑,从里面走出一个人来。

　　我吓了一跳,因为每次来都是范听寒一个人守着个空荡荡的大院子,没有想到屋里竟还藏着个人。这人站在屋檐下,肩膀倚着墙,手搭凉棚朝我们坐的方向张望了一会儿才走过来。走近了才看清楚,是个二十多岁的女孩。薄嘴唇抿着,眼睛看人直愣愣的,长着和范听寒还有范柳亭如出一辙的瘦长脸,上身一件半袖T恤衫,下身一条低腰牛仔裤,中间露着一截白晃晃的腰。光脚穿着拖鞋,露出的脚指头用指甲花染成了红色。

　　只见她一走过来就冲范听寒说:"爷爷,我和你说过多少次了,不要见人就说我爸的事,你又不知道他到底在哪,谁也不知道他是不是还活着。我又不是没出过门,出门在外的人怎么可能几年不想和家里联系?"

　　她讲的既不是落雪堂的方言,也不是范听寒的大同口音,她讲的居然是一口异常标准的普通话,字正腔圆,显得略有些滑稽。在这样一个小村庄里,忽然听到有人用这么字正腔圆的普通话说话,倒好像这普通话是偷来的,听的人只觉得比说的人更不好意思。

　　听她说完这几句话,我心里明白了,大约这就是范听寒说起过的他那个叫范云冈的孙女,她平时在镇上小学教书,只有周末才回来。原来今天是个周末,在山中待久了,早没有了周末的概念。以前虽没见过,但老听范听寒说起,我倒也大致了解一些她的情况。范云冈八九岁的时候,范柳亭做生意赔了,还欠了不少债,范云冈的母亲便和他离了婚,远嫁他乡。范柳亭又经常在外做生意,所以范云冈基本就是由爷爷奶奶带大的。1995年的时候,范云冈16岁,因为范柳亭的生意再次亏本,家里用钱紧张,范云冈为给家里减轻负担,便考取了一所师范学校。

　　事实上,她是这个国家的最后一批中师生中的一个。因为在她刚刚读完三年中师的时候,师范学校就或被取缔或经过合并被改成了大专。她毕业那年,政策刚刚由国家包分配改成双向选择,她说,凭什么只能你选我不能我选你,便一个人跑到省城去找工作。在省城跑了两个月之后,又灰头土脸地回到了落雪堂,只要有人问她工作找得怎么样,她便暴躁地吼道:"当初是谁让我去上中师的?是我自己愿意去的吗?"后来村里人明知道她会怎么回答,还是故意要一遍一遍地问她,免费看马戏一样。

吼多了以后她渐渐疲软下来,不再像个母金刚,索性连门也不怎么出,成天赋闲在家,不是陪着爷爷奶奶喝酒就是翻范听寒的书解闷,倒也练出了一身酒量。有一年过年前和奶奶一起出门买年货,却在村里碰到了几个放寒假回家的大学生正聚在雪地里一起聊天。她连奶奶都不要了,不顾她在雪地里走不动,只顾自己像个石头雕成的英雄一样,大义凛然,面无表情地从他们身边经过,又面无表情地走到了自己家的院子里,直着腿进了屋,关好门窗,方才扑到床上号啕大哭起来。她上中学时有个要好的女同学,后来因为这女同学考上了大学,她便自此和那女生绝交了,连面都再不见,只要远远看见疑似对方的影子就赶紧撒腿往回跑,一进院子就关门关窗。

除夕夜,爸爸仍是没有回来,她和爷爷奶奶三个人包好饺子,煮熟了,端上炕桌。然后三个人便盘腿坐在炕桌边上吃着饺子喝着酒。窗外有鞭炮声稀稀拉拉地响着,海棠的枯枝上挂了一盏红灯笼,映着漫天的大雪。三个人喝了一番,渐渐都有些醉了,她奶奶不吃饺子,喝几杯酒,抽一根烟,然后再喝几杯酒,再抽烟,烟就是下酒的。她抢了奶奶的一根烟,点着,叼在嘴角,吐了个烟圈,对爷爷奶奶说:"看我像不像个女流氓。"爷爷奶奶都看着她笑,奶奶说:"你还真是横了心地要做个女流氓。"她又道:"爷爷,你好歹也是读书人家出来的,以前还是个大学老师,半辈子就窝在这落雪堂,甘心不甘心?"

她爷爷抿了一口酒,咂咂嘴唇道:"前半辈子是不甘心,后半辈子倒觉得在落雪堂也挺好,每天种花读书喝酒,哪有比这更好的日子?"她又问奶奶:"奶奶,你从前也是有脸面人家的小姐,你甘心吗?"她奶奶扑哧扑哧吸了两口烟,眯着眼睛看着她,笑而不语。她抽完一支烟,拿起酒杯,里面有半指深的白酒,她一口都喝下去了,大概喝多了,倒在炕上又是流泪又是撒娇:"你们俩也有一天会像我爹妈一样丢下我不管的,肯定会的,等你们都不在了,我就一个人天南海北地去流浪,死在哪里算哪里,好不好?"

她奶奶叼着烟拍着她的脑袋说:"我陪你一起去,我们去那遥远的地方,半个月亮爬上来。"一根烟还没抽完就醉倒在范听寒的驼背上。范云冈在炕上打着滚叫道:"爷爷快给我读《红楼梦》,就读黛玉和湘云在凹晶馆赏月那段,我最喜欢那段。"二人遂在两个竹墩上坐下,只见天上一轮皓月,池中一个月影,上下争辉,如置身于晶宫鲛室之内。

范听寒弓腰坐着,只是慈祥地看着炕上老少两个醉鬼笑。过了午夜十二点,窗外鞭炮骤响,大雪初歇,灯笼如血,形状各异的烟花争相窜到夜空中把午夜照得亮如白昼。炕上一老一少已经睡得东倒西歪,范听寒披上衣服,驼着背,踏雪走到院子里放了一串鞭炮。然后又走到门口,借着飞起来的烟花看着院门口的那条路,路上盖着一层厚厚的原封不动的大雪。上面没有一个曾走到家门口的脚印。

范云冈在家赋闲了近一年之后,还是范听寒舍下脸皮去求了些熟人,最终把她安排到凤城镇小学当了个语文老师。

上班以后有人劝她参加个成人高考,好歹混个文凭,毕竟中师文凭是个正在被淘汰的文凭,估计很快就要沦为古董。她嗤之以鼻,好像对自己即将沦为古董这件事毫不惊怯。她上课并不认真,总是有些失魂落魄,有一次一只脚上穿着一只黑色皮鞋,另一只脚上穿一只白色坡跟鞋就去了教室上课。上课中间觉得有些纳闷,怎么有几个小孩不看黑板只顾偷偷地往她脚上看,她自己低头一看,看到一黑一白两只鞋正像兔子一样蛰伏在她脚上咧嘴笑着。然而,她假装什么都没看到,硬是淡定地把一堂课讲完了又等学生走光了,她才踢着黑白两只兔子走出教室溜回了宿舍。

还有一次是上课中间,老觉得最后排的几个高个子男生盯着她的胸在看,她心里嘀咕,莫不是这些高个子的男生发育得快,已经萌生春情了?她反倒不好意思起来,想把两只胸尽量藏起来,不料偷偷往自己胸前一看,才发现是早晨出门时没照镜子,胸前的纽扣都扣错了。

范云冈在镇上小学教了一年多的时候,范听寒在落雪堂都听到了关于孙女的谣言,说她和镇上的一个黑社会老大好上并同居了。范听寒一大早给自己擦了澡,穿戴整齐,拎着一只二十多年前的人造革黑皮包,坐着一路上哇哇唱儿歌的公交车去了镇上找孙女。他像只老龟一样,背着大龟壳,慢慢地从公交车站挪到了镇上小学,又和门卫解释了半天他是来看孙女的。门卫一听找的是范云冈,嘴角轻轻一抿,似笑非笑,让他进去了。

他找到单身宿舍的时候,范云冈正拿着手机在屋里和人骂架,大约电话里的也是个女人,因为他听到范云冈骂了几句忽然就把怒气刹住了,另外换了一副娇媚的湿答答的腔调,软软地像蛇一样瘆人地对着电话里说:"不用急,你还没见过我和他在床上的样子呢。"

范听寒扭头就走，又像只老龟一样慢慢挪回到公交车站，一口饭没吃，一滴水没喝，又坐着唱儿歌的公交车颠颠回到了落雪堂。连着好几个星期范云冈都没有回家，而他直到死前也再没有去过一趟镇上。大约又过了半年时间，范云冈忽然回家来了，脸色灰黄，头发都不梳，只随便在脑后绾了一只大丸子。她变得越发不喜欢说话，只喜欢在那些人少的角落里随便把自己发酵成一团，没有形状，可是旁人还是远远就能嗅到她身上散发出来的牙齿般的气息，酸凉坚硬，让人不得安宁。

又过了几天，范听寒才听村里有人告诉他，那镇上的黑社会老大前几天忽然暴尸街头，是驱赶几个外地来的毒贩时被对方拿刀砍死了。

我正想着她说话的口气听起来既骄傲又天真，一副见过世面又未老先衰的样子，却接着又听见她说："我看我爸只有两种可能，要么他自己犯了什么罪，怕被抓起来，不敢回家，只能隐姓埋名躲起来不让人知道他在哪；要么就是他已经死了，被别人害死的可能性更大。"

听见她最后那句话，我的手一抖，一截烟灰齐齐地掉到了裤子上。这时只听范听寒说："小孩子家不要乱说话。"我掸掉烟灰忙接话道："这就是范云冈吧，听范老师说起过。"只听范听寒叹气道："不是她是谁。"

这时范云冈抬起眼睛直直看了我一眼。一双眼睛黑白分明，目光倨傲冰凉，里面还飘荡着一缕水草般模糊的东西。我忽然觉得一阵熟悉，再一想，当年在范柳亭脸上也见过这种眼神。我不知道她为什么会喜欢上那个比她大十几岁的黑社会老大，只是隐约觉得应该与她无父无母有关。我心里一阵感慨，一时竟说不出一句话来。这时只听见她对我说道："你就是那个老来我家借书的人吧，老听我爷爷说起你。我爷爷说你每次来借书都打着领带，还真是。"

我心里对她有些怜悯，却也只是对她点点头，说："习惯了，对别人也是一种尊重。"

她像凶猛的鸟类一样一眼又一眼地上下打量着我，忽然问："你真喜欢看书？"

我说："打发时间而已，我不喜欢看电视，电视剧我都看不进去，看半天也不知道什么意思。"

她慢慢晃到了我面前,目光有些挑衅,我不再看她,低下头去点烟,只听她又问:"喜欢看书你为什么不去书店里买书,倒总喜欢跑到我家来借书看呢?"

我吐了个烟圈笑道:"为省钱呗,借书看一年也能省下不少钱。书店里的书卖得死贵,我哪有那么多闲钱买书。"

她并没有撤退的意思,还在我眼角的余光里顽固地晃动着:"听我爷爷说你开了个饭店,生意好吗?"

我淡淡地说:"小本生意,勉强糊口,挣不了几个钱的。当老师多好,旱涝保丰收,还有寒暑两个假期,我羡慕你都来不及。"

她的目光还像刺一样钉在我脸上,她又问了一句:"你是不是还经常上西山?我吃过你带来的木耳,都是山里的吧。"

我说:"偶尔上山采点蘑菇、木耳,饭店里做菜要用嘛,顺便捎给范老师一点,总不能白看人家的书。"

说完我看了看天色,做出想走的样子。她却像只小狗一样,紧咬着裤腿追着跑:"西山上好玩吗?我从来没去过,哪天你能不能带我上去看看?"

我笑着说:"好啊,随时都可以。"

说罢,我再次看看天色,然后站起来说:"范老师,我还有点事情要办,得先走了。我能再问你借几本书吗?下次来了还你。"

那次从范家出来之后,我没有直接回铅矿,而是顺着河水穿过山林又到了那片无名湖边。我在湖边呆坐了好一会儿之后,起身脱掉了衣服。西边开始下沉的夕阳在湖面上铺下了一层碎金,扔进去一块小石子都能看到金色的湖面被犁开了一圈又一圈。仔细看看周围确实不见别的人影,我便缓缓潜入湖中。

我像上次一样游到湖底,找到那块大石头,因为黄昏的缘故,湖底看起来更加昏暗阴森,长长的水草几乎要缠住我的手脚把我永远留在湖底,那些游在湖底的鱼看起来似乎更加肥大狰狞了。我还是就着夕阳最后的光线看到了压在石头下面的那具白骨。它还在那里。还是那个姿势,好像已经在那里一千年了,看起来一点没被动过,看起来这世界上根本没有第二个人会找到它。

我游上岸时,铁青的暮色已经笼罩四野,周围的密林黑压压地朝着这湖围拢过来,我感觉自己正在一口井底,抬头看到遥远的夜空里亮着那么几点稀薄的星光。没有月亮。

我回到铅矿的宿舍,点起一支蜡烛,喝了两口酒,一边随手翻着一本刚问范听寒借到的《南北朝诗文》,一边在脑子里反复想着今天范云冈说的那些话。难道她已经觉察到了什么？她为什么提出要跟着我上山？或许,她真的只是觉得山上好玩？

为保险起见,以后真的不能再去范家了。

我合上书本,盯着跳动的烛光发呆。烛光昏暗,把我和几件家具的影子都拉长拉虚,看上去满屋子都是影影绰绰的人,都在暗处悄无声息地看着我。夜已深,窗外山风呼啸,万木齐暗,我走过去把窗户关上,把灯花挑了挑,让烛光更明亮了些。我又想起了今天范听寒说过的那句话,有时候只要有道缝隙,人就活下来了。不错,总有些人是在这样的缝隙里求生下来的,范听寒能活下来,或许我也能。他希望范柳亭也如此吧。

我呆坐一会儿,又喝了几口酒,身上热起来,心里却仍不宁静。忽然,那本《南北朝诗文》里掉出一张纸来,我捡起来一看,上面用钢笔抄了一首诗,诗的开头写着"父亲"二字,"明月何皎皎,照我罗床帏。忧愁不能寐,揽衣起徘徊。客行虽云乐,不如早旋归。出户独彷徨,愁思当告谁。引领还入房,泪下沾裳衣"。然后在诗的结尾处,我看到,"以诗一慰思念之情,先此驰禀,敬叩福安。儿范柳亭叩禀,二〇〇二年八月十五夜。"

我悚然一惊,差点把手中的书扔掉。因为,早在1999年,范柳亭就已经离开人世间了。

烛光再次昏暗下去,屋子里明明灭灭地多出了很多影子,都在墙上、在角落里无声地站着,看着我。

九

我拎着一瓶酒、一碗饺子和一篮果子独自在寂静的山林里穿行,我要去看我的父亲。

大约在山路上走了半个小时,我停下了,前方林间稍微稀疏的地方出现了两座坟墓,一座是我父亲的,一座是我母亲的。今天是我父亲的忌日。当年他在得病之后为了能让我尽快顶班,连病都不肯治,也不肯去医院,只求速死。只是,他已经无法知道,现在的铅矿已经是一片废墟,这废墟里如今只住着我一个人。我把饺子和四色果子摆在他坟前,又在坟前倒了三盅酒,点了一支烟给他插在坟头。

我在坟前的草丛中躺了下来,阳光从树枝的缝隙里筛落下来,雨点一般洒在草丛上和我的身上、脸上。在这山里,我知道在每一棵香椿树的旁边都陪伴着一棵臭椿树,知道有一种叫沙和尚的鸟能吐人言,知道各种草药的名字,知道榛蘑和猴头菇长在哪里。我想起父亲去世前的那个白天,忽然有了些精神,把我叫到床前对我说:"人在这山里就算没有一分钱也饿不死的,你哪天要是走投无路了,就回到这山里来。"

当天夜里他就在昏睡中走了,再没有和我说过一句话。

现在想想,难道他当时就有某种预感?或者,他只是明白了这山林的牢靠与人世的无常?我静静地躺在他身边,还有一旁的母亲。我们一家三口相对无言,像极了多年前那个夏日的午后,在铅矿的宿舍里,父亲躺在凉席上闭着眼睛摇着蒲扇,母亲在缝纫机前赶制一件我的衬衫,我坐在桌前正翻着一本从图书馆借来的《包法利夫人》。宿舍前紫藤的花香从青色的竹帘里钻进来,沤得满屋里都是,如苔侵石井。那个寂寥的午后我们彼此之间没有说一句话,现在我却忽然明白,那其实便是世上最坚固恒久的时光了。

此刻的父亲再不会和我说一句话,而我果真如他多年前的预言,终是有一天回到了这寂静的山林。

那是1987年,父亲去世后,我顶替他成了铅矿上的一名正式工。我第一次穿上铅矿的工作服站在镜子前看自己的时候,觉得镜子里的人完全是从父亲身上复制下来的,甚至,因为父亲尸骨未寒,我从这镜子里的人身上似乎还能闻到血腥味。而除了复制,我别无他路。在铅矿我一开始做的是采矿工,每天下井采矿石,要在井下齐膝深的水里推矿车,每天十六七趟。

干了半年之后因为受寒腿疼,改做了风钻工,做了风钻工之后才知道为什么没有人愿意做风钻工。因为每天拿着大功率电钻钻矿石的时候,整个人都会跟着电钻一起震动,然后在工作的时候不知不觉就会射精出来,一天好几次,自己根本无法控制。反复如此,没过一段时间人的身体就垮了,浑身无力,形如肺痨。我只好又改做了炉前工,终日在高炉前守着高温炼硅。

当时铅矿的领导可能已经开始意识到矿产资源会枯竭的问题,所以也试图做一些防备工作,但到了1992年的时候,终于还是因为矿产资源彻底枯竭,铅矿宣布倒闭。这铅矿上的一切,车间、学校、医疗室、图书馆全部跟着结束了自己的使命。我的母亲就是在这一年去世的。

我把她葬在了父亲身边。

母亲下葬那一日,山林极其静美肃穆,滤掉了人世间所有的悲喜,恍如另一个遥远星球的表面,在那里,一个脚印可以保留上百万年,而每粒微尘皆可尽享永年。那一日我坐在父母坟前久久地看着他们,就像看着两个婴儿,我想着他们在地下如植物种子般幽暗生长,或许他们会长出这地面长成两棵树,也或许会永远如种子尘封在地下的世界里。我忽然觉得这一切都不重要,因为我们的团聚是必然的。到时候我的新坟就陪伴在他们身边,看上去就像是一个大人领着两个满脸皱纹的老小孩在山林里玩耍。

铅矿倒闭后领导要卖机器设备,便把我留下做一些善后工作。那个白天,因为机器价格和那群来买机器的人争执了一番,晚上,我正一个人在宿舍里睡觉,门忽然被踢开,拥进一群黑影,拿着铁棒就使劲敲我的腿,把我右腿敲骨折方才离去。在医院接右腿的时候,医生说这右腿肯定是要残疾的,就是恢复得好,也会比左腿稍短一截,变成个跛子。

石膏拆掉后,右腿果然比左腿短了两厘米。在练习走路的那段时间,每天起床后我都要有一个漫长的梳洗穿衣的仪式,穿上衬衣打上领带,再套上西服,头发三七分开,打上摩丝,穿上黑色的三接头皮鞋。越是困顿,我便越是隆重。我扶着墙练习走路,昂首挺胸地迈出一步,再迈出一步,白天晚上我都在一遍一遍地告诉自己,我不会就这样垮掉的,我绝不可能成为一个跛子。

半年之后,我走路时已经没有人能看出我一条腿长一条腿短,连我自己也不再相信我的右腿比左腿短了两厘米。这使我在以后的很长一段时间里都相信,也许就连人的相貌也是跟着人的心在生长的。

十

范听寒家门口的柳树已是浓荫匝地,被包裹在一片柳荫里的院子看起来也不再那么真实,像是用水墨幻化出来的一幅卷轴。

我忽然有些明白他为什么要种这片柳树了。

门是半掩着的,推门进去,门洞里空荡荡的,我亲手做的那把椅子也是伶仃的,好像很久没有人坐过的样子。穿过门洞,一院寂寂的花树,却不见人影。我正站在那里疑惑,忽听见屋里有人在咳嗽,便走到竹帘下,隔着竹帘问了一句:"范老师在家吗?"里面有人回应道:"在,进来吧。"我挑起竹帘进了屋,这是我第一次走进他的屋里。

屋里有一种墨汁的寒香和老年人身上的荤腥混合在一起后的奇怪味道,滞重、遥远,像黄昏里开始生锈的金属,又像月光下缓缓朽坏的竹帘。屋里有几件简单的木质家具,书架上密密麻麻的全是书,墙上挂着几幅他写的书法,白纸黑字,有一种镌刻在古老石碑上的肃穆。然后我在炕上看到了范听寒,他披着件夹衣歪在那里,看起来出奇地枯瘦,便显得那个驼背越发巨大而坚不可摧,好像他整个人都不过是寄生在这驼背上的一株植物。我走过去,弯下腰说:"范老师,你这是怎么了?怎么大夏天就穿上夹衣了?"

他指指地上的椅子让我坐,嘴里说:"病了有段时间了,还没全好,身上老是觉得冷。你可有阵子没来啦,我以为你不会再来了。"

我坐下,从包里掏出那几本上次借的书放在桌上,又掏出一包党参。我说:"最近事情多,有点忙。怎么会呢?我还借着你的书怎么能不还回来?这包党参你留着泡酒喝吧,人参喝了会上火,但党参不会。"

他盯着那包党参微微动了一下,看得出他整个人都被背上那只龟壳扣押着,动弹不得。他说:"这党参也是你从山里挖的吧?"

我只点点头,不想多说什么。看来这座山在我身上留的痕迹太重了,躲避都不及。

他说:"你给我倒杯水吧,范云冈今天早晨回去上课了,明天才能回来。"

我连忙起身找到暖壶,里面是空的,于是我又捅开炉子烧了一壶水,倒了一杯水递到他手中。我看到他的手指甲已经很长了,开始向里卷曲,也像是某一种兽类的指甲。我忽然明白,他其实离人的世界正渐行渐远。我心里一阵难受,呆坐了一会儿,终于开口道:"范老师,我给你剪一下手指甲吧,指甲长了不方便。"他沉默了一会儿,终于还是点点头,说:"剪刀在中间那个抽屉里,我用不惯指甲刀,就用剪刀吧。"

我用了很大的力气才捞起那只苍老的手,上面布满褐色的老年斑,青色的血管散发着植物根茎腐败的气息,年老的指甲则变成了一种坚固的贝类,我剪下去,手却一滑,差点剪到他的指头。一定是因为我们中间的一个人太紧张了,我以为那个人是我,后来才发现那个人其实是他。因为在后来剪指甲的过程里,他的那只手一直在微微发抖,而我的手也越发笨拙,只勉强剪了两个指甲便停了下来。

我装作不在意地放回剪刀,心里却沉沉的,我一时不明白他为什么会忽然如此紧张,而这种紧张显然压迫着我。上次来过之后我已经决定再不来看他,可后来我发现不行,我还是必须再来看看他。

这时候我才发现身上已出了一层汗,和衬衣粘在了一起。我松了松领口,并没有试图要解开领带。他在炕上看着我说:"你一年四季都穿衬衣打领带啊?"

我说:"习惯了。"

他说:"在这乡下,别人看你这么穿都觉得有点别扭吧?"

我又说了一句:"习惯了就好。"

从竹帘里透进来的阳光已经开始西斜,桌上的一只老式三五座钟的秒针咔嚓咔嚓地贴着我们身边走过去,脚步幽深古老,自有一种庄严感。我坐在那里听着这时间的脚步,忽然就有了一种很深的没有指向的无力感,在这些年里,这种无力感时不时就会发作出来。我下意识地摸出一支烟来,想了想又放回去了。

这时只听歪在炕上的范听寒咳嗽了几声,又说:"其实我早想对你说的,要是就为了来借书,你不用穿得这么隆重的。"

我也有些急了,忙说:"不是为借书,平时我一个人的时候也是这么穿的,就连在山上给兔子割草我都这样穿。"

炕上的人忽然就不说话了,屋里的空气骤然黏稠、紧张起来,连呼吸都有些不畅。我说:"范老师,我先出去抽根烟,没办法,烟瘾犯了。"

说罢我走到院子里点了一支烟,狠狠抽了两口。落日熔金,西边的群山上熊熊燃烧着一大片金红色的晚霞,浸泡在晚霞里的村庄祥和而诡异。院子里的门大开着,我盯着那扇门出神地看了几分钟,又坐下来继续抽烟。

我悄悄打量自己身上的衬衣和领带,其实我早有预感,我身上的这些衣服迟早会出卖我的。可是就算如此,就算到了现在,我仍然不愿脱下它们,脱下它们我怕自己只会加速质变、消失,到最后连自己都不再能辨认出自己。

院子里添了些野气的波斯菊,菜园子里的黄瓜像青蛇一样吊了很多,茄子闪着紫色的光,南瓜藤上盘了一个金黄的大南瓜。俯仰四季而动,也许还能获得一点心安。我的眼睛湿润了一下,我明白,他想要的,其实不过是这一点心安。

我走到那口水缸边,往里看了一眼,里面的两尾鲤鱼又大了一圈,正笨拙地在缸底嬉戏玩耍。我看着那两尾鱼,身体里面一阵不舒服,想要呕吐,连忙往后退了几步。这时候屋子里又传出几声咳嗽声。

我回到屋里对床上的范听寒说:"范老师,范云冈不在,今天我给你做晚饭吧!你想吃什么?"

他缩在自己的龟壳里说:"不用,不用,你忙你的去吧。"

我说:"今天我不忙,你想吃稀的吗?要不我给你煮点小米粥,烧个茄子?"

半晌他才说:"你要是真不忙就给我做点手擀面吧。"

我来到厨房烧水擀面,我故意把面擀得很硬,因为听他说过,必须得吃到这钢丝一样的面条才算是吃过饭了。擀面的时候,我想到他顿顿必吃手擀面,连生病时都不例外,恐怕是不敢例外,不由得一阵心酸。我盯着那烧红的炉子出了会儿神,水烧开了,把面下锅,出锅,浇上茄子西红柿卤头,拌上黄瓜丝,给他端进屋里。

果然,他只吃了两口就实在难以下咽了,却还是挣扎着又添了一口下去。我给他舀了一碗面汤,说:"不想吃就不要吃了,吃了反倒难受。"他捧着汤碗对我说:"谢谢你。"我坐在对面看着他像个婴孩一样小口小口地喝汤,心里忽然有什么东西汹涌而过,我脱口就说出一句:"范老师,范柳亭要是一直不回来,我会一直照顾你。"

他突然就沉默下去,连汤也不喝了。我自知又失言,暗暗悔恨。相对沉默半天,他终于说了一句:"老是麻烦你,你也快去吃一碗面吧。"我说:"我中午吃多了,还不饿。"他的声音似有些不满:"你从来不在我家吃饭,是怕什么?"

我看不清他的脸,只能感觉到他的目光正游动在我的脸上。我坐在一团透明的黑暗中,想起了当年范柳亭的目光落在我脸上的感觉,却反而心平气和地说:"我不太喜欢给别人添麻烦。"

过了好一会儿,他才慢慢说:"如果你只是来借书,是不需要为我做这么多的,我喜欢爱看书的人。"

我努力驱赶那些翻涌上来的陈年的委屈,笑道:"不能白看人家的书。"

他若有所思:"你和当地人确实不太一样。"

我说:"我记得以前就和你说过的,我小时候是在海边长大的,大概十岁以前吧,后来我父母调动工作,我就跟着过来了。"

他的声音忽隐忽现:"我没见过海……给我讲讲海边吧。"

我看着窗外的夜色说,小时候我常在海边捡贝壳捡螃蟹什么的,海边每天有渔船出海打鱼,你在海边的小饭店里能吃到很新鲜的牡蛎、蛏子、海瓜子。吃鱼的话就架一口大铁锅,把刚捞上来的鱼虾剁成块,鱼嘴还在动呢就扔进锅里焯一下,鲜得很。如果炖鱼的话把玉米面饼子贴在铁锅上,焖一会儿,鱼好了,饼也熟了。

他的声音更加隐幽:"海边长大的,那你游泳一定好吧。"

我盯着窗外的夜色微微一愣,说:"马马虎虎吧。"

他的声音好像一只手一样在黑暗中神秘地寻找着什么,他说:"不知怎么,我最近老在想那西山,那山上到底有什么?我们这一带雨水稀缺,但那山上能有那么密的原始森林真是有点奇怪,会不会是因为山上根本不缺水呢?你说,那深山里会不会藏着一条大河或大湖什么的,只是没上去过的人根本不知道那山上到底有什么。"

我在黑暗中听到自己的心脏嗵嗵一阵剧烈地狂跳,我疑心是不是连范听寒也听到了这可怕的心跳声,然而我的嘴角只是微微笑了一下,我用过于轻松的声音说:"那谁知道呢?反正我上去采木耳是从来没见过,要是有人看见了大河大湖那还不都上山捞鱼去了?只听过有人上山打猎没听过有人上山捞鱼的,是不是?"

我干笑了一声,笑完觉得不妥,于是又补充道:"山里怎么可能有大河大湖呢?山里是长树的地方,只有森林,对了,还有野兽。"

他的声音还倔强顽固地立在我面前:"你上山采木耳的时候,除了野鸡,就真的没有见过别的?比如会吃人的野兽?"

我说:"还见过钻山鼠,山里的老鼠个头真大,比猫还大,我觉得它们能把猫都吃下去。可能野兽们都是晚上才出来吧,晚上谁还敢上山?那不是把自己往麻虎嘴里送吗?"

最末一句话,我故意把狼叫成了麻虎,似乎这样多少能证明我并不是一个完全的外地人。

他的声音终于肯委顿下去一点了,他说:"是从没听人说起过。"

这时候我故意开了一个玩笑,我说:"范老师你到处找湖做什么?是不是想吃鱼了?改天我给你带一条大鱼过来。"说完眼前却又出现了那些无名湖底的大鱼,不禁胃里一阵翻滚。

他像是立刻嗅到了什么,问了一句:"你怎么了?"

我说:"胃疼,可能是饿的。"

他嗔怪道:"让你吃饭你死活就不吃,现成的饭吃一碗怕什么呢?"

我想了想,说:"锅里还剩点面条,那我就吃了,要不放到明天也不好吃了。天黑了,屋里的灯要给你打开吗?"

他说:"不用开灯,招蚊子,你快去吃吧。"

我起身立在黑暗中忽然说了一句:"范老师,我觉得你住在落雪堂也挺好,没有什么甘心不甘心的。"

他没有吭声。

我便挑起竹帘出了屋子,来到厨房端了一碗面,就蹲在厨房前面的台阶上哧溜哧溜几口倒进了肚子里。我蹲的这个位置正好就在正屋对面,中间隔了几道影影绰绰的花影,我知道躺在炕上的范听寒隔着竹帘便可能看清我的一举一动。我大口吃完面,喝了面汤,又进厨房刷碗,动作幅度都略有些夸张,似乎我正站在旷野中灯火昏暗的古戏台上演一出不为人知的戏文,而下面坐在阴影中的范听寒是我唯一的观众。

我刷了锅擦干了灶台,走出厨房,在院子里点了一支烟,边抽烟边在花影中徘徊,做出一副赏花状。我发现,只要离开铅矿的夜晚,我就会变得紧张烦躁,甚至连灯光都无法适应。

我开始想念深山里的那盏烛光,烛光之外是废墟,废墟之外是群山,群山之外是人世间,那盏烛光似乎就是这个世界的心脏。

院门仍然洞开着,我随时可以离开。可是一支烟抽完之后,我做出了决定,我在范听寒的注视下挑起竹帘进了屋,说:"范老师,你一个人连口水都喝不上,范云冈不是明天回来吗?今晚我留下来陪你吧。"

炕上的那团影子一动不动,我都疑心他是不是已经睡着了,忽又听他在黑暗中低声说:"你还是回家吧,省得你老婆不放心。"

我走到他平时看书的一把竹躺椅旁躺了上去,说:"没事,我出来前就和他们说过,要是天太晚了我就不回去了。"

他却说:"里屋就有电话,还是给你家里打一个吧。"

我后悔刚才要留下的决定,有时候我像个透明的魂魄一样明明看到了自己正在做什么,正要做什么,却无力阻止那个自己。有时候我又觉得我身上所有的苦行都不过是为了让那个魂魄安宁。

如果此时站起来要走又实在唐突,我只好说:"没事的,你放心吧,我又不是头一次晚上不回家。"

他不再坚持。

我们两个在夜色中平行地躺着,如风平浪静的海面上远远漂来两只小船,月亮从云层后面爬出来,海面上铺满碎金碎银,海天一色。我在半睡半醒之间又想起范听寒抄给我的那句诗:"不知江月待何人,但见长江送流水。"这诗竟像是从波光粼粼的海面上一路漂过来才漂到了我面前。我闭上了眼睛。

我以为这个夜晚就要这样过去了,却忽听见炕上的人又开口道:"我总感觉你不像是有家人的人。"

我一惊,睡意全无。半晌,我听见自己干巴巴地笑了一声:"范老师你这话就奇怪了,我有老婆有孩子还有爹妈,一家人都生活在一起,我老婆和我妈还成天闹矛盾,这婆媳关系啊,怕是在哪家都是个难题,可是你说还能怎样?难不成一辈子不娶老婆就打光棍?无儿无女的,成天独来独往的又有什么意思?"

他没有言语,咳嗽了几声,我连忙起来给他倒水。他喝了两口,隐入了黑暗中。沉默了片刻,他又道:"我早就想问你一句话了,你是不是和范柳亭认识?起码见过他?"

我越发知道在这个晚上留下来的错误,与此同时,却又感觉到一种被惩罚之后的奇异快感。这惩罚迟早都是要来的。窗外一阵晚风拂过,树影和花影匍匐在窗户上,窥视着屋里的两个人。我没有再犹豫,很干脆地回答了一句:"不认识。"两个人又沉默了一会儿,我主动打破沉默:"范老师,给我讲讲你儿子吧,老听你说起,但从来没有见过他这个人。"

他叹息道:"唉,他这个人啊,没什么好说的。我原来就和你说过的,他因为教不了书就去做生意了,我也拦不住,就随他折腾去。开始的时候还赚了些钱,这院子就是他当年刚有钱的时候盖的,一定要盖个村里最大的院子,说这是对我和他妈早年在村里窜房檐的补偿。后来的生意大约就越来越不好做了,时好时坏,他也从不和我说真话,我都不知道他每天在外面到底忙些什么,赔了钱也不会告诉我,从哪里弄钱我也不知道。后来那次,他只说要出去谈生意,可出去了就再没有回来,活不见人,死不见尸。要是能找到他的尸体我倒也死心了。我已经老了,可是你看他那闺女,谁也管不了。别看她咋咋呼呼的,从小就没了妈的孩子,根本没有安全感。"

我也叹了一口气:"他要是真在外面被人害了,估计那凶手也逃不了的。可是你说好端端的,人家为什么要害他呢?"

他没有言语,半天才说:"谁知道他在外面干了什么事。"

我听到自己的声音里忽然略带嘲讽,我说:"范柳亭不是很爱看书的吗?我记得你说过他是很爱看书的。"

他道:"年轻时是爱看书,可是看那么多书有什么用呢?"

我忽然就失态起来,噌地从躺椅上坐起,声音陡然变高变粗:"怎么没用呢?爱看书的人起码变不成坏人,起码不会为了钱去坑蒙拐骗。"

我们之间哗一下就安静了下去。

大概已是半夜时分了,沁凉的夜色像水一样淹没了整间屋子,我恍惚又来到了幽暗的湖底,到处是女人头发一般的水草和毛茸茸的青苔,我和范听寒在这幽暗的湖底对视着。终于,我小心翼翼却又万分疲惫地问了一句:"范老师,如果范柳亭真的不会回来了,你会怎么样?"

他沉默了很久很久,我才听到他用一个真正的老人的声音对我,或者是对黑暗中的另一个影子说了一句:"那也是他的命。"

我几乎泪下。我在黑暗中闭上眼睛,假装睡着了。

十一

几天来我每天都在山里转悠,采集食材,之后准备饭菜。

准备就绪之后已经是农历七月十四这天。林中短暂的黄昏之后,天色渐渐暗了下来,岔口饭店很快被黑黢黢的密林吞没。我坐在小饭店里,一边抽烟一边等着客人们到来。

今晚要来三个客人,孙口心、文刚、刘国栋。平日里我们彼此之间没有任何联系,互相杳无音信,但几年前我们就曾约好,每年的农历七月十四见一面。近三年来我们四个人的见面地点就定在了入夜之后的岔口饭店。

这三个人是我当年在太钢工作时关系最好的工友,1998 年我们四人是同一拨下岗的。

1992 年年底,我的腿伤痊愈之后不久,铅矿就把我们这些失业的矿工统一调到了太钢,因为当时还没有出现下岗这个说法。从我八岁来到铅矿,到二十九岁离开,我在这深山里已经待了二十一年,我的父亲母亲都葬在了这大山里。太钢则地处平原,周边是一片荒芜的旷野,只在厂区院子里种了几排大白杨。厂里到处都是巨大的机器,轰鸣的钢炉,摇摆的天车,喷着白气出出进进的小火车。

冬天,一场大雪之后,那些黑色的车间在白雪中愈加刺目苍凉,大白杨的顶端基本都筑着一个或两个鸟窝。树叶早已落尽,在冬日阴郁的天幕下,铁画银钩的枯枝小心翼翼地托着一只白雪覆盖的鸟窝,好像是大树把自己的心脏掏出来了。偶见一只大喜鹊离开树枝,张着黑色的翅膀露出白色的肚腹,一个俯冲飞到了雪地里觅食。

在太钢时,我一直想念着那座大山,想念那些无边无际的森林,想念铅矿里的工友们因为在深山里外出不便,倒比外面世界的人安静很多,闲暇时间不是在看书就是在下棋。心烦了就去山林里游走一遭,采蘑菇采野花,听一会儿虫鸣鸟叫。

1993 年,能在太钢做工人还是一份被很多人羡慕的工作。刚进厂的时候,我做的工作是铸板工,半年之后我做了班长,然后是副锻长、锻长。我为太钢拟出了一套新的交接班制度,一直到 1998 年破产之前全厂用的都是我这套制度。

进太钢的第二年,就是我三十岁那年,我和本厂的一个女工认识三个月便匆匆结了婚,两年之后我们离了婚,没有生育子女。后来又短暂地谈过两个,都吹了,此后就一直独身一人过。

1998 年 5 月 2 日,太钢宣布了第一批下岗名单。那时候我还叫梁海涛,我、孙口心、文刚、刘国栋都在名单里。太钢让我们买断工龄,一人得两万块钱便卷铺盖回家,从此和太钢再无关系。

下岗之后我折腾过很多事情,在太钢门口开过录像厅,不料后来下岗的工人越来越多,来看录像的人越来越少。后来我又开了个刀削面馆,却因为利润太薄,也没挣到几个钱。冬天的时候我雇大卡车贩卖白菜,一斤白菜五分钱,晚上还得睡在冰窖一样的车厢里,第二天继续卖。后来身边的下岗工人越来越多,随便什么小生意,都有人一拥而上抢着去做,彼此之间还恶性竞争,为了抢生意,昔日的工友们彼此在背后谩骂使绊子,看对方的摊子上多了一个顾客,便恨得咬牙切齿,一定要卖得比对方更便宜来拉客。对方见他卖便宜了,只好又卖得比他更便宜,以至于卖一样东西只有几分钱的利润。

和我一起下岗的孙口心、文刚、刘国栋三人隔阵子便过来找我喝顿酒,互诉衷肠。我们四人经常坐在麻叶寺巷口狭窄的五元火锅店里,一位五元,酒钱另算。正值三九天,大雪已经下了几天几夜,把门都封了,早晨开门的时候还得用力往外推。窗外飘着漫天大雪,火锅店里我们四人围坐着一张油腻的桌子,桌上的火锅沸腾着,雪白的蒸汽吞掉了我们四人的面孔,撞到玻璃上之后,顷刻便化作水珠一道一道流下去。

我们吃着火锅里的白菜和豆腐,几乎看不到肉,喝着廉价的散装白酒,红着眼睛一遍一遍商量着该去哪里挣钱。那段时间,我们唯一的话题就是怎么挣钱。几乎每次吃完都会有人喝醉,醉了便滑到椅子底下,抱着椅子腿哭。有一次我也喝醉了,吐得衣服上到处都是,我倒不记得自己哭过,但是他们后来告诉我我那天哭得站都站不起来。我打破头都想不起来,看来是根本不想让自己想起来。

就这样折腾了一年,到1999年夏天的时候,忽然有一个一起下岗的太钢工友要拉我们几个入伙做生意,说他认识一个企业家,从20世纪80年代就开始做生意,先后开过油厂、铁厂、铸造厂,赚了不少钱。人家父母都是知识分子,人肯定可靠,现在这人要扩大铸造厂的规模,需要融资,他要找人入股,入股后一年分一次红。又说他这铸造厂已经开了好几年了,销售渠道多得是,稳赚不赔的生意,急等着扩大规模呢。我们几个又跟着那工友去他说的那个铸造厂考察了一番,果然是个规模中等的厂子,有几十个工人正在车间里忙乎着。我们又和这个企业家见了一面,瘦长脸,个头不高,但很会说话,确实像个文化人,印象很好。这次见面之后我们四个人就约好一起入股,同进同出。随后便各自把从太钢出来时买断工龄的两万块钱都投了进去。

两个月之后这个企业家忽然就联系不上了,他的铸造厂也忽然像《聊斋》里现出原形的鬼宅,厂房还在,里面却空无一人。

这个企业家叫范柳亭。

窗外夜色已至。

正当七月,玉衡指孟冬,正是促织和鸣蝉的时节。我静坐在小饭店里聆听着入夜之后大山里的各种虫鸣。虫鸣里还掺杂着几声鸟叫,我能从中分辨出猫头鹰、乌鸦、布谷和喜鹊的叫声。我还曾在最幽深的山路上赶过夜路,夜空中没有月亮也没有星星,路两边的森林已经变成了没有任何缝隙与光亮的黑森林。

可是我连害怕都感觉不到了。自从在湖底见过那具尸体之后,就是在世上最幽暗的地方走路我都感觉不到害怕了。

我记得,就是在那最幽深最黑暗的山路上赶路,我还是看到了几点微弱的光亮,很细很小,在我周围飞来飞去。那是几只萤火虫。

有人在敲门,我点起一支蜡烛,开了门,是文刚先到了。他进来坐下,我们先抽了一会烟,一支烟快抽完了,我才开口问他:"这次是从哪儿过来的?"他说:"二连浩特。"

我想了想,那边地广人稀,倒也是一个好去处。我说:"那你老婆孩子怎么办?"他说:"都接过去了,小孩就在那边上学。"

正说话的当儿,孙口心和刘国栋也陆续赶到了。我趴在窗前仔细看着饭店外面还有没有别的跟过来的身影,观察了一会儿不见别的人影,便放下窗帘,把门从里面闩住了。

我把煨在泥炉上的酱梅肉盛在大盆里上了桌,把炖好的小鸡榛蘑也上了桌,然后摆上一大笼屉热气腾腾的莜面鱼蒸土豆,配上一碗炖好的西红柿酱,好蘸着酱吃莜面。最后把焖在炉灰里的几个烤土豆掏出来,像敲蛋壳一样敲出裂纹,也上了桌。我拿出两坛三十年的青花瓷汾酒,也是早早为今天的聚会准备下的。

桌子的中间立了一支蜡烛,烛光忽明忽暗,四个人的脸都若隐若现。我们围桌坐定,一时都不知道该说什么。饭店之外的世界像一场大寐,我们几人遗世独立在这里。不知为何,坐在这世外的烛光里,我忽然想到的并不是别的,而是晏几道那首《临江仙》里的最末两句"当时明月在,曾照彩云归"。

如今我们四个人都分散在不同的地方,也都不再是原来在太钢上班时的名字。1999年电脑还没有普及,不像现在什么都上了网,那时候改个名字还是比较容易的,在派出所找个人,偷偷塞给两百块钱就把名字改了。每年到了农历七月十四这天,不管各自正在哪里谋生,四个人都会赶到这深山老林里来喝上一顿酒。

文刚去了二连浩特,孙口心后来去了榆林,在小煤矿里做矿工,刘国栋则躲到方山和临县的交界处种红枣去了。

我挑了一下灯花,烛光照亮了我们四个人的脸,每张脸上都看不出太多表情,灰白的墙壁上坐着我们几个人巨大的影子,像神庙里画像上的祖先一样正从另一个世界里神秘地看着我们。烛光常年到不了的那些小角落则住满黑暗,不知道那些角落里究竟住着多少秘密。

我们闲扯了一番红枣和土豆的收成,又聊到现在的小煤矿马上都要不行了,估计很快就会被吞并到那些大煤矿里,煤老板们一铲煤出来就收入百十块钱的日子估计也不多了。几圈酒喝完,红枣土豆煤矿这些话题也被说了一圈,四个人围着一盏烛光再次安静下来。这时候在这安静中忽然听见文刚怪异地笑了一声,说:"现在我很快活。"

刘国栋接了一句:"你快活个屁。"

文刚笑嘻嘻地举起酒杯看着周围说:"我们几个还能在一起吃肉喝酒,这不是快活是什么?"

刘国栋说:"你老娘的三七过了吧?"

文刚拿手里那杯酒敬了一下屋里某个黑暗的角落,好像那里还静静坐着一个人,他仍是笑嘻嘻地举着杯子说:"我老娘死在我前面是好事呢,我高兴,我最怕的就是我死在她前头了。"说完仍是笑,只是越笑眼睛便越脆越亮。我把一个烤土豆扔给他,说:"趁热吃。"

这时忽听见孙口心压低声音说:"海涛你这做派怎么这么多年都改不了呢?非得穿西装打领带抹头油不可,你说你这身打扮,走在人堆里还怕没人注意你?"

我低头不语。

刘国栋接话说:"海涛你这年龄了还没个一儿半女,这事也过去七八年了,我看不是很要紧了,要是有合适的人你还是找个女人生个一儿半女吧,女人不可靠,但儿女总是自己的,不然你以后老了连个依靠都没有。"

我冷笑一声:"我们这样的人还要什么依靠?"

四个人一时又没了言语,像是集体沉到水底下去了。蜡烛已经燃成了一个矮矮的烛头,垂死的火苗却忽然肥大起来,扑啦啦地上下跳动着,感觉空气里有很多隐形的飞蛾正在横冲直撞。这时候我忽然听到一个声音,小心翼翼的,陌生的,像蛇一样正探头探脑。

"海涛,你可……把它藏好了……你也不告诉我们到底藏到了哪里。"

我独自饮下一杯酒,说了一句:"你们放心就是。"

但那个声音还继续在我们四个人中间缓缓爬行着:"可千万不能被人找到了,一旦找到了,我们就都完了,你也知道的。"

我手里仍捏着那只酒杯,朝那三个人的脸上轮流扫了一圈,才慢慢说:"它藏在哪里,还是我一个人知道的好,这样,我死了就能直接带进棺材里。"

这时候忽然有另一个声音不知从哪里斜着刺了进来:"听人说你去过他家。"

"我去他家借过书。"

"借书比命还重要?"

这时候最后一点烛光倏地熄灭下去了,整个屋子咣当一声掉入了黑暗中。我的眼睛在适应了最初那种轰隆隆的黑暗之后,开始能分辨出在我面前立着的三尊黑影了。他们一动不动。我忽然打了个寒战,我想起自己宰鸡宰鸭的手也是不曾哆嗦过的。毕竟我也是坐过三年牢的人。那点血无论对他们还是对我都真的不算什么了。

一种奇异而巨大的悲伤忽然袭击着我,我却在黑暗中连着笑了几声,然后说:"我有点喝多了,我想给你们读首诗,你们不要笑我。"

我当真在黑暗中昂首读道:"梦后楼台高锁,酒醒帘幕低垂。去年春恨却来时,落花人独立,微雨燕双飞。记得小苹初见,两重心字罗衣。琵琶弦上说相思,当时明月在,曾照彩云归。"

窗外一辆大卡车的车灯像闪电一样劈过去了。

吱嘎一声推开饭店的门走出去,我们都被头顶的大月亮骇了一跳。马上就十五了,大雪一样的月光落满了无边无际的山林,脚下银色的山路看起来纤尘不染,没有一片树叶,也没有一只飞鸟。整个世界洁净得像是回到了远古,在那里,大地正静静地等待着必将到来的一切。

十二

这天我刚刚骑着摩托车来到岔口饭店前,就见门上贴着一张白纸,纸上还有字。我心里一怔,从未有人以这种方式联系过我。我连忙放好摩托车,一把扯下这张纸,四顾无人,便迅速开门进去又关上门,这才站到窗前看了起来。纸上只有十几个字,每个字有两厘米大:我爷爷病危,想见你最后一面。范云冈。

看到上面的话我简直大吃一惊,她居然能找到这里?她怎么会知道我在这里?她居然敢一个人进这样的深山老林?

我立在窗前一根接一根地抽烟,把那张纸上的每个字都翻过来倒过去地看了几十遍,竟好像一个字都不认识。抽完的烟头就往砖墙的缝隙里一插,过了一会儿一抬头竟吓了一跳,前面的墙上长出一大片烟头,毒蘑菇似的。我又使劲盯着那片烟头发了一会儿呆,纸上说的话可能是真的,但也可能是她在骗我。他们也许已经报了警,很多人正埋伏在那院子的各个角落里等着我。我可以假装没看到这张纸,甚至,我可以以为自己连日来都没有来过岔口饭店。我本来就不是固定营业的。

我透过窗户看着外面苍莽的山林。

没有人比我更熟悉这片山林。不可能有人找到我。

我把饭店又关了,骑着摩托车在山路上盘旋着往上爬。车速升到了最高挡,山路两边的树贴着我的耳朵嗖嗖往后疾飞,它们一边后撤一边死命把我往前推,我觉得我的加速度越来越快、越来越快,好像马上就要弹起来飞到另一个阒寂无人的星球上去了。飞出公路飞进蝴蝶谷,然后是那条崎岖的土路。就这样一路狂奔到铅矿门口方才停住。

我扔下滚烫的摩托车,回到宿舍坐在床上喘气。外面的世界终于又被我甩在了身后。这时候一低头忽然又看到了西装的袖口,那只已经磨破的袖口。前日立秋了,山中早晚凉意顿生,我又穿上了这件西装。遥遥想起似乎早在春天的时候就盘算过,应该换掉这件衣服了。没想到,等到秋后还是把这件衣服穿上了。这个秋天和那个春天没有任何缝隙地对接上了，也就是说，对我而言，时间正在失效。我低头愣愣地看着那只袖口，像看着一道可怕的伤口，我能从里面闻出一种腐败的气味。我打了个寒战。

然后我一抬头，正好看到几本书摆在桌上，是我上次去范听寒家时问他借的。我随手打开一本，假装专心致志地看了半天，却是一页没翻。我眼前出现的一直是他那弯到九十度的驼背，看上去非人非兽。到了下午，我不再挣扎，终于把书合上了，又坐在那里抽了支烟，最后把几本书都装进了包里。

我骑着摩托车朝落雪堂赶去。他家门口那排柳树依旧，我却有一种久别经年之感，恍惚觉得已物是人非。穿过阴凉的门洞，又是那片熟悉的院子，只见有几个陌生人在院子里忙乎着什么。一见有陌生人，我本能地想退避出去，忽见海棠树下横着一个庞然大物，色彩艳丽又鬼气森森，再仔细一看，居然是一具棺材正横在树下。黑漆上描画着亭台楼阁，桃红柳绿，仕女稚童。我一惊，心想，莫不是人已经入棺？

正在这时又看见范云冈站在屋檐下使劲向我招手，便急急走过去。虽然已立秋了，竹帘还没有来得及卸下，我挑起竹帘进去，范云冈并没有跟进来。屋里光线幽暗，弥漫着一种秋后才有的萧索和灰败。炕上静静地躺着一个人，一动不动。我心里一阵害怕，朝外面张望一番，见并没有人注意我进来，便慢慢走过去，走到炕头。我看到他侧身躺在那里闭着眼睛。

他越发奇瘦，四肢缩小如婴孩，只有背上的那只驼峰却如龟壳一般更大更坚固了，看起来他整个人很快就要缩进那只龟壳里去了。

我轻轻唤了一声："范老师。"

他慢慢睁开了眼睛，全身上下就只有这双眼睛还能动，在他身上这唯一的活物看上去多少有些瘆人。我不由得后退一步，说："范老师，我来还书了。"

他目光模糊呆滞，像是眼睛里有一层障子挡住了他。他忽然声音发抖："是范柳亭回来了吗？"

我呆呆站着，半天才说了一句："范老师，是我，我来还书了。"

他的眼睛慢慢眨了几下，好像终于看清我是谁了，这才说了一句："你来了？不用还了，留个纪念吧。"

这句话忽然让我很伤感，我把几本书整整齐齐地摆在他面前，说："借了就得还,要不你下次就不借给我了,等你身体好了,我再来借书。"

他躺在那里,用浑浊的眼睛又看了我好一会儿才慢慢说:"你来了就好,我是想告诉你,其实人这一辈子都说过假话,都骗过人的。我本不叫范听寒,我本名叫范福星,我上面有四个姐姐,我父母老来得子,所以叫我福星。范听寒是我上师专之后自己改的名字。我也没有家学,我的父母都是不识字的农民。就是当年在师专当老师的时候我也只是一个最普通的老师。"

我只觉得被他两束微弱的目光箍着,动弹不得,又是烦躁又是紧张,我口干舌燥地说:"范老师,不要乱想。"

他忽然笑了一下,眼睛还想紧紧盯着我,目光却已经聚不到一个点上了,这使他看起来就像正拼命看着我身后一个遥远的地方。只听他又说:"我说过假话,范柳亭说过假话,你也说过假话。万物刍狗,所以,谁也不要怪谁。"

我脑子里轰的一声,张开嘴又闭上,又张开又闭上,只觉得有千言万语要说,却是一个字都没有说出口。

这时只见他又闭上了眼睛,嘴里开始发出一些奇怪的破碎的谵语,我轻轻抓着他的手,不停叫他范老师,范老师。我忽然想把很多话都告诉他,这些话已经藏了太久。然而连他的谵语也渐渐熄灭下去了,我更用力地握着他的手,那只手正在我手心里迅速变凉变硬。

我连忙挑起竹帘叫人,院子里帮忙的村民们一拥而入,却见床上的老人已经过去了,便七手八脚地开始给他换老衣,又有人和范云冈商量,说范老师这驼背太大,老衣穿不上去,过会进了棺材也躺不平,要不要把弯曲的脊椎骨压断?

我躲出去了。艳丽的棺材躺在海棠树下,一阵秋风吹过,几只血滴一样的海棠果儿叮叮当当落在了棺材上。西山上的天空被夕阳染得鲜红。

旁边的花圃里不知什么时候已经换了一片翠菊。

十三

1999年9月,梁海涛从这个世界上消失了,取而代之的是郭世杰。

变成郭世杰之后,我先是坐火车躲到福建,在一个叫永定的县城开了家刀削面馆。一年之后面馆生意渐渐冷清,我又从福建辗转来到广州做小生意,那时候的小生意已经远没有八十年代好做,做了两次小生意把身上仅有的一点钱全部赔光了，只好应聘到一家歌厅做服务生。当时是歌厅生意最红火的时候，在我做服务生期间，有两个中年富婆每次去歌厅都提出要包养我。为了躲开这两个女人，在广州只待了半年我便又辞职去了珠海，在那里找了个偏僻的小渔村做了一年渔民。之后又向西辗转到了贵州、云南。我在每一个地方都不会待太久，所以我的行李总是少得可怜，不管走到哪里，行李箱里只有固定的三套西装、三件衬衣、两条领带，还有几本书。

一直到2004年，我终于做出决定，一个人回到铅矿。

十四

我一个人在大山里走着。

秋天的山林斑斓而安静，似乎全世界的寂静都聚集在这山林里了。我走到一棵榆树下的时候，一阵风过，满树金黄的榆叶像场雨一样落了我一身。我抬头看着这棵树的时候，便也看到天上的云正变幻着无数种面孔。

我向那山顶爬去，黑龙峰，是方圆几百里之内的最高峰，我从未上去过，也不知道在那上面究竟能看到什么。从早晨一直爬到黄昏时分才终于上到山顶。一上山顶我就先被那轮巨大的夕阳击晕了，它看起来那么大，那么近，血淋淋的，似乎只要我一伸手就能够着它。从这山顶上看下去，整片山林都被染得血红，有风吹过时便状如波涛。就在这一片汹涌的波涛中，我却看到了一块凹进去的癞疤，我很快明白了，那是铅矿的位置，也就是我的藏身之处。然后，换了一个角度，我看到血红的波涛里居然亮着一面闪光的镜子。我盯着那镜子看了很久，终于明白，那镜子其实就是密林中的无名湖。原来，只要有人能登上这山顶，无名湖便不再是这世上的一个秘密。

我本能地抬头看了看天空，玫瑰色的晚霞正在迅速消散，取而代之的是一大团雄壮的云堡正在我头顶聚集。云堡中间开了一处小洞，夕阳最后的光线从里面射下来，照着我和这片森林，宛如一个巨大的无所不知的眼睛。

又在顷刻之间，狂风骤起，云堡坍塌，一场大雨将至，森林里有怒涛滚滚而来，那林间的癞疤和镜子似乎转瞬之间便会被吹得支离破碎，无迹可寻。

这一日，我骑着摩托车下山，又来到落雪堂，来到范家门口。穿过那排柳树，见门正开着。幽深的门洞里空无一人，那张小木桌和我做的那把椅子却还在原处,好像上面还坐着一个隐形的老人。我对着那桌子和椅子默默站了一会儿,然后走进院子里。

我吓了一大跳,院子里一片狼藉。一只箱子在阳光下敞着盖子,里面是一堆五颜六色的衣服,房檐下的台阶上横七竖八地铺了一地书,都晒着太阳。有几张写着毛笔字的条幅也被扔到院子里,好像正在院子里闲庭信步。各类生活用具零散地扔了一地。仿佛这院子刚刚被洗劫过。我站在院子问:"有人吗?"

竹帘晃了一下,闪出一个人影来。我一看,不是别人,正是范云冈。如今这整个院子里就剩她一个人了,她远远站在那里,看起来分外瘦小,竟把这院子衬得空旷了好几倍。我心里一阵难过,口气倒更蛮横了:"你家这是怎么了?被强盗打劫了?"

她向我走过来,脑后还是梳着一只蓬乱的大丸子,眯着眼打量了我好几眼,好像这才勉强想起我是谁,说:"是你啊,打领带那个。你又是来借书的吗?你还真敢来。"

这最末一句话让我对她又有了几分警惕,但我还是不动声色地问了一遍:"你家到底怎么了?"

"这些书都是我爷爷的,你喜欢哪些随便拿去,反正我都是要送人的。"

我惊诧道:"你爷爷的书你怎么能送人?他自己保存了那么多年,还给好多书包上了书皮。"

她耸了耸肩,两手一摊,说:"我算看透了,他再爱书,死了还不是一本都带不走?留这么多东西做什么?都是累赘,不如早些送了人,还算做了好事。"

我忽然就有点气急败坏起来,我像个长辈一样大声训斥她:"你爷爷允许你把他的书都送人吗?"

她挑起一只嘴角嘲笑我:"你是我家什么人?"

我自觉失言,便坐下点了支烟猛抽起来。她立在我旁边说:"喂,给我一根。"我瞪着她:"小姑娘家抽什么烟?抽烟抽多了连肺都能被熏黑。"她叫道:"那你怎么还抽啊?"我又抽了两口才说:"我烟瘾大,年龄也大了,戒了就没什么乐趣了。"说着递过去一支烟,她点着了,装腔作势地抽了一大口。我估计她的很多动作都是从电视上学的。

她一边抽烟一边说:"我要出门了,说不来一走就是几年,我把工作都辞掉了。一个人守着个十间房的大院子,晚上都觉得瘆人。"

我猛抽了几口烟,把自己呛得直咳嗽,我痛心疾首地说:"你爷爷费多大的劲才给你找的这份工作。"

只见她叼着烟在满地狼藉里游弋着,说:"我八岁就没有妈了,跑了,以后再没看过我。我二十岁的时候我爸失踪了,生死不明。我二十四岁的时候我奶奶病死了,然后,就剩了我和我爷爷,我知道他也会走的。我在心里早就做好准备了,我知道他们一个一个都会离开我的,最后会只剩下我一个人。所以我早就想好了,如果只剩下我一个人的时候,我该怎么办。我总不能一辈子就在一个馒头大的小镇上待着吧。大城市我也不去,累得慌,我可能去西藏、新疆,还可能去内蒙古。你看人家成天骑着马在草原上跑来跑去地放羊,喝着酒唱着歌儿,不用找工作,不用巴结人。死了就拉倒,活人也不用为死人哭,因为人人都要死。每当我想为我爷爷大哭一场的时候,我就想,我也会死的,反正大家都一样。"

她说得并不伤感,我的眼泪却差点下来了,默默抽完一支烟,把眼泪硬憋回去之后才说:"人家是游牧民族,和我们不一样,那种生活在电视上看看就行了。人最后都是需要安稳的,我年龄比你大好多,你听我一句,其实在一个小镇上当个小学老师真的就挺好的。"

她叼着烟看天,不吭声。

我以为刚才的话起了作用,忙又继续:"不要以为自己比别人多看了几本书就和别人不一样了。你爷爷还是希望你有份稳定工作,找个好人结婚,再过几年你就知道了,其实安心比什么都好。"

她忽然冷笑一声:"既然结婚这么好,你怎么不去结?"

我心里一惊,嘴上却硬撑:"谁说我没有结婚?我儿子都十几岁了,个头比你还高。"

她并不说话,只是哈哈大笑。我这才想到,虽然我还是愿意把她当成一个孩子,但事实上,她已经二十九岁了。我忽然想到,范听寒在去世前会不会把他所知晓的秘密已经告诉了他的孙女。

我心里一动,却不再有以前那种动辄一身冷汗的激灵感。我想到了那天站在黑龙峰上看到的无名湖,它像面小小的镜子一样裸露在大地上,反射着血红色的夕阳。也许,这世界上根本不止我一个人知道它的存在。想到这里,我反而有了一种莫名的轻松。

秋天的阳光烤着我,我微微闭了会眼睛,阳光里飘着翠菊最后的花香。再睁开眼睛时,忽见她抱着两只酒瓶子站在我面前,她把酒瓶朝我晃晃:"你看我爷爷存下的老白汾酒也带不走,我不说嘛,人活一世就是个过客。怎么样,中午一起喝点吧?"

她把菜园子里最后一个茄子和最后两根黄瓜摘了,把茄子蒸了,拌上蒜泥,又把黄瓜拍了,淋上香油。又说她爷爷在缸里还养着两条鲤鱼,要不要也炖了下酒。我连忙说,我从不吃鱼。她便只把茄子和黄瓜端上来,两只酒杯里都倒满酒,然后我们就在门洞里的小木桌前坐下来对饮。

秋风带着剑气从门洞里钻过,已经明显有了凉意,她举起杯子,我也举起,我们碰了一下。她说:"以后要是去了外地,怕是喝不到这么好的酒了。"我说:"去了哪里都有好酒喝的,就是过了阳关玉门关,照样有好酒。不管去哪里,我还是希望你能找个好人,一个人真的太孤单了。"

她挑起一只嘴角看着我:"一个人太孤单了?"

我不再接话。

我们默默地喝了三个来回,我放下杯子,忽然正色问道:"你爷爷去世前,你是怎么找到岔口饭店的?"

她用一根修长的手指轻轻敲打着桌面,意味深长地看着我说:"因为镇上去山里采木耳的人曾经在你那饭店里吃过饭,你那饭店根本不在镇上,而且你那饭店里只做四样菜:过油肉、酱梅肉、小鸡炖山蘑、烩土豆。我没说错吧?"

我不语,咬了一大口黄瓜,满嘴咔嚓咔嚓脆响。她补充了一句:"我早和你说过,一个馒头大的小镇能瞒住什么,镇东吃肉,镇西就能闻到。"

我仍不说话,又咬了一口黄瓜,正使劲地嚼着,忽听她淡淡说了一句:"我男人也去你饭店里吃过饭。"

我的咀嚼猝然止住,我抬头看她,我们正好四目相对。我脑子里努力拼凑着那个男人的样子,却是怎么也聚拢不成一个人形。她说的应该就是那个凤城镇上曝尸街头的黑社会老大,他居然去过岔口饭店?而我却根本不知道坐在那里吃饭的人可能是谁。

我不寒而栗,忽然却咧嘴笑了一下,牙缝里露出绿色的黄瓜。

她给我倒上酒,我又和她喝了一杯,才假装漫不经心地问道:"他去我那里吃饭也是进山采木耳吗?"

她那根指头似乎闲得发慌,还在不停地敲打桌面,她说:"他倒不采什么木耳,他只是对你好奇,觉得你是有些来路的人。一个人为什么要把饭店开到山里去呢?"

我听到自己的心脏在胸腔里很响地跳了几下,但我的声音反倒越发轻快,我说:"进山里拉木料的大车司机也要吃饭吧,总不能所有的人都把饭店开到城里去。"

那根指头还在敲,发出单调可怖的声音,她并不接我的话,只说:"你不是经常去镇上卖木耳吗?他早就注意到你了,因为你的穿着就和别人不一样。"

我想到直到那个男人被砍死在街头,我都没有见过他一次,甚至至今都不知道他长什么样。而当我在镇上卖木耳的时候,他可能就坐在我对面正仔细打量着我。

看来今天我根本不该来,范听寒已经不在了,我却又放心不下他这个孙女,毕竟,她没有了父亲,又没有了爷爷。听她的口气,她像是已经知道什么了。

我下意识地朝着门的方向看了一眼。门离我并不远,我断定我可以随时从这扇门离开,她毕竟只是一个年轻姑娘。做好打算后,我不动声色地给她倒了一杯酒,又给自己倒了一杯,然后笑着问她:"注意到我?就因为我喜欢穿西装打领带?"

她也笑了一下:"他说他还没有想明白你到底是什么来路,如果是一个犯过事的人,大概也不敢穿成这样。他觉得你很奇怪。"

看来她并不确定。我又想到那个男人既然能找到岔口饭店,会不会已经知道了我住在哪里。我便试探道:"他在我饭店里吃完饭都不和我打个招呼?既然都认识,怎么能不去我家里坐会儿呢?"

她微微一笑,把杯里的酒一饮而尽,说:"你家?你家在哪?"

我不说话,看着她的眼睛。

她回看着我的眼睛,说:"我男人那次下山后曾对我说,他猜你很可能就住在山里。"

我纹丝不动:"他还说了什么?"

"他还说他觉得你没老婆没孩子,应该是一个人过。"

我竭力用平静掩饰着内心的狂风巨浪,我看到自己端起酒杯的手在发抖,但还是勉强和她手里的酒杯碰了一下,一口喝干,这才说:"其实他要是早说的话,我一定请他去我家里坐坐,让我老婆给他炒两个菜,我和他好好喝顿酒。"

说完这话,我又点了一支烟,一边递给她一支。

她把烟点着了,叼在嘴角,锋利的眼神忽然就钝下去了。她极安静地说:"没机会了,后来他死了。"

我没有说话,只是埋头抽烟。

她抽了几口,不再看我,只看着门外说:"他这个人吧,你可能没见过,长得特别像个坏人,打架斗殴,还蹲过监狱……他只是长得像个坏人。你不知道他其实还像个小孩,喜欢捡树根做根雕,会用麦秸编篮子,会把南瓜刻成灯笼。"

她没有声音地流着泪,嘴角还叼着那支烟。

我感觉自己的身体滚烫,手脚却冰凉。我便走到水龙头前把头伸下去灌了几口凉水,一抬头,就看到那只大水缸里盘着的那两条大鲤鱼,它们不知吃了些什么,越发肥硕。我胃里一阵抽搐,又伸头灌了两口凉水。

我又回到桌前坐下,她脸上的泪迹已经收起,那根手指重新在桌上可恶地敲了起来,她边敲边忽然想起了什么:"对了,你还有个奇怪的地方,你和我爷爷说过,你小时候是在海边长大的,对吧?但是你不吃鱼。"

我盯着她那根手指看了一会儿才说:"不是这世上所有的事都能解释清楚的,有人讨厌吃鸡肉,就会有人讨厌吃鱼肉。"

她诡异地笑了一下,说:"是吗?那你觉得我爸爸还可能回来吗?他已经消失了八年。"

我说:"我记得以前你自己不是说过吗?觉得他只有两种可能,要么是他犯了什么罪躲起来了,要么就是已经被人害了。"

她目不转睛地盯着我:"那是我说的,不是你说的,你觉得哪个可能性大?"

我摊开自己的手心比画着,说:"我不会算命,这个我不知道,真不知道。"

她又独自饮下一杯酒,然后,那根可恶的指头继续在桌上有节奏地敲着,笃笃,笃笃,笃笃笃。她慢慢说:"你想知道我男人是怎么看待这个事的吗?他给我讲过,一个人几年不回家的可能性有很多,比如他以前的一个狱友,判刑之后新疆戈壁滩改造,刑满之后也不能回内地,就只能在那戈壁滩里待着,和家里人也多年没有了联系,家里人都当他已经死在新疆了。又说他知道有一个年轻女的离开家里去呼和浩特的一个饭店打工,她在工作的第二天就被奸杀了,公安通知了她父亲,她父亲不敢把真相告诉她母亲,就骗老伴说女儿跟着一个有钱男人跑了,过上了好日子,吃穿不愁,就是不记得往家里打个电话。一骗就骗了三十年,一直到他老伴去世前还在等着他们的女儿回家,而杀人犯是在那女的死了十多年后才被抓住。他还给我讲过有个生意人被人抢钱害命,却几年里就是找不到尸首,家里人和公安局方圆十里地找,怎么都找不到,就成了无头案。结果你猜后来是怎么找到的?邻村有个人喜欢钓鱼,有段时间老去一个很远的废水塘钓鱼,他发现钓起来的鱼都比别的地方的鱼肥大,他就感觉有点不对劲,那人胆子大,决定到水下看看究竟有什么,结果看到水底有一具被大石头绑着的尸体,尸体上的肉已经被鱼吃光了。"

我刚端到嘴边的酒杯忽然停住了,她也忽然住了口,整个世界像被一把利刃齐齐刷了开来,没有一点多余的声息。我端着那杯酒,再次迅速朝那扇门的方向看了一眼。

片刻的死寂之后,我说:"你那男人,死了真是可惜了。"

在幽暗的门洞里,她目光灼灼地看着我,忽然间她骄傲地微笑起来,说:"我一直都这么觉得。"

我还是举着那杯酒,说:"我想敬他一杯。"然后,我一饮而尽。

夕阳西下,我们两个人都喝得有些醉了,我心中想着还是快些离开,便摇摇晃晃地站起来,说:"天快黑了,我该走了,把你爷爷的书送我一本吧,用他的话说,留个纪念。"

她重复了一遍,我爷爷说过:"是要让你留个纪念。"

我拿起一本《花间集》,打开,里面居然也夹着一张写字的纸,看起来又是一首范柳亭致父亲的家书,"谁道闲情抛弃久,每到春来,惆怅还依旧。日日花前常病酒,不辞镜里朱颜瘦。河畔青芜堤上柳,为问新愁,何事年年有?独立小桥风满袖,平林新月人归后"。落款时间是二〇〇六年三月十八日。我想我真的是喝多了,我竟对范云冈晃着这张纸说:"看,你爸爸的信,你看他一直在给你爷爷写信呢。"

她神秘地笑了:"我爷爷经常给自己写信。"

我把那本书小心翼翼地揣在怀里,然后终于向那扇门走去。她跟在后面,一直把我送到门口,门口不见人影,只有我的摩托车停在那排柳树下。我又是怕她,又是感激她,我知道这一定是我最后一次来这里了,我觉得我应该说点什么,把那些本想和范听寒说的话都说给她听,我甚至想和她聊聊她的父亲,我毕竟认识他。最后我却只客套地说了一句:"你走的时候,我来送行。"

她又习惯性地挑起一只嘴角,看着我的眼睛说:"不用卖我人情,你走了就走了,反正我也是要走了。"

我一只脚已经跨在了摩托车上,另一只脚踮着地。这时候我发现她是真的在让我走,是真的。我反倒犹豫了片刻,最后还是使劲一踩油门,摩托车突突突地发动了起来,就在那一瞬间,我心里仿佛有山洪涌过,我忽然扭头对她喊道:"你上不上车,我现在带你去一个地方,就在这山里,我带你去看一个你从来没有见过的湖。"

她愣了一下,眼睛里忽然波光闪闪,却依然站在柔媚的柳枝下,没有动。然后,她假装什么都没有听到,只用更大的声音喊回来:"你说什么?我听不见,我一点都听不见。"在摩托车飞出去的同时,我看到她转过身去,消失在了幽深的门洞里。

十五

我潜入水中,再次向着无名湖幽暗的湖底游去。

(原载于《收获》2019 年第 1 期,宗永平选编)

曹寇 / 1977年生，江苏南京人。出版有小说集、长篇小说、随笔集等多部。

鸭镇疑云

这是一个真实的故事
故事发生在一九九六年的鸭镇
遵照幸存者的要求
也出于对逝者的尊重
使用了化名
除此之外
故事未做任何改动

一

鸭镇,从名字看,就知道是个小地方,城乡接合部。时至今日,环绕小镇的几条河汊里还漂浮着成群结队的鸭子。鸭镇的咸鸭蛋没有什么名气,但家家都腌,不卖,就自家吃,能从端午吃到中秋。年底腊月,河面上的鸭子就少了许多,镇上人家门前窗外的晾衣绳上倒是齐刷刷地有了它们的身影。此时它们已被开膛破肚拔毛去屎成了咸鸭。也有缺胳膊断腿的,是户主切下来放在饭锅里蒸掉吃了。味道不错。总之,它们就这么赤身裸体地暴露在年底懒洋洋的日光之下。鸭绒也能卖钱,铺在水泥地上晒,像一小片脏兮兮的雪。等真的下雪了,个别户主不在家的,没有及时收回家的鸭绒瞬间就混淆于雪中。晾衣绳上的鸭子,身上也落了点雪,看着倒确实让人感到冷。

小镇上绝大多数人家在河对面还有亩把地。年轻人当然都有所谓正经工作。年纪大的,退休的,就要到河汊那边去伺候那亩把地。不种粮食,就当菜园,菜吃不完,也卖。天气冷了的话,他们还在菜地里支起塑料大棚,种点反季节蔬菜。塑料大棚白花花的一片,从河对岸看过去,还是像雪。因此,鸭镇有许多桥。最大的那座桥叫青年桥。不知道这个名字的由来,可能是离桥不远处是鸭镇中学的原因吧。

放学的时候,学生们骑着自行车从桥上经过。桥栏杆上每每此时都骑着三三两两当地的坏孩子。他们大多刚刚从鸭镇中学毕业或辍学不久,目前还没有找到工作,暂且以在桥上欺负老实孩子和向漂亮女学生吹口哨为乐。好学生遇到他们,当然是避而远之,紧赶慢赶回了家。成绩差的,或者比较叛逆的,倒是愿意加入他们的行列,和他们一起在桥上大声说着脏话。老师们下班当然也经过这座桥,这些曾经的学生故意表现出满不在乎,很坚决地不打招呼,就像没看见一样。几乎是出于天性,他们普遍对教师没什么好感。他们已经离校,也正是因此,犯不着对这些不久前对自己不是打就是骂的老师持友好态度。也可以说,他们还在生这些老师的气。有一个叫张亮的,甚至觉得自己跟教物理的赵老师有仇。远远看见赵老师还穿着踢过他的黑皮鞋,就气不打一处来,情不自禁地从桥栏杆上滑了下来,拦住了赵老师,然后给他两个耳光。赵老师满面通红,但见张亮等人人多势众,一言不发地走了。

然后他们就看到刘老师骑着高大的二八长征自行车昂着硕大的脑袋威风凛凛地过来了。这也可能与他身后跟着一大堆骑着二六凤凰小车的柔弱的女学生有关。这些女学生觉得跟着刘老师比较安全,刘老师也乐于保护她们。刘老师十分强悍,没有一个他教过的学生不怕他。很多年后,学生们搞同学聚会,场面亲切欢快,刘老师应邀到场之时,毕业已经二十年的学生们还是不自觉地集体安静了下来,一如刘老师当年作为班主任经常突然出现在班级后门口一样,让他们从喧闹中瞬间噤若寒蝉。

基于刘老师在后文中会死,故刘老师讳宾汉。刘宾汉也不知道怎么长的,给学生们的印象一直是四十多岁、孔武有力的样子。四十多岁入校,四十多岁退休,始终不见老。他不是鸭镇人,操外地口音,大概是被国家分配到鸭镇来的。也有人说他当过兵,是转业军人。至于他究竟是哪儿的人,搞不清楚,总之他的话很难听懂。但因为学生都怕他,多年以来,他的课堂纪律和教学成绩均是鸭镇中学的奇迹。学生何以怕他?同学聚会上,大家就此话题乐此不疲地展开了交流。若论身材,刘宾汉确实五大三粗虎背熊腰,但跟身高一米九二、体重达两百斤的教体育的林老师比起来,也一般。论力气,大家刚进中学时,稍有不慎,就被刘宾汉拎得脚离地面,扔到教室外面的惨痛至今让人记忆犹新。不过,转念一想,这也着实没什么了不得的。要知道当初大家都是还没发育的小毛孩子嘛,一个成年人拎一个小孩子还不跟拎一只鸡似的。刘宾汉从不开笑脸。据他女儿刘婷称,她也没看到过父亲的笑脸。不过,黑板和桌椅板凳又何时有过笑脸?刘老师眼睛瞪起来怕人?好像再怎么瞪也没牛眼睛大吧。刘老师比别的老师打学生更厉害?这更不对了。论手贱,公认的还是被张亮寻仇的教物理的赵老师更爱打学生。结论还是有的,那就是刘老师每接一个班,刚开始,无一例外,劈头盖脸就是一顿暴打,大吼大叫,将所有不稳定分子打服为止,让人闻风丧胆。过了一年半载,刘老师就不需要这样了,此后,他只要板着脸,保持着随时能把人扔出教室的风度即可。

青年桥上的坏孩子们见刘宾汉驾到,不由得嚷着,天快黑了自家的鸭子该撵回家了,再不撵的话狗×的父亲就会说你妈的甭想吃晚饭了,所以纷纷走了。张亮倒是不以为然,刘宾汉没有教过他。他一个人留了下来,仔细地端详了刘宾汉身边过江之鲫的女学生们,觉得确实比之前不在刘宾汉的羽翼之下独自经过青年桥的女生们在姿色上略胜一筹。他也不禁要看看刘宾汉的羽翼,也就是胳肢窝相关的部位,不得不承认,刘宾汉的膀子很粗。这么一瞥之间,他就看到坐在刘宾汉自行车书报架上的刘婷。因为她侧身坐着,脸正对着张亮,二人对视了一眼,刘婷就赶紧埋下了头。有趣的是,张亮也赶紧埋下了头。

像着了魔似的,这短短的一瞥让张亮难以忘怀,使他迟迟不愿意踏上社会而长期滞留于青年桥上。夕阳西下,黄澄澄的光线给一切都镀了层所谓的金边,书报架上以其父宽阔的后背作为背景的刘婷(她偶尔还晃动一只小脚)自此在张亮心中扎下了根。后来他出去混,砍伤人坐在班房里,这个画面也总是会在眼前浮起。奇异的是,这一切既让他感到甜蜜,也让他感到伤心。真不知猴年马月,自己才能和心上的人儿在一起呢。

二

刘婷的妈妈是鸭镇上著名的老姑娘。一方面她在国有百货商店当售货员,关系隶属供销社,是个稳定工作,非农业户口,附近的农民她都看不上;另一方面,她自幼患有小儿麻痹症,一条腿长一条腿短,道路不平,人生坎坷,镇上的小伙也看不上她。作为老姑娘,她的古怪脾气是少不了的。几乎所有上点年纪的人都领教过刘婷妈妈爱翻白眼的售货风格。不仅如此,她还跟镇上为数不多的几家亲戚也断绝了来往。对于镇上流传她恐怕一辈子也嫁不了人的闲言碎语,她用"去你妈的,走着瞧,我要嫁就嫁个最好的"来回应。气势惊人,可惜俗类只会窃笑。命中注定的,这时候刘宾汉来了。

刘宾汉刚到鸭镇中学时住在学校后面的单身宿舍,免不了要到百货商店里买些肥皂、牙刷、脸盆、热水瓶之类的生活用品,与这个跛姑娘一见钟情。有人认为是跛姑娘主动贴上去的,有其对刘宾汉购物时热情周到的服务为证。也有一个现已老年痴呆的邻居说过:他有天晚上出来上厕所,借着当年比如今要明亮得多的月光,眼见一条大汉三下两下翻过跛姑娘家的院墙,咚的一声落在院内,大地为之一震。定身再听,耳畔依稀传来跛姑娘发出的嘤嘤之声。总之,他们很快就结了婚。也没人觉得有什么不对,起码看起来两人还挺般配的。首先,长相上两人都有了点年纪(刘宾汉天生老相,事实上比跛姑娘还小两岁);其次,一个壮大似牛,一个畸形如鸡,搭配得倒也可乐。关键是这对夫妻相当恩爱。人们再也无缘在镇上看见跛姑娘动荡夸张的走姿了。想起刘宾汉背着她上下班的样子,人们至今仍唏嘘不已。不妨再从河的对岸看过去,刘宾汉扛着媳妇大步流星赶往前方的身影,倒映在河水之中,适逢群鸭戏水,涟漪荡漾,画面与一个闯荡江湖、四海为家的耍猴人偶然穿过鸭镇路过我辈平庸的人生又有何异?

刘宾汉和跛姑娘的爱情故事可能是鸭镇唯一值得称道的史实和佳话。可惜史海浩渺,随着两位当事人和其他见证人的渐次离世,终将不见其踪迹。

跛姑娘是个没福的人,生下小刘婷没几年就得了什么病,死了。可怜刘宾汉既当爹又当妈,父女俩相依为命。大概是夫妻关系太好了,刘宾汉没有再娶。除了工作,心思全在女儿刘婷身上。十多年来,刘宾汉一直将刘婷带在身边,哪怕是学校组织教职员工到外面旅游,刘宾汉也带着女儿一起游山玩水。至今刘婷还保留着自己年幼时期骑在父亲脖子上在各地名山大川前的留影。遗憾在于,那年头的摄影不仅强调人物,更强调人物跋涉千山万水才到此一游的所谓美景。诸如考虑到要把南京中山陵那个高大的"博爱"牌坊全部摄入镜头,所以父女二人在照片中立于牌坊之下就显得很小了,五官模糊,表情不清。后来刘婷就上学了,也是由父亲每天都骑车带着自己,从幼儿园一直到中学毕业,年复一年、日复一日,以至于刘婷错过了学习骑自行车的大好时机,不仅终生不会骑两个轮子的车,连三个轮子的也不敢骑,因此,四个轮子的也懒得去学了。

刘婷可能确实比较懒。从小到大,父亲对她的训斥都集中在这个字眼上。即便有职称为"高级教师"的父亲的亲自辅导,刘婷的学习成绩也始终一般。所幸刘婷没有让父亲太过失望,初中毕业后被省城一所卫生学校录取了。九月份报到当天,刘宾汉送女儿去省城。到了学校,在宿舍,帮女儿铺床叠被,归置好一切,和女儿第一次下馆子吃了顿饭。至此,他仍然放心不下,问刘婷,要不要自己找个旅馆住两天看看?刘婷一下子没忍住,哭了。是真的哭,流了很多眼泪。泪水流过面颊,路过腮帮,又聚集在她漂亮的下巴上,继而滴落进因为炎热已经蒸腾起一股好闻的馊味的乳沟之中。刘婷不得不把自己的成长情况如实汇报给父亲。她说:"爸,我已经长大了,你还是赶紧回去吧。"刘宾汉见此,也确实不知说什么好,只得把嘱咐的话又从头说了一遍,这才一步三回头地走了。返回鸭镇的末班车正烦不胜烦地等着他呢。

此后的刘宾汉,也像女儿报到那天终于把他送走后的表现那样,此时坐在自家的小院里长舒了一口气。女儿已无须自己照料,而他行将退休,只在校内象征性地上几节课。一生中他还从来没面对过如此大把的时间,完全不知道怎么花才好。早上起床,洗脸时,他不禁在镜子里多看了自己两眼。他很吃惊地发现自己和印象中的自己完全一样,或者毫无变化。这让他有一点失落,所谓岁月的痕迹呢?所谓的不可抗拒的衰老去哪里了?但此念转瞬即逝。他觉得自己既然身体没问题,仍然有使不完的劲,不如到河对面去伺候那亩把地吧。这块地还是亡妻留给他的呢。遵照鸭镇传统,也是时候了。凭借早年的记忆(刘宾汉很可能是农民出身),他无师自通地学会了种韭菜、种茄子、种辣椒、种白菜、搭黄瓜架子、弓塑料大棚。收获季节到了,嚯,但见刘宾汉的地里菜叶油绿果实硕大。谁也没有想到,刚刚退休的鸭镇中学高级教师刘宾汉一举成了鸭镇种菜人群中的后起之秀、个中高手,让一干村姑邻妇放下锄头纷纷赶来围观并啧啧称奇,无不笑盈盈地看着他。刘宾汉也很得意,素无笑意的脸上居然出现了一丝波动,并发自肺腑地觉得那个叫王桂兰的寡妇长得最好看。这是不对的,他想。于是还是控制住了自己的脸,决心将全部心血恶狠狠地投入种菜事业上去,心无旁骛地埋下大脑袋,越发地精益求精起来。只在累了的时候,他才直起腰来(能听见嘎吱嘎吱的骨骼响),看一眼天空。天上空无一物,偶有一只麻雀向东边飞去,麻雀不像村姑邻妇,是不会回头看一眼自己的。这时候,他也努力摒弃杂念,开始思念女儿,并自作主张地替女儿规划起了未来。

按照刘宾汉的规划,可以预见的未来是:刘婷顺利从卫校毕业,遵照国家定向分配的原则回到鸭镇卫生院担任一名护士(他不乐意女儿在省城的医院找工作)。在护士岗位上,如果刘婷能一改懒的恶习的话,通过自学考试或脱产进修之类的深造,也许能进入医师编制,差点也能混个护士长之类的职务。女儿再找个条件相当的小伙,结婚生子,自己还可以辅导孙子或孙女温习功课也未可知。自己何时死,已然不重要。总之,若能如此,等到女儿退休的时候,想来也和自己现在的感觉一样,不枉此生。

三

中专技校与高中不同,其教学特征是,考试能混个及格即可,所谓"六十分万岁,多一分浪费"。平时课堂没听,考试前几天拿着手电在被窝里看书,熬几个夜,临时抱佛脚是管用的。考试纪律也不是很紧。总之,只要不是太蠢,功课都能顺利过关,可以说最终所有人都能顺利毕业。所以,卫校生活对于刘婷这样的花季少女来说,真是无所事事,空虚无聊极了。也好,正好可以学点本来一无所知的东西。怎么逛街,怎么穿衣,怎么买化妆品……刘婷很快就学会了这些。一个学期刚结束,放寒假了,穿着尖头小皮鞋、臀部被牛仔裤紧紧包裹的刘婷一俟降临在鸭镇车站,很多开三轮蹦蹦车的叔伯们都没认出她来,以为镇上破天荒地来了一个时髦漂亮的女游客。个别闲汉还互相交换了两个下流的眼神,等看清是刘婷,这些叔伯才不好意思起来,也陡然热情了许多,殷勤地帮刘婷拎行李送回家,一路上喋喋不休自吹自擂,刘婷一言不发。刘宾汉见到自己的女儿倒是一眼就认出来了,但他很不高兴,问:"你过去的衣裳呢?"刘婷说:"都放在学校了。"刘宾汉当然知道她扔了那些旧衣裳,也不便深究。只好安慰自己,女儿确实长大了。

在鸭镇,刘婷当然是一枝花,在卫校的女孩堆里,倒并不见得多出色。另外就是卫校和幼师差不多,以女生居多,班级里偶尔才会出现个把男生。这些物以稀为贵的男生,无论相貌人品如何,都是众多女生宠惯的对象,无不被视为活宝。在选择女朋友上,活宝们自然有了较大的选择余地。可怜鸭镇一枝花刘婷,居然是这些活宝漠视的对象。刘婷后来对张亮不止一次地说,自己并没有看上学校里任何一个活宝,不仅如此,她还从旁观者的角度,认真分析了某位在校内最受女生欢迎的活宝,人称"小郭富城"。在刘婷的口中,"小郭富城"长得并不好看,很多人都没注意到而恰恰被刘婷发现的一点是,该活宝下颌和脖子之间有一颗痣,有痣也正常,关键是那颗痣上长了几根毛。此外,"小郭富城"其他方面也不行,每次考试都挂科,吃饭吧唧嘴,特别自私云云。

　　大概是在卫校二年级下半学期的时候,张亮才和刘婷搭上的。此前,刘婷到卫校读书,张亮也不愿继续在青年桥上勾留,进省城混。没多久,"小郭富城"就被人打了。刘婷怀疑是张亮所为。问:"是你打的?"张亮觉得自己还是否认这一点比较好。没想到,刘婷为此(张亮否认)感到失望,又为此("小郭富城"被打)感到高兴。张亮从此心里就踏实多了。他打伤了人,在牢里待了一阵,出来后威名尽显,经朋友介绍到省城一家夜总会看场子,也就是所谓打手,负责帮老板处理一些不太好办的事,过着昼伏夜出的生活。果然与港片无异,张亮备有黑色呢子大衣,衣领竖起来,夜色深沉,看不清这个小伙长啥样。

　　有一天,刘婷和女同学逛街,逛饿了在馆子里吃饭,也就是几碗牛肉拉面,吃完付账,饭馆老板告知,有人替她们埋过单了。二人环视四周,并未发现熟人,老板大概也被打过招呼,坚决不予道明。二人疑惑不已。神奇的是,自此以后,刘婷和同学每次逛街在校外吃饭,都被告知有人埋过单了。这显然系一人所为。本来刘婷和同学并不知道这种优待是冲着何人而来,不过大家很快就发现,没有刘婷在场,同学吃饭还是要花钱的。于是,有一个神秘人物暗中照顾刘婷的佳话在校内传扬了起来。这个神秘人物究竟是谁,很是费了刘婷和同学们一番脑筋。她们甚至自动将逛街队伍分成两拨,装作不认识,刘婷一拨负责吃喝,另一拨负责在饭馆附近寻找可疑人物。单照样被埋过了,可疑人物始终没有出现。作为花季少女,她们很自然地就想到那肯定是个追求刘婷的人。武侠和言情小说培育的想象力又迫使她们想入非非。女孩子们关心的是这个人的相貌,白马王子的可能性不大,对刘婷抱有嫉妒心理的某个脸上青春痘较多的女同学认为,此人很可能是个残疾或像钟楼怪人那样畸形,羞于出现。见刘婷面有不快,她又补充道:"这有什么?神雕大侠杨过不是没一只胳膊吗?"如此一说,刘婷又释然了。

　　吃饭不要钱维持了大概一个月,刘婷突然听说有人找她。她没往这处想,满怀惴惴,还拉上了最要好的同学相陪,这才来到了校园传达室。一个剃着板寸、蹬着军用皮靴、穿着黑色呢子大衣的小伙正在给看门老头递烟。该小伙甚至还留了两撇小八字胡,但因为年轻,胡须显得柔软有光泽,须下两片鲜红的嘴唇夹着一根雪白的香烟,眉眼因为烟熏,蹙了起来。同去的女同学情不自禁地在嗓子眼乃至更深处发出了一声惊叹。但见这个扮相颇酷的小伙,居然有点害羞的样子,但也相当坚定,完全无视刘婷那个兀自呻吟的女同学,只是微笑着盯着翩翩而至的刘婷。刘婷愣在了传达室门口,然后惊叫了起来:"张亮,原来是你。"

四

真是遗憾,在行将毕业之际,遵照校规,刘婷被勒令退学了。她只得趁同学们上课的时候,从张亮的住处起身,赶往学校,在张亮的帮助下收拾行李,然后和张亮一起返回鸭镇。后者已经十分确定地表示,他们一回到鸭镇就结婚。至于生活,张亮已有了超过同龄人(大多还在读书)的可观积蓄,而且在鸭镇朋友遍地,威名大震,随便做点买卖活计,挣钱养家毫无问题。"就算你一辈子不上班,也不要紧。"张亮就是这么跟刘婷说的。刘婷实在无奈,眼含两行热泪迟迟没有掉下来,及至张亮扛走她的被褥,床板像肋骨一样裸露出来时,两行浊泪才源源不断地滚了下来。当年父亲送她来报到的情景还历历在目,床板和眼下毫无分别,刘宾汉帮她铺床叠被的虎背熊腰似乎也依稀可见。刘婷不免一屁股坐在宿舍空荡荡的水泥地上哭了起来:"我怎么跟我爸说啊!"

刘婷和张亮走了后,同学们陆续回到了宿舍,看着刘婷铺位的床板,大家长舒一口气,纷纷累坏了那样或躺或坐在自己的床上,转而又精神倍增地开始热烈讨论起刘婷被退学一事。自从学校教务处勒令退学通报在橱窗里张贴出来后,鉴于刘婷还没有完全离开(以她的被褥和物件全部还在为标志),这段时间,大家在熄灯前后的卧谈会上表现得很不好,并没有她们想象中的那么够劲,当时个个不由自主地表现出欲语还休、神神秘秘的神情,就好像早已搬出去和张亮同居的刘婷(尤其是通报张贴出来后她更没脸滞留校园)会在她们忘情谈论的时候突然破门而入。她们确实有点怕,她们多多少少知道张亮是个什么角色。此外,刘婷也不是吃素的。对此,她的上铺,也就是那位脸上青春痘比较多的姑娘(后文简称"青春痘")深有体会。为了上床睡觉,这几年她和刘婷不止一次发生争执。刘婷认为,床腿上有一个铁制脚镫供青春痘爬上上铺,这也是脚镫发明者的初衷和善意的警告。可青春痘呢,偏偏对这项发明视而不见,每次上自己的床都要踩着刘婷的床沿(也就是床单上)一跃而上。在警告和争吵无效的前提下,二人曾发生过冲突。众人拉开后,在其他同学看来,二人互有胜负,武斗水平在伯仲之间。但青春痘还是觉得自己吃亏了,哭了。因为她的青春痘在护肤品的不懈擦拭下眼看就要全部消失,正是刘婷的那一顿抓挠使它们纷纷破裂,个别还流出了脓血。看样子是再也无法恢复了。据说在不久的将来,这些青春痘真的会像豆子一样纷纷脱落,然后给她镜中的脸上留下一个个坑洞。她未来的男朋友在亲吻她的时候,舌头也必然会在她原本可以光洁的脸上感受到不可小觑的阻力。她的爱情和生活质量势必因此而被人为降低,这是她永远不会原谅的原因。

青春痘没有加入热烈的讨论中去,而是一言不发地将自己的铺盖挪到了刘婷的床上。在挪动铺盖之前,她还在洗脸盆里倒上了温水,放了不少洗衣粉,泡了抹布,这才将抹布拧干,粗(用力很大)中有细(仔细全面)地擦拭了刘婷床位的各个角落。铺好床后,她还有点不放心,发现床头的墙壁上有刘婷贴上去的一些课程表和电影画报之类的玩意儿。刘婷贴得还挺牢的,但这没有难倒青春痘。后者用锐利的指甲将它们逐一抠了下来,使墙壁上露出了几块面积不等的雪白(对比于周边没有贴过东西的地带)。确实,每个人的床头都有课程表,以便于起床赶往教室的时候知道自己带什么科目的教材,按理说青春痘没必要这么做。作为同班同学,刘婷的课程表也是她的。有人为此劝她,她则充耳不闻我行我素,指甲在墙上抠剥有声。总之,青春痘在挪床行为上的勤劳和专注让大家的谈论多少有些不尽兴。她的置身事外一言不发仿佛表明,对刘婷一事最有发言权的恰恰是这个青春痘。权威还没开口,尔等喋喋不休,真是鲁班门前弄大斧啊。

"哎,青春痘,你忙好了吗?别忙了,一起来聊聊刘婷的事吧。"青春痘很不情愿地放下手中的活,坐在自己的新床上满意地看了好一会儿,这才在众人屏息凝神的等待下说起了刘婷。确实是高,果然不负众望。

据青春痘说,刘婷被检查出怀孕,也就是例行体检那次,她正好排队排在刘婷后面。很显然,医生直接就发现了问题,还打电话找来了班主任。反正青春痘在B超室外面等了好一会儿,她再次感到生气,刘婷总是她的障碍,连B超检查这么点儿事都跟她过不去。刘婷在教务处跪在地上痛哭流涕请求学校不要把她开除的场景,青春痘也有幸看见。她说是她去给老师交报告时巧遇的。但有同学对此表示质疑,教务处在行政楼,而教师办公室在办公楼,二者之间隔着一个人工沟渠呢!青春痘何以跑到了沟渠对面并爬到了六楼(教务处所在楼层)?要知道青春痘因为臀部过于肥大,平时可不爱爬楼。但既然青春痘坚持自己看到了,大家也乐于相信情况就是那样的——为什么不呢?刘婷甚至在教务处抱住了教务校长的大腿。如果不是教务校长躲避及时,恐怕裤子都会被刘婷扒下来。当然,青春痘也承认,这些都不重要。重要的是刘婷怀上的那个种到底是谁的?没错,你们谁也不怀疑是那个小流氓同乡的,对,叫张亮。但青春痘对此持保留态度。在这些年尤其是前两个月,春天,晚上,晚自习结束后的操场上,疑似是"小郭富城"和刘婷坐在操场边的树林里的传闻恐怕不是青春痘发明创造的吧?此外,体育老师托着刘婷的屁股上单杠,以及后者穿着短裙跳起来接前者打过来的羽毛球的事,相信大家也都没忘记吧?哎呀,你不提还真想不起来了,刘婷绰号"小白兔",不就是那天内裤上的图案嘛。如果不是刘婷在班会上申诉,并通过班主任的淫威强行将此绰号取缔,说不定被学校开除的是"小白兔"而不是刘婷呢,你说是吧?

五

刘宾汉被女儿气疯了,然后一口气没上来,倒在了院子里。多亏张亮帮忙,和刘婷二人把他抬上床,一顿掐一顿灌,给弄醒了。醒来后,不知怎么回事,他说不出话,就像先天哑巴那样,胳膊和腿也不听使唤。急得刘宾汉脑门上的筋暴得有一支铅笔那么粗,嗓子眼里发出一种说不上来的怪音,这种声音他自己也听到了,太难听了,他于是有意识地阻止自己发出这种声音,只把两个眼珠子瞪得跟牛卵似的死死咬住站在床前的张亮。张亮和刘婷能猜到他的意思,刘婷只好叫张亮先回去。见张亮走了,刘宾汉这才紧紧闭上了眼。

这会儿,他不愿意看自己的女儿一眼。即便后来能下地了,恢复了往日的虎背熊腰孔武有力,他也蓄意不拿眼睛看女儿。

急火攻心而已,也能算得上是一次中风,只是很轻微,没有后遗症。在刘宾汉卧床的这些日子里,刘婷整日以泪洗面,表达自己对父亲的愧疚,但这没用。

刘宾汉不仅紧闭双眼,刘婷喂饭喂水,他还把牙关咬得死死的。刘婷慌了。这样下去不行,求助邻居,大家都来探望,试着喂饭喂水,还是没用。后来,那个叫王桂兰的寡妇也试了一两次,轻声劝刘宾汉想开点,说着,王桂兰还难过地抹起了泪。让众人没想到的是,王桂兰这一哭发生了作用,虽然刘老师仍然没有睁开眼睛,但两行老泪顺着眼角淌了下来,继而瞬间被枕头吸收,呈现出两块泪斑。好了好了,活过来了,大家长舒一口气,有个别邻里还不合时宜地抹了抹额前的汗,发出了欣慰的笑声。笑声刺激了刘宾汉,他一下子在枕上号啕起来。鉴于刘宾汉的体量和块头,这声号啕几乎像雷声一样传遍了鸭镇,将在自己家中坐卧不宁的张亮吓得一个哆嗦,继而跑出家门,四下看看,见路上没什么有效信息,又垂头丧气地回去了。张亮确实跟刘婷说过:"你爸看样子好不了了,但你放心,一切我都负责。"事后在警察的讯问中,张亮也承认,那段时间他确实希望刘婷的爸爸死掉算了,不死就这么残废着也行。可谁想到呢?他又好了。

另外一件事,就是刘婷肚子里的种不好办。虽然刘婷并没有反对自己可以嫁给张亮,但眼下这状况,自己被开除,父亲中风在床(尚且不知好不好得了),她觉得自己好像没有生孩子的勇气和底气。此外,她还是个孩子。她隐约觉得自己如果生了个孩子,将是更大的丑闻。出于某种男人的虚荣心,张亮开始当然将胸脯拍得砰砰响以示负责,但在心底,他也着实没有想过自己当爹的事,他还是个儿子,他虽然早已瞧不上自己那个只会光着膀子在桥头铁匠铺里乒乒乓乓打铁的爹,但他的妈妈毕竟还是他爹的老婆,他家的房子及房子里的一切物件,包括门前那块用来磨刀的古城砖,哪一样不是他爹用整整一生经营而来的事物?关键是,父母、房子以及家中的一切,哪怕是他妈妈腌制的咸菜,仍然集体向张亮散发着家的味道,让他从来没有怀疑过。他享受着这个并不富裕的家,还没想过自己另起炉灶。其父母当然不会反对儿子早早地娶妻生子,但如果刘婷真的挺着大肚子来到他家和他们一起生活,生活场景是什么样子,张亮想象不出来。日子怎么过,会过得怎样,他更不知道。所以,拍完胸脯后,他还是找了镇医院妇科的人,带着刘婷去打了胎。

是个男孩。医生告诉他们。但才两个多月,只是一小块肉而已,二人并不以为意。在回家的路上,张亮和刘婷都不知道说什么好,二人一路无话。在刘宾汉卧床的这些日子里,张亮几乎每日都会到刘婷家来,只是不进刘宾汉的房间,不发出声音即可。出乎意料的是,张亮搀扶着刘婷进门,一抬头,刘宾汉像一堵墙那样站在他们面前。张亮转身就跑,但后脊梁还是被刘宾汉扔过来的一根棒槌击中。他跑回家后,才发现后背疼得厉害。另外,他在衣柜的大镜子里看到自己上气不接下气的样子,一股屈辱感让他对自己倍感陌生。

刘宾汉下地之后不理睬自己的女儿,甚至不拿眼睛瞧她,这是王桂兰说的。王桂兰问过刘宾汉,这样下去也不是个事,刘婷怎么办呢?刘宾汉说他不管了,就当没生养过她。并且决定等身体彻底恢复,他就娶王桂兰。王桂兰没孩子,还年轻,三十几岁,说不定还能给刘老师生娃呢。说到这里,王桂兰就再次抹起了泪。她很愿意嫁给刘宾汉,刘老师是一个正经人,也能干,教书种地俱佳。另外,她是寡妇,他是鳏夫,虽然年龄差了个二十来岁,但没关系,千金难买老来伴,为什么不一起搭伙过日子呢?这是顺理成章的事。但她又补充道,她始终没跟刘老师睡过,不是她不乐意,也不是刘老师的问题,而是没来得及。不过,在鸭镇人看来,没睡过那仅仅是婊子和牌坊的论题,不屑于讨论。此外,众所周知,王桂兰的丈夫死得很不光彩,他大冷天的穿着皮裤到人家承包的鱼塘去偷鱼,没想到却把自己淹死了。这种死法已经表明王桂兰夫妇是一对穷夫妻,丈夫死了,更穷。而刘老师呢,高级教师,让人肃然起敬,有公费医疗,有一份体面的退休金,王桂兰就是冲着刘老师的这些去的。这几乎是肯定的,难道你会怀疑?好在王桂兰都是空欢喜一场。刘宾汉在表示娶她之后没多少天就死了。而在之后的年月里,王桂兰年老色衰,再没碰见刘宾汉这样的人,无意之间为丈夫守了一辈子的寡——也兼着为刘宾汉守了寡,鸭镇人笑着说。

张亮也曾努力过。他自己不敢上门,托父母上门修好,提亲。张父生性本分木讷,因此不喜欢自己的儿子,他认为自己一生踏踏实实打铁,并从锤炼中悟出了一整套行之有效的人生观,而儿子想的尽是铤而走险、好逸恶劳的勾当。现如今,糟蹋了人人尊敬的刘老师的女儿,搞大了人家的肚子,还使人家闺女被勒令退学,自己有何面目见刘老师呢?然而事已至此,作为家长,父子的想法居然又一致了起来,那就是要负起这个责。这可能才是唯一的补救办法。时值农历阳春三月,风光宜人,张父拎着两瓶好酒上门,却被刘老师直接拒之门外,打翻了张父带来的好酒没关系(春日午后,泼洒在地上的酒在两个中年人之间散发着异香),张父回望了街巷,闲人三三两两地围观,在他们身后,柳梢微微触碰河面,涟漪荡漾,倒影中有破碎的蓝天白云,和小鸟啁啾之声。张父没有气馁,坚持认为,二人都是五六十岁的人了,事情应该心平气和地坐下来谈谈。刘宾汉也看了眼街巷,看到的情景应该与张父所见无异。只见他上前给了张父一个响亮的耳光,然后反身关闭院门。站在张父一侧的张母(还特意换了身过年才穿的新衣服)没忍住,哇的一声哭了出来。与此相反,桥头铁匠铺里的锤打之声自此沉默了下去。张父索性一病不起。他没脸见人。

六

次日,张亮亲自登门。

不是拜访,不是提亲,按照其在家中的态度,是来替父亲报这一耳光之仇。张亮岂是等闲之辈,江湖多年,心狠手辣。霍元甲打过老毛子为国争光,张亮也曾在省城大学附近教训过身高一米九体重两百斤的非洲黑人替朋友出了气。几时成这样?其辉煌战绩,有被他砍伤的人至今一遇到阴雨天气残肢还在隐隐作痛为证。此外,张亮在省城在鸭镇,劣迹斑斑,朋友遍布,一个中学退休教师又算老几?他自当大踏流星之步,风风火火地赶到刘宾汉家,一脚踹开院门,立于院中,高声叫骂,引得刘宾汉跳出,二人拉开架势,三拳两脚,张亮将这个自以为是不识趣的老家伙教训一顿,打死打伤全凭兴致,也看老家伙的运气。这场较量在当年的青年桥上,就应该完成。拖延至今,也无非这个老家伙有个女儿,自己喜欢他女儿罢了。横下心来,刘婷又岂是障碍?张亮将饭碗一推,对父母说了声"走了",就出了门。父母试图追上去拦住,但见儿子三晃两晃出了街巷过了桥,飘飘忽忽,在一个拐弯处消失了。

这场恶斗,发生的时间也很巧,正好是鸭镇一年一度的庙会之日。刘宾汉自女儿丑闻发生后,当然尽量避免抛头露面,不过其家正好居于闹市,大门紧闭的院内鸟语花香、老鼠偷油,一墙之隔的院外则是熙熙攘攘、人声鼎沸。在刘宾汉家院外那条街上,张亮确实与众不同,他当然不会留念杂耍和观看有两个头分别读两张报纸的畸形女人,更不可能蹲在某个摊点上货比三家掏钱购物。张亮像一条鱼那样轻松地游过拥堵的摊点和人群。动作之轻捷流畅,不可不提。但见他踱过几位熟人,跳过那堆匾筐箩椅,越过几头黑乎乎的小猪秧,就手在一个卖镰刀斧头的铁器摊位上找了把尖刀(杀猪捅喉那种),不算腾云驾雾,也近飞檐走壁,继而两脚落地,直起身板,立在了刘宾汉家门前。因为少年翩翩,因为春光明媚,如果我们没记错的话,他立在那里的影子显得无比黑暗。

不得不承认,确实是他手执一把反光刺眼的尖刀的形象惊动了所有人,人群纷纷向刘宾汉门前拥了过来。略略让大家感到失望的是,张亮没有踹门。刘宾汉的院门是包了铁皮子的,而且门板厚重,门框结实,从里面闩上,确实很难一脚踹开。两脚三脚能否踹开?这不知道。但既然要踹,一脚踹不开不如不踹。没完没了跟一道门作对,有悖于张亮的身份和他对自己的期许。张亮是用这把刀伸进门缝挑开门闩的,只一下,就听见嘎嗒一声。动作之娴熟,声音之清亮,委实值得叫好。然后他才撑开双手,用力一推,先是门轴吱呀,继而门板咕咚撞在墙上。声音未了,张亮已纵身跳入。

关于张亮当天手持的这把尖刀,在鸭镇历来颇有争论。有人认为,张亮挑开门后,就顺手将刀扔在了地上。警察问话,张亮自己也坚持这一点。他强调自己并非要找刘宾汉打架斗殴,更不会存在持刀伤人的动机,他只是想跟刘宾汉说说理,就算他张亮是大家口中那种蛮不讲理的小流氓,他也不会对刘宾汉做出无礼之举,毕竟,"他是刘婷的爸爸啊"。说到此处,张亮甚至在警察面前流出了眼泪。但是,更多的人则认为,刀不是张亮主动扔在地上的,而是被早已闻风而出的刘宾汉一脚踢中手腕才当啷落地的。刘宾汉人高马大,一条腿就有五十斤重,抡起来踢中你的手腕,你能受得了?所以刀被踢落,并不可耻。可耻在于,大家看完打斗后非常失望,原来张亮根本就没什么,还被刘宾汉给打哭了。

在鸭镇人看来,张亮自幼逞凶斗狠,打打杀杀,名震一方,必然有其道理。而这个道理的核心就在于张亮比普通人会打。那么,何为会打?大家不外乎受影视剧影响,认为他总会有点把式,也即传说中的中国功夫。虽说中国功夫享誉全球,然平时我泱泱中华男女打架,确实是推推搡搡、捣捣戳戳、抠抠抓抓,毫无美感,也因此而经常伯仲难分。立判高下的情况,仅仅发生在武器和块头占上风之时,但这也不多见。比如鸭镇的一对夫妇,虽然夫妇斗殴无不以妇女披头散发最后一屁股坐在地上哭天喊地而告终,但若细观男的,铁青的脸上也屡屡几道鲜艳的抓痕,很难说谁比谁吃了更大的亏。到了晚饭时间,照旧是女的从地上爬起来回家做饭,男的觍着脸也给自己盛了一碗,就这样谁也没死谁也没伤地把日子过下去罢了。总之,鸭镇民间斗殴的景象真是叫人难堪。尤其是那些少年,真恨不得离家出走直奔少林,学点真武艺,起码将来返回鸭镇,让斗殴显得美一点也好啊。不过,考虑到斗殴对方很可能没有去过少林,自己那些招式无法得到呼应,届时打起来可能还是丑。算了,罢了。与人为善吧,受了欺负,回家自己怄半天气不也是传统美德吗?是不是可以这么说,整个鸭镇,都把对斗殴的美好想象寄托在了张亮身上?

至于刘宾汉,他当教师时之所以能横行课堂,所向披靡,盖因其人高马大,遑论其面对的是一群孩童。当然,不说孩童,他的体积确实大于常人。这未尝不是他作为一个外来户却能在鸭镇迄今没受过欺负反而备受尊敬的原因。忆及他与张亮的当日斗殴,也全靠着这优势。他一掌掴过去,无论是挡是挨,张亮都疼得哇哇大叫。而张亮若想如法炮制,一则胳膊腿不够长;二则就算皮糙肉厚的刘宾汉挨你两下,又能怎么样?张亮灵活有余,蹦来蹦去,最后只能落个鸡飞狗跳的小丑形象。他不仅无法近刘宾汉的身,反而因为试探近身,脑袋和脸结结实实噼里啪啦挨了后者不少巴掌。时间长了,张亮气喘吁吁头昏眼花,一个没注意,被刘宾汉一推,脚跟一绊,整个人直挺挺摔在了院子中央。刘宾汉见状大喜。鲁迅先生有云,痛打落水狗。故而一个箭步上前,开始毫无阻力地捶打。而张亮呢,只有四肢乱蹬痛哭求饶的份儿。刘宾汉此时有没有仿照中学课本上的《鲁提辖拳打镇关西》中的相关细节,我们无从考证,但鸭镇众多围观者中有初中学历的,大概都能想到。刘婷就想到了。她也扑了上来,也哭了。她说:"爸,我求求你,不能打了。"刘婷的加入确实劝停了其父对张亮的施暴。不过,让她没想到的是,刘宾汉坐在张亮身上认真看了眼自己的女儿(也是刘宾汉中风以来第一次和人生中最后一次),然后挥掌给了女儿一下,刘婷顿时昏死在地。

七

写到此处,还是不想急于描述刘宾汉之死,并决定按下刘老师一家不表,另行开篇写一个叫刘刚的人。

刘刚是鸭镇西边两百公里外一个名叫刘坑那里的人。刘坑,顾名思义,这里大都是姓刘的。坑字还说明此处地势较低,本质是个山洼。因此,这里倒是青山绿水,溪流淙淙,春来菜花遍野,秋来层林尽染,夏晒笋干,冬腌猪肉,称得上"鸡犬相闻老死不相往来"(都是亲戚,有什么值得来往的呢),真是一个好山好水好地方。这系刘氏来自哪里,郡望何处,因祠堂倒塌,宗谱毁于动乱,无从查考。只是村民用来堆砌猪圈的大青石条上还有一些图案文字,似乎表明他们的祖先也都,不,一度也曾或耕或读,金榜题名过。多少代后,大概因为置身大山,交通不便,只会靠山吃山靠水吃水,眼下倒显出了穷山恶水的破败样子。和诗书传家的祖先相比,刘刚这一代有文化的不多(从刚啊强啊这些小辈名字也能略知一二)。村办小学里师资有限,读中学要翻山越岭到县城,代价不菲,所以多数在村小读完也就不再念书。不是在家务农,就是外出打工。相比之下,刘刚倒还算幸运,考虑到他上面的哥哥姐姐都没念过什么书,其父母咬牙跺脚一狠心,把他送到了县城。小刘刚也没辜负父母,在县城中学一口气念到了高中,居然还考上了大学。刘坑人至今难忘刘刚考上大学时其家大操大办的景象。据说,他是该村有史以来第一位大学生,光这一点就可以遥追明朝那个被皇帝点过翰林的祖先。难忘还在于中学六年已经耗尽了刘刚父母的家财。此时的刘刚家,真是家徒四壁,不说吃糠咽菜,荤腥是从来没有。为了供这么个儿子,其父母吃的猪狗食干的牛马活,未老先衰,浑身是病。大操大办其实是在村主任的倡议下村人集资帮办的。祭祖、放炮、烧香、磕头,流水席上的大鱼大肉,游窜于人腿缝中的黑白花黄各色土狗,真是让人记忆犹新。

  大学也是在省城,与刘宾汉女儿刘婷就读的卫校其实不远。但可以肯定的是,二人从未见过。就算在街上见过,又与未见过有何异?人生在世,我们见过的人要远远多于我们认识的人,此为憾事而不为人知。与刘婷的中专生活不同,刘刚的大学生活真是苦不堪言。一方面,他不敢在学业上有所懈怠以负家乡父老;另一方面,作为来自偏远山区的贫困生,他在繁华的省城饱受各种物质诱惑的同时只能吞咽口水,继而被动和主动地忍受各种歧视和侮辱。刘刚到死都记得这么件事:在南方一个著名的湖边,班级春游,男女同学已然成双结对,与他一样形单影只的是那些又胖又丑的女同学。这些女同学买吃的时候会给他也买一份。不过,代价是他得用脖子、肩膀吃力地挂着她们七八个包尾随着她们。他没有到湖边去照映自己的形象,但他深知,自己在湖中的倒影势必丑陋不堪。丑陋不仅在于他被一群丑姑娘视作仆人,还在于他确实身材矮小、尖嘴猴腮、满头黄发,一副发育不良的架势。同学们所赐予的"猴子"的外号,连他自己都认为是实至名归。所以他一面紧跟丑姑娘们,一面还告诫自己尽量避开人多的地方,避开那些成双结对的漂亮男女。多么不幸,然后就是他发现班上那位最漂亮的女同学和她的男朋友在前方悠游晃荡,拍照留影,打情骂俏,真是一对人见人恨的狗男女啊。又恨堤岸狭小,无处可绕。不知为何,那些丑姑娘倒是无所谓,横着膀子翻着白眼就从二人中间恶狠狠地穿过去了。刘刚不,他委实不愿意这么做,不愿将自己畸形可笑的背影公之于狗男女的视野。他只得放缓脚步,慢腾腾、鬼鬼祟祟、远远地跟着,还警觉地防范自己被这对狗男女无意间瞥见。及至他终于赶上那群丑姑娘,丑姑娘们生气了,因为有一个女同学需要换卫生巾而卫生巾在刘刚肩上的包里。有没有致使该女同学经血外溢?刘刚不知道,能知道的是此女像失血过多似的脸色煞白,一把抢下自己的包。刘刚一个没站稳,跌倒在地,惹得丑姑娘们和缓缓赶来的那对狗男女哈哈大笑。春光明媚,碧波荡漾,游人如织,小吃飘香,这时候有一个长相跟猴子差不多的人还很识趣地跌了个四脚朝天。啊,这真是一次美妙而让人难忘的春游啊。

  刘刚宿舍的同学也记得一些细节。猴子经常半夜鬼鬼祟祟地爬起来,弄出了一些细细碎碎的声响,有人也许闻到过丝缕甜甜的腥味,但没深究,翻个身也便睡了。让大家没想到的是,猴子裤衩洗烂了后,就不再有钱买裤衩。大家对猴子裸睡的习惯还没来得及赞颂,就又发现猴子穿上新裤衩的同时有不止一个人在走廊里咒骂哪个变态偷了他的内裤。大家也不便证明偷裤衩者刘刚也。凡此种种,举不胜举。当时,此类事件在私下交谈中当然会叫人发出种种讥讽和不屑。多年以后,在同学聚会上,与上文同理,势必又是美好的学生时代哦。而且回过头来看,大学时代真正能让人记住的是什么呢?难道是那些课本,那些所谓的恩师,以及所谓刻骨铭心的初恋?譬如那个漂亮的女同学,对于她的美貌,多年以后,大家已经浑然不觉,而她在同学聚会上的衰败和平庸更是触目惊心。这些已经不重要了,也不好玩。此时此刻,仍然能让大家津津乐道的,恰恰是刘刚这样的角色以及他们闹出的笑话,真是不朽。另外,在此次同学聚会上,在本应出席的刘刚因为众所周知的原因没有出席的情况下,大家谈兴更浓,笑声更是蔚为壮观。

八

  我们对一个人指指点点评头论足并不表明我们了解这个人。关于刘刚在大学时代的掌故,同学会上不为人知或不太为人知的东西还有很多。比如大三那年,刘刚频繁返乡,其因是他的父母在同一年因操劳过度而先后离世。那么,何以至此?没人知道。因是悲事,大家自然不会拿出来详加盘问说三道四。同学们只记得父母亡故后,刘刚略有改变。如果说他一直因为贫穷、丑陋和可笑而被大家另眼相看(孤立),那么父母亡故后,刘刚则是主动将自己孤立在外。他不再试图融入集体中来,而是完全放弃,哪怕是同学们喝酒主动请他(大家想念他在酒桌上喝醉后的模样),也遭到了有礼有节的拒绝。他也不像以前那样总是想蹭同学的洗发液洗头,而就是这么满头油污地在校园内我行我素。他的朴素及肮脏,反而一下子使他和所谓高等学府比别人更加般配了。那些老一代的学者不亦如此吗?没错,刘刚就像一名胸怀大志而又不修边幅的青年学者,除了睡觉"吃饭"大小便,人们只能在图书馆和阅览室找到他。摊放在他面前的是堆积如山的书本,在这座"山"下,是一个奋笔疾书的年轻人。那个经血外溢的肥胖女同学在阅览室经常遇见刘刚。她说,她当时几乎爱上了这个人。她注意到,当刘刚每次用手指蘸着唾沫翻阅纸张的时候,因为纸张的翻动及其反射的光线,刘刚眉间两道竖纹忽明忽暗,让她非常着迷,差点爱上了此人。当然,幸亏没有。肥胖女同学不禁擦了把冷汗。中年将至,她比大学的时候瘦了一大圈,庆幸的是样子也漂亮多了。

总之,大学时代尤其是大三以后的刘刚是神秘的。大家因对此一无所知而陷入了深思。刘刚后来的妻子(在刘刚出事之后即已离婚)对刘刚大学时代的了解也与刘刚同学们的描述完全不一样。刘刚告诉他的妻子,因为出身贫寒,因为身负众望,他的大学时代虽苦犹乐,甘之如饴。早在入学之初,他就坚定地认为,自己必须学有所成,出人头地。此外,刘刚极其不满同学之间普遍存在的纨绔习气和玩世不恭,认为随波逐流就是自甘堕落。所以整个大学期间,他都是在图书馆和阅览室度过的,而绝非大三那年父母双亡以后。他不仅和男同学难以沟通,对女同学也无甚好感。他真诚地向妻子透露,如果精神恋爱也算一种爱情的话,那么他在大学时代享受过这种纯粹的情感,而对象是他交往的一名笔友。刘刚说,这名笔友是北京大学哲学系的一名女生,他当然没有机会见过,也从来没有想过见上一面。照片?也没有。为什么要照片?真正促使他们你来我往书写信件的是精神交流,是惺惺相惜,是老子、孔子、佛陀、柏拉图、苏格拉底、海德格尔这些闪光的名号将他们的精神体结合在一起,而非肉体,亦无须肉体。那些信?很遗憾,那些信没有了,搬家时不慎丢了。再后来就是毕业了,人海茫茫,连彼此的名字都可能是化名笔名,又到哪里去找呢?又为什么要找呢?难道就这样不好吗?

笔友这事,刘刚的大学同学倒是没有什么异见。不稀奇。当时几乎所有单身的同学都有一个笔友,有的还不止一个。最多的是系里面那个在《青年文学》这本刊物上发表过一篇小说的男同学,因该小说描述了主人公和几个女人(既有女同学也有女教师)混乱而绝望的性关系,引起颇大反响,故作者被誉为"风流菜籽"。另外,小说发表的时候,"菜籽"的通联地址也被编辑附在文后,于是他每天都能收到来自全国各地的信件。刚开始,"菜籽"还每信必复,没多久,同学们帮他回复,刘刚也曾受邀帮忙。再然后,所有同学都受不了了,任务艰巨也就罢了,寄信是要贴邮票的,而邮资显然非那一篇小说的稿费所能全部支付。如果大家没记错的话,"菜籽"小说发表当日,也就是在稿费到来之前,他就预先透支了自己两个月的生活费请大家吃一顿。刘刚因不胜酒力,在饭桌上一头栽在一盆酸菜鱼里,大家可都是记得的。到了最后,"菜籽"连来信都懒得拆阅,随手丢弃,给校工制造了不少垃圾,以致校工向上反映致使"菜籽"还受到了校方的处分。刘刚的笔友是谁,没人知道,也没人关心。反正除了"菜籽"对笔友来信感到恶心之外,所有有笔友的同学确实是每天都盼望负责分发信件的同学扬起一个信封冲自己招手。

拆开信封,除了信件本身,大家更渴望有照片。漂亮的就亢奋就持续,土的丑的就会在对方下次来信质问时复以"最近学业太忙无暇及时回复见谅为荷"然后达到断绝音信的目的。这是笔友的常态来往。再深入点的是互寄包裹,赠送礼品。刘刚的上铺就收到过笔友寄来的一支并不名贵的钢笔,用了两天发现不太好用,考虑到刘刚家里穷且自己是个善良之士,上铺就慷慨地转赠给了刘刚,刘刚千恩万谢,欣然接受,并受到这支钢笔的鼓励,多给自己的笔友写了几封信。互赠礼品之后,可能也有约时间地点见面的。不过,见面因代价太高,很少有人办到。至于这个世界上有没有通过笔友的方式勾搭成奸乃至缔结良缘,那刘刚和刘刚的同学们就不知道了。但愿有吧。

至于刘刚说他在搬家的时候不慎丢了笔友的信,这就更不值一提了。大多数人早在毕业之前就丢了这些信件,保留笔友信件的人也许有,但绝对不多。刘刚将那些信件保留到搬家,这或许说明他确实与众不同。在大家看来,这句话里只有"搬家"一词是大家所关心的,有力地证明了刘刚后来混得还行。确实如此,刘刚因在大学里表现出了质朴上进的形象,毕业后没有被打回原籍,而是留城去了一个机关上班。先是住在单位宿舍,然后幸运地赶上了最后那批福利分房,分到了一套两居室。再后来,刘刚升职,商品房兴起,他自己又买了套,搬了过去(注意,刘刚有了两套房)。再再后来,刘刚不仅继续升职,而且还和人一起开办了公司,然后携妻子搬到了城郊的大别墅里(已然狡兔三窟)。不过,到底是哪次搬家丢掉这些密布西方哲学大师名号和名人名言信件的,谁也说不清。刘刚妻子所描述的丈夫,或许也有一定道理,那就是刘刚早在大学时代就是个雄心勃勃的人,否则他怎么一路升职以至于给老婆留下了三处房产。可怜两百公里外刘坑的穷亲戚们,他们确实一点没有享到小刚子的福,并鉴于小刚子出的那些事,在眼下重修族谱的重大时刻,是否应该考虑考虑对小刚子实施削籍处分?还请长辈村长裁夺。

九

刘刚出了什么事?笔者不用说,看下去便知。我还是喜欢笔友这个环节。

据我所知,刘刚的笔友署名赵娓,但绝非北大哲学系女郎,邮戳标明信件寄自鸭镇,通信地址为鸭镇供销社。在信中,赵娓告诉刘刚,自己时年二十,惭愧的是没有考上大学,更惭愧的是,自己在供销社的工作还是自己的一个亲戚走后门给弄的。虽然赵娓连鸭镇都没有离开过,但她自幼热爱文学,自费订阅了《收获》《十月》《青年文学》等国内重要文学期刊。正是因此,赵娓看到了刘刚"菜籽"同学的小说,她一方面想和作者探讨一下小说中所描述的性行为是不是作者本人的亲身经历,另一方面是想表达一位乡村文学爱好者应有的敬意,并惴惴地附了一张近照。没想到信寄出去多日,也没有收到回复。这让赵娓不禁更加惭愧起来。"菜籽"是大学生,天之骄子,又才华横溢,性生活丰富多彩,在可以想见的未来,想必是一匹文坛黑马,会被更多的女性崇拜者所簇拥。自己的信,稚嫩的文笔,只能让他看了发笑。至于自己的照片,虽然已经在鸭镇照相馆委托照相师傅努力将自己拍到了最佳状态,但想亦难脱村姑的土气,"菜籽"岂能青睐。赵娓说,她为此甚至羞愧得失眠流泪。但是,奇迹发生了,在时隔多日之后,赵娓终于收到了回信。虽然这封信并非出自"菜籽"之手,她仍然很高兴很激动,甚至更高兴更激动。这是一段缘分,难道不是吗?赵娓在信中反问道。

显然,赵娓说得情真意切,对刘刚给她回信冠以"缘分"二字,刘刚亦深以为然。前面已经说了,"菜籽"在校园内将未拆阅的来信扔得到处都是,刘刚趁人不注意捡过几封。当然,其他同学也可能捡过,也说不定因此交到了自己的笔友,不提。缘分在于,在刘刚捡的来信中,也只有赵娓这封内附照片。虽然这个署名赵娓的姑娘在照片中姿色普通,倒也不掩清纯朴实之相。兴许还让刘刚想起了自己在县城读高中时所暗恋的女同学。于是他灵机一动,提笔给赵娓回信,并将事实告知("菜籽"连她的信都没打开就扔了)。当然,刘刚并未直言自己希望和赵娓建立"友谊",他只是尽量使用客观公正的语言方式表示"菜籽"的行为是不妥的,乃至于是对他人的一种伤害,一种罪孽。至于"菜籽"的那篇小说,刘刚也从自己的角度进行了不偏不倚的分析,结论是:趣味粗鄙,道德败坏。赵娓不仅同意刘刚的看法,而且为刘刚之举大为感动。然后得出"缘分"的结论。

既已是"缘分",二人自然没有到此为止的必要。于是,你来我往,书信不断,整个大三,刘刚都忘我地沉浸其中。同学们认为他在该学年陡然自我孤立起来,应与此有关。二人的关系,也由谈论"菜籽"、互致问候,最后发展为无话不谈。

刘刚:他们指望我改变家庭的命运,希望我能让他们享到福,这根本不用说,我早就决定我工作后第一个月的工资就全部给他们。但我还没毕业,他们就死了。古人说,子欲养而亲不待,现在我还没有赡养父母的能力,但已体会到了这句话的意思,真是难以形容我的悲伤。但是,但是我还想告诉你另外一个真相,说了你或许会骂我,当办完他们的丧事返回学校的时候,一路上我感到从来没有的轻松。对,如释重负。我知道这样说很残忍,但是真的。

赵娓:最近几天肚子疼(其实每个月都这样),所以隔了好几天才回你。你说得不仅很有道理,也让我羡慕,想到我永远无法摆脱父母摆脱鸭镇,就绝望得要命,真想死。

刘刚:我真的想把你的照片贴在床头,每天睁开眼睛就能看到你,但我只有这一张你的照片,贴了,将来再揭下来对照片不好,对你不尊重。另外就是,如果我把你的照片贴在宿舍床头了,我在教室,我在食堂,我在阅览室,我回老家,就没有你的照片可看了。这还不说被我们宿舍那些男同学看了。我是真的不愿意跟人分享你的照片。所以我只能把你的照片放在怀里,靠近心脏的位置。

赵娭:当然可以给你多寄几张照片,但是我并没有你赞美的那么漂亮,你手上的这张可以说是我拍得最好的。把最好的给你,把不好的留给自己,也许更有意义。

刘刚:都不重要,重要的是,我坚信我能够在茫茫人海中一眼认出你。我只是盼望那一天能早日到来。

也就是说,在遥远的1996年,热衷于通过书信交笔友却很少有人具备勇气相见的年月,有一个叫刘刚的男的和一个署名为赵娭的女的,他们将率先进入笔友交往的最后环节,臻至最高境界——见面。

一向自卑害羞的刘刚当然曾试探性地暗示赵娭可以来他所在的学校相见。因为二人之熟稔,几乎到了对方的标点符号是什么意思也能猜到的地步,聪明如赵娭(刘刚坚持认为她的智力远远高于他的同学们)一眼即明,并开诚布公地陈述了两条她不宜前来的理由。第一,她没有外出的时间,她要上班。这一条当然是托词。关键是第二,她说,她是女的,刘刚是男的。这确实叫人无法反驳。刘刚答应要亲赴鸭镇。只是因为激动和紧张,激烈的思想斗争搞得刘刚形销骨立,迟迟没有成行。时间在过去,赵娭的信里,清晰地描述了鸭镇的季节变化:那个在刚刚过去不久的冬天的雪中滑倒死掉的人早已埋了,坟头上现在青草碧绿;她家那只仅有一只爪子是白色的黑母猫已经生了三只毛色各异而又同样可爱的小猫;青蛙叫得很难听,蝌蚪甚至游入了鸭镇人家的水缸……美丽的鸭镇之春转瞬即逝,再这么拖下去,酷暑就在眼前。难道大好的青春就这样浪费掉了?看得出来,赵娭因为怀春已久,现在则流露出了伤春之情。

她在给他的最后一封信中用绝望的口吻说:我一直在等你,我希望我们能面对面地聊,用我们各自的发声器官发出声音聊……但是,你到现在还没有明确你来的日期,我想我只能放弃了。我的内心再也没有理由拒绝我妈妈叫我去相亲了。我差不多能看到我这辈子,一眼看到头,我会嫁给一个当地的工人、农民或者别的什么人,和他生孩子,然后慢慢老了,死掉,像那个在雪中滑倒死掉的人一样,也埋在这个地方。

这封信彻底打动了刘刚,也基本打消了他所有顾虑。他当即写信明确了自己赶赴鸭镇的具体日期。在信的结尾处,他抒情地蹦出了一句一直没好意思写但在心底千万次呼喊的话:亲爱的,我来了。

十

刘刚大概是在中午到鸭镇的,也可能更早。因为其貌不扬,穿着普通,没人太把这个陌生人当回事。连开着蹦蹦车的老司机也只是象征性地上前问他要不要坐车。刘刚还未做决定,不予回答,老司机便也流露出无所事事的表情,然后从耳郭上取下一根烟点上,晃悠悠地走了。

在车上,刘刚还是有点忐忑。自己说了"亲爱的,我来了"后,截止到他买票上车,始终没有收到过赵媱的回信。而自己在信中确定的日期已经到了,他想到了中国古代一个叫尾生的故事,并被这个故事所深深打动。当然,买票上车前,他做了种种假设。赵媱给他回信了,只是这封重要的回信在邮递途中丢失了。这一情况在他们之前的通信过程中是时有发生的。那么,在那封丢失或迄今没有到达的信中,赵媱无非会有两个态度:一是,她很高兴,他终于来了,并在信中具体注明了见面的时间和地点。二是,她也紧张害怕了,或者已经相亲成功,移情别恋,叫他别来了。刘刚不愿意悲观地对待这封无缘拆阅的信,倾向于第一种可能,也就是赵媱已经做好了他要来的准备。因此,信件丢失或还在邮递途中倒并不是什么大问题。将赵媱给他的所有的信拼接在一起,不仅能够看清二人情感的清晰履痕,庶几也可以视作一本编撰方式随意的《鸭镇志》。鸭镇在刘刚的脑子里早有轮廓。这只是一个小镇子,找一个人太容易了。就算不能遵照赵媱在那封丢失的信件中所指定的时间地点,又有什么关系,二人注定能见上。第二种猜测的可能性微乎其微,即便是真的,刘刚大不了失落沮丧,无论能否见着,自己买一张返程票就行了,一切到此为止。因此,他还是买了票上了车。然后鸭镇到了,他下车。

在车上,他还想象过自己下车的画面。因为害羞,因为紧张,赵媱远远地站在车站附近的什么地方,或者躲在车站附近的某个门面里,假装和店主聊天,而眼睛却不时焦躁地向车站瞥来。来了一辆车,停了,乘客下来了,不是他,不是他,还不是他。她紧张的情绪暂时得到了缓和,但想到下一辆车,她又更加紧张了起来。她简直要恨他了。当然,这是刘刚想象的画面。这基于假如赵姥去学校找他的话,刘刚也一定会这么做。比如他会和她约定在学校北大楼草坪那儿见,最好各自手里拿着一本《青年文学》作为接头暗号。他会提前到这是肯定的,但他绝不会愚蠢地暴露在那几百平方米空旷的草坪上,而是一定会在草坪边缘的树木和花丛中找个据点。而且在赵姥手握《青年文学》出现之前,他是不会傻不拉几地先手持《青年文学》的,他根本就不需要这本杂志,就算需要,在对方手持杂志出现之前,它只能在他屁股兜里插着,并被上衣的下摆盖住。他要判断,除了判断那个手持《青年文学》的人是不是照片中人,还要判断她的真实容貌及身段,以此决定自己以什么情绪和方式走上去。没错,就刘刚对她的了解,赵姥亦应如此。所以下车后,除了没有搭理几个老司机,刘刚也没怎么动,就站在那儿。多站一会儿,多站一会儿,刘刚抚慰自己狂跳的心脏。五分钟不行,难道十分钟以后,台球房那边一群打台球的小镇青年中间不会袅袅婷婷地走出一个赵姥?

半个小时后,这一画面仍然没有出现。

台球房里一球未进、轮让对手打,自己则怀抱球杆站立一旁、等待对方失手的人或许注意到:这时候那个傻站在车站广场太阳地里的家伙已经反身了,到了售票窗口,看样子他刚来半个小时就要买票走了,而且还没人阻止他这么干。不过,快看快看,情况似乎又发生了变化。此人在售票窗口叽歪了一会儿,又走向广场,并冲着那群停泊在阴凉处的蹦蹦车而去。

刘刚问一个老司机:"供销社怎么走?"老司机听出外地口音,非常热情地说:"上车,我拉你去。"刘刚没有接受邀请,而是向台球房这边走来。老司机们虽然没有做成刘刚的生意,但仍然显示出热情好客的样子,不紧不慢地尾随着他。台球房里,除了抱杆而立的,伏身在草绿色桌面上的人们也纷纷直起了身。这里所有的人无一例外地表示他们不认识供销社,有人还夸张地面面相觑:"我们鸭镇有供销社?"其中一个看上去颇面善的家伙善意地提醒刘刚:"你想问路,问他们啊,他们哪里可都认识噢。"说着还用下巴向刘刚的身后指了指,刘刚往身后看看,正是刚才那些蹦蹦车老司机。他只好离开台球房,没走几步,身后的怪笑声就传至耳中。同理,门面里开小卖部的和外面支起阳伞和煤炉卖茶叶蛋的,不是摇手就是装聋,怎么都听不见他的声音。刘刚当然懂这年头这世道。他只是觉得他们也太过分了。另外,就是他确实没钱,除了返回学校的路费,他口袋里大概还有够两个人吃顿盒饭的钱,这是以备他和赵姥吃完盒饭后自己抢着把账付了。当然,他坚信,如果吃饭,赵姥不把他带到她家去是有可能的,但她绝对不会让他吃盒饭,起码会下个小馆子炒两个菜吧?作为已经工作的人,以及对所谓尽地主之谊的理解,他不怀疑在他喊着埋单的时候被赵姥温柔地告知:我已经买过了。

刘刚向镇上步行而去。

到镇上人家问,确实好多了。一个老大娘非常殷勤地指天画地告诉了他怎么走,但他一句也没有听懂,只得连说感谢。另外两个人说法不一。一个说往前走五百米,左手是个桥,过了桥往右手走,就差不多快到了。另外一个人则认为没那么复杂,一直往前走就能看到鸭镇供销社那个白底黑字的牌子。好在二人所说方向一致,刘刚决定,那就往前走,走到前者所说的那个桥边,再找人问问。不过,他走了差不多两公里,左手才出现一座桥,他也很确定在这两公里内并无什么白底黑字的牌子。这是5月份的天气,春光明媚,又是这么一顿暴走,刘刚脸上老油直冒。加之时已中午,站在桥上但见河两岸炊烟袅袅,附近人家锅铲炒菜的声音亦清晰可闻。再看桥下,水草摇曳,其间隐约浮游着几条黑色的鱼背。此时此刻,辘辘饥肠纠缠着刘刚糟糕的情绪,水中倒影也放大了他的悔恨和屈辱。刘刚几乎恼羞成怒。

这时候突然人声鼎沸,一群骑着自行车的中学生像一股潮水一样向桥上涌了过来。他们放学了,回家吃饭了。一个女生非常肯定地告诉刘刚,后者方向完全走反了。车站位于鸭镇的中部,现在刘刚和这座桥包括女生本人和她的自行车,一起位于鸭镇南部,而供销社在北部。闻听此言,如果不是这个女生有一双干净明亮的大眼睛,刘刚几乎要进出一句粗话。他连声感激,女生一笑(左边有个酒窝),翻身上车。刘刚注意到,上车后,女生没有直接坐上坐垫,而是就这么让圆润饱满的臀部悬在坐垫和大杠之间,先是由慢到快猛蹬了几下,一俟自行车可以自动滑行,她这才将臀部压在海绵坐垫上(坐垫微微一陷)。是激励,也像一种启示,刘刚适时终止了自己败坏的情绪,亢奋了起来。

十一

可能是太急迫,也是刘刚懒得再走,他招手一辆经过的蹦蹦车。后视镜里,老司机与他相视一笑。如果刘刚没记错的话,他就是自己下车后第一个与他搭话的鸭镇人。不知何时,后者的耳郭上又夹上了一根烟。

付完车钱后,刘刚略略有点意识到自己只剩下了返程车票的钱,但他并没有十分在意,此念转瞬即逝。唐僧师徒一行四人远远望见西天雷音寺的殿宇一角,肯定扑通跪倒,泪流满面,刘刚千里迢迢历尽千辛万苦也终于找到了让他魂牵梦萦的爱情圣地——鸭镇供销社。没错,白底黑字,大铁门,门房里坐着一个捧着水果罐头瓶子做的茶杯看报纸的老头,和经验和想象的完全一致。

除了门房老头,供销社了无人影。倒是有几只麻雀在院子里蹦了几蹦,见刘刚是个生面孔,赶紧飞走了。刘刚当然知道这是双休日,好学生如他定不会旷课亲赴鸭镇。他无意于擅闯供销社,只是站在门外,问老头:"大爷您好!请问大爷,您知道赵姥家住在哪里吗?"

正所谓门可罗雀,看门老头对刘刚露出了非常热情的嘴脸。但听了刘刚的话,他倒是表现出这个年纪应有的耳背神色,三步并作两步地从传达室蹒跚而出,凑到刘刚面前,用一只手在右耳上做出一个扩音器的样子:"什么?你再说一遍。"

刘刚只好重复。

老头这次听了,若有所思地放下手,摇了摇头,然后用另一只手的食指在刚才那个手掌上画了起来。"你说的那两个字怎么写?"

刘刚显然没想到这一层,不可能随身携带纸笔。情急之下,他在地上找了起来,好不容易看到几步外有一根树枝,一个箭步冲过去。然后拿着树枝又是一阵好找,大门附近都是水泥地,只在门房左侧有一棵水杉,下面有一小片泥地,而且看样子是老头每天倾倒茶水的地方,也有可能是老头夜起撒尿的专用场地。总之,水分蒸发之后,露出了一块半干不湿还较为平整的地面。真是一块绝佳的写字场所啊。别说刘刚了,连笔者都有上去写几个字的冲动。但见刘刚伸手要把大爷拉过去,没想到反被大爷捉住他的小手(对比的结果)。后者还将他那根树枝拿下,扔掉,毅然决然地牵着刘刚进了门房。桌上全是报纸,旁边正有一支圆珠笔。这还用说,刘刚熟练地将"赵娒"二字写了出来。因为熟练,用时之短,笔画之顺畅,着实让老头发出赞叹:小伙子的字真不错噢。

她家住哪儿?见老头只顾端详自己的书法,看来必须把这个问题重新提出。让刘刚失望的是,老头说不认识这个人。让刘刚大惊失色的是,老头说鸭镇供销社没有这个人。不仅没有赵娒,连姓赵的也没有,不仅连姓赵的也没有,连女人都没有——如果已退休的秦主任(女)不算在内的话。

这不可能!刘刚对老头的记忆力表示怀疑。确实如此,该老头步履滞重,两眼混浊,怕是早已痴呆,只是没被人发现而已。这样的人,无论他有何背景,和领导有什么关系,早就该坚决地被清除出供销社的革命队伍了。

老头拍了拍刘刚的肩,笑着摇了摇头。看样子有点犹豫(出于好意不忍打击刘刚),又鼓起了勇气(仍然是出于好意想让刘刚弄个明白),示意刘刚自己打开办公桌抽屉找里面的单位人员花名册自行验证。这是一张老旧办公桌,抽屉并不灵光,见刘刚拽不开,老头只好亲自动手。也不知有何诀窍,对比于自己怎么使劲都无效,老头仅用两根手指就拉开了抽屉,取出了花名册。

厚厚一沓的花名册其实每页都一样,表格状,按照尊卑排列了十几个印刷体姓名。在右边的空白格子里,则被该姓名的本尊或龙飞凤舞或随手写了一遍左边的名字。既像临帖(右临左),又像创作(左右字体完全不同)。其效用就是十几个人每天分早中晚在这张表格上各写一遍自己的名字,以此证明他本人准时上下班。当然,也有个别代签的情况。比如李瑞强,"强"字他一向写作"強"。在刘刚失魂落魄翻阅众多表格时,如果他有兴趣,绝对可以发现,在众多的"李瑞强"中,非常显眼地交错着几个"李瑞強",而且笔迹迥异,他人代签无疑。由此可见,代签情况还是屡禁不止的,老头也曾应领导的要求对大家签到进行监督,可惜身卑人老,没人在乎他。至于老头的工作,就是在大家签到前提前在表格上方填写年月日,所有人签到结束,再由他收起保管,到月提交给有关领导。总之,该签到方式为鸭镇供销社考勤制度中非常重要的一条,据说已沿用了数十年。在之前不久的职工代表大会上,有一位年轻的同志表示如此签到过于原始,不够与时俱进,何不以现在的高科技指纹识别机替代?没想到此提议在职代会上很是受到冷遇,好在一把手坐在真皮沙发上颔首不已。但不知为何,指纹识别机到现在也没装上。

"如果装上那个,我就轻松多啰。"老头在一旁如释重负地笑道。

确实没有赵娭,确实连个姓赵的都没有。

"你确定秦主任退休了?"刘刚也无法理解自己为何这么问。

"退休十来年了。"

刘刚不再说话。他这时候才感到累得不行,一屁股坐在老头之前为他准备而他始终不愿意坐的藤椅上。藤椅发出一声满意的呻吟。看来这把藤椅已虚席以待多年,终于盼来了朝思暮想的屁股。如果刘刚一直不坐下去,绝对是对藤椅一腔深情的亵渎和背叛。

也不知过了多久,也不知老头还嘀咕了什么鸭镇供销社的制度,饭菜的奇异香味将刘刚拉了回来。只见老头不知从哪里端来了一盆豆腐烧肉和一碟香干芦蒿,并将两碗白生生的大米饭放在了自己的眼前。鉴于两碗大米饭是面对面摆放的,所以老头也未经刘刚的同意就这么面对面坐了下来。老头表示,在其漫长的一生中,除了那些不堪回首的艰难岁月,他始终遵循着早上喝稀中午和晚上吃干的优良传统。而在中午和晚上这两顿干饭上,他也别出心裁地施行了一套独创的方法。"那就是每天中午煮饭时煮两个人的量,这倒不是我饭量大,更不是还有另外一个人吃",老头补充道,"自己是一名资深光棍儿,没错,一人吃饱,全家不饿。"他只是把晚饭和午饭并在一起煮罢了。晚上再把中午的剩饭热一热即可,何须再大动干戈淘米煮饭?费水费电也费火。既然今天来了个小伙子,还是有一定书法功底的大学生,那么就一顿吃完吧。如果他有兴致,老头晚上破例再煮一顿,如果兴致不高,那就算了,饿又饿不死人,你说是吧?

刘刚倒确实饿了,也没客气,不仅帮着老头把饭吃完,菜也叫他吃了个干净。吃饭过程中,他没有再提赵娭这个名字。而努力扮演一个过路乞食者应有的角色。老头也没有再提赵娭。不外乎一些家常问题。对此,刘刚也做到了知无不言言无不尽。提到自己的父母,刘刚告诉老头,他的父亲也在供销社任职,他的妈妈则是一名中学高级教师(巧),现在二老业已退休,正在家乡的牌桌上打麻将,只等着行将毕业的儿子找到一份好工作娶个好老婆生个胖头大孙子。至于他们的儿子刘刚本人,现在在省城大学读大三。专业?专业是航天航空。

"总有一天,"刘刚说,"我要把中国人送到火星上去。"

"为什么不是月亮?"老头对他的想法谨慎地表示了不以为然。

"因为,"刘刚拨开豆腐又发现了一块肉,吃完了才说,"美国人上去过了。"

"那就更应该先上月亮了。"老头斩钉截铁道。

"不。"刘刚也斩钉截铁。

接下来的事情,刘刚一直都很迷糊,不是因为年深月久,而是当时就没弄明白。饭后,他在传达室里间老头的床上睡着了。醒来后,他闻到了老人床铺惊人的恶臭。然后他起身,毅然决然地要走,任凭老头怎么挽留也无济于事。没有办法,老头只好依依不舍地倚在传达室门框上目送刘刚头也不回地离开。因为慌张,因为埋头,没走出几步,刘刚差点和迎面而来的一辆自行车撞个正着。也正是因此,刘刚听见身后有人发出的一声"小——心——"的警告,因为高声,因为惊恐(替刘刚担心),声线拉细拉长,与一个年轻姑娘的尖叫无异。难道是赵媠?刘刚不禁回头观望。没有,没有赵媠,也没有女的。映入眼帘的,除了倚门而立的鸭镇供销社看门老头,还有就是刚才差点撞上的自行车。这辆自行车已经在传达室那里停了下来。这是一辆绿色的自行车,车上是一个绿色的人,这个绿色的人正从绿色的包裹里取出一沓报纸和邮件试图交给老头,然而老头仍恋恋不舍地望着刘刚,绿色的人也便追随老头的目光而来,端详了一阵刘刚,他才再次收回目光看向老头,老头也正巧看绿色的人,二人相视一笑。

刘刚是跑着离开鸭镇供销社的。直到实在跑不动了,他才扶着膝盖弯下腰喘气。口水、鼻涕和眼泪分别从它们应有的孔洞喷涌而出。它们只是引子,紧接着,更大规模的呕吐像山洪一样喷薄而出。他是对着河岸坡地吐的,因此,泪眼婆娑中他似乎看到了坡地的垃圾和草丛中有一只老鼠在吃他的呕吐物,随着呕吐的加剧,他发现了更多的老鼠,当他停止呕吐时,那些老鼠瞬间不见踪迹。难道这些肮脏的老鼠是从他体内排泄出来的?总之,这些场景是否真实,很多年后,刘刚都不敢肯定。他所能肯定的是,这个下午的诸多场景(包括下文还会出现的场景)已经毫无人道地进入了他的梦境,让他终生寝食难安。

十二

现在一切都明了了。

刘刚直到天黑也没有走到车站。来时他已经看过鸭镇车站的车次表,可以明确的是,他已经赶不上返回省城的末班车,或者说,赶不赶回程的车已不重要。

天色已暗,屋内的灯光,晚餐,喧闹,刘刚经过了这些事物。再之后不知多久,灯火次第熄灭,天开始黑得发亮。没有人声,但有猫有狗,也有四下里的虫鸣。似乎只有它们让刘刚感到幸运。他就这么漫无目的地在鸭镇晃荡,乏力和虚弱甚至让他感到了某种从未体验过、之后也再未出现过的幸福。脑子里一片空白,据他自己说,像被水洗过一样。

在路过一户人家门前时,这个美妙的感受却被无情地打破了。屋内传来了鼾声,巨大的鼾声,那种你可以看见鼻腔和呼吸道里胶着着各种浓痰、黏液和污垢的鼾声。这一惊人的鼾声将所有的事物一下子又全部拎到了眼前:死去的父母、老师同学、赵婼和看门老头,以及有所经历、尚未经历和有待经历的事物。他咬着牙忍受着这一可怕的鼾声,以至于脑子里出现了自己用一把铁锤将这个鼾声如雷者的脑袋一锤敲碎的画面。甚至连这把铁锤也在他的脑子里细节清晰地全出现了。就是一把普通的铁锤,柄为木质,已被无数手次(人次)磨光磨亮。锤头当然是铸铁的。定神细想,脑子里的锤头上还镌刻着铁匠的姓名。然后,这把在脑子里才有的铁锤居然被他握在了手中。于是他返回鼾声的发源地,用自幼在刘坑这个小山村学会的攀缘术轻易翻过这户人家的围墙。院内,鼾声像海浪一样将他全身打湿。屋内,鼾声则又如岩浆一样灼烫。正所谓循声而去,这个鼾声是一根绳子,系住了他的腰,勒住了他的喉,想把他往回拉。由远及近,由小到大,终于把他带到了它的源头。就好比他小时候所见到的那样,刘坑村民沿着血迹寻找那头被猎枪打伤的野猪。野猪已经爬不起来了,它伏在地上喘息,村民见状,二话没说,镰刀锄头,所有的农具及其他器具全部砸向它。现在,刘刚手上有把铁锤,而这头野猪正躺在床上酣酣大睡,刘刚没有理由不按照脑中的画面所提示的那样,用铁锤将他的脑袋敲碎。

是刘刚杀了刘宾汉。

刘刚如何返城回校,已不重要。警察和法医到来后,经过一番科学分析,断定刘宾汉死于他杀。很快,有人在河岸坡地的草丛里发现了沾有脑浆、血迹和骨质的铁锤,又经科学分析,确定正是杀害刘宾汉刘高级教师的凶器。警察迅速控制了张亮一家,因为铁锤无论款识还是实质,均为张亮父亲铁匠铺之物。鉴于刘张两家众所周知的矛盾,张氏父子既有杀人凶器,也有杀人动机。而在这对父子中,张父自从遭受死者刘宾汉掌掴之后已卧床多日,基本可以排除嫌疑。

剩下的就简单了:嫌疑人张亮,男,汉族,二十一岁,1993年因砍伤某某某,犯故意伤害罪,被判刑一年零三个月,1994年释放至今,仍不思悔改,多次参与黑恶势力暴力事件,多次被拘留和管制。1996年,因奸淫死者女儿刘某,致其怀孕,导致两家不睦,时有摩擦。同年5月17日,因扬言替父报仇,嫌疑人张亮持刀到死者刘宾汉家寻衅,因不敌死者,怀恨在心,故于5月18日夜11时许,持铁锤锤击死者头部二十余下,造成死者颅骨百分之六十碎裂,当场死亡。手段特别残忍,影响极其恶劣。人证物证俱在,建议判处死刑。

我们不知道张亮是怎么认罪的,也不知道张亮为什么最后又被缓期了,并于十年后真凶刘刚出现而被释放……这都是刑侦和法律问题,为笔者所未知,故略。至于"奸淫"一词,何以产生?据说刘婷在父亲死后也与所有人持相同意见,认为除了张亮,没人会把父亲的脑袋敲碎。真是同仇敌忾,杀父之仇,此时不报,更待何时?所以,有人劝她,就说是张亮强奸她,她想了想,觉得这么说也不是毫无道理。

可怜张亮收监,张家一门自此凋零,先是张父忧愤而死,徒有张母顶着一顶杀人犯妈妈的帽子在鸭镇又多活了九年。只有她一个人不相信刘宾汉是自己儿子杀的。虽然她拿不出任何证据,但她坚持己见,从不怀疑。在鸭镇人看来,张母的最后九年已然疯了。要么哭诉儿子是冤枉的,要么就是就儿子的问题跟邻里发生争执,乃至恶语相向,继而诉诸抓挠。此外,就她一个老太太,生活也艰难。大概是太苦了,绝望了,在母子团聚的前一年,张母最后还是一根绳子把自己给吊死了。丧事还是鸭镇人帮她办的,乡邻们很多都流下了同情的泪水,包括曾和她互相抓挠的人。

所幸刘婷的日子还不错,丈夫好,特别疼人,特别能干,鸭镇第一家超市和第一家汽车4S店均为其所创。大概是祖上积德,或有相关基因,在"只生一个好"的口号下,刘婷一胎就生了个双胞胎,一男一女,男孩虎头虎脑,女孩文静漂亮。俩孩子还都跟妈姓,姓刘,刘宾汉的刘。何哉?因为丈夫是入赘女婿。打麻将时,有人劝刘婷:"你老公这么好,不如让俩孩子中的一个跟他姓吧。"听了这话,刘婷不高兴了,驳斥道:"那你得去问我爸同意不同意。"刘宾汉生前有无此意?怕是永无人知。也有妒忌刘婷的小娘儿们故意戳伤疤,拐着弯提及当年刘婷被卫校勒令退学的事。没想到刘婷倒比她们坦然,哈哈大笑,说:"那有什么?没退学也无非在鸭镇医院里帮人端屎端尿。"张亮释放返乡,刘婷也跟着邻里前去看望。但她没有靠近,就这么远远地望了会儿,然后就说孩子要放学了要回家做饭了,走了。

再说刘刚。刘刚一路顺风顺水混得不错。大概恰恰因为混得不错,经济上难免有点问题,被找去谈话,在一个宾馆的房间里被规定地点规定时间交代问题。刘刚交代了所有问题,连不该交代的也交代了。在他没有列席的大学同学聚会上,有同学发言道,他听过此类谈话侥幸过关者提到过一些谈话方式,根据那些,他的判断是,刘刚应该是最后整个人崩溃了。否则,这明明是两码事,干吗要说杀人的陈芝麻烂谷子嘛!再说有人顶缸了,何必自讨苦吃?另一个道,要不怎么说刘刚这人终归还是大学时代那个土头土脑的猴子呢?没出息,太胆小。就是就是,同学们听了,无不表示同意。

刘刚并不否认1996年5月18日那天晚上自己用铁锤砸了一个鼾声让人恶心的家伙的脑袋,但他否认自己砸了二十多下,而坚持自己只砸了一下。不过,既然此人当时就已毙命,二十多下和一下并无区别,砸的具体数字也就不重要了。刘刚更不可能知道被砸之人姓甚名谁。当他获知死者与己同姓也姓刘的时候,倒不无遗憾地说:"如果知道他姓刘,我就不砸他了。五百年前是一家嘛。"该说法在鸭镇人那里也得到了某种类似的呼应。因为结案,刘刚曾在警察的押送下时隔十年重游鸭镇,按照法律程序,凶手需要指认现场。就在这次,有往前挤的鸭镇人幸运地听到了刘刚的只言片语。他们说,这个坏蛋的口音跟刘宾汉刘高级教师的口音非常像。

刘刚从来也没有想过自己会重游鸭镇,此番重游,让他恍然如梦。如梦的不是他整个人生,也不是他的少年和大学生活,而是之后的岁月,即上一次来鸭镇和这次来指认作案现场之间的这些年。对刘刚来说,最真实的存在就是鸭镇。

十年过去,鸭镇变化甚大,加之作案当夜天太黑,刘婷和丈夫后来又重新翻盖了房子,导致刘刚指无可指。不过,程序不可废,指认了张亮父亲的铁匠铺(现已是一个布满彩色体育器材的鸭镇居民锻炼区)后,刘刚还是得去一趟刘婷家。在警察的要求下,刘婷告知父亲生前卧室的方位(现为刘婷家超市仓库),穿着号衣戴着手铐的刘刚有必要站在仓库一角,手指着跨越十年时空的方位,警察就此咔嚓一声拍了一张照片。

在离开刘婷家之前,刘刚曾趁警察不注意向刘婷嘀咕了一句什么。除了刘婷,没人听见。大概是音量、急切、口音等问题,刘婷也没有听得很清楚。等刘婷想明白他的意思后,冲正要上警车的刘刚喊道:"哎,杀人犯,哎,杀人犯,你说的那两个字怎么写啊?"

(原载于《十月》2019年第2期,宗永平选编)

王燕琦 / 中国作家协会会员，北京作家协会会员，北京当代史研究会理事。祖籍福建泉州，籍贯天津，北京出生。曾在工厂做工七年，毕业于北京师范大学，先后在中国唱片社、中国文联出版社、作家出版社、中国文化报社、文化部社会文化司、光明日报社供职，曾获中国记者协会、全国总工会等部门多个新闻奖项。曾出版长篇小说《洪宪梦》（语文出版社2012年出版）和《末代皇朝》（人民出版社2014年出版）。

吉祥戏院

一

戊寅年的腊月初六,阳历已经是民国二十八年(1939年)一月下旬了,这一天晚上,东安市场北门的吉祥戏院传出来一阵阵急管繁弦。

康熙十年(1671年)以来,三令五申,禁止北京内城演戏。光绪三十二年(1906年),京城废除宵禁,同时废除了内城演戏的禁令。这一年年底,吉祥茶园开张,成了内城头一家戏园子,因此轰动一时。吉祥茶园最初只是个用杉篙和苇席搭的大棚,戏台子底下摆放着桌子、板凳,能容几百人听戏。辛亥革命之后,茶园改称戏院,遭受过两回火灾,又盖起了新式戏园子,观众席分上下两层,楼上设立包厢,楼下是散座,全场能容纳上千人。

戏台上正在唱的是压轴戏,最后一场大轴戏是《貂蝉》。后台里头人来人往,周围摆了一圈花篮。这里供奉着唐明皇的神龛和关公像,按照梨园行的规矩,伶人临上台前,向它们焚香、磕头。戏园子的伙计和戏班子跟包的来回忙碌,准备上场的伶人忙着装扮,穿戴整齐的都在候场。

"吕布"已经装扮好了,穿着一身白色团龙蟒,手里端着把小茶壶,"梨园公会太缺德了!净张罗这种义务戏,也没有进项。"他冲着春秋社管事的发牢骚,"再有两天就封箱过年了,还给人家白唱,叫咱们喝西北风去?"

一个穿着黑呢子大衣的年轻人刚进后台,听了"吕布"的话,愤愤不平地说:"这叫什么义务戏?这既不是救济同业,也不是赈济灾民,拿梨园行儿的血汗钱给日本人捐飞机,回头再去屠杀咱们中国人,这都是市政府逼着梨园公会干的缺德事儿,他们死心塌地地当汉奸,是不见棺材不落泪。"

春秋社管事的叫金彦春,三十多岁,是名伶金韵秋的哥哥。金彦春一身长袍马褂,站起来向穿黑呢子大衣的人拱了拱手:"周主笔,您来啦!金老板正化装哪!"他又向"吕布"介绍说:"周主笔在《立言画刊》主持笔政,清华大学的才子,还会照相,他来给韵秋拍照,在画刊上做剧照。这位是关老板,你们见过面,关老板在敝社挂二牌,小生、武生两门抱,往后周主笔多给捧捧。"

《立言画刊》的主笔寒暄道:"金先生过奖了!关老板,晚生周绍文。您的扮相漂亮,找工夫给您拍剧照。"

"吕布"放下了茶壶,抱了下拳,谦恭地说:"周主笔谬赞,愧不敢当。在下关庆良,在春秋社给金老板挎刀,请您多照应!"

"这里人多嘴杂。"金彦春踌躇了一下,"咱们莫谈国事,言多语失,别捅娄子。"

后台管事的赶过来了,"财政部的赵次长在里头哪!"他指了指专给头牌扮戏用的屋子,"我嘱咐各位一句,咱们发牢骚,别让官面儿上的人听见。金爷,您是班子里管事的,给关照一下。"

话没说完,从扮戏的屋子里头出来一个男人,中等身材,四十出头,戴着礼帽,穿着灰呢子大衣。

后台管事的立刻压低了嗓门:"赵次长出来啦!各位留神。"

这位赵次长叫赵景瑞,苏州人,曾经留学日本,回国后进了上海市政府。1937年底,在华北日军的指令下,傀儡政权"中华民国临时政府"在北京匆匆开张。这一年的十月,"治安维持会"把北平改为北京。赵景瑞受临时政府首脑王克敏的聘请,从上海赶到北京,就任财政局副局长。去年十月,财政局改成了财政部,他扶摇直上,晋升财政部次长。

随后出来的是名伶金韵秋,跟在她身后的是梳头化装师傅。她已经扮成了"貂蝉",一袭粉色绣花褶子,举止中不染风尘气息。金韵秋原名金云芳,不到三十岁,满族镶白旗人,自幼学习皮黄,工青衣、花旦,十五岁登台,二十岁挑班,在春秋社挂头牌,报纸把她捧成了"南北第一坤伶"。

后台管事的赶上前去,指着一个大花篮说:"金老板,这是赵次长派人送来的,赵次长还订了五十个池座,请朋友们来捧场。"

赵景瑞问道:"这回义务戏的票好卖吗?"

后台管事的赔着笑脸说道:"都是名角儿,再加上金老板的大轴子,戏园子满座。"

"过了年,新民会要在吉祥戏院再办一回义务戏,名目还是给皇军捐献飞机。"赵景瑞望着金韵秋说,"到时候还要请金老板唱大轴子。"

后台管事的奉承说:"您是行家,要是由您亲自提调,一定能邀到不少名角儿,准错不了!"

周绍文端着照相机走过来,向金韵秋打招呼:"金老板,您装扮好啦?正好,上场之前,给您拍几张剧照。"

"周先生,辛苦了!"金韵秋客气了一句,便走到一架大穿衣镜前头整理自己的服饰。

赵景瑞跟着她,上下端详,低声说道:"我们一起去吃夜宵,散戏以后,我在汽车里等你,我先去包厢了。"

金韵秋回过身来,一双眼睛顾盼多情,轻轻地点了点头。赵景瑞转身出了后台。

关庆良撇了撇嘴:"金爷,您听听!梨园公会捐飞机,新民会也抢着捐,都拍日本人的马屁,合着白使唤咱们,总唱这种义务戏,咱们甭吃饭啦!"

"没辙!"金彦春看了看周围,劝解道,"关爷,要是咽不下这口气,可就吃不了这碗戏饭喽!"

关庆良猛然站起来了,脸红脖子粗地喊了一嗓子:"这碗饭谁愿意吃谁吃!反正往后我不伺候啦!"

金彦春张口结舌,半天没言语。金韵秋过来了,"周先生,改天请您吃饭,回头给您报馆打电话订日子。"她嘱咐哥哥,"腊八那天的封箱戏,您记着给周先生留戏票。"

周绍文似乎受宠若惊,连忙道谢。他一手端着照相机,一手举着镁光灯,不停地忙活。金韵秋做出各种身段,婉转变化,婀娜多姿。

一个穿着水獭领子黑呢子大衣的中年人进了后台。他是吉祥戏院的经理杜昌,四十来岁,身量不高,在梨园行里颇具人望。

"金老板,您都扮好啦!"杜昌端量金韵秋一番,"江市长的三太太托我给您捎话,约您散戏以后去江府吃夜宵,有工夫再帮她说说戏。"

金韵秋急忙推辞:"不是驳她的面子,今天晚上可不行。"

"您还是抽工夫去一趟江市长家,三太太说好了等着您。"杜昌耐心地劝说,"您听我的,务必得去,散了戏,赶快走。"

金韵秋解释道："杜经理，我已经应了饭局了，改日再给三太太说戏吧，散了戏我给她打电话。"

后台管事的跑过来了，催促大家："各位，《貂蝉》马上就开锣啦！金老板，您也得准备上场啦！"

二

金韵秋的唱腔幽咽婉转，表演妩媚动人，赢得了满场喝彩。

她一回到后台，管事的跷着大拇指称赞："金老板，您不愧是'南北第一坤伶'！"

过来两个跟包的，扶着金韵秋进了给头牌扮戏的屋子。唱完了大轴戏，春秋社的伶人都忙着卸装、换衣服。

后台正在忙碌，杜昌突然跑了进来。他神色仓皇地说："出了人命啦！戏园子大门口儿打死人了，值勤的警察已经打电话报警了，等到日本宪兵和警察来了，大伙儿可就走不了啦！"

一听这话，大家都愣住了。关庆良蓦然醒悟了，高声喊道："杜经理说得对！趁着宪兵和警察没到，咱们赶紧走吧！"

伶人们都惊慌失措，纷纷收拾行头、乐器，各自出逃。金彦春赶快跑进了金韵秋的屋子，把妹妹拉出来了。金韵秋还是一身"貂蝉"的装扮，跟包的抱着貂皮大衣追上去，给她披身上了。

"我还没卸完装哪！"金韵秋一边走一边埋怨，"衣服还没换哪！"

"都出了人命啦！还不快走？"金彦春使劲拽着她。

金韵秋拦住了杜昌，急忙问道："杜经理，到底是怎么回事？"

"警察到经理室给局子里打电话，我才知道外头出了人命了，警察告诉我说，散戏以后，戏园子大门口儿开枪了，打死人了，到底是什么原因还不清楚。这算是不幸中之万幸，真要是在戏园子里头动了家伙，还不知道伤了谁哪！一旦观众乱了，互相推搡，再踩着人，那可就罪孽啦！这帮江湖好汉，算是积了阴德了！真是爷儿们！一会儿宪兵和警察到了，一准儿抓人审问，我是走不了啦！得在这儿支应着，你们犯不着。"杜昌不停地挥手，"金老板，您快走吧！"

金韵秋暗自焦急。本来打算散了戏以后去赴约会，却碰上了这桩人命案子。

她定了定神,说道:"这个案子和我们没有干系,就是宪兵和警察来了,也不能把我们怎么样。"

金彦春跺着脚喊:"咱们犯不着为这个案子去趟宪兵队,三十六计,走为上计!"

金韵秋凑到她哥哥的耳边说道:"我还有个饭局,赵次长请我吃夜宵,我得先换了衣服再走,不能穿着这身行头出门。"

"大小姐,等您换完衣服,宪兵就到了,咱们谁也甭走啦!"

"我都答应人家了,不去不合适,回头让人家着急。"

"这都什么时候啦?"金彦春气急了,"您还惦记着饭局?"

正在这时候,进来一个警察。他环顾了一下屋里的人,绷着脸说:"杜经理,局里来电话了,戏园子里所有的人都不能走,都得接受调查,宪兵队已经出来了,说话就到。金老板,您担待着点儿,得耽误您一会儿工夫。"

"王警官,金老板唱了一晚上的戏,让他们先走吧!我们戏园子的人都在这儿候着哪!"杜昌拍着胸脯说,"兄弟,有什么事儿,我来应付!"

"我不是不通情理,兄弟也是金老板的戏迷,怎么能难为她呢?"警察摊开了两只手,"可这个案子不同寻常,打死的是个政府里头当差的,这回动静闹大啦!得经官动府了,赶上兄弟当班,没办法。"

"打死的是个当差的?"杜昌又问了一句,"在哪个衙门当差?"

"从死者身上的证件看,他是在财政部当差。"

金韵秋大惊失色,口将言而嗫嚅。杜昌插了一句嘴:"不会是赵次长吧?他可是财政部的。"

警察摇着头说,"不是财政部的赵次长,他常来听戏,我认识,不会看走了眼的。"他从制服口袋里头掏出了一个证件。

杜昌迫不及待地问道:"是死者身上的证件吗?"

警察一边看证件一边说:"死的这位姓李。"

杜昌拿过来证件一看,目瞪口呆。金韵秋接过证件仔细看了一遍,心里像是一块石头落了地,"警官先生,您高抬贵手,放我们走吧!"她赔着笑脸,"如果需要调查,我们随叫随到。"

"金老板,您就别难为我啦!"警察愁眉苦脸地说,"我是奉命行事,要是把人都放走了,我怎么跟上头交代呀?"

"王警官,我跟你们局长认识,您尽管放心,不会叫您坐蜡,我这就跟戏园子的人交代,回头过堂的时候,就说出事儿那工夫金老板他们早走了,绝对不会露出破绽来的,没什么大不了的事儿!"杜昌凑到警察身边,掏出了几张票子,放到他的手里,"兄弟,快过年了,置办点儿年货吧!"

一接到钱,警察立刻眉开眼笑:"杜经理,您太客气啦!有您方才这话,我就踏实了。"

金韵秋叫过来一个跟包的,悄声吩咐,"顺子,你快去戏园子外头,找赵次长的汽车,车牌子上的号码是九〇五,见着赵次长,告诉他出人命了,叫他赶紧走,别等我了,再跟他说一句,我先回家去了,等到了家再给他打电话。"她催促道,"你快去!我们在汽车里头等你。"

"快走吧!再不走就来不及啦!"杜昌走到金韵秋的身边,叮嘱道,"您马上去江市长家,先在他们家躲几天,一定得躲过这场风波。"

"我带你们出去,要不然大门口的弟兄不会放你们走的。"警察过来嘱咐杜昌,"大门口儿的弟兄,您也关照一下,好叫他们行个方便。"

一行人刚走到门口,顺子跑了进来。他气喘吁吁地说:"金老板,外头太乱了,围着一群看热闹的人,戏园子外头的汽车都开走了,没找着赵次长的汽车。"

"顺子,你找着九〇五的车牌子了吗?"金韵秋急了。

"外头只剩下咱们一辆车了,我问陈师傅,他说赵次长的汽车应当是早走了。"

金韵秋又问道:"陈师傅看见赵次长上汽车了吗?"

没等顺子回话,金彦春拽着妹妹就往外跑。

三

大家簇拥着金韵秋进了正房的堂屋。她母亲看到闺女没卸戏装,貂皮大衣里头穿着"貂蝉"的行头,吓了一跳,连忙问道:"怎么这身打扮儿就回来啦?"

"回头再跟您说,我还穿着行头哪!得赶紧换衣服,冻死我了!"金韵秋一边说,一边径直往正房的西屋走。

正房堂屋是金家的客厅,满堂的红木家具,北墙上挂着观世音坐像的立轴,条案上的铜香炉青烟袅袅。金彦春的妻子招呼大伙儿坐下,用人沏茶倒水,端上了点心。

金彦春满脑子都是吉祥戏院的案子,"还算是走运,杜经理说得没错,这要是在戏园子里头动了手,那不定得伤多少人哪!也多亏了杜经理提醒,咱们再晚走一步,就走不了啦!回头再把咱们押到宪兵队过堂,那就算到了鬼门关了!进了那个地方,不死也得脱层皮。"他长出了一口气。

金老太太忽然发话了:"彦春,瞧你说的,听着都瘆得慌!到底出了什么事儿啦?"

"没出什么大事儿,您放心吧!"金彦春安慰完了母亲,又叮嘱司机,"陈师傅,您先别忙着走,喝碗茶,吃口点心,夜宵马上就做得了,等金老板换完衣服,咱们再商量商量,我总是有种不祥之兆,吉祥戏园子的人命案子会不会牵扯到咱们头上?"

"你们到底惹了什么祸啦?"金老太太着急了,"说出来让我明白明白!"

金彦春向他母亲摆摆手:"您不用担心,我们没捅娄子。"他在屋子里头来回踱步。

金韵秋进了客厅,已经卸了装,换了件靛青色缎子面的薄棉袍。她把哥哥拉进西屋,商量道:"得给赵次长打个电话,我一个女人,半夜三更往人家里打电话不方便,您替我问候一声吧!"

突然电话铃响了,金彦春一接电话,一听是赵景瑞的声音,赶忙叫金韵秋来接。为了让妹妹说话方便,金彦春出去了。

金韵秋拿着电话,悄声细语:"您到家啦?我正要给您打电话哪!听警察说,打死了一个财政部当差的,当时看了死者的证件,可还是替您担心,我叫跟包的去找您的汽车,结果没找着,都急死人了!您怎么才来电话?"她嗔怨了几句,随后便连声答应。

她打完了电话,回到客厅,惴惴不安地说:"赵次长听警察局的朋友说,打死的是他的秘书,这个案子正在调查,他嘱咐我,务必找个地方躲避一下,等案子了结了再露面。"

"这回可麻烦了,咱们都认识赵次长的秘书,虽然这桩案子跟咱们没有干系,但是得经官动府,要是宪兵队盘查起来,所有的证人都得过堂,备不住还得坐班房，以至于行刑逼供，一旦伤了筋骨，毁了嗓子，那就吃不了这碗戏饭啦！赵次长说得有道理，得赶紧找个地方躲躲，还得找个宪兵队去不了的地方。"金彦春拍着脑门子说，"到底躲到谁家去，这还真得合计一下。"

"都半夜了！去谁家都不方便，事先也没打个招呼。"金韵秋坐立不安。

金彦春两眼眨了一会儿，突然一拍巴掌，很有把握地说："就去江市长家，他是日本人的红人，宪兵队怎么也不能去他们家搜查。江市长的三太太叫你散戏以后去给她说戏，杜经理也嘱咐你先去他们家躲几天，你赶紧打电话。"

金韵秋转身进了西屋，拨通了电话，语气非常温柔："这么晚了，打搅了！我找三太太，本来散戏以后准备去您府上，可是戏园子出事了，耽误工夫了，请帮我找三太太，我跟她说句话。"没说两句，她就放下了电话，又回到客厅。

金彦春忙问："他们说什么？"

"江府的丫头说，三太太和江市长都已经休息了，不便叫他们，有什么话只能明天再说了。"金韵秋灵机一动，出了个主意，"要不然今儿晚上咱们全家上旅馆住去，先躲几天？"

"宪兵要是在咱们家找不着人了，就会全城通缉，就是躲在旅馆里头也能搜查出来，除了江市长这样的人家，躲到哪儿也不行。"金彦春急得来回转悠。

金老太太一拍八仙桌，大声嚷嚷："你们不说清楚了，我哪儿也不去！"

金彦春的妻子急忙跑到了婆婆身边，劝解道："您甭着急，您先听他们把话说完。"

"老太太，回头再告诉您是怎么回事。"金韵秋和哥哥商议道，"如果我明天去江市长家，凭以往的交情，他应当会收留我，可咱们这一大家子人怎么办？"

"这么办吧，明天早上陈师傅先把你送到江市长家，回头再接上咱们一家子上前门火车站，去天津躲一阵子，咱们给他来个空城计。顺子和张妈、王妈跟我去天津，喜子和老胡留下看家。你们都记住了，不管谁来，就说我们不在家。"交代完了，金彦春喊了句《空城计》里诸葛亮的"叫头"，"天呀！天哪！汉室兴败就在我这空城一计也！"

一个跟包的憋不住了："金先生，我上有父母，下有妻儿，要是宪兵把我抓走了，谁养活他们啊？"

金彦春哭笑不得："喜子，你别误会，吉祥戏园子出了人命，这和咱们没有干

406

系,就是过热堂,也不能把咱们怎么样,我们躲出去并不是畏罪潜逃,是为了避免过堂,怕耽误工夫,金老板是名伶,回头别再闹得满城风雨。"他又安慰大家,"他们抓你们干吗?就算进了宪兵队,你们放心,金老板一句话,江市长就能把你们保出来,绝不会叫你们受罪,有什么事儿,你们随时往江市长家里打电话,找金老板,等躲过了这场官司,一定犒劳你们。"

"进了宪兵队,一过热堂,我们可就扛不住了啦!"喜子哭丧着脸说,"只能如实招供,如果供出了金老板和全家人的去处,您可别怪罪我们。"

金彦春一肚子的气,瞪了喜子一眼,冷笑道:"养兵千日,用兵一时,一遇到风吹草动,就吓成这德行了!你们就如实招供吧!有什么说什么。"

金老太太沉下脸来,喊了一声:"你们都走吧!我一个人留下看家!"

金韵秋连忙劝慰:"您别生气,怎么能让您看家哪!都听我哥的安排。"

"老太太,您听我的,您别扰乱军心,你们都按我说的办。"金彦春吩咐道,"今儿晚上收拾好行李,明天都得早起,陈师傅头八点就得来,千万别晚了!先送金老板去江市长府上,再送全家人上火车站,刚才已经指派了各路人马,都各司其职。我再嘱咐一句,不管什么人问,就说我们跑码头去了。"

"金先生,您可是春秋社的小诸葛!"陈师傅竖起了大拇指,"无论碰到什么事,您都能运筹帷幄,指挥若定。"

金韵秋打断了陈师傅的话,支使金彦春:"您赶紧给吉祥戏园子打个电话,慰问一下杜经理,再打听一下消息。"

"不知道戏园子里头还有没有人。"金彦春抬头看了看条案上的座钟,"都过了子时了,杜经理他们应该过完堂了。"他们兄妹俩一起进了西屋。

金彦春打通了电话,"杜经理在吗?他去宪兵队啦?您是警察局的吧?我是杜经理的朋友,打听打听,您先忙吧!"撂下电话,他愁云满面。

金韵秋问道:"杜经理怎么样了?"

"把杜经理抓走啦!上宪兵队了,还没回来哪!"金彦春自言自语,"天有不测风云,人有旦夕祸福。"

金家的厨子老胡进了客厅,大声禀告:"夜宵已经准备好啦!在东屋开一桌,在厨房开一桌。"

四

金家一家子都被街门的门铃吵醒了。喜子刚一开门,日本宪兵和警察一拥而入。

他们把金家上下都赶到了客厅里头,警察开始逐一盘问,其中一个警官宣布,凡是昨天晚上去过吉祥戏院的人都和人命案子有牵连,都要到宪兵队接受调查。

全家人都惊呆了,金老太太和金彦春的妻子吓得直哆嗦。

座钟突然响了起来,连续打了五下。金韵秋追悔莫及,赵景瑞和杜昌都告诫过自己,务必要躲过这场风波,如果听了他们的话,也不至于遇到这么大的麻烦。

金彦春肠子都悔青了!昨天晚上无论如何都得带着全家找个地方躲一躲,平生谨慎,从不弄险,结果是"空城计"没唱成,倒唱了出"走麦城",一世英名,毁于一旦。他一边寻思一边生气,都想给自个儿俩嘴巴。

金韵秋到底是见过大场面的,故作镇静:"警官先生,我们昨天晚上是在吉祥戏院唱戏,案子是发生在戏园子外头,当时已经散了戏,我们在后台卸完装就走了,这可以找到证人,我们愿意帮助调查,但是得让我们找律师。"

一个穿着宪兵制服的人盛气凌人地说:"带你们去接受调查,这是上司的命令,有什么话你上宪兵队说去。"

金韵秋试探着说:"长官,我想给江市长打个电话,本来说好了今天早上去他府上,现在要带我们去宪兵队,请让我和江市长打个招呼,告个假。"

穿宪兵制服的人像是个翻译,他把金韵秋的话告诉了一个宪兵军官,这个日本人不停地摆手。

翻译大声喊道:"绝对不能往外边打电话,和任何人都不能联系!"

金韵秋十分焦急。江市长这么大的人物,日本人都不买账,再请求给赵景瑞打电话,那就更不行了。眼下的处境,外头没有人知道,怎么才能把消息传递出去呢?

宪兵军官喊叫了几声。翻译吩咐金韵秋:"春秋社的人都要到宪兵队接受调查,你是班主,你把他们的住址都给写下来。"

"我虽然是班主,但戏班子里同人的住址,我不完全清楚。"金韵秋不知所措,"我写不出来。"

"你要是不写他们的住址,那就把你们全家大小都抓到宪兵队去。"翻译已经不耐烦了。

金韵秋再也忍不住了,立刻掩面而泣,家里人也跟着一起哭。

金彦春狠了狠心:"班子里同人的住址,我都清楚,我来给你们写吧!"他叫顺子取来笔墨纸砚,在众目睽睽之下,写了一串人名和地址。

翻译指着金彦春说:"你既然知道他们的住址,就由你来带路。"

金彦春气得脸都白了。这太缺德了!带着日本人去抓戏班子里的人,一旦传出去了,日后还怎么做人?

他语无伦次地说:"我不认识路,班子里这么多人,我都没去过他们的家,叫我怎么带路啊?"

翻译拉下脸来,恐吓道:"你别找不自在,我们从昨天晚上到现在一直在办这个案子,忙活了一宿,还没睡觉哪!你把日本人惹火了,有你好受的,你再不老实,就把你们全家都带走,到时候你别后悔。"

金老太太哀求道:"甭难为我儿子啦!我跟你们走,把孩子们放了吧!"

"长官,求求您!放过我们家老人吧!"金彦春的妻子抱着婆婆泣不成声了。

宪兵军官听明白了,一边喊叫一边挥手。翻译声色俱厉地说:"姓金的,你不愿意带路,没关系,这事由不得你。"他又吩咐警察,"日本人发话了,把春秋社的人都带走,叫他们带路,谁要是不老实,不用客气,给他点颜色看看。"

金彦春声泪俱下:"求求你们!我不能跟你们抓人去!我干不了这种缺德事儿!"他被警察给押走了。

金韵秋央求翻译,准许她回屋换件衣服。翻译不住地摇头,警察把金韵秋也押出去了。

金老太太跑进去拿了件貂皮大衣,追到了大门外头,给闺女披上了。

金韵秋叮嘱她母亲:"您一定想办法找着赵次长,求他把我们保出来!"

一家人如同生离死别,大放悲声。

五

翻译带着赵景瑞进了宪兵队的一间办公室。屋子里坐着一个日本军官,翻译介绍说是木村大尉。

日本军官站起身来,弯下腰鞠了一躬:"赵次长,我是宪兵队的木村。"他一张嘴说的是汉语,但带有关外口音,"我负责调查吉祥戏院的案件,请您来是协助调查。"

木村请赵景瑞坐在办公桌的对面,翻译在另一张桌子上做笔录。

"我学过汉语,我们就用汉语交谈吧!"木村往前欠了欠身子,"您是京都帝国大学毕业的,请多关照!"

赵景瑞恭维道:"您的汉语说得很好,您是日本哪一所大学毕业的?"

"我是陆军士官学校毕业的,在满洲学的汉语。"木村拉开了办公桌的抽屉,取出了一张照片和一份证件,递给赵景瑞,"这个人昨天夜里在吉祥戏院被暗杀了,请您确认一下。"

赵景瑞接过来一看,照片上是他秘书的尸体,证件也是这个人的。

木村问道:"他是您的秘书吧?"

"他是我的秘书,叫李德民。昨天他和我一起到吉祥戏院看戏,我们两个人坐在一个包厢里,散戏以后,我上厕所,突然听到了枪声,急忙跑出了戏院,观众蜂拥而出,场面混乱,当时不清楚发生了什么事情。我找到了自己的汽车,李德民不在车上,就没有等他,马上赶回家了,后来向警察局的朋友询问,才知道他出事了。通知他家里人了吗?"赵景瑞接着问道,"抓住凶手了吗?"

"警察局已经通知死者家属了,现在还没有抓到凶手。死者的身高大约一米七十二,穿着灰呢子大衣,戴着灰呢子礼帽。你们两个人的身材一样吗?"木村又问道,"他穿的衣服和您昨天穿的一样吗?"

赵景瑞连连点头。木村非常肯定地说:"案件发生在戏院这种地方,凶手使用手枪暗杀政府官员,对此可以作出判断,凶手是地下抗日分子,但死者只是财政部的秘书,根据他的身份,他不会成为地下分子刺杀的目标,可能是凶手把死者误认成您了,您应该是他们刺杀的目标。我现在通知您,警察局决定派六名警察专门保护您,他们住在您的府上,负责您家里和外出的警卫工作。"

一听说自己成了地下抗日分子刺杀的目标,赵景瑞不寒而栗。他这才觉察到,北京的形势非常险恶,只要出了政府机关和日本兵营,随时都可能遭遇不测,自己在明处,敌人在暗处,况且都是亡命之徒,即使有人保护,也是防不胜防。

他满脸堆笑地说:"谢谢木村大尉!案子有线索吗?"

"宪兵和警察赶到现场的时候,观众和艺人已经逃散了,在现场抓捕了一些吉祥戏院的员工,根据口供又连夜抓了一批嫌疑人,都是昨天晚上在戏院演出的艺人。"木村盯着赵景瑞说,"根据嫌疑人供述,您和艺人金韵秋的私人关系密切,因此要向您了解她的情况。"

赵景瑞急忙问道:"你们抓了金韵秋?"

"金韵秋是本案的重要嫌疑人。"木村毫不犹豫地说,"她戏班子的人都有犯罪嫌疑,一定能从他们当中查出这个案件的凶手和同谋。"

赵景瑞暗自懊丧。昨天晚上应当去一趟金韵秋家,带她找个地方避避风头,何至于受这无妄之灾。

他板起了脸,说道:"我和金韵秋的私人交往,与这件案子无关。金韵秋昨天晚上确实是在吉祥戏院演出,但案发现场是在戏院外面,案发时她是否在现场?我和金韵秋是朋友,她怎么会谋杀我呢?"

"您不要误会,我不是要干涉您的隐私,是请您协助调查,这是经过宪兵队批准的。"木村疾言厉色地说,"金韵秋确实有犯罪嫌疑,案件发生以前,她知道您昨天晚上要到吉祥戏院看戏,并且还知道您的汽车牌照号码和戏院的包厢号。在金韵秋的家里获得了一些重要线索,搜查出了和您有关的信件,需要向您调查。"

赵景瑞一边听一边琢磨。这个木村非常固执,他认定了金韵秋有犯罪嫌疑,非要从她的口供里找出凶手来。金韵秋到了这个地方,难免遭受严刑拷问,一时又无法救她出去,不能得罪了木村,毕竟他手里掌握着生杀予夺。

他放缓了语气:"请问,金韵秋的信件里发现了什么问题?"

木村反问道:"您认识郑彬吗?"

赵景瑞一愣,迟疑了一下才说:"我和郑彬是老同学,都在京都帝国大学经济学部读过书,他是学长,回国后在交通银行供职,现在是上海交通银行的襄理。"

"您和郑彬现在有没有来往?"

"我和他私人来往不多,但在公务上免不了有来往。当下中国已经如同春秋战国了,北京临时政府、南京维新政府、蒙古联盟自治政府、察南自治政府、晋北自治政府,再加上重庆政权,各方割据,错综复杂。上海有各国租界,局势更为混乱,郑彬的交通银行隶属于重庆政权,但是在租界里继续营业,我在财政部管金融事务,和各个银行都要打交道。"

"郑彬是不是抗日分子?"

"彼此相隔两地,郑彬的情况,我并不完全清楚。"赵景瑞问了一句,"难道他和这个案子有关联?"

"郑彬也是本案的嫌疑人。"木村突然问道,"他和金韵秋是什么关系?"

"他们算是朋友,郑彬嗜好京剧,是个票友。"

"您是怎么认识金韵秋的?"

"三年前,金韵秋带着戏班子到上海唱戏,郑彬给她捧场,经常举办堂会,还托银行同业的朋友包场。我当时在上海的财政局做事,听过金韵秋的戏,郑彬介绍我认识了她。金韵秋在上海住了一年多的光景,前年八月,'上海事变'之后,她带着戏班子辗转回到了北京。前年年底,我来北京,郑彬托付我照顾金韵秋。"

"金韵秋家里有郑彬的信件,其中提到了您。从郑彬的信里看得出来,他和金韵秋关系复杂,不只有男女私情,他们还是同党。金韵秋已经供认了,她向郑彬提供过情报,其中包括您的情况。"木村不假思索地说,"我判断是北京的地下抗日分子从金韵秋那里获得了关于您的情报,因此组织了这次暗杀。"

木村的话,赵景瑞将信将疑。前尘往事,恍如隔日,当初郑彬风流倜傥,金韵秋一见倾心,相见恨晚。听说两个人藕断丝连,他不由得冒出了一股无名火。郑彬的身份值得怀疑,大概是抗日分子,金韵秋也许是被他利用了。一想到身边人竟然是奸细,赵景瑞禁不住有些后怕。

"是否能给我看看郑彬给金韵秋的信?"

"案件正在调查当中,这些信件是重要证据,目前不能透露。"

木村的态度,叫赵景瑞很不满,自己好歹是个政府的副部长,一个宪兵大尉竟敢如此蛮横无理。

他皱着眉头说:"我请求拜会您的长官。"

"事先没有约定,现在不方便通报,请您再找时间约见吧!"木村向翻译挥了挥手,"送赵次长出去。"

六

春秋社的人在宪兵队坐了半个月的班房,经过梨园公会和新民会一番活动,才把他们保了出来。只有金韵秋没出来,金家上下都忐忑不安。

关庆良被放出来之后,就来金家拜访。一见面,金彦春左脚迈了一步,右脚退了一步,屈膝半蹲,左手扶着膝盖,右手下垂,冲着关庆良请了个安,嘴里头说着:"关爷,我对不住您!请您体谅体谅我!"

关庆良连忙还了个礼:"金爷,您这话说远了,咱们都是旗人,谁跟谁啊!"他赶上前去,把金彦春扶起来了。

"我这辈子从来没干过这么丢人的事儿,都是叫鬼子给逼的,他们要把我们老太太抓走,真没辙了!我是叫他们给押去的。您受委屈啦!关爷,我给您赔罪啦!"金彦春说着说着,眼圈红了。

"这事儿您不用往心里去。"关庆良拍了拍金彦春的肩膀,"当时那个阵势,鬼子绝不会放过我们,您去不去,我们都跑不了,咱们都坐过宪兵队的班房,也算是患难之交。今天是小年,眼看就过节了,咱们得赶紧想辙,让金老板出来。"

张妈跑进来说:"戏园子的杜老板来啦!"

金彦春赶到垂花门外头,见到了杜昌和周绍文,把他们请进了客厅。

宾主刚一落座,金老太太进来了,一再给客人作揖:"谢谢各位!自从日本人把彦春和韵秋他们押走了,我就整宿整宿地睡不着觉,整天烧香,求观音菩萨保佑,可是只回来了彦春一个,韵秋可怎么办啊?这都过年啦!你们各位行行好,救救韵秋吧!"她掏出手绢捂住了眼睛。

金彦春连忙安慰母亲,把她扶出了客厅,转身又回来了。

杜昌开门见山地说:"金先生,我们今天来,一来是慰问您和春秋社的同人,二来是商量解救金老板。"

"不胜感激!"金彦春分别给杜昌和周绍文作揖,"二位先生急人之难,古道热肠,肝胆照人!"

"咱们过得着,甭客气。出事儿那天,我也进了宪兵队,过了两天热堂,让朋友给保出来了。"杜昌压低了声音,"别让令堂听见,得赶快把金老板救出来,可千万别叫日本人给她毁了!"

413

"杜经理,您朋友多,路子也广,众望所归。"金彦春拱着手说,"全拜托您了!"

没等杜昌说话,周绍文先开口了:"这些日子,北京和上海的报纸已经披露了吉祥戏院的案子,各种消息扑朔迷离,耸人听闻,人们不知就里,这回金老板罹祸,看似是'城门失火,殃及池鱼',她受了这个案子的连累,我看是另有缘故。因为金老板一直不愿意去满洲唱戏,招致日本人不满,借这个机会恐吓伶人,施展淫威。咱们应当在报纸上揭露真相,为金老板鸣不平,再联络一批名伶写份呼吁书,呼吁保护国剧人才,要求释放金老板,在各地的报纸上同时刊登,只有形成了舆论,叫当局下不了台了,他们才会放人。"

"周先生,您的良苦用心,我明白,可远水解不了近渴。"金彦春愁眉不展,"宪兵队是个什么地方?韵秋在里边多待一天就得多受一天罪。"

杜昌安慰道:"金先生,您别着急,绍文说得有道理,咱们两条腿走路,也得托托人,想办法活动活动。"

"这也是年灾月晦,碰上这么桩倒霉的官司,只要能救出韵秋来,我们金家宁愿倾家荡产,韵秋再不出来,家母可就受不了啦!"金彦春焦急地说,"您说吧!该怎么活动?有用钱的地方,您就说话。"

"就以梨园公会的名义写一份呼吁书,再给京、津、沪各大报馆发一封信。"杜昌斟酌了一下,"这得请绍文执笔,再由我去找梨园公会的理事和名伶过目。咱们的呼吁一旦见了报,就会赢得社会上的支持,逼迫当局释放金老板。"

"就按照您说的办。"周绍文点了点头,"回头写完稿子,请您过目。"

"你拟完了稿子,赶紧给我,我还得一家一家地跑,去请他们点头。"杜昌接着说道,"咱们还得商量商量,到底请谁出面去找宪兵队。"

金彦春央求道:"无论找谁,都得劳您大驾,就听您的了!上回在吉祥戏园子就是没听您的话,没有及时躲避,栽了个大跟头。"

杜昌赶忙说道:"上回我劝金老板赶快到江市长家里躲避一下,就是怕案子牵连到她,只是当时金老板没明白我的意思,算了,不提这事儿了。凭着金老板和赵景瑞的交情,他不能坐视不救,赵景瑞跟王克敏还有日本人都说得上话,就找他吧!你们说呢?"

周绍文一听就摇头:"咱们既然都不见外,我就直言不讳了,赵景瑞罪恶昭著,不能求他帮忙,咱们不能跟他同流合污。"

"咱们这也是有病乱投医。"金彦春反驳道,"您说说,能跟日本人说得上话的,哪个不是汉奸?"

"在官面儿上混的都是汉奸,咱们唱戏的没权没势,碰上了官司只能四处求人,大丈夫得能伸能屈。"关庆良不住地叹气,"咱们都是吃戏饭的,都清楚金老板是梨园行儿里难得的人才,杜经理说得对,千万别叫日本人给她毁了,咱们就照杜经理说的办吧!"

"眼下一方面通过报纸呼吁,为金老板申冤,逼着当局放人;另一方面私下里找有权有势的人活动活动,争取早日把人救出来,这不能算是同流合污。"杜昌耐着性子劝说,"现在金老板落在宪兵队手里了,那是个阎王殿,救人要紧,刻不容缓。"

"社会上都传说金老板与刺客有牵连,汉奸已经被吓得风声鹤唳了,赵景瑞怎么肯为金老板去央告日本人?本来在吉祥戏院杀的就是赵景瑞,可惜李代桃僵,功亏一篑!"周绍文猛然拍了一下茶几,"怎么能再找这等败类呢?"

金彦春听到这里愣住了,禁不住问道:"看来您知道这桩案子的内情?"

不等周绍文回答,关庆良便笑道:"周先生,看您是个文人,没想到您比我们唱戏的火气都大,看得出来,您是个爷儿们!"

杜昌苦笑了一下,这位兄弟太书生气了。他心急火燎地说:"当下形势纷纭复杂,投靠日本人的,有的是见利忘义,有的是苟且偷安。至于赵景瑞,他是想发国难财,但又首鼠两端,不妨就利用他这种心理。为了救金老板,我豁出去了,等见到赵景瑞的时候,说几句重话,吓唬吓唬他,让他明白明白自身的处境,倘若为解救金老板出力,就是在赎以往的罪孽,给自己留一条后路。日本人祸害咱们唱戏的,就是祸害京剧,因此救金老板就是在救京剧,咱们得为京剧留点儿种子!"

"杜经理,梨园行儿里头,要论口才,就数您了,就得您亲自出马。不瞒您说,我被抓进去这段日子,家母找过赵景瑞几回,连门都进不去,打电话也找不着他,这回就看您的了!"金彦春连连拱手,"上下打点用的钱,我马上准备出来。"

"我回头就给赵景瑞打电话,约他见面。"杜昌的脸色凝重,"他这回保不齐吓破胆子了,想必疑神疑鬼,不知道他还敢不敢见我。"

七

赵景瑞身穿灰哔叽长袍，正坐在书房的沙发上冥思苦想。留声机放着唱片，是《借东风》里诸葛亮唱的一段"二黄原板"："鲁子敬到江夏虚实探望，搬请我诸葛亮过长江，同心破曹，共做商量。那庞士元献连环俱已停当，用火攻少东风急坏了周郎。我料定了甲子日东风必降，南屏山设坛台足踏魁罡。"

一个警察进来禀报："吉祥戏院的杜经理来拜访您，说是和您在电话里约好了，他在门房等候。"

"带他进来吧。"赵景瑞吩咐了一句，起身关掉了留声机，到客厅去了。

死里逃生一回，赵景瑞仍然心有余悸。上回听木村说，金韵秋同郑彬私下来往，而且有同党嫌疑，因此对她已经心灰意冷了。半个多月以来，京、津、沪的报刊相继报道了吉祥戏院的命案与关押金韵秋的消息，各方人士纷纷出面关说，这让他难以应付。远在上海的郑彬也打来了电报，请求他帮助解救金韵秋。杜昌来电话求见，肯定又是受金家之托，前来说项。赵景瑞本来准备推托，但转念一想，别看杜昌只是个戏园子老板，一直混迹江湖，却不可小觑，这个京油子结交三教九流，可能暗中勾结抗日分子。杜昌这回登门拜访，说不定是有人在背后指使，不过这倒是个难得的契机，由此探探虚实，利用他暗通关节，可以消弭暴戾。赵景瑞在电话里头答应与杜昌见面。

杜昌跟着警察进来了，向赵景瑞一边拱手一边说："赵次长，快过年了，戏班子早都封箱了，大家都挺惦记您的。"

赵景瑞使了个眼色，警察和用人都退到堂屋里去了。

"我受金韵秋家人的托付，奉上一份节礼。"杜昌掏出了一个信封，双手递给赵景瑞，"这是礼单，礼品刚才都交给府上的人了。"

赵景瑞接过了礼单，态度矜持："太客气了！请坐。"

"金家托我请您帮忙，救救金韵秋。她可是坤伶中的翘楚，万一有个三长两短，这不单是她个人的不幸，而且也是京剧的损失。"杜昌看了看赵景瑞的脸色，"以您和金韵秋的交情，您也不能见死不救啊！您往后如何向外界交代啊？"

"按说金韵秋吃官司，我不能袖手旁观，但这次是宪兵队抓的人，谁都没办法，我也是爱莫能助。"赵景瑞忽然匆匆忙忙地出了客厅，打发走了堂屋里的警察和用人，进屋以后又关上了门。

杜昌抱怨道："出了人命案子，竟然抓走了金韵秋，她怎么能和刺客有关联呢？谁都明白，这是个冤案，外面议论纷纷，都为金韵秋打抱不平。"

"宪兵队认为金韵秋有犯罪嫌疑，案子正在审理，反正早晚会水落石出，如果冤枉了金韵秋，自然会放她出来。"

"金韵秋是不是有犯罪嫌疑，您应当最清楚啊！您可以出来为她做证，以您的身份，能把她保释出来。"

"我不说你也明白，这个案子和我有关，宪兵队说是地下抗日分子干的，刺客的目标就是我，因此不便替金韵秋说情，况且宪兵队不许他人过问。"

"依我看，金韵秋一直没答应去满洲，这事儿惹了日本人。"杜昌暗地里咬了咬牙，又说道，"这是杀鸡给猴看，逼着伶人唱义务戏，给日本人捐款，再胁迫大家去满洲唱戏，给他们捧场。"

赵景瑞连忙提醒他："你这话只能在我这里说，倘若传出去了，我们谁都吃不消。"

"在家里都不敢说话，这是什么世道？"杜昌愤慨地说，"沦陷区的老百姓，都成了亡国奴了！"

"俗话说，'宁做太平犬，不做乱世人'。说到当前局势，不能再打下去啦！上海、南京、杭州、青岛、武汉、广州都已经陷落，军人伤亡了上百万人，百姓流离失所。自古以来，没有久战不和的道理，不能再拿百姓的性命和财产孤注一掷了，只有和平，才是出路，才能休养生息，恢复元气。"赵景瑞说起来滔滔不绝，"当此危亡之际，王克敏先生挺身而出，为和平奔走周旋，使百姓得以喘息。我到北京给临时政府做事，是感激王克敏先生的知遇之恩，同时也是想为和平尽绵薄之力。"

"恕我冒昧，您的一片苦心，人们未必体谅。就说这个案子，外头都传说刺客是冲着您来的，您命大，秘书替您挡了子弹，金韵秋为此身陷囹圄，坊间谣诼不断，众口铄金，人言可畏。"杜昌不停地摇头。

"自从出了这个案子，家里都住上警察了，我平时深居简出，消息闭塞。"赵景瑞似乎不经意地说了一句，"你说说，外面都有哪些传闻？"

"这桩案子引出了很多传闻，有人说是因为争风吃醋买凶杀人，还有人说金韵秋就像是'费宫人',想舍身殉国。这些传闻荒诞离奇,不说也罢。"杜昌摆了摆手。

两年前,名伶程砚秋在北平演了一出新戏《费宫人》,这出戏取自昆曲《铁冠图》,演绎了一个明末传奇故事。李自成攻陷北京,崇祯皇帝自缢身亡,宫女费贞娥冒充明朝公主,伺机刺杀李自成,但被赏赐给了部下,她将其刺死,最终自刎殉国。

赵景瑞暗自思量,当初上演《费宫人》正是"卢沟桥事变"前夕,演出具有政治寓意,现在有人借这个案子牵强附会,一定是抗日分子在煽风点火。

想到这里,他气愤地说:"说金韵秋准备舍身殉国,那我在世人眼里又是何等面目?说这话的人居心叵测!"

"这都是街谈巷议,您不必往心里去。"杜昌不慌不忙地说,"跟您说句推心置腹的话吧!您为了和平跳火坑,下地狱,但不能不给自己留条后路,三十年河东,三十年河西。"

赵景瑞半天没说话,突然问道:"杜先生,你认不认识那边的人?"

杜昌一时难以回答,当然不能露出底细,要想吓唬住赵景瑞,只能虚张声势。

"眼下鱼龙混杂,你中有我,我中有你,至于谁是哪边的人,我也辨别不清。"他揣度了一下,"您有什么打算?我倒能帮您找找那边的朋友,今后互通声气。"

赵景瑞欲言又止,最后忍不住了:"你如果和那边有来往,麻烦你替我传句话,我也是身在曹营心在汉,有什么事情都可以通融,何必兄弟阋墙?'本是同根生,相煎何太急'。"

杜昌暗中盘算,尽管吉祥戏院的暗杀没有成功,但确实把赵景瑞吓破胆子了。为了保全性命,居然打算与抗日人士暗通款曲,看来这才是他答应见面的主要缘故,既然如此,不如将计就计。

他笑道:"赵次长,您这番话,我一定想办法托人给那边的朋友带到。您放心,这话只有我们两个人知道。解救金韵秋的事情,还得拜托您,金家托我给您带话儿,只要放了金韵秋,他们愿意倾其所有,需要打点的地方,您只管说。您跟王克敏先生交情不浅,您托托他,日本人不能不给他面子。我再跟您透露个消息,据说抗日分子也很关心金韵秋的安危,您真要是把她救出来了,借此也可以消除双方的误解,避免同室操戈,自相残杀。"

赵景瑞皮笑肉不笑地说:"你替金韵秋说项,除了受金家的托付,恐怕也受了抗日分子的托付吧?"

杜昌顾左右而言他:"各方人士都在呼吁释放金韵秋,民意不可违逆,在此关头,如果您能够援以鼎力,给京剧留个种子,可是功德无量的事儿!金韵秋这条命,全都仰仗您啦!"

八

在宪兵队的办公室里,木村正向赵景瑞介绍案情,"通过调查和分析判断,可以得出结论,本案是一起政治谋杀案,同去年刺杀王克敏委员长的案件一样,凶手和同谋都是地下抗日分子,目的是制造恐怖气氛,恐吓政府官员。不过这两起谋杀都没有成功,王克敏委员长和您都很幸运,但去年杀害了山本荣治顾问,这次又杀害了您的秘书。两个案件相比较,这次的计划更加周密,凶手选择在戏院行动,并且是在晚上演出以后,是为了利用现场的情况迅速逃离。已经实行了大范围的搜查,至今没有抓到凶手,估计他们很快便离开北京了。"他摇摇头,表示遗憾。

前年年底,日本人组织华北伪政权,下野多年的政客王克敏被拉出来主持临时政府,引起国人公愤。去年三月二十八日下午,王克敏乘坐汽车到了煤渣胡同的日军特务机关驻地,有人骑着自行车迎面向汽车开枪,司机当场毙命,日本顾问山本荣治被击中头部,不治身亡。王克敏腿部中弹,逃过一劫,阴差阳错,日本人当了替死鬼。刺客被捕后,确认是敌后抗日人员,遂惨遭杀害,这个案子当时震动全国。

几天以来,赵景瑞一直在找人活动,今天到宪兵队来,是受杜昌之托,请求保释金韵秋。他酌量了一下,说道:"您辛苦了!北京、天津、上海的报纸都披露了金韵秋的消息,我想问问您,金韵秋是否参与了这个案子?调查的结果如何?"

"根据金韵秋的口供,证实您的老同学郑彬是抗日分子,金韵秋为他提供情报,她和吉祥戏院的案子有关系。金韵秋供认,她向您刺探过政府的财政和金融情报,然后透露给了郑彬。"

赵景瑞心里想,指控金韵秋提供情报、参与谋杀,未必具有真凭实据,严刑之下取得的口供并不可信。

他委婉地说:"我了解金韵秋,她是名伶,社交复杂,政治幼稚,至于和地下抗日分子有来往,应该是被人利用了。目前各界人士出于爱惜国剧人才的原因,都呼吁宽赦金韵秋,北京新民会为了安抚民意,愿意出面保释她,请求宪兵队给予从宽处置。此外,金韵秋的家人托我向皇军表示,想在艺人中做个表率,准备捐献给皇军五十两金子,而且他们还打算去满洲国演出。"

木村不容赵景瑞说下去了:"关于捐款的问题,需要请示上司。金韵秋的家里一定花了很多钱找人活动,很多政府官员都来宪兵队帮她游说。金韵秋现在不能保释,这个案件的调查还没有结束。金韵秋供述,郑彬叫她不要去满洲国演出,不能给汉奸傀儡政权捧场,因此她一直拒绝去满洲,这在艺人当中煽动了反日情绪,产生了不良影响。郑彬还劝说金韵秋去上海演出,上海租界区不受皇军控制,那里聚集了各方间谍,如果金韵秋到了上海,一定会投靠抗日分子。"

果然不出所料,日本人这次是想以儆效尤。金韵秋一再回绝满洲方面的重金聘请,原来是郑彬在暗中作祟,结果冒犯了日本人,这也是咎由自取。听说两个人谋划暗度陈仓,赵景瑞的心里不禁五味杂陈,但再一想,只有解救了金韵秋,才能化解与抗日分子的仇隙,平息外界的传闻,也是给自己留条后路,眼下只好委曲求全。

他按捺住心里的怨气,硬着头皮说:"您请示上司以后,请通知我,我叫金韵秋的家人把捐款尽快准备出来。金韵秋的家里托我给她带来一些衣服,我带来了一些点心,麻烦您交给她,您能不能给我个面子,让我见她一面?"

木村打量了一下赵景瑞,点了点头,"可以让您见金韵秋。"他当即吩咐翻译,"把金韵秋带过来。"

翻译和两个宪兵把金韵秋押进了办公室。一看她蓬头垢面的模样,赵景瑞就明白了,肯定在宪兵队里吃了不少苦头,脸上留着伤痕,棉袍露着棉絮,显然是受过刑了。一代名伶,天生尤物,曾在氍毹上颠倒众生,如今却陷于缧绁,落到这般境地,霎时间,他露出了怜惜的神情。

一见赵景瑞,金韵秋的眼泪就夺眶而出,急忙用袖子挡住了脸。

看着金韵秋身上只有件薄棉袍,脚上是单鞋、单袜子,赵景瑞叹了口气:"没想到你我竟在这里相遇!"他一时不知道说什么好了,掏出了一块手绢,站起来递给她。

金韵秋咬着嘴唇,忍住抽泣,用手绢拭去了泪水,"我以为见不着您了!"她刚说了一句,就用手绢捂住了脸。

赵景瑞的脑子里忽然涌现出了《玉堂春》里苏三的一句唱词,随即脱口而出:"叹人生好一似梦幻泡影!"

"赵次长,您真是一个戏迷!"木村摇头晃脑地说,"中国人太会演戏了!"

赵景瑞恍然大悟。看来木村答应他们在这个阎王殿里见面,是不愿意错过了这场好戏。由此可见,在日本人的眼里,政府官员处于何等地位,他顿时觉得颜面扫地。

他憋了一肚子的火,却不敢发泄,只能置若罔闻,冲着金韵秋说:"你们家准备给皇军捐款,还打算去满洲国演出,就等你出去了,你千万要保重身体,耐心地等待保释。"

"我实在熬不住啦!"金韵秋又哽咽了。

木村有些不耐烦了:"赵次长,请您转告金韵秋的家人,捐款效忠皇军,必须要有诚意,只用五十两金子,就想保释金韵秋这样有名的艺人,宪兵队是不会答应的。"他吩咐了一句,两个宪兵拽着金韵秋就走。

出门之前,金韵秋突然喊道:"赵次长,您得救救我啊!"

九

到了五月中旬,金韵秋已经被关了快四个月了。

这一天上午,金家的门铃响了。张妈打开了街门,"哎哟!是金老板!您可回来啦!"她上去搀扶住了金韵秋。

金韵秋吩咐道:"替我把洋车钱付了。"

张妈转过身来,对着院子里喊了一嗓子:"金老板回来啦!"

这一嗓子,把家里人都喊出来了。金韵秋被搀进了客厅,全家上下都围了上来。

金老太太抱着女儿,涕泗横流。看到妹妹形销骨立的样子,金彦春悲喜交集:"韵秋,你可回来了!你是怎么出来的?我们都不知道信儿。"

这些日子受的屈辱,满腔的怨愤,一起涌上心头,金韵秋号啕大哭。大家连忙劝慰。

金彦春的妻子递过来一条手巾："韵秋,赶紧去洗把脸,换身衣服。"她搀着金韵秋出了客厅。

"菩萨保佑！阿弥陀佛！"金老太太跟着女儿不停地念叨。

金彦春支使用人："老胡,快去准备中午饭,开一坛子花雕,回头给金老板压压惊；张妈,赶快准备香烛供品；王妈到街上买几挂炮仗放一放,去去晦气。"他吩咐完了,又进西屋打电话。

"是杜经理吗？跟您禀告一声,韵秋回来啦！这一程子一直让您操心受累,我们全家都感恩戴德,我和韵秋准备登门感谢,您等着,我这就去叫韵秋。"金彦春撂下电话,就跑出去了。

金韵秋没梳完头,披头散发地赶过来了,拿起了电话："杜经理,谢谢您的大恩大德！改日我去府上当面道谢！"她一再地感谢,才放下电话。

"韵秋,你能出来,全靠杜经理了,都是他四下奔走,找了梨园公会、新民会和十来家报馆联名作保,你先养好了身子,日后再去酬谢杜经理和各家保人。"说到这里,金彦春感到心里憋屈,怒气冲冲地说,"明明是个冤案,结果把人关押了四个月,还受了这么多罪。"

金彦春的妻子进屋嘱咐丈夫："赶紧找个大夫,给韵秋好好看看病,调养调养身子。"

金韵秋骂道："日本鬼子就是一帮畜生！宪兵队里成天过热堂,严刑逼供,屈打成招,当时就怕毁了嗓子,落下残疾,唱不了戏了。我舍不得祖师爷传下来的玩意和这么多年花的心血,这几个月来,始终怀着这个执念,才熬过来了！"她又抽泣起来了。金老太太听见哭声,也赶过来了。

"韵秋,别再想那些不痛快的事儿了,这都过去了。"金彦春的妻子接着劝解,"这些日子,老太太一直提心吊胆,都没睡过一宿踏实觉,别再惹她伤心了！"

"作孽啊！"金老太太拿过来手巾,递给闺女,"只要是人平平安安回来了,就得念佛。"她一边说,一边掉眼泪。

经过了这一场冤狱,金韵秋感觉万念俱灰,越想越觉得伤心："熬过了这场官司,凡事都看开了,只要能了结尘世的痛苦,我情愿出家。"

"阿弥陀佛！"金老太太一把捂住了她的嘴,责怪道,"'出家'两个字,哪儿能随随便便地说出口来！一想不开了就要出家,你受得了那个罪吗？千万不可妄语！可不能造了口孽！"

金彦春关上了屋门，屋里只有金家四口人："韵秋，还没来得及跟你说哪！你可别想不开，咱们已经倾家荡产了，还欠了一屁股的债。为了让你尽快脱险，四处求人，大把地花钱，到现在家里的积蓄都已经花干净了，除了咱们住的这所房子，其他两处房子都卖啦！日本鬼子狮子大开口，一共讹去了咱们家二十根金条，这帮畜类！"他越说越生气，气得直拍桌子。

"先别跟韵秋说这些了！"金彦春的妻子埋怨丈夫。

"钱财都不算回事儿！"金老太太不住地摇头，"那都是身外之物，花出去了还可以再挣，就甭惦记着那些事儿了！"

听了这一席话，金韵秋问道："咱们到底欠了人家多少债？"

"都是跟朋友求助的，梨园公会还帮咱们唱了两场搭桌戏。"金彦春盘算了一下，"还有两万多块钱的债务。"

"人家救了咱们的命，咱们得讲信义，赶快还给人家。"金韵秋暗自咬牙，接着说道，"钱既然是花在我身上了，就由我来还债，看起来想不唱戏了都不行。"

"甭着急。"金彦春摇着头说，"等你养好了身子再说。"

"我出来了，得告诉赵次长一声。"金韵秋拨通了电话，"请问赵次长在吗？是赵次长吗？我回家了，感谢您的再造之恩！"挂了电话，她怅然若失，目光迷茫。

"咱们一家子用不着藏着掖着，实话跟你说吧！咱们被抓进去以后，姓赵的居然见死不救，最初老太太找他，根本就不见，都进不去他们家的门，还是杜经理三番五次找他，连劝带吓唬，他这才找到了王克敏，上下都使了钱，最后是火到猪头烂，你总算是捡回了一条命。咱们这儿卖房子借债，这位财神爷却袖手旁观，光是王克敏，就送了十根金条，都是经过姓赵的，他是不是中饱私囊都不好说。刺客是来杀姓赵的，他逃过一劫，你却吃了挂落儿，这个案子，外边说什么的都有，一言以蔽之，无非就是红颜祸水之类的，你无缘无故地遭受了牢狱之灾，还招致这么多流言蜚语。"金彦春气急败坏地说，"提起这些事儿来，我就一肚子火！"

"快别说这些堵心的事儿了！"金彦春的妻子急忙拽丈夫的衣服。

金老太太双手合掌，嘴里头念叨："菩萨保佑！"

"他去宪兵队看过我一趟，也受了很多委屈，这就不容易了，只是他在电话里态度冷淡，不清楚是什么缘故，恐怕有难言之隐。"金韵秋的眼睛湿润了，"算啦！人家毕竟救过我一场。"

"你太仁义了，可惜人家薄情寡义。"金彦春冷笑了一声，"他但凡懂得羞耻，都没脸见你了。"

金彦春的妻子一再地劝解。金老太太突然大声嚷嚷："咱们赶紧给菩萨和祖宗磕头。"

用人在客厅的八仙桌上摆上了供品，点上香烛。各自更衣之后，金老太太领着一家子冲着北墙上挂着的观世音画像磕头，跟着又叩谢祖宗。

祭拜完了，刚要准备吃饭，门铃响了。张妈进来说，戏园子的杜老板和报馆的周先生来访，还送来了花篮。

"快请客人进来！咱们理应登门道谢，人家反倒先来看韵秋了，咱们得至至诚诚地谢谢人家。"金彦春立刻迎了出去。

他一出垂花门，看到院子里立着两个大花篮，连忙向杜昌和周绍文作揖，说道："我们全家对二位恩人感激不尽！"

"金先生，我也是接到您的电话才知道金老板回来了，就赶过来了，这两个花篮是吉祥戏院和《立言画刊》送的，祝贺金老板恢复自由！"杜昌说罢，叫身边的两个伙计把花篮搬进去。

金韵秋也迎到了垂花门外，穿了件藕荷色绸子旗袍，略施脂粉，"这回都仰仗各位朋友鼎力相助，我才能脱离险境，各位的恩德，我这辈子都忘不了！"她冲着客人鞠了个躬。

看到金韵秋形容憔悴，杜昌的心里涌起一阵酸楚，赶忙拱手致意："金老板受苦了！您蒙受不白之冤，伶人和戏迷都愤愤不平，一直惦念您的安危，这回总算是逢凶化吉了，都祝愿您早日重返戏台！"

金家兄妹把客人让到客厅。金老太太站在门口连连作揖，不停地说："感谢各位的大恩大德！"

杜昌连声说："您言重了！承受不起！"

伙计把花篮搬进客厅便回去了。张妈斟上了茶，大家才坐下。

"来得仓促，匆匆忙忙写了几个字，来不及裱了。"杜昌从随身携带的皮包里拿出一个信封，又从信封里取出了一沓子宣纸，展开了是一张条幅，上面写着"彪炳春秋"四个楷书大字，上款是"韵秋女史粲正"，下款是"燕京杜昌"，后面盖了印章。

金韵秋起身道谢:"不敢当!不敢当!"

"献丑啦!"杜昌笑道,"让各位见笑。金老板这回蒙难,是为京城的伶人受苦,是为梨园行儿树碑立传,将来必定会名垂青史。"

金彦春称赞说:"杜经理,您是大手笔!您抬举韵秋了!"

"回头我替您裱上,裱好了再送来。"杜昌把手里的条幅收起来了。

"金老板,戏迷爱戴您,是爱惜您的艺术,也是爱护京剧。"周绍文意味深长地说,"作为一个戏迷,我一向敬重伶人,吃这碗戏饭不容易,要想成角儿,得经受得住戏台和人生的磨炼,坤伶就更不容易了,希望您以后更珍惜自己的艺术。"

"吃这碗戏饭太难了,经过这场官司,家业都败光了,还负债累累,我们不光得养活一家老小,还得照顾春秋社几十口子的生计。"金彦春长吁短叹,"杜经理,您说说,往后可怎么办啊?"

"日本人欺压伶人,糟蹋京剧,禽兽不如,他们早晚得遭报应,京剧不能叫他们毁了,咱们得把它传承下去。"杜昌琢磨了一下,"不论什么年月,老百姓都得听戏,北京唱不了,咱们去别的码头,我帮你们想辙。"

"恕我直言,金老板不能再登台了!"周绍文急切地说,"正好借着这场灾祸,对外称病,暂时告别戏台,在家隐居,不参与任何活动,否则的话,一旦日本人叫金老板去满洲唱戏,又如何回绝呢?我辈身逢乱世,不能随波逐流,更不能与日伪同流合污,时穷节乃见,梨园行儿也得讲究气节。"

周绍文的话,让金韵秋的心里不是滋味。他含沙射影,话里有话。"同流合污"是暗中指摘自己和赵景瑞的关系,难道私人感情还牵扯上了气节?但她仔细一想,周绍文是大恩人,无论如何得给人家面子,而有些话又难以启齿。

"我是个伶人,只想指着唱戏养家糊口,不愿意卷入政治,可没办法,他们不放过你啊!无端地受了一番折磨,辛辛苦苦挣下的家业也败光了,往后不唱戏了,怎么还债啊?这一大家子人怎么养活?这是个什么世道?把人害得人不人鬼不鬼的。"金韵秋掏出手绢来,遮住了脸。

"唱戏是伶人的志业,也是养家糊口的本事,牵扯不上政治。"金彦春满腹牢骚,"即便是在沦陷区,各行各业都可以卖艺谋生,那也得叫唱戏的吃饭啊!"

金老太太愣了半天才说话："韵秋是个坤伶,在梨园行儿里混饭吃,太不容易啦！"

"沦陷以后,北京人成了亡国奴,都非常痛苦,只有上戏园子听戏,才觉着活得有点儿滋味儿,京剧都是弘扬忠孝节义的,因此就成了戏迷的寄托了！"杜昌皱起了眉头,"伶人如果不唱戏了,怎么安身立命？这不单是伶人的命运,事关京剧的存亡绝续,爱护京剧就得爱护伶人。"

"抗战是全民族的功业,这事关国族的存亡。"周绍文加重了语气,"现在多少人毁家纾难,多少人处在水深火热之中,覆巢之下无完卵。"

一看话不投机,金彦春立刻插了句嘴："你们二位见识广,说出话来总是叫人宾服,我就是想问问,这仗得打到什么时候啊？"

"这个问题一言难尽。这次战乱,山河破碎,血雨腥风,眼下已经到了生死关头了！不要再抱有任何幻想了！"周绍文情不自禁地冲动起来,"只有与日寇周旋到底,死里求生,否则就亡国灭种,万劫不复！"

听到这里,大家沉默不语。金彦春忽然说道："头几天报纸上说,汪精卫从重庆辗转到了上海,这样的当朝大佬怎么也投奔日本人啦？"

周绍文的回答直截了当："当下天崩地坼,魑魅魍魉纷纷出现,汪精卫丧心病狂,卖身投靠了日本人,这是又一个王克敏。"

"汪精卫这一步迈出去了,可就回不来了！"杜昌感慨地说,"可谓'一失足成千古恨,再回头已百年身'。"

门铃又响了,张妈在院子里喊道："戏班子的人都来看金老板啦！"

十

金家的南房当中三间打通了,是春秋社练功和排戏的地方,地上铺着毯子,两边摆着刀枪架子,靠墙码放着戏箱子,靠着南墙放着一架大穿衣镜。

"拼得个柳憔花悴,可也珠残玉殒,哎呀！早难道贪恋荣华,忘却终天恨。唉！一任他碎骨粉身,一任他扬灰展尘,今日个一笑归泉。"金韵秋没扮戏装,只穿着一件白色绣花褶子,手里举着把宝剑,载歌载舞,哀婉动人。

班子里的琴师在旁边伴奏,杜昌、金彦春、关庆良三个人坐在一边凝神倾听,两个跟包的靠墙站着。

"费贞娥呀！费贞娥！可惜你,大才,哎呀,小用了！"念完了韵白,金韵秋又唱了一句,"唉！又何必多磨刎。"

大家连声叫好。顺子接过了金韵秋手里的宝剑,递上了手巾。

金韵秋坐下之后,擦了把脸:"杜经理,您给说说,有什么毛病?"她拢了拢鬓发,莞尔一笑。

"排一出昆曲,能上得了台,没有一年半载不行,这出《费宫人》是昆曲、皮黄两下锅,您脱离牢狱之灾才四个月的工夫,身体尚未恢复,排这出戏也就一两个月,已经可以走出身段儿来了,手眼身法步的尺寸相当讲究,完全是程砚秋的韵味儿,不容易！不容易！"杜昌不住地称赞,接着又侃侃而谈,"'文王拘而演《周易》;仲尼厄而作《春秋》;屈原放逐,乃赋《离骚》;左丘失明,厥有《国语》;孙子膑脚,《兵法》修列。'金老板,您也是经受了一回磨难,才有了这出《费宫人》。"

听了这一番话,金韵秋的眼泪下来了:"杜经理,您的话说到人心里头去了！"她拿起手巾擦了擦眼睛,"我只是个唱戏的,比不了圣贤,平白无故地受了一回罪,已经灰心丧气了,不愿意再吃这碗戏饭了,想从此离开戏台,甚至远离尘世,但一想到戏迷的厚爱,实在是不甘心。经过了一场官司,我们的家业都败光了,还背了一身债,眼下是走投无路了,只能靠着唱戏还债,我暗自许愿,一定得重新登台。"

"金老板今天说的全是肺腑之言,令人感动。"关庆良连连点头,"我就知道,您离不开戏台,早晚得犯戏瘾,咱们吃戏饭的,还得指着唱戏吃饭。"

"杜经理,您说的可都是行家话。"金彦春竖着大拇指说道,"您肚子里头太宽敞了！"

杜昌乐了:"在行家面前,我就是个棒槌。"

"您不是行家,谁是行家?"金韵秋指了指杜昌,"把《费宫人》作为重新登台的头一出戏,正是您的主意,真是独具慧眼。"

"这出戏原本叫《刺虎》,是一出昆曲,梅兰芳和程砚秋都唱过,程老板把《刺虎》改成了《费宫人》,先在上海演出,民国二十六年(1937年)夏天在北平演过一回。"杜昌深有感触地说,"程老板把一腔感情都寄托在'费宫人'这个人物身上了,是想借此抒发亡国之痛,激励国人抗日。当时正值北平告急,演出一个月之后,就发生了'卢沟桥事变',从此《费宫人》犹如《广陵散》,成为绝响。"

"程老板在北平只唱了一场《费宫人》，是在新新大戏院，我和韵秋去听过，我们坐在戏园子楼上的犄角儿，瞒着别人偷戏，韵秋乔装改扮成了男人，暗地里记唱腔和身段，我记胡琴工尺。"金彦春非常得意地说道，"后来又花了大价钱买下了剧本，为了学这出程派青衣戏，下过不少功夫，程老板的玩意儿就是地道。"

关庆良笑着说："按梨园行儿的说法，这就是'捋叶子'。"

"金老板，您虽然无缘成为程门弟子，但也算是私淑弟子。"杜昌满怀期许地看着金韵秋，"如今您再度登台，再唱这出戏，物换星移，别是一番滋味儿，一定又能引起戏迷的共鸣，为梨园再添一段佳话。"

金韵秋郑重地表示："我不会辜负了您的厚望。"

"程老板的《费宫人》，是俞振飞唱的崇祯，咱们这出《费宫人》，崇祯得由关爷担纲。"金彦春指着关庆良说道，"关爷，您有俞老板的韵味儿。"

"得嘞！"关庆良抱了抱拳，"咱们虽然比不了俞老板，但肯定卖力气，否则我就不是武圣人的后代。"

"我倒有个担心，杜经理，您刚才说了当初《费宫人》的演出经过，我就怕这出戏又给咱们捅出娄子来，本来韵秋就担着谋杀的嫌疑，这回再演一个青衣刺杀旦，会不会又招来莫须有的罪名？"金彦春跟着问道，"日本人和汉奸不会再来找碴儿吧？"

杜昌收敛了笑容，抬起头来，环顾左右，向金彦春使了个眼色。

金彦春心领神会，转过身来向琴师拱拱手，"今天就到这儿吧！收了吧！"他又向跟包的挥了挥手。

琴师和跟包的出去之后，金彦春拍着关庆良的肩膀说："关爷不是外人。"

"杜经理，您放心吧！"关庆良拍了拍胸脯。

"您的担心不无道理。等这出《费宫人》公演的时候，由吉祥戏院出面，把政府大员都请来看戏，这是金老板恢复自由之后头回亮相，他们都会来捧场的，这样就可以避免麻烦。人们都感到了亡国之痛，看了这出戏，除了死心塌地的汉奸，谁都会受到感染。昆曲皮儿厚，得有相当的修养才能看得懂，日本人里头就算有会说汉语的，他们也看不懂《费宫人》。"杜昌嘱咐金韵秋，"公演的时候，您得把赵景瑞请来，叫他带上一些政府官员过来听戏。"

"赵次长不一定能来。"金韵秋摇摇头，"听说他过些日子要去上海，赶不上公演了。"

金韵秋没说完话,杜昌就急着问道:"他什么时候去上海?您是听他亲口说的?"

"我是听上海的朋友来电话说的,赵次长准备去上海出公差,上海银行的朋友都已经知道他的行程了,具体什么时候走,我并不清楚。自从放出来以后,我就没见过赵次长,只打过几次电话,想去当面道谢,他都婉言拒绝了,好像是有意回避。"金韵秋叹了口气,"不明白怎么得罪他了,也许因为那桩案子闹得满城风雨,人家当官的顾及名声,不愿意再来往了。"

杜昌若有所思,忽然冷笑道:"赵景瑞不是顾及名声,他是顾及性命,上次死里逃生,已经是杯弓蛇影,怕是不敢再见您了。金老板,当时硬着头皮去求赵景瑞的情形,您不清楚。我没看错他,他就是首鼠两端,叫我一番话把他给镇住了,他最后是被逼无奈才去找王克敏的,其实是畏惧抗日义士,想保住性命,但从他下水当汉奸之日起,就应当清楚日后的下场。"

金韵秋听罢,神色黯然,默不作声。看到妹妹的样子,金彦春连忙说道:"我已经跟韵秋说了真相,她明白了。"他又换了个话题,"杜经理,上演新戏还有个麻烦事儿,必须得呈报警察局,经过审批,得到许可证才能上演。您跟警察局熟,帮助通融一下。"

"所谓审批手续,不过就是乘机敲诈勒索,给警察局递个红包,就能拿到许可证。"杜昌毫不含糊地说,"这事好说,由我来办。"

关庆良夸赞道:"杜经理真是个能人!您就是咱们梨园行儿里的小诸葛!"

"前些日子,我给上海的黄金大戏院写了封信,表露了个想法,就说经过了一场波折,金老板打算换个环境。昨天黄金大戏院回信了,托我带话儿,想邀请金老板携春秋社到上海演出,他们管约角儿的经理近日要到北京,见面再和你们谈具体条件。如果黄金大戏院诚心邀请,条件合适,金老板在上海的戏迷中又有人缘,不如借此机会离开北京,换个码头唱戏。人挪活,树挪死。"杜昌接着劝说,"往后在北京唱戏,总得提心吊胆,免不了给日本人唱义务戏,还得被迫去满洲,这些烦恼,将来都难以避免。再说了,那场官司让你们负债累累,为了还债,也得另谋出路。"

金彦春问道:"也不知道眼下上海怎么样?"

"上海沦陷以后,内地难民都往租界里跑,大量财产流入了租界,由此出现了意想不到的繁荣。每年九、十月份是上海戏园子的黄金季节,北京的戏班子去上海唱戏都是选在这个时候。邀请您去上海的黄金大戏院,是在法国租界,现在日本人还没有控制租界,听说戏园子的生意不错,他们出的包银会高一块。"杜昌胸有成竹地说,"这出《费宫人》就作为到上海的打炮儿戏,毕竟老百姓都不甘心当亡国奴,正可以借这个故事浇胸中块垒,这出戏一准儿红。"

"杜经理,您救了我,还帮我想得这么周全。"金韵秋站起来了,抖了抖身上的褶子,给杜昌作了个揖,"高山流水,知音难觅。您不仅是我的大恩人,您就是伶人的活菩萨!"

"折煞我也!"杜昌赶忙站起身来,"您可别这么说,实在是承受不起。我还是那句话,京剧不能就这么糟蹋了,爱护京剧就得爱护伶人,得给京剧留下种子。您得为祖师爷传艺,这是您的命。"

突然间,顺子进来通禀:"金老板,江市长的秘书给您送帖子来啦!请您今天晚上去他们府上唱堂会。"

金彦春吩咐道:"快请他进来!请他到客厅里坐。"他一边说一边站了起来。

"晚上见到江市长,您千万别忘了跟他说一声《费宫人》在吉祥戏院公演的事儿,务必请他出席,江市长能来听戏,就是给您捧场,谁还能来找麻烦?去上海演出的事儿,先别跟外人说去,以免节外生枝。"杜昌又叮嘱道,"金老板,北京的戏迷都等着听您的戏哪!如大旱之望云霓。"

十一

吉祥戏院的后台摆满了花篮。金韵秋从台上下来,一进后台,人们一拥而上,赞不绝口,几位记者抢上前去拍照。

杜昌向大家招手致意:"今天晚上是金老板重返戏台后的头一场,吉祥戏院满座了,这场《费宫人》非常成功!"他给金韵秋作了个揖,"金老板,恭喜您!各个报馆的人都到齐啦!这些花篮都是各界人士送来的,您在戏迷中太有人缘啦!"

他话音未落,人群中响起了一阵掌声。金韵秋眼眶里头含着泪水,不住地说:"感谢各位捧场!"

"金老板今天辛苦了！各位同人也都受累了！多谢各位！"杜昌作了一个罗圈揖，"吉祥戏院改日再为金老板庆功，请金老板先卸装吧！"

金韵秋半天才从人群里头挤出来。杜昌叫住了她："金老板，借一步说话。"他又把金彦春叫过来，三个人进了头牌扮戏的屋子。

梳头化装师傅和两个跟包的进来了，准备给金韵秋卸装，杜昌把他们打发走了。

关上了屋门，杜昌神秘地说："告诉二位一个消息，赵景瑞出事儿啦！我是今天下午得到消息的，赵景瑞今天上午在上海遇刺，已经送到医院抢救，详情还不清楚。今天晚上是您头回亮相，我怕打扰您，演出前没敢说，所以一直等到散了戏才告诉您。"他嘱咐说，"赵景瑞是死是活还不知道，也不知道这得引起多大风波，这个消息先别往外说。"

听完了这番话，金韵秋如芒刺背，惶惶不安。金彦春惊慌失措地说："赵景瑞要是死了，又得连累到我们，再进了宪兵队，不死也得搭上半条命。"

金韵秋腿一软，站不住了，金彦春急忙搀扶住她。杜昌搬过来一把椅子，扶着她坐下了。

"难道真是祸不单行？"金韵秋失魂落魄地说，"我的命就这么苦？"她突然哽咽了，赶忙用袖子遮掩住脸。

"金老板，您先别慌。"杜昌劝说道，"不管赵景瑞是死是活，日本人绝不会善罢甘休，咱们好汉不吃眼前亏，既然都和黄金大戏院签合同了，那就赶快去上海。合同不错，演出两个月，管吃管住，包银四万，就此时机马上离开北京，明天就走。"

"明天就走？这回去上海，工夫短不了，得唱几个月的戏，又得置办行头道具，又得准备衣物，明天可来不及。"金彦春摆了摆手。

"事不宜迟，夜长梦多。你们带着家眷先走，春秋社其他的人可以晚走几天，行头和衣物，再托人带过去，也可以到上海置办。这可是生死关头，千万不能犹豫不决！"杜昌说到这里，急得直跺脚。

"听杜经理的！"金韵秋毅然决然地说，"事不宜迟，明天就走。"

"春秋社的行头是我们一辈子的依靠，请您帮忙运到上海，这件事就拜托您了。"金彦春问了一句，"杜经理，能订上明天的车票吗？"

杜昌反问道："一共要多少张票？"

"又让您费心啦！"金彦春合计了一下，"我们一家老小，再加上跟包的和用人，一共得十张票。"

"杜经理，我们这一走，可给您添麻烦了，本来我还得在吉祥戏院唱两天戏，报纸上都登出广告去了，票也都卖出去了，这个工夫换戏码，戏迷能答应吗？"金韵秋愧疚不安地说，"您看，这如何是好啊？"

"我再想辙吧！"杜昌笑道，"您放心，没有过不去的坎儿。金老板，您先别走，我这就去找铁路局的冯局长，这位冯局长是个票友，唱青衣的，经常粉墨登场，就好结交名伶，您忘啦？他是天津人，您给他说过戏，铁路归他管，明天的车票就指着他了。"他急匆匆地出去了。

周绍文领着一个穿西装的中年人到了后台，一看到杜昌，喊了一声："杜经理，冯局长来啦！"

"冯局长！"杜昌迎上前去，不停地拱手，"我一直等着您哪！"

"杜经理，今天晚上的戏太过瘾啦！"冯局长问了一句，"金老板还没走吧？"

"金老板正找您哪！"杜昌笑容满面，"她在屋里卸装哪，请您进屋说话。"

一进屋，冯局长就连声称赞："金老板，今天晚上这出戏，让我开了眼了！您真是角儿！戏迷一直惦念着您，都盼望着再在戏台上见到您，这出《费宫人》，您算是回报老戏迷啦！"

金韵秋来不及卸装，还穿着一身"费宫人"的行头。她勉强地站了起来，客气了一句："冯局长，承蒙抬爱。"

杜昌搬了把椅子，请冯局长坐下。冯局长恭敬地问道："金老板，听杜经理说，您找我，有什么事情您尽管说。"

不等金韵秋言语，杜昌抢先说道："受上海方面邀请，金老板要去黄金大戏院唱戏，明天就得走，拜托您帮着订十张去上海的车票。"

"明天怎么能走啊？"冯局长急得直拍大腿，"明天晚上和后天晚上，吉祥戏院都是您的《费宫人》，我还等着听您的戏哪！"

"当初签合同的时候，算错了日子。"杜昌无可奈何地说，"眼下上海催得急，吉祥戏院只好担待着吧！只能换戏码了。"

"金老板，这可就听不着您的《费宫人》了！太可惜啦！"冯局长想了想，用商量的口气说,"您只能坐明天下午四点钟的车了,全坐头等车厢,明天中午,在正阳楼给您饯行,我到府上来接您,下午在前门车站送您上车。"

金韵秋推辞道:"您公务繁忙,不劳您大驾了,不用去车站送了,也不必饯行了,我这就感激不尽了!"

周绍文急忙说道:"由冯局长送您上车,可以避免日本人的检查,省了很多麻烦。"

"金老板,冯局长是老朋友了,您不用客气。"杜昌又劝告道,"他给您饯行,您再忙也得去,不能辜负了他一番心意,恭敬不如从命。"

金韵秋点了点头,答应下来了:"那就让冯局长受累了。"

"给金老板送行,不胜荣幸。咱们说定了,明天上午您把行李准备好了,下午从正阳楼就上前门车站,中午十一点钟我来府上接您,也请你们三位赏光。您这一走,就听不着您的戏了,临走再点拨点拨我,明天您给说说《费宫人》里头的唱腔。"冯局长给金韵秋作了个揖。

"您抬举我了!"金韵秋敷衍了一句。

"金老板,那就不耽误您工夫了,您赶紧卸装吧!告辞了!"冯局长拱着手退出去了。

杜昌和周绍文一直把冯局长送出了戏院的大门。他们又回到了扮戏的屋子,听见金彦春揶揄道:"韵秋,你算碰上贵人啦!这位冯局长有点魔怔,明天下午就上火车了,中午还叫人给他说戏。"

"冯局长就是个戏疯子。"杜昌哑然失笑,"没辙!票友都有点魔怔。"

"杜经理,我们走了,让您为难了。"金韵秋赧然一笑,"对不住您了!"

杜昌若无其事地说:"这都什么时候了?您还说这个?您什么都甭管了,赶快回去收拾行李。"

周绍文思忖了一下才说:"金老板,我陪你们去趟上海,就算是出一回公差,看了您在上海的演出以后,给《立言画刊》写几篇稿子,北京的戏迷不能亲眼看到金老板在上海的风采,叫他们看看剧评,就像杜经理说的,京剧现在成了戏迷的寄托。我顺便可以担负为金老板保驾的差事,不用再找冯局长订车票了,就拜托你们了,少带个用人,匀给我一张车票吧。明天中午,我到您府上去,回头和你们一起去车站,由冯局长送咱们上车。"

"太好了!"金彦春连忙作揖,"一路上有您关照,我们心里就踏实了。"

"周先生,让您费心了! 想得太周到了!"金韵秋双手合十。

"绍文,这回为金老板保驾,就看你的了。"杜昌拍了拍金彦春,"金先生,耽误您一会儿工夫,跟我去一趟经理室,把今天晚上这场戏的包银给你们,再凑点儿盘缠。"

金韵秋感激地说:"实在是过意不去! 真不知道说什么好了!"

"再跟您客气就见外了,大恩不言谢!"金彦春冲着杜昌一再地作揖。

"一路保重! 咱们后会有期!"临别之际,杜昌心绪如麻,肚子里头有很多话,却又不知从何说起,只是依依不舍地望着金韵秋。

十二

一列快车驶出了前门车站。金家母子三人坐在一间头等车厢里面。

"凉夜迢迢,凉夜迢迢,投宿休将他门户敲。遥瞻残月,暗渡重关,奔走荒郊,俺的身轻不惮路迢遥,心忙又恐怕人惊觉。吓得俺魄散魂销,魄散魂销,红尘中误了俺武陵年少。"这是昆曲《夜奔》里头林冲的一段唱,金彦春唱得满宫满调。

金韵秋浓妆艳抹,穿了件粉绸子旗袍,她用右手数着板眼。听到了敲门的声音,金彦春闭住了嘴。

刚一开门,周绍文一闪身就进了车厢,随手锁上了门。他一袭长衫,戴着草帽和墨镜。金家兄妹连忙给他让座。

周绍文坐下之后,摘了墨镜,兴冲冲地说:"有件事儿一直不方便说,告诉你们一个最新的消息,赵景瑞昨天晚上死在上海的医院里了!"

"这是报应!"金彦春脱口而出。

金韵秋顿时觉得手脚冰凉,四肢无力。金老太太十分惊愕,嘴里头絮絮叨叨:"阿弥陀佛! 赵次长真死啦? 不会又连累上咱们吧? 这可怎么办啊?"

"您甭担心。"金彦春宽慰他母亲说,"咱们一直都在北京,赵景瑞死在上海了,这跟咱们有何干系? 我跟周先生说会儿话,您先上隔壁车厢歇着去吧!"

金韵秋把母亲搀起来,母女俩出了车厢。

"金先生,我刚才说话太冒失了。"周绍文歉疚地笑了笑。

"赵景瑞遇刺的消息,昨天晚上杜经理告诉我们了,嘱咐别往外说,我们没敢告诉家母,怕她担惊受怕,只是说上海方面催我们赶快过去,所以走得仓促。吉祥戏园子那个案子把家母吓坏了。"金彦春打开了一瓶啤酒,倒了一杯,递给周绍文。

金韵秋又回来了,周绍文随即把门锁上。

"金老板,再告诉您一个秘密。"周绍文指着金韵秋说,"这回刺杀赵景瑞,您功不可没。"

金韵秋吓了一跳,沉着脸说:"您别吓唬我,赵次长的凶案怎么老是跟我有关联?"

"我怎么会吓唬您?"周绍文解释道,"本来杜经理想请赵景瑞看昨天晚上的《费宫人》,您说他要去上海出公差,看不上这场戏了,上海的银行都已经知道赵景瑞的行程了,这些话您都忘了吧?这个情报太重要了,由此关山飞渡,决胜千里,所以说您立了大功。"

金韵秋瞠目结舌:"赵次长去上海出公差的事情,只和我哥说过,还有就是杜经理和关庆良,一定是有人泄露了消息。赵次长终归是救过我,结果我反倒害了他,这是我的罪过,这回是跳进黄河也洗不清了!"她说完了,已经是泪流满面。

"金老板,此言差矣!"周绍文露出了不以为然的神情,"回想当初,由于您坚持不去满洲唱戏,保持住了气节,却得罪了日本人,他们借吉祥戏院的案子迫害您,妄图以此杀一儆百。您能够脱险,不光是赵景瑞那几个汉奸活动的结果,京、津、沪的报纸都报道了这桩冤案,揭露了欺压伶人的真相,您是名伶,蒙受了不白之冤,获得了戏迷的同情,再加上各方人士奔走呼吁,当局有所忌惮,宪兵队抓不着刺客,破不了案子,最终只好勒索了一笔钱财,不了了之,您这才逃过一劫。"

金彦春连忙说道:"韵秋能够脱险,全都仰仗杜经理和周先生。"

"咱们不用说这些了。"周绍文感叹道,"用杜经理的话说,爱护京剧就得爱护伶人,得为京剧留下种子。"

"你们的大恩大德,没齿难忘。"金韵秋犹豫了一下,接着说道,"可我不明白,赵次长只是个文官,又没作过什么孽,何苦一再地暗杀他?他是个人才,太可惜了！梨园行儿从此少了一个知音！"

"汪精卫投靠日本人以后，网罗了一批汉奸政客，准备粉墨登场，在南方成立伪政权，同时密谋南北汉奸政权合流。赵景瑞是王克敏的财神爷，他这次到上海活动，是与当地银行商谈金融事务，是在充当日本人经济侵略的帮凶，趁这个机会杀了他，可以消除这帮汉奸的气焰。"周绍文神色严峻，越说越激动，"再说杜经理为了救您而与赵景瑞打交道，已经引起了他的猜疑，认为杜经理与抗日分子有来往，如果不除了赵景瑞，早晚会引来杀身之祸。"

"照这么说，杜经理跟赵景瑞的案子有瓜葛？"金彦春又问道，"您怎么对赵景瑞的底细了解得这么清楚？您是不是跟这个案子也有瓜葛？"

"赵景瑞的死讯，是今天早上接到了上海打来的电报才知道的，遇到如此难得的时机，每个志士仁人都应当挺身而出，可惜我自己没有遇到这样的机会。"周绍文笑道，"倒是叫金老板立了头功。"

"您又有学问，又有见识，羽扇纶巾，通今博古，看起来您是个隐居红尘的大儒，真没想到您唱念做打俱佳，文武昆乱不挡。"金彦春叹了一口气，"您怎么到《立言画刊》了？明珠暗投，大材小用了！"

"您过誉了！不敢当。前年夏天，我刚从大学毕业，赶上了'卢沟桥事变'，北平沦陷，百业萧条，一直找不着职业，因为是个戏迷，去年秋天经杜经理介绍，就到了《立言画刊》，混碗饭吃罢了。"

"我再问一句不知深浅的话，您和杜经理是不是跟吉祥戏园子的案子也有瓜葛？"

周绍文正颜厉色地说道："只能跟您这么说，在此民族危亡之际，不流血不足以震慑敌人，不用霹雳手段，难显菩萨心肠。"

金彦春愣了一下，端量了周绍文一会儿才说："最近两年北京闹暗杀团，听说净是学生，专杀名头大的汉奸，您跟暗杀团有牵连吗？"

"暗杀团只是个传闻，在这个年月里，他们敢于拼命，必定怀有大悲悯。"

"京城里竟有这等侠义之士！令人敬佩！我明白了，过去只是传说，这回算是见到真佛了！咱们彼此心照不宣。"

"刚才在门外头听您唱《夜奔》，百感交集，个中滋味儿只有亡命天涯之人才能体会得到。"周绍文端起了酒杯，一口气喝了半杯啤酒。

金彦春也喝了一口酒,忧心忡忡地说:"咱们同是天涯沦落人。我们这趟去上海,不知道究竟能不能站住脚,俗话说,'一命二运三风水',您肚子里头宽绰,您给算算命。"

"这个年月,只要是沦陷区,遍地腥云,满街狼犬,哪里也不是世外桃源。我昨天晚上看了《费宫人》,没料到金老板重登戏台头一回亮相这么精彩,戏迷都为之感动,这出戏肯定能卖座。当初就是上海的报纸把金老板捧成了'南北第一坤伶',凭着您的人缘,准能站住脚。"周绍文殷切地说道,"金老板,您可是个不可多得的人才,您要为梨园行儿争口气!"

金韵秋沉默了一会儿,说道:"您嘱咐的话,我都记在心里了。经受了那场磨难之后,我才醒悟了,遭逢乱世,时运不济,黎民百姓如同蝼蚁草芥,个人的荣辱都是梦幻泡影,今后唱戏,除了养家活口,就是替祖师爷传艺,不亏负戏迷的厚爱。您方才的一席话,像是醍醐灌顶,我算是看透了,给日本人当差的都是造孽,善恶终有报应。周先生,我不懂得您的政治主张,也不了解您的团体,也不敢苟同妄杀,可是我清楚,您和杜经理都是大义士,不仅救过我的命,而且使我在走投无路时又绝处逢生了,不管时运如何,我一定会报答你们。"

"您言重了!"周绍文拱了拱手,"到了上海,只要能看上您的戏,我就知足了。"

蓦然听到有人敲门,他们都愣住了。周绍文伸手从大褂里头掏出一把手枪,用大拇指扳开了保险。

金彦春问道:"哪位?"

外面答道:"查票。"

虚惊了一场,三个人松了一口气。周绍文赶快关上了手枪的保险,又把枪掖起来了。

开了车厢门,列车员走了进来:"检查车票。隔壁的客人说,她们和你们是一家人,车票都在你们手里。"他端详了一下金韵秋,"您是金老板吧?久仰了!我听过您的戏,您这是去哪里?"

"我们去上海。"金韵秋问了一句,"这是到哪儿了?"

"已经过了丰台了。"列车员查完了车票,就告辞了。

关上了门,金韵秋喃喃自语:"不知道什么时候再回北京了!"

金彦春张口又唱上了《夜奔》:"望家乡,去路遥;望家乡,去路遥。想母妻将谁靠？俺这里吉凶未可知,她、她那里生死应难料。"

（原载于《中国作家》2019年第11期,俞胜选编）

（短篇卷）

绽放
——当代中短篇小说精品选

郭 艳 主编

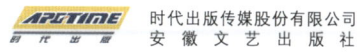

时代出版传媒股份有限公司
安徽文艺出版社

图书在版编目（CIP）数据

绽放：当代中短篇小说精品选：全二卷/郭艳主编．--合肥：安徽文艺出版社,2021.7
ISBN 978-7-5396-7145-1

Ⅰ．①绽… Ⅱ．①郭… Ⅲ．①中篇小说－小说集－中国－当代②短篇小说－小说集－中国－当代 Ⅳ．①I247.7

中国版本图书馆 CIP 数据核字(2021)第 007087 号

出版人：段晓静　　　　　　　策　划：姚　巍
责任编辑：宋晓津　姚　衍　　装帧设计：张诚鑫

出版发行：时代出版传媒股份有限公司　www.press-mart.com
　　　　　安徽文艺出版社　　www.awpub.com
地　　址：合肥市翡翠路 1118 号　邮政编码：230071
营 销 部：(0551)63533889
印　　制：安徽联众印刷有限公司　(0551)65661327

开本：710×1010　1/16　印张：54.75　字数：900 千字
版次：2021 年 7 月第 1 版
印次：2021 年 7 月第 1 次印刷
定价：198.00 元(全二卷)

（如发现印装质量问题，影响阅读，请与出版社联系调换）
版权所有，侵权必究

序

机械复制时代中的日常与传奇

郭艳

庄子言小说家者流，盖出于稗官。孔子称小说虽小道，必有可观者焉。唐变文的佛经故事、唐宋传奇、明清话本一直以"日常与传奇"的互文方式在古典时代的文章诗词之外流传。近现代以来，作为最为繁盛的文体，现代小说开始承担史诗功能，从大小传统两个维度开始了新的叙事功能。当下中国汉语白话小说创作虽然深受西方叙事文学的浸润和影响，但依然是从中国叙事传统中脱胎而来，带着中国叙事固有的对于日常和传奇并行不悖的恒久兴趣。当下小说叙事内容从帝王将相的权谋厚黑转至官场博弈的欲望叙事，从绿林好汉的侠义英雄流转到现代庸人在钢铁森林的游荡挣扎，从街谈巷议的市井烟火转向现代个体的浅斟低吟，从才子佳人香闺春梦到寻常小民生计的艰难和一地鸡毛……在流变的当代文学叙事中，小说依然承担着古老的叙事功能，在每一个机械复制的日常创造着属于个人、他者和世界的传奇。

这套"绽放：当代中短篇小说精品选"分为中篇卷和短篇卷，分别由六位资深编辑精心挑选，呈现出了主流文学期刊近年的文本创作成果，同时也极具编辑家的独特眼光。

短篇卷包括22个短篇小说，共计约31万字。短篇小说是一种让人欲罢不能的文体，极短的篇幅，富有张力的文字，核心人物的简洁而有力的行动，直到一个戛然而止的结局。在一个个短篇文本中，人生在细节处被放大，日常在变形扭曲的镜像中凸显出异质的底色，原本习焉不察的场景、人物和事件再次登堂入室，折射出庸常生存中的晦暗底色，幽暗光影抑或融融暖意。

有一类短篇小说,它出入于烟熏火燎的日常,却能溢出日常的平庸,走出人类习焉不察的经验模式。《大樟树下烹鲤鱼》以寻常食客的视角叙述了人的口腹之欲与杀戮之间的关系。关于"杀生"的主题也从单纯的个人信仰层面,内化为对于人类欲望的内省,那条用豆腐雕刻成的鲤鱼成为人类自我救赎的某种隐喻和象征。《芥子客栈》叙述了安于平淡生活的小伙子和经历生死的女人可能会产生的故事,文本在日常性中讲述了逸出现代同质化生活经验的人生经历。在一个日渐被所谓的安全、秩序所控制的世界中,隐逸的或者说个人化的生存将无法存在,而这种被各种身份所控制的安全留给个人的往往又是消泯于庸常的命运。《制琴记》叙述了工业制造时代的逆行者——手工制琴师的故事。这个文本叙述了带着独特个人风格的手工艺品在坚守者的守望中,又被商人当作奇货售卖高价。然而,唯有不改初心的手艺人才能真正守护住那份属于内心的信念和执着。

生活对于现代人而言,既有生存之艰也有欲望之欢,在无数个细小的选择与挣扎中,小说叙事依然能够在麻木冷漠的生存情境中让我们回望自己何以成为自己。《头条故事》记录了网络媒体环境中一篇获得极高点击率的文章和文章作者的遭遇,这样的遭遇看似荒谬,实则令人心惊。在一个碎片化时代,在"头条故事"的网络媒体轰炸下,讯息、新闻、观念、价值都在貌似自由多元的语境中分崩离析。《城北急救中心》近乎白描地勾勒出了新千年之后大学毕业的青年男女在都市中的真实生存状态。在租住的房子里,两个人的情感抑或物质的生活日渐走向一地鸡毛,然而年轻的生命和梦依然是活着的,比如音乐会、万圣节南瓜、爱心小卡片……在急救中心每日死亡阴影的对照下,即便是面对生存的庸常和无奈,生活依然散发着一丝平淡中的暖意。《人生而立》叙述了一个因为冒犯规则而导致的人生重大挫折,在三十岁重新进入校园的新鲜刺激生活中,几个大龄硕士研究生却演绎了一幕人生的悲喜剧。《请为我喝彩》叙述了一个资深乐评人在艺术、市场与资本之间的挣扎,在会聚各类淘金人群的北京城,镁光灯炫目耀眼的背后隐藏着出卖与背叛,成功学意义上的成功让无数人如鱼得水,然而保有内心真诚的孙闻闻们则只能独自在幽暗的角落里为自己喝彩。《动物园》在无意义的日常生活场景中讲述了对于庸常生存的警醒。在貌似无厘头的叙事逻辑中,表达了作者对于单向度机械生存的讽刺和质疑。但是所有的警醒和质疑又在无所事事的自我纠结中被消解,动物园则作为某种隐含的意喻存在。《比特圈》讲述了迷惘而无助的年轻人如何在资本、网络的虚拟财富中日渐迷失的故事。无论是希望通过另类题材新闻摄影出名,还是通过挖比特币发财,男女主人公都身陷在功利化的现实世界中难以自拔,最终走入无法避免的黑暗结局。《退化日》运用先锋手法的象征性叙事,主人公从日常性经验中抽离出来,以"发呆"的行为模式来反观现代社会自身日益被电子产品、物质欲望乃至功利主义所监视和控制的日常,从而抵达对于现代生存自身的内审。

死亡主题带着永恒的黑暗与绝望,但《大象的单行线》是个充满童话意味的关于"死亡"的叙事。在沐风独特的童真世界里,在一个想象的国度里,不可逆的生命过程发生着可以用信用预支的故事。"亲人之间彼此的爱"是流通的最重要的信用凭证,生命是单行线,然而人类的爱则是可以沟通三生三世的。亲子和夫妻关系决定了现代原生家庭对于"家"的界定与阐释。《坏脾气的邻居》是一篇非常独特的摹写现代人处理家庭关系的文本,在极度夸张变形的叙述中,小说通过人物的语言、行为和认知模式刻画了人性中最为卑劣、自私和残忍的部分,当一个社会中的人都选择这种相处模式的时候,人伦、人情和人性之美好随之荡然无存。《伶仃》通过一个老年离婚的女性视角,叙述了不能相知的婚姻给彼此带来的伤害。女主人公带着决然和悲愤之情观察着离异丈夫的独居生活,在类似窥视的观察中,她日渐体会到夫妻俩貌合神离的日常和无法相知的精神困境,从而在最后的眼泪中完成了对于自己和前夫婚姻生活的和解认知。《宽恕》通过充满张力的尖锐的母女关系摹写,体现了亲子关系中令人黯然的伤痛。《风筝》叙述了发生在养老中心的老年人的故事,随着身体机能的退化,生命活力的丧失,老人有着不为人知的孤独和无助,小说叙述了老年世界令人唏嘘的生存境况。

不同年代有着不同的成长叙事,在《江州往事》《火车》《杏花与篮球》《核桃树下金银花》中,不同年龄段的作家们通过对于不同时代的身体和心灵的叙事,折射出急遽变动的时代情境中,不同年代中国人对于肉身与灵魂认知的巨大反差。《江州往事》在浓厚的社会政治文化语境中,重新叙述守旧与僵化观念中灵与肉的矛盾冲突,然而文本却更多零度叙事的冷静与淡然。《火车》是关于特殊年代的少年往事的回眸,少年心性与时代情境参差互现,体现了作者对于时代与人性的深刻洞察。《杏花与篮球》在对乡土生活的叙事中,通过对于童年记忆的重新打捞,对于个体的乡村生活经验进行审美表达。然而审美意义上的乡村往往是回忆中的白日梦而已。《核桃树下金银花》以貌似写实的笔法叙述了一个关于少年成长的故事。在更年轻的叙述者笔下,成长是面对快递物品抵达送货地址的寻找,在寻找的旅途中,生活以无比现实的面目让成长不再具有理想模式的未来和乡土记忆的温馨。

《猪嗷嗷叫》是一篇非常独特的对于当下乡村经验的戏谑式摹写。扶贫项目的母猪要被乡村贫困户当作年猪宰杀,文本以解构的方式叙述了准备宰杀母猪、母猪走丢和众人寻猪的过程。在冷静犀利的叙事中,乡村的日常、人物和风俗伦理显出粗陋、不堪与无意义感,乡村扶贫工作人员李发康却以一抹人性的温暖让弱小者获得精神的慰藉,从而使得故事有着令人惊异的反转与结局。

海外华人对于自身生存境况的叙事经历了半个世纪的时光浸润,已然发生了很多变化。从对于异域文明和现代生活的陌生化叙事,到作为现代漂泊者在异国他乡的日常镜像。《雪从南方来》以"他"的视角回忆了男主人公大半生的情感生活,饱含痛楚的亲子关系和带着创伤的情感经历,这些让旅居漂泊的男人老境凄凉。在感恩节的大雪中,"他"陷入对于往昔情感生活的无限眷念。《鼹鼠之王》叙述了男主人公平静日常中的一丝微澜。收银员老妇人凯瑟琳的日常生活是简单乏味的,甚至穿戴俗艳品位低劣。然而,正是这样的人坚持着"每天都是特殊的",努力营造机械复制生存中的小惊喜和小意外。男主人公一然在芝加哥的经历暗示生活是坚硬的,然而正是老妇人对于一然的善意,让这种坚硬生活之中有了一丝柔软,而这一丝柔软则会让坚冰的现代生存拥有一抹不一样的暖意。

目 录

序 机械复制时代中的日常与传奇／郭艳〔1〕

大樟树下烹鲤鱼／雷 默〔2〕

芥子客栈／艾 玛〔19〕

制琴记／阿 占〔37〕

城北急救中／修新羽〔55〕

头条故事／乔 叶〔68〕

三十而立／王 军〔86〕

请为我喝彩／孟小书〔105〕

上海动物园／赵 挺〔143〕

比特圈／王姝蕲〔156〕

退化日／王威廉〔174〕

核桃树下金银花／弋 舟〔195〕

大象单行线／孙 未〔213〕

坏脾气的新邻居／渡 澜〔225〕

伶仃／蔡 东〔244〕

风筝／张鲁镭〔262〕

宽恕／陶丽群〔275〕

火车／宁 肯〔290〕

江州往事／陈世旭〔308〕

杏花与篮球／李云雷〔337〕

猪嗷嗷叫／李司平〔352〕

雪从南方来／张慧雯〔391〕

鼹鼠之王／肖 铁〔407〕

雷默 / 1979年10月生于浙江诸暨,现居宁波。在《收获》《人民文学》《花城》《作家》《江南》《十月》《当代》等刊物发表中短篇小说一百万余字,作品多次被《小说选刊》《新华文摘》《小说月报》等选载,并入选多种年选,部分作品被译成英、俄、日文。出版有小说集《气味》《追火车的人》《大樟树下烹鲤鱼》等。

大樟树下烹鲤鱼

从电台录完节目出来，暮色四起，县城浸泡在浓浓的水汽中。我没想到自己这么能说，本来说好一个小时的节目，录了整整三个小时，这让制片人蛋哥有点为难，他喜欢严格地按照流程走，之前他怕后期太难剪，给我弄了一份一万字左右的流程稿，但我还是发挥了一下，不觉就讲多了。

蛋哥是我的发小，他在县城的电台做一档访谈节目，嘉宾都是些文化人。我有些困惑，做这样的节目几乎没有经济效益，他们还孜孜不倦地做着，究竟图什么？走进他们办公室，一个栏目三个人，除了他，还有一个女编导，一个女主持人，感觉他们就是一个乌托邦。

从大楼里出来，蛋哥还在犯难，他的节目一直都是一期一个嘉宾，我录的时长足够他剪出两期节目来，要不要做上下集？这似乎让他很纠结。我能理解他，被一个节目长时间训练得循规蹈矩，做出调整和改变，就意味着自找麻烦。其实一个小县城能有多少文化人？这个节目他做了将近两年，该请的嘉宾也都请了，接下去就面临资源枯竭的窘境，所以他千方百计把我从外地叫了回来。

他说："老同学，谢谢你回来帮我救急，不然年关都不好过了。"我说："没人了，你们可以不做啊，这种节目现在还有人听吗？"他笑了一下，纠正了我的看法："别小看我的节目，这也算我们台的一个王牌节目了。"我还是不相信，别看街头人山人海，几乎没人对诗歌感兴趣。

我们斗着嘴从大楼的台阶上下来，走着走着，蛋哥又暗自乐了起来，他说："不瞒你，主要我们台领导是个诗人。"我有点同情我的发小，他看上去太疲惫了，录节目的间隙，去过道尽头的阳台上抽了一支烟，抽烟本来是一个悠闲的事儿，被他搞得像打仗，来去都是跑的，一支烟吸四五口就烧到了烟屁股。他跟我说，这几天都熬到凌晨两点才睡，每天记事本上记着十几件事，每一件都迫切需要完成。年底了，各种总结和会议材料，节目还是如期进行。我说："你把自己想得太重要了，少了你，地球就不转了吗？"他说："我知道自己微不足道，主要是心肠太软,上头吩咐事情就乖乖去完成。有时候就跟自己说,事情一件一件来,我只有一双手,只要一直忙着,总没话可说吧。"

本来录完节目我就打算回老家,但节目结束的时间很尴尬,快到饭点了。蛋哥问我想吃什么,我说:"你这么忙,不吃了。"这加剧了他一定要吃饭的念头,硬把我拖上了他的车。从电台的大院里出来,车子在街上漫无目的地转悠,他打电话给我另外的发小老刀,说我被他捉到了,一起去吃饭。然后他问老刀,是吃羊肉还是狗肉。老刀在电话里说,吃个卵肉,去大樟树。挂了电话,蛋哥一下有了方向感,车子径直往郊外开去。

我发现蛋哥只要一离开县城,离开他那个忙乱的电台,他整个人就松弛下来。本来双手紧抓着方向盘,改为一只手搭着,另一只手在车载广播上调来调去,搜了一圈,他又调回到自己的台。广播里是个女声,他说这是个拜金女,家里很有钱,一年换三辆豪车,传达室门口每天都有她成堆的快递,每天下了节目就是上淘宝,没完没了地下单,没完没了地拆包裹,楼道里的垃圾桶都不够她一个人用。

我笑了笑,这才注意广播里的女声,她在介绍平克·弗洛伊德的摇滚音乐,听上去还挺像那么回事。蛋哥问:"这声音,你能听出来生活有这么腐败吗?"我说:"不清楚,只有你们做电台的人才在意声音。"蛋哥笑笑,自言自语地说:"声音是真好听,一点杂质都没有。"

他悠闲地抖着左腿,车窗外烟雨朦胧,车子开着开着,来到了一条乡间公路上,两边都是如镜的水塘,还有几块枯黄的稻田,一派肃杀的景象,路上也不见别的车,蛋哥时不时地晃一个蛇形路线。我以为吃饭的地方很近,没想到开了半个多小时还没到,我有些不耐烦起来,说:"吃个饭要这么复杂吗,哪里不能吃?"蛋哥笑着说:"什么都可以随便,就吃饭不能随便,这个地方你去了,以后还会惦记。"我说:"那更不好,以后想吃了没得吃,不是折磨人吗?"蛋哥笑起来:"所以你要多回来,你现在回来是客人了。"

这是我尴尬的地方,长年在外,见人就说我是这里人,但回到这里,又被当成了客人。蛋哥说,看一个人是不是本地人,就看他能不能找到像大樟树这样吃饭的地方。这地方最早是老刀带他去的,去了以后就戒不掉了。这种味道就像印章敲在你脑袋深处,饥饿的时候,它就清晰起来,会提醒你过去。

我说:"不会放了乌烟壳吧?会成瘾的。"

蛋哥笑着说:"那不至于,我从头到尾看他烧过,该放油放油,该放酱放酱,都是稀松材料,也奇怪,被他的手一捣鼓,味道就美得不行。那地方只有真正的吃货才去,一般人不知道。"

我靠在座椅上,感到肚子确实饿了,蛋哥还在一旁喋喋不休,我说:"行了,还要多久能到?"他指了指前面一棵巨大的樟树说:"就那里了。"

我发现路边多了一条溪流,傍着马路蜿蜒而下,我们沿着这条溪流往上走,视野中那棵樟树越来越大,几乎遮蔽了半个村庄。蛋哥说,我们吃饭的馆子叫大樟树,其实也是这里的地名,这一带都是这样的名字,大樟树往上一点是鸦雀窝,再往里是榆树凉亭。

车子开上了一座拱桥,进入大樟树内部,樟树底下是一片开阔的平坦地,虽然是阴雨天,但树底下的泥地干燥洁净,恍若凌空支开一把大伞。蛋哥说,这棵樟树被当地人视为神灵,有一年,环卫工人自作主张来修剪树枝,被当地人打得灰头土脸,扔了工具就逃,这以后,树枝越来越茂密,也没人敢动它了。

停好车出来,我注意到这棵樟树确实不同凡响,它的树冠直插云霄,地面上到处都是匍匐的虬枝,一直向四周延伸,有的裸露根系像吸管,一头扎进了路边的溪流中。蛋哥说,天气热的时候,樟树底下都是光着膀子吃饭的人,捧着一口大饭碗,饭上盖满了菜,有的蹲着,有的站着,看得出来,吃饭是次要的,主要是聊天,聊的内容以国家大事居多,还带着自己的想象。蛋哥指着两张收起来的小方桌说:"夏天,大樟树的老板也会在这里摆两张小桌,不放凳子,客人们都站着吃,可能全中国都找不出第二家这样的饭馆。他一般只招待熟人,陌生人去,得看他心情,心情不好,给再多的钱都没用。"

对这种做生意的态度,我很惊诧,问:"他凭什么这么牛?"蛋哥笑笑说:"这可能是他做生意的观念,不是你出了钱就是大爷,他也要选择顾客,不顺眼的生意,他宁愿不做。"

一阵风吹过,头顶上乱响,蛋哥缩着脖子说:"这么冷的天,别耗在这里了,快进屋。"我才发现边上有一户人家,门口亮着路灯,路灯下是一块木牌,上面用毛笔写着"大樟树"三个大字。

这种感觉很奇妙,蛋哥喊我去吃饭,我总以为是个正经的饭馆,没想到是户人家,也不认识,推门进去,有种上陌生人家里蹭饭的感觉。我也不说话,默默地跟着蛋哥往里走。

店主一男一女站在屋里,看到蛋哥进来,打了招呼。老板娘团着双手,手心手背来回不停地搓,老板双手插在裤袋中,我发现他们衣服穿得都有点少,耸着肩膀,缩着脖子。老板头发有点秃,乱糟糟的,好像好久没洗了。他的眼窝特别深,感觉像眼球外面包了一层薄皮,嵌了进去,看人的眼神有点怪异,他问蛋哥:"两个人?"

"三个人,还有一个马上过来。"

"是那个骨科医生吗?"他显然对老刀很熟。

蛋哥点点头。他又问:"老样子吗?"蛋哥说:"老样子。"

进了里屋,发现桌子还空着,饭桌其实是一张棋牌桌,摊着一堆凌乱的扑克牌。桌角上有烟灰缸,烟头倒了,但没洗。老板娘进来给我们开好空调,关上门又出去了。

蛋哥说:"今天来得正是时候,再晚点就没位置了,又得看他脸色了。"

"怎么,吃个饭还得求着他吗?"

蛋哥压低了嗓门说:"他干的是高兴活,两桌人满了就不接待了。别看他店小,每天都有人来吃。"蛋哥弹了弹烟灰,笑着说,"你别看他一副落魄相,以前也是公子哥,据说他家以前是苏工世家,他爷爷曾经是很有名的雕刻大师。听当地人说,他还留过洋,回来后,吃饭都用刀叉,一个荷包蛋割成小小方块,能吃上半小时。"

我扑哧一声笑了起来,蛋哥继续压低嗓门说:"年轻时他仗着老家的财势,日子过得鲜亮风光。纨绔子弟嘛,凡事不知轻重,不分尊卑,因为有的是时间和铜钿,干的都是招摇事儿,琴棋书画、跳舞桥牌、麻将梭哈,都会一点儿,又因为天性懒散,大多是三脚猫。这样的人,你也知道,免不了家道中落,大概后来他也弄明白了生活的道理,踏踏实实开起了饭馆。"

"这么说,他还是个没落的贵族,这顿饭有点高级啊。"

话说着,老板娘又进来了,手上拎了一壶米酒,蛋哥掀开壶盖,一股热气冒了出来,满屋子的酒香,里面冲了鸡蛋,米酒看上去有点浑浊。老板娘是典型的和蔼脸,两团苹果红,她看了我一眼说:"第一次来吧?没看到过你。"

我连声称是,蛋哥在旁边瞎起哄:"省城的大诗人,请了好多次才请来,我们从小一起玩泥巴的。"老板娘脸上的笑容更加殷切,她多看了我两眼说:"这倒是难得的,让我们也沾了光。你们先喝起来,我去切两盘羊肉来。"她说着又退了出去。

蛋哥压低嗓门说:"她不是老板的老婆,起初我们也以为他们是一对,他们生意太好了,名声大了,后来老板真的老婆就来了,两个女人还吵了一架,这事才败露了。"我一惊,蛋哥说,"那次吵架有点像赤壁之战,一场架下来,天下三分,鼎足而立。老板答应每个月上缴三分之一收入,真老婆不再到店里闹,他们继续搭伙做生意。"

蛋哥的眼神快,及时地住了嘴,门又被推开,老板娘笑吟吟地进来,手上的冷盘噼噼啪啪往桌子上搁,一盘羊肉,一盘狗肉,一盘卤鸡爪,还有一盘花生米,分量都很足。老板娘说:"热菜稍等一下,马上就来。"

蛋哥目送她出门,又说:"那个真老婆我看到过,邋遢、凶悍,如果天天来这里闹,客人会被她赶跑的。"蛋哥说着,给我倒上了米酒,"我们先动起来,老刀这个人没准点的,说不定临出门又要做手术,边吃边等他。"

两杯热米酒下肚,我的身上暖和起来,把外衣脱了下来。蛋哥说:"其实这里的老板就烧一个菜——红烧鲤鱼,别的菜在他眼里不叫菜,都是搭配送的,也不自己烧。你等下可以去看看,红烧鲤鱼烧完就摘了围揽,一个人在抽烟了,灶头交给老板娘,剩下都是她的事。"

"哦,这么有个性?"

"没办法,客人都冲着他那条鱼来的。他从来不记细账,一顿饭多少钱,都由他张口决定,他也看人头,可能一模一样的菜,两个人来是两百块,三个人来就变成了三百块。所以碰上计较的人,要跟他理论,问这个菜多少钱,那个菜多少钱,他嫌烦,这可能也是他不愿意接待陌生人的原因。"

我笑起来:"这买卖做得原始啊,不过挺有古风。"

蛋哥说:"你别说,就这么毛估估,也忙不过来。"话说着,门外果然来了一拨人,他们隔着玻璃窗朝我们的房间张望了一下,去了隔壁房间。蛋哥说,"这两间包厢数我们这间好,隔壁没有空调,只生两个煤球炉,暖和没问题,就是一屋子煤气味,得时不时地开一下门,不然有煤气中毒的可能。"

我笑起来:"这是冒死吃鲤鱼吗?被你讲得这么神,我得去看看。"

出了门,发现老板娘正在水池里捞鲤鱼,她戴着一副红色塑料手套,一只手提着菜刀,一只手拎着网兜,看准了鲤鱼,一抄就捞上来了。她看到我说:"很多像你这样第一次来的客人都好奇,非得出来看。我们这里主要水好,挨家挨户都有水塘,养珍珠蚌,珍珠蚌的水塘里不能养草鱼,只能养养鲤鱼,这鲤鱼特别肥。"

我注意到了她手上的鲤鱼,果然漂亮,通体呈现金黄色,尾巴红得像鸡冠,身上的鳞片非常整齐,饱满而带着光泽,侧面的线条像画上去的,鲤鱼嘴上的触须肥厚而卷曲,感觉像从年画上跳出来的。

老板娘把鲤鱼往地上一掼,说:"杀鱼有点血腥的,你看着不会不舒服吧?"

我摇摇头,用方言说:"我农村出来的,杀猪杀牛看多了,眼睛都不眨一下。"

老板娘笑笑说:"我们也不是所有鲤鱼都买,对个头有要求,一般两斤半左右的,鲤鱼超过三斤,肉质就粗,不好吃,个头太小也不行,都是细骨头。"老板娘杀鱼的手法极其娴熟,刨鳞片、剖膛开肚、挖下水,转眼间,洗好的鲤鱼就放在了砧板上。

这时候轮到老板披挂上阵了,他慢悠悠地抽了一口烟,把烟屁股弹出了门。在水龙头上洗了手,一手取过菜刀,另一只手抒在鲤鱼身上,那动作看上去极其温柔,仿佛在抚慰即将下锅的鲤鱼。再看那把菜刀,刀头已经磨圆,刀锋有了弧度,他的刀放在鱼背上,仿佛在辨认鱼骨,感觉就轻轻抹了三下,鱼背上的肉就顺着纹理裂开了,三条漂亮的斜纹,似乎每一条都贴着鱼骨走。

炉灶响起来,热油在锅里打着转,鲤鱼下了锅,被热烈的声音包裹住,鱼身随即被热油拱了起来。老板漫不经心地抖着脚,片刻过后,他颠起了锅,只见那条鲤鱼在空中不停地跃起,仿佛活了一般。几下之后,老板用勺子洒了料酒、酱油,盖上锅盖,煮至八九分熟,起锅。转而开始勾芡,那双手仿佛粘上了勺子,在空中转圈舞动,只剩重重叠影,转眼间,琥珀色的芡糊离开锅底,淋到了鲤鱼身上,薄薄一层,却异常均匀。香味从鲤鱼身上升腾起来,在厨房里四处游走。蛋哥仿佛掐着时间,一把拉开了门,对我说:"还愣着干什么,过来吃了。"

我回到房间里,蛋哥说:"他对你算客气的,一般陌生人站在旁边看,他会赶人。"我说:"这也对,绝活最怕被偷学。"蛋哥笑着说:"你这样子,一看就知道不

7

是厨师,你以为人家傻?"

说着,红烧鲤鱼被端上来了。我暗暗惊叹,这老板果然有一手,煮熟的鲤鱼纹丝不乱,还是活着的模样,背脊朝上,身段自然弯曲,拗成一个S形,仿佛在盘中戏水。蛋哥早已按捺不住,举起筷子说:"尝尝!趁热吃。"

我一直怀疑过于完美的东西,总想把它拆解开看个究竟,这种想法有点像那个朝蒙娜丽莎开枪的疯子。我把筷子伸了过去,刺入鱼身时,蛋哥在一旁大叫起来:"你动作温柔点,吃相不能太难看。"我说:"好看不顶用,早晚要进肚子的。"筷子的一端传来了鱼肉的弹性,一夹,那肉就一瓣瓣碎开来,确实是新鲜到了极致。我把鱼肉放入嘴里,它带了一点微微的辣,却盖掉了鲤鱼的腥味,再嚼,发现除了鱼的鲜美,还有一股淡淡的甜味。

第二筷伸过去,我的节奏慢了下来,因为我看到鲤鱼一侧的眼珠子没了,像被人剔去了。我看了一眼蛋哥,他正吃得津津有味,没想到他还有这童心,喜欢吃鱼的眼珠。我把鱼肉夹进嘴里,闭上眼睛,回味了很久。

老板娘看着我们,问:"怎么样?"

我和蛋哥频频点头,我说:"确实是我吃过的鲤鱼里烧得最好的,让我想起了小时候在水塘边玩耍的情景,纯粹,又有点淡淡的忧伤。"我这么一说,蛋哥在旁边咯咯直笑,老板娘也跟着笑,不过表情并没那么夸张,显然她挺受用的,紧缩的身形开始松弛下来,仿佛过了一场大考。

老板娘一走,我跟蛋哥说:"你跟我儿子差不多,他也喜欢吃鱼的眼珠子。"

蛋哥愣了一下说:"我没吃啊,谁吃鱼眼珠了?不过说来也奇怪,每次端上来的鱼都缺一颗眼珠,回回都这样,我怀疑是他吃的,厨师嘛,都好第一口。"蛋哥说着,朝门外努嘴。

我笑了笑说:"吃鱼眼珠,这爱好倒挺独特的。"

我们正吃得欢,老刀赶到了,他看着只剩半边的鲤鱼,一把抢过盘子,放到自己跟前,不许我们再吃。我们不禁大笑,多年过去了,他还是读书时的模样。读书时,我们一起吃饭,他也是这个样子,碰到中意的菜就霸占,别人要跟他抢,他就往菜里吐口水。我们提起这茬,老刀就端起盘子,做出要吐口水的样子,我知道这是表演,年少时总有各种各样的恶作剧会停留在记忆里,一部分就凝固成了永久的友谊。

这顿饭吃得热火朝天。中途,蛋哥上了一趟洗手间。洗手间在外面的野地里,开门的时候,蛋哥还算淡定,回来时已经缩成了一团,他说:"外面冷,比城里低好几度,好像要下雪了。"他的声音带着哆嗦,这让我们也跟着哆嗦起来。想想下雪天,为了吃一条鱼,受困于大樟树下,这顿饭忽然间就有了意思。

临近结束的时候,门被推开了一条缝,老板的头探了进来,他似乎很少主动跟客人打招呼,这让他看上去有些腼腆。蛋哥和老刀看到他,也愣了一下,连忙招呼他进来坐。气氛有点怪异,仿佛我们成了主人。他进来了,也不坐,看了一眼只剩一条骨架的鲤鱼嘀咕道:"吃得倒挺干净。"蛋哥说:"今天我好朋友来,能不能破例再烧一条?"老板说:"吃得不够是最好的,吃多了会倒胃口。"我们纷纷说,不会啊。老板却不松口,他说:"今天不烧了,下次想吃了,还可以来。"我感受到了他的固执,打了圆场:"老板说得对,吃成饕餮,图了个爽,其实未必真爽。"

老板看着我,突然很正式地说:"我想跟你谈谈。"

我有些愕然,问:"谈什么?"

他的神情一下子变得有些窘迫,支支吾吾了一阵,冒出一句:"你是文化人,应该对吃的比较了解……"

我笑起来,说:"别听他们胡说,其实我也是个俗人,为了一口吃的,专门寻过来,开了半个多小时的车。"

老板的脸上恢复了神采,他说:"这里的好多人都是从城里特意赶过来的,那个房间里的也是,每次都讨添头,遇上好吃的,就想一次过足瘾,我给他们掐着量。"

"您做得对,其实任何东西,过头了就是不及。"我说。

老板点点头说:"食物最早……是为了填饱肚子,往后才是为了吃好,吃好分好多种……你们大概吃的是情怀。"说着他自己先乐了起来,那颗像鸟窝一样凌乱的头缩在棉衣领子里抖动了半天。

屋子里的气氛欢乐了起来,老刀剔着鱼骨架上的肉屑说:"被你这么一说,这鱼的味道好像又好了一些。"他说着把鱼汤倒进了空碗里,盛了一勺子饭,拌起来说,"不能浪费,把每一滴精华都榨干净。"老板轻描淡写地说:"骨科医生动手术经常用锤子榔头,费体力,你多吃点,我不会说你。"

我看了看窗外乌黑的天,窗沿上传来簌簌声,好像真的下雪了。我问他:"为什么这么好的手艺要藏在偏僻的地方,而且定了规矩,只烧两桌?"老板笑了笑说:"不光你们吃的应该节制,我对烧鱼也是这个要求,烧多了难免失手,丢了门面,就违背了初衷。"我说:"懂了。"

蛋哥嬉皮笑脸地问:"听说你以前生活非常讲究?"

"听谁说的?"老板很警惕,他仿佛觉察到了这话背后不怀好意。

"据说你吃小笼包,一定要有一碟浸着姜丝的醋,炖鸡汤必须有几片火腿盖在上面,有这回事吗?"蛋哥笑嘻嘻地问。

"你跟我说是谁告诉你的,我就回答你,不然你得问说这话的人去。"

蛋哥笑笑,没有了下文。老板抹抹嘴巴,反击道:"记者这行当在以前也有,就是包打听,官方语言叫消息灵通人士。"我们都哈哈大笑起来。

本以为老板会拉开架势聊上半天,他却很快地离开了。我们又坐了一会儿,大概本来想聊一聊这个古怪的老板,可是终究谁也没说。仿佛在人家眼皮底下,谈论人家,是件极冒险的事。

出来结账的时候,外面果然飘起了雪花,老板蹲在地上抽烟,安静得像个闲人。他看到我们出来,站了起来,蛋哥问他多少钱,他说:"老样子,付三百块算了。"我们会心一笑,老板接过钱,突然又从抽屉里抽出一张二十元,递给蛋哥说:"算了,看在你们这么远过来的分上,给你们打个折。"

一旁的老板娘正在清理水池,我看着她小心翼翼地把鲤鱼捞上来,养在旁边的水缸里,突然想起了我们那里的风俗,我说:"这鲤鱼我们那里叫元宝鱼,大多祭祀用,祭祀完了,就放生了,好像我们那里的人不吃这个鱼。"

老板愣了一下,蛋哥和老刀奇怪地看着我,那一刻很安静,我立马意识到自己讲错话了,装作没事地往外晃。老板尾随了出来,我注意到他的表情有点恍惚,仿佛怀了一桩重重的心事,他一直把我们送上了车。离开大樟树,车子在荒凉孤寂的乡村公路上行驶,车灯前的雪花恍如精灵,迎面扑来,又惊慌失措地躲开了,我突然之间感到狼狈起来。

过完年,天气略微转暖的时候,蛋哥给我打电话,他说节目已经做好了,最后还是做成了一期,工作量可想而知,他说我录节目的时候大概没有对着话筒说,单是调音就把他累垮了。他问我要不要先听一听节目效果,我说不听了,这本来就是个任务,完成就好了。我的不屑让蛋哥有点生气,他说我不尊重他的劳动成果,这可是他的心血。我说那就听一下吧。他说,那么勉强就算了。你来我往地相互数落之后,我们又慢慢地客气起来。

我说,下次再去大樟树,我请客,作为赔礼道歉。蛋哥说,得换个地方了,大樟树已经不灵光了。我一惊,问他怎么了。他说他前几天又约了几个朋友去那里,老板竟然不烧鲤鱼了,搞得大家都很惊讶。老板娘悄悄地跟他们抱怨,说不知道他哪根筋搭错了,突然决定就不烧鲤鱼了,怎么劝都没用。大家都图他那条鱼去,不烧鲤鱼了,很有可能生意都逃走了。老板娘说,不烧鲤鱼了,总得烧点别的鱼,味道在他心里,逃不走的,只要他肯烧,失去的客人们还会回来的。他说,那就烧花鲢吧。

鲤鱼自此在他饭馆里绝迹了。一个厨师,放着绝活不用,去搞研发,这多少有点冒险。不过他那个手艺,烧花鲢问题也不大,蛋哥他们也吃了,确实也比外面的馆子好,但蛋哥他们几个都是吃货,一般的菜不入他们口,而且他们也不喜欢跟外面的比,就跟他原来的红烧鲤鱼比,首先相貌上就逊了一大截,鲤鱼多漂亮啊!那花鲢就一段,身上还都是叮满了蚊子似的花斑,吃着吃着,就越来越觉得不及他原来的红烧鲤鱼。还有,老板娘原先的一团和气也消失了,那天厨房里两个人拌上了嘴,锅碗瓢盆拍得火星四溅,这吵吵闹闹的氛围让蛋哥觉得有点扫兴。

蛋哥说,原来开车半个多小时去吃鲤鱼,还兴冲冲的,现在要先在心里衡量一下了,跑这么远的路,值不值得。我心里一颤,想到了我之前说漏的话,会不会是我引起的呢?让一个厨师发慈悲,这不是要人家命吗?他烧菜是要谋生计的呀。

我跟蛋哥说,不管怎么样,有时间了还得去光顾人家的生意,至少我觉得在大樟树下吃饭,这种体验不是哪里都有的。蛋哥说,要去没问题呀,你多回来几趟,回来了就带你一起去。

这之后,我也回过几趟老家,和蛋哥、老刀联系,也常把"大樟树下吃鱼去"挂在嘴边,可仅仅限于过过嘴瘾,并不付诸行动。每次,他们两个都很忙,尤其是老刀,手机得二十四小时待机,经常有紧急的手术把他临时召唤回去。

到了五月的时候,我跟蛋哥说:"再忙也得去一趟了,夏天要来了。"当决定把一件事情搁在夏天去办了,我就觉得夏天会过得特别快,夏天一过,又得拖到下一年,而很有可能这之后都不会再发心去完成这件事。

蛋哥觉得我有偏执症,他总是希望老刀也能一起去。我说:"如果下次老刀还没空,就不管他了,一定要去。"蛋哥说:"好好好,陪你去发神经。"

随着大街上穿短袖的人越来越多,我挑了个周末回到老家。蛋哥已经等在火车站出口处,明晃晃的太阳让他眯起了眼睛,大蒜鼻尖上都是圆滚滚的汗珠,看到我出来,他嘻嘻笑着说:"你真会挑时间,这天气我对吃的提不起一点兴趣,不过大樟树下避暑纳凉,倒是个好去处。"我拍拍他的肩膀说:"别废话,走了。"

上了他的车,我问他后来去过大樟树没。蛋哥摇头晃脑地说:"没去过,花鲢哪里不能吃?"我说:"就不能再去看看那个老板?"蛋哥笑起来,他说:"老板又不是美女,美女我都看不过来,还有心思去看一个老头?"

到了大樟树,发现和前次来果然不一样,那棵巨大的古树刚换好新叶,阳光下鲜嫩的树叶泛着淡淡的光。樟树下的石板上坐着几个老人,清一色黑得发亮的皮肤,他们聊兴正浓。一个老汉说他老表的孙子最近得了国家科学家奖,而且是特等奖。他说,现在国家对科学十分重视,科学是最要紧的,没有科学,再多的钱都没用。

蛋哥冲我笑笑,他说:"没事了来这里挺好,听他们吹吹牛,奇思妙想什么都有。"我的兴趣并不在这上面,扫视了一圈,竟然没看到那两张小方桌,心里不免有些失落。走近饭馆,那块写着"大樟树"三个字的木牌还在,推门进去,里面有点黑。一个声音从里屋传来:"吃饭吗?"紧跟着,老板就从里面走了出来,他看到我和蛋哥,笑了笑说:"是你们啊!好久没来了,我刚打算睡会午觉。"

蛋哥脸上有了些许难为情,他岔开话题问:"怎么就你一个人,老板娘呢?"

老板迟疑了一下,开始刷锅,他说:"哦,今年生意不太好,她去厂里上班了,我一个人也够了,管得过来。"

蛋哥坏笑着说:"我知道生意不好的原因,主要你不烧鲤鱼了。"

老板停下来,看了我一眼,我感到浑身都不自在。他说:"我就是这样,决定了的事不会改,爱吃吃,不爱吃拉倒,都这把年纪了,不想将就人了。"

我连忙打圆场:"你的花鲢没吃过,来一份让我们尝尝。"

老板的脸色缓和了下来,他走到水池边,捞了一条花鲢上来,问:"这条怎么样?"蛋哥说:"太大了,吃不完。"老板说:"这是最小的了,我可以两种烧法,鱼段红烧,鱼头炖豆腐汤。"蛋哥露出了为难的神色,我赶紧应承下来,又问:"可不可以搬一张小桌到外面大樟树下?那里凉快,我们想去那儿吃。"

  老板面露难色,他说:"以前也没人提意见,今年生意不好后,有人出闲话了,说大樟树下垃圾成堆,赚钱归我一个人,环境得大家来分摊。我一气之下,就撤了那里的桌子,再也没去摆过。"

  那天,我们只好又坐到了包厢里,老板亲自来开了空调,他说一会儿就冷了。过了好一阵,我们发现那机壳发黄的空调也不太管用,声音大得像风扇,吹出来的气也不冷。老板进来看了看空调说,可能氟利昂没有了。他又把厨房的排风扇拿了过来,那家伙劲太大,吹得桌上的塑料餐布狂舞不止。蛋哥笑得岔了气,他说:"这不行,台风里吃饭,谁受得了!"最后只好开了窗户,老板又找来两把破旧的麦草扇,说只能这么将就一下了。

  他忙得满头大汗,对我们说:"以前她在,也没觉得她多重要,离开了,我相当于折了一只手,什么都得自己来。有时候想把她叫回来,可生意没以前好,叫回来又是负担,真是两难。"

  我说:"你还可以烧鲤鱼啊,各地风俗不同,拿别人的忌讳来限制自己,也犯不着啊。"他愣了一下,然后坚决摇摇头说:"不弄了,放下的不会再要回来,我就是这么倔强。"

  那天隔壁的那间包厢一直都没有人过来,蛋哥冲我眨眼睛:"说明不是我一个人口味挑,别人也挑。"我说:"味道不重要,我们吃的是情怀。"说实话,那天的花鲢端上来后,我也没觉得味道很惊艳,可能是吃的人少了,花鲢不够新鲜,总感觉少了当初鲤鱼的生猛。蛋哥轻声说:"这家饭馆的牌子倒了,可能坚持不了多久就会关门了。"他唉声叹气地摇着头,"多好的饭馆啊,好端端的被自己折腾死了。"我也感受到了老板的艰难,他以前只烧一个菜,现在妥协了,什么都烧,洗菜也自己来,杀鱼也自己来,一个大厨师的架子都丢光了,约等于他的辉煌时代已经过去了。

  我们潦草地对付完了那顿饭,从包厢里出来,看到老板在用抹布擦一个玻璃罐,玻璃罐是用来泡药酒的,器形还挺大,里面也没酒,灌了小半罐白色小丸。我们都见过人参、鹿茸、毒蛇啥的,这种比米粒大一点的白色小丸倒没见过,就问老板,那是什么好东西。

老板笑笑说,那不算好东西。他扶着那个玻璃罐说:"听说以前的刽子手每杀一人,都喜欢在刀把上刻一条纹路,杀到一定数量就收手了。我和那些杀人如麻的刽子手也差不多,不同的是,我是杀鱼如麻。"

我猛然间记起来,当时他烧的鲤鱼好像都被剜去了一颗眼珠子。我一凛,问道:"那是鱼的眼珠吗?"老板点点头,他说:"别看一天两条,时间会让人瞠目结舌。我有一天挪出这个罐子,想把发霉的鱼眼珠晒一晒,一倒出来,那数量吓到我了,成千上万的小眼睛看着我。我想,罢了,不烧了。"

回去的路上,我们沉默了好一阵,蛋哥嘀咕道:"没想到他还记这个账。"我说:"可能换谁都纠结,不光是他,连我也感到为难,到底吃还是不吃?"

我以为他的事情到这里就结束了,没想到过了几个月,老刀给我打电话,他说:"你猜我遇到了谁?"我一头雾水,问:"谁啊?"老刀说:"大樟树的那个厨师,烧鲤鱼的那个厨师。"

事情是这样的。那天,老刀接到了急救室的电话,说送来了一个年纪很大的老人,摔了一跤,伤得蛮重的,让他赶紧过去看一下。老刀赶到急救室,发现那个老人躺在担架床上一直在哆嗦,他看上去真的挺老的,像一片挂在树枝上的枯叶,感觉随时会飘落到地上。老刀初步检查了一下,好像他的腿骨、盆腔都伤着了。他赶紧开了单子,让家属陪着老人去做全身CT检查。

结果出来了,盆腔粉碎性骨折,腿部也有两处骨折,得动手术。没想到家属说,老人家再过一个月就满一百岁了,这样的年纪上手术台,下不下得来都是个问题。他们建议老刀给他保守治疗,减轻点痛苦就行,能熬过去是老人自己的造化,熬不过去就这么认了。

老刀说,农村里的人都很现实,他们觉得这么大年纪是该走了。老人有三个儿子,两个都走在了他前头,他说自己长命百岁,活成了妖怪,膝下的人先走了,自己也厌世,不想再多活了。

说归说,老刀还是担心真出事了,家属会赖上医院,就让他们签了承诺书,家属们也都爽快,干脆利落地签了字。老人在医院里住了一个多月,并发症出来了,陷入了昏迷中,只能靠呼吸机维持生命。老刀开了出院证明,让他们把老人接回家。家属不放心,希望老刀能一起送老人回家。老刀当时就急了,在医院好夕还有单位护着,去了人家家里,这事要赖他头上,就真说不清楚了。他毫不客气地拒绝了,后来家属打了个电话,不久后,老刀就接到了院长的电话,说让他陪护一程。老刀想推托,院长说,这户人家都是通情达理的人,你放心去,不会有事的。

老刀后来才弄明白,老人的一个侄孙在当卫生局局长,既然院长要求了,他只能硬着头皮去。临时充了一个氧气袋,挂在老人鼻子上。去了之后才知道老人的家就在大樟树,救护车拉着警报开进大樟树的时候,很多人都跑出来看热闹。

到了老人的家里,老刀说,氧气袋拔了,老先生就没了,你们自己决定什么时候拔,这个氧气袋也只能维持一两个小时。后来,他们商量着挑了一个时辰,老刀拔掉氧气袋,几个女眷象征性地哭了几声,还没热闹一阵就停了。

本来履行完分内的事,老刀也该回去交差了。没想到,老人庞大的家族都很客气,对老刀千恩万谢,非得留他吃晚饭。每一个人都对他说,难得有百岁老人这样的白喜事,这饭一定要吃。面对盛情相邀,老刀也被他们的热情打动了,就答应了下来。

老刀说,他也没事干,就坐在那里看大家忙忙碌碌,不时有人过来给他递烟,还陪他坐一会儿,聊几句无关痛痒的天。最有意思的是老人的家属都觉得气氛不够悲伤,喊来了一个专业哭丧的人。那个长得像一颗皱巴巴小土豆的人,问他们需要作为什么身份哭,他说什么身份都行,一个人一个价格,儿子女儿最贵,孙子孙女次之,侄子外孙表亲啥的,价格再便宜一点。后来一盘算,发现老人的家族过于庞大,一一哭不过来,就只好作团体哭的打算。

老刀说,那场景有趣极了,老人周围围满了亲人,但他们都在看热闹。那"小土豆"披麻戴孝,跟老人的家属说,我先哭几声给你们看看。结果一开口,气势恢宏,氛围搞得很浓烈,老人的家属都很满意。有人看到"小土豆"脸上挂泪,问他:"你真哭啊?眼泪都出来了!"他边哭边回答:"没有眼泪,我是哭不出来的。"就这样,双方很愉快地达成了交易。

老刀就坐在那里,听那"小土豆"一会儿装儿子,一会儿装孙子,句句催人泪下,哭的内容五花八门,条理都很清楚,仔细推敲,也不见明显的漏洞。更绝的是,作为女儿身份哭的时候,他仿佛变了性,连声音都变得细细的,诉说衷肠的词凄楚婉约，唱得像戏文。

老刀本来想坐一会就走的，听哭丧入了迷，竟然一坐坐到了傍晚。

到了晚上，大樟树下摆了宴席，单是过来帮忙的人就凑了好几桌，老刀被家属安排在主桌，享受了座上客的待遇。酒过三巡，不知道谁说了一声："应该让老庄来烧一条鲤鱼。"这个提议得到了大家的响应。有人说："老庄现在不烧鲤鱼了，不过今天是康太爷的大日子，应该可以破个例。"

有人跑去喊老庄，不久后，老刀看到大樟树的厨师被众人簇拥着过来，这次他穿得十分考究，簇新的厨师服，扎着厨师围揽，头顶上还戴着一顶崭新的厨师帽。他走进大堂，朝康太爷的遗体毕恭毕敬地拜了三拜，周围围满了会聚过来看热闹的人。

老刀说，听说大樟树的厨师要重新掌勺烧鲤鱼，大樟树的男女老少都出来了，感觉像一门失传的绝世武功重现江湖，大家都想目睹一下风采。

老庄还在做准备工作，有人就迫不及待地捧来了一条鲜活的大鲤鱼。他看了看，把鲤鱼接过来，抱在怀里还抚摸了几下。接下来发生了大家意想不到的一幕，老庄抱着鲤鱼一路小跑，在离大樟树不远的溪流里把它放生了。

众人纷纷错愕，老庄却回来了，他挽起袖子，问后厨有没有老一点的卤水豆腐。有人说，豆腐有得是，我们要看你烧鲤鱼，不是烧豆腐。老庄说："什么材料没关系，你们等着瞧吧。"

有人给老庄端来了豆腐，老庄说："太小了，得弄一板来。"马上有人给换了一板，老庄说，"再弄一盆清水来，旁边放着。"大家这时候才注意到，老庄带来了一个牛皮套，解开来，里面都是精光闪闪的刀具。

老庄把端来的豆腐往跟前一放，闭上了眼睛，众人都屏住呼吸，瞪大了眼睛看着老庄，不知道他要干什么。老庄突然双眼睁得滚圆，眼眶中熠熠闪光，他的目光都集中到了眼前的这板豆腐上，只见他手握刀具开始在豆腐上停停走走，时而细腻婉约，仿佛于大山溪流深处，拨动琴弦，时而万马奔腾，如百川汇流，翻腾入海。

过了半响，众人反应过来，他是以豆腐为原料，在雕刻鲤鱼。刀具在水盆和豆腐间来回游走，愈来愈疾，感觉刀锋处有热流倾泻而出。那板豆腐顷刻间仿佛有了生命，一条鲤鱼的形状出现在了众人面前。

老刀说,当时有种错觉,觉得这条鲤鱼就是从老庄心里游出来的。众人围着鲤鱼纷纷议论,说雕得太传神了,尤其是尾巴,仿佛还在划水。

雕刻完"鲤鱼",老庄又调了藕粉,把它淋在了"鲤鱼"身上,开了炉火,热了油锅,把那条"鲤鱼"放进了油锅,片刻后,"鲤鱼"出锅,通体金黄色,形状也更加立体。有人高喊:"好!"众人纷纷开始鼓掌。

之后,老庄改用平底锅,把"鲤鱼"放了进去,呼一下,火苗蹿了起来,老庄身上的血液仿佛也跟着沸腾起来,他的勺子在一排调味料中穿梭,每一下都如蜻蜓点水,拍入锅中后,不时有火焰蹿起,但也转瞬就熄灭,那些火焰仿佛出自魔术师之手,一明一灭,任由他掌控着,那条"鲤鱼"在各种变幻中滋生出神奇的香味。一阵眼花缭乱的烹饪后,"鲤鱼"终于出锅了,它被摆在一口清水瓷盘中,形象呼之欲出。

但这并没有完,老庄又调了番茄咖喱酱,他仿佛化身为神奇的画师,用那把已入化境的勺子往"鲤鱼"尾巴上轻轻一泼,红黄相间的色彩恰到好处,一分不多,一分不少。众人暗暗惊叹眼前的景象。老庄又调上了黑芝麻酱,转眼间,从牛皮套中抽出一支细毫,蘸了黑芝麻酱,点了"鲤鱼"的眼睛。

至此,他袖子一甩,扔了细毫,大喊三声,颓然坐于地上。众人纷纷去扶他,却见他已伏在地上,抽动着双肩。

那条"鲤鱼"被端上了桌,被无数双虎视眈眈的眼睛盯着,但大家仔细一看,都噤了声,因为那条"鲤鱼"仿佛活了,它的眼睛炯炯有神,在瓷盘中看着大家。这会儿,叫好声也没了,嘈杂的环境安静了下来,谁也不敢先动筷子,就这么静静地对视着。

僵持了很久,人群中有人嘀咕:"吃不得啊,太吓人了!"大家面面相觑,不知该如何收场。这时候,不知谁提示了一下,大家纷纷把注意力转到了墙上的康太爷,他正笑眯眯地看着大家,这一来一往,就把他和鲤鱼牵上了线。缓过神来之后,大家七手八脚地抬起那条"鲤鱼"摆到了康太爷的灵前。之后,人群才开始慢慢地活泛过来。

(原载于《收获》2019年第6期,张颐雯选编)

艾玛 / 湖南澧县人，现居青岛。2007年开始小说创作，出版中短篇小说集《白耳夜鹭》《白日梦》《浮生记》《路过是何人》，长篇小说《四季录》。

芥子客栈

一

　　港东村位于崂山北麓,紧临着鳌山湾。有一条狭长的小洲从村子里伸出来,像条舌头一样伸进海湾里,形成了一个得天独厚的天然渔码头,叫港东渔码头。芥子客栈就开在渔码头上。确切地说,它并不在码头上,而是和码头背靠着背,渔码头在舌头西侧,面向湾里,能看到最美的海上日落。芥子客栈在东侧,面向湾外,正对着泊在海上的大管岛、小管岛,能看到最美的海上日出。有人曾从海上拍过一张照片,天刚黑下来,夜蓝如深海,芥子客栈一灯如豆,背对着码头上的一片灯火,看上去很有点遗世独立的味道。

　　熟悉港东渔码头的人都知道,客栈所在的地方原本是养参场,客栈原本也不是客栈,不过是养参人看海参的简易房。近些年来,海参行情不好,加上每年夏天浒苔泛滥,海参难养,这个养参场就荒废了,房子久无人居,草一日长于一日,渐渐地,连村里最野的孩子,也不大愿意到那去。后来,从青岛市里来的一个跛脚女人倒看中这个地方,花钱买了下来。女人瘦、跛,但做事麻利,只花了两三个月的工夫,便把这个简易房收拾得焕然一新,翻修了屋顶,外墙给刷成了蓝色,面向大海的那面墙上,开了两扇大大的窗,窗棂被刷成白色,两扇窗间是一扇白框透明玻璃门,门外是防腐木铺就的露台,也给刷成了白色。就常有人看见那女人身边搁着茶盘,盘腿坐在露台上看海,多是一早一晚,一坐几个钟头,礁石一样不动。女人和气,但不爱说话,不好接近。有人散步路过客栈,碰巧那女人在用白色木栅栏围院子,问她围院子做什么,又不养鸡,又不养鸭。女人只是笑,不言语。女人从网上买的木栅栏非常低矮,是城里人造花坛用的那种,没有荒草高,三岁的小孩抬腿就跨过去了。但到底也是个栅栏,再有人路过,即便那女人不在露台上,也只立在那脚脖子高的栅栏边往里张望,隔着一个不大不小的院子,屋内的情形终究是看不大清,白色纱帘半掩,从门边、窗边隐隐探出三茎两秆绿叶红花,给人很不一样的感觉。

  港东渔码头的船都不大,近海作业的多。潮汐涨上来,出海,下一个潮汐上来,返港。鱼货也多卸在码头,就地销售。出去的船,和回来的船,都要从舌尖上绕过,远远地从芥子客栈门前驶出、驶进,所以船什么时候回来,那女人门儿清,每日总能踩着准点来买刚靠岸的海鲜——皮皮虾、蟹子、小黄鱼什么的。女人买得不多,但信赖渔家,不像有些城里女人那样挑肥拣瘦。城里女人的毛病,有一些在渔民看来非常可怕。比如,她们挑蟹子,要的是身手好。玉指一挑,把蟹子戳个肚皮朝天,身手矫健、能很快正过身来的蟹子,她们才说好,才要,蟹子手脚慢一点,她们就会嫌不新鲜。也不知是个什么理!铁打的蟹子也经不起这样戳的嘛!客栈的这个女人不这样,因而渔家大多也不让她吃亏,多是给她挑好的,女人安静地付钱,也不像别的城里女人爱讲价。总之她给人的印象,是不错的。几回下来,再远远见她摇晃着肩膀、一脚浅一脚深地过来,就有渔民主动招呼她,还有人恭敬地问她:"贵姓?"女人笑,也不说免贵,单说姓万。于是码头上的人,不论大小,一律叫她小万。起初,人们也并不知小万那是个客栈,渐渐地,隔三岔五就有人坐地铁到浦里,或是自驾车,一路打听着过来,问"芥子客栈"。起初被问到的人不免茫然,待来人摸出手机,亮出那蓝房子,才恍然大悟,原来小万拾掇那房子是为了开客栈。客栈叫"芥子",最多接待住客两人。芥子嘛,大家倒都知是微小的东西。"实诚的。"聊起来,都不免感慨。住宿价格不贵不贱,一晚三百,一月五千。饭却不便宜,当然住客可以自己做,来码头买海鲜,回去自己煮。也可喊小万做。小万做的话,吃饭按人头,分三档,有一百五十八一个人的,也有一百六十八一个人的,最贵的,一百九十八,听得人咂舌。"一百九十八?"理着网的人,常愣在问道的陌生人面前,但也绝无人会说"贵了"。末了几乎都是忙里偷闲地抬手一指,简短地道:"走到尽头,右拐。"渔民的日子,也着实是忙碌的,没工夫论别人长短。来人都说小万手艺好,网上评价全五星,说是尤其擅烹鱼,无论是鲜鱼,还是鱼干,都说好吃,都说没吃过那么好吃的鱼。因此,来芥子客栈住宿的人呢,有两件事是不能不做的,一是在客栈看一次日出,二是吃小万一顿饭。当然这些不是小万说的,都是大家从问道的人那里知道的。

二

廉海砂认识小万,是小万来渔码头半年之后的事了。

廉海砂在大管岛长大,七岁离岛读书,小学时寄居港东村的小姑家,初中寄宿温泉镇的大姑家。到温泉镇后,每逢节假日回家,廉海砂不走冯家河码头,而是绕道港东村,看望小姑,再搭乘村里的顺风船回岛上。初中毕业后,廉海砂留在了温泉镇,做过许多工作,现在他在温泉镇边上的一个别墅小区做保安,每日腰间挂根丁字棍,开着一辆电瓶车在小区里转悠。别墅小区入住率低,人少,花多,房子好看,廉海砂每日笑眯眯的。跟在海岛上长大的许多年轻人一样,廉海砂受不了岛上的寂寞,但他也不喜欢城市里的喧嚣,温泉镇在他看来是世界上最好的地方。没什么高楼,家家户户的墙根都能晒到太阳,平常什么东西,走路去都能买到,水龙头一拧有水,二十四小时有电,人不多不少,车也不多不少,廉海砂喜欢的。不过,廉海砂的老爹却认定,廉海砂在那"世界上最好的地方",过的却是最"懊头"(方言,意思是郁闷)的日子,因为廉海砂二十九了,没有老婆,也没有孩子。岛上和廉海砂差不多大的男人,孩子都上岸读书了,廉海砂却连老婆都不知道在哪里。好在廉海砂的老妈信主,相信一切自有主的安排,倒不叨叨这事。廉海砂的两个姑姑,温泉镇的大姑、港东村的小姑,没少为廉海砂操心,她们给廉海砂介绍过的姑娘,遍布了鳌山湾一带的二十多个村子。廉海砂呢,却总是"没感觉",当然,有时候是人家没看中他。廉海砂家的日子呢,过得去的,岛上三间大平房是翻修过的,东西厢房扩建了,院子也修整过,不比别人差。还有一片海,租给了养殖户。岸上呢,前几年,温泉镇以东临海一带刚开发,房价还很低时,廉海砂家就翻出老本,买了一套两居室的房子,以备将来孙子孙女上学时好住。现在这房子租给了东山大学青岛校区的一个外教住着,房租养活一个人,绰绰有余。廉海砂的老爹以前是渔民,现在上了年纪,不打鱼了,就在岛上干点零活,这两年都是和廉海砂的老妈一起,帮人看海,不让游客在老板租下的海域里钓鱼撬牡蛎,日子不多好,但也还过得去。当然,这样的家境,说破天,也只是,还过得去。廉海砂自己呢,人品是没说的,身体也不错,四肢健全,五官端正,只是肤色黑,蝌蚪眼,一笑,眼角无端冒出几根蝌蚪尾巴,看着略有些老相。现在是一个脸和钱一样重要的时代,在钱和脸这两样事上,廉海砂都没有特别的优势,但他还时常"没感觉",大姑小姑就有些恼,撂下话来,操不起这份心!廉海砂听过笑笑,有时回岛上看望父母,照例两家都走到,将大姑小姑一并看了。

  这年秋天,廉海砂从一个业主那里,得了个治腰腿病的偏方药。一种西藏产的草药,棉花球般,说是浸泡在高粱酒里,没事抿两口,能治老寒腿。廉海砂在这个小区工作的时间长,跟很多业主都很熟了,有的业主一时半会儿不来这边住,就拜托廉海砂浇浇院子剪剪草什么的。逢年节,业主不在,廉海砂还会手书大红对联一副,"水暖观鱼跃,花香听鸟鸣""烟波天接海,欢笑喜迎春"之类,贴在业主家的大门上,字虽不大好,但一笔一画甚是工整,大红洒金纸衬着,看着喜庆。送廉海砂偏方药的业主姓赵,新近娶了镇上一个开温泉旅馆的女人做第三任太太,两人开着一辆越野车,带着一条狗,旅游结婚,去了西藏,自驾游。这一趟来回两个多月,廉海砂当然也没少照应他家,还跑镇上给他取过两回国际快递。业主的新太太和廉海砂的大姑熟,对廉海砂家的事情知道得不少,也知道廉海砂的老爹有腰腿病的,所以特地送了两包藏地草药给廉海砂。廉海砂用手机上的一个软件扫了扫,是藏雪莲。雪莲廉海砂是知道的,珍贵的,藏雪莲,想来也差不了。得了个新方子,廉海砂就想送给老爹试试,一来表表孝心,二来,万一有效呢?廉海砂申请调休两日,回家给老爹送药。他骑着电瓶车,先去跟温泉镇大姑说了一声,然后去了小姑家。小姑家在村子的最里边,崂山脚下,不靠海,不打鱼,单是种地、种茶,但小姑还保留着做姑娘时在船上晒鱼干的习惯。小姑家没有船,小姑都是去码头上买鱼,就地剖好,用海水洗过后,借熟人家的船带出海去晒。大鲈鱼、鲅鱼、摆甲等大些的鱼,挂起来晒,小面包鱼、舌头鱼、鳗鳞、鼓眼等,则摊到甲板上去晒。廉海砂的小姑固执地认为,在自己家里晒的鱼干,不如在渔码头上晒的好吃,在渔码头上晒的鱼干,不如在船上晒的好吃。其实不光鱼干,样样东西,在小姑嘴里,还都是岛上的好,就连耐冬,也是岛上的开得好看。小姑说什么,廉海砂都听着,他可是知道的,小姑说是说,让她回岛上住住,一天也难得挨下来。廉海砂到小姑家时,正好小姑要去渔码头收鱼干。廉海砂把电瓶车停在院子里,骑着小姑的三轮车和小姑一道去了渔码头。这是个傍晚,海水退得老远,金黄色的太阳照得渔码头对面的那一片滩涂像镀了层金箔,赶海的人不少,逆着光,人啊,船啊,远远看去全都像贴在金箔上的黑色剪纸,框上画框就能上墙。

廉海砂从船上收了鱼干,装在竹筐里抱上来,他一共抱了三筐。廉海砂的小姑坐在三轮车上,把竹筐挨个夹在两腿间,拣了些个大、色泽透亮的海鳗鱼干装进了一只纸箱里。

小姑两手插进袖筒,朝装满鱼干的纸箱努了努嘴,对廉海砂说,给蓝房子里的小万送过去。

廉海砂就去给蓝房子的小万送鳗鱼干。天还亮着呢,可蓝房子灯火通明的,窗纱卷到一边,屋内的情形,站在栅栏外的廉海砂看得一清二楚,雪白的墙,落地窗边的一张长餐桌边,坐着一对时髦的男女,桌上的一只白色细颈陶罐里,插着一朵碗口般大的月季花,月季周围,摆着高脚酒杯,还有许多碗盏,看着都新奇有趣。坐在落地窗那,头一扭,就看得到廉海砂身后那一大片入秋后变得清澈明净的海,还有海中央的大管岛、小管岛。廉海砂怕破坏客人的好风景,赶紧猫着腰,抱着鱼干到蓝房子北边去,那里也有扇玻璃门,看不见那对客人,但看得见厨房的情景。小万系着一条白围裙,头扎一方蓝丝巾,正在一个长方桌上切着什么。廉海砂站在脚脖子高的栅栏那等了一会儿,小万没有发现他,她切完菜,又把一个大大的玻璃碗抱在胸前搅拌起来,她一边用筷子在碗里搅着,一边抬头朝着客人的方向说话,大约是在和客人聊天。这是十一月底的天气了,又是傍晚时分,从海上刮来的风吹在身上着实有些冷,廉海砂对着那扇玻璃门又是跺脚,又是喊话,小万始终没有往门外看一眼。廉海砂就跨过那道脚脖子高的栅栏,走过去敲门……

三

给蓝房子的小万送鱼干后没几天,廉海砂又申请调休。物业保安队人手紧,队长就对廉海砂说:"才刚休过假的,怎么了这是?咱这班跟休假有啥区别啊?不过,"队长的眼睛像扫描仪一样将廉海砂上上下下扫了两遍后,说,"你要是去泡妞的话……"

"泡妞。"廉海砂飞快地应承道。

队长再没说什么,队长比廉海砂大不了几岁,孩子都两个了。不孝有三,无后为大,人家廉海砂连个老婆都没呢。

当天傍晚,廉海砂就坐到了蓝房子临窗的那张餐桌边。廉海砂新剪了头发,穿了一件带帽薄羽绒衣,里面是件浅灰卫衣,下搭牛仔裤运动鞋,看上去很精神。来之前他经过了一番仔细考虑后,预订了份一百六十八元的晚餐。一百九十八的,实在是太贵了。有时候廉海砂和保安队的小伙伴去温泉镇上吃烧烤,一百九十八元都能喂饱保安队八条好汉了。一百五十八的……也不差十块钱。这么想着,他预订了份一百六十八的。当然,房间和晚餐都是在网上订的,廉海砂新注册了个网名,潮哥。起先他想起名"砂哥",嘴里念了两遍,砂哥,砂锅,不中听,果断弃了。潮哥在网上告诉小万,晚上六点到。小万跟潮哥约好,六点半开饭。潮哥骑着电瓶车去的,这一回他没去大姑家,也没去小姑家,电瓶车停在他小学同学港东派出所王警官那儿。他到得早了点,和同学唠嗑了一阵,才踩着点去了蓝房子。

小万系着白围裙、头扎蓝丝巾,微笑着给他开门。小万站到一边,让廉海砂进去。屋内温暖如春,墙、地面都是灰色,家具都是白色。一个外国女人躲在某处低吟浅唱,余音袅袅,绕梁不绝。餐桌上已沏了一玻璃壶花草茶,颜色甚是可爱。喝什么茶,小万在网上是问过潮哥的。小万不建议潮哥晚上喝绿茶,红茶潮哥不爱喝,柠檬茶潮哥怕酸,最后说好了,就花草茶。小万推荐了百合花配黄芪,说是能缓解压力,补脾益气。小万还问了潮哥有没有什么忌口的,潮哥说没有,想了想,又加一句,怕辣。提到"辣",现实世界里的廉海砂心里胃里就都有些不好受,以前他爱过物业的一个姑娘,极爱食辣,姑娘怀孕后,廉海砂和姑娘想奉子成婚,结果竟遭到了姑娘家人的激烈反对。后来,姑娘打胎,辞职,离开了他。不过,也就那么一瞬间,这不好受很快就过去了。毕竟是以前的事了。

厨房是开放式的,用一排及腰高的操作台与餐厅、客厅隔开。操作台上摆着许多高高低低的好看的罐子,有一个木架子从天花板上垂下来,上面挂满了各式高脚杯。临窗的餐桌上,那只白色细颈陶罐里,这回插的是一枝芦苇。小万站在操作台里边切菜,轻声细语地告诉客人,饭马上就好,请自便,喝点茶,参观下房子也可以。廉海砂于是起身各处看看,客房很大,进大门左手边壁炉后就是,占了整个房子的三分之一,一张大床摆在房间中央,正对着窗,坐在床上就能看到海。小万的小房间在厨房后边,门上挂着"谢绝参观"的小木牌。两间卧室之间是一个会客厅,沿墙一溜书架,上面摆着的除了书,还有各种各样儿的小瓶子小罐子,有的里面还养着些野花野草,廉海砂都认得。

廉海砂回到餐桌前坐下,小万给他端来了一碟盐焗小海螺,只有六只,说是让他先开开胃。廉海砂心想,开什么胃?胃一直开着!他从小胃口好,吃什么都香。渔家吃海螺,要么清蒸,要么水煮,蘸料吃,或是什么都不蘸。小万的做法与渔家不同,她选的是比拇指头略大点的海螺,小,但也不能太小。太小没肉,也不能太大。"大的,就不能那样做了。"小万说。她先用海盐和橄榄油将小海螺腌渍了一个下午,然后用锡箔纸包好塞烤箱里烤。廉海砂用一柄两齿银叉,剔出海螺肉来吃,脆、韧、香,好吃的。很快六只小海螺吃完了,单剩六只海螺壳卧在描金小碟里,廉海砂还想吃,他看着海螺壳,明白"开胃"是什么意思了,开胃就是往肚子里下饵,要钓上人的馋虫来。

小海螺壳撤下去后,小万给廉海砂倒了一杯红酒。小万预先告诉过潮哥,酒有红葡萄酒和蓝莓酒两种,开海后以吃海鲜为主,客栈不提供啤酒。潮哥选了葡萄酒。现在渔村的人都知道,吃海鲜喝啤酒对身体不好。廉海砂不懂葡萄酒,平时都是喝啤酒的,但这葡萄酒他觉得也挺不错,他甚至喝出了一股烤花生的香气。菜一道道上来,吃完一道,撤下一个盘子一只碗,再上一个盘子一只碗,廉海砂真心觉得太麻烦了。不过,菜都很好吃,尤其是鱼,名不虚传。潮哥没点鳗鱼干,小万的干蒸鳗鱼干也是一绝,她差不多把全港东村晒的头一拨鳗鱼干都买了下来。但廉海砂不想在蓝房子吃着饭还想起小姑来。他选的是新鲜小黄鱼,清蒸。两条一拃长的小黄鱼精赤条条躺在盘子里,身上连根葱丝都看不到,但鲜得没法说。廉海砂吃着鱼,忍不住问小万,搁什么蒸的?小万心里说,最关键的是时间好吧?但她还是答他所问,说,也没什么特别的,比你们多放一样东西。

"什么东西?"

"湘西腊肉。"

廉海砂就用筷子满盘子找腊肉。小万站在操作台里面,手里剥着一根芦笋,道:"蒸完就都拣出来了。"廉海砂急了,冲口问道:"扔了?"小万说:"一会儿给你上。"廉海砂有些不好意思起来,对小万说:"一起吃吧?我一个人也吃不了。"小万摇头,不语,到灶上一只锅里舀了碗东西端给他,是一碗汤,里面有小鲍鱼、小海参各一只,鲜的。廉海砂喝着汤,想,一百六十八倒真值了。接着又上了一份主食,是一小碗干拌荞麦面,上面浇了些腊肉末炒香菇碎,原来蒸完鱼的腊肉用在这里了,烩过的。吃完面,廉海砂以为一百六十八元都吃完了,没想到小万又接连上了两样给他,一样是一只细长白瓷杯里插着的几根鲜芦笋,另一样,是甜点,杏仁牛奶布丁,廉海砂以前陪前女友去市里逛街时吃过,和果冻一个味。城里人的名堂。果冻放碟子里,浇一勺果酱,再换个名字,就身价倍增。

"中西结合啊这是。"廉海砂吃着布丁,笑着问小万,"从哪学的手艺?"

"没什么巧的,用心罢了。"

廉海砂道:"哪会这么简单!我样样事用心,还不是……"廉海砂说着,忽地住了口。小万收拾操作台,就当没听到。

芦笋雪白的,生脆多汁。廉海砂以前没见过白芦笋,吃着芦笋他又问小万:"怎么是白的?"小万告诉他:"趁芦笋没长出地面就刨出来了。"廉海砂明白了,是没见过光的东西,于是他觉出了嘴里淡淡的土腥味,吃了一根,就不再吃了。

四

后来,廉海砂又去蓝房子吃过几回饭。不过,他只在那过过一回夜。那是个周末,他过了一夜后,第二天一早搭出海的船回岛上看老爹老妈。小万再去码头买食材,发现潮哥在客栈过了一夜的消息大家都知道了。

"海砂那孩子……"他们如是说,语气里颇多疼爱,像谈论自己家人。

于是她知道他其实叫"海砂"。有人很直接地问她到底是不是青岛人,青岛哪里人,多大了,结婚没,家里都有什么人,末了还不忘补一句:"那可是个老实孩子。"——像是有点担心她会坑他的意思。也不一定就是在说她不老实,毕竟她不是这鳌山湾一带的人,不知根不知底的。小万都懂,但无端就觉得讨厌起来。她只是想在此开个客栈度日罢了,哪个男人值得她去坑?于是潮哥再上线,问有房没,小万就答,没有。饭呢?饭,也没有!

如此,接下来的一个多月,廉海砂没去过蓝房子。但他时不时在网上给小万留言,把许多心事,讲给她听。有次他喝了点酒,竟跟她提到那个未出世的孩子,他伤心得说不下去。他还给她讲了两件事。一件,有位业主家被人用鸟枪从小区围墙外开了一枪,子弹穿透二楼双层玻璃射入墙中,业主受到惊吓,投诉他们保安队,那个月他们的奖金全没了。第二件,他妈加入的其实是哭教,常常哭得死去活来的,他和他爹都接受不了,尤其是他爹,老头一直努力地养家,从不打老婆的,他妈痛哭到底为哪般?小万很少回复他,只是听他说,但廉海砂说的那些话,在她心里还是引起了一些变化,她感受到了他的不易,或者,是生活本身的不易,不再那么抗拒他的联系。渐渐地,他不再叫她老板、小万什么的,而是开始喊她姐了,她不恼,也不应,由着他。

  入冬了,蓝房子院中的衰草开始结霜,正午方消。起风的日子,晴日里也冻得人直抖。小万开始烧壁炉取暖。入冬前,她就买了一堆苹果木柴堆在后面屋顶上备着,一根根齐檐码着,远看,屋顶上像是卷起浪花。小万小时候,她爹万师傅常逗她,眼瞅四周无人,冷不丁就把钥匙往树顶抛去。"小丽,钥匙!"万师傅喊。小万总是应声跳起,她抓住一根树枝,借力往空中一跃,树如风吹,整棵都摇晃起来。小万跃到树梢,抓住那把钥匙后,双臂抱膝,一个后翻稳稳地落到树后去,完成这些动作时她的两条腿仿佛没有分别,双脚同时落地,并不能看出一条腿比另一条短。她看看掌中的钥匙,再回头看,树已弹回去,像是什么都不曾发生。渔码头地少,土薄,没有树。隔两天,小万就会在夜里去后院。"小丽,钥匙!"她仿佛听到那一声喊,于是纵身抓住檐下滴水,一翻身上到屋顶。屋顶没有钥匙,她会抱一抱劈柴下来,放到壁炉边烘着,这样烘两天后,烧起来没烟。苹果木耐烧,烧着还好闻,小万喜欢的。

  天冷,来海边的客人,少了。那些眼神清亮、清晨看到海上日出会在露台上又蹦又跳的文艺小青年不见了,来的多是九折成医、饱经世故的糙客。送走了一个昼伏夜出、邋遢的摄影师后,初雪那日的下午,又来了一个中年背包客,打车过来的,网名叫"啸天翁",大个,络腮胡子。他跨步走上露台时,站在门后的小万感到脚下的地板晃动了两下。不过啸天翁名字响亮,人却安静,进了房间后,门一关,再不见出来。小万觉得奇怪,却也不好打扰。开客栈,最怕遇到两种客人,找事的,寻死的。背包一丢就到处看,跑到屋外大喊大叫,或是发呆,都是正常的。下着雪呢,透过窗户往外看,朔风搅白雪,海天成一色,如此美景,换别的客人只怕就要疯了,啸天翁这样的小万没遇见过,于是她不免有些担心起来。

  天渐渐黑下来。客人是点了晚餐的,小万权衡再三,备了个海鲜火锅,食材也都备好放在旁边,客人出来,如果想吃,小炉子拧开即可。小万想了想,又拿出一瓶老酒放到餐桌上,一来,冬天喝老酒,养人;二来,老酒度数不高,能喝的,一瓶下去,不至于发疯,不能喝的,喝完一瓶,不至于醉死。

  小万回到房间后,一直留意着外面的动静,到夜深也没听到客人开门出来的声音,就好像那屋里根本没住人。如果是寻死的……小万想,拦是拦不住的。如果是找事的……小万有些不安,但又自忖自己拳脚上远不如爹的功夫好,江湖上不曾扬名,不至于招惹人。一个从小多病、练拳健身的弱女子而已,怎会有人想来会她?拳头上赢了她又能博得什么名声?!除非——小万想起阳谷县那个拳师来。好好的日子过着,突然那人上门挑战,无冤无仇,打得她爹吐血而亡。虽然她娘总说她爹不是被打吐血的,是食道生病吐的血,但小万还是觉得跟阳谷拳师有脱不了的干系。尤其是后来听说他竟以赢了青岛最厉害的螳螂拳手这噱头在阳谷扬名,人称醉拳韩。过了多年后,小万终究是没忍住,跑去阳谷县扇了那人两个耳光,夺了本就不属于他的那点虚名。这是三年前的事了。阳谷拳师小万倒是不怕的,怕就怕他暗中使坏,乘她不备来阴的。小万想来想去,觉得还是有备无患、了解一下啸天翁比较好,毕竟从他行路来看,是有身硬功夫的样子。小万于是上网搜"啸天翁",掘地三尺,只搜到个画家,后人评其画作,"山川浑厚、草木华滋",倒让小万想起她爹教她拳时讲的话,脚下如石,要沉稳有力,拳下如风,要生机勃勃。小万于是想,这世上许多事果然都是相通的呀。不过画家辞世已三十多年了,显然不会是刚入住的这个傻大个。小万又想找以前练拳的朋友打听下,看他们知不知道这个人。犹豫了一阵后,小万打消了这个念头。近几年来,她已与他们都断了联系,彻底退出了武林——如果那也算是武林。一旦联系上,打听不到什么还好,如果得了什么消息,欠下人情,以后再不联系,反倒显得薄情寡义了。小万住的这间屋子距壁炉远,冷,睡不着,于是她干脆起床,拉开窗帘,迎着外面的雪光,默默打了一套拳。"十年太极不出门,一年螳螂打死人",但小万练的这套拳,旨在强身自卫,说白了,就是一套以螳螂拳为基础的女子防身术,不以攻击为目的。还是在她很小的时候,她爹根据她自身的特点,为她创立的这套拳,无名,无定式,讲究因地制宜,随机而动,每一招都能变守为攻,是十分实用的。小万从小练到大,三十多年了。有拳傍身,小万平静了不少。她在心里对自己说,真有事,躲是躲不过的,该来的,就让它来好了。于是小万不再想客人的事,洗洗睡了。

五

第二天天刚擦亮,小万就醒了,毕竟心里有事,睡不踏实。她开门一看,餐桌上的食物已一扫而空,酒也喝光了,不知客人是什么时候吃的。壁炉里又添了两根木柴,噼噼啪啪烧得正旺。一双硕大的运动鞋烘在壁炉边,散发出难闻的气味。小万走过去看,鞋子是湿的,显然客人夜里出去过。小万不由得一惊,装修时她在门窗周围埋了一根拉线,连到她卧室里的两块碎玉片子上,这两块玉片子是用崂山玉磨成的,书签大小,白天取下一片,夜里装上。装上时,有人进出,门后合页扯动拉线,碎玉片子相击,会叮当作响。玉片响,她没有听不到的道理,她一向警醒的。小万仔细检查了下门窗周围,发现大门背后的墙上被人钉了个图钉,正好在拉线的位置。江湖小伎俩。小万看了一眼紧闭的客房门,门后一点动静没有。小万穿上外套出门去,雪停了,没有风,空气冷冽清新,白雪铺到崖边,衬得那海深邃如夜空。院子里果然有一串大脚印,朝着房子而来,出去时留下的脚印已被雪覆盖,看不大清了。看来夜里客人在外待的时间不短。

小万沿着脚印走,雪在脚下咯吱作响。小万出小院左拐,下到一片黑色礁石那儿。在那几个旧养殖池边,脚印消失不见了。早上潮水上涌,抹去雪,抹去了一切。

廉海砂拎着一个壁挂暖气机上门,进门就对小万说,我看你淋浴间还缺一个。他还带了把小电钻,小万没来得及说什么,廉海砂就把暖气机装上了。小万过去试用了下,浴室很快就暖和了。

小万泡了壶茶,和廉海砂坐在窗边。她把暖气机的钱转给廉海砂后,问:"怎么又回家?家里没什么事吧?"廉海砂进门时说顺道路过,来装个暖气机。见小万关心起他家里来,廉海砂很高兴,又感动,说:"没什么事,托姐的福,都好着呢。"廉海砂说着话回头看了客房门一眼,压低声问:

"姐,什么人这是?大白天还关着门。"

门厅有一双大码的鞋,廉海砂路过渔码头时就都听说了,客人对风景没兴趣,下雪天,没海赶,没落日可看,但风雪中的渔港,美得呀,谁路过不得驻足观看一阵,拍几张照片?那人可好,头也没抬,看守妈祖庙的老头问他去谁家,他也没搭理,怪怪的。

　　小万就把手机给廉海砂看,预订房间时留下的信息很少,说是两天,费用是入住时现金支付的。廉海砂就说:"还是得正规一点,如今大酒店住客信息登记很全的,除了身份证,还扫脸……"小万把脸扭向窗外,不想听。小万说:"一个人想隐姓埋名躲到某地清净两天,怎么就不行?"

　　眼看窗外潮水涨上来,廉海砂急着去赶船。他妈离岛去外地会教友,好几天音信全无,他得赶回家去安抚安抚他爹。临走前他问小万,想不想跟他去岛上耍两天?反正这房子人也搬不走。小万看看窗外那个岛,淡墨抹就的一般,风可以刮走的那种,显得极不真实。小万摇头。

　　廉海砂走后没多久,港东派出所的王警官就来清查外来户口,说是近期打黑除恶专项检查,要挨家挨户登记外来人口信息。小万来这日子不短了,第一次有警察上门,她猜大约是廉海砂跟王警官说了什么。也不等小万说话,王警官进门就砰砰地敲客房门,嚷着看身份证。原来客人是河北容城人,属于雄安地界上了,俗名肖田翁,湛山佛学院本科毕业,曾在海会寺修行十年,现已蓄发还俗。王警官的声音温和下来,又问了客人一阵,都是问得多,答得少。问及还俗原因,客人说,没意思。王警官就笑,对客人说:"那是,我要是你我也还俗,赶紧回雄安去娶妻生子,如今那可是个好地方啊。"

　　王警官查户口时,小万一直在厨房忙着。听到"肖田翁",听到"湛山佛学院",不免想笑,一个出家人,却叫"啸天翁"。小万在湛山脚下长大,小时候,每天天不亮她就跟着父亲到湛山上练拳,寺里的小师父也常在那个点做早课,"虽有多闻,若不修行,与不闻等,如人说食,终不能饱……"类似这样的话她可是打小就听得耳熟。她手里剥着蒜,眼睛不由自主地将客人仔细打量了下,面生的,站姿萎靡,肩沉,背驼,回答王警官问话时总是慢半拍,说不出来的感觉。王警官跟他说笑时,他也没有任何反应,脸上始终没有表情。

　　"也许……也练过太极。"小万想。

　　"没事。"王警官走时笑着对小万说。他留了个电话给小万,让小万存手机紧急电话,一键直拨那种。小万笑笑,不语。

这晚小万准备了干蒸鳗鱼干,蟹黄包子,杂菌无花果鲍鱼汤,小米海参粥和蜇头拌苦菊。小万用尽心思做了这顿饭,她想,若是找事的,横竖还欠他一顿饭;若是个寻死的,一顿好吃的饭,会让人吃了还想吃,只要还想着吃,这人的日子就能继续过下去。

六

肖田翁立在餐桌边,对小万做了个请的手势。小万谢过,坚辞。肖田翁坐下来后,说:

"也请给你自己做点好吃的吧,今晚还有事请教。"

小万明白了。她洗了个苹果,坐到操作台内的一张高脚椅上吃起来。等肖田翁吃完饭,小万起身收拾桌子。肖田翁让到一边,看着小万,说:"可惜了,这么好的手艺。"小万一笑,问:"韩拳师是你什么人?"肖田翁拱手道:"好个聪明人!我奉师父遗言,前来讨教几招。"小万这才知道,醉拳韩死了。三年前,小万去阳谷,在韩拳师武馆里只见过他二弟子,不见大弟子,传言大弟子出门云游去了。眼前这位,想必就是那大弟子了。

小万上下打量了肖田翁一眼,道:"他比你大不了多少,你怎么拜……"说到一半小万闭了嘴,心想这是人家的私事,问就唐突了,再说,醉拳韩人都死了,死者为大,语出不敬不好。

肖田翁一直立在桌边等着,小万收拾完,在他对面坐下来后,肖田翁才坐下来,他看着小万,说:"今天你说的一些话,让我很犹豫……"小万问:"什么话?"肖田翁说:"你朋友劝你实名登记时,你说的那些话,我都听到了。"

他叹了一口气,抬眼望着屋顶,道:"如今这世道,庙不像庙,道没个道,只有那些酸文假醋的文人,自己给自己弄个假名,倒哪里都去得,天南海北聚会切磋,整得倒像个侠义江湖,偏我们这样的寸步难行,连把宝剑也带不出门。"小万平静地道:"如今文坛在朝,武林在野,两码事。再说,一代人有一代人的命运,今时不同往日,都是迟早的事。"

小万看着肖田翁,又道:"退一步海阔天空,我为什么去阳谷,想必你也是知道的。"肖田翁点头,又摇头,慢吞吞地道:"可我,答应过我师父。再说——"原来去年他就来过一次青岛,那时小万新寡,所以他一声没吭又回去了。小万就站起来,说:"如此,我就不废话了,恭敬不如从命。昨夜想必你已挑好了地方,说吧,哪里,几点?"

不出小万所料,肖田翁选定的地方果然是废弃的养殖池,整个港东村,也就那里没有摄像头了。自从那几个池子不养东西后,为加强渔码头的治安,原先装的一个摄像头被调了个方向,背对着那一片海了。

"午夜一点,不见不散。"肖田翁说。

小万明白,那个点,开始退潮,大约只有养殖池的水泥池边是露在外面的。那些长方形的池边只有一巴掌宽,因常年浸在海水中,长满了海藻和青苔,雪后天寒,只怕会结冰。韩拳师一门,说是拳,但多是脚上的功夫,戳脚。冰,他大约是不怕的。

为防意外,也为免生麻烦,两人按规矩约定各自写好遗书。小万回到房间,翻出来一双轻便钉鞋穿上,对结着冰、冻得邦硬的地面来说,这鞋实际上没什么用,不过,聊胜于无。小万穿好鞋,坐下来写遗书。这不是她第一次写遗书了,那回去阳谷,事先她也是写过遗书的,她在遗书里叮嘱她丈夫蜘蛛好好活着,好好照顾她妈。眨眼,才几年工夫,她妈病死,蜘蛛摔死,把她一人剩在了这日趋无趣的世上。现在她已无什么亲人需嘱托,想了一阵后,她决定把客栈留给廉海砂,条件是入住时客人无须实名。写完这句话,她又觉得不现实,划掉,重写:无论什么时候,都不得要求客人刷脸。

这个夜晚风清月朗,岸边白茫茫一片,倒也不觉得黑。小万下了礁石,见肖田翁已在养殖池边背水而立,跟小万一样,他也穿着某个户外品牌的紧身衣,这种衣服保暖轻便,有弹性,适合实战,那种众人皆知的对襟练功服其实只适合表演。

海水荡漾,浮冰撞击水泥池边,发出轻微的嘎吱声响。小万纵身跃上池边,果然结了冰,脚下打滑,小万暗中提气,稳住了身子。肖田翁也不多说,身子一矮,拉出一个架势来,是无极桩,却又不全似,为适应脚下方寸之地,收了不少的,总之是稳扎稳打的路子。小万于是也不废话,一个快步向前,想着天寒地冻的,早点分个高下,也好回屋暖和。肖田翁大约也是这么想的,仗着身高力大,迎面破门而入,使出一招玉环步,直欺小万中堂。玉环步是螳螂拳一派最出名的招式,肖田翁这招表面上看是向螳螂拳示敬,含谦让之意,实则有一招跌翻小万的意图。虽说小万只打他师父两个耳光,可阳谷大街小巷都传师父挨了她十几、二十几个耳光,甚至有人说她打累了才停下来的,否则老韩还要挨得更多!这些流言蜚语,令师父含恨而终,也使醉拳韩满门蒙羞,声名扫地,武馆难以为继,一帮师弟师妹流散,肖田翁想想,恨的。他这一招颇费心思,偏小万动起拳来,就似天真简单的孩子,眼里向来只有拳,只依对方拳脚顺势而为,没有揣摩他人心思的习惯,肖田翁这番动作是示敬谦让也好,心思狠毒也罢,她竟一点也没领会到。她自幼习螳螂拳,对玉环步再熟悉不过了,见肖田翁拳到门面,于是立马屈膝后撤,侧身避过。很快,两人一来一往,十几个回合过去,竟难分高下。肖田翁有些不耐烦起来,寸步跟进,一记狸猫上树,跟着又一记穿心脚,小万急忙回肘防御,无奈脚下一滑,收腿不及,下方露空,右腿连中了两下,一个后仰跌坐在池边。肖田翁乘胜追击,又一招叶里藏花,脚尖发出哨音,直冲小万头顶而来。养殖池边狭小,小万退无可退,索性险中求胜,以短制长,于是双膝扑地,一个镫里藏身,人如流水入窟,眨眼就钻到肖田翁身后,起身时,就势对着肖田翁右后腰来了一招风顺暴雨,肖田翁收腿不及,身子前扑,差点跌入海中。肖田翁游方多年,见多识广,又习武不辍,应变也是极强的,吃了这一亏后他并不慌,回身一招飞箭手,将小万逼退,同时身子一矮,脚下连连后撤,一时冰碴飞溅,面不改色地稳住了自身。小万瘦弱,力道却不小,肖田翁于是拿出看家本领来,生花手加鸳鸯腿,凭借优势站位,如蚕食叶,直把小万往海中逼去……为利于排水,海参池一般都修成坡状,向海中倾斜,池边又结了冰,小万身处下方,十分被动。肖田翁拳脚生风,千变万化的攻势,如一堵移动的墙,向小万压来。小万身后几步之外就是海,退无可退,她闭上眼,把肖田翁想象成了一棵树,一棵风中之树。"小丽,钥匙!"她仿佛听到了父亲的喊声。她睁开眼,看到钥匙带着一点银光,淡若星辰,正往那棵风中之树的树梢飞去,小万侧身跃起,像抓住一根树枝那样,往肖田翁凌空踢来的腿上一点,瘦小的身子被高高弹起,她伸手,一把抓住了那把钥匙。小万双臂抱膝,一个后翻,稳稳地落到了"树"后。小万松开拳头,想看看那把钥匙,这时,她身后传来了扑通一声巨响……小万没有回头,她知道,这一回,那棵风中之树没能弹回来。

七

廉海砂在岛上三日,给老爹做饭,陪他去海边溜达。廉老爹替人看护的那片海,海蛎子、海螺早都收完了,退潮时,能看到像秋收后的庄稼地一样空旷的黑色海滩,一些浮冰搁浅在上面,宛如白色麦草堆。廉海砂打听到,老妈这次去的是郯城。

"我还没死,她去号哪门子丧?"廉老爹提起来这事就火大。

廉海砂也说不清他妈号哪门子丧。"我为主所受的苦而哭,也为自己所犯的罪而哭。"老妈曾经这样说。主所受的苦,老妈所犯的罪,廉海砂一律不知。他自己不清楚,也就无法跟他爹说清楚,他爹不清楚,家里的一只狗、三只羊还有一群鸡就遭了殃,动不动被他爹用细管竹抽得鸡飞狗跳。这日子,廉海砂光是瞧瞧,就累得慌。

廉海砂还在船上,就听说了港东派出所抓到网上逃犯的事。他给小万打电话,无人接听,又连忙打给王警官,得知那逃犯正是蓝房子的大个子客人。那天王警官查过户口后,晚上躺在床上思来想去总觉得哪里不对头,睡到半夜爬起来又上公安部网站查看网上通缉犯的资料,觉得大个子和一个叫田瀚的走私管制刀具的家伙长得很像,这家伙曾在东南亚搜罗了一箱子长剑短刀偷运入境,东西被扣,人却一直没有归案。王警官连忙叫上一个值班民警,带上手铐等警具赶往芥子客栈,却见客栈大门洞开,小万和大个子都不在,两人正急得不知如何是好时,听得崖底下小万喊"救命",奔过去一看,小万没事,那大个子不知怎么掉到海里了。王警官连忙跑到码头扯了张渔网过来,三人齐心合力,一网把大个子捞了上来。大个子不会水,灌了一肚子冰海水,人也冻得硬硬的,擂得鼓响,好在还有半口气,能让他有机会接受法律的严惩。

"小万呢?"廉海砂还是担心得很。

"小万没什么事,小万好好的。"

廉海砂松了一口气,王警官却又在电话里说:"算了吧我说,比你大了五岁呢,婚过一次,先夫横死,爬楼族,从楼上摔下来的……"

原来是丧偶。廉海砂不由得有些心疼起小万来,他匆忙打断王警官的话,说:"知道知道,都知道。"

下了船,廉海砂飞奔到蓝房子,推门见小万孤身一人立在窗前看风景。廉海砂走到她身边。小万问:"会判死刑吗?"

廉海砂笑道:"刀剑罢了,不是毒品,死不了。"廉海砂小心翼翼看了她一眼,问,"大半夜跑去海边干什么?"

小万两眼看着窗外,摇了摇头,道:"我出来喝水,见门开着,寻过去的。"

"想必逃犯的日子不好过,不想活了的。呸!哪里不能死?偏来这里!"廉海砂说着话,伸手捉住小万一只手,轻声问,"吓着了吧?"

小万不动,也不吱声,过了好一阵后,低声答:"嗯。"又过了一阵,小万突然想起来什么,她扭脸看廉海砂,脸上一副小孩儿似的天真新奇的表情,对廉海砂说道:"你知道吗?海水是咸的,可海水结出的冰,淡的呀,以前我竟不知道!"

(原载于《中国作家》2019年第3期,俞胜选编)

阿占／本名王占筠，毕业于苏州大学艺术学院，出版文学作品十余部，多次推出个人画展。小说与散文作品发表、转载于《中国作家》《小说月报》《新华文摘》《小说选刊》《山东文学》《芒种》《光明日报》《解放日报》《散文海外版》等报刊，获得泰山文学奖等多个奖项，入选"2019中国当代文学排行榜"。系中国作家协会会员，供职于青岛市文学创作研究院。

制 琴 记

一

话说那天下午,胡三背着琴,像侠客佩剑一样,行于当街。

当街气息咸润,海风梭巡。胡三颇识风向,每次出门,都会自言自语一番,东南风三级,偏北风五级。那天下午却是顾不上的,因为心里被一件事填满了,再无留白,他只一意孤行。

这件事,就是去琴行与韩五见面。胡三为此血流加速,每一寸意念都在奔腾,甚至,走着走着,街道上的建筑与车水马龙也消弭了,天底下似乎只剩下一条通往琴行的路,他脚步骤急起来,心中坚信那里有着更直接的浪漫主义体系。

琴行已经开了五年,代理着几个品牌的小提琴、中提琴、大提琴,还有各种尺寸的儿童提琴,方圆百里,是行当里最靠谱的一家。胡三常常看到母亲们牵着琴童的手,进进出出,少妇的标志性幽怨已经被喜悦取代了。老板韩五,是个清瘦的年轻人,喜欢穿卡其色裤子,笑起来很节制、无公害的样子。

每次去农贸市场,胡三会故意绕道,多走上几百米,只为从琴行门前路过。琴行的落地玻璃窗上晃动着云影和人影,好听的乐音从里面流淌而出,漫过胡三的小腿肚子,往心的方向上涨。这时候,胡三就会有种顺水行舟的快感,拎在手里的胡萝卜、土豆也变成了鲜花。

因为急切,那天下午到达琴行门口的时候胡三已微微出汗。他于逆光中推开门,撞上了天籁般的乐音,往前走了两步,便一动也不敢动了,直到曲终,才说了声真好听。

来人不善。韩五眯起眼,望过去。果然,胡三亮出了琴。"我不会拉,你找人来试音吧。"

这是一把手作小提琴。依照韩五的经验,琴体的造型和构造比照了欧洲制琴巨匠鼎盛时期的风格,整体弧度圆润,没有明显的直线。雕工很有信心。琴腰狭窄,便于演奏高把位和低音弦。面板与背板中间有音柱支撑,位置不偏不倚,须知道,这个位置于一分一厘之间所带来的变化都将对琴的音色产生影响。琴表油漆均匀,不太硬也不太软。琴箱内部处理得同样细致,没有留下任何工具的痕迹……真是一把有样貌的手作琴,韩五心底下暗暗叫绝。

几个行家在试过胡三的手作小提琴后,有的惊讶,有的打问,有的笑了,有的哭了,总归都离不开一个"好"字。市交响乐团的首席现场拉了门德尔松的《仲夏夜之梦》,随后便让韩五给出价钱。

一周之后,胡三如约而至。仍然是下午,仍然于逆光中走进琴行,仍然撞上了天籁般的乐音——他便站在原地,一动也不敢动,直到曲终,才说了声真好听。

"大家都认为这是把好琴。"

"不好也不会往你这里送。"

"有人想买。"

"这把不卖。"

"你送来,不会只是为了试音吧?"

胡三拍了拍韩五的肩膀:"爷们,你代理的那些机械琴不利于天才琴童形成个人风格,机械琴看上去就像一个模子里出来的饰物,手工琴却是艺术品。我有匠人手艺,你有音乐资本,不如我们一起做琴吧。"

是年,胡三五十初叩天命,韩五三十恰逢而立。

二

胡三看上去像个糙人,肿眼泡,狮子鼻,头顶是谢的,常见油光,一张凡夫黑脸。

他从何而来? 竟会做琴。

原来,胡三出身木匠,十六岁学徒,练的也算童子幼功。从搬木头开始,拉锯,打下手,等到把工具熟悉了,开始改料。所谓改料,就是将原始木料改成师父需要的形状。每一天,木屑细密地落在胡三的脸上,太阳一照,他就变得金灿灿的。这家伙粗中有细,愣里吧唧不过是虚招,大部分时间里,都蹙着眉头在狠狠地揣摩着什么。老天爷又赏了他一双巧手,学什么都比别人快几分,颇得师父喜爱。三十岁上练成了一等一的高手,木匠行里都知道城西有个胡三。

木匠做琴,隔着山。胡三好就好在敢胡想,敢梦游,敢翻山,他才不怕哩。四十九岁那年,首届国际小提琴节在家门口举办,胡三走了进去,结果被国际琴展上的名琴镇住了。名琴们动辄两三百岁,凯瑟琳娜女皇、坦南特夫人、哈里森、贝茨……美妙的琴名和仙侠般的传说,胡三看得一知半解,但那些如神来之笔的做工,胡三却是再清楚不过的——弯角稳重,且镶边干净,角木和衬条都是柳木的,衬条准确地嵌入角木中,琴漆仍泛着琥珀的亮透。琴箱内的状况表明了当初的制琴者曾经怀有一颗怎样的谨慎之心。

胡三记不住大师的名头,但记住了名琴的样貌和气质。太美了!他感觉自己用半辈子搭建起来的人生体系受到了极大冲击,遂魔怔了一路,回家就跟老婆说,我要做琴。

春节很快到了,厨艺几乎不输给木匠手艺的老胡再也无心备年货,他用两瓶茅台换回来两摞小提琴图纸,大年初一就拉开架势,图纸铺了满床满地,逐步分解,归纳笔记。要么说人不可貌相,别看胡三外表糙野,做起事来却是有洁癖的,一旦入了状态就不跟任何人说话,周围再无不相干的声音——他恨不能变回早产儿躲进保温箱里,与世隔绝。

图纸研究明白了,胡三心里有了底儿。二月初二,开凌梭鱼上市的时候,老胡取料、晒料、刨料,继而打眼、锯榫头、组装,把自己放在半成品、木屑和工具之间,一边琢磨一边敲打,不分昼夜。吃起饭来也是心事重重,个把月后瘦了整十斤。终于,等到樱花盛开的时候,他做出了人生中的第一把小提琴。

当然,第一把琴的音色不均,不圆,不润,自然也就不美。做琴是一件艰辛而玄妙的事,除非阿波罗跟胡三是熟人,这位主管音乐的神愿意网开一面,否则,胡三怎么可能一下子就做出一把好琴呢?

孬琴也有孬琴的启发性,年过半百的胡三很不服气,他决心一把一把地做下去,且相信自己总有一天能成。于是便有了第二把、第三把、第四把。到第五把的时候,胡三觉得自己可以有一个搭档了,于是想起了开琴行的韩五,也就有了开头的那段当街背琴急行。

三

与野生的胡三不同,韩五看上去像个文人,戴眼镜,不高,偏瘦,食草动物的眼神,一张书生白面。

祖父爱听戏,韩五自小耳濡目染,小学四年级学会了吹口琴。怎奈他天性怯生,初次登台表演时紧张得吹不成调,台下哄笑一片,韩五落下了心理阴影,从此,自己闷着玩可以,上台就等于杀了他。

韩五一个人安静地玩着,长大后成了二流大学机械专业的理工男。在沉闷的青春期里,他又学会了吉他和二胡,甚至能拉拉小提琴,对音质音色特别敏感,乐器本事也全凭自己摸索,并无师从。大学时校乐队的老旧乐器常出故障,喜欢动手的韩五就成了乐队的调琴师,自拆自装乐器,这些个能耐让他在小范围里成了人物。

乐队里有个姑娘爱才,韩五也只有才。除此之外,他没有俊朗外形,不会献殷勤,缺乏幽默感。每次与姑娘约会都是在灰头土脸的乐器仓库间,他摆弄着破旧的吉他琴颈、古筝琴足、小提琴音柱,姑娘干坐一旁,怎一个风情不解啊。很快地,姑娘被吹长笛的小子撬走,一切戛然而止,韩五再次落下了心理阴影,直到毕业也没回过神儿来。

毕业以后,韩五方才明白,与生存现实相比,之前的所谓忧伤失落都是"过家家"而已。毕了业却没脱下满身的学生气,不懂游戏规则,与世界无法讲和。韩五常常在两极间奔走,既忘不掉被回忆修饰美化过的大学校园,也打不过身边那些被世道斧琢之后的俗戾之气,工作没两年就辞了职,尽管那是一家被大多数人羡慕的国企。

韩五跟父亲借钱,开起了琴行。开琴行,或会让爱好最大可能地介入生存方式。琴行里有乐声,就像教堂里有颂歌一样,韩五再也听不到尔虞我诈的市声了,他幸福起来,像一个逃过劫难的人。

初开张,门庭落寞,怕什么?有勃拉姆斯们陪着。韩五守着一屋子从工业流水线上下来的乐器,眼前却能浮现出一支庞大的交响乐团,其音场宏阔,如梦似幻。

韩五与琴童的母亲打交道,与乐团的小提琴手打交道,与教琴的老师打交道,与乐器工厂的销售经理打交道,与发烧友打交道,与房东打交道……此中也有磕磕绊绊,所幸都是借音乐说话,一切也就都说得过去。

因为始终保持着对声音的高度敏感,琴到了手上,调调弄弄,声音就大不相同了。韩五似乎知道每把琴的脾性,知道如何顺着琴的性子捋。有时侍弄琴入了神,彻夜难停,不知不觉间,马路上的早班公交车呼啸而过,天光已放亮。

没几年,琴行就有了口碑。乐器行当里,都知道城西有个韩五,性格生涩,音乐学养却是极高的,侍弄乐器很有道道儿。连同周末晚上的公益讲座也成了一个被追捧的文艺标志。其实,韩五并无多少公益之心,他只想遇到知音,宣泄生命能量,哪怕与某人争论一下巴赫与贝多芬的高下,争到脸红脖子粗,最后又在夕阳下山的时候和解——巴赫与贝多芬分别创作了音乐的《旧约》和《新约》,何必分高下。

唯知音难逢。大多数时间里,韩五都是寂寞的。直到胡三闯入了他的领地,让他预感到,一些期待已久的事情就要发生了。

四

那天下午,胡三的确说出了韩五想了很长时间却一直不敢去做的事情。某种意义上,胡三就像一个拉开帷幕的人,一个揭开谜底的人,之后他们便开始在老城里寻找可以用来开琴作坊的德式老房子。

找四米挑高的,琴声才能悠扬。

要有三联长窗,古典美很重要。

最好在主街的分支上,闹中取静。

必须是南北向,穿堂风对木头有好处。

……

胡三韩五,你言我语,相互补充着彼此的希望。他们沿波浪般的马路起伏,身体倾斜着,也快乐着。暮春的傍晚,海雾须臾而来,瞬间濡湿了老城,二人撞破海雾,留下若隐若现的痕迹。

半年后,在一座大约建于1901年的德式老房子里,以制作小提琴为主的琴作坊开了张。老房子是古典主义构图,左右两个石阶踏步通往气派的门廊,繁复雕花在尘埃中隐约可见。他们租下了老房子的西南一隅,留出木头等各种材料的费用,二人凑了凑,刚好够付租金。

一隅虽小,直通天涯。这面墙,挂满工具,构成了无意识的装置艺术。那面墙,排放木料,看起来像长长短短的诗句。琴行门口便是几棵梧桐树,很老了,和老房子一样老,树冠蔽日,枝叶与枝叶握于当空,风过处哗哗作响。

开张当日,收拾停当,韩五将一把老旧的小提琴挂在了琴作坊的北墙上,他不停地调整射灯角度,直到一束追光抚过琴腰,气氛变得神秘而忧伤。胡三问何方宝物?家里的老琴,韩五一语带过。胡三也没再追问下去。

就这样,在太阳下面,在月光里面,在遗留自殖民时代的德式老房子中,在木头的淡淡暗香里,胡三韩五,这一老一少、一动一静、一黑一白、一武一文,运用数学、物理学、造桥工艺、美学、声学甚至化学,开始做琴。

胡三做琴的时候,任谁都要责怪自己看走了眼——人家一点也不糙嘛。他戴着花镜,花镜背后的肿眼泡也被美化了。右耳朵别一支铅笔,没办法,他的童子功是从木匠那里开始的,早年打五斗橱的时候,右耳朵上别一支铅笔是标配,现在做琴了,依旧。

小提琴由三十多个零件组成。面板、背板和侧板的优美弧度用来确保共鸣的良好。韩五的学习能力太强了,他彻夜地翻阅各种资料,举一反三,加上多年侍弄乐器的经验和音乐学养,上手很快,几个月后便与木匠出身的胡三平分秋色了。

"胡三啊,琴型是决定一把琴好坏的关键。意大利的制琴大师们不仅有绝活儿,还是感性的艺术家,两三百年前,他们对小提琴几何学的诠释,现在仍被小提琴制造家尊为概念模型。"

"好,韩五,咱们就照着意大利顶级琴的模样去做。"

"胡三啊,制作工艺的好坏对音色的影响度会达到90%以上。包括对面板和背板的处理、音孔和面板弧度的处理、上漆的手法和漆的品种……"

"好,韩五,咱们就照着意大利顶级琴的程序去做。"

"胡三啊,意大利古琴的制作方法几乎失传了,咱跟谁学去?"

"放心吧,韩五,大师们会托梦给我们的。"

五

非洲乌木做成的琴头已经完工,花了半个多月。胡三正在做面板,侧板等部位,还需要一些时日。

木匠出身的胡三,对木头有一种长驱不散的情怀。在他眼里,树木是有血肉经脉的生命体。从一棵树到一块木头,不是消亡,而是重生。好的木头一旦成就了一把好琴,那简直就是灵魂的独立。

面板用云杉,背板用枫木。用什么木头,韩五绝对听胡三的。比如,胡三不待见老虎纹,韩五也不待见,尽管那是业界普遍认为的好琴所具备的漂亮花纹。胡三说,纹路深浅决定木质的软硬,太深的纹路不可能发出好声音,那不符合自然的声学规律。韩五点头称是,他仔细观察过真正用以演奏的传世好琴,纹路都不重。

不同的琴所选用的木头纹理不同,密度不同,出来的琴声自然不同。受韩五影响,胡三除了凭直觉摸索,也开始参阅大量的历史文献资料。一次偶然的机会,他读到了一位意大利制琴大师与一位贵族的书信往来,制琴大师在信中说了这样一段话:"先生,您定制的琴还要且等些时日呢,它还没吹够风没晒过太阳。"经过日期比对考证,那把琴两年前就已经开始制作了——胡三简直不能相信自己的眼睛,他让韩五继续去史料里深挖意大利古琴的制作工艺,果不其然,做好的琴身白板至少自然风干一年以后才能上漆。

这个发现让胡三的工艺洁癖越发严重了。他固执地认为,古代大师们对木头讲究得要死,尤其是木头的声学性能。老提琴声音优美的秘密,在于大师们使用了某种早已灭绝的云杉。几个世纪前,地球经历了一个小冰川期,让那时生长的木材特别适合于制作小提琴。

什么时候才能有条件选取最珍贵的木料,成了胡三的心事。最好的木头在意大利小提琴的原产地克莱莫纳小镇。能不好吗?树的年轮之间疏密相当,纹路清晰笔直,传声快,做出来的必是好琴。胡三跟韩五说,有生之年,一定要去那里采购木材。

胡三的工艺洁癖还体现在上漆的讲究。意大利古琴漆的配方已经失传,如今大多数提琴制作用的都是酒精漆,它挥发快,保不齐的是,时间久了,漆会硬化,进而影响木头的强度。这正是胡三所忌讳的。他决定自己熬漆,把一种类似油画材料的油性漆,加入了独家秘方,通过氧化过程逐步渗透。

胡三跟韩五说,要沉住气,熬漆需要时间,急不得,骨头汤怎么熬你知道吗?先将骨头放在冷水锅中,逐渐升温煮沸,再改文火煨炖,不然,骨髓里的蛋白质和脂肪是熬不出来的,熬不出来就不会有鲜美味道。道理都是一个道理,熬,就是等待和盼望。

从前的胡三是通过造物解决生活问题,做琴之后,物的精神提炼成了他的底线。

六

"好听。真好听。"

"莫扎特的 D 小调,第 41 交响乐第二乐章,P063。"

"你说这一大堆,我只听懂了三个字,莫扎特。"

"听懂这三个字就够了。"

胡三在做琴。韩五也在做琴。木屑纷纷飞扬,如鼓般的敲击声声不断。认识韩五之前,胡三的音乐储备几乎是零,他从来没有听过一场室内交响乐,甚至连一张像样的古典音乐 CD 都没买过。可是,不打紧,音乐对他来说就像风的声音、雨的声音、落叶的声音、大海涨潮的声音、儿时祖母喊他回家吃饭的声音——反正都是这个世界上最好听的声音,而对于"好"的甄别,他有着锋利的本能和直觉。

韩五截然相反。他像食草动物那样对四周怀有深深的不安全感。三十年来,他主动或被动关闭的人生通道,最后都朝着音乐的方向打开了。毫不夸张地说,没有音乐,韩五不能活。每当音符掠过他的心智和身体,他是放松的,机灵的,甚至是亢奋的。因为亢奋,他开始不停地说话,追着胡三说。

"勃拉姆斯沿用了贝多芬的音乐形式进行写作,他的第一首交响乐发表时,已经四十六岁了,这中间花去了他十四年的工夫。后来他的这首交响乐被世人称为《贝多芬第十交响曲》"。

"哦,这个老勃不生气吗?"

"不生气,他知道这是一种赞美。《贝多芬九部交响乐》之后,就属他了。"

"哦,如果换成我,我不愿意。胡三就是胡三嘛。"

韩五不会和胡三争论。韩五自成体系,胡三也自成体系,他们只需继续做琴。不一会儿,韩五又兀自讲起了晚期四重奏。肖斯塔科维奇对恐惧和压抑的诉说,贝多芬穿过苦痛之门面对上帝召唤的谦卑,巴托克的子世孤傲像极了巴塔哥尼亚的山峰,舒伯特则是一个孤独旅人喃喃自语着少女与死亡……胡三接不上话,但他明显放慢了手上的速度。

"怎么不放他们的音乐?干巴巴地讲,有啥意思。"

"你不是在做琴吗?"

"耳朵闲着呢。"

第二天,韩五拎来了两大袋子原版CD,让他吃惊的是,胡三竟然连夜做好了一个CD架。

胡三越来越喜欢在音乐中做琴。听不懂的,他也不问韩五。有一次,韩五转身取料时发现胡三满脸是泪,便慌了。胡三用手抹了一把脸,说:"十二岁那年的冬天,特别冷,北边的海都结冰了。病重卧床的父亲忽然要拉二胡,要知道,自从生病以后他已经有很多年没拉二胡了。没想到,父亲拉得很有调子,仿佛整条街都在哭泣。我刚才又听见了那种哭泣的声音。"

他们在音乐里做琴。很快地,胡三没有音乐也活不成了——至少,做不了琴了。他忽然发现,那个隐形的自己,原来竟是天生通音律的。

七

做一把琴至少需要三十五天的时间,搭上了脑力、体力、心力,做完之后,韩五手掌起泡,胡三腰酸背痛,两个人都透支了。

能否使琴声得以充分发挥,取决于琴弦及其张力、琴马质量、运弓的压力和速度……做琴太复杂了,简直囊括了整个世界。仅仅懂科学是不够的,这毕竟是一把琴而非一台机器,没有对音乐的热爱以及说不清的天赋,根本无从判别从自己手上诞生的琴是一个精品还是一件产品。

每做完一把琴,胡三会给自己一个彻底的放松,望天,听海,穿风,各种出神。他坐在琴作坊门前喝茶,一壶喝乏了,再泡一壶,任街景流动,光影兜转。有时候,他盯着马路对面的一棵老槐树发长呆,槐树上有个硕大的喜鹊窝,喳喳声不绝,他听完巳时听申时,满脸高兴,之后便收了耳朵,坚决不听酉时的——因为酉时喜鹊,叫得悲伤。

一天里的大部分时间,他就这么闲坐着。中午到隔壁的小酒馆里吃饭,喝上两瓶啤酒,下酒菜是一盘鲅鱼饺子,或者一盘清水蛤蜊。初秋黄姑鱼汛期来了,酒馆老板夜里跟船出海,在海面上听见黄姑鱼产卵时咕咕咕的叫声像波浪一样连绵不绝,好听哟！第二天说给胡三听,胡三从此再也不舍得吃黄姑鱼了。

不做琴,胡三依然每天按时来琴作坊。韩五埋头于琴,不接话,他就在海风中自言自语。订单明明等在那里,他却说情绪没上来,做不了。

胡三通常要休息整整二十天。第二十一天的早晨,他像在非洲草原上巡视的雄狮一样,威风凛凛地出现在琴作坊。他的手正在发痒,身体开始肿胀,眼神已经狠下来,再不做琴就浑身不自在了。

只有一次,胡三做完琴之后没有休息。韩五去上海参观国际名琴展了,琴作坊里一下子没有了敲打木头的声音,胡三感到很寂寞,便把北墙上的老琴取了下来。

不就是一把老琴嘛。胡三想,还是一把被虫蛀了的老琴,千疮百孔。

胡三想给韩五一个惊喜,把琴修好,顺便让韩五见识一下自己的手艺。

这老琴,胡三听韩五拉过一次,声音已经喑哑,真不知道琴里藏着什么秘密,一直被韩五当镇店之宝供着。

琴身太老旧了,幸好,虫子只吃木头,那层漆还是很珍贵的。胡三决定把两毫米的侧板剐到一毫米,将琴身磨得几乎只剩一层漆,再往里填上好木头。把之前早已皲裂的胶水用丙酮一点点擦去,重新填上石膏,用动物胶水黏合……

方案在胡三心里生成,他开始对着老琴精雕细磨,刚修了两天,韩五回来了。

"老胡,这次我看到了意大利顶级大师阿玛蒂的琴。价值之尊丝毫不亚于任何昂贵的古董。他的琴简直就是小提琴制作技术的奇迹啊！豪放的F孔,雕刻得很大气的琴头,极其优雅。琴漆呈带褐色的黄色,发光而透明。我还看到了另一位顶级大师斯特拉迪瓦里的作品,琴板宽大平坦,弧度极微,中间厚,向四周扩张的时候又渐渐地薄下去,越靠近侧板越薄,极易振动……"

韩五脸上的兴奋像淘金者淘到了黄金一样。但只一分钟,韩五色变。变化之迅急,可比骨瓷餐具转眼被摔碎,两辆汽车猛然追尾,地震预警来不及响起城池已经坍塌。总之就是,刚才还好好的,一眨眼就毁灭了。

"胡三,你疯了！你在干什么！给我住手！"

这是胡三认识韩五以来,听到他发出的最大声响。他几乎不能相信自己的耳朵,刚才的嘶吼竟然来自韩五那薄弱的胸腔。这也是胡三第一次看见韩五发脾气,他开始相信兔子急了是会咬人的。

韩五几乎是扑了上来,劈头夺下琴,胡三愣在半空。

半个钟头,空气就像凝固了。窗外正是寒冬,海风回旋而起,无从消解,像动物的哀鸣,植物的尖唳。四面八方都是深深的混响,琴作坊里却静得有点吓人。

韩五长吁一口气,似乎费了好大力气才让自己平静下来。

"这不是什么意大利名琴。也就是德国的大作坊琴而已。木头是好的,做工有点粗。但是,胡三,你不应该自作主张去修它,你应该先问问我。因为你不了解这把琴对一个家族意味着什么。它是我祖父用命换来的。"

胡三继续愣在半空。又是一大段的沉默。随后,韩五的暴怒才渐渐变成了伤感的回忆——

"祖父的父亲当年在诸城开大药房,祖父是五少爷,从小读私塾,十七岁考取了齐鲁大学,还是个响当当的小号手。战乱时家道中落,没钱供了,祖父只好辍学,来青岛投奔他的二舅,做起了土产生意。祖父有文化,又肯吃苦,欠账都能追得回来,并不见血光,人人都夸他有悟性有道义。

"青岛港上南来北往,祖父仰仗自己的外语底子,不几年,跟洋人做起了贸易。后来,他通过德国牧师结交了一个叫希姆森的德国建筑师。据说这个希姆森是青岛老房子的忠诚建造者,其作品的美学形态卓越而持久。这并不奇怪,因他的音乐修养同样非凡,西洋乐器样样上手,小提琴尤其出色。希姆森还与教会合作开办了免费的音乐课堂,惠及青岛百姓和琴童。

"准确地说,祖父和希姆森没有什么生意上的往来。祖父敬佩希姆森的为人,希姆森仰慕祖父的家学传承,几乎每个周末,希姆森都要到祖父家里吃中国菜,品崂山茶,带着家人,也带上心爱的小提琴。那一年的中秋家宴,酒至微醺,希姆森拉出了高音 E 弦上的颤音,祖父有生之年第一次听到,他以为是来自月亮的声音……

"1914 年秋天,日军占领青岛的前一晚,街上炮火连天,祖父把希姆森一家藏在了地下室。两天后,又花重金偷偷地联系了舢板,护送希姆森一家从小港取道红石崖,辗转上海,由上海乘船返回德国。很多家当都无法带走,希姆森让祖父在世道平稳之时变卖,去资助琴童。小提琴则托祖父保管好,说是家传之物,日后来取。

"20世纪中期以后,祖父的苦难日子就没有间断过。祖母自缢,父亲和两个伯父因为家庭成分不能上大学也不能参军。祖父把能烧的书都烧了,琴总是藏得很好。可祖父还是得罪了人,抄家没完没了。最后一次,他从野蛮人手中夺过这把琴,跳下二楼的阳台,摔成了残废。我是老生子,父亲由于历史遗留问题,直到四十五岁才结婚,我出生的时候,他已经快五十了。"

"为了一把琴,去跳楼?"

"人人都说祖父傻,一把琴,赔了后半生。可父亲说,祖父其实是想逃离生活的不堪。他坚持不住了。"

"希姆森呢?"

"再无音信。后人也没来过。父亲往大使馆写了好几次信,但是,一切平静得像没发生过一样。"

"祖父会拉琴吗?"

"不会。他希望孩子们能学,孩子们却怕了。"

……

胡三发誓一定要修好这把琴。前前后后修了一年,果然,重生后的琴音绮丽饱满,也沧桑沉郁。韩五感激胡三。胡三倒不好意思起来。

八

琴作坊的第七年,小满来了。

小满十一岁。他是跟父母一起来的,小满的父母很普通。周正,干净,当然还有一点自卑。小满却是不同的。他有一双澄澈的眼睛,一副倔强的嘴角,是个气质不俗的少年。

那天傍晚,一家人慕名走进琴作坊,想要打听一下手作琴的价格。价格显然不是这个普通家庭所能承受的。小满父母给彼此搭着台阶下,不至于尴尬,又或者,仅仅是为了安慰小满的失望。

"小满,初学没有必要选手工琴。"

"是的,小满,老师说过从小学到大,至少要换三四把琴,除了最后买把好琴,其他的都可以用普及琴。"

"是的,小满,参加比赛时可以来租一把好琴。"

"是的,小满。"

小满父母为胡三韩五的精湛技艺而动容,甚至面露谦卑。四个大人站在高高的屋檐下说话,小满兀自深情地打量着每一把琴。窗外夕阳如血,染红了大半个天空。天空之下,是下班高峰期的嘈杂市声。

母亲说小满从六岁开始学琴,有很强的表现欲,别的孩子拉琴都站得紧绷绷的,他第一次上台演出就很放松,肢体语言特别丰富,当时很多懂音乐的人看了他的演出,都说很有小演奏家的风采。

小满也得意地补充道,第一次是给全校一千多名师生演奏了《新春乐》,演奏结束后掌声特别热烈,我当时还学着演奏家的样子,很潇洒地摆了个pose(造型)。

父亲说小满从六岁开始学习小提琴后,就没有别的爱好了,现在每天要保证六七个小时的拉琴时间,小满已经习惯了这种生活。没办法,想学琴就没有捷径可走,手上的功夫如果没有时间的积累,是很难达到高水准的。别的孩子拉五个小时,你拉两个小时,你就是神童也肯定拉不过别人……

直到街灯亮了,小满才随父母离去。他们的家与琴作坊隔着两条街。从那以后,小满经常偷偷跑到琴作坊,只为看一眼漂亮的琴。

"胡伯伯,你们晚上加班吗?如果加班,应该可以听到我的琴声。我每天下午放学回到家就开始拉琴,一直拉到周围的邻居提出抗议为止。有时拉得不好,爸爸连饭都不给吃。

"韩叔叔,我一般都是在晚上十点以后才能开始做作业。因为爸爸说,如果先写作业,我会为了避开拉琴故意放慢速度,等到晚上九点后才开始拉琴,没多久邻居就要睡觉了。他把我拉琴和写作业的时间换个位置,因为他知道不管多晚我都会自觉地完成老师布置的作业。做不完作业第二天到学校没办法跟老师交差。"

不知为什么,小满让胡三韩五心疼。

有时候,小满来的时候眼睛肿肿的。胡三韩五赶忙问怎么了?小满说自己昨晚挨打了,哭肿了眼。"练琴偷懒就要挨打的。跟我一起学琴的同学,几乎没有不挨打的。"

胡三说:"小满明天来,我给你带炸藕盒吃。"小满说:"谢谢胡伯伯,我妈每天都给我做好吃的,她累的时候,我就站在厨房门口给她拉琴。伯伯如果能让我拉一下那些漂亮的琴,比什么好吃的都管用。"胡三韩五立刻同意了。他们也想看看这个气质不俗的少年到底是什么水平。

小满拉了一首《四季歌》,又拉了一首巴赫的《小步舞曲》,弓走得很直,节奏也不错,关键是他的整体状态与音符在一起。这么小的孩子竟然懂得用情感去拉琴!胡三韩五被感动了,他们应诺小满,以后如果有比赛,小满可以从这里借好琴,就算是赞助吧。

"小满好久没来了。"

"也就两个月吧。"

"怎么感觉好久了?也不知道最近挨没挨打。"

"你喜欢上那孩子了。"

"假以时日,是个成器的好孩子。"

胡三韩五一边做琴,一边说起了小满。韩五说主要想让小满来把做好的琴试一遍。演奏永远是所有乐器最好的保养方法。演奏产生的共振可以防尘,避免微生物的生长,还能像煲汤一样,让木头的状态逐渐臻于完美。

胡三说:"前天那个土豪带着儿子来试琴,你怎么不让人家敞开试呢。再说了,如果真需要试琴,估计试琴的人要天天排大队吧。"

话没落地,小满进来了。他好像长高了——不,是长出了悲伤。他的左臂上戴着孝,那一节黑色布纱像一个死寂的静止符,让胡三韩五不敢再说话。

"我爸爸没了。下暴雨的那晚,他开着大货车,从桥上翻了下去。妈妈为了让我学琴,把房子卖了,我们现在租房子住。爸爸不用再打我了,我会拼命练琴的。妈妈白天上班,晚上到医院做钟点陪护,为了给我多挣点学琴的钱……"

小满眼睛里闪着泪光。显然他在控制自己。对于一个十一岁的孩子来说,控制住悲恸多么艰难。小满说,为了节约租金,房子租得偏远,今天来跟胡伯伯韩叔叔道个别,以后再来就不是那么方便了。

胡三韩五安慰着小满。但在死亡面前,语言实在苍白,他们自己都感觉乏力。忽然,胡三说,小满,你想试琴吗?有好几把琴等着你试呢。

小满很难把泪水一下子咽回去,可他的眼睛被点亮了。他拉起了布鲁赫的

《g小调小提琴协奏曲》。两个月不见,他的水平提高了一大截子,韩五是听门道的,他发现,即便是难度最高的第三乐章,小满仍能从容地使用双音技巧,他似乎已经懂得捕捉瞬间之美而不事铺张。

"小满,你进步太快了!"

"爸爸走了以后,我一直拉这个曲子。妈妈外表坚强,其实一直吃不下饭睡不着觉,瘦得很厉害,教琴的老师说这首曲子经常被心理学家用来给病人解除痛苦,我就不停地拉,希望对妈妈有用……"

"是的,是的,音乐可以救人,小满,你要拉得更好一些。"

琴作坊开到第八年的时候,订单越来越多了,胡三韩五爱挑剔的毛病却越来越厉害——挑剔订单的数量和时间,挑剔琴主的品性。人们不解地问,你们跟钱过不去?

胡三说:"不,我只是想跟它平起平坐。成为钱的奴隶,就会跟它结仇。做琴,不是钱说了算,而是我内心的声音说了算。每个商人都想要订单,我不是商人。从前是个木匠,现在是个做琴的,当年师父跟我说,做木匠要忠诚。我问他忠诚什么?他说忠诚于树,忠诚于刨子、锯子、锤子、斧子,忠诚于自己的工具箱,其他的都不用搭理……"

胡三越说越来劲,说到底,为订单而活就是可耻的。

韩五接着说:"我们不可能做出二十把一模一样的琴。每把手工琴都不一样。首先木头就不一样,月亮下面砍伐的木头和太阳底下砍伐的木头,怎么会一样呢?再说了,好木头的珍贵除了天生质地,还有时间带来的变化。制作小提琴之前,好的木头起码要在自然状态下风干数十年以上,风干时间越长越好——我们准备好木头了吗?"

琴作坊开到第九年的时候,人们说胡三韩五越来越矫情了。琴做完了当年不卖,放一放,为了声音更好听。可在这个快速消费的商品社会,谁还能为一把琴的风干等上一年时间?即便在今天的意大利,凭自然风干做出的提琴也已经寥寥无几——可胡三韩五就是要风干一年以上。

除了一年以上的风干,秘不外传的还有熬漆。熬漆的过程就像一次辟谷,不是胡三就是韩五,总有一个人躲起来熬上一两个月才能熬出一锅。而给一把琴上漆,需要半年,上一层,晾一阵,再上一层,一共要上三十遍。这样下来,做一把琴少说也要一年工夫了。

凭着这些矫情,胡三韩五的琴屡次在国际级别的比赛上获奖。甚至,有权威提琴鉴定家在看了二位的作品后,说了这样一句话:他们似乎知道意大利小提琴的某些秘密。

城里最高级别的发烧友、名家的启蒙老师、大学里的音乐教授、乐团的演奏首席、收藏家们,甚至附庸风雅的权贵们开始请胡三韩五吃饭。席间哗然,主座的右边是胡三,左边是韩五,一桌人轮番地献上敬意。人们极尽所能地谈论着音乐,有的人说到了点上,但话锋转得太快,还未曾走心,就走了题。于是,一大桌子人从文艺创作到时政事件,再到坊间八卦和投资大计,话锋稠密拥挤,大有见山砍柴见海撒网之势。

胡三韩五懒得搭一句话,显得和整桌气氛格格不入。也许他们的世界一直以三百多年前的一套标准为参照系,眼前的万千动静,在他们这里都不那么重要了,最后众人总结说他俩是世外高人。其实,私下里的真话是:那两个冷血的怪人。

九

秋天,月亮升了起来。赶在中秋节之前,城里的儒商林先生亲自来琴作坊下帖,名曰"天下英雄螃蟹宴",请胡三韩五出席。二人推托,林先生不饶。二人继续推托,林先生拿清代戏剧家李渔嗜蟹如命举例,又拿鸳鸯蝴蝶派的许廑父大办百蟹宴说事。数个回合下来,胡三韩五不堪撕扯,只好从了。

林先生当晚还请来了三个顶级厨爷。苏州的,刚从百年老店松鹤楼退休;马来西亚的,在吉隆坡阿罗街上有两家夜排档;青岛本地的,号称海鲜酒楼界老大。

三个厨爷做出十道蟹宴,吃倒众生。蒸,头一道,蟹肉紧致有力,膏腴红艳厚笃,鲜香之气似乎能淹没整条街抑或半座城。众人情绪很快涨了起来。亟待第三道避风塘炒蟹撤下,著名书法家开始作诗,著名诗人则吆喝笔墨纸砚伺候,开始题字。奶油焗蟹钳上来的时候,已是第七道,电视台当家花旦举着法国梧桐堡干白,娇嗔胡三韩五几次回绝采访,不给她面子。"下周哦,下周如果再让我吃闭门羹,就是不给林先生面子哦。"

再看林先生,脸色依然不惊,不艳。他先敬了右手边的胡三,又敬了左手边的韩五,说:"十把手作琴的订单,加拿大的朋友拜托我把这件事办好。请两位老师配合一下。价格翻番,时间紧。"

胡三韩五几乎整晚无话。此时,胡三接了一句:"做不了,我预感,情绪上不来。"

就这样,胡三韩五又做了一次世外高人,或者,冷血的怪人。

散了局,这两个怪人,相伴着回程,不知何故,突然站下。一个抬头看着月亮,痴痴地、傻傻地、呆呆地不动。另一个笑了,伸出手指,弹了一下月光,那铮铮鸣响,不自觉间,把人世的一切都水银般流散了。

他们似乎同时想起了那个孩子,小满。还有北墙上的老琴。

"小满应该可以参加维尼亚大斯基世界青少年小提琴比赛了吧?"

"他需要一把好琴。"

(原载于《中国作家》2019年第9期,张颐雯选编)

修新羽 / 女，1993年生，中国作家协会会员，中国科普作家协会会员，毕业于清华大学哲学系。有作品发表于《上海文学》《花城》《天涯》《芙蓉》《青年文学》《大家》等期刊。曾获第十三届新概念作文大赛一等奖，《解放军文艺》优秀作品奖，科幻水滴奖短篇小说一等奖等。话剧剧本《奔》获第四届老舍青年戏剧文学奖。现居北京，担任某文学期刊编辑。

城北急救中

发现陈焯睡着的时候,我狠狠掐了他一把。而作为报复,他喊了惊天动地的一嗓子,引得周围人纷纷侧目。我不侧目,我全神贯注地看着那正在翻乐谱的小提琴手,看着音乐厅天花板上一小块脱落了的墙皮,装作不认识他。

这种伪装在音乐会结束之后终于前功尽弃,因为陈焯像条尾巴那样紧紧跟在我身后,低眉顺眼,一口一个对不起。票是提前好几个月买的,英国小提琴巨匠来华首场演奏会,我为此期待了很久,还特意找出最得体的那身黑连衣裙。然而陈焯连两个小时的清醒时间都给不了我,他只能给我对不起。

我感到前所未有的挫败,脚步逐渐慢了下来。陈焯牵住我的手,说他确实不应该睡着,然而我也有错,我刚才掐他的时候没有堵住他的嘴。我试图摆脱而未遂,就找了个路灯旁边的位置,站定了望着他。他肯定看清楚了我眼里的泪水,因为他瑟缩了一下,猛然把手松开。那些乱七八糟的托词对我不管用了,早就不管用了。

这就是我和陈焯,我们从来都这样的。

我们在城北读的大学,毕业后想尽办法才留了下来。经过反复思考和反思实践,不约而同地发现谈恋爱是降低生活成本的最佳方式,就心照不宣地睡在了一起。

我们租的房子就在城北急救中心对面。每天都能听见急救车呜啦呜啦的声音,把那些濒危的人运进来。有些就这么死了,有些折腾一顿也还是死了,只有非常少数的幸运儿才能活下来。人们嫌这里晦气,租金也就相对低廉。

夏天那阵子房间老跳闸,陈焯只好跑去阳台上,靠着一盏应急台灯批作业。阳台上蚊子多,等他回到床上回到我身边的时候,总是带着一股很浓郁的花露水味,闻起来比我还娘。他会故意抬手搂住我。

我嫌热,把他挡开。他会不依不饶地搂过来,只为看我一脸嫌弃又委屈的样子。我说陈焯你都多大年纪了还喜欢欺负小姑娘？他会故作深情地说,在你面前我永远八岁。我想把他踹下床去,而他会顺势抓住我的脚踝,把我拉向他。

楼体隔音效果很差,尽管每个窗缝里都贴了隔音胶条,却还是能听见由远及近的救护车警报声。隔着窗帘,还有急救灯一闪一闪地飘过来再飘远。刚搬过来的时候我总睡不好,只能跟陈焯整宿整宿地做爱,汗津津地昏过去,直到第二天被闹钟吵醒,带着黑眼圈挤地铁。后来工作越来越忙,我们也越来越习惯,躺下就能睡着。只是随着天气变冷,有时候明明各睡各的,醒来的时候也会抱在一起,陈焯毛茸茸的下巴会抵在我肩膀上,胳膊也紧缠过来。

刚搬过来的时候,我还没经验,依旧留着那个功率过大的吹风机,洗完澡吹着吹着头发,房间里就跳了闸。把窗帘拉开朝外瞅瞅,只看见旁边几户的灯都还亮着,马路正对面是荧荧的一排红字,城北急救中——"心"字不知道怎么坏掉了。陈焯走到我旁边,把窗帘重新拉上。拉得太急,房间里就弥漫起一股灰尘的味道。我说城北大概要没救了。

陈焯说,那怎么办,那我们只能倾城之恋了。

我不知道城北是不是要倾覆,只知道我们随时都可能彻底完蛋。陈焯高中学理科,但因为是外语院校的保送生,到大学只能继续学外文,学得就有些三心二意狗屁不通,毕业之后就找不到工作,最后去给外语培训机构打工。而我被一家创业公司拉去当CCO,全称Chief Cultural Officer,首席文化官;公司里只有五个人,人人都是首席,而我最重要的一项工作就是帮大家点外卖拿外卖。简单来说,我们两个谁也看不到未来。

陈焯的公司离这里很近,而我上下班要坐一个多小时地铁。所以做饭和日常打扫基本都被他包揽,就连厨房里的围裙都是他喜欢的花色。有时候我加班到很晚,从地铁站回来黑灯瞎火,经常打电话让他来接我,他就赶过来拉住我的手。

那时候只有寿衣店还开着,白惨惨的荧光灯亮着。我手心直冒冷汗。陈焯说我们都是社会主义好青年,都是年轻人,不要怕那些牛鬼蛇神。我嘴硬着说我也不怕牛鬼蛇神,我怕人,怕杀人放火抢劫。他倒觉得无所畏惧,走到路灯下的时候还突然朝我耳朵大叫,又一脸讪讪地说:"哎,你没被吓到啊。"当年我究竟为什么会觉得他很可爱的？完全就是个傻×。

我们在一起快两年了，可谁也没说过"我爱你"。出去玩的时候，别人问我是不是他女朋友，他也总是很暧昧地笑笑。私下里他跟我讲过好几次，他说："你也是知识分子，是念过大学的，是讲道理的，你不能强迫我。"那时他刚跟女朋友分手，头上长着一片草原，只想把自己变成野马。他说："我心里那扇门关上了，现在只想找个人陪在身边，其他的走一步算一步。"

我说："每次你心门关上的时候，我的手都恰好在门缝里。"

陈焯扭头看我，就像在看一个陌生人。他说："你什么时候这么文艺了。"我说："原文来自一本学术专著，《现代性与大屠杀》，豆瓣评分9.0，讲的是犹太人总把手指放在现代性的门缝里。"陈焯开始笑，他说："好好好，我承认你还是你。"

我说："我不承认。"而陈焯摇摇头，表示他不想吵架。他慢慢脱掉外套，仔细叠好，然后把头枕到我膝盖上。如果我愿意的话，从这个角度可以很方便地掐死他。我用手指轻轻拂过他下巴的胡楂。

陈焯就那样睡着了。人在睡着的时候看起来往往会年轻些，带着一种毫无防备的天真，然而这个道理在陈焯身上并不起效。陈焯一睡过去就像是死了。

最开始，他的睡态总能让我感到震惊。我们第一次出去开房的时候，并没有正大光明，而是打着复习期末的旗号。隔壁传来呻吟之后，我把脸凑到陈焯跟前，问："没激起你的好胜心吗？"而陈焯立马跳起来，抱着电脑找了半天，开始大声外放一部聚众淫乱的色情电影。

女主角声嘶力竭地呻吟，而我笑倒在床上，还故意选好姿势，让腰上的皮肤露出一小截。陈焯看都没看我。"陈焯，你真是个君子。"

陈焯对此不以为然。他说："我今天是真的要好好复习的，也劝你认真看看课件，不要老马失蹄，在大四的时候把自己挂掉。"他的话倒激起了我的好胜心，决定要复习给他看，跟他比比谁更能沉得下来。

结果我还在研究费孝通的差序格局理论，陈焯就已经咚的一声倒在桌子上。姿势很奇怪，额头紧抵着桌面，像是猝死了，像是能这样一直睡下去，睡个几十年。我象征性试了试他的鼻息，然后把他搬到了床上。

那是我第一次认真地打量陈焯。他比我小半年，高瘦文静，头发浓密，皮肤白,在人群里打眼一看就很出挑,再配上那副黑框眼镜,完全就是电影里那种斯文败类。可仔细观察起来,五官也没什么特殊的地方:眼睛不大,眉骨不高,下巴倒是有点儿尖。睡着之后,陈焯浑身的力量和戒备都卸掉,无论怎么推他,拉他,捏他,他都毫无反应。他睡得那么沉,那么死。

陈焯学过钢琴,我也学过。但他考过了九级,我只学了三年就放弃。更要命的是,我带他去参加过几次朋友聚餐,而他只是坐在那里,露出自己那脸傻笑,就能被所有人喜欢。

我拿毛巾沾湿了给他擦了擦脸,在他旁边和衣而睡。其实从那天开始我就该知道,陈焯对我几乎没有兴趣。他只是习惯了讲软话,习惯了对女孩子好,而我只是一个比较方便的选项。时至今日,我们的关系依旧更像是长期互嫖,甚至留不下什么干净美好的记忆。

那天外面下着暴雨。

雷声滚滚而来,整个城北都停电了,只有急救中心的几个房间还亮着灯,估计是有什么应急电源。那天晚上陈焯七八点钟才回来,自顾自进了厕所洗澡。我跟进去看,他脱下来的衣服都被冷水浸透了。我把衣服扔到洗衣机里,问他:"雨伞呢?"

"借给了一个学生。"

我有些心疼,于是决定跟他吵架。我问男学生还是女学生啊?

陈焯说:"女的,眼睛大,皮肤白,长得比你好看。"他的话从防水帘后面透过来,闷闷的。他说得如此坦荡,我心里反而不好受起来,架也没力气吵了,早早洗漱完躺到了床上。陈焯不声不响地洗漱完,关好灯,也躺到我身边来。

我们肩并肩躺在床上。我深呼吸,闻着周围的空气,潮湿而带着隐约霉味。我不知道在这间房子里有什么正在坏掉,那些旧家具,还是那些被整齐叠好收在柜子里的衣服。陈焯说:"我掐指一算,你又在生气了。"

我说:"陈大仙再帮忙算算,我是被什么气着了。"

陈焯说:"生活。"

这样的事情在生活里并不少见。有一次我们吃完晚饭,打算出去看电影。在公交车站旁边,一个小姑娘把鞋跟卡到了下水道盖里。陈焯蹲下身帮她拔了出来,而她连声道谢,说自己穿高跟还没穿习惯。又问,你也这么晚才下班啊,做什么工作的。

公交车还是不来。

陈焯指了指旁边楼上那个"天天向上培训学校"的灯箱:"教外语的。"小姑娘哦了一声,过了会儿说:"最佩服英语好的人,找他报名培训的话能不能有优惠。"我在陈焯试图回答之前,就笑了笑抢先说:"没优惠的,他们公司管得可严了。"那天晚上陈焯格外来劲,看完电影回来的路上还在追问:"你是不是吃醋了?"我说:"吃春药了。"

不怪我生气。我旁敲侧击地问过好几次,至今没搞明白他有多少前女友。

还有一次,是穿校服的小姑娘在我们楼下探头探脑。那时我正在把阳台上晾晒的红内裤都收进房间,才收到第五条的时候,听见她鼓起勇气问我:"陈老师住在这里吗?"我说:"哪个陈老师啊,不认识。"

小姑娘瞅了瞅门牌号,说:"陈老师留给我们的地址就是这里,也可能后来搬家了吧。"她举着手里的一沓东西,晃了晃:"我们下周就结课了,大家想提前给他个惊喜。"从二楼的阳台上,我能看见那些信封上印着烫金的爱心。我摇摇头回到屋里,一条条卷好我们的内裤。

也不知道陈焯后来有没有收到那些信,总之他什么都没跟我提起。总之他对学生好,真的好。难免会招人喜欢。

为了赚钱,陈焯不仅教高中英语,还教初中数学。然而毕竟不学数学五六年了,他只能每天晚上对着辅导书自学,第二天再去讲给学生听。有时候好不容易搞懂了很难的问题,就会很得意地向我汇报,还把我揪过去也做做试试。我做不出来倒还好说,如果做出来了还做得比他更快,他就会闷闷不乐起来,坐在那里等着我去哄。

有些时候我会扑到他身边,捏捏肩捶捶背,夸夸他,找玻璃杯倒上热水塞进他手里。有些时候我觉得烦了,就什么都不理。

万圣节的那天,陈焯要给班上的学生带去惊喜。他跑去菜市场,拎回来两个脸盆大的南瓜。等我回家的时候,其中一个已经被削废了,另一个刚刚掏干净了瓤。我看不得他笨手笨脚的样子,找了把美工刀扑上去帮忙,最终把第二个南瓜削成了半哭半笑的像。为了不浪费粮食,我们吃了整整五顿的南瓜粥,连舌头都变成了黄色。出于对陈焯的爱,那时我不在乎自己的舌头究竟是什么颜色。

据他说,那些孩子对南瓜很满意。而我总觉得,他是在寻找途径来消磨掉自己过分旺盛的父爱。我想过干脆养只狗,陈焯对此万分赞同,但又提醒我说,一定要从小养起,好好训练它,培养它定点排便的习惯,按时给它喂食洗澡,按时遛。他念念叨叨着所有养狗的细节,直到我终于打消了这个念头。

创业公司没有什么假期,有项目就忙些,没项目就轻松些。他们来砸门的那天,我刚熬过夜,起得就晚,半睡半醒间听见钝器的撞击声。起来从猫眼往外看,走廊空无一人,声音也已经飘到楼下了。又过了会儿,楼下好像吵起来了,有人高声说:"这周就要搬出去,没有任何条件可以讲!"还有小孩子哇地哭了起来。

听不懂这是怎么回事,我原本打算继续去睡了,却看见有人从楼下跑了上来,手里举着支擀面杖一样的东西在我们这层每家每户的房门上乱敲,然后在每家每户的门上都贴了通知条。

他们说这栋房子在前几天的消防检查里被评为危房,现在开始往外清人,下个月就要整个拆掉。我问房东怎么办,他说他去想想办法,让我和陈焯也商量一下。

微信不回,电话也打不通,我决定去找陈焯。刚到走廊上,就听见他对班上的同学大声嚷嚷:"你们就不能用点儿心吗,花着你爸妈的钱,又不是给我学的。"

有男生大声反驳:"是给你学的,我们怕你伤心。"

陈焯当时正在往黑板上抄题,听见这话,咯噔一声把粉笔摁断掉。他转过身来把手里剩下的半截粉笔砸到那男孩子头上,说:"我已经很伤心了。"

他低下头,挑了支新粉笔,想要继续抄题的时候才看到我站在教室后门口。

我朝他举了举手机,他朝我举了举粉笔。我摇头,而他终于无可奈何地从讲台上拿起块抹布擦擦手,去看我半个小时前发给他的信息。

陈焯坚持上完最后半节课才跟我一起回去,以免工资被扣掉。

于是我坐在培训机构的前台那里等他,前台小姑娘瞥了我几眼,端来半杯热水。我感谢了她,从包里找出根口红,去洗手间里补了补妆。

回去的路上我们接到房东的电话,那中年男人满怀歉意地解释了半天,说已经给居委会负责人递过几条烟,以为没事了,不知道这次上面查得那么严。挂了电话之后,陈焯问我打算怎么办。我说,同林鸟也要各自飞啊。

陈焯说这不是开玩笑的时候。可他也没有什么办法。

打扫卫生是他负责的,但一个月前老板去外地开会,放了我们所有人的假,我刚巧有时间,就随手收拾了一下客厅,结果从沙发上的杂志里掉出来几页病历。没有名字,只有诊断日期以及诊断结果。在我见过的所有病历中,这算写得很清楚的了,能让我明白究竟发生了什么。

我真的不会做饭。于是,我那天点了一桌子陈焯喜欢吃的外卖,等他回来。

今年是我们俩的本命年,陈焯买了二十条红色内裤,十条男式的自己穿,十条女式的硬塞给我,说是本命年犯太岁,红色能辟邪。我没料到他会这么迷信,而他神秘兮兮地跟我说,这是家族传统,就连他的名字也是算命先生起的,说他五行缺火。"原本是卓越的卓,就直接给加了火字旁。"

他说这个字是光明的意思,是照亮的意思,是火苗跳跃的意思,总之都是好意思。可我很没文化,还是去网上搜了一下,发现这是个多音字,还可以读作"抄",是把蔬菜放到沸水里烫一下的意思。我把这件事记了下来,准备好好嘲笑他,但一直没找到什么合适时机。现在我重新想起了这件事,这是个多么不吉利的名字啊,让那些绿色的生机勃勃的东西在沸水里焉掉。

我以为我们能吃完饭再讨论这件事,可陈焯一进门就溜到了沙发那边,东翻翻西看看,大概是意识到自己没把那些东西放好。我说赶紧来吃饭。

于是他麻利地拉开椅子,坐到我对面。丰盛的晚餐显然在他意料之外,因为他的神色突然紧张了起来,不知道他是否忘掉了哪个重要纪念日。

我跟他讲,是我们公司今天拿到了第一笔天使基金。他瞅着桌上的菜,还故意用手点着数了数:"三荤两素,大餐啊。"

我也跟着他瞅桌上的菜,可眼前却总是晃着病历上的字,"肺癌晚期"。会恶心,呕吐,最后呼吸衰竭,会死得很难受。为什么是肺癌呢,陈焯已经戒烟了。可能是因为雾霾吧,冬天烧起煤来,城北的雾霾一向很严重,朝窗外望去,万物都是灰蒙蒙的。特别是我们这里,离急救中心近,离火葬场也不远。前阵子治理污染,据说已经关掉了一些燃煤企业,可火葬场总不能给关掉吧。朝窗外看的时候,万物就依旧灰蒙蒙的。陈焯又总是在阳台上批作业,总是待在灰蒙里。

陈焯说:"那我先动筷子?"他一边吃,一边努力露出幸福的笑容。

我吃不下去,正好外面传来了隐约的哭声,就跑去了窗前。有人正把盖了白布的担架从医院里抬出来,平常都是从后门走的,今天不知道怎么直接抬到了前门。一个年轻女人跟在担架后面,时不时抬手抹眼泪。还有个中年女人,用手扶住担架,脸涨成了红色,大声哭号。其实死也有死的好处,本科时我跟着老师去养老院里做过调研,年老面前,那些寿终正寝的人反倒不可能保持住什么体面。

往常陈焯总会很快冲过来把窗帘拉上。但今天他没有,他远远躲在房间的另一边,看都不愿往我这边看一眼。就好像这边有什么东西会伤到他的眼睛。车很快开走了,黑暗中我不知望向何方,却突然注意到"城北急救中"那几个字也熄灭掉了。或许他们终于打算把那个缺失掉的"心"补上,为了维修才拉了闸。或许只是故障。

听完音乐会那天,陈焯非要将功赎罪,拉我去附近一家不起眼的小店,说是学生推荐给他的,这家烧烤做得特别好。可店里面没几个人,我们选了靠窗的位置,点好烤翅和啤酒。我们谁都没再提刚才的事情,直到陈焯又一次开始道歉。

陈焯说:"最近他们放寒假,来上课的人很多,我真的很累。"

我说:"谁不累呢。"我说,"我要去找学长了。"在学校的时候我参加过许多兴趣社团,认识过许多人,这些陈焯也都知道。陈焯说:"什么学长啊。"

我说:"就是社团里认识的,生物奥赛国家队那个。"陈焯当年才拿了省二等奖,没拿到竞赛保送的资格,因此对所有国家队选手怀有微妙的嫉妒。

他说:"你能不能讲讲道理。"

我说:"不讲道理,讲故事,从前有个人,又穷又笨,连治病的钱都交不起,还不敢跟别人说,只愿意自己默默忍着,等死。"

陈焯说,那我给你讲个道理吧:"心思太重的人是活不开心的。"

我说:"你讲完了没有。"他说:"没讲完。"然而他也没有再继续讲下去,只是和我一起沉默地坐在餐桌前。已经是晚上十点半,旁边的服务员鼓起勇气凑过来,说先生小姐要不先埋个单,我们马上打烊了。

我指着陈焯说:"让他买,我没钱。"然后手脚麻利地穿上衣服,头也不回地冲出门去,仿佛已经当众把他给甩了。可是出门之后我又不敢走得太快,因为身上没带家里的钥匙。

我磨磨蹭蹭地走,陈焯也在后面磨磨蹭蹭地跟,走到那家寿衣店门口的时候才撵了上来。他说:"你真勇敢啊,不知道这附近前些天闹过鬼吗?你是算我家里人是吗?等我以后变成鬼了,一定会好好保佑你。"

我不想听他说话,干脆转过身,躲到了寿衣店里,那扇脏兮兮的玻璃门在我身后关上,陈焯在外面发愣。寿衣店里的老板在里面发愣。

头戴毛线帽的老人家瞪大眼睛:"不买的话别进来捣乱哦。"

我说:"怎么不买?"正好陈焯也低着头跟了进来,被我一把拽过去:"多精致啊,快挑个你喜欢的。"老板听了我的话,把屋里的灯又打开几盏。灯光不再是白惨惨的,而是带了点儿暖黄。挂在墙上的衣服都很精致漂亮,摆在柜子里的还有许多模型,有苹果手机,还有些带花园的欧式别墅。老板说:"都是纸做的,都能烧。"

我最终买了一座城。一小座古代城池,让人想起了空城计,想起了烽火戏诸侯,还想起了小时候的手工课。它是用硬纸板拼起来的,拼接处还能看到胶痕,但也价值整整两百元。其他人会抱着怎样的心情买下这种东西,再烧掉它?我本来想把它直接拿在手上,但老板找出只纸盒子,非要帮我包装起来。陈焯一言不发,在离开的时候帮我推开玻璃门。

我捧着纸盒走在前面,陈焯跟在后面。这条路还是很黑,一出门几乎什么都看不见,我也只是继续往家走,走着走着眼睛适应了些,就能看到微弱月光落在前方。

"那病历不是我的,是方老师的。"在我身后,陈焯小声说。方老师是他的同事,据说当过高中的教研组长,退休后被培训机构请过来教课。老烟鬼。

"我看你误会了,就想顺便吓吓你。我不知道你那么傻。"

我想扇他一巴掌,但我只是把那个纸盒子扔到地上,踩扁了。

砸完门,贴通知,之后就没了下文。房东找关系去打听情况,但也没问出什么来,总之说大家都还没开始搬,可以继续先住着。

初雪那天,我们去买了火锅底料在家里涮。锅里热腾腾的,杂七杂八丢进去,满屋子烟火气。我边吃边盯着他看,他边吃边盯着锅里的东西看,把那些浮起来的虾饺抓紧捞出来,再挑点儿羊肉丢进我碗里。他说,你够不够,不够冰箱里还有。我说抓紧把东西都吃掉吧,还不知道能在这里待多久。

陈焯说:"如果这里真的住不下去了,咱怎么办?"

我说:"不是咱怎么办,是我怎么办,你怎么办。我去找那个奥赛学长呗,让他养着我。"说话的时候,嘴里好像又尝到了南瓜味。在连续吃过五天南瓜之后,我一直对南瓜味感到恶心。

陈焯放下碗,放下筷子,呆呆地坐着。我说:"那个学长后来在印度出家了,从朋友圈里看,每天过得都很快乐。"

陈焯说:"你去不成的,没人会要你,你没有慧根。"眼泪从他睁大的眼睛中落了下来,留下两道亮亮的湿痕。成年之后,我还从没近距离看人哭过。我觉得头晕,甚至没办法起身去找些纸巾过来。我把袖子扯出来一截,往他脸上抹。

陈焯朝后躲了躲。他说:"如果这里过不下去了,我就带你回家吧。"我问:"回青岛吗?"他说:"不是,回老家。那里有果园,有渔船,有玉米地,反正饿不死的。"

我说:"不。"我说:"别以为你说这话就行了,你永远都不够真诚。"

陈焯说:"难道你就真诚了,连跟我说句情话都是剽窃的。"

我说:"我剽窃谁了"。陈焯说:"剽窃齐格蒙特·鲍曼,心门与手指,《现代性与大屠杀》。"他站起身走到客厅的书架那里,边说,边恶狠狠地把那些书一本本抽出来,一本本甩在地上。砰,砰,砰。窗外急救车的声音由远及近地响。

我说:"对不起我脑子不灵光,没办法,编不出更多瞎话了。"

陈焯说:"那我教你行不行,我说一句你跟我说一句。"陈焯说:"我爱你。"

我用比他大一百倍的声音嚷回去:"没听见,没听见!"我他妈的一点儿也不难过,只觉得生气,可我生气的时候总是想流眼泪。陈焯的表情突然就垮掉了。他走过来抱住我,但我什么感觉也没有,就像被一个玩偶抱在怀里。

我说:"这就是你编的瞎话吗?"抱住我的胳膊收得更紧了一些。

他说附近真的闹过鬼,他说:"我们抓紧搬走吧,太晦气了。"

听完音乐会那天,我一整晚没再跟陈焯说话,第二天故意定了很早的闹钟,跑去茶餐厅吃了顿丰盛早餐,又买了杯冰咖啡,才开开心心往公司赶。路上接到陈焯的微信:"我道歉,好不好?"我看了眼就把整个对话记录彻底删掉。

我们公司主要是在设计手机APP,和那些给人们的自拍加耳朵加尾巴的拍照应用不同,我们能给人们的宠物加上衣服、帽子、眉毛、手。CEO是个比我高三届的学长,每天都穿着同一件浅蓝卫衣,精力旺盛地讲述着未来。"历史的车轮已经可以看到了,我们想法要多,不能漏掉每一块金子。"其实我没看到,但据他说,历史的车轮在朝短视频驶去:人们越来越没有耐心,所以视频要短;人们越来越浮躁,所以视频比文字更能吸引目光。历史似乎总在驶向更糟糕的方向。

上周他约了几个投资人见面,昨晚在微信群里兴冲冲跟我们说,搞到了一大笔天使基金。不是空头支票,是真金白银,足够给我们每个人涨薪三倍。钱多,压力也大,需要马上给出理想样片来配合宣传,可我们连产品定位都还没想好,就都留在办公室里集体加班。我全神贯注地整理着用户调研报告,而陈焯又发来微信,问我在哪儿。我说我在你心里,然后把手机扔到了一边。公司里有咖啡机,有零食,熬过整晚不是什么难事。直到第二天上午,CEO验收了成果,我才又溜回家去。

陈焯不在。但从垃圾桶里留着的烟蒂数量来看,他估计没怎么睡着。我换好睡衣,窝到床上,盘算着该怎么哄哄他,让他明白事情没有那么无可挽回。我等着他来联系我,我就在家里等他。他一直没有回来。

之后我睡了会儿,又醒来。整个房间空空荡荡,只有一道阳光从窗帘缝里落进来,碾在床尾。好像能听到雨声。还能听到有人在楼下压着嗓子交谈。

从窗户边偷偷往下看,是几个人正喊着号子,努力将一辆侧翻了的三轮车扶正。东西乱七八糟地甩了满地,有些沾着水就化掉,都是纸糊的,还不是什么好纸。是寿衣店也要搬迁了,老板在三轮车上载了过量货物,到巷子口的拐弯那里一时没稳住。店里的帮工正努力从雨水里抢救那些物件,再把防雨塑料布重新捆牢在车上。

我还看见了陈焯。他一手拎着几袋刚买回来的蔬菜,一手抓住几只红通通的纸灯笼,把它们往旁边的编织袋里塞。我随便套上件衣服,也跟着跑了下去,跟他们一起弯着腰,把成堆纸制的物件从雨里拾起来。雨还在无休无止地落下来,万物声响都被雨声掩盖住,雨声太吵了。

我们就像是阴间里的幽魂,漫无目的地收拾着那些冥币和纸元宝,把它们装回到袋子里。最后地上只剩些被泡软的黄表纸,老板向我们道谢,然后开着那辆三轮车,载着那些精致的假房子假人假钱,晃晃悠悠地离开了。

陈焯说:"这些东西有用吗。"他说话的时候,阳光从云层里慢慢渗出来,给世间万物都镀上了一层浅金色,让世间万物看起来都昂贵极了。陈焯还说:"我们回家吧。"

(原载于《花城》2019年第1期,陈集益选编)

乔叶 / 河南省修武人，北京老舍文学院专业作家。出版小说《最慢的是活着》《认罪书》《藏珠记》、散文集《深夜醒来》《走神》等作品多部。曾获鲁迅文学奖、庄重文文学奖、华语文学传媒大奖、北京文学奖、人民文学奖、小说选刊年度大奖等多个文学奖项。

头条故事

空气质量是优。万里无云的蓝天,就是为这个优颁发的巨大证书。入冬以来,这样的天,掰着手指头都能数得出个一二三四。对这难得的好脸色,人们也很是知道领情,出门散步的人比平时多了好几成,且没有一个戴口罩,人人似乎都是一副且行且珍惜的模样,走得面庞红润,喜笑颜开。

半下午苏紫就翘了班,混在街上的行人里,不疾不徐地走了很久。先是去超市买了一点苹果和酸奶,路过商城遗址公园,又进去溜达了一圈。从公园出来,站了片刻,瞧见马路对面的文庙敞开着大门,大成殿的琉璃瓦在阳光映照下如锦缎一般绚丽,心中不由得一动。除了前年女儿中考,她特地来了一次为小棉袄祈福,这一晃已经隔两年多没进了。文庙离家不过几步路,却整日里庸庸碌碌地不知道忙些什么。还真是用人朝前用不着人朝后的势利眼呢,自己都替自己不好意思。

苏紫便掸了掸衣裳,进去,上了一把吉祥香。把刚买的苹果用湿纸巾挨个儿擦了擦,上了个果品供,然后,规规矩矩地拜了拜孔子。大殿里没有什么人,拜完了,她干脆在蒲团上坐了一会儿。仰视着孔子的塑像,她忽然觉得有些惶惑。她一直很喜欢孔子,觉得他既坚定又柔软,既正经又调皮,既倔强又通达,既睿智又单纯,既慈祥又天真……是一个似乎可以用"既""又"无休无止地形容下去的可爱的老头儿。可这个塑像,说到底,跟《论语》里那个血肉丰满的孔子有什么关系呢?孔子在世的时候,会想到有一天自己被后人供奉成这个样子吗?

"妈妈,孔子的庙为什么又叫文庙?"进来了一对母女,小女孩问。

"因为孔子有文化嘛。"妈妈说。

"唐朝有个皇帝叫唐玄宗,他曾经封孔子为文宣王,老百姓也把孔子尊称为文圣人,所以孔庙也叫文庙。"苏紫说,摸了摸小女孩的脑袋。

出了文庙,继续去往家的方向,却还是想再延宕一会儿,便东瞧西看,迤逦而行。零食铺子、蛋糕房、茶叶店……都会驻足流连,像个无所事事的人一样——

当然不是真的无所事事。她一直没让手机闲着,找个好点儿的角度就拍上两张照片。不管水平如何,这些个照片总归是自己亲手拍的,不涉及版权问题。再配上几句闲话,兴许就能图文并茂地用到自己的"今日头条"号上。

前面有个精瘦的年轻男人正在刷树干,穿着深蓝色的工装,背上印着一家物业公司的LOGO(标志),身边搁着一个白灰桶。这种场景每年冬天都会重现,她却从没有特别留意过,于是上前。

"师傅,您这是在做什么呢?"

"刷白。"男人说,头也没抬。

"刷白的作用是什么呢?"

"杀菌防冻。"

"哦。"

男人显然懒得搭理苏紫,不过这也没关系。既是冒昧搭讪,必然就会有人不爱搭理。苏紫一点儿也不觉得扫兴,走远了两步,悄悄拍了两张照片。没走几步,又见到一个粗壮的中年男人也在刷白,刷的对象却是电线杆。杀菌防冻对树干还说得通,对电线杆是什么道理?

"师傅,您为啥要给电线杆刷白呢?"看了一会儿,苏紫才问道。

男人停下来,看了她一眼,想要回答什么,似乎又无从答起的样子,便继续埋头干活儿。

"刚才看见有师傅给树干刷白,说是杀菌防冻,这电线杆也得杀菌防冻啊?"苏紫也知道自己这么追着问显得很讨人嫌,有着中年妇女的饶舌和唠叨,可既是问了,就索性问下去,大不了还是落个不搭理呗。

"这个呀,为了美观。"一个老太太拎着一袋子青菜走过去的时候,搭话说。

"是为了美观吗?"苏紫朝着男人再问。

"咱也不知道,上头叫刷咱就刷。"男人终于说。

苏紫默默一笑。"上头叫刷咱就刷",这句话说得,耐琢磨。"上头"有意思,"咱"也有意思。于是她又悄悄拍了两张照片。今儿的"今日头条"号,就发这个吧。

负责对接苏紫的"今日头条"小编姓岳,昵称悦悦。对于她的入驻邀请,苏紫起初的态度就是礼貌性拒绝。《中原腔调》不过是一本订阅量羞于出口的戏剧杂志,即便是作为主编,开个头条号又有多大意义?悦悦却很执着,天天到她微信上打卡献花,耐心游说,说头条从不缺人气,缺的是文化,说"咱们《中原腔调》这么有文化内涵,您的身份就是当仁不让的文化符号,我们太需要您来送文化啦"。苏紫敷衍了一阵子,苦于应酬,干脆就把悦悦的微信号设置了个免打扰。

"敬爱的小主,开了吧开了吧,您一开就是V,一般人哪有这待遇呀?"编辑部主任豆子说。以她为首的几个小编辑不是80后就是90后,也你一言我一语地撺掇着,说:"您要是不想打理,我们来帮您打理,就是把咱们杂志每期的目录和内容提要放一放也是好的嘛。"平日里他们都称苏紫为小主,原因嘛,《中原腔调》太小众了。

架不住他们鼓动,苏紫终于妥协,答应了开。

小主圣明!

在这种事情上,她很在意这些小年轻的意见。不能不在意。杂志再小众,总也是对外的,多少总要吸纳一些当下的新鲜信息,而身边这些小年轻就是最便捷的信息来源。别的不说,单是一两日不好好和这些小编辑聊天,再听他们说话,她就会觉得有些磕绊。既不明白"撩""套路""洪荒之力"之类的老词有什么新用,也不好懂"人艰不拆""喜大普奔""细思恐极"之类的新词是如何诞生的,更不清楚"小目标""友谊的小船"之类的段子笑点在哪里。这些半生不熟的词就像一堵堵或厚或薄的墙,会把她和他们高高低低地隔开,想要迈过去总是会显而易见地费力。每次逢她发问,小编们都是默契对视,乐不可支。

"小主,您可真萌。一听您问这些,小的们就像看见了碳酸饮料。"豆子说。

"这是什么坑?"

"开心得冒泡呀。"

在苏紫的意识里,"今日头条"这种自媒体号就是一块地——她承认,自己的本质,就是一个农民,无论是杂志,还是家务,抑或是这种自媒体号,地,没有便罢,一旦有了,她就会尽自己的最大能力去耕种,不管种点儿什么,都绝不容许让地撂荒。既如此,肯定累。这也是她起初推拒悦悦的缘由之一。

第一条内容例行是问候诸位网友。网友这种存在,明知道每个账号后面都是一个活色生香的人,可真要在网上去面对时,还是觉得空茫茫的。拟好了稿子,她先给悦悦审,悦悦说:"好的呀,只要是原创的就OK呀。"苏紫问:"对内容没有什么具体要求吗?"悦悦说:"请您自主就好呀。只要和文化相关,符合公序良俗,不侵犯任何第三方的合法权益就OK呀。"又体贴道,"其实您不用那么紧张,读书、旅游、电影电视的观感,这些个都行的,您怎么发都有文化含量的,哈哈!"

一听见这甜甜蜜蜜的官话,苏紫便知道了,这悦悦明着是在宽自己的心,实则是在暗示自己文责自负。不是吗?给你的边界越是辽阔你就越需要小心脚下,从高处说,是自由,也是权利;从低处说,是人家越不管你,你就越该严管自己。

第一条的阅读量不到一千,是意料之中的可怜。第二条好了一些。苏紫发的是桂花,那几天桂花正开。她在网上找了一张图,配了一段有点儿文艺腔的话:

"桂花是用鼻子看见的花,这酒一样馥郁的浓厚的黏稠的香味,慢慢悠悠,从从容容,筋筋道道。曾听过一个词,叫'桂花引',有人说该是'桂花饮',我觉得这花香如此勾人,当然是引。"

半天时间,阅读量破了万。有人评论道:图不错。

整天和版权打交道,苏紫蓦然一激灵:这图不会有什么问题吧? 连忙问悦悦,悦悦说:"这图如果不是您原创,那就不太好说得清楚。按要求您得保证对图片享有合法使用权。不过只要没人说,那就没问题。要是不放心,您可以注明一下:图片来自网络。"

苏紫赶紧在评论里注明了一下。

隔三岔五的,悦悦就会发给她一些话题,邀请她参与。话题各式各样,摩肩接踵:中秋、国庆、重阳、二十四节气、改革开放四十年、明星结婚、名人去世、考研……"会有流量福利",每次,悦悦都会这么提醒。什么是流量福利呢? 悦悦说,头条推送的机制是:机器识别了内容后,觉得哎呀不错,就会推给比如一百个人先看看,假如有五十个人看完了,机器就会觉得,哦哦真不错,我再给一千个人看看,然后再计算打开人数,假如又有四五百人打开了,机器就会再给比如一万人看看,就这样一直螺旋式扩大,直到过了时效性,或者传播疲软了方罢。所谓的福利,就是平台会让机器把她发的内容在首页上多推送几次,在首页上停留的时间也要长一些,努力让更多人看到,这样她的粉丝就有可能增加得比较快,阅读量就有可能会高起来,在不远的将来,就有可能会有广告收益……

如此陌生、遥远且间接的福利,不要也罢。这么想着,苏紫便对话题一直很消极。迄今为止,她参与过的唯一一次话题就是"我爱家乡戏",也还是因为多少和工作有关。《中原腔调》如今涉及的面虽然比原来有所拓宽,可戏剧毕竟还是原始根本。她发的内容是自己收藏的油印戏本:

"十几年前,在一个县城的小店,我买下了这些成摞的油印戏本。这个刻写人,至今是个神秘的名字。我推测他多半很平凡,只是无数戏迷中的一个,像我一样。

"在郑州街头巷尾——当然也不止郑州——不经意地,就能看见这样的民间剧团在活动。演者动情,观者专注。

"这是最小的舞台,方寸就已够用。

"也是最大的舞台,随处皆可唱响。"

配了六张图,一张是她拍的路边小剧团演出场景,一张是最新一期的《中原腔调》封面,还有四张是她早年存的油墨戏本封面。上午发布,她下午去看,阅读量居然已经过了十万,粉丝也增加了两百。最让她惊讶的是那一百多条评论,有人问她哪里能买到这些本子,有人问她可不可以转卖,有人告诉她刻写者的身份,和自己有什么拐弯抹角的关系,有人则说油印这种方式属于侵权……苏紫感慨不已。她忽然觉得,自己这块小小的地,其实更像是一个开放式公园,无门无墙,无障无碍,任凭是谁,想进就进,想出就出,想说就说,且全可潜隐。唯有她,宛若站在公园中心的小广场上任人观瞧。既是众目睽睽之下,就得小心翼翼,不能出乖露丑。

对于网友的厉害,她从此心悦诚服。自此,她决定一周发两次,内容也更上心了些。耗时费神是肯定的,不过能长见识,也有意外收获,为了这些见识和收获,耗时费神也值得。她也开始对阅读量和粉丝数在意起来,慢慢发现,却原来,这两样的增多确实也是会让人上瘾的,会让人有些甜丝丝的成就感——这也让她有了警惕。她告诫自己要有意疏离,不要让自己被话题蛊惑着去发一些什么内容。我的内容我做主,哪怕只有一个人读呢。她这么反复提醒自己。等到再一次出现超十万的阅读量且那条内容没有得力于平台的任何话题流量福利时,她更确信了自己应该坚守这个原则。

那天,郑州下了初雪,她发的就是雪:

"今天下午的郑州,飘了一会儿大大的雪花。看到雪花,就想起一些以雪花命名的事物——雪花膏,有一种化妆品的名字就是这么叫的吧,很有年代感的。这个名字一出口,仿佛就闻到了那种香味儿。还有一种冷饮,叫雪花酪。还有一种甜点,叫雪花饼。对了,还有一种衣料,叫雪花呢……还有雪花啥呢?"

最后一句提问,自然是有意投饵,勾引网友讨论。网友们果然没有辜负她的用心,热火朝天地议了起来。什么雪花酥、雪花粉、雪花肥牛、雪花啤酒……抢答接龙似的,几分钟之内就都有了。看到有人说到雪花银,苏紫忍不住上线回复:"嗯,这个东西最强悍。"还有人说,应该把"雪花呢"的"呢"注上"泥"的拼音,不然很多年轻人都读不准这个字。苏紫也回复:"您说得甚是。"还有网友提到了雪花汤,苏紫回复说:"这个是第一次听说。"那网友便细解:"就是用鸡蛋清打碎做的汤,撒上白糖。"另有一网友说了雪花酒,苏紫简直怀疑这是他杜撰的,再问,对方说是来自眼下正热播的古装剧《知否知否应是绿肥红瘦》,剧中华兰和明兰两姊妹在一场戏中喝的就是这种酒,应该是宋朝就有了的。

那个下午,苏紫一会儿刷一次手机,每次看,阅读量都是噌噌噌地涨着。她这才发现:阅读量在万以下的时候是精确到个位数的,一旦过了万,就是精确到千。等过了十万,就只精确到万了。怎么说呢?就好像在说存款,穷人得抠着一块一块地报数,中产阶级就可以抹去零头,富豪人家就必须要留更大的整数,那才能叫体面。

三

这么好的阳光,随便坐在哪里静静地晒着,都是一种享受。苏紫仰靠在街边的长木椅上,选好了两张图,又网搜了一些给树刷白的资料确认了一下基本常识,便拟出了稿子:

"看到图一师傅正在路边给树刷白,跟他聊,他说刷石灰水可以杀菌防冻。嗯,这个我是知道的。又见图二师傅在给电线杆刷白,难道电线杆也需要杀菌防冻?请教他,他沉默。我不耻下问,他终于答:上头说了,路边跟树干长得差不多的,都得刷。仔细一看,果然。"

照片发的都是背影,避免涉及肖像权。也把刷电线杆师傅的话小改了一下,想要多点儿幽默感。至于"不耻下问"……打出这个词时,苏紫有些犹豫。这个词,是今天中午所得。中午的工作餐里,有一道是红烧猪蹄,做得鲜香微辣,苏紫一向对猪蹄没兴致的,却不知怎的开了胃口,啃了一整只。

"大猪蹄子,真香!"苏紫感叹。

小编们立时爆笑。

"小主,这一句话里有两个新典,您知道不?"豆子问。

苏紫摇头:"请赐教。"

他们先说的是"真香定律",说是杧果台有一档叫《变形记》的真人秀节目,主要内容是清贫的农村家庭和优裕的城市家庭的孩子们互换生活环境的故事。其中有一期,是一个城市男孩初到一个农村家庭,觉得环境差,难以忍受,就撂下了狠话,号称自己"就是饿死,死外边,从这里跳下去,也不会吃你们一点东西"。但几小时后,饿极了的他只能在这里吃饭,他边吃边感叹说:"真香。"节目播出后,"真香"这个词被网友们单摘了出来,泛指一个人信誓旦旦如何如何却马上就被"打脸"的状况,很有喜感。

"至于'大猪蹄子',就是指男人。各种言情剧或绯闻事件里不是都有男主角吗?'主角'谐音'猪脚',猪脚不就是大猪蹄子吗?"

"适用于所有男人吗?"

"多适用于渣男。"

"为什么?"

"您的为什么可真多。"

"我这叫不耻下问。"

小编们又轰然而笑。

"不耻下问,我用错了吗?这有什么好笑的?"

"很少见您不谦虚的样子,觉得好可爱。"豆子说,"而且,按照字面意思,也可以释义为'不觉得羞耻,一直往下追问',挺有趣的。"

"好吧,那我就继续不耻下问:为什么大猪蹄子多适用于渣男?"

"就像咱们骂小孩子是熊孩子一样,这是女人对男人又爱又恨又调侃的一种称谓,用来骂渣男当然最合适啦。"

……

好吧,那就不耻下问吧,或许能因此再添一点儿幽默感。有网友评论过,说她的腔调是端庄有余幽默不足。而且,这个词也合文庙的景,出自《论语》,和孔子有关系呢。

完成,稍改,定稿,发布,回家。到了小区门口,看见右手边那家肉夹饼店,苏紫便又拐了进去,买了一个。回到家,上了个卫生间,吃了半个肉夹饼,又泡了一壶正山小种,喝了一口,苏紫方打开手机。在这个过程中,她不时压抑着想看手机的念头。总是嘲笑小编们让手机长在了手上,其实自己看手机的欲念也无时无刻不在,她常常暗自惭愧,有意克制。

其实,以这一段时日的经验,不看也知道,这个刷白的头条,阅读量不可能多高。前些时,她发过一条齐白石的,自认为写得十分精彩,配图是齐白石的画,美得也是无可挑剔,她想着怎么也得有三五万的阅读量,不料还没有过万。她有些不大甘心,便婉转地问悦悦:"这条机器是否没有推送?"悦悦回复说:"肯定是推送了,不然阅读量不会超过粉丝量。如果阅读量低,那就是内容不受欢迎。对于绝大多数头条用户来说,齐白石有点儿冷,哈哈哈。"又说:"从大数据来看,最受欢迎的头条内容就是美食和流量明星,其次就是乡村,什么农家故事啦,美丽乡村啦……因为头条用户嘛,下沉比较多,也就是说三四线城市基数大,程度参差不齐。要是不想蹭现成的热点,那您就得往各方面都试试看,找找画风。"

费劲巴力地去找什么画风?还是老老实实种地吧。

——可是,这是什么情况?苏紫的头嗡了一下。只一个小时,刚刚发的这个刷白,阅读量已经超过五十一万,评论过了两百条。

她心慌意乱地把评论粗粗瞄了一遍,大致可以确定,惹祸的,正是那个"不耻下问"。从头条的界面仓皇退出,她略定了定神,便给豆子打了个电话。在豆子到家之前,她都没有敢再看手机。

餐桌上摆着剩下的半个肉夹饼。她呆若木鸡地盯着,盯了许久。忽然想起来,她第一次在头条上被喷,发的内容就是肉夹饼,阅读量也超了十万。她写的是:

"说起来,肉夹饼虽然名头叫肉夹饼,可打眼一看就知道,明明是饼里面夹着肉好吗?就字面意思而言,肉夹饼简直是明目张胆地不尊重事实。可有意思的是,汉语就是有这么一种奇怪的魅力。首先,一看到'肉夹饼'这个词,谁都不会误解,都明白它指的就是饼夹肉。其次,你若真叫成饼夹肉试试,反而会让人觉得暗淡了、平庸了,更重要的是,显得不痛快了。这时候再回过头琢磨肉夹饼——'肉'字当前,主题就是这么鲜明,这么响亮,这么夺目,这么具有打动人心的力量。"

一分钟后,就有陕西网友的评论来了:"肉夹馍,西安人叫了几百年,您非得整出个肉夹饼?"

苏紫忙回复:"郑州有这么个叫法。我到西安就赶快叫肉夹馍了。"

郑州网友发言:"郑州也叫肉夹馍。"

另一位郑州网友迎上去:"我这个郑州人偏叫肉夹饼犯法了吗?"

然后是一位大学生赐教:"肉夹之于馍,宾语前置表示强调!"

接着,一大拨好为人师者前赴后继地诲人不倦,有举例句的,有传授古汉语知识的,有分享关中文化的……眼看着应接不暇,苏紫只好讨饶道:"作为一个语文还可以的人,肉夹馍是'肉夹之于馍'的简化句式,我还是知道的。正因为觉得知道的人太多,就不想再提,想从一个普通吃货的角度来解析一下……谢谢各位,谢谢!"

"小主,阅读量已经八十万了,您莫不是从此就成红得发紫的网红了?您闺名又是紫,这可真是实至名归啦。"一进门,豆子就吊着嗓子阴阳怪气地戏谑,她明亮的笑容让苏紫紧绷的神经有效地松弛了一些,一瞬间却也有了下垮之势。她忙振了振精神,也以少有的夸张热情拉着豆子在沙发上坐下,肉麻撒娇道:"别贫了,赶快支着儿救命吧,我要死啦。"

"没事儿。"豆子洒脱地甩甩头发,"有一句鸡汤很好用:所有杀不死你的,都会让你更强大。小主,您一定会更强大的。"

"站着说话不腰疼!"

"哪里哪里,我和您主仆一体,您疼我就疼呢。"

一打开手机,豆子顿时正色起来,说她刚才在出租车上已经把评论全看了一遍,理了个大概,网友的注意力主要是在三个点上:第一点就是"不耻下问",第二点是"上头",第三点才是刷白的作用。你看……

苏紫微斜着身子,贴偎着豆子小小的肩膀,似乎这是世界上最坚实的依靠。刚才那些评论,她没敢细看。此时,挨着这小肩膀,她才有勇气逐条过目。

豆子分析说,这些评论看似泱泱,其实全都可以简化为一个字:捂。若要强行划分,可分为轻捂、中捂和重捂这几个层级:

"恕我没文化,你这个不耻下问用得不对吧?"

"我不耻下问一下,现在主编门槛这么低了?"

"我不耻下问请教下,你是怎么当上主编的?"

"这个不耻下问用得好,表达了主编高高在上,看不起劳动人民的心态。"

"苏主编,你是有多高级?"

"苏大主编,请出来走两步呗。"

……

苏紫终于理解了什么叫眼睛里有针、有刺、有木梁。

说"上头"的也不少,连带着说到刷白:

"年底了,单位的经费没花完,这么花着快。"

"无论刷树干还是刷电线杆,都是按照根来收费的。"

"会花钱,才能捞嘛。"

"不刷电线杆怎么会有回扣?这是为了拉动第三产业!"

"唉,猪一般的领导。广告牌要搞成统一风格的,美丽乡村要搞成统一风格的,什么都要搞成统一风格的……"

"我农村老家那里也是,所谓的美丽乡村,就是把所有路边的房子和墙都刷成白色,树也要栽成一个品种。下来检查的领导只走大路,他们沿着路开车而过,会点头说,嗯,这新农村建得真漂亮呀。他们哪里会知道,这只是一个表皮儿,里面该怎么样还是怎么样!"

"电线杆刷石灰就是为了好看。每个国家的市容管理都有非实用性规定,比如欧美国家规定,私人草坪必须得按时修剪,不然就会收到高额罚单。"

"刷电线杆好看?这是什么审美?"

"肯定不是为了好看,不然为什么其他季节不刷?"

"刷白是为了让领导看着喜庆!"

"喜庆应该刷红的!"

"没听说过白喜事吗?"

对啊,白喜事请去了解一下!

领导怕虫子没树吃,会去啃电线杆!

领导有强迫症!

给电线杆刷白可以防触电,领导的用意是让你晕的时候扶电线杆更安全,哈哈哈!

刷电线杆防触电?这是什么依据?

这位朋友,幽默感是个好东西,祝福你有!

你们真啰唆。给树刷白,是为了防虫。给非树刷白,是为了美容。鉴定完毕!

我来强调一下,这刷的不是石灰水,是涂料!只是涂料!过去的人刷石灰水,现在刷的都是涂料,为了省事,反正看着都差不多!

我觉得刷电线杆子是很可以理解的。领导检查都不下车的,在车上一眼瞄过去,看到有几根没刷,追责下来,你是去质疑领导眼神不好呢,是去科普解释呢,还是干脆刷白了事?

……

他们真喜欢用问号和感叹号啊。

豆子说:"咱们一定要分清主次。主次很清晰:这三个点里,最核心的自然就是'不耻下问',冲着这个靶心的箭射得最为密集,需要赶快把这个点消化掉。"至于消化之术,豆子说:"常用的做法是雇用传说中的水军,可是像咱们这种,一般也用不着水军,用完了还留下另一种把柄,犯不着的。最简便的是找信得过的熟人号来引导一下。"苏紫问:"咱们杂志社谁有头条号?"豆子刚想清点一番,寻思了一下,又说:"几个小编头条号的身份认证都是《中原腔调》的编辑,以往发的内容也跟《中原腔调》有关,一看就是自己人,现改恐怕也不妥当。如果被网友查出来,一定会被诟病,那是另一番麻烦。"

左不中右不行的,两人这边商议着,那边的阅读量已经过了九十万,评论刷过了四百。苏紫眼看着数字像洪水一样不可遏制地往上涨着,与此同时,窗外的阳光一寸寸地灰暗了下去。

"还是先表个态吧。"豆子说,"反正咱们有错,就先认错。若是一直不认错,这个情绪就会像是地震形成的堰塞湖,越积越险,因此还是疏泄为要。怎么认错,自然也有讲究。肯定不能认领说看不起劳动人民,只能说是误解。比误解更高级一点的是带点儿幽默感的歪解。那就歪解吧,尽量用萌萌哒的语气:'抱歉用错了成语。还自认为有点儿幽默感呢。自认为幽默的地方在于把"不耻下问"歪解成了"不觉得羞耻一直往下追问",见笑了各位。'"

发出去了一会儿,如石沉大海,似乎没有一个人看得到。评论区里,依然是层出不穷的撑:

"佩服师傅,这么耐心回答多管闲事又没境界的人。"

"你比师傅尊贵?卑劣的等级思想。"

"'不耻下问'的使用直截了当地显示了你的水平。"

……

真是让人憋闷。和豆子简单商议了一下,苏紫便又发了一条:

"'请教'一词不知道是否有人看到,在下的本意确实是礼敬的。谢谢大家批评指正。"

这条也毫无反应,似乎还是没人看到。

"小主,你懂的,网络舆论的特点之一,就是大家根本不了解也不想去了解事情的全部,他们只看自己想看的,只说自己想说的。如此而已。"豆子说,"以目前的态势而言,最适宜的就是等,等高潮变低,等强音变弱,等热度变冷。"

苏紫沉默。是的,实在没有什么办法的时候,时间就是最后的办法。毕竟,一切都会过去的。

"对了,头条的平台有没有办法?"豆子突然问。苏紫拍了拍脑袋,懊悔着自己的智商,连忙给悦悦发了微信。似乎永远在线的悦悦很快回复:"哈哈,网友们确实有些杠了。没事儿的,您忽略就好。"

这丫头,也是站着说话不腰疼——不,她是站着卖瓜不腰疼。悦悦说过,自己是个专业卖瓜的。

"其实也该恭喜,您的阅读量新高了呢。网络铁律是,越红越会被喷,看来以后您得去适应这个节奏啦。"悦悦又说。

明知悦悦是在巧言相慰,苏紫却也气得呼呼冒火,撂了手机。真是卖瓜的不

嫌瓜大,还恭喜呢。突然,她想起自己发的一个头条:

"作为一枚吃瓜群众,我还蛮喜欢看娱乐圈爆料的,总能集人性丰富之大成。这是在高强度聚光灯下的无剧本演出——当事人双方以及亲友团的反应,狗仔队耐心细致的梳理挖掘,深层人脉关系的暴露,各色人等的三观展示……吃瓜群众们的热烈评论最是有趣,常常闪烁着真知灼见。瓜有大小美丑,也有酸甜苦辣,总的来说,好瓜惹人爱,赖瓜必有渣。"

原来,她一直自认为的吃瓜群众的身份,竟然是一种错觉。她这个吃瓜群众,居然也可以转换成为一个种瓜人,眼看着这些不知姓名的其他群众吃得津津有味,吐得一地渣子,自己忧思如焚,却束手无策。真是讽刺。当然,跟流量明星的那些瓜相比,自己贡献的这一枚瓜自然算不得什么。可是产于自己这块薄地,还真是不堪忍受。如此这般折腾了一番,也还是没灭掉。还不知道接下来会狼狈成什么样呢。

"小主,您这是什么好茶?能不能赏一杯呀?"

握着早已经凉透的茶杯,她这才想起来给豆子泡茶。这个故事,不,应该说是这个事故,老公孩子还都不知道,单位里也只有豆子知道——平日里,杂志社的小编们也都顾不上看她发的东西,都忙着呢。这挺好。知道的人越少越好。不知道接下来会怎么样。暂且不管。先喝茶吧,喝茶。

一时无话,两个人只是喝茶,豆子提荖说着闲话,聊着娱乐圈的各种瓜。

豆子感叹说:"吃瓜群众果然是最最厉害的呀,无论是瓜藤瓜蔓,还是瓜花瓜叶,抑或是在瓜还是小瓜时的一切枝节,总之是瓜的一切,只要是他们想刨的,什么都饶不了。"

喝了两巡茶,正山小种的红渐渐淡了,苏紫洗了杯,泡上了七年的老白茶。喝茶这事,根子里和静息息相关。有个说法是,有静气才能喝出茶的好来。苏紫却觉得也能倒过来说:喝好茶是能让人有静气的。正如此刻老白茶的温香对她的重要。

豆子的话越说越少,终于渐渐地沉默了,只是乖乖地陪着苏紫喝,很懂事。一直喝到窗外的阳光终于成了暮色,迫近晚饭时分。

"那,我先走吧?"豆子说。

"好。"

"您一定要沉着。没事儿的。相信我,很快就会凉凉的。网友们才没有那么持久的耐心关注这一件事儿呢,明天保准就好好的了。"在电梯口,豆子拥抱了一会儿苏紫,还亲了她一下,"保持联系。"

"谢谢亲。"

回到家,再去看手机,阅读量已经过了百万。不过,网友们的焦点貌似有了朝各个方向发散而去的迹象,也越来越脑洞大开:

"姚明要是站在一边等车,给他刷不刷白?他也跟电线杆子差不多呀。"

"不刷。姚明跟树和电线杆子还是有本质区别的。树和电线杆子是下不分叉上分叉,姚明是上不分叉下分叉。"

"哈哈哈哈哈。"

"知否知否?刷电线杆是为了车。晚上车大灯一开能明显地看到它们,起到提示的作用。"

"不刷的话那司机还能把车开到树上去啊?"

"是不是该把汽车屁股都刷白,省得追尾呢?"

"当然也有人忘不了怼苏紫,不过主要是为了晒知识:主编连树为啥要刷石灰水都不知道吗?唯一目的就是防虫!重要的事情说三遍:防虫,防虫,防虫!"

"你是怎么知道刷石灰水就可以防虫呢?"

"你怎么知道你妈是你妈呢?"

……

乱撑之中,有一位农林大学的副教授给出的答案貌似最为明晰和周全:虫子出土后要往树上爬,会吃叶子、吃嫩枝、休眠等,刷白之后,虫子讨厌石灰味道,就不爬树了,也就不容易造成来年虫害。石灰水干燥后也会在树皮表面形成保护膜,能磨损试图爬树的昆虫腹部的角质层,让虫死亡。如果电线杆离树干很近,那确实也是需要刷一下的。虫子爬树是本能,并不知道那是树,只知道爬上高处就有树叶吃,所以理论上虫子会借助一些东西向上爬,例如电线杆。如果只刷树,虫子就会在附近寻找其他可攀爬的高物体,大概率是电线杆,然后就会顺着电线又爬到树上,所以刷电线杆并没有问题。另,刷的应不是单纯的石灰水,而是掺了硫酸铜。纯石灰的话,虫子是不怕的。

也有为苏紫说话的:

哼,你们这些人,都是吃鱼长大的吧?专会挑刺。

苏老师,不要太在意评论。如果太在意,是没办法活的。

简单的题老师做错了,是应该道歉。不过同学们因此都去骂老师,也是疯了。

……

尽管接下来就有人撑说"谁认她当老师了?""错认了这样的老师,老师该退学费呀",苏紫也还是从这些友善中感受到了珍稀的温暖。这些人,在生活中应该也是友善的吧?——什么是友善?对熟人友善不是真友善,对生人友善才是真友善。对于生人,确实容易刻薄。是啊,又不认识你,干吗还要顾及你的心情?我只要自己爽就可以了。像这样肆无忌惮地撑人,最爽。

手机突然响起,是主管杂志社的70后副厅长。他是班子里最年轻的领导,工作作风相对活跃,经常开会强调说要转变观念与时俱进,要熟悉新媒体,要延长服务手臂,要丰富信息层面,当然了,还要注意影响,要正能量……苏紫脑子里进出一团乱光。难道他也看见了?该怎么解释?会不会对厅里辐射出什么恶劣影响?要不要恳请他去找找网信办之类的关系?……

一时间,她没敢接,任铃声沉寂。怔了一会儿,她又觉出自己的可笑。亏得平日里还常以淡定之风示人呢,骨子里也不过是一只可怜的纸老虎。其实有什么大不了呢?至多是以个人名义写个检查罢了,至多是不配做这个主编罢了,至多是不做这个主编罢了。

于是,她又镇定了一番,拨了回去。

"刚才干吗呢不接?"

"在卫生间呢。请指示。"

"明天或者后天厅里会开个会,上面会来人,找几个同志谈话,让谈一下对班子的意见,你心里要有数。"

"好的知道了。"

苏紫长长地松了一口气。

再看手机,有个网友发来了私信,劝苏紫删号。苏紫回复:"谢谢。"

删号?就为了这个事儿?她不。她脑子里压根儿就不曾有过这个念头,连一闪都没有过。删号就是认输。当然不删号也未见得就是赢了谁。可苏紫不想删号,就是不想删号。此刻,她莫名地觉得,最沮丧的最没出息的事情,就是删号。

微信提示音此起彼伏。女儿晚饭想吃黄焖鸡米饭,要她点外卖。老公在外面应酬,要晚些回家。豆子说刚到家,又安慰了她一番。正一一回复着,悦悦的信息也蹦了进来:

"对了苏老师,我忘了告诉您,每篇头条都可以小小修改一下的,您可以试一试哈。是刚上线的新功能,我们都还没习惯呢。"

紧接着,悦悦截了几张图,把使用程序演示了一遍。

一瞬间,苏紫难以置信。

"好的,我试试。"冷静了片刻,她回复。心怦怦直跳,她捂了捂胸口。有谁知道呢?此时,对于这项新功能,她是如获至宝,仿佛这项功能能让自己凤凰涅槃,浴火重生。

找到"编辑"项,重新打开这一条,手持热茶,一字一词地重读。此刻,再看这段话,觉得简直处处是毛病。

"看到图一师傅正在路边给树刷白"——师傅,这个称呼是否足够尊敬?"跟他聊,他说刷石灰水"——对于石灰水的叫法是否应该再查一下资料,像个科学家一样精确?"可以杀菌防冻"——要不要把"防虫"加上?或者把"杀菌"改成"防虫"?既然网友们把"防虫"讨论了那么多回合,副教授都说话了。"嗯,这个我是知道的"——你真那么知道吗?要把这句话去掉吗?

终于到了"不耻下问"。呵,这个"不耻下问",这个罪魁祸首,该改成什么呢?想了想,改成了"我请教请教再请教,锲而不舍地请教,打破砂锅问到底地请教"——用上这么多"请教",够不够?够不够?

改,拿出主编的看家本领去好好地改。她的眼睛如今有些花了,平时懒得戴花镜的,这次特意戴上,改了一遍。改完了又觉得戴着花镜不习惯,镜片下的字看着有些失真,于是把花镜摘下,又改了一遍。亏得家里没有打印机,如果有打印机的话,她一定要把这一段用三号字打印下来,在纸上改,那才踏实呢。一边这么想着,她一边压抑着自己往单位去的冲动——太荒唐了。

她把改好的发给了豆子,让她替自己把把关。十分钟后,豆子才回复。像豆子这么伶俐的,平时看这段话也就是几秒钟的事。她可以想象,豆子肯定也是和她一样,神经质般地看了又看。

豆子说很好,不过她还有一个建议,就是把两个师傅工装背面的物业公司LOGO(标志)打上马赛克,这样就完美啦。

苏紫回复:遵命。

这个建议有道理,很有道理。万一师傅们被物业公司问责了呢?她知道,自己这个头条很像一个扫帚星,说不定就会因为什么关系粘连到谁,从而给人家带来了晦气。谁知道呢?

改,改,改。最后一稿改完,又放了五分钟,再看一遍,铁定万无一失,苏紫才拇指轻按,再次发布。修改过后,一百一十六万的阅读量旁边显示出了五个小字"内容已编辑"。

想了想,她又在评论里发了两句:

改了改了改了改了改了!

谢谢谢谢谢谢谢谢谢!

——这貌似诚恳的激动的语气,万能的网友们能从中读出一股子恶狠狠吗?她忍不住笑起来。

然后,她瘫倒在沙发上闭目养神,直到女儿回家。

"怎么还没叫外卖?"女儿嘟起了嘴。

"怕凉了不好吃。"苏紫狠狠地亲了女儿一下。

"妈妈你怎么了?疯啦?"

"嗯,爱你爱疯了。"苏紫笑道。

一直到和女儿吃完了晚饭,洗过了碗,她才又去看手机。阅读量是一百一十九万,评论是九百一十九条。

阅读量依然在增长,不过节奏到底还是缓慢了下来。她的心完全踏实下来。她知道,这事儿,应该差不多算是过去了。今天晚上,她能睡得着觉了。

老公还没回来,眼睛有些酸涩。苏紫走到客厅的飘窗前,朝外面看去。远远近近的居民楼里,一格子一格子,盛着明明暗暗的灯光。有一片朦朦胧胧的幽深之处,被彩灯简洁地勾勒出了飞檐翘角。毫无疑问,那里就是文庙。

(原载于《北京文学》2019年第7期,张颐雯选编)

王军 / 现任中国作家协会办公厅副主任,中共雅安市委常委、副市长,中国作家协会会员,中国毛泽东诗词研究会常务理事。著有《诗心:从〈诗经〉到〈红楼梦〉》《〈九死一生记〉校注》《高语罕传》《诗人的迷宫》等。参与编写《名家谈历史》《名家谈哲学》《名家谈国学》。曾获第一届"中央国家机关青年五四奖章"等多项大奖。

三十而立

一

　　早上从洗手间向窗外瞥去，忽然惊讶于地上白茫茫一片，远处湖面上也特别耀眼。我心里责怪自己平常缺乏观察，今天因为起晚了，才发现无处不在的美。裹紧风衣，提了暖瓶去水房打水，一股冷风扑面，脚下咯吱咯吱脆响，才知道昨夜真的下雪了。

　　太阳早生在东南墙角歪脖洋槐树梢，校园里安静得很。湖对面远远闪过一个人影，看不清是同学还是服务员。打水回来，雪地上深嵌着一行脚印，专拣洁白的地方踩去，爽心悦目动听。几只麻雀在雪地上觅食，见人来了亦不飞起，只懒懒地向一边跳。

　　回到宿舍，暖气充溢着整个寝室，泡上方便面，打开电脑写毕业论文。

　　"海天，海天，王海天！"外面有人砰砰砰打门。

　　开门后，一股寒风伴着拳头进来："可把我冻坏了！"

　　"临轩兄！快进来，快进来！你真是风雪兼程，先喝杯白开水。"

　　谢临轩放下大包小包，且不坐下，不停地跺脚，双手交替捧着滚烫的杯子，在上面连连呵气。

　　"最难风雪故人来。老家下雪了吗？"我在对面室友梅冬郎的床上铺了几张旧报纸，让谢临轩坐下。

　　谢临轩和我是东方省若水地区同乡，也是若水师范学院校友。他作为选调生毕业后在乡镇工作，后来通过考试进了地委组织部。我们同年考上研究生，只是专业不同。

　　"来的时候若水还是好天呢。昨天没买上卧铺，挤了一夜的火车。早晨出站偏偏赶上风雪交加，这半天才到学校。冬郎还没回来？"

　　"你见他哪次开学准时来过？"我给谢临轩续上水，"博士考试是4月1

日吧?"

"对。在家里应酬不尽,一天书也没看。早来两天,静下心看看书。"

谢临轩放下杯子,拿出烟,小心点上,深深吸了一口,把烟灰弹到花盆里,长长地吐了个烟圈。

"可是考博也不从根本上解决问题:在专业发展上到底能有多大;将来毕业导师到底能帮多少;进了部委从头干起,到底何时是出头之日?"

我说:"读博士,站位高,眼界宽,机会多。话何必说得那么远呢?"

谢临轩摇摇头:"我那年从乡镇到地委,觉得是从人间到了天上。在地委组织部混了几年决意考研时,又觉得北京才是天上。可是在北京混过这三年,又觉得还是站在人间,仰望部委才是天上。没准再读三年博士,进了部委,那时又觉得还是在人间。"

我连连点头:"我那年在连山县政府做秘书,村里到县城办事的,都说我在天上。我在连山仰望你,又觉得若水更在天上。"

谢临轩脸上泛红,已经恢复了元气:"是啊,那年我还不认识你。听干部科下去考察的回来说,你们县班子不团结,书记秘书和县长秘书都打起来了。"

"瞎扯!食堂还没开火。走,我们去巷子里吃点东西,喝杯酒,权当给你接接风。"

阳光洒在雪上,白晃晃地耀眼。谢临轩捡了一根枯枝,在雪地上写了一个大大的"永"字。

我缩手耸肩恭维:"王羲之练了十几年,写好一个永字,通一切字。没想到临轩兄已经到了这个境界。"

"一个假期没动笔墨,手生得很了。"谢临轩扔掉树枝,笑笑继续朝前走。

"孔子说,三十而立。临轩兄也马上蟾宫折桂,金榜题名。只有小弟半生潦倒,一事无成。惭愧!"

"是啊,不知不觉,都已经三十啦。这个年龄,马克思写出了《共产党宣言》,爱因斯坦提出了相对论,释迦牟尼顿悟成佛。我们不敢妄比先贤,但也娶妻生子,算是人生而立了。"谢临轩使劲地把雪团扔向湖里冰面上,"不像冬郎连女朋友都没有——他怎么还没来?"

这时,已经绕过湖,来到研究生院的北门。谢临轩驻足看看山上积雪,叹口气说:"可惜这雪已是立春后的雪,转眼就会化掉。天弟,等到今年冬天第一场雪的时候,不管我们在哪儿,晚上一定相聚,再到湖心亭把酒以临八面来风。北望山下与君期,暮色时分酒再添。"

"好,一言为定。"

转出校园,正午的阳光正洒在对面学校正门不远处的大石碑上,六个镏金大字闪闪泛光:"中共中央党校"。

二

转眼雪融冰消,迎春花开,中央党校在春天的叩门声中开学了。

我们研究生院在学校东南角,是个独立的园子,有自己的小门。门口外面有一条长长的巷子,挤满了各类小餐馆。一时参加同学同乡聚会,拜访来学习的家乡领导,去老师家送土特产,忙得不亦乐乎。

这天,在外面吃完午饭,已是傍晚时分,校园里熙熙攘攘,湖边满是行人。我同谢临轩沿湖转回宿舍,蓦然瞥见一树桃花,花红似火,灼灼其华,绚烂至极。几天没留神,已经是湖面冰开,春色十分。

谢临轩捡块石子,打个水漂:"梅冬郎这小子怎么回事,手机总打不通。开学俩礼拜了,还没来,再不来得报警了。"

我不以为然:"他一向这样,我们支部都习惯了。反正这学期也没课。他导师来电话催过几次了,毕业论文到现在还没开题。"

"这家伙。今天再不来,你们得向辅导员报告。如果真出事,你们支部可有责任。"

"他家里昨天还打来电话,我替他瞒着,说去教室了。他好像也报考了博士,学国政的竟然报考你们经济学专业。"

"这个时代还有什么不能打通的?你学哲学的读中共党史,我学历史的读经济学,张一诺学新闻的读社会学,梅冬郎学国际政治的怎么就不能考经济学博士!"

回到四排房住处,各自回房间。钥匙在门锁里转动时,我吃了一惊:中午出去忘锁门了?推门一看,一个大包裹在桌子上,包裹后面床上躺着一个人,衣服也没脱,被子也不盖:梅冬郎终于回校了!

我们的住宿条件比较好,一般两人一个房间,也有一个人一间的,像谢临轩。我和梅冬郎合住一间,刚开学那会儿,导师见面会都开过了,他还没来。我以为自己可以住单间了,白高兴了几天。

　　这家伙是英语天才,常常一边睡觉一边学外语——戴着耳机听英文歌曲。他平常喜欢撕书,记得刚开学英语课还没上,书已经被他撕完,英语老师也只好放他一马。因为他外语实在太好了——入学考试接近满分,而我们英语考到分数线,就高呼万岁了。他说有一年陪别人考硕士研究生,英语全国统考考了90多分,结果那个可怜虫到学校复试,英语题目比统考题目简单多了,才只考了40多分,被当场刷掉。

　　梅冬郎平常喜欢足球、篮球运动,刚开学那会儿我们房间满墙都是马拉多纳和乔丹贴照。这小子每逢球赛现场直播,就把自习室的电视抱到宿舍,整宿整宿地看,然后白天补觉,连课也不去听。

　　一觉醒来,酒劲消了,我把梅冬郎喊醒。他揉揉眼,说饿得不行了,坐火车回来,一夜一天没吃饭。梅冬郎爬起来,非得拉着我去巷子里填肚子。

　　路上,我说:"你今天再不回来,我们差点就报警了。你家里也找,你导师也找,谢临轩找你一百次了。"

　　梅冬郎问:"张一诺没找?"

　　我迟疑一下:"张一诺?开学了还没见她。"

　　巷子里四处没个灯影,小店多已打烊。只有巷子深处与裤子胡同交界处,火炭余星未烬,烤羊肉串的老头还在。我们把他剩下的羊肉串全烤了,捧着边吃边往回走。

　　梅冬郎引着我从湖东侧绕回宿舍,女生楼在这一带,只有一两个房间还没熄灯,隔着窗帘,透出晕色的光。

　　"我爱你!张一诺!"冷不防梅冬郎大喊一声。

　　我既好笑又生气,这夜深人静,怕有人看见,怀疑是我喊的。

　　"我是王海天!"梅冬郎大喊。

　　我的羊肉串都掉到无涯的黑暗里了,拉着梅冬郎就跑,几乎跌倒在路沿石外草坪上。

　　梅冬郎边跑边喊:"我不是王海天!"

我恼羞成怒,连拉带拽,回到四排房。梅冬郎忙不迭地道歉:"我忘记你已经结婚了。想过来才喊后面那句。"

我哭笑不得:"你重复这句,只能加深别人的印象。明天还不知传得怎样沸沸扬扬呢?"

梅冬郎说:"你要是在乎,说明你心里有鬼。你、谢临轩,还有大家都喜欢,可是不明说,都是伪君子。"

我说:"就算对一诺有好感,也只能说是北大情结。她从北大过来读硕,我们农村来的,爱屋及乌,因北大起仰慕之心,也不是你说的那种感情。"

梅冬郎说:"嗨,其实就是人的本性,还要虚假地掩饰。你天天读《论语》《诗经》,孔子就是野合的产物,《诗经》里也多淫声。我早吃过她的豆腐。"

我听得心惊肉跳,问是什么时候的事。

"还是刚开学那会儿,让她领着去北大。在未名湖边亭子里,悬挂着一个古钟。我钻进去看,说里面有字,让她也钻进来看。那钟恰恰容得两个人进去,她钻进来直起身,眼睛还没有适应的时候,恰好就让我抱住了。要是她不反抗,也许早突破底线了。"梅冬郎笑嘻嘻,把最后一根羊肉串木棍扔到门后。

我说:"狼呀狼!做人总得有个底线。"

梅冬郎不以为然:"你是五十步笑百步。非得人为地设线干吗?只要两情相悦,有什么要紧?"

我无可奈何:"你这采花大盗。以前每天晚上说去北大听课,原来是为了泡女生。"

"你还记得刚开学第一次支部会吗?我就实话实说,来上学主要是两个目的:好好学习;好好恋爱。不像你们一个个那么虚伪。党校是大熔炉、大舞台,舞台上演三年戏也该累了吧?"

"狼啊!狼啊!人的一生不就是在演戏吗?你怎么看也不像快三十岁的人。"

梅冬郎忽然从床上仰身而起,飞快地蹿出去了。

我愁着明天如何解释这事:张一诺房间没亮灯,是没在校,还是睡了?开学后一次也没看见,肯定不在学校。如果睡了,估计也不一定听到。但这毕竟是个事件,说大不大,说小不小。这个无心惹事的狼!我又有些恼怒了。

门开了,梅冬郎笑欣欣地擎着一枝月季花回来,又去门后找旧饮料瓶子,接了水插上:"漂亮吧?"

"你的手怎么了?"

"嗨,扎破了。中午来校的时候,就盯上它了。刚才被你拉着跑,忘这事了。"

"你真是采花大盗,名副其实。见花就采,也不珍惜。"

"我想送给张一诺。女人是花,爱花即是爱女人。"

"冬郎,你外语这么好,几乎可以说是天才。托福、雅思都考过了,可是成绩单也就随手一扔。你不出国,也得心疼我借你的报名费吧。你论文不开题,工作也不联系,你到底是怎么想的啊?"

"管他呢,走一步算一步。船到桥头自然直。"

"马上就毕业了,火烧眉毛。这几天我都睡不好。你是我们同学中最有天分的,真是暴殄天物啊,怎么不考虑出国呢?"

"我要出去。第一去拉斯维加斯,先赌一把过瘾。就是没钱啊。这三年欠了你不少,以后赚了钱再还你。"

"没指望你还。就几根羊肉串钱。"

梅冬郎腾地爬起来,打开电脑:"这个假期聊天太过瘾了,看看网友还有在的吗?"

我也打开电脑:"今晚叫你这么一闹,肯定睡不着了。继续改论文吧。"

三

晚上断了电,手机偏偏又没电了,只好点上蜡烛,守着电话机。导师已经把我的简历递给这期来党校学习的燕南区区委书记马北平,让我等消息。

墙外依旧喧闹,公交车哐当哐当地驶过,谁家铺子永无止歇地吆喝"走过,路过,千万不要错过"。

一时有人轻轻敲门:"有人吗?"听声音就知道是解放军。他是我们这级同学,从部队上考过来的,也是大有诗社成员。原名解方均,我们都习惯叫他解放军,真名反没人叫了。

还没来得及说话,谢临轩推门进来:"军弟也在?出去走走吧。黑灯瞎火地还用啥功?走,去湖边转转。"

我带上门:"冬郎也不知哪儿去啦。他钥匙又忘在桌上,咱们转一圈就回来吧。"

湖畔三三两两乘凉的人在高谈,我们不时打着招呼。转到桃树下,迎面走来张一诺。也不知她是否知道那天晚上的事件。

我忙转头向湖面看去,湖面平澈若镜,碧波粼粼,暮色里倒映着依恋北望山的夕阳。才几日,柳枝、柳条已全不似前几天的僵硬,拂在脸上,丝丝地痒。

张一诺问谢临轩最近有什么大作。谢临轩回说,这满园春色关不住,眼前有景道不得,前人都已经说尽了。

张一诺说,是啊,像这几天桃花开了,"桃之夭夭,灼灼其华",多么美,有色彩,有理想,有生活。

谢临轩说,"之子于归,宜其室家",真有家的感觉,不像我们年近而立,四处漂泊,四海为家。

作别张一诺,谢临轩说考博之后,大有诗社得发张请柬,邀请张一诺入社。大有诗社从成立以来,只有谢临轩、解放军和我三人。

湖的西北方是个略高的小土堆,大约是当初修建园子挖出的湖土堆积而成。我们几个人附庸风雅,美其名曰北望山,取登山可以望到北面学校正院之意。

登上小山向东南望,整个湖面尽收眼底。解放军说:"夕阳是红的,花亦是红的,此亭可叫望红亭。临轩兄哪天有闲给题个字吧。"

谢临轩大声叫好。又说:"犯了一个北望山的望字,到底不好。"我说:"这湖还没有名字,终是遗憾。飞红万点,飞红?又犯了望红亭。"谢临轩说:"就取其中二字,不如叫飞点湖吧。湖名既定下来,还需题个对子。"

我想了两句:几许往事成追忆,多少偶然是必然。一时,解放军也有了两句:梦里白驹偷过隙,回首飞鸿踏雪泥。

谢临轩说:"都不好,不要往回看,而要向前看,莫若治大国若烹小鲜,极高明而道中庸。"这两句也符合他治国平天下的抱负。我和解放军都恭维,真是治国之材,国之栋梁,可以名垂望红亭,流芳飞点湖。

过两天是博士考试的日子,我也要代表研究生院参加党校队去青龙社区打象棋比赛。谢临轩说天弟此去兵临楚河汉界,定会马踏连营,独占鳌头,为党校争光,为大有添彩,愚兄给你设宴祝贺!

我说,还是那天晚上祝贺你的生日吧,祝贺你的蟾宫折桂,衣锦还校,三十而立,双喜临门。

四

转眼愚人节到了。早上谢临轩喊我去他那边吃饭,用微波炉把头晚的剩菜和方便面调得味道香美,加上若水豆豉,我们吃得饱饱的。他们去参加博士考试,我骑自行车赶到青龙社区打比赛。

赛场上人头攒动,有白发,有黄毛,还有几个小孩子,也不知是参赛,还是家长带来见世面的。我同党校另外两位参赛的老师接上头,同去年熟识的棋手打招呼,找到座位坐下,静候比赛开始。

楚河汉界,非复周郎年少时。去年过关斩将,为党校夺得团体第一立下汗马功劳。现在心情恍惚,因为面临毕业,心绪波动。打比赛时手机必须关机或静音,生怕马北平书记找我。正在胡思乱想,钟声响起,裁判长宣布纪律,比赛不准接打手机,否则直接判负。

比赛开始,我同对方握手,按下棋钟。第一局很轻松,第二局打得艰难,最终打成平手。党校队保持着不败,升到了前几台。我去到洗手间,打开手机,无数条短信朝外蹦,吓了一大跳。

短信都是一个内容:谢临轩让我速回电话。我打过去:"临轩兄,旗开得胜……"谢临轩却一反常态,打断说:"我在三中巷,你抓紧过来。"我说:"还有一局,估计十二点结束,忙完再去找你。"谢临轩语气有点迟疑地说:"我这边也很紧,好,一会儿你出来,给我打电话。"

第三局开始了。对手去年没有遇到过,秃顶深埋棋盘,手上夹的烟超过头顶。香烟在耳际袅袅上升,真是蓝田日暖玉生烟。忽然又想起谢临轩语气不对,发生了什么事情,还是愚人节的笑话?

开局走完,形成飞相局对过宫炮,我出直车明修栈道,抬横车暗度陈仓,形势渐渐对我有利,边兵渡河,马也曲折回环,跃到楚河对岸,准备发动攻击。

秃顶盯着棋盘足足地看了三分钟,任棋钟时间无声地滑过。裁判也驻足在看,形成了一种压力。忽又想起谢临轩发这么多短信干吗,不敢深想。又想起简历本来还可以做得好一点,匆忙交给导师了,也不知马北平书记收到没有?

对手终于走了一步棋,这次轮到我长考了。前面从布局开始,秃顶不惜委曲求全,在形式上让步,现在他走出这一招,看来是决意和我拼个鱼死网破,你死我活,家都不守了。

围观的已不知有几层,众目睽睽下,细看棋局,九宫内外满是杀气。怎么忽然一招棋引起形势逆转?我即使回防也来不及了。赛钟不紧不慢地揪人心弦,时光流逝,周围仿佛凝滞了,没有一丝动静。我决定破釜沉舟,按原计划攻击对方。你走你的阳关道,我走我的独木桥。

独木桥难行,我深入对方腹地的车马没有根,攻势被化解了,弃车弃马也没将他的帅抓住血刃。他对我发动猛烈攻击,防线突破,转眼崩溃,一时烟消云散。

五

我骑自行车赶到巷子,已经快一点了。谢临轩脸色发黄,眼珠无神。解放军陪着,一盘菜没有动。

我说:"你们下午几点考试,还不过去?"谢临轩连连叹气:"出事了,出事了。"我吃了一惊,倒把输棋的事忘得干净。连忙问是怎么回事?他只是叹气。

解放军说:"我先去考场了,下午接着考试。"轻轻拉了我一把出来。拐过门口,小声说:"你看好他,劝劝他,千万别想不开。"用力拉拉我的手,骑自行车走了。

钻到狭小的餐馆,我问谢临轩到底怎么回事?

"今年博士是读不上了,想办法顺利毕业就行。"

"你先说说到底是怎么回事,看看严重不严重?"

谢临轩再次叹气:"嗨,坏就坏在梅冬郎这小子身上。他帮我考外语出事了。"

我打断他:"冬郎替你考外语?"

"是这样的。去年年底报考博士的时候,我对外语心里没底,找梅冬郎一起报名。我们报考同一个专业同一个导师,肯定排在同一个考场。计划是他填我的名字,我填他的名字。"

"监考老师肯定能看出来,这不是开国际玩笑吗?"

"这里面有机关。他试卷手写部分和考号都写他自己的名字和数字,我也填写自己的名字和数字,监考老师在身边也看不出来。不过,在临交卷前涂卡的时候,他涂我的数字,我涂他的数字。这样计算机阅卷,机读时出来的成绩就是互换的了。"

偶有探头进来想吃饭的人,又退回去了。我看看没有熟人,给谢临轩续点水说:"是被监考老师发现了?"

谢临轩恨恨地说:"梅冬郎这小子提前一个小时就交卷出场了,他英语好,也不该在这个时候显摆。试卷和答题卡就放在桌子上,两个监考老师来回经过他桌子看。我觉得要出事,但是还有一丝幻想——万一看不出来,成功了,我就可以读博士,将来跟部长做秘书,仕途无限。"

"你如果觉察到危险,临交卷写自己的名字,涂自己的数字不就得了么——梅冬郎那边是他自己涂错了。再说,你自己考也未必过不了。"

"发下卷子后我就没心思做,填了自己的名字和数字,只等交卷。监考老师拿起梅冬郎的答题卡又放下,也没有采取措施,也没来我这边看。我觉得应该没事了,抱着侥幸心理赌一把,响铃的时候涂了梅冬郎的号码。刚离开座位,教务处的、巡考的、监考的,一帮人都直奔梅冬郎和我的考桌,我在门口看见他们围在一起,就知道完了。已经来不及了。"

"临轩兄,你这么聪明的人,犯这样的低级错误!"

"这两个多小时,我也想好了。先找地方躲着,看院里怎么处理。只要能顺利毕业就行,熬过这三个月。"

"你导师能量大,看能不能压下?"

谢临轩摇摇头:"他出国还没回来。这种事也没法告诉他,他对我寄予很大希望,想让我在专业方面有大的发展——他知道这事,肯定对我失望透了,我不去自讨无趣了。这几天我先躲一躲,你帮我照看一下,听听有什么议论,避避风头我再回去。"

我安慰他:"也可能不会怎么处理吧——现在教授剽窃学生、博士诱骗网友的多了。我回去替你听着。"

辞别谢临轩,推着车子,走在巷子里,阳光耀眼。回到宿舍,梅冬郎在蒙头大睡,耳朵里塞着耳机。

电话忽然响起,抓起一听,一个很有磁性的声音传来。原来是燕南区区委书记马北平,他说收到我导师转给他的简历了,觉得还不错,现在回区里处理事情,顺便把简历给组织部,让他们办理。

我兴奋得握电话的手都发抖了,连说谢谢谢谢。

六

转眼清明节到了。晚上母亲打来电话,说下午带着宝宝回老家上坟了,宝宝非得要你回家,现在要和你说几句话。宝宝接过电话,问北京几度,冷不冷,现在下雨了吗?你快到家了吧?听得出前面几句是母亲在旁边教的,只有最后一句是他自己说出来的,鼻子一酸,眼泪几乎要掉下来。

亲情只能暂时放在一边,到工作有眉目了再回家。放下电话,铺开报纸,拿起笔来,在上面乱涂乱画。轻轻的敲门声传来,解放军无声地溜进来,看看梅冬郎,问我,还没睡?

我点点头。对面,冬郎依旧闭着眼睛,似睡非睡。

解放军坐我床沿拿起报纸:"他年此情成追忆,人在深灯细雨中。怎么都是这一句?"

我没有答话。解放军坐一会儿,起身告辞。送解放军到门口,准备关门,他拉我一下手小声说,刚接到支部书记通知,明天上午开从严治院大会,估计是跟那件事有关。我用力握握他的手。

电话铃声又响起,是张一诺打来的,找梅冬郎。我喊了几声,梅冬郎没搭理。我告诉张一诺,他睡了,让他给你回电话?张一诺说,不用了,我现在在电视台实习。

挂掉电话,关掉电脑,已经是子夜时分了,正准备脱衣。电话铃声又响起。梅冬郎翻身起来接电话,喂喂,无人应答。

挂掉电话,电话却又响起,我探起身来接电话,那端传来谢临轩的声音:"天弟,你只听别说话。我现在回党校了,抓紧到我房间一趟。"

谢临轩的房间在四排房最外一层,靠近小路,窗灯在深夜的雨里透出晕黄的光。谢临轩告诉我结果已知,现在是赤条条来去无牵挂,准备回老家把档案提出来,找地方打工。

我问:"你先回地委组织部吧?"

谢临轩边收拾边说:"这种情况怎么回去,原来说开除学籍,后来保护一下,勒令退学,处理决定寄回原单位。导师在国外也知道了,向研究生院抗议也没用。我今晚就赶凌晨大巴回若水,明天办理辞职手续,把档案提出来。"

我说:"你去哪儿,想好了吗?"

谢临轩说:"有同学十多年前去海南搞房地产,我先去投奔他避一避——活人不能让尿憋死。"说着把钥匙递给我:"我简单收拾几样东西,钥匙给你。回头你把电脑搬你屋里,替我保管着。剩下的你拣有用的拿几件,其他都不要了,你看着处理吧。"

"好,冬郎怎么处分的?"

"和我一样。"

"他还不知道吧?"

"他导师不同意这样处理,可是也没办法。大限来时各自飞,顾不上他了。"

"那天我问他了,他说考试提前交卷是因为拉肚子,估摸着分差不多就交了卷。说你嘱咐他不要考得太好。"

"都过去了,不提了。我走了。院里如果通知搬家,你帮我全权处理。"

我轻轻锁好门,装好钥匙,帮谢临轩提着东西。一路冒雨穿回廊、过石桥、越草坪,来到校门口,两个人都湿透了。出校门等了好久,才有空出租车跑来停下。

送他上车,说一路保重,一路走好。出租车在黑暗夜雨里驶过,尾灯在夜雨里发着红光。车过国际关系学院,过红楼茶馆,再也看不见了。

回到四排房,夜雨稀疏。去谢临轩房间看看,他一人单间生活了近三年的地方,煮方便面的电炉还在床底,王羲之的《兰亭序》摹本摊放在桌子上,一幅废旧的条幅上是谢临轩的手书:山雨欲来风满楼。

关好灯,锁上门,我回到自己的宿舍。梅冬郎还在闭目听歌,处理这么重,他尚不知晓。同窗三年,一旦分离,不禁想起他的种种好处。原来在家的时候,妻子嫌我打鼾,特别是酒后,鼾声大作,影响休息。来党校后,醉酒是寻常事。梅冬郎没有一次提出抗议。是我鼾声消失,还是他克制忍让?整夜开灯,听歌睡觉,未必不是他入睡的方法。

再看看梅冬郎,仍躺在床上,似睡非睡。这几天,他也不去食堂,饿了就泡方便面吃。有时我给他带回一点饭,他倒跟没事人似的。这样的一个人,我行我素,看起来从不顾及别人的感受,实际除了直率,不谙世故,"童言无忌",现在就这样被"勒令退学"了。

七

各种谣传在学校的传播速度比病毒还要快。研究生院从严治院动员大会刚刚开过,忽然来了一种不知什么缘由的"非典"病毒,议论热点马上转过去了,把博士替考事件轻轻地移过去了。谢临轩、梅冬郎是因祸得福,用不着全院上下议论了,也算是出事后的大不幸中的小幸。

满城非典使人愁。学校周边的药品食品被抢购一空,每日都听到许多骇人消息,也有无数非典段子在传播。有几日飞机也飞得特别低,特别频。下午解放军登北望山,看见警车开道,7辆救护车从校外路上飞快驶过,回来说是城内病人被转移到了西山。

谢临轩不知道去哪里了,手机已经停机。梅冬郎依然我行我素,每天躺在床上,哪里也不去。先前学校通知他退学,他还满不在乎。后来几天一再催促他办理手续,抓紧离校,他也不搭理,但是明显地沉默多了,一天也不说一句话。

母亲每天会不定时地打来电话,妻子也会在上班前和下班后来电话,告诉我新听到或看到的预防"非典"的办法。梅冬郎的母亲总在深夜或凌晨打来电话,他照例不接。我都是一样的答复:"去湖边散步去了",或是"他还没回来,可能在教室里看书"。他三年到过几次教室?

有一次,梅冬郎的母亲终于忍不住问:"他没出事吧,怎么就是不接电话?"我说:"阿姨,没事的,他很好。真的刚刚出去,去湖边呼吸新鲜空气了。"

随着"非典"的日趋严峻,我对梅冬郎越来越反感了。燕南区区委书记马北平忽然调到市里,也不知去燕南还有没有一线希望。不过跟生命比起来,工作算得了什么?最麻烦的是,梅冬郎明明已被勒令退学,可是他赖在宿舍不走。我对他因替考被开除,本来是同情和惋惜的。可是"非典"来了,小道消息铺天盖地。同学有好多已经离开北京或学校,躲着去了。我本来也想回连山,同父母商议,正是联系工作的关键时候,来北京读书三年为了什么,还是不要回去吧。

两个人在一起,空气流通不畅,危险无形中增加了一倍。梅冬郎白天睡觉,晚上不知跑哪里去,反正现在对我的最大威胁就是他了。这家伙如果把非典病毒带回来,可是要命的事。我觉得当务之急是把他赶走,可同屋三年又没法说出口。

导师来电,让我通过电子邮件把论文发给他,顺便说及昨天党校开会到半夜十二点多,两个县委书记出门半夜回校。学校研究不准回校,他们所在支部的两个组织员被批评。我也顺便说了,梅冬郎至今还没有离校。

第二天我早早地去湖边散步看书。中午回宿舍的时候,梅冬郎正在收拾行李,我忙问他怎么了。梅冬郎懒懒地说,组织员上午打来电话,要求他必须马上离校,否则通知家里来学校领人。

我迟疑了一下,说:"那你好好保重吧,听说昨晚学校处分了两个县委书记——你什么时间走?"

梅冬郎说:"我下午去西客站看看能不能买上票。买上票明天就走。"

我说:"你干脆带着行李吧。现在坐火车的肯定没几个人,要不你来回折腾多危险!"

梅冬郎说:"你能借我点钱吗?我一分钱都没了。"

我说:"你要多少?"

梅冬郎说:"我算过了,车票、房租、上网,怎么也得1500元,才能支撑到毕业。到暑假就好办了,我跟家里要钱,回原单位上班。"

我取出1000元说:"身上全部只有这些了。你等等,我去借点。"

到了解放军的宿舍,房门上贴着"宿舍不欢迎任何人来访"。我拍拍门,里面没反应。我又绕到窗户边上,大声喊。解放军打开窗户,探出头说:"是你啊,什么事?"

我说:"借点钱。"于是把梅冬郎要走的事告诉他。解放军说:"手头确实没太多钱。我准备下周回家里一趟。反正博士考过了,在学校也没多少事。到论文答辩再回来。"

我说:"冬郎也不容易,为临轩出这么大的事,又不敢告诉家里。你挤出点钱借他吧。"

解放军取出500元递给我:"这钱是借给你的。我从来不和他打交道。"

我把1500元交给梅冬郎,嘱咐他注意安全。

八

下午,我正在整理宿舍,梅冬郎却捂着严严实实的口罩,提着大包小包回来了,说火车站人太多走不了。

我满心失望,把"84"消毒液空瓶子扔到门外,问外面到底是什么样子。

梅冬郎点上一颗烟说,去火车站的路上,他怕挤公交车不安全,就打车去西客站。路上非常通畅,一会儿就到了。到了候车大厅,车站的工作人员都戴着口罩,一个乘务员手持红外线测温仪给他测了体温,发了一张旅客健康登记卡,要他必须填好,下车出站时同车票一起交给出站口的检票工作人员。候车时,梅冬郎听老家方向的人说,坐火车不安全,时间长又是密封车厢,很容易染上病毒;老家那边也查得紧,对北京回去的人都要进行隔离,就回来了。

解放军敲门,推门看见梅冬郎又退出去了。我连忙跟去,解放军说,刚听说张一诺同屋烧37.4℃,去医院观察,被列入疑似。女生楼已经被隔离了,开水、方便面、水果都是外供。我们四排房是平房没法隔离,但院里要求同这些同学不要接触,除了吃饭去食堂一般不要出宿舍了。

我只好闷闷地拿着书到湖边去透气。湖畔鲜花倒不害怕"非典",开得依旧绚烂。同学们不知躲在什么地方,一下子都不见了。

晚上照例偷测体温,竟然达到37.5°,骇极,情绪不好,接母亲电话的时候乱发一通脾气。电话铃再响,我也赌气不去接。上网半宿,黎明才睡,睁不开眼。睡眼蒙眬的时候,觉得有人往身上盖被子。原来是梅冬郎没有开灯,把我掉在地上的被子捡起,给我盖上。

睁开眼看时,梅冬郎已提了行李,正悄悄开门。三年的室友,就这样走了。我睡意全消,夹杂些许的快意、些许的失落、些许的惆怅,一下子从床上爬起来。

梅冬郎回头摆摆手:"海天,我走了,书卖废纸吧,衣服麻烦你给服务员处理掉。家里来电话,拜托替我再保密一段时间!"

梅冬郎走后,我取出体温计测量体温,36.5℃,稍感不适,但没咳嗽,心态稍安。看看天快亮了,我起身给宿舍消毒,全面整理一下。

收拾完房间,给老家打个电话,提醒家里人用流水洗脸,对宝宝要特别地注意,顺便告诉昨天晚上体温过高,现在已经好了。妻子吓哭,说几天来昏昏沉沉度过,老做噩梦。

去食堂打了饭到湖边坐着吃,感到前所未有的轻松。食堂里没什么饭菜,几乎顿顿吃包子。回到房间,接到导师来电话,谈论文半个小时,谈工作各有利弊。院里也写了致"非典"疑似者的信,又发放了大量药品。

九

这几天已经适应了独处的日子。一个人看古书,想看什么,就看什么。除了接打电话,真是随心所欲。有时在湖边散步,偶尔想就这样维持下去也不错,忽然地被这念头吓一大跳。

读书时不觉得寂寞,读完了就感到孤独,想找个人说说话,可是四顾无人。谢临轩走了,梅冬郎走了,可郁闷的是,不知道"非典"这家伙什么时候走。

谢临轩的房间还保留着,钥匙在我手上,学校也顾不得来清理。我把谢临轩的电脑搬过来,其他东西一概不管,等学校开禁的时候处理掉吧。又把梅冬郎的床上喷遍了"84"消毒液。床底下一个风扇,露出一半,这个风扇可是给梅冬郎出了力的。每年夏天,这个风扇从来不停歇,他出去的时候,也让它开着,一天到晚周而复始地转个不停。可是这么一个破风扇,从西苑小摊上买来的,两个夏天了没有转坏,过些天热起来的时候或许还能用上。

梅冬郎的电脑是二手货,里面只有寥寥几篇文档,英文的占了大半,剩余是和网友聊天的记录,没有多少可看的东西。谢临轩的电脑配置高,网速快。我就用他的上网聊天,用自己的电脑修改论文,把梅冬郎的电脑塞到了床底下。

谢临轩的电脑里有近三年的文章,大部分是已经发表过的,汇编起来足够三本书了。随便读几篇,经济学的深奥在他的笔下变得顺畅明白,"是真佛只说家常话",其他还有烹饪、建筑五花八门的资料,闲来倒是饱学一番。

有时想起来给谢临轩打电话,手机总是关的。这天再打,手机号已经过期了。这家伙到底去了哪儿,解放军每次来电话也是问起。

好奇心也许是人的本性,下意识地去看他的邮箱,打不开。谢临轩是对人肯直言、不设防的人。闭上眼睛,想了想,愚人节,试着用谢临轩的生日号码进入,居然进去了。

邮箱里只剩下几封信,都是未打开的。应该是谢临轩临走时删掉了全部的信件吧。其中一封是我发给他的,主题是"曾是寂寥金烬暗,断无消息石榴红"。

出乎意料的是还有几封,除了垃圾邮件,剩余全是张一诺的信,没想到他们俩联系这么密切,我心底的醋意翻腾,几乎要压过"84"消毒液味道。

看张一诺的信件,她在抗击"非典"前线承担新闻采访的任务,字里行间能够看出以前有的文章是请谢临轩润色过的,可是有些话语也够暧昧了:

"我发烧了,或许一会儿就要被隔离,也或许几天后就死掉了,谁知道呢?有限的时间里,我找到这几封信,这是你留在我这里的唯一痕迹。还给你吧,我不愿带走。这封信发出,这些痕迹就会被删掉了。"

"你好,再打你的电话号码,已到期了。不知道你的所谓'非典'是否真发病了?但愿只是支气管炎而已。我想,这会儿,你更愿意一个人静静地待一段时间,我尊重你的方式。现在,我与你联系的唯一方式就只有邮件了,但愿你还在用这个信箱而且能够看到这封邮件。我想你也许不会再回信了,而我也不会再与你联系了,我同样会尊重你的选择。我们从彼此的生活中退出了。愿你的身体好好的。愿你以后的路走得稳稳的。"

+

时光过得真快,从不为谁略停半步。人似秋鸿来有信,事如春梦了无痕。"非典"悄悄地来,又悄悄地走了。无缘无故的,莫名其妙的。

转眼学校解禁,轮到论文答辩了。解放军硕士论文答辩的时候,我过去帮忙照相。今天下午轮到我论文答辩,他也来帮我照应。答辩完才发现,不知道张一诺什么时候也来了,静静地坐在后排。

论文答辩结束,由于"非典"刚过,余悸尚在,连请答辩老师吃饭也省了。解放军帮我收拾材料,送到宿舍。在我的毕业论文扉页上题字:海天兄惠存,并贺增岁之喜。

外面轻轻敲门,张一诺来了,送来一个小蛋糕说,当晚饭吧。我告诉张一诺,我已经和燕南区人事局谈妥,毕业后过去工作。封校的时候,我从歪脖槐树爬出去,打车去燕南谈事,路上几乎看不到其他车辆,一派荒凉。在人生最低谷的时候,燕南接纳了我。在从学校到燕南的路上,我忽然窥见了人生的极大秘密,忽然发现自己不再仅仅是个乘客,自己原来也是主体,参与人生体验的主体,参与人生与历史创造的主体。没有我的参与,出租车的运行将变得毫无理由,毫无意义。正如地球不知是从何处来,又要到何处去,人行天地间,也是过客,不能只是被动地接受,而要主动地参与历史,主动地创造历史。

我在梅冬郎的床上铺了几张报纸,请张一诺坐下。又把梅冬郎的破风扇打开,说梅冬郎的东西都处理了,只剩下这本英语词典和电脑、风扇、小录音机。词典难得没有被他撕掉,密密麻麻满是批注。"非典"解除不久,她母亲来电话,我说他刚回去,沿途玩几天就回家,您放心吧。这几天没再来电话。

谢临轩屋里空空如也,布满灰尘。前两天收废品的过来,书卖了,只剩两套西服和这个电脑。用电炉子是违反规定的,早在夜里扔了。还有他的手书,半阕《浣溪沙》,没舍得扔,捡回来了:斗转星移心尚在,柳暗花明路还长,人生而立正彷徨。

张一诺很疲倦的样子,侧躺在梅冬郎的床上闭目养神,一缕头发盖住脸,恨不得替她拂去。张一诺缓缓地说:"酒醉的时候,他喜欢给我打电话,说些胡乱的话,借着这样的遮掩,放肆一回。清醒的时候,是不能不顾及似锦的前程和家中的妻小的。有时我会好奇,坐在我面前的这个人面对他的领导、他的妻子、他的朋友的时候是什么样子呢?也会这样神经质,颠三倒四吗?一个在仕途上摸爬滚打的人心里还留着多少灵气呢?我固然清醒,他又有多少痴情呢?"

梅冬郎的录音机还在,电源没有拔掉。张一诺随手摁下 play 键,一首忧郁缠绵的乐曲送了出来,仔细听英文歌词,原来是"country road take me home"(乡村路带我回家),音乐在寂静的屋里回旋,窗外雨唰唰地打着窗棂,不觉困意阵阵袭来。

(原载于《收获》2019 年第 5 期,张颐雯选编)

孟小书/女,1987年出生于北京。毕业于加拿大约克大学。著有作品集《满月》。曾获第六届西湖·中国文学新锐奖,第二届《钟山》之星文学奖,十月文学奖。《当代》杂志编辑。

请为我喝彩

我叫孙闯闯

北京三月的某个午后,天阴森森的,号称今天有雪,没有霾。但事实恰好相反,这又有什么关系呢,谁会在乎今天有雪或有霾。会议结束后,《摩登音乐》的姚小瑶在办公室里攥着手机徘徊。她在脑子里,构思着五套向孙闯闯老师催稿的说辞,片刻后,终于给他打了电话。

"喂?"

听上去,孙老师心情还不错。

"喂,孙老师您好。请问您什么时候能交稿?"说罢,姚小瑶脑袋一下炸开了。刚才组织好的五套说辞,一个字也没说出来。

"哪位呀?"

"对不起孙老师,我是《摩登音乐》的小姚儿。我的意思是……"

"哦,知道了,明天给你稿子。"

"太谢谢您的配合了……"

没等姚小瑶说完,孙闯闯就把电话挂断了。

"什么玩意儿啊,会写几个字就不知道自己姓什么了!"

"小姚儿!"办公室主任隔墙叫她。

"在!"姚小瑶丧着脸去了主任办公室。

"给孙闯闯打电话了吗?"主任问。

"打过了。"

"怎么说的?"

"说是明天交稿。"

"好。晚上再打电话催一下。"

"主任……他这人……"

"我知道,毕竟在圈子里混那么多年了,难免会有点自我膨胀。"

"这也太膨胀了。"

"现在满世界都在要他的乐评,多亏咱们老总跟他关系好。懂了吧?"

姚小瑶在走出办公室的这几步里,又构思出了晚上与孙闯闯通话的几套说辞。午饭时间,她在街上觅食,看着人来人往,开始幻想孙闯闯的面容——胖、丑、矮,蒜头鼻上架着一副眼镜。她越来越好奇,拿出手机来在网上搜他的照片。谁想到,孙闯闯长得居然还挺像个人,符合姚小瑶百分之五十的择偶标准。她走进一家饭馆,坐下,点了碗面,在脑子里演练着晚上的对话,最后决定,"跟丫死磕!"。

傍晚,孙闯闯把家里的背景音乐调大些。他面对着文档呆坐了整个下午,他又望了望窗外的晚霞,忽然间,无比伤感,觉得似乎自己等不到大红大紫的那天,就已江郎才尽了。他站起身来,关上文档。上午那位《摩登音乐》编辑的电话,被他忘在了脑后。他打开电视,拿出一张没有封面的CD,开始播放。电视荧幕上"大闹天宫"几个大字浮出。业余演员拙劣演技和个别处的穿帮,让整部影片看起来更真实,也更有棱角。这是他最享受的时光,《大闹天宫》是早期炎雅伦导的一个短片,孙闯闯和几个当时也同样在圈里混得不错的朋友都有参演。短片里没有孙悟空也没有玉皇大帝,是讲一个歌手如何被唱片公司捧红,又如何被抛弃,最后又如何东山再起的励志故事。孙闯闯能在主人公的身上找到炎雅伦的影子,也能找到自己的影子。在温故一遍影片后,烦躁和焦虑逐渐退散。他又坐回到了书桌前,打开文档。这会电话又来了,还是上午那位编辑姑娘。

"喂,孙老师您好。"

"哪位啊?"

"我上午给您打过电话,《摩登音乐》的小姚儿。"

"哦,稿子是吧?一会给你。"

孙闯闯关了电脑,起身去了卫生间。他的灵感像龟裂的老树皮。待他沐浴更衣后,照着镜子,怒视着自己:"妈的,这孙子今天居然三十七了。"他突然做了一个重大决定,算是给自己未来的若干年人生做一个计划——再也不写乐评了。他哆嗦着从洗手间里出来,想给费主席打电话,叫他来家里喝酒。毕竟是生日,一个人过还是有些凄凉。费主席本名叫费乐乐,四川孩子,比孙闯闯小两岁。之所以叫他孩子,是因为他是一名玩具设计师和插画师,号称自己有一颗永葆童趣、不会衰老的心。孙闯闯的三次婚礼,都是他当伴郎。民间有个说法,当伴郎不得超过三次,否则孤老终生。费主席至今没有女朋友,可能也是因为这个。每当他抱怨时,孙闯闯就道:"刚三次,你还有机会。为了你的幸福,我下次绝不让你再当伴郎。"

费主席就回:"你还有下回?"

"也就这么一说,我决定了,下半辈子只耍流氓。"

孙闯闯只有他这么一个朋友,他视费主席为唯一的挚友。他甚至想过这辈子凑合跟他过也行。但费主席不这么认为,他四处是朋友,北京到处都是他熟章儿。他之所以叫主席,是因为他身边有一票做玩具的朋友,他们志同道合,臭味相投,都有一颗稚嫩的心和一个空空如也的钱包。他们在圈内互称对方为某某艺术家,某某设计师,互捧臭脚,在外他们就是臭屌丝。费主席的名字是孙闯闯起的,也只有孙闯闯叫他主席,意思是屌丝协会的主席——费主席。孙闯闯特别讨厌那些臭屌丝,但除了费主席。费主席爱看书,从前也是孙闯闯的粉丝。可就这一点,费主席否认,那完全是孙闯闯的一厢情愿。

费主席的电话那端吵吵闹闹,一猜就是屌丝协会的聚会。

"吗呢?"孙闯闯道。

"吃饭呢。"

"来我这一趟。"

"哟,今晚不行啊,我喝酒了,骑不了车。"

"找个代驾过来,我给你付钱。"

"人家没有代驾摩托的,再说万一给我摔了怎么办?"

"那你打车过来,我给你报销。"

"那也不行,我在五道营呢,摩托不能停这儿。"

"你××,我今天生日,爱来不来。"孙闯闯挂了电话,把手机往床上扔了去。

过会儿,费主席带着酒气到了孙闯闯家里。

"你去冰箱里拿两罐啤酒过来。"孙闯闯坐在地上翻DVD,挑片子。

"不用,今天我请。"费主席背了一个巨大、印着卡通图案的环保帆布袋,放在了茶几上,逐一向外摆着啤酒、鸭脖子、鸭掌、鸭舌头。

"怎么过来的?"

"骑过来的。"

"酒驾……不要命了?"

"命当然要,但摩托也得要。今天看什么?"

"看一个前些天刚淘回来的吧,商业爱情片,怎么样?"

"不是你风格啊!"费主席把包装袋用牙撕开。

"人民艺术家要雅俗共赏,偶尔也得接接地气儿。"

两人横坐在沙发上,都把自己调整到了舒服的姿势,各握一听啤酒。

"对不起啊,忘了你今天生日了,生日快乐。"

费主席够着孙闯闯的啤酒,往上凑着,和他碰了一下。

"没事,其实叫你来就是想让你陪我看看电影。"

电影开始了,字幕上滚动着主演、导演、监制以及等等的名字。

两人有一搭无一搭,电影成了他们聊天的背景乐。

孙闯闯道:"你说,这种电影有人喜欢看吗?"

"那肯定的。"

孙闯闯又说:"我想写一个关于炎雅伦的电影,你说靠谱吗?"

"她都死了那么多年了……"费主席小心翼翼的,没敢再多说什么。

"七年。"两人沉默许久,电影中的对白与音乐此起彼伏,但谁都无心看下去。

"我还是想把她的故事写下来,我觉得她是一个传奇,值得我去写。我想把它以电影的形式记录下来。你觉得这事可行吗?"

"电影圈可不好混。我认识一个制片人,不过他是制作动画的,我可以帮你问问他该怎么操作这事。"

"不好混?说得跟你门儿清似的。"

费主席没再说话……

"算了,我自己想办法,回头写完了剧本你帮我看看。"

孙闯闯的大脑开始飞速运转,搜索着人脉。终于,在联系人名单的角落里发现了一位许久不联系的电影编剧,他曾是孙闯闯的粉丝,两年前在一次摇滚乐的演出上遇见的。但这些,孙闯闯已经忘了。

第二天,由于宿醉,头痛欲裂。孙闯闯勉强站起身来,迅速洗漱完毕,换上了一身干净的衣服,出门了。今天,他要参加一支摇滚乐队的新专辑首发仪式。仪式上,粉丝们霸占了场地内的所有空间,其中孙闯闯的粉丝占据了一半。孙闯闯在一名保安的带领下,穿过粉丝群,来到了休息区。

该乐队主唱在介绍完专辑后,说:"今天还请到了我们的好朋友,也是整张专辑的作词人孙闯闯,孙老师。没有他,就没有我们这张专辑。他给予了我们很大的帮助。"

台下一片欢呼,孙闯闯闪亮登场。在他登台的瞬间,昨夜的啤酒和鸭脖子在胃里翻江倒海。他吞了下口水,拿起话筒,迟迟说不出话来。

许久,他说了一句:"谢谢。"便下台了。

不知从哪个方向,冒出了一句:"装什么孙子。"

台上的乐队及经纪人颇为尴尬。孙闯闯权当没听见,绕过休息区,从后门打了个车,回家睡觉了。他认为,这样不入流的乐队不值得自己多说什么。今天去,算是给足了面子。

孙闯闯要跨界

其实,自昨晚与费主席聊完,心中一直揣着那件事——拍电影。他又琢磨了一番,猛然道:"说干就干。"他终于拨通了那位编剧朋友的电话,但听语气,对方也已将孙闯闯忘记了。电话中,编剧朋友为了避免尴尬,还是热情地与孙闯闯寒暄着,并故做惊喜状。这使孙闯闯那高傲的姿态又无意间流露了出来。

两人在电话里一问一答,孙闯闯问一句,编剧朋友答一句,绝不多说。孙闯闯没觉得对方的冷淡,反而急躁了:"你现在有没有时间,咱们见面聊。"

"现在可不行,我人不在北京。"编剧朋友一口回绝。

"那你什么时候回来?"孙闯闯追问。

"可能一时半会回不去,我在跟组写剧本。"编剧朋友的理由让孙闯闯挑不出毛病。

"不然这样,我再给你介绍一个人,他是金辉影业的老总,叫他何总就行。他一直在找好的剧本,你去找他聊聊。"

编剧朋友向孙闯闯念着电话号码,挂下电话,他长舒口气:"真是难缠。"

"何总",听着像个大人物。他在网上查了查此人资料,金辉影业可以查到,确实参与了不少的影视剧项目,有几部剧还是一线明星主演的。可何总这人,查不到半点资料。尽管这样,孙闯闯仍然觉得何总的来头不小。他觉得面对像何总这样,常与一线明星打交道的人,自己立刻矮了一头。他踌躇片刻,按照号码,给何总打了过去。在等电话的这几分钟里,他紧张了,出汗了。嘟声持续一分钟后,无人接听,反倒松口气。他头脑发木,如果何总刚才接了电话,要跟他说什么?剧本也没写,大纲也没有,拿什么和他聊?孙闯闯心跳加快,脑子里闪出了无数个剧本中的人物对白,并且感到十指发胀。他立刻打开了电脑,在文档里飞快地打字,无比酣畅。数小时过后,已是夜里,他突然又想起了那位何总,电话再次拨了过去。

"喂,哪位?"

"您好,我是孙闯闯。"

"孙闯闯?打错了。"何总挂了电话。

孙闯闯愤怒了:"敢挂我电话?"可又一想,人家毕竟是影视圈的,对音乐圈的人应该不熟悉。

电话又拨了过去:"不是告诉你打错了吗!"

"何总,我是××的朋友,孙闯闯。"这次他的态度客气了些。

"哦,想起来了。××和我说了。"何总热情许多,两人寒暄一阵后,孙闯闯终于急切地将话题引入正轨,道:"我听说您在找好的剧本。"

何总:"没错,现在本子倒是很多,但就是没有好的,让人眼前一亮的。"

孙闯闯:"您说的好的本子,是指什么类型的?"

何总:"也没什么具体的类型,就是好的故事。有新意的。"

孙闯闯想,这不是废话吗?

何总又道:"他说你自己在写一个本子,是什么题材的?"

孙闯闯:"是关于一个明星悲喜人生的故事。"

何总:"听着还不错,剧本完成了吗?"

孙闯闯:"还没有,只完成了大纲。"

何总:"这样吧,你明天有时间的话,可以先到我公司里来,咱们见面聊。"

一个星期后,孙闯闯将大纲整理妥当,自认为这是一部上乘之作,一定不会令何总失望的。他开始幻想起影片上映结束时,定会掌声雷鸣。闭关写作让他头重脚轻。当迈出家门,踏进阳光里时,他一阵恍惚,车辆行人像是缥缈的幻影。他低着头,看向远处,许久打不到车。他一步步向前走,每一步都是沉重的。先前的自信,在明媚的阳光中神秘地挥发了,消失得无影无踪。见到何总应该说什么?他知道炎雅伦是谁吗?可他转念又一想,我是孙闯闯,我可是孙闯闯呀。

金辉影业隐藏在创意文化产业园区里。孙闯闯曾经来过一次,是作为斑马乐队新专辑发布会的特邀嘉宾。但具体是哪一年,他已经想不起来了。只是隐约记得,那天很热闹,发布会上来了很多歌迷和孙闯闯的粉丝,并且那天穿的衣服好像也是这一身。他顺着园区里的内部道路终于摸索到了金辉影业。他推开玻璃大门,空调的冷气令他瞬间冰爽。里面是一个大开间,所有的门都是透明玻璃的,这是一个毫无隐私的空间。三五个员工对着电脑,个个都萎靡不振。公司墙上贴着诸多电影海报,没有一个是他熟悉的。

孙闯闯见无人理睬他,主动问了句:

"请问,何总在吗?"

"哦,在里面呢。"终于,一个戴眼镜的小姑娘说话了。

何总果然在办公室,他正靠在沙发椅上,打一个看似比较重要的电话。声音透过这扇沉重的玻璃门,时不时会飘出"几千万""张艺谋""华谊兄弟""档期"等词语。这些词语忽然令孙闯闯对何总肃然起敬。他小心翼翼地敲了下玻璃门,何总示意他稍等。孙闯闯紧张了,不知自己该去哪等,站在门口,就像是在偷听人家打电话;可回到那个大开间的办公室,又不知该坐哪。曾经习惯了被人接待的他,顿时不知所措了。庆幸的是,何总的电话很快打完,热情地将他招待进了办公室。

"快请坐。"何总也站起来,准备与孙闯闯握手。

"我年轻时候也是摇滚青年,还组过乐队。你的名字我听过,著名乐评人和作词人。"

听何总这样一说,孙闯闯心里就有了底,既然是摇滚青年,那就一定知道炎雅伦。

何总又说:"怎么突然想搞电影了?"

"兴趣……兴趣。"孙闯闯没有直接说出自己要拍这部戏的真正原因。

"那你说说你有什么想法,看看有没有机会合作。"

"您知道炎雅伦吗?"

"知道,一个歌星。是不是前几年死了?"

孙闯闯的心紧了一下,觉得何总对炎雅伦极为不尊重,但还是将那份不满咽了回去。另一方面,他又觉得何总的言语间,透露了他对炎雅伦是不熟悉的。

"没错,我想写一部关于她本人的电影。"

何总双手交叉在额下,似乎在等待接下来的一番精彩演说。

孙闯闯鼻尖冒汗,在来这里之前,他心里装满了对这部电影,以及对炎雅伦的期待。他自信满满,以至于没有任何准备。此刻,当他面对何总这副精明、期许的眼神时,有了一种似曾相识的恐慌。他突然感到自己无从开始,从哪里开始都是错的。关于炎雅伦的电影,他想要说的太多太多。何总给他充裕的时间整理思路。办公室里寂静了,过了若干分钟。孙闯闯终于开了口。

"炎雅伦是一个传奇,她值得我们去纪念她。"

他的开头不错,何总点点头,得到了这个开场白的肯定。何总继续看着孙闯闯,继续等待接下来的演说。

"大纲我写完了,不然您先看看?"

"能先大概给我讲讲吗?"

孙闯闯从头讲起……

"你先等等。"何总听得不耐烦了,"你能用一句话概括你的大纲吗?"

又是一阵沉默。何总把孙闯闯难住了,许久没有开口。何总终于又说:"我想,你还没有将清楚思路,对吗?这样吧,这个事情不着急,你先回去把剧本大纲再改改,捋清楚思路,咱们再来谈。你说呢?"何总站起身,逼迫着孙闯闯也起了身,意思是要送客了。何总又客套了几句,把孙闯闯送出了门。

走出金辉影业,外面的阳光把柏油路面照得明晃晃的。孙闯闯看不清远处的景物,眯缝着眼睛摸索着前行。他摸不清何总的意思,只知道自己的下一项工作是先捋清楚思路。这是他第一次接触"电影人",他不懂"电影人"的套路。何总算是"电影人"吗？他再一次回想刚才与何总的对话,心中燃起了一股怒火:大纲岂是能用一句话概括的！大纲都不看,也太不尊重人了。孙闯闯到家后,一屁股坐进沙发里。他闭上双眼,心脏像是停止了跳动,久久地闷了一口气在胸口。他不知道以这样的姿势保持了多久,直到天色浅浅暗下来,他的双腿发麻,腰椎酸痛,缓慢地从沙发中立起。他活动着紧而发涩的关节,骨骼发出了几下清脆的声音。他打开灯,房间亮堂了,心也亮堂了。日子还得继续过下去,大纲也还要继续改下去。更何况,人家又没完全否定。他把自己劝到书桌前,面对已完成的大纲,无从下手,该从哪里改起呢？

与炎雅伦有关的日子

2006年,炎雅伦首张专辑问世。在专辑上市之前,经纪人团队首先将专辑寄给了孙闯闯。作为国内首屈一指的媒体记者、乐评人、作词人孙闯闯,第一时间拿到了专辑。炎雅伦的名字孙闯闯听说过,当年是台湾著名的音乐制作人、幕后人。当他拿到专辑时,心中一阵激动。炎雅伦第一时间把专辑寄给我,证明什么？证明他们对我是尊重的,并且认可我在大陆的"江湖地位"。

与此同时,他还收到了一笔数目不小的稿费,是他给炎雅伦写乐评的稿费。他知道,无论专辑如何,都要赞美它。孙闯闯将CD插入播放器中,开始翻看最近的音乐杂志,炎雅伦的歌声变成了背景乐。他被自己曾经写过的一篇乐评吸引住了。他反复感叹自己的文笔和对音乐的感受力,完全陷入了自我陶醉中。当他看完这篇乐评时,炎雅伦已经唱完了两首。他继续翻阅,忽然看见了炎雅伦的一组时装照片。忘记了是哪一年,孙闯闯刚进入媒体圈的时候,曾去过台湾一次,与炎雅伦做过一次面对面的访谈。那时,能与她面对面访谈的大陆记者不多,能让炎雅伦记住的记者也不多,可她记住了孙闯闯。炎雅伦的姿态很高,通常与她访谈对话的记者都会收敛些。但孙闯闯的问题犀利、尖锐,直逼炎雅伦要害。那次访谈结束,报社主编将孙闯闯痛批一顿,但介于他刚入行,经验少,就没做过多惩罚。谁知,事后炎雅伦亲自往报社打去了电话,说以后凡是关于她的采访都要让孙闯闯去。孙闯闯一下子在报社受到了重用。或者说,一个娱记是否能受到重用,都要看人家明星的喜好。

如今,杂志上的炎雅伦瘦了很多,眼神也柔和了。照片旁边附上了一段首张专辑的创作谈,作为歌坛新人,她变得谦逊、和善了些。他忽然放下手中的音乐杂志,开始聆听。她还是那个她,即便作为歌坛新人,嗓音中也有属于她自己的桀骜不驯。孙闯闯喜欢这张专辑,是发自内心地喜欢。他迅速坐在电脑前,用最快的速度写完了乐评,发给了主编。

炎雅伦上了《音乐风尚》的头条,半个版面都是她的照片与孙闯闯写的乐评。她的专辑正式上市,新闻也出现在了大小媒体上。经过一星期的时间发酵,她的专辑迅速一扫而空,并且在华语音乐榜上位居第一。评弹与摇滚乐的撞击,中西合璧,并加入了自己的演绎特色,在那个时代,她的音乐是独具一格的。她不是传统意义上的美女,大眼睛单眼皮,国字脸粗眉毛,高个子。由于眼睛大,眉毛粗,高兴的时候也看着像不高兴。总体来说,她的外形与音乐都自成一派,不能简单地用美、丑、好听、难听这些简单粗暴的词语来评判。她是另类的,前所未有的(至少在中国),横空出世的,大张旗鼓地出现。瞬间,她的乐迷为她而疯狂。据说,后来她开演唱会的时候,晕死过去好几个。

后来炎雅伦来北京,成了北漂。当他们成为密友后,炎雅伦说,她觉得自己在某些层面上,和孙闯闯是一种人,都是那种自以为是、无比自恋、愚蠢和孤独的人。那时候孙闯闯还年轻,不知道她为什么会这么总结,他说,我觉得你对我可能有所误解,我不是这样的人,我也从没感到过孤独。再后来,炎雅伦消沉了很久,她的走红可以说是昙花一现,人生中只出了那一张专辑,可她的妆容和那股自命不凡和桀骜不驯的态度久久地影响着那个时代的年轻人。炎雅伦死了,死在了自己家的厕所里。死得很平静也低调,没有任何报道。炎雅伦有一首很红的歌叫作《我不要孤独地死去》,靠这首歌,她买了一套两室一厅的房子。身边也围着许多朋友。她死在了自己家中,除了尸体,只剩下了孤独。孙闯闯收到消息,是在她死后的一个月。她的死对孙闯闯打击很大。她曾经对孙闯闯的总结与评价,一直徘徊在孙闯闯心里。炎雅伦说得很对。

炎雅伦在北京那些年一直在尝试编曲,所创作出的曲风,大家闻所未闻,但她仍是坚持铤而走险。她在苏州评弹里不仅要混入摇滚,还要混入爵士及雷鬼元素。她不仅编曲,还要作词,决定亲自演唱,执着与信念是不容任何人质疑的。炎雅伦在巅峰时攒了些钱,可以任性几年,但在经纪公司和制作人来看,她的所作所为就是一种自负与不负责任的表现。经纪公司一再告诫她,只给一年时间,如果一年后失败了,就要与公司解约。

她喜欢北京,也喜欢北京的这帮朋友。他们曾是她的粉丝,后来慢慢才成朋友的。这些朋友做的音乐在主流媒体看来都是"地下"的,所谓"地下"就是小众的。小众音乐也没什么不好,毕竟真正的艺术都是给少部分人欣赏的。但无论是再伟大的艺术家也得吃饭,做一个愤世嫉俗的艺术家是有前提的,前提就是衣食无忧。这导致其中一部分音乐人想要转型,转成"地上"的。但如何才能跑去"地上",就要靠孙闯闯的乐评了。

在这个期间,孙闯闯走到哪都被人捧着,但凡自己搞点音乐创作的年轻人都会慕名而来。有些人千里迢迢来了都不见得能见上一面,北京城那么大,没有中间人介绍,是找不到他的。但在这些为他慕名而来的人里面,除了热爱他音乐的,也有猎奇和想跟他交朋友的。有一次,孙闯闯应邀参加一个唱歌的选秀比赛,在海选中,有一个男孩在唱歌之前说:"孙老师,我前天到北京,露宿街头两个晚上,昨天夜里还下雨,就为了见您一面。"男孩眼睛直勾勾地盯着孙闯闯,完全忽视其他两位评审老师。论年头,那两位要比孙闯闯更资深,且比他年长。孙闯闯真心地被感动了,但还是有点不好意思,挠了挠头,说:"谢谢你……"别的话也不好多说。最后,那个男孩还是被淘汰了。隔天,孙闯闯在一个演出上,又遇见了这个男孩。男孩主动和他搭讪:"孙老师,我是昨天……"孙闯闯:"我记得你,你其实唱得挺好的。"男孩:"孙老师,我三天没吃饭了,能借我一百块钱吗?"没想到,孙闯闯很大方地借给了他,但他知道这钱肯定是要不回来了。

这事一直流传了很久,大家经常用这事拿孙闯闯来打镲。很多人一没钱,就会想到孙闯闯。他富裕的时候很慷慨,穷的时候也从不会管人家借钱。总之,那段时间他身边总是围着一群人,日子过得很热闹。热闹到他已经逐渐淡忘了炎雅伦,炎雅伦也逐渐淡出了人们的视野。后来,孙闯闯在与费主席的一次聊天中说,其实,我一直都知道,是炎雅伦成就了今天的我。她死了,我很孤独。

孙闯闯准备东山再起

新一版大纲完成了,又迅速地发了一封电子邮件给何总。两天后,何总有了回复。何总在邮件里没有发表自己对大纲的看法,但提出了第二次见面要求。

孙闯闯自信满满地再次进了金辉影业。既然要求再次会面,那定是对新版大纲有了兴趣。

何总很激动地说:"大纲我们公司的策划都已经看过了,觉得很好。"何总露出了一个惋惜的神情,"炎雅伦……这么有才华,真是可惜。"何总又说,"剧本你需要多久可以完成?"孙闯闯心里犯起了嘀咕,大纲过了,那自然而然就是剧本阶段。事情进展得如此之快,总觉得有点不对劲,但又不知道是哪里出了问题。难不成是"快"出了问题?

他说:"我也不清楚,可能需要一个月?"

"一个月,好。我等着!对了,我们签署一份保密协议吧?"

"保密协议?"

"对,就是你这个剧本不要再透露给别人了。"

孙闯闯没想到,事情会进展得如此顺利。他立刻给费主席打电话,把他约到了家里。孙闯闯买了箱啤酒和瓜子,准备庆祝一番。两人像往常一样,孙闯闯挑一张电影 DVD,有一搭无一搭地看电影。他把脚跷得高高,不停抖动。

"给你高兴的,说给你多少稿费了吗?"费主席问。

"谈钱多俗。"

"得,我俗。合同怎么签的?"

"我说你能不能别总聊什么钱呀、合同的?"

"合着你跟他什么都没签,就要给人家写剧本了?"

"签了一个保密协议。人家何总还是很值得信任的。他没你想得那么坏。"

"那你这大纲写完了,是不是得让我看看?"费主席道。

"跟你说了,签了保密协议。"

"跟真的似的,保密协议又不是防我的。"

两人话不投机,费主席把喝剩下的啤酒放到了茶几上,号称"有事",摔门走了。他骑着摩托穿梭在寒风里,被一团永不散去的雾霾围绕着。这气味潜伏在白日的喧嚣中,到了夜晚便悄然爆发,并带一股狠劲儿覆盖全城。费主席在这股迷幻般的雾气中,飞奔。借着刚刚的酒劲,很想冲回去给孙闯闯一拳。他觉得他变了,希望一拳下去,能够让他清醒点。他继续前行,眼前的灯光变得飘忽不定,光晕越发模糊。费主席终于把自己摔成了骨折。遵医嘱,须卧床一个月。

一个月后,剧本也完成了。自从两人那晚的不欢而散后,就再也没联系了。孙闯闯一心扎在剧本中,与炎雅伦并肩前行。而那晚的事,他早已抛在脑后,更不知费主席骨折的事。费主席的身边总是围聚着一帮设计玩具和画漫画的朋友。但即便如此,他的心里还是在挂念着孙闯闯。

孙闯闯最终还是告诉了他剧本完成的事,约他一起喝酒。费主席一口回绝,态度极为冷淡。孙闯闯突然想起了那一晚的事,埋怨他心眼小。费主席终于绷不住了:"你写完了,碍着我什么事?你就是这么的自以为是,觉得整个世界都是为你准备的,所有人都得围着你转。你是不是觉得自己特别牛×?"孙闯闯举着电话,目瞪口呆。过了会儿,他缓过神来:

"你是不是吃错药了?"

"你才吃错药了。"说罢便把电话挂断了。孙闯闯将手机摔到沙发上,用力过猛,手机又弹到了地上。

"这孙子疯了吧,还是嫉妒我?"

待他冷静下来,又回想着方才费主席的态度,他怀疑,有可能是费主席最近遇着过不去坎儿了,而自己最近又一帆风顺,疏于对他的关心。他决定过几天去一趟费主席家里,真诚地慰问。孙闯闯将完整的电子版剧本发给了何总,他长舒口气,心里空荡荡的。他决定再打给费主席,不知那孙子气消了没有。可连续打了几通,一直关机……

孙闯闯终于等来了何总的电话,说要面谈。面谈,意味着何总有很多话是不方便在电话里说的,或是他对剧本还有别的想法,需要再次修改。那面谈,意味着事要成了?也许吧,他不敢轻易断定。第二天,何总态度依旧。后来,在很多年后,每当孙闯闯想起何总的时候,眼前总是会出现《电锯惊魂》里面那个戴着笑脸面具的木偶,让他不寒而栗。何总见到孙闯闯,并没有直接聊剧本,而是绕过剧本和他谈论起了音乐,谈起了炎雅伦。何总对炎雅伦感兴趣了,孙闯闯很高兴,和他说起了与炎雅伦相处的那些日子,还说了一些就连费主席也不知道的秘密。一个小时过去了,还是没有聊到剧本,孙闯闯着急了,终于按捺不住问了句:"何总,您觉得剧本怎么样?"何总顿了顿:"剧本我们都看过了,觉得拍成电影还是有问题的……"孙闯闯脑袋嗡了一下,耳朵突然闭上了。

从这以后,孙闯闯生了一场病,得了急性阑尾炎。孙闯闯住进了医院,手术结束,借着麻醉剂睡了一天一夜。他睡得很沉,梦见了费主席,梦见了炎雅伦,他们又回到了过去,回到了他曾辉煌过的少年时期。在梦里,他与炎雅伦和费主席依依惜别,像是自己要去远方,再也见不到他们了一样。醒来的时候,他泣不成声,把等在他身边的费主席吓坏了。孙闯闯用那只插了针头的手握住了费主席的胳膊,哭得一发不可收。费主席说:"就是个小手术,不要搞得这么悲壮。"孙闯闯似乎竭尽了全力,从干燥的嗓子里发出了几个音:"我觉得我完了。"费主席不再说什么,就这样坐在他身边,无能为力地看着他。

费主席知道他指的是什么,剧本的事估计泡汤了。他从没见过孙闯闯如此痛苦,甚至绝望过。费主席安静地坐在他身边思索着:这一切,对于他来说未尝不是一件好事。你终于在三十七岁的时候,认清了这个世界的真实面目。

在住院期间,费主席、冯煜和小芒(小芒是费主席的徒弟,跟着他学过几年的素描。同时也是孙闯闯的粉丝)对他进行轮流照顾。孙闯闯萎靡不振,整日瘫在床上。在临出院的前一天,冯煜突然对孙闯闯说:"孙老师,我有个朋友也是做影视的,也是个制片人,不然你找他聊聊?但……"

"但什么?"

"但就是不知道是否靠谱。其实,您遭遇的这事也没什么的,可以说根本就不叫个事。"冯煜一开始说得小心翼翼,但见孙闯闯的态度是谦逊的,就试探性地将说辞加大了力度。

冯煜又说:"这剧本通不过是再正常不过的事了。说实话,炎雅伦后期就不再做音乐了,她的那些所谓的创新根本就不被世人接受,毫无市场。经纪公司都要跟她解约了。她曾经确实有一批铁粉,但那才区区几个人?你要写一部关于她的传记拍成电影,受众群太有限了。别说影视公司老板了,就连我也觉得赔钱。"

孙闯闯无力反驳,只是目光呆滞地盯着床脚,过了阵说:"所以,我是白写了吗?"

"也不能这么说,你去找这个人聊聊。她叫张静兰,是一个制片人。她做商业电影,也做纪录片。她曾做的两个纪录片都拿到过国际奖项。看看她有什么想法。"

"但你不是说没有市场吗?"

"纪录片和电影不一样,可以参加个欧洲某国的电影节,拿个奖。得奖后,你的身价就不同了。"

"算了,爱谁谁吧。"

孙闯闯出院了,医生千叮咛万嘱咐,以后千万不能喝酒。费主席替他答应了。

为了表示感谢,孙闯闯决定请他们三人吃饭。如今的孙闯闯"没落"了,谁都能跟他一起吃饭,谁都可以跟他开玩笑,褪去那层光环,他就是个不太随和的中年人。饭馆在孙闯闯家旁边的胡同里,是一家小而干净的馆子。孙闯闯和费主席都喜欢这儿。晚饭时,孙闯闯故做兴奋状,频频举杯,说必须要庆祝自己"大难不死"。费主席劝不住,冯煜和小芒更是不敢"轻举妄动",一不留神,又喝多了。

回到家,冯煜接到了孙闯闯的信息:把那位制片人朋友的电话发我。

冯煜所给出的电话号码并不是该制片人的,是她的助理。有了上一次与何总的沟通经验,这次就自如、从容了许多。助理与孙闯闯约好了时间,是下星期一的下午。距离赴约时间,还有四天时间。他决定再将剧本进行一次修改,并且做一份演讲稿,这次要做好充分的准备。毕竟机会是留给有准备的人的。而自己要做的就是要抓住每一次机会,说不定哪次就成功了。

这天,阳光明媚,长时间的雾霾被一夜春风吹散了。孙闯闯抱着电脑,迈着矫健而又稳重的步伐到了该制片人的公司。前台姑娘给他用一次性纸杯接了水,放到茶几上,道:

"张总在开电话会议,您稍等一下。"

"可她跟我约的就是现在,怎么又开会了?"

"实在抱歉,临时有个急事。应该快了。您坐下休息会儿。"

孙闯闯见小姑娘挺客气,没再为难她。他走向接待室的落地窗前,风景很美。可以俯瞰整个奥林匹克森林公园,以及大半个亚运村和小半个北京城。他思索着该如何向张静兰阐释他剧本中所想表达的寓意,如何讲述那交错的剧情,如何描绘剧本亮点。只要剧本进行顺利,电影就可以拍出,观众们一定不会失望的。他面对小半个北京城,望着堵得水泄不通的四环路,他忽然觉得自己是幸运的那一个。他感谢上天赐予自己的才华,感谢父母又给了一张不太会让别人嫌弃的面容。他激动了,兴奋了,眼前的道路一片光明。

二十分钟过去了,仍是静悄悄的。孙闯闯推门而出,吓了前台小姑娘一跳。

"你能催催她吗?都这么长时间了。"

"您看,张总完事了她肯定就来找您了。"

孙闯闯往张总办公室看了一眼,门依然紧闭着。

"您再等一会儿,张总完事了,第一时间通知您。实在抱歉啊。"

孙闯闯想走,可这步子就是迈不开。原地踟蹰片刻后,又回到了接待室,坐下了。好事多磨,不要因为这几分钟而错过一次机会。他背靠着落地玻璃窗,阳光烘烤着后背,暖洋洋的。透过接待室的落地窗,可以俯瞰到整个亚运村,鸟巢窝在一汪绿色中,像是刚被生出来的恐龙蛋。想到恐龙,忽然想到了他的前妻。他前妻是恐龙博物馆的管理员,每逢周末,博物馆都会被小朋友们所占据。她曾说,等他们有了孩子,也带来这里看恐龙。她最得意的事就是可以背出上百种恐龙名称。她的世界里只有恐龙和孙闯闯。她现在一定在忙着擦拭恐龙骨架模型和展窗的玻璃。想到这,孙闯闯的鼻头忽然酸了。

一个小时又过去了,孙闯闯心头突然喷出了一团怒火,正要冲出接待室时,和前台小姑娘撞了一个正脸。

"张总刚开完会,您可以进去了。"

孙闯闯咬着下嘴唇,硬是让自己冷静下来。

会议室的玻璃墙上,贴满了演员、导演的照片。这些是他们下一部戏的主创候选人。孙闯闯被归到了导演一列。在会上,张静兰坐在了王总的位置上。今天王总出差,会议自然就让张静兰主持。张静兰是一个让人看不出年纪的女人。他忘记是谁说过,看不出年纪的女人最可怕。会议桌上除了张静兰,还有五个公司同事和一位中年男人。在孙闯闯眼里,他们都是一些长得很好看的年轻小朋友。

张静兰："小雯儿,今天你做会议记录。"她又说,"给大家介绍一下,这是著名填词人、乐评人,孙闯闯。在音乐圈很厉害的。"

张静兰又指了下那位中年男人："这位是邓科,著名制片人。我想你应该听说过他吧?《盗宝奇缘》《星际穿越2》还有好多票房过二十亿的片子,都是他负责制片。"孙闯闯心里琢磨着,难道冯煜给我介绍的人就是他?可张静兰说的这些片子都是好莱坞的,难道这孙子是好莱坞的制片人?

邓科与张静兰客套两句后,与孙闯闯互递了一个敬意的微笑。

"我听摩登音乐的苏总提起过你。"

孙闯闯有些惊喜。

"您也认识苏总?"

"当然了,我们认识十几年了,他还是独立音乐人的时候,我们就认识了。你怎么想起写剧本了?填词和写乐评不是挺赚钱的吗?"

"是前些年,程晓刚想让我帮他填电影主题曲的歌词,我们聊得挺高兴的,给他的电影也提了点建议,他就忽悠我跟着他一起写剧本。就这样开始写了。"孙闯闯不知道自己为什么会这样说。他曾经确实给程导的电影主题曲填过词,但一起写剧本的事绝对是虚构出来的。然而,这虚构出来的事,就那么自然而然地脱口而出了,且言之凿凿,跟真的一样。孙闯闯没有故意欺骗张静兰的意思,当他自己讲完这些时,就连自己也惊呆了。

"程晓刚?我们太熟了。"张静兰一下子感兴趣了,开始讲述她和晓刚导演相识的过程。孙闯闯屁股在椅子上挪了挪,下意识地看了一眼手机。张静兰滔滔不绝,毫无要将话题收尾的架势。五位年轻小朋友,认真听讲。邓科看上去倒也是听得津津有味。

"张总……"孙闯闯突然打断了张静兰,其中两位小朋友相互交换了下眼神。

"您看,我们是不是可以聊下剧本了?"

张静兰似乎要讲到与晓刚导演的高潮部分,但突然被打断,面显尴尬。她捋了一下头发,将一边的头发别在了耳后,露出了一只夸张而闪亮的耳环。

"那好,你开始吧。"

孙闯闯舔了下嘴唇,半天说不出话来。那只在心中准备膨胀得要爆炸的气球,瞬间蔫扁了一半。会议室里的冷空气仿佛凝结住了时间,所有人都在等待孙闯闯的"开始"。然而,此刻的他,忽然觉得他的剧本,以及剧本中交错反复的剧情以及他心中的表达,面对这个珠光宝气、八面玲珑的张静兰,完全不值一提,甚至感到自己是如此卑微。可是此刻的他又能怎么办?

从当孙闯闯开口讲述剧本,张静兰开始低头摆弄手机的这一刻起,他就已经败了。他花了大概十分钟,前言不搭后语地讲完了。从始至终,张静兰安静地低头摆弄手机,没有打断他。直到再次沉默,张静兰才猛然抬起头,道:"你这个剧本太套路了,之前看老汪也写过一个类似的。老汪你认识吗?我们很熟的,也是一个有名的编剧,《大上海》就是他写的。"

孙闯闯没有为自己辩护。

"我知道你的写作功底不错。你认识晓刚导演,他也赏识你,那就证明你还是有才华的。我们公司现在需要一个写手,你看你要是愿意的话,可以来我们这里上班。"张静兰倒是很客气,面面俱到,也很真诚地邀请他。

孙闯闯站了起来,将电脑扣上,抱起:"张总,您的好意,心领了。"话音刚落,便大步迈出了会议室。

会议室里那五个长得很好看的小朋友,各自低头。小雯儿依旧在打字。

"行了,别再记了。把今天的会议记录删了吧。"张静兰又说,"这个人脾气太大,又不是什么知名导演编剧的,耍什么大牌。"

邓科说:"这个人不太适合团队合作。"

张静兰将自己挪到了会议桌旁边的沙发上,摆弄着茶几上那套工夫茶茶具。

"但这个人似乎还有点才华,我以前听说过他。"

"才华?他拍过什么?不就是写写歌词吗?"

"倒也没拍过什么特别有名的电影,就是得过几个港台的音乐奖项。他大学没毕业就去《音乐风尚》工作了,那边的主编特别看好他。算是有点才吧?"

"这些跟电影有什么关系?"

"您听着呀,他跟炎雅伦的关系特别好,炎雅伦在当年可是叱咤风云的。"

"那跟电影也没关系呀。他这跳来跳去的,就说明他不是一个能长期合作的人。这人一看就是性格有问题。邓科,你不会是炎雅伦的粉丝吧?"

"算是尊敬吧,崇拜谈不上。"但实际上,邓科那时确实是炎雅伦的粉丝,同时也是孙闯闯的粉丝。那些千里迢迢,为了追星而来北京的人群里,就有邓科。

"那你就是那小子的粉丝!"

"怎么可能!我还没那么低级趣味。"

"小雯儿,过来一下。"张静兰对邓科的陈述已经失去了兴趣,确切地说,她是对孙闯闯这个人失去了兴趣。张静兰又说:"把这个人的照片摘下来吧,再联系联系剩下的四个人。"小雯儿踮着脚,把孙闯闯连带个人简介的照片摘了下来,团成一个纸球,扔进垃圾桶里。

从张静兰的公司出来,孙闯闯接到了《摩登音乐》的来电,是小姚儿。

"孙老师,您写的歌词我们苏总很满意。但唯一有个小小要求,您看看能不能再稍作改动,具体的改动要求已经发到您邮箱里了。"

"我觉得我写得没问题,一个字儿都不改!"孙闯闯气愤地挂下电话。

他走进了一条胡同里的公共厕所,粪便被大肆喷射在蹲坑周围。人们毫不掩饰地将肠胃里的排泄物暴露在外,再精神抖擞地迈出这一肮脏之地。这股臊味使孙闯闯的尿急感加剧,膀胱的酸胀让他一下子也喷射到了别人的粪便之上。孙闯闯屏了一口真气,他一边提裤子,一边跑出了厕所,狼狈得就好像刚被强奸了一样。

从厕所里出来后,徘徊在大街上,无处可去。他忽然觉得自己,贱。为什么要撒谎?而且是那么低级、廉价的谎。他恨张静兰更恨自己。顺着路走,就走到了费主席家里。他不知费主席是否在家,但也无所谓,爱在不在,反正无处可去。他推开主席家门,果然在家。他戴着副硕大的透明眼镜和口罩,身体被另一个巨大的塑料身体遮挡住,那是费主席新设计出来的"大玩具"。他在为它喷彩漆。

孙闯闯到了主席家里,直奔冰箱。

"我说你进来能不能吱一声,以为进贼了。"费主席叼着烟,口齿不清。

"你家里怎么连冰可乐都没有?混成你这样,也够惨了。"

"是挺惨,不然你给我介绍个妞儿得了。"

孙闯闯没搭理他,假装参观费主席收集的玩具。

"说吧,又出什么事了?"

"也没什么事,就是今天又去见了一个什么总儿。"

"冯煜给你介绍的那位?"

"嗯。"

"他给你介绍的人能靠谱吗?别搭理他们丫的。"

"她叫张静兰,除了跟我盘道儿,就没聊别的。"

"她多大岁数?"费主席问。

"这种人不好猜,模样看着跟我差不多,但气质像四十多的,气场像五十多的。"

"这么邪乎。你们都聊什么了?"

"本来我是要跟她聊我剧本的,可她满嘴跑火车,好像整个娱乐圈都是她朋友,这个演员是她姐,那个老板是她哥,七大姑八大姨的都认全了。到聊剧本的时候,她出去了,派了一帮小孩儿跟我聊。"孙闯闯又撒了另一个谎。

"那这不挺好的,能把剧本聊上就行。我对你绝对有信心。那后来呢?聊得怎么样?"

"没什么后来。他们连……"孙闯闯把后面的话咽回去了。他的脸开始扭曲,生气中好像还夹带着一丝委屈。

"连……什么?"

"不知道,他们既没肯定,也没否定。最后我一气之下走了,老子还不跟他们玩了。"

"这倒是也正常,他们就是这样,在知道你的来头之前,绝不会轻易得罪任何一个人,即便人家把你底细摸清了,人家即使看不上你,也绝不会当面讽刺数落,与你发生正面冲突。你和人家拍桌子叫板,他们就把你当猴儿看,等你要够了,没准还得好心地劝上你两句。可你想过事后吗?说句不好听的,你就是被惯的。脾气大,还……"费主席突然住了嘴。这一段话,让孙闯闯很不爽,他有什么资格来教育我?可思来想去,他说得好似又有几分道理,找不出可以反击的缺口。这感觉就像那天在医院,和冯煜聊天一样。他不懂两件事,其一,为什么现在谁都可以对自己说教,然而自己又无力反驳。其二,为什么一聊到跟电影沾边的事,就爱撒谎呢?

"还什么呀?"半晌后,孙闯闯说。

"没什么,反正以后你得注意点。"

"我还有事,先走了。"孙闯闯站起来,走出了费主席家。

其实费主席还想说他幼稚,但这个词不能说,即便事实如此也不能说。

费主席听了孙闯闯刚刚经历的,为他心疼。他说的张静兰,费主席太熟悉了,他们曾经有过密切的合作。但费主席不想将这些告诉他。

我叫费乐乐

费主席原名叫费乐乐,出生在四川大凉山。在他之前,家里已经有了三个孩子。费乐乐纯属是个意外。可能是因为从他一出生,到现在就不太会乐。家里怕他是个傻子,总盼着他能笑一下,就取名为费乐乐。小时候,父母都很忙,四个孩子照顾不过来。在费乐乐出生时,老大费英雄已经十岁,可以照顾弟弟妹妹了。费乐乐主要是费英雄照顾的。但费英雄并不喜欢这个弟弟,连父母也不喜欢,怀疑他是自闭症。他不喜欢和小朋友玩,也不喜欢说话,只喜欢拿着粉笔到处画,家里除了天花板,哪哪儿都有他的画迹。为此,费英雄总是打他。可父母在暗地里告诉费英雄,别拦着他,你这弟弟怕是自闭症,好不容易有个爱好,就不要再阻拦了。回头再出个什么意外,咱这辈子都得沾一身腥。费乐乐从没有感受过家庭的温暖,父母和几个兄弟姐妹虽然不打他,也不骂他,是因为都不敢招惹他。怕他自杀,死了。只有一次,他发了高烧,晚上母亲抱着他睡了一晚。那晚上,费乐乐才感受到一丝丝母亲的温度。他对母亲美好的回忆,也停留在了那一个晚上。直到近些年,他有时候做梦依然能梦到这个夜晚。在他十岁的时候,父母告诉费英雄,等弟弟高中毕业,上了大学就让他走吧,以后不要再回来了。

费乐乐真的考到了北京,还考上了美术学院。2006年时的费乐乐刚从美院毕业,那时候的他戴着一副厚片眼镜,从侧面看,镜片会折射出无数个圈圈来,在那副镜片的后面,是一双总也睁不开的眼睛。看人的眼神也是游离不定,走路有点跛脚,满口乡音,说不上来是哪里的话。反正对于孙闯闯来说,外地口音听着都一样,孙闯闯也很嫌弃他,倒不是因为他的口音,是他一副永远睡不醒,且萎靡不振的屌丝样儿。后来,费乐乐的跛脚好了,但具体是什么时候好的,大家谁都记不清,连他自己也不知道。费乐乐的双腿其实很健康,是他自己故意跛脚的,他觉得这看上去很可怜,像个弱者,可以引得别人的同情。

当时的费乐乐不知道,他的毕业约等于失业。他从被学校"哄"出来,被宿舍"踢"出的那一瞬间才意识到,自己无处可去了。他卷着铺盖卷儿和画夹,痴痴地望着美院校门口,推了下眼镜,终于瞪大了眼睛说:"完了。"但即便如此,他也没想到要回家,眼睛还是看着朦朦胧胧的前方,从没想过要回头。他丝毫没有恐惧感,一无所有的他对一切都是麻木的、迟缓的。他坐在校门口,直到深夜。费乐乐终于开始思索自己下一步该去哪里。夜里两点,他毫无困意,站起来活动下锁死的关节,在大街上溜达着。走到了一间网吧,他停下来。网吧门口挂着一块半闪不亮的企鹅,企鹅在被这条暗黄色路灯照耀的夜路上,显得很不起眼。费乐乐进去了,里面一片嘈杂,烟雾弥漫,方便面和烟味混在一起。他仿佛又回到了大学宿舍,又回到了那个温暖的子宫里。他去前台交了包夜的钱,选中一个角落的位置,逛荡在美院论坛上,他有点喜欢这个地方了。角落里的小沙发,让他感到无限的安全感,他想留在这里。

天亮了,他睡着了,包夜的时间也到了。他被店伙计拍醒,恍恍惚惚睁开眼睛:"我想来这打工,我干什么都行,我没地方去了。"

"我们这又不是收容所,赶紧走人。"

"我干什么都行,工钱少不给钱都没关系。"

费乐乐虽是迟钝的,天真的,但也是随意的。自从那晚他听见母亲对费英雄说考上大学就让他走吧以后,他对生活就没什么指望了。除了画画,什么都不喜欢,在哪画不都一样吗。

就这样,他留在了网吧里,负责晚班。包住不包吃。白天在十个人的宿舍里睡觉,睡醒了就画画,再传到美院论坛里。在论坛里,他算是个"大神",有很多"粉丝",他在论坛里,也卖了一些画,赚点外快。他的开销不多,赚的钱除了吃饭,就是买点美术用具,其余的钱全存在了卡里,他也不知道这些钱留着有什么用。

费乐乐在网吧耗了一年,说是耗着,其实是画了一年。画完了就登在网上,有人喜欢就将其买走,他所有的画只有最低价,没有最高价,给多少就看买主自己觉得这画值多少钱了。费乐乐觉得这样很有意思,他想知道自己的画到底在别人心里值多少。他除了自己特别喜欢的两幅不卖。那两幅一直藏在画夹的内衬里,从未展示过,谁也不知道画的是什么。

就连他自己也从没想到,在这一年里,他的银行卡里已经有一笔非常可观的钱。这钱有多少呢,在南四环租一间屋子,以他的消费水平,可以够他闲待着五六年的。

终于有一天,论坛上,有一个号称是他粉丝的人想见见他。一开始费乐乐拒绝了他,后来,他禁不住粉丝的各种骚扰,终于在这间网吧门口会面了。这个人就是冯煜。

约的是晚上六点,七点费乐乐要上班。冯煜五点半到了,坐在网吧门口的台阶上,靠着墙,头顶上就是那个闪烁微光的企鹅。他紧张,怕不知道见了费乐乐该怎么说。他知道费乐乐这人有点怪,从画上就能看出来,他的内心住着两只相互厮杀的猛兽。疯狂和病态中夹杂着忧伤和孤独。

六点钟,费乐乐走出了网吧,像是一个发霉的人,像是从地下管道里爬出来的人。冯煜咽下口水,有点蒙,但还是向他伸出手,介绍自己。

"我叫冯煜,比你小两届的学弟。"

"你好。"费乐乐舔了下干燥的嘴唇。

"我今年毕业了,准备成立一个自己的工作室,想邀请你来。"费乐乐眼神游离不定,始终没有看冯煜一眼,总是绕着他转悠。

"不然,咱们换一个地方聊聊?"

"就在这吧,我七点上班了。"

"你在这上班?"

"嗯。"

复杂情绪使冯煜的脸变得扭曲。他想哭,想抱着费乐乐哭,并下定决心,无论用什么办法,都要让他离开这儿。

"费老师,您听我说。开工作室这事,您一定得听我的。我们工作室需要您……"

冯煜对费乐乐没有功利之心,是纯粹的欣赏与怜惜。他觉得像费乐乐这样的人可称之为大师,大师不应该被淹没,更不应该在这种地方。冯煜从如何变成费乐乐的粉丝开始讲起,又讲了费乐乐在圈子里的江湖地位。天色渐渐暗下来,两人从网吧聊到了路边摊。费乐乐被冯煜打开了人生中的另一道门。冯煜畅想着未来,他的未来包括了很多,其中就有费乐乐。路灯照亮了整条街,费乐乐觉得眼前一片金灿灿的,仿佛自己已经置身于冯煜的未来之中。仿佛那个有着理想、才华以及整天和一群气味相投的朋友聊天画画的那个人,就是现在的他。他忽然明白,原来人生还有另一种可能性。

冯煜知道费乐乐动心了,没再往下说下去。他看了一眼表:"哎呀,都这么晚了。费老师您是不是要回去上班了?"

"不去了,你的工作室什么时候开?"

冯煜心里乐开了花,觉得费乐乐身上也散发了一团金灿灿的光芒。

"费老师,我和几个同学得商量下资金的事情。"

"需要多少钱?"

冯煜琢磨着,还没等他开口,费乐乐就说:

"我这有五万,够吗?"

冯煜惊呆了,这远远超出了他的预估。其实两万就够,包括交房租和置办家具和绘画工具。

这天夜里。费乐乐和网吧老板坦白了自己的想法,老板很支持他。虽然他不是一个勤快的人,对于老板也不是一个称职的员工。但他很老实,从不迟到早退。对于黑白颠倒这事,也没什么怨言。由于工作室还要简单装修,他又在网吧里住了两个星期。在网吧里待了一年的时间,老板对他还是有感情的。走的时候,老板对他说,以后要是有什么困难,随时欢迎他回来,并且祝他在艺术的道路上,取得成功。之后便离开了。

费乐乐离开网吧,住进了工作室。起初敞亮开阔的生活环境让他不适应,他害怕晚上,害怕黑夜。他觉得一到晚上,他笔下的那些妖魔鬼怪就活了。他突然无比想念网吧的宿舍,闭塞狭小的空间给予他无限的安全感,就像是躺在母亲的怀抱中。在工作室的第一个夜晚,他居然哭了。

不久,费乐乐就接到了人生中的第一个"大单",是给一个香港影视公司驻京的发行公司设计电影宣传海报。联系他的人就是张静兰,张静兰那时候还是一名电影发行人员,需要设计一款电影海报。为了省钱,该发行公司就从美院找到了刚毕业的费主席。费主席日夜加班,一个星期后交出了海报,但张静兰百般挑剔、为难。那时的费主席尚且年少轻狂,骨子里算是个艺术家,艺术家都有自己的脾气,起初不愿妥协,但被折磨了一个月后,终于放弃了,不再和张静兰较劲,也不和自己较劲了,爱谁谁。但张静兰还是不依不饶,最后,费主席说,我不要你钱了,你饶了我吧,这活我不干了。再后来,费主席所设计出的第一款海报问世了(当然了,钱还是没给)。从电影上映前到下映后,总共两个月的时间,费主席无论走到哪儿,都能看见自己设计出的那第一款电影海报。他咬牙切齿,决定要打击报复。

他在工作室里发了疯似的转悠,愤怒的情绪充满了整个大脑,他甚至想要暗杀张静兰。杀死张静兰的画面一遍遍重复着。后来,冯煜知道了此事,安慰费乐乐说:"这事你不能生气,他们之所以对你要求这么苛刻其实就是不想给钱,但结果他们还是用了,这说明什么呢?"

费乐乐说:"说明他们该死!"

冯煜:"错了,你要端正自己的态度。"

费乐乐愤怒地看着冯煜,很想给他两拳。

冯煜:"说明,他们对你的才华还是认可的。这就是好事,你等着,他们下次有活儿还会找你的。"

"还敢找我?我弄死他们!"

"你这人怎么这么轴?下次找你,你就得让他们先给你钱,跟他们摆架子,懂吗?"

"先给钱?"

"对,不给钱,你就不给他们干。这话要先说在前面,这就是传说中的话语权。"

费乐乐眼神疑惑了,也柔和了。

果不其然,正如冯煜所言,张静兰果真又找到了费乐乐,费乐乐按冯煜的路数,成功掌握了话语权,顺利地拿到了一笔设计费。费乐乐的名气与身价瞬间又提升了一个档次,这多亏张静兰的赏识。他忽然觉得张静兰是他的恩人,也觉得张静兰这人特仗义。但这些事,费乐乐谁都不想告诉,尤其不想告诉孙闯闯,怕他会看不起自己。

费乐乐遇到孙闯闯是在他提高了身价以后的事,冯煜带他见的。孙闯闯像一团明晃晃的光,照进了费乐乐的世界。那时候孙闯闯刚结婚,和新媳妇儿一起搬到了二手的新房里。客厅的墙纸被前主人撕去,露出丑陋的墙皮。为省钱,孙闯闯叫来了一帮朋友给他挂大白,其中就有冯煜,冯煜带着费主席也来了。两天的努力,大白算是凸凹不平地刷完了。新媳妇儿瘪嘴不满,刚结婚,为了省钱,把客厅地搞成了这个样子。后来费乐乐说,你不嫌弃的话,我帮你在墙上画点装饰吧?费乐乐声音小,口音又重,孙闯闯又不认识他,道:"你说什么?"

冯煜连忙解释:"哦,这事怪我,都来了两天了,也没给你介绍。这位是费乐乐,特别有才的插画师。也是电影海报设计师,那个《天才魔术团》的电影知道吧?海报就是他设计的。我给你看看他作品啊。"

孙闯闯并不知道那个电影,但他看到费主席自己画的插画作品时,眉飞色舞:"真不错,这事就交给你了。"

一个星期后,孙闯闯与媳妇儿再进客厅,惊呆了。客厅的一面墙连着房顶都被费乐乐的画占据了。是一个头发开满了曼陀罗的女人,女人半裸,伸出来的四只手捧着自己的心脏。孙闯闯喜欢极了,立刻要与费乐乐当朋友。但孙闯闯一定不知道,他媳妇儿觉得那画真恶心。

后来,费乐乐进入了孙闯闯的圈子里,孙闯闯去哪都带着他。费乐乐喜欢这些时髦儿、有朝气、漂亮的年轻朋友。再后来,孙闯闯给他介绍了很多音乐圈的朋友,包括炎雅伦。在那段时间里,市面上很多的专辑封面都是费乐乐设计的。时间久了,费乐乐已经成大师级别的设计师,很多玩具厂商和漫画制作公司都找上门来了,他和冯煜又进入了另一圈子——地下漫画圈。从这以后,费乐乐逐渐将身上那股"霉味"和浓重的口音褪去了,费乐乐也被孙闯闯改名成了费主席。

多年后的今天,费乐乐已经成了费主席,张静兰也由一个电影发行,成了一个电影公司八面玲珑的"总儿"。费主席感叹着,这个世界可真小,转来转去,她又让孙闯闯给碰见了。真有意思。

孙闯闯又栽了

邓科很快就和孙闯闯成了朋友,这不是孙闯闯想要的结果。但邓科身上有一种让人难以拒绝的魔力。谁都能成为他的朋友,谁也都不是他的朋友。很多年后,每当孙闯闯看到邓科的名字出现在片头或是片尾的时候,总会打个冷战。按理说,他应该恨邓科,可回想起来的全部是与他在一起的那些美好的回忆。孙闯闯也总是在想,到底是从什么时候,从哪一件具体的事开始,他们成为朋友的?换句话说,自己是具体因为什么把他当成朋友的,他想不起来了。这个世界上,孙闯闯只服邓科一个人。

"在哪?"邓科问。

"在家。"

"晚上来浮云会一趟。"

"没空。"

"是正事。"

"……"

"艾娱乐影视公司的老板要找编剧,我就推荐了你。"

"行,几点,在哪?"

"稍后告诉你。"

挂了电话,孙闯闯立刻从被窝里跳出来,挑了一身体面的衣服,出门了。浮云会,他在心里盘算着,听着像是夜总会。

果然,当出租车停稳后,他犹豫了两秒。金碧辉煌的浮云会像是一座充满魔法的宫殿,在夜晚显得如此虚幻。他给邓科发去信息:是浮云会吗?我在门口,你在哪儿?

孙闯闯下车,便站在路边等待邓科的回信。十分钟过去了,邓科杳无音信。208房间,他盯着这个数字好一会,硬着头皮进去了。服务生的周到让他无所适从,他透过208房间门缝,看到了邓科与几个中年男子碰杯,两个中年妇女在唱歌,并无小姐。

孙闯闯推开包房的门,邓科赶紧迎了上去。

"咱们不是聊剧本吗?怎么聊到夜总会来了?"孙闯闯说。

"聊剧本还挑地方?跟哪儿谈不一样。"

两位唱歌的妇女闭嘴了,瞬时静了些。

"这位就是著名的孙闯闯。"邓科向几位中年男子介绍。

孙闯闯面显尴尬,和几位中年男子点头示意。可那几位的表情木讷,对他的到来丝毫提不起兴趣。待孙闯闯坐稳后,服务员为他倒上了酒。邓科贴着旁边男人的耳朵,喊着介绍孙闯闯。那男人瘦脸,油头,脸颊上有颗硕大凸起的痣,像是趴了一只苍蝇。小手指上留着长长的指甲,看上去五十岁上下。出于礼貌,孙闯闯端着酒杯对着瘦脸男人一饮而尽。瘦脸继续和身边几人谈着业务。孙闯闯仔细听了听,瘦脸就是邓科说的影视公司老板,而他身边那几位似乎是做地产的,如今地产业不景气,瘦脸一直劝说他们进军影视业,以及分析影视行业的大好形势。几人聊得热火朝天,两位妇女一首接一首地唱20世纪80年代的港台流行曲。孙闯闯捅了一下邓科,叫他出去一趟。两人一前一后,去了洗手间。

"你今晚叫我来干吗?耍我是不是!跟这帮土老帽有什么可聊的?"孙闯闯扭头便走。

邓科拉住他胳膊说:"当然有的聊,你可别看不起他们。这帮人不懂剧本,就是有钱。你先别急,谈事都是看时机。"

邓科见孙闯闯情绪稳定了又说:"是这样,我手里有一些国外的剧本,到时候我找人翻译好了给你,你再稍加创作。我等你的剧本出来后,再找屋里那几位土老板投资……"

"邓科,你还是人吗?这事你都干得出来?"

"告诉你个秘密,我是制片,不是人。你脑袋别那么死性,这可是好事。钱多,活少,最后署名还是你的,多好。说不定你就一举成名了,这以后机会还不多了去了,别说写剧本了,你就自己当导演都行。多少人都想揽这活呢,可他们没资源啊。哥儿们有好事,都想着你呢。"

孙闯闯不说话了,安静地回到了包房里。他被邓科的话动摇了,但直到后半夜,邓科仍是没有和那几位土老板谈到剧本。这件事过了以后,就再没动静了,邓科也联系不上了。

转眼到了冬天,《摩登音乐》的小姚给孙闯闯寄来了专辑,在填词人那一项后面,孙闯闯的后面又加了一个人。孙闯闯气急败坏地给小姚儿打了电话。

"为什么我的名字后面又加了一个人?"

"我们老大觉得您写的词还是有些问题,例如那些敏感的词语,歌里面是用不了的。之前也跟您沟通过这个问题,您不愿意改,就让别人改了一下。所以……"

"好,知道了。"

孙闯闯平静地又看了看专辑,平静地将CD塞进了架子里。

最近,费主席一直忙于个人展览的筹备中,与冯煜和小芒几人忙得不可开交,但还是抽空与孙闯闯见了一面。孙闯闯很颓废,像个野人,在与费主席聊天时语无伦次,或是安静地嗑瓜子。最后他忽然说:

"我以前觉得处处可能都是一个机会,不要轻易放弃每一个。但我错了,不是所有的都是机会。那些我原来想要拼命抓住的,都不是。机会是给像张静兰和邓科那些人准备的,不是我这样的。主席,说句实在话,我觉得你有一天,可能会成为像他们那样的人。但这不是什么坏事。"

孙闯闯躺在沙发上。

费主席没承认也没否认,他又想起了当年与张静兰,以及许多像张静兰那样人"合作"过的事。过了阵他又说:"你那个剧本我能看看吗?"

"看吧,随便看。想怎么看就怎么看。"

夜深了,孙闯闯在沙发上,轻轻打鼾。费主席看得入迷,从客厅的沙发看到了孙闯闯的书桌上。他一页页地翻,用笔圈圈点点。像个精神上出了问题的人,在深夜中自言自语。下雨了,风中夹杂着雨水,从纱窗溅到了窗台,又从窗台进到了剧本上。他终于看到了最后一页,又看了看睡相丑陋的孙闯闯。他双手压在脑后,一只脚垂放在地上,另一只横在沙发垫子上。忘了从哪本心理学的书上看到,喜欢将双手垫在头下睡觉的人,都是单纯且阳光的。费主席忽然心生怜悯,也让他想起了小时候,无意中听到母亲悄悄对哥哥说的话。想起了曾经那些窝在肮脏狭小的床铺上,就像一只臭虫,在网吧黑白颠倒的日子。往事使他后脖子发凉。他发誓自己再也不要过那样的日子了。回忆点滴成河,将他淹没。命,是什么,现在的费主席也大概知其一二了。雨停了,阳光从云层中射出了一道光。他望着逐渐透亮的天空,做出了一个重大决定。他拍醒孙闯闯:"别睡了!"

孙闯闯睡觉轻,立刻便醒了:"你怎么还没走?"

"剧本看完了,牛×!"

"这还用你说?"

"我有一想法,想听吗?"

"不想听,我再睡会。"

"咱自己把剧本拍出来吧?"

孙闯闯翻了个身,果真又睡了过去。

孙闯闯要单干

孙闯闯骑着摩托车,车把上挂着七个盒饭,到了费主席家里。今天是孙闯闯当导演的第一个日子,准备宴请全体剧组。

费主席的家在南二环,老小区,六层,没电梯。孙闯闯把摩托停放妥当,拎着七个盒饭爬上了楼。楼道里弥漫着烂香蕉和鱼腥味儿,他觉得很亲切,想起了小时候。

孙闯闯爬到四层半就爬不动了。他把七个盒饭搁在地上,双手撑膝,大口喘气,眼睛向上抬了抬,还有一层半,但他无力再向前迈动一步,他觉得自己永远也到不了费主席家了。五层有人下到了四层半,倒垃圾,是个年纪大约五十的中年人。

"你去哪呀?"

孙闯闯还是说不上话来,向上指了指。

"现在你们年轻人真是欠练。"

孙闯闯还在用力喘气,但他很高兴,自己被一个五十左右的人称为"年轻人",无论自己是否年轻,但至少看上去还算是个年轻人。他忽然浑身又充满了力气,两步一个台阶,一口气冲到了费主席家门口。他把两只手的盒饭,并到一只手上,推门进去了。费主席的家永远不锁门。原因有两个,第一是他记性差,永远忘记带钥匙。曾经五次叫过开锁的人,为此,至少花过小三千块钱。第二,因为家里也没什么值得一偷的,除了玩具就是书、CD和四五盆高大而茂密的木本植物。

费主席此刻正和小芒、冯煜窝在沙发里嗑着瓜子讨论费主席的新作。沙发的凹陷程度,远处看,他们就像坐在地上。小芒是孙闯闯电影里的女一,冯煜是男一,费主席是摄影兼走过场的。还有斑马乐队的三个人,也会担任部分角色。

他们见孙闯闯进来,都很高兴,起立迎接。费主席迅速接过他手中的盒饭,小芒和冯煜立刻将茶几上的玩具、杂志、瓜子皮、烟灰缸收到了一边,他们对费主席的家很熟悉,知道这些杂物该如何安置。这一举动,莫名地让孙闯闯感到了一丝妒忌。

"这都什么年代了,叫个外卖就好了,何必自己拎过来呢。"费主席道。

"这家馆子不送外卖,还没有菜单,老板做什么你就吃什么的。但每道菜都会惊艳到你们。真的,你们尝尝就知道了。"孙闯闯一边说着,一边将塑料盒子打开。

饭菜摆好,几人围坐下来。

"斑马乐队那三个人呢?"费主席问。

"他们今晚有演出,排练去了。"

几个人沉默了,这个开机仪式并没有大家想得那么隆重,甚至有点凄凉。

"不管他们了,反正今天也没他们的戏。吃完咱们就开干。"费主席又张罗着碰杯缓解尴尬的气氛。

但无论怎样,尴尬的气氛就是挥之不去。孙闯闯曾经那"呼风唤雨"的能力没有了,那些围着他团团转的音乐人也不见了。没想到,最后靠谱的居然是冯煜和小芒。孙闯闯感谢他们,但感谢并不代表着欣赏。

饭后,孙闯闯从塑料袋里又掏出了一袋炒瓜子,两斤的量。冯煜和小芒忽然觉得他变得随和、亲民、接地气儿。两斤的瓜子,一下子把他们的距离拉近了。

费主席讨厌瓜子,他总觉得瓜子是啮齿类小动物吃的,并且这一举动特别地不艺术家范儿。他拿着剧本,又将自己的台词背了一遍。

"待会儿,第一场戏的时候,你就坐在沙发上,和小芒聊天。你俩聊的时候自然一点,就当正常聊天,也不用非得按照剧本上的背。别紧张,打个磕巴什么的,都无所谓。"孙闯闯说。费主席把大灯和遮光板调整了位置。

小芒还是紧张,她只要面对镜头就紧张,包括照相。她走到了窗外,外面白茫茫的一片。

"下雪了。"小芒说。

"眼花了吧?"冯煜说。

"真的下雪了,真的下了!"费主席激动得叫了起来。

孙闯闯趴在窗外,雪花如指甲盖般大小,纷纷扬扬地落在树叶上、房顶上和孙闯闯的摩托车上。四个人趴在窗户上,欣赏这全市人民盼了一年的雪,终于在这天——他们开机的日子里,落下了。

这是好兆头吗？孙闯闯思索着。

几个人痴痴地望着窗外的雪,恍神了。孙闯闯很久没有看过雪了。去年的北京也仅下了一场,但他错过了,他仔细思索着,到底是因为什么事情错过了？他的记性不好,过去发生过的事情总是被周围的人提起,才能想起来。但这次,他想起来了,是陪着斑马乐队走穴去了。北京下雪的那天,他们正在成都。成都的冬天很冷,室内没暖气。当晚演出现场,一个可以容纳二百人的场地,却挤了快三百人,挤不进来的就在酒吧门口站着听。到后来,老板索性不售票了。孙闯闯能跟着斑马去走穴演出,有一半原因是自己应邀(硬要)去的。他说自己可以掏全程的机票和住宿费,原因是他想离开北京一阵子,散散心。

斑马在成都的乐迷最多,是整个巡演中最重要的一场,所以他们演得格外卖力气。他们想让孙闯闯在演出的中段做一个演说。主要原因是他们可以在后台休息片刻,顺带着再让孙闯闯吹捧一下他们的新专辑。孙闯闯很激动,他很重视这台上的半小时。演出的前一个晚上,他在简陋的旅馆里认真地写下了演讲稿。他已经许多年没站在台上,在众粉丝面前讲话,也许久没被如此多的人所注视了。他有太多的话想说,但又无从说起。孙闯闯不抽烟,去年戒掉了,他攥着一支铅笔,只好静静地望着嘈杂的窗外。

演出当天,孙闯闯用心将自己打扮了一番。现场,偶有认识他的人对他指指点点,也有粉丝要求合影。但他顾不上沾沾自喜,胃里阵阵痉挛使他表情僵硬,肢体迟钝。这让人误以为,他还是多年前那个红遍江南、桀骜不驯的孙闯闯。可孙闯闯深知,如今的他已被大家遗忘,是一个挣扎在泥沼里的人。当斑马主场准备介绍孙闯闯时,他在台下立刻灌了一瓶冰镇啤酒,好让自己冷静。他终于上场了,成都的粉丝还是报以了热烈的掌声。孙闯闯拿着话筒,面对着一张张期待的面孔,竟一个字也说不上来。心中的大石头堵在了嘴巴里,也许是因那瓶啤酒,他左摇右晃,小动作令人眼花缭乱。台下有一个男声嚷着:"说话啊！"孙闯闯把麦放在了嘴边:"嗯……今晚很荣幸……"后面他又说了些什么,就连他自己也忘记了。后来演出结束,他回到旅馆房间,失声痛哭。

后来斑马乐队没有责怪他,称他们永远都是孙闯闯的哥们儿,只要有需要,他们随叫随到。可今天,他们三人并没有出现,也许以后也不会出现了。

想到这里,孙闯闯突然缓过神来了。冯煜、小芒和费主席已经准备就绪,收拾好了残羹剩饭,并已各就各位,等待孙导的"开机"。

孙闯闯依旧望着窗外,突然开口:"咱们今天拍个外景吧?"

"外景?"费主席蒙了,冯煜和小芒也蒙了。

"好不容易下一场雪,不能就这么浪费了。"孙闯闯说。

"可是咱们没有雪景的戏呀。"冯煜说。

"把剧本给我看看。"孙闯闯说。

小芒赶紧递上了剧本,孙闯闯翻看着。

"就把第三十二场的外景改为雪景的,挺好,还有助于煽动气氛。"孙闯闯说。

"三十二场?那不是最后一场了吗?"费主席说。

"是啊,咱还得快点,不然雪估计一会儿就化了。"孙闯闯说着就穿上了外套。

其余三人只好也跟着穿上外套,出了门。

从楼上粗略地放眼望去,整个城市似乎是洁白的一片,但实际上,无论是哪条具体的街道还是树坑都无比肮脏。雪花洋洋洒洒地从天而降,落在地面上,消失在泥泞中。

费主席也拿出手机,调制到拍摄模式,有限的手机画面中,确实脏兮兮的一片。费主席努力寻找有雪的地方,但无济于事。

"你确定今天要拍外景吗?"费主席道。

孙闯闯犹豫了,但依然坚持说:"拍!"

"主席,你就一直往前走,走到前面那根电线杆子前,停下。自己酝酿酝酿,停下的时候你得泪流满面啊。"

"这哪酝酿得出来,一下蹦到最后一场,完全进入不了角色。"

"别废话了,趁着现在雪大,赶紧拍。"

费主席面有难色。

孙闯闯将手机设置到专业拍摄模式,镜头对准了费主席的背影。雪花一片片落在费主席的头上和肩膀上,左手边是泥泞的小路,右手边是一排违章建筑的小商小铺。画面中的费主席,略显凄凉。他径直向前走着。

"走慢点!"孙闯闯喊了一声。

费主席回到原地,重走一遍。他一边走,一边酝酿着。他走到了电线杆旁,驻足了。孙闯闯用手机对着他,惊呆了。费主席已泪流满面,他的身体一抽一抽的,无法控制。冯煜和小芒也傻了,不知道该不该去安慰他。

开机的第一天,就把最后一场戏拍完了,但这并不影响后面的进度。所有人上楼,继续第一场戏。回去路上,费主席和孙闯闯虽默默地并肩前行,但都听不出彼此的沉默。费主席情绪已然平复,他对说:

"怎么样?刚才表现不错吧?"

"吓我一跳,你这是想起什么了?哭得也太惨了。"

"惨吗?我怎么觉得恰到好处呢,就凭最后这一个镜头,咱们可以去参加威尼斯国际电影节了。"

冯煜和小芒在后面走着。

小芒:"我猜他是想起他小时候了。"

冯煜:"我也这么觉得。"

小芒:"不然也没什么事让他哭得这么惨啊。"

几人回到了费主席家里,家里还是一股子没散去的菜味儿。

孙闯闯又翻了翻剧本:"我突然想到一个问题,你们都知道这短片儿的意思吗?"

"知道啊。"费主席不假思索。

"那你说说。"孙闯闯道。

"就是一个我跟小芒去寻找偶像的故事,但最后才得知偶像死了。"

"我觉得不止这些,孙老师可能想讲一个寻找死去的艺术家的故事。"小芒说。

"没事啊,你们自由讨论,怎么理解都行,没有正确答案。"孙闯闯又说。

冯煜、费主席、小芒开始了一场激烈的"厮杀",都觉得自己的想法特别对。并且还以场次举例,证明自己是正确的。

孙闯闯抓起一把瓜子,边嗑边听。听着听着就笑了。忽然觉得眼前的几个人特别可爱,虽然他们的理解与自己的想法有着天壤之别。但这又有什么关系呢。

"孙老师,咱们开始第一场戏吧?"

"好!开始!"孙闯闯把手里的瓜子皮扔进垃圾桶,起身。

他又说:"其实你们说得都对,刚才的激烈讨论让我特别感动。真的,我要感谢你们。"

"别煽情了。我已经准备好了,已经进入人物的悲伤情绪中了。"费主席说。

在剧中,冯煜饰演现实版的孙闯闯,小芒饰演孙闯闯的搭档。原本计划让斑马乐队三人跑过场,但目前来看,需要另找演员。剧本大致内容如下:炎雅伦的去世震惊了全国,关于她的消息连续刷屏了一个星期,并且纷纷传来有人因悲伤过度,而轻生的消息。孙闯闯带着搭档及一名炎雅伦的粉丝去"寻找炎雅伦"。他们会采访炎雅伦的母亲,从她的童年时代开始谈起。将她所有的人生的转折点或是"第一次"记录在影片中。炎雅伦在整部影片中会出现三次,分别以短视频的形式呈现。这三段短视频分别是在演唱会的后台和现场;炎雅伦家中的聚会以及她自己的一段新专辑的解说,那张新专辑是她此生最后一张专辑,是评弹和爵士乐的混搭。这些都是炎雅伦生前,孙闯闯为她录制的。

尾声

在孙闯闯和费主席等人忙于拍摄的这些日子里,邓科消失了,消失得如此彻底,就像是从未出现过一样。孙闯闯有点恍惚,怀疑自己是否真的认识过一个叫邓科的人。

一个月后,孙闯闯等人的剧组算是杀青了。又过了半个月,冯煜负责找的剪辑师将成片交活了。剪辑师与冯煜关系要好,没收钱。费主席开始了后续工作——准备将影片拿到多伦多电影节参展,他说"那边"有熟人,这事肯定没问题。按费主席的意思,只要影片和孙闯闯能在这种国际影展上蹚过一圈,最好再能得个奖,哪怕是入围也行,身价就不同凡响了。但这事,半年过去了,仍是杳无音信。就连费主席也很少再见到了,即便孙闯闯堵到家门口,他也是大门紧闭。

影片参展的事没人再提起,孙闯闯并没有怪费主席,不埋怨任何人。孙闯闯也无所谓了。准确地说,他对任何事都无所谓了。三十八岁的生日,他和冯煜一起去了泰国帕岸岛,而费主席从此就这样不见了。帕岸岛上每逢月圆之际都会在沙滩上举行派对,称作"满月"派对,一群世界各地的年轻背包客会聚此狂欢。他们都是一群长得很漂亮的年轻人,他们阳光、热情、奔放。孙闯闯喜欢这儿,也喜欢这帮年轻人。孙闯闯和冯煜两人躺在了繁星下的海滩上,冯煜说起了参展的事。孙闯闯说:"其实主席没必要躲起来,我知道参展的事不好弄,即使弄不成,朋友还是可以做的。"冯煜犹豫了片刻说:"我不想再瞒你了,其实他自己拿着片子去影展了……"孙闯闯半天没说出话来,海浪声此起彼伏,十分吵闹。不知道过了多长时间,孙闯闯说:"聊点别的吧。"冯煜又问孙闯闯:"以后准备干点什么?还继续写吗?"孙闯闯说:"写还是得写,不然也不知道自己能干吗。可能继续写乐评,写歌词,或是没准还会再写一个剧本。"

回京之后,孙闯闯突然在网上看到了一条关于新片发布会的新闻。该影片的剧情与《寻找炎雅伦》的如出一辙,新闻快照中,邓科站在靠边的位置,与女演员和导演一起剪彩。邓科笑得是如此灿烂,如此发自肺腑。该片的名字叫《鸟儿人》,这鸟儿人大抵是对炎雅伦的人生总结,是个褒义词。孙闯闯以极为平和的心情关上了电脑。念叨着:月底上映,应该去看看。

今天是《鸟儿人》的首映,这一刻,他还是想起了费主席,决定去他家里,邀请他一并去观看电影首映。即便他知道,他也许再也见不到费主席了,但仍然决定去一趟。费主席家的两道大门锁得严严实实的。他有种预感,这道门也许再不会为谁大肆敞开了。即便如此,他还是敲了敲,门开了,是一个女的。那女人说,原先住这儿的人搬走了。

当天,他没有约任何人,孑身坐在漆黑的影院中,等待影片开始。他激动不已,影片中的炎雅伦很美,导演不知从哪里调来了很多炎雅伦珍贵的视频,这些视频他从未见过,因为孙闯闯也是那些视频中的当事人。他在影院里,重温着那些再也回不去的时光,与那些再也无法见到的人。孙闯闯终于流了泪,之后便像崩塌了的水坝,一发不可收拾。他顾不得坐在他旁边的一对情侣,用力抽搐着身体。那些他以为不重要或是想通了的事,原来一直被他埋藏在心底,从未消失过,哪怕一瞬间。他无法再自欺欺人,委屈、愤怒、思念、妒忌和感伤等情绪,同时迸发而出……孙闯闯终于承认,这软弱的泪水,使曾经那个高傲与不可一世的他,瞬间瓦解了。他感叹着:拍得真他妈好!

电影结尾处的字母,滚动着"制片人:邓科"几个字样,孙闯闯突然想起了邓科的一句名言——我是制片,不是人。孙闯闯嘀咕句:"这孙子给自己的定位还真有点儿准确。"

孙闯闯离开了影院,被人群淹没得不留一丝痕迹。他陡然想起邓科,想起和邓科那一晚在通州某个烤串店里,邓科喝醉了,跑到树坑儿里疯狂呕吐。那个晚上,邓科聊到了自己刚来北京闯荡的事,诸事不顺让他很痛苦。邓科在还没喝醉时,拍着闯闯肩膀,说,你以后就是我哥儿们了。你一定能红,我欣赏你。别人不懂你,我懂。孙闯闯走在大街上,乐了。他已经分不出哪句是真,哪句是假。也许,至少在那一刻,邓科说的是真话,但也许全是假话。他又想,也许,从某种层面上来说,邓科其实和费主席是一类人。他们都能成功。孙闯闯哼唱着炎雅伦的《星期天的早晨》——"星期天的早上,赞美拂晓黎明,我只想忘记这苍凉岁月,在不远的身后……"循环哼唱,他把自己放在人群当中,脑子里凌空出现了一个新的故事。他阔步前行,又充满斗志,满血复活了。

(原载于《十月》2019年第5期,石一枫选编)

赵挺 / 浙江宁波人。发表有中短篇小说《南方，慢速公路》《青年旅馆》《逃跑公路》《我和你聊玛格丽特的地方》，及中短篇小说集《寻找绿日乐队》，长篇小说《晃荡光年》等。

上海动物园

一

我写完那本庸俗的新书,是一个阴郁的下午。我走在街上,想吃点什么。作为一名写作者,我从来没有考虑过"伟大的文学性"。我挺喜欢王小波、加缪、塞林格,也挺喜欢炸鸡腿、麻辣烫、热咖啡。我只想赚点钱,以此舒服地度过每一个管他是阴郁还是灿烂的下午。

我吃完饭,没事情干就往回走。一个大爷躺在路中间,旁边停着一辆汽车,路的对面放着大爷的一只鞋子。我想我也做不了什么。当我再次没事干从家里出来的时候,看到大爷、汽车和鞋子依旧老样子在那里。出于一名写作者的关怀,我把那只鞋子捡起来递给了大爷。大爷瞪着我说,谁让你捡的?给我放回去吧。我又把鞋子放回了原处,大爷说,有这么近吗?再放远一点吧。

幸亏我现在三十岁了,十年前我会过去踹他两脚,然后二话不说拿起鞋子扔进垃圾桶。现在我不会了,哪怕一辆汽车碾压了他,这又关我什么事。我三十岁了,越来越成熟了。别人的三十岁,除了吃喝,也就盯着漂亮姑娘的胸部多看几眼,其他一切云淡风轻,相比较而言我还是杂念较多。譬如还偶有"写作者的关怀"等虚妄之念,说明心理还没发育健全。

我把大爷的鞋子往后挪了点,实在没事干,就打电话给老虎。三天时间,老虎已经给我打了十多个电话,我一个都没有接。老虎是个软件工程师,一直在致力于人工智能的研究与开发。在更早之前,我和他一起见了一个投资人,老虎告诉投资人,将来人工智能将接管你的生活甚至工作,市场潜力巨大。投资人说,要不先给个五万块试试?老虎借口上厕所再也没有回来过。我和投资人聊了十多分钟的人生和理想,最后我把单给买了。

老虎接我电话的第一句话是,还活着?然后告诉我他在开发一款写作软件。这个想法来自我。他看我写作太辛苦了,经常连续写几天,打无数个电话都不接,就跟死了一样。这款智能写作软件,致力于把全球所有作家的作品都纳入数据库,进行杂糅、拆分和重组。以后我们写作,脑子里只需有个想法,然后输入百分之十海明威,百分之三十加缪,百分之三十五王小波,百分之十五博尔赫斯,甚至输入自己的名字也可以。如果对作品有什么不满意的,可以继续输入名字和比例进行调整,也可以人工逐字逐句调整,你只要输入一个数字,他就能生成一篇相应数字的文章,一小时能生成一亿字。

老虎的意思是,我就别写作了,帮他来完善数据库,将海量作家的作品导入这个数据库,并且不断地保持更新。我说那这个世界上不需要作家了吗?老虎说,一方面我们不停纳入那些还在进行自行创作的作家作品,另一方面软件创作出来的文章也纳入数据库,这就叫病毒式变异扩散写作法。

老虎在挂电话之前告诉我,用不了多久,我们只需要病毒式变异扩散写作的操作员就行了,这个世界就不需要作家了。

这话让我有点忧伤,如果这个世界真不需要作家了,那我能去干什么?我在这条大街上来回走了好几趟。本质上这是一种职业解放,或者说劳动解放。而我们一直觉得动点脑子写出来的东西总显得比不动脑子写出来的东西更有意义,我们对自己的脑子是否有一种低级的迷信?我在思考这些的时候被不平的路砖绊了一脚,终于想起了小佚。

我打电话给小佚,她挂断了。她回我信息,在开会。我问她晚上吃什么,她说什么都可以。我说那就吃日本料理吧,小佚说这个昨天刚吃过,我说那就吃火锅,小佚说最近上火,我说那就吃海鲜吧,小佚说还没吃腻吗?我说那中山东路等你吗?她说快结束的时候再联系。我说几点结束?她说现在也不太确定。

二

我花了一个上午,驾驶着我那辆灰蒙蒙的汽车开了三百多公里,不停地从城市的东边开到西边,再从西边开到东边,也不知道往返了多少次。这期间我听了很多音乐。譬如十年前很喜欢的主唱已经死了的"林肯公园",只有一首歌好听的帕特里克·诺,某一时刻深入骨髓的FM Static(组合名),烂大街的Busted(组合名)。还有开车能听睡着的卡拉布吕尼。还有许多我叫不出名字也听不懂意思的音乐。

我这么来回开的原因是,我汽车的水箱漏水了。比起大店一千多块的修理费,在太阳刚升起来的时候,我找到了一家只需三百块就搞定的小店。年老的修车师傅,捣鼓了一阵,在十几平米阴暗的修车铺里点着烟对我说,你先开个十天半个月三四百公里试试,到时候再来看看有没有问题。于是我一个上午就开了三百多公里,最后伴随着卡拉布吕尼昏昏欲睡的声音,将车停在了阴暗的修车铺前。老师傅看了几眼说,还是漏水。换了一个水箱之后说,再去开三四百公里看看。我在晚上七点多的时候,又开完了三百多公里。老师傅端着饭碗在昏黄的灯光下看了一会儿说,要不明天再说吧。

我急于把车修好,是因为我要开着车和老马去西藏了。这在以前是一件很酷的事情,现在干的人多了就变得比较庸俗了。现在我也想不出什么特别酷的事情,只是觉得庸俗其实也是挺酷的。

我和老马在一个游戏群里认识,我们都属于特别庸俗特别酷的人。连游戏我们都不好好打,经常瞎扯淡。在这个几百号人的群里,老马半夜突然会发一句,明天有人骑车去云南吗?只有我回,有。知道尼采唯意志论是什么吗?只有我回,知道。八尺龙须方锦褥,下一句是什么?只有我认真瞎编,四根狗尾圆破絮。你知道人生的终极意义是什么吗?我说,吃喝嫖赌。说完这话,我和老马双双被踢出了群。我们就这样建立起了深厚的革命情谊。

我和老马玩游戏的时候,经常在游戏的对话框里谈论哲学、人生以及宇宙的奥义。别的队友经常迫于无奈破口大骂,但是因为不雅词汇被屏蔽,所以经常会有一大堆星号出现。只有我们这种高大上的词汇,才会源源不断呈现在一款无聊幼稚的游戏里。

我和老马认识两年多,玩游戏的时候,我们投敌无数,坑队友没商量,义无反顾、持之以恒地将游戏游戏的精神发挥到极致。老马说,这才是真正的游戏哲学,你亦我,我亦你,敌亦友,友亦敌,输则赢,赢则输。我说,老马你做什么工作的?老马一本正经地回三个字,哲学家。我说,哲学家一个月多钱?老马说,钱越多越庸俗。我说,那就不谈钱了。老马回,两千。我说,那你一点也不庸俗。老马有时候问我借五千,有时候我问他借三千,有时候他又问我借两千五,有时候我也问他借个三千五,来来回回无数次,我都忘了我们到底谁欠谁钱了。

老马提出要开车去西藏的时候,我觉得老马还是挺酷的,但是后来我发现老马比我想象的还要酷,因为老马连车也没有。

在我花了一千五将汽车漏水问题解决之后,我开着车去找老马,准备接上他就往西藏方向开去。我和老马都是很酷的人,所以在出发的前一天,我才想起来和老马说,要不见一面吃个饭聊聊,毕竟我们从来没有见过面。老马说,明天都要出发了,明天见吧。老马说,明天在天一广场的二号门前等我。

我到达天一广场的二号门前,看见老马背着一个很大的旅行袋,一头长发,穿着一件破旧的皮夹克,瘦小黝黑的脸庞,嘴巴上斜叼着烟,这一切无不在告诉周围的人们,老子我要驾车穿越中国去西藏了。这牛皮哄哄的样子和这个城市特别格格不入。

我摇下玻璃窗,大喊一声,老马,这里。

老马晃荡着巨大的旅行袋跑过来,想和我说两句又或者想分我一根烟。我说,这里不能停车,上车再说。老马一屁股坐到副驾上,将旅行袋往后座一甩,撩了一把长发,一股几天没洗头的酸腐味扑鼻而来。车上正随机播放着一首名叫 In the morning light 的歌,我说,这歌怎么样?我将这首歌名翻译成,《沐光之城》。老马一脸无所谓操着一口极其不标准的普通话说,可以,然后说,得劲,得劲。老马掏出一款过时的破手机看了看说,太慢,上高架。我说,不赶时间。老马被风吹得眯着眼睛说,赶。我说你包里都带了些什么,老马说,破衣服。老马的确是个哲学家,有点人狠话不多的感觉。我说,从网上就可以看出来你是个哲学家。老马叼着最后一根烟说,过了过了,前面掉头。我掉了一个头说,去干吗?老马扶着门说,停停停,就这里,我买包烟。下车的时候,老马给我五十块说,都是这个价。我说,老马,怎么了?老马一扭头,还叼着明灭不定的烟屁股说,谁是老马?我说,你不是老马?老马一下车,踩灭烟蒂说,谁是老马?我说,不是去西藏?老马将旅行袋一扛说,去河南。

我看看手机,老马没有一点反应,我试图联系他,也没有任何回复。我重新将车开回天一广场的二号门。因为大门前不能停车,于是我不停地绕圈,每绕一圈我就看一眼,总看见一群行色匆匆的人从一边走到另一边。绕了五六圈之后,我将车停在大门口,警察马上过来示意我开走。

我边踩油门边用手机不停联系老马,就像在联系一位远古时期的哲学家,一直没反应。此刻,我发现水温又高于一百五十度了,警示灯亮起,这说明水箱又漏水了。我将灰蒙蒙的汽车往那个阴暗的小店铺开去。此时,曾经钟爱的绿日乐队在唱着那首俗不可耐的歌曲 *When I Come Around*,我英文不太好,隐约知道有周而复始的意思。

这个时候我突然发现好久没有联系小佚了,虽然可能才一天,但是她也没联系我。于是我发了一条信息给她,在忙吗?一直到太阳西斜,年老的修车师傅开合引擎盖无数次之后,小佚回我,还好。

三

鱼龙搞了一支摇滚乐队,希望我帮他找一个排练的地方。我说,那就我家吧。鱼龙说这排练的声音比装修声音还大。鱼龙的出现总是伴随着一个鼓手和一个贝斯手,每当鱼龙说什么的时候,另两个人就负责说,对对对,是是是。鱼龙说,作为一支乐队三个人就是一个人。他们的目标是成为披头士乐队,再不济也要成为滚石乐队,底线是皇后乐队。十年前我也组过一支乐队,我的最高目标只是成为来自台湾的五月天,这是一个在很多人眼里整天唱口水歌的乐队。鱼龙问我当初我们是在哪里排练的。我告诉他我们搞乐队最大的问题不是排练场地,而是人都凑不齐。

在这个城市里,找个摇滚乐队的排练场地确实有点困难。摇滚乐队排练的声音实在太大了,既不能影响别人,也不能受别人影响。但是这一切如果有足够的钱,并不是什么问题。

我们试图去这个城市最高的地方。我们爬了很多写字楼的楼顶。有时候我们上去了,被保安不留情面地赶下来了。有时候我们在大厅连电梯都进不去。于是我们试图去这个城市最低的地方。我们去找了很多地下车库,地下一层,地下二层,地下三层,都不行,只有一个物业的负责人跟我们说,如果有地下十八层,那你们就排练吧。鱼龙听了这话,就要跟物业的负责人干起来,我拼命拉住了。鱼龙说,我们可是搞摇滚的。我说,搞摇滚的搞不过保安。

如果是十年前,我可能要试图加入这个乐队,但是现在,我知道在这个城市里搞一支摇滚乐队不太现实。除了搞摇滚乐队,三个人在这个城市里还有很多事情可以做。譬如开一家奶茶店,一个负责做,一个负责收钱,一个负责外送。或者不想干活,纯粹想消磨时间,那坐下来玩斗地主也比玩摇滚乐队靠谱。鱼龙听我这么说的时候,睁大眼睛瞪着我。我第一次发现鱼龙的眼睛竟然这么大。

第一次听到了鱼龙乐队的排练,同样是在一个阴郁的午后。在一个敬老院偏僻空荡的场地内。鱼龙给每个老年人买了睡眠耳塞,不要听的可以塞上耳塞。出乎意料的是,在鱼龙排练的时候总是围着一大群老年人,他们都一脸认真地坐在椅子上,仔细聆听。鱼龙他们有时候完整地演奏完一首歌,有时候中途停下来重来。

在下午四点多的时候,鱼龙他们演奏了一首叫 I Wanna Hold Your Hand 的歌。这是 1964 年披头士乐队第一次在美国演奏的歌曲,被誉为"英国入侵"的代表作。歌词的核心意思就一句话,我想拉起你的小手。整首歌都在反复着这一句话。

外面的天气依旧阴郁灰蒙,周围的很多老年人依旧坐在小凳子上认真听着。鱼龙他们改编演奏了好几遍,唱了四十多遍"我想拉起你的小手"。台下一片安静。

快到饭点的时候,鱼龙他们演奏了一首《茉莉花》,台下响起稀稀拉拉的掌声,然后就是凳子拖动的声音,年老的人群慢慢散去。

鱼龙每周四都要在这个偏僻空荡的地方,给老年人演奏一些院里规定的曲目。一个月里他们演奏了《回娘家》《绣红旗》《打靶归来》《歌唱大别山》《伟大的北京》《翻身农奴把歌唱》等歌曲。

三个月后,他们就从敬老院出来了,去参加了几个音乐节,演奏了几首他们的代表作。赞美他们的人没有,骂他们的人也没有。每次都是来也匆匆,去也匆匆。有点像厕所上面贴的那些小标语。

鱼龙准备重新找排练场地,一切想要重来的时候,我递给他一支烟,装出一副语重心长的样子,鱼龙说,你别劝我开奶茶店。贝斯手和鼓手都说,对对对,是是是。我说,你就一个人弹弹吉他,唱点民谣,这样你在我家里就可以排练。这一次贝斯手和鼓手没有说,对对对,是是是。

我说你弹唱几首轻缓一点的民谣歌曲,《九月》《米店》会不会?鱼龙瞪大眼睛看着我,然后响起轻缓的歌词和旋律,三月的烟雨,飘摇的南方,你坐在空空的米店……贝斯手和鼓手像木偶一样站在后面,好像从此不知道要干什么。

我打电话给小佚,想让她听一下这些现场版好听的民谣。电话没有人接。

我说,鱼龙,一会儿你给我喜欢的姑娘弹一些民谣,我给你钱,或者给你找个好点的能排练摇滚的场地。鱼龙抱着一把我以前买的两百块的木吉他说,好。

我和鱼龙、贝斯手、鼓手四个人一直在等小佚。后来我们就这样慢慢睡着了。

四

我开了一个小时的车,到达了步行只需十几分钟的地方。我记不住这个活动的名字,总之是一个没有太大意义的艺术聚会。有很多所谓的艺术家甚至古董收藏家。我是写作的,很荣幸,也成了这帮伪艺术家中的一员,上台发表了一番莫名其妙的艺术感悟。吃饭的时候,一个中年大叔坐我旁边,我看不出他是搞哪门伪艺术的。他对我的发言大加赞赏,还问我喜欢哪个作家,我咬着大蟹脚说,加缪。我想这下应该没什么可聊了。大叔吧唧着嘴,抑扬顿挫地说,一个作家最重要的是敏锐的感受力,外加优秀的笔头功夫,还有勤奋努力的态度,加上孜孜不倦的精神,那就一定能成为像加妙一样的作家。我吐出蟹壳说,缪,纰缪的缪。大叔说,对,加缪也不是一出生就是加缪,一个优秀的作家那是经过时间和经验的历练,个人经历和阅历的积累,等等,最后才成为加缪的对吧?我咬着第六个大蟹脚想说一句,你妈的。然后说了一句,是的,老师。作为一个从小生活在沿海城市的小市民,我吃了八个大蟹脚,四个北极贝,两只梭子蟹,三对深水虾,两条秋刀鱼,一盆杂螺。就这样吃了一堆庸俗不堪的海鲜,聊了一通毫无意义的狗屁。最后他们给了我八百块发言费。讲莫名其妙的废话就能拿钱,作为一名伪艺术家,我真希望这种没有意义的事情能多一点。如果一切都没有了意义,那我可能就要发财了。

我拿着八百块钱去看我外婆。我发动那辆开了十年的雪佛兰破车。车已经很脏了,这说明很久没有下雨了。北方已经开始烧煤供暖,大量的尘埃南下,空气越来越差,我的车也和这个世界一样越来越灰蒙蒙。

我外婆住在第二人民医院心血管内科1702房间。她的症状是失眠、头晕、腰酸背痛、有气无力,医生说,年纪大了就是这样,正常的。当所有的症状成为常态,这就让我外婆感到了衰老的恐惧。

我被二院楼下的烧饼香味吸引,买了两个准备给外婆吃。医生嘱咐外婆很多东西都不能吃,但是我和外婆的想法是,管他呢,想吃就吃。于是在还没进电梯的时候,我就把两只烧饼吃掉了。我想,算了,老年人还是要遵医嘱。

外婆见到我很激动,立即从床上坐起来,嘘寒问暖了一分钟后,提醒我嘴边还留着一抹葱。我擦了擦嘴巴,掏出六百块钱给外婆。外婆拒绝了一番,拿出两只葱油饼给我,说隔壁阿姨买的,还没冷掉,我们一人一个吃掉吧。我打了一个饱嗝,又吃掉了一只葱油饼。

一天就这样过了一大半。窗外路上的汽车渐渐增多,高峰期马上就要来了。护士进来,又在数落外婆。外婆一言不发看着窗外,乖乖让护士将针扎进皮肤里。之前的一天,一个著名剧团来这里演出,外婆一个人走出病房,坐了一个多小时的公交车去看演出,结果错过了打点滴的时间,为此护士对外婆格外头疼。外婆喜欢看各类戏剧。在我很小的时候,她就带着我走很远的路去看戏剧。现在我成了一个作家,外婆认为很大原因是她小时候带我看戏剧激发了我的写作才能。其实带给我回忆的是,看戏时外婆给我买的各种零食。还有就是走不动的时候,外婆抱着我边走边给我讲故事。故事一点都不记得了,只记得走不动被外婆抱着的感觉真好。多年以后,外婆大概不会知道,被她从小用戏剧滋养熏陶的外孙,最后成了一名伪作家。如果我不成为一名伪作家,连六百块钱都给不了外婆。

外婆看着吊瓶里的液体往下滴,问我,最近出去过吗?这点我和我外婆很像,不管有事没事总喜欢到处走。我自认为去过了很多地方,但是这个世界上有两百多个国家和地区。外婆始终没有走出过长三角,但她也自认为像我一样去过了很多地方。

吊瓶的液体下落得很慢很慢,外面的高峰期快要过去了。我和外婆说了再见,准备去见小佚。

临走的时候外婆喃喃地说,上次戏没看,花了这么多时间,是找不到地方了,剧场就在久久天桥旁边,怎么都找不到久久天桥。我说,久久天桥已经拆掉了。外婆看着吊瓶,好像瞬间睡着了。

我在一家小吃馆里吃了一份廉价的鸡腿饭。顺便等小佚结束饭局。这期间,我用手机打开了邮箱看了一份合同。我是一个没有组织和单位的人。只是有想赚钱的公司看中了我写的那些烂俗的文字,所以和我签约,决定要好好做我的书。

我擦了擦嘴巴,关掉邮箱。我不知道小佚什么时候结束饭局。我去咖啡店买了两杯热美式,然后将车开到天一广场附近。

车内播放着 Holly Throsby 的一首歌曲,翻译成中文歌名叫,《为什么我们不将心中的爱意告诉对方呢?》,歌名很长很庸俗,但好听。我单曲循环了十多遍,小佚还没有结束饭局。我再次打开邮箱,对着合同想补充些什么,小佚发来了信息。她说晚上太晚了,要不明晚再见吧。我说我就在天一广场,她说我送了一个朋友到了柳汀街,这个时候我已经发动汽车往柳汀街方向开,热咖啡还没有完全变冷,我说我很快就到了。她说,回家还有点急事,要不今晚算了。我开着那辆灰蒙蒙的雪弗兰汽车穿过柳汀街,然后说,好的,注意安全。

之后的两天我们依旧保持着联系,联系的内容是她还是挺忙的,空了会告诉我。编辑打我电话说,邮件显示已读两天了,看了没?我说,没意见,都很好。Holly Throsby 还在循环那首单曲,这首歌的主旋律和歌名一样,为什么我们不将心中的爱意告诉对方呢?很长很庸俗又很好听。

五

我找了一份写文案的工作。他们觉得我是一名作家,所以认为我很能写。其实我完全不懂那些东西,所有的文案我都是按照网上的模版来写的。有时候甚至直接抄一段。我也不知道我为什么要去找一份朝九晚五的工作,可能是过腻了不朝九晚五的生活。

上班一个月,唯一确定的是这是一家破公司,待在这这里的人就这样碌碌无为地过完一生。我大部分时候待在高大上的玻璃幕墙内,灰蒙蒙的阳光照进来,一切看起来都是那么有希望。这时候我会把那些废纸揉成一团,学习那些伟大的球星,将废纸投进垃圾桶。我曾经多么想成为那些伟大的歌手、球星、作家,我的梦想就是成为那些无法成为的人。后来发现其实大家都这样,譬如我们公司的总监,他做梦也没想过会成为一家破文化公司的总监。

总监非常忙,他也希望我们非常忙。我经常将废纸投进纸篓这个动作重复好几遍。譬如我特意将垃圾桶放得远一些,学习詹姆斯和科比的投篮姿势,如果投进了我会将垃圾桶放得更远一些,我的命中率可以让我将垃圾桶放到总监座位附近,这已经是最远距离了,就算这样我还是可以命中。这破公司真的太小了。在这里,我对于投废纸渐渐失去了兴趣,以致觉得上班越来越无聊。

总监让我送一份材料去北仑。出发之前我下载了许多歌曲,里面有很多冷门好听的乐队。总监打电话问我,快到了吗?我在办公室的另一头偷偷说,快了快了。出门的时候我选了一条最远的路,到达北仑的时候,那些歌还没有听完,于是我又在马路上绕了两圈,把所有的歌曲听完我才停下汽车。

出来的时候,我突然发现这是一个温暖的下午。太阳灿烂,天空清澈。我不禁在大街上游荡起来。我就这样晃荡了一下午,等到暮色渐浓,天空灰暗,我才发动汽车。我往公司的方向开,去下个班,然后回家。

到公司的时候,我就被总监大骂了一顿。他说你这是去北仑还是去北京了?等了你一下午,打了十多个电话。最后表示要辞退我。我想既然这样那就走吧。我面无表情地说,好的。总监突然换了一种语气,扶了扶眼镜说,其实,你知道你活着最大的意义是什么?作为一名伪作家,我对这种话和语调有一种本能的排斥。我没说话。总监坐下来说,人活着是需要有自己的价值的,价值的体现就在工作上,对工作的尊重就是对自己的尊重,对生命的尊重,鲁迅先生说过一句话,浪费时间,就是在谋财害命,你说你是不是在谋我的财害我的命?你是一个作家,你应该知道高尔基先生也说过一句话……我不小心打了一个哈欠,总监皱着眉头看着我说,怎么了?我还没说完你就不耐烦了?我说没有,生理现象。

总监说,你先走吧,扣一星期的工资。

我说,我要辞职。

总监说,没让你辞职。

我说,我要辞职。

总监说,巴金、老舍,还有那个海明威都说过……

我说,我要辞职。

总监说,你知道辞职意味着什么吗?

我说,我要辞职。

总监说,都容忍你玩投废纸这么无聊的游戏了。

我说,玩腻了。

总监说,玩腻了你还可以玩点别的。

我说,什么都不好玩。

总监说,你走了公司怎么办?

我这样投废纸能投半天的人,竟然能对公司产生这么重要的影响,这说明这已经不是家一般破的公司了。我都很难形容我自己,更不愿意待在一个很难形容的地方。总监好说歹说要请我吃个饭表示挽留,我欣然接受了。等吃完晚饭,我毅然表示要辞职,并且二话不说开着那辆灰蒙蒙的汽车走了。

月亮已经很高了。我开了五十公里的车,给小佚送了一杯咖啡。我们聊了一些我记不太住的话,小佚更加记不住。日后回忆起来的是,那杯美式热咖啡还没有冷掉,外面的夜色比咖啡还浓郁。我们就这样坐在一起聊了一个多小时。小佚没有把咖啡喝完。我只记得她说了谢谢,以及临走前我们都说了,再见。

六

我已经很久没有出门了,汽车都已经无法发动。老虎让我去做导入全球作家作品的工作,于是我走出了门外。我发现旁边已经变成了一片工地,如果要坐公交车,就要去绕一大圈。于是我尝试着从工地穿过去。在尘土飞扬的工地,我突然觉得我可能要失去作家这个身份了,以后可能会变成一个伟大的病毒式变异扩散写作操作员。这让我感到非常不安。我这么想的时候,一个头戴安全帽的说,快过来一起推钢筋。于是我过去和他一起推着一车钢筋走了。推了好几车钢筋,我累得瘫坐在旁边,等稍稍恢复一点,我拿出手机玩了两把游戏,没有老马的配合,玩游戏也只是输赢而已。我看了看周围,突然发现其实鱼龙可以来这里排练,工地的声音肯定能盖过摇滚那些微不足道的声音,完全不会影响任何人,如果能戴着安全帽演奏披头士乐队的歌曲,那比任何事情都酷。

我站起身,继续往前走。老虎的软件实在太可怕了,劳动力可以解放,甚至天性都可以解放,但是作家怎么能解放呢?我犹豫了一下,就在路上转入了二院的病房,顺路去看一下外婆。外婆已经转到了另一个病房。

我看见病房里外婆并不在,我问护士,我外婆呢?护士告诉我,自己走到外面去了。她告诉我,再过个两年左右,外婆可能会忘记很多东西,会说不出很多话,会更容易迷路,再过三年的话,外婆可能连我都会不认识,她会忘记一切,会漫无目的地游走,很容易就这样失踪。我说你们算得这么准?护士说,阿尔茨海默病征就是这样,你好好看住你的外婆吧。

我到达老虎公司的时候,老虎递给我一张名片,这是一张我的名片。上面写着我是公司的总监。除了总监就没有其他人了。我连以长者的姿态语重心长地去教育一个人的机会都没有。我的工作就是将这个世界上所有作家作品不停地导入一个黑洞一样的数据库。我夜以继日地做着这样一件事情,将那些作家的作品填入一个大熔炉,把它们分解,也包括我自己的。

间隙,我给小佚发了一条消息,在忙吗?什么时候有空见见吗?在我导入一万多名作家作品之后,小佚也没有告诉我什么时候再见。

(原载于《收获》2019 年第 4 期,马小淘选编)

王姝蕲 / 1983年生于四川,现居北京。2008年毕业于莫斯科国立大学,获新闻学硕士,研究方向网络传媒。2008年加入凤凰网,2011年加入腾讯文化频道创始团队,供职于腾讯新闻至今,全程参与中国网络媒体从粗放生长到新闻专业主义的转型,再到人工智能媒体平台的技术变革。媒体工作之外,作为小说家创作《花前一人食》《比特圈》《未来药》等一系列作品,处理"互联网时代"这个重要的现代性命题,探讨网络技术如何通过对生活方式颠覆性的改造,重塑当代人的精神世界,使之成为年轻一代的生命底色。

比 特 圈

一

这是深山里头的深山了。

山与山之间奔腾有河,河流半中拦腰垒起一条堆石坝,蓄一库水,建起小小的水电站,小得像是谁丢在山涧的玩具。水电站不远处另有一方小水泥盒子,喷着袅袅水雾,仿佛一块冒烟的干冰。也是玩具,有钱人的。

矿工驾车从镇上回来,停在山梁,思忖玩具的主人,思来想去都与自己没啥两样。就连人工智能也这么说。网上有免费的"AI看相",他把自己和小温州的照片传上去,得到的批语分别是:否极泰来,枯木逢春。

水库里有一点儿红,颤动着。矿工摘下墨镜丢进车抽屉,再翻出个望远镜——抽屉里塞满了各式玩意儿,瑞士军刀、豹纹手铐、杜蕾斯——矿工拨转对焦环把那点儿红拉近,近至伸手能捉,果不其然是小温州昨天带来的那个美院女学生。女生在望远镜狭小的视窗里剧烈起伏,惊恐地攀缠在小温州后背上。矿工没来由地回想起自己还在城市时,群租房楼下有一个投币摇摇车,丑,但深受小朋友喜爱。小温州驮着女生,又一猛子扎进水里,红裙漾了一漾,跟着深潜下去,在蓝玉般的水库中变成红紫色、紫色、蓝紫色。水面皱起,好像是痒了,疼了。

早上矿工开车出去时,女生一路追赶拍打车门,仓皇取走她落在车上的相机。相片见不得人啊?矿工正想这样逗她,女生已将相机藏进怀里,一溜烟跑没影了。有什么可遮羞的,无非被窝里那点儿东西,矿工想,网上见多了,啥肤色啥调门儿没有?矿工收起望远镜,上车点火冲下山梁,一口气冲进水泥盒子前的院坝。

噪音和热浪从机房里生扑过来,矿工迎上去,不躲闪。往常他会立刻戴上防噪耳机,但从这个礼拜起不一样了,他喜欢上这些机器的轰鸣,嗡嗡嗡嗡,像某种超现实的吟诵仪式,让他成为机器跟前祭祀的牲畜他也愿意。机房百十平方米,矿工径直走到热风区,检查把边的一二三四五,五台矿机,像产科护士看顾保温箱里的五个婴儿。乖乖儿,乖乖儿,矿工歪嘴露出微笑,他左半边脸不利索,因在这机房里积年累月地受风,面瘫了,估计还要去镇上扎一礼拜针灸才能端端正正笑上一个。今天晌午从针灸馆出来,一农妇尾随他,神神秘秘道,面瘫改了面相,贵贱贫富寿夭都有变数哦。农妇说得凶险,矿工却心头暗喜,有变数好啊,他这背时命就怕没变数。看着面瘫后得来的五台宝贝矿机,矿工更加信实自己否极泰来、枯木逢春了。

忽然,半边笑容僵滞在脸上。一台矿机的电路板烤出了黄斑,再凑近细看,黄斑面积不小,像癌细胞在吞噬脏器,穷凶极恶的。天杀的热风区,室温飙到五十摄氏度,矿工心疼宝贝矿机,却不能给它断电歇息,时间就是金钱,一秒钟也歇息不起。矿工能做的只是拿起记事本用力扇风,就像当年群租房里那个中年女人,一下又一下给熬夜背书的儿子打扇子。"豺狗吃瘟鸡,我瘟了一辈子。等你考取大学,我就享福了。"那女人说。窗户外,投币摇摇车在单曲循环一首儿歌:"爸爸的爸爸叫爷爷……"似乎一个谶语,龙生龙,凤生凤,瘟鸡会一代一代地瘟下去。心事拥挤在蒲扇的褶皱里,矿工皮肤上的灼烧感越燃越烈,似乎已被烤得五分熟,真变成祭祀在矿机下的瘟鸡了。

矿工脱去粘在身上的涤纶汗衫,布料上均匀地析着一层盐霜,是汗水在炙烤下迅速结晶了。他闻了闻汗衫和胳肢窝,孜然味。衣兜里抖搂出一枚杜蕾斯,红亮喜庆,矿工记起自己从汽车抽屉里顺了这个,遂拿出手机给晓棠发去微信:"我已经五分熟了,你要尝一口嘛?"

消息石沉大海,和之前的几十条一样——

老婆,你哪天来?机票买好了没有?

老婆,你咋个不说话?

唐晓棠,快说话!

你该不真的是个骗子?

我错了老婆,理我好不吗?你晓得我爱你。

日你先人板板,骗子!还钱!

唐晓棠消失了,矿工记不清是多久前发生的,像是今早上,又像有月余,他在深山里失去了时间感,只记得上次联系时晓棠还很甜。他说,心肝儿你来嘛,这里是神仙地界,我带你下河摸鱼,还可以去山里头打野味。晓棠发来表情包咯咯笑,我哪打得到。他说,打不到没事,我可以做你的野味。晓棠说,山沟沟,你莫把我卖了。他说,我卖币,不卖人。晓棠说,你老是说比特币比特币,到底长啥样,给我看看嘛。他说,虚拟货币,看不见摸不着。晓棠问,那你见天见晚在山里头挖啥子挖?他解释,不是真挖矿,是电脑做运算得到一组代码,代码就是比特币。晓棠不信,代码当钱使?他说,好比钞票上的序列号,你计算出序列号,这张钞票就归你了,算这玩意儿有公式,不费脑子,只是太费电,四川山里头有入不了电网的小水电站,电费便宜,我就把矿场建在这里,安了五百台矿机二十四小时不停地算。晓棠说,你们有钱人耍得稀奇,直接要钱,我跟你要不起,往返机票就要我几个月不吃不喝。他说,心肝儿,只要你来,我出路费。晓棠感动得哭出来。他微信转账五千元,晓棠接收了,发回一个火热的唇印。再无音信。

矿工想不通,背时的总是他。他听见过小温州打电话谈生意:"少废话,签什么合同,哪有时间跟你签合同,磨磨唧唧别混币圈!"电话一挂,几百万直接打过去,过几天新矿机就送来了。

二

二楼生活区乱得无处下脚,废弃的矿机显卡和包装盒堆积成山,显卡上星罗棋布的点和线串联着,似在万米高空上俯瞰一个过度发达的城市。路过小温州寝室时,矿工朝里望了望,皱巴巴的床单上扔满五颜六色的裙子,欢乐谷的样子。矿工鬼使神差地走进去,往床上撩了一把,那些滑溜溜的绸缎裙子像溪水样流淌起来,脂粉香气浮到半空,他一猛子扑进去,窜身潜入一个松软的梦。这一切似曾相识,好像发生过,可是曾几何时呢?

肋间被硌了一下。绸子底层埋着一台小相机,银色镀铬机身,裹覆着棕色皮革。正是女生早晨慌张取走的那一盒秘密。秘密诱惑他触碰开关……

屏幕上陡然显出他的脸孔,清晰得骇人。左半脸是僵死的化石,与活着的右半脸构成一场"找碴游戏",任何一丝微表情都在对比中昭然若揭。他看到自己右眼燃着野火,险些把相机烫出个洞,慌忙按下删除键,伴随碎纸机的声效,火嗖地消失,却紧接着弹出另一个他,手捧保温杯蹲在松木梯子上发呆。矿工一怔,点击回放按钮,一百多张照片涌出来,他像呛了水,无法呼吸。每张都是他,干活的,偷懒的,树下啄瞌睡的,崖上撒野尿的……女生进山一天多,未与矿工说过半句话,却暗地里偷拍一百多个他,究竟啥子意思?如果她是那个意思,那她像水草一样缠绕着小温州又是啥子意思?

矿工眼前出现潋滟的水库,女生骑在小温州肩头,扬手从头顶浇下一束清水,水光披挂在身体上,矿工仿佛听见凉水浇在热石头上的刺啦声。他一遍又一遍地听见凉水浇在热石头上的刺啦声,猛地从床铺跃起,抄上泡方便面的铝皮大瓢,舀一瓢水,大跨步下楼。一条长裙挂住他脖子,像个披风,威风凛凛。水瓢颠簸洒一路,到机房时还剩浅浅的一个底儿,他瞄准一台高速转动的矿机泼去——刺啦,水雾蒸腾。哐当哐当,矿机停了下来。矿工脑壳里却轰的一声。

一百多个怪形怪状的自己,如宇宙爆炸、膨胀旋转,生出一种离心力要将矿工抛掷出去。屋前的小溪不知何时将尾巴甩到了他面前,他纵身跳下,毛孔骤然一紧,轰鸣的幻影冻结了,如星云缓缓弥漫开来,四下寂静,他听到手机在草甸上轻轻一响,叮咚。

半个笑从矿工嘴角咧出,不用看手机他也晓得是那条信息提示:你有一台矿机已经二十分钟没有提供算力。

小温州也收到了同样的短信,沿堆石坝一路小跑回来,衣服挂在脖子上,光上身,精瘦精瘦的。女生追着他,湿漉漉的红裙子贴着身体。接近机房时,女生脚步慢下,整墙巨型风扇旋出的热浪推着她往后退,贴在身上的湿裙子迅速失去水分,越来越轻,最后嘭地一下飞起,小温州扑住裙子,像飞行员落在红艳艳的降落伞上,一猛子把女孩扑进机房。

刺啦——矿工又掬一捧水浇在后脑勺,这时想起针灸大夫的话,莫拿凉水激,忙从水里起身,扶住裤裆处支棱的帐篷,却见女生一人出了水泥房子,往小溪来。她胸前挂着个小方盒,晃来晃去,银色镀铬盒身,裹覆着棕色皮革。矿工认出那台相机,忙又蹲回水里,拉一小丛灌木枝丫掩体。女生翩然而至,脱了凉鞋蹚进溪水清洗泥和草屑,脚尖刚点到水,她嗞了一声,像溪里有嘴咬她。矿工捂住半张脸憋笑,掩体灌木一颤一颤,她也是这样偷看我的,矿工猜。女生捡起一块浑圆的鹅卵石,不大不小刚好一握,浸在水里洗净,再从纱布兜里掏出一捧指甲花花瓣,细细致致地拿鹅卵石碾碎,将水红色的花浆涂到脚指甲上,花浆不慎沾了裙子,女生慌忙把裙摆撩高,大腿皮肤白生生发亮,和麦色的小腿形成鲜明色差。估计喜欢户外运动,矿工想,是个野味。女生仰面倒向草甸,脚跷入天空踩着游云跳舞,她举起相机对准自己的腿。矿工想到那相机里还装着上百个他,一阵酥酥麻麻的痒爬上皮肤,他未曾与女生说过话,却与她亲亲密密挤在一台小相机里。女生踩着天空玩够了,坐起来拨开花浆查看脚指甲的颜色,似乎很失望,用树叶把花浆擦去。

"你那花瓣不得行。"

女生吓一跳,循声找去,模模糊糊看见矿工坐在上游,隐藏在夕阳刺目的光芒中。女生唰地把裙裾拉到脚脖子,严严实实裹住腿,像歌舞剧场拉上大幕。可矿工这边才刚到开场白。

"你在机房里走一圈,花瓣都烘干了,染不上色的。山后头有一大片指甲花,鲜得很,一般人不晓得,我带你去。"

女生听着,不吭声……啪!她猛拍一下自己胳膊,摊开手掌皱皱眉,"山里蚊子太厉害,我回去了。"

矿工忙说:"我帮你摘一些?"

"谢谢。"女生蹬上凉鞋,踩着河滩上的乱石趔趔趄趄往回跑,边跑边挥舞细长的手臂,像是驱赶蚊虫。

指甲花喜阳,山前花开早,都快败了,山后阴凉坝的花才刚刚开起来,鲜红鲜红,每一个花瓣都是漂亮的心形。矿工把此处当作私家花园,一次又一次想象晓棠到来,他们赤身在花丛里打滚,发间沾满碎枝草叶,脊梁手臂脸颊嘴唇被染成一片片水红色。矿工掐了掐花瓣,汁液浸出来,给他手指甲染出一个红边儿。这样的指甲花是最好的,矿工摘下来,用女生丢在溪边的纱布兜装了满满一口袋。顺路又摘了一只野苹果。

小温州寝室门依旧半敞着,床上拉起了蚊帐,朦朦胧胧看见女生枕在小温州肚皮上摆弄相机,小温州枕着满床的花裙子抚弄女生的乳房。对堂风吹得蚊帐一鼓一鼓。

"你那矿工怪怪的,怕是在山沟沟里憋出了毛病。"女生软软道。

"死肥宅,山里城里没差别,给台电脑打游戏就高潮了。"小温州懒懒道。

"辜负了好山好水哦。这里多美,像《瓦尔登湖》。"女生隔着蚊帐逗窗台上一只画眉鸟——嘘——嘘嘘。

"什么湖?"

"《瓦尔登湖》,美国作家梭罗的作品。"

"他顶多满脑子糨糊。三天两头闹着要走,屁本事没有,还大学生呢。能找个矿工的活儿算他命好,管吃管住管打游戏,工资还高,要在外面,他想打游戏怕是连显卡都买不起。"

"瞧你说的,像个废人似的。"帐子里缓缓伸出一只蜜色的胳膊,握着相机,给画眉拍照,画眉扑两下翅膀,飞到对面树上去了,"你能把比特币矿这种高科技交给一个废人看场子?"

"高科技那是上游,挖矿是产业链最底层,矿工不过就是修电脑的。现在连电脑都不用修了,只管把坏掉的机器换下来,打包寄去维修点。多轻省啊,这懒骨头还闹辞职,最近在机房里把嘴吹歪了,闹唤得更凶。"

"想过换人吗?"女生掉转镜头,隔着帐子给自己拍了一张。

"换谁不一样?我看他脸歪嘴斜怪可怜的,答应给他腾出五个机位,他自己也摆上五台矿机,这下安分了。"

"小伙子挺精明。"

"猴子都没他精。他那五台矿机跟供菩萨似的,我的五百台他就瞎糊弄,停转半小时也不见修。他开我的车去镇上扎针灸,车回来了,人没回来?这孙子。"

矿工贴墙根站在门口,野苹果表皮被掐出一排污浊的月牙形,掉落在地上。他把装花瓣的纱布口袋塞进裤兜里,重重敲门:"电站老板喊你搓麻将!"

"哦。"小温州隔着蚊帐答应。

矿工转身踢一脚野苹果,苹果在垃圾山上滚了两滚,跌跌撞撞落下楼梯。帐子里女生游丝般嗔骂:"别闹!人还在门外等着呢……别亲鼻子,臭一天……"

三

  电站老板堂屋的四叠门大敞着,老远就能望见墙上的巨幅瀑布和迎客松,镜框上题着两行红字"生意兴隆通四海,财源茂盛达三江"。电站老板忙不迭从柜子顶取来麻将匣子,把闲置许久的"萬"请出来,加进麻将铺子里。平时山里只有他和矿工两个人,使不上"萬",用"筒"和"条"打二人麻将解闷,越解越闷。每个月小温州上来巡山,打三人麻将,还是闷,但小温州懂事,故意输些小钱,他两人就不觉得闷了。赶上小温州走桃花运,带个女朋友上山,那就过节了,能巴巴适适打一回四方麻将。

  "这回这个女朋友是干啥的,会打麻将不?"电站老板问。

  "鬼晓得。"矿工点一盘蚊香,放在脚边,躺到竹椅上耍手机,追了大半年的盗墓小说今天又更新了八千字。蚊香外侧最大一环渐渐燃尽,细碎的白灰一截一截往下掉,矿工眼皮越来越沉,瞌睡了,小温州还不来。摸金故事中断在一个湿漉漉的洞穴里,矿工溺水于美国作家笔下的那啥子湖里,红紫色的水妖像水草样缠绕着他。他语重心长跟水妖讲,你不晓得,我窝在山里头当矿工是做实验呢。薛定谔的猫你听过吗,我就是那只猫。我关在盒子里,是有一半可能成废人,但还有一半可能成贵人呢,究竟是废是贵,等打开盒子那一天才晓得⋯⋯话在水里咕噜咕噜地冒气泡,混沌不清。一个水泡炸开,嘭,手机弹出语音信息,点开只听见一个音:买。

  那声音像死去的母亲,又像针灸馆前泄露天机的农妇。矿工条件反射地坐起来,登录比特币交易所,果然有涨的势头。买!却发现银行卡里只剩百十来元,矿工又急又气,给唐晓棠发消息,五千块先还我,路费我过几天再给你。等了许久不见回音,矿工打电话去,听到语音答复"您所拨打的电话是空号"。

  心口堵着的那块礁石又火烫起来。电站老板见矿工半张面孔扭曲抽搐,问,咋了,针灸扎拐了?矿工不吭声,把脸埋进手膀子,狠命摁住心中的火石,火却越燃越旺。

  火里走出一对金人儿,脚步带着步步生金的仪式感。"这是我未婚妻,美术学院的研究生,学视觉传达专业。"小温州搂着女生,扬扬得意地介绍,他头一回这样郑重其事,以往的女友总是面目模糊,像在夜总会里打个响指,就来个女人,再打个响指,又换个女人。

"你小子玩洋格哦!视觉传达是啥子?"电站老板问。

"说了你也不懂。"

矿工偷瞄女生,她肩膀上挎着那台相机,小坤包样,里头装着他二人的一百多个秘密。女生在矿工对面坐下,仅隔麻将桌,一整天了,矿工第一次近距离看清她的脸貌。罂粟花,矿工想到一个词。尽管从来没见过罂粟花,但他晓得那是鸦片烟的花朵。这就是视觉传达,矿工突然懂了。

女生领口有黑白分明的晒痕,一个草莓大的血印子在领边忽隐忽现,充满野趣。矿工轻轻把脚边的蚊香朝女生踢近一些,为了掩饰这个动作,他顺势跷起个二郎腿,脚撞了什么一下,他收了收脚踝,换个角度把二郎腿完成。

"不好意思,我踢到谁了?"女生说。

矿工半边脸燥热,细品刚才脚尖的触觉,比桌子腿来得温暖些,比男人腿来得清凉些。他低头看桌下,女生的水晶凉鞋正对着他,贝壳样的脚指甲上泛着浅浅一层水红色。矿工想起自己裤兜里还有一包指甲花。

"我一点儿也不会打,请多包涵。"女生两指捻着麻将牌,城墙砌得歪歪扭扭。

"没事,放心点炮,老子给你提供弹药。"小温州把一沓粉红色的钞票拍在女生面前,震得女生一激灵。矿工乜一眼小温州,暴发户,却见女生转身拿起相机,让小温州重演一遍。小温州这次戏做得更足,斜叼着烟,眯缝着眼,高举钞票,重重往桌上一拍,像官老爷拍下惊堂木,满桌麻将跳跃起来。女生按下快门,很满意,接着把镜头对准电站老板、矿工、筒子条子萬子,还有茶缸里半杯子的烟屁股,她完全忘记自己是来打牌的。小温州纵容宠溺着她,替她摸牌,一家打两方。电站老板明示暗示缺个幺鸡,小温州立刻打出幺鸡。电站老板把牌一推,和了!女生责怪他和得太快,没抓拍到,央求重新推倒一次。电站老板莫名其妙地看看小温州,小温州一伸懒腰,露出硕大 LOGO 的 LV 皮带和肚子上的毛,得意道,艺术家的世界你不懂。

快门咔嚓乱响让矿工烦躁难忍,医生曾告诉他面瘫会并发听觉过敏,就像用他的听小骨刮一块玻璃。那相机再不是矿工与女生的秘密世界了,快门每开合一次,小温州和电站老板就贼头贼脑地往里钻,矿工想象一百多个自己把贼人弄死在入口处。可是刹那间又败下阵来。

"不打了,肚儿饿了。"矿工把麻将一推,起身进灶屋将小温州带来的虾和青蟹蒸上锅,接着剥蒜做油碟。女生的相机镜头又凑过来,矿工问:"蒜也是艺术哦?"

女生惊讶:"这是蒜?这么大个?"

"独蒜。"

"有毒?"

"独,单独的独。"矿工切下薄薄一个蒜片给女生,指指领口草莓大的血印子,"你那毒蚊子咬的,拿去敷一敷就好了。"

女生对着蒜片按了快门。

"你没有啥子话要跟我说?"矿工问。

女生愣了一下,说谢谢,紧接着眼波流转,寻找别的新奇事物去了。

小温州从筲箕里抓一把湿花生,剥着吃,跟电站老板拉家常:"昨天咋没见你?"

"昨天回家处理些事,老太婆跟邻居跑了。"

"嫂子怎么的?"

"老太婆,不是老婆。我妈跑了。"

"哦,大婶怎么的?"

"老太婆说你们在这儿挖矿,得罪山神,让我撵你们走。"

"我一不开山,二不打洞,就修了个机房,拉了根网线,哪里得罪山神?"

"她说噪音太大,把山神惊到了。"电站老板用下巴指指矿工,"他不是嘴歪了吗,我上周带他回镇上去看医生,我家老太婆见到吓惨了,说他遭了天罚。"

"那是在机房里受了风。"

"老太婆不听。我说得罪山神就得罪嘛,挖比特币的是佛祖派来救我的,要不是他们来开矿,电站早垮尿了,全家喝西北风。我这小电站以前白花花流过的

164

是水,他们来了,流的是美元。佛祖比山神官大,要听佛祖的。老太婆将信将疑,心头矛盾,跟邻居一起到西藏朝圣问佛祖去了。"

"那么大年纪去西藏行吗?"

"去了好,她心头舒坦,我耳根清净。只是她一走,我就没得天气预报了,枯水期电力不够,焦人,老太婆一喊骨头痛,我就放心了,保准下雨。她风湿腿灵得很。"电站老板说着,见相机像小加农炮一样架在灶台上正对着他,红灯闪烁。

"听着怪有意思,兴许剪成纪录片。"女生说。

"风湿腿这段掐掉哦,都晓得我是个孝子。"

大虾、青蟹热腾腾地摆上桌,云蒸霞蔚,在这深山里出现海鲜,不像真的,像是海市蜃楼。

小温州起开一瓶拉菲,电站老板照例拿来雪碧,小温州摆手让他拿走,电站老板皱眉,红酒不兑雪碧多难喝。小温州像电影里法国人那样摇晃高脚酒杯:"都嫌老子是暴发户没品,说三代才能培养出一个贵族,老子才不信邪。"他一把将女生拉进怀里,"我老婆是艺术家,老子一代就整出个贵族来。"

"暴发户有啥不好?谁逮着机会谁暴发,比拼爹拼爷爷的贵族强。"

"这话对!谁敢相信呢,几年前我还在网吧当网管。"这句话他逢酒必讲,这次的版本略有不同,他拿酒杯和女生碰一下,"就是你学校门口那个网吧。"

"我没见过你。"女生说。

"可我见过你。一见钟情,常常梦到你,一梦就是六年。"

电站老板笑:"没看出你小子还是个长情的。"

"六年长吗?"小温州呷一口红酒,"也就是一眨眼吧,自从进了币圈,就像上了高速列车,飙得太快了,我都有点晕车。我技校毕业在网吧打工,好死不死赶上2012年,智能手机加3G上网不要太方便,谁还去网吧摸那些粘着鼻屎和方便面汤的键盘鼠标?网吧没生意,电脑闲着也是闲着,我就拿来挖矿。"

"网吧破电脑能挖到矿?"

"那年头狼少肉多,显卡好一点就能挖。现在简直变成军备竞赛了,你看我这矿场五百台最先进的矿机,二十四小时不停转,你猜一天能挖多少?"

"一万个?"

"半个。"

"半个？五毛钱？"

"宝贝儿，你这金融知识是在菜市场学的吧？听好喽，今天的行情，一个比特币值八千美金。正好给你买个包。"小温州满脸醉态，他酒没喝多少，迷醉在自己的传奇故事里，"我永远忘不了六年前挖到第一个比特币，去交易所卖了十几美元，当时我就蒙了，这玩意儿有卵用啊，卖这么贵！我一天工资都没这价。网吧没生意，老板想遣散我，我扭脸借高利贷把网吧盘下来，把他遣散了。"

"高利贷？你不怕遭追杀？"

"2012年世界末日，欠债怕什么，债主全家都死绝了。谁知道币圈这么邪乎，几个月就赚回来了。还完债我才开始害怕，怕真的地球毁灭，老子还没开始享福呢。"

"妈的，2012年我搞啥去了？"

"正常过嘛，谁信世界末日。亏得他读书少，傻儿有傻福。"

"傻吗？"女生轻叹一声，"世界末日，好多傻子说要裸奔，最后谁兑现了？我们班有个人精，她兑现了，办了一场末路狂花影像展。我们谁也瞧不上她，但是到现在，全班只有她一个人成了有名有姓的艺术家，其他人都去设计公司画图了，被甲方爸爸指挥着'LOGO大一点、字体粗一点、颜色鲜一点'。我不肯当修图工，考了研，可是有什么用，只是晚三年成为修图工而已，现在我又要毕业了。"

女生的声音很远，像个气泡飘在天上，每说完一句漏一点儿气，最后坠在地上。矿工如同看见漏气的自己，心生怜悯，傻妹妹啊，读大学已经上瓜当了，还读研？看吧，现在俩大学生巴巴看着技校生炫富。

不掺雪碧的红酒没有气性，却更汹涌，倒灌进矿工脑壳里，噬掉昏昏欲睡的锈，他清清楚楚看见电站老板眼珠贼亮。"末路狂花是啥，当真光着奶子在大街上跑？"电站老板问。矿工又看到三个男人目光齐齐落在女生身上，投影出她同学末路狂花的样子，那同学比女生更丰润些，奔跑时惊涛骇浪。

小温州摩挲着女生的大腿："等咱俩领了证，我给你开个艺术公司，想搞啥艺术就搞啥艺术。"

女生不搭话，下意识朝矿工看了一眼。矿工揣不透这一眼的含义，但觉得眼神是特别的,被女生看在眼里的自己也是特别的。

小温州又说:"我在南非订的鸽子蛋大钻戒下周就到货。"

女生不响,拿一根筷子拨弄调料盏里的蒜末。

电站老板舔肥帮腔:"妹娃儿,嫁给小温州好福气哦。来这儿开矿的都是有钱人,独独小温州豪气!周边的矿主三两下搭个铁皮房子就急着挖矿,只有小温州修一栋砖房。人间一天币圈一年,砖房工期四十五天,你算算他损失多少钱。"他一只手搭上女生肩膀,神秘道,"你知道他为啥修这砖房?"女生扭扭肩,想把那只手抖掉,电站老板却涎皮搭脸凑得更近,耳语,"因为他会心疼人。"女生缩起脖子僵硬地往后躲,向小温州使眼色求救。小温州愣愣地望着她,眼里空洞洞。电站老板的嘴贴上女生耳朵,胡楂扎进女生脖子,"你不问问他心疼谁?"矿工手里剥着虾,粉嫩的虾肉从壳里一点一点露出来。女生红色的领口一点一点往下垮,露出蕾丝内衣的边缘,像烽火间升腾的狼烟。矿工剥虾的手一顿,朝电站老板袖子上拉了一把,递上手机说:"你不是说要炒币,账户帮你开好了,我教你。"

电站老板推开手机:"吃饭呢,不整这个。"

迷迷离离的小温州猛地醒过神,瞪着眼睛冲电站老板喊:"你有没有搞错?"

女生趁机逃出猎套,拉起衣领,理顺乱发,感激地看矿工一眼,倏忽一瞬,像是极隐秘地扔来一把钥匙,矿工接住,打开女生眼底他从未去过的深庭内院,他和女生又有了新的秘密世界。

电站老板被小温州瞪得心里发毛,端酒准备自罚一杯,却听见小温州说:"你跟他学炒币?有没搞错?他一根嫩韭菜,能教你什么?跟着我炒,我有肉吃,你就一定有汤喝。我给你讲,庄家吸货的时候,你就埋伏进去,拉高的时候就撤退。千万别追涨杀跌。"

电站老板愣了一下,说:"我不学赚。最近赌钱输光了,没法给老婆交代,我说是投资比特币了。你给我讲讲咋个亏钱。"

"亏?我哪会。你还是问他吧,他经验丰富。"小温州瞥一眼矿工,问,"我刚才发消息让你买进,你买了吧?今天涨势陡,叙利亚可能要俄美对抗,有增量资金进来,瞬间从六千八百美金拉到八千美金一个。"他停顿一下,等待矿工表达崇拜和感激,矿工却不声不响地剥净一只虾,蘸了调料放进嘴里慢慢嚼。"你买了多少?"小温州又问,见矿工不理睬,小温州登时火冒三丈,"没买?让你买你不买,不让你买你瞎买,活该被庄家割韭菜。是不是又没钱了?你钱呢?"

矿工煞着半张脸,噌地一下站起来:"我去厕所。"板凳被撞倒在地,像炸雷。矿工出门,感觉一道目光利箭般射向他,而又一道目光温柔缠绵地追着他,好似他穿了一件豁口的线衣,被那双眼睛勾住线头,他一路走,弯弯绕绕的纱线就一路跟,一直跟到崖上。青山在脚下层峦叠嶂,矿工拉开裤门,朝着山野用力扫射,一群灰翅膀的飞鸟从树丛里蹿出来,扑啦啦逃走。矿工顶起腰,奋力追击,他的小兄弟异常愤怒,浑身通红像块烙铁。矿工被自家小兄弟吓得一软,尿断了线,怎会红成这样?他战战兢兢地抖一抖,不疼,再按一按,真的不疼,这才稍稍松了口气,扒下裤子仔细检查,发现裤兜里的指甲花压烂了,大腿根处染红一大片。看着胯下这片红霞,矿工嗓子眼涌上一股甜,他喉结滚动,反复品味蜜糖的滋味。矿工很诧异,竟一点儿也不惦记晓棠了,被唐晓棠骗走的钱算不得什么,小温州的踏谑也算不得什么。身后的一切都干涸成死去的标本,陈列在时间长廊里不痛不痒。他眼前一片开阔,未来舒展在山野之间,枯木逢春,湿润丰盈。他现在有了五台矿机,假以时日会生出五十台、五百台,小温州现在能给女生的一切,他都能给,他能充满她,他发誓充满她。矿工抚摸着那片红霞,小兄弟兴奋起来,火烧云席卷西天,他的每一根骨头都在添柴加火,最后和夕阳一起燃成灰烬……天色暗下,电站老板堂屋亮起一小团橘色的灯光,像灰烬里最后一块火炭,矿工腾云驾雾地往那儿去,那里热闹非凡,近了,才听清楚有人在吵架。

"你去做矿工的女人不是更好,多行为艺术啊?跟着我做什么?"

"你说的什么混账话!"

随后的话音淹没在噼里啪啦的摔打声中,一团火红冲入青灰的暮色,矿工知道是女生跑了出来,他目光热烈地啄住她,仿佛二人刚刚在崖上交付了彼此。擦肩而过时,矿工想拉住女生的手,问她的名字。女生却像失控的火车头撞开他,一瞬间矿工看见两只通红通红的眼睛刀子似的划过。

屋里人还在气急败坏地骂:"这贼婆娘动机不纯,她不是图我的钱!"

"你千万别心软依了她啊。她这哪是在考验你,是在考验我啊。她来当矿工,山里就我和她两个人,你答应,我老婆也不得答应。女人当啥矿工,想精想怪的。"

"想炒新闻办摄影展呗。不肯嫁我,还盘算着拿我的矿场作嫁衣?"

"还不如她那个末路狂花的同学,至少人家裸奔消费的是自己……"啪!一声脆响,似一个耳光,"……温州崽儿你抽啥风?"

"那个浪蹄子也配跟婷婷比?我婷婷还是处!"

"处?不得了哦?你个尻货,尻死算屎了。她来当矿工嘛,老子头晚黑就给她剪彩。"

又一声脆响。

"当屁的矿工,矿都要黄了!"

"啥?"

"我想趁着矿还在,和她结婚……"

"矿场咋了?"

"……我有钱,她有才,我们好好养个孩子,既不像我,也不像她……可是这傻瓜,她不图我的钱!她办不起摄影展,宁可打裸条跟我借高利贷,也不肯嫁给我!"

"你在说些啥?矿场到底咋了,是不是不准搞了?快说!你龟儿要急死老子哦!"

四

四下埋伏的夜色合拢了,世界像一个扎了口的黑色塑胶袋,白天有趣的虫鸣鸟叫在夜晚瘆得人发寒。无边的黑暗里只有三处漏光的破洞,一处是月亮,毛茸茸的,明天要下雨。另两处是亮着灯的电站和矿场。矿工回味那些乱糟的对话,心情糟乱,他点开手机上的手电筒,白亮的小椭圆落在山路上,像在黑暗里撑起一只小船,摇摇摆摆往矿场驶去。

机房里鬼影颤动,五百零五台矿机在黑暗中闪烁绿色的 LED 灯光,像是满屋子鬼火。初来山中的第一个年头,他被这些鬼影折磨着,一入夜就戴上耳机,没完没了地打游戏,对抗彻夜的恐惧,直到天光开亮口才能安心入睡。他每一秒都想逃,却不知逃向哪里,当初应聘矿工,不就是为了逃离城市吗?他怕极了城里的目光——群租房室友五六双眼睛盯着他在马桶上憋劲;洗净的衣服在走道里阴干,透着一股怪味,地铁里邻座捂着鼻子递来白眼;每天早晨开工前,店长押着他们在街沿跳舞喊励志口号,路过的家长对孩子说,你考不取大学,以后就找这种工作,羞不羞人……

　　他在网络小说里看到一个词"薛定谔的猫",量子物理什么鬼他懒得懂,但他羡慕那只猫。多好啊,关在盒子里,没有人看见它半死不活。等打开盒子那天吧,要么死透,要么活出个人样。他进山挖矿,火车换大巴再换摩的,一路上人越来越少,密林幽深,野草恣肆,欢腾的河流边丢着一只水泥盒子,他躲进去,长长地伸了个懒腰,几十公斤的疲惫和酸楚从骨头缝里钻出来,被负压风机吹散在山野间。矿工把自己耕种在山里,等待来年五台宝贝矿机像种子样生根发芽,破盒而出……可这背时矿场!

　　矿工走到机房深处,见一个黑袍幽灵在矿机间扭动腰肢,变换奇怪的姿势。矿工呆看许久才想起来害怕,转身要逃,瞬间又一道白光亮起,闪电般把黑色幽灵照成红色,幽灵的脸孔在强光中闪现——是女生。三脚架支撑的相机正对着她,每隔几秒,曝光一次。几道白光过后,女生上前检查相片,神色失望而沮丧,她重新把相机调好,走到镜头前,缓缓脱下衣裙……

　　绿光洒在她光洁的皮肤上,双乳小巧如绿岛,腰线起伏如海岸,煞似一只摄人心魄的水妖。闪光灯亮起的瞬间,绿岛变成一座雪原。

　　矿工雪盲症犯了,畏光流泪,想起深山里每一个白雪皑皑的新年。下一个新年好远啊,远得让人发慌。

　　"做我的女人嘛,你就用不着拍这种照片了。"

　　"谁?"女生惊了魂,仓皇抓起衣服挡住身体。

　　"莫怕,是我。"矿工点开电筒,却发现那只迷人的水妖不见了,他移动电筒的光柱四下搜索。

　　"出去!"

　　"婷婷,傻妹妹,就算小温州答应让你当矿工,你一个女娃儿待在山里不怕吗? 跟我嘛,我保护你,你踏踏实实搞创作。"

　　"不用了,我明天就走。"

"明天下雨,山路危险。"

"我说了,明天走!"

"他撵你走?你莫睬他,技校暴发户不懂艺术。"矿工歪着脸,努力绽放一整个真诚的微笑,"你来当矿工拍视觉日记,真是个好创意,就像那个美国作家在啥子湖,有了像样的作品,你就不用……"

"不关你的事,快滚!"

"听我说完,婷婷,我可以帮你。薛定谔的猫你听过没?它可能是死的,也可能是活的,只有打开盒子才晓得。可是谁见过关在盒子里头那只猫呢,死与活叠加着,稀奇吧?你来拍嘛,进盒子里来……"

"你再不滚,我喊人了!"女生话音刚落,电筒的光柱猛一下打到她脸上,女生惊叫。忽明忽暗中,矿工抓住女生,粗暴地箍在身前,电筒煞白的光亮在女生脸上缩成一个小圆,"梭夜子女人,你宁肯展览裸照,也不肯跟我?"机房里一片可怖的光明,除了光明什么也看不见,女生鹅鸣般呼救,却被巨大的噪音吞噬掉,她只得在无边无际的光明中漫无目的地拳打脚踢。一架子矿机排山倒海地跌落,绿灯大片熄灭,矿工一瞬间恍神,女生不见了,满地是滚烫的碎片。矿工跳着脚追赶,把女生扑倒,重重给她一耳光:"跑啥跑!你敢看不起我?"接着反手又是一耳光,"你晓得老子是哪个!"女生在滚烫的矿机中间缩成一团,哀求:"放了我,求求你放了我。"矿工冷笑:"小温州为啥不留你?你真信他是矿主,我是矿工?"他将脸埋入女生身体,像一只癫狂的野兽,"你真信他在网吧挖矿一夜暴富?呸,世上哪有这种好事?那孙子在山里当矿工快憋出病了,让我配合他骗你进山来耍,他穿我名牌、戴我金表、开我汽车,跟你演戏呢。蠢女人,睁大眼睛看清楚,我才是矿主!我计算机专业的!我才是矿主!"忽然一柄火辣辣的利刃刺进矿工后背,矿工疼得一躬身,女生从他身下溜走。矿工反手拔下炙热的矿机碎片,踉踉跄跄追出门,见女生已经逃上二楼,赤裸的身体在走廊昏暗的灯光下反射出病恹恹的姜黄色。逃到小温州寝室门口时,女生往里望了一眼,慌乱的脚步突然放慢了,她犹疑地愣在原地,没有呼救,也没有推门,转身背靠墙壁虚弱地往下滑。

矿工缓缓走上楼梯,步步逼近。女生绝望地看向他,视线穿过矿工的身体,失焦在深不见底的黑暗中。黑夜像一个瓮。眼泪在女生脸颊上无声滑落,矿工目光舔舐着她,笑,你同学那个艺术展叫啥来着?

女生蜷缩在垃圾山上瑟瑟发抖,姜黄姜黄的,化作一个残破的瓦楞纸箱。

叮咚,手机响起来。矿工按掉,把手机揣进裤兜,裤兜里却像栽跟斗似的又响起一连串叮咚声。矿工掏出手机,再按,却怎么也按不掉。屏幕上弹出一连串短信:

——你有一台矿机已经二十分钟没有提供算力。

——你有一台矿机已经二十分钟没有提供算力。

——你有一台矿机已经二十分钟没有提供算力。

……

(原载于《人民文学》2019年第2期,马小淘选编)

王威廉 / 先后就读于中山大学物理系、人类学系、中文系,文学博士。中国作家协会会员,广东省作家协会主席团成员,广东省小说创作委员会副主任。广东外语外贸大学名誉教授。著有长篇小说《获救者》,小说集《内脸》《非法入住》《听盐生长的声音》《倒立生活》等,文论随笔集《无法游牧的悲伤》等。部分作品被译为英、韩、日、意、匈等文字在海外出版。曾获首届"紫金·人民文学之星"文学奖、十月文学奖、花城文学奖、茅盾文学新人奖、华语科幻文学大赛金奖等。

退 化 日

　　我是个喜欢安静的人。说安静可能不大准确,应该说喜欢静止。周围环境嘈杂一些对我毫无影响,只要没人上前来使劲晃着我的肩膀,非要打破我的自足状态就行了。我长时间坐在一个地方一动不动,脑子什么也不想,对我来说是莫大的享受。在外人看起来,我八成像是患了自闭症似的。但我知道自己没问题,我的脑子会思考,会判断,会计算,跟大多数普通人没什么两样。

　　这样说当然是自我辩护,高考落榜之后我就是这样安慰自己的,告诉自己不笨,只是没有花心思去学习罢了。于是我安安心心又复读了一年,结果还是以失败而告终。我只能告诉自己:你可能真不是学习的那块料,算了吧。

　　"算了吧,我认命了。"另一个我对我说。

　　我想到了自己在教室里的状态。老师讲得唾液横飞,我却望着窗外,而且一望便是半个小时以上,直到下课铃将我从那种状态中拽出。窗外其实什么都没有,教室在六楼,只能看见树顶端的一小丛叶片。

　　在复读班,老师才不会管你有没有认真听讲,那不是他们的责任,他们来这里只能算是一种兼职。同学们彼此之间也极为冷漠,因为大家都是失败者,在这里的每一分钟彼此之间都在提醒这一点。我知道大多数复读生顶着极大的压力,有失眠者,有脱发者,有饮泣者,可我反而喜欢这样的环境。无他,只是因为这里可以更好地静止不动罢了。没有老师也没有同学会走过来盯着我说:"喂,不要发呆了,要交作业了!"不会再有这样的情况,我发呆尽可以发个够,哪怕从早发到晚,像座雕像一般,也不会有人上前来晃动一下我的身体,研究一下教室里怎么多了一具化石。

　　如果我再去复读班,只能还是这样的结果。不能再浪费时间了。可我还是确定自己毫无问题,因为不曾发呆的时候,我学进去的知识一点也不会忘记。甚至几年前的知识点都历历在目,因此偶然之际试题正好碰对了我的知识点,我还能拿个不错的分数。我也认真想过,如果自己能控制下发呆的频率和时长,考上北大清华应该不难。

但是毫无办法,考上北大清华的喜悦还是抵不过发呆的诱惑。

人活在世上总得生存下去,如果连这点都不明白也做不到,那一定是有问题的。我确定自己没问题,自然就得保证自己生存下去。这样的职业并不难找,我决定不再复读的时候就已经想好了。那就是开出租车。那一定是最适合我的职业。我可以坐在驾驶座前身体一动不动,胳膊随着道路的曲折微微滑动几下,便足以应付了。事实证明,我的选择无比英明,这个职业比我想象的还要适合我。我的眼前滑过各种各样的风景,虽然那些不是我主动去看的,但那些风景依然落到了我的视网膜上,拉着我进入它们的纵深处。那些风景丰富了我的无聊,让我在张望中获得了更加充实的安静感。

当然,也有让人不适的场景。比如一个骑着电动车在马路中间快速穿梭的外卖小哥,被一辆突然右拐的雷克萨斯撞翻在地,这时一辆庞大的公共汽车正好经过,从小哥的身上碾了过去。那真是令人作呕的一天。

无论如何,我想不到世界上还有别的职业适合我。我开出租一开就是七八年,越来越顺手,我开始还跟客人的搭讪应付几句,到后来,即便是风骚时髦的女郎找我闲扯,我也懒得应付。跟他们多说一句话,也不会多一块钱。我知道很多出租车司机给大家留下了夸夸其谈的印象,但我显然与那种印象相距很远。

我每天会有一两个小时停止载客,那是我自己的时间。我漫无目的地在大街上流浪。有时候我完全忘记了自己,只剩下街道、行人和高楼,我仿佛透明而消失了。那样的感觉真不错。

差不多三年前,我攒了一笔钱,终于有了一辆属于自己的车。我辞了工作,从广州启程,花了几个月的时间专门开车发呆,我到了上海、北京、哈尔滨,然后到了漠河。那里离北极圈已经很近了,我赶在盛夏之际来到这儿,晚上短得出奇,还看见了梦幻的北极光。我甚至不需要宾馆,我坐在自己的车里,在荒郊野外看了一晚上北极光,心中没有半点害怕。倒不是说我多有勇气,而是那种凝视不动的快乐让我来不及感到害怕。

回来之后,我又在家发了半个月的呆,整个人感觉才放松了不少。我的存款也没多少了,我开始成为一辆网约车司机。这其实丝毫没有改变我作为出租车司机的职业身份，而且这个比开出租车更简单，只要用手机下载他们的软件，就可以用自己的车载客。这太对我的脾气了，我和自己的车基本上已经合为一体。只要手机嘀嘀一响，我便接单了，然后导航自动带我去往客人等待的地方。我之前说开出租车很简单，也只是不想夸大我的困难。实际上我刚入行的时候花了很多精力才搞清楚路况，城市太庞大了，比三十万只蜘蛛结成的网还要复杂多倍。整整三年，我其实没法过多享受发呆的乐趣，从第四年开始，那些道路像是生长在我心底一般，我什么也不用想自然而然就到了。每每意识到这一点，我对自己的能力充满了自信。可是现在网约车全部靠导航，刚刚来这座城市第一天的人都可以准确驾驶，我感到我作为老司机的经验完全贬值了。因此，我痛恨导航。尽管我不得不使用它。

这天，我赶往人民路接一位客人，我注意到客人的定位在公安局附近。他上来之后，虽然没穿制服，我却知道他肯定是警察。我喜欢发呆，但不代表我不敏感，我十几年的拉客经验让我只需用眼角的余光瞟对方一眼，就能判断个八九不离十。他穿着白色的衬衣和灰色的西装裤，什么话也没说，只是把头往后一仰，眼睛死死闭住。看起来累得够呛。要搁平时，我喜欢这样的客人，我也是一句话都不想说。但是我总觉得此人相当眼熟，不只是在哪里见过，而且是经常见到。

我曾经生活在小城市里，后来才跑到广州来开出租车。这座城市足够大，遇见熟人的概率极低。迄今，我每天载客几十个人，也没有遇见过熟人。看来这个小概率事件发生了，对此我有点儿小兴奋。

"你也是那儿人吗？"我说出了那个地名。

"什么？"那张疲惫的脸抽搐了一下，眼睛睁开了，怔怔望了我一会儿，"是的，我是那儿的人，你怎么知道？"

"因为我也是那儿的人。"

"我们认识？"他微微前倾身子，试图看清我。我通过后视镜倒是将他看得一清二楚，可他通过后视镜只能看到我的眉眼。我已经差不多想起他是谁了。

"认识的，班长大人。"我笑了。

"哈，"他的嗓子里喷出一声，继而说，"是哪位老同学？"他把脑袋使劲向前伸过来，像是一头扎进蚁巢的食蚁兽一般，他要看清楚我。

他报了几个名字，我都摇摇头。

"那你自己说吧,你肯定变化特别大,我已经认不出来了。"

我看了看镜子里的自己,我变化大吗?是的,我如此喜欢静止不动,肥胖是避免不了的。我至少是过去的两倍重。

"好吧,要我把现在的自己和过去的自己放在一起,我估计也认不出来。我是……"我报上了自己的名字。

"原来是你,遇见高中同学了,真高兴啊。"他的脸色红润起来,显然高兴是发自内心的。

"那会儿你对我帮助很多,我一直想谢谢你。"

"我帮你什么了?我自己都不知道。"

"你作为班长,经常鼓励我,让我活跃起来,为此还专门拉我去爬了一次山。"

"你都记得?"

"当然。"

"我差点不记得这些了,事情太杂太忙了,来不及回忆。你现在一说,我全想起来了,我和你骑自行车去十几公里外的城郊登山,可我们登山下来之后忘记了自行车放在哪儿了。那里全是看上去差不多的沟壑和碎石,我们怕别人偷自行车,还专门把车放倒,用荒草铺在上边,伪装了一番。

"主要那会儿天色也晚了,已经是黄昏,我们怕迷路,急着回去。"我记得当时两个人无奈又抓狂的样子。

"是啊,我们只得垂头丧气地走回去了,骑车都要一个小时,我们步行走了三个多小时。脚底起泡,而且饿惨了。"

我们笑了起来,那次饿到我们都说不出话来,回到家还被父母一顿严厉训斥。过去的记忆重新浮现后,恍然觉得十几年的时间壁垒消失不见了,自己又回到了那个少年体内。我值得回忆的美好时光并不多,这便是其中的一段。

"明晚有时间吗?"班长说,"一起吃个饭,聊聊天。"

"我随时都有时间,只要把这个软件关了就成。"我指指正在导航的手机。

"真羡慕你,我可是被工作牢牢绑住了,一点也脱不开身。"

"警察?"我确认道。

"警察。没想到吧?"他自顾自说,"我自己都没想到,你知道,高中毕业后我考入重点大学。四年后毕业时,家里人觉得我有点儿政治头脑,哈,实不相瞒,在大学里也当了班长,还有学生会主席,所以家里人让我考公务员。我要留在大城市,选择招考人数较多的职位胜算会多一些。我翻看招考目录,发现警察的职位最多。别的职位极为吝啬,只招取一到两个人,但会有几千个人去拼抢,我实在没信心。那就警察吧,好歹有几十个名额。后来的一切,还算如愿。但警察这个职业跟政治头脑什么的好像相距甚远,工作压力大,晋升激烈到让人绝望。如果当初下定决心去政府部门,现在怕是会有更高的职位,至少有相对轻松的工作氛围。"

"警察挺好的,更对你的脾性。"我静静听完他的话,缓缓说。

"是吗?我是怎样的脾性?"

我正要回答,这时导航提醒目的地到了。

"那就明晚继续聊。重新见到你,觉得很亲切,好久没这么开心了。"

他伸过手机来,我们加了微信。

"我订好地方,到时把定位发你。"他拍拍我的肩膀,开门下车走进了一座毫无特征的玻璃幕墙大楼。他也比过去胖了一些,但他个子高大,胖一点显得更加魁梧,更加符合警察这个职业的某种特质。

这一天剩下的时间我感到自己身上发生了一点儿变化。我还是享受望着街景发呆的,但那街景多了一层时间的薄膜。那薄膜肯定是肉眼无法看见的,但在我的凝视中,我能感受到它的存在。我已经凝视了太久,我与世界总是处在同一个时刻,因此,我几乎失去了自己的时间。我本来对此无所谓,也毫无感觉,但老班长突然出现,他在我脑中的记忆坐标可是位于二十多年前,这一下子把我的凝视往过去的方向拽了拽,时间的薄膜便出现了。

这种变化是极为微小的,就像是金属的表面产生的第一块锈斑,需要用显微镜才能看见。但是,这种变化也是致命的,那些锈斑会以几何级数的速度增长,直到覆盖完金属的整个表面。

我突然有些兴奋起来,这种情绪在我身上很少有。我开始期待第二天的饭局。这种期待像是时间流动的反映,我感到这一天格外漫长,载客人数也比平时多几倍。但晚上睡觉前统计了一下,比昨天还少了一位。我自嘲了一下,然后沉沉睡去。

第二天,我望着街景,想到了过去无数次望着街景,我的发呆变得更加滞重了。五点整,我收到了老班长的定位,我停止接单,慢慢向那个方向开去。我停好车,走到定位那儿,五点五十分,比约定时间提早了十分钟。我站在一棵榕树下,盯着一排野猪鬃毛似的气根陷入了发呆。十分钟后,老班长准时出现,他拍拍我的肩膀:"还是那么喜欢发呆?"

"恐怕改不了了。"

他哈哈笑着,声音中有种坚硬的东西,那是警察的笑声吗?我跟着他走进商场,来到二楼,他指着一家名为"老班长"的餐馆说:

"就在这里吃吧?"

"再好不过了,看来老班长早有准备。"

这是个很简单的餐馆,主食只有三样,猪肉、牛肉和三鲜包子,然后便是八宝粥和几份凉菜。简单是治疗选择困难症的最佳良方,我们每样都点了一份,然后面对面静静坐着,喝着淡淡的大麦茶。他的国字脸极为方正,还有浓密的眉毛,都是警察的标配,但是中学的时候没有觉得,那会儿觉得他就像个优秀班长的样子。

"那次登山我也很开心,"他接续昨天的话题说,"高中三年太压抑,我都想不起还有什么别的好玩的事情了,那次对你的印象很深。"

"是吗?我在你记忆里是怎样的人?我以为你不会记得我的。"我一直觉得他的朋友很多,快乐也很多。

"那次爬山之前,我觉得你是个非常内向的人,"他说,"我曾经也有过自卑而内向的时候,所以我想帮帮你。但我们一起登山,乱七八糟聊了好多,发现你不是一个自卑的人,你相当平和。"

"还记得我说了什么吗?很好奇。"

"我也不记得具体的话,只是记得你很平和。你告诉我你喜欢发呆,但是你好像不会因此而焦虑,就算它让你学习成绩不好或是人际关系一般,你都没有怎么焦虑。你只是告诉我,仅此而已。"

"的确,我是个很少焦虑的人。当我一下人静下来的时候,本来打算好好想想事情,结果脑海里一片空白,而那种空白让我极为舒服,便继续发呆了。在我这儿,焦虑根本没什么机会。"

"我是个容易焦虑的人,尽管外表看不出来。"他这样说的时候微微一笑,仿佛对自己的控制能力还是相当有自信,"尤其是警察这个行当,完全就是在焦虑的泥潭里打滚。一个案件还没破,又有一个来了。要是普通机关,一件事做不完可以明天做,晚上睡觉的时候你还是会很踏实。但是你白天看到了凶案现场,三十岁的母亲被人在客厅砍了头,而十岁的孩子藏在床下在凌晨三点零五分看到了这一切,你便没办法把这件事从自己脑海中赶走,享受下班后的个人生活了。你被这个世界上最可怕的东西给震惊了,你不可能再恢复平静。"

他说这番话的时候无论语调还是表情跟刚才谈论登山一模一样,没有起伏变化。但很显然,这些话语像沾满泥土的石头掉进池塘里,我的心绪立刻波动起来。我想到了曾经目睹的车祸,但我不想说这个。

"那个案子破了吗?"我喝了口茶。三笼包子此时端了上来,蒸腾的热气仿佛有条垂直的河流在我和他面前流淌。

"当然破了,上周三发生的事,昨天破了,所以今天才能跟你坐在这里吃饭。不然我哪有时间。"

"应该算是挺快的吧。"

"现在都快,你知道的,有了很多新技术,要搁以前逼着我们要当福尔摩斯,很多时候绞尽脑汁也一无所获。"

"有时我也看新闻,"我说,"知道几十年前的案子因为 DNA 比对找到了真凶,这要在古代肯定就是永远的悬案了。"

"只要凶犯在现场留下一点生物痕迹,基本上迟早都会破的,只是时间问题。现在人脸识别出现后,更是多了一记绝杀,不再跟他们斗智斗勇———说老实话,有些罪犯的智商比我们高多了,你没法斗得赢。现在好了,你只要出现在地球表面,暴露在摄像头下,就可以瞬间锁定你,让你无处可逃。"

我们大口吃着包子,像是回到了无忧的学生时代。我抬眼,门口就有一个摄像头对着我。那摄像头的中央跟人眼一样,也是颜色更黑,显得极为幽深。被它那样打量着,我有些不自在,只得扭头摆脱它。

"那个大学生弑母案不就是通过人脸识别破获的?"我曾被那个案件所吸

引,一个受过高等教育的大学生将自己的母亲冷静杀死,并用活性炭和塑料布裹好,在问母亲的亲友借了一百多万后开始逃亡……比我知道的文艺作品更加惊悚。

"他只潜逃了三年,我们不久前还破获了一个命案,已经过去了二十五年。"

"那么久?"

"为了验证人脸识别的效果,我们把历年来在逃的疑犯照片都输入系统,然后再接入证件照的大数据库进行比对,有好几个案件都得到了破获。只是我跟你说的这件完全匪夷所思,当时系统锁定了一名寺庙的方丈,我们觉得这肯定属于那千分之一的差错率。我同事说不妨去实地调查一下,也不算远。我们便开车去了,没想到方丈见到我们瞬间变得极为慌乱,我靠直觉立刻便知道他是了。果然,我们只是例行询问一下,他便什么都说了。"

"佛说放下屠刀,立地成佛。这位方丈修行了二十五年,应该是悔过了。"我刚刚吃完一个肉包子,觉得有些发腻,拼命喝了几口大麦茶。

"我当时也想过这个问题。我看着他的眼睛,觉得里边充满了平和,除了我们刚刚出现的一刹那,那种平和被打破之外,其余的全部时间里,那种平和都在。包括他带着我们指认案发现场的时候,好像在说着另外一个人的事情。说实话,这让我有些同情他。我本来是从不同情这些罪犯的,他们曾犯下滔天大罪,法律的惩罚怎么也弥补不了他们造成的伤害。但是对这个出家二十五年的和尚,我却有了一点儿同情。他努力把自己修炼成了另外一个好人。随着我们调查的深入,发现他在这些年里边做过太多的好事,帮过太多的人,他在尽力赎罪。要是在古代,比如鲁智深、武松,也许这事就过去了,可如今,他依然要为自己之前的恶埋单。"

"他犯了什么罪?"

"抢劫的时候跟对方厮打起来,他一时冲动,把手中的匕首插进人家心脏了。"

我一时不知道说什么好,对那样的时刻我无话可说。世界上时不时就会出现那样的时刻:人类以各种各样的原因杀死对方,也杀死自己。

"蛮可惜的,一时犯错,弥补了几十年,到头来还是得拿命来偿。"

"没有将功赎罪之类的?"

"抢劫杀人是重罪,难。"

"他如果真悟到佛性,也能看透了?"

"也许他能看透,可我们还是觉得怪怪的。"

"那是——"我沉吟一下,问,"时间过去了几十年,他做和尚后,面容肯定发生了很大的改变,机器怎么还能识别出来?匪夷所思。"

"这就是机器的优势,"他把最后一个包子塞进嘴里,腮帮子鼓鼓的,却并不妨碍他说话,"机器看人跟我们人类看人是不一样的。它会抓住人最本质的特点,比如你颅骨的尺寸,五官的位置,都不会因为衰老或化装而改变的。"

"毁容了呢?"

"那恐怕不行了。但毁容对很多人来说不亚于自杀吧,或是比自杀还要痛苦。"

他的腮帮子收紧,咽喉蠕动,晚餐全部进入肚腹。他盯着我,因为吃饱那眼神有些发愣。他审问犯人累了一定是这副样子吧,我想,各自回家的时刻到了,他够疲惫了。我也是,我很少和人这么持续交流。我们更不会去找个酒馆把自己灌醉。我们都不是那种人。但我还想再问他一件事。

"你做警察这么多年了,"我说,"目前还有没破的案子吗?"

他笑了,那笑容很诡异,仿佛他隐藏的秘密被我突然偷窥到了似的。

"以后再告诉你,现在得回去了,想孩子了。"他站起身来,抢着去买单。我争不过他,他力气很大,居然把我按回了座位上。

"只想孩子,不想老婆?"我调侃道。

"你先解决好自己的问题吧,单身汉。"他拍拍我的肩膀,"用我给你介绍个女人吗?"

"不用,谢谢。我那么爱发呆,我怕女人以为我是个痴呆。"

"我看你很健谈。"

"不,我马上要回家去发呆了。"

"傻瓜!"他叹口气。

我回到家,继续发呆。与老班长的重逢总让我无端想起过去,但我的过去贫乏得可怜,也没什么好想的。好玩的事情已经被温故了太多遍,剩下的无非是那个时候的发呆罢了。我居然能在现在发呆的时刻忆起曾经发呆的时刻,比如我六岁时面对着一窝蚂蚁发呆,十岁的时候面对着铅笔盒发呆,十五岁的时候面对着前方女生的头发发呆,十九岁的时候面对着窗外的树梢发呆……我就像乘坐着一个透明的气泡,靠记忆的魔力,一点点挤进过去的透明气泡当中。尽管有了两层的时间薄膜,但我还是清清楚楚地看到了过去。慌张的蚂蚁如何拖动一片树叶,铅笔盒上印着的阿童木的图像,女生那发层之下毛茸茸的细发,树梢在微微晃动时犹如绵羊的脑袋……总之,一切都清晰得如同在场一般。

等到我惊觉需要睡觉的时候,发现已经凌晨三点半了。沉浸在那样的状态中竟然不知不觉过去了五个小时,创下了我单次发呆时间的最长值。以往我最长只有三个小时,就会被各种事情打断,比如吃饭、小便、疲倦,但今天我的主观感受只有两个小时。我的发呆不仅仅是对世界的注视了,我开始向内注视,时间之内和记忆之内。

临睡前,闪过一个念头:那没破的案子会是怎样的呢?

怎么会想到那个?太莫名其妙了。我在枕头上摇晃脑袋,里边如同装满了沉重的泥沙,扯着我迅速朝黑暗的沼泽陷落。

差不多过了一个月后,老班长才重新和我联系。他发来了一段微信语音,说那次分别后的第二天,又发生了一个案子……我打断了他的话,让他别说了,我不想知道细节,我无法承受,告诉我凶犯抓到了没有就好。

他说:"当场击毙。"

我感慨道:"人是最残忍的动物。"

"不要侮辱动物,"他说,"就算社会待你不公,就算老婆跟人跑了,也不能对孩子下手。"

"鲁迅先生早都说过,弱者愤怒,抽刀向更弱者。"

"这话都说了一百年了吧?怎么还这么正确。"

我们又聊了些别的,后来话题又到了那个没破的案件上,我是个很淡漠的人,却总对那件事充满兴趣,这让我自己都难以理解。

"这样吧,你来我们警局一趟。"

"听上去我好像被捕了。"

他笑道:"希望你没犯过什么事,否则就是自投罗网了。"

我早早停止接单,在市区随意跑了几圈,然后开到他的警局附近,停好车,向警局走去。我一边走一边当真琢磨起自己犯过什么罪没有。想到自己大多数时间如树懒一般在发呆中度过,似乎不具备犯案的能力,心下有些坦然。

老班长在门口接我,拿我的身份证在门卫的机器上刷了下。

"来访的人必须登记,请理解。"

我点点头,打量起警局的院子,四四方方的,除了停着的几辆警车,什么也没有。还能有什么呢?难道会停着几辆坦克吗?这又不是作战部。

"先吃饭吧。"他说,然后顺着我的眼光扫了好几眼。

他领着我去单位的饭堂,我看到了密密麻麻的警察。我们端着铁饭盒,在一个角落坐下来,每个警察的目光都会从我身上扫过。警察的伙食还是不错的,有八九种菜可以选择,还有水果酸奶之类的。我对这个倒不羡慕,只是对警察生活充满了好奇。

"这就是我的日常生活,当你看到之后,你就会发现没有什么不同。"他似乎看透了我的心思,说完这番话,然后笑笑,拿起一只勺子开始吃饭。他不需要筷子,用勺子迅速将食物输送进嘴巴里,十分钟后,他已经打着饱嗝在剔牙了。而我才吃了三分之一。

"你真是个怪人。"他盯着我说。

他的那种眼神让我不舒服,好像我真的是个怪物似的。

"不好意思,做什么都比别人慢……"

"没关系,你慢慢吃,千万别着急,我是习惯了。对饭堂的饭菜,我已经没有任何胃口。"他放下牙签,去拿了墙边的纸巾擦擦嘴,"我说你是怪人,没有任何不尊重的意思,我只是无法把握你。"

"你把握我干什么?我又没有犯罪。"我咽下饭菜,必须反驳了。

"哦,你误会了,我不是想主动把握你,只是作为老同学重逢后,我觉得你这个人跟我认识的其他人很不一样。"

"我知道。"我继续吃饭了。

"你想过为什么没有?"

"这是天生的,我想不出来,你帮我想想?"

"我会想的。"

我只是开个玩笑,可他一脸认真的样子,仿佛面对的是一个特殊的案件。我对他怀有的那种亲密的好感开始遭到腐蚀。他才是个我完全不了解的陌生人。

"等你吃完饭,去我办公室坐坐。你会有惊喜的。"他眯着眼睛,微微笑了起来。他的笑容让我勉强能认出那个过去的他。

他的办公室在七楼,从窗口望下去,正好是街道。晚高峰还没过去,汽车拥堵在一起,像是蝗虫占领了稻田。

"不能带你去看真实的东西,只能让你看看照片和视频了。"他朝我挥挥手,让我坐在他旁边带着滚轮的椅子上,他有点儿自豪地说:"都是我拍的,保证第一手材料。"

我探过脑袋,刚准备看,他又特意嘱咐我一句:"可能会有点恐怖,你做好心理准备。"

他这么一说,我挺直了脖颈,深呼吸一口,身体不自觉离屏幕远了十厘米。

那是一个待在透明密封罐里的头颅,确实吓我一跳。不过,我的发呆本能忽然出现了,我望着那头颅有些无法挪开目光了。它皮肤呈黑褐色,仿佛久经风霜。它的眼睛微睁,望着斜下方的某处。脸上的表情说不上痛苦,当然更说不上开心,不妨说是迷惘。好像对发生在自己身上的事情感到莫名其妙的那种样子。这样看久后,我心中的恐怖一点点减轻了,它被当作一个事实而接受了下来。

"他的四肢已经不见了,完完全全找不到,只剩下这么一颗有些萎缩、变形的脑袋。"老班长轻声说,仿佛怕惊扰到那头颅。

他的语调让恐惧重新降临,我无法再将面前这个脑袋作为一个正常的事实,它的胳膊、身子和腿都去哪了?怎么会完全没影了呢?我颤抖了起来,几乎喘不上气。

"在哪儿发现的?"我使尽力气,才问出这么一句。

"一所学校的仓库里。"他把手放在桌沿上,像是作为支撑一般,又补充说,"不是我发现的,是卷宗里写的。事情已经过去二十年了。"

"二十年算什么,那个杀人犯出家的案子不是过了二十五年也破了?"我简直叫喊了起来。

"不一样。"他冷冷地说。

"怎么不一样?"

"该试的新技术手段全上了,可还是一无所获。"他看了我一眼,"我们只是用染色体鉴定出这是个男人,但他的DNA没有任何比对信息,对他脸部的复原图输入大数据库,在里边持续比对数年,也是一无所获。"

他把头颅的一张特写照片最大化,我赶紧挪开目光,望向窗外,听着那里传来的汽车行驶的杂音,有了些许的安全感。

"关于身体的任何部位都没发现?"

老班长摇摇头:"相关的任何东西都没有,比如衣物,鞋袜……发现的时候就只有这个脑袋,而且脖子和身体的切痕非常平整,脑袋稳稳放在鞍马的一端,估计看上去跟人头马一样。"

我脑补了那个荒诞的场景,滑稽和恐惧交织在一起,让我失语。

"你有什么想法吗?"他忽然问我。

"什么意思?"

"你是个与众不同的人,总有些与众不同的想法吧?"

我迟疑了一会儿,但我的脑海里的确什么也没有。

"以后别老发呆了,要不跟他一样了。"他朝那孤独的脑袋努努嘴。

这是黑色幽默吗? 我愣了下。

可他没有笑意,紧绷着脸部的肌肉,双眼凝视我的一举一动,严肃如精神科医生一般,想要钻进我的脑壳修整我的意识。

我的发呆确实被干扰了。有时发呆的时候冷不丁浮现那个没有身子的脑袋,而且恍然间觉得那个脑袋的长相酷似自己,全身不由得汗毛直立,冷汗流出。我开始揣测老班长的动机,这不是一个小小的恶作剧,他是想以此来改变我身上的什么,但我还一时想不清楚。尤其是他怀有的是恶意还是善意,我更是无法分辨。

原本没有什么可以困扰我,但现在这件事对我的困扰一点点增强了,那块锈斑在潮湿中迅速生长,光滑的表面已经变成了粗糙肮脏的质地。

我有了一种不祥的预感。

但我不知道它将来自何处、落到何处。

当我一个人开车的时候,想到那个脑袋的时候更多。因为我隔着透明的车窗望向外边,就像那个脑袋隔着透明的防尘罩望向外边一样。怪不得老班长说我和那个脑袋像,我自己都觉得在某种程度上很像。但这种相像是如此令我恶心,那可是一个死人,一个没有任何身份、任何来路的被人肢解的头颅……

因此,我应该感到庆幸?毕竟我还活着,我随时可以开车去我想去的地方。我随时可以打开车门,走出去,走到陌生的街道上,找到一个漂亮的姑娘跟她说话,说什么都好。尽管我永远不会这么做,但我有这么做的能力,有这么做的可能性,这就是我和那个干枯的脑袋之间的区别。

不过我的想法还是太幼稚。我以为自己拥有了用之不尽的自由,但很快,好日子就到头了,我的自由成了虚无缥缈的幻觉。

我知道人工智能发展得很快,尤其是会关注跟自动驾驶技术有关的信息。那可不是闹着玩的,但我觉得距离真正投入社会使用,还需要不少时间。但是,技术的实现往往不是迅速前进的,有停滞,也有弹跳,忽然间——自动驾驶技术实现了关键性突破,成本也大为降低。这样一来,传统的汽车行业遭到了致命的打击。尤其是像我这样的职业,正是可以直接替代的对象。而且网约车公司为了节省成本,最先采用无人驾驶车。

千言万语一句话:我失业了。

除了开车之外,我没有任何技能,我不知道我还能做什么。幸好我平时没什么花钱的地方,积攒下来的那些钱如果省着花估计能撑个两年。两年,我应该能找到新的机会吧?甚至能够学会一项新的技能?我这样一想,似乎心里有点儿着落了,再次坠入发呆。

三个多月后,准确地说,是一百天后,我的胃部出现了问题。我的胃里像积了密度极大的液体,沉沉向下坠去,然后持续的隐痛逐渐增强。这一百天,我除了发呆、吃饭和睡觉几乎什么也没做,但生存的焦虑显然以这样的方式显现了出来。我将一个废旧的轮胎挂在墙上,呼叫着狂打一通,直到筋疲力尽为止。我把脑袋挂在轮胎上,想到了那个头颅,想到了死亡。只剩下一个不死的头颅放在这轮胎上,那将会是一种怎么样的存在?

我意识到在钱花光之前,我的精神一定早就崩溃了。

老班长终于联系我了。其实我在和他的交往中一直都处于被动的地位,我从未主动联系过他。即便我失业后,也从没联系过他。我的生存原则便是不给任何人添麻烦。

"老同学,最近怎么样?这段时间我太忙了,很久没联系了。我是听说网约车公司都采用了无人驾驶车辆,你没受什么影响吧?"他发来微信语音。

"我失业了。"我将自己的情况简要说了下。

"真没想到,我以为有个替换的过程,怎么一下子全都替换了?"他的语气透露出某种歉意,但我知道此事与他没有任何关系。

"那些传统汽车都拉回厂里改装了,很快就可以自动行驶。这多好啊,不用给我们发工资,他们可以赚更多的钱。"

"可这不仅仅是钱的事情,这涉及多少人的生计啊。"

"你最近都好?"我不想再聊这个,随口一问。

"今晚请你喝酒吧。"

"好。"

我毫不迟疑便答应了。因为他并不喜欢喝酒,看来要么有喜事,要么有烦心事。可他能有什么烦心事呢?难道出现了更可怕的案子?

事实证明,即便是他,也会有烦心事,而且事不关他人,完全纯粹是自己的。

——他要离婚了。

啤酒一瓶接一瓶地被我们打开,喝掉,他沉默,我也沉默。直到喝到第十瓶,他才冷不丁说了自己的婚姻危机。

"其实分居已经半年了,"他冲我苦笑了下,"这就是为什么我这半年都没找你的原因。现在,我已经接受了这个事实。"他的眼皮浮肿,鼻毛凌乱,看上去是地道的油腻大叔了。那个跟我一起爬山的小伙子,跟他不像一个人了,那像是他的儿子。

"她提的?"我对这种事也没什么安慰经验。

"是的。上六年级的儿子也归她,总归女人照顾孩子还是心细些。"

"为什么?"

"是啊,为什么?这也是我问她最多的问题。"

"可有答案?"

"她说她不仅不爱我了,还厌恶我。我说我做什么了让你如此厌恶,她摇摇头,对我说,不是因为你做了什么,而是你带给我的感觉,让我一天比一天觉得压抑,我不想再继续下去了。"

"你让她压抑。"我把重音放在"压抑"上,"也许这是你的职业的副产品。"

"你也觉得我带给人压抑?"

"肯定有的。"我坦率地说。

"其实你这样说,我反而好受一些,觉得更加能够理解她。"

"你也应该理解下自己。"我很少与人针锋相对地说话。

"说得好,理解自己是全部人生哲学的开端。我曾经可是个读书人,可现在太忙了,压根没有时间读书,有点时间只想睡觉。那你理解自己吗?你为啥还单身?"

"不是特别理解自己。我爱过,可是我无法跟她一起过夜,我无法想象在我睡着的时候有另一双眼睛盯着我看,我无法忍受。"

他大声笑了起来:"人家为什么要盯着你看?人家也要睡觉的。"

"但不可能同时睡着,或同时醒来,总会有那样的情况。"

"怪人。"

"是的,所以我真的无法理解自己。"

"你爱过谁?怎么爱的?"他的眼神露出了狡黠的色彩。

"不告诉你。"我也有我的隐私,即便很少,但也就愈加珍贵。

他没有继续追问,而是盯着我看了好一会儿。

我倒了杯啤酒,没有跟他碰杯,而是自己一饮而尽。我说:"你现在这种盯人的眼神,就让人感到压抑。"

他没有退缩,而是用一种很自然的语调说:"你知道吗?你们所有的人,其实都在我们的盯视之下。"

这句话让我不寒而栗。

他笑了下,向我举举酒杯:"看来警察的冷幽默是没法让人发笑的。唉,算了,说个正事吧。你的发呆凝视和我们的盯视其实差不多,所以我想给你介绍一份工作。我跟你说过吧?我们警力严重不够,需要有很多协警、辅警,还有治安联防队。现在我所在辖区在招募联防队员,来不来?工资不高,但好在稳定。"

"需要什么技能吗?"

"没有什么技术含量,只需要每天坐在那里,时不时走走看看,发现异常情报赶紧向我们汇报就可以了。"

"不是有摄像头吗?还需要这么笨拙的方式吗?"我已经被新技术吓破了胆。

"摄像头自然是密布的,但我们还是需要有行动者,可以第一时间到达案发现场。"

"抓捕犯人?"

"必要的时候。"

"我可以吗?"我是一个虚弱到走两百米就会喘气的胖子。

"当然可以,因为不会只有你一个人的。"

"其实跟你曾经的出租车司机工作没有特别大的不同,都是坐在某个地方。你与其坐在家里,不如坐在外面,还可以挣钱。"

他这么一说,我便答应了下来。

临散前,我们又聊了聊那个头颅的案子。还是没有任何进展,大数据库中所比对的照片已经达到了数亿张,但还是没能识别出他是谁。

"也许那会成为唯一的悬案,但也是最后的悬案。"他的嘴角挂着啤酒泡沫,眼角血红,瞳孔幽深,又一次阴冷地盯着我。

职业最终会构造出一个人的精神框架,并与其灵魂无缝生长在一起。这是置身其中的人无法逃避的命运。

难道我自己不是如此吗?

这个工作确实比出租车司机更加适合我。开车的时候,虽然轻车熟路,但还是得打起精神以防突然状况。现在我坐在公交车站旁的一把木椅子上,左臂戴红袖章,右手持警棍,完全可以成为雕塑化的存在。所谓的巡逻,除非特殊时期有特殊命令,否则趁着去吃饭、上厕所的路上左右看看就差不多算是巡逻了。我长时间坐着,腹部比之前增大了三倍,因为伙食也不错,有专门的就餐点,饭菜尽管粗糙,但任吃管饱。高血压、高血脂、高血糖、脂肪肝,我一样不少。

"放警觉点!"

每次去开会的时候,领导都这么说。可我明白,我再警觉,也警觉不过摄像头,警觉不过人脸识别。

这样说,似乎我会是一个极度不负责任的人。其实并不是。跟我开车一样,我尽管陷入凝视,但我依然会完成自己的工作,现在也一样。在我凝视的范围内,那些小偷小摸的不法分子凡是被我发现的,我都会拖着笨重的身体缓慢上前,趁其不备,将他们压倒在地面上。我没有什么擒拿技巧,我只是把自己当成一堆会动的沙袋。

老班长从摄像头里看到了我的英勇行为,竟然发来语音,对我大加赞赏。

我应付了几句,心中愈加强烈地感到不快。没想到他真的会通过摄像头盯视我,这样等于我时时刻刻都得置于他的盯视之下。我想到他盯视人的样子,浑身发麻。如果我不认识他也许还好受一些,恰恰因为他是我的朋友,我的老同学,还那样被他盯视,我无法接受。这比光着屁股站在陌生的大街上还要让人难受。我越来越能体会他前妻的感受和心情。在那次喝酒之后,我们时不时还会聚会,但再也没有喝过酒。即便他升职的时候也没有。他现在已经成了副局长,在他所说的残酷竞争中成为赢家。我现在见面已经不再叫他老班长,而是叫他局长。他的表情自然,没有任何异样。但我在心里还是叫他老班长。面对他的时候,我常常会忘记自己是个爱发呆的人,我会忍不住观察他。我怎么也会观察人了?想到这点我有点儿诧异,我摇摇脑袋,努力陷入呆滞。

有一天我凝视着来来往往的人群,突然看到了一个跟我长得一模一样的人,除了我们的衣服不一样,他的长相、身高以及姿态完完全全跟我毫无二致,那简直就是另一个我。那不是说谁和谁长得相似,而就是一模一样,就跟同卵双胞胎似的。我从呆滞的状态中惊醒,赶紧去追他,但是他上了一辆无人驾驶的出租车之后消失了。

在接下来的几天里,我脑子里全是这个事。我守株待兔,期望又能看见他,但徒劳无功。世界太大了,他也许是路过这里。我把这件事跟老班长说了,他居然嘲笑我说,你是不是发呆做梦了。他明明知道我的发呆跟打瞌睡有着本质区别,竟然仗着自己是领导这样胡说八道。我也顾不上跟他吵了,我请求他帮助我,帮我调取那天的监控视频。我想再确认一下那个人的样子,也是确认一下自己有没有眼花。他让我等等。等了两天后,我追问他,他竟然说:"不巧啊,那个时间点正好设备出故障了,没有相关的视频资料。"

设备怎么会无端端地出故障呢?我无法相信。他解释说故障时间只有一分钟左右,也许是供电的问题。可那个和我长得一样的人出现只有十秒钟。

"你不会骗我吧?"我只得说了这么一句有气无力的话。我压制着语气。因为我只是个联防队员,我的级别低到尘埃里,我没有资格要求去查看视频设备。

"喂,你个呆子!我骗你这个做什么?如果真的发现世上有个和你一模一样的人,我肯定会惊得下巴掉下来,向上级汇报了。"

他说得似乎有道理,无懈可击。

"那你相信我说的吗?"我还抱有最后一点希望。

"做这行的,我有时都无法相信自己所说的,我们只能相信物证。你现在也做这行了,应该已经懂得的了。"

我极度失望,没有再回复他的语音。我的懊丧如同雪崩,让我坐在那里不由自主闭上了眼睛。我被他时时刻刻盯视着,可我需要看见我想看到的事物时,却什么也看不见。我受够了。我打定了主意。

周一开会时,我向他递交了辞职报告,他跳起身来喊道:"什么鬼,为什么?"

"我想去找那个和我长得一样的人,也许那个人是我的同卵兄弟,也许那个人是我的克隆人或复制人。"

"你不会出毛病了吧?就算要找,你也得用人脸识别啊,在大数据库中找。你自己去找岂不是大海捞针!"

"你的数据库找不到他的,我想像他一样,活得自由自在。"

"呆子!傻瓜!"他使劲骂道,恶狠狠盯着我,好像我刚刚杀掉了一家人。

"我想清楚了,同意吧。"

"你真的想好了?"他的语气越发凌厉,"你可不要后悔,做过安全工作的人辞职后还得继续接受我们的监视和管理。"

我立刻笑了,笑得眼泪都出来了:"我开玩笑的,谁让你不帮我调取视频资料。你做了领导后架子也忒大了,是不是看不起我这个老同学了?一点小忙都不肯帮。"

他愣了一下,然后露出哭笑不得的表情:"不是告诉你了,设备坏了,你不信的话散会后我带你去看。"

会后他当然没有带我去看。他在主席台上满面春风,说得口干舌燥,会后自然而然忘记了这件芝麻小事,匆匆忙忙坐进警车去忙了。

但我真的想好了。

我刚才只是权宜之计,以求蒙混过关。确实还不到时候。我深刻反省了自己,自己还是太幼稚了,还以为自己是个出租车司机。现在我可是个治安联防队员了。我得想个万全之策,摆脱他的监控才行。辞职之后还要被他时刻监控那岂不是赔了夫人又折兵?毁容?确实没有那样的勇气。应该总会有别的办法吧,还有时间,可以慢慢想。等逃脱之后,我应该会去森林。在一片广袤无边的大森林里,我住在大树的树冠上,像大猩猩那样以采摘果实和收集鸟蛋为生。原生态的环境一定会让我返祖,毛发会逐渐覆盖我的身体和脸庞,阳光会烤焦我的皮肤,树枝的刺划会让我疤痕交错,还有那无处不在的宽阔树叶,会遮住阳光和卫星上的摄像头。我最终会退化成某种灵长类,成为一头不折不扣的原始动物,连一句话也说不出来。那样一来,就没有任何人和任何机器可以认出我来了,我就像那个玻璃罩里的脑袋一样安全。

我不会为这样的自己感到悲哀。因为我坚信,自己所看到的那另一个我绝不是幻觉,而是真实存在的,他会替我在人类社会好好活着,为人类贡献一点儿可有可无的能力,然后踏踏实实地接受机器的监控和识别。而我,则可以完全放下心来,做到真正彻底的无忧无虑,那将创造出无边无际的发呆,就连树懒和考拉也无法企及。

(原载于《草原》2019年第8期,陈集益选编)

弋舟／当代小说家，中国作协青年工作委员会委员，入选中宣部全国文化名家暨"四个一批"人才，西北大学客座教授、硕士生导师。现任《延河》杂志社副主编。

历获第七届鲁迅文学奖，第三、第四届郁达夫小说奖，首届中华文学基金会茅盾文学新人奖，第二届鲁彦周文学奖，第六、七、八、九届敦煌文艺奖，第二、三、四、五届黄河文学奖一等奖，首届"漓江年选"文学奖，2012年《小说选刊》年度大奖，第十六、十七届《小说月报》百花奖，第三届《作家》金短篇小说奖，2015年《当代》长篇小说年度五佳，第十一届《十月》文学奖，以及《青年文学》《西部》《飞天》等刊物奖。多次入选中国小说学会年度排行榜、收获文学榜等重要榜单。

核桃树下金银花

如今送快递的电动三轮车已经成了路面上的交通灾难。行驶中我也受到过它们的妨碍。但我很难去谴责它们，因为在情感上，我觉得自己可能算得上是这个行当最早的从业者之一。我经常会把自己想象成快递小哥们的先驱。

那年我十七岁出头，差不多算是抢了一匹这样的铁马，一路风驰电掣地穿行在玉林街。本来也没什么目标，非要说有的话，我心里最初的方向纯然只是一个念头。那个念头的心理地名叫"透口气儿"或者"撒个欢儿"，就是诸如此类的情绪而已。临近高考，你能明白我干吗会想这么干。

结果是电动三轮车上载着的包裹驱策我将纯然的心理地标换成了玉林街。没错，那儿正是这件包裹需要派送的地址。

你看，这没什么好说的，既然你跨上了一辆送快递的电动三轮车，你就得把车上的货给送了。

那件货挺大，用绳子捆在三轮车货厢的顶上。如果它是塞在车厢里，没准我就不会奔赴玉林街了。可它正是如此拉风和招摇，摆明了你不重视它，你就是犯下了天大的罪过。有些事态一旦摆在眼前，就会成为态势，你必须对它做出反应，好比一只沙袋吊在眼前，你只能硬着头皮迎上去，忍着疼，挥拳狠狠地揍那么几下。我把这种事态称为"规定性事态"。

那时，一件"规定性事态"的包裹捆在车顶，我必定会被唤起某种给定的身份归属感，它让整部电动三轮车有种满载了一番道义的属性，甚而，我还会因之升起一种自己也不大确定的荣誉感。你知道，顶着它，电动三轮车偶有颠簸，车身会产生不稳定的摇摆，于是好了，在这种不稳定的摇摆中，骑手的荣誉感却油然升起。

这匹铁马是我从张桓那儿抢来的。彼时恰在午后，张桓将他的坐骑停在了学校门口。"坐骑"这词儿，是张桓自己的命名，想必给了他有效的心理暗示，让他在蓉城走街串巷时豪情陡生。他需要这个，否则无法面对我们这帮朋友——

大家初中毕业后分道扬镳,有人接着读高中,有人跨着坐骑送快递去了。读高中的实则羡慕跨坐骑的。快递员在那时还是个新兴职业,而所有新兴的东西,在我们的时代都天然地具有正确性与优越感。当时,一群人围着电动三轮车,可不真的就像是在瞻仰赤兔马?它还真是有点威风八面,黑色的车体,白色的大LOGO,在一帮高中生眼里,有股身份确凿者才有的派头。

我得骑着它走一遭。这念头不由分说,就是一只沙袋吊在你眼前于是你便只能攥紧了拳头迎上去的状况。

我问:"跟骑摩托差不多吧?"

这么问,是因为我会骑摩托。

"一样的。不过货拉得多就得当心点儿,搞不好会侧翻。"张桓说。

他可能嗅到了不祥的气味,于是企图吓唬我。

我说:"我这身板儿问题不大,镇得住。"

张桓单薄得像张纸片儿,不言而喻,所谓侧翻,对他也许才是成立的。而那时候,我处在人生吨位最重的好年华,足足一百九十三斤,我比身边所有的人都大了不止一圈,自我判定为一个失败的胖子。但这个失败的胖子,在这件事儿上难得地摊上了优势,我完全称得上是一块可靠的压舱石,能够稳定住一切妄图侧翻的坐骑。想把我掀翻,那可真不是件容易的事儿。

然而张桓还是不肯轻易让出他的权力。他以掌权者才有的口吻宣布说:

"不开玩笑,公司有明文规定,货车严禁交给他人。"

此话蹊跷,对于那时的我们,完全是另外一套话语路数。"严格""明文""他人",至少,这些话当时在一个失败的胖子听来,只能加深这个胖子的失败感。除了不祥,张桓肯定又嗅到了另外的气味,混杂着沮丧的酸味儿和悲愤的硫黄味儿。他絮絮叨叨地说他送了一早上的货,送货是有时效的,他必须赶在下午三点之前干完这一趟活儿。

我问他:"那你还跑这儿嘚瑟什么?"

他说:"歇口气儿呗,看看你们呗……"

好了,"歇口气儿"直接诱发了我"透口气儿"的联想。我们都受制于一口气儿,这就好办了,既然这是大家共同的困境。我冲他笑笑,手已经搭在了他肩膀上。我在使劲儿,尽管还没有形成暴力,但向他传递的意思明白无误:走开,否则我帮你走开。

"真不行啊,哥们儿,"张桓下意识夹紧了腿,像是夹紧了他的马背,"这车是交了押金的,有个闪失我的饭碗就没了。"

我在跟他对话,但用的是手语,最后他还是懂了。

他说:"那你骑一圈吧,试试就好啊,其实没啥好玩儿的。"

彼此换位,跨上去,我觉得车身被我压得向下一矬,那感觉就像是真的跨上了一匹马,它极富灵性地微微下沉,缓冲掉瞬间的重荷之后,又柔韧地挺起了腰背。顿挫之间,简直就是一个活物。

张桓讪讪地问:"怎样?是不是没啥特别的?"

"挺好。"

我由衷地说,手里尝试着打火。

那家伙被驱动了,向着街对面歪歪扭扭而去。这一段我是在逆行,三轮车走着不规则的曲线。扶上马,送一程,张桓跟在后面慢跑,像个跟在大统领座驾边儿慢跑着的保镖。其他人在起哄。随后我在路面上掉了头,迎着张桓马力十足地开过去。他望着我笑,继而把笑凝固住。当他的坐骑有如马儿嘶鸣一般从他身边轰吼着驰过时,他只来得及在我身后丢下这么一句话:

"货得送到玉林街啊。"

这句话他说得上气不接下气,听上去像一声力不从心的叹息。

电动三轮车很好骑,我的确镇得住它。它在路面上畅行无阻,那些耀武扬威的大家伙不得不挤作一团蠕动的时候,恰是它灵动流畅的时刻。这感觉对一个失败的胖子而言,真的是美妙极了。囿于肉体的庞大,生活中我已经习惯了笨拙和艰难,而此刻世界变得像丝绸一样光滑。于是行动本身不断自发地推远着目标。最初,我不过是想跑一小圈儿,我的那口经年累月,堪称浑厚的恶气,浑厚到都已经让我不大敢使劲儿吞吐的地步,至多吹气如兰地嘘一嘘。可在车流中穿梭了几下后,我就有了吞吐大荒的气魄。三轮车的轻盈成了我的轻盈,它黑色的车身和白色的大LOGO,显赫地重新命名了我,让那顶失败者的帽子从我的胖脑壳上随风吹落。我生活在黑色的六月久矣!即便是冬天,也被那个可怕的月份所折磨。现在,我才意识到原来成都四月份的天气这么巴适。我觉得我是逆行在时光的隧道里,从四月回向三月、二月、一月。总之,与那个不由分说、只能蛮横逼近的高考时刻背道而驰。

　　我的确有可能真的害死张桓了。"严格""明文""他人"这些词儿,将会因为我的行径而去围剿他,"押金""饭碗"这些狠词儿,将会不由分说地揍翻他。他现在唯一能做的大概就是:走进校门,认领命运,逐渐膨胀,直到坐在我那张课桌前,成功地变为一枚失败的胖子。而我,渐渐地成为一张美妙的纸片儿,跻身于快递行业最早一批从业者的行列。此刻发生着的一切,对于我终归只是一个故事,但对张桓,就是一个不折不扣的事故。他此刻该有多崩溃,我是完全能够想象的,纸片儿一般的他跨着坐骑乘兴而来,却不料被敲掉了饭碗。但我没法不混蛋这么一次,就像谁都不应该在四月却过着六月的日子,就像没谁可以剥夺成都四月份巴适的好天气。为此,你被授权可以嚣张地去冒险、去慷慨地犯浑。

　　铁马在不自觉地往玉林街方向跑。这点起初我是没有意识的,我只是被莫名的力量所驱使。回头想想,这事儿其实好懂:老马识途,一旦你跨上了一辆送快递的电动三轮车,你的路线与目标便已经被圈定。

　　这是我第一次驾驶电动三轮车,但我熟练得就像是驾驶过它一辈子,我觉得我完全就是在做着一件压根不需要学习的事情;做一个快递员,我压根不需要被教育,它就是我生而为人的本能。

　　我加大马力,并不知道自己是往玉林街跑。我还以为我是冲着烤兔跑呢,这对一个失败的胖子而言,简直就是天经地义的方向。华西医院对面有我钟爱的烤兔——华西医院在玉林街方向,这个逻辑的链条,是一个失败的胖子内心朴素无华的真理。循着真理的轨迹,我在华西医院对面成功地吃到了烤兔。坐在店里享用,优哉游哉地隔着玻璃瞅向停在路边的电动三轮车,我将此刻的美食当作了辛劳工作间歇的一顿犒赏。

　　重新上马,被满足了的胃便不再为我引路了,偶尔颠簸的三轮车,终于开始提醒我身负着某种使命。我在路边停下,研究车顶上的那件包裹。它贴着的包裹单上确实有个写着玉林街的地名:

　　玉林街　民航成都飞机工程公司职工宿舍

　　我想,这并不难找,因为这个地址看上去就不像是个泛泛之辈。我转进巷子里,信马由缰,开始蛮有派头地逡巡。打麻将的妇女被惊动,目光警惕地尾随我。我经过了坐在板凳上嘬荷叶菊花的闲汉、当街开张的剃头匠,沿着一条乌黑的排污沟前进。而后兜转一圈,恍然又是打麻将的妇女、坐在板凳上嘬荷叶菊花的闲汉、当街开张的剃头匠。显而易见,我迷失在四月的时光里了。玉林街就是一座不折不扣迷宫啊。不过我才不在乎呢,并不在乎被绕晕,不在乎妇女、闲汉、剃头匠次第在我眼前打转,不在乎骑着赤兔马却走了麦城。作为一个失败的胖子,我从来不在乎铩羽而归。

可事态一旦成了态势,便自有其意志。几圈之后,我看到一家杂货店门口蹲着个跟我一样胖的女孩,她穿了件阔大的老头衫,却长发披肩。三轮车在她面前停稳,我下来了,看清原来她也是坐在一张板凳上的,不过板凳比起她来,小到可以忽略不计,让她看上去像是咄咄逼人地蹲着。

"我找民航成都飞机公司,"我说,意识到并没说准,定定神,又说一遍,"我找民航成都飞机工程公司,嗯,职工宿舍。"

"找去呗。"

她一出声,我就知道我遇见了一个同伙。她的那种腔调,冷漠、无理,有点儿幸灾乐祸和缺心眼儿,诚然就是一个失败者的腔调。你也看出来了,这女孩就是我的翻版,不过比我多了一头披肩发而已。

她盯着我身后的三轮车问:"你是送煤气罐的嗦?"

我知道,她的眼睛要绕过我看到我身后的风景该有多难,我常常自诩为一堵墙。我善意地错开一点儿,以便让她看得分明。这对我而言,绝对称得上是善举。你要知道,仗着一副庞然的身板儿,我可没少跟世界作对:故意扩张,为的是挡住后排家伙求知若渴地望向黑板的目光;故意扩张,为的是塞住门框,阻挡住尿急者错乱的脚步。而且我也相信,所有失败的胖子多多少少都会和我一样,对这个世界抱有不大不小的寒碜的敌意。

"不对,我是个送快递的。"我几乎是温柔地向她解释,"和邮递员差不多,但是比那帮家伙更高更快更强。"

"你不是飞机公司的吗?"她说,"没有比飞机更高更快更强的了吧?"

一刹那,我觉得我是被她戏弄了,她这个失败的胖子,在智力上至少比我成功,但我很快不这么想了,因为我向来笃信,没有一个胖子的智力会高过我。还有就是,尽管这世上失败的胖子不少,但让他们狭路相逢,却一定是个小概率的事件,至少在我的经验里,从未遇到过像眼前这个女孩一般与我旗鼓相当的。怎么说呢?嗯,金风玉露,对她我竟有股惺惺相惜的爱惜。

"别逗了,不是那么回事儿。帮我想想,民航成都飞机工程公司,嗯,职工宿舍在哪?"

我说得诚恳。

她威武地站起来了,动静令我都不由得想退避一步,更加让我确认自己是找到了一个同伙。

"胖子,这里压根就不可能有飞机场。"她用一根一点儿也不亚于我的胖指头环指一圈,"全是楼,全是楼啊。"

我也冲她伸出一根粗壮的食指,勾一勾,示意她过来,瞅瞅车顶上的那只包裹。

她倒是大方,凑过来看。

"玉林街,民航成都飞机工程公司,嗯,职工宿舍。"

我嘘了口气,幸好,是个识字儿的。

她拍拍我的肩膀,那真是砰砰有声。

"你完了,胖子。"

她的声音像我的一样温柔。

"啥意思?"我说。

"玉林街。"她重复一遍。

"是咯,难道这儿不是玉林街吗?"

我错开一步,看她身后的门牌号。没错啊,玉林十巷七号。旋即,我便知道我是真的完了。可不是吗?以"玉林"之名,至少有十巷之多,而这个包裹的单子上只大而化之地写着"玉林街",就好像玉林街如同中南海一般独一无二。

"你得帮帮我。"我温柔地说。

"这个可不好帮,"她耸肩,做了个很够劲儿的动作,"不光不知道是几巷,你还不知道东西南北。"

"东西南北我还是知道的咯。"

我顿了顿,整理了一下方向感,觉得把握尚存。

"玉林分玉林东路、玉林西路、玉林南路、玉林北路。"

她当然是笑起来了。一般情况下,只要有人冲着我笑,甚至我自己对着镜子冲自己笑,我都是不惮以恶意来揣测的,但此刻我不觉得她带有讥讽。

是啊,这是很崩溃,我所面临的困难不亚于课桌上堆积如山的习题。然而我一点儿都不焦灼。我想,是对面这个女版的自己安抚了我。她把握十足地站在我面前,加强了我们失败胖子阵营的砝码,我们无所畏惧,大不了彼此依赖,共同失败,共同胖下去。

果不其然,她又一次拍打我的肩膀,说道:

"没事儿,就一起找找呗。"

我重新跨上坐骑,一瞬间,甚至想象着一把也将她拽上来,从此扬鞭策马、红尘潇洒。她自岿然不动,嘴角挂着平静的笑意。我立刻感到了羞愧,为我的幼稚和盲目。现实从来残酷,我却心怀叵测的梦想——这辆电动三轮车,承载了我,已经是它的极限了。

重新下马,我推着那家伙走。这是眼下行走在玉林街唯一正确的姿势。我当然还可以骑着它,跑慢点儿,但我没法想象一个胖女孩像个跟在大统领座驾边儿慢跑的保镖那样地尾随着我。谁能想到呢,我从张桓那里抢来一匹快马,原来却终究是要推着走的。如果知道是这样的局面,张桓他也是会宽恕我的吧。

我们走在四月的玉林十巷里。不必说,路面完全被我们堵塞了。这却给予我们一种满盈的豪情。我们最大限度地充斥了虚无的时光,拥有了结结实实的肉身者的尊严。迫于无形的压力,路人一定是要给我们让道的,贴着墙根,让我们簇拥着一辆电动三轮车先行,款款而过,我们就是这样被世界礼遇,连风都得绕着我们走。

想必她的心情也与我仿佛。证据是,走了大约十分钟后,她开始显得有了些闲情逸致。

"核桃树开花了嗦。"她指着排污沟边浓荫蔽日的树木说。

对于树木,我是一窍不通的。顺着她的胖指头瞧,我有生以来第一次认识了一种树。这树,大约有二十米高,树皮灰白,纵向排列着浅纹,花苞完全颠覆我对花朵固有的认知,差不多就是我眼里认定的果实,只在顶部有那么一点儿花的意思。

"我家地里种了好多核桃树。"她说。

我不觉得她这是在卖弄,因为种核桃树这类事儿,在那时候就不是什么值得卖弄的事儿了。很久以来,人们卖弄着的,早已经是种摇钱树之类的把戏了。可我还是感到了羡慕。让我羡慕的,除了种核桃树这事,还有她大大方方说出此事的从容和磊落。我想我是做不到的,我也是个只配跟人吹嘘栽种了摇钱树的家伙。所以,尽管我们同样是个胖子,也许还在很大程度上同样是一个失败的胖子,但至少她在种核桃树这类事儿上,境界遥遥地领先了我。

"真不错。"我赞叹道。

她话头一转说:"还有金银花,我妈在核桃树下还种满了金银花。"

我一时有些转不过弯儿,仰着的脑壳不由自主地埋下来,好像生怕一不小心践踏了那核桃树下的金银花。没错,我出现幻觉了,感觉不是行进在玉林街的某一巷里,而是如沐春风,徜徉在一派田园风光中。

"知道啥是金银花不?"

"不知道,"我说,"——噢不,我知道,冲凉茶的咯。"

我不想在她面前暴露我的无知,不是好强,竟只是温柔地不再与世界拧巴的心情。

"没错,可是你肯定不知道它还叫别的啥名字。"

她和我对视了一眼,我们的眼神胖胖地对撞了一下。

"它还叫忍冬花。"她说,"因为开出来的花先是银白色的,再变成金黄色,才被叫成了金银花。"

"还是叫金银花好听,又是金又是银的。"

我依然是个只晓得摇钱树的浅薄蠢货。

"其实没那么富贵,金银花一点儿也不娇气,种上能有三十年的收成呢。"她停了话头,发出一声缥缈的叹息,"马上五月了,田里的金银花就要采摘了。"

说完这话,她便离我而去,仿佛直接去田野里摘金银花了。

我当然是回不过神儿,换了谁都会一下子回不过神儿。何况我还推着辆电动三轮车,于是只能傻在那儿不动。只要想象一下当你从某个动人的,关键还是与某个人共享着的蓝图里突然被遗弃,你就会明白我当时的滋味。有那么一会儿,我觉得我可能是中暑了。推着辆电动三轮车,即便是在巴适的四月里,一个胖子也会汗流浃背。更可怕的是,这个胖子方才还因为有了另一个胖子的加盟而变得怀有了温情和善意,变得不再觉得自己纯然就是一个失败的胖子,变得鄙视自己的摇钱树思想,变得对植物学产生了轻微的兴趣,变得萌生了一丝去见识田园风光那种自己经验之外的景致的愿望——变得就像他自己的一身肥肉那样柔软。

不是说好了吗?"没事儿,就一起找找呗。"

我不得不做出判断:嗨,死胖子,你今天撞鬼了。哪儿有什么电动三轮车,什么烤兔,什么玉林街,什么飞机场,全是楼,全是楼啊。但做出此种判断的同时,我的脑子里依然充斥着一派自己未曾经验过的风光。

当年,在四月的玉林街上,你可曾看到过一个被雷蒙的、茫然无措的失败的胖子?那天我骑着一辆抢来的电动三轮车,不达目的誓不罢休地穿行在玉林街上。我不甘心,我在拼命地找,拼命地找。我找的既是玉林街民航成都飞机工程公司职工宿舍,也不是玉林街民航成都飞机工程公司职工宿舍,要"找到点儿什么"这个念头本身,也许才是左右着我的真正动力。

当暮色四合,我将三轮车开回学校门口时,好几个张桓一起向我扑来。

那是张桓、张桓的哥哥、张桓的爸爸以及张桓的亲戚们。他们是一个纸片儿的家族,在我眼里,就是好几个张桓。还没下马,我的后脑壳就挨了一巴掌。那也不过是纸片儿般的一巴掌,却将我的眼前打出了华丽的金星。

知道吗?我看到了硕果累累的核桃树,我看到了一望无际的金银花。

许多年过去,如今快递小哥没啥神气的了,新事物成为旧事物,都是这样的结局。

刚刚我还趴在家里的露台上,看小区保安扭着一个快递小哥往外赶。这位小哥端的像张纸片儿,不能不让我将其想象成我的同学张桓。如若真的是张桓,那么他就是一个持之以恒的快递楷模。可这显然没有可能,我为自己滑稽的想象而沮丧。多么无聊啊,或者多么伤怀,一转眼,你就是一个无所事事、胡思乱想的中年胖子了。

我回身进到客厅,倒在沙发上,安静地聆听楼下的吵闹,从呵斥与争执,到辱骂与咆哮。

我一直在周而复始地减肥,这差不多成了我毕生的志业。效果最好的时候,我减到了一百四十五斤——那可真是个像模像样的公子哥儿。但我最初并不知道,上帝赋予我沉重的皮囊,本来是要平衡我灵魂中根深蒂固的轻浮。这是上帝和我之间的一个很严肃的密约。我就是自己灵魂的秤砣,是我自己船身的压舱石,我轻了,灵魂便四方飘散,我轻了,就得翻船。大学毕业两年后,在二十四岁的时候,一百四十五斤的我搞砸了家里原本非常兴旺的企业,一夜之间,连居住的房子都得抵押给银行还债。那是我老爸一生的心血。一个公子哥儿倒下了,他在半年之内,体重重新攀爬到一百九十斤以上。

我跟着爸妈离开了成都,就像是一个拖累着双亲的巨型婴儿。我们一家人在西安开了个只有两张桌子的串串店,每天呼吸充满牛油与花椒味的空气,至少还可以让我们不觉得已然背井离乡。

有那么一个深夜,我在浓厚的川味儿中失声痛哭,老爸不得不连哄带吓地把我拖到街边儿去,以免我惊走店里本就稀少的客人。他手足无措地站在我身边,而我干脆一屁股坐在了马路牙子上。我这个失败的胖子无法完成蹲姿,要么站着,要么只能坐着,上帝没收了我身体折中的姿势。老爸系着脏兮兮的围裙,神情木然,只能说一些"从头再来"之类的废话。后来我哭累了,抬头发现,自己原来是坐在一棵核桃树下,黑暗中密实的树叶浑为一个整体,从而在夜风中神圣摇曳着的就是整个树冠,那是我唯一认得的树。

我知道我得振作起来,这并不说明我天生有自强不息的品质,我只是在十七岁时被上帝调教过。可我一旦振作,体重便开始下降,就像是一个悖论。我惧怕自己重新变得轻浮,于是振作一段时间后便重回消极气馁,在某个深夜坐在核桃树下恸哭一场,继而,再度振作。朝三暮四,我活在时重时轻的轮回里。

说来也很神奇,最重的时候,我没突破过一百九十三斤,最轻的时候,也再未跌至一百七十三斤以下。从一百九十三斤到一百七十三斤,这个区间,俨然是我开展生命运动唯一可行的活动半径,我的跑道并不长,只能往返在这样的一个摆幅里;我所有的悲伤与欢乐,见诸肉身,不过起伏在这样一截微不足道的波段里。不过区区二十斤——等我有一天终于勘破了这个秘密,我就突然得到了解放。因为我看到了本质,看到了生命的限度。

那一年冬天,我在将鸭肠和豆皮穿成一把把串串之余,开启了在网络上写穿越小说的生涯。我的网名叫作"不过区区二十斤"。这个网名决定了我直抵某种神秘本质的书写能力,我觉得我多少摸准了自己命运的脉搏。事实也证明,这回我算是弄对了。

差不多用了五六年的时间,我向爸妈宣布他们可以搬回成都去了,我已经有能力为他们在成都买下最体面的房子,但他们异口同声地向我表示:此地乐,不思蜀。串串店当然是不用再开下去了,而且其后很长一段时间,我们一家三口都心照不宣地拒绝吃一切与牛油和花椒有染的食物。我的确赚到了不少钱,但我未曾松懈过。网络作家的生活非常适合我,后来,我在一些活动中与同行碰面,发现十有八九,大家个个都是一副失败胖子的尊容。这个群体日日过着昼伏夜出的生活,不免苍白而浮肿,像极了挂在天边败絮般的云团。

刚刚我在露台上还称了体重,一百七十三斤。这是我人格的红线,按照经验,我应当开始一斤一斤地爬升了。就是说,我该启动消极气馁的按钮,让心情沉下去,让体重升起来。可是这回我有点儿拿不准,因为我竟感到消极沮丧也不是说启动就能够马上启动了。至多,我不过是感到了多么无聊或者多么伤怀,可这与那种浑浊而滞重的悲观相距甚远。

我已经不能调节自己精神的重量了吗?或者说,我已经开始丧失悲伤的能力?我尝试着让自己想想女人,想想那些最能唤醒一个男人痛苦经历的记忆。我当然有过自己的女人,我在一百四十五斤的公子哥儿时期,有过不止一个女朋友,如今靠写古代爱情赚到了钱,自然也不缺乏伴侣,但此刻我将她们一一检索,她们所有的欢笑与泪水、激情与消沉,她们的身体与灵魂所带给我的一切冲击,竟然全都止步于一个具体的数据——一百二十斤。这是最保守的估计,尽管我不可能给她们一一称重,但我可以断定,她们绝对不会超越这个额度。一百二十斤,大约是个什么概念呢?我环顾四周,寻找可以比附的物件,目力所及,那大约是四台电视的重量?一定不会比真皮沙发重,也不会重过实木茶几……

就这样,一个胖女孩走进了我的记忆。我望着她,仿佛反观着自己。这么多年过去,我几乎已经遗忘了玉林街。不久前我听到一个歌手在歌里唱出"走到玉林路的尽头,坐在小酒馆的门口"这样的句子,也只是略感恍惚而已,就像他吟唱的并不是成都,是一个叫作爪哇国的地方。但是此刻,我清晰地听到有个声音对我说：

"玉林分玉林东路、玉林西路、玉林南路、玉林北路。"

这些具体的路标如同大地的经纬，为我迅速地构建出了一个真实的世界。

迄今为止，我没跟谁说过我曾在十七岁时干过一个下午的快递员。这不太像是我的风格。至少，在我一百四十五斤左右的时候，我算得上是一个喜欢夸夸其谈的家伙，我会将自己乏善可陈的成长史夸大其词地渲染给人听，以此佐证，眼前这个公子哥儿的青春曾经多么富有戏剧性与叛逆精神，尽管他一度是一个失败的胖子，但这个失败的胖子忧郁虚无，同时又敢作敢当，像是贾宝玉灵魂与鲁智深肉身的合体。那么，十七岁那个四月午后的经历，理应是一个极好的噱头，堪可拍成一部文艺片，可我为何不曾对人提及？我不知道，在这件事儿上是什么遏制了我天性中的轻浮，让我下意识地拒绝将其亮出来跟人卖弄。

那个胖女孩被我从记忆里叫醒，她在玉林街上向我迎面走来。我们遇到的时候，她应当也有一百九十斤左右的体重，对一个女孩而言，这无疑是一个非常惊人的指标，我不免会去想象她这些年来都将遭遇些什么：一个个跟她比起来只能显得轻如鸿毛的男孩在她面前溃败，所有好的或者坏的运气一旦撞向她都会被她弹开。无论如何，对于这个世界而言，她都太庞大了，真是不幸，上帝在这个配额上赋予了她更大的艰难。如今她有自己的男人了吗？恐怕没有，不知为何，一想到这个问题，我就将自己与她无缝对接在了一起，似乎，在这个世上，"她的男人"断乎只能是我。这个舍我其谁的念头，说没道理也没道理，说有道理也有道理，就像在一些特定的时空，天经地义，核桃树只能够般配着金银花。

核桃树下金银花，此刻，我非常确凿地看到，她就置身在某个这样的背景里。我感到我的心微微地开始痛苦。

我要回趟成都，我知道我意已决。然后我意识到，自从离开，我竟从未回去过。爸妈近年倒是常来常往，毕竟成都有他们的亲戚、老同事、老朋友，何况如今我也算让他们重新挺起了腰杆，为何我却从不曾想到要回去呢？不知道，我也不想知道这里面的缘由，而且我更愿意倾向于其实压根儿没什么缘由。歌手在歌里唱道"成都，带不走的只有你，和我在成都的街头走一走"，我在成都没什么是可带走的。但这个认识现在被打破了，我想起，千真万确，是有那么一个人，曾经和我在成都的街头走过那么一走的。于是，我觉得自己与那座城市重新被某种微弱却又强韧的线索牵系在了一起。

是的,我得回去走一走,这念头渐渐变得强烈,最后变得就像在那个四月的午后,我面对一辆电动三轮车时的心情一样——我得骑着它走一遭。这念头不由分说,就是一只沙袋吊在你眼前,于是你便只能攥紧了拳头迎上去的状况。

第二天一早,我乘上了飞往成都的班机。

初秋的成都依然很热,当然变得让我几乎无法与离开时的记忆对应起来,但我并不觉得陌生,就像我已经不记得对于它的熟悉。飞机落地前,我产生过奇思异想:我是不是可以找辆电动三轮车骑到玉林街去呢?好在这念头只是一闪而过,如今我实在没有了将生活戏剧化的兴头。我叫了辆车,先去了华西医院。那家烤兔店没了。这没什么好奇怪的,它要是还在,可能才算奇怪。我信步到了锦江边,在耍都吃了几把串串。吃完我意识到,这是自从我们关了串串店之后,我第一次重新把竹签捏在手里。我留意感受了一下自己的心情,让我欣慰的是,很好,我的确非常之平静。我的内心没什么波澜。然而有些大的缝隙已经被时光抹平。

玉林街当然也不是当年的玉林街了。至少,排污沟看不到了,它被齐整的石板覆盖掉,街道俨然有了花园的意思。我从路边墙壁上的宣传栏得知,现在我所在的地方叫作芳草翠园,它是一个模范街区。但当年的楼群还在,并且全是楼,全是楼啊。打麻将的妇女、坐在板凳上嘬荷叶菊花的闲汉、当街开张的剃头匠,他们都还在。

走向玉林十巷七号,远远地,我一度真的确信,她也还在,穿着老头衫,像是蹲着一样坐在一张板凳上,等着一个在她眼里貌似送煤气罐的家伙到来。

然而那家杂货店不在了,门脸儿被墙壁砌住,依然保留着曾经是个门脸儿的轮廓而已。

我感到了热,后背的汗水已经湿了T恤。一桌打麻将的妇女围坐在墙根,我走过去席地坐下看她们鏖战。能被我看到牌面的那个妇女警惕地回头看我一下,可能她是被我的身量吓到了吧,不由自主把身子向牌桌倾斜了一下。一个庞然大物出现在身后,谁都会感到不适的。但我马上意识到,不是这么回事,现在的我只有一百七十三斤,算不得渺小,可也够不上庞大。是什么令这娘儿们紧张?那不过是因为她被人看清了自己的牌面而已,就仿佛暴露了她内心深处的幺鸡与白板。

她不时回头看我一眼。我只能抱歉地对她笑笑。几把过后,她输了钱,不免要迁怒于我。

"讨嫌喽。"

她侧着脸用眼睛的余光扫视我,心里的阴影面积跟我的体积一样大。

我觉得是该进入主题了。

"大姐,跟你打听个事儿。"

我尽量让自己的口气显得谦恭。

"啥事吗?"

一旦交流起来,她好像反而轻松了。

"这儿有个胖女娃,你认得不?"

"胖女娃?"她扭脸从头到脚看我一遍,回头继续码牌,"有多胖嗦?"

"嗯,差不多比我能胖上一圈。"

我思索了一下才说,因为我差点儿说出"和我一样胖"。

"比你还胖一圈?"

她不得不又回头看我了。

"是,比我还胖一圈。"

我直直腰,以便给她提供一个准确的参照。

"不认得。"她说。

我认为她不是在敷衍我,"比我还胖一圈的女娃"这个条件,耀眼得就像地上掉着的一百块钱一样不容人敷衍。

我并不甘心,继续给她提供线索:

"年龄嘛,和我差不多。"

她又回头看我,扑哧笑了,说:

"和你年龄差不多?那还是啥子女娃嘛,胖婆娘嘛。"

我竟有些害羞,老实地点点头说:

"对头,她十几年前住在这儿,那时候,这儿有家杂货店。"

"不就是那家乡下人的胖女娃嘛!"

对面的妇女开口了,她的年龄明显是这堆人中最大的。

没错,就是她。我知道对上号了。当年,女孩对我说她们家的地里种着核桃树和金银花,只是当时我并没意识到,那只能是一种乡间的生活。

"走咯。"

"想起来咯,那家人去汶川咯。"

"去汶川咯?"

"可不是嘛,说是大地震全埋在楼板下头咯。"

"哎哟哎哟。"

妇女们七嘴八舌地说开了。

我站起来,发现她们全闭了嘴,齐刷刷地抬头看我。我身前的那个妇女手里举着一张红中,像是正在盘算要不要当成防身的武器。

我说:"你们耍我嗦?"

"要你做啥?"对面的老妇女接话道,"我跟她家邻居,她家是租房住下做点小生意的,还有老乡也在附近做买卖……"

我向前两步,把整个身子俯下来,两只手撑在牌桌上。有那么一瞬间,我的心是静止的,因为时间静止了。我应该是想了一想,最后还是决定把这张牌桌掀翻算了,好像掀翻了牌桌,人生便可以重新开局了,但我并没有马上行动。

"她活着。"

我试图和她们商量。

"死咯。"

她们跟我对着干。

"她活着。"

"就是死了嘛。"

妇女们就是这般惊人地倔强。

"她家地里的金银花可以摘三十年,你说,现在才过去多少年?"我继续说。

我觉得我说出了一个完全无法被推翻的事实,这事实经得起上帝的检阅。但是说完之后,我就把那张牌桌掀翻了。

妇女们在我身后尖叫。我一边回头走,一边用手揩眼泪。我等着有人在我身后袭击我,用巴掌或者干脆用红中、棒子什么的把我打翻在地。那样的话,我就会在眼冒金星中看到一片无垠的金银花在风中摇曳。胖女孩将我遗弃在玉林街上,不就是走向了那片田野吗?她足足有一百九十斤以上,什么样的楼板都压不垮她,我们并肩走在玉林街,路面完全被我们堵塞,我们因之有了一种满盈的豪情,我们最大限度地充斥了虚无的时光,拥有了结结实实的肉身者的尊严,我们被整个世界礼遇,连风都得绕着我们走。

是她令我在那个下午与世界达成了片刻的和解,我没法不去这么想。

回到酒店,我习惯性地打开随身带着的笔记本电脑,准备按部就班地更新自己的作品。自从开始在网络上码字,我就没有一天中断过,这已经是我获得成功的首要条件。可是我知道,今天这活儿我干不下去了。有一个人,因为我今天的归来而死去,我还他妈的能去虚构那么多压根就没在这世上活过的家伙吗?如果今天我没有回到玉林街,那么她就永远在核桃树下的金银花丛中劳作与收获,永远活在我十七岁的一次冒险中,健壮、雄阔、矜重而有威仪。

十七岁的那个下午,我载着一件地址不详的包裹,风驰电掣地穿行在玉林街。它没有收件人的名字,自然也就没有收件人的电话。它就是上帝因材施教给我的一个三无考验,想要我见识的真理不外乎是:既然你跨上了一辆送快递的电动三轮车,你就得把车上的货给送了。上帝知道我有多潦草,对这个世界有多不耐烦,于是差遣了一个胖天使蹲在路边,让她陪我走上一程,软化我,给我这个失败的胖子增添肉身的尊严,她给我指认了此生的第一棵树,启发我对原野展开想象。事实证明,这一切多么有效。当她完成了使命离我而去,我始终身在一种对非凡风景的憧憬中,不达目的誓不罢休地穿行在玉林街上。我不甘心,我在拼命地找,拼命地找。要"找到点儿什么"这个念头本身,充斥在我全部的一百九十三斤的灵肉里。

而这个"找到点儿什么",不过就是一个肥胖少年应当早一点比别人学会的对于"规定性事态"的服从。你可以说那是提前学会认怂,但你也得承认,那里面,于劳作中蕴含着责任与义务自重的美德。

我找到了,它在玉林六巷一号。我完全相信,今天你若是按图索骥,依然会在此看到民航成都飞机工程公司职工宿舍——今天看一定显得寒酸,因为当年此地就不是什么堂皇的所在,然而最初入住的扎根者,肯定也壮志凌云,对未来抱有无端的信心与可被理解的妄想。

那天黄昏,我将上帝的三无包裹准确地投放在了它应当抵达的终点。门房签收了它,无师自通,我还郑重地让门房在包裹的底单上签下了名字。

那是迄今为止我所做过的唯一一件有头有脸的事儿。

我不止一次想过,那件包裹总归是会有一个收件人的,或者那就是上帝本人,当他用裁纸刀割开胶带,看到满满一箱的核桃与金银花时,会不会想到,有一个少年快递员风驰电掣地开着一辆电动三轮车,向着他永远的翻版与镜像,向着一个胖天使,一头冲进漫天遍野的壮观的花海里。

(原载于《青年作家》2019年第10期,张颐雯选编)

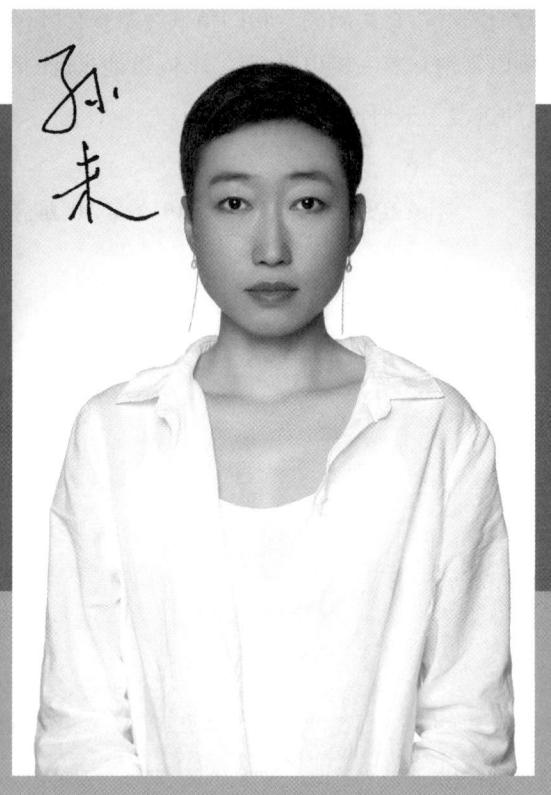

孙未 / 上海作协专业作家，中国作家协会会员。英国、瑞典、瑞士、爱尔兰、丹麦、匈牙利、拉脱维亚、罗马尼亚、美国、新西兰等多国文学项目成员及学者奖金获得者。已出版书籍23部，包括长篇小说及小说集《迷路人间》《双面人格的夏天》《岁月有张凶手的脸》《熊的自白书》等，另在文学期刊发表长篇小说及中短篇小说《无常殿》《瓶中人》《金腰带》《镜子》《如果猫知道》等40余部，作品获《北京文学》2017年度优秀作品奖，第六届、第九届《中国作家》鄂尔多斯文学奖，拉脱维亚国际文学银墨奖等。小说被译成英语、法语、德语、西班牙语、保加利亚语、匈牙利语等多种文字在欧美地区出版与发表。

大象单行线

这是一个烤炉似的夏季。每到傍晚,在这座城市远方的地平线上,庞大连绵的云化作灿烂的火红色,它们看上去多么像一群巨型的红色大象,缓步迈过无数指甲盖大小的高楼。它们的队伍太长了,好像永远走不完。就算是起风的日子,它们也会贴着天空的幕布,一直走到天黑,直至走进深蓝的夜色里。

沐风把鼻子贴在玻璃窗上,出神地看着这些大象的队伍慢慢行进。客厅里开着空调,沐风还是有点出汗,鼻尖在玻璃表面留下一个草莓形状的印子。

外婆说:"看这些云的情形,明天又是一个热辣辣的大晴天呢。"

外婆的话音刚落,沐风就看不见那些大象了,只有庞大火红的云在天边缓缓飘着。

沐风的暑假作业已经写到最后几页,这个夏季将要过去。原本,尾随而来的凉爽秋季是很令人期待的,新学期有崭新的课程表,还会有意想不到的有趣的新同学。可是最近一段日子,沐风开始认真地许愿,希望秋天不再到来,希望时间停止,就算永远停留在这个热得无法出门的夏季,她也心甘情愿。

外婆走路的脚步明显变慢了,从厨房端一碗绿豆汤到客厅,需要很久很久,也不再能追上家里的小白猫。外婆喜欢为沐风扎马尾,现在她举起梳子都会气喘吁吁。看得出,爸爸和妈妈对外婆的状况都很担忧,他们开车带着外婆去看医生,每次回家都皱着眉头。

外婆倒是满脸无忧无虑的笑容:"就是老了嘛,有什么大惊小怪的?"

"老"是什么呢?沐风抚摸着外婆的脊背,这些年外婆的脊背越来越弯。

"这是要活上很多年才有的特权呢,这样才能更清楚地看见地上美丽的花朵呀。"外婆乐呵呵地告诉沐风。

沐风望着外婆的齐耳短发,不知什么时候,黑发已经全部变成了银色。

"这项特权更厉害了,就像戴上一顶纯银的皇冠,在人群中闪闪发光。"外婆为沐风的长发扎上了一个蝴蝶结。

外婆又开始显得疲倦,揉着太阳穴。外婆笑着向沐风解释:"不再有年轻人的精力,这也是一项特权。这样就不会浪费时间去干蠢事,可以专心做最重要的事情。"

最近妈妈看见沐风缠着外婆,总会过来把沐风抱走,嘱咐她不要让外婆累着。有一回,妈妈把沐风抱回小白猫盘踞的主卧室,正说着"要让外婆好好休息",忽然眼圈有点红了,声音奇怪地补充了一句:"外婆的时间不多了。"

离暑假结束还有两周,家里的小白猫失踪了。清早,沐风还没起床,就听见一家人进进出出,还有爸爸妈妈的低声议论,说是猫都会在老死前找个地方躲起来,小白猫已经十几岁,也差不多到时间了。

沐风不明白,邻居大哥哥也十几岁,看上去一点不像会老死的样子啊。一阵惊叫和嘈杂从窗外传来,隐约听到是外婆出门找小白猫,在花园里跌倒了。沐风趴在窗台上使劲向外张望,什么都没有看到,她从小床上跳起来,穿着睡衣就要跑出去找外婆。她赤脚跑到门口,被妈妈迎面拦住。

妈妈红着眼眶,对沐风努力露出一个笑脸:"你到大伯家去玩几天好不好?趁着暑假。"

很快,大伯赶到了,抱起沐风坐进他的车,后座上堆着妈妈刚为沐风整理的行李,一阵风似的穿过城市,来到郊区的一座房子。大伯是位油画家,他的房子里弥漫着松节油和旧木头的气味,画室的门半开着,隐约看见里面凌乱的色彩。

"我刚才给你爸爸打电话了,他说你外婆很好,不过要在医院里住一阵。"大伯告诉沐风。沐风还是觉得心里紧绷着,什么东西都吃不下。她躲在二楼的小卧室里眺望窗外,出汗的鼻子紧贴冰凉的窗玻璃。

真奇怪啊,即便是在相隔这么远的城市两头,看见的云彩却是一模一样的。云朵在暑热中膨胀得无比庞大,横卧在地平线上,从洁白缓缓变成灿烂的火红色,就像一群火红的大象,它们正缓慢地走入越来越深的夜色中。

轻而急促的敲门声,像有许多小拳头同时叩响卧室的小木门。沐风有些诧异,这座房子里除了大伯,还有谁呢?打开门的一刹那,一大摞深红色的小圆球争先恐后地滚进来。房间里顿时充满了番茄的清香。原来它们都是番茄啊。

"我们没有时间了!"

"我们没有时间了!"

它们叽叽喳喳地吵闹着。沐风简直看呆了。

有一枚最圆的番茄，借着冲刺的速度，咕噜噜一直滚到沐风脚背上。它努力仰起肚脐，焦急地对沐风说："快帮帮我们，我们没有时间了！"

沐风问："我要怎么帮你们呢？"

"到冰箱里来找我们，把我们吃掉，或者把我们送走。"

冰箱？沐风一阵疑惑，就从梦里醒了过来。

"我要是不吃了它们，没准它们就又要到我的梦里来捣乱了。"沐风对自己说。她从床上坐起来，穿上鞋子，沿着走廊向楼下的厨房走去。

打开冰箱，在明亮的冷藏格里，果然堆放着许多熟透的番茄。沐风把它们全部抱出来，摆在餐桌上。现在它们倒是跟超市里不会说话的番茄一模一样，涨红着害羞的小脸蛋，安安静静地排着队。沐风抓起一枚番茄，咬了一口，馥郁的香气顿时在唇齿间炸裂开。这些番茄都到了最好吃的一刻，柔和的酸，浓烈的甜。

沐风使劲地吃啊吃，番茄实在太多了，她吃得肚子都要撑破了。

客厅里的老挂钟敲了十二下，桌上的番茄开始晃动起圆滚滚的身躯。沐风看到，它们正在一个接一个地裂开。裂开的番茄们都非常高兴："我们终于有嘴巴了，终于不用跑进别人梦里去说话了。"

它们用新长出来的大嘴恳求沐风："快把我们送走吧，我们不能留在这里了。"

沐风问："我应该把你们送去哪里呢？"

"夏天的尽头，"裂口最大的番茄抢着说，"就在外面这片黑夜的背后。"说完，它露出一个沐风从未见过的最快乐的笑容，整张圆脸上只剩下一张欢笑的大嘴，仿佛它们要去的地方比冰箱冷藏格好上一千万倍。

沐风有点发愁，她望着窗外无边无际的夜色，她可不认识这附近的路呀，而且外面已经起风了。树枝的黑影在窗棂上摆动着，一声巨响，房子的大门被吹开，风粗鲁地冲进厨房，在餐桌和碗柜上打了个旋儿，弄得碗筷叮叮当当地响，番茄在桌上滚作一团，随后大雨倾盆而下。

沐风忽然发现，雨中洞开的大门口正站着一个白色的身影，正是他们家早晨走丢的小白猫呀。"小白！"沐风走过去想要把它抱进来。

没想到小白猫一脸傲慢地躲开了："我可不允许你这么轻慢地称呼我。我的大名是猫小白,你应该称呼我'猫先生'才对。"

沐风惊讶地端详小白猫,它今晚看上去果然有点不一样,一身洁白挺括的燕尾服,粉红色的领结,头上戴着一顶高高的白色礼帽,前爪还握着一支漂亮的白手杖呢。猫先生用另一只前爪捉住帽檐,举了举礼帽,很绅士派头地走进厨房,对桌上的番茄们埋怨道:"说好了是我来接你们去那个地方的,为什么还要叫上她呢?"

最快乐的那一枚番茄连忙解释:"猫先生,我们当然是在等你,可是我们都圆滚滚的,容易滚散,带着我们赶路,你总需要有人协助呀。"

"协助?"猫先生沉吟片刻,"你们明明知道那种场合是不允许外人参加的呀,她的外婆得到了入场券,她可没有。"

听说外婆也在那里,沐风立刻激动起来:"我不是外人,再说我很愿意协助呀!求求你猫先生,我太想见到外婆了,你就带上我一起去吧!"

番茄咧着大嘴为沐风帮腔:"猫先生,像你这样的大人物是可以带随从的吧,比如说……一个女仆?"

什么?女仆?它是我的宠物,我是它的主人哎!沐风在心里大声抗议。可是她发现猫先生正把玩着手杖,意味深长地看着她,好像在提醒她,平时是谁每天把猫粮装在小盘子里给它端上来,又是谁殷勤地为它梳毛?主仆关系,一目了然嘛。

好吧,沐风想,只要能见到外婆,给猫先生继续做女仆也没什么大不了的。

作为女仆,沐风打算为这次远行找到足够多的雨伞,外面这么大的雨,每一个番茄都会需要一把伞吧。可是猫先生表示并不需要。它抻直脊背,昂着头,用手杖敲了敲地板,让大家集合,然后它将手杖伸进雨里,轻轻往上一挑,多么神奇啊,大雨就像一张银色的帘子,立刻被它的手杖掀开了一个小小的角落,宛如一条通往舞台幕布后面的通道。

猫先生仪态端庄地走了进去。番茄们紧跟着一个接一个滚了进去。沐风跟在队伍的最后面。当她也走进雨帘背后,再回头看,夜色中的大雨和城市都已经消失了。沐风感觉到阳光温暖地落在她的睫毛上,周围的空气是干燥而凉爽的,光影像音符一样微微颤动,脚下的青草无比柔软,散发着露水的香气。

他们正身处一个没有日历的清晨,周围没有高楼大厦,没有城市,只有谜一样巍峨美丽的雪山,映着湛蓝的晴空和苍翠的森林。

雪山下有一片广阔而寂静的湖泊,湖水清澈得仿佛透明似的,湖边青草茂盛,繁花盛放。现在他们正沿着湖边往前走,猫先生脚步匆忙地走在最前头。番茄们排成一行,一个跟着一个努力地滚动着。

"快一点,再快一点!"

"我们要赶不上那场庆典啦!"

可是他们的队伍走得实在算不上快。正如番茄们预计的,它们不停地滚散,一个滑向左边,一个又骨碌到右边去了。沐风走在最后面,她必须不停地把滚偏了方向的番茄捉起来,放回队伍里。这么一来,就不停地有其他的队伍从后面赶上来,从他们身边经过。

络石花的队伍有好多个方队,它们都穿着绿色的小裙子,举着白色的小风车,借着风的翅膀,它们几乎是腾空而起在飞行着。

绣球花的队伍坐着绿色的车辇,一边行进,一边挥动着手中彩色的绣球,跳着啦啦队一样的热舞。舞蹈的音乐来自和它们并肩的另一支队伍,那是凌霄花与萱草花们,它们举着喇叭形状的橘色花朵,正在吹奏小号进行曲。

百日菊的车队缓缓驶来。花朵们站在枝头的最高处,身着紫红色与正红色的复瓣大摆裙,头顶金色的皇冠,一身宫廷风格的隆重打扮,睥睨众生地接受番茄们的仰视。

樱桃们也来了,它们争先恐后地滚动向前,蹦跳着,相互碰撞着,很快就把番茄们的队伍冲散了。紧随其后的是草莓、杨梅、荔枝。桃子和番茄一样,滚得又慢又经常滚散,很快就跟番茄们混合在一起。不幸的是,还没来得及等它们排回原来的队形,就听到身后传来轰隆隆的声响。

是西瓜的队伍,它们身着迷彩服整齐地滚动碾压过来,就像战车一样飞快地逼近,桃子和番茄们吓得立刻向两边避让散开,猫先生横握手杖挡在它们前方,大声地安慰它们:"镇定,镇定!"

这时候,沐风又看见火红色的大象了,沐风还是第一次这么近距离地看着它们呢。它们走在队伍的最后面,正连绵不断地缓步而来,越走越近。它们那么庞大,当它们走过沐风面前的时候,抬头也看不到它们的背脊。它们的队伍太长了,好像永远也走不完似的。

在它们的背脊上,驮着很多小动物和人类,正在齐声哼着一曲悠长的歌谣,那弥漫在空气里的旋律仿佛无数精灵正在振动翅膀。沐风听不清那首歌唱的是什么,她只是惊喜地望见,外婆正坐在一头小象的背上,白发像一顶银色的皇冠在阳光下闪闪发光。

"外婆,外婆——"沐风向着外婆飞奔过去。

外婆好像重新变得年轻而矫健了,她把小象的长鼻子当作滑梯,轻巧地滑了下来,伸开手臂迎接沐风。沐风一头扑进外婆的怀抱,好温暖,衣襟上是外婆熟悉的气味。沐风高兴得快要流下眼泪来了。

小象停下脚步,俯下身躯,微笑着,用长鼻子轻柔地环绕住她们,同时给了她们一个大大的拥抱。小象的皮肤柔软而火热,摸上去就像烤红薯的外壳一样。沐风看见小象流下了一滴快乐的眼泪,那一枚晶莹的眼泪刚落到泥土里,立刻就开出了美丽的花朵。

番茄们聚拢过来,一起对她们仰起欢笑的大嘴。猫先生也摘下礼帽,矜持地走上前来,用欧式礼仪亲吻了外婆的双颊。

沐风紧紧握住外婆温暖的手掌,经过一整天漫长的别离和担忧,她再也不想放开外婆的手。她们手牵着手一同继续跟随队伍往前走。前方的脚步逐渐慢了下来。在道路两边,湖水与森林的掩映中,出现了热闹的集市。水果和花朵们围上鲜艳的围裙,戴上头巾,开始售卖各种可爱的小玩意儿。

猫先生买了一只忍冬花做的鼻烟壶。沐风看着它伸出一只前爪,售货员用收款仪对着它的手掌扫描了一下,发出嘀的一声响。

"收款金额:一小时十九分钟。"售货员说道,把鼻烟壶递给猫先生,"希望您喜欢噢。"

鼻烟壶里装满干燥的忍冬花花瓣,闻起来有一种飘飘欲仙的芬芳。

沐风看到有卖络石花的小风车,立刻就走不动路了。外婆看透了她的心思,笑吟吟地伸出手掌。

"二十九分钟。"售货员提醒道,"这是您仅剩的时间了噢,只够买一个小风车,然后您就不能再买其他东西了呢。"外婆点点头,接过小风车递给沐风。

沐风觉得心里有点难过,集市上还有这么多可爱的小玩意儿,她也想给外婆买几件。她看到有一种花楸果做的果冻,装在心形的透明小碗里。沐风伸出自己的手掌,售货员拿着付款仪扫描了一下,没想到,付款仪竟然发出尖利的警报声:"哔哔……哔哔……"

"她的时间根本就不属于这里呀。"售货员惊讶地说。

"她的时间根本不属于这里!"

"她不属于这里!"

花朵、水果和小动物们都惊叫起来,叫得一个比一个大声。这阵混乱让象群停下了脚步。最高的那头大象从人群中发现了沐风,朝着她慢慢走近,一边厉声问:"你是谁?你是怎么到这里来的?"

大象的声音就像夏季天边的雷声似的。

猫先生勇敢地跳出来,挡在沐风面前:"是我把她带来的,她是我的……女仆。"

沐风不想给猫先生惹麻烦:"是我求猫先生带我来的!我只是想来看看外婆。"

大象对着沐风俯下身子。它实在太庞大了,从队伍中找到沐风,就跟找一个针尖似的。终于,沐风看见大象眼睛的瞳孔里映出了她小小的身影,那只大眼睛里的光芒逐渐从锐利变得温柔。

沐风小心翼翼地问大象:"请您给我一点时间好不好?"

"你要时间做什么呢?"大象眨巴着大眼睛。

"我想给外婆买一点礼物啊。"沐风央求。

大象直起身躯向众人宣布:"她是一个孩子。"

"她是一个孩子!"

"天哪,她是一个孩子!"

大家又此起彼伏地惊叫起来。

"所以,"大象对沐风说,"孩子啊,其实你还有很多很多的时间,你一个人的时间,比我们这里所有人的加起来还要多呢。"

大象用长鼻子在空中打了个旋儿,就像变魔术那样,它的鼻子尖上变出了一张金色的卡片,这是"时间的信用卡"。大象把信用卡递给沐风,严肃地嘱咐她:"记住,你今天透支的每一分钟时间,都会在你长大后自动扣款。"

沐风兴奋地接过这张闪亮的金色卡片,连声道谢。

她立刻刷卡买了两碗花楸果的心形果冻,外婆一碗,她一碗。果冻是酸甜的,宝石似的红色花楸果实镶嵌在果冻中央。她们用小勺舀着一口一口吃完了。

集市上的好东西真不少。沐风为外婆挑选了一支玉簪花的发饰,很配外婆的银发;一盏酸浆花做的小灯笼,只要请萤火虫到里面做客,灯笼就会发出好看的橙色光芒;一瓶覆盆子制造的紫色钢笔墨水,外婆的钢笔字写得很好看。还有樱桃酿的酒,装在陶瓷小酒壶里,用深红色的印花礼品纸袋包装着。

"收款金额:一小时三十九分钟。谢谢光临。"

"原价五十九分钟,促销期间,给您额外再打九折。"

"三十九分钟。不保修。"

"两小时零九分钟。还奉送您礼品包装盒噢。"

……

外婆看上去有些发愁:"我不需要这么多礼物,我有你就足够啦。"

沐风认真地说:"能为外婆买到这一分钟的快乐,花多少时间都是值得的呀。"

外婆的笑纹绽放开来:"我已经很快乐了。"她抚摸着沐风的头发,"你还要长大,所以不可以把将来的时间都用完噢。"

但是沐风觉得,跟此刻相比,将来真的一点都不重要。

沐风为猫先生买了一只芍药花填充的小靠枕,对于长途旅行的绅士而言,这份礼物真是非常体贴而必要。猫先生感动得打了个喷嚏。

沐风还看上了一种木槿花做的紫色小折伞,她打算买两把,一把给外婆,一把留给她自己。如果路上下雨的话,她们就都不会淋湿了。她正要用信用卡付款,外婆轻轻按住了她的手掌:"不需要两把伞,我要去的地方,你是不可以一起去的。"

沐风心中掠过一阵奇怪的凉意,她感觉到周围队伍的脚步忽然加速了,道路两边的集市开始匆忙地收摊,转眼间,手中的折伞已经变成了两朵普普通通的木槿花。

刚才驮着外婆的红色小象重新来到了她们身边。它用鼻子轻柔地托起外婆,将她重新放回自己高高的脊背上,这么一来,外婆就没法听见沐风说话了。

沐风着急地追着小象:"为什么我不可以一起去,为什么呢?"

小象长鼻子的热气呵着沐风的后颈："万物有季节。我们要随着这个夏季一起离开,可是你还有以后很多个夏季呢。"

沐风想起来了,番茄们说过,它们到来的这个地方叫作"夏季的尽头"。既然是夏季……沐风问:"那么明年夏季,你们还会一起回来的,是不是?"

小象柔声回答道:"我们不会再回来了。明年你还会经历夏季,还会见到同样美丽的花朵和水果,也还会见到天边火红色的大象们,但是它们不再是我们。"

沐风震惊地意识到,那是不是意味着,外婆也不会再回来了?

小象安慰着沐风:"当然,你也可以把那些大象当作我们。"

沐风使劲摇头,她绝对不可能把别人当作外婆,把别的小白猫当作猫先生,以后也永远不会再有这么美好的夏季了!"停下来,停下来,"沐风追赶着小象的脚步,愤怒地抗议,"我们为什么不能永远停留在这个夏季呢?"

小象摆动着两只大耳朵:"那样的话,世界上所有的孩子都不再会长大,苹果不再会变红,板栗不再会成熟,你和你的同班同学将永远不能升入四年级,你愿意让世界变成这个样子吗?"

说话间,象群的脚步变得更快,沐风要气喘吁吁才勉强能追上。沐风用尽全力大喊一声:"停下来!"

她的喊声实在是太响了,把自己都吓了一跳。小象的脚步真的停住了,后面的大象轻轻撞上了它,随后整个象群的脚步停住了。水果停止了滚动,花朵停止了舞蹈,小动物和人群停止了歌唱。这场庆典中所有行进的队伍都停了下来,停在这一刻。

沐风觉得脑袋的运转也停住了,她几乎忘记自己想要说什么。

最高的那头大象再次穿过人群向她走来,把长鼻子高举成一个恼怒的问号。

沐风高举起金色的信用卡:"我还有很多很多的时间,我可以把这些时间全部送给我的外婆和猫先生吗?我知道,我不能那么自私,为了留住这个夏季,让全世界的孩子都不再长大。至少我愿意自己永远不再长大,这样的话,是不是我的外婆就可以留下来?猫先生也可以留下来?"

大象眨巴着眼睛,似乎有点惊讶,也有点感动。

猫先生将手杖夹在手肘底下,掏出礼服胸袋里的手帕,偷偷擦了擦眼角。

大象思考了好一会儿,这才回答道:"这个嘛,倒还没有过先例呢。"

小象轻声在沐风后颈耳语道:"但是你可以试着提交一份申请。"

"我的申请会被批准吗?"沐风担心地问。

"也不是完全没有可能噢。"大象庄严地回答道。

沐风向百日菊借了一根笔直的枝条,向猫先生借了它的手帕,用枝条蘸上覆盆子酿造的钢笔墨水,在手帕上密密麻麻写好了申请,然后大象鼻子一抬,就把这份申请收下了。

小象再次伸出它火热柔软的长鼻子,紧紧拥抱了沐风。沐风看到小象流下一滴伤感的眼泪,这一枚巨大清澈的泪水掉进泥土里,变成一声悠长的叹息。转瞬间,象群又飞快地行走起来,所有队伍都步履轻快地重新向前行进。

番茄们滚动着,对沐风露出最后的笑脸。

猫先生一边奔跑,一边对沐风挥动着芍药花的靠枕,烟囱般的礼帽在阳光下闪动着。

外婆坐在小象高高的背脊上,手中各种颜色的礼物袋子随着象群的脚步晃动着,她向沐风远远地微笑,没有忧愁地久久微笑着。

这一回,沐风再也追不上它们了,她的眼泪终于决堤流下,泪水是温热的,和外婆手掌的温度是一样的。沐风望着大象们驮着外婆向远方走去,走向谜一般美丽的雪山,走向皑皑白雪与夜色交汇的地方,它们的身影在天边画出了一条火红色的单行线。

真奇怪,夏天远去了,气温正在下降着,沐风手中金色的信用卡却开始融化了,黏黏的,散发着香气。原来这张信用卡是麦芽糖做的呢。沐风把黏糊糊的手指放进嘴里,还没来得及尝到麦芽糖的甜味,她就忽然从梦中醒来了。

卧室的小木门还紧闭着,房间里闪烁着窗外幽暗的夜光,空调正静静运转。沐风推开窗户,外面好像刚下过大雨,湿润凉爽的空气涌进卧室。

原来,这个夏季的最后一天已经过去了。

几天后的一个清晨,沐风在大伯的画室里看到一幅油画,那是一群火红色的巨型大象,正在城市的上空列队前行,油彩还没有干透呢。

"你也看见它们了?"沐风问。

大伯拿着画笔抬起头:"你是说夏天红色的晚霞吗?"

大伯话音刚落,沐风就看不见那些大象了,只有庞大火红的云在油画中栩栩如生。

妈妈把沐风接回家以后,在沐风左边的发鬓别上一朵小白花,它看上去很像是外婆送给她的络石花小风车。

接着学校开学了,沐风升入了四年级,然后是五年级、六年级。沐风怅然地意识到,她那份申请果然没有被批准呢。她还是长大了,这是不是意味着,外婆和猫先生都真的不会再回来了呢?

高考前,沐风想起她还有另一件值得担心的事情。她曾经有过一张"时间的信用卡",给她信用卡的大象曾经嘱咐她:"记住,你透支的每一分钟时间,都会在你长大后自动扣款。"要是她在集市上刷卡透支的时间,恰好在高考考场里被自动扣掉,那可就糟糕了。

好在这样的情况并没有发生。

沐风工作了,她并不像周围的同事那样着急,她做事总是慢吞吞的,反正无论怎么赶时间,她还是有很多时间会在"自动扣款"中消失的呀。

比如有时候,她正在复印文件,复印机来回扫描的冷光让她忽然出了神,那不停闪动的光芒让她仿佛再次看见雪山光影的变幻,她甚至还能隐约听见那悠长的歌谣呢,那一刻,她感觉外婆依然是和她在一起的。满心温暖和酸楚的时候,半小时眨眼间消失了。这就是"自动扣款"吧?

想象那一支再也记不起来的悠长歌谣,回忆那一年再也不会回来的红色大象,或者只是静静欣赏,欣赏水果的芬芳,欣赏花朵缓慢盛开的姿态,欣赏云朵们孤独的魔术表演……世间万物都行走在大象的单行线上,这一刻独特的美好,过去了就不会再重来。

沐风还清晰地记得,在那个夏季的尽头,当她从大象鼻子上接过信用卡时,她曾经仔细端详过那张金色的卡片。她看到,在卡片背后,刻着一行小字:

把时间花在时间上,没有比这个更值得的了。

(原载于《中国作家》2019年第6期,俞胜选编)

渡 澜 / 女,蒙古族,1999年出生,内蒙古通辽市库伦旗人。现为内蒙古大学文学与新闻传播学院学生。在《收获》《人民文学》《青年作家》《青年文学》《草原》等发表小说约10万字。

坏脾气的新邻居

当我还是个孩子的时候,有一家人搬了过来,成了我的新邻居。

在那个给孩子治病时只能靠大人们争论不休的膳食搭配和氧气的小地方,这可是个大事件。更何况他们的厢式货车里还有一张漂亮的布艺转角沙发和一个深橄榄绿色的玻璃门储物柜。

"气死我了!你们这群懒虫!"

"你们的脚上连着锁链吗?走得慢吞吞的!"

女主人拎着装得满满的购物袋,鞋底摩擦地面沙沙作响,她气得头发都竖了起来,凶残地拽着儿子的头发向前走。小儿子跟跟跄跄,被母爱折磨得要死,偶尔会被女主人拉扯着扑通一声双膝跪在地上。哪怕跪下了,呼哧呼哧喘着气,他也要抓住时机狠狠咬上母亲的脚后跟一口。他也学着母亲骂人,且骂声和谐又单纯,听起来就像文明大炮在连续轰炸。他的樱桃小嘴像灿烂的瀑布般喷出尚未褪去稚气的辱骂话语,向母亲表达着自己不朽的恨意。男主人戴着褐色软帽,露出自己被汗水打湿的内衣,一脸悱郁地跟着自己的妻儿。他脸颊上的肉和肚子上的肉就像是一种庄重的暗示,你远远望过去,视线被胶粘在那些肉团上,反而看不懂它们的暗示,莫名其妙地被这位肥胖的男士蒙上了遮眼布。他目不转睛地盯着妻儿,想将他们用力镌刻在记忆深处。

"我就该把你丢进沟里!你除了骂人什么都不会!"

"闭上你的嘴!肥猪——你就像一团鲸鱼的脂肪!"

"你说什么!"

显然他们刚刚在厢式货车上经历了一场激烈的战斗。此刻他们走出货车压抑且闭塞的环境,走在无可比拟的动人的蓝天白云下,却并没有休战。他们开始扭动红红的脖子,在口中搅拌口水,渴望喊出更流利的骂句。是的,他们继续生气,毕竟大多数人都错认为这活儿完全是零风险的。

我就住在他们对面。我和母亲撑着被太阳照得耀眼的红色瓷砖窗台,低头瞧着自己的新邻居。

"来了一群坏脾气的人。"

她笑着,和一群好奇的黑白相间的小蝴蝶挤在窗前。她柔软的黑发上戴着闪亮的、锋利如尖刀般的发饰。我的母亲温柔又开朗,非常有耐心,擅长安抚孩子。每当我感到恐惧不安,只要她亲吻抚摸我,我就会止住泪水,露出笑容。对她的依赖深植在我的基因里。她就是我童年的万能药。

"看他们气冲冲的脸,有什么烦心事儿呢?"

"我要去帮忙吗,妈妈?"

"不用了,好孩子,你会给人家添麻烦的。他们雇了很多帮手。一会儿,你带着礼物去打声招呼。把今天的葡萄装进篮子里,小心不要摔倒了。"

我的母亲分外特别地注视着自己的新邻居,不过很快她的注意力就被美好的天气给勾走了。她夸张地仰着头,对着那朵乌龟一样趴着不动的云啧啧赞叹,称它艳惊四座,像贝尼尼洁白的大理石枝丫。她很快就开始享受美妙的周末时光,用粉碎的、甜蜜的小奶块泡茶喝,踩着蘑菇堆成的黄色地毯,动作缓慢如蛞蝓,和葡萄以及提子讨论着葡萄和提子的区别,在一团亮白的太阳下绕着院子转圈圈;把社交这件苦差事推给了自己可怜的孩子。

我不得不作为代表,提着一大篮子与秋季擦肩而过的葡萄去拜访我们的新邻居。

我走近时,苍蝇围着屋外的厢式货车嘤嘤飞舞。当搬家工将大块大块的软奶酪捧出来时,它们大大方方地坐了上去,奶酪立刻看起来像是配了插图。纸箱里折好的毛毯们眼睁睁看着苍蝇们大捞一笔。一大堆有着地中海色皮肤的塑料椅悄悄活着,随着四方时钟的嘀嗒,不停地嘎吱作响。所有的灯具都被泡沫包裹着,尴尬地坐在那里鼓励彼此,它们渴望在晚上搬家。新邻居崭新的庭院里回荡着去死的赐福,保持着速度,由桃色栅栏向四面八方滑行。他们竟然还在生气!我越发觉得沮丧,我宁愿去和母亲讨论葡萄和提子的区别,也不要和气冲冲的陌生人见面。我真真切切地想要逃走。篮子里的葡萄也显出一丝无奈,频频踩着刹车,显然它们也在汁水充盈的心里掂量着此次远游的利弊。情况越发恶劣了,我唉声叹气,屁股向后拉着我的脚后跟,可我最后还是靠着自己阳刚的心脏走了进去。

男主人如里程碑般被立在院子正中央,默默统治着自己的怒火。他全身雪白,体态臃肿,像一粒富含油脂的树种。他已经摘下了自己的软帽,内衣因为大汗变成了他自己的颜色。我仰起头看他,那是我第一次见到如此愤怒的人,他富余的怒气简直要从脸上淌下来了。他怀抱着自己的愤怒,就像抱着一件神圣的纪念品。他的脸涨红,加上那白皙的皮肤,看起来像红菇。男主人瞪大凸出的圆眼睛像两个栓塞,只要将它们拔出来,他的愤怒定会喷涌而出。他肿胀颤抖的厚嘴唇像一条搁浅的鲸鱼,快要爆炸。这位叔叔在快要被气疯了这方面展现出难得的大师风范。

"嗨!您好,叔叔。"

"呼呼,我快要喘不上气了——你是什么?你是鸭嘴兽吗?你从哪儿冒出来的?"他被我吓了一跳,哪怕与我谈话,他也不愿暂时停歇他那蓬勃发展的愤怒事业。

"我是您的邻居,我们就住在对面的那间小房子里。这是我母亲给您的礼物。"我将篮子递了过去。

"别管我,我要气死了!放下葡萄就走吧!"

不骗你们,他喘气的频率和力道,可以令他家的布艺转角沙发和深橄榄绿色的玻璃门储物柜同时翻过栅栏,绕着这地方翱翔两个月。我的葡萄,现在成了他的葡萄,大多都自杀了。它们痛苦的汁水四处飞溅,令我的衣服上布满了紫色斑点。寥寥几个葡萄还在那里渐渐变冷,处于虚弱的运动状态,心中向往着遥远的乌珠穆公墓。我难受极了,被他莫名其妙的情绪发泄搞得沮丧,只想回家。

"可是您为什么这么生气?"

好奇心害死猫。如果时间重来一次,我才不会问,我定会拔腿就跑,然后一切都会归于沉寂。

他伸出手指向下点了点。我低着头,只看到他橘黄色的塑料拖鞋和奶白的脚背。孩子们盯着大人的脚背或是拖鞋总是家常便饭,大人们一看见你毛茸茸的头顶、薄薄的一片儿脑壳、小羽毛一样的耳朵,都会心生怜爱,长话短说,乐得省去了训斥孩子的气力。

"您是不喜欢橘黄色吗?这挺帅气,我……"

"哦,我的老天爷!现在的孩子傻得令人心痛!你们在摇篮里犯傻,出了摇篮后也在犯傻！尿布！打嗝！成绩单！"

他的脏话吓得我猛抬头,他比积水的马路还吓人。我设法像个勇敢的孩子那样若无其事地站在他面前,但失败了,因为我把脖子缩了回来,眉毛也拧成了一个"八"字。

"不,不是因为颜色吗？"

"石头！蠢货！你看到石头了吗？"

我低头仔细瞧,没发现。无奈之下我只得蹲下来,眯着眼用力看他的脚。我的眼睛,它们姐妹俩简直用了我第一次站立时双腿用的那股蛮力,才艰难地发现了他脚背上有一颗种子——斑叶兰灰尘一样的小种子！我简直想跟我亲爱的奶奶唠叨了。是的,我迫不及待。一个人竟然被一颗小种子气疯了！这就像用一整条鲨鱼给芥末刮沫,给你失掉弹性的粉色头绳儿办健身房年卡,逼迫它练瑜伽。何必呢！这人大惊小怪！

"这是种子呀,我亲爱的叔叔,哪里是什么石头？"

"我的脚背被压垮了！我疼得厉害！我生气！只有我的脚被石头压着了！这世上这么多人,你也知道——这世上那么多人啊,偏偏砸到我的脚,还被粘在了那里！"

"这不是石头啊,叔叔,它轻着呢！一亿个它也就一两重,您脚背上就一个。您抖一抖脚它就掉下来了！"

"浑球！就因为它,我还要抖脚？我有那么多事情要做,现在竟然因为它——一颗种子,就要抖动我的脚？我真是要被气死了,我今天因为它吃不下饭了！我今晚无法睡觉的,我一肚子火！我只要躺在床上想起我今天抖了脚,我就会气得从床上跳起来！"

他大声咒骂,肚子因为这些骂声波涛汹涌,脚却执拗地一动不动。他说到做到,这几乎是种结构性的生气经验。

为了让新邻居开心一点,也为了结束这场闹剧,我维持着蹲姿,向前靠近,轻轻吹了一口气,将那可怜的斑叶兰小种子吹了下去。男主人突然尖叫着后退,一屁股坐在了地上。

他的小题大做着实令人惊诧而惶恐。我不解地盯着他。他的脸更红了,嘴里蹦出一麻袋朴直的咒骂和秽语。且他骂人的速度也在不断加快,几乎癫痫发作。哪怕他不慎重复了词句,也能娴熟地周转,让人怀疑他是捧着脏话百科全书在那里朗读。他的怒火快要组建成焚化厂,方圆几百公里约莫都能看得见火光。他颤巍巍地指着我,换气频繁,泪光闪闪,惊涛骇浪的愤怒令他陷入老人的虚弱处境。柔软细挑的黄绿嫩草在他臀下簌簌作声,把纤维化作警句,用拍击的动作斥责他无耻的喧嚷。怒火滔天的男主人当然不会因此止息。

"多么恶毒的孩子呀!哦,我的咽炎要犯了!我难受极了——你要弄死我!我现在要喘一口气,我要喘好几口气!然后我站起来,我要收拾你!你个坏蛋,你就是个魔鬼!"

我一头雾水,不知自己到底是哪里惹恼了他,搞得现在他的怒气像烟一样散开了。

"可是……您为什么这么生气?我只是想帮您呀。"

"帮我?真可笑!你现在去帮我定做棺材吧!真是气死我了!你比我那蠢儿子还气人!你竟然吹我的脚!"

"我想把种子吹下去!是您说它压疼您了!"

"够了,你个坏心眼的小母驴。这世上的女孩儿没一个好东西!看看你那张俏皮的脸,简直就是一种谎话,骗得所有人将嘴唇贴上去,然后你就随心所欲地骗钱,最后骗得所有人把命都赔进去。你们就是大骗子!"

"我不懂您在说什么!我是好心的,我只是想让您开心点。"

"你就是想冻残我的脚,让我截肢!让我一辈子坐在轮椅上,撒个尿都要一大群人帮忙!"

我张大了嘴巴,挠了挠自己的头皮。我晕头转向,仿佛初次见到忙忙碌碌的蜻蜓们。

"什么?冻残您的脚?"

"你那一口气,吹到我心窝里来了。我的血管都冻伤了!你那个恶毒的小狗嘴里冒出的寒气,差点冻伤我的脚部肌肉!幸好我躲得及时,要不然就被你的坏心眼弄死了。"

"哈?这……这是误会啊,我亲爱的叔叔。我哪里吹了那么冷的气?您实在是太夸张了!快起来吧,您别坐在地上了。"我站起来,向他走过去,想把他扶起来。

"哦哦——长生天！快看看你自己,刚刚还蹲在地上,恭恭敬敬的小模样,一只猫儿一样。现在我一摔倒,你就急不可耐地站起来,叉腰俯视我。"

"我没……"

"你想狡辩？你从上到下打量我！你俯视我！你不尊重我。我告诉你,我像你这么大的时候,就有你父亲的气力了！你算什么东西,竟敢俯视我？"

"我想把您扶起来呀。"

他像是听到了什么惊世骇俗的话语,愣了那么一瞬,似乎是在思考该如何更完美地表达自己的愤怒。这不难理解,毕竟他是位有怒气执照的成年人,他的生气方式是专业的。在如何发怒这方面他定受过持久、周严的教育,所以不容错误。

"扶……扶我起来？"他倒吸了一口气,下巴层层叠加,睫毛扇动的速度比蜂鸟的翅膀都快。这太吓人了,他已经气得想用自己的睫毛把我扇走了。

"为什么要如此羞辱我,扶我起来？孩子,我完全可以自己站起来,你为什么要羞辱我？你个吃外套的小马驹,你要活生生气死我才满足吗？"

我终于无法忍受,这漫长的咒骂和误解令我不耐烦,我不再向他靠近,扭头就走。

"看看你,小东西——你就走了？你走得多快呀！因为被我戳破谎言和阴谋了？你的脸一定红得像猴屁股！"

"您说什么呢？您真该照照镜子！您才是脸红得像猴屁股的那个人！"我忍无可忍,彻底被激怒,回头大喊。

他不出声了,连气都不喘了,坐在原地,呆愣地看着我。我的那句"您才是脸红得像猴屁股的那个人！"像一把利剑插进他的心脏。

"你……你你,羞辱我,看不起我。你……你要气死我……"

他脸上的肉拧在一起,五官都模糊了。他突然仰头,张着嘴哈气,仿佛胸膛上压着千斤重负似的。他满头的汗珠子,脖子开始变红,转而变紫,嘴唇也煞白了起来。他抽搐着躺倒在地上,愤怒在他痛苦扭动的身体里流窜,这可怕的情景的降临,令我惊跳如雷。我才刚刚认识他,现在他这副样子,就像有人将他造出来又立刻将他拆开了。他已经进入了垂死状态,努力逢迎着死亡,且承受着巨大的痛苦。

我必须把女主人叫来,让她给医生打电话,这是最快的方法了。她一定在家!我立刻跑过去敲新邻居家的门,希望女主人快快出来。

我听到她下楼的脚步声。我的双耳嗡嗡鸣叫,心脏用一种不同寻常的速度跳动着。我在原地蹦跳着,拍打自己的胸膛,焦急地向四周环顾。

我没等多久,女主人来了!门被豁然打开,她就站在我面前。

谢天谢地!

"阿姨,不好了!叔叔他……"我将自己健康的喉咙彻底奉献,撕心裂肺地冲她喊。

"你要是这样敲门——砰砰!这样大声,我就活不到下个春天了!"她竟然也同样冲我大喊着。这怒吼简直就是从她胸腔里喷出来的火,带着她祖传的家族威力。她这一吼,令世界都安静了。生物全部吓得魂飞魄散,惶惶不安,就连靠着墙站立的铁铲也全身颤抖,和墙壁纠结黏成一团。它很少会与墙壁紧贴,上一次的亲密合作发生在它严重缺铁的那年。

"不,阿姨!您的丈夫……"

"你为什么那样敲门!你看看这扇铁门,全是你拳头的印子!"她抬手握拳猛烈地砸向铁门。门龇牙咧嘴,疼得要夺门而出。

"您的丈夫他……"

"暂且不谈我的丈夫,你的行为令我很生气!"

"他要死了!阿姨,您出去看看吧。我的天,您快叫个医生来吧!"我大喊,用力划动自己的手臂。

"你为什么这么大声!我要气死了!我开门不是为了受气的!你对一个年长的女性大声喊是要遭天谴的!"

"阿姨,您的丈夫躺在院子里,他无法呼吸了!老天保佑,您快,您快……"

"你必须为你的大声喊叫道歉……还有敲门这件事!"她和她的丈夫简直一模一样,也许只能通过肠道长度或是胡须长度来将他们区分。就在我感叹他们神奇的夫妻相时,我的耳边突然响起了陌生的声音。

"嘿!我们的事儿还没完呢。你必须去学校!你一次都没去过,真是好厚的脸皮!"

"你快给我下来,我的脖子要断了!"

来开门的竟然不是她一个人。我焦头烂额,没有注意到她的孩子就在她身上;有着忧郁的黄色头发、锐利的眼神和丰厚的鼻尖的男孩,此时像围脖一样紧紧缠绕在他母亲的脖子上,就连皮肤上的齿棱都紧紧贴合。他还没有阵脚大乱,小小年纪就展现出惊人的发火天赋,和自己的母亲不相上下。他在女主人的耳边用嘴唇吐出他的撒手锏——在学校新学到的脏话,且双眼喷火,张大的嘴巴似乎要将自己的母亲一口吞下。这真是惊人的勇气,只可惜他在不当的地方发挥所长了。

"你必须去!"

"我要把你扯下来了!你个小畜生!"

"哦不……"我痛苦地呻吟。这两位竟然也在打架,我来得不是时候。女主人被他的新时代脏话骂得周身战战兢兢,用镶着钻石的指甲——强劲有力的鹰爪——抠挖儿子头皮上的旧疤痕,留下纵横交错的血条,想把密集在他小脑袋里的新式思想弄出来。孩子捶她的肩膀,怒火烧红了他的脸蛋,他被母亲拉扯得像狂风中的旗帜。如果没有人关注,脾气通常就发不起来不是吗?人命关天,我意识到自己必须从她眼前消失,这是熄灭她怒火的唯一办法。我应该跑到大街上去找人帮忙,而不是找这位怒气冲天的夫人——发脾气在她的闲暇时间中占有显著的位置——更何况她现在正和自己的儿子打得火热。

就在我想离开时,她肉滚滚的大白手握住我的手臂将我提了起来,猝不及防地将我制伏。我顿时便慌了神儿,发出尖叫,感到她手掌肌肉的亢奋痉挛。我的视线被动地从她的肚子一直平移到她的眼睛,如同坐了一次透明的观光梯。我被提到了她面前。她低头瞪我,圆下巴仿佛粘在胸部上似的。她用力吸气,鼻孔张开。我惊恐地向上看,她有着金色虹膜的眼珠渐渐向外挺出,眼神里透露出失调的本性。她那如猪鬃一般粗的睫毛快要变成马的蹄,向我撞来。她的舌头垂悬,舌面上结晶沉淀,狠毒的话语从上面滚滚而来:"你敲烂了我的院子,现在却想走?"

在被她抓住之前我天真地认为我是独立于一切怒火之外的,现在我才意识到,我被卷进她的愤怒旋涡了!这是最锥心的惩罚,面对她愤怒的话语和愤怒的手掌,我只想大喊一句——何其可怕!

她弯下腰低下头,像是要咬下我的一块肉。可悲的是,她的儿子,没有掌握好自己,从母亲的脖子上摔了下来。

砰!好大的动静!

"老东西!我摔下来了!"他躺在地上,心脏或是阴茎背动脉在他凹进去的左腋窝里怦怦跳动。他蹬着双脚,在地上横着转圈圈,扑腾出一股接着一股的灰尘,简直像龙卷风。他这个样子,谁能忽略他呢?他非常气愤,凶残地大喊着,怒吼声里饱含着千军万马的精神和元气。在这坚强且热闹的家庭里,他已淬炼得更强了!我无法与这规模庞大的愤怒抗争,他们的怒气就是个天文数字。

女主人如老式蜜月般令人不解,她竟然没有松开我的胳膊,且毫无迟疑地将自己的儿子也一把从地上提了起来,终止了他的倒腾。我们两个被她抬到相同的高度。女主人左看看右看看,似乎在思考应该先收拾谁,谁更罪大恶极。

"可是你可怜的丈夫还躺在院子里啊。"我在心里大喊。你们气坏了心肝肺到底为了什么,实践身体艺术吗?

男孩的脸紧紧贴着我的脸。他蹬着腿,挺自己的肚子,甩动他的脸蛋。可怜的我,颧骨上那一小块皮肤差点被磨出破洞,小细腿也将被他踢断。孩子发出愤怒的号叫,声音的火舌向外翻腾,穷追不舍,波及了我。我只感到牙齿都要被这超声波打下来了,长生天保佑我坚固而平凡的牙齿。"我的牙龈和我的牙齿将在两分钟后曲终人散。"我默默想着,徒劳地用舌头抵着牙齿。他喷射出的口水要淹没我的眼珠。我可以感到他的心脏跳得飞快,他的胃也开始奇异地膨大,有什么东西要爆开了。他飞快翻动的嘴唇带出阴沉的热气,我感到紧贴着他的半边身体和被女主人握住的手臂要被腐蚀掉了。快饶了我吧,我可是一个热心的、带着葡萄的邻居家的孩子。你们干点别的不好吗?出去晒晒太阳总是好的。

最后她选择了自己的儿子,显然日久生情。

"你跟你那倒霉父亲简直一模一样!"

她终于想起自己的丈夫了!

"阿姨,叔叔快要……"我抓住时机,急忙说。

女主人脸上的五官被她那铺天盖地的暴脾气炸飞了,彼此不再相连,反倒是上蹿下跳。眼睛差点被气到天灵盖上,舌头要冲撞鼻孔,两个耳朵无法秩序井然,它们恼怒之下换了位置!我抬头仰望时,见到她的尊容,恍惚间感受到了自己快乐童年的终结。

啊,这副怒容足以留给我一生的浓烈追思。

"闭嘴!我待会儿再收拾你!你不会敲门,还大喊大叫!"她把头扭向自己儿子的方向。

"我一看到你,就想起他那恶心的脸——一块巨大的白色斑点。臭小子,你就是来索要赎金的,你就是一片儿烂西瓜,被车轮溅得四处飞散的烂泥。真叫人恶心!莫名其妙地就考了个四十分,一年开八十次家长会的浑球,我不会去的!我告诉你,我不会去的!"

"老家伙!你真该去死!我早晚有一天要干死你们两个,然后我跑到山里去!我要去山里!"

"你去吧!你现在就去,我祝福你被山蚊子吸干!"

"一想到我曾经喝过你的奶,我就要呕吐!"

"我就该活活饿死你!然后饿死你的老爹!"

他们旗鼓相当,各有千秋。我无法插嘴,苦闷地等待他们结束这场亲子互动。我的胳膊生命力顽强,不甘于辜负生命的和谐,竟没有被她的大手捏烂;骨头还是骨头,肉也依旧是肉,没有被搅在一起。冬天过去了,最起码要脱掉厚重的衣服。人们把房子建在任何一个地方,却唯独不会建在自己身上。可是这沉甸甸的怒气却为何总是被人们随身携带呢?坏脾气的人们勇于创新,力求超越历代前人,突破某个伤肝损肾的框架。我被他们的怒气震慑,蜷缩身体,渴望战局回稳。

这场对骂持续了将近五个钟头,直到院子里传来男主人响雷一样的大喊声:"我死了三个钟头啦!再不把我埋了!我就臭了!"

哦!什么?他已经死了——他都死了三个钟头了!人工呼吸,心脏复苏……现在干什么都来不及了。我就不该跑来敲门,我应该去大街上找别人帮忙。可是谁能想到他们一家子都是坏脾气?罪恶感驱使我开始拼命挣扎。女主人的一只手臂有些脱力,我竟然挣脱出来了。我一屁股摔在地上,立刻扭身站了起来。女主人瞪圆了眼睛,震惊地盯着我,嘴巴却稳妥地冲着自己的儿子,机关枪一样突突喷射出咒骂。这场景略带抽象,我不禁感叹不已,果然人被气坏了就只能勉勉强强像是个人了。我觉得这很差劲,她要将怒火时刻延展到宇宙坍缩为奇点,延展到永恒。女主人弯下腰想再次抓住我,好在我连滚带爬冲出了房子。

当我来到院子里时,发现男主人瘫在地上,双眼惊骇圆睁,脸色发紫。他原本保持着因为喊叫而大张的嘴巴,一看到我,就焦急地合上了。他用力过猛,以至于颧骨高高耸立——他死去了,却试图强调自己曾经是一个帅气十足的高颧骨小伙子(如今的颧骨是纯粹的复古)。现在该怎么办?如果此时有一头河马在我身旁打哈欠,我会毫不迟疑地把头塞进去。

"你怎么就死了!你不干活了吗?"女主人拎着儿子冲了出来。那不幸的孩子像风中的塑料袋一样孤苦无助,随着她的动作飘荡。

女主人终于把注意力放在了死去的丈夫身上,她依旧很愤怒,她愤怒的话语组合成了一种高声宣讲:"你!死鬼!你要是死了,我就得拼了老命照顾这个臭小鬼。你去地狱偷懒了,我却不得不一直干活干到死。"

她的丈夫则沉默着,这沉默哪里是什么"冷静的忍让",他只不过是死了,如果他还活着,可以喊得更大声咧。

断了气儿的丈夫在女主人眼里就是暴露狂。她面露厌恶,吐出可怕的辱骂和自私的咕哝。

"看看你这副鬼样子,你丢尽了我的脸!你像条狗一样横躺在自家院子里,你让邻居怎么想?你就这么死了,想得真美。沙发还没有搬过来,你必须把它搬来!你别以为死掉了就完事了!真是要气死我了,你个懒鬼,什么都不干,每天都等我把饭嚼烂了吐进你的嘴里!"

男主人依旧沉默不语,泛蓝的眼袋又肿又大。他的眼睛里藏着的毫无疑问是一团深远的愤怒之火。这神奇的火焰在他死后依旧存留,除了可以增加他的身高或是帮他在羊腹内放入小茴香末以外,几乎什么都能干。

他的儿子继续火上浇油:"明天的家长会你必须去。这次你别想推给父亲了,因为他死了!"

"臭小子,你可真吵!"

女主人气急败坏,她大吼一声,一把将孩子甩了出去。男孩的身姿构成完美的抛物线,飞达目的地,在父亲肥大的肚子上弹了两下。男孩气得张牙舞爪,头发直指天际,开始拼了命磨牙,做好了进行一场艰巨的攻防战的准备。

男主人万万没想到自己死后也要遭受如此恐怖的痛击——人肉炸弹,还是自己的儿子！他已经死了,死后的世界是野蛮的。身为死人的他,却是被这野蛮的世界偏爱的。他会看到一些新的风景,会毫不费力地获得大自然无穷的安慰。只有在死去后,他才有机会做一次母亲,哺育那些比他小很多的动物,成为它们青春动人的躯体的一部分。被大自然抚摩,被数量庞大的生物照顾着;他无所畏惧,他随意泛滥,他正处于人生的最佳状态,没有人会批评他。所以他下定决心——我哪怕死了,也不能认输,尤其不能向自己的妻子认输。于是他义无反顾地咬断了自己的舌头,发出咔的一声,像冬天的小树枝断裂的咔那一声。他死去的皮肤上骤然涌出大量的皱纹,使他的脸看上去像地图。然后他,一个死了三个钟头的人,收拢他的嘴唇,那条断掉的红红的舌头在牙齿间探头探脑,被它的主人呸！的一声,吐在了女主人脸上。

哦！他把舌头骄傲地吐在了自己妻子的脸上。这个世界简直充满谜题。

我的尖叫声和男孩的几乎同时响起。

舌头在女主人的脸上因为唾液和血液的缘故稍作停顿,然后顺着她的脸颊缓缓滑了下去,在了衣领上。她的左半边脸上全是唾液和血沫,湿漉漉的形状看起来像是一条粗尾蝌蚪。我不敢细看,躲在院子里的装着葡萄的篮子后面,生怕她一气之下将我生吞。衣领上的舌头闪动着一缕亮亮的藕荷色。它依稀记得自己死前是个伟大的发声器官,于是轻轻上下摇摆,我竟然能断断续续地听见它用一种像是骗人的声音说着"扎兰屯市再无沙果"。

女主人一把扯下舌头,用脚狠狠踩踏。来自丈夫的羞辱令她体内的肝火几乎爆发。她先是后仰,拍打着胸脯,不停地摇头。又挺立着,挥动胳膊捶打空气。

"你竟然敢羞辱我！你竟然敢——是谁给你的胆子？"

她的脸上流露出了异样的激动神情。她双目赤红,也咔的一声用力咬断了自己的舌头！她咬得太用力了,血像雾一样从她嘴里弥漫出来,在她宽敞的脸蛋上敷上一层薄薄的红。她看起来像是在捍卫自己的疆界,神情严肃得近乎荒唐。她的嘴唇也开始收拢,像花儿在夜晚合拢花瓣,嘴巴里发出卷羊毛毯的声音。然后她呸的一下,竟然也将舌头吐在了丈夫的脸上！

夫妻俩惊人的步调一致。

苦命的舌头们。当它们与自己的主人连接在一起的时候,无疑是被爱灌溉的。主人们甚至不舍得咬上它们一口。它们同那洁白的牙齿、牲口似的顺从的牙龈和那如谷地平原般连绵起伏的上颚一起享受天伦之乐。如今它们被毫不留情地利用，被人抛之脑后，悲惨地成为遥远的过去。

男主人冷漠地盯着上空。那截断舌像上岸的鱼一样，噼里啪啦在他的脸蛋上跳动。他肥大的脑袋被妻子的舌头抽打得摇摇晃晃，蹭了一脸泥水。他可能不太相信自己被妻子的舌头抽了巴掌，他觉得这屈辱的一切都是他吃得太饱时做的梦。女主人目睹了丈夫的狼狈，这才放心了。愤怒之战里也许她从未输过。她站在原地淌着血摇晃，被风吹得歪向一边，却在相当长的时间里维持着自己与地面的垂直状态。"真是岁月不饶人呀！"她是否正在这样想呢？女主人对自己的表现还算满意，用烈火一般旋转飞舞的爱情爱抚自己的全部；从童年鼓起的愤怒肚皮，到现在总是推迟的例假和那些她花费大量时间与精力向孩子们学来的新式脏话。她指了指自己的嘴巴，指了指目瞪口呆地坐在爸爸肚子上的男孩，又伸出了两根手指。意思是，我如果有两条舌头，一定会往你脸上也吐一条的。然后她摔倒在地上。这是一项伟大的牺牲，她为自己的奉献深感骄傲。这是最辉煌的时刻，她在死前的短短一瞬露出了微笑。

此时一群小麻雀从连片的屋顶那边轻快地飞来，扑扑腾腾，停在了他们铁锈色的房子的窗台上。那些不够强壮的桦树好像久病初愈一般挺起了肩膀。如水晶般清澈的昆虫和穿着蕾丝裙的鸟儿也全部换上了一双憧憬未来的眼睛，它们已经无所畏惧了。院子里传出迎接胜利的甜蜜笑声。这家人还没在新家住上一天，就把附近的生物吓坏了。奇妙的是，正处于喜悦中的竟然不单是这些生物，同样喜悦的还有他们的孩子。那个男孩看到父母全部死了，竟然乐开了花。他立刻从父亲的肚子上跳了起来。

"这就像下了一场雨，清新凉爽！"

他也是足够可怜的，头上布满抓痕，胳膊上血淋淋的，裤子上也满是泥土。现在他满脸笑容，转着圈拍手。他向前一跳，越过父母的尸体，就像越过了一个深不见底的沟壑。"真不敢相信！这群总是惹我生气的人竟然死了。现在我自由了。什么家长会！我要走了！去山里！"他抱着自己的脑袋，眼眶红红的，充满了对安静世界的渴望。他对着房子背面的群山喃喃自语，它们如铁器般耀眼，盾牌似的阻隔了地平线。眼前的男孩——诞生在魔鬼家庭里的孩子，此时此刻，对自己父母的尸体视而不见，望着远处的峰峦，稚嫩的脸庞散发出炽热的光芒。

对山的爱源源不断奔腾在他的脉搏里,他的肉体和灵魂仿佛焕然一新。他义无反顾,迈着轻松的步伐走向他的目的地。也许他将要改写家族历史,健健康康地活到六十岁。

"你要走了吗?"

"是的,我要走了!"他说,头都没有回。

"那你的家人怎么办?总要把他们埋葬了。"

"就让他们烂掉吧!"

"可是……"

"我要走了!"

他还是走掉了。我深感无奈,只好跑到街上求助他人。大家都是热心人,了解情况后,他们决定去买两副棺材,将他们安葬。大人们又是量身高又是搬抬,折腾了好久。我坏脾气的新邻居哪怕死了也在向世人展示着自己非凡的、满口术语的怒气。当有人把他们塞进棺材里时,他们冰冷的肌肤被自己体内的邪火烫出了水泡。这些鼓鼓囊囊的水泡立在他们死后的皮肤上,看起来就像雪面上摆着的几块与活物看起来毫无二致的蜜蜡石。因肝火而生的水泡应是世界上独一无二的,应该用"您"来称呼它。它犹如一头初出茅庐的黄狮子,展现了人类的进步。死去的肉体无能为力,只好以自虐的方式继续自己的丰功伟业。

他们生前有没有惬意地吸入空气呢?死后又是否能稍稍休息一下呢?

一群人忙了半天,大多数时间都用在了给不断地从尸体的各个地方冒出来的水泡涂抹粉底。热心的大人们快被这沉重的荒诞压成化石,他们显得疲惫不堪。我站在人群外向里看着,偶尔回头眺望远处的山峦,寻找离家出走的男孩。或许远离了人类,他的脾气就发不起来了。终日面对树木、如皮革般坚硬的起居室、黄蜂的政治恐吓、死心塌地的山间蚂蚱,以及那些可以绊倒人的硬硬的蛇,他的心情定是极好的。他甚至不用担心会饿死,草地里满是还带着火药味的热乎乎的弹壳,捡起一颗嚼一嚼,可以半天不用吃饭。再不济,也可以吃山上的日本弓背蚁们的肮脏的院子和黑制服。哪怕他挨了棕熊的打也没关系,唯一的医院就在山下,他咕噜咕噜从山上滚下来就可以。因为医院屋顶上有天窗,天窗下就是病床,还有一群穿着沙滩衬衫的男护士就等在那里。

回家时,我边走边发出老气横秋的叹息。新邻居的怒吼声在我脑海里一个劲儿地向外撅着屁股,像是要从我的嘴巴里蹦出来。这是什么传染病吗?——要把我这艘小船推进油一样黏稠闪亮的沟里去。蓦地,一阵凉意从我的心头涌出。我深感不安,四肢僵硬地向前走着,紧紧闭上嘴,生怕骂出脏话。我的母亲站在门前迎接我。我今天和一群坏脾气的人儿"交朋友",被脏话秽语轰得昏昏沉沉的,如同在火中荡秋千,熔炉里游泳。我一见到我的母亲,就被她恬静的笑容,甘甜的眉眼惊艳到背脊发凉,像一只被蜂蜜所吸引的蚂蚁一般迫不及待地跑去拥抱她,将她身上的花蜜吸入胃里。当她热乎乎湿漉漉的嘴唇贴上我的脸颊时,我瑟瑟发抖地站在原地,一动都不敢动。她把我抱进家里时,我鼻子一酸,差点号啕大哭。我开始手舞足蹈地给她讲今天发生的事情,像浅滩上的蛎鹬一样拍打自己的翅膀。我脚下的木质地板发出嘎吱声,里面的钉子也因生锈传来吱吱的噪音。我的母亲低声安慰我,只要一有机会,她就会弯下腰抓住满屋子扑腾着翅膀乱跑的我,在我的脸蛋上轻轻啄上一口。不久,所有的不安都被她一口一口啄完了。

可是当夜晚来临,我依旧无法入睡,用粗布被子将自己缠得紧紧的。我的周围已经形成了一个恐惧的圆环,我被已经死去了的新邻居的坏脾气和结局所恐吓。母亲已经陷入甜蜜的梦乡,闭着眼睛,轮廓朦胧的睫毛几乎没有颤抖,像一只泰坦甲虫那样安稳。我的耳边回荡着我的新邻居们的怒吼声,脑海中不断浮现出幻觉和诸多真实的情景。每隔一段时间,我都要翻动一下。

"气死我了!"

"啊!"我发出尖叫,从床上弹了起来。我的耳中突然炸响起这熟悉的话语,我在听到的一瞬间身上就冒出了鸡皮疙瘩。有完没完!我瞪大眼睛看向窗外,抱着发抖的胳膊坐了起来,被子里我的两腿也在发软,我甚至感到挡也挡不住的尿意。我的头发刺痛我的脖颈,我的胃肠凶猛地翻腾,我难受得要死,满身都是汗。窗外什么都没有,在昏暗的房间里,我听到了遥远的墓地那头传来了争吵声。它是那么远,同时又那么近。它和我隔着一座山,却又近在耳边。我绞着双手不停地惊呼,这拖泥带水的怒骂声如蚊虫般在我周身盘旋不去,冷不防地咬上我一口。

"去你父亲的棺材里!我这里已经很挤了!"

239

是女主人的声音！是那位此时此刻已经没了舌头且被厚厚的棺材盖和泥土压住的女主人的声音！我甚至听见了男孩的声音，可是他不是在山上吗？这或许只是一场噩梦？

"哦，臭小子，你不要进来！我这棺材比你母亲的都要小。"

"这群人真是气死我了！这个棺材可真够小的！竟然在死人身上挣钱，无耻下流！"

"他们拿着尺子量了半天，什么用都没有！"

"他们为什么不多做一副棺材？"

"谁知道你也死了！你就躺在外面吧，明天他们看见了，肯定会给你也做一副棺材的！"

"我被虫子咬得受不了了！我一定要进去！"

"你给我待在外面！我可不给你让位子。"

"我不，我挖了半天才把棺材挖出来！我一定要进去！你们赶快挪个地方！"

"早不死晚不死，偏偏深更半夜死掉了！你真是气死我了，从你出生到现在，你一直在惹我生气！"

"我也很生气啊！我怎么知道山里那么多虫子！我被它们咬得发疯！我整条胳膊上都是它们啃出来的印子，我是被它们活生生气死的。"

"你就死在山里算了！别在这里招人烦！"

"你们这群老骨头！没了舌头还这么能说！我都告诉你们山里虫子多了！我根本受不了。"

"哈，没了舌头？我就算失掉灵魂也照样能骂你一天一夜。"

男孩也死了？我侧耳倾听他们的争吵声，是那么全神贯注。这个空间里什么声音都没有，从另一个空间里传出的声音彻底惊扰着我。我哆哆嗦嗦地坐着。夜晚与我之间被连上铁轨，本该被运来的油葫芦们的鸣叫或是行星、作物全部烂在铁轨旁，被源源不断送来的竟然是那群坏脾气的人嘴里呕出来的碎木屑。我感觉自己被男孩欺骗了。他满口谎言，他说要去山里的。去山里，就注定要和那些绿色、粉色、乌珠穆沁熏皮袍色或是炸土豆色好好相处，最差也要和山里闪着翠绿色光芒的啤酒瓶碎片做个朋友。然而他却被蚊虫气死了！真可恶，他的坏脾气将他的肠道都堵塞了。如果他把那些嗡嗡叫的小虫子看成是周末来打野鸡的人，就不至于如此神经兮兮的了。他竟然死了！我难以置信——他竟然也被气死了！哪怕他变成山里的一只露着牙齿的东方蝙蝠也比这好。

"嘘——"我的母亲不知何时醒来了，她抱住了我，将我拉下来。我的头被她轻轻压在了枕头上。我又躺下来了。她身上是睡眠的味道、梦的味道。我狠狠吸了一口，希望它们让我的心跳减速，让我睡觉，但无济于事。

"你做噩梦了吗？"她问我。

"他们在吵架。"

"哦，我的孩子，别管他们，睡吧。"

"我办不到，妈妈。"

我被自己的汗水刺痛了腋窝，却被她的汗水抚摸。我们的胸脯贴在一起，我感受到她的心跳。她睡眼惺忪地挠着我的肚皮，我想她应该是想挠自己的。我的母亲握住我的肩膀，轻松地转动着，就像熟练的司机把握着方向盘。以往不管发生什么事，只要她这样摇晃我，我就会安心睡去的。可现在我的眼睛瞪得大大的，嘴唇颤抖，感觉全身冰冷。恐惧已将我挂牌出售给了我的新邻居。飞蛾或是其他小虫敲打着玻璃，噼啪作响。母亲的声音渐渐模糊，抚摸我的力气也变得微小。

"快睡吧……天都要亮了。"

"连猫都讨厌别人坐在它的椅子上。我们堪称大自然里的不良员工的典范，脾气不好，个人卫生也令人发指。"

"睡吧我的孩子，我的美梦足够我们两个人分享了……"

母亲在我耳边喃喃自语，摆弄着自己所擅长的陈述句小游戏。我依旧睡不着，她身上曾经能够安抚我的神奇的魔力如今已经消失了，我全身都被笼罩在令人惊惧不安的咒骂声中。我忧郁地望着母亲的脸，她的脸就像无风时的湖面，连一丝涟漪都没有。我的母亲全身都沐浴在一种朦胧的静谧之中，几乎所有人都期待和她一起漫步在月光之下。我曾经与她紧密相连，可是现在，我在她怀里，却感觉与她无比遥远。她可以选择不去听死者的呼喊，远离坏脾气的人，远离他们恶毒的唾骂。我却无能为力，我连死去的蚊子的嗡嗡声都可以清清楚楚地听见，也不能避免被坏脾气的人影响。

当我的母亲停止一切话语和动作,发出鼾声时,他们的争吵声便愈加明显了。我惊恐地想要唤醒我的母亲,可无论我怎么推拉她,她都无法醒来。她闭着眼,丝毫也不受人类痛苦浸染,她居高临下地嘲讽一切人。她睡了,是在讽刺我吗?不祥的预感在我心中弥漫,我吐出的每一口气都是震颤冰冷的。熟睡中的母亲也变得同他们那般庞大恐怖了。我深感无助,紧紧揪着她的睡袍,如果我有额外的四肢,我定会像蜘蛛那样将母亲团团围住。"妈妈,睁开眼吧!和我说说话。"我大喊着,不断地回忆着母亲睁着眼睛的样子。——在松垮的晾衣绳旁睁着眼睛的母亲、给西里德格会员打电话时睁着眼睛的母亲、撕下二十三号的日历时睁着眼睛的母亲……可是每当我想拥抱回忆中的、睁着眼睛的母亲时,她便又把眼睛闭上了。噩梦啊!噩梦啊!我听见了棺材碰撞、肉体打击和生物抹眼泪的声音。我双腿的颤抖竟然令厕所的玻璃门都跳动了起来。天花板上的灯泡也被我抖落,当的一声掉进烟灰缸里。这些死人毫无节制地利用自己已经沉睡的灵魂。哪怕死去了,他们依旧对自己的怒火怀揣着一种高尚的责任感。他们活着时,这犹如新陈代谢一般轻松,因此死了都要照顾好它。哪怕他们因它而丧命,失去了皮肤的温度,被烫出了满身的水泡……

如果我今晚不睡觉,那明天的课上我就会昏昏欲睡。生气的老师会告诉我的母亲,母亲便会因此讨厌我。绝望的我开始尝试着将母亲的发饰塞进耳朵里。发饰的尖角钻进我的耳朵里,从另一边探出了头。这个动作一气呵成,锋利的发饰像一班列车从我脑子里驶过。我突然意识到伤害自己是一件不会流太多汗的工作。我没有将它拔出来,我闭上了眼。本来近在我耳边的怒骂声逐渐听起来像是从盒子里传来的,又渐渐变得似有似无,听起来像是有人在遥远的太仆寺旗敲碎了一只缺钙的母鸡下的蛋。如果我抽烟,我可以这么说——大概过了一根烟的时间——我什么都听不见了。这种递进的安静缓解了我的恐惧。我面对着母亲侧躺,将脸埋进她的胸脯。她在睡梦中抚摸我的头发,却不小心被从我耳朵里冒出来的发饰尖角刺破了手指。她只痛苦地呻吟了一下,便沉沉睡去了。

(原载于《青年文学》2019年第9期,陈集益选编)

蔡东／小说家，生于山东，现居深圳，执教于深圳某高校，副教授，兼任深圳市作家协会副主席。主要写作小说和艺术随笔，在《收获》《十月》《人民文学》《当代》《花城》等刊物发表过小说，获得华语文学传媒大奖最具潜力新人奖、十月文学奖、郁达夫小说奖、花地文学榜新锐奖等。出版《星辰书》《我想要的一天》等小说集，《星辰书》获2019年深圳读书月"年度十大文学好书"。

伶 仃

　　黄昏的时候,卫巧蓉走进一片水杉林。通往树林深处的小路逐渐变细,青苔从树下蔓延到路边,她快步走过时,脚步带起了风,缕缕青色的烟从地面上升起,蜿蜒而上,越来越淡,越来越清瘦。她停下来,等烟散尽了才俯低身子凑近看。这些日子阳光好,苔藓干透了,粉末般松散地铺展着,细看起来如一层毛毛碎碎的绿雪,她小心喘着气,担心用力呼出一口气就会把它们吹扬起来。

　　刚出林子的一刹那,天空似乎亮了一下,像头顶响过一声短促清亮的口哨声。接着,她走上一条布满沙砾的小径,小径尽头就是马路了。街道,楼房,不远处的海岸,浸没在薄暮柔和的光线里,声响也似乎被夜晚悄悄吸附了,四周显得很寂静,是傍晚时分特有的暖金色的寂静。她身后,遥遥的地平线上的山丘只剩下含混的轮廓,挨着山体飘浮的云彩在暮色中显得格外白,她抬头看时,一朵云正翻过山头,翻到山的另一侧,消失不见了。

　　剧院伸向天空的几个尖角先露出来。很快,一个透明的多面体完整地出现在视线中。福海剧院到了。跟老家那座蚕茧形的剧院相比,她更喜欢福海剧院的外观,就像不同形状的巨大积木堆聚起来,一道道利落的几何线条,阴天的时候看起来平淡无奇,一有光线就活了。晴朗的天气里阳光穿过大块玻璃拼成的斜坡,透视出一个个宽敞开阔的空间。晚上灯一亮,如海边漂来一块熠熠闪光的宝石,每一个反光面都粼粼地映着海水的波纹,从远处看过去,宝石像浮在水里,被晃荡着的水波抬起来,又放下去。走到剧院门口时她看看表,离开演还有半个小时,她照例绕到剧院后面,这里有一条木头栈道通往海滩。

　　海滩的西边是码头。三个月前她在渡口买到船票,上了船,找了个靠窗的座位坐下。初春的海风从窗户缝里挤进来,像一蓬细细的针扎向她脸上的皮肤,她从背包里取出围巾,把头和脸裹起来。一直等到渡船靠岸,围巾也没摘下,她蒙着脸,踏上这个初看起来有些荒寂的小岛。那天,海上刮风,天上也在刮风,云彩纷乱,单薄的云身子后面拖曳着一条长尾巴,尾巴的末端已是丝丝缕缕的,像蘸着白颜料的毛笔在蓝天上疾扫而过。

演出快开始了,她推开后门,找到座位坐下,顶上的灯光正好变暗,舞台的帷幕向两侧徐徐拉开。过了一会儿,眼睛适应了厅里的黑暗,她伸着头四处看,在前几排中央的位置找到了徐季。接着观察徐季身旁的人,左边的男人跟徐季差不多年龄,右边是个高中生模样的女孩,他们没有东瞧西望,都专心地看着舞台。有经验的观众已经准备好了,她也把头转回来,望向舞台。

剧院不定期地上演话剧、音乐剧和演奏会。第一次来剧院的时候,她选择的也是最后一排的座位,整场演出她都盯着徐季,徐季也像今天一样脊背挺直,端坐在朱红色的软包座位上,即使只看见他的后背,她也不难想象出他的神情,一种沉入另一个世界的完全的平静。而她不明白台上的人在唱什么,为何流眼泪,怎么又拥抱在一起,从头到尾她的脖子都拧向徐季座位的方向,眼睛在徐季和与徐季邻座的人身上转来转去。一直到演员谢幕,徐季也没跟邻座的人有任何交流,他似乎还在静静地回味,演员转身走向后台了他才站起来鼓掌。大多数观众还待在座位附近,她低着头推开后门,顺着螺旋的楼梯往下走。来到门口时她看到柱子上张贴的海报,有出剧的名字叫《吉屋出租》,海报上印着几位异国年轻人,相貌各异,表情都是生动和热烈的,眼睛睁得很大,满怀希望又带点天真地直视着海报外的世界,她站在海报正对面,他们就眼神热切地看着她,好像想对她说点什么。

此刻,她的视线离开徐季,转向正前方。舞台上空无一人,只有幽蓝色的灯光在说话,几秒钟后,乐声响起,冷冷的琴音,悠来荡去,她恍惚看见几竿枝叶稀疏的瘦竹,在空旷的庭院里摇动着,接着琴声变稠,如雨点密密层层地落下来,地上的雨水似越积越多,光一掠而过时照出一汪空明。琴声断绝的地方,更多的乐器走了进来,音量逐渐攀高,水流加快,太阳光轰泻而下,翻折的星空豁然打开,向着无限的虚空延伸。她呼吸急促起来,大水没过头顶,人快要窒息了,乐声终于冲至顶峰,渐次低回,末了只剩下几个零落的音符,像余烬中一闪即灭的火星。最终乐声全部隐去,突然降临的静谧中,一个绿色皮肤的女人出现在光束里。借着乍然一现的亮光,她忍不住把头转向徐季,光线勾画出他清晰的侧脸,脸上的表情跟她之前想象过的差不多。

全部演完总要两个钟头吧,她坐不住也看不进去,一群小猴子在胸口乱窜,她胳膊交叉在胸前也压不住它们。曾坚信不疑的事实，正变得越来越没有底气，虚弱得站立不稳。头脑中设想过无数遍的画面，即使每个细节都已被磨得发亮，也不会就此变成现实中真切的一幕。

再说，已经这样了，她是对是错又如何，不重要了。

舞台上几个人正围在一起说话，你一言我一语，声调很高，身披大氅的卷发女郎似乎说了一句幽默话，观众席上传来笑声，笑声夹杂着小猴子们奔跑杂沓的脚步声。耳边所有的声响，混合着她脑子里那个似乎永不停歇的声音，让她感觉身体随时会从内部爆开，碎片四处飞溅。她摇摇头，欠身离开座位。

"巧蓉，下午出门吗？我跟老吴想去你那里坐一会儿。"吴太太站在树荫里，冲卫巧蓉喊道。

卫巧蓉刚从菜市场回来，手里拎着一个塑料袋，袋子口露出白萝卜的绿缨子，萝卜下面隐隐能看出是一条鱼和几块姜。"好呀，"她答应着，"来吧，来吧。"说着把口罩摘下来，连房东都能一眼认出自己，还自欺欺人地戴什么口罩。

"你们逛，我去买包洗衣粉。"她拐上一条小路，往小区西门方向走，那里有一家便民超市，一般的日用品都能买到。超市到了，她没进去，径直出了西门，又往前走了一里路，来到岛上的养老院。

上午阳光不毒的时候，护工会把椅子搬到平房的门口，让老人们出来晒太阳。她来这里是为了看看其中的一位老人，通常这老人坐在一排平房中间的位置，她跟别人不太一样，一般的老人坐一会儿就困了，头一点一点地打瞌睡，忽地醒来时一脸受了惊吓的模样，不打瞌睡的就不停地搓弄衣角，看起来难免有些愚蠢，而这位老人面前摆着小桌儿，桌上是一堆乐高积木的零件。

乐高老人太像她的母亲了。

有一次路过，不经意间瞥见老人，她马上被眼前这副面容钳在原地，惊骇之后，喜悦和感激迅速占了上风。一样的方脸形，相似的五官，甚至连五官被重力拉拽后的走向都是一致的，还有同样的用黑色发卡犁过的银发。那一刻她真希望乐高老人就是她母亲，母亲没有离世，只是换了一个地方生活，她不是好好的吗，还会玩乐高呢。

这会儿六月份了，有的老人头上依然戴着毛线帽子，抄着手坐在阳光里。乐高老人穿白色的亚麻长袖上衣,黑裤子,看上去清爽干净。前几次,她只是远远地望着乐高老人,也看不懂老人在拼装什么,这次走近了看,老人手里摆弄的似乎是个摩托车。她弯下的身子在桌面投下阴影,老人抬起头,把老花镜往上推推,看了她一眼,她冲老人笑笑,老人也笑了,接着垂下头去,用手指捻动着一个转轴,说:"你看,能动的,后面连着一个车轮子呢。"她也试着拨弄一下转轴,轮子转起来,老人笑得更开心了。她问:"在这儿过得挺好吧?"老人不说话,拿起一个L形的小零件继续往车子上装。

临走的时候,她看到护工推着一个老人过来,轮椅上的老人像是刚刮完胡子理完发,这让他显得年轻了一些。她走过去跟护工搭话,打听乐高老人的情况。护工说:"那位呀,也没什么大毛病,就是儿女没工夫伺候,送到了这里,隔几个星期过来瞅瞅她。"她问:"老人家有什么特别爱吃的吗?"护工摆摆手:"一口假牙,什么好吃的也吃不出滋味了。"

回去的路上她在超市买了东西,回到家里,东西随手往地下一丢,她习惯性地走进北屋,坐在窗前的椅子上往对面看。楼间距不大,窗户又都是落地的,不用望远镜,肉眼看对面就看得清清楚楚。她的目光扫过阳台、客厅、朝南的卧室,不见徐季的身影。也许他是出去了吧,她想。

下午听到敲门声,卫巧蓉知道是房东夫妇来了,心里也猜到他们为何而来。管他呢,反正她喜欢见到这两个人,至于换房的事情能拖就拖吧。

一看老吴手里拿着一兜儿瓜子,她悬着的心就放了下来。老吴嘴里说着"又来喝你的好茶了",一边把瓜子倒进果盘里。吴太太也笑嘻嘻地靠着茶几坐下,一条白玉珠穿成的链子绕了两圈,勾在她纤长的中指上。

"哪有什么好茶。"卫巧蓉打开抽屉,往外拿杯子,手在冰裂纹的瓷杯上放一下又弹开来。她微微叹口气,为什么大老远把这个瓷杯带过来,上面的裂纹会让她联想起自己现在的生活。

她取出几个玻璃杯,每个杯子里放一大把茉莉花茶。她说茶叶不讲究不是谦虚,跟老吴夫妇比起来,她确实不懂喝茶,就是吃完饭嘴里觉得油腻时,泡杯茶解解腻而已。

老吴夫妇喜欢跟人交往,与邻居、房客都混得很熟。这之前,卫巧蓉并不习惯外人有事没事地造访,奇怪的是自来到岛上,也不觉得这种邻里日常的交际对自己构成打扰了。她寻思着,可能身处与陆地隔绝的小岛,人们很容易变得亲近起来,说起来岛屿也不大,起一场浓雾,这小岛就从世界上消失不见了。

老吴他俩待人亲切,态度始终是自然的,这有别于她过去的经验。微笑的同事,问长问短的亲友,热情的服务员,在某些时刻,她会在他们脸上捕捉到一闪而过的游离和厌倦,那种实际上对你不感兴趣的疏远,那种掩藏不住的对周围人事的漠然。

而且有他俩坐在身边讲故事说闲话,她会暂时忘记此行的任务,脑海里喋喋不休的声音也会逐渐减弱,直至听不见了。

"上次讲到养殖户的腿瘸了。"她提醒老吴。

老吴呷了一口茶,说:"对,瘸腿的养殖户还惦记着他的海参苗,没日没夜地在池子边守着,知道守着没用还是守着。养殖场就他一个人,他寂寞了就跟海参说话,念念有词:你们别化了别跑了,好好长,长得肥肥大大的,过些日子咱们就能见面了。这天晚上,海上刮来一阵阵凉风,温度总算降下来了,养殖户炒了几只螃蟹,打开一瓶白酒,对着大海坐下来,喝了几盅,越喝越烦。"

"他爱人呢?那个磨开面子去娘家借来钱的姑娘。"卫巧蓉问。

"跑了。"老吴说。

卫巧蓉捏着一粒瓜子正往齿间送,听到这话她放下瓜子,说:"不对,怎么就跑了?这俩人轰轰烈烈的,多不容易才聚在一块儿,就这么散了?"

"散了。"老吴一语带过,似乎这没什么好说的。他接着讲,"养殖户跟海参说完悄悄话,又开始对着大海瞎想,精卫、哪吒、八仙这些人如今在哪儿呢,能出来一起喝杯酒就好了,哪怕钻出来一只海妖,他也愿意敬他三杯。"

吴太太端起茶杯递给他,笑着说:"你喝口茶吧。"

卫巧蓉很不情愿地往下听,心里还在想:那俩人为什么不能一直好下去呢?故事的主角是老吴年轻时候的一个朋友,她听了几个章回了,曲曲折折的,总不叫人如意,以为后面大致上就是养殖户跟他老婆通过养海产挣来了好日子,谁知道海参被热死一大半,老婆也走了。她耐着性子继续听,到这里好像就该分岔了,她也只能转个身,跟上去。

"养殖户自己喝着闷酒,偶尔抬头看看四周,咦,不远处的礁石上好像坐着一个人,他揉揉眼,似乎是个女人抱着膝盖坐在石头上,天黑也看不清楚。又过了一会儿再看过去,周围哪有什么人,海鸟都不知道藏到哪里去了,他呲着螃蟹腿,也许是刚才眼花了。"老吴忽然压低声音,说:"他正想着,有只手拍拍他的肩膀,身后响起一个声音:'你这里有孟婆汤吗?'"

卫巧蓉的心怦怦乱跳,脸色变得煞白。吴太太赶忙说:"别怕别怕,听他乱讲呢。"

"怎么成了乱讲?你说我讲得对不对?"卫巧蓉看见老吴边辩解、边向太太眨眨眼,夫妻俩脸上同时荡漾开笑意,笑意从嘴角漫到颧骨,最后笑的,是眼睛和眉毛。

毕竟世上也有这样的夫妻。卫巧蓉觉得宽慰。也许两个人一直待在小岛上,一辈子轻松平顺地过来了,没尝过多少疾苦,暮年时又赶上除了外星球哪儿都能开发的好时候,几套楼房在手,日子安闲舒心,也就更容易体会到一些细微柔软的情感。

"反正不是鬼啊魂啊,我猜是个女人吧。"卫巧蓉说。

老吴点点头说:"是个一时想不开的女人。人活一世,坎坷是难免的,过不去的,跳海了;更多的人还是过了,人总有办法让自己生活下去。"

"还是你们两个好,一辈子没发过愁,没经过什么变故,这神仙般的逍遥日子。"说完她起身去厨房,打算再烧一壶水,身后传来珠子相撞的清脆声音,吴太太跟进来。

"老卫,还是那件事。你都这个年纪了,非要住四楼,有什么好的?每天爬上爬下累得呼哧呼哧的。二楼那套房子是小了点,你一个人住不也够了。"

一对学画画的学生情侣计划暑假来岛上住,说陆续还会来几拨朋友,嫌一房一厅的那套太小,老吴夫妇试着跟她提过,说她要愿意的话就帮她搬下去,房租还便宜不少呢。

她跟往常一样说考虑考虑,心里却清楚自己是不会换房的。刚来的时候,她在岛上的旅馆住着,来来回回找了几家中介,把小区的各种户型差不多摸透了,最后终于找到这套位置绝佳的房子,从北面的居室望过去就能望见对面住着的徐季。

吴太太看了一眼北居室,说:"你别嫌烦,我再唠叨一句,海边的房子潮湿,你最好把床挪回向阳的卧室里,让太阳多烘烘床铺。北面这间随便放点杂物,住人哪行呀。"

"住惯了,在老家也是住北房。"她怕这个话题再继续下去,就问,"还喝茶吗?"

老吴在外面说:"且听下回分解吧,你歇歇也该做晚饭了。"

送走房东夫妇,她坐在窗户前面,定睛看着对面的三楼。这两年,只要闲下来,过往的一些画面就像过电影一般在脑子里走。大风大雨,石子儿接连打在湖面上,涟漪一圈儿赶着一圈儿,她细数着一个个错误的选择,重新回到一个个不愉快的场景里;她翻箱倒柜,她披头散发,她会突然在窗玻璃上看到一张狰狞的脸,自己吓了自己一大跳,扭头转向窗外,月光苍白,月亮变老了。

她宁愿一动不动地看着对面,至少这个时候她还能感受到一丝平静。看着看着,天色暗下来了,对面楼上的灯渐次亮了。其中一盏灯下面晃动着徐季的身影,他来回走动了几次,然后坐在茶几前,边看电视边择菜。屋里再没有其他人了。

水泥地很凉。卫巧蓉先是觉出凉来,接着眼睛看见灰色的地面,才发现自己扑倒在楼梯台阶上。周围没有人,静得能听见自己的呼吸声,时间变慢了,几乎像冻住了一般不再往前流动。

她不敢贸然起来,等了一会儿,小心地动动手掌和胳膊,每根手指都能活动,胳膊也没事,只是手腕子擦破一点儿皮,无大碍。她用手和膝盖撑住地面,慢慢地掉转身子,坐起来。知觉渐渐恢复了,也没觉出来哪里不适,她庆幸腿没有骨折。她试着把掉出来的鲳鱼、小葱拢过来,重新放回塑料袋里,另一个袋子她还攥在手里,里头是买给乐高老人的猕猴桃和鲜牛奶。

坐在楼梯上定了定神,她看到脚下有水迹,本来应该是一摊,现在有被她踩过一滑的明显痕迹。胡思乱想什么呢,怎么就没看见这摊水呢,她抱怨着。

歇够了,站起来准备继续往上走,刚迈了一步,她啊的一声,身子靠在楼梯扶手上,脚踝传来一钻一钻的锐利的疼痛,额头上立刻渗出一层细汗。她紧咬牙关,弯下腰,扯起左边的裤脚,一个陌生肿胀的踝关节露了出来。

她抓住扶手,右脚先向上迈一个台阶,踩实了,再蜷起左腿,依靠右半边身体猛一用力,把落在下面的一半身子也带上来,就这样慢动作般费力攀爬着。到家门口时,外面的太阳已经升高,一个早晨来过又走了。

躺进沙发,后背还没放平,脚踝深处涌上来一波剧烈的撕裂感,像一根筋扯着,几乎要扯断了,疼痛从脚到头,向上贯穿,她猛地一激灵,像突然意识到自己还有一具躯体。

愣了一会儿,她站起身来,小步小步地挪进厨房,接了半盆水放进冰箱冷冻室里。水冻成一坨冰后,她用毛巾裹住冰块,贴着脚踝放好。阳台的门开着,风吹进来,窗帘下摆一荡一荡的,桌上的塑料袋唰啦唰啦响。

慢慢地,融化的水透过毛巾疏松的孔洞往下淌,冰块越来越小,伴着血管的收缩,痛感也似乎有所减轻。

集中全副精力应对脚伤,还没到饭点,肚子就饿了。

头几顿还好,炖了鲳鱼,拌米饭,分两次吃完,冰箱里存的西红柿、豆角也分别充当了一餐,第三天早晨,她打开冰箱,里面空荡荡的,仿若一个心虚的人在冲她讪笑。关上冰箱门,她从袋子里拿出给老人买的猕猴桃,捏了捏,已经变软,这天就靠猕猴桃应付了过去。

天黑了,她躺在床上,透过拉开的窗帘看见一小片夜空,一弯细月嵌在天上,像一个精致的伤口。月光里,踝关节高高耸起,疼痛依然在,变得钝了、闷了,沿着神经线隐隐传导着,她能感受到它,也在学习着承认它,跟还没离去的它一起待着。前几天早市上,她不知道该给乐高老人买点什么吃,大鱼大肉不好消化,坚果咬不动,甜点心也不行,逡巡了一会儿,买了点水果和牛奶。来到养老院,见一排老者沐浴在晨光里,没有了乐高老人的踪影。她掉了魂一般,好像老天爷第二次把她母亲带走了。她来回找了几遍,又拉着一个护理员问,描述老人的样子和老人的玩具,护理员是新来的,说:"不知道,我刚来两天。"

接着,她就崴了脚。

她坐起来,挪动到床沿儿上,往对面张望。三楼的灯亮着,徐季还没有睡。这几天她时不时往对面瞅一眼,有时看见他闪过的身影,心里就踏实些。窥视变得不一样了。她扭伤了脚,困在屋里,一个人,寂静地目送着日影从东走到西,听见小鸟聚集起来欢叫又忽地散去,感觉到脚部的疼痛由汹涌巨浪化成一脉细流,偶尔看看对面,也是因为突然想到他在岛上,这里还有一个熟人呢,离得这样近呢。她一个人住,他也是一个人住。他的生活简单、孤独,看起来,他享受这一切。

她拿起手机,调出徐季的号码,瞅了半天,手一划,屏幕暗了下去。

早晨醒来,恍恍惚惚双脚着地的一刹那,她几乎忘了有只脚受了伤。干脆,她心一横,左脚着地往前走了一小步,疼痛变弱了,若隐若现的,一跳,隔了很久,再一跳,像清晨发白的天空上星星即将淡去时的微弱闪光。她走到门口,想到还有四层楼梯等着她,就算走完楼梯,去超市的路也还长,心里就泄劲了。犹犹豫豫地打开门,往楼道里迈步,关门的时候,她看见门把手上挂着东西。

一个袋子,里面装着挂面和鸡蛋。

怕是谁放错地方了?四下看看,不见人影,叫了一声,没有回应。她拿起袋子回到屋里,赶紧给自己下了一大碗面条。一直等到晚上又吃完一顿,她仍然猜不透食物的来历。房东夫妇刚来过一次,短时间内不会上门,再说他们也不会留意到她因脚伤被困。徐季呢,他应该不知道她在岛上。刚到岛上的时候,她尾随着他去早市去剧院去公园,一直都很小心,戴口罩撑洋伞,挡着遮着,并且总是保持一段距离。往对面楼上窥看的时候她也很警惕,他猛然抬头时,她就赶紧缩起身子,蹲着走出北屋。

难道是乐高老人?明知道不太可能,她心里还是一热。

徐冰倩是几天后赶到的。电话里卫巧蓉说:"已经快好了,快好了才随便聊几句的,没事了。"徐冰倩说:"用药了吗?应该没有,你自己挨着不去医院,以后落下病根怎么办?这么多天,你一个人没吃没喝的,光下面条怎么行。对了,外卖,先叫外卖对付几顿。"

她不会叫车,也不会叫外卖。

不管她怎么说,徐冰倩还是立马买了票。女儿快来身边了,她嘴上反复说不用跑一趟,心里不知道多高兴。说起来,她们也有好些日子没见了。

女儿坐上渡船,卫巧蓉就一直在门边站着。终于听到楼梯上有响动,她赶紧打开门,往下张望,徐冰倩也正抬着头往上看。随着女儿的脚步声越来越近,她竟有几分紧张,不知道为什么,鼻子还酸酸的,有点想流泪的感觉。女儿刚到门口时,她不敢仔细看女儿,每次隔一阵子又见面时,就觉得女儿身上少了或多了点什么,跟记忆中的样子总有些许出入。

她有些客气地把女儿让进屋,女儿放下行李,她递上茶杯说喝口水,两个人这才互相看一眼,也互相适应了一下。

"你刚扭伤时就该告诉我的,毕竟是出门在外,不比在老家。"徐冰倩环顾着简陋的房子,又提起这一茬。

她说:"以后身子骨儿越来越糠,小病小灾不断,哪能每次都通知呢。"她知道女儿也有一堆烦心事儿,各人生活在各人的苦里,谁也替不了谁。

"生病、碰上意外,都该及时跟我说,我请个假就出来了。"徐冰倩在屋子里转悠,来到北面的居室,她停下来,先看看对面,又转头看着卫巧蓉,嘴动动,却什么也没说。她不是第一次来岛上了,有一年临近春节的时候,她来这里探望过父亲。

过了一会儿,两人坐在沙发上,先说了几句无关紧要的闲话,徐冰倩才问:"妈,你打算什么时候回家?"

"怎么还要劝我?"卫巧蓉有些抵触。

"我说爸爸独自在岛上生活,你不信,臆想出来一些事情,到处跟别人说,有鼻子有眼的,我只好把地址告诉你,让你自己来看看,也当出来散散心,之后这事也该过去了。妈,你信不信,这事终归会过去的。"

"你说得简单,几十年夫妻说散就散了,任凭谁也想不通呀。一辈子过来了,两个人加起来一百多岁,该相依为命了,他无情无义翻了脸,一句解释都没有,铁了心要走。"她还记得那番情景,本来没放在心上,以为徐季不过是哪里不顺气,说几句疯话罢了,后来她才发现,这个看起来没什么个性、无可无不可的人,坚决起来是如此可怕。她慌了神,想死命抓住点什么却被一股陌生的力道抛出来,跌落在局外,眼睁睁看着一条熟悉又安全的路线突然断了头,死去了。她和徐季,曾是彼此在世上最亲近的人。这么久了,再回忆起来,愤怒、屈辱、自怜自艾都淡下去了,但她的心还是会疼一下。

徐冰倩叹口气说:"妈,一个人突然想过另一种生活,于是什么也不要了,什么也不管了,这样的话每天跟你说一遍,有用吗?他是另一个人,跟你想法不一样的人,他发明不了一个完美的解释来补你现在的残缺。再说,到了今天,你还需要一个解释吗?对于爸爸的做法,我既不赞同,也不理解,我只是接受了。"

卫巧蓉身体抖了一下,像打了一个冷战。她拉紧衣服,小声说:"我不是一个糟糕的妻子,我想不通,我来岛上只是想知道为什么。"

"妈,现在知道了吗?"

她看着女儿,女儿也在看着她,她心头一震。女儿看她的眼神,没有厌倦和不耐烦,也不是那种睥睨低维生命体的轻蔑眼神,她从对方的注视中接收到很复杂的信息,鼓励、期待、真心盼着她好,还有,她认得出,爱。

有几分熟悉,她想了想,女儿还是小孩子时,她看女儿的眼神也是这样的。

"有点明白过来了。"她回答道。她的明白里其实掺杂着说不出来的茫然,她不想让女儿失望。回答完了,终究还是不服气,马上又加了一句,"这事要落在别人头上,别人说不定什么样子呢,没准还不如我呢。"

女儿笑了:"那当然,我妈挺棒的。"

坐出租车去医院的路上,她对女儿说:"在岛上遇见一个很像你外婆的人,我经常去看看她,最近这一次没见到她,你说,她会不会去世了?老人家,说没就没了。"

女儿会假意宽慰她吧,说老人可能是被接回家了云云。

她听见女儿在耳边说:"妈,真羡慕你,好比你又多看了外婆几眼,多少人都只能在心里想念亲人啊。"

她先是愕然,转而欣喜。

"明天上午的票对吧?"卫巧蓉帮徐冰倩把碗筷收拾到厨房,徐冰倩一边点头一边说:"别动了,出去坐着。"卫巧蓉给她系上围裙,提议道:"一会儿咱俩去沙滩上走走。别担心,脚好多了,再说选最近的沙滩,几步路而已。"

这是一个很秀气的海滩,地势平缓,沙质松软。两人沿着海潮退下的一道水痕往前走,被阳光晒了一天的沙子现在还是暖热的,走了一会儿,脚底像被小火苗远远地烤着一样舒服。

到底女儿能不能看到呢,卫巧蓉并不确定。此前,她在这个海滩上遇见过一幕奇景,一幕不属于人间的景象,说不出来地美,短暂而神奇,她悄悄地记在了心底。那会儿,她也像现在一样在沙滩上闲逛,忽然,海水的边缘出现一条闪着蓝色荧光的带子,随着波浪一前一后地摆动。她走近几步,看到海水里浮动着珠子形状的团团蓝光,不像灯光,也不像珠宝的光,那蓝光分明是有生命的、正活着的光。很快,也说不清是水还是光,一波波漫上来,漫过她的脚。星星从天上掉下来了吗?她恍若站立在流动的星河里,喉头一哽,想叫又叫不出声来,整个人呆住了。星河消失,她如梦醒,旁边拍照的人告诉它,这是夜光藻聚集引发的现象。她回想刚才那一幕,更愿意相信是繁星掉落海水,嬉戏片刻又飞回天空。

可遇而不可求吧。她挽着女儿的手臂,往更开阔的地方走,背后有风吹拂,很轻柔的风,像踮着脚尖跟在她们身后。

"再往前就是地质博物馆了。"她指着不远处的建筑物说。女儿停下来望着前方,说:"这博物馆外形很奇特,像上冲的海浪在半空中被定住了,是空间,但更像一个瞬间。"她点点头,第一次见到博物馆的外形,她首先感受到的也是时间。在这个"瞬间"里,陈列着岛屿地层的主要构成,一亿多年前的早白垩纪的火山岩,还有小岛各个地质时期的动植物化石,层层叠叠地凝结着亿万年的漫长时光。

"已经闭馆了,等你再上岛,我陪你进去看看。"她对女儿说。

回到家里,两人都觉得有些困,早早躺在床上。楼下散步的人陆续回来了,传来了人们的说笑声夹杂着小狗的吠叫声,卫巧蓉说,"隔壁单元有人养了一只串串,博美和蝴蝶犬的混血狗,样子特别漂亮。"说着说着,徐冰倩那边先没声了,她睡熟了。

卫巧蓉听到耳畔传来缓慢深长的呼吸声,有多少年没听过这样的呼吸声了?听着听着,眼角一热,赶紧背过身擦了擦。眼泪不听劝,继续往外涌,无声无息,顺着脸颊流下来,滴在枕头上,黑暗中静悄悄洇湿一片。听着女儿平稳的呼吸声,她感到时间嘀嘀嗒嗒善意地流逝过去,万物沉默地生长,山脉、海水覆盖下的岩石圈,还有不远处伸向海滩的铁红色岬角,那长满地衣的寂静而热烈的火山风景。在一些艰难的时刻,她以为自己肯定要完了,结果她没完。日子呀,慢慢就磨过去了,再过几年女儿生了孩子,她要当个好帮手,帮女儿熬过最忙乱的两三年。再往后,不知道多少年以后,总有这一天吧,她得病了,去世了,她的魂魄也会循着这酣畅的呼吸声,在人世里找到女儿,不呼唤,不打扰,只远远地看看她,守着她。

她多享受和眷恋这普通的夜晚啊,平和的夜,熟睡的人,还有此刻不在眼前但她知道会站在那里的一棵树——楼门口种着的一棵夹竹桃,月光下几片深红的花瓣正缓缓飘落。

窗玻璃上渐渐起了一层雾。

天快亮的时候,下起了小雨。卫巧蓉跟往常一样醒来,睁开眼睛,先看见女儿侧过来的头,心里顿时满是安慰和满足,脸上的表情也一下子变得温柔起来,连带着心头涌起了对整个人世的淡淡的温情。她凑近了,端详女儿熟睡的样子,端详了一会儿才起身,轻轻关严屋门,走进厨房,熬上杂粮粥,煮了两根鲜玉米。

吃过早饭,她忙着给女儿检查行李,钥匙,证件,钥匙,证件。女儿呢,忙着检阅冰箱,里面满满当当的是蔬菜、鱼虾和水果,冷冻层里也塞满水饺、猪肉包和带鱼段。临走的时候,女儿还把几瓶药油分别放在茶几、床头柜和窗台上,嘱咐着:"没事多搽搽,在关节上不停划拉,划拉到发热就是起效了。"

她换下拖鞋,跟在女儿后面要一起去码头,女儿摆摆手,说:"你的脚还要再养养,别跟我去码头了,有空了我就来看你,很快的。"女儿向外走几步,忽地又闪身进来,揽住她的脖子,说,妈,"还记得吗?我十几岁的时候咱们一家去旅行,去南方的一个海岛,那几天玩得可真好。"

女儿的本意是让她开心,"一家"这个词却短暂地刺痛了她,疼痛来而复去,倏忽而逝,她清晰地感觉到疼痛的发生和消失。不过,快乐的旅行,她有点记不起来了,只能装作想起来的样子,用力点点头,说:"等你再来,我的脚也好了,我们一起在岛上逛逛,还有很多好地方呢。"

晚上,卫巧蓉把白色塑料瓶里的药片倒进垃圾桶。自从徐季走后,娴静端庄的夜晚也一并失踪了。她躺在床上,翻来覆去,枕头里的荞麦皮儿沙沙响个不停,像深秋的雨在耳朵边下着。夜深了,她一点困意也没有,圆睁着双眼,全身火烫地想象着跟徐季理论的场景,她整夜整夜处在战斗状态中,凌晨时才在一边倒的胜利中疲惫睡去。再后来,母亲去世了,她白天呆呆地流眼泪,夜里躺下就蒙住头,想忘了已发生的一切。一桩桩一件件,却争相往外喷涌,她揭开被子,眼睛在黑暗中盯住天花板,感觉到有什么东西迅速流走了,萎缩,干涸,焦枯,她如一副空空的骨架,在月光的照耀下又冷又白,森森地闪着寒光。

她倒掉安眠药,准备重新学习睡眠。

细软的沙子里插着柠檬色的太阳伞，伞下面是躺椅，躺椅旁边的野餐垫上摆满面包、烤肠、冰汽水、椰子、西瓜，几块浴巾平铺在细沙上，接受夕阳的照耀。海水里浮动着五颜六色的泳帽，卫巧蓉戴着一顶红泳帽，徐冰倩紧挨着她，双手攀住蓝色的救生圈，徐季在旁边不远的地方凫着水，不时游过来看看她俩。温柔的海浪一波波涌来，身体不用使劲儿，顺着海浪就可以一起一伏，渐渐地，身体好像要跟海浪合为一体了。

　　徐冰倩不肯戴泳帽，高高扎起的两根辫子被海水打湿，头发一绺一绺地贴在脸上，她毫不在意，咯咯笑着，说："回家了我要学游泳。"徐季答应着："我给你当教练。"

　　上了岸，徐季歪在躺椅上，卫巧蓉陪女儿堆沙子，饿了，吃几口面包，渴了，抱起椰子来喝。天黑透了，三个人仰面躺下，看银河，认北斗七星，直到起了很重的夜露，海风吹到身上觉出凉了，一家子才起身收拾好东西往宾馆里走。回去的路上，徐季给女儿讲故事，前半段讲塞壬，后半段讲忒休斯，两个人一直说说笑笑的。

　　深色丝绒般的夜空下，卫巧蓉沉默不语。她不停地回想白天游玩的顺利和完美，隐约有些不安，明天还会像今天一样顺利，一样快乐吗？不知不觉地，眉头拧紧了。"想什么呢，妈？"女儿突然问她。她勉强笑笑："没什么，有点累了。"

　　到了宾馆，女儿和徐季陆续冲了澡，她进去的时候，发现热水时有时无，调试了一会儿还是不行，心里就很烦躁，打电话让服务员过来。服务员大概知道这是年久失修的老毛病了，装模作样地查看一下就走了。她匆匆洗完，拿起吹风机，风量不太够，费了半天劲儿勉强吹干了发梢。躺在床上，她对徐季说："明天咱们换家宾馆吧。"徐季嗯了一声。

　　第二天，她在雨声中醒来，心有些慌。透过窗户往外看，一片白茫茫的，外头的树都看不清了。浴场肯定关闭了，海边那家著名餐厅也不营业了。怎么就突然变了天？昨天还是大太阳呢。怎么办？她拉紧睡袍裹着自己。徐季翻了个身，说："下雨了，多睡一会儿吧。"

　　在宾馆里吃完午餐，徐季和女儿铺开棋盘纸开始下跳棋。她看他们下跳棋，只觉得一步一步好像踏在她心口，乱糟糟的。眼睛转向外面，雨势正猛，雨水从高处扑下来，天色昏暗，恍若傍晚。她无聊地坐着，打开电视，连换几个台，没有什么好看的,屏幕里的画面越来越模糊,她意识到自己实际上在望着空气,便扭过头去问徐季:"你说雨会停下来吗?"

"天知道。"徐季笑着指指上面,"别想了,正好在宾馆好好歇歇。"她嘟囔着:"我们明明是出来旅游的。"

那是十五年前的夏天,卫巧蓉想起来了。隔着十几年的漫漫烟尘,她看见回程的路上,徐季拿着相机拍照,女儿远眺着海里的怪石作诗,她不愿破坏他们的兴致,嘴上没说什么,心里却默默复习旅行的细节,到底是哪里不对,造就了这不圆满的旅行?

雨早就停了,大海平静,闭目养神。

她看见一个一脸严肃的女人斜倚在船舷上,看见一团灰白色的影子从她的身躯里脱离出来,一飘一飘,飘回到昨天的那场暴雨中,在雨中孤独地游荡。

清晨,厚厚的云层覆盖着岛屿的上空。云层散开的瞬间,浩荡的光涌进树林。光线穿过树冠,化作一道道光柱,光柱和高矮错落的树木共同设计着林子里的空间,风吹来的时候,叶子哗啦哗啦响,树摇晃,树影摇晃,林子醒来,小动物也醒来了。

早市海鲜区堆满了刚从海里捕捞上来的梭子蟹、海虹、毛蛤、爬虾,地面上水淋淋的,空气里弥漫着一股清鲜的味道。卫巧蓉停在一家商户前面,阳光倾洒,落在一筐筐海货上,她看见有个筐子里叠满纯银,条状的银子,在晨光中闪闪烁烁的。卫巧蓉挑选了一条,她叫不上名字来,鱼身形曼妙,没有鳞片,细看起来像镏了一层厚厚的银粉。市场外面,渔民举着筐子走动,螺、青口、海蛎子,碎石头一般擦着碰着。明亮的光线透过筐子,有的鱼看上去几乎是透明的,一片片鱼形的玉,里面纤细的骨头犹如玉石内部的天然纹理。

蔬果区里似乎集结了世间所有明丽的色彩。在里面转了一圈,她回到熟悉的摊位买茼蒿和蒜苗。隔壁的摊上,一把把粗壮的西芹码在台子上,她想起了徐季。每次跟随徐季来市场,他似乎都会买一把西芹。以前她总说徐季像个孩子,离了她准不行的,她观察着他,看他怎样配齐一餐饭的原料,他东走西走的,就把该用的材料都买齐了。而且,她从来不知道他喜欢吃西芹。回想过去几十年的生活跟回忆一场梦境有些相似,一样的模糊不清,一样的零碎混乱,任意流淌,没有形状，而且，你能记起和描述出来的都不是全部，总会漏掉点什么。

往回走的时候，她看到老吴夫妇正沿着环岛步道散步，两人身上的红色运动衣在清湛的天空下显得分外鲜明。她向夫妇俩招手，心想，世上总算有几个好运气的人，能一直得到命运的厚待。

吴太太小步慢跑起来，老吴也加快了步子，一群白色的海鸟从石头上飞起，抖着翅膀飞向海面。两个人一会儿并排行进，一会儿一前一后错开了。

老吴的腿怎么了？卫巧蓉看着他俩的背影。老吴紧赶几步时，身体有点失去平衡，一条腿拖曳在后面，吴太太回头说着什么，脚步已停下来。两人原地歇了一会儿，吴太太挽起丈夫的手臂，慢慢往前踱步，他们的身影消失在步道拐弯的地方。

卫巧蓉想着吴太太的南方口音，恍然明白了过来。

经过码头，正赶上一艘渡船靠岸，先是甲板一阵咚咚乱响，接着，拖着行李的人们沿着跳板走下来。她也是这样抵达小岛的，只不过没有游客的欢快好奇，她来的时候，随身携带着一座地狱。

海上的晨雾尽数散去，碧清的海水豁然出现在眼前。近来，她时常忘了自己为何来到此地，好像她原本就生活在这里，或像很多外地人一样，来岛上是为了观光和疗养，为了享受这里的阳光、空气和海味。

回到家，她顺手拿起一瓶药油，拧开盖子，把气味辛辣的药油倒在手心。作为孤居之人，她时常提醒自己，要多保养多锻炼，腿脚得利索点，不利索没法儿独自生活下去。她打着圈搓脚腕子，直到搓得皮肤越来越热，药力缓缓地往下渗，蜿蜒着向里走。脚踝深处的疼痛沉睡了过去，只在阴天下雨的时候，丝丝缕缕地往上爬。今天是个晴朗的日子，她来到自己的卧室，南向的卧室，把床上的被褥摊开，等着丰沛的阳光把棉絮里积攒的潮气一点点赶出去。

下午的时候，被子已变得温温热热的，摸上去像一层柔软的皮肤。手抬起来时，那种软软的感觉还停留在指腹上。

又该出去活动活动手脚了。她在门口拿起一个东西，散步最好有个伴，这个就是她的伴。女儿给她买了一根拐杖，铝合金材质，防滑手柄，高度可以调节。一开始她有些羞恼，说："不用不用，还没老到用拐杖的份儿上。"女儿说有个拐杖稳当，等脚好了再把它扔掉。脚好了，她每天出门还是顺手拿起拐杖，跟她做个伴。

  走进公园时,光线正变得黯淡,灌木和花丛低低地伏在朦胧的暮色里,像通过一面未磨的镜子映照出来的。有好几次,她在公园里见到徐季,他有时在跟人下象棋,有时和老人们一起坐在路边乘凉,有时在跟孩子们聊天,她悄悄绕到后面,能听到他在说什么。他给孩子们讲木卫二,讲珍珠的形成,最近的一次她听见他说:"麻姑是谁?她是个仙人,有一天下凡参加宴会,宴会上她对另一位神仙说,自从上次和你见面以后,我亲眼见到东海三次变为桑田……"

  他们至今没有碰过面。她设想过面对面遇上的情景,这辈子该说的话已经说完了,她不知道该对他说点什么,但她还是会迎上去,向他问声好。

  岛的西面是连绵的山峦。群山在渐渐稀薄的岚霭中站立起来,缓缓伸直了脊背。她抬头望过去,正巧又有几朵云飘到山头附近,一纵身,翻了过去,云朵们看见山那边有什么了。

  夜色像宽大的黑斗篷一样罩下来。经过小树林时,身后传来窸窸窣窣的声音,也许,人在落叶上走;也许,小动物正穿过草丛。回过头去,是看见松鼠、野兔、狐狸,还是看见一个跟她一样独行的人呢?不管怎样,她都决定转过身去看看。就在她转身的一刹那,环绕在身旁的黑暗变轻了。

(原载于《青年文学》2019年第3期,陈集益选编)

张鲁镭／中国作家协会会员，一级文学创作，辽宁省作家协会主席团成员，辽宁文学院签约作家。现工作于大连市文化艺术研究所。为辽宁省"四个一批人才"。小说集《小日子》曾入选2008年"二十一世纪文学之星丛书"，曾连续获得第五届、第六届、第七届、第九届、第十届辽宁文学奖，并获得第六届辽宁文学奖——青年作家奖、第六届《中国作家》"剑门关"文学奖、《小说选刊》最受读者欢迎奖。作品发表于《人民文学》《中国作家》《十月》《北京文学》《小说月报原创版》《当代》等杂志，并被《小说选刊》《小说月报》《中华文学选刊》《新华文摘》《作品与争鸣》《长江文艺好小说》等多次转载。

风　　筝

　　美美在给瘦老头擦身,旁边放着一个冒热气的白色水盆。美美擦得很仔细,一块湿毛巾从面部顺势往下移,在下巴腋窝处还要拐个弯多转一圈。瘦老头实在太瘦了,浑身加起来没几斤肉,就这么干巴巴薄如一张纸片。倒让美美操作起来蛮轻松,她一双胖手上边下边前边后边在瘦老头身上游走,轻飘飘翻书似的就把瘦老头整个给擦一遍。一面擦着美美开始想入非非,要是把瘦老头腰上系根绳从窗口放出去,他会不会像风筝那样在天上飘?在天空鸟瞰西洋景是一件美妙的事!不过自己手里那根绳可是关键,不然瘦老头啪叽一个狗啃泥……这么想着美美就笑了。

　　瘦老头已经枯朽,肩膀以下的零件基本成了摆设,但脑袋上的五官还能正常运转。他嘴巴口吐莲花,眼睛能辨别是非,耳朵也灵通,连美美在心里的笑声都没错过。"什么喜事?有人发红包了?""正想着把你做成风筝从窗口放出去!你在天上飘来飘去多自在!""那可不错,到时候我飞着周游世界去。干脆一会儿就给我拴上绳。"美美转身,瘦老头不干,说后背痒再给多来几下。美美拿毛巾就势在他后背上划拉,瘦老头于是闭上眼睛咧着嘴——整个一他娘的闷骚!

　　此刻对面床的胖老头刚好睁一只眼闭一只眼,睁着那只就把这一切瞧在眼里。他几乎每天都能目睹这样的场景,起先他用抵触的姿态双目紧闭,后来总会不自觉睁开一只。美美去换水,现在轮到擦胖老头了。

　　胖老头实在太胖了,几百斤的肉几乎化成液体四处滚动,美美力不从心,洁面后其他部位横竖几下草草完活。胖老头后背也痒,不是骚情是真痒。美美曾努力想着不分薄厚一视同仁,可面对这么一堆庞然大肉她实在搞不定。胖老头不生气,美美热情大方,是松鹤养老中心的好员工,都怪自己这身肥肉碍事。胖老头望向对床,这老家伙瘦得连狼看见都想哭,可美美见他就乐,不光因为体积小操作便捷,关键瘦老头特能逗,嘚啵嘚啵露出一口焦黄的假牙,美美就笑了!还现出俩酒窝。

美美是个憨憨的姑娘,长相敦实但挺喜庆,手上的肉比脸上还多,小胖手在瘦老头身上一划拉,就算通上电了。美美身上带着一股闪亮的热气,她一进来凄凉的房间就有了暖色。美美到现在还没对象,马上奔三了,怪愁人的!有时候她挑人家,有时候人家挑她,反正相那么多亲都没结果。

美美来了,瘦老头眼睛亮了:"粉面桃花气色这么好,找到心上人了?""哪有,就涂点腮红。""谁娶了美美都好福气!要不是我那两个小子已经成家,非让你成我家儿媳妇……要是我再小几岁你再老几岁……"胖老头用鼻子哼一声:"熊样,皮包骨头快咽气的主想法还不少。"

其实胖老头挺羡慕瘦老头。两人虽都卧床,但瘦老头明显不一样,他见缝插针讲笑话拍马屁,还央求美美给他加餐——就是在后背多划拉几下。瘦老头比胖老头先来几日,和美美的感情也比胖老头厚几日。她也和瘦老头开玩笑:"老二夫妻不是总吵架吗?什么时候离了我嫁给老二!彩礼钱你可不能抠门。"美美说着自己先笑弯了腰,胖老头也跟着呵呵,他多么希望和美美加深感情,彼此相处如瘦老头一样。

胖、瘦老头同居一室,两床间距不足半米,却也相处得磕磕绊绊,还因为看电视吵过架!瘦老头愿意看足球,国际国内的一并兼收;胖老头喜欢好味道大擂台,他当了一辈子厨子,当然愿意看和专业相关的节目。美美站在中间犯难,有些东西就是没办法平均,蛋糕能从中间来一刀,电视不行啊!怎么办?想想也只能在时间上找齐!每人一小时一小时轮流看,遥控器握在美美手里。电视有体育频道却没办美食台,这让胖老头很不开心,节目没档期他也不会瞎掉属于自己的那一小时,于是就看抗日神剧,音量很大,屋子里厮杀呐喊炮火连天。瘦老头怒视着墙上的挂钟骂:"哪是日本鬼子,简直一帮日本傻子,这智商还他娘的十四年抗战,十四天就给打回姥姥家了。"美美呼哧带喘跑进来,时间刚好踩在点儿上。

美美的工作加量不加价,鞋底磨薄了衬衫湿透了,整个楼道都回荡着她的喘息和奔跑声!美美就想到职工保护权益上面的章程,她决定去找主任,额外的工作需要额外的回报。主任讲:"一楼俩老头下象棋,不知为啥翻了脸,其中一个飞起炮来把另一个头上砸出个紫包,又去医院又做CT。胖、瘦老头也就嘴上热闹,比起他们不知要省多少心。"主任搓着两只手,"这样,告诉俩人儿子分别买平板来。"

儿子们到场后都很客气,彼此还礼节性地握握手,比他们脸红脖子粗的倔爹乖好多!胖、瘦老头坚决不同意,其一,平板屏幕小看着太憋屈;其二,两个人用上平板,电视省着干什么?他们来这里可是交了一笔不小的费用。论起费用,胖、瘦老头站成一队。如果是养老中心给解决平板他们倒没意见,让儿子破费坚决不行。美美气:"土埋半截的人还计较这些!""错,"瘦老头纠正,"不是半截,是土埋五分之四截,就剩个脑袋瓜了。不过人活着总该有气节,有存在感,不然留着最后这口气干什么?"

瘦老头家那个老二从澳大利亚公干回来,刚巧赶上这么一出。他说澳洲那边养老制度极其完善,老人一切吃喝拉撒都由政府和义工处理,从来不麻烦儿女。这一点胖老头儿子也认同,他目前居住的上海正在大肆兴建养老机构。老人为社会服务了一辈子,临了社会理应为他们负责。两人又谈到各自城市的房价,胖老头儿子很自豪,说上海亭子间都比澳洲那边洋房贵!他们还就当前的经济展开一系列分析。后来竟说到高速收费口小姑娘们的微笑服务,那种笑甜美笃定就像烙在脸上,以后会不会落下面部肌肉坏死的毛病?

美美看看表:"太阳落山了,该吃晚饭了!"两个儿子很明事理,他们一起请主任吃了饭,又分别送礼物给美美。美美一手托着澳大利亚绵羊油,一手托着上海大白兔奶糖,分量差不多。

电视坏了,不出人像只会哗哗啦啦飘雪花,后勤说是电路的毛病,电工说是电视机老化,屋里一片消停。胖、瘦老头史无前例地和谐,一枚果子放在那儿两人公鸡斗架样争个没完,有一天果子忽然烂掉臭掉,谁都得不到它,大家反而心平气和了。

松鹤养老中心的格局颇有趣,一层是胳膊腿和脑瓜都能正常运转的,二层是腿脚好用但脑瓜缺根筋的,三层属于两浑水半傻不彪的,最顶层就是胖瘦老头这样。也属顶层的费用高,光护理费就好几千!养老中心环境优雅设施齐全服务到位,娱乐活动一波又一波,歌咏比赛、下棋比赛、智力竞赛、成语接龙……还定期为老人洗澡理发检查身体。据说有不少人在排队等床位,抬出去一个进来一个,再抬出去一个再进来一个。

所有的娱乐活动,胖瘦老头均忽略不计,检查身体对他们也没啥意义,他们的身体已经这副德行。如果把生命比作一本书，他们的故事基本完结，没几篇可翻了。也不常理发，俩人头发长得比铁树开花都慢！要是人的衰老也这么缓慢该多好。但俩老头都热衷洗澡。上年纪的人皮肤干燥，一翻身就哗哗掉皮屑。瘦老头洗澡容易，来一个男工和美美一起把他架到卫生间冲淋浴就好。

　　胖老头就没那么轻松，甚至非常艰难。瘦老头出主意，说从卫生间接个长水管出来，在床上铺好塑料布，对着胖老头一顿冲，这馊主意不能采纳。胖老头洗澡一事拖了又拖，最后主任派来四名壮汉男工，他们齐心协力喊着号子把胖老头从床上抬起来。可惜门的宽窄不够，几个人在美美指挥下不断调整角度，胖老头闭着眼睛被人挪来挪去，他很享受这个复杂过程，笑眯眯一副死猪不怕开水烫的模样，好个折腾。瘦老头听见卫生间里噼啪作响，那隆重程度不亚于宰猪。把胖老头从卫生间弄出来也颇费周折，四名男工挥汗而去。胖老头告诉一旁的美美，他下周还洗！

　　没有电视，瘦、胖老头躺在床上很孤单很寂寞，虽然老了瘫了不能动了，可他们大脑清醒心思活络，他们还有快乐的权利！眼下美美就是俩人唯一的乐。美美一进门，瘦老头插科打诨，胖老头听风赏景。当然胖老头对洗澡也很期待，不过这要等中心统一调度。美美说楼下九十岁的爷爷和八十岁的奶奶恋爱了，俩人悄悄跑出去买烤地瓜吃，还在楼前的水池里捞鱼，捞完放，放完捞，把好几条锦鲤都给折腾死了。瘦老头认为这事不能干涉，爱情就该到处流传！胖老头说锦鲤炖汤好喝，出锅前需多加胡椒粉。

　　美美说她又相亲了，在银行大堂见的，大堂里有空调，有免费咖啡和沙发椅。两人没话找话说，对面窗口里点钞机正啪啪啪清点钞票，男的说我要有这么多钱就好了……其间美美又换了条热毛巾。瘦老头龇着牙滔滔不绝，要么不嫁，要么找个好样的！

　　遥想当年他在保卫科就调教出不少棒小伙，人都是他亲自从各车间选的，他训练他们出操跑步飞标枪撒手榴弹，整个一军事化管理。厂里遇到任何危险都能第一时间冲上去。胖老头问："你？干吗的？""本人，保卫科科长！""你是保卫科科长？""当然，有什么问题吗？"

　　一次仓库失火，瘦老头率领全体保卫科奔赴现场，他一桶水浇身上冲进火海，把那个吓晕的仓库保管员背出来。女工感激涕零，说就算做牛做马也要报答他的救命之恩。他当场表示心意领了,可家里空间有限实在没地方安置牛马。厂里的表达比女工更实际,开表彰会戴大红花还颁发奖金两百元。星期天他请保卫科同事在湖边吃自助餐,烧鸡香肠啤酒摆满地。大家正喝得热闹,咕咚一声有孩子掉湖里了,还是他奋勇跳下去把人捞上来的。一个在湖边玩水的小姑娘,八九岁的模样,他把孩子倒背在肩上足足跑了半个多小时,那孩子才从嘴里喷出一口水,他又被市里评上见义勇为奖。他总能撞上奋不顾身舍己为人的好事!当然这也是整个保卫科的荣耀,有几个小伙子还为此找到心爱的姑娘。人家说,知道大名鼎鼎的保卫科,危难时刻救人救火,个个好样的!

本来是说美美,说着说着瘦老头就往自己身上薅,像做英模报告!说到关键时刻竟忘记自己是个瘫子,都想一屁股坐起来!胖老头白他一眼:"好汉不提当年勇,提那些旧账干什么?"胖老头问:"和银行那人可有戏?""能有什么戏?"美美摇头,"约个会都在银行蹭咖啡!将来的日子怎么过?"瘦老头问她择偶标准。"也没什么高要求,人本分,对我好,点灯做伴,闭灯说话,牵手出门,执手如梦,一辈子到永远,像童话!"这一刻美美眼仁儿晶莹,似有液体渗出。瘦老头打个喷嚏,美美递过纸巾,"不过我妈说哪怕是二手房也不能背贷款!我妈说背债的日子不好过!"

胖老头觉得男人踏实顾家才重要。他那几个徒弟后厨里勤勤恳恳炒菜,下班回家洗衣服看孩子拖地板,有时候做了好菜还偷偷拿塑料袋往家顺……一次他拿萝卜皮做了道糖醋萝卜花,那萝卜皮被他打理得娇艳欲滴清脆可口,大家都说一个扔的玩意儿被捯饬成这样,简直化腐朽为神奇!满满一盆糖醋萝卜花被徒弟们私分掉……

大米发霉长绿毛,经理让扔掉,他悄悄把大米洗净泡在缸里发酵做成醪糟酒,又是一次废物利用的成功,连经理都过来讨酒喝。醪糟为酒店赚了不少钱,年底他当上劳模还破格涨一级工资。他们那儿谁不知道酒店后厨有个胖师傅好手艺!瘦老头不屑,难道让美美找个厨子?有什么不好,跟着厨子一辈子嘴不亏。两个老头鸡嘴鸭舌,他们哪是关心美美,分明在讲各自的光荣史!

美美再来话题依旧,不过这次给提升了格调,是关于爱情。瘦老头说爱情这东西可遇不可求,一旦遇见就不能错过,必要时上手抢都没关系。他那终身大事就是在公交车上搞定的,当时她站在他对面,粗粗的辫子上缠着对儿红铃铛,红铃铛晃晃悠悠响了一路,他那颗心也小鹿撞钟蹦了一路!他跟着人家一直坐到终点双龙台,又尾随着走到清泥湾。当时的清泥湾还没开发,周边空空落落少人烟。她在路边仅有的那座小楼前停下。让这么一个娇弱女子独自出入清泥湾岂不太危险?做人就该有担当,他觉得自己有义务保护她,"老天让我遇见你,就是派我来保护她的!"当然这话后来被他写在情书上。他的身影时常出没在清泥湾,姑娘倒直接:"我有男朋友了。"这话怎么说的!可他偏偏一副拗脾气,不见棺材不掉泪,不到黄河不死心。

他的攻势不落俗套,别出心裁,歌词是用彩笔抄的,情诗是用毛笔写的,还花费心思做了个大风筝——一只锦鸡飘着长长的尾巴。那个时候清泥湾天空灿烂、天宇深邃真适合放风筝,他一个人拉着风筝线在旷野里跑,当时的天气真给力,他风筝放得也真争气,一次都没栽到树上。她躲在窗帘后面偷窥,好多天后才参与进来,他们一个牵一个引配合默契。当锦鸡在天空中与彩云并行时,她笑了。她说那个人是家里给介绍的,见过几次,对方殷勤厚道都有围巾和皮手套相送。现在风筝打败了围巾皮手套,他建议把东西还回去。可是,可是已经戴过,那围巾还在车上刮了条口子。他慷慨地拿出钱包,算算得多少?"后来呢?"美美问。"后来成了孩子他妈了。要记住机不可失时不再来啊!"美美把头扭向胖老头:"你呢?"

胖老头望着天花板不说话,他腮帮子的肉流到枕头上,美美拎起来给他耳根子擦一擦:"你没有好玩的故事吗?""大街上看好就去追去抢,和强盗有什么分别?都该判个抢劫罪。"胖老头手抓床单嗓子眼儿轰鸣像一头愤怒的猪,美美问这是干什么?胖老头喘了一会儿平静下来,说他看见不正之风就有气,自己还是看重日久生情,知根知底彼此熟悉,伸手去夹人家锅里的菜缺德。

他老婆是酒店服务员,人勤快话也不多,没事就到后厨帮忙择菜,两人搭伴脸对脸择。有天一捆韭菜整整择了一下午,他师父说这顿饺子怕是要等到猴年吃。后来还是师父捅破窗户纸让俩人大大方方好起来。

美美觉得俩老头记忆力真好,自己晃晃悠悠三个饱一个倒哪天都没落下,认真总结却是混沌一片的糨糊,都比不上老头们。胖、瘦老头讲述着彼此的恋爱史,偶尔还会歇一会儿,或许说累了,或许是回想到当初某个温柔的画面,或许感叹时间过得太快,怎么一下子就老到这般光景,他们那些个当初,既像昨天又像上辈子。美美打着哈欠给俩人倒杯水,这样的故事对于美美太遥远,甚至比唐宋元明清还远,唐宋元明清可以装进电视剧里,老头们的絮叨更像一股孱弱的耳边风!

美美想,人老了不再往前走而是往后退,蹒跚地追忆自己那些个从前,想把值得提一提所谓的露脸事都重温一遍。"你们对婚姻一直都忠诚吗?后来有没有去外面偷嘴?"瘦老头苦笑:"还没来得及偷她就走了。后来找的都不行,一个让我儿子把她儿子也弄到澳大利亚,一个总惦记我兜里那俩钱。心里都藏着自己的小九九,根本不和你踏实过。"

胖老头说他和那个勤快女人整整过了一辈子,退休后俩人还开了家风味馆,赚到钱就去旅游。他们像燕子那样半年南方半年北方,直到老伴去世才来养老中心……

次日他们继续围绕美美车轱辘话,美美只是话题的一个中心轴,一个引子一个楔子,转来转去最终会落到一个基本点上。今天的基本点是关于子女。瘦老头两个儿子均技术移民澳大利亚。当初老婆身体不好,哪有工夫去管他们,天生念书的材料,重点中学重点大学,那哥俩一路绿灯,从来也没进过补习班!倒是给家里省下不少钱。胖老头也不示弱,他一双儿女都在东方明珠上海。他们在那里读大学找工作,还都风风光光买上房子。

说来说去就聊到隔辈人,那是他们的孙子孙女。孩子们还都是成长中的苗苗,彼此分不出个尺长寸短。不过这些苗苗将来一准能长成粗壮的好树,俩老头目光迷离仿佛看到祖坟上冉冉冒起的青烟。提起孙儿他们轻声慢语,是那种深入骨髓的疼爱,不知道孩子们是否偶尔会想起住在养老中心的爷爷。他们的爷爷老得不能动了,连吃饭穿衣这样的事都要麻烦别人,但他们会把孙儿安置到心尖上,每每想起都心头一热!

之前美美加了他们儿子的微信,也分别视频过几回。但大多时间不凑巧,这里面有时差问题也有繁忙问题,父子轻易接不上火。他们都很孝顺,不然当爹的怎么会来这样规格的养老中心?孝心归孝心,但对于时间,他们真没办法!这一点当爹的最清楚,如果儿子把时间花费到自己身上,那当下的衣食住行一系列问题势必大打折扣!有些事情永远无法完美,一根甘蔗哪会两头都甜。下午的阳光红通通铺到床上,俩老头闭上眼睛睡了……

美美是连人带盆摔倒的。前几天中心搞智力竞赛,九十岁那老头一口气得了两个大西瓜,他准备一个等儿子来拿,一个送隔壁奶奶。结果敲门时西瓜从手里滚出去摔个稀巴烂,美美刚好经过踩上去……"伤筋动骨一百天,不过你们放心,所有医疗费用都由中心来承担。"主任边说边把身边的阿强推上前,"近期你们的日常由他来料理,阿强可是养老中心的骨干,相信你们也会喜欢他。"瘦老头问:"智力竞赛什么题?""翻倍数学,九加十九,九加二十九,九加三十九……""就这?我能得四个大西瓜。"

"美美什么时候来?""这个说不准,三个月五个月谁知道?"胖老头说:"美美工作认真态度和蔼,我俩,我俩还是喜欢美美。"地上有脏东西,阿强进卫生间取了拖把擦,主任指着他:"看看我们阿强埋头苦干一句废话都没有。"瘦老头说:"我怎么看他一锥子扎不出个屁来!""您老猜得对,别说一锥子,一百锥子也扎不出来!打小就没开过口。""哑巴?""您也猜对了,胖大爷。"阿强在认真擦抹椅角旮旯的灰,还不知道主任正根据他的特征展开智力竞猜。

阿强不说话但脑子活泛,他拿块毛巾对着胖老头思量,这么一摊子肉后背怎么对付呢?凭他的力气肯定翻不过去!阿强转转眼珠找来一块木板塞床上,然后运用杠杆原理一屁股骑上去,生生把胖老头给撬起来,哦,擦背问题解决了。因为哈腰幅度太大,阿强又进行了新一轮的技术改良,他将拖把头换上毛巾,骑在木板上拖胖老头。对面瘦老头都看傻了。

胖老头示意阿强帮他挠挠背,这么久不翻身痒死了,不行、还是不行,胖老头晃着大脑袋。阿强又找来马莲根刷子,这个好!舒服,太舒服了!瘦老头示意阿强也帮他刷刷,哎哟,这个一般人真享受不了!阿强手脚麻利,又是拖把又是马莲根刷子,噌噌噌很快把俩老头秃噜一遍,然后抖抖毛巾闪了。

屋子里出奇的安静,空气中飘散着一股酸腐的浊气,那是一股通向鬼门关的味道,阴森可怖,一派寒凉。这样的房间和儿童房间截然不同,儿童房即便小家伙蒙头大睡,里面也充斥着热乎乎的朝气。墙上的挂钟嘀嘀嗒嗒往前跑,跑一圈少一圈。没有美美的日子,胖、瘦老头空空落落,恨不能一头撞死,可撞死也需要力气,他们无能为力。

他们多么想念美美,都开始为美美担心了,果真给摔瘸了跛了这丫头找对象更困难了。瘦老头认为都是胖给耽误的,自古窈窕淑女君子好逑!这话胖老头不爱听,胖姑娘有什么不好?有力气能干活还能生儿子!果真摔坏了,那抱西瓜老头也脱不得干系。说来说去又觉得是替古人担忧,年纪轻轻摔个跟头哪儿至于!

太阳一跳一跳从窗口钻进来,把两个晦暗的老头镀上明晃晃一层金,有两只麻雀站在窗台上叽叽喳喳聊个没完,淘气的风儿吹进来掀窗帘,瘦老头示意阿强把床摇起来。

"外面好热闹。"瘦老头向对面床描述着外面的世界,"窗外是个不大的广场,广场中央镶着两个花坛,花儿红黄白蓝开得纷纷扬扬。南面并排矗立着几个小店,分别是发廊、快餐店和中药房。小店前面是一条斜马路,上面画着清晰的斑马线,对面有眨着眼睛的红绿灯。马路上有来往的行人和机动车,广场北面是一个人工湖,上面游着鸭子还有鹅,人工湖旁边是一片小树林……"

"天,"瘦老头喊,"从这里望下去,广场就是一朵璀璨的大花。你看那花坛是花心,斜马路是花径,小树林是花叶,人工湖和那些小店是花瓣。一个女孩从发廊走出来,手里托着个风筝,风筝大得竖起来都有女孩高,女孩托着它在广场上跑。这孩子有点笨,风筝不是这么放的!"瘦老头跟着急,"你得一手拿线轮,一手提风筝,等有风来乘势把它撒出去。"女孩怎么弄都不行,瘦老头唠唠叨叨,"也难怪,这么大个风筝有个帮手才好放!"

"看看从发廊里又出来个小伙子,小伙子有经验,他让女孩拿线轮,自己托着风筝跑出去好几米,两人配合得不错,风筝总算飞上天。原来是一只扇着翅膀的鹰。"瘦老头松口气。胖老头在对面鼓着腮帮瞪着眼珠呼噜呼噜喘,瘦老头吓得要按电铃,"怎么了?可别一口气上不来挂掉。""你才挂掉!""呵,能骂人就没事。"瘦老头盯着窗外说,"有人进发廊了,小伙子赶紧跑回去,女孩也草草收了线,俩人应该是经营发廊的,现在来活了。"

瘦老头接着介绍,"广场上还有个女人卖小孩玩具,横七竖八地摆在一块塑料布上,女人拿起一个小瓶子对着天空吹泡泡,有几个小孩围过来用手抓。旁边还有个卖山楂糕的,那男人扛着个扫把模样的杆子,杆子上插满山楂糕。"胖老头说他也会做山楂糕,先把去了核的山楂在盐水里泡二十分钟,然后把山楂和冰糖放进锅里煮,待山楂变软将其搅碎,然后继续搅拌熬至黏稠,最后倒入抹了油的器皿里,在冰箱里冷藏一天即可食用。"你之前卖过山楂糕?""卖什么?做着玩,给老婆、孩子吃。"

"湖边有个白胡子老头打太极,一招一式还挺带劲。"瘦老头感慨,"他应该不比我们小!我曾经也练过几天太极,如果坚持下来也不至于现在这模样。"胖老头觉得命这东西自己做不了主:"老天叫你怎样就怎样!你看看那个卖山楂糕的来生意没?""哎哟,他好像和卖玩具的女人打起来了……"

每天瘦老头都让阿强把床摇起来,然后看着窗外向胖老头现场直播,那女孩和小伙子只要没生意就跑出来放风筝,两个人的关系也在发生微妙的变化。最初小伙子很含蓄,一双手只对着风筝使劲,渐渐那双手就有了递进式的变化,开始一只手探索样地扶到女孩肩上,后来两只手都搭上去,一副保护弱小的姿态,再后来那手就进到女孩臂弯里,现在已经手拉手啦。瘦老头乐:"小伙子有出息!"

胖老头又鼓着腮帮子呼噜呼噜喘,老了老了尽添毛病,他一面喘一面蠕动自己那身肥肉,呼哧从身下挤出个屁,瘦老头急忙转头避开。胖老头笑了,畅通后他面带愉悦:"不知那个快餐店经营些什么?""一个快餐店,无非包子饺子稀粥面条。"瘦老头嘟囔着。店无论大小都要有自家特色,他之前开的风味馆就有好几道拿手菜。他曾计划着开分店……

那风筝一头栽到树上,瘦老头怪俩人只顾聊天。小伙子回发廊取来竹竿往下挑,三挑两挑也不行。他发现有人在推发廊门,就把竹竿交给女孩跑回去。女孩仰着脖子挑几下,在旁边买了一根山楂糕,她边吃边拿竹竿敲树干。卖山楂糕的要过竹竿帮她挑,一下一下地白费力气,卖玩具的女人走过来说了句什么,女孩转身跑进发廊。

女孩取来一个扫帚接到竹竿上,有人围观,卖山楂糕的拿竹竿蹦着挑,扫帚掉下来差一点砸到他头。那个练太极的白胡子老头要过竹竿脚踩树干噌噌往上蹿,轻轻一掀风筝落地。掌声响起来,老头拿着竹竿当场来个白鹤亮翅的造型,女孩捡起风筝同老头自拍合影。这时候小伙子从发廊出来看见外面万事大吉,就揽着女孩往回走,女孩嘴里说着什么。肯定是说,那白胡子老头真厉害。

胖老头说:"广场上怎么跟演电影似的?那卖山楂糕的和卖玩具的和解了?""和解了,看那女人正帮忙把山楂糕插成一束大火炬。""快餐店客流量如何,吃饭的人多吗?""不多,但饭口总有人进去。"胖老头讲,干餐馆一是味道二是卫生。干净舒服的环境很重要,他那个风味馆全部的浅色座椅浅色杯盘,当时他们的招牌菜是牛蛙小炒,红红的辣椒油,绿绿的青蒜苗,白嫩嫩的牛蛙腿,放在亮晶晶的盘子里,光看着就流口水。有个男人进门别的菜不要直接两份牛蛙小炒,嘴都吃肿了。

普普通通一扇窗,居然像从天而降的天神,带着配乐身披霞光,哈利路亚——哈利路亚,还撞什么墙?俩老头风景都看不够呢!风筝大半天没出现,瘦老头急:"女孩病了还是发廊里活太多?"胖老头问:"那个白胡子老头还练太极吗?""当然练,刚刚一个老太太赶鸭子似的把两个小男孩领到湖边,一个男孩拿石头往湖里扔,另一个拿石头往老头身上扔。老头怒斥轰赶,小孩子逃跑中摔倒大哭,老头抱着孩子和老太太走进中药房,白胡子老头应该是那里的坐堂大夫。"胖老头说:"难怪他身体那么棒。"

晚霞落到湖里,水面上红一半黑一半,几只鸭子在红与黑之间游荡,马路上行人和车辆你来我往,所有的行程都有他们的目的地。"有人偷鸽子!"瘦老头叫,"戴鸭舌帽那个,你看他一边装模作样喂,一边迅速扭了脖子塞兜里。抓住他抓住他!"可除了对床的胖老头谁能听见?胖老头说:"这家伙准是回去熬鸽子汤了,鸽子汤补肝壮肾活血化瘀……不过要说口感还是牛尾汤好。牛尾要在清水里泡半天,加上葱姜在锅里煮至奶白色,怎么也得煮两个多小时,然后放入山药和胡萝卜小火煮。"牛尾汤也曾是他们风味馆里的招牌。瘦老头讲他那位做牛尾汤最拿手,刚结婚那阵几乎天天喝,好像少了这口觉都睡不踏实。

根据瘦老头要求,阿强和另一个护理员端来两份牛尾汤。瘦老头说:"都赶上我那口子的手艺了,你也趁热喝!"他催对床。护理员刚把碗端过去,胖老头便开始泄洪,哇啦哇啦各种污秽从嘴里喷薄而出,床上顿时一片汪洋。瘦老头皱着眉头骂:"好好一顿牛尾汤全让老东西给恶心了……"

"看,女孩又出来放风筝了,她今天穿了一件淡粉色连衣裙,裙摆上还挂着不少穗子,她拉着线绳在广场上跑,裙摆就在风里飘呀飘!"对面飘来一股臭气,"该死的胖老头!真他妈煞风景!"胖老头这一阵嚷着吃豆,牙床硌破他就天天喝豆粉,噗噗的,让瘦老头挨了不少熏。

瘦老头说:"快餐店门前支起一口黑锅,这是要在外面炒菜?""快餐店肯定是炸油条,生意冷清增添新项目。"胖老头判断。"炸油条也讲技巧……""一说吃你就来劲!"瘦老头没好气。

"斑马线那儿有人老老实实等着,有人则不要命似的往前冲,一个送外卖的小子骑电动车差一点就和对面的出租来个顶头碰,司机下车朝着背影追了几步返回去……"胖老头说出租车净挣黑心钱,他和老伴在海南曾被宰了一百多。

该吃晚饭了,广场上很安静,那白胡子老头挑着扁担在湖里打了两桶水,然后用瓢往花坛里泼。瘦老头说:"这家伙能活到二百岁。"胖老头说:"他是怕花渴。"这么说着胖瘦老头就觉嗓子紧紧的,便按电铃要水喝……

阿强来关窗子,下雨了,他指指天又指指外面。瘦老头脑袋放在窗台上誓死捍卫,连续下了几天雨瘦老头都不让关。他病了,感冒发烧还咳嗽!医生给打了针吃了药,他仍旧坚持让把床摇上去。胖老头问:"下雨天外面有啥看头?"瘦老头不语。"有人进快餐店吗?"胖老头说,"我那风味馆,别说下雨,下刀子都挡不住人。"瘦老头始终不讲话,连眼神都懒得拐弯。胖老头开始后悔自己晚来几日,不然外面的广场现在属于他……

夜里胖老头让对面排山倒海的咳嗽惊醒,他一只手伸向电铃,听见瘦老头断断续续说:"风筝,那风筝挂树上了。"胖老头胸口一团恶气往上冲,呼噜呼噜……来势凶猛……呼噜呼噜……他在黑暗中瞪大眼睛……

天晴了,太阳出来了,瘦老头被抬出去了。胖老头要求换到靠窗的位置上。窗外是一堵残墙,灰暗且破败,墙角那儿一老槐树上挂着个破风筝,拖着一条肮脏的尾巴。胖老头还看见远处有个梳大辫子的姑娘,一手托着风筝,一手托着围巾,那围巾下面有条口子,他感觉那像刀割一样往外滴着血……

(原载于《中国作家》2019年第3期,俞胜选编)

陶丽群／壮族,广西百色人。作品散见《人民文学》《民族文学》《广西文学》《山花》《青年文学》《芙蓉》等,作品多次转载于各选本并入选年度排行榜选本。曾获广西文艺铜鼓奖,广西壮族文学奖,广西少数民族文学创作山花奖,2007、2012、2017、2018《广西文学》年度优秀作品奖,2012、2017《民族文学》年度作品奖,2016、2018《北京文学中篇小说月报》优秀作品奖,《安徽文学》优秀作品奖,全国少数民族文学创作骏马奖等。

宽　　恕

　　她不知道是不是想见他,分开四个月了,他们没通过一个电话,一直靠微信联系。当然不是每天,隔两三天,他给她发个问好的表情,你来我往上三五句,关于他那边和她这边的天气之类,最后毫无例外是关于她妈妈的病情。

　　"今天她怎么样?"他问。语气平淡,他们都听出来了。

　　"挺好,正在恢复。"她回答。

　　"能吃上东西就没事。"他说。

　　"她一直都能吃。"她叹着气回答。

　　"能吃就好。"他答。

　　"是的。"她答。

　　交流就此结束。

　　两三天之后,轮她主动向他问好,她给他发了一个太阳的表情。她其实不喜欢这个表情,像个笑脸,示好的笑脸,她在内心里从来都不想向他示好,然而也没有比这更好的表情了。假如上次是他主动问好,而这一次她没主动,那么他们之间将会这样一直沉默下去,像两个极为遵守规则的人。

　　规则!她心酸地想,最终她还是按照规则来,轮到她向他问好。她觉得他们之间不柔软,他们的婚姻不柔软。但何为柔软?该怎么柔软?她一时也无法说得清楚。模模糊糊觉得两人之间隔着一层很坚固的玻璃,彼此看得见,但无法真正触摸到对方,似乎也没什么办法打碎这层玻璃。每每想到这些,她心里便隐隐泛起怨恨。

　　昨晚他们刚刚进行例行交流,他在即将结束谈话时说,老杜离婚了。这是他们四个月交流以来的新话题。她有些惊讶。老杜是他的朋友,据说做建筑材料生意,来他们家吃过一次饭。她对他的印象几乎是模糊的,只记得他的老婆很年轻,当然是第二任老婆。她的惊讶并不是因为老杜离婚,而是,他不是个在意这些琐事的人,不明白他为何要特意告诉她,似乎他对这件事很感兴趣。她本来打算昨天晚上收拾东西的,但这件事一直困扰着她,再也没心情收拾那几件皱巴巴的灰黑色棉麻料衣物。那几乎是她全部的夏季衣物。她回莫纳镇时才三月份,但这个靠近热带的小镇一年似乎只有两季,从寒冬直接进入炎夏,每年过了元宵节,镇上人就开始拖鞋配短袖,所以她带回了她大部分的夏季衣物。

如今已是如火如荼的七月,莫纳镇上没有一个角落是阴凉的。

一早起来,她就开始收拾衣物。按照规矩,他们这两天不会再联系了,不过她昨晚告诉了他今天的行程,她将乘今晚八点半的火车,五个半小时后,也就是在下半夜回到市里。当然是那种随时都可以毫无理由停下来半个小时的慢车,坐在这趟车上,任何人的脾气都将被磨没了。

六十八岁的妈妈在今年三月份时摔坏了髋骨,不算很严重,但以妈妈这年龄,也是相当危险的。她以为这件事将会结束每年三次的回家例行,是的,她以为妈妈的生命会被这件事情带走(宽恕我吧!她想),很多老人不就是一摔就没了吗?然而妈妈却顽强地从床上下来,并恢复到逐步能自理的程度,这令她大为惊讶。在妈妈能自行洗澡后,她决定返回市里。

"我的腿脚渐渐使不上劲了。"妈妈不知什么时候来到她的房门口。时间还很早,不到七点半,然而墙壁摸起来已经开始有暖意了。刺目的阳光从窗外投射到房间里的地板上,屋子里非常明亮。她很早就被这个繁忙的边防镇吵醒了,重型货车的喇叭声惊天动地的,从口岸那边拉满满的从越南进口来的货物,经过她的家门运往内地的市场。

"你正在恢复,而且恢复得很好。"她说,望向门口一眼,接着继续收拾东西。那只棕色的拉杆箱倚窗而靠,在四个月的时光里落了一层薄薄的灰尘。这是一栋二层的楼房,妈妈住在楼下,而她住在楼上一间临街的房间里,这个房间里有她的童年、少年和青年的时光。但每天晚上躺在床上,她几乎不怎么回忆那些过往的时光。

"我老了。"妈妈说,走进来坐在她的床上,她微微皱了一下眉头。这套被单是她从市里带来的,她不是嫌弃妈妈会弄脏她的床单,而是不适应她有这种亲昵的行为。她想起那些过往的时光,妈妈总会站在房门口对她吩咐什么,或仅仅只是因为心情不好而上来呵斥她,也许也是因为她在家里妨碍了她,总之,她几乎不进她的房间,总是满脸怒气地站在她的房门口。

"你不老。"她说,把丝袜和袖套塞进了拉杆箱的隔层里,她还很想对她说,你一顿饭吃得比我一天吃的还多,但她把这话咽下去了。妈妈六十八岁了,喜欢吃焖排骨,或者排骨炖莲藕,总是埋怨她不该把排骨炖得太烂,没有嚼头。她那口牙齿多么坚固啊,她怎么会老呢?

"每天晚饭后,你到河边走走,这对你的健康有好处,"她说,"你比大多数的同龄人要健康得多。"

"去河边走?你怎么想得出来?你不怕你妈一头栽进河里?"妈妈说,一只手抚在床单上。那是一套净色的棉麻床单,暗暗的蓝色。四个月来她只洗了两次,家里没有洗衣机,她拿到莫纳河边的码头上捶打。上个月她行例假时,不小心漏到了床单上。她本来打算拿去清洗的,但不知为什么事情耽误了,她拿来湿毛巾和一把旧牙刷轻轻刷洗,但还是有淡淡的印痕。妈妈皱巴巴的右手中指戴着一只金戒指。这让她隐隐有些不快。这个镇子上的老人,没有哪一个到了这岁数还戴金银首饰的。这会被认为自私,五十知天命后,老人就该把自己的金银首饰卸下来赠予儿孙了,否则会被认为这个家的老人要把金银带进棺材里,遗留给儿孙的只有代代相传的贫穷。

她当然不希图妈妈的金戒指,她对金银饰品没有任何兴趣,更讨厌从她那里接受任何东西。她在这几个月甚至暗暗想,假如这一跤把她带走,她肯定会卖掉镇上的房子,然后迁走父亲的遗骨,永世不再回莫纳镇了。妈妈的家族在镇上还有些不远不近的族亲,也许每年的三月三他们会给妈妈以及她的父母烧一炷香的。这些,她无暇顾及,也不会挂心。对于妈妈这边的族亲,甚至妈妈本人,她没什么感情,甚至几乎谈不上感情。

"你不会栽到河里去的,你的心脏还很好,这你知道,医生给你测过了。你也没有低血糖和高血压。"她说,把一双半高跟的淡棕色皮鞋放进一个塑料袋子里,然后也装进拉杆箱了。

"唉,这东西我五十五岁那年就没有了。"妈妈盯住床单上那摊隐约的污痕。

"你并不知道我几岁来的,对吗?"她问道。开始从布衣柜里取出衣物,一件件摊到床上。

妈妈沉默起来,她确实不知道。她是初中一年级放寒假时来的例假,她穿着脏了的裤子跑到邻居家找芳婆婆,那时候芳婆婆还活着,是这个镇子上唯一真正

277

关爱她的人。一直到她来例假的第二年,妈妈看见她扔在茅坑里的卫生棉垫,才知道这个家里有了一个已长大的女儿。

"当妈的要操心的事情太多了,哪能什么事情都顾得上,谁都是这么稀里糊涂长大的。"妈妈说。

她抬头看了妈妈一眼。妈妈的额骨一直很高,现在老了,皮肤下的脂肪日渐减少,皱巴巴的一层皮肤薄薄包裹住高额骨,使她的面相看起很不协调,酸楚中带着刻薄。她记得她年轻时的样子,那时候她的皮肤紧绷着,略高的额骨反而使她有种别样风情。长年累月一头大波浪卷,随意盘在脑后,用一个点缀有各色细小珠子的网兜兜住。那时极为流行这样的发兜,妈妈至少有三个。不知道为什么,她很讨厌妈妈这些漂亮的发兜,她脆弱而敏感,隐隐觉得这些好看的发兜散发出令她极为不安的气息。后来,她偷了一个她认为最好看的发兜,往里面塞满小石头,奋力扔进镇子后面从越南流淌过来的莫纳河。妈妈还喜欢穿水红色的衬衫,那时候流行喇叭裤,她的水红色衬衫是掐腰的,衣服下摆刚刚遮住裤头,紧窄的喇叭裤勾勒出她丰腴的下半身。她总是记得妈妈披散着刚洗好的半干卷发,慵懒地走在莫纳镇街上,去买一斤水豆腐或者一两条巴掌大的罗非鱼。她那时几岁呢?八岁,也许是十岁吧,她的寿短的父亲也还在。在她十一岁半时,父亲便和她们阴阳两隔了。她记得他总是咳嗽,后来咳了血,不久便离开了。父亲得的应该是肺结核,镇上的人称为肺痨,可那时候医学不发达,年纪轻轻的父亲便这样离开了。

"实际上我觉得你并未真正为我操心过什么,我一直都很安静,从不惹事。"她平静地说。是的,现在所有的一切都平静了,但这并不意味着过去,有些东西结成了疤痕,依然触目惊心。

"嗤,"妈妈笑起来,眼角的鱼尾纹变得深而密集,"你见过哪个孩子能自己长大的?我可没少吃苦头。"

"你的意思是,把我生下来,然后最好是我自己成长?"她尖刻地说。一直以来她尽量避免和妈妈过于针锋相对。并不是她怕她,而是不想和她一般见识,她不想把自己弄得等同于她,她一直觉得她是个刻薄而自私的女人,不想和她进行没有理智的争吵。但今天她似乎难以克制,一种莫名的怒火暗暗在心里燃烧着。

"我没那样说,但你得承认,我落得晚年孤苦,和你有关。"妈妈说。

妈妈的意思是,她就是个累赘,可难道是她要求来这个世上的吗?

"我能阻止你做什么吗?假如你想做的话。"她说,把最后一件灰白色的麻料裙子胡乱卷起来放进拉杆箱里,把里面一包用了一半的卫生护垫拿出来塞进手提包里。她知道再把这些衣物拿出来时,它们将会像抹布一样皱巴巴的。棉麻料的衣物好穿,但极易打皱,难以打理。她并不是一贯都穿棉麻的,结婚后的第三年,她便放弃了所有以前穿戴的衣物,洗干净后全部打包捐给爱心机构,选择了朴素低调的棉麻。这些颜色偏暗的衣物很好地包裹住她并不张扬的肉体和低落的情绪。她会隔不久把这些棉麻衣服从衣柜里取出来,堆在床上,一件件耐心细心打理熨平,种种突兀情绪往往能在漫长的熨烫过程中平复了。

假如妈妈再辩驳,很可能今天会和她吵一架。她暗暗想。妈妈好像看透了她的心思,静静坐在床上,不再言语,看她把软底拖鞋也包起来,装进一个已经破了洞的黑色塑料袋里,塞进拉杆箱,然后是一面镜子。其实这面镜子完全可以不要的,甚至拖鞋毛巾都可以不要,包起来放进布衣柜里防尘就好,只要妈妈还在,总归还是要回来的。假如妈妈不坐在这儿,很有可能她就这样做了。但在妈妈面前,她似乎不想留下任何预示着"会再回来"的迹象。

妈妈一直缄默着,而她一直在等。她怎么做到一声不吭呢?她绝望地想。

妈妈咕哝着撑着床慢慢站起来。这几个月里前面两个月,她甚至像抱个孩子一样抱着妈妈方便。还好妈妈一直很瘦,服侍起来倒也不太吃力,让她感到难堪的是去接触妈妈的身体。前两个月妈妈一直卧床,她在妈妈的床边支了一张折叠床,折叠床和妈妈那张宽大的床之间有一把椅子。妈妈半夜喝水和上厕所需要她搀扶时,她迷迷糊糊中不小心就会被椅子绊倒。但她不肯把椅子拿开,她觉她们之间隔着一点什么东西更好。

妈妈扶着楼梯慢慢下楼去了,她的脚步很轻,比猫走路响不了多少。她一直倾听着下楼的脚步声,一直到脚步声平缓地落在楼下地板上。她把拉杆箱里包好的拖鞋拿出来,尽量往床底下最深处推。假如不弯下腰趴在地板上看,是不会被发现的。她坐在地板上,微微喘气。

她为什么能做到缄默不语?她的心该是多么硬呀!她想着,心里的难过越积越多,终于从眼眶里溢出来。她的一生,嗯,她四十岁了,总是这么不顺心。在芸芸众生中,她从没觉得自己有什么特别,甚至比大多数人卑微渺小得多,总是悄无声息活着,极力避免生活里的锋芒刺伤自己,然而总是在所难免。

午饭时,她做了一个西红柿焖豆腐块和鸡肉炒木耳。大米粥熬得很烂,她在粥里放了点儿枸杞,雪白的粥里有点点暗红,很诱人。

"胃不好的人才吃粥,"妈妈却说,"人原本和动物一样是吃生冷的,吃得太精细,胃就退化了。"她只喝了两口,而多半带着骨头的鸡块被妈妈吃了。妈妈的牙齿真好!她暗暗叹气,看着妈妈唇上的油渍,心里涌起一阵浓浓的悲愁。

"其实,完全可以把这里的房子卖掉的。"妈妈说。这几个月来她一直向她做这样的暗示,比如说市里更适合她生活,看病容易,乡下的草包医生总有一天会要了她的命(她觉得很可笑,总有一天?她已经六十八岁了,草包医生不要了她的命,老天爷也可随时拿走)。甚至有一次说镇子里有人威胁她,要趁着黑夜一把火烧掉她的房子,理由是见不得她一个老人住这么大的房子。

她当然知道妈妈在暗示什么,当妈妈谈到类似话题时,她总是沉默不语。她发觉她们在性格方面,有些地方很相似,当话题不利于己时,便选择沉默。这让她感到非常沮丧。

现在,妈妈终于明确表明了她的意思。她望向妈妈,她脸上的皱纹里有令人诧异的坚定表情,显得凶巴巴的,仿佛她必须得按照她的要求做。她斟酌着说:"每年总得回来扫墓的,没地方住。"她是指给早逝的父亲扫墓,也仅仅只是指这个。至于妈妈的父母,也就是她的爷爷奶奶,是的,她称妈妈的父母为爷爷奶奶,因为她的父亲是上门女婿的。她每年三月三回来扫墓,总是把父亲坟墓上的杂草清理得一干二净,给他献上一束采来的野花,她没带任何祭品。爷爷奶奶的坟墓上到处是老鼠打出来的洞,坟头也塌陷了,然而她无心顾及这些,她觉得胃口还极好的母亲应该还有能力清理自己父母坟头上的杂草。她一直觉得父亲的早逝,和他们——妈妈以及妈妈的父母打心眼里瞧不起他有关。父亲短暂的一生一直活在令人心疼的委屈当中,积郁成病,终于早早离世。而父亲的早逝让作为孩子的自己吃了不少苦头。

妈妈很快发现这句话有漏洞,她捉住漏洞飞快地说:"房子也可以不卖,租出去,老早就有人问过了,跑长途的说要拿来堆放药材。"她放下筷子,一副要认真谈这件事的表情,"这样也可以补贴生活,我也不算白吃饭。"

她沉默了,一股冰霜一样的寒冷爬上她的脸。跑长途的?这个一生都在和跑长途的苟且的女人,在她十八岁离开莫纳镇之前,东西南北来做口岸药材生意的长途司机,把她们家的门槛都快踏平了,腰包鼓胀的货车司机们绘声绘色地讲述妈妈胸前暗红色的胎记。镇上的人管她们家叫"和平饭店"。

她恨透了这个称呼。

"听着,我最讨厌你们这副表情,你和你老子一样,碰到事情三棍子也打不出一个闷屁来。我从来不觉得这算什么本事,你们的嘴巴只是用来灌吃灌喝的?不能痛痛快快给个话吗?"妈妈终于发起火,高额骨上弥漫上一股病态般的红色,双眼满含咄咄逼人的怒火。她本来想一口回绝的,但见她为他们(她和早逝的父亲)恼火,她觉得这真好。她一直认为无论她和父亲做什么,甚至她和父亲两个大活人,在她眼里都成为透明的空气的。她也放下筷子,转身到灶台边洗刷炒菜锅和案板菜刀。

"这么说你算是同意了?"妈妈近乎尖叫起来。

厨房后面是菜地,菜地出去是莫纳河。这条脾气温顺的河流,流淌着她和父亲难以忘怀的快乐。父亲会砍下竹子扎成竹筏,夏天时带着她在河里划竹筏。她记得河里泛上来的清凉气息,她总是脸朝下趴在竹筏上,清凉的水汽直接钻进她脸上的毛孔里,够凉爽。河里会有从越南那边漂过来的巨大芭蕉树。假如运气好,他们甚至能打捞到带着芭蕉坠子的芭蕉树,砍下芭蕉坠子带回家,捂在稻草堆里几天,芭蕉便熟了。但父亲带回从河里捞起来的越南芭蕉坠子时,往往会遭到妈妈强烈地冷嘲热讽,说父亲就是一辈子乞丐的命。她始终无法理解,那些芭蕉坠多好呀,芭蕉非常饱满大个。如今那河面,铺着一层闪闪发光的阳光,粼粼波动,父亲和她的笑声好像还荡漾在河面上……她难过极了,几欲落泪。一只褐色的猫从菜园的杂草里蹿出来,吓得她双眼一闭,泪水被挤了出来。她默默洗刷着菜锅,泪水落进洗碗槽里。

她回到房间,再一次环视房间,再也没什么遗留在房间里了,被子也已经用塑料袋子扎起来,假如能带走,她真想把被子也带走。门边刷着石灰粉的墙壁上有两只鞋印,都是右脚,很小的鞋印,她不记得是几岁时留下的印记了。她真希望能记住那些该记住的,忘掉该遗忘的。

午后的阳光变得炽热起来,她不打算午休了,这会影响她晚上的睡眠。半片佐匹克隆已经对她发挥不了作用,她服了一整片。那药真是太苦了,假如吞咽不快,嘴巴会一直苦到第二天早上。一整片,她的睡眠依然越来越糟糕,白天的疲倦常常让她怀疑生活的意义。那是一种低烧般的眩晕,而眩晕又造成虚脱般的疲劳,使她无法集中精力做任何事情,连夏夜浓郁的茉莉花香都闻不到,无可救药的倦态令她对周遭的一切麻木无觉。

她把手机从包里拿出来,屏幕上的信息灯一闪一闪的,她立刻解锁屏幕翻看微信,却不是微信信息,而是一则推销保健品的垃圾短信。她失望了,握着手机静静地站在窗前,她觉得他应该主动问问她,东西收拾好没有之类的,然而没有。她拿着手机站在窗前,隐隐地看见莫纳镇古老教堂的一角。她思索片刻后,决定去看看父亲。四个月里她去过一次,这次回去,假如妈妈没有什么意外,她打算连大年初二也不回来了。

她下了楼梯,路过妈妈的房间时,看见她正从衣柜里倒腾她的衣服,一个灰褐色的帆布包敞开着放在地上。妈妈听见脚步声,朝门口望了一眼,四目相对那一瞬,她把目光移向地上敞开的帆布包,然后再一次望向妈妈。她明白她正在干什么,然而她无动于衷。

"得收拾收拾。"妈妈说,她的手臂上搭着一件花里胡哨的线衣,那应该是冬天穿的。她近乎毫无觉察地笑了笑,妈妈严厉的目光显然捕捉到她意味深长的笑,一下子把搭在手臂上的线衣往床上甩。她转身离开了房门。

"白眼狼,都是白眼狼!"妈妈的尖叫声从身后扑来。

镇子这两年扩建了不少,镇子附近的几个小村庄也拼到镇上来了,比小时候的莫纳镇大了不止一倍。很多人她不认识,旧时的很多镇上人依靠边贸生意发了财后,都到县里买房去了。他们在这里发财,但生活在别处。很显然,她的妈妈也想离开这里,把后半生安置在城市里,况且她还在市里,而镇上的人最远的也只是在县城里买房,这得多给她长脸。

她穿过人流不息的街道,在一个摆地摊的越南女人那里买了一顶遮阳帽。出门时,热辣辣的阳光使她懊悔没带遮阳伞下来,但她不愿返回楼上去取,那需要经过妈妈的房门。

遮阳帽是露顶的,她感觉到炽热的阳光直射在头顶上的热辣,头发散发出一股煳焦味儿。街道两边摆地摊的越南女人戴着巨大的尖顶斗笠,盘腿而坐,整个人都缩进斗笠下的阴影里。越南南部几乎全是女人养家糊口,而男人则在家养尊处优。路过莫纳镇幼儿园时,她忧心起来。她是一家私人幼儿园的副园长,三月份那时候刚开学,事情很多,她却申请了长假。园长是个坚强的单身妈妈,但幼儿园并不是她开的,她只是负责管理,幕后老板另有其人。她申请的长假园长并无权批准,她不想让园长为难,于是干脆打了辞职报告。报告尚未获批准,她就离开了。那是一家管理和薪资都很棒的私人幼儿园,上个学期来了两个应聘的北师大研究生,竟没聘上。而她这个本科生之所以能在那所幼儿园站稳脚跟,靠的是她和幼儿园一起成长的资历,没错,她是那所幼儿园的第一批老师,她在那所幼儿园整整待了八年了。

眼下七月了,九月份开学时,她希望能重新找到一份幼儿园工作,假如可以,她希望能重新回到原来的幼儿园去,不管怎样都要试一试,哪怕是当一名普通老师也好——比普通教职工多了将近五百块薪资的幼儿园副园长职位,不可能还空在那儿等她。她喜欢孩子们,那些天真无邪的孩子让她感到安全,她总是能在孩子们活泼的笑脸和幼稚可笑的话语里获得对生活的热情。

她没有孩子,结婚九年了,他们一直没有孩子。丈夫把太多的爱给了和前妻所生并随前妻生活的孩子,对于另外一个尚未降临的孩子,他并无太多的热情,而她不是一个强人所难的人,于是他们就这么过着,不冷,也不热,遵守一些各自心知肚明的规则。

她再一次望向幼儿园,黯然神伤地叹了口气。幼儿园过去就是镇子的班车停靠的地方,往里是镇子的教堂。她远远地瞧了一眼,在炙热的阳光下,古老的教堂显得极为肃穆。她很快越过了教堂。前几年她在父亲的坟墓边上种了几棵蓖麻,如今已长得非常巨大,像伞一样覆盖出一片完全可以遮住几个人的阴凉,在蓖麻的阴凉里打个盹打发掉炎热的午后未尝不可。不,她并不惧怕墓地,死人的地方通常要比活人的地方安宁清洁得多,再说父亲就在那里,怎会惧怕。

她很快出了镇子,沿着一条并不太宽的沿田路慢慢朝挨在镇子边上的土坡走。早先这条通往墓地的沿田路有几棵高大的苦楝树,如今全被砍掉了。她不明白那些树到底妨碍了什么。她记得苦楝树的花是淡白色的,初夏时满树一簇一簇的花朵,远远望去仿佛一层薄雾笼罩在树冠上。

隐隐地,她感觉有谁在跟着她,然而每次回头身后的沿田路总是空荡荡的。她并不惧怕什么,只是这种感觉让她很不舒服。这个镇子没有谁跟她走得很近,儿时的玩伴,自从出了那件事情后,渐渐疏离了。并不是伙伴们嫌弃她,而是她主动远离了他们。

也许是一条狗吧。她想。沿田路两边的稻子开始成熟,假如有一个人蹲在田埂上,她是看不见的。这些稻田并不属于镇上的人,而是属于镇子周边的农村人。炙热的空气中流淌着稻子芬芳的气息,她深深地呼吸了一口气,渐渐拐上往坡上去的小路,稻田甩在身后了,已经可以看见父亲坟墓边上高大的蓖麻。蓖麻在莫纳镇有庇护阴灵的寓意,被认为是一种不祥的阴气太重的植物,假如不是故意种植,大都会被砍掉。她觉得委屈了一辈子的父亲,在那一世的灵魂需要庇护。她把蓖麻种植在坟墓边上,因此无人去砍。

等她爬到父亲的坟墓边上,站到蓖麻下的阴凉里时,整个莫纳镇子就在她的眼下,镇子的教堂尖顶在一片高低不平的房子中显得格外醒目而庄严:那里装了太多的忏悔。这时她才看见那个人影,戴着一顶草帽,可以看出是个男人,脸部笼在草帽阴影下,显得黑乎乎的。那人影离得尚远,但她立刻认出他是谁了。一个人即便老了,但走路的样子是永远不会改变的。自从她离开镇子后,每年按习俗回三次娘家,总会有一次碰见他,他会主动打招呼:"回来了?"或者:"多久回来的?"也仅仅只是个招呼,她盼望的那句话始终没有得到。

她的眼睛湿润了,想起丈夫有时候喝了酒,会拧住她的手腕愤恨地质问她:"你那时候那么小,那么小呀,他们说你十五岁,是真的吗?亏死老子了,老子二十二岁才谈恋爱,十五岁,我可什么都不懂。你说,我亏不亏,嗯?"她极力想要挣脱他的手,但酒后他力气像魔鬼一样大,她两眼含着泪水,哀求地望着他。他似乎忘记自己已结过一次婚,并有了孩子,他有什么理由对她的过往耿耿于怀?!况且那并不是她的错。

他走到她跟前,草帽下的脸汗津津的,灰色 T 恤胸前一片暗湿。

"我在镇上看见一个人影往这儿走,我想肯定是你。"他望着她说,很自然地就钻进蓖麻的阴影里。

他该六十多了,但肯定比她的妈妈稍微小些,也许三岁,也许五岁。他因为打群架伤人命,在里头待了十二年。她十五岁那年,他刚从里面出来不久,她记得他胳膊上刺的那条青龙,整天黏着她的妈妈。她并不介意,她觉得那是妈妈的生活,和她无关。他还会打她的妈妈,妈妈抱着他的大腿拖住他,哀求他别走。

她在楼上的房间里,听见他们在楼下打骂和哀求。那时候她的学习成绩很好,她的学习成绩一直很好,她想总有一天她一定会离开这个镇子的。

后来她确实离开了。

他没怎么显老。

"你回来好几个月了,我知道的,但一直没碰见你。"他望着她说,然后摘下草帽,拿着当扇子,他用力摇着,手臂明显朝她这边倾斜,她顿时感到一阵凉爽扑面而来。

"是的,我回来了。"她简短地说,往一边挪了挪,想离开他扇出来的风。

然而他突然做了一个让她吓一跳并对他彻底绝望的动作,他用胳膊肘很暧昧地捅了她一下,并快速地向她挤眼睛:"喂,你干吗总躲着我?我可没一天忘记过你。"

她惊骇地望着他,并倒退了几步,一把捉住自己的胸口,她捏到了胸口衣服下的挂坠。

"你要干什么?"她满眼含怒地瞪着他,"我父亲在这里。"她说。

"嗨,那就是一堆骨头,我们可以到别处去。"他又朝她靠过去。显然他误会了她。

"不!"她几乎跳起来,并且快速地折断一根比拇指大的蓖麻枝丫,枝丫折断的清脆声在炽热的空气里格外响亮。她拿着断枝戳着他。

"你,赶快离开!"她几乎喊起来,连声音都颤抖了,背后的汗珠子快速向腰际滚动。

"你这是干吗?哎,你和你妈一点都不像!快放下,别人看见还以为我把你怎么了,我可从来没强求过你。"他后退几步,草帽捂住胸口,仿佛那是一件牢靠的防御器。

"闭嘴!"她愤怒得几乎要哭了,他在说什么?他居然还有脸说出口。"滚,快给我滚!"她呵斥起来,声音里带着哭腔。

他重新把草帽戴上,脸上带着怏怏的表情。

"真是,这样子迟早要吃亏的。"他咕哝起来。她一直瞪着他,蓖麻的枝丫直直戳着他的胸口,直到他走出蓖麻的阴凉,顺着小路慢慢下坡。

她一下子瘫坐到地上,靠在蓖麻粗壮的躯干上哭起来,一只手紧紧捏住胸口衣服里的挂坠。她泪眼婆娑地望着身边的土堆，父亲就葬身在这之下，和她一层黄土之隔，然而再也无法看到她的悲伤和泪水。

她抽抽搭搭地哭着，午后的阳光热烈而白亮，莫纳河在山脚下闪闪发亮，从山脚下的河边吹过来的带着河水气息的风湿润而温暖。整片坡地空无一人，隐隐地从街上传来嘈杂声。她哭累了，有点儿口渴，淡蓝色的衬衫后背湿透了，然而她却不愿返回去，靠在蓖麻的躯干上，慢慢开始打盹，额头的发际线晕出一层细密发亮的汗珠。正当她模模糊糊想要睡过去时，她感觉到有个阴影慢慢朝她逼过来，她在迷糊中突然浑身剧烈地颤抖了一下，整个人像突遭电击般猛地清醒过来，心脏猛烈跳动着，像刚刚做了什么剧烈运动，瞌睡刹那烟消云散。她蓦然睁开眼睛，眼前是一片刺目的阳光，什么也没有。

她望着身边父亲的坟墓暗暗叹了口气，脑子里飞快转着，其实不一定非坐火车，可以坐班车的，从莫纳镇到县里，只要到了县里，去市里的办法就多了，可以继续坐班车，也可以和别人拼车。到了县里如果能顺利搭上往市里去的车，甚至比火车还能更快回到市里，火车只不过是免了换乘的麻烦罢了。她霍地站起来，惊得脚边的昆虫四处飞散。在坡上就可以看见肃穆的教堂前面的简易车站，在那里，四十分钟就有一班汽车发往县里。

回到家里时，她一眼就看见漆皮剥落的沙发上妈妈那个鼓囊囊的褐色帆布袋，而她本人则坐在铺盖已经掀起来的床边上。她望了妈妈一眼，匆匆上楼梯，一会儿就拎着拉杆箱下来。经过妈妈的房门口时，她停了下来，把拉杆箱放好，妈妈从床上慢腾腾站起来，显然没料到她会这么快离开，她执拗地盯住女儿，脸上是那种令人反感的强硬表情。

"这就走了？"她问。

她点点头。

"我还没收拾好。"妈妈说。

"你不用收拾。"她说。

"这么说你还是要扔下我？"妈妈又尖叫起来，"你想都别想！我已经等得太久了，天下没有不照顾母亲的孩子，天理不容。"

她又一次摸了她胸口衣服下的挂坠子，直直盯住妈妈，妈妈被她固执的目光钉在了原地。

"你们,后来为什么不结婚?"她终于问了出来,触及那件似乎妈妈一直在回避的事情,当然可能也是她并不在意。

"和谁?"病态般的潮红又蔓延上妈妈的高额骨。

"你知道我指的是谁。"她说,"你允许他上楼的? 对吗? 后来你们为什么不结婚?"她说着,发现自己的手在微微颤抖,于是紧紧捉住箱子的拉杆。

"瞎说,谁说我要嫁给他?"她妈妈矢口否认,她背对着窗户,面朝着客厅的大门,她否认时,她还是看见妈妈目光里一闪而过的慌乱。

"难道不是? 你允许他上楼,然后他会答应娶你。那时候我几岁? 我才十五岁,我什么都不懂,他扇我的耳光,你知道吗? 后来你们为什么不结婚?"她尽可能轻描淡写地说。

"你恨我,我知道的。你一直在恨我,你不知道生活多么艰难,你不懂,你甚至都不知道我为了养活你夜里流了多少泪水。"妈妈又恢复那副理直气壮。

"你可以直接掐死我,假如你觉得我是个累赘,但你不能那样做,你不该让他上楼,我是你的女儿。"她说,她快要哭出来。

"我觉得我没什么错! 你别想我会觉得那有什么错,是我把你养大的。"妈妈语气铿锵地说。

"你把我养大的,所以你可以对我做任何事情,对吗?"她绝望了,紧紧捂住胸口,在眼泪溢出眼眶之前拖着拉杆箱转身走了。

那句话,他们是永远不会对她说的。那件事情发生之后,他把它当成一件荣耀的事情来描述,很快全镇子的人都知道了。从此,她每天的日子都像在水深火热中度过。

"你就这么扔下我不管? 瞧瞧,瞧瞧吧,我生养的白眼狼,还有天理吗?"妈妈在背后尖声叫骂。她很快出了家门,走进炽热如火的阳光下,阳光照在她的脸上,泪水亮闪闪地流着。她穿过人群,很快到了教堂前的简易车站。班车敞开着门等客,车上空无一人,司机不知哪里去了。她把拉杆箱安放到车上,然后下车,朝紧闭着门的小教堂走去,她知道有一个侧门,可以从那里进入教堂里。她很快进了那个侧门,进入阴凉的教堂里。教堂空无一人,巨大的十字架立在教堂的宣讲坛前。她一下子跪在十字架前,颤抖着摸索出挂在脖子上的十字架。她哽咽着,泪流满面,把十字架挂坠举到唇边亲吻,默念起来:"主啊! 宽恕我这颗耿耿于怀的卑微的心吧！宽恕那些有罪的灵魂吧！宽恕你可怜的孩子,宽恕一切吧……"

她呜呜咽咽的,渐渐放声哭了起来。

(原载于《飞天》2019 年第 6 期,陈集益选编)

宁肯 / 1959年生,北京人。早年写诗,曾旅居西藏。诗歌、西藏、北京,为其创作主题。主要作品有《宁肯文集》(九卷)。长篇小说《蒙面之城》获第二届老舍文学奖、首届美国纽曼文学奖提名,《沉默之门》获首届香港《红楼梦》奖长篇小说推荐奖,《天·藏》获首届施耐庵文学奖、第四届老舍文学奖,《三个三重奏》为2014《亚洲周刊》十大小说,获《人民文学》第四届长篇小说双年奖。现为北京市作协副主席。

火　车

　　1972年意大利人安东尼奥尼拍摄《中国》时,我们院的几个孩子走在镜头中。安东尼奥尼并没特别对准他们,只是把他们作为一辆"解放牌"卡车的背景,车上挤满蓝色人群,我们院的孩子只停留了十几秒钟便走出画面,向城外走去。城墙虽然消失了,护城河还在。过河就是铁路,庄稼地,二道河,三道河。二道河是污水,河汊纵横如车辙,那是我们院孩子抵达最远的地方。通常就在铁道边上玩,听说过三道河没去过。从后来才见到的片子看,他们是五一子、大鼻净、小永、大烟儿、文庆、小芹。小芹是唯一的女孩,但是跟男孩差不多,一个颜色。那么还有一个人是谁呢?他比别人都矮了一大截,落得有点远,而且不像是和前面一伙的。但是没有他一切都无从谈起。四十年后我在镜子中看到他,他也老了。别以为侏儒不会老,照样会老,满头银发,雪山似的,照耀着短小如藕节的身体。

　　他们——当然也可说我们——过了桥。

　　桥是南城的永定门桥,普通得不能再普通,要不是简易栏杆几乎看不出是座桥,路面也是一样的柏油与反光。桥上永远有人在打鱼,冬天凿开冰也打,每天打得上来打不上来都打,网抬起落下,像钟一样准确。总有含着长烟袋一动不动的老人围观,就是说不管这个城市已走了多少人总有闲人。街上也还有人,公共汽车空荡荡,但算不上空驶。偶尔车后面跟着辆自行车,汽车多快自行车就多快,没任何原因。阳光不错,路面反光,汽车、人、自行车像在镜子中。

　　护城河泾渭分明映着城市、农村、环城铁路,火车慢慢悠悠,汽笛声声,大团的白雾飘过河来,被坚硬的城市吸尽。白雾在田野上要飘很久,这也是我们喜欢河对岸的原因之一。我们在铁路上奔跑,追着白雾。铁路本是麻雀的世界,麻雀起起落落,重复飞翔。我们的奔跑没有重复感,我们只是几个孩子,并且奔跑的原因不明,与食物无关。枕木的节奏决定着我们奔跑,只要踏上枕木不跑不行,直到有人带头卧下才全都卧下。没人教我们倾听,只是一人俯耳大家就都跟着——好多事都这样,然后竟真的听到了轻轻的震动。尽管就课本而言我们是白痴,但本能异常聪明。火车来了,尽管在远方,但是来了,远远地来了,简直有音准。虽然我们不知道音准但已听出来,声音越来越高,越来越密,越来越响,然后我们一哄而散……

火车从来轧不到麻雀,也轧不到我们。

黑色的火车红色的曲臂,喷着热气一下将我们吞没,什么也不见了,只见红色曲臂那样奇怪地来回转动,好像原地打转,却在走。我们跟着热气大声呼喊,听不到自己的声音,只看到同伴的口型。火车过去了,我们依然跟着尾车跑,向尾车扔石头,歪戴帽子的押车员不为所动。

我们从没扔过绿皮车,看都看不够,窗口都是陌生人,他们看我们,我们也看他们。我们追着窗口跑,有人扔下东西,一包垃圾,或梨核儿,我们也不在乎。我们太喜欢陌生人,远方的人,每次都追出很远,客车走了看不见了我们还在铁路上走,不知为什么。有一次走得太远,突然意外地远远发现许多黑皮车,无数平行又交叉的铁轨,闪闪发光,一个我们从未见过的陌生世界。我们不知道这是车站,要是客车我们自然会想到是火车站,货车站把我们看傻了,太兴奋了。我们猫着腰穿过铁轨,神神秘秘爬上了一列列安静的列车,从此这里成为我们的乐园。我们跳进涂着沥青的车厢,进入闷罐车厢,从车尾到火车头,搬动拉杆,发出"呜,呜,呜"想象中的声音。在帽形尾车上,我们扶着简易的铁栏,站在押车人常站的地方招手,望远方,模仿叼着烟的姿势,从里面手扶门边只露半个身子,挥舞帽子。我们探寻各种可能的发现,工具箱,大衣,帽子,暖壶,杯子,饭盒,工作服,偶或发现有工具箱没锁,里面的锤子,改锥,钳子,扳子,轴承,太让我们兴奋了。我们戴上工帽,穿上工作服,拿着扳子拧这儿拧那儿,好像工作了一样。我们不再是简单的孩子,货场让我们像竹子拔节一下长了一大节,我们走路都和过去有点不一样,这一点甚至从影片中也可看出:我们不再散散漫漫而是步履匆匆。

那天是周二,是不是全世界星期二下午都没课?还有周六,不仅如此,那时我们周四下午也没课。就算上午也常有自习课。由于课本的原因,尽管我们头脑简单本能不简单,那天一吃过中午饭本能就活跃起来。在大门洞外我们等了一会儿小芹,每次差不多都是小芹最后一个出来,烟色条绒上衣,烟色的猴皮筋,猴皮筋将两条烟色硬辫勒得很紧,整个看去小芹在我们之中是最接近麻雀的,干脆说就是一只鸟。五一子打了个榧子。

我们住在南城中轴线偏西,在和平门与宣武门之间的琉璃厂附近,我们院在北京也是数得着的上百户大杂院。有三个门,正门、旁门和后门。从前门儿进去后门儿出来要穿过迷宫似的夹道,然后差不多就到了宣武门了。已经说不上几进几进院,院中有路,路中有院。夹道、小巷、角门、垂花门、豁口将十几个院连在一起。有的院门紧闭,常年没人,里边有树、亭子,甚至一段小河。小河好像是暗河的一段,没出院又消失了。具体到我们小院不到十户人家,是这大院中最普通的小院,虽青砖墁地但房子低矮,就算正房也比别的院矮一点,据说是早年间的牲口棚。

我们等小芹倒不因为小芹是女孩,我们没什么性别意识,所有人都是一个人。主要是小芹在别的方面和我们不一样,她有零花钱我们没有。小芹不和父母住,从小和姥姥住我们院。小芹父母住在北京的西城社会路,是中科院的工程师,过去节假日她父母老来我们院,去了干校后来得少多了,听说最近又去了新疆。小芹有一个姐姐在内蒙古插队,还有一个弟弟跟着父母,北京、五七干校、新疆到处跑。关于小芹我们也就知道这些。每月小芹都有固定的零花钱,五块钱呢,我们一年的学杂费才五块,这笔钱由她姥姥掌握着,小芹因此恨死姥姥了。

我们从大院里出来,穿过门前的前青厂胡同,这是我们梦游都不会走错的胡同,前面不远过了北柳巷十字路口就是琉璃厂。我们的学校就叫琉璃厂小学,不在街面上,在小胡同内,走九道弯、小西南园、铁胳膊胡同都行。过了铁胳膊胡同是荣宝斋,荣宝斋对面是琉璃厂唯一的一座西洋建筑,四层带白廊柱,顶部刻有:1922年。老辈人说中国的第一部电影《定军山》就诞生在这楼前,但这是我们每天的必经之路,已经视而不见。直到南新华街与东西琉璃厂交叉的十字路口才稍稍陌生一点:大街对我们这些孩子而言永远都有些陌生。这里有两趟公共汽车,一趟是十四路,一趟是十五路。十四路在这里的站不叫琉璃厂叫厂甸。厂甸到永定门一共七站:厂甸、虎坊桥、虎坊路、太平桥、陶然亭、游泳池、永定门。我们无比熟悉这些站牌,倒不是因为坐车而是每次都数着站牌走着,一站一站,比坐车还熟悉这些站。

只有小芹坐过一次,坐完就后悔了。小芹在永定门等了我们好久,在桥上吃了三根冰棍,喝了两瓶汽水,差一点就坐车回头找我们。那以后小芹每次都跟我们走,但每次五一子都别有用心地鼓动小芹坐车,开始我们不太明白,后来就一块帮腔,结果终于等到小芹一句话:要坐大家一起坐。不用说,小芹请我们坐车。但五一子还有幺蛾子。小芹自然统一买票,五一子偏要把钱给他,他自己上车买。小芹给了五一子一毛,这样我们都要自己买,小芹也没说什么给了我们每人一毛。七站地七分,售票员要找三分,找回的三分说好了要还给小芹。我们都上了车,五一子最后一个,没想到车门刚要关上,五一子突然跳下车。五一子说他不坐车了,他跑着。我们立刻明白了。五一子像匹小马奔跑起来,一直在我们后面,车快他也快,车慢他也慢,有时他变得只是一个小点了,但路口到了,五一子又追上来,甚至超过我们。每一分钱对我们都是宝贵的,因为就算一分钱我们兜里都没有,小芹没想到快到第四站时我们每人花了四分钱买了票,到虎坊路纷纷下车。

小芹也下了车。

五一子傻了眼,问我们为什么下车。我们都不说话。我们坐了四站花了四分钱,省了三分钱。小芹先没理五一子,先朝瘦得跟刀螂似的大烟儿要,大烟儿给了小芹三分,小芹不干,让把钱都拿出来。大烟儿看五一子,磨蹭半天,嘟嘟囔囔,说后面三站他也跑,意思是三分钱他可以留下。小芹毫不客气一把夺过大烟儿手里的三分钱,大烟儿心虚没躲,看五一子。大家都看五一子。接下来对大鼻净,小永,文庆,小芹只是伸手话都不说,他们张了手,但没主动送上钱。小芹一一从张开的手心里拿走了钱。到我这儿稍迟疑了下,我主动把钱放到小芹手里。

小芹朝向五一子,伸出手。

五一子拍拍兜,说钱丢了,可真说得出。

"那我翻了。"小芹说。

"翻吧。"五一子梗脖子说。

一个女孩子翻一个男孩子身,我们都没想到。虽已是春天五一子仍穿着脏得发亮的土黄棉袄,并且是空心儿的,下面穿了一条单裤。五一子跑了四站地,棉袄系在腰上,光了膀子,像小一号的他装卸工的爹。小芹一点不犹豫,翻了五一子腰上的脏棉袄,解了下来翻,五一子光着大板儿脊梁,肩头晒得发红。小芹在五一子身上翻了个遍。

我们挺佩服小芹的,主要是我们把钱都交了,也希望小芹把钱翻出来。

"把他裤子脱了!"大烟儿说。

"藏裤裆里了!"大鼻净说。

我们太了解五一子了。

"我脱了?"五一子主动说。

"脱了。"

"你脱吧。"如果马有流氓的表情就是五一子。

小芹伸手便脱,五一子拿出了钱,变魔术一般。

小芹妈妈每月从远方寄来一次生活费,姥姥把小芹的零钱换成一毛、五分的,分成了三十份,每天视小芹的情况发放一次。哪怕三天一次,两天一次也行。但是不。小芹姥姥不。早晨小芹睡得迷迷糊糊便听姥姥唠叨,催快起床,数落昨天小芹的错误,不是,鸡毛蒜皮,嗡嗡嗡嗡,小芹堵上耳朵姥姥给扒开。姥姥也真会挑时间,平常小芹根本不听,吃饭都端碗到邻居家吃,我们院倒是也兴这个。或者姥姥说一句小芹顶一句。小芹同姥姥的关系就跟那时的中苏关系似的,一直都很紧张。上学都快迟到了姥姥还没完没了,越说越气,钱捏在手里不放下,有时小芹忍无可忍背起书包就走了。姥姥便追上去把早点钱摔给小芹,最气时不追,早点钱也不给了。第二天姥姥继续数落昨天的事,不算太长便给了钱。小芹拿到钱,问昨天的呢?姥姥没办法,要是吵起来小芹会把钱放下便走,继续不吃早点。这不是没有过。

小芹的零花钱包括早点钱,每天一个油饼,8分钱,另外的7分钱才是零花。粮票可以兑钱,或者也是钱,油饼要是交一两粮票可以省2分钱。为了这一两粮票小芹跟姥姥打了好长时间,粮票按月定量供应,每人一份,每月都有粮店的人到院里来发。"发粮票喽!"一嗓子就行,全院人都出来了,拿着户口本,就等着这天呢!小芹姥姥死活不给属于小芹的这一两粮票,买粮食都用了,哪儿有你的粮票,你都吃了。小芹不服,我早晨也得吃呀,粮票包不包括早晨?你要说不包括我就不要。不包括。包括。小芹给妈妈写信,讲理,控诉,妈妈寄来了全国粮票问题才解决。我们院谁家都没有全国粮票,看着可是新鲜了。全国粮票也叫全国统一粮票,到哪儿都能花,比一般粮票大,硬挺挺的像新钱票一样。但我们还是希望小芹把全国粮票花掉,别攒着,换成钱,攒几张就行了。每次出门远行小芹都会给我们买冰棍,去时一根回来一根,还买过汽水呢。汽水一毛五分钱一瓶,当然不是每人一瓶,五六个人一瓶,你一口我一口分着喝,喝着喝着我们就打起来。这时就算五一子是我们的头儿我们也照样会跟他急,扑上去撕咬,只有小芹能像有电棒一样将五一子分开。小芹姥姥最恨的就是五一子,最瞧不上的也是五一子,老太太总能一眼就看穿五一子。每次我们筋疲力尽从铁路回来,小芹的姥姥都像定时炸弹,是我们预料之中的。你们还回来,怎么不让火车撞死!

我们四散奔逃,五一子更是缩头乌龟。说起小芹姥姥我们都不怕,但一见小芹姥姥还是怕,就像说起炸弹不怕,一响可就是另外一回事了,我们都像着了弹片被炸飞了一样,跟电影上鬼子似的。倒是小芹充耳不闻,像没看见一样,从姥姥身边走过。她们家门敞着,弹簧都被临时卸掉,只等看着我们进院。小芹也不客气,进了屋使劲把屋门拉上,拉上弹簧,就差插上门。小芹姥姥本来冲着我们,立刻停了,无比愤怒地拉开门,哐当卸了弹簧敞开房门,跺着脚将小芹和我们一起骂。小芹躺炕上堵耳朵,有时一跃而起,摔门而出,跟长征似的好不容易回来,又重新走到街上。

我们毫无同情心,没有一次到街上看看小芹。我们都在挨家长骂,那么大声我们听得出也是让小芹姥姥听的。小芹姥姥在我们那片是个很特殊的老太太,既不像有文化的老太太,也不像没文化的老太太,更不像是有着工程师女儿女婿的老太太,瘦,脸上皮包骨,抽长烟袋,黑牙。出身不好,头几年还挨过斗,可是我们院邪行,一直没怎么有社会上比如工厂机关学校那一套,红卫兵的哥哥姐姐倒是闹过一段,但很快都轰乡下去了。说不迷信那也就是嘴上说,事实在那儿摆着,我们院大人就是这心理。

我们院也就小芹不怕她姥姥,每次上铁道回来零花钱至少停三天,就是那七分钱不给了,只给早点钱。上铁道是大错,小芹也不争,而且没了零花钱小芹也有办法,早点不吃了,省了,就像五一子、大烟儿、小永——我们都不吃早点,就没吃早点的习惯。这当然是农村人的习惯,但我们院大多以前都是农村人,还保留着许多农村人的习惯。我就不一一列举了,还是说小芹,习惯了早点的小芹没了早点非常挂相,中午放学回来狼吞虎咽,一点吃相没有——吃相历来是老太太教育的话题。

"是不是没吃早点?"

"吃了。"

"撒谎。"

小芹姥姥跟踪了小芹,戳破了小芹的谎言。

"我的早点钱,我愿吃就吃,不愿吃就不吃,你管得着吗?你有本事别让我吃早点,别给我早点钱。就不滚,我妈的钱我干吗滚?"

"我是你姥姥!"

"你不是我妈。"

我们走在细长铁轨上,伸出两手,排成一线,晃晃悠悠,不时弯腰捡起一块砾石扔向远方。铁轨与枕木是天然的一对,像一对老人。铁路已太老,连石头都老了,带着深深的油腻污渍。但比起这座城市依然是现代的钢铁世界。信号灯闪耀,路轨闪光,这盛大而又迷幻的货场,以及这几个孩子,安东尼奥尼拍不到这里不等于这里不存在。它一定会存在。我们轻车熟路地穿过纵横交错的铁轨,道岔,划过弯曲的扇面打开的钢铁之光。在红色信号灯处,我们低下头猫下腰,不像麻雀,麻雀做不到这点,避开扳道工,来到了货车丛中。这里是一个无人的世界,大多黑色车,也有个别好久不开的绿皮客车。这里是我们的街道,我们的王国,我们的胡同,随便上到一辆尾车上,像以往一样,像一种固定的仪式,所有人的头习惯地凑到一起。

"海外来人了。"

"第三次世界大战就要打起来了。"

"联合国军已经登陆。"

《铁道卫士》印象深刻,已深入我们的骨髓,五一子扮演方化,手势我们太熟悉了,眼睛直直的。接下来的次序不固定,有点乱,大鼻净与大烟儿总是抢话:"可我那二百垧地?"大家一起喊:"给你弄个师长旅长干干不比你那二百垧地强!"大家笑得前仰后合。

小芹从不参与,看着我们,这时她的确是女孩。直到有一次五一子给了小芹一支烟,是的,五一子已开始卷大炮,偷他爹的。五一子给小芹卷了一只,小芹叼起来,大鼻净一副谄媚的样子给点上。别说,这时候小芹表情还真有几分女特务的样子,特别是小芹自行把硬辫子松开,头发弄得松松垮垮。我们都看傻了,有种非常陌生的东西,我们觉得好看,但谁也没说好看。

说不出来。我们像镜子一样,小芹肯定看到了自己。我们围着桌子,尾车空间不大,两边各一张铁凳子,中间是铁架做的桌子,两边的铁窗相对。靠里有个铁炉子,烟筒伸到车顶外。一般火车其实有两股烟,一是白烟,一是黑烟。浓浓的黑烟就从这里伸出车顶冒出,比白烟更长久,更让我们心驰神往。有时还会有马灯、信号灯、信号旗,桌上随便放着简单的行车记录,以及搪瓷缸子、饭盒、水壶、圆珠笔。椅子下面是工具箱,工具箱上面卷放着被子、大衣,都脏得要命,和煤堆在一起。我们拿着信号灯照来照去,不敢拿到外面。信号旗拿外面没问题,可以在尾车栏杆处乱晃,不会被发现。从一辆尾车到另一辆尾车,我们不会停留在一辆尾车上,那天发现了一副扑克牌。扑克牌又脏又破,满是油污,但仍让我们兴奋不已,就像玩惯假枪见到了真枪。

我们一有清晰记忆就赶上了"破四旧",脑袋像归零一样,当插队的哥哥姐姐带回扑克牌,我们无比惊讶,世界竟有这种新鲜玩意儿,神奇极了。我们当然玩不上,一向被世界忽略,但并不妨碍我们创造自己的世界。我们撕了作业本,裁成五十四张同样大的纸,写上红桃黑桃方块梅花和数字,大猫写上大猫,小猫写上小猫,也是一副牌。我们玩大百、小百、升级、争上游、憋七,甚至带到火车上玩。我们坐在两边铁椅子上,像开会一样,非常神秘,一点也不觉得那些破纸可笑。发现真正的扑克牌的那堆烂纸立刻被我们扔到窗外,随风飘散。五一子和小芹一头,大烟儿和文庆一头玩起对家,小永和大鼻净围观,替补。五一子让我把门关上。这不用说,我负责警戒,从来如此。

汽笛声声——远处总有,尽管这次是我们的车发出的,但七十多节车厢太远了,因此任何汽笛声可忽略不计,我们都习惯了。就算屁股底下哐当一声火车动了,通常也不太慌张。稍不同的是那天我把门锁上了,这也不打紧,还有窗户,我去开门,大家纷纷跳窗而出,以前就算开着门也有人成心跳窗。小芹和五一子收牌,收了最后几张五一子翻身跳窗。铁门打开了,毫无疑问小芹会跟着我,这都不用说。车很慢,我下到铁台阶最后一节一跃跳下。当然摔在了地上,我太小了。果然小芹跟着我出来了,到了栏杆处,却没下台阶,迟迟没跳。我们追,喊,快跳,快跳,几乎拉到了小芹的手,小芹却没动。小永摔倒了,大烟儿也摔倒了,在枕木上,砾石上。

小芹扔下了扑克牌,我们每个人都捡到了,一边追一边捡,一边捡一边追,我这个罪魁祸首落在最后,远远追着,也捡到了一张。我不能说扑克牌是罪魁祸首,是一种命运,哪怕它经常用来算命,但我也恨死了扑克牌,我觉得我就是扑克牌。我们散散落落停下了,五一子从我们手中一一收走了牌。五十四张,一张不少。小芹没有一次扔下,一张一张扔下,不然我们也不会追那么远。火车消失了,我们又追了好一阵。

牌与小芹都重要,这是真的。的确,在迷茫中牌仍然是一种快乐,一种无法言状的东西。一年以后我们见到了小芹,无论牌和小芹都已被成长太快的我们忘记。当然,牌要早得多,很快那副本来就很烂的牌就被我们彻底玩烂,变成了碎片。确切说,我们见到小芹是一年零五个月之后,也就是在那个春天过去后又过了一个春天的秋天小芹来到我们院,在午后的阳光中打开尘封已久的门。院里老人的匣子正在批判《中国》,义正词严。居然抹黑中国,却又不明白那个叫安东尼奥尼的怎么来到的中国?谁请他来的?这部纪录片就是这样和我们有着扯不清的费解的关系。以往的批判都是鲜明的,极易理解,唯独这次像个天外来客。我们都已经上了中学,除我之外。五一子、文庆、大鼻净甚至都已开始上初二,所有人都长高了半头一头,除我。

我们已不认识小芹,但一看就知道是小芹。小芹也不认识我们,从我们身边走过,旁若无人。我们正在防空盖上打乒乓球,星期二,下午没课,就如小芹消失那天。小芹也一样,长了个了,不再是辫子而是短发,脖子显得有点长,对一切都不陌生,熟视无睹,好像从没消失过。她家的门锁显然锈住,她开了半天也没开开。我想下去帮她,开个锁什么的我手到擒来,是我强顶,可那时我正在房上玩扑克牌的碎片,是我自己的拼图。还是她自己开开了,一股灰尘飞出来,她毫无感觉迎着进了屋,掸都没掸下。但进去后把弹簧顺手卸下,打开门放空气。她不是不敏感。她穿了一件稍短的瘦削红黑格子上衣,下身国防绿裤子,遮住脚面,背着军挎,自行车后座夹着一个棕色有拉锁的手提包。车是八成新"永久"二六,支在门口。说不上她从哪儿来,不像外地,也不像北京。

小芹失踪后她爸妈连着来了两次,一次为小芹,一次是前来奔丧,相隔不到三个月,从新疆来可不是容易的事。让我们惊讶的是,两次小芹父母穿的都是军装,领章帽徽,四个兜。彼时全民皆绿,但真国防绿很少,有也只是两个兜,下面空空如也。四个兜可不一样,馒头扣都比两个兜的大一号,我们分得可清了。而且四个兜神秘在于连级到军级都一样,连毛主席都穿的一样。不过小芹父母来自偏远的新疆让我们的惊讶有点折扣,要是在北京不得了。另外,俩人都戴着白眼镜,像兄妹,连神态都像,和解放军简直无关。所以关于小芹我们还是那句话:她没和我们在一起,那天我们去铁道没有她,不知她去哪儿了,和我们对小芹姥姥说的一样。谎言有个奇妙的作用,一旦说出,特别是集体说出就会连自己都相信,会变成石头。我们因此从没怀念过小芹,一分钟都没想到过报案或找铁路上的人报告。收走扑克牌之后,五一子便提出小芹没和我们在一起我们不知道小芹去哪儿的谎言。我们的恐惧,我们心里的石头一下落了地,一致赞同。小芹在这一刻真正消失了。我们统一了口径,攻守同盟,五一子使劲扔出一颗铁路上的砾石,挥舞着好像一下长大的拳头说,谁要是说出去,他绝不放过,会整死他。

"对,"我们随声附和,"整死他!"好像说的不是我们自己。一路上大家越来越高兴,越来越振奋。小芹姥姥定时炸弹的巨响让我们第一次觉得可笑,全不当回事,也没有四散奔逃。小芹姥姥骨碌碌转皮包骨的眼睛,不相信我们所说,我们的异口同声事实上反而暴露了我们在撒谎,街坊四邻其实也都听出来了。

"好啊,你们说小芹是不是给火车撞死了?是不是?是不是?我告诉你们,小芹被撞死了你们谁也别想跑,都得给我偿命!"这当然是气话,恶狠狠的话,威胁的话,但并不是让人相信的话。这么说痛快,不过验证了自己过去教训得对。但是当小芹真的没出现,我们的谎言由于不断地重复完善,越来越像真的,越来越具体,越来越无情,小芹姥姥收起了嚣张。

"真没和你们在一块?"

"没有,真的没有,真没有,向毛主席保证没有。"

"我们出门时还看见她,她往另一边走了。"大烟儿说。

"她去菜市口照相馆了。"最可信的文庆说。

"是,是,是。"

成功了,是我们最成功的一次,小芹的消失甚至成为我们高兴之源。直到小芹姥姥夜晚撕心裂肺的哭号才让我们的心一紧,但也很快就过去了。

"小芹,你个死嘎呗儿的,你上哪儿去了?你还不给我回来,你说你到底跟他们去没去？是不是撞死了？你去哪儿了呀？我怎么向你妈交代呀……我不活了……你快回来吧……回来吧……"

一夜哭号，寻死觅活，非常恐怖，但直到三个月后才死去。

不是残酷，不，这是事实。

三个月后小芹父亲再次问到小芹，找了我们每个人，并保证不把我们讲的说出去，他们本来就做保密工作的，让人特别可信，可我们也在保密呀。我不知道别人说出来没有，反正我没说。我相信大家都没说。如果说上一次小芹父母来我们还能看到他们白色眼镜片后面的那种怀疑，那种静默让我们的心还怦怦跳，那么三个月后我们在他们的眼睛里什么也没见到，特别干净，因为我们干净。

小芹插队的姐姐也来了，还有新疆的弟弟，全家人都带着外地的颜色，边疆的风霜。新疆的风霜和内蒙古的还不同，新疆的脸更暗一些，连男孩都旧，反倒是靠东北的内蒙古的风霜十分鲜亮，好像秋梨与苹果。全家人一样的是：都没什么悲伤，我们觉得至少红苹果似的姐姐应当大哭一场，眼圈儿是红的，但是没有。他们处理了房间大部东西，临走上了一把大锁。没必要那么大锁，好像科研成果，生锈很难开。

要不是小芹旁若无人的样子，我想我们见到小芹会惊喜，她的陌生的神态提醒了我们。我们惊讶但无话可说，而且今非昔比，我们都不是孩子了，都长大了，甚至有点走样儿，大烟儿更像刀螂，大鼻净湿糊糊的面积更大了，小永唇上起了一层茸毛。变化最大的是五一子，更像马，说不清脸更像还是手臂更像，背部油黑油黑的，好像刷得很亮。总之所有人都有点牲口相，何况他们现在都是我哥哥的徒弟，每天晚上跟着我的著名的流氓哥哥举重、劈哑铃、盘杠子，个个表情生涩。

小芹进进出出，收拾屋子，晾被子、毯子、枕头，到水管子处打水，从我们身边走过。我们对小芹慢慢收起好奇，也像看陌生人一样。

"够牛逼的。"大鼻净湿糊糊地说。

"那裤子估计是她爸的。"文庆说。

"傻逼，她妈的。"大烟儿内行地说。

"操，你才傻逼，"文庆说，"我还不知道她妈也是解放军？可你瞧那裤子绝对是她爸的。"

"你们傻逼，国防绿不分男女，都是男式。"

声音就在小芹身后,尽管压低仍会让小芹听见。倒是五一子一直没说什么,马一样的沉默。马一样的目光凝视着小芹,管接管送。至于我,我在房上,我的样子倒是和下面这些牲口有一种呼应。虽然当初主要因为我锁门才出的事,我的责任最大,但我又是无法怪罪的。我干了什么别人都不奇怪,因此我可以跟小芹打招呼,问这问那,毫无障碍,但我也没动。

倒是院里的爷爷、奶奶、大爷、大妈见了小芹格外惊讶,亲热,问这问那。小芹对他们倒也正常,露出我们熟悉的淡淡的笑容,回答了我们遗忘已久的不可思议的问题。回答得十分轻松,小芹到了新疆见到了父母,并且早就见到了。这还不算,不久便又和父母一起回到北京。这些变故早就发生过了,只不过我们一点都不知道。

小芹不用成心,很自然就戳破了我们的谎言。我们院大人都知道了小芹原来是和我们在一起的,一起去的铁路,老人们眼珠不动,困惑多皱的脸与其说是惊讶不如说是麻木,瞪着我们,也瞪着小芹。小芹说她一直想去找父母,那天正好就去了。正好我倒没想过,可我一直认为她的确可以跳下来。只是再蠢不过的五一子他们竟然好像没太听明白小芹的话,我不知道五一子他们这会儿的聪明劲哪去了,逢到真正需要智力时五一子的脸与晒黑的手臂、膀子、大腿没什么区别。

小芹在西城月坛北街铁二中上学,搬到我们院并没转到附近的四十三中。她骑着男式二六车每天早出晚归。她干吗搬回来住谁也不知道,肯定不是为了我们或街坊四邻。她有时回来得早,下午没课中午一吃过饭就回来了,晚上吃剩的。我们胡同好多人也认识小芹,但也像我们一样对她感到特陌生。除了凡人不理,肥大的国防绿裤子、二六车也特扎眼,彼时没中学生骑车上学的。还有军挎、刘胡兰式的短发,和所有人都不一样。肯定有人拍她(拍婆子),只是不知道什么人能拍她。反正我觉得我们这片人都没戏,也就朝她瞎吼一嗓子。

他们都觉得五一子有戏,毕竟过去关系不错,就鼓动五一子。但五一子一见小芹就脸红,真的像马,并且像马一样出汗。和谎言没关,小芹事实上也并没特在乎。就是一种畏惧,正如小芹当初扒他裤子的畏惧。五一子都不敢,大鼻净、大烟儿、小永更不敢,干脆完全放弃,就像完全不认识小芹。

有一天我敲开了小芹的门,我早可以这么做,与别人无关。那天我和猫、鸽子相隔不远地坐在房上,她推着二六车进院,不知怎么向上瞥了一眼,并没与我相视便过去了。通常谁进院也不向上看,谁都是低头看门道、脚下,或平视,反而我可以看任何人。她中午之后回我们院多在周日,有时周六。偶尔周一、周三,这两天全天都有课。而那天是星期三,所有人都上学去了,她的黑红格瘦削上衣划破阳光,瞥了我一眼后穿过防空洞盖、小厨房、过道,到屋门口支上车,没锁车,掏出钥匙开门。她的短发真的不是圈子式,很阳光的。

当然,她见了我还是很惊讶,如同我对她的房间的惊讶:房间竟然如此简单。

"有事吗?"

"没事。"

我到她的腰部,她的惊讶有拒绝的内容,但是随着俯视地打量我,慢慢地缓解下来,一贯的表情消失了。我的惊讶稍长一点,四下看了一下,房间只一张桌子,一把椅子,几块铺板,一点生活用品。以前的八仙桌,太师椅、自鸣钟、大黑柜都没了。四壁空空,桌上有课本、笔、作业本、书包,几本没皮的不知什么书。只有墙上的主席像、窗台的石膏像是过去的。

"你不上学了?"她先问了我个问题。

"我想知道,"我单刀直入,没回答她的问题,"你有三个月时间没找到你爸妈,到哪儿去了?怎么找到了新疆你爸妈?还有,你那天说正好,真是正好吗?"

停了会儿,我又说:"我不会对别人说的。"

憋了太长时间,尽管我的问题多,但我觉得她应该回答我,因为她应该相信我,就凭我坐在房上。

结果事实的确不简单,她看到铁门锁了,希望把大家都拉走,结果都跳了车,从窗子跳出的。

"你希望我不跳车吗?"

"不希望。"很干脆。

她不想跳,爱拉哪儿拉哪儿。她当时就是这感觉。她承认以前想过藏在尾车去新疆,但也就是想想。

"可你明明说那天就想。"

"就那么一说。"

"真的不怪我?"我问。

她没说话。我讲了那天为什么锁门,关上门很好玩:"你们玩真的牌,关上门就也像开会学习。也真怕有人来,好不容易有一副真牌。我并没把门锁死,很快就打开了。"

"你要打不开我就跳窗户了。"她认真地说。

"为什么? 不愿我在?"

我们有一句没一句地聊着,都没有坐,靠在空荡荡的墙上。是毛主席去安源那幅像,我离得远,她顶到了。对面是落满灰的石膏像。一个在外面封死的窗台上,里面可放东西。

"你一个人在车上不害怕?"

她没回答,将我赶走了。她这人很没准儿,不知哪句话就惹着她了。我们聊得还行,甚至有点像朋友,但她依然对我们的"友情"没任何顾忌。另一次同样的场景,还是靠在主席像下墙上,她回答了我上次的问题。她说她一点都不怕。我觉得她没说实话。她说她觉得火车说不定会把她拉到新疆她爸妈那儿,这感觉不错,干吗要赶我走呢?

她睡着了。火车半夜停了,上来一个人。一个提着信号灯的人把她照醒了。这是个煤矿小站,押车员是个好人,答应帮她找车去新疆。她的运气可真不错,一上来就碰上了好人。我们这些常在铁路上玩的人对押车员并不陌生,大多脏兮兮的,叼着烟,歪戴帽子。不过我还是愿意相信她的话:碰到了好人。外地和北京不一样。

小站叫阳泉,已是山西地界,我们对山西也不陌生,院里好几个插队的哥哥姐姐都在山西,我们甚至还听说过阳泉。押车员是位大叔,小芹坐的是拉煤的车,拉煤的车一般都不去新疆,押车大叔说只有拉石油的车才会从新疆过来过去,得等拉油的车。再有就是坐客车。新疆可是远了,什么车到新疆都得一个星期。客车要很多钱,最好还是拉油车。大叔有办法,铁路上有很多朋友。

"那你怎么那么长时间才到新疆?"我忍无可忍。

油罐车不是天天有,她在大叔家等。

"你住他家了?"我吃惊地问。

"是呀,怎么了?"

居然没把我赶走,我有点庆幸。小芹的脸上写着一切费解的不可思议的东西,一些即使不真真假假也是可疑的东西。阳泉站在一条大沟里,四周是黄土,押车大叔还不住在大沟里,住在另一条枝杈的沟里,人家不多,散散落落着一些窑洞。窑洞我觉得很正常,院里插队的人也有住窑洞的,听说冬暖夏凉,毛主席都住过窑洞。押车员个子不高,戴着一顶新的蓝帽子,那帽子蓝得就算在北京的大街上也难找。但她对那么蓝的帽子感觉并不好,有点不祥之感。小芹讲话就有这种不详之感这个特点。小芹说大叔有口音,但是能听懂,有老婆孩子。

我一下放心了,什么都相信了。

我一高兴小芹又把我赶出去。

押车人的老婆是个盲人,但他女儿眼睛明亮。女儿十一岁了,没上过学,是妈妈的眼睛,帮妈妈干活。女孩想上学,有本、铅笔,自己有时写写画画。小芹说她还教了他女儿写字认字画画,画青蛙和小鸟。小芹在窑洞住了一个多月,没等到新疆的油罐车,每天帮盲女人和小妹编草编。这哪是小芹干的活,可小芹不仅干了还干得非常麻利,出活,荆条没了还到塬上去割荆条。盲女人、小妹和她一条心,三个人加劲干,小芹说着说着眼睛红了,把我赶走了。

编草编挣车票钱?即使不是胡说八道也差不多。说好的油罐车呢?两个月都没一趟?就算攒车票钱,一个运煤小站怎么可能有客车?如果一切都是子虚乌有,押车人是个大坏蛋,小芹怎么不跑呢?押车员来来去去,小芹完全可趁他不在家逃跑。但是好像没有,她竟然还叫他大叔。我在房上和众多麻雀在一起怎么也想不明白。真有盲人老婆?我用小石子投猫,猫连躲都不躲,毫无反应,躺在房脊上睡大觉。投向鸽子,鸽子飞走了,又飞回来。再投。我站起来大黄猫才懒洋洋伸了个懒腰,跳下屋脊,走了。

另外,就算一切都是真的,问题是再怎么说三个月呢,她怎么过来的?我再怎么单刀直入也没用,被赶出来多少次也没用。她说了能说的,自相矛盾。她说押车大叔在另一个城市把她送上火车,这是对的。但另一个城市是什么概念?忽然想到她为什么总是穿肥大的男式的国防绿裤子。几乎没见她换过,能感到腿在里边逛荡,一阵风刮过来时就像旗子裹住了旗杆,屁股很妙。安全是安全,但不也很扎眼吗?这一片的玩主都比较土鳖,不敢怎么样,铁二中那边就难说了,听说铁二中有许多响当当的玩主,我总是在房上不由得想象小芹在铁二中操场走过的样子:昂首挺胸,短发一动不动。

有一次我问小芹想她姥姥不,按理这事完全犯不着将我赶走,我不过是靠在墙上没话找话,结果将我"请"了出去,就是揪住耳朵拉开房门一下将我甩了出去。我的耳朵几乎掉下来。这样的"请"当然不是第一次,而且主要很顺手,稍一俯身即可。但这次与往次不一样,往次通常都很慢,慢慢牵着我送出屋,这次很快。她太恨她那无法言说的姥姥了,过了那么久还是那么恨,完全是雷,不能碰这话题。我从没偷窥的毛病,但那次的哭声——呜呜的深长的大哭,让我踮起脚尖看到雨一样的她。

她想姥姥?

我从没见过那么混乱的脸。

她有太多的谜,我在房顶上看着太阳落山。越过海浪般的房顶,北京真的是可以看见山的,不仅仅随口一说。彼时北京西边只有工会大楼、民族饭店、民族宫几座高层建筑,站我们院房顶一马平川都看得见,像在海上看见轮船一样。金色哨音的鸽子不断掠过前方,整个房顶都是金色。哨音让我抬头,猫也在仰头,像我一样慢慢摆头,我的眼睛毫无内容,但猫不同,永远是警觉的,你能从它的眼睛里看到什么。

警察的出现最初在猫眼睛中,一动不动,跳了两下又不动了。我其实也并不特别意外,真正意外的是小芹的"罪行"。不是警察来找小芹的,而是小芹带着警察来到我们院。一共三个蓝制服警察,长得都一样。一个就够了,不知干吗要三个。小芹垂着头,短发有些乱,挡住了部分眼睛。没戴手铐,两手仍交叉在前面。此前在哨音中我已听见摩托车声,当然不知上面坐着小芹。哨音由远及近,掠过屋脊,摩托车突然停下,突突还响了一会儿。我立刻随着猫越过房脊跨到临街一边,两个警察押着小芹已进院,还有一个警察锁车。车是跨斗摩托,俗声跨子,就是后来在二战影片里常见的那种黑色的。

三个完全相同的警察随小芹进了屋,很快出来了一个,外面警戒,也像二战电影。打火机啪的一声点烟,很帅,长长地朝我们院上空吐了口,看见我立刻警觉地摸什么,随后撇了下嘴角。我们院男女老少都出来了,没人敢靠前,吱一声,问声怎么回事,倒是也都不特别意外。没多一会儿小芹出来了,头更低了,并且惊人地戴上了手铐。

《曼娜回忆录》或者也叫《少女之心》被搜出来。这个让我非常意外,怎么也想不到,觉得也不该,她做出什么我都理解,唯独这事不可思议,抄什么不行,怎么抄的是这个手抄本?自然没不知道这个手抄本的,即使我这个已放弃学业的整天在房上的灵长类都知道。我记得马脸的五一子还拿到过两页,来到房上和大鼻净、大烟儿、文庆、小永围着一起神神秘秘地看,念,忽高忽低,高时都向后动一下。五一子特别主动地也招呼我过来,肯定是冒坏,我太了解他。当我听到大烟儿念"表哥的阴茎进入了我的阴道",确实,我的脸都绿了,我从没听到阴茎阴道那样的术语,力量也就更大,更惊人。五一子看着我哈哈大笑,并低头看我的裆。那只破破烂烂的两页纸不是作业本,是信纸,红线格的那种。

但小芹抄的是全本,家里竟然还有一本。

铁二中看来就是不一样,我们这片就是几张纸,大家瞎抄来抄去,要抓得有好多人抓起来,但好像一直没什么大事。抄整本就不同了。小芹留给我最后的印象就是她戴着手铐低头走的样子,永远停在了这一刻。而且这次还不像上次小芹出事后,她们家的房子易主了,房管所调配来了新的住家,一对在琉璃厂荣宝斋工作的老夫妇,膝下一女,据说是抱的。我们以为老头与小芹家有点关系,结果一点没有。关于小芹的事传也是瞎传,有的说小芹判了三年,有的说五年,也有的说是强劳,反正都差不多。我们之中有人骂五一子脓包,说小芹不定被人铷过多少次,五一子早该对小芹下手,如何如何。我觉得就算小芹像人们说的那样,五一子也没戏。小芹和小芹家完全和我们院断了音信,这次我们倒没很快忘了小芹,好长时间都兴奋地谈论,分析得很细,都是和性或性器官有关。但时间抹去了一切,时间层层叠叠,时间太长了,想不到四十年后我还活着,镜中的白发像雪山一样,或者我就是雪山。

这事没想到没完。小芹的父母现在竟然都是院士,照片都在百科上。两人还都是白眼镜,加上白发,一看竟是那么亲切,感觉就是我们院的人,虽然我们院早已不存在。费尽了周折,有一天终于打通小芹父亲的电话。小芹的父亲不知道我是谁,我具体描述了当年的自己,然后我听到了小芹母亲的声音。小芹母亲接过了电话,给了我小芹的电话。

这天晚上,我拨通了小芹的电话。

(原载于《收获》2019 年第 5 期,宗永平选编)

陈世旭/江西省作家协会主席、江西省文联主席。20世纪80年代写作至今。著有长、中、短篇小说，散文、随笔若干。小说《小镇上的将军》《惊涛》《马车》《镇长之死》曾获全国文学奖。

江州往事

最高的山墙

  谢宜修像一张活动的照片,永远是一个表情。一堆人里有她跟没有她一个样。她也尽可能跟人群保持距离。上工下工,要么前面,要么后面,她总是一个人,跟大伙隔着一段路。在地里做事,她手脚不是最快的,也不是最慢的;不跟人拼命,也不挨懒拖沓。收了工,城里人的宿舍,男男女女放了羊,闹成一团,吵翻了天,她不看、不听、不加入,也不躲开,倾着头,一心忙自己的。她好像总有忙不完的事:洗洗晒晒,缝缝补补,收收捡捡。

  城里下放的女伢,一有机会就跟分场、总场的干部搭壳。像甘卫华那样胆大脸皮厚的,夜里一堆人围着一盏煤油灯听总场干部念文件,她紧挨干部坐着,直接就把手从桌子底下伸到干部胯裆里。

  谢宜修每次都坐在一圈人外面的暗影中,不管那一堆人又哭又笑,拍手顿脚,她都没有动静。散会,她从不头一个站起,等大家都起身了,才跟在一堆人中间走出去。连跟个人收入有直接关系的评工分,也听不到她的声音。评上多少是多少,从来不吵。评先进、入团、参加民兵,就更没有她什么事,没有人找她,她也不找人。她身上有一种隐隐约约的寒气,让人不好接近。她也不接近别人。大家只隐约听说,她父亲是黄埔军校毕业的,手下有过千军万马。她身上那股寒气,应该是从她父亲那里带来的。

  歇坡的时候,几个凑一堆共用一根竹烟筒轮流抽黄烟的老倌,偶然看到从面前走过的谢宜修,说:"这女儿命苦,孤寡。"

  谢宜修没有听见,听见了也像没有听见。

  好像是哪个事先写了剧本,三队也有一个这样的孤寡角色:张可凡。说是个男的,头发跟女的差不多长。荷包里永远搁把梳子,一有空就拿出来梳头,梳一把用巴掌拢一把,把个大背头搞得水亮,苍蝇站不住脚。两边的鬓角一直伸到腮帮子。脸刮得铁青。不管天怎么热,一身上下都包得丝风不透:衬衫领口和袖口决不解开,瘦裤腿把两条细脚杆子弄得像笔管,尖头皮鞋的鞋带绑得牢靠。

张可凡害怕任何人碰他的东西,包括漱口缸子、牙刷牙膏、香皂剃刀、脸巾脚布;他的床铺不许有一个褶皱,床沿铺着一块浴巾,坐脏了随时换洗。有人走近他的床,他就心惊肉跳,生怕那块浴巾被污染。

大家也就恰恰以此为乐:只要他走开一会儿,他那张床就被蹂躏得跟狗窠一样;一大块香皂没有几天就变成一小片;新买的牙膏转眼就不见,找了半天,原来在他床沿上的浴巾下面,已经被他自己坐扁了,牙膏都从针扎的孔里挤出;雪白的脸巾总是会闻到一股臭脚味儿;锃光瓦亮的漱口缸子盛满了骚烘烘的黄汤……他张口结舌,脸色惨白,半天说不出话。这正是那班作案的火板儿想要的结果,他们躲在一边死命压抑着声音,笑得直不起腰。万般无奈,他就只好掏干净身上的零花钱,一个个向大家敬烟,敬烟时还点头哈腰。岂不知,越敬越倒霉。大家把他的孝敬当作奖赏,为了得到更多奖赏,就要让他倒霉更多。

在三队,张可凡就是个笑话的代名词,老老少少都喊他"戳屎包"。

用压泵喷雾除虫,让他负责供水。他双手抓着扁担,哆哆嗦嗦,前俯后仰。一担水好不容易挑到地头,已经晃出了多半,落地的时候,后面一桶忽然滑出扁担头,扁担失去平衡,飞起老高,他自己也往前栽个嘴啃泥。

棉花地锄草,他的锄子只挖棉花,就是不挖草。队长朱瘌痢气得瘌痢头通红,大骂:"你眼瞎了啊,指头粗的棉花秆你看不见?叫你锄草你锄棉花做什么?"他被骂得双手发抖,小小心心地下锄,一挖,还是挖断了棉花秆。

朱瘌痢当胸一掌把他推了个趔趄:

"你长这一头毛有什么用?还不如老子个××!"

张可凡抬眼看了看队长的瘌痢头,赶紧低了头。

"说你还上过大学?"

"上过。"

"那你说,你会什么?"

"我会多来米发所拉稀多。"张可凡嗫嚅。

一棉花地累得贼死的人顿时一阵轻松:

"拉稀多!拉稀多!"

309

"拉稀？还多？"

朱瘌痢很困惑："那你就蹲下，拔草，想拉稀就拉稀。"

给张可凡定的工分是四分半。最低的工分标准是五分。

鬼都看不起张可凡。一有空他就只好去江边吊嗓子。

江面很阔，对面一线山影，帆船像贴着水面飞的鱼鸟。张可凡"呃呃呃呃"的声音传得很远。江风刮过，听起来像喊冤、像号丧、像叫魂。

听着张可凡狗不像狗叫、猪不像猪哼的怪声，坝头上走过的人都会丢一句："戳屎包。"

要过年了，城里人回家探亲，一个个大包小包：决算分红的花生、芝麻、黄豆、棉花，不多，也不值钱，但到了城里，都是稀缺的宝贝。

谢宜修居然是一大担，压弯了扁担。

挑担的是吴老六！

吴老六是二队队长吴毛俚房下的侄子。娘老子一口气生了五个儿子，等着再生两个女儿——洲上的大圆满讲究"五男二女"。生到吴老六，还是个带把的，懒得起名字。

一家六个儿子，个个莽长莽大，赛似金刚。前面五个，都在外面成了家。老六是满崽，留在身边。

吴老六不到二十岁就是二队拿满分十分的劳力。他说话做事都麻利，一阵风，快刀斩乱麻。队上人上工一条龙，下工一窝蜂，他永远在头里。在地里，从来没有人见他坐过。歇坡，一帮人嘻嘻哈哈、大话闹天，他瞪着眼睛莫名其妙，看一阵，径自拿起锄头或是扁担又去做事。场部下来蹲点的黄场长搞定额包工试点，按件计工，正对了他的路。他有用不完的力气，技术又全面，没有他拿不下来的事，一天赚两三个人的工分。他生下来好像就是来做事的，一天到黑，吃饭睡觉之外，除了做事还是做事，跟人没有争执。若是你惹毛了他，那就莫怪。

下半年，棉花收上来，各队把晒干的棉花装上牛车，送轧花厂。吴老六赶着牛车，把摇摇晃晃的一大车棉花拉到接近轧花厂的坝头，被前面停着的一长串也是送棉花的牛车堵住了。他跳下车杠，跑到前面，看到下坝的斜坡口上，一辆满载的牛车，牛卸了轭，在斜坡上啃草。

"哪个的车？"

吴老六喊了好几声,蹲在坝头抽烟的一个人回过头:

"我的。"

是三队队长朱瘌痢。

"车坏了？"

"我要抽根烟。"

"抽烟？堵许多车！"

"我只能在这里抽！你看看下面。"

"下面？"

"你瞎眼了？墙上的字。"

坝下,轧花厂大车间的墙上顶天立地写着"严禁烟火"。

换作是别个,会对朱瘌痢说:"那你也莫堵在路头上啊,少走一脚多走一脚哪里不好停车？"

吴老六没有许多话:"你抽你的,我把你车赶到下面去。"说着就去牵牛,上轭头。

"莫动！"朱瘌痢吼道。

"你讲不讲理？"

"不讲理！怎样？"朱瘌痢把烟头摔下,伸脚用力一蹂。他在场里的威风,哪个也不能挑战。

有一年,各队壮劳力去江里起化肥,一帮人起哄打赌。朱瘌痢用嘴咬着两袋各一百公斤重的麻包,手倒背在身后,踏着没有起运的化肥,从船舱走上船头。船上别的人都停下来,憨了一样睁大眼睛张着嘴巴,反而是朱瘌痢本人显得轻松。

朱瘌痢光着上身,鼓鼓凸凸的肉块,随着身子的弯曲、扭动、伸展,起起伏伏。在晃眼的阳光下,亮部和暗部都极为鲜明。都说,把这个蛮子钉进棺材,他可以从里面把棺材撑开。

朱瘌痢走下船的跳板之后,并不沿着人们已经踏得十分坚实的那些坡度平缓的路径走,而是在那些错错落落的坍塌的江坎土块上笔直往上走,脚后跟响起一片碎土的滚落声。上了江坎,过了江滩,走到坝脚下,他也不像别人那样斜着走,仍是笔直上坡。一直走上大堤,站住,转过身。面对所有在坝下仰望着的人,然后,松开牙齿;然后,直起腰,露出雪白的几乎没有缝隙的牙齿。那牙齿,曾经有一次打赌咬断过八号铁丝。

先是静默。随后是一片欢呼:

"瘌痢!"

"瘌痢!"

"瘌痢!"

这次打赌,朱瘌痢赢了三十个拳头大的麦粑、两斤红烧肉、一斤烧酒,他一口气吞个精光,之后还喝下去整整一水瓢米汤。

那天吴老六也在,他从头到尾不看周围发生的事,天塌下来也跟他不相干。

"把轭头卸下来!"朱瘌痢喊。

吴老六跳上车,一抖牛绳。

朱瘌痢冲过去,伸手一把扯下牛杠上的吴老六:"下来!"

吴老六落地,咚的一响,稳稳站住。朱瘌痢当胸一把猛推吴老六。

"莫起手动脚。"吴老六纹丝不动。

朱瘌痢那一把像是推到了墙上,火了,又推一把。

这一次吴老六抓住了朱瘌痢的腕子:"真的假的?"

朱瘌痢挣了一下没挣动,又伸出另一只手。

吴老六一并抓住:"莫作死。"

朱瘌痢的脸由红变白,然后煞白,全身一软。

从后面堵着的一长串跑过来赶热闹的众人,眼睁睁看着朱瘌痢栽在吴老六手上,霎时憨了:"果然天下只有第七没有第一啊!"

但是,这样的事,不过是一种意外,而谢宜修跟吴老六搭上了壳,就不只是意外,而是出奇。

吴老六把谢宜修一直送到班船上,把索子在扁担头锁紧,就下了船。船到县城码头,谢宜修照吴老六的叮嘱,坐着不动,等下船的人走差不多了,就见从码头上下来一个跟吴老六一样的大块头走到船上,说:"我是老五,来接你。"

老五是司机,跑长途货运,直接把谢宜修送回省城的家。

若是一般的帮忙,没有这么周到的。

正月,农事空闲,要做屋的人家就在这时开工。

吴家城里的五兄弟都带着家眷回来了,他们各家早已做了屋,五幢屋在二队的屋场一字排开,一色的清水砖、黑棉瓦,齐齐的山墙比屋场所有的山墙都高。五幢屋的顶头,留了一大块屋墩给老六,做屋的料也是早就备好了,只等他定了亲就动工。

满载做屋,特别排场。

做屋、结亲、死,是江州人一生中最大的三件事,皆不能敷衍。一家做屋,队上家家出人帮工,这是习俗。城里下放的人则自便,愿来就来,不愿来不强求。二队探亲回来的城里人都来了,一是顿顿有鸡鸭鱼肉,油水厚;二是吴老六做屋,是跟谢宜修定了亲。

事先一点口风也没有,平时又少有交道,见到在吴家忙忙碌碌的谢宜修,大家一时竟不晓得说什么好。

做屋有许多仪式:奠基、挖墙脚、立门方、上梁、盖瓦,都要喝彩。其中上梁是高潮:

各家帮工都到齐了,两个木匠把一根刨得鲜亮的中梁抬到了肩上,一人扛着中梁的一头,各自从两边的梯子往上爬。

领彩的老鼠嘴举起手,龇开一口白牙:

敲起锣来!

嘿依!

天上金鸡叫,地下凤凰啼,八仙云里过,正是上梁时啊!

嘿依!

此梁此梁,生在九龙山上,千人抬不起,万人也难扛,等到洪水涨,漂到码头上。贤东看中此木,买回做栋梁啊!

嘿依!

脚踏楼梯步步高,我为贤东摘仙桃。

嘿依!

两个木匠师傅每爬一级,老鼠嘴就喝一道彩,底下所有的人就跟着呼应一声。

呼应的人都依列站在两边,像合唱队。两排之间的半空,横着那条梁。领彩的老鼠嘴站在梁下,操纵着众多的嘴巴,抬头喊一声,低头听一声。

老鼠嘴每喝一道彩,谢宜修就挽着一只竹篮给每个人分块麦粑或是发饼。她穿了一身当地老巴嫂腋下开襟的新棉袄,头上包了块手巾,举手动脚还是个城里人,一向板着的眉眼有了一些灵活。

敲起锣来。
嘿依!
手提贤东一只瓶,千两黄金巧打成。上打金狮来盖顶,下打莲花好彩瓶。此瓶里面装琼浆,琼浆上梁祭神人。

老鼠嘴举起一只酒瓶咕嘟咕嘟地猛喝了一气,唱:

一家饮酒千家醉,一户开坛十里香。我今夸酒有四好:
嘿依!
一好婚姻喜事,二好置买田庄,三好迎宾待客,四好做屋上梁。
嘿依!
酒祭东,孔明借东风;酒祭西,七仙女做了凡人妻;酒祭南,好比芙蓉配牡丹;酒祭北,贤东好比刘玄德。
嘿依!
祭梁头,儿孙封侯;祭梁尾,荣华富贵;祭梁肚,开门发户。
嘿依!
自从今日喝彩后,大富大贵大吉祥!
嘿依!嘿依!嘿依!
……

仪式十分冗长,又单一繁复。队上的老职工倾着头,一心喝酒吃粑。城里来的人有些烦了。下放的人因为是吃白食,不好多嘴。先是吴老六一大帮侄子不肯安生,满屋子疯跑乱撞。嫂子们跟着坐不住了,嘀咕:"不是要请戏班子的吗?""老六安排好了。"谢宜修说,"一会儿请大家欣赏。"

除了吴老六,没有一个人想到谢宜修请来了张可凡。

张可凡出现在屋场上的时候,所有人倒吸了口气,满场鸦雀无声,好像是给惊吓住了:

一身笔挺的黑西装,雪白的领口扎着鲜红的领结,笔管样的裤管下尖头皮鞋闪闪发亮。长发蓬松,大鬓角把涂了油彩的脸衬得格外神气,怎么看也不像那个天天被大家捉弄、当下饭菜、寻开心、造锅巴孽的戳屎包。

喝吧,朋友们,美酒能使我们陶醉!
喝吧,朋友们,把一切烦恼都丢开!

张可凡扬起双臂,亮开嗓子:

尽情地喝个痛快,
把所有忧郁都忘怀!
干杯!干杯!为一时的异想天开干杯!
干杯!干杯!为瞬息即逝的幻想干杯!
干杯!干杯!为昙花一现的欢乐干杯。

在这样的地方、这样的人群中间,张可凡的样子很古怪,很可笑,但没有人笑。他的光彩照人,他的作古认真,他的全力以赴,镇住了大家。

老职工不晓得他唱的是什么,但是晓得一个人能发出农场喇叭里那样好听的声音不是容易事:难怪老是听他喊冤、号丧、叫魂。

城里人有几个晓得他唱的是歌剧《茶花女》,吴老六二哥两口子都在大学教音乐:"唱得还真不错!"他们低声赞叹。二嫂忍不住站起来,走到张可凡身边一起唱道:

喝吧,朋友们,别虚度了我们的青春!

喝吧,朋友们,我们的生命由欢乐和爱情组成!

明天会怎样,谁都难预见。

无论多么美丽的花儿,

鲜艳的日子也过不了几天!

盼望,遐想,憧憬,都将是黄粱一梦……

干杯……玻璃杯的叮当声,绝不会吓走爱神!

二嫂绝对专业的对唱,让过了年继续下队蹲点的黄场长也拍起巴掌来。

这样的生活是多么美好。

……

是的,爱你的人是多么快乐。

……

谁会爱我呢?我根本不知道。

……

是我,我这是在劫难逃。

……

那顿饭,从来滴酒不沾的张可凡连喝了几碗。碗是乡下的土碗,酒是州上的土烧,刚喝没什么事,后劲厉害。那天回到宿舍,他一通翻肠刮肚的呕吐,只差没有把肠子呕出来。呕吐完之后,就是一通号啕大哭,不晓得的人以为他刚死了娘老子。

在酒桌上黄场长对张可凡交代:"回去跟你们朱队长讲,就讲我讲的,调你去场文工团,回头去场办开个介绍信,这两天就去报到。"

黄场长说话的时候,不时扫一眼吴家城里来的五兄弟,很威严地清一下嗓子:"不过,你要剪一剪头发,刮一刮鬓角,莫像现在这样三分像人七分像鬼。"

"这下好了,戳……张哥一步登天!恭喜恭喜!"平时一口一个"戳屎包"地喊张可凡的那班人乱糟糟地端起酒碗,意外、眼红、真心真意,都有。

316

最惊喜的是谢宜修。

年前回去,她才知道母亲已经住院两个多月了,大手术,自己硬熬着,不准上小学的儿子给姐姐写信。幸好护士马姨听说谢宜修也在江州,跟她儿子一个农场,格外照应。见到谢宜修就问知不知道她儿子张可凡?

"知道。"谢宜修说。她还知道农场里谁都可以欺负张可凡,但她不能把这些告诉马姨。

"他太懦善了,一个人会很吃亏的。"马姨说着眼泪就掉下来。

……

谢宜修不知该怎样安慰她。

"从小他就只喜欢唱歌,千艰万难考进了艺校,又给人家开除了。开除的原因是'调戏女同学':进校第二年,学歌剧《茶花女》,有天晚上离开排练室,他看看走廊前后没人,忽然从怀里抽出一枝花,单膝跪下,拦在那个跟他演对手戏的女生面前,把人家吓得惊叫。那女孩儿特别求上进,刚写了入团申请书,觉得受了侮辱,直接去校长那里哭诉,伤心得像是被强奸了。他其实单纯得像个婴儿,一点坏心也没有。你们是同事,要是帮得上就拜托多帮帮他。"

马姨瘦削白皙的手冰凉,小小心心地捧着谢宜修已经有些粗糙的手,好像谢宜修是救苦救难的观世音。

谢宜修帮张可凡的忙,也就是做屋的那一次。张可凡正儿八经高唱一曲之后,大家不再喊他"戳屎包"了,连朱瘌痢都说:"操,没想到我这里还卧虎藏龙。"

但张可凡没有照黄场长的调动去场文工团,因为他打死也不肯"剪一剪头发,刮一刮鬓角"。朱瘌痢不再难为他,让他在食堂灶前烧火,去菜地浇水。后来被当作"外国特务"打断脚骨子是别的分场人做的事。再后来他跟着大伙回了城。

农场有人在码头上遇见过张可凡。他挂着一根洋式的手杖,站在江堤的矮墙边抽烟,还是一头的长发,还是大鬓角,嘴里吐出一个接一个的烟圈,洋味儿十足。见到熟人,他很客气。如果是个男的,就拉到僻静地方,递上一张名片,说:

"想要,就打上面的电话。"

名片后面,有几行四言八句儿:

放下金绡帐,

银钩钓情郎。

摊上席梦思,

接待十六方。

来的都是钱,

全凭腿一张。

搂着说最爱,

过后不认账。

人一走,

就冲凉,

下一对哥姐做鸳鸯。

二队一直没有回城的,除了省城孤儿院来的张社宝,就是谢宜修。某年有记者来采访,问谢宜修为什么嫁农民,她只回了一句:"因为我不如农民。"

谢宜修跟着吴老六一直过得很享福,生了一堆儿女。她父亲被政府特赦释放后,吴老六把岳父岳母一块接来了江州,在屋场上山墙最高的那幢大屋里安享晚年。

农场改制后,江州的青壮许多去了经济发达的外省。谢宜修跟吴老六商量,把抛荒的地都租下来,六兄弟贷款集资,盘下倒闭的轧花厂,一年后又办起纱厂,注册了江州棉业公司。

这些都是后话,不赘。只简单交代一下两个人物的下落:一、朱瘌痢做了公司保安的头;二、小剧团去找过张可凡来公司,张可凡头摇得跟拨浪鼓一样,一脸恐怖:"回江州?"

吴家人财两旺,州上人说:"还真莫不信,那是得力他们家的山墙高。"

蜜桃

甘卫华脸白得像石灰抹的,精瘦、窄长,薄嘴唇,为人尖刻,一张刀子嘴,从来不说人好话,说话一定伤人。跟她一批下放的男男女女,除了剃头佬潘伢儿,没有一个愿意接近她,她也一个都不放过:女的胸大的是没脑,屁股高的是"三翘",眉眼活的一定做过婊子;男的不是太干瘪,就是太奶油,要不就是潘伢儿那样的长不大的憨包。潘伢儿有次歇坡在地里追蝴蝶,她说:"你跑给哪个看?这里哪个会看你?"

在大家的印象里,全农场甘卫华只说过一个人的好话,就是李部长。人前人后,她都一点不隐藏对李部长的仰慕:"那才是十足的男人。"

场里还有劳改队的时候,李部长是管教。后来劳改队撤销,劳改犯留场就业,李部长转为新成立的场武装部的干部,再后来,当了部长。他个头不高,粗壮敦实,头和身子几乎是一小一大两个正立方体,打破这种方正的是胸前斜挎的驳壳枪背带,好比是从场部隔三岔五放的电影上走下来的游击队长。

李部长总是一身灰制服,很容易跟群众打成一片。从场部出来,下队工作,要经过二队。他人很和气,只要见到地头有人,就会停下来跟大家聊几句。甘卫华每次都挤到他身边,眼睛直勾勾地看着他,不管他说什么都鸡啄米样地点头。听说场部的干部都要分到各个分场蹲点,她伸手攀住李部长的驳壳枪背带,嗲声说:"李部长应该来我们二队蹲点。"李部长退后一步,摆脱她攀住驳壳枪背带的手,说:"是是,我一定来。"

"说话算数,我等你哟。"

本应是"我们等你哟",甘卫华省去了"们",全然不顾周围人的白眼。潘伢儿忍不住咕哝:"憨包!"

潘伢儿不怕得罪场部干部。这帮下放的人里,他出身最好:祖父那一代逃荒进城,传到他这一代,一直是做剃头手艺。他小学没有上完就出来跟老子学徒,几年后满师,在理发店做得好好的,看见甘卫华下农场,也跟着跑来了。也真是一物降一物,别人眼里甘卫华一无是处,潘伢儿就是服了她,像是上辈子欠了她,这辈子来给她做牛马。他们从小在一个巷子里长大,念书的时候,上学放学总是一路。长大了,稍通些人事,来往疏了。但潘伢儿一到学校放学的时候就心不在焉,隔着理发店的玻璃盯着外面,等着甘卫华的出现,一天没看见,心里就不是味儿。

一见潘伢儿走神,同在店里做活的老子就骂:你莫做梦了,她那么泼辣,丫鬟的命小姐的心,你吃得住她?癞蛤蟆想吃天鹅肉!

甘卫华根本就不把潘伢儿当回事,从来就不正眼看他。他长得一张娃娃脸,一个剃头佬,头发却遮住了半边脸。因为口臭,嘴里总含着薄荷糖,其实更难闻了。到了农场,一有空他还要给人剃头赚外快,这习惯也就保留着。他有事没事老往甘卫华身边凑,甘卫华闻着就想吐。

甘卫华老子是二贩子,每天天亮前去郊区收菜,天亮在城里摆摊,跟工商税务的人捉迷藏。她自己从小特别要强,个子小,喉咙却大,动不动跟人吵架,嘴巴连珠炮一样响个不停。对方如果横不下心一巴掌拍死她,就只能是溜之大吉。老子在打击投机倒把运动中丢下一大家人突然没了音信,老娘一个人扛不住,甘卫华只好退学,去一个民办小学代课,帮在国营菜场扫菜帮子的老娘养家。代课不到一个学期,校长知道了她老子的事,责怪介绍人之前没有讲清楚:"教育是为政治服务的,对不起,这种人我们不好用的。"

街上的高音喇叭天天在播北方的一个城里女学生的光辉事迹:她不上高中,主动要求参加社会主义农业第一线建设,受到了中央领导的表扬,成了时代的楷模、青年的表率。这边居委会也在上门登记各家没有上学也没有就业的闲散人口,动员"我们也有一双手,不在城里吃闲饭"。

甘卫华特地跑到街道办事处,找到一把手,强烈要求下放,情绪激动得像是有人在威胁阻拦她:"头可断,血可流,不达目的誓不休!"

街办主任笑起来:"好好好,我们坚决支持你!不过就是下乡劳动安家,不需要断头流血。"

从街办出来,甘卫华扬眉吐气。之前不管走到哪儿,总有人跟在她后面叫"二贩子"。现在,她将要成为"时代的楷模,青年的表率"了,眉毛高了三尺。

母亲从菜场下工回来,抱住她大哭。她扶住母亲的肩膀说:"莫哭。这条巷子里,我回来时会活得比哪个都强!"

没有等到"回来",甘卫华第二天就"活得比哪个都强"了:

省城的大报小报都出现了她的名字;省城开欢送大会那天,因为许多人直到要动身了还是一百个不情愿,她的表现就尤其突出,省报记者专访了她,随后她的大幅照片还上了报纸。潘伢儿就是看了报纸,疯了样地跟着跑来江州的。

李部长真的来二队蹲点了。本来从场部到二队就一脚路,他完全可以住在场部自己的宿舍里,但他说既是蹲点,就应该跟大家同吃同住同劳动,坚持住到了队里。农场给下放人员建的宿舍很宽裕,临时调整了一下,给他腾出了一个单间。

除了场部有事,李部长每天都跟大家一起上工放工。吃过夜饭,大家就挤在他的房间里读报纸、学文件、谈理想。一张饭桌搁在中间,两边是单人床铺,以李部长为中心,其他人围着桌子,床上坐不下就站着。每次甘卫华都早早地在别人前面进去,大喊大叫着靠拢组织,紧挨李部长坐下。

李部长说:"对对,靠拢靠拢。"

屋里只有一盏煤油灯,桌子周围都在暗影里。李部长把报纸凑到灯下,甘卫华则把头凑到李部长头边,越凑越近。暗中有人嘀咕:"是要耳鬓厮磨啊?"

专心读报的李部长不熟悉省城的话,把"厮磨"听成了"什么",问:"什么'什么'?"

"什么什么"由此成了甘卫华的外号。

来农场之后,甘卫华一直等着在省城欢送会上说过要追踪采访的记者。她家、她自己一直被人看不起,下农场让她成了新闻人物。这样的感觉让她上瘾。老子靠不上了,再找一个可以靠得上的人就是。现在她认准了李部长。都说他很快就要当场长了,就是不当场长,凭那把驳壳枪,他也是场里最有权的人之一。靠上他,她也就有了分量。

甘卫华的心思再明白不过,她因此很孤立,下放的个个觉得她贱。男的骂女的就是:"你是什么什么啊?"女的回骂就是:"你娘才是什么什么!"

对这些,甘卫华嗤之以鼻:这帮人,哪个敢说自己不贱。表面上骂,心里其实嫉妒;表面上正经,心里其实想坏没本事坏。她长大了,犯不着像先前那样遇事就发泼。

白天,宿舍一般都不关门,李部长也一样,那把驳壳枪带在身上,房里也没有什么值钱的东西。甘卫华一有空就去给他洗衣浆衫。州上没有街上那样的自来水,都是去江里挑水。一担水从江里挽起,走过老长的江滩,再翻过大坝,挑到屋场,累死半条命。江水尽是泥沙,混浊得像黄浆,必须用明矾把水澄清了才能吃用。力气不够的人,洗衣服只能去坝外找有水的土塘。那些土塘是挖土筑坝留下的,下雨的积水,比江水清多了。甘卫华每次都要跑得老远,非找到她觉得最清的水不可。衣服洗净晒干了,又用茶缸子盛了开水当作熨斗,熨得平平整整。

李部长先前当管教的时候,这些琐事都是劳改犯抢着做的。后来转到场部做事,换下来的脏衣服臭袜子就堆成一堆,等星期天老婆从市里来看他时一次性清理。甘卫华代劳,他觉得再好不过,给老婆省了事,也省了埋怨。每次甘卫华送来干干净净散发着淡淡的肥皂味儿的衣服,他并不特别感谢,随便说一句"就搁那"了事。甘卫华把这种随便看作是对她的接受,满心欢喜,越来越没有顾忌。

有一次读报的李部长读着读着噌地一下忽然站起,脸上白一阵红一阵,侧脸看一眼甘卫华:"今天晚上就读到这里,大家回去休息吧。"

大家你看我我看你,又一齐看定李部长身边若无其事的甘卫华,想象刚刚在桌子底下发生的事。

第二天,李部长找了个合适的机会,把甘卫华喊到一边,很严肃地告诫她:"出身不由己,道路可选择。你追求进步是好的,但要正正当当,不能动手动脚腐蚀干部,那是犯罪!"

甘卫华说:"我不是腐蚀你,我是……我是喜欢你……爱你!"

李部长沉下脸,下意识地扶了一下驳壳枪的背带:"这是什么话!"

"真心话。"

"胡闹!莫说我有家室,就是没有,我也有立场!"

甘卫华还要说什么,李部长甩手走了。

在市剧团演戏的李部长太太带着他们的儿女在城里住,他在场里过单身日子,不会对一个黄花闺女——而且还是个省城学生——不动心,他说"腐蚀",不过是装模作样。州上人说,男追女隔重山,女追男隔层纱,只要她不放手,一个大男人没有拒绝的道理。

甘卫华依旧信心十足。

半夜,忽然响起了军号,甘卫华头一个跑出了女生宿舍。

几天前李部长就在会上说过,全场民兵要进行夏季训练,为了检验每个人的警惕性,具体时间不会事先通知。这些天甘卫华夜里一直睡不踏实,一有响动就醒了。有一次听见喇叭声爬起来,跑到外面才听清是农机修理厂加班的汽车喇叭。

这次甘卫华没有搞错。一出门就看见许多人在坝头上跑,她赶紧跟上去。气氛很紧张,没有人说话,只有"呼哧呼哧"的喘气声和"咯噔"的脚步声。

麦场上,先到的人已经按照李部长的口令站成了排,后到的依次排后。全体面对李部长。

看看人到得差不多了,李部长很威严地整了整驳壳枪的背带,喊了几声"立正""看齐"之类,一手从身上摸出一张纸头,一手抓着手电筒照着那张纸头点名。

点到名字的被要求出列,在最前面站成一排。甘卫华不记得自己是第几个被点到名字的,听那些名字,她隐隐觉得有些不妙——要么是下放前有前科的街痞子,要么是她这种出身不好的。果然,李部长清了清喉咙,厉声说:"喊到名字的,统统有——立正——稍息——解散!"

没有一丝风,四下里一片蛙声聒噪。三伏的夜晚,热得人像在蒸笼里,甘卫华却一阵阵发冷。军训是民兵的军训,她没有当民兵的资格!她忽然明白了李部长说的"我也有立场"那句话是什么意思。

甘卫华迷迷糊糊地在床上躺了两天,身子一会儿像是塞进了大火熊熊的灶膛,一会儿像是掉进了寒气彻骨的冰窖。第三天头上清醒,全身透湿,像刚从水里捞起来一样。

同屋的人都去上工了,宿舍的一长排平屋寂静无声。甘卫华摇了摇头,脑子特别清楚。她想不起两天来有人问过她的死活,她要真就这么死了,说不定就像条狗一样被拉到州尾巴的江滩埋了。忽然她闻到一种气味,一种她曾经很厌恶的气味——薄荷味!

揭开桌上的茶缸子,里面是半缸子薄荷糖。

就是说,潘伢儿来过。

眼泪唰地流下来。不是感动,是可怜自己:这么大个农场只有一个潘伢儿还在乎自己的死活。

她决不甘心。

星期天,李部长太太照例来农场。

甘卫华下了早工,吃过早饭,没有再下棉花地。从城里到农场的班船半上午到,她在宿舍门口等着,远远地看到坝头上出现李部长太太的身影,她轻飘飘地进了李部长的房间。

李部长太太看见老公床上短褂短裤、赤脚光腿的甘卫华,抱着一本书,看得得味不过,以为自己走错了房间。正要退出,床上的甘卫华懒懒地把书从脸前移开,又鲤鱼打挺一样弹起:"哟,李姨来了。"

"对不起,我走错房间了。"李部长太太赶紧道歉。

"没有没有,这就是李部长的房间。"甘卫华慌慌张张地下床,一面支支吾吾,"今天天好,我想……想给他洗一下被褥。那你洗吧。"

李太太怔了一下,转身走了。

午饭前,甘卫华就给叫到场部。跟她谈话的是农场妇联冯主任:"我就不跟你兜圈子了。你老实说,跟李部长有没有关系?"

"有。他是干部,我是职工,干群关系。"

"有没有男女关系?"

"有。他是男的,我是女的。"

"你上没上过他的床?"

"上过。我们夜夜挤在一张床上读报。今天上午我还上过。"

"你莫装糊涂。我是问你们两个有没有睡过觉?"

"睡过。不止我们两个,哪个没有睡过觉?"

"我说的不是睡觉,是……直接说吧,他有没有在你身上睡过?"

"那又怎样?有一次我从市里回来,在班船上看见赵场长也睡在你身上。"

冯主任的脸一下煞白。有一次她跟赵场长从市里开会同船回来,赵场长的确是靠在她肩上睡着了。关于他们的风言风语,场里早传得沸沸扬扬。

"你回吧。"冯主任一扬手。

甘卫华最后的回答,等于是承认了李部长跟她搞过。

传说中,因为晓得赵场长的生活作风问题,上面要把他调走,让李部长接替。现在好了,李部长也当不成场长了。冯主任心下有点为赵场长幸灾乐祸。

正在训练民兵的李部长被场办的蒋忠诚突然喊回场部,很是莫名其妙,一路上追问到底出了什么事。当过兵的蒋忠诚始终不吭声。到了场部,场党委的桂书记已经在走廊上等他:"回头你去下面卷铺盖回来吧。"

"为什么?"

"你这个点蹲得也太深入了。"

"什么意思啊?"

"去问你老婆,她在你屋里。"

无论李部长怎样赌咒发誓,李太太都不肯相信。男人借口蹲点,跟一帮城里下放的男男女女打得火热,她上几次来就有感觉,今天她的亲眼所见差不多就是捉奸在床了。

场里许多人,尤其是二队的人,都觉得李部长很冤枉。李部长做人方方正正,做事一板一眼,从不邪头鬼脑,特别是没有一点架子。反过来,甘卫华看上去就是个白骨精,李部长吃了她的亏,很不值当。背后都对她指指戳戳。

甘卫华那段时间很诡秘,有事没事就搭场渔业队的便船往对面的县城跑,头天去,二天回,从不跟队长请假,队长也懒得问。每次她回来,潘伢儿都在江边等她,问她,她理也不理。不久大家就看出,她肚子大了。

原来,甘卫华这一趟一趟是去做检查。

潘伢儿实在忍不住,揪住她:"说,是哪个的?"

"你管得着吗?关你什么事?"甘卫华看也不看他。

"是不是姓李的那狗日的?"潘伢儿绝望地大喊,哭起来。

甘卫华甩开他的手。第二天气昂昂地找到队长吴毛俚:"这回我跟你请个假,我今天回省城,把小杂种打掉,怕是要住些日子。"

甘卫华这一走,把李部长往死里最后推了一把。

李部长不但没有当上场长,场武装部长也给免了。李太太本来就忍受不了两地分居的日子,又不肯来农场,既然他早已有了外遇,趁这机会正好跟李部长离了婚。

约莫年把以后,李部长的冤情水落石出:从农场去对面的县城,可以搭场渔业队的便船,从县城的码头又可以搭去市里的便车。一个流氓团伙长年霸在码头上,专门用上便车诱骗州上舍不得花钱坐班船的城里下放女孩。他们很看不起这些女孩,审问时交代说把她们搞到手比抓只鸡还便宜,最多一碗肉丝面就够了。最便宜的一个只用了一只蜜桃。

325

"她叫什么名字?"办案的很好奇。

"好像……好像叫甘……对了,甘卫华。"

但是对李部长来说,一切都晚了:办完离婚手续没有几天,李部长病倒了。他后来的日子几乎就是在县、市、省里的医院进进出出,把两个正立方体熬成了两个三角立方体,直到不治。

潘伢儿耐心等了几年,总算遂了这辈子最大的心愿,把甘卫华娶到了手。因为多一门手艺,婚后的日子比一同下放的人滋润。高兴的时候,潘伢儿问甘卫华:"想大肚子,何必跑去江对岸,我不是现成的吗?"甘卫华说:"让你上了,还有人会疑心李部长吗?"

没想到下放的人还有回城的一天,潘伢儿两口子回到了他们从小长大的巷子。

早年国营的理发店已经解散,潘伢儿老子自己单干,潘伢儿回来,父子两个把老屋改成了剃头铺,名叫"天鹅发屋",表明他老子当初骂的"癞蛤蟆想吃天鹅肉"梦想成真。

甘卫华老子在外面做了十几年盲流,回来光明正大地开了个肉菜小店。甘卫华不用另外去找事做,就在店里做账。

说起早年下放的故事,甘卫华感叹:"没想到李部长那么一个大男人会那么不经事,还不如我们家这个到死也长不大的潘伢儿。"

我恋爱了

李部长出事以后,黄场长从南边公社调来场里当副场长,分管政工。听说二队那么复杂,决定亲自下去抓一抓。

黄场长有点像老猴子,人瘦成一把筋,背驼着,脸极力仰着,颧骨很突出。走路步子不大,但总是精神抖擞,不时很响亮地咯一下喉咙。他对自己要求很严格,老婆一直留在山里种田,给他养着老人和一大堆儿女。他有肺结核,长年咳咳咯咯,这回调来农场,才把上完初中的女儿黄梅子带到场里来做农工,就安排在场部边上的二队,父女两个好有个照应。

在队上转了两天,观察了两天,也思考了两天,接受李部长的教训,黄场长决定,跟这帮下放人员不能太亲热,要来硬的、狠的。头一次全队大会上,他特地严肃指出:"城里下放的同志,现在已经不是客人了,场里不会一直客气下去,表扬也好,批评也好,都要跟老职工一样对待,一视同仁。"接着宣布了几条:

头一条,刷墙。把屋场上所有眼睛能看到的墙面,都画上宣传画,写上大标语。二一条,夜校要夜夜上课,不能三天打鱼,两天晒网。三一条,公开场合,衣服该遮住的地方必须遮住。四一条,男女之间不可以随便摸摸捏捏。

在下放人员里,条子是最扎眼的一个:人老长,像根坝头上挂高音喇叭的电线杆子,头发女人样的直拖到肩上,风一吹,旗一样在头上飘扬。上身褂子长到膝盖,满是五颜六色的油彩,大长腿上的大裤脚在地上扫得稀烂。那么长个人,走路还总昂着头,从不看人,除了跟省城来的"鸡屎分子"韩昕有几句话说,不跟任何人打招呼,傲气十足。老职工说起他就说那个"拗粪兜子"。

条子老子是小学美术老师,想做大画家没做成,把希望寄托到了儿子身上。条子从小跟老子学画,到初中已经有了一点小名气。画人像,画一个像一个。毕业那个学期,特崇拜他的一个女同学把他邀到家里,让他给自己画人体。刚脱光,还没有摆好姿势,门窗就被人敲得山响。居委会几个老巴嫂早盯上了他们两个,领着派出所的警察把他们抓了个现行。

离毕业没有几天,条子被学校开除了,成了社会闲散人员,每天背着画夹子去公园写生,画人像赚钱。画了两年,不让画了,居委会天天上门动员下乡。下乡之前,老子反复交代:"种田可以,千万莫荒废了艺术。"

条子会画画,刷墙的任务就落到他身上。他不搭理人,做事倒是认真。每天天不亮,上工的钟一响,他就跟着大家起床,别人下地,他去屋场,爬上架子,画到别人收工,他跟着下来去食堂吃饭。有时候画得兴起,干脆把饭省了,在架子上一站一天。

黄场长时不时来看一眼,每次都很满意。条子画的有年年看得到的"麦地金波""棉海银花",也有科学幻想的"飞播杀虫""机器除草"……正是他心里想的口里说不出的。但是这种满意从不流露,他觉得对条子这样的"拗粪兜子",绝不能轻易表扬。他把二队这些下放人员的档案都仔细翻过一遍,条子家里不是依靠对象,本人又犯过大错,成分应属不高不低,对他的态度也就宜不冷不热。

"你能不能改一改?"条子从架子上下来,黄场长说。

"哪里要改?"条子眼睛看着刚画的墙面。

"我说的不是画,是你。"

"我?"条子回头俯瞰黄场长。

"头发,能不能叫潘伢儿剪短些?裆子,能不能换件干净合适的?特别是裤子,扫把一样。你这个样子把老职工的年轻人都带坏了,钟国宝不就是学你的嘛!"

条子看着黄场长的秃顶,嘴角一撇。

"怎么,不同意?"黄场长仰面对着条子,用力咯了一下喉咙。

"无所谓同意不同意,这是我自己的事。"

条子说。

黄场长噎了一口,忍住了:画画的只有条子一个。

夜校是在屋场边一块空地上临时搭起的草棚,搭得很大,全队开会也可以用,但老职工大多喊不动,黄场长也就不强求,毕竟这帮下放人员才是工作的重点。每天收了工,不管多晚,吃过夜饭,黄场长就紧盯着,把宿舍的人一个个请进草棚。二十几个下放人员,加上钟国宝几个喜欢跟下放人员搭壳的老职工后生,男女各坐一边,草棚里显得空空荡荡。

黄场长规定的课程跟先前的李部长没有大出入:读书、读报、读文件,只不过最后他的讲话每次都很长,但是不空洞,什么人、什么事,一个个、一件件,具体、精确:哪间宿舍我就不明说了,过了半夜,女同志房里还有男同志叽叽咕咕。声音我是听得出的,就不在这里明说了,你们自己心里晓得就行,瞎子吃汤圆——心里有数。不过,下回我就不客气了!

"还有,坝外的柳树林是防浪林,用来在汛期缓冲江水保护堤坝的,不是让人在里面浪荡胡搞的。我夜夜都会去巡查,有人给我撞见了,有人没有撞见。撞见了的以后不要再犯,没有撞见的不要得意,走多了夜路总要碰到鬼的——当然,我不是鬼,我是为你们好。"

桌上的煤油灯忽忽闪闪,从下往上照着从来不笑的黄场长。他不时很响亮地咯一下喉咙,仰着枯黄的脸,突出的颧骨挡住了眼睛,样子很阴森。

想象着一只老猴子每天半夜蹑手蹑脚地贴到宿舍的窗户脚下,或是像个影子一样在坝外的树林子里飘来飘去,所有人都觉得背脊上有一条冰冷的蛇在爬,汗毛直竖。坐在最后一排的人老是扭头看身后,总觉得黑暗中有什么东西在无声无息地爬到背上来。草棚的门关不严,不时被夜风吹得叽嘎作响,一响人就吓得往起一跳。

"今天,我要讲一讲'鸡矢'同志的四言八句儿。"黄场长用力清了一阵喉咙。

"鸡矢"是韩昕的外号。他性格很孤僻,从来不跟各级干部搭壳,两只鬼灵精怪的贼眼总是瞪得老大,连李部长、黄场长这样的人都看得心里冒寒气。凡是有头有脸的事他都沾不上边。他也就拐子拜年——就地一歪,正好没人打搅,一有空隙就翻书,一面竟异想天开地写起诗来。在棉花地里边锄草边搜肠刮肚,回来就边吃饭边爬格子……结果制造了一堆文字垃圾。因为老是写写画画,落了个"鸡屎(知识)分子"雅号,众人觉得"分子"多余,直接就叫"鸡屎",他顺手拿它作了笔名。稿子寄到杂志社,有个编辑实在看不得,给他回了一封信:先不讲别的,光这个名字就一股臭味,哪怕改成个"鸡矢"也好些。他就改成了"鸡矢"。

黄场长说的鸡矢的"四言八句儿",是他新写的诗,预备给条子抄到墙报上去的,先送了黄场长审阅。题为《我恋爱了》:

我恋爱了
我在黑暗中摸索你的笑容
在熔岩一样的温度里
理想被烈火点燃
在我们中间,隔着时间和空间
让我们创造丰收的激情无法相遇
这有什么
我要爬上空间的山峰去进入你
我要涉过时间的水波去进入你
我要在你滚烫的怀里徜徉
让你把我最后的一滴血吸干
你,灼灼其华,蜂歌蝶舞
你,敞开胸怀,身披残冬

喷薄最灿烂的光芒

惊艳半壁江山

我骑上春梦的快马

让所有的惊艳兜着春风

让一寸寸沃土永远失去荒草

饱蘸春色,写意碧空

柔软如初启的星光散开

挺直了坚挺的画笔

向绿色的棉林无限进入

直抵垄沟的尽头

在那里纵情歌舞

在那里获得真正的自由

当金属与泥土交接

从土地到土地,从心到心

一种生命的狂欢

完成了挥霍

"请你给大家讲讲,你写的是什么?反正我翻来覆去读了好多遍,怎么也读不明白。你那个'真正的自由'是什么?我们的自由莫非是假的?'生命的狂欢'?还'挥霍'?那不就是无法无天吗?横竖我听起来怪怪的,像是说胡搞的事。"

黄场长把那几张纸头拿在手上,甩得哗哗响。

这是韩昕自认为下乡以来写得最好的一首诗,写的是每天出工下地的感受:"恋爱"是爱农场,"摸索"是因为天黑,"笑容""胸怀"都是说棉花地,"山峰"和"水波"是路上的坡坎和沟渠,"画笔"是锄子,"狂欢"是劳动,"挥霍"是形容奉献。但黄场长的神态和口气,明显不是要听他解释。他瞪着两只鬼灵精怪的贼眼,等着黄场长的下文。

果然,黄场长咯了一下,接着说:"你们下放是来改造思想的,要好好向州上的劳动人民学习。他们世世代代创造了无数的好文化,比方'五句头'山歌,是个人一听就懂,为什么不学?拿这些'鸡屎分子'的东西来吓哪个?"

煤油灯把黄场长的影子投射到背后的墙上和草棚顶上,黑压压地晃动着。

韩昕觉得那晃动有些滑稽,他不想辩白,很平静地说:"我重写。"

农场的老职工,不论男女老少,都能哼几句不知何时流传下来的歌子或戏文,韩昕听着还真是喜欢,留心收集记录了不少。那些歌子或戏文,八九不离十,大多跟男女有关,而且大多质朴直白,一点不遮遮掩掩、拐弯抹角。黄场长说话的时候,他就想到了一首"五句头"《车水》:

新打脚车四步头,
架在大姐奶上头。
日里车干姐的水,
夜里车干姐的油。
车得大姐乐悠悠。

韩昕一眨眼就念出来:

新打脚车四步头,
架在农场渠上头。
日里车干长江水,
夜里旱地水如油。
车得棉林乐悠悠。

"你看看,劳动人民的水平多高,你那个'恋爱'根本没法比,对不对?你虽说多认得几个字也不能不承认,对不对?"黄场长大声说。

韩昕真诚地说:"我承认。"

四下里响起窃窃的笑声,听过这歌子的并不止韩昕一个。钟国宝一来宿舍,他们就围着他,让他唱这类荤歌子。但能一眨眼就改得又时兴又像那么回事的,只有韩昕一个。条子在后面捅了捅韩昕,用伸出的一只大拇哥。

"大家说,对不对?"黄场长提高声音问。

"对!"底下齐齐发喊。

不消说,这是对他工作能力强、水平高的最明白不过的反应。黄场长很欣慰地咯了一下喉咙。

经过这段时间的艰苦努力,黄场长的工作的确收到了很好的效果,那帮下放人员的精神面貌焕然一新,站有站样,坐有坐相,一个个乖溜了,至少当面看不到七颠八倒、伤风败俗的行为。在棉花地,只要场部高音喇叭播放的歌曲一响,他们就齐声跟着高唱,唱得热火朝天,豪情澎湃。

到底年轻,又是城里人,脑筋转得快,晓得好歹,说变就变了。

有关这段工作的总结被一个省报记者拿到省报报道出来,被省里一位管农垦的领导看到,专门派了一个调查组,由市、县派的领导陪同,下来调查。二队屋场满墙的标语宣传画,下放人员宿舍里跟兵营一样地整洁,给了他们极为深刻的印象。最火爆的是座谈会:调查组传达了省领导的关怀后,让大家有什么要求只管提出来,他们带回去汇报,一定尽量满足大家。

大家正默着,没想到甘卫华抢先站了起来。自从李部长因为她撤职丢官、家庭破裂,除了剃头佬潘伢儿像是捡回了被人抢走的宝贝,大家都离这个白骨精生怕不远。但她表现得像是大家公推的代表:"我们没有别的要求,只希望一天能有四十八个小时!因为我们恨不得一天能干完两天的活!"

从省里来的调查组和市、县陪同领导情不自禁地热烈鼓掌。黄场长和场里其他领导虽然知根知底,也跟着鼓掌。毕竟,甘卫华为农场争了面子。

"希望一天有四十八个小时"后来成为一句青年豪言壮语的经典,在国家级的青年报刊上大字通栏登出,广为流传。农场一下在全省、全国的农垦系统出了名。

可惜,那句经典豪言壮语的发明权归了"江州农场一群朝气蓬勃的下放青年",没有甘卫华什么事,她并没有因此再次成为新闻人物。她很后悔,当初应该说"我没有别的要求",而不该说"我们"。

看甘卫华那样不屈不挠,一而再再而三地白费苦心,不管别人说什么心里总是明明白白的韩昕好意奉劝:"何苦呢?"

甘卫华从上到下白了韩昕一眼:"你算老几?"

韩昕脸一热,立刻闭嘴。

黄场长本人在成绩面前很谨慎,提醒自己:江山易改本性难移,这帮人没有一盏省油的灯,决不可疏忽大意。

条子始终保持着写生的习惯,画夹子不离身,只要坐下来就抓起画笔:堤坝、屋场、树林、菜地、野花、江上的帆船、路上的牛车、皱纹密布的脸、零乱稀疏的白发、骨节粗大的脚板、青筋暴露的手臂……见什么画什么。

正值农忙,三顿饭都送到地里,早上出了工,夜黑才回屋。下了棉花地,条子就只能把画夹子留在地头。黄场长有意无意翻开,眼睛一亮,画夹子里好多页画着黄梅子:头部的各个侧面,以及眼睛、鼻子、嘴、耳朵、辫子各个局部,画得那么细致,那么用心,长长的睫毛、耳垂下面的发丝纤毫毕见,简直画活了。

难怪郑书记那么器重这个条子。他在县里分管文教,上次陪同从北京下来的调查组,临走的时候跟场里说想把条子调到县文化站去,县里办展览就差这样会画画的。当时场里主要领导没有马上答应,主要是黄场长犹豫,心下嘀咕:你要会画画的,我就不要会画画的吗?

黄梅子长得像市里百货商店卖的洋娃娃,真想不出猴样的黄场长怎么能生出这么漂亮的女儿来。条子头一眼见到她就小声对韩昕说:"这是西画少女的典型素材。"最难得的是,她刚来二队的时候,大家都尽量不挨她的边,怕惹发了她的小姐脾气,搞不好得罪黄场长。过不久大家就看出,她是个老实本分的女伢,出工从来不偷懒,虽然不是太能干,但绝对卖力,从来不拿自己是场长女儿说事。平时不声不响,一旦开口,声音也是细细的、柔柔的、甜甜的,听得让人心软。跟这帮下放人员处得不近也不远,见男的都喊"哥",见女的都喊"姐"。不论看见他们做什么,都会轻轻地一笑,笑得干净透明,没有一点杂念。她对哪个都不防范,纯得像早晨的露水,只得人疼,得人怜惜,不敢动歪心思,更不敢打坏主意。

黄场长自然很为女儿骄傲。黄梅子是他的脸面,他的光彩。黄梅子也是这帮下放人员的榜样,让他们晓得,什么样的女伢才是好女伢。

一遍又一遍欣赏条子画的女儿,想象着画画的场面,黄场长忽然发现了不对头:条子画女儿的距离,几乎可以听得到她的呼吸,闻得到她的发香,什么时候、什么地点、什么场合,这个犯过流氓罪的家伙这么接近过自己的女儿?

心下一阵发紧,黄场长越想越怕,等不得收工,紧赶慢赶跑回屋场,冲进黄梅子的宿舍。

打死也想不到,黄梅子背地里会有那种样子。

黄梅子的枕头底下,露出一个纸角,明显是夜里看了,早起上工匆忙,来不及塞好。抽出那张纸,黄场长眼前一黑,跌在床上:

一捆收割的菜籽前面,仰面半躺着黄梅子,两只手抱着后脑壳,憨憨地笑着,下面——黄场长闭上眼睛,倒吸了口气——女儿长大后他再没有看过她一丝不挂的样子,两条交叉的大腿中间,那么深的黑色是存心要戳瞎他的眼睛。恨恨地把纸上的光屁股女儿反扣到桌上,却又看到了一首诗——那是要他的老命啊:

我恋爱了,
我在阳光下摸索你的笑容
在熔岩一样的温度里
欲望被烈火点燃
……
……

一个激灵醒来,天已黑了,屋场后面不远的地方,有了收工的喧闹。黄场长摇摇晃晃站起来,踩着棉花似的走出女儿的宿舍。

在一批从城里下放的人中,条子是头一个走出江州的。

场里终于决定放行,让他去了县文化站。

这狗日的真是有吃屎的八字,有女人缘,到哪里都走桃花运。

郑书记的千金郑晶晶在县文化站做展览讲解员,在郑书记眼里她差不多就是公主,不嫁则已,要嫁,起码嫁到省里。至于县城十里埠镇的镇上人,不要说挨不得撞不得,就是多看两眼,他也是要不高兴的。

条子跟郑晶晶开过玩笑,请她做模特。也就是开玩笑,哪里敢动真的。按她老子的标准,他起码要先做成省里的画家。

只要接到举行全省和全国画展通知,条子见天就在美工室一大堆颜料瓶、桶和夹着臭袜子的纸捆中间坐下,腌萝卜干就白开水,开始呕心沥血地构思。然后就一连几天关在垃圾箱样的屋里,眼睛斜斜地眯起,凝视着画布,拿画笔的手微微抖着,在空中画着看不见的线条,突然扑向画布。一边画,一边跺脚、挥手、翘起下巴、抿紧嘴唇,"唔唔"地哼。据说大画家都是这样哼的。

每经过这么一次,条子就像大病了一场,刀削似的越来越细,披头散发像个吊颈鬼。这样努力的结果,居然参加了一次全市画展。

不拼命的时候,条子随时随地画站里的人:劳碌快活的厨娘,一团和气的站长,总跟人过不去的老会计,俊朗严肃的文学组长,过街老鼠似的内控分子。有一次,偷偷画了趾高气扬的郑晶晶,没有想到给郑晶晶发现了,竟瞪着眼睛看得发呆。

郑晶晶后来成了条子的专职模特。一有空,两个人就关上美工室的门,躲在里面,一磨蹭就是老半天。站里个个都睁只眼闭只眼,只瞒过了郑书记两口子。等到他们发觉,生米已成了熟饭。

条子离开江州以后再没有回来过,一点不晓得二队后来发生的事。

黄梅子在条子走的第二天发现不见了"条子哥",问队上人,队上人回答:"问你老子。"问老子,老子回答:"你还有脸问?"最后是"鸡矢"见她一下掉了魂,先前那么光鲜的一个女孩转眼黯然失色,实在不忍心,告诉她:"条子调去县里画画了,等安顿好了,会回来看你的。"

"我去县里看他。"黄梅子洁白的小牙齿把嘴唇咬出了血印。

"你要敢去,我打拐你的脚!"黄场长发恶。

"那我去码头等他。"

黄场长以为女儿撒娇,咯了一下喉咙,没有在意。

黄梅子不是撒娇。第二天起,每天在班船快到的时候她就站在码头。船到了,下船的人走完了,没有见到条子,口里就不停地喊:"条子哥呢,条子哥为什么没有来……"

黄场长头几天又是喝骂又是拉扯,忽然意识到女儿连他也不认得了,只有把她送回南边山里老屋。

农场先前的一把手赵场长因为作风问题调离,黄场长去掉副场长的"副"升为一把手。

场部干部感慨:"黄场长为工作牺牲了女儿,太可敬了。"

老职工叹气:"黄场长升官赔了那么好个女儿,不划算。"

(原载于《十月》2019年第5期,宗永平选编)

李云雷／1976年生，山东冠县人，北京大学中文系博士。现为《小说选刊》副主编。著有评论集《如何讲述新中国的故事》《重申"新文学"的理想》《当代中国文学的前沿问题》等，小说集《父亲与果园》《再见，牛魔王》等。曾获2008年"年度青年批评家奖"、"十月文学奖"、《南方文坛》优秀论文奖、《当代作家评论》优秀论文奖、冯牧文学奖等。

杏花与篮球

我们村后街有一棵老杏树,长得很奇怪。这棵树长在我六哥家后面,紧挨着他家的房子,房后是一片水坑,地势很低,从北面看,这棵树像长在半空中。水坑的东边是一条土路,这棵树斜着向上生长,横跨过小路,将枝条伸到了路东的另一户人家,那是村里老地主的房子,那时老地主已经去世,院子都空了。在我六哥家房后,这条路正好是一个大大的下坡,这棵杏树正好长在下坡的咽喉处,像是搭起了一个凉棚似的,一到春天,繁花满树,像长了一树的火;夏天那些青杏躲在树叶里,摇摇晃晃的,分外诱人。那时我们经常爬这棵杏树,老杏树是弯的,斜的,要爬上去很容易。我们爬到树上,从这里能爬上老地主家的房顶,也能坐在横在半空的树枝上,看那条路上来来往往的人,一边啃着杏,啃完,还可以拿杏核投下面走路的人。不过要爬这棵树也不容易,这棵树是我六哥家的,他家的老太太很厉害,见到有人爬树就跑过来,又是叫又是骂的,非把你拽下来不可。我们都很怕这个老太太,一见到她的影子就赶紧跑开了,只有她不在的时候,才敢偷偷去爬。

这个老太太并不是我六哥的娘,而是我六哥的丈母娘。六哥是我的堂哥,是我二叔家的老二。我二叔家有三个儿子,那时候家里很穷,怕孩子娶不上媳妇,就把我六哥"倒插门","嫁"到了这一家。在我们农村里,"倒插门"也是很多的,结了婚不是女方到男家去,而是男方到女方家里过日子,就是"倒插门"。不过那时候,一般能过得去的人家都不愿意倒插门,因为这涉及宗族延续的问题,以我六哥来说,在他倒插门之后,在名义上他就不是我二叔的儿子,而是他丈母娘的儿子了,他生的孩子也不能跟他的姓,而要跟着他媳妇的姓——这在那时候的乡村里,是让人很瞧不起的一件事,村里人如果不是实在没办法,是断然不会走这一条路的。

在我们村里,大姓大都是聚族而居的,姓张、姓王的主要住在前街,后街住的主要是刘、朱两姓,我们李家住在中间偏西。村子里还有一些小姓,姓常的、姓高的、姓代的,则主要散居在后街。姓常的人家在村子里属于独门小户,也不知道是从外村迁来的,还是单门独传。到了常老头这一代,只生下一个闺女,常老头怕女儿受委屈,也没有抱养个儿子传宗接代,而是想招个上门女婿。常老头是一个很有意思的人,他那是我们村里的饲养员,那还是集体化时期,村子里的大牲口、牛、马、驴、骡子,都集中在一起养,盖了专门的牲口棚和草料棚,常老头也不回家,就在牲口棚边上搭了间草房,住在那里,夜里喂牲口很方便。他那间草房,很快就成了村里的公共场所,村里的闲人们吃完了晚饭,都爱溜达到那里,拉拉呱、聊聊天、听听戏匣子。有时候还会有年轻人在这里打扑克,还有的时候,有人想喝酒了,就跑到代销店打一点散酒,去菜园里偷点黄瓜、西红柿,就在昏暗的煤油灯光下,边喝边聊了起来。常老头的草房里总是很热闹,充满了笑声、叫声和歌声。

  那间草房离我家只隔着两条胡同,那时候我爹在三十里之外的苹果园,我娘又管不住我,天一黑下来,我也常跑到常老头那里看热闹。常老头人很随和,也很滑稽,笑起来很爽朗,我们一帮小孩去了,他也不怠慢,有时还摸出些东西,枣啊、糖啊、柿饼啊,给我们吃。有大人的时候,我们跟着看热闹,没有大人的时候,常老头就给我们讲故事。他很会讲,讲起鬼故事来很瘆人。有一次他讲一个鬼,脸像刀刃一样薄,也没鼻子没眼,一般人看不见它,它等人走近了,猛一剁,就把人头砍了下来。讲到这里,常老头的手掌就轻轻砍在了小义的后颈上,"就是这样。"他说。小义早吓得哇哇乱叫起来。常老头还讲狐妖树精,他说什么岁数大了都会成精,他走夜路,就看到过一个老槐树精。那是在十里铺,他深夜赶着马车从那里往家走,像是走迷了,绕过那棵老槐树向前走,走了一会儿,又看到了那棵老槐树,反复走了好几次,总能看到那棵老槐树,他一下子明白过来了,趴在老槐树面前磕了几个头,那个老槐树精才放了他。他说老树变的妖精都不伤人,那个老槐树精是在跟他闹着玩呢,要是野物变的妖精,像狐狸、野猪、黄鼠狼子,就可怕了。常老头还给我们讲男女之间的荤事,谁家的大姑娘跟人家跑了,哪家的小媳妇跟人家钻麦秸垛了……他讲得眼睛发光,唾沫乱飞,不过那时我们不懂男女之情,不大感兴趣,反而更喜欢鬼和妖怪的故事,虽然每次听完,我们都吓得不敢走夜路,见到一棵树就要去摸摸,看它是不是成了精。坐在那里,围着熊熊燃烧的炉火,闻着牲口圈里的怪味,常老头将我们带入了神奇的世界,那个世界离我们那么远,又那么近,就在我们身边,就在我们村。他仿佛为我们打开了天眼,让我们看到了一个隐秘的世界。

或许也就是在那间草房里,常老头相中了我六哥,觉得这个小伙子高大、壮实,可靠,招来做上门女婿是最好不过的了。我六哥那时是一个标致的青年,他个子很高,超过一米九,别说在那个大家都吃不饱饭的年代,即使在当下物质富足的乡村,像他那样高的个子也很少见。他刚从中学毕业,那时还不兴考大学,他就回到生产队里来干活,他有一膀子力气,人也很实诚,不过刚到队里干农活还不适应,生产队长便安排他先到牲口棚里给常老头帮忙。那时我们常常看到我六哥在牲口棚前的空地上铡草,清晨的阳光照过来,我六哥头上冒着白汽,挂着铡刀立在地上,常老头蹲在地上为他续草,铡刀一起一落,麦秸或青草就被铡成一寸长的草料,不一会儿草料就堆成了山。我六哥又挑起扁担到井里挑水,一趟又一趟,直到把两大缸挑满,他才坐到院里的那棵老树根上歇息一下。

那时候我六哥英俊洒脱,年轻力壮,我记得他骑在一匹马上飞奔的场景。那是在清晨,还是在黄昏?他是骑马去放牧,还是去城里?这些我都记不清了,我记得的只是,那个强壮的少年,骑在马上,他那么青春,脸上闪耀着光彩,在追逐自己的未来,这个画面仿佛一幅剪影,永远留在了岁月深处,留在了我的心中。还有一件事,是我记得清楚的,在牲口棚的南边,一棵大榆树下有一架石磨,村里人要磨米、磨面,会到这里来推碾子,闲暇时也会有不少人聚在树下聊天。有一次不知怎么说起来,看谁能搬动那盘石磨,大伙在那里打赌,有后街的黑糖,前街的猴子,还有我六哥。黑糖很能吹牛,但是他走到磨盘那里,只是将磨盘轻微地晃动了一下,连抱都没有抱起来。猴子很不屑地嘲笑着他,说:"看你吹得天花乱坠,却只有这二两劲,看我的!"说着他把身上的褂子脱下来,系在腰间,运了一口气,走到磨盘边上,大吼一声,一下将石磨抱了起来。猴子很壮实,身上的肌肉都鼓了起来,他抱着石磨,憋得脸通红,转着圈向众人展示,却不料一脱手,石磨从他怀中滚落下来,滚了五六米,倒在地上了。猴子喘口气,向围观的人说:"咋样?爷们儿,咱还有膀子力气吧?"众人纷纷叫好,常老头坐在那里抽烟袋,他眯着眼睛说:"这算啥有劲,真有劲,你再把石磨抱回去!""这有啥的!"猴子又憋了一口气,来到石磨边上,弯腰去抱,不料那石磨却像生了根似的,纹丝不动。周围的人都笑了起来,猴子不服气:"笑啥笑,让爷们儿先歇会儿。"黑糖凑到他面前,嘻嘻笑着说:"爷们儿,看你吹得天花乱坠,原来也只有这二两劲啊!你要是搬不回去,那可是破坏生产啊,哈哈……"猴子在嘲笑中喘了一会儿粗气,鼓起眼睛又去搬,在地上搬与在磨盘上搬不一样,要更用力一些,所以猴子还是没有搬动,他踹了石磨一脚,一边看着众人一边呼呼喘着气。这时我六哥走了过来,说:"我试试。"他走到石磨边上,撩了一下衣襟,弯腰将石磨抱住,轻轻举了起来,随后他走了几步,双手一托,把石磨稳稳地放在了磨盘上,脸不红,气不喘。众人都看呆了,好一会儿才拍起巴掌。黑糖还在那里挤对猴子:"你看看人家,这才是真有劲!"猴子说:"你还有脸说我,也不想想自个儿!"别说大人,我们这帮小孩也都看呆了。我尤其感到高兴,为我六哥自豪。从此以后,我六哥在我们这帮孩子的心中,简直像一个大英雄,就跟戏匣子里听到的武松和李元霸一样。

那时候我们经常听我六哥讲城里的故事。我六哥其实不怎么会讲,他说得都很简单,不过从他嘴里听到的那些词——大楼、商店、汽车,却已经唤起了我们的想象和好奇。那时村里驶过一辆冒黑烟的拖拉机,我们都要在后面追半天,城市里会是什么样呢?我六哥在城里上中学,在我们眼里,就像是来自另一个世界的人了。那时我六哥最喜欢谈的,是他打篮球的风光。我六哥个子高,身体壮,技巧也好,在学校的篮球队是绝对主力。据说在跟县里其他单位的比赛中,他代表学校出场,为学校捧回了一个冠军奖杯。又据说,县里的篮球队来学校里选拔队员,还挑中了他,但是在那个时代,有谁会将打球当作一回事呢,尤其在我们乡下人的观念中,打球不就是玩吗?又不能当饭吃。有一身力气在球场折腾,还不如到地里锄两垄庄稼呢。所以我六哥没有去打篮球。

但是我六哥太喜欢打篮球了,他在牲口棚边上的一棵杨树上挂了个篮筐,每天都在下面练习投篮。那个篮筐说起来,就是我们平常用的那种筐,底部坏了,只剩下外面的一个圈圈儿。我六哥手里拿着这个坏了底的筐爬到杨树上,用一根绳子将之捆束在树干两米多高的位置,随后他一跃而下,对在下面围着看的我们说:"看看这个,怎么样?以后我教你们打篮球。"我们都高兴地跳了起来。最高兴的是我和小义,那时我们刚上小学,都不会打篮球,甚至连见都没见过篮球。我们跟着我六哥走到牲口棚他的那间小屋里,见他从一个口袋里掏出一个篮球,这个篮球已经有些破旧了,外面的皮都有絮絮了,我们看着像一个大西瓜。我六哥一手抓起篮球,在地上拍了拍,发出嘭嘭的响声,屋里腾起了一阵烟尘,他运着球三步两步来到院子里,来到杨树下,突然一定身,右手将球投掷出去,那个篮球飞向篮筐,准确地从篮筐中间穿过,啪的一声砸在地上,又弹起来,蹦蹦跳跳地向远处跑去。我和小义连忙去追,一直追到牲口棚。那里有一头牛正卧在地上反刍着,还有两匹马正站在槽边吃草,看到一只球跑了过来,它们都瞪大了眼睛,定定地看着,它们大概从来没有见过篮球,眼神里流露出诧异的神色。我和小义连忙跑过去,我跑得快,一把将篮球抱在怀里,转身就向外跑。小义跟我争抢着,不小心球一下从我手中飞出,向边上的一个大水缸飞去,眼看就要落到水里了,我六哥一个箭步飞奔过来,用手一挑,那只篮球又腾空而起,在空中划了一个弧线,落到了杨树下的空地上。接着我六哥抢步向前,将弹起的篮球一把抱住,飞身一跃,飞到篮筐那里将篮球向里轻轻一扣,篮球就轻松地进了篮筐,后来我们才知道这个动作叫"扣篮"。我六哥说这一招最厉害了,对方的队员根本就没办法防范。他一边给我们讲解着,一边给我们做示范,可是我们的个子太矮了,跳起来也离篮筐很远,都说这一招我们根本用不上,我六哥哈哈大笑着说:"你们先练练这个动作,等长高了就能用上了。"

我六哥的篮球很快就吸引了我们村的半大孩子,不只是我们生产队的,还有其他生产队的孩子,放了学,十多个人就跑到牲口棚里来,跟着我六哥练习投篮、扣篮和过人的技巧。我六哥看人多了,就将人分为两队,一队由他当队长,另一队由猴子和黑糖率领,双方互相攻击,看谁进的球多。我和小义都愿意跟我六哥一队,我六哥这么厉害,跟着他肯定能赢!事实上也是这样,赛场上我六哥生龙活虎,他左冲右突,前后跑动,其他人根本近不了身。只要让他拿到了球,他就像狮子一样,突破重重障碍,孤独地运着球来到篮筐下,飞身起跳,一个扣篮,球就进了!猴子和黑糖那一队总也进不了球,后来他们发现我们队的薄弱环节其实在于传球,如果球传不到我六哥手里,那他再厉害也发挥不了作用,于是他们开始将我们当作盯防对象,他们故意安排了个子高的小孩专门盯着我和小义,我们的球一出手,就被他打飞或者断下来了,我们只能干着急,没有办法。后来我六哥想了一个办法,他让我们抢到球后立刻就传给他,越快越好,不要给对方反应的时间。我们调整战术,按这种方法跟猴子那一队打,他们果然又败下阵来,一个个垂头丧气的,但他们也不甘心失败,猴子和黑糖拿毛巾擦着汗,坐在树根上商量着什么。我们这边的人则兴高采烈的,又是跳又是叫,但是我六哥只是坐在那里,笑眯眯地看着我们,不说话。

就在我们准备迎接猴子那一队的战术变化时,却传来了生产队长的指示。生产队长说:"你们这一帮人天天打球,干活也不好好干,这样下去怎么行?"他宣布将我六哥调出牲口棚,编入青年组,跟大伙一起下地干活。从此以后,我六哥就离开了牲口棚。我们放了学,跑到牲口棚,摸出他的篮球,在那里练习投篮、扣篮,我们也分成两队,一队攻,一队守,但是失去了场上的灵魂人物,我们无论是进攻,还是防守,都很艰难。场面上很热闹,但是我们心里觉得没劲,只有我六哥下工回来,我们才算找到了主心骨。但是我六哥下工很晚,在地里干了一天活,他也很累,带我们打球也越来越少了。也就是这个时候,我们听说了我六哥和常老头的闺女小菱好上的事。

那时候小菱已开始在生产队里干活了,那时候都是集体上工,大姑娘小媳妇在一起,嬉笑着,追逐着,打闹着,一起干活。有时那些嫂子大娘也会开些玩笑,该找婆家啦,哪村的小伙子不错呀,我娘家有个表弟跟你很配呢,等等。歇工休息时,坐在田间地头的树荫下,擦擦汗,喝口水,那些嫂子用草帽扇着风,又谈起了自家的男人,一到晚上就折腾,没一天闲过,真是烦死人;谁说不是呢,俺家那口子一回到家,就没有二样事;趁年轻你们就好好折腾吧,俺家老头子可没这么大心劲了……她们说这些话也不避人,有懂事的姑娘脸一红,捂着耳朵就跑远了;还有不懂的闺女睁大眼睛,好奇地问:"折腾啥,咋折腾呀?"那些嫂子便爆发出一阵大笑,有的说:"小姑娘家家的,别乱说乱问。"还有的说:"咋折腾呀,等你有了女婿,就知道啦!"听到这边的笑声,男工队那边也闲不住了,猴子和黑糖跑到这里来玩闹,嚷着:"嫂子,我四哥昨天晚上又折腾你了?折腾的够劲不?"嫂子一听又气又急:"折腾你娘个鬼,快回家折腾你媳妇去吧!"猴子嘻嘻笑着:"我媳妇还在丈母娘腿肚子里转筋呢,我打听打听,要是我四哥不禁折腾,我可以帮帮忙呀。"嫂子抓起一块土坷垃朝他扔去,猴子一边笑着一边跑,不小心被田畦绊倒,摔在了麦地里,几个嫂子一拥而上,哈哈笑着就要扒他的裤子,猴子捂紧裤子连连告饶:"嫂子饶命,饶命,再也不敢闹了。"嫂子们逼问:"再闹怎么办?""再闹你撕烂我的嘴。"她们嬉闹一通。猴子终于从地上爬起来,跑走了,远远地还在喊:"嫂子,今天晚上给我留门啊……"

在这样的环境中,小菱慢慢也了解了男女之情,开始有了朦胧的期待。小菱也听说了媒人上门提亲的事,她一个姑娘家该回避,也害羞,但是这也让她兴奋,恐慌,憧憬,她不知道她将来的女婿会是什么样的人,她想象着他的模样,又像雾里一样看不清,有点害怕,心里又放不下。小菱没有兄弟姊妹,心里有事也不知和谁说。她和邻居家的凤巧一般大,从小就在一起玩,一起割草、放羊,关系是最好的了。凤巧去年订了婚,婆家是南边三里韩村的,过年过节的,那没过门的女婿就骑一辆自行车,拎着点心盒子上门来了。那后生看着笨笨的,很紧张,连看凤巧一眼都不敢。他在凤巧家坐着,低着头像受审似的,凤巧的爹黑着脸抽烟,有一搭没一搭地问候亲家。凤巧她娘端水、倒茶,热络络地问这问那,那后生只是嗯呀啊地应对,好不容易熬到可以出门,已是一身汗,骑上车子就是一顿猛蹬。凤巧在隔壁房间里,有时会撩开门帘看看他的样子,见他那么窘,又是好笑,又是心疼。跟小菱说起来,凤巧叽叽喳喳的,像是埋怨,又像是在夸耀,是一副安下心来嫁人的样子。小菱呢,小菱为凤巧感到高兴,可是凤巧的事定下来了,想想自己,归宿还不知在哪里,也不免有些伤怀。有时想想自己的爹,一定要招个上门女婿,竟有些恨恨的。过去曾有多少金色的时光,小菱和凤巧在她们的闺房里一起纺线,一起玩闹,到吃饭的时候,或者在这家吃,或者在那家吃,长都长在了一起,现在凤巧有了婆家,也会窸窸窣窣地说些小心思,但是小菱心里感觉和她有点疏远了。

小菱是从什么时候开始喜欢我六哥的呢?是我六哥到牲口棚之后,还是我六哥到生产队之后?或者更早,是我六哥上学的时候?我们不知道,毕竟我六哥是那么高大英武,走到哪里都会引人注目。那么我六哥呢?我六哥是从什么时候开始喜欢小菱的呢?我们也不知道。小菱长得很娇小,不爱说话,在村里也不惹人关注,像一株长在僻静角落里的杏花。她虽然很好看,但是她的好看很少有人看到,有人懂得。不知道从什么时候开始,我们发现,我六哥和小菱越走越近了。上工的时候,他们两人时常走在一起,到了地里要分开干活,他们的眼睛也时常寻找对方,但是一看到对方的眼睛,又一下闪开了。他们的反常举止很快引起了其他人的注意,那些大嫂子小媳妇都是过来人,打眼一看就明白了是怎么回事,她们可不会错过开玩笑的机会。干着干着活,一个嫂子突然说:"李家的老二来了!"另一个嫂子说:"可不是,他是来找谁的呢?"一面说她们的眼睛一面看着小菱,小菱的心怦怦跳着,可她不动声色,手里继续干着活。又一个嫂子突然喊起来:"老二,你找谁呀?"其他嫂子也都笑起来,小菱的脸慢慢红了,她拿眼角飞快地瞥了一眼,发现对面并没有什么人,才明白上了当,心里的一块石头才落了地,却又感觉空落落的。她的表情变化都落在了嫂子们的眼里,她们都哈哈大笑起来,说:"小菱,是不是想人家了?""小菱该找婆家啦!""别说,李家的老二高高大大的,小菱还真有眼光!"

男工队那边,就更热闹了,猴子和黑糖干着干着活,就问我六哥:"老二,你跟小菱到什么程度了?亲嘴了没有?"我六哥也不搭理他,继续锄地。黑糖见他不说话,故意用夸张的语调说:"我看常家这闺女不错,腰是腰腿是腿的,人也白净,脸也长得漂亮,我一见她就馋得慌……"话还没说完,我六哥手里的锄头就敲在了他的屁股上,黑糖吓了一跳,往前跑了几步,带着惊吓的语调说:"老二,你干什么?有话就说呀,怎么动不动就打人?"我六哥瞪了他一眼,也不说话,仍然继续锄地。过了一会儿,黑糖又凑到我六哥身边,悄悄地说:"老二,别恼我呀,我是说小菱真是不错,你是不是看上了?你看上了,咱兄弟没有二话;你要是没看上,就别怪兄弟下手了。"我六哥定定地看了他一会儿,笑着说:"老四,你向哪儿下手呀?也不撒泡尿照照镜子。"就这一句话,黑糖的脸耷拉了下来,一直到坐在地头的树荫下休息时还提不起精神。

我六哥和小菱走得越来越近,我们看到他们俩骑着自行车去赶集了,这在我们村里是很稀奇的,我们村的男女,即使结了婚或者订了婚,也很少一起去赶集,但我六哥是城里的学生,总有些新的做派。那一天我们看到,我六哥和小菱,每人骑着一辆自行车,从我们村的大路上走过。虽然他们隔着一段距离,一个在路东,一个在路西,一个在前,一个稍靠后一点,但是我们看到了他们之间的默契。等他们骑出了我们村,拐向了向西的大马路,在那条进城的路上,我们看到他们俩并排着越来越近了。我和小义爬上一棵高大的杨树,站在最高的树梢上,看到他们两人的身影慢慢变成了两个小黑点。

就在这个时候,突然传来一个消息,说公社要在各村之间举行一场篮球比赛,每个村都要参加,获胜者再去县里参加比赛。这个消息让我们沉寂已久的篮球训练重新恢复起来,这时候我六哥正沉浸在恋爱的甜蜜中,对篮球也不像之前那么热心了。我们的生产队长亲自出马,找到我六哥说:"老六,以前是我错怪你了,现在县上有这个指示,你一定要出马,带我们村的孩子好好练练,到时拿个冠军回来。"我六哥在那里低着头,只是不说话。他又宣布,让我六哥重回牲口棚,腾出时间来搞训练。我六哥也是低着头不说话。临走的时候,生产队长拍着我六哥的肩膀说:"你好好干,我们村里的成绩就全靠你了。"我六哥又回到了牲口棚,村里在那里搭起了一个简易的篮球架,平整了一下地面,像个篮球场的样子了。我们又开始训练,在我六哥的率领下,我和小义,猴子和黑糖,又开始了激烈的争抢。打完一场后,我六哥坐在树墩上,先分析我们队的得失,再分析猴子队的得失,像个教练一样。我们默默地听着,到下一场比赛时,我们感觉如虎添翼,而且对抗性越来越强了。我六哥坐在树墩上讲时,常老头有时也会坐在牲口棚门口听着,他听不懂我六哥所说的那些名词,但用欣赏的眼光打量着我六哥。在他背后,那些牛在默默地反刍着,那些马不时发出一阵嘶鸣。有时小菱也会来牲口棚,她装作来找常老头,却躲在常老头那间草房里,从窗户里面偷看我六哥在篮球场上纵横驰骋。我六哥也知道身后有她的目光,在场上奔跑跳跃,挥汗如雨,打得更来劲了。

公社里的比赛,在我六哥的带领下,我们村很轻松就获得了胜利。县里的比赛是在县体育场举行的,参赛的除了各个公社,还有县里的各个部门,经过两轮淘汰,最后的决赛只剩下了我们村和县一中。县一中是我六哥的母校,带队的正是他当年的体育老师徐老师。师生二人见面分外高兴,但也分外紧张。徐老师看着我六哥,毕业不过两三年,人晒得黝黑,身体更壮了。在学校里我六哥就是他最喜欢的学生,现在听说他在村里拉起了一支篮球队,还打进了县里的决赛,真是了不起,他带着欣赏的眼光拍了拍我六哥的肩膀说:"好小子,有出息,待会儿我们场上见。"

正式比赛的时候,我和小义没有参加,我们年龄太小,参加的都是和我六哥年龄差不多的青壮年,包括猴子、黑糖等我们村里的小伙子,我们只能坐在看台上观看。县里的体育场是一个正规的体育场,比我们村牲口棚里那个简易球场气派多了。体育场门口的墙上写着很大的标语"发展体育运动,增强人民体质"。从通道的入口进去,中间是四个标准的篮球场,后面是逐级升高的看台,都是水泥浇筑的,向后延伸一直到三层楼高,坐在最后一排,可以触摸到种在体育场后面的梧桐树的树梢,也有枝条从场外伸进体育场来。场里都坐满了人,很多小孩挤不进来,就攀到树枝上,在那里挂着看,比赛时他们兴奋得嗷嗷叫着,但不敢鼓掌,他们的双手得紧紧抓着树枝,怕一不小心从树上掉下去。

比赛那天,我们村来了不少人,一个村里的篮球队竟然能够杀进县里的决赛,这对我们村来说可是件大事,我们村的大队书记给全村人放了假,并号召我们村能走得动的人都去观看,"为我们村的运动健儿加油"。我们村一下来了很多人,县里也照顾我们,专门在看台上为我们村安排了一个区域。我爹和我娘来了,小义的爹娘来了,很多参赛队员的爹娘、兄弟和姐妹来了,常老头、常老太和小菱也来了,我们村的人扶老携幼,互相打着招呼,熙熙攘攘的,像是在村里看露天电影一样。

我们村上场的是我六哥、猴子、黑糖等人,县一中上场的则是青年教师和学生组成的联队,他们每个人都很高大健壮,看样子是受过专业训练,而我们村除了我六哥超过一米九之外,其他队员只有一米七几,黑糖是最矮的,只有一米六几。双方上场之后,我们都为我们村的队员捏了一把汗,看来这场比赛是凶多吉少。比赛开始了,县一中一上场就占据了优势,他们在场上纵横奔突,屡屡突破我们村的防线,场上的比分也遥遥领先。看台上我们村的区域越来越安静了,一层将要失败的阴影笼罩着所有的人,而对面县一中的啦啦队时而爆发出一阵叫声和笑声。我和小义坐在最后一排,心里也很紧张。小菱就坐在我身旁,她不时地用手掩住口,或者用手捂着心脏的位置。中场休息时,县一中领先我们村12分。我六哥一边喝着水,一边将队员召集到身边,跟他们说着什么,我们村的队员不停地点着头;对面徐老师也是一样,向他们的队员布置着战术,他不停地挥着手掌,一副志在必得的神气。

下半场开始了,我们村的优势渐渐显露出来。我们村的人常年在地里干活,体力和耐力都很好,但学校里的教师和学生就不行了,他们都是喜欢篮球的人,但平常训练的时间不多,到下半场时,体力渐渐就跟不上了。他们的技术很好,但是体力一差,很多动作就变形了,互相配合得也不到位,而我们村的越战越勇。我们村的长处是有一个核心,不管谁抢到球,就第一时间传给我六哥,我六哥腾挪跳跃,三步两步就蹿到了对方半场的三分线,在那里我六哥腾身一跃,那篮球就像流星贯月一样,在半空中划了一个弧线,啪的一声砸进了对方的球篮。个子矮小的黑糖也显出了他的优势,他在球场上灵活机动,像条泥鳅一样,在对方队员中间钻来钻去,一不小心就断下了球,随即向我六哥抛去。我六哥纵身一跳,接球,转身,投篮,啪的一声,又进了一个球。我六哥每进一个球,我的心情就放松一下,我身边的小菱紧张地观看着,紧紧地抓着她身旁的凤巧的手,脸色涨得通红。但是这个时候,我们村在场上的比分仍然落后,我们紧张地看着我们村1分、2分艰难地追赶着。

快终场的时候,徐老师叫了暂停,此时比分是29比31,徐老师挥舞着手臂给队员训话,我六哥却只是默默地喝水、擦汗,跟所有队员对视了一眼,点点头。比赛重新开始了,一上来对方就加紧了对我六哥的防守,两三个队员紧跟在他身边,极大地压缩了他跳跃腾挪的空间,我们村的队员抓到了球,无法传递给他,自己试着投篮,但都不能命中。离终场的时间越来越近,我六哥也急了,他努力摆脱对方队员的盯防,一下冲到了自己半场,这时猴子抢断一个球,随即向他传去,我六哥向上一跳,接球,他正要转身时,对方两三个队员围了上来,堵住了他。他艰难地转过身,手里紧紧抓着球,在对方球员抢球之前,脚一点地,又跳了起来,他将球向前一送,用力投了出去,球在空中划了一个长长的弧线,啪的一声从对方球篮中穿过,正在这时终场的哨声吹响了。但是我六哥投球之后落下时,被对方球员一推,立足未稳,啪的一声摔在了地上。我听到小菱啊地叫了一声,一下站起来。这时全场的人都站起来鼓掌,小菱从过道上向球场上跑,我们也跟着她跑。到了球场上,我六哥已被我们村的人扶了起来了,他的脚崴了,仍然龇着牙咧着嘴,等看到场上的比分:32比31,才勉强露出了一丝笑容。小菱跑到他身边,用手按摩着他的脚踝,轻声地问他好些了吗?我六哥咬着牙连说:"没事没事。"那天的颁奖典礼我六哥没有参加,他忍着剧痛看着我们村的队员上台,在雄壮的进行曲中接过了奖品和奖状,脸上露出了欣慰的笑。徐老师领完奖,走过来拍了拍他的肩膀,向他竖了竖大拇指。

回到村里后,我六哥卧床休息了半个多月。那一段时间我们时常看到他在那棵老杏树下等小菱,他骑着一辆自行车,脚尖点地,站在老杏树下。此时正是杏花盛开的时候,有风吹过,娇红的花瓣像雪一样纷纷落下,落在了自行车和我六哥的身上,在夕阳射过来的万条金线中,小菱从家里慢慢走了过来,她走到我六哥身边，两人相视一笑，穿过杏花雨，慢慢向前走去。

不久之后，发生了一件大事，生产队解散了，开始实行包产到户的政策。刚开始的时候我们都有点不知所措，以前都是生产队长安排任务，现在土地都分到了一家一户，大家也不再一起上工了，想什么时候上工就什么时候上工，想什么时候下工就什么时候下工。迷茫了一段时间，我们村里的人很快就适应了，一家人在一起干活也很热闹。但是生产队的牲口棚也撤了，那些大牲口也都分到了各家各户，队里的饲养员也都各自回家了。常老头刚回到家里很不适应，他以牲口棚为家已经二十多年了，已经习惯了牲口棚的生活、气味甚至每一匹牲口的脾性，现在这些牲口都不归他管了，牲口棚里热热闹闹的日子也一去不复返了，他只能回到家里干活了，可是这么多年，他只会侍弄牲口，不会做庄稼活。那时候，我们村里的人经常看到他搬个小板凳，在老杏树下静静地坐着，一坐就是一整天。

那一天，县一中的徐老师骑着自行车来到了我们村，他在村里询问我六哥家在哪里。那时我们正好放学，我认识徐老师，便在前边带路，将徐老师带到了我六哥家。徐老师给我六哥带来了一个好消息，他说省里的篮球队在我们县里选拔青年队员，他觉得我六哥是个篮球奇才，就替他报了名，他来就是要告诉我六哥一声，让他好好准备一下，第二天到县一中去参加选拔赛。徐老师走后，我六哥家里很兴奋。我二叔觉得打球虽然不是个正经营生，但是要能参加省里的篮球队也不错，起码能吃上国粮，不用在泥里土里干庄稼活了。我二婶却不愿意我六哥走，她觉得打球就是玩，还能当饭吃了？我六哥心里也很矛盾，能够加入省里的篮球队，一辈子打球，是他的梦想，也是他最擅长的，但是如果他走了，那小菱怎么办？他和她刚刚尝到爱情的甜蜜，他的心都在她身上，他不想离开她，也不想离开家。虽然内心矛盾重重，但我六哥仍参加了第二天的篮球选拔赛。在县一中的操场上，我六哥再次展现了他的篮球天赋，他在场上腾挪、跳跃，运转自如。他那矫健的身姿、漂亮的动作和过人的才华征服了在场的所有评委，他们一致认为他是一棵好苗子，在这个偏僻落后的小县城能出现这样的人才，大大超出了他们的预期。他们都很兴奋，拍着我六哥的肩膀连连称赞，让他回去之后好好等着，他们很快就会发调令，把他的关系调到省篮球队，让他早日参加集训。

从县城回来之后，我六哥陷入了更深的矛盾之中，他家里也陷入了空前的争论中,我二叔和家里大多数人都希望他去,他们觉得不管怎么说,去省里就一下子解决了城市户口,不用再当农民了,这是那时候很多人梦寐以求而又求之不得的,我六哥当然也不例外。农转非,还是从我们村转到省城,不是县城,也不是市里,而是省城!相当于一下子连升三级,那是多么令人羡慕的事呀。我相信换了任何一个人,都会选择去省城打篮球,但是我六哥在失眠了几个晚上之后,最终做出了一个惊人的决定,他决定不去参加省篮球队,而是留在我们村。

这个决定让徐老师震惊,也让省篮球队的人惊愕不已,他们觉得这么一个有篮球天赋的人,埋没在乡村,实在是太可惜了。徐老师又专程到我们村里来了一趟,苦口婆心地劝我六哥,跟他分析利弊,说凭他的实力可能会有更好的前程,比如进入国家队、参加全运会等,但是我六哥不为所动,他只是感谢徐老师,也不说话。徐老师问他是不是家里有什么困难和阻力,要是有的话,他可以帮他说服他们。我六哥摇了摇头,说:"都没有,您就别费心了。"气得徐老师怒火中烧,劈头盖脸把他臭骂了一顿,最后悻悻地骑上自行车走了。我们村里也有很多人劝他,我和小义那时还小,插不上嘴,但猴子和黑糖那几天天天跟他摽在一起。猴子说:"这么好的事,你轻易放弃太可惜了。你想想,留在村里有什么出息?还不是跟我们一样在土里刨食,当一辈子农民。就算你再喜欢小菱,到了城里啥样的女人没有,就没有你喜欢的?再退一步说,就算你是为了小菱,到了城里你先扎下根,也可以把她带过去呀,那样不是更好?"黑糖说:"你可以进城,还在村里待着干啥?人往高处走,水往低处流,树挪死,人挪活,往前一步天地宽,你知道不知道?你去了,对你对我们都好。你到了一个更宽广的天地,我们也少了一个有力的竞争者,你说是不是?你要是不去,看看能否跟他们说一声让我去,我能力虽然没有你强,但是很有潜力呀……"到了后来,小菱也红着脸跟他说心里话:"我先是怕你走,现在又怕你不走,你不要为了我耽误你的前程,你还是走吧,不用管我……"对这些说法,我六哥只是以沉默应对,他心里拿定了主意,就没有人可以改变他的想法。

那年冬天,我六哥就和小菱举行了婚礼,他们的婚礼热闹而隆重,在我们那里传颂一时。结婚之后,我六哥便搬到了常老头他们家去住,跟他们一起过日子。常老头不擅长地里的活,我六哥便一个人将家里地里的活全包了,我们时常看到他赶着一驾高头大马车,行走在田间的小路上,小菱坐在他身边,他们两个人说说笑笑的。我六哥也很少打篮球了,我们带着球去找他,总也找不到他。后来不知道是谁在老杏树上绑了个篮球筐,我六哥偶尔会在那里露一手。当春天杏花盛开的时候,我六哥运球如飞,像是在跳舞,一次次向球篮中投球,篮球碰在老杏树遒劲的枝干上,那些美丽的花瓣像雪花一样纷纷落下,落在我六哥的身上,落在地上,落在篮球上,但我六哥浑然不觉,他潇洒地运球,转身,投篮,动作是那么漂亮,像是在舞台上表演一样。

(原载于《红豆》2019年第1期,石一枫选编)

李司平 / 傣族，1996年生于云南普洱，大学本科学历。现供职于云南文山学院。青年小说家，诗人。作品散见于《中国作家》《中国诗歌》《草原》《散文诗世界》等刊物，有文学作品先后被《小说选刊》《新华文摘》《作家文摘》等国家级选刊全文选载，并入选《中国当代经典文学必读丛书》《2019年中国年度中篇小说》《2019年中国年度中篇小说排行榜》等文学精品年选。

猪嗷嗷叫

一

猪走路的时候一点都不好看,尤其下坡的时候,像醉汉划拳。

身负重任,猪从北方的养殖场一路扭着屁股来到了南方高原的村庄。为什么我要说它扭着屁股呢?因为它是头母猪,托付终身于村民发顺,负责繁衍。这里的"繁衍"包含着另外一层意思,坚决杜绝好吃懒做之人在脱贫和返贫之间不停地循环。这是一个修补短板难以突破的怪圈,一贯如此地事在人为,无论好事与坏事。

年久失修的土坯墙上搭着同样岌岌可危的房梁和破瓦,房檐之下是发顺乱糟糟的家。客台的一侧拢着火塘,火塘中杵着几根尚未干透的柴火棒子,不见明火,冒着浓烟熏着吊在火塘上面的无物可装的几个编织袋。每个可视的角落都结着蜘蛛网,蜘蛛网一层层堆积起来,挂满了火塘升起的烟尘以及蚊虫的尸体。这是一个破败的农家,或者它就不曾兴盛过。

自古破檐之下鲜有自视清洁之人,所以刚从宿醉中挺过来的发顺以及他邀来的酒友惺忪着眼,老岩打着哈欠,二黑朝着院子远远啐出一口痰,被狗吃掉。三人乃臭味相投同病相怜从而惺惺相惜的好友,唯一不同的是发顺在前些年忽悠回来一个少言寡语的媳妇,叫玉旺。少言寡语一定程度上我们习惯将其归类为痴傻。发顺喊:"憨婆娘!"别人也跟着喊:"发顺家的!"一样的后缀,"憨婆娘!"

至少发顺还有一个女人可供他呼来喝去,所以发顺更加神气一些。有理的,无理的,他都要呼来喝去。甚至于,昨夜三人大醉之后,发顺揪醒睡梦中的玉旺,为老岩和二黑"表演"打婆娘这个"节目"。绝非周瑜与黄盖,玉旺的一贯示弱和一贯隐忍,不断加重着发顺的这股男子本位的戾气。

"我婆娘!水腌菜好了没有?"发顺在客台上喝着,前一句喝给二黑和老岩听,是炫耀;后一句喝给村里人听,所以声音很大,因为村子很小。发顺的唯一长处,贫穷得善于自欺欺人并苦中作乐,基于一无所有,这算是一种乐观。

"好!"玉旺的声音从偏房传出来。玉旺的眼角还留着昨夜发顺"表演节目"的青痕,此时玉旺正伸手朝着一个缺边少角的坛子深处抠。劣质的坛子里盛着大部分发霉的腌菜,所以希望在深处。

当然,今天发顺家有点人样的还有被请来杀猪的黑顺。黑顺是个小老头,焦瘦,干巴。因为没有一处是大的,黑顺在火塘边咕噜噜抽水烟筒的时候,三分之二的脸皮要用来蒙住烟筒口。普遍认为,黑顺是个没有原则的杀猪匠,将杀猪视为他的一种复仇。黑顺号称是方圆十里唯一的也是最精巧的杀猪匠。

以村庄为中心的方圆十里,都是山。

二

猪还小,长了架子还没开始结膘。

猪圈失修漏雨,在雨季积蓄的泥塘入冬还未干涸。猪喜群居,落单的猪娃不好喂养。简易而又枯腐的猪圈栏才打开过半,里头的单猪便迫不及待冲出,从人的胯下钻出,从另外一个人的胯下钻出。还未结膘的猪最灵活,紧实的皮子下没有多余的脂肪累赘,前蹄粗短有力,后腿细长有力。这是起初自然给予猪觅食和逃生的造化。这只落单还未肥化的猪最大限度保持了本能,这是优势。

磨刀霍霍,还要猪活着,这是故事安排。

当然,为了敬神,准备了香纸,啧啧,充满了仪式感地宰杀一头猪。这里,是万物有灵的南高原。另外,还准备了茶叶、糯米和酒水。玉旺寡言但不呆巴,不忘习俗,要为一头猪超度亡魂。杀猪的人要下地,死了的猪要升天。

虎视眈眈,这里的"虎视眈眈"是相对的。发顺一班人虎视眈眈盯着出圈的猪,院里的猪也虎视眈眈盯着围着它的一班人。人与猪的对峙,人为了吃肉,以便下酒,猪也察觉到人的不怀好意。人走近,猪退。人再走近,猪再后退。猪屁股擦到墙根的时候已退无可退,所以猪哼哼,从低沉转向慌张的激昂。单枪匹马的猪,人多势众的人,局势足够明朗。

杀心已定的糙汉眼中的猪,只不过是暂时会挣扎几下的肉。

发顺张着蛇皮袋,准备套住猪头。

二黑备着结好扣子的绳索。

老岩在大醉中夸下海口,从黑顺手中夺权,持着尖刀,今天他做"凶手"。

被夺权之后的黑顺站在一边,口授着杀猪的经验。不过,似乎现在没人听他的。

所以猪哼哼。有时候猪哼哼比人哼哼好听,比如现在,猪哼哼得就比较有内涵。这说明一个重要的问题,此猪非彼猪,因为它还未见刀,眼却先红。红眼之兽并非善类,绝非漫不经心听天由命之辈。当然,这句话是从人那儿得来的经验,人本兽类,人如此,猪亦如此。

所以猪哼哼,低着头寻着地,两只前蹄刨着光滑的水泥地。发顺张好蛇皮口袋顺势往猪头套去,猪一惊,后撤两步,发顺首套猪头的动作落空,收不住力的发顺在地面上摔了个嘴啃泥:"奶奶个奶嘴!"顺便吮了吮嘴唇擦破流出的血,往墙角远远地啐出一口带血的痰,爬起来往掌心啐两口唾沫,搓了搓拍拍屁股。后退两步的猪摇摇晃晃的屁股抵近二黑,二黑顺势一把揪住猪的尾巴,往上提。猪尾巴被往上提,后腿悬空使不上力气,所以猪嗷嗷,前蹄往前刨。二黑跟着猪屁股后边提着猪尾巴跑:"快点来帮忙,别看猪小,特别有力道!"

老岩放下尖刀,揪住猪耳朵。

发顺顺势捉住猪的右前蹄,想用绳索将猪的右前蹄和左前蹄捆牢。

黑顺站在案桌上吆喝:"推过来,推猪过来,我抓住猪鬃把它提上来!"黑顺口中所谓的"提"不过是基于他半生屠猪所积攒下来的一刀毙命人人皆知的口碑。也正因为这样,没人质疑,包括揪耳和提尾巴往上拽的。

这是一场人多势众的必胜之仗,所以猪嗷嗷,声音有些嘶哑和绝望。人往案桌挤,猪往案桌边上靠。

推至案桌下的猪嗷嗷,众人齐心协力:"一……二……"

绝不是黑顺的功劳,猪被抬上一米多高的案桌之上侧躺着,二黑放下紧揪的猪尾,双手钳住猪朝上的右腿,用力别着。黑顺向下一压,用身子按住猪的腹背:"老岩,你掐准猪大腿的酸筋,让它使不上力气。发顺,你别提猪耳朵了,快去拿绳子来捆住猪嘴。"被众人控制在案板上的猪还在嗷嗷乱叫,悬空在案板之外的猪头在激烈地摇晃,沾满腥气白沫子的猪嘴在咧着嘶号。每一声悠长嘶号声的起来到落下,都伴着以身压猪的黑顺在猪腹背处上下起伏:"老岩你快拿刀……

发顺赶紧捆住猪嘴,然后提着猪耳朵!"

所以猪的嘶号持续不了多长时间就变成了憋而不通畅的呜呜声,因为它的嘴很快就被发顺捆牢扎紧。

完全受制待宰的猪此时唯一能用作防卫的部位只剩下眼睛。它侧躺着,朝上的眼睛恶狠狠地看着在它身上忙得团团转的人。从猪的视角里,最先看见捆嘴巴的发顺这会儿紧紧扯着它的耳朵,手指紧紧地扣着耳朵上钉着的蓝色号牌;余光向后方扫见俯在它身上的焦瘦的黑顺。它还感觉到后腿受制,无奈猪脖子上只有一条筋,无法大幅度转过头来看见别住猪后腿的二黑。

你见过绝望吗,关于一头猪?

案桌上的猪突然停止了剧烈挣扎,鼻子出声,呜呜着。

黑顺:"都好好摁紧啰!这畜生开始蓄力了!"

黑顺:"尖刀已经够锋利了,老岩你快点……"

如果这会儿再从猪的视角看,那个持着尖刀走近的猥琐男人就是老岩。老岩终于得偿所愿,昨夜醉酒之后夸下杀猪的海口今日得以实现。没酒壮胆,酒醒的老岩可没有那么勇敢,颤颤巍巍持着尖刀,无从下手。

黑顺:"狗鸡巴日的,愣着干吗!快点过来捅,我们摁不住了。"

老岩:"要从哪里杀进去?没杀过。"

随着案桌上的猪又开始发力,别着猪后腿的二黑有些别不住了:"没有杀过猪,昨晚上灌了几口麻栗果(自烤酒)你吹什么牛×!快点来杀进去!"趴在猪腹背的黑顺在猪的喘息声中起伏:"从脖子往左下方深深地戳进去,干穿它的心。狗鸡巴日呢,干穿它的心!"

战战兢兢持着尖刀的老岩右手放低刀尖,伸出左手试探性地指了指猪脖子的部位:"要从这里扎进去?"

"是嘞,是嘞!猪嗓进,扎猪心。要扎猪心,要从猪嗓进!"

"使大点劲,千万杀准一点,不然血喷你一脸。"黑顺匍匐在猪身上传授着杀猪的经验,猪又开始挣扎,他有些不耐烦。

找准了一刀致命的部位,老岩右手握紧刀把,蓄力准备往里面捅。发顺揪紧耳朵好让老岩的左手端起猪头。发顺媳妇也端着接猪血的盆,盆里放了少许的水和盐巴。尖刀在猪脖子处比画着寻找最佳的下刀口,最终抵在猪正嗓处。

"那我就杀进去了!"老岩在地上搓了搓破拖鞋的底,双脚踩实,握紧刀把,抵进。

猪也感受到了尖刀一点点地正往肉里扎,它开始拼命挣扎。呜呜呜,嘴被捆牢,头端在老岩左手上,"那我杀进去了!"托在手上的猪头挣扎得越来越厉害。

"废话多!你倒是快杀呀,按不住了!"二黑别住猪后腿的手有些疲软。猪在发力做最后的奋力一搏。

发顺:"杀准点,我家没存款。"(有经验的杀猪匠能一次性放空猪心室的血。按南高原传统吉利的说法,血越多,主人的存款越多。)

"等等,先用刀背敲三下前蹄再杀进去。"黑顺急忙阻止着,还有工序没做完。

蓄力待杀的老岩收回力气,照做。黑顺的话是不可违抗的权威,至少在杀猪上,是这样的。案桌上的猪挣扎得越来越剧烈,这是垂死的挣扎。焦瘦的黑顺几乎全身的重量都压在猪的身上。

老岩第一敲,猪看见尖利的屠刀,挣扎。

老岩第二敲,猪看见老岩紧握的刀把,是放血槽,全力挣扎。

老岩的第三敲,还没来得及落下,猪还在奋力挣扎。

是的,最终第三下没落下,因为腐朽失修的案桌率先散架。案板和猪,以及伏在猪上的黑顺的重量率先落在二黑的脚背上。

的确有些意料之外。"嘭……啊……"这是案板落在二黑脚背上以及二黑吃痛的声音,前者带着腐气,后者带着劣气。

二黑受痛而放开别住的猪后腿。这是猪的机会,猪健壮有力的后腿接地从而受力弹地而起。"嗷嗷嗷!""啊啊啊!"猪在嗷,人在啊,惊慌失措,人比猪还要惊慌。因为压在猪背上的黑顺跟着案板落下,又被惊慌的猪驮起。黑顺在猪背上,越惊慌,他反而越抓紧猪鬃。因身载负荷,猪急切想要甩脱,所以猪嗷嗷,挣断了前蹄的捆绑,弹地而起后又跃身疾行。疾行的距离很短,止于院墙。猪急停,黑顺这把老骨头在惯性和重力的双重作用下,摔在地上。嘭!尘土飞扬,像极了一口痰落在尘土上。

猪嗷嗷,红着眼,在院墙下梗着脖子,呼呼喘气刨着蹄。

"哎哟哟,哎哟哟!"蜷在地上的黑顺揉搓着纤细干巴的小脚杆,"哎哟哟,手疼!"转而又拍了拍头顶上的尘土,"哎哟哟,好像是屁股疼,不,腰杆也疼。"

黑顺的这种疼法多少有些不够具体。锈迹斑斑的老部件坠落而抖落下来些许锈迹,只不过锈迹之中包裹的是一副老骨头;或者这种疼法在于一个精于一刀毙命的老屠夫在案桌上放跑了一头猪,这种疼法叫作失魂,也可以叫作一个屠夫的晚节不保。

"哎哟哟,哎哟哟!"黑顺仍旧蜷在地上,想等人来将他搀扶起来。他将这个视作台阶,杀猪匠最后的稻草。尽管他完全可以自己起来,尽管不会有人去扶他。

受伤最严重的是二黑,百斤的重量砸在脚背上。不过他的疼痛不像黑顺那样广泛,就是单纯的脚受伤了,脚疼,特别疼。他抱着开始发肿的脚一点点挪坐在客台上,两只手紧紧捏住脚杆子,不让血液往患处淌。这种砸伤,起初的疼痛在于麻木,是疼过极限以后的一种自我保护。发顺一言不发,咬着牙。发顺媳妇想去管他,又不敢。

自家杀猪,不但猪没杀死,还伤了人。发顺自然火冒三丈:"老子今天一斧头劈死你个畜生!"疾步进屋寻找斧头。可是家里没有斧头,转而找榔头,可是也没有榔头。匹夫之怒是最为廉价的,发顺即匹夫,对现实最无力的那种,所以他掀翻了屋内的桌子。

发顺媳妇走进去收拾残局,发顺骂骂咧咧又走出屋来。

"黑顺大爹你有经验,接下来咋整?猪都放脱了。"发顺阿谀。

此时的猪在院墙角,喘息着红着眼瞪着人,一并还有鸡飞、狗吠。是在跟人示威,或者在想亡命之法,反正红眼的猪即是兽类,不再是家畜。

"现在可不好办了,案桌散了,按猪的人也受伤了。"被玉旺搀扶起来的黑顺坐在客台上嘟囔。

"都怪老岩,都说要用刀背敲三下猪蹄才可以杀进去。年轻的后生啊,气盛!"这是黑顺即时总结出来的失败原因,第一是推卸,第二还是推卸。他是方圆十里最好的杀猪匠。

老岩蹲着一言不发。他没想到一头猪求生的时候所爆发出来的力量是那么猛烈。他一言不发,蹲着,像个过失杀人的悔罪者。尽管他杀的是猪,尽管他杀的猪现在还活蹦乱跳的。

发顺急速升起的怒气也急速地退去,显然,他不具备积蓄怒气转化为勇气的能力,不得不再次走到黑顺跟前阿谀:"黑顺大爹,你经验丰富,你肯定有办法把这畜生杀掉!"

"办法也不是没有,就是腰杆有些疼!"黑顺嘘嘘着,用有点疼的手掌扶着全无大碍的瘦腰杆。

"黑顺大爹,这样吧!先把猪杀了,你提着猪腰子回去补一补腰杆。"发顺赔着笑脸。

"杀是可以杀,就是没人按猪。匹子猪架子大,瘦肉多,力气最大。"黑顺关于猪腰子的目的达成,但是另有盘算。

"猪下水你提着回去吧!我家不吃那臭玩意儿!"发顺再说。

"要不,在村里再请几个人帮忙按猪吧?"玉旺怯怯说道。

"边去,男人的事女人别插嘴。"发顺瞪了玉旺一眼,"多请一个人来按猪,就得多一张嘴。"玉旺还悸于发顺的余威,退去。发顺的盘算丝毫不顾及一旁的二黑和老岩这两张他盘算在内的嘴。二黑和老岩心不在焉,反正认了真理,今天待在发顺家有肉吃。

"要不直接用榔头砸吧!就像杀牛一样,先砸晕了再杀。"老岩回过神来。

"或者,干脆在猪身上泼水,然后拉电线电死它。"坐在客台上的二黑稍有恢复,"对,用电,直接电死这狗日的畜生。"二黑欲报砸脚之仇。

虽然同样是要猪的命,不过现在讨论出来的方式已变成了几个人对一头猪的行刑。一旁默不作声的玉旺悄悄收起准备好的香纸和茶米。

"那就直接电吧!省事。"黑顺决定。

"那就直接电吧!电死它。"发顺附和着黑顺。实际上,发顺家也找不出一把斧头或者榔头。

杀猪的过程中歇了半个小时,现在继续。二黑的脚受伤了,没法参加杀猪了。疼得没有人样,因而没有坐相地瘫在客台上,脚背发肿,不过没有伤及骨头,在玉旺打来半盏劣质白酒之后,自顾自地开始揉脚。老岩打趣:"二黑,不杀猪你还待在这儿干吗?回去吧!"

二黑咧着嘴:"我要等着吃肉。"再补充,"我要吃猪鸡巴!"

发顺:"杀母猪,吃个鸡巴!"

这次是黑顺拿刀,老岩提溜着水桶握着瓢准备往猪身上浇水。发顺扯来电

358

线,零、火分开各自拴在长杆子上。

院墙角的猪继续与人对峙,从案板上侥幸逃生的猪草木皆兵。三人走近,猪先是后退,然后向前冲向三人。猪向前冲,人往一侧避让。老岩瓢里的水泼过来,猪向前一跃。水再泼来,猪嗷嗷着再次朝着人这边冲过来。一桶水泼完,战意十足的猪也被全身浇湿。

"发顺,快电它,快电死狗日的!"挥着空瓢的老岩喊。

发顺持着两根拴了电线的杆子朝满是防备的猪身边试探:"那我电了!黑顺大爹准备杀!"

左手零线,右手火线,杆子朝着湿漉漉的猪身上一次一次地试探。猪还在跃跑,最终被三人围在角落。接下来就是零线和火线相碰产生的电流在猪的身上贯穿,猪就晕了。黑顺的尖刀再杀进去,猪就死透了。当然,这只是预想。

即使猪再一次身处绝境,但猪还得活着。这也是故事安排。据村子的扶贫干部李发康回忆,这一年村子杀猪,真的有一头猪在零线、火线之下顺利完成逃亡。所以,我讲的,还真的是真事。

零线和火线即将在湿漉漉的猪身上相碰的时候,门口来人了。来人正是扶贫驻村干部李发康,发顺家是他的重点挂钩对象。砰砰砰!李发康的敲门声急促,一边敲门还一边叫喊。不过猪嗷嗷,屋里众人听不清李发康的叫喊。

"玉旺你聋了?还不快去开门!憨婆娘!"发顺举起长杆对玉旺喊,然后又放低杆子往猪身上伸。零线碰到猪的时候猪又冲向人,火线放空。

玉旺打开大门的时候,三人还继续在狭小的院子里赶着饱含斗志的猪。大门彻底打开的时候,三人还没能把猪电翻。不过大门打开倒是一个亡命徒的大好时机,猪又开始奋力冲锋。首先朝着黑顺的方向,这次猪奔得更快,黑顺来不及避让,疾奔的猪钻胯而过。黑顺这把老骨头再次驮在猪背上,再次被带出,砰!又摔下。

人咿咿呀呀,猪嗷嗷哇哇,冲过黑顺裆的猪往敞开的大门冲去。猪来势汹汹,李发康还在门中。"书记吃住它!"话还没说全,猪便从李发康的胯下钻过,跑出发顺家。李发康个子高大,所以猪没有将他带翻。猪从李发康的背后跑出,李发康继续往发顺家院子里走:"发顺你这是干啥呢?这猪还杀不得啊,杀不得!"李发康来的本意就是阻止发顺杀猪的,此时猪已跑远。

359

"我的年猪啊！跑了。"发顺一怔，将手中拴着电线的杆子撂在湿漉漉的地上，往门口跑，追猪，冷下准备对他严厉说教的李发康在院子里黑着脸。发顺撂下杆子跑没问题，可是穿着一双破拖鞋在泼水的老岩却中了招，噼噼啪啪在湿漉漉的地上触电战栗，晕厥。所幸电路短路电闸自动关闭，捡回一命。老岩触电晕厥的过程很短，在李发康回过神之前就已经结束。李发康愕然，发顺家的院子乱作一团。这里的"乱"包括瘫在客台上抱脚的二黑、被猪掀翻在地还没爬起来的黑顺、在地上触电昏厥的老岩和一地弯曲打结的电线，以及早些时候散落一地的案板和桌子腿。这里比乱还乱的场景，已经上升为一个程度，是一种心境。

以辣居多的五味杂陈在此刻被打翻一地，火从即刻起，李发康却也无处发："狗日的发顺，发顺！"这是李发康参加扶贫工作以来首次对贫困户骂"狗日的"，虽然也可以将这个"狗日的"看作无实义的语气词。不过李发康有这个权利骂发顺，李发康是发顺的堂家亲哥。

"发顺，发顺，狗日的发顺！"李发康在找狗日的发顺，可是发顺此时不在院子里，无人回应。此乱的始作俑者和助推者——发顺和他的猪，已经跑出家去。猪嗷嗷亡命，发顺突突跟在后边追。

三

村子很小，猪跑起来的样子一点都不好看。

可两种情形加在一起，就成了全村的一道风景。像是一场闹剧，哦，不！是一场令人啼笑皆非的喜剧。

"看，奔跑中的猪和发顺是多么滑稽可笑。"作为观众的村民中有人道出实情。

可不会有人向发顺伸出援手，绝不会有。发顺从十几岁至今，不知从何处学来的好吃懒做以及小偷小摸早已耗尽了村里人乡情的最后耐性。偷东家的鸡鸭，摸西家的鱼塘，欺负北家的孩子，放火烧南家的菜园子，药死这家的狗，掐死那家的猫……勿以恶小而为之，发顺用了三十多年时间将这种小恶做绝，做到极致，所以发顺是将众怒犯到极致的人。帮他很容易，不帮他也很容易，人之常情。村子很小，村民也很少，这是种团结一致的对外。很显然，发顺被见外了。

猪跑起来的时候，四只三寸金莲的蹄子前跃后刨，其间伴随着一个抖动的过程。肥猪抖膘,而瘦猪抖着松垮垮的肚皮和耳朵。从发顺家死里逃生的猪蹿上村庄土道,嗷嗷嗷向西亡命,发顺跟在后边气喘吁吁地追。亡命的路线途经村庄绝大部分人家的门口,村民纷纷掩住大门,顺着门缝往外瞧。猪在前面跑,跟在后面的发顺有些跌跌撞撞,边追边喷着唾沫星子:"杂种,杂种!"

骂猪,也像在骂人。可是猪不回头,嗷嗷嗷向前跑。

发顺力不从心地追,边跑边嚷:"杂种,憨杂种!"

村民的门缝中有人嘲笑:"哈哈,发顺家的猪疯了!"不过发顺听不到。此时这条村庄土道上充斥着猪的嗷嗷声、发顺的叫骂声,以及猪亡命过程中所卷起的尘土,还有少量的猪粪。

不一会儿,猪亡命奔西的路跑到了尽头。村西边是个截断的土崖,懂得逃生的猪不笨,所以它掉头往回跑,可往回跑的路被从后追来的发顺截住。

人与猪在土道上对峙。"哟哟哟!你倒是再跑啊!你个杂种。"截住猪的发顺嚷嚷着,灰头土脸,气喘吁吁。猪嗷嗷,向着土道的侧边往回冲,被发顺一脚蹬在拱嘴上堵回。猪嗷嗷,后退一截与发顺保持安全距离,前蹄刨地:"嗷嗷嗷!"挑战发顺最后一点耐性。唾沫星子飞溅着,发顺臭骂的语言和唾沫星子一样散乱以及不卫生。发顺沉不住气了,弯腰抓起路边的石头和土块朝着猪所在的方向砸:"杂种,老子今天把你砸死在这里!"大石头搬不动,小石头砸不准,土块一扔就碎,发顺徒劳无功累得够呛。作为一个人,在一头猪这儿屡屡挫败,用气急败坏形容发顺的现状再好不过。现在的情形似乎比自家院里还要糟糕,一人一猪狭路相逢,猪是无畏的勇者。"莫非,这猪成精了?还是疯了?"发顺打量着猪,胆怯起来,想求得支援。

"老岩、二黑、玉旺都死哪儿去了!还不快来跟我一起把这杂种撵回去!"村子不大,但是发顺的叫喊声很大,往外喷着沫子。即使发顺不叫,玉旺、老岩以及李发康也正在赶来的路上。

"这几个杂种怎么还不来帮我!"发顺再一次叫骂,在叫骂声传出的同时发顺手中的一块石头冲向猪。叫骂声传进了猪耳,石头在猪的一侧空空落下。事与愿违,这反而使得原本紧张的猪再次受到了惊吓。所以猪再次梗起头来朝着发顺截住的方向冲锋,受惊的猪此时多了一股子莽撞,像炮弹一样向着发顺射过来,无畏前方有什么阻挡。

"啊!"吃痛声先于叫骂声脱口而出。发顺被射过来的猪迎头一撞,再被猪拱嘴向上一挑。砰!没有任何悬念,发顺被掀翻在地上。

"猪真的疯了,疯了!"发顺痛喊。撞翻发顺的猪没有停留,径直往回跑。发顺也迅速爬起,顾不上拍一拍身上的尘土,竭力跟在猪后边追。得快点结束这一场人与猪的追逐啦,这场闹剧吸引了几乎全村人成为观众。隔岸观火的快感在于能看到发顺这块共同心病灰头土脸。

"猪疯了!肯定是。"人们议论,"还没有见过猪疯了呢!""那你今天好好看看。"猪还在前头嗷嗷疯跑,发顺跟着追。

"猪疯了?不会吧!"正在赶来的玉旺、黑顺和李发康一行人听到发顺的叫喊,加快脚步。

嗷嗷亡命的猪再次奔回村中央,这里是个十字路口,猪停了片刻。南边路玉旺一行人已经赶来堵上,西边有气急败坏的发顺追上来。猪要立即做出逃亡方向的决断,因为李发康和黑顺正悄悄往另外两个放空的路口上堵过去。

南边路口只剩玉旺一人,玉旺结结巴巴吆猪:"哟哟,啰啰,来来!啰啰,哟哟,来来来!"这种百试百灵的吆猪号子在今天宣布失效。地上无食,人慌张,这头猪在生死边缘下定了逃亡之心。

猪扭头,朝着北边的路口又开始奔袭。

堵向北边路口的人正是已经被猪掀翻两次的黑顺,黑顺自然清楚此猪的厉害,不敢再靠近像炮弹般射过来的猪。李发康喊:"堵住它,堵住它!"黑顺战战兢兢靠在一侧的墙上:"让它跑,让它跑,跑死它!"追猪的发顺也赶到这里:"喂!狗日的黑顺,堵住它!"再次强力补充,"喂!狗日的堵住它,那边是林子,猪蹿进去了就难撵了。"

形势所迫,黑顺无奈,伸手追向刚擦肩而过向北奔出两三米的猪。之后,是黑顺揪住了猪尾巴,然后猪再次将干巴的黑顺在地上拖行。尾巴负载黑顺的猪奔跑受限,停了下来。猪掉过头来看向揪着尾巴的黑顺,黑顺也看着猪。又是人与猪的对峙,黑顺率先败下阵来,黑顺松开手里揪住的尾巴,双腿微软向下屈:"这猪的眼神怎么那么像一个红眼愤怒的人?"黑顺这么想的时候,猪嗷嗷张大拱嘴向着黑顺扑上来。"啊啊啊,妈咿呀!"黑顺即将成为历史上第一个葬身猪口之人,而且黑顺是个杀猪匠。可是没这样,扑上来的猪嘴并没有在黑顺身上咬

362

合。嗷嗷扑过来的猪喷了黑顺一头一脸的腥臭沫子,黑顺蔫了,猪继续向北亡命。

李发康赶来,拉起黑顺:"猪,猪呢?"

黑顺心有余悸:"成精了,跑了。"李发康紧追上去。

发顺也到达:"狗日的,我的猪呢?"

黑顺拉了个呻吟的长调:"成精了!"

发顺紧跟着李发康追了上去。心有余悸的黑顺继续留在路口,两条干巴纤细的小腿打着战,瘫坐着嘟囔:"再也不碰这猪了!给十副腰子也不干。"玉旺欲扶起瘫坐地上的黑顺,黑顺有气无力,"让我缓一缓!"

"你家那猪成精了,你信吗?"黑顺自言自语或者问玉旺。

"信!"玉旺回答。

"听过牛马成灵,麂子马鹿成仙,大象狗熊成圣,猫狗成神,就从没听过猪也成精的!"黑顺疑惑或者自言自语。

"猪仙人!"玉旺自言自语。

村子北边是森林,森林的最外围是退耕还林后村民栽下的松树林,往深处走,就是自然林。植被茂盛的自然林在缴枪禁猎禁伐之后,村民也只有在雨季采集山货的时候才会涉足这里。此时猪已经逃出村子蹿进了树林。李发康这个不擅运动的干部在松林里跑岔了气,叉着腰呼呼大喘。发顺很快就在松树林中追上李发康,发顺丧气,灰头土脸,人也在林中呼呼大喘,喘得差不多了,憋着的话从嘴里涌出来:"书记,你说这叫花子猪咋这么能跑啊?太野了,杀都杀不了,按不住。"

李发康仍大口喘着:"匹子猪嘛!架子又大,皮肉又紧。"

李发康回过神来:"不是,你要杀猪?狗日的,你要杀猪?谁给你的胆子,你要杀猪?"

李发康厉声,发顺即软,嗫嚅道:"这不是马上就要过年了嘛!杀头猪吃肉解馋,下下酒什么的。"

李发康怒:"什么?狗日的,我问你为什么要杀猪!你为什么要杀了它当年猪?"

李发康再怒:"狗日的发顺,老子辛辛苦苦申请来的扶贫项目,给你们建档立卡户发母猪种,是让你们养母猪生猪崽过好日子的!狗日的,还想杀年猪,母猪种什么价格你没个×数吗?"

"公猪母猪还有什么种猪还不是一样?都是猪嘛。"发顺唯唯诺诺地辩驳。

李发康有些怒不可遏地将发顺一把推倒,又毫无间隙地揪着发顺脏兮兮的衣领提起来,口对着口,喷着唾沫:"狗日的,不要说话,听我说。"李发康叫停发顺的反驳,喘息还没有缓过来。

林外有人言:"发顺今天给李发康吃火药了。"林外有人,可谁也不敢进林中,林中是一摊浑水。

谁也记不清林中传出多少句"狗日的",而"狗日的"均出自李发康之口。当"狗日的"不再传出来,就无趣,林外的人各自散去。林中,在怒火三丈的李发康臭骂之下的发顺本来就灰头土脸,而现在更灰溜溜地夹着尾巴。待到对方差不多平息下来之后,发顺丧着脸说:"李书记,那要咋办啊!猪都进林子了。"李发康在发顺一激之下,火又起来:"咋办?凉拌啊!趁这几天杀年猪,把你狗日的油炸了!"

"进林子去把猪找到,撵回来!"李发康平复怒气后,好像又习惯了发顺这种无赖式的漫不经心。

猪穿过松林的痕迹还在,人顺着痕迹穿过松林,往更加茂密的自然林深处钻。植被茂密的自然林里,人很快就失去了猪亡命的痕迹。南方高原的原始森林里,头上是遮天蔽日的巨大树冠,底下是低矮而茂盛的灌木。无迹可循后,找猪的人自然也无处可找,无计可施。

起伏的群山和茂密的森林,人此时所在的位置是山谷,山谷擅回音。

发顺耳朵最尖:"李书记你听,有猪嗷嗷叫!"李发康细听,果然有猪在嗷嗷叫。

"猪在哪里嗷嗷叫?"

"我也不知道猪在哪里嗷嗷叫!"

"猪真的在嗷嗷叫。"

"我也知道猪在嗷嗷叫!"

闻其声,而不见其影,这是一个有方向而没有去向的僵局。

猪确定是在嗷嗷叫,可是人不知道往哪个方向去找。猪真的在嗷嗷叫,回声良好的山谷,猪嗷嗷的叫声来自四面八方。

四

  猪嗷嗷叫的声音真的一点都不好听。尤其在阒无人迹的寂静山中,你能听到自己的心怦怦跳,嗷嗷的猪叫仿佛在为你的心跳敲着锣打着鼓。

  在林中找猪的人在林中漫无目标地游走,听得见猪叫,但人都知道觅音寻猪这个办法不可靠。无从下手无计可施的李发康在前面走,此时灰溜溜的发顺是他的随从。不断传来的嗷嗷叫声加重着两人各自的烦躁,就丢猪这一事件而言,两人各有烦恼。发顺短浅,但也知道自家丢了一头猪,不是死了,是跑丢了。李发康深远,他更加知道此猪对于扶贫攻坚工作的重要,丢猪事小,领导下来视察时没有猪,事大。他早有听闻,县里的领导过不了多久就要下来实地考察验收扶贫工作的进展和成果。

  上天予人饥馑,我们有教育、政策和国家。李发康看看身后灰溜溜的发顺,心中存疑,是不是有些揠苗助长了?想了想,即刻否定。发顺是短板,短得像一艘随时会沉没的破船,不过终还是要将其补回来。李发康顿生同情,觉得自己和发顺同病相怜。一个是破船,一个是补船的,二者兼备,破船也要扬帆。

  山里的天黑得早,找猪的人决定返回村庄,再从长计议。

  "唉!"人长叹,从林中往回赶。

  返程,发顺和李发康相互确认不是幻听,林子深处嗷嗷的猪叫声又传来,不过人已经听得厌烦。他们并不指望从声音中分析出什么,比如,窜进森林深处的猪,上半天还是案板上待宰的家畜,下半天就在林中率领着一整个野猪群嗷嗷叫。

  暮色在山中迅速笼罩,基本上等同于太阳从山尖埋头山根的速度。势单力薄的人们不敢在山中逗留,那些昼伏夜出的生物的任何响动都会被人误以为鬼在风中叫。

  入夜,发顺家中,火塘旁。虽猪已亡命山野,肉荤也没能碰上,老岩和二黑依然赖在发顺家中不肯走。这里的"赖",指的是老岩和二黑这两个"一人吃饱全家不饿"的孤家寡人,要把晚饭的希望寄托在玉旺这个善良的女人身上。一天中被同一只猪掀翻三次的杀猪匠黑顺也没走,本着"出门不走空"的原则,他等着吃顿饭。一张瘦小干巴的老脸蒙在水烟筒口咕噜噜地抽着。

发顺心中有火,但也得强压着。李发康和他一并坐在火塘边上,相互冷着脸。25 瓦的白炽灯昏黄,沾满了黑乎乎的苍蝇粪便更加昏黄,灯头以上的电线挂满了残破的蜘蛛网。火塘里偶尔冒出的浓烟熏得人睁不开眼。灯黄火亮,每一个人的脸都很黑。来者即是客,况且还有李发康,发顺理所应当表现出主人的热情与担当,但他冷冷的,有气无力:"婆娘,整点饭吃嘛!都干巴巴地坐着,饿着。"

李发康冷着脸不过仍故作客套:"不用了,不用了!我坐会儿,回家吃去。"在山中追了半天猪,李发康饿了。

黑黢黢的铁锅架在同样黑黢黢的铁三脚架上,玉旺往锅里加水。发顺抱着二郎腿组织着希望对答如流的语言,因为他知道今晚必有一顿李发康的所谓"说服与教育"。尽管李发康数次的"说服与教育"都没能将他说服。发顺不是顽固分子,只不过是劣质的狗皮膏药,越扯越粘,发不出任何功效。不过一旁的李发康却组织不出任何用来教育发顺的语言,苦口婆心的说服嘱咐是吆猪的号子。脱贫攻坚的口号喊大了,发顺听腻了。政策讲细了,又有些烦琐晦涩了。发顺这个重点扶贫挂钩对象早已耗尽了李发康的耐心。爱谁谁了!烂泥扶不上墙,但要扶的对象是个人,烂泥一样散漫的人。说不扶,但不可不扶,他是驻村干部。只希望发顺这块狗皮膏药在越扯越粘的时候,再给他一股劲,粘在墙上。

"发顺,猪跑了,咋办啊?你说说,你怎么打算的?"李发康放下紧绷着的脸。

发顺:"不知道!发康哥,我也不知道咋办!"

李发康:"停停停,别叫我哥,我担待不起。"

发顺:"跑了就跑了吧!那畜生没准过几天就死在山上了!"

发顺绝对是李发康的冤家,再一次精准地刺激到李发康,李发康强压怒火:"去找找吧!明天去山上找找吧!找到了就撵回来继续养。"

发顺:"书记,说真的,别找了!丢了就丢了,我不心疼。"

李发康又怒了:"狗日的,你不心疼,我心疼,老子千辛万苦找来的扶贫项目,你们说杀就杀?谁给的胆子?"

发顺:"猪是国家的,哥……不……书记,你别生气,气大伤身。"

李发康大怒,前俯后仰,差点没一头栽到火塘上。右手高高抬起,却无桌子可拍,往下啪一声拍在左手上:"狗日的发顺,明天去把猪给我找回来,过些天县委领导要下来检查工作,别给老子出岔子。"

发顺蔫了下去不敢再搭话,李发康把矛头对准了黑顺、老岩和二黑:"你们仨明天也跟着去找。"

黑顺一听便不干了,水烟筒里伸出嘴巴:"凭啥呀?他家的猪跑了凭啥我也要去找啊?我只是个杀猪的。"

"你不来杀,猪会跑了吗?明天去找猪,不然明年的低保别想要了!"李发康严词驳斥,加以"低保"这个并不存在的威胁。低保是黑顺的命根。

老岩和二黑倒是漫不经心的,他们此时只关心锅里已经滚开的面条,不断往火塘里添柴火。今天院里杀猪,明天山上找猪,日子对于二人而言今天和明天只不过是换种方式虚度。老岩和二黑也是建档立卡户,只不过考虑他们都是孤家寡人,所以没给他俩发母猪种。

有人统计,这个世上,坏消息的传播速度和广度是好消息的一百倍。议论纷纷是一种乐趣,隔岸观火也是。丢猪的次日,那只亡命山野之猪被重新定义名字——"建档立卡猪"。猪只是一个广泛的概念,而加了"建档立卡"这个前缀后,一头猪的身份就有了精确的辨识。方圆十里朝着方圆十里之外集体讶然:"昨天有胆大的人杀建档立卡猪啦!""发顺家把建档立卡猪杀了!"甚至以讹传讹:"建档立卡猪把人杀了。"这只建档立卡猪被众人议论纷纷的时候,发顺和李发康一行找猪的人已经在山中。他们还不知道乡野之间从芝麻到西瓜的议论,在山中寻摸着到达猪最后失去踪迹的位置。

"在这么大的山里找一头猪,怎么找啊?"才走了小半天的山路,黑顺这个小老头就累得不行。

"怎么找?用眼睛、鼻子、耳朵、嘴巴找!"喘得最厉害的李发康上气不接下气地驳道,尽管他也没有任何办法。上山之前又接到县委的电话,县委领导下来检查工作的日子提前了很多天,绝不能出任何岔子,这是死命令。

"你去这边,你去那边,你去那边。"气喘吁吁的李发康不耐烦地挥手随意指了几个方向,几人分头行动。

还是那千篇一律百试百灵的吆猪号子:"哟哟,啰啰,来来!啰啰,哟哟,来来来!"尽管这号子已对此猪不奏效,几人仍旧嘬着嘴撒着声朝着各个方向走开。

一天下来还是寻不见猪的踪迹,几人累得够呛。第一天潦草返程,路上,身后的丛林深处又传出嗷嗷的猪叫。

发顺:"你们听见猪叫了吗?"

李发康:"记下位置,明天再找。"

黑顺:"不对,你们听,不止一头猪在叫。"

接下来的几日,几人顺着声音继续往深处找。从在路上不停地发现地上有猪遗留下来的粪便来判断,不止一头猪。不过仍没有寻见猪的身影。

黑顺有扰乱军心之嫌:"别找啦!都是野猪的粪,可能那头家猪已经被野猪咬死了!"李发康狠瞪了他一眼,黑顺不敢再言,尽管李发康也这么认为。

几人已经受够了找猪的生活,生活绝不止找猪这件事,可是目前找猪是重中之重。李发康的烦恼是其他人不能理解的。领导下来的日子越来越近,可是这猪迟迟不见踪影。这时李发康又接到县委的电话通知:"县委领导以及部分市委领导将于三天后到村实地检查扶贫攻坚工作的进展和成果。"放下电话的李发康心急火燎,领导要来了,可是重点挂钩扶贫对象的猪跑了。对于他这种扎根基层的干部而言,这绝对是一件大事,事关他在领导眼中的形象,而这猪,就是他的工作态度。可再看看几个一同找猪的人,发顺倚在树根上没个正形,黑顺瘫坐在地上抽烟,老岩和二黑略好,在前头开路,不过心不在焉。

气不打一处来,虽然李发康也毫无办法。李发康再次把火撒向几人:"你们四个狗日的,如果你们不杀猪,今天老子也不会在这里找猪!狗日的!"李发康真不该骂"狗日的",他是干部。不过自从建档立卡猪亡命山野后,"狗日的"就成了他的口头禅。发顺、老岩、二黑和黑顺真是"狗日的",所以李发康骂"狗日的",目的在于将自己和他们区别开来。

越找,几人越垂头丧气。越是垂头丧气的时候,林中就有嗷嗷的猪叫声传出来。这是对这几个将败之人的挑衅,李发康骂着"狗日的",指挥:"顺着声音分头找,找到以后包抄。"这是既定的一成不变的战术,每听到猪嗷嗷叫,几人就循着声音往林中深处奔跑,每一次都放空。如此这般,打了鸡血奔跑的人,被失望之棒当头一喝。重复性的徒劳无功掏空的是心力。闻其声不见其影,是心力的煎熬。宁信山中有鬼,不信山中有猪,终耗尽几人找猪的最后一丝愿望。累死啦!包括李发康在内。

歇一会儿吧!都找了几天了。几人没有坐姿,没有睡姿,瘫在地上。李发康也这样,找猪的几人都一样,一样的愁眉不展,一样的气喘吁吁,一样的灰头土脸。

黑顺这个小老头最先受不住了:"李书记!我真的受不了了!再折腾的话,我这把老骨头就要扔在山上了。"黑顺说的是实话,老,是经不住消耗的,"书记,低保我不要了,猪我也不找了!"这是黑顺最后的妥协。

李发康气喘吁吁,不想搭话。

老岩和二黑异口同声:"不找了,不找了,爱怎样就怎样吧!"他们也受不了了,宣布罢工。

李发康长叹:"其实最不想找的是我,只是这建档立卡猪丢不得啊!过几天领导就要下来检查工作了,猪丢了应付不了!"李发康对几人讲出心声。

几人讶然,沉默。

三分钟后,发顺说:"书记,原来是这样啊!不找猪了,应付检查的事情重新想办法……"发顺在李发康耳边私语。

似乎有了台阶,李发康妥协:"那好吧!你负责这事,我回去取钱给你!"

李发康:"不找了,不找了,猪都丢了好几天了,没准饿死在山上了!"

再返程,身后的林子深处仍然有嗷嗷的猪叫声传出来。几人累了,烦了,恼了,他们就听不见了。

五

猪是没有表情的,千篇一律的耳朵和拱嘴,熟悉到陌生的老嘴老脸,使得普遍人观念里所有的猪都只有一个共同的名字——还是猪。

物竞天择是一种富有进步性的规律。人于猪而言,人的能动性略强于猪,所以猪就成了被人驯养的家畜。一贯如此的漫不经心和自我满足的怡然自得是一种要命的毛病。猪嗷嗷叫的原因不外乎饿了、发情了、又饿了、要死了这几种。因而,不到饭点村庄响起来的嗷嗷猪叫声属于外来户。发顺赶着一头猪回来的时候,距离他上次追着猪贯穿村庄已经过去数日。

再次回到最开始对猪的描述:猪不大,长了架子还没有结膘。猪走路的时候一点都不好看,尤其下坡的时候,像醉汉划拳……猪在前面走,发顺挥着一根紫茎泽兰的秆秆跟在后面,嫁鸡随鸡的玉旺跟在发顺后面。像溃军过境,发顺家两口子一次比一次更加灰头土脸。此猪显然已经驯服过度,和后边跟着的人一样,气喘吁吁。

穿村而过的土道上,发顺欲弄出一些响动出来,所以他挥下一鞭抽在猪屁股上。

猪嗷嗷,向前一段小跑。发顺再抽,猪嗷嗷。

"够啦!"玉旺阻止。发顺再抽,猪再嗷嗷。

显然,让猪嗷嗷叫着穿过村子是发顺想要达到的效果,因为李发康骑着摩托车在后边跟着,这也是李发康想要的效果。

村子中央,老岩、二黑和黑顺三人在懒洋洋晒着太阳。远远看到发顺赶着猪回来,三人远远地就想撤走。几日前发顺的猪对于三人而言是肉荤,现在就是祸水。对发顺和他的猪敬而远之,是最明智之举,也才像三人应有的做法。

"你们恁别走,给老子站着!"发顺远远地喊住三人,赶着嗷嗷叫的猪过来。

黑顺:"回家收衣服,要下雨了!"晴空万里,构不成逃开的理由,发顺和他的猪已经来到跟前。

发顺:"猪已经找到了!"找到猪的消息并不是讲给三人听的,所以发顺大声阔嗓地将消息在村中炸开。

老岩和二黑异口同声:"哎呀呀!在哪里找到这畜生的?"

发顺:"在后山的野芭蕉林里面找到这畜生的!"声音继续炸。

老岩:"过几天再杀的时候,一定要多请几个人来。"

发顺拍了一下老岩的头:"杀个屁!建档立卡猪是留着怀崽下猪的,建档立卡猪是国家为了扶持建档立卡户脱贫的重要举措……"发顺的声音继续在村中炸开,像复读机,不,像村中宣扬政策的高音喇叭。是发顺突然觉悟了吗?李发康跟在后头。

黑顺:"莫扯卵子!白猪进了一趟山就变成花腰猪了?"黑顺看出端倪,黑顺是杀猪的。

发顺:"莫废话!老子撵猪过去再掀翻你!"黑顺不会质疑发顺真会这么做,欲言又止,闭口逃开。

亡命山野的猪找回来的消息传达完毕,发顺和玉旺赶着猪回家。留下三人懒洋洋地继续晒太阳继续懒洋洋地侃:"黑顺,这猪真的不是跑进林子里的那只?""肯定不是嘛!品种都不同!""那发顺哪来的钱买猪?他这是要干啥?"

李发康骑着摩托从三人身边疾驰而过,给三人扑了一脸尘土,三人的议论止于中途,低声谩骂:"妈的!骑个摩托了不起!"李发康骑着摩托车拐了个弯进了发顺家。

发顺家再次传出猪嗷嗷叫声,发顺揪着猪耳朵,李发康拿着打孔器,二人在院子里又跟猪搅作一团。此猪换彼猪的主意出自发顺,而成自李发康,假戏做成真戏。借来的打孔器要在赶回来的猪耳朵上打孔,戴上建档立卡猪特有的标识耳牌。而这标识耳牌是杀建档立卡猪的时候,发顺从猪耳朵上扯下来扔在院子里的。打孔戴牌比杀猪容易,二人很快就在猪耳朵叶上装上标识牌,把猪放回猪圈里。

李发康嘱咐:"明天领导下来检查工作你知道怎么说吧?不要大口马牙地乱嚼。"

李发康威逼或是利诱:"这次检查应付了,这猪你继续养,给你了。出了岔子谁都不好受!"

失而复得的发顺自然高兴,咧着嘴龇着牙:"李书记你放心吧!你交代的话我都快背得了!支持扶贫干部工作是贫困户的义务和责任,坚决摘掉贫困帽子是每个建档立卡户应持有的想法和态度……"

"莫要在这给我耍贫嘴,明天去领导面前耍去。"说完,李发康跨上摩托车离开,为明天迎检做其他准备。此猪换彼猪的确是个好办法,李发康悬着的心得以放下。

绝无鸠占鹊巢之嫌,此猪本就是为了填补空窝而来。猪圈里刚进新家的猪卸下一路奔走的躁动后,在猪圈一角挪了一个窝躺下。耳朵叶子上刚打下的孔流的血止住了,耳朵叶没过多的神经,微疼。只不过耳朵叶上戴了一块身份标识牌,耳朵扑棱扇呼着。猪有灵敏的嗅觉,毕竟标识牌是别的猪的,还有别的猪的气味。

看着李发康走远,发顺把视线转到玉旺身上来。猪失而复得确实能让发顺欣喜。发顺拉过玉旺的手,久违地,玉旺猛地缩回,发顺继续拉过来:"媳妇啊!

特困户的帽子好啊！上头照顾咱照顾得这么周到。"发顺点了根烟叼着,摇晃着小脑袋盘算着,"这顶帽子可千万别被摘掉。"

玉旺并不懂发顺口中所谓的帽子,咿呀着从发顺手中挣逃。又有猪可喂了,玉旺要去砍芭蕉,喂猪。

六

大概很少有人会观察到,猪最优美的举止是进食。

拱嘴寻着地,呼哧呼哧大口进食。无论是在猪食槽中还是就地而食,猪都能保证吃个精光。灵活有力的舌头伸出,舌苔上众多的凸起不放过任何食物的残渣,一一舔舐干净。这里的"美",指一点都不浪费,也指猪圆滚滚的肚皮的美。

迎检当天清晨,发顺想起李发康的嘱咐:"多喂猪一些芭蕉,少喂谷糠!"最大程度地呈现猪圆滚滚的肚皮,也是一种政绩。

发顺向喂猪的玉旺歧义转达:"多喂些芭蕉,多喂些谷糠。"

玉旺弱弱地嘟囔:"谷糠吃多了撑!"不过嘟囔不是话。

发顺无暇细听:"废话多,破事多！李书记叫怎么做,我们就怎么做！"

玉旺低下头继续咔咔剁芭蕉。

村子远,山路弯,路上是零落不整的石块和星罗棋布的坑坑洼洼,以及大面积积蓄的尘土。轿车行驶在山路上的样子像猪走路,犹犹豫豫,前俯后仰,左摇右摆。前一辆车卷起尘土,后一辆钻进尘土,最后一辆被覆满尘土。

可算是即将抵达,车在山路上蹦跶。蹦跶最高的是李发康,他骑摩托车在前头带路。跟在后边蹦跶的是轿车,村民没有级别概念,只觉车上坐着的都是大官。

随着咣当一声后,首车停在村口,咣当两声后,两辆跟车停在路边。路面上同一块凸起的石头使三车无一幸免。村子,已经到达。先头赶到的李发康把摩托车停在路边,挥手示意停车。车子所到扬起的尘土,有的已经落下,有的正在落下,路面是一层厚厚的尘土。车门打开,几双油光锃亮的皮鞋插进尘土中。走一步吧！尘土立即覆住皮鞋的光泽。

李发康和村民小组长刘四咧着嘴挥手相迎,一旁散落着的还有老岩、二黑、黑顺和发顺,五个人的迎接队伍是李发康能组织和拿得出手的最高迎接礼遇。

372

尽管一再重申不搞排场,不过这也算不上排场,顶多是人气。

三辆车共下来六人,不包括车上的司机。走在最前面黑瘦干练的干部是县扶贫办主任唐松,唐松两侧各拥一人,左边是副县长王东,右边是乡长兰正义。王东挺着肚子背着手,兰正义躬着身子跟唐松介绍情况。还有其余三人,李发康没见过。县里的?市里的?管他哪里的!

兰正义介绍道:"主任,到了,这个村子就是我县我乡最偏远的贫困村了!"

唐松有着从任何角度切入工作的本领:"一路上见识了!挺远挺偏的。不过越是这样的村庄越是不能放松我们的工作。"

"是是是,主任说得对!"通常而言,这是主任每一句话结束之后异口同声的回音。

兰正义引荐一旁随从的李发康:"唐主任,这就是这个村子的扶贫驻村干部李发康。"

唐松伸手向李发康,李发康欣喜相迎,结结巴巴:"主任好,主任好!"

唐松点点头表示会意:"辛苦你了,小李!"

李发康阿谀:"不辛苦,不辛苦,都是在为老百姓做事情,服务。"

唐松很受用,仔细再瞅李发康几眼:"我想起来了,五月份有一批用来给贫困户脱贫的母猪种就是你找我签发的!"

"对对对!主任那么忙还记得这种小事。"李发康继续阿谀,激动万分。

唐松:"母猪种都给贫困户发下去了没?今天咱们就去看看这些猪的长势如何!"

李发康:"发下去了,长得挺好的,贫困户们也很高兴。"

"那个什么,王县长你带着兰正义到村子里四处转转,记得访问各个农户都缺什么,需要什么,政府能做什么。让小李给我们四个介绍情况就行。"唐松亲自点将,"小李,你今天就带着我和这三位市里的专家四处看看!"

"好好好!"李发康回应着。原来其余三位李发康不认识的人是市里来的专家,李发康心里一个激灵。善于糊弄的是专家,善于不被糊弄的也是专家,这是一次带着照妖镜的检查。

村子很小,很适合检查工作。有什么突出的工作成果很容易看见,有什么工作中的不足和缺憾也会暴露无遗。为了避免后者的出现,李发康还在临检之前跟各家各户打过招呼,甚至给发顺家重新买了猪来李代桃僵。现在还把发顺、老岩、二黑、黑顺几个扶贫工作的重点难点作为随从带在身边,一方面防止几人乱说话,另一方面就是几人始终还是李发康心头的重中之"患"。走访各家各户是工作方式,进村入户访问谈心是工作方法。李发康的准备工作做得充实,所以一路上带着唐松入户调查之时,唐松看到的是他想看到的,听到的是他想听到的。看到的和听到的都是唐松希望李发康交上的令他满意的答卷。

唐松勉励:"小李,做得很好!就需要你这样能吃苦能做事的干部,很好,给你一个口头表扬,继续努力。"

李发康官套:"唐主任过奖了,我只是做了自己应该做的!"

唐松:"刚刚还说到五月份我给你签发过一批母猪种的,转悠了一圈还没看到。你带着我们去看看。"

李发康继续:"主任真的有心了,心系下属和老百姓,我这就带你去看看。这批猪分给了八户困难户,都养得挺好的,老百姓用心,猪长势都不错,再过几个月就发情可以配种怀崽了。"村总共八户发母猪种的农户,七户集中在村东边,和发顺家隔得远远的。李发康引着唐松一行往村东边走,尽最大可能避开发顺家这个隐患。发顺、老岩、黑顺和二黑几人蓬头垢面地跟在一行人的最后边。唐松疑惑,指了指几人:"小李,这几个老乡不必跟着,让他们回去吧!"李发康自有好听的解释:"主任,这是发顺,这是老岩,他们都是村里脱贫攻坚的重点挂钩对象,让他们跟着学习学习,接受教育。"

发顺收到李发康的眼色:"是的,是的,我们是跟着学习的。"

唐松拍了拍李发康的肩膀以示器重:"哈哈!这村有你这样的驻村干部是福分,我县有你这样的干部我放心。"李发康激动万分:"还得跟唐主任学习!"唐松:"相互学习,我多向你学习!"

见此,发顺揪了揪一旁的二黑和老岩的衣角:"向领导们学习!"几个参差不齐的口号在李发康又一个眼色中响起。排场让唐松有些激动,挥手叫停:"不搞形式主义,不搞这些虚的。相互学习,领导干部多向人民群众学习,为人民服务。"

继续走,到农户家中去,各家各户都提前做好了热烈欢迎的准备。糖果瓜子和茶水充足:"领导您到家里坐会儿!"同时也准备好了对答如流的台词,"米饭

374

管饱,不存在饥荒。猪肉吃腻,偶尔杀鸡。屋子修整,不漏雨也不进风。"再汇报猪的长势,"母猪种好养,不挑食,长肉快。"最后是感谢,"感谢党和国家的政策,市上县上乡上,然后是李发康……"如此对答如流而大同小异的客套寒暄,首先让市里三位畜牧专家听腻了:"那就带着我们去看看猪吧!""再把猪拉出来,遛一遛,看一看。"

好吧,猪被从猪圈里放了出来,在院子里嗷嗷叫。三位畜牧专家掏出手机:"猪耳朵揪过来,扫一扫。"建档立卡猪耳朵上戴着的标识牌上有条码,扫一扫,猪源、品种、用途一应俱全。

先后进了七户农户家,重复地访问和重复大同小异地回答,这绝对不是此行想要的。也重复性地扫了七头猪耳朵上的条码,数据规范记录上表。三位专家也及时做出反馈:"养得好,喂得也好,不过要注意配种受孕的时候不能喂得太胖。"见专家都连连称好,唐松再拍拍李发康的肩连连称赞:"好,好,小李干得不错。"顺便给予鼓励性质的暗示,"等扶贫工作结束,人事不再冻结,县里会考虑给你换一个大舞台!""谢谢主任,谢谢!"李发康心中狂喜。唐松幽默:"别谢我,你要谢就谢这些猪,养得多好啊!"

李发康见检查总算是比较圆满地对付过去了,暗自庆幸。可三位畜牧专家却说:"主任,记录上显示这村有八头建档立卡猪,再看完最后一头,今天的工作就圆满结束了!"

唐松:"哦,还有一头。那小李再带我们去看看。"

提起最后一头猪,暗自庆幸中的李发康汗毛又起,此猪已亡命山野。带着三个畜牧专家去看一头赝品,李发康心发慌,底气全无,想法儿拖延:"主任,那个,那个现在都快到饭点了,要不咱们先吃饭吧!"

唐松:"饭就不在村里吃了,有规定。看完最后一头猪我们就回乡上吃工作餐。"

李发康仍在想方设法:"哦!是啊!都到饭点了,你们都还饿着。要不我把那家的户主给你喊来当面汇报。"慌乱中故作镇定,"来来,发顺!你来跟主任说说你家猪的长势咋样。"

又该发顺表演了,结结巴巴地把台词背上:"我家的猪吃得好,睡得好,长得……也好,关键是政府发的猪品种好。感谢政府,感谢政策……"

唐松打断:"那个小李,你再带我们去他家看看,大家都辛苦了。再辛苦也要把工作落到实处。"

发顺还在背,虽然没人听。李发康揪了揪发顺的衣角:"快别汇报了,去你家。"李发康睒了发顺一眼,心又悬了起来,希望可以糊弄过去吧!希望专家眼瞎了。

唐松看出李发康不对劲:"怎么,小李,有什么困难吗?"

李发康现在已是惊弓之鸟:"没没没,只是发顺家有些远。"

一行人往发顺家赶,这次是发顺在前,他是户主,在前带路,村道中穿行。还未到发顺家,先听到有哭声,一行人脚步加快。一贯没心没肺的老岩和二黑赶上前头的发顺:"怎么了?你婆娘哭哇哇的,你家死人了?"发顺黑着脸驳:"你家才死人了,你全家都死了!"

李发康也冷着脸:"别废话,回去就知道了。"转回头冷脸转热,"唐主任,就到了,就到了。"

发顺家为了迎检而拾掇一番后,破败之中竟能见一丝整洁。院子里悬晒着床黑黢黢的棉絮,棉絮下边是一农家妇女抱头瘫地而悲泣,呜呜然,咿咿呀,此人正是发顺婆娘玉旺。有客登门,而家中有人在哭号,发顺自然不开心。发顺黑着脸上前伸出脚尖碰了碰在地上哭号的玉旺:"咋个了嘛?你哭什么?"发顺语气加重,喝令,"咋个了嘛?不准哭!"弯腰钳起玉旺。

玉旺露出哭脸,抽噎着:"猪,猪……那猪……不动了……死了……"

"啊!死婆娘,好好的猪怎么就死了?"发顺气愤,用力摇晃着抽泣的玉旺。

玉旺继续抽噎,有些颤抖:"不动了……就……死了……"

发顺愤而挥手欲打:"死婆娘,喂个猪都干不好。"手挥在半空被李发康制止,"发顺,你要干什么?莫犯浑。"

作为旁观者的唐松几人在边上看着院里搅作一团,唐松厉声:"小李,怎么回事?"

李发康吞吞吐吐:"她说,她家的猪……死了。"

唐松的脸转黑:"什么时候,怎么死的?猪在哪?让专家看看怎么死的!"唐松示意一旁的专家去看看情况。

几人径直走向猪圈,留着发顺和玉旺两口子坐在客台上,发顺挠着头,玉旺

376

继续抽噎。比房屋还要破败的猪圈里,猪躺在角落里。畜牧专家进猪圈当即断言:"这猪还没死嘛!"专家用手捅了捅猪,猪哼哼,"猪还没死嘛!"躺在地上的猪无视一旁的人,顶着圆滚滚的肚皮,睡着,不动,像死了。专家转身看向猪圈内的猪食槽干干净净:"今天都给猪喂了什么?"发顺在院子里有气无力地回答:"就是芭蕉和谷糠嘛!""那应该没事,就是这猪吃撑了!""早上喂了多少猪食?"发顺回答:"喂了不少呢,这猪能吃得很。"

猪没死,只是吃撑了不想动。猪圈外的李发康长舒一口气,教育发顺:"以后一定要注意了,引以为鉴,科学饲养。"

畜牧专家继续在猪身上比画打量:"不对,这猪有问题。"

李发康一惊:"有什么不对的,你扫一扫耳朵上的标识牌嘛,会有什么问题嘛!"

猪圈里的畜牧专家把李发康一驳:"标识牌是对的,可这猪不对。品种不对,而且这头小母猪被劁过,根本不是母猪种。"

李发康一副宁死不屈:"怎么可能嘛,会不会是……搞错了。"

专家有理有据:"劁猪的刀口都还在,况且这猪是小耳种,跟建档立卡猪不是一个品种。"

被专家当场戳穿,李发康支支吾吾,无语应答。一直在旁观的唐松感觉被糊弄了,而且是不能罔视的糊弄,厉声喝道:"李发康,你给我过来。怎么回事?"

"就是这猪,不是那个猪。"前言不搭后语。

"到底这猪是什么猪?"

"唐主任,就是这猪,它不是原来的猪。"

"那原来的猪呢?"

"原来的猪原来也在这圈里……后来不在了……这猪才来了。"

"原来的猪哪儿去了?"

"原来的猪丢了,找不到了!"助攻,发顺瘫在客台上说。

"好好的猪怎么就丢了呢!"

"就是我们杀猪,猪挣逃,猪跑我们追,我们追猪跑,然后就丢了。"再助攻,发顺瘫在客台上。

"啊,你们杀猪,你们竟然杀这猪?"唐松吃惊,"那猪呢,猪在哪里?"

377

"猪在山上。"

"猪怎么会在山上呢？"

"因为猪跑到了山上。"

唐松和李发康院中的对话，加之发顺的助攻，一场杀猪、追猪、此猪换彼猪的闹剧呈现在人们面前。此时另一行人马，副县长王东和乡长兰正义闻声赶来。进门，唐松对李发康的批评教育立即转向了一脸疑惑的乡长兰正义身上："小兰，这种弄虚作假的面子工程一定要严厉批评及时处理，该处分的处分，不能手软。"一脸疑惑的兰正义受到迎头叱责更加疑惑："唐主任，怎么了？出什么问题了吗？"唐松冷着脸厉声："怎么回事？你问问这个好干部李发康吧！"李发康在一旁低着头。

唐松转身对低着头灰溜溜的李发康拍拍肩："李发康同志，好自为之。"

"王县长，看来这个脱贫攻坚的工作形势严峻得很啊！走，回县里。"

村口的车子再次启动，在山路上蹦跶而回。乡长兰正义的车还留守，兰正义还要留下来处理问题，问题即指李发康。

还是发顺家中的院子，发顺冷着脸，李发康黑着脸，兰正义的脸更黑。玉旺不再抽泣，因为所有的人都黑着脸。老岩和二黑潜伏在门外，对于他们而言，门内任何事都是热闹。

兰正义："发康，说说吧！怎么回事？"

李发康："我也没办法啊！建档立卡猪丢了，为了迎检我才换猪的。"

兰正义："好端端的猪怎么就丢了呢？"

李发康："发顺他们杀猪，猪挣脱了跑进了山里。"

发顺抬起头："这个我可以证明，猪是我们杀的，跟发康没有关系。"

兰正义勃然大怒："闭嘴，没问你！"

发顺吃瘪，低下头继续挠头发，灰溜溜夹着尾巴。

兰正义："发康，那说说接下来你打算怎么办啊！"

李发康支支吾吾地憋出："我也不知道。"

兰正义："你这也算情有可原，关键是这事情办出马脚了。不处理你是不行了，惊动唐主任了。这样，处理你的事过几天再说，先把猪找回来。"

李发康委屈巴巴："这猪贼得很，找过了，找不到。"

兰正义:"猪找回来,是工作的失误;猪找不回来,就是工作的错误。你自己看着办。"

停在村口的最后一辆车也启动蹦跶着开走了,村子恢复如常。换个方式形容吧:刚刚打完一场必败之仗的溃兵收获更大的败果,进而使得自身陷入更加窘迫的局面。李发康和发顺坐在院子石头上,现在的李发康跟发顺一样了,一样地灰头土脸,一样地右手挠着头,左手掐着烟屁股。

猪还没死就意味着玉旺又有事可做了,她正在院角咔咔剁着芭蕉。

老岩和二黑适时摸了进来。绝大部分时候,发顺、老岩和二黑是一体的,都是热闹的一部分。

猪回来,是失误;猪不回来,是错误。这句话是两个极端的结合,朝着李发康重压而下。李发康深知失误和错误的最终定性,有什么本质的差别。

"要不,明天我们再去山上找找那猪!"李发康说,语气略软,带着恳求。

"找什么找,猪不是在猪圈里吗?"丢了一头猪又重新得到一头猪,发顺自然没有什么损失,他盘算着,发硬地拒绝着。

尽管气大伤身不好,不过发顺总能屡次成功挑起李发康的火。不要试图去点燃任何人心中的火把,引火自焚的人不在少数。李发康迅速被激起怒气,朝着发顺咆哮:"憨杂种,要不是你们造作,会有现在这么多事吗?"发顺被李发康揪着衣领提起来,再推倒在地继续咆哮,"憨杂种,一群憨杂种!社会好,政策好,好好过日子还不好?"

遇硬则软,发顺被推倒在地后就索性不起来,这是他的自保方式,任由李发康燃着怒火咆哮发泄。而一旁附和的老岩和二黑显得更为明智,躲着,不敢上前沾染怒火。不料李发康放过赖在地上的发顺,转而捏着拳头走向两人。两人赔着笑脸:"李书记别这样,别这样!"两人砢碜地后退,"别这样,这样不好,不好。"李发康继续逼近,两人退到墙角再无退处的时候妥协,"好好好,我们错了,错了!明天继续上山找猪,找猪!"

李发康得到想要的回答,随之软了下来:"不好意思,不该跟你们动粗的!"

"没有,没有。"两人继续赔着笑脸,顺便拉起赖在地上的发顺。一对三的男人之间的对局以李发康完胜宣告结束。玉旺还在院角剁芭蕉,咔咔咔的。

七

入夜,发顺家的人各自散去。

一天之中逐级传递的怒气还没有消除,从县扶贫办主任唐松到乡长兰正义,从兰正义到驻村干部李发康,再从李发康到发顺。这种逐级传递的怒气在传递过程中不断得到积累和加重,发顺承受着这股巨大的怒气。不过发顺并不是开阔之人,他消受不了。

所以,玉旺成为这股怒气的最终承受者。

两个人的落魄家庭,发顺充当着暴君。暴君必有暴行,首先发顺得先喝点酒,酒劲上头就趁着酒兴挑玉旺的毛病,以便为想要实施的暴行寻找合理的依据。一曰批评教育和指正,二曰拳头之下长记性。而玉旺最大的毛病在于一贯的示弱和一贯的隐忍,所以整日咔咔剁芭蕉喂猪成了发顺挑出的毛病。

"憨婆娘,大事不做,整日只会剁芭蕉喂猪!"发顺挑起。

剁芭蕉的玉旺受骂,无言之杠,往下剁的力度加大,嗒嗒嗒。今夜,发顺家又不得安宁。

最先传出发顺酒后没有条理污浊的叫骂声,叫骂声一直持续,越来越大声。其间伴随着锅碗瓢盆落地,玻璃器皿破碎的声音,玉旺隐忍不回应。发顺独角戏唱罢,紧接着就是拳头击打肉体的闷声,头颅撞击门板的砰砰声,且越来越大声,越来越凶狠。

邻里以及全村今夜又跟着不得安宁:"发顺又发酒疯打婆娘了!""发顺疯了,打得这么厉害,会不会打死人?"暴行愈演愈烈,从未有过地激烈,因为能清楚地听到玉旺绝望的惨叫和求饶声:"不要打了……啊……不要打了……"邻里乃至全村不由得为玉旺揪心:"去看看吧!劝劝,不然发顺这畜生真把媳妇打死。"也有异议:"别人家的家事别去掺和,别去沾到发顺。"

坐等,观望,持续的惨叫和求饶。

"砰!啊!砰!"驻村未离开的李发康闻声而来,暴行止于李发康破门而入。嘭!一脚踢开门。啊!一脚踢在发顺屁股。砰!发顺在地上狗啃。发顺借着酒劲弹地而起欲反击,再次被李发康一脚蹬倒,在地上借酒耍起赖:"管得真宽,管教自己婆娘也要掺和。"砰,又成功获取李发康一脚:"你婆娘不是人啊!怎么经得住这么打!"李发康朝着地上的发顺咆哮,"老子是干部,但也是你哥!"

李发康蹲下一把揪起发顺的头发,厉声斥责:"你看看,你婆娘被你打成什么样子了,狗杂种!"

房间角落,玉旺倚着墙柱,脸肿着,眼青着,流着鼻血用袖子揩着。哭失了声,瑟瑟发抖抽噎着。地上散落着实施暴行的衣架、扫把和柴火棒子。

李发康指着墙角的玉旺:"打女人,一个大男人。滚过来,道歉!"

发顺赖在地上:"怎么可能跟一个女人道歉!"不容置疑,发顺话还没说完又再次获得李发康以暴制暴的一击。李发康揪着发顺的头发在地上拖行,拖到玉旺跟前,厉令:"道歉。"

发顺不得不屈服,嘴角流血,面部狰狞,朝着玉旺大声喊:"对不起,以后我不打你了!"这不算道歉,抽噎中的玉旺再次被狰狞的发顺刺激,浑身战栗,双手无力地向前挥舞:"啊……啊……别过来,别打我……"

清官难断家务事,而现在李发康管了,以最直接的以暴制暴的方式。平息好这场别人家的暴乱以后,李发康还要去村民小组长家,明天要组织全村的劳力上山找猪。

"发顺,你再打婆娘,我把你手脚卸下来。"李发康临走之前警告。发顺失了神,蔫在一边抽着烟不做回应,算是一种妥协。玉旺在另一边继续抽泣,李发康的眼睛扫过来时,她干巴地咧嘴表示感谢。

"玉旺,这狗杂种以后还打你,你告诉我,过不下去就离婚!"听到李发康建议离婚,发顺瞪了李发康一眼。

次日,天还未亮。发顺的疯叫声又将整个村子喊得不得安宁。这种疯喊还不同以往,是沿着村道疯跑的疯喊。仔细一听发顺疯喊的内容:

"哇呀呀!李发康,我婆娘跑啦!不见啦!"

"哇呀呀,李发康,你个狗杂种,你促我婆娘跟我离婚!"

"李发康,你个憨杂种!"

发顺的疯喊一直持续到天亮,重复性地奔走叫喊以致全村的人起来知道的第一件事情是这样的:驻村干部李发康建议玉旺和发顺离婚,从而导致了玉旺现在不知所终。

"宁拆十座庙,不毁一桩婚"的传统真理面前,村民一致认为发顺打婆娘是自家的小事小恶,而李发康一举则是大恶。这是大多数人的认为,可暂且成为正确。

疯喊到天明的发顺终在喊累的时候静了下来,木讷,两眼无神。现在他终于是一个人了,他从未想过会一个人。不过他还想推脱责任或者是博取更多的同情,有气无力地嘟囔着:"狗日的李发康!"

老岩劝解:"发顺,怎么了?"

发顺捏着烟屁股:"狗日的李发康促玉旺和我离婚,玉旺就跑丢了。"

老岩:"那你婆娘到底跑哪里了?"

发顺:"昨晚那疯婆娘揩干净鼻血就往外跑,跑进了林子里,跑得太疯,我追不上她。"

二黑附和:"嗯,真的狗日的李发康。"

再次将行动轨迹倒叙到起初找猪的林子来,还是一样的场景描写:村北边是森林,最外围是退耕还林后村民种下的松林,往深处走,是人迹罕至的自然林。为什么要旧景重提呢?因为据发顺的描述,昨晚玉旺就是趁着月色跑向这个方向的,并最终音信全无。

外围的松林中,大规模的人群聚集。昨夜发顺家的叫喊,成为今早众人的谈资。议论纷纷的众人最终统一意见:"玉旺失踪的原因可归结为,李发康这个外人擅自插手发顺家的家事。"

乡长兰正义一大早便闻讯赶来,贫困村特困户丢了,这是天大的事。此时兰正义正训斥着奔忙一夜的李发康:"猪的问题还没解决好,现在你又弄丢了个人!太丢人了!"

李发康:"发顺都快把他婆娘打死了,所以我就……"

兰正义:"自己的事情都还没处理好,还有心思管别人的家事。"

旁观李发康被训斥的发顺这会儿又有了力气,恨恨的:"兰乡长,就是他要管我教育我自己的婆娘,我婆娘才丢的。他还促我婆娘跟我离婚……"

兰正义:"发顺,你闭嘴。"

太阳出来,林子中的浓雾散开。村庄里的能动劳力组成的搜索队伍进入森林,本来是要找猪,现在还要找人。因为要找人,惊动了兰正义,兰正义带来乡派出所的全体警员和消防人员。当然,还有一只警犬,以及若干只村民家中品种不纯的撵山犬。

"找猪和找人两件事碰在一起,开干!"兰正义一声令下。

山大了,再多的人也自然就少了。本来计划的地毯式搜索不奏效,所有参与此次搜寻的人员在林中铺撒开来,往森林深处找。边走边喊,这边的人喊着玉旺,那边的人学着猪叫。

"玉旺这个小女子怎么这么能跑呢!这么多人找都还找不到。"

"都快找了一天了,怎么还找不到?"

发顺、老岩和二黑又聚在一起,跟在队伍的最后面,他们三人又一样了,漫不经心。

"发顺,婆娘跑丢了,你怎么一点都不心焦?"

发顺:"死了最好,这疯婆娘!"

"发顺,我劝你还是好好找找,没了婆娘怎么过日子?"

发顺:"那疯婆娘是李发康弄丢的,他要负责。"发顺将责任推脱得一干净。此时李发康正带着人在林子深处找,听不到。

"发顺,你是个畜生。"

进山搜寻的队伍在山中一直搜寻到傍晚依旧是毫无头绪,唯一的收获便只是越往深处走,地上散落的猪粪越多。村民跟兰正义打趣:"兰乡长,派出所该发枪了,不然这野猪又要下山祸害人了。"兰正义:"莫要扯卵,找人要紧。""不过要说玉旺这小女子进山也应该走不了多远,怎么就找不到呢?"警犬在嗅了玉旺的衣服气味汪汪汪撒出数里后,也在山中丧失了气味的方向,众人不禁为玉旺的安危担忧起来。

村民甲:"林子里有豺狗和豹子!"

村民乙:"林子里有吃人的狗熊!"

村民丙:"林子里还有大黑野猪,也吃人!"

村民甲乙丙代表群众的声音,代表群众的猜测里,玉旺的死因。因为找了一天了,丝毫不见玉旺的踪迹。

兰正义中断众议论:"干部留下连夜找,村民回家,今晚找不到,明天接着找。"

村民回村,山中入夜。兰正义、李发康等一众干部继续留守山中,人命关天。

消防和民警打着大电筒在前,兰正义和李发康打着小手电跟在后面。山中夜里幽冷,林中的每一丝响动都会被放大得诡异。

"嗷嗷嗷!"猪叫声在夜里响起。

"你们听,猪在嗷嗷叫!"

"果然有猪在嗷嗷叫!"

众人闻声,手电筒齐刷刷朝着嗷嗷叫声的地方照,众人朝着手电筒照到的地方奔跑。估摸半小时后,离嗷嗷的叫声越来越近。手电筒所照的灌木丛中因为反射亮起数十双小灯泡:"是野猪,很多的野猪!"有人惊喊。嗯,是的!灌木丛中亮起的小灯泡正是野猪群的眼睛反射着手电筒。与野猪在夜里不期而遇,众人愕然。野猪在夜里被强光所照,怔住三秒。待野猪回过神来嗷嗷往漆黑中逃的时候,众人还在愕然中。

"还愣着干吗?追上去。"李发康喊,众人打着手电筒追上去。

森林,尤其是夜里的森林,那绝对是属于野物的领地。野猪群往山顶上蹿,众人跟在后头追。野猪群至山顶,野猪群向下翻下了山梁子后不见了踪影。兰正义和李发康跟在最后,气喘吁吁跟上来

兰正义:"大半夜的跟着野猪瞎追什么?万一野猪转过头来咬人怎么整!"

李发康喘着粗气:"你看见了没?野猪群里夹着一头白猪!"

兰正义:"乱逼麻麻的!谁顾得上去看黑的白的?"

李发康喊住一个民警问:"那你看见了没,有一头白猪?"

民警:"没有,光看猪眼睛了!"

"你……唉……"李发康问不出个结果。

"野猪群里夹进了家猪,家猪还不得被咬死!"

李发康把手电夹在腋下,双手揉了揉眼睛:"应该没看错啊!我就看见一头白猪夹在黑野猪中间。"李发康再揉揉眼睛,一拍脑门,"我敢肯定有一头白猪夹在里面!"李发康自我拍板,确定看见一头白猪,此猪极有可能就是发顺家跑丢的那头建档立卡猪。

"那猪呢?"兰正义打断李发康。其实众人与野猪群只不过在慌乱中照过一面而已。

山中搜寻人员夜遇野猪群的消息成为第二天早上人们的谈资,议论纷纷后

一致得出结论:发顺跑丢的媳妇玉旺有极大的可能已经死在了山上,根据玉旺踪迹全无以及野猪成群的事实可以正面得出悲惨的推测,玉旺死了,肉已经被野猪吃了,骨头也被嚼碎。同时也得出一致的同情和愤慨:把发顺这个畜生也丢到山上让野猪嚼碎,李发康这个多管闲事的间接杀人犯也丢到山里。

发顺在玉旺走丢次日,又伙同着老岩、二黑,呼呼大醉。仿佛丢了的不是他的媳妇。呼呼大醉时坚持说醉话:"玉旺,是李发康弄丢的!必须由李发康负责。"

李发康领着人在山中继续找,他走在最前面,背后是千夫所指。

一天一夜的山中引吭,留守山中一天一夜的搜寻人员累得够呛。兰正义糊弄个理由一大早就回了乡里,其余搜寻人员散在地上,横着,倚着,侧躺着。玉旺山中走失,谁都没法安宁。

随着玉旺走丢的时间拖长,这支搜寻队伍的规模不断扩大。第二天,相邻几个村的劳力加入进来。第三天,县上派来一支专业的消防队。地毯式的搜寻在玉旺走失后第三天正式形成,林中已撒出去千余人。可是在千余双眼睛之下,丝毫不见任何一丝有关玉旺的踪迹。县上每天的指示大同小异——设法减小这事的影响。但是这事没法不大,这种类似人间蒸发的音信全无让这场千余人找一人的事件无边扩大。一直寂静冷清的山林在大规模的人群介入之后变得热闹又沸腾。

不断加长的失踪时间消耗着李发康的耐性,在山中坚持三天三夜的李发康灰心丧气,心里打着鼓,脑子发着木。眼前一黑,累晕之前仍然不屈从:"活要见人,死要见尸!"如果搜寻的第一天是人和猪一起找,第二天就是单纯找人,第三天第四天就是活要见人死要见尸。而第五天,千余人期望着在林中张大鼻孔单纯地寻找一具发臭的遗体,以终结这件费时费力的搜寻。可是没有,什么都没有。

当人们认为的玉旺的"死讯"满天飞的时候,发顺不得不接受玉旺已死的现实。酒越喝越发酸,接受死讯就意味着不得不悲伤,发顺不敢再扯着嗓子喊一个死人疯婆娘了。

所以发顺从村子一路哭喊着上山去:"狗日的李发康,你还我玉旺。"

发顺的这种哭喊来得快,去得也快。就像是刻意走走过场,在散落着千余人的林中哭号一气后,被老岩和二黑钳下山去。把悲伤哭喊出来不一定有缓释功能,不过能博取同情,这是发顺的目的。晕倒被抬走的李发康自然而然成为发顺这个可怜之人可怜可恨的制造者,这是一致认为的,不可说服。

无所谓始,也无所谓终。发顺、老岩、二黑三人又继续成为一体,喝上了酒。

老岩:"给玉旺立个牌位供一下吧?"

发顺又开始醉话:"不弄,浪费香火。明天去告狗日的李发康。"

二黑:"嗯嗯,人命,赔死狗日的李发康。"

八

玉旺走丢的第十天。

县扶贫办主任唐松的办公室热闹非凡,名为接待失踪者家属,实则是发顺率领着老岩和二黑在这里赖作一团。发顺的小算盘,以一条人命为筹码,肯定能在这里吃到一些甜头。唐松冷着脸,寻找着解决之法。办公室的皮沙发上,二黑穿着脏兮兮的袜子蹲在上面,老岩靠着。抽烟,吐痰。发顺跷着二郎腿,假装丧妻之痛。对,是假装。

发顺:"唐主任,都是李发康弄的鬼,我要一个说法,我家媳妇死得不明不白。"

唐松冷着脸:"你媳妇不都还没死吗?"

发顺:"那么多人找了十天都找不到,跟死了有什么区别?"

发顺继续一脸哭相:"唐主任,建档立卡猪是李发康发到我家的,换猪迎检的猪也是李发康买的,我那可怜的媳妇也是因为李发康才弄丢的……"

二黑和老岩附和:"是啊,是啊,我们可以做证,都是因为狗日的李发康。"

唐松好言细语:"我们县里会仔细研究这个事情,尽快给你们一个满意的答复。"

发顺耍赖:"我们好不容易来一次县里,今天必须给一个说法,不然就不走了!"

唐松无奈,也只得继续见证三人的无耻:"那说说吧,你们的意见。"

发顺愤愤:"李发康促我媳妇和我离婚,我媳妇才跑丢的,一定要处理他。而且李发康买到我家迎接检查的猪,我希望政府可以帮我变成钱……以后……

政府再有什么发猪崽发鸡儿的,直接帮我变成钱发给我……还有就是……我媳妇死了,政府方面多少给点赔偿……"

唐松一听发顺一口气说出一系列无理的要求,冷着的脸转黑。"啪!"一拍桌子:"死了婆娘还狂了小鬼?李发康的事情我们县里会处理,你们的意见我们也会开会讨论。现在,请你们出去,我们要开会了!"唐松对三人下逐客令,不过三人丝毫不见要走的意思。唐松无奈,打通乡长兰正义的电话愤愤:"兰正义,快来把发顺他们带回去。"转而对坐在沙发上的三人说道,"你们喜欢待就待着吧!我要开会去了。"

"唐主任,唐主任!"三人看着唐松的背影。

二黑:"发顺,你狗日的不会说话!"

发顺:"要怎么说,我说的都是实话嘛!"

老岩:"本来可以弄点补偿款的,现在完蛋了。"

三人又开始百无聊赖没有结果地内斗。

玉旺走丢后的搜寻工作在搜寻十二天无果后宣告结束,玉旺成为失踪人口。李发康是躺在病床上被当作问题处理的,扶贫的母猪丢了,是工作的错误。处理基层问题的时候用不当的手段造成严重的后果,这是严重的工作错误。数错加在一起,李发康成为特别严重的、可以作为其他干部引以为鉴的反面典型。革去公职——当李发康听到县上给自己的处理意见的时候,瞬间释然:"唉!"长舒一口气,"就这样吧!"其间,发顺率领老岩和二黑的三人无赖队伍从乡上到县上再到市上,闹遍了所有他们认为可以管到这件事情的部门。以至于从乡上到县上再到市上的各个部门都一致认为——此人无赖,避之不及。

卸去公职之后的李发康倍感轻松,他要离开这个地方。插手别人的家事从而导致别人媳妇跑丢了,他已背负着千夫所指的罪名。解释不清,不可说服。当李发康身无一物坐上离开的客车的时候,那个消失数月音信全无的玉旺从山里回来了。

嗯,没说错,那个跑进山林里失踪数月的玉旺,那个千余人搜寻而不见的玉旺回来了。一同和玉旺回来的还有那头所谓的建档立卡母种猪以及母猪身后跟着的一群小猪崽。母猪嗷嗷嗷,小猪呀呀呀,被玉旺赶着穿村而过。这一天,村里的人打开大门,玉旺和猪回来,像战士凯旋。

"玉旺不是死在山上了吗？怎么回来了？"

"怎么还赶着猪回来了？还有一群小猪崽子。"

"那群小猪崽是小野猪呢！"

"肯定是小野猪，大概是那母猪跑到山上跟野公猪配的种！"

"不是，玉旺不是死了吗？怎么又回来了？"问题又回到原点。

玉旺和猪继续在村中穿行，一路走，背后跟着的人越来越多，都想看一看这个失踪在林中数月的女人。

玉旺赶着猪回到家中的时候，发顺刚打包好行李，他准备到省里去上访。打开门，见玉旺进门，发顺一愣，接着一惊："啊！你他妈不是死了吗？"赶进院子里的猪嗷嗷，见玉旺不回话，发顺大声吼道，"你他妈不是死了吗？怎么回来了，没死成？"玉旺的嘴嘟囔了几下，发声："李……李发康……在哪？"见玉旺回来的第一句话就是问李发康，发顺愤愤："李发康都他妈差点把你害死了，你还跟我提他？"发顺挥手欲打玉旺。

不过这次发顺失算了。"啪！"玉旺响亮的一耳光抽在发顺脸上。挨了一巴掌的发顺发着蒙捂着脸向后退却："这疯婆娘，真的疯了！"天旋地转，天旋地转，这里的"天旋地转"，指的是发顺在捂着脸的瞬间看到门外哂笑的人群。这当然很让人没面子，发顺在此时酸软，瘫在地上。世界仿佛倒置，然后变了个色。

"李……发康……"

从山中归来的玉旺变得强硬，但是依旧痴傻。不过人们改变了说法，玉旺这是淳朴的无害。玉旺吆喝着从山中带回来的猪群，沿着山路走，最终被林海淹没。

列车向东走，驶出南高原，革去职务的李发康在车上。换个环境也许是种逃离，而逃离偶尔是飞升。列车向东走，李发康的电话响，接通，乡长兰正义的声音："发康啊！误会啊！误会，发顺家媳妇回来了，建档立卡猪也回来了！"

李发康并不惊讶："回来就好，回来就好！"

兰正义："我们乡里和县上已经更正了对你的处理，你可以回来了！"

电话那头李发康不作声，兰正义接着说："发顺媳妇回来，带回来建档立卡猪，还领回来一窝野猪的杂崽子。乡上准备在村里建立一个野猪杂交的示范基地。"

兰正义接着说:"回来吧!村里的工作需要你!"

"嘟……嘟……嘟……"电话忙音,李发康挂断电话,列车驶出高原。

"唉,累了!结束了!"李发康自言自语,倚着车窗,睡去。

九

现在,我经常在电话里喊李发康:"嘿,倒霉蛋!"

他回:"滚球!说人话!"

我:"爸!"

他现在在沿海某个城市的建筑工地,有时候扎钢筋,多数时候扛水泥。

我:"爸,村里的野猪养殖场弄起来了!村里的人都顺利脱贫了。"

我爸李发康:"那就好,现在国家政策那么好,好好过日子比什么都强!"

我接着说:"玉旺养殖场的每一头猪,都是我爸!"

玉旺管养殖场的每一头猪,都叫李发康。

(原载于《中国作家》2019年第5期,俞胜选编)

张惠雯 / 1978年生，祖籍河南。毕业于新加坡国立大学商学院，现居美国波士顿。作品刊发于《收获》等国内文学期刊，曾获"新加坡国家金笔奖""首届人民文学新人奖""中山文学奖"等多个奖项，小说数次上"中国年度短篇小说排行榜""《收获》年度小说排行榜"等，被广泛收入历年小说年选选本。已出版短篇小说集《两次相遇》《一瞬的光线、色彩和阴影》《在南方》，散文集《惘然少年时》。

雪从南方来

一

预报今天有雪,是这个冬天的第一场雪。吃早餐时,他又查了一遍当日天气状况:预测中的雪会从晚七点开始下,七点降雪的可能性是百分之七十,八点降雪的可能性是百分之九十。

他夜里睡得不好,早餐有点儿食之无味。最后,他把没吃完的、已经变硬的烤面包片倒进厨房的垃圾桶里。咖啡凉透了,但他还是把它喝了。他把餐盘、咖啡杯洗干净,放在控水的餐具架上。不锈钢餐具架和悬挂在它斜上方的那些酒杯一样,擦得发亮,发出银色的光。灶台上同样一尘不染,像黑色的镜面。对着石头台面的吧台,并排放着两张褐色带靠背的皮质吧椅,一把明显磨损得更厉害——他一个人就坐在吧台那儿吃饭。他背后那张六人座的长餐桌上空空荡荡的,既没有餐具、桌裙,也没有花。

他打开电脑,开始在记事簿上列下一日事项:

一、查看公司邮件;

二、回复小敏的邮件;

三、清理车库,为下雪天做准备;

四、解决午餐;

五、去公司。

他习惯在记事簿里写下一条条标注着数字的事项安排,即便可记的事越来越少。他不知道这样是否真能提高效率,或者只是为了让生活看起来更充实、有序。这个早上,他脑海里不断浮现出来的始终是女儿那封邮件。他想他今天务必要给她回一封信,至少让她知道他已经看了邮件,不必再为此担心。

小敏很少给他写电邮,她喜欢发手机短信,那是最简单的方式。如果是她认为比较重要的事,她会给他打电话。她去纽约读大学时,他们之间有个约定:每周通一次电话,每个月至少见一面。除了假期,每月一次的聚会,几乎都是他开车去纽约看她。后来,她有了男友、工作,以及越来越多的朋友……他们俩每个月见一面的约定早已不知不觉被打破了,唯有一周一次电话的习惯保持下来。她几乎从不发电邮。两天前,当他打开邮箱看到她的邮件时,他心里有种预感:这或者是惊喜,或者是什么不幸的事。

那封电邮是用英语写的:

亲爱的爸爸:

今年感恩节不能和你一起过了,我觉得很抱歉,但我和几个朋友约好了,我们会一起在纽约过感恩节。我希望感恩节过后,工作和杂事都少一些。也许新年以后你能过来?不过,让我们先不要这么早决定。无论如何,我盼望我们尽快见面。

如你所知,我和蒂姆已经订婚了。时光飞逝!亲爱的爸爸,你能相信你的女儿马上快要三十岁了吗?当然,你会强调说只有二十八岁半。你总是说在你的印象里,我还是个小姑娘,但事实本身总会吓人一跳。不过,你知道,我很享受我的成年生活。谢谢你在我的成长时期给我的所有支持。你上次问到结婚的事情。不,不,你的女儿还不想这么早结婚。在这一点上,我和蒂姆高度一致,在很多事情上,我们都能彼此理解。我们对彼此非常认真。蒂姆是我遇到的最理解我的人,这一点,我相信你完全同意我的判断。

我要告诉你的这件事难以启齿。亲爱的爸爸,其实,这几年来,我一直想告诉你,当我自己明白什么是爱情,什么是一种在生命里相互扶持、陪伴的珍贵关系时,当我明白这种事对我们每个人多么重要时,我为过去的任性感到羞愧。但我没有勇气告诉你。昨天,我把这件事告诉了蒂姆,我需要他的建议。他鼓励了我,让我给你写这封信,告诉你那件让人遗憾的事情的真相。

爸爸,你还记得那天晚上发生的事吧?我告诉你徐宁阿姨和我争吵之后把妈妈的照片撕成了碎片。但是,爸爸,那并不是她撕的。我让你看到的妈妈的照片碎片是我自己撕的。我那时候只有十二岁,我对你太依赖,太爱你,我害怕徐宁阿姨把你从我身边抢走,我不能想象会失去你对我的爱、深切的关注。是的,我当时总是威胁你说我要回北京找妈妈,但那一点儿也不是我的想法。从五岁开始,我就和你生活在一起,我对妈妈并没有那么深的感情,也不能想象再回去和她共同生活。我现在回想,徐宁阿姨对我并没有冒犯,而我也没有其他讨厌她的理由,我只是不想让你忽略我。我看得出你多么喜欢她,否则你不会在我不高兴的情况下仍然让她搬过来和我们一起住。爸爸,从我五岁时你带我来到美国,我们相依为命,我一直觉得生活就是我们两个人的生活,家就是我们两个的家!

你选择了相信我,而她离开了我们家……爸爸,但是我欺骗了你!请你原谅十二岁的我的幼稚、自私和嫉妒。很多次我回想起这件事都无法安宁,我为此哭过。我选择告诉蒂姆,因为我不愿带着这样的忏悔走进婚姻。他鼓励我告诉你,他要我无论多么惭愧,都对爱我的父亲诚实。爸爸,我可以自豪地告诉你,蒂姆是个高贵的男人。

爸爸,我折磨了你,也折磨了自己。我祈求你的原谅。如果可能,我希望你也能有机会对徐阿姨说出我的愧疚,祈求她的原谅。

爸爸,你感恩节为什么不去得克萨斯一趟呢?你在那里应该还有不少老朋友吧?你可以去拜访他们。南方的冬天多温暖!我现在也经常想起休斯敦,毕竟从五岁到十四岁,我在那里生活了十年。也许不久后我会带蒂姆去休斯敦一趟,他很想看看我长大的地方。爸爸,去南方吧!现在公司并不需要你,理查德早已可以帮你料理一切。

很多吻,很多拥抱。

爱你的敏

这完全不是他意料中的邮件。它……实在是太出乎意料!那封邮件一直在他面前打开着,几分钟后,电脑屏幕黑下去,他再点一下键盘让它亮起来。他惊愕、困惑、坠入记忆的迷雾,像突然患病的人一样不断用手指紧紧地按压额头。

二

他坐在那儿写那封回复的信。他感觉不能写得过于简短,但也想不出多么富有感情且足以安慰她的话。他不得不把她那封信重读一遍,一种往事突然涌来造成的时空错乱和晕眩感全然地笼罩住了他。在电脑前呆坐半个多小时后,他写了一封半长不短的信。在第一段里,他告诉女儿他已收到她的邮件,他夸奖蒂姆,说他多么令人信赖,而他又是多么乐意把女儿托付给这样一个正直、诚实的男人。在第二段里,他说那件事他依稀有些印象。既然已经是很久以前的事,他们都不必再为此痛苦、愧疚,最好的办法是忘掉,但他仍感激她告诉他,她是个勇敢的孩子。在第三段,他说他会考虑她的建议,也许找个时间去温暖的南方一趟。他希望感恩节以后能尽快见到她,她应该明白,对他来说,这才是最幸福的事。

把邮件发送出去,他立即关上电脑,起身到车库里去,仿佛急于把它抛诸脑后。他上午得把车库整理出来。冬天之前,车都停在外面车道上。

天气仍然晴朗、干燥,没有雪的征兆。车库太久没打开,门吱啦啦卷上去,光线里立即飘满尘埃。隔一条街,对面那座房子勤恳的男主人背着吹风筒,在吹草坪上的树叶,树叶翻飞的空中同样微尘飞扬。

车库里看起来一片狼藉。地上堆放着很多拆开的纸箱——除了食物以外,他几乎什么东西都从网上购买。靠近车库门口,立着笨重的高尔夫球球筒,里面插着七八支球杆,旁边的地上扔着一袋袋的球,白色的袋子上和球筒、球杆上都落满灰尘。球袋后面,不知道哪年遗留下来的几桶油漆排成一排,地上扔着粉刷用的各种型号的刷子。他看到一个巨大的长方形纸箱,他蹲下身仔细看了箱子上的图案才知道里面装的是一棵仿真圣诞树。圣诞树的大箱子旁边放着好几个鞋盒大小的纸盒,盒子用白色的纸胶带封着口,胶带上是小敏用潦草的英文写的标注:圣诞树挂件、圣诞彩泡、雪花图案投影仪……当然,小敏早已不在家过圣诞节了。在她和蒂姆关系稳定以后,圣诞节和新年她都在蒂姆家过,感恩节是她留给他的唯一一个节日。往年的感恩节,或者她回家,或者他去纽约找她。当她在信里说约好了和朋友们一起过感恩节时,他明白她是委婉地告诉他不必去纽约和她相聚了。

靠另一面墙堆放着他的"农具":锄头、耙子、铁锹、短柄和长柄的铲子,还有各种型号的园丁剪刀,浇草坪的自动旋转喷头、手动喷头、盘成一团的乌蛇一样的水管……都是他春夏季节整理花园时用的。还有一辆墨绿色手推车,手推车后面靠墙立着一架折叠梯。折叠梯旁边,三个同等规格的透明塑料箱子摞成一摞,装着小敏的旧鞋子:扁平柔软、可以折叠起的船形鞋,细跟的舞鞋,网球鞋,跑鞋、夹趾的、草编鞋底的凉拖鞋,褐色羊皮长筒靴,鞋口翻毛的短靴……他一直想把它们送到"救世军"的捐赠中心去,但好几年了,始终没有行动。转过墙角,在车库通往客厅的那扇小门左边,并排放着两辆自行车,一辆黑色,一辆天蓝色。温暖的季节里,沿"民兵小径"骑车,曾是他们俩最喜欢的周末活动。他们从贝尔福德小镇出发,穿过莱克星顿,一直骑到剑桥。他骑那辆黑色的车,她骑那辆蓝色的车。那是她上大学以前的事。

这些经年累月积存下来的杂物,混乱无序地堆放在一个长久封闭的空间,每样东西都附着着一段旧时光,这情景颇像人的记忆:一堆时间遗留下来的、彼此之间没有关联却混杂在一起的东西随意堆放在某个昏暗的库房里,拥挤不堪,默无声息,潮湿,落满灰尘……他决定先用裁纸刀拆那些箱子,把它们压成纸板,然后把靠左边这面墙堆放的东西转移到右边去,把这些东西占用的空间规整、压缩,留出左边的空间停车。车库里没有暖气,阴冷,散发出陈旧、饱含灰尘的气味,幸好还有阳光照进来。

昨天夜里,躺在床上睡不着的时候,他试图理清他到美国后的生活线索:他住过哪些地方,在每个地方、每段时间里曾发生过什么……他发现有些东西他完全记不起来,有些时间和地点被他弄混淆了。譬如,1997年到1998年这段时间,他究竟是已经搬到得州糖城,还是仍然住在凯蒂区。那栋客厅里有架房东留下的橡木色老旧钢琴的房子,究竟是他带女儿到美国后租的第三个还是第四个住处?那段短暂时光里,他和徐宁从她住的位于三楼的公寓窗户里望到的远处那个湖,冬天的湖边长着发黄的荒草、干枯的芦苇,湖面上似乎永远笼着一层柔曼的雾气……那幅冬景是在2003年的年末还是2004年的年初,是在圣诞和新年假期之前还是之后?小敏出走那次,是住在她的女友泰勒家还是凯西家?他被这些想不清楚的细节纠缠,而且无处求证。时间的难以衔接、某些细节的丧失也许无关紧要,但当有关它的记忆掉进了黑暗无光、深渊般的遗忘之中,他生命中的某一段仿佛就有永久消失、不复存在的危险。在夜深人静的时候,这让他极度焦虑,变成一种折磨。现在,那种折磨淡多了,似乎黑暗中尖锐的感觉会融解、消散在白日的光里。

带小敏来美国那年,他三十六岁,小敏五岁。他前妻没有来,那时她已经是一所小学的副校长。她确信五年内,她能成为那所学校的正校长。她选择离婚。

这对他来说倒不是多大的痛苦,因为他们早已不和。她身上兼具了小官僚和一位严厉教师的双重特质,使得家里充满庸俗、古板的气氛。有时婚姻是件奇怪的事,两个性格相去甚远的人会瞎摸误撞地进入婚姻,而后在婚姻里越走越远,直到最后难以理解为何当初竟会相爱。但他们也许从未相爱,在那个清教的年代,你很难区分什么是相爱,什么是仅仅渴望一个可以合法触摸、合法拥有的女人。在办完离婚手续后,他们俩都松了一口气。

他们最先住在休斯敦。初来的三四年里,他们每年换一次公寓,因为公寓只给新房客可观的租金折扣。一开始的生活不安定,更不富裕。租住的公司公寓不提供家具,他们的住处只有几件必不可少的简易家具:床、双人沙发、餐桌、一张学生用的小写作桌。他后来又从不同公寓的垃圾回收点捡过一把靠椅、一张小边桌,还有一面带木框的、完好无损的穿衣镜。他把它们捡回家,擦洗干净,告诉小敏这是从别人家买来的二手货。他不能说他捡的,担心她自尊心受伤。那时候,他在一个中国人开的小贸易公司打工,每个月只有两千美金的薪水,而房租占去了三分之一,而且,他们得有一辆车,他要为女儿购买基本的医疗保险,他上班之外还在学习一个付费的 IT 课程……生活究竟是什么时候开始稳定下来的?他想是在他加入那家生产医疗器械的美国公司以后。他的薪金比之前那份工作翻了一倍,他们离开廉价住宅区,搬到了凯蒂一带。在那里安定地生活了两三年后,他在糖城买了自己的房子。他记得他带小敏住进新房的那一天,她看到他买给她的那张圆顶的、挂着纱幔的木床(那一直是她想要的公主床),忍不住跳起来吻他。他把所有的旧家具都送人了,房子连同房子里的一切都是崭新的、精致的。他告诉小敏说,她就是这房子的女主人。

拆好的纸板已经码放在右边墙角里。球具和圣诞树、灯饰也被搬到了右边。他找了块抹布,坐在塑料矮凳上,开始擦自行车上的灰尘。他累了,身上出汗,有点儿喘息。他比过去胖了一些,尤其肚子那边,肥厚、松弛。他变得容易疲劳,站起身时用力稍猛膝盖会抽疼……他注意到对面的吹风筒安静下来,居家男人也消失了。和十多天前绚烂的景致相比,现在的街景单调、萧瑟。在那么短暂的时间里,火焰般的叶子全都枯萎飘落了,屋后的树林曾像是金黄橙红的颜料流溢、堆叠而成的巨幅油画,现在只剩下一堆暗淡的灰褐色线条。那些赤裸的枝丫有时如凝固般静默,有时又被风吹得剧烈颤抖。

在遇见徐宁之前的很长时间里,小敏是他生活里唯一重要的人,她是女儿,是他的小女友,还是他家里的女主人。到美国以后,有热心的人给他介绍女友,他都拒绝了。他在心里做过决定,不会在小敏年幼的时候给她找个继母,以免她有任何被伤害的危险。徐宁不是别人介绍的,是他在朋友家里遇见的。他第一次看见她的时候,她穿着牛仔裤和一件白色衬衫,袖口挽到了肘部以上,烫着短短的卷发。她活泼、爱笑,动作利索,身上有种男性的飒爽气质。她是个护士。那是个午餐聚会,每人需带一道菜到主人家聚餐,他带的菜是从餐馆打包的。她毫不客气地说他偷懒、缺乏诚意。过一会儿,她对他说:"你不尝尝我做的这道菜吗?小鱼豆干。很好吃的,台菜。"他于是吃了她做的那道菜,真的好吃。

他想,他是和徐宁在一起以后才明白什么是男女之爱的,他指的既是精神意义上的也是肉体意义上的情爱。她有种出奇的热情,这种热情会从她眼神里、头发里、皮肤里散发出来,仿佛是一股强劲的力量,你很难不被她感染。她把这种热情也蔓延到了他身上——他这个被长久冰封的乏味、僵硬的人。他们迅速建立起一种亲密无间的关系。那时候,只要她不上班,白天他就去她住的地方找她,即便遇到公司下午开会、他和她相处半个小时就得离开。

她住在一栋三层公寓的顶层,那公寓的门、床、窗帘以及屋里每一样摆设他都记得。每一次,从踏入她的房间开始,他就像脱去了沉重的躯壳,变成了另一个人,一个柔和、富于感情的人。他有一把她公寓的钥匙,如果去得早而她还没有回来,他就在那里等她。他此前从来不知道等待也是这么美好的事。从她客厅的落地窗可以望见那个湖,湖很小,但和休斯敦那些高档居民区里挖掘的人工湖不同,它有种天然、荒野的美。如果某个午后还有足够的时间,他们会坐在沙发上喝茶、聊天。有时候,湖面的雾霭中突然冲出一只鸟,像条灰白色的线笔直地抛向高空,像一条弧线划向远方,然后消失在蓝色的天幕里。那大概是他一生中唯一的恋爱时光。他们只能白天见面,晚上他需要在家陪小敏。那是他很多年里第一次感到被束缚的烦恼。

那段幸福时光很短暂。他想他后来犯的一个巨大错误是草率地让徐宁搬过来和他们一起住,以为朝夕相处会有助于培养她和小敏的感情。在徐宁搬过来之前,她和小敏也见过几面。小敏始终表现出青少年的淡漠、不易讨好,但并没有明显的失礼,而徐宁确实一直努力争取她的好感。在小敏面前,她变得不自在,胆怯起来。每次见面,她都会给小敏带礼物,但小敏只是礼节性地道个谢,从未当面打开过,过后也不再提起它们。他印象深刻的是那个圣诞节,他们三个人一起吃饭。徐宁送给小敏一份圣诞礼物,小敏接过去就放在了旁边一张椅子上。徐宁笑着问她要不要打开看看,小敏说她不喜欢当着别人的面拆礼物。而他送给她的礼物,她却马上打开了。那天晚些时候,他送完徐宁回来,小敏躺在客厅沙发上看电视。他注意到椅子上的礼盒不见了。他问她是否看过徐宁送她的礼物,喜不喜欢。据他所知,那是一条很贵的围巾。小敏冷冷地说:"一条围巾,老女人戴的,我打算把它寄回去给我妈。"又过了一会儿,她说,"你对她说,以后不用再送我礼物了,或者是些不值钱的东西,或者是这种老里老气的东西,我一点儿也不喜欢。"女儿的尖刻让他吃了一惊。但他没说什么,他想,如果他反对的话,只会激起她对徐宁更大的敌意。

在几次见面以后,她们的关系没怎么改善,而他对女儿的态度一筹莫展。可他竟天真地认为,只要徐宁搬过来住,小敏会慢慢接受她,会适应这个家里有另一个人和他们共同生活。他甚至幻想着小敏会慢慢喜欢上她,以为一切只是时间的问题。

那封信把这一段回忆带回来,那么鲜明、清晰,却令人痛苦。当两个未曾遭遇过生活折磨的年轻人,带着某种让人讨厌的乐观选择告知"真相"时,他们像是把他枯竭但平静的生活突然撕开了一道口子,恐怕是一道无法愈合的口子……

时间接近下午一点。他把整理好的园丁工具收进他留下的一个空纸箱里,用胶带封好口。这个冬天他再也不需要它们,直到明年四月过后,直到像民谣里唱的那样:"四月的雨水带来五月的花。"

三

如果不去公司,他经常在镇里的 Panera Bread(美国快餐品牌)解决午餐。这里的食物简单但很新鲜,而且,他们不像餐馆那样有明确的午餐打烊时间。他叫了烤牛肉三明治,配一小碗清汤,随套餐送一个苹果,但他每次都会把苹果带回家。对他的牙来说,去啃咬一整个苹果已经相当困难。

吃完午餐,他要了杯咖啡。天色阴沉下来,天空中堆积着深灰色的云层。两辆黄色的铲雪车从街上开过去。它们大概已经为晚上要来的雪做好了准备。

在过道另一头、靠前的一张桌子那儿坐着位华人女子,她看起来三四十岁的样子,身材纤秀,穿一件米色的高领毛衣,羽绒外套搭在旁边那张椅子的椅背上。在他前面隔着两张桌子,坐着一位五十岁上下的美国男人,和他一样在喝餐后咖啡。男人坐的位置面对着他,他能看到男人的目光不时朝对面那个女人瞟过去。男人终于起身走到那女人的桌子旁边,毕恭毕敬地站着,问他可不可以和她聊聊天。他没听到那女子的回答,但看到那男人在她对面坐下来,看起来有点儿局促,脸膛兴奋得发红,并不像个游刃有余的猎艳老手。他像许多美国男人一样声音洪亮、中气十足,他听见他开始谈论天气,说晚上会来一场大雪,还提到他就住在这个镇。但背对着他的那个女人的回答他听不清楚。过一会儿,他看到男人尴尬地笑了,嘴里说着对不起,声称他没看到她戴着结婚戒指。他由此猜想那女人刚才告诉他她已经结婚了。但那个男人并没有离开,他红着脸,希望她允许他去给她买一杯咖啡,他只是想聊聊天。随后,他就雀跃地站起来,走去柜台。

有些滑稽,有些难堪,又有点儿令人感伤,男人和女人之间这种持续不断的无休无止的追逐游戏。窗外一辆辆车在灰色的公路上静默无声地快速穿行,仿佛钢铁的鱼群。店里的碎冰机发出群蜂飞舞般的巨大的噪音。那个男性追求者端着他的两杯咖啡走回来,像是捧着他的两份战利品。他兴奋地坐下来,面对一个仅仅是出于礼貌而没有把他赶走的女人。

他想到和徐宁在一起时,她和眼前这个女人差不多的年纪,也是这种偏瘦的身材。他常常惊讶她纤瘦的身体里怎会蕴藏着那么大的热情和能量。她的长相说不上特别美,但在他眼里,她身上每个地方都是细腻的。他知道她早已找到了另一个人。他不知道那个人是谁,但他嫉妒那个男人,相信他比自己幸福。像她这样的伴侣,会和你始终胶着、缠绕在一起,会让你的生活温热、充满生气……很遗憾,在他们相遇的时候,他们面临的不只是两个人的幸福的问题。

他突然打消了去公司的念头,猜想公司里的人恐怕并不想要见到他。今晚有雪,也许大家已经开始陆续离开。趁着还有点儿天光,他想去附近一个湖边走走。

他抓起那个鲜红的苹果,塞进外套口袋。经过那两个人时,他不无自嘲地想:他们会不会注意到他?会不会意识到他是他们这场追逐游戏的唯一目击者?

但他知道他们甚至不会看他一眼。有时候,老境的尴尬并不在于变老本身,而是你心灵的变化追不上身体的衰退。在心灵的镜像里,你还是个仪表堂堂的壮年人,但在他人眼里,你已经是个颓唐的老者。

他开车十分钟就来到湖边。眼前已是一片冬日景象:衰草、枯枝、腐烂破碎的落叶,仿佛冻僵了的光秃秃的小径,被一阵阵风吹皱的、银光闪闪的湖面。只有在冬天,这里的湖面才显露出来,开阔、清亮。春夏季节,湖面完全被浮萍和水藻覆盖,秋天则漂满落叶。风不大,但阴冷刺骨。一群灰褐色的加拿大鹅在湖中游着,它们像肥硕笨拙的大个儿的野鸭。下雪的时候,它们是仍然待在湖上,还是会去哪里躲避?最冷的时候,它们会不会挤在一起取暖?生活于它们而言是严酷的,但它们倒不会形单影只。

回想起来,徐宁搬过来以后那段时间就像阴郁的梦一般,充满了混乱和挣扎。晚餐桌上的冷言冷语、明嘲暗讽、沉默、委屈、猜疑、忍辱负重……他们俩小心翼翼,唯恐伤害了孩子。但这种小心翼翼又被小敏当成了他和徐宁"同谋"的证据。徐宁本来像个欢快的大孩子,但在眼前这个真正的孩子面前,她欢快的光芒全都暗淡下去。如果小敏拒绝吃她煮的晚餐,开始打开冰箱找冷冻餐盒,她也只是勉强笑笑。有时小敏假装没有听见她说话,忽略她示好的动作,她不过无奈而又嘲讽地看他一眼。她曾让他喜欢的那种天真的轻狂、肆意妄为的勇敢,反而变成他所惧怕的东西:他怕她不够容忍,怕她没有掩饰好她的不快,怕她直率的表达又会引起一场争执。她说话、发笑的声音稍微大一点儿,他都会害怕,怕这声音会从他们的卧室传到另一个房间里去……

起初,他们还相互安慰、鼓励对方,但慢慢地,他们也都疲倦了。那种阴沉、压抑、暗含着怨愤的气氛弥漫在家里的每个角落,压灭了每一点儿快乐的念头。小敏的卧室里经常整夜地亮着灯,她似乎以灯光、以她深夜不眠的事实来时时警示他们。徐宁也变了,变得暴躁、易怒,她不能在小敏面前发作,却开始对他发泄她的强烈不满。她觉得他过于宠溺女儿,却没有考虑她的委屈。但在那样的情况下,他又能做什么呢?她愤怒、冷漠起来令人绝望。也许她身上那种强烈的能量如果不能用于快乐,就会用于愤怒。

他们一起生活了三个多月以后,某一天,小敏失踪了。她夜里十一点钟还没有回家,手机也关机。他打电话报了警。整个夜里,他坐在客厅的沙发上等电话。徐宁说她可以替换他,让他去楼上睡一会儿。他几乎是愤怒地拒绝了她。他想,如果小敏打电话回家,她第一时间绝不想听到徐宁的声音。第二天接近中午的时候,一位女人打电话给他,说她是泰勒(或者凯西)的妈妈,告诉他小敏在她家,昨晚和她女儿睡在一起。她再三道歉,说她昨天的确问过小敏,但小敏说她已经知会过爸爸她要在朋友家过夜。他听到这消息就抓起车钥匙离开了家。他边开车边哭,本来,他以为他已经失去了女儿。他痛苦地意识到一个人的介入如何改变了这个家,改变了他和女儿那密不可分的关系。

过后,徐宁说她可以搬走,但他劝阻了她。就这样,她又留了下来,直到一个月后发生了另一件事,也就是小敏在邮件中提到的那件事。

那晚他回到家,徐宁去上夜班了,小敏的房门紧闭。他敲门,过了一会儿小敏才打开门,看到他突然号啕大哭。他抱着她,问她发生了什么事。她只是哭。他让她在床上坐下来,他一直说:"好了,好了,平静下来。"后来,她哽咽着,说她和那个女人吵架了,那个女人发疯一样撕了她妈妈的照片。当小敏从她写字桌的抽屉里拿出一小堆照片的碎片时,他一下子蒙了。他根本不敢正视女儿手里捧着的那堆彩色的碎片,也不敢想它究竟意味着什么。当他带着年仅五岁的她离开她母亲时,他心里是确信不会让她受一点儿委屈的……突然之间,徐宁成了阴毒地坑害一个柔弱、毫无抵抗力的女儿的恶毒继母的化身。他怒不可遏,疯狂地打徐宁的手机。很久以后,她终于接了,还压低声音问他是不是疯了,说她一直在忙,突然看到手机上有二十多个未接电话。她装得像什么事都没有发生一样,这让他觉得她更加恶毒、有心机。他开始失控地骂她,他从未这么骂过任何人。她试图说什么,但他不容她辩解。最后,她冷冷地说:"我不明白你在说什么,有什么事回去说。""不要再装了!"他喊道。但她已经把电话挂了。然后,他又回到小敏的房间。他紧紧地抱住她,她用那双仿佛受了惊吓的眼睛望着他——那是一双完全信赖他的、孩子的眼睛。

他一夜没睡。第二天上午徐宁回来的时候,他多少冷静了一些,觉得可以和她谈谈那件事。而她看起来比他冷静得多,冷静得近乎轻蔑。

"说吧。"她说,"你指的究竟是什么?我究竟对她做了什么残忍的事,我假装了什么?"

等他说完,她的冷静像镜面骤然碎裂,坐在椅子上的她猛地站起来:"你现在就叫她起来,你让她过来当面和我说。"

她声音发抖,样子看起来很可怕,似乎要马上冲过去找小敏。他一把拽住她。她发疯似的抓他的手。他想,她也会有如此丑陋的时候。

"我绝不会让你再刺激她。"他说,紧抓住她不放。

后来,她放弃了挣脱他的努力,安静下来。她又在椅子上坐下来,一阵绞痛般的表情突然掠过,让她的脸扭曲了。

"骗子!骗子!这么小一个孩子……"她一字一顿地说。

"你不许这么说她。"他的模样一定非常凶狠、丑陋。

她抬起头,望了他一会儿,嘴唇上浮现出一抹近乎微笑的弧度。

"所以,你昨天晚上打电话是为了这个?在我上班的时候,像发疯的畜生一样吼叫、骂人?"

他没说话。他已经后悔他昨天说过的话。他看见她眼睛里突然涌满泪水,她的嘴唇抖动,随后整个身体都在发抖。他不知道他能做什么。

"你选择相信她,是吗?"哭完了她问,哑着嗓子。

他不回答。

"不用回答,什么都不用说!"她站起来说,拿一张纸巾擦掉脸上的泪,像是如释重负,"我应该早就明白的,我应该早想到结果会是这样……"

第二天,她收拾东西离开了,他没有挽留她。他想帮她租一套房子,想给她一些经济上的帮助,但她断然拒绝了。事实是她不再接他的电话,也不再回复他的短信、邮件。很快,她换了号码,大概只是为了摆脱他。找不到她的那段时间,他失魂落魄。他让自己尽量去想她的冷漠、她的刻薄、她做的那件可怕的事,但这都于事无补。他睡不着,焦虑地一遍遍翻看手机,半夜起床打开邮箱写信;他到她上班的医院,在停车场里等着,她却在可能出现的时间逃之夭夭;他还到处打电话给认识她的朋友,只为了从别人那里听到一星半点儿她的消息……慢慢地,他知道他必须接受这样的事实:他所做的这一切都没有意义,他们之间的困境毫无解决的可能。

家里又恢复了那种平静——多年来的、一贯的平静。他和小敏心照不宣,谁也不再去提那些痛苦的事。这个家,这个小世界,它像一个有着坚硬外壳的、封闭的东西,打开过一条缝隙,很快又惊恐而痛苦地闭合了。他想他在这世界上只剩下一个角色必须心无旁骛地、永远地演下去——一个好父亲。

他走到湖边有围栏的地方。不知道为什么,这里有一带齐腰高的木围栏,像农场里圈马的那种围栏,延伸出去两三百米,又毫无征兆地中断了。他沿着围栏旁的小路走,眼前是平缓的草坡。湖三面被树林环绕,唯有这面向着开阔的草坪,仿佛牧场的风景。草黄了,但很平整,看得出不久前有人割过。那些年里,他和小敏喜欢在这草坡上野餐。最好是春天,五月以后,日光那么温煦,空气里弥漫着花草的香味。小敏说:"同样的东西在外面吃,味道好得多。"吃完东西,她喜欢趴在毯子上看书,有时她看书睡着了,他就在她旁边守着,半个小时,一个小时……对他来说,那两三年算是轻松愉快的时光,是彻底放弃了其他念想的轻松。

他不相信心理学家说的"选择性遗忘",不然,他为何没有忘记那天晚上发生的事呢?那件令人痛苦的事的每个细节都印刻在他的记忆里。倒是那些快乐的事,常常只剩下一两个格外清晰的镜头,其他部分都模糊了,像一团柔和、明亮的烟云,像湖面上闪烁不定的、细碎的光。

褐色的林梢在远处勾出天际线。天边浮着一条长长的孤云,泛出冬日薄暮时的冷光。周遭那么沉寂,某种微茫而凛冽的声音像滞留不散的烟雾一样漾在冬日的湖面上,潜行在林间、落叶堆和枯草丛中——一种低沉却无所不在的冬日鸣响。鹅群低飞,掠过湖面,在另一边上了岸。而后,它们在湖对面呆立不动,迎风立着,像在忍受,又像在冥想。他穿着单裤,在草坡上伫立太久,腿冻得麻木,眼睛酸涩。他发现这是一件荒唐又可悲的事:他让一个十二岁的孩子替他做了生活的选择!而一个十二岁的孩子的谎言几乎说不上是欺骗……这大概就是命运,只需要一个谎言、一点儿差失,它就拿走了原本属于你的东西,全然改变了你的生活。

他开车回家,发现路上已经撒了盐。粗粗的结晶体铺在地面上,像冻硬的灰绿色雪粒。那件痛苦的事发生后不到两年,他带小敏来到马萨诸塞州。他原以为新英格兰漫长冬天会相当难熬,但后来发现这地方知道如何对付严冬和风雪。途中他去加油站加了油。再启动车子,油表显示可行驶里程四百六十五英里。如果他现在沿着90号公路开下去,开出马萨诸塞,进入康涅狄格,转上84号公路,一路向南开上两百多英里,他就能到达纽约,那个拥挤喧闹、杂乱不堪的城市。这是他最熟悉的一条行车路线。但很快,它对他来说就会变得生疏。

四

　　五点刚过,天就黑了。他打开房间里的灯。睡觉以前的时间里,他一般都待在楼下,但他习惯把楼上卧室里的灯也打开。一个其他部分断然漆黑、只有楼下一盏孤灯的房子,从外面看起来总有些怪异。他仍旧坐在吧台旁边那张椅子上,打开电脑查看邮件。小敏还没有回复。当然,他上午才发给她邮件,而那也是一封不需要回复的邮件。

　　他们其实离得很近,两百多英里,但他知道她离他越来越远。她不再需要他,那么他就在他能达到她的距离之外。那年,小敏申请的所有大学都在东岸,但没有一所在马萨诸塞。她解释说,她希望到自己熟悉的地方之外生活,适应陌生的环境也是一种挑战;她也希望离家远一点儿,这样她不会那么依赖他。他表示完全支持她的意愿,私底下却像一个被无情抛弃的老男人,感到说不出的委屈和痛苦。她离开以后,他就一直往返在那条路上:从波士顿到纽约,从纽约回波士顿……虽然辛苦,但就像个赴心上人的约会的男人,心里至少是振奋的、怀着希望的。

　　想到明天早晨起来需要扫雪,他去了一趟楼上,从卧室储物间里翻找出手套、帽子、围巾,还有一条秋裤。大约十年前,他还不至于在外裤里再套条裤子。他像大部分美国人一样,穿单裤过冬,因为暴露在严寒里的时间毕竟是很短的。但这些年,他开始畏寒,在零下十度的天气里穿单裤走几步,腿会发抖。冬天开始变得难挨,尤其一、二月最冷的时节,大雪一场紧接一场,扫雪变成了一种苦役。上午花一个多小时清理出来的走道、车道,到了下午又完全被积雪覆盖了。傍晚还要清扫一次,因为如果夜里冻上的话,清扫起来更加困难。但夜里往往还会继续下雪,一夜之间大雪封门甚至会埋住一楼的窗户……

　　他下楼,回到他清寂的厅里。他想,再过几年,他就会把这房子卖掉,搬到公寓里住。他去参观过那种公寓,里面的大部分住户是老人——那些再也无力自己清扫积雪的人,那些发现守着一栋很多房间的空屋再无多大意义的人。冬天,管理处会雇用工人来扫雪。温暖的季节,院子里的草木会被修剪得整整齐齐,鲜花盛开,一片生机,老人们走出来,在阳光下舒缓地散步……很快,他就会搬到这样的地方,融入这样的人群之中。在风雪交加的夜里,在温室般的房子里长久地、如同静物般坐着,望着玻璃窗外飘落的雪,独自一人。

朋友圈里都在分享下雪的消息和图片:下午三点,纽约在下雪;四点半,康涅狄格开始下雪;大约六点的时候,罗得岛的新港、普罗维登斯都在下雪。在他这里,雪是七点过后开始下的。昏暗的路灯灯光里,雪散漫地飘落下来,一开始像星星点点的白色碎屑,但很快就变成了大片的、斜飞的雪花。今年的雪像是从南方来,从纽约一路向北,最后到达波士顿。而他知道在最南方的休斯敦,在她那里,三天前已经下过雪了,一场多年来罕见的大雪。

她的样子开始缓缓地出现在他的脑海里,那么清晰,在不同的时刻、不同的地方,像一帧帧黑白照片。都是当年的样子。他试着描绘出她现在的样子,在她额头、眼角贴上细小的皱纹,在她的黑发里夹杂进去几缕灰发……他还想起她说话的声音,仿佛听见她的笑声、她轻柔的气息。但当他沉浸在他们俩甜蜜的笑言低语之中时,她的质问、哭声总是突然闯进来。同样,在那些温柔、静好的照片里,他会突然看见她眼睛满含泪水、发抖的模样。他突然意识到那个晚上,他对她做了极其卑劣的事。难道他真的认真判断过他应该相信谁吗?他真的想听她的辩解吗?他只是选择了一个对他而言便利的解决方法,他只是急于摆脱那种困境,回到他以前的生活……

仿佛感到一阵强烈的刺痛,他从枯坐的那把扶手椅上蓦地站起来。他扫视这个到处亮着灯光的宛如通体洁白、透明的所在。他发现他的居所如他的生活本身:整洁、光亮,似乎不缺少任何东西,但没有温暖。

他觉得饿了,但还不想做晚饭。午餐带回来的那个苹果放在餐桌上,他把它切成四瓣吃下去。站在客厅的窗户前面,他看见街道、屋顶、树已经披上一层白纱一样的薄薄的雪。等到雪积得更厚、大地上的一切完全被雪所覆盖时,雪地会泛出蓝光,雪夜会变成蓝色……天地之间都是飞旋的、漫舞的雪,有时候你看不出它究竟是在向下飘落,还是向上跳升。他在想是否应该走出去拍张照片,像他们那样发到朋友圈里,宣告他这里也在下雪。但他还是打消了这念头。这是件奇怪的事,各处的人们都在为一场新雪激动、振奋,而它不过是漫漫长冬的开始。

(原载于《人民文学》2019年第4期,马小淘选编)

肖铁 / 北京人，北京大学中文系本科，美国威斯康星大学麦迪逊分校东亚语言文学系硕士，芝加哥大学东亚语言文化系博士。曾受聘为加州大学伯克利分校中国研究中心博士后、法国南特高等研究院研究员、北京大学人文社科研究院访问学者。现为印第安纳大学布卢明顿分校东亚语言文化系副教授。曾著有长篇小说《转校生》《飞行的杀手》，短篇小说《火车！火车》《满天星旅店》等多篇，译著有卡佛《大教堂》、巫鸿《废墟的故事：中国美术和视觉文化中的"在场"与"缺席"》等。另有英文学术专著《革命之涛：中国现代文化中的"群众"》由哈佛大学亚洲中心出版。文学作品曾获冰心文学奖。

鼹鼠之王

初秋的凌晨,天还没亮,一层紫蓝色的光笼罩在印第安纳波利斯市中心的老兵纪念碑和周围的办公楼上。路上没有车,也没有人,但华盛顿大街和维克斯威尔大道交叉的路口四边停满了车,很多还没熄火,排气管像没踩灭的烟头,有气无力地吐着烟。不知从哪里来的热气从甬道上的井盖里强有力地涌出来,仿佛就要把井盖掀起来了,仿佛地下面是只仰起头的巨兽,脸贴在地表下,鼻孔正对准了井盖上的两个孔,把憋了一肚子的白汽一吐为快。白汽上方是若无其事的路灯,随时准备闭上瞪了一整夜的眼睛,白汽里面是一家四口贼眉鼠眼的狸子,踩着热气,直奔马路对面的垃圾桶。

走到马路中央,狸猫突然停住了,头齐刷刷地扭向一边,看着路口的红绿灯,然后闪进了路灯之间的黑影里。一辆白色的大巴车转上了华盛顿大街,轧着路中间的黄线,慢慢地开过来,停在一幢还黑着灯没有开门的购物大厦门口。靠街的一面,车窗下画着一条奔跑中的灰色猎犬,四脚腾空,身体被拉伸得像条光滑的鱼。狗鼻子前是车门,打开了,有两层台阶向下伸出来,正好连到甬道上。昏睡在马路两边的小轿车一下子醒来,纷纷打开车门,灰头灰脑的人踢踏着腿脚钻出来,又匆匆忙忙地钻进画着灰狗的大巴车里。很安静,只有车门开合的声音和人们懒散的脚步声。

邢一然从来没有这样早来过市中心,眼前平淡无奇的景象让他看得入迷,他没想到这么早会有这么多人要赶去芝加哥,也没想到那些狸猫就躲在离大巴不远的一条小巷里,随时等待着这边尘埃落定,好继续它们的觅食之旅。直到路两边的小轿车都走得差不多了,邢一然才跟妻子告了别,下了车,跑上了大巴。

开车的是位络腮胡子、剃了光头的白人,手里拿着一份名单,邢一然在名单的下方找到了自己的名字,然后把身份证放在他名字旁边让司机看。"克星先生?"司机用自己理解的"Xing"的发音问,一然点了点头。

几乎满员,大多是黑人和墨西哥人,邢一然到最后一排才找到一个靠窗的位子,刚坐稳,车就开了。最后一个上车的姑娘,摇摇摆摆地走过来,一扭屁股坐在他旁边,冲他笑了笑,然后拿出手机,戴上了耳机。连帽衫挡住了她大部分的脸,没有什么特别之处,鼻子很翘,倒也可爱。一然恍惚觉得在哪里见过她,但又不好就这样唐突地问,所以也微笑了一下,扭过头看着窗外,心想还能不能看到那家狸子。

城区很小,很快就上了高速,两旁都是农田,绿油油的,也看不出种了什么。有大牌子画着高兴的牛一边喝着可乐一边说:"还是吃鸡好!"——是一家专门做鸡肉汉堡的连锁店的广告。然后是一大片风力发电机,散落在一望无际的丘陵上,转动的巨大叶片反射着朝阳的光。

邢一然迷迷糊糊地睡着了。

进入盖瑞市时他被吵醒了。一个庞大的黑人,猫着腰站在前面的过道里,冲着旁边的座位,大声地说:"你得控制自己,你懂吗?这不是在你住的什么鼹鼠洞、耗子窝,你想怎么着就怎么着。在你家,你想放多少放多少,把你家里人都熏死也没人管,但在这儿,你得憋着,而且你连一声对不起都没说,就在那没完没了地放!"

邢一然发现前面本来关着的车窗都打开了,风呼呼地吹进来,味道怪怪的,说不清是什么。没人搭茬,只有一个女性的声音从那个座位里传出来,椅背很高,看不见人,只能听见一大串的西班牙语,又听不懂。

旁边的女孩还戴着帽子,但耳机摘了,也被前排的吵闹吸引,认真地听,看到一然的一脸茫然后,撇了撇嘴说:"她说自己肠胃有毛病,控制不住……不过她还是没说对不起。"

"噢,可能是溃疡性结肠炎……"

看那女孩没听懂这个医学名词,邢一然笑了笑,把旁边的车窗也打开了:"那她真不该坐公共交通,好在倒还不臭。"

盖瑞市是芝加哥前的最后一站,有很多黑人下了车,又有很多黑人上了车。那个说西班牙语的人的两旁都没人坐,椅背上没有人头冒出来。接下来开到芝加哥的半个小时里,全车的窗户都大开着,风呼呼地灌进来。

没了帽子,一然看清了女孩的脸,他确定在哪里见过她。在有过刚才关于肠胃的简短对话后,就着风,一然问:"对不起,我不想让你觉得我是神经病,但咱们以前见过,对吗?"

那个女孩上下看了看一然,笑了,把耳机又戴上了,低头在手机里找想听的音乐。一然骑虎难下了,只得硬着头皮又言之凿凿地问:"你是不是印地药厂的人?城西边药厂科研部的人?"因为除了自己工作的同事,一然想不出还有什么别的可能了。

女孩摘下一边的耳机,里面有声音很大的黑人说唱传出来:"不是……但我继母是。"

一然想起来了,是凯瑟琳!

在所有还在工作的人里,她是一然见过的最老的老太太。年初,她第一次站在药厂科研部职工食堂的收银台后时,一然就注意到她了,因为和另外两个中年黑人收银员比起来,她真的太老了。她驼着背坐在一个升得很高的金属转椅上,脖子和胳膊上的皮像枝蔓一样落下来,手指上青筋愤怒地在干瘪的表皮上四处爬行。脸上满是皱纹,竖着的皱纹很深,把她瘦小而松弛的脸分割成一条一条的,像一排挂在一起的腊肉,但竖纹之间有很浅的横纹,又把它们连接起来。那天是一月三号,还没什么人上班,食堂里没多少人也没多少饭,见后面没人排队,一然便和她说了几句话。收银台的计算机旁立着一个小硬纸片,上面写着当天的日期,中间画着一只海龟,海龟下是一行字:"国际海龟日"。一然第一次听说这样的节日,问她是真的还是开玩笑。她笑了,指着自己胸前绿海龟形象的徽章,说:"我听说夏威夷岛的人很把这个节日当回事的!"她化着淡淡的妆,嘴唇很红,黑边眼镜里一双大大的黑眼睛显得惊人地年轻。

"你是凯瑟琳的女儿!"

"继女。"

"我和你继母都是药厂的人。你可能忘了,但我们见过面,有一次在超市里,你和凯瑟琳在一起,我们还握过手。"

见那女孩还是一脸狐疑夹杂着不屑的表情,一然只得继续解释:"我在药厂的实验室工作,你妈妈,不,你继母,是食堂的收银员,对吗?戴着黑眼镜,手边总放着标明各种特殊节假日的硬纸片,你肯定知道,对吗?我从她那学到了很多,比如,三月七日是全国麦片粥日,七月二十一日是海明威的生日,八月八日是北美水獭日……"

一然喜欢跟凯瑟琳说麦片粥日快乐、水獭或什么海豚日快乐、密西西比航线开通纪念日快乐,也喜欢听凯瑟琳跟他说同样的话。一然知道有时凯瑟琳穿戴的应景服饰有些滑稽,甚至庸俗,比如国际鲨鱼日那天她穿的T恤衫上画着一只戴太阳镜穿沙滩裤衩一笑一嘴牙的大白鲨,旁边一行字写着"别跟着我",再比如马克·吐温诞辰日时她戴的愤怒的白色假发和两撇幽默的八字胡。他也知道海龟日救不了那些被塑料袋噎住喉咙的夏威夷绿海龟,知道麦片粥日只不过是通用磨坊食品公司、家乐氏食品公司编排出来的促销伎俩,但他喜欢凯瑟琳的奇装异服给他们灰白色的建筑带来的颜色,喜欢看她因为这些特殊的日子而兴奋的表情。全国火鸡日那天,她穿了一整身的火鸡装,红色的翅膀,红色的鸡冠子,还有两块巨大的红色肉垂,黄色的喙架在她窄小的鼻梁上——只有从红色翅膀里伸出变形变色的手不需要化装。排在一然前面的人托着一份火鸡三明治,凯瑟琳一边弹开收银台的抽屉,一边晃动着鸡冠对他说:"有时候,火鸡是所有问题的答案!"一然买的是火鸡、香肠做的咖喱杂煮,凯瑟琳抿着嘴发出嗯嗯的声音:"火鸡怎么做都错不了,是不是?"一然不明白她哪来的这样的劲头儿,每天都这样兴奋,不过,他想,可能她需要这样的劲头,需要这样的兴奋。那天下午,一然看见长长的走廊里驼背的火鸡缓慢地走向走廊尽头的卫生间,手被垂下来的翅膀挡住,从里面露出两只黄色鸡爪形状的拖鞋,和她瘦小的双腿比起来显得过分肥大。

"每天都很特别!"付完钱,凯瑟琳常会一边这样说,一边用手指着收银台上的硬纸片,提醒一然。一然便像小学生跟着老师背诵课文一样,也说一遍"每天都很特别!"。

一然觉得没法反驳她,一个他见过的最老的老太太,手腕上青色肿胀的血管里面插着针头和输液管,管道顺着胳膊向上翻过肩膀,消失在她弯曲的驼背后面,头上缠着绷带,一只手臂弯着,打着石膏,用布固定在胸前,鼻子里横向伸出两条蓝色的输氧管——不穿节日服装时,她露在收银台上面的身体被各种医疗物品覆盖住,仿佛刚从医院里出来,饭点过了,还得回去。在一然脑子里,凯瑟琳在黄色的火鸡装和纱布绷带之间跳进跳出。她是一然见过的最老的人,他不知道她为什么还要出来工作。

"每天都很特别!"一然想再试一次,看能不能和身旁的女孩说点什么,他很好奇她会怎么说自己的继母,"这是她的口头禅吧?她在家里也常这么说吗?你知道,在药厂里,所有人都特别喜欢她!"

"不知道。"她把耳机拔了出来,和手机一起塞进屁股边上的小挎包里,"我不和她一起住。而且,每天都一样。每天都一样。"她目光从一然面前伸向窗外,并没要继续说话的样子。

"我叫一然。"他伸出右手。

"玛莎。"她抿了抿嘴,和一然握了手。已经进城区了,矮矮的红砖房在左,密歇根湖在右,蔚蓝的一片,像海。

这是一个普通的美国女孩,很白,很多的雀斑,很粗壮的大腿,把牛仔裤的裤线撑得很紧张,灰色套头衫上印着印第安纳波利斯棒球队队标。她身上看不出凯瑟琳的影子。她和她没什么关系。

一然不好再说什么了,也扭头看着外面。

一会儿,大巴就驶上了密歇根大道,一路疏落荒芜后,四面的繁华突如其来。现代、复古、后现代的建筑犬牙交错,大街上人头攒动,摩肩接踵,有穿着短衣短裤跑步锻炼的人,在人群中见缝插针,像受惊的鱼,不断改变方向,躲避身后捕食者的追赶。

大巴拐入杰弗逊大街,放慢了速度。司机在大喇叭里说,请大家坐好,少安毋躁,他要等前面从密尔沃基来的大巴出站,才能开门。但人们都迫不及待地站起身,舒展肢体。玛莎也一扫一路上枯燥无聊的表情,站在座椅之间的过道上,踮着脚,朝前面看,又向上伸起双手,露出套头衫下面的小腹。

"你为什么来芝加哥?"

一然没想到玛莎主动提问,也想站起来,但头上有空调,只能歪着脖子猫着腰:"开会。你呢?"

"我来芝加哥买车。"

"来芝加哥买车?"

"嗯,这儿便宜一些。可能是因为车源多一些。印第安纳波利斯卖的车很多也是从芝加哥运过去的,我有好多朋友都是来这儿买的车。顺便还能在芝加哥转转。"玛莎一边抚平坐得满是褶皱的衣服,一边语速很快地告诉一然,有一辆五年新的黑色凯迪拉克正开着天窗,停在37街和金巴克大道的路口等着她,而且只要一辆低配置的丰田花冠的价格,比印第安纳波利斯同样的车要便宜三四千块钱!"你来过芝加哥吗?哦,你以前在这儿上学。那你干吗搬到印地来?!印地就是个垃圾场!"

和住在印第安纳波利斯的继母相比,芝加哥和车更让玛莎兴奋。她的热情让一然疲于招架,他不觉得自己有义务要为母校所在地做宣传,对于二手车的价格,他更没兴趣也没经验插嘴评议。自从他觉得自己不再属于年轻人后,一然常对年轻人一触即发的亢奋不屑一顾,甚至有种受到威胁一般的惶恐。好在前面的车门已经开了,大巴车长叹口气,一直端着架子的车头泄了劲儿,觍着脸贴向地面,好方便坐轮椅或腿脚不便的人下车。人们慢慢向前挪动,一直听话坐着没动的人也纷纷站起来,挤到过道里。一然让对面一排的两个黑人夹在自己和玛莎之间,也挤到过道里。

他终于站直了身,这才注意到玛莎个很高,棕黄色的头发披散在肩头。一下车,大巴上的人立刻变成了芝加哥人,迅速地消失在人流里。玛莎环顾左右,见一然就在旁边,便问他:"密歇根湖在哪个方向上,你肯定知道!"

一然告诉她上前面的哈里森大街,朝东一直走就到了。坐车也行,两站地,哈里森大街上任何一辆公交车都到。玛莎兴致勃勃地走了,走出几步又回来,告诉他:"可能你早知道了,但如果你还不知道……凯瑟琳上周去世了。"然后又兴致勃勃地走开了。

一然觉得自己没听清楚,想再问,但身旁已经没有玛莎了。

他愣了一会儿,然后推开身边的人,跃过一排堆在地上的行李箱,拐上哈里森大街,看到前面一边走一边仰着头欣赏两边建筑的年轻女孩,一把抓住了她的胳膊,把玛莎吓了一跳。在玛莎就要说什么之前,一然抢先说:"对不起,我不想让你觉得我是神经病,但凯瑟琳是我的好朋友,我为你失去亲人而难过。这是我的名片,上面有我的电话号码,如果你需要什么,如果有什么我能帮你的,给我打电话。"一然慌乱地把书包扔在地上,在玛莎狐疑的目光下,半蹲下来,拉开书包的拉链在里面翻,却怎么也找不到一张自己的名片,只得撕下一本书里的一角,站起身,在上面写下自己的名字和号码,很尴尬地递给她。玛莎犹豫了一下,但还是接过了纸条,像举起一架纸飞机一样,在空中晃了晃。

一然开会的酒店在芝加哥河畔,离长途客运站很近,沿着河一会儿就走到了。时间还早,会下午才开。一然和同事约好一起吃午饭,他们有的坐火车,有的坐飞机,有的自己开车过来。会的目的是接触病人,了解病人的心理和真实的需要,主要是市场部门的人来开,对一然这样的科研人员来说,可开可不开。这样的会很多,一然一般都懒得折腾。今天的会正巧和他现在正在做的药有关——就是治刚才在大巴车上提到的溃疡性结肠炎的药——加上同事说得这种病的人由于病症(控制不住大便和放屁)的缘故,往往都有特殊的幽默感,一然才临时决定来芝加哥。

同事都还没到,一然在酒店大堂一个僻静的角落,找到一个棕色单人皮沙发,深深地坐了下来。他知道自己刚才有些冲动,把电话号码硬塞给一个几乎不认识的女孩可算是行径可疑,而管凯瑟琳这位一周只在买午饭交钱时见两三次面说两三句话的老太太叫自己的好朋友,算不算是撒谎呢?他明明记得自己带了一沓名片准备见病人时发的呀,于是又翻开书包找,才发现那堆小纸片就挤在电脑后面。

他突然意识到,的确,他已经有好几天没看到凯瑟琳了,虽然他知道这也不算什么错,但一然还是责怪自己怎么没有早点儿想起来,怎么没有问问那两个黑人收银员凯瑟琳去哪了,她们肯定知道,她们应该知道。他使劲想想起最后一次见到凯瑟琳时的情景,他觉得就是在上周一,全国灯塔日。凯瑟琳左腿缠满了纱布绷带,打了石膏,架在身旁一个矮凳上,右手也打了石膏,架在收银台的电脑边,脸上颧骨处有一大块瘀血,黑褐色,里面能看见墨绿色的血管像蛇芯子——现在,一然记得清清楚楚了,他能想起那块瘀血四周皱纹的纹路,想起凯瑟琳扭动脖子时小心谨慎的姿势,像快要没电了的机器人。

他说:"嘿,有人周末没有在家好好休息!"

凯瑟琳笑了,眼神仍然那样年轻明亮,和她年龄不符:"哈,你说得对。我发誓我看见松树下面长出了那种金色的好吃的蘑菇,但天已经黑了,还有可恨的鼹鼠,它们到处都是,它们在地底下乐疯了。我去摘那朵金蘑菇,但一脚踩进了鼹鼠洞,摔倒了。洞挖得真深啊,我肯定是把鼹鼠之王的家踩塌了!"

"到处都是鼹鼠,现在到处都是鼹鼠,我们家的草坪也全被它们占领了。"

"我踩进的那个洞肯定是鼹鼠之王的家。"

"今天早上出门,我妻子还跟我说,让我想办法对付鼹鼠呢,可它们不听我的,谁拿它们也没办法,谁也打不赢鼹鼠。"

"它们只听鼹鼠之王的话。"

"哈,对,鼹鼠之王!"

现在,一然全都想起来了,脑子里还出现了一只浑身长满黑毛,黑毛上挂满泥土的肥大鼹鼠,戴着金蘑菇做的王冠,挂着橡树果做的项链,挥起拳头,为自己皇宫被踩塌的屋顶愤怒不已。

一然也想起,那天,同往常一样,凯瑟琳给了他学生优惠:免税。像往常一样,凯瑟琳什么都没说,只是在接过他信用卡时,眼睛透过镜框的上沿轻轻地瞥了瞥他,嘴角微微地向上翘了一翘,除了一然,没人会觉察出来。

一然想不起来凯瑟琳是从什么时候开始这样做的了。他只记得有一次凯瑟琳可能是走神了,像问每个人一样问一然是不是学生——药厂科研部这边有很多附近大学生物系、化学系、医学院的学生实习,他们吃饭是不用交税的,但需要出示学生证——听到一然"已经不是学生很久了"的声音时,才抬头看出是他。她像一个犯了错的小姑娘一样,苍白的脸竟红了,一边收过他的钱,一边很小声地说"对不起"。第二天是"免费拥抱日",看到一然来付款时,凯瑟琳几乎是紧张地匆匆拿过他的信用卡,很快地一刷,然后动作僵硬地还给他。一然看到电脑屏幕上显示的数字没有含税,也看到凯瑟琳像完成了一项特殊任务似的,轻轻舒了口气。那天人很多,凯瑟琳已经开始接待下一位顾客了,但一然还是看到她瞟了自己一眼,眼角的皱纹里充满了得意。

那以前,凯瑟琳就常常给他学生优惠,一然并没有太在意,总觉得是她偶尔马虎不小心。但那以后,他注意到他再也没有为买午饭付过税,凯瑟琳每次似笑非笑的嘴角一抿让他明白,这不是什么年龄带来的粗心怠忽,这是他们之间你知我知的秘密。他不明白凯瑟琳为什么要这样做,可能是自己的长相还有学生的影子,可能是并不是每个人都像他一样注意到凯瑟琳手边的小硬纸片,可能是他蹩脚的英语和他一周也不换一次的衬衣让她觉得一然需要省下那五六十美分的税钱,但他又觉得都不是。

酒店的大堂里人声喧哗,各色各异的衣服、鞋子、行李箱在光滑的大理石地面上移动,穿梭在贴着木皮刨花板做的假实木家具之间。一然发现自己几乎已经要陷进沙发松软的坐垫里去了,是同事拉着他的胳膊把他拽了起来。

下午的会他开得心不在焉。从纽约、芝加哥和洛杉矶来了十个病人,都是有闲没钱想免费来芝加哥过周末的人。每个人分享一下自己的病情,分享一下自己因为溃疡性结肠炎而控制不住自己的尴尬情景,再讲讲自己最想解决的病症,就可以报销来回的经济舱机票,拿三百元的劳务费,还有晚上免费的自助餐了,当然今晚的酒店费用也由药厂支付。刚开始,一然还仔细地听,轮到一个纽约客发言时,他发现自己开始变得不耐烦起来。来的病人大多穿着随便,甚至有些邋遢,衬托得这个纽约来的中年人格外精干。他头剃得很短,但还是能看出即将谢顶的趋势,络腮胡也剃得很短,嘴的四周和鼻孔下面的部分都刮得一丝不苟。他穿着一件墨绿色格子衬衣,外面套着棕色的皮马甲,衬衣塞在牛仔裤里,皮带上巨大的金属盘儿写着"西部"的字样。"现在,咱们聊聊大便!"他第一句话这样说,好像前面几位病人一直在聊诗歌戏剧风花雪月,"大便对我来说是私密的,我说的不是电梯里放屁,地铁上憋不住又找不到厕所,不是耽误了什么重要的工作面试、升职审核。我最尴尬的时刻发生在浴室里,我和我的女朋友正站着一起冲澡……"说到这里,马克先生自鸣得意地停顿了一下,环顾左右病友,然后煞有介事地说,"那时,水温和气氛都正合适……但溃疡性结肠炎发生了,溃疡性结肠炎不请自来地发生了,场面极其狼狈,在座的各位都懂的。"大家都笑了,特别是几个中年女病友,摇晃着头发,声音很大地笑,看来她们都懂。市场部来的同事忙乱地在笔记本上记着什么,然后抬起头很严肃地问他:"您能不能跟我们讲讲您当时的心情?另外,您已经试用我厂的新药快一个月了,请您跟大家分享一下它给您带来的最大的惊喜和失望,好吗?"

一然听不下去了。他一个人走出会场,倚在楼梯边的栏杆上,看着楼下大堂里的人。

再也见不到凯瑟琳了,见不到她艳俗的奇装异服了,以后的收银台不会再有那些善意的无关紧要的提示牌了,没人会再提醒他"每天都很特别"了,这些想法充斥在一然的脑子里。在这个陌生的空间里,他突然非常想念凯瑟琳,他执拗地计算起凯瑟琳给他学生优惠的次数,如果一个星期算四次,到现在总该有不少于九十次了吧,一次省下的税钱就算是五毛,那就是五十块钱呀。除了爸妈,没人平白无故地给过自己一分钱。他还是想不明白凯瑟琳为什么会这样做,但他觉得自己欠她的。来美国快二十年了,他从不想平白无故地欠任何人任何东西,也从没有平白无故地给任何人任何东西,平时他生活在自己的洞里,除非需要,他从不探出头来,他自给自足,他不觉得自己欠任何人任何东西,这种感觉很好。但今天,他突然觉得自己欠这个老太太点儿什么,不是欠那些税钱,而是欠她那几天时间——她已经有好几天没来上班了,自己怎么会没注意到呢?他脑子里全是凯瑟琳的笑容,她那双与自己年龄不符的明亮的眼睛,还有每次偷偷给一然免税后眼角露出的得意。

玛莎的电话是晚上打过来的。一然正和同事们在自助餐厅拿东西吃,大家小声地说起来今天来的病人好像都自己控制得不错,没有发生意外。那个纽约客端着一盘绿菜花,找到一然他们抱怨:"我提前跟你们说过了,我对牛奶过敏,但今天的菜大多含有牛奶!"一个比一然级别高的同事,对他表示了歉意,告诉他,他可以去酒店附近任何一家餐馆吃饭,药厂报销。然后一然的电话响了,里面陌生的声音说:"你说,如果我需要帮助,可以给你打电话。现在我需要你的帮助。"

和大部分美国城市一样,芝加哥市中心的繁华就局限在几条街区里,出租车一路向南没开出两分钟,两边就灰暗了下来。虽然还在密歇根大街上,但高楼大厦在刚才那个红绿灯后唰地一下消失了,矮小的房子蜷缩着身体一堆堆地躲在昏暗的路灯后面。偶尔有小饭馆、杂货店和修车铺,早都黑了灯。路过几家住户门口的草坪上立着白色的十字架,旁边有巨大的路牌黑底白字地写着"基督耶稣是真的"。车慢下来的时候,一然注意到路边的商店标牌上出现了中文,该是进了华人的社区。

果然,玛莎正和一个华人模样的中年人站在一处三层的公寓楼前,昏黄的路灯下是那辆带天窗的黑色凯迪拉克。她个头比那个中年人高了一截,还穿着连帽衫,巨大的耳机挂在脖子上,双手在胸前比画着,从远处看,像个蹩脚的演员正沉醉于自己过于夸张的表演之中。看到一然,她立刻跑了过来,拉着他的胳膊,把一然拽到凯迪拉克旁边,像老熟人一般,省略了客套的话,直截了当地告诉他,她和这辆车一见钟情,她想要这辆车,但那个操蛋人要加价一千美金,说是原来的报价里没包括车内的音响和新换的轮胎。

"我在芝加哥没有朋友,我只有你给我的电话号码。"

"你没有和他提前打电话商量好价格吗?"

"操蛋人!"

"你明白他是想讹你,对吗? 他知道你不想大老远来了,再空手回去。"

"中国佬!"

一然看着站在公寓楼门洞里的那个人,他刚点上一支烟,也正看着他们。再往南走十几条街就是黑人贫民区,一然以前读博士的大学就在黑人区的边上。眼前的街道,20世纪二三十年代修的红砖楼,过于稀疏的路灯,贫于修剪的草坪,让他想起自己上学时租的宿舍,在校园和贫民区交界的地方,就像这里一样,两个路灯之间最灰暗的角落里总觉得像有什么人,穿着套头衫,手插在兜里,倚在墙边或就要走到光亮里来。那是一所很贵的私立大学,哥特式的建筑,国际知名的教授,学校美术馆里有巩义石窟里剥下来的飞天和从巴比伦内城伊什塔尔城门上搬来的釉砖狮子浮雕。刚开学,教务长给新生开会,告诉他们:"你们现在的收入,也就是你们的奖学金,是在贫困线以下,你们将在贫困线下生活好几年,但我保证,当你们从这里走出去的时候,你们都会变成富人,或是经济上的富人,或是精神上的富人,最有可能会二者兼得。"毕业后,在辗转多地,换了三四家公司和研究机构后,一然知道那只是教务长善意的许诺,就像他过于前挺的鼻子一样乐观过度了。他也知道自己过于唐突地塞给玛莎自己的电话,可能让她产生了错误的想象,觉得这个号称是自己继母的好朋友、个子不高显得有些消瘦的中国佬会有一千美金,就像这辆凯迪拉克一样躺着等她拿走。他更知道不该这样冒冒失失独自一个人来到芝加哥南郊这样的街区,不该这样和一个自己几乎完全不认识的年轻女孩站在这辆来路不明的凯迪拉克旁边。但当玛莎提起买车的钱里有五千块是凯瑟琳留给她的时候,明知他无从鉴定真伪,一然还是向那个中国人招了招手。

"今天很特别,今天是你的幸运日。"在开到附近一家二十四小时银行的路上,那个人一边单手扶着方向盘,一边回过头对玛莎说。玛莎没好气地说:"当然。今天很特别,今天也是你的幸运日。"那个人大笑了几声,然后看着前方,用带南方口音的中文对一然说:"你女朋友?"一然看了一眼身边的玛莎,用英文说:"当然。"那个人又大声笑了几声。

"中国佬！"

左边，密歇根湖在月光下黑得发亮，湖面看不出运动，但能听见浪拍在岸边礁石上的声音。一会儿连大湖都看不见了，不知道是什么工厂的烟囱三叉戟一样戳在天底下，巨大的厂房像一头卧倒的猛兽，星星点点的灯火像闪着亮光的甲壳虫正腐蚀它的尸体。右边早已经什么都没有了，一团漆黑，偶尔有黄光一闪而过，不知道是汽车还是住户的灯光，又立刻被饥饿的夜吃掉了。

已经开出了芝加哥，玛莎还在骂，好像没有意识到身旁这个人，这个刚刚平白无故地借给她一千美金的人也是"中国佬"——或者是恰恰因为知道他是，她才这样骂的？坐在副驾座位上的一然打开天窗，上面没有星星，只有黑色的天空。玛莎早不知什么时候脱了连帽衫，穿着紧身的吊带背心，露出圆滚滚的胳膊。有夜晚的凉风从天窗横着吹进来，她胡噜着胳膊，像训斥小孩一样叫一然把窗户关上。

"对，你也是中国人，对吗？"玛莎好像想起什么来，突然问。一然以为她是要为自己的言语不当表示歉意，但还没等自己回答，玛莎又问，"你不是越南人吧？刚才那个中国佬和你说的是中文，对不对？"一然想说自己不是越南人，不是韩国人，不是日本人，也不是泰国、老挝、新加坡、马来西亚人，但又想不清楚这些区分对她来说有什么意义。

没等一然回答，玛莎扭过头问他："他刚才在车上问你什么，你回答说'当然'？"

"他问我你是不是我女朋友。"

玛莎沉默一会儿，然后说："你回答'当然'。"

一然还没来得及解释，前面正好出现了一个下高速的出口，玛莎很急地拐了下来。一然使劲拽着保险带还是控制不住自己的身体向左倾斜，几乎要倒在玛莎身上。出口不远是一处废弃了的加油站，标识和输油管已经都不见，只有四个长方形的立柱突兀地立在地上。加油站的小卖部也早已荒废了，里面黑漆漆的，有玻璃被砸碎了，像睁着的眼睛。玛莎狠狠地踩下刹车，停在小卖部的前面，关了车，推开车门走出去，又狠狠地甩上了车门，然后拉开后车门，钻进来，坐在后排座位的中间，大声拍着一然座椅的后背，说："来吧！"

一然回过头，后面一团漆黑，能分辨出玛莎大概的轮廓，但看不清她的脸。

一然打开了车的天窗,月亮出来了,月光照在他们身上。

玛莎双腿分开坐在后座上,但膝盖还是顶在前排座椅的靠背上。一然把自己座椅向前挪了挪,好让玛莎的右腿能伸开舒服一些。

"快点,我明天还得上班呢!"

玛莎脱掉了自己的吊带背心,露出里面黑色的文胸,文胸的背带和乳罩的下沿深深地陷进肉里。

"你不就是想要这个吗?"

一然全身都扭了过来,看着凯瑟琳的继女。她上身很长,头伸在月光外的黑暗里,但脖子以下一直到大腿都在直射的月光下,白色的身体泛着浅蓝色的光。他承认自己今天的行为有些冲动,他自己也说不清到底为了什么,到底想要什么,但他从没觉得、也不相信自己就想要这个。

"我就是想要这个?"他用手指在玛莎前面的空气里转了转,使劲想控制住自己的愤怒,"你告诉我,我为什么就想要这个?"

"那你为什么跟那个人说我是你女朋友?"玛莎向前靠过来,刚才摊开来的白肉变得浓缩起来。

"你觉得当时我要是说你是我工作单位食堂里收银员的女儿,那个'中国佬'会信?你觉得如果那样说听起来不会更可疑吗?"

"那你想要什么?!你为什么要塞给我你的电话,为什么要给我一千块钱?!"

"因为你是凯瑟琳的女儿。而且,没人会平白无故给你一千块钱!我是借给你,你得还。"一然本想反问玛莎,那你给我打电话的时候,想要什么?难道那时候,你什么都不想要?但他忍住了没说。

他看着玛莎,她白色愤怒的胸脯在文胸里起伏不停。一然恍惚中看见了凯瑟琳满是皱纹的脸,他知道自己欠她的,但他不想跟眼前这个人解释,那是他和凯瑟琳之间的秘密。他回过身看着车窗前面破烂不堪的小卖部,说:"如果我刚才侮辱了你,对不起,我不是故意的。"

"凯瑟琳不是我妈!我们不住在一起。我跟她没他妈什么关系!"

玛莎穿上了背心,也穿上了套头衫,戴上了帽子,坐回到驾驶员的座位上。巨大的屁股沉重地砸下来,把坐垫里的空气挤了出来,像放一个声音很大的屁。

"中国佬!"

一然不知道自己什么时候睡着了,进印第安纳波利斯的时候,是玛莎把他叫醒的,问他家的地址。

和芝加哥相比,印市显得冷清得多。一然住在城北的郊区,新开发的社区,周围还是农田。路上没有车,路灯稀疏,玛莎打开车的大灯,能照到很远的地方。常有鹿出现在两旁或慌张地从路面上跃过。可能是云散了的缘故,满天都是星星。

看到草坪上升起的一堆堆的土丘,像漫画书里过于规整的波浪,一然知道是到家了。

"你家也有鼹鼠?"玛莎停下车,吃惊地问。

"可能是从农田那边钻过来的。我知道凯瑟琳家门前也是鼹鼠成灾,对吗?"

"你知道她就是因为踩到鼹鼠洞里,摔倒了,然后伤口感染,又发烧,才去世的。唉,谁能相信会是这样呢?!"

"我最后一次见到凯瑟琳就是在她摔伤以后,她全身缠满了绷带跟我说,她去摘门前松树下金色的蘑菇,但一脚踩塌了鼹鼠之王的家。"一然本来不想再跟玛莎提起凯瑟琳的事——他知道的凯瑟琳,他记忆里的凯瑟琳,只属于他——但看着草坪上满目狼藉的鼹鼠洞,他还是没忍住。

"鼹鼠之王的家?"

"那天是全国灯塔日。"他想起凯瑟琳手边的小硬纸片,浅蓝色的灯塔,墨蓝色的背景,明亮的光从灯塔的顶层像喇叭一样发散出来,里面黑色的字写着:"做一个灯塔!"

"那天,她不该去上班。"

一然想问她,凯瑟琳为什么这么老了还要去工作,又觉得是个很傻的问题,不该问,至少不该问玛莎,她和她没他妈什么关系。他找玛莎要了她的身份证,用手机拍了照片,他也不知道这有什么用,但总觉得心里踏实点。玛莎告诉他自己在市中心一家酒吧里当调酒师,收入主要靠小费,她感谢一然的好心帮忙,并为自己路上过激的反应表示歉意。她想尽快还他钱,但恐怕不会太快。一然想说,她根本不需要凯迪拉克,她应该量入为出,但又觉得犯不上。

"一个月,行吗?"

玛莎好像完全没有想到一然会这样问她,愣愣地看着他,不知道是时间不够,还是过于宽裕了,只是若有所思地点点头。然后重新坐回车里,准备离开,但又摇下车窗,探出头对一然说:

"你知道,我骗了你,买车的钱里面没有凯瑟琳的份儿,这是我的车,她什么都没留下,她什么都没有。"

"什么叫什么都没有?"一然拉住她的车窗问。

"什么都没有就是什么都没有,她嫁给我爸时什么都没有带来,她死的时候什么都没有留下,零。"玛莎的左手伸出来,在空中画了一个圈。

一然知道没什么可说的了,摸着钥匙走回家,顺便狠狠地踩平了几个草坪上鼹鼠新挖出来的土堆。他已经做好准备和那一千块钱,不对,如果刨去凯瑟琳替他省下的五十块,就算是九百五十块吧,说再见了。

一个星期以后,下午正在班上,一然手机里突然收到一张照片,里面有一只戴着塑胶手套的手,手里是一只鼹鼠。发来照片的电话号码不熟悉,他想是什么人发错了,没当回事,也没仔细看。下班回到家,他看见那辆黑色凯迪拉克正停在他门前的草坪旁。刚停下车,玛莎就穿着紧身的黑色牛仔裤和包身的黑色鸡心领 T 恤衫,跑了过来,很兴奋的样子。

"我马上就要上班去,所以说不了几句话。"玛莎一边指着 T 恤衫上的一行小字,一边愣头愣脑地说。一然顺着她的手指,看到她隆起的胸脯上"Rhein Haus"的字样,字母 a 上方有金色皇冠的图标,另一边胸脯上印着两头决斗的公鹿,交错的鹿角上是一面旗帜,旗面上是"Rhein Haus"的缩写"RH",他知道那是在印市小有名气的德式酒吧"莱茵之家"的标志。

见一然没有说话,玛莎接着说:"你看见照片了吧? 怎么样?"

"什么照片?"一然不知道玛莎在说什么,莫名其妙的问题让他有些不耐烦。

"我下午刚发给你的呀?"玛莎一边说,一边拿出自己的手机,给他看。

一然想起来了,就是他下午收到的那张,不过这次,他仔细地看了看。那是一只很大的鼹鼠,很小的眼睛眯在灰色的浓毛后面,几乎看不见了,也看不出是死是活,粉红色的爪子和鼻子一个颜色,很长的趾甲,很长的胡子。一然真的糊涂了，不知道该怎么回答玛莎"怎么样"的问题，只是隐约觉得这只鼹鼠很干净，他本以为鼹鼠都会是两只爪子全是泥呢。

可能是对一然木然的反应有些失望，玛莎一边摊开右手在空中晃了晃，好像在称什么东西的重量，一边提高了音量说："这是鼹鼠之王啊！就是它！"

"鼹鼠之王？"

"对，我抓住的！"

仿佛是不敢相信自己的耳朵，一然拿过玛莎的手机，又看了看，好像多看几遍就能看出这只啮齿类动物的身份来。它和一然想象的不同，它没有金蘑菇做的王冠，也没有橡树果做的项链。可能它是无冕之王。它看起来很无辜，两只前爪耷拉在棕色的塑胶手套前面，做出无可奈何的姿态。

"你抓的？"一然随口问。

玛莎似乎早有准备，把身后的背包放在地上，从里面拿出来一个锈迹斑斑的圆球形状的铁夹子，夹子的锯齿部分在底部分开，另一边系着一条不长的铁链子。"对，就用这个！"玛莎一边说，一边上下摇动着铁链，夹子口便一开一合哐当哐当地响，像只嗷嗷待哺的小兽。

一然好奇地接过铁链，也上下摇晃了几下，饥饿的小兽又哗啦哗啦地叫了几声，然后一屁股坐在了地上。一然又看了一眼照片，照片里手套和鼹鼠几乎占据了整个画面，只有四边的角落和鼹鼠两腿之间的缝隙能看见后面的背景，似乎是草坪，似乎有鼹鼠挖出的土堆，但又看不清楚。他还是不明白今天玛莎为什么突然出现在自己家门口，给他看这张照片，还带来了这套球形夹子。难道是为了告诉他，她抓住了杀害凯瑟琳的元凶，好让他出口恶气？他们俩还没有这样幼稚吧？

"你知道鼹鼠有多难抓吗？"玛莎把球形的夹子放回背包，一边说，"你有没有用过那种蚯蚓形状的毒药，'美洲豹牌'，电视里有他们的广告，'美洲豹，还你一片绿地！'你肯定看过。塞在鼹鼠洞里，说鼹鼠视力不好，分不清，把它当蚯蚓吃了，就死了。还有那种撒在草坪上的化学粉末，说是能杀死草地下面的肉虫，鼹鼠就靠吃那些肉虫活着，把那些虫子都杀光，鼹鼠没吃的了，就跑别处去了。还有那种抓老鼠的笼子，只有一个入口，能进不能出，埋在地底下。都是扯淡！

我还给咱们印市的几家专门除害虫的公司打了电话,你知道抓鼹鼠要多少钱吗?"

一然刚开始听得一头雾水,听到这里好像听出些滋味来了,他猜该是一千来块吧,但没有说,只是摇了摇头。

"最低的报价也是一千二!还不能保证要花多长时间才能抓住。"

玛莎停顿了一下,又扬起手,好像害怕一然打断她,害怕一然提前说出她想说的话:"我是想,我干吗不来帮你抓鼹鼠呢,就用它,我保证把你地底下的鼹鼠都抓住。"她指了指还放在地上的背包,然后转过身,看着一然家门前的草坪。

一然愤怒地跳上草坪,在一个鼹鼠堆起的土丘上使劲跺了几脚,最后一下由于用力过猛,差点把整只脚都陷进去。他盯着玛莎说:"但你欠我的是钱,不是几只鼹鼠!"

一直滔滔不绝、有些亢奋的玛莎像犯了错的小姑娘一样,低下了头,好像刚才的亢奋只是自己心知肚明的勉强表演,被一然的话捅漏了气,一下子干瘪了下来。

可能是自己站在鼹鼠挖出的土堆上的缘故,一然觉得连玛莎的个头都比刚才矮了一截瘦了一圈,不再是他印象里那个有些过于健康过于粗壮的少女了。他看见玛莎嘴动了动,像要说什么,但又没说,而是弯下腰,从背包的侧兜里掏出一个鼓鼓囊囊的棕皮信封,单手递给他,说:"对不起,我再想别的办法吧。这是我收拾屋子时找到的,我想可能你会想要。"

信封很轻,和肥胖的外表不符。撕开了,里面是一本日历,上面标识出各种特殊的节日和纪念日,纸很薄,印制也差,一看就很廉价。

一然的怒气突然被一种沮丧所代替,甚至掺杂着些许的自责。他知道在网上很容易找到那种抓鼹鼠的照片,谁知道那手套里面是不是玛莎的手,反正没人见过鼹鼠之王长什么样子,而这本日历也没法证明真是凯瑟琳用过的——谁能证明这不是玛莎刚才在拐角路边加油站旁的小商店买的?——她只是不想还给他那一千美金罢了。但说不定照片里的鼹鼠真是她抓到的,说不定凯瑟琳真的会在睡觉前翻翻这本廉价的日历,好决定第二天要不要穿什么特殊的应景服装,说不定玛莎说的都是真的,她只是一个靠小费生活的穷年轻人,她没钱,但又想还给他她欠他的,如果真能把他家的鼹鼠问题解决了,谁能说那不值一千块钱呢？自己为什么就不能信她呢？这和凯瑟琳无关，这只是他和她之间的问题。但他心里清楚，玛莎刚才低下头的样子，她小声说"对不起"时的表情，让他想起了凯瑟琳。或许她真是很好的演员，但凯瑟琳不是。他跑到凯迪拉克车旁，追上了玛莎，摇着手中的日历对她说："对不起，我刚才有点儿太着急了。就按你说的办吧。"

他本以为玛莎会做出很高兴的反应，但她只是抿了抿嘴，几乎觉察不出来地微微一笑，说："那我这周末就开始。"然后打开车的后备厢，双手提起那个装球形夹子的背包，很小心地放了进去。上车前，她扶着车门对一然说："那天回家，我还看见一个小的瓷海豚，可能也是凯瑟琳的，我周末也可以拿给你。"好像是担心一然不好意思接受，玛莎坐进车里以后，又摇下车窗，跟他说，"我爸爸不喜欢这些东西。"

妻子去上瑜伽课了，剩下一然一个人，站在落地窗前，看着外面的草坪。阳光好得一塌糊涂，把所有东西都染上了神一样的光芒，连新翻开的泥土都是金色的。周六下午，小区里几乎看不见人，只有车辆偶尔缓慢地驶过，或是从各家的车库里开出开进。对面印度人家的草坪刚刚修剪过，比隔壁两家的草坪矮了一截，呈现出不同的绿色。草坪中央，橡树巨大的树荫里，摆着一大盆水，边上扔着两个蓝色的滋水枪，但玩枪的孩子不见了。

他们搬进这个小区快两年了，和那家印度人前后脚。一然还记得刚搬进来不久，他第一次看见草坪上隆起一个小土丘，和土丘连在一起的一条很长的微微凸起的垄，像一条被凝固在土里的蛇，蛇头就要从土丘顶部的口里呼之欲出。他问妻子，和卖房中介一起看房子的时候，他们有没有注意到这个，但谁也想不起来了。那时他们沉浸在即将拥有一个属于自己的空间的兴奋中，即使看到了，也不会在意吧。

一然房子的后面是一排山核桃树，树后面是大片的农田。他们这里是城市的边缘，地下面应该有很多的鼹鼠吧，这里本来就是它们的家。一然在网上查过各种治理鼹鼠的方法，也试过很多，不仅没见成效，反而似乎激发了鼹鼠的活力，它们爱上了一然的草坪，在下面生儿育女。有一天一然看到一个视频，里面，一个穿着大裤衩的人坐在遮阳伞下，一边喝着可乐一边说："我们生活在地上，它们生活在地下,我们为什么一定要是敌人呢?我觉得后院里有一家鼹鼠是件很好玩的事。"然后镜头转向他后院的草坪,几个小土堆零零星星地从地上鼓起来,那个人把镜头拉近了,能看见每个土丘上面都顶着一把小伞,静静地等待着鼹鼠探出头来乘凉。

玛莎跪在地上,撅着屁股,正挖什么东西。她已经来了三个星期了,每次都是周末的下午来。她穿一身牛仔服来,走的时候,在一然家里换上"莱茵之家"的工作服,把满是泥土的牛仔服塞在背包里。那种球形的夹子已经埋了四五个了,还没见成果,但每次玛莎似乎都充满希望,她把食指和中指交叉起来,冲一然晃一晃,要求上帝的保佑。

她没有把瓷海豚带给一然,可能是忘了,可能是她爸爸决定自己留下来,一然没有问。对他来说,瓷海豚和那本日历一样,都没什么用处。

草坪上已经全是翻起来的泥土了,分不清哪些是鼹鼠用它们粉红色的小爪子刨出来的,哪些是玛莎为了抓鼹鼠而挖出来的。有时一然看见玛莎跪在地上像上了弦的机器很起劲地挖,然后突然泄了气一样,一屁股坐在地上,一手撑在新挖出来还很湿润的泥土上,一只手擦汗,然后又跪在地上,撅起沾满泥土的屁股,从后面看,背影像一个巨大的土丘。

一然不知道玛莎是真的有抓鼹鼠的本领,还是这些都不过是她为了还他那一千美金而想出来的花招。他只知道天气就要凉了,电视里说有从什么地方吹过来的冷空气,就要光顾印第安纳州了。秋天很快就要过去了,树叶已经变了颜色,土地正一点点变硬,鼹鼠们该要往更深更暖和的地底下钻了。等叶子都落了,等雪下起来,就什么土堆都看不见了。

(原载于《当代》2019年第4期,石一枫选编)